# 欧阳黔森作品评论

文学评论

贵州省作家协会
贵州省文艺评论家协会 编

贵州出版集团
贵州人民出版社

图书在版编目（CIP）数据

欧阳黔森作品评论 / 贵州省作家协会，贵州省文艺评论家协会编. -- 贵阳：贵州人民出版社，2023.5

ISBN 978-7-221-17656-1

Ⅰ. ①欧… Ⅱ. ①贵… ②贵… Ⅲ. ①欧阳黔森－文学评论 Ⅳ. ①I206.7

中国国家版本馆CIP数据核字(2023)第088262号

OUYANGQIANSEN ZUOPIN PINGLUN

**欧阳黔森作品评论**

贵州省作家协会<br>贵州省文艺评论家协会 **编**

| | |
|---|---|
| **出 版 人** | 朱文迅 |
| **策划编辑** | 张云端 |
| **责任编辑** | 毛 茜 李 方 刘向辉 |
| **装帧设计** | 温力民 |
| **责任印制** | 黄红梅 |
| **出版发行** | 贵州出版集团 贵州人民出版社 |
| **地 址** | 贵阳市观山湖区中天会展城会展东路SOHO公寓A座 |
| **印 刷** | 浙江海虹彩色印务有限公司 |
| **版 次** | 2023年5月第1版 |
| **印 次** | 2023年5月第1次印刷 |
| **开 本** | 787毫米×1092毫米 1/16 |
| **印 张** | 91 |
| **字 数** | 1150千字 |
| **书 号** | ISBN 978-7-221-17656-1 |
| **定 价** | 360.00元 |

# 前　言

欧阳黔森是贵州第三代作家的领军人物，他继承了第一代作家领军人物蹇先艾和第二代作家领军人物何士光的贵州乡土书写，他的创作广泛，涉及小说、散文、报告文学、诗歌、戏剧、电影、电视剧，引起了省内外评论家及读者和观众的高度关注。近年来，关于欧阳黔森的研究已形成集束性效应。有关欧阳黔森文学、影视等作品的评论，已在各类报刊大量发表，也有研究其文学、影视创作的综合性专著出版。本书收集了众多评论家在各类报刊发表的评论文章 115 万余字，以供研究欧阳黔森的学者参考。由于我们力量有限，可能有许多评论文章未能收集在本书内。因收集在本书的部分文章的作者无法取得联系，此类作者在得知本书信息后可与我们联系。

贵州省作家协会

贵州省文艺评论家协会

贵州财经大学欧阳黔森现当代文学研究中心

铜仁学院欧阳黔森研究中心

贵州大学人文学院欧阳黔森文学研究中心

CONTENTS

# 目录

# 文化裂变时代的经验与想象

## ——评《白多黑少》和《丁香》

孟繁华

这是第一次读欧阳黔森的小说——《白多黑少》和《丁香》。这是两篇非常不同的小说，也可以说是构成了鲜明对比的两篇小说：《白多黑少》是一部与当下生活相关的作品，或者说是我们司空见惯耳熟能详的关于商场的人与事的故事，在琐屑和险象环生的商场，在由欲望构成支配力量的日常生活中，主人公是如何身不由己无力自拔的；而《丁香》则仿佛来自遥远的过去，它散发出的那种朴素清纯的气息，我们十分熟悉却不得不生出恍若隔世的慨叹。这两篇不同的小说不仅显示了欧阳黔森把握小说的能力，同时也从一个侧面印证了在文化裂变的时代，多样的文化经验对包括作家在内的当代人的冲击和面对选择的困惑：我们曾不遗余力和迫不及待地迈进现代化，对丰裕的物质生活充满了身置其间的向往；但当这一切快要或已经来临之后，我们突然发现，现代生活不只是物质的极大丰富，它是带着另一种观念一起进入我们生活的。于是，在“物”的挤压面前，我们又情不自禁地怀想“前现代”的纯粹或田园风格。但历史是不可重临的，我们无论如何也不可能走向从前。正是在这样一种相对的境地中，《丁香》

似的怀旧才如尘封的情书一样楚楚动人。

《白多黑少》是一部展现欧阳黔森小说才能的作品。表现商场的小说或电视连续剧已经遍地开花满目疮痍，商场加情场、金钱加女色是这类小说最基本的表意符号，《白多黑少》当然也没有离开这些能指。但不同的是，欧阳黔森写出了横流的欲望背后，人性的复杂性和宿命般的无奈感。无论强者还是弱者，他们仿佛都被一只隐形之手所控制，然后身不由己地深陷其中。萧子北是一个有过战争经历的强悍商人，即便在红尘滚滚的商场上，他仍然保有军人气质的遗风流韵。这一经历不仅使他有一种来自军营的勃勃野心和理想主义气息，同时也使他在残酷的商场和情场的争斗中坚持了人性最后的底线。应该说，萧子北在商场上是一个成功者，他用对今天社会生活和游戏规则洞穿一切的深刻理解，游刃有余地运筹和经营着他的企业，控制着属下，周旋于官僚之间，玩弄台湾商人于股掌，他有能力解脱企业的危机，利用政策发展自己。在应对外部世界上萧子北的确充分展示了他的聪明才智，在纠缠不清的感情旋涡里，萧子北却不在自己的把握之中。他可以牺牲属下的情人去搞定台湾商人，也可以用金钱轻易地把自己的情人南岚打发掉。但面对“潜藏”已久的杜鹃红时，萧子北自信的防线彻底崩溃了。杜鹃红并不是倾国倾城沉鱼落雁，甚至与他看着她长大也没有太多的关系。萧子北不能逾越的最终障碍是源于她是死去的战友杜红军的妹妹。杜红军临终前有遗言，希望萧子北能照顾杜鹃红，也就是娶杜鹃红为妻。萧子北对妻子有自己的理解和要求，他娶了一个漂亮又思想简单的舞蹈演员。但杜鹃红并不就此罢休，她终于有一天提出了爱的要求并付诸行动。

小说结束于杜鹃红请萧子北夫妇吃饭，那个惊心动魄的场景成了悬念，但萧子北一声无奈而焦虑的慨叹，不仅鲜明地凸显了两个人此时的心境，同时也完成了两个不同人物的性格塑造。我们不知道杜鹃红要做什么，但她明火执仗成竹在胸，欲夺情郎并光明磊落，萧子北却苦不堪言不得不赴汤蹈火去应对一场鸿门宴。这个戏剧性的场景置人物于风口浪尖，充分显示了作家的艺术想象力和刻画人物的能力。这个结尾实在是太精彩了。

《丁香》则是一篇完全不同的小说。它就像一幅朴实无华的地域风情画，在简洁的文字中描述出了当下生活最后的诗情画意。三个鸡村在地质小分队到来之前，仿佛还处于“前现代”的时间里，时间在三个鸡村是凝固的，只有又一个“香姑”的诞生，才会证实时间的流动。正是地质小分队——这个“前现代”异质力量的侵入，打破了三个鸡村和丁香不变的生活。丁香漂亮而质朴，就像那个遥远的村庄一样尚未被现代文明污染。小说的感人之处是一个还没有来得及言说的爱情故事。地质诗人爱丁香是爱在心里，他为丁香写诗，甚至为维护丁香的尊严不惜对夏排骨诉诸拳脚。他发誓得志以后回来娶丁香为妻，但这一切还没来得及实现，丁香被一次意外的山体滑坡永远地掩埋了。地质诗人终于得志了，但他也永远地失去了丁香。这个悲剧应该说写得很青春，很诗意，也很有一种怀旧的意味，确实像戴望舒诗中那个结着愁怨的丁香一样。但它确实让人非常感动，特别是小说中流淌弥漫的那种忧郁、寂寞和惆怅的韵味。

在当下的小说创作中，似乎已经告别了浪漫和感动，我们在小说中也很少与这样的场景、人物和情节遭遇。我们读过的许多男欢女爱的故事，也有很多精彩的情节和想象，但就是不让人感动。欧阳黔森的小说有一种令人感动的内在气质，这种气质就是剩余的理想主义的气质。萧子北虽然是个商人，但他的军人和战争经历，赋予了他一种人格的魅力，他人到中年但生气勃勃，他有心计但没有世俗气。在“后现代”的世俗环境中，在终极价值已经不再被追问，意义世界可有可无的今天，萧子北经常想起死去的杜红军，想起青年时代的友谊，这仿佛成了他一个不可或缺的精神堡垒。这些经历历练了萧子北理想主义的品格。如果说《白多黑少》的动人之处还在于故事和情节之中，那么，《丁香》的令人感动则在于叙述者对小说情调的把握。我隐约感到《丁香》与作家的某种经验相关，它很可能是作家自己精神自传的片段。那种深情和记忆，以及对人物的怜爱之心几乎跃然纸上。对一种朴素、诗意的追求，本身就是对理想主义的一种传达。

这是一个文化裂变的时代，也是一个红尘滚滚、欲望喷薄的时代。这样的时代为我们提供了尽可能的自由，但我们也必须承认，拥有了这个自由的同时，我们却仿佛更加焦虑，内心更加不平静。这时我们的思想便常常走向“前现代”，在一个想象的、不可重临的田园风光和简单的人际关系中驻足并流连忘返。《丁香》就为我们提供了这样一个美丽的场景。

**《中华文学选刊》2002 年第 2 期**

# 小叙事与老传统

## ——评欧阳黔森的短篇小说

孟繁华

欧阳黔森自从事文学创作以来，在小说、诗歌、散文、电影、电视剧等不同领域里展开，并且都取得了令人瞩目的成就。特别是在影视领域，他几乎囊括了所有的国家奖项。但在作家欧阳黔森看来，他最看重的还是短篇小说。短篇小说在今天是一个相当边缘的文体，这个文体逐渐沦为小众文学，不仅在于它难以走向市场，重要的是，短篇小说一直保有它精英品格和它的艺术高端性。在一个文化消费形式越来越丰富的时代，短篇小说读者的分流，也自有它的合理性。但是，作为一个作家，不为世风左右，坚持他的文学理想和文化信念，更多的显然来自他内心的自我要求。如果是这样的话，作家个人的选择就没有理由对阅读环境不解乃至抱怨。在我看来，欧阳黔森就是敢于坚持自己文学理想和文化信念的作家。

贵州是一个有伟大文学传统的地域。从蹇先艾到何士光，他们是现代、当代具有代表性的重要作家之一。对贵州乡土文化和边地多彩风情、淳朴民风的书写，一直是一个绵延不绝的文脉。欧阳黔森的小说创作，特别是短篇小说创作，就在这个谱系之中。可以说多年来欧阳黔森的小说，写法传统，既不先锋也不“后现代”。他还以舒缓从容的姿态讲述他那多少有些“老旧”的故事。因此，他的小说在小叙事中隐含着一个大传统。这样的评价会让许多作家感到不快甚至“愤怒”。在一个不断“追新”的时代，“传统”就意味着保守、意味着与时尚无关，当然也与“落伍”“守成”等脱不了干系。但是，时至今日我们却也越发觉得，“新”固然好，但传统也自有它的价值。事实上文学无论怎样在形式上花样翻新，它终有不变的“核心价值”。这就是对人类普遍价值维护的最低承诺。如果是这样的话，那么我认为，当我们度过了那个文学形式的“恐后症”之后，会突然发现那些坚持传统写作的作家的胆识是多么了不起。欧阳黔森就是这样的作家。

对人性的拷问和批判，是欧阳黔森“冷色调”小说的重要主题。人性的冷酷甚至残忍，不只表现在人与人的社会关系中，同时也表现在人与自然、人与动物的关系中。《敲狗》是欧阳黔森的名篇，发表在 2005 年第 12 期的《人民文学》杂志上，至今整整十年过去了。很多小说一发表时觉得非常新鲜、好看。但几年之后再看就截然不同了，经不起时间阅读的小说不是好小说。但《敲狗》不同，再读仍然感到震撼。师傅、徒弟和卖狗人三人之间的关系一目了然高下立判。卖狗人因为父亲生病不得不把一条大黄狗卖了。但人狗情深，他一百块钱卖的狗，凑足了一百二十块钱要赎回这条狗，但杀狗师傅跋扈不从，又找派出所的关系，又抬高狗价。徒弟在师傅不在的夜晚放了这条狗，然后离开了这家狗肉馆当然是为了离开这个师傅。卖狗人和徒弟对狗的感情感人至深。利欲熏心的师傅只能沦落为一个孤家寡人。《敲狗》对狗肉馆那些等待毙命的狗的描写，令人毛骨悚然触目惊心，特别是对杀狗过程的血腥描绘，更从一个方面道出了人性的残忍和冷酷，它对国人吃狗嗜好的批判几近悲愤。2009 年，《敲狗》获“蒲松龄短篇小说奖”。授奖词说：“小说在无情中写温情，在残酷中写人性之光，是大家手笔和大家气派。大黄狗再次绽开的笑脸，狗主人与大黄狗之间难以割舍的真情，使得徒弟冒险放掉了师傅势在必得的大黄狗。大量生动鲜活的如何敲狗的细节的铺排，只是为了最后放狗的一笔。在狗的眼泪里我们看见了人的眼泪，由狗性引申出来的是对人性的思考、对提升人的精神品质的呼唤。小说不仅在结构上有中国古典小说的神韵，在道义和人性的刻写上也见出传统文化的底蕴。小说通过写狗对主人的依恋，厨子对情感的冷漠及徒弟的被感动折射出人性的光芒，把人性解剖这个文学的宏大主题用'敲狗'这个断面展现得曲尽其妙，称得上是短篇小说的典范文本。"国内一个重要短篇小说奖项的高度评价，从一个方面证实了《敲狗》的价值。

书写人对动物的悲悯，是欧阳黔森小说经常遇到的主题。比如《十八块地》中，有这样一段文字：

我一惊，定神一看：原来离我们四米远的地方有一头很大的动物！那东西似乎也吃了一惊，我大着胆子仔细观察，看清了是一头侧卧着的老山羊，身旁还有两头小羊。我想一定是一头怀孕的母山羊进来躲大雨，就在这儿分娩了。我们跑出洞，我叫卢竹儿躲到一边去，我寻找到一块大石头。我说，机会来了。卢竹儿死活不肯放开我，她已经明白，我那个所谓的机会就是向山羊发起进攻。她几乎用整个身子抱住了我，阻止我的进攻。刹那间，我望见了她那美丽绝顶却充满哀伤与企求的目光，好像我马上要攻击的不是山羊，而是她。石头从我手上突然滑落了……我包好柏油条、火柴，离开了山洞也离开了我的耻辱，继续往前爬，一边爬，卢竹儿一边嘱咐我，这事不要告诉别人。我知道卢竹儿怕政委他们知道，他们一知道，羊儿就没命了。

……我们也往下走，终于在一个山脊的平台上汇合了。政委带来了五个人，我热烈地与他们拥抱。这是我此生此世难得的一次热烈呢！卢竹儿只顾在一边哭。大家叫卢竹儿别哭，快到家了。也许我热烈得过了头，忘记了答应卢竹儿的事，兴奋地告诉政委，说那边半山腰的山洞里有一头老山羊在那儿躲雨。政委说，那山洞他去过，现在山羊早走了！我说，它生了两头小山羊，不能走啦。政委一听高兴得直叫，接着命令两个人陪我和卢竹儿回去，他带其余人马上向我们的来路奔去，像一支夜袭的突击小队。我转身一望，见卢竹儿突然瘫倒在地了。我连忙转身向政委的背影大叫起来，莫去，莫去，我求你们啦……我的叫声显得那般的孤寂无援。我第一次感受到背叛的沉重与无耻。

一个乡村少女对动物生命的维护，是出于善良的本性。但也从另一方面映衬出人对动物的残忍："其余人马上向我们的来路奔去，像一支夜袭的突击小队。"他们对即将捕获的美食的兴奋，即便是夜色中也难以掩饰。人与动物的关系许多作家都写过，写动物也是写人性。时至今日，对人与动物的书写已不只是一个善恶或道德伦理的拷问，而是关乎人类自身的存亡。人类如果不善待自然，迟早会为此付出代价。事实上我们已经为此付出了代价。

温婉的爱情故事，是欧阳黔森的重要题材，这当然也是一个最传统的题材。我惊异的是，欧阳黔森还能够以20世纪80年代的情怀对待爱情：它诗性、单纯，一如80年代的爱情诗歌。《兰草》是一篇令人感伤的小说。小说的主角也是讲述者第五军为了兰草不仅参军参战，而且因她一定要成为一个诗人。他不断发表诗歌，也为兰草写诗。他为兰草写诗是"对初恋的祭奠"。兰草影子挥之难去，第五军找对象都是按照兰草的形象找的。兰草结婚了但很快又离婚了。三十年过去之后，在战友、朋友的聚会上，第五军又见到了兰草。但时过境迁物是人非，当年那个兰草也面目皆非庸俗不堪了。仍然有诗人情怀的第五军的心情可想而知。小说写在世风代变环境下人的变化：诗意的时代就这样一去不复返，青春时节清纯美好的怀念，就这样在一场混乱的类似欢场的情境中结束了。

《姐夫》写的是生活的假象与真情。“我”与一水的恋爱，有貌似的“甜蜜的烦恼”，两人打打闹闹本也正常，但不曾想到的是一水旧情难忘，她想的还是那个叫做李成栋的男人；而真正爱“我”的恰是一水的妹妹二清。如果从“我”的角度考虑，一水脚踏两只船，与“我”谈恋爱想的却是李成栋，非常虚伪。但是，如果站在一水的立场上，一水何尝不是对爱情坚定执着呢，即便李成栋有了女人，并且两人的房间“黑了灯”，这样一个男人有什么值得爱的呢？但是爱情是一件永远说不清楚的事情，一水就是爱这个“流氓”一样的男人，她不需要理由。别人可以不理解，可以惋惜可以遗憾，但别人就是没有办法替代。因此，在我看来小说写的不见得是对一水的批判，我倒是觉得是对爱情复杂性和无限丰富性的绝妙呈现。当然，小说还有一个伏笔，就是一水的妹妹二清对“我”的真情实意的爱。当姐姐几天没回家也不见人，“我”过来寻一水时二清的表情和说话时的神态，其内心已昭然若揭。当然，最后“我”还是与二清皆大欢喜。这是一出轻喜剧，喜忧参半无伤大雅。其间的真情还是最动人的要素。

《白莲》是当下司空见惯屡见不鲜的题材。一个坐台小姐坚持“不出台”，坚持“出污泥而不染”，但是“每晚挣三百元，妈咪抽头一百元，毛利二百元。可除去到夜总会来回的的士四十元，再加上租房、吃饭、所剩无几”的境况，终于让白莲放下身段决定出卖初夜权。一个女孩尽管做好了所有的心理准备，但她内心还是渴望一个白马王子般的人出现。这个人出现了，他戴着面具，温柔体贴，不是新婚胜似新婚。这个人就是与白莲两情相悦的阿南。事情是“妈咪”一手策划的，她要成全白莲和阿南，要用这个举动为自己赎罪：“我原来就走错了路，伤害了一个人，我不能看着你再伤害一个有情人。”三天后白莲和阿南双双离开了这座城市。

一年后，“妈咪”在一家夜总会看见了阿南，阿南正在台上吹萨克斯。

演奏完，“妈咪”上台问阿南，阿莲呢？

阿南莫名其妙了很久，才认出“妈咪”来说，白莲不是与你在一起吗？

“妈咪”一下把阿南推下了台子，那台子一米多高，阿南的身子一下坠了下去，腰横担在一张椅子上断裂了。

阿南从此再也未站起来。他只能躺在床上了。“妈咪”因故意伤害人致重残，法院一审判她赔人民币二十万元，判有期徒刑十年。

二审因阿南承认“妈咪”是其情人，无结婚证但同居五年构成事实婚姻，中级法院复议为无意伤害重残，判处有期徒刑五年，监外执行。最后“妈咪”成了阿南永远的监护人。

一个常见的通俗文学题材，在欧阳黔森这里处理成了一个绝处逢生的故事。在我看来，白莲不见了踪迹，是意想不到的处理，也是合乎人物性格的处理。白莲怎么还有可能和阿南相处下去？白莲的初夜尽管给的是阿南，但白莲的初夜权毕竟是出卖的，今后坦然地面对阿南是白莲无法想象的。因为如果不是阿南，白莲同样不会拒绝出卖初夜。与阿南偶然的相遇并没有改变买卖关系，而买卖关系是不能替代爱情的。在这个意义上可以说，白莲尽管做了错误的决定，但她仍然保有内心的尊严。所以，欧阳黔森的小说看似简单，但只要认真追究下去，都大有深意可查。而且都是曲终奏雅，犹如一道亮光，照亮了小说漫长的暗夜。小说于是踏上了深邃和广阔的道路。这一点，欧阳黔森的小说继承了欧亨利、都德等作家的遗产。

《丁香》则是一篇完全不同的小说。它就像一幅朴实无华的地域风情画，在简洁的文字中描述出了当下生活最后的诗情画意。三个鸡村在地质小分队到来之前，仿佛还处于“前现代”的时间里，时间在三个鸡村是凝固的，只有又一个“香姑”的诞生，才会证实时间的流动。正是地质小分队——这个“前现代”异质力量的侵入，打破了三个鸡村和丁香不变的生活。丁香漂亮而质朴，就像那个遥远的村庄一样尚未被现代文明污染。小说的感人之处是一个还没有来得及言说的爱情故事。地质诗人爱丁香是爱在心里，他为丁香写诗，甚至为维护丁香的尊严不惜对夏排骨诉诸拳脚。他发誓得志以后回来娶丁香为妻，但这一切还没来得及实现，丁香被一次意外的山体滑坡永远地掩埋了。地质诗人终于得志了，但他永远地失去了丁香。这个悲剧应该说写得很青春，很诗意，也很有一种怀旧的意味，确实像戴望舒诗中那个结着愁怨的丁香一样。但它确实让人非常感动，特别是小说中流淌弥漫的那种忧郁、寂寞和惆怅的韵味。

《丁香》的令人感动则在于叙述者对小说情调的把握。我隐约感到《丁香》与作家的某种经验相关，它很可能是作家自己精神自传的片段。那种深情和回忆，以及对人物的怜爱之心几乎跃然纸上。对一种朴素、诗意的追求，本身就是理想主义的一部分。

如前所述，欧阳黔森对贵州古老风情风物的描摹，继承的是一个伟大的传统。蹇先艾、何士光等名家，都对贵州这片古老的土地情有独钟。他们对家乡风情风物的记忆，是他们热爱贵州的家乡情结的文学呈现。欧阳黔森如出一辙。他的《断河》早在2004年就入围“鲁迅文学奖”，可见这篇小说的影响之大。小说写的是七十五年刀客的日常生活和爱恨情仇。我惊异的是小说的写法，特别是老刀和老狼的“巅峰对决”，写得一波三折风生水起。我非常同意何士光在《欧阳黔森短篇小说选·序》中的评论：“当麻老九和乡亲们还生活在山河大地之间，还种着自家的庄稼、捕着断河里的剑鱼的时候，人们似乎还能够依照人的本来的模样活着，还是土地和日子的主人。那时候这断河边上，就还是有故事的。人们还能爱，还能恨，爱和恨都那样真切和深沉。女人梅朵对老刀和老狼的爱，不为利害，只是真爱。老刀和老狼决斗起来的时候，虽然那样凶狠，却也那样磊落。龙老大不和同母异父的麻老九相认为兄弟，让麻老九在断河里打了几十年的鱼，也只是为了保护这个兄弟，不让仇家来向他寻仇。麻老九的女人虽然死在断河里了，也仍然会来到麻老九的梦里，麻老九因此也守候了这个梦境一辈子。先贤老子说：'失道而后德，失德而后仁，失仁而后义，失义而后礼。'不管怎样，那时候这断河边上的人的形象，也还是由这样的伦常和情操来塑造的。老子没有说礼会不会失去，也没有说失礼之后又会怎么样。但断河的历史告诉我们，失礼之后，就是丹砂，就是金钱，就是一个利字了。"一个万字短篇，却写出了不同时代的风尚与人心，其手笔既有大时代的风云际会，亦有日常生活的生动细节。黔森的笔力确实不凡。

另外，这里我还是要重提欧阳黔森的《白多黑少》。这是一部与当下生活相关的作品，或者说是我们司空见惯耳熟能详的关于商场的人与事的故事，在琐屑和险象环生的商场，在由欲望构成支配力量的日常生活中，主人公是如何身不由己无力自拔的。《白多黑少》是一部展现欧阳黔森小说才能的作品。表现商场的小说或电视连续剧已经遍地开花满目疮痍，商场加情场、金钱加女色是这类小说最基本的表意符号，《白多黑少》当然也没有离开这些能指。但不同的是，欧阳黔森在横流的欲望背后，写出了人性的复杂性和宿命般的无奈感。无论强者还是弱者，他们仿佛都被一只隐形之手所控制，然后身不由己地深陷其中。萧子北是一个有过战争经历的强悍商人，即便在红尘滚滚的商场上，他仍然保有军人气质的遗风流韵。这一经历不仅使他有一种来自军营的勃勃野心和理想主义气息，同时也使他在残酷的商场和情场的争斗中坚持了人性的最后底线。应该说，萧子北在商场上是一个成功者，他用对今天社会生活和游戏规则洞穿一切的深刻理解，游刃有余地运筹和经营着他的企业，控制着属下，周旋于官僚之间，玩弄台湾商人于股掌之间，他有能力解脱企业危机，利用政策发展自己。在应对外部世界上，萧子北的确充分展示了他的聪明才智，用他自己的话说，他确实是一个“帅才”。但在纠缠不清的感情漩涡里，萧子北却不在自己的把握之中。他可以牺牲属下的情人去搞定台湾商人，也可以用金钱轻易地把自己的情人南岚打发掉。但面对“潜藏”已久的杜鹃红时，萧子北自信的防线彻底崩溃了。杜鹃红并不是一个情感杀手或情场女战士，也没有倾国倾城沉鱼落雁之美，甚至与他看着她长大也没有太多的关系。萧子北不能逾越的最终障碍是源于她是死去的战友杜红军的妹妹。杜红军临终前有遗言，希望萧子北能照顾杜鹃红，也就是娶杜鹃红为妻。萧子北对妻子有自己的理解和要求，他娶了一个漂亮又思想简单的舞蹈演员。但杜鹃红并不就此罢休，她终于有一天提出了爱的要求并付诸行动。

小说结束于杜鹃红请萧子北夫妇吃饭，那个惊心动魄的场景成了悬念，但萧子北一声无奈而焦虑的叹息，不仅鲜明地凸显了两人此时的心境，同时也完成了两个不同人物的性格塑造。我们不知道杜鹃红要做什么，但她明火执仗成竹在胸，欲夺情郎并光明磊落；萧子北苦不堪言不得不赴汤蹈火去应对一场鸿门宴。这个戏剧性的场景置人物于风口浪尖，充分显示了作家的艺术想象力和刻画人物的能力。这个结尾实在是太精彩了。

在当下的小说创作中，似乎已经告别了浪漫和感动，我们在小说中也很少与这样的场景、人物和情节遭遇。我们读过的许多男欢女爱的故事，也有很多精彩的情节和想象，但就是不让人感动。欧阳黔森的小说有一种令人感动的内在气质，这种气质就是一息尚存的理想主义气质。萧子北虽然是个商人，但他的军人和战争经历，赋予了他一种人格魅力，他人到中年但生气勃勃，他有心计但没有世俗气。在“后现代”的世俗环境中，在终极价值已经不再被追问，意义世界可有可无的今天，萧子北经常想起死去的杜红军，想起青年时代的友谊，这仿佛成了他一座不能或缺的精神堡垒。这些经历历练了萧子北理想主义的品格。这是一个文化裂变的时代，也是一个红尘滚滚、欲望无边的时代。这样的时代为我们提供了尽可能的自由，但我们也必须承认，拥有了这个自由的同时，我们却仿佛更加焦虑，内心更加不平静。这时我们的思想便常常走向“前现代”，在一个想象的、不可重临的田园风光和简单的人际关系中驻足并流连忘返。欧阳黔森的小说就为我们提供了这样不同的场景。因此，我要强调的是，欧阳黔森虽然在蹇先艾、何士光的贵州文学谱系中，但因时代的差异性和欧阳黔森对文学和对贵州的新的理解，他用虚构和想象的方式，重新建构了他的文学世界。这就是一个温婉、诗意、人性的世界，一个对自然无比热爱的世界，一个不断向传统致敬的世界。对外部世界而言，一切凝固的当下都烟消云散了，但在人的精神世界，那不变的一切仍然完好如初，仍然没有发生本质性的改变。在这个意义上，欧阳黔森小说在小叙事中承传的大传统，并没有成为过去，当然也与“落伍”“守旧”无关。如果是这样的话，他就是值得我们认真研究和批评的作家。

《山花》2015 年第 3 期

# 对当代精神困局的透视

## ——评欧阳黔森《非爱时间》

陈晓明

关于当代信仰与精神危机的问题一直严重地困扰着当代文学，知识界曾有过人文精神的讨论，关于道德及理想主义如何构建当代文学的思想内涵，也一度是人们解决当代精神困局的重点方案。2004 年暮春，贵州人民出版社推出由孟繁华主编的夜郎自大长篇小说丛书，囊括一批当今实力派作家，欧阳黔森的长篇小说《非爱时间》，可以看成是对当代人的精神状态一次透彻表现的作品，作品回应了当代人关切的理想主义和价值归宿的问题。

当然，这是一部相当好读的作品，故事明晰，人物性格鲜明，语言简洁流畅，细节十分生动，在传统现实主义的水准上，这部小说可以说是相当精彩的。小说讲述两个老知青黑松与陆伍柒在改革开放年代面对现实生活的变动而对知青经历产生的深刻怀念。显然，知青时代的那种理想主义情怀与纯真的爱情构成怀念的基本内涵。知青生活在这个时代已经被遗忘，经历岁月的磨洗，它又显示出特殊的意味，这当然是在与当代生活的对比中才显示出它的那种浅薄，自由自在得让人的精神找不到安放的处所。那个陆伍柒已经是一个相当成功的商人，这代人经历了那么多的磨难，成功之后却如此深切地怀念知青时代的那种生活。小说相当大的篇幅是在回忆知青农场的经历，十八块地是青春年代理想主义奋斗的地方，那里留存着初恋、友情与理想情怀。在黑松与卢竹儿、陆伍柒与萧美文之间，那种真挚的爱恋具有铭心刻骨的效力，多少年过去了，那种情感还在心头流宕。

青春的记忆总是与伤痛联系在一起，在那种理想情怀之内隐藏的伤痛感写得相当细致，使小说的怀旧意味多了一层伤感的情调。陆伍柒爱恋萧美文，当年偷了萧美文的一双袜子心头就颤动不已，这袜子存在了二十多年，他还能闻出萧美文的味道来。多年来，他的办公室里还挂着萧美文的像，那是他与死去的萧美文共同存在的世界。但这并没有妨碍他在后来经商成功的时代寻欢作乐。陆伍柒的堕落放浪是否是因为萧美文的早逝？他的初恋过早地夭折，并不足以解释陆伍柒后来的生存状态。这里的女人都红颜薄命，萧美文牺牲了，鲁娟娟死了，卢竹儿也命运多舛，只有郝鸽子坚强而乐观地活着。从这个意义上来看，这篇小说的构思颇为巧妙，在两个男人的故事中，包裹着几个女人的故事，真正动人的是那些女人的故事。这些女人每个人的性格心理着墨不多，但都异常鲜明。她们的美丽、天真，在革命年代的浪漫激情，都被生活无情地摧毁了，她们以美好纯真的形象，并且以死亡和不幸作为终结来完成历史定格，表征着与现在对立的过去，既作为一种记忆，更作为一种质疑。小说在这个层面的描写感人至深。

这部小说表达了对过去知青年代的美好记忆，那时的艰难困苦都被理想主义情怀所超越，而那种青春的浪漫激情更是充满了昂扬的力量。更加美好的记忆来自50年代，鸽子与黑松的父辈们，更是为理想献身的一代人，他们的豪情抛洒向天空与大地，没有任何的犹豫，没有退缩，只有前进。中间穿插的鸽子当年的白雪公主的记忆，以及与苏联少年的纯真感情，都可以说是对那个时代的美好重写的一种方式。然而，那些美好的过去不可能再来，不可能在这个时代重现。小说特别写到分别二十多年的卢竹儿与黑松的重逢，这次重逢被处理成一次精神与心灵的洗礼，没有欲望与冲动，正如已经消逝的过去没有真实地存在一样，只有记忆，只有精神性的重温。他们组织了一次浩荡地回到十八块地的行动，但小说中一直被强调的行动却始终被延搁，也没有真正感人至深或效果强烈的现场出现。过去不能被现实化，并没有与现实真正的连接形式。过去只是一种想象，是一种对现在逃避和否定的精神异乡。小说显然严厉地批判了现在，在改革开放年代，陆伍柒们成功了，但他过着花天酒地的生活，他成为一具行尸走肉。

他在金钱方面的成功并不能让他心安理得，他与无数的女人做爱，但他并没有真正的爱。只有在过去的年代、过去的记忆中，他才能找到精神的归宿，才能找到真实的个人存在的依据。小说掩藏着一个惊人的细节，陆伍柒发现自己得了艾滋病，只有在这时，他可能才从现实的堕落放浪中惊醒过来。只有在这时，他对过去的记忆才更加清晰，对过去的理解也才更深刻，他想到梅青杨，这个真正爱过他的女人，他与这个已经不再年轻的女人结婚，把财产留给她。用财产来回报爱情，就像女人用身体来感恩一样。这一切并不都让人们心安理得。寄望于“非爱时间”，这是一种虚伪的承诺。

这部小说始终用过去的怀念来反衬现实的困境，生活于金钱的成功与欲望中的人们，已经丧失了理想情怀与人性品格，现实在精神上是一个倒退的时代。人们找不到精神依据，这些老知青只有一个十八块地，这样的朝圣会真正有效吗？能解决一切问题吗？小说既没有肯定也没有质疑。但小说已经相当明显地表达出：过去已经死，正如陆伍柒爱恋的萧美文已经死去一样。他（们）的怀念记忆到底有多少真实性呢？那种内外分裂式地处理精神与肉体的关系，到底有多少真实的意义呢？对过去的记忆只是对现实不负责任的一种赎罪，向过去忏悔只是现在堕落的一种补充形式。就这点而言，小说揭示的当代精神困局依然是值得人们深思的。

《文艺报》2004 年 5 月 18 日

# 叙事的机趣

## ——欧阳黔森小说印象

雷　达

在当下，小说依然层出不穷，但也可以说，小说显得十分疲惫。即使最“离经叛道”的选材似也难以唤起轰动，对精心设置却又难以厘清的“叙述圈套”读者颇不耐烦，这也许直接导致了先锋小说的式微。消费文化无孔不入，造成了消费小说的流行。事实上，纯文学意义上的小说正面临着前所未有的困境。当然，并非所有的人都束手无策，对某些坚定而执着的作者来说，他们的努力不会没有意义，他们正在从各种可能性的尝试中寻找文学突围的门径；或从先锋的位置暂时后撤，退一步进二步，或在“中”与“西”的碰撞中寻找新的支点，或在本土民间资源中挖掘，或为“老”题材规划“新”策略……我看，贵州青年作家欧阳黔森，应是这些文学痴情者中比较活跃的一位。

贵州是个风情奇异、文化生态错综复杂的地方，曾经边远而贫困，昔有“天无三日晴，地无三尺平”之夸张说法，如今固然已发生巨变，但那里的文学似乎仍呈现着独异的面貌，好像总与中原地区或沿海地区的风格保持着某种距离，有点遗世独立的味道。蹇先艾的小说，何士光的小说，留给我们的奇妙印象是难忘的。近年来，贵州也有几位活跃的作家，例如欧阳黔森、谢挺便是其中的佼佼者。欧阳黔森 1965 年生于贵州铜仁，曾在地矿部门工作多年，算得上老地质队员，现已出版短篇小说集《味道》，中篇小说集《白多黑少》，长篇小说《下辈子也爱你》《雄关漫道》等。他的小说题材丰富多样，但真正体现他的创作特色的，不是外在的猎奇，而是富于个性化的“传奇”叙述方式。

有人说，传统小说是描写的小说，现代小说是叙述的小说，不无道理。若从叙述的角度来看欧阳黔森的小说，可以发现有不少篇章内在地充满了叙述的机趣。《十八块地》讲述的是知青时代的人与事。十八块地不过是记忆的源头，真正的故事是我与卢竹儿因某种机缘正要开始的美丽的初恋。“五一”劳动节的农家宴和患难与共的夜归，更为这种机缘的实现创造了条件。然而，一句偶然的失言，却改变了几个人的命运，卢竹儿最后竟不知所终。《断河》由麻老九的九曲十八弯式的人生传奇串联起刚勇与义气、爱情与阴谋、忠诚与背叛、残酷与温情、驯服与反抗。小说在冷酷中散播着兄弟至情，让真心相爱者必须生离死别。《五分硬币》的情感倒错让人在慰藉中慢慢体验人生况味；《梨花》的终身大事经历了几多微澜，仍然引而不发；《白莲》阴差阳错的爱情之旅，留下一段感慨和酸苦……欧阳黔森笔下的故事，极尽多因素搅拌之能事，把坎坷的命运安排和戏剧性的人生际遇紧密地扭结在一起，让读者既体验现实之真，又浸入想象之幻。

毕竟，短篇小说限于篇幅，不可能穷尽传奇的千变万化。作者在具体设置每个故事的情节时，只是勾勒出它的骨架，从而形成具有多种可能性的诗意结构。

为了弥补粗线条所留置的欠缺，欧阳黔森又在每个关节点上进行精绘，以细节真实铺路。许多细节既可减缓读者因对悬念的过度期盼而导致疲惫，又可提升读者对意义曲度和深度的忍耐与兴趣。有时候，细节过于密集；

有时候，细节简单纯粹，它们和“骨架”互相作用，共同构成作品的意义空间和始源。如《李花》所讲述的子随母姓和标语事件。《血花》像特写镜头般推出了老杨出车前的准备工作：天冷，风大，事忙，心急……分队长的强硬食言，职工们的孤注一掷，等等。《味道》中反反复复的情爱镜头所给予当事人的酸甜苦辣，使之陷入“麻木”，解脱之后的茫然，又翻出人生百味。特别是中篇《白多黑少》，在多条主线纠缠的缝隙处，作者讲到杜鹃红在不同场合以多种风姿呈现的款款深情；“我”在商场面对的各种应酬或嗔或喜，阴谋、算计、勾心斗角、两面三刀、情钱交易……作者的用心并不全在于揭露黑幕，而是以之为手段，真实地展现波诡云谲的商场生活，这些细节既弥补了“骨架”断裂的干枯，增强作品的整体感，同时也适度遏制传奇因素的过分张扬，有效地干扰常规的阅读逻辑，以散射的审美功能把作品意义导向暧昧与增值。

欧阳黔森小说的最大特点是“好看”，地域风情或充满诱惑的商场固然能引起读者的好奇心，但欧阳黔森步步设防、移步换形、峰回路转的叙事手段则一方面不断拓宽读者的视野，一方面又在悄悄地破坏读者的阅读期待，从而丰富读者的阅读体验并引导读者进入小说境界，最终完成灵魂与作品的邂逅。在他的叙述中，有明显的传奇因素。这是一种更加切近现实的世俗传奇。由于处在非常年代，每个家庭或者每个人都可能遭遇很多意想不到的事情，欧阳黔森喜欢选择那些看似普通实则蕴含丰富人生意味的事件作为自己的叙述对象。在具体叙述时，往往以焦点的方式推出故事，似乎暗含玄机，但在以后的情节中却在不断地淡化成氛围，若有若无却又挥之难去。当读者穿过序幕的雾障之后，故事在展开多种可能性时，欧阳黔森毫不犹豫地切断或遮蔽故事顺序展开的环节，在思维的深渊前形成一个个符合逻辑又超越常规的悬念。它们可能阻挡读者的惯性却又展开多重的诱惑。但是，作者并不以为解惑就是小说的根本任务，如何丰富故事的内涵往往成为作者更具倾向性的选择。因此，在每篇小说结尾作者为读者所提供的答案往往与悬念游移并构成下一级悬念的母题。可以说，每篇小说都试图精致地构筑一个悬念的环形图案。

欧阳黔森已初步形成了自己富于个性化的叙述方式和文本自觉意识，这也是对他勤奋创作的酬报。艺术的魅力在于常写常新，作家既要千方百计地形成自己的创作风格，又必须变动不居地不断突破既定的创作范式，才会不断超越自我。欧阳黔森在这方面的心理准备显然还有待加强，某些文本的模式化倾向和重叠现象已经出现，作者有时对文本的主客观叙述也把握失准，急于布置叙事迷阵和呈现叙事魅力，致使叙事主体有时不自觉地游离于情节之外，成为一个与读者平行的旁观者，破坏了文本的和谐。叙述的个人经验与公共经验如何协调，如何使叙事显得大气、深刻、厚重，也许都是值得他考虑的问题。我相信，凭着他的勤勉，还有几十年田野工作的积累，他定会取得更大的创作实绩。

《文学报》2006 年 4 月 7 日

# 真情是最动人的力量

## ——评欧阳黔森报告文学《江山如此多娇》

李炳银

欧阳黔森是国内著名的小说和影视剧作家。他创作的《雄关漫道》《奢香夫人》等作品，在读者中影响广泛。在很多读者的印象中，他应该是一个非常会讲故事的人。讲好一个故事，这也是当今小说创作中很多人所推崇的本领。在我看来，讲故事固然是文学作品传情表意的重要方法，但它永远都是作家表达的手段，若是缺少精彩独到、深刻细腻的思想情感感受蕴含，再传奇曲折的故事也会是浮浅苍白的圈套，只会热闹一时，无法撼动人心。这样的作品，自然也会距上乘经典很远。

令我感到有点意外的是，长于讲故事的欧阳黔森，在这部报告文学《江山如此多娇》里，似乎没有着意地发挥他讲故事的才干，而十分倚重自己作为一个地质队员曾经在家乡贵州很多地方的山水间穿行的清晰见闻记忆，和近些年观察发现精准扶贫后很多地方发生的巨大变化情形，以及具体强烈的真挚感受动心表达，来抒发自己的惊异喜悦情怀。作品书写贵州不少地方在扶贫攻坚、脱困新生过程中的深刻变化，为十八大以来中国展开的这次伟大扶贫活动，留下了真实动情的记录和文学表达。不特意借重故事的魅力，这也许是尊重报告文学注重真实客观人物事实记述的原则，但自然也是作者坚信真实动人的事实和人物命运的改变，同样会产生巨大的校正人心的力量。因此，作者选择根据自己前后到达现场的采访感受展开记述，在很多典型人物的具体改变中认识评判事实，在发自内心的尖锐触动中表达感觉结论，看似随意和缺乏人为艺术的结构功夫，却因为作者细腻的观察发现、见微知著情动于衷的感受表达而令人印象深刻。这是心动的感觉，是情深的表现，是生长于内心的枝丫鲜活勃发的生命力量所在。

《江山如此多娇》中有很多曾经因为贫困而令人痛苦无奈的情形，也有很多因为扶贫攻坚后脱贫富裕而喜悦的笑脸，每每接触，都令人感慨万千。像深藏于大山深处的赫章县海雀村，1985 年 5 月，新华社记者刘子富来到时，发现“衣不蔽体”的安美珍“大娘家四口人，全家终年不见食油，一年有三个月缺盐，四个人只有三个碗，已经断粮五天了”。刘子富感到非常震惊，在进一步了解情况后，方知像这样的苗族、彝族村民生活非常艰难、处于危机中的人家还有不少。他于 6 月 2 日写了一份内参——《赫章县有一万二千多户农民断粮，少数民族十分困难却无一人埋怨国家》。所幸，这份内参很快被送到了当时分管农村工作的中共中央书记处书记习仲勋同志的案头。习仲勋看后，大为震惊，立即批复贵州省委：请省委“规定个时限，有个可行措施，有计划、有步骤地扎扎实实地多做工作，改变这种面貌”。因此，海雀村和不少相类似地方的危机迅速得到缓解。当得知这是因为习仲勋的批示带来的改变后，群众奔走相告，都说：“我们有救了。”如今，又经多年扶贫攻坚工作，家乡告别贫困，面貌大变，走向富裕了。已 96 岁的安美珍大娘，在家里常年挂着习仲勋同志的照片，逢人就说：“习书记好！大恩人。”当脱贫过上好日子的老百姓说“辛苦了共产党，幸福了老百姓”的时候，欧阳黔森从这淳朴真诚的心声话语中，感到的“不仅是心灵的震撼，更是灵魂的洗礼”。像这样看似缺少故事，却非常动人的细节描述，是欧阳黔森作品发力的重要手段。画龙点睛，明光闪现。

欧阳黔森是贵州当地人，他对于自己的家乡贵州高原，曾经有这样的描述："这风这雨，千万年的溶蚀和侵染，剥落出你的瘦骨嶙峋；这天这地，亿万年的隆起与沉陷，构筑了你的万峰成林。""美丽，但极度贫困，这是喀斯特严重石漠化地貌的典型特征，被联合国教科文组织列为'不适合人类居住的地方'。"人们常说贵州"天无三日晴、地无三尺平、人无三分银"。因为万山阻隔、交通不便闭塞、地少贫瘠等许多种原因，贵州的美丽长时间地被贫困所遮蔽，成为有名的贫困地区。对此，欧阳黔森非常知底知情。如今，当他追寻着国家广泛开展扶贫攻坚、全力设法脱贫的伟大行动进程的贵州脚步时，在赫章县海雀村、遵义县花茂村、铜仁市万山区朱砂镇、紫云县沙坎村、正安县瑞濠移民安置点等地方，看到国家以人民幸福为中心目标，以实际精准的扶贫措施和坚定意志做支撑，勇于无私创新的扶贫干部与广大贫困群众密切配合，许多地方美丽呈现，环境诗意，人们生活幸福，安居乐业，不断感慨家乡变化巨大时，欧阳黔森由衷地写出了"江山如此多娇"这样的文字，并将其用于书名。是的，因为贫穷渐渐褪去，贵州长久被遮蔽的美丽容颜开始展露，大美贵州如今正在吸引着万众的瞩目和行动的脚步。

或许有人会以为这动情的浩叹是作者一时的激情所致。那是因为你并没有走到这些贫富状况明显转变的现场，没有真正地接触、观察和感受因为告别世代贫困，如今过上安乐生活的人们"像太阳一般灿烂的笑脸"，你的疑惑是缺乏根据的。欧阳黔森曾言，他的采访原则是"不管是谁提供什么样的资料、素材给我，不到一线眼见为实地访问，绝不引用"，"坚持与每一名相遇的贫困户促膝谈心、交朋友"。因为有很多"直接撞击我的胸口，使我心潮澎湃，感慨万千”的对象，方才有了这样动心用情的记录和书写。铜仁万山汞矿因为汞矿资源枯竭破产，职工生活无继，甚至到农民菜地偷挖红薯充饥，如今因为政策改变，与外来企业合作，光蔬菜大棚一项，年实现收入就达六亿元以上，实现脱贫解困。花茂村土陶烧制作坊的非物质文化传承人母先才老人，因为环境、销路不好，本来准备放弃了，这时赶上扶贫攻坚这个好时候，在村子面貌发生改变的同时，自己也积极转变生产经营方式，如今光是三十台制陶体验机一个周末就有六七千元的收入，老人高兴地说：“活了这么久，我终于重要了一回。”正安县吉他兄弟郑传祥、郑传玖的回乡创业带动家乡人们致富等故事例证，作者都很有力地用事实生动展开历史改变的痕迹和人们新的社会生活状貌情形。当记忆和改变成为一种现实的事实呈现的时候，“看在眼里，记在心上”的欧阳黔森，岂能掩饰自己高兴和激荡的豪情！这样的感受，也许是一个非贵州作家、外来者无法体会和真正感受得到的。

真情是最动人的力量。在《江山如此多娇》的书写表达过程中，欧阳黔森最看重的就是发现真实的社会人生变化事实，并在这样的变化中真实感受和表达。情动于衷则言见于词，“桃花潭水深千尺，不及汪伦送我情”。眼睛的发现和真切的感受，或许胜过很多人为编织的故事说教。欧阳黔森的《江山如此多娇》，是以真诚的观察和由衷的感动对贵州扶贫攻坚、精准扶贫伟大历程的动情记录表达，充溢着历史的疼痛记忆和现实的温情喜悦，是贵州历史新书写的华美篇章。

《光明日报》2021 年 5 月 19 日

# 欧阳黔森短篇小说艺术论

周新民

最先知道欧阳黔森，是因为电视剧《奢香夫人》《雄关漫道》，为他的剧本创作才华所震动。后来慢慢阅读了他众多的长篇小说、中篇小说、短篇小说。然而，短篇小说无疑是他倾注心力最多，所取得的成就最高。短篇小说无疑是颇有难度的文体，鲁迅、沈从文、汪曾祺、孙犁、苏童等以其骄人的艺术成就，把短篇小说这种艺术推向了极致。因此，要想在短篇小说领域取得成就，难上加难。然而，欧阳黔森在短篇小说艺术领域潜心耕耘，取得了不俗的艺术实绩。本文尝试探讨欧阳黔森短篇小说艺术成就，为丰富短篇小说的艺术版图提供借鉴。

## 一

短篇小说被认为是以片段来反映社会生活的艺术样式。以片段来反映社会生活的短篇小说艺术规范，要求短篇小说选材必须是生活的横断面。这一规定表明，短篇小说所选取生活的时空跨度很有限。但是，欧阳黔森的短篇小说似乎并不顾及这一规定。他的短篇小说所选取的生活，绝对不只生活的横断面，也有较宽广的空间。尽管如此，欧阳黔森在短篇小说中所凸显的对于生活、人生的思考，有其独到之处。我们可以选取欧阳黔森的短篇小说来做说明。

《断河》是欧阳黔森一篇有影响的短篇小说。这篇小说字数不多，大概 8000 字，从字数的规定性来看，这肯定是一篇短篇小说。和一般的短篇小说不同，《断河》所叙写的社会生活跨度很大。这篇小说从麻老九的父亲写起，故事时间横跨 75 年，仔细叙写了麻老九从出生到晚年的生活。《断河》叙述了在这 75 年岁月沧桑之中，麻老九生父老刀和养父老狼两个家庭两代人的恩怨情仇。

《远方月皎洁》写青春年少时的一段故事。“我”是一名地质队员，认识了小学教师卢春兰。卢春兰美丽清纯，“我”爱上了她。卢春兰也对“我”有意。卢春兰给了“我”一条小黄狗，这条小黄狗是“我”和卢春兰情感的见证。然而，“我”完成工作任务后，不得不返回到城市。这只小黄狗也被地质队打死了。狗皮每夜垫在“我”的背上，延续着“我”和卢春兰之间的情感寄托。小说并没有就此打住，而是继续写带有青春记忆的狗皮的命运。从小说叙述的故事时间来看，小说的故事时间，从与卢春兰分手后的第八年一直写到 20 多年后的岁月，故事时间跨度有 20 多年。

《五分硬币》的故事时间起源于 1966 年红卫兵大串联之际，“我”在天安门广场饥寒交迫，遇到了一位年轻漂亮的女孩子。在“我”饱受寒冷之时，她邀请“我”钻进她的帐篷避寒。“我”难耐饥饿之时，她及时给了“我”能买三个馒头的五分钱硬币。《五分硬币》并没有停留在这一生活的横断面上，紧接着写到“很多年很多年”后与这位女性相遇的故事。《五分硬币》所叙述的故事时间跨度也有 30 年之久。

《兰草》的时间跨度也有30多年。“我”和兰草相遇之时，都是青春年少。那时，我们到三个鸡村组知青点，“我”对兰草关怀备至，我们的关系也比较亲密。兰草热爱文学，嫁给了一位诗人，后来又和诗人离婚。小说的故事时间跨度很大，一直写到30后的我们再次聚首。

欧阳黔森的短篇小说时间跨度一般比较长，超越了一般的短篇小说截取生活横断面的特性。欧阳黔森短篇小说写法与当下短篇小说的写法有着较大的差异。其原因在于，欧阳黔森的短篇小说吸收了中国古典短篇小说的艺术滋养。

中国古代短篇小说往往并不在意时间跨度。尤其是中国古典短篇小说，往往借用编年的叙述方式，比较完整地描述人物的一生经历，和现代短篇小说的截取生活的横断面表现片段性生活的规范有所不同。欧阳黔森短篇小说之所以故事时间跨度很大，而不去致力于截取生活的横断面，其目的是改变短篇小说亦步亦趋地反映社会生活的艺术路数。

《断河》所表现的生活跨度长约几十年。小说在麻老九的一生中要去透视的不是社会生活的变迁，而是对于人世、世事风云变幻的表现。麻老九和龙老大为一母所生的异父兄弟。麻老九和龙老大有杀父之仇。龙老大为一强悍土匪，念及和麻老九为一母所生，定时给他送去钱财、女人。麻老九默默地为龙老大捕鱼。这种日子过了很长一段时间。这应该是小说的第一部分内容。就这部分的叙述内容来看，《断河》在叙述一段传奇。但是，小说正文后还有两部分，一部分是小说“后记”，讲述麻老九因为怀念生命中的第一位女人，坠河而亡。小说的“后记”后，再添“再后记”。“再后记”写麻老九的儿子麻老大眼中汞矿的沧桑变迁。如果从小说的故事的角度来看，《断河》的故事时间从麻老大的爷爷青年时期的老刀写起，历经父亲麻老九，前后近百年。这样的时间跨度，明显和短篇小说要选取社会生活的“片段”的规范有冲突，其故事时间显然是一部长篇小说故事的时间长度。《断河》的故事时间跨度之长，足够去展开一个家族、一个地区的生活史。不过，《断河》的重心显然不是要描述社会生活，更不是要叙述社会生活的变迁史。因此，欧阳黔森没有从常规的短篇小说法则入手，而是高明地通过长时间段的生活叙事，来表现对于生活的体悟。《断河》可以划分为“正文”“后记”“再后记”三个部分，把在线性时间发生的事情切割成空间并置关系，切断了《断河》表现社会生活变迁史的可能性。我们可以发现，“正文”“后记”“再后记”并置在一起的三个部分，其实有着共同的主题。“正文”部分叙述的是老刀与老狼的恩怨情仇、麻老九与龙老大之间的微妙关系。这一部分平静如水的叙述，实际上表现了时间无情、世事无常：老刀抢了老狼的女人，最终死于老狼刀下；老狼的儿子龙老大虽然强悍，最终难免被歼灭的命运；而麻老九看似弱小，却在多次历史事变中幸存下来。“后记”部分主要写麻老九的儿子麻老大与母亲的对话，表现了无情与有情的辩证关系。“再后记”部分表现的是曾经盛极一时的汞矿最终因为矿产枯竭而关闭，透露的是盛与衰的辩证思考。“正文”“后记”“再后记”的空间并置的结构，改变了小说的线性时间关系，最终，呈现出对于人生、人世、人事的辩证的思考。这样的空间并置结构最终改变了《断河》的故事流、时间流，表现了对于宇宙与人生的复杂、诡秘的哲理感受。《断河》虽然故事时间跨度很大，但是，欧阳黔森巧妙的艺术处理，使《断河》从对社会生活变迁史的叙述中抽身出来，表达了对于人生、人世的深层哲理思考。

从故事时间来看，《远方月皎洁》《五分硬币》《兰草》也是跨了 20 多年甚至 30 多年。但是，同《断河》一样，这些小说拉长故事时间的目的，显然不是要再现一段历史与社会生活。其目的是表现时间的无情。这几篇小说的前一部分，几乎都毫无例外地叙述“我”与几位女性之间的美丽情感，而后半部分叙述这份情感后来无一例外地变质。《远方月皎洁》中寄托了卢春兰和“我”之间情感的狗皮，最终也被女儿丢掉了。《五分硬币》

前半部分充分调动细节叙述的魅力，再现了“我”和一位姑娘在动荡时期的相互关爱的动人情感。然而，20 多年后，再次相逢，这份美丽、真挚的感情再也找不到了。这位姑娘给“我”的是讽刺与伤害。那份相互温暖的美丽感情被时间的长河洗涤一空。《兰草》叙述了兰草的人生际遇。插队期间和“我”有着一段情感真挚的生命体验，后来，兰草嫁给一位诗人，婚姻不幸，最终离婚。多年后，我们再次相逢，“我”以为我们之间还能找到美丽的回忆。然而，时间无情，那份真挚、美丽的情愫不再存在。《远方月皎洁》《五分硬币》《兰草》虽然都有长时间段的叙述，但是，它们的叙述目的不是再现生活的变化，而是叙写时间的无情。

总体看来，欧阳黔森的短篇小说借鉴了中国编年体的叙事方式，注重叙写相对完整的事件与人生经历，颇有中国古典短篇小说的风韵。但是，欧阳黔森的短篇小说又超越了中国古典短篇小说的“实录”精神，在哲理层面找到了现代短篇小说的艺术质地，表现了对于人生、人事的哲理思考。我以为，这是欧阳黔森短篇小说的光彩之处，也给当今短篇小说的发展提供了有益的借鉴。

## 二

欧阳黔森的短篇小说没有截取生活的横断面，也没有把再现生活作为小说的主要目标。因而，在刻画人物形象时，欧阳黔森也没有把人物作为某种观念的“传声筒”。从人物和它所处的时代来看，欧阳黔森的短篇小说并没有把时代的观念投射到人物身上。欧阳黔森的短篇小说摒弃了观念对于人物本来面目的遮蔽，回归到表现“人”的本来面目上。

《十八块地》是欧阳黔森的一篇重要的短篇小说。这篇小说的时代背景是知识青年上山下乡。反映知识青年上山下乡生活的小说，是中国近三十多年来小说的重要题材。这些小说已经形成了固定的叙事套路。要么反映悲剧性的时代给人带来的伤痕；要么叙述回望知青时代的理想、浪漫的生活，要么解释知识青年上山下乡的历史深层文化心理；或者叙写通过知识青年上山下乡生活的叙述，彰显时代的荒谬。每一种叙述模式都曾产生过许多优秀的小说。然而，这些小说无论采取怎样的叙述套路，无一例外地叙写知识青年与时代之间的紧张关系，表现了具体的历史情境对于人的深刻影响。阅读完《十八块地》后，明显感觉到这篇小说具有崭新的叙述视角。它不再在时代和人之间的紧张关系中去做文章，而把时代虚化为背景，去展现在这一背景下人物的心理与行为。《十八块地》以纪传体的手法，续写了知青时代三位知识青年的故事。小说分为"卢竹儿""鲁娟娟""萧家兄妹"三个部分。"卢竹儿"部分，完全回避了知识青年在农场的痛苦生活。相反，在这里，我们看到了知青与知青之间、知青与驻地农民之间的和睦与温情关系。在这一部分，选取了"我"和卢竹儿去老乡家吃腊肉并一同返回驻地的一段经历，作为小说的叙事重点。"我"和卢竹儿去老乡家吃完腊肉后，返回驻地的途中，因为避雨，在一个山洞里发现了一只山羊正在产仔。卢竹儿担心知青们因为饥饿会宰杀山羊，要求我保密。但是，一不小心，"我"还是把山羊在山洞产仔的消息透露出去了，三只山羊最终也成为知青们的腹中食。因为"我"不讲信誉，卢竹儿从此再也不理会"我"了。这一部分内容，完全避开了时代的特殊情景，而着力表现了卢竹儿的善良。"鲁娟娟"部分在不长的篇幅里比较完整地叙述了鲁娟娟的人生经历。鲁娟娟是下乡知青，和一般知青的玩世不恭不同，鲁娟娟有着自己的人生追求。在承担着繁重的体力劳动之余，鲁娟娟仍在刻苦学习外语。也因为这一点，她后来成为了柳阳中学的代课老师。"文化大革命"后，鲁娟娟上了大学。不过，大学毕业后，她还是回到了她曾经工作过的柳阳中学。这所中学因为地处偏僻，无人愿意去任教，只有鲁娟娟主动要求去这里。“鲁娟娟”部分虽然写到了知识青年在乡村劳动的艰苦岁月，但是，小说的着力点并不是去叙写时代的特殊情景，而是通过“文化大革命”和改革开放两个时代的对照书写，表现了鲁娟娟一如既往地认真做事的精神品格。“萧家兄妹”部分，虽然写到了萧子南去天安门广场悼念周恩来总理的事迹，但是，小说并没有叙写萧子南的英勇事迹，而是叙写在那段阴云密布的岁月里，知青们办年货的生活细节。时代巨变，丝毫没有波及这群知识青年，也没有影响到他们的日常生活。在他们眼里，所谓的时代巨变，和他们的生活之间，没有建立起任何联系。总体看来，《十八块地》中的人物，并没有成为时代的“传声筒”，在他们身上闪烁着人性的光芒。

《心上的眼睛》表面上看是一篇讨论英雄以及英雄传统的小说，但是，小说最为核心的内容是讨论人性的光辉。小说故事发生的地点是娄山关。这里曾发生了中国工农红军与国民党军队之间的激烈战斗。毛泽东的《忆秦娥·娄山关》曾对红军的惨烈的战斗有过描述。这首描绘娄山关战斗的词，被刻在娄山关的石壁上，成为著名旅游景点。小说从当下的娄山关与历史上战火弥漫的娄山关之间的对话展开叙事。今日的娄山关上游人如织，然而，人们对战火纷飞的娄山关记忆淡漠。战火中表现出来的英雄主义精神在市场经济时代已经被淡忘，人们更加看重的是物质与利益。这是小说的表层意思。小说的奥妙在于塑造了一位智商比较低下的丁三叔。小说的开头极尽铺排丁三叔的傻，而这种铺排也并非没有意义。正因为丁三叔的傻，他和当下的市场经济时代的价值取向之间保持了距离，从而也避免了成为时代的传声筒。然而，小说高潮是丁三叔那种从内心生发出来的能量和本能，他帮助战斗英雄触摸到了刻在石壁上的毛泽东的词句：“丁三叔在那幅字下，抱着一个男军人的大腿往上推，旁边还有一个女军人在帮忙。看来两人很吃力，几乎支撑不住那位高大的男军人的身体，那军人的手指总和石壁上的毛体字还有那么一点距离。山壁上那些潇洒而苍劲的字，我也不止一次在朗读中产生出想触摸它们的冲动，但终究因了我不够高而打消了念头。”男军人参加过边疆战役的救护工作，因公伤双眼失明。但是，他的英雄情结仍然表现得非常鲜明。而小说的重心不是前文所叙，表现市场经济时代消费主义文化心理的强大的吞噬能力，也不是歌颂这位双眼失明的军人的英雄主义情怀，而是要借丁三叔这位傻子的形象去说明，英雄主义精神不是源自功利主义而是作为人性中无法泯灭的朴素情感，潜藏在人的心灵之中。这一主题，完全超越了对于英雄主义的功利性的表达，无疑具有永恒的价值和意义。

小说艺术的“质”的规定性当然是塑造人物形象。很难想象，没有人物形象，小说还能成其为小说。不过，中国现当代小说在塑造人物形象时，常常把人物当做某种观念的传声筒。因此，在设置人物形象时，常常会设置出具有二元对立关系的人物形象。这些人物形象常常是善与恶、美与丑、崇高与卑微的化身。在这种“等级性”人物关系之中，代表善、美、崇高的“美好”观念的人物形象处于小说的中心位置，是主要人物形象；而代表恶、劣、卑微的人物形象则处于次要位置，起到反衬主要人物形象的作用。由于没有把人物形象当成某种观念的传声筒，拒绝设置具有等级关系的人物形象，也因此成为欧阳黔森短篇小说的最大美学特征。《断河》中哪一个人物形象是小说的主要人物形象？小说的叙述焦点是麻老大，但麻老大并非小说具有突出性格的人物形象。你也很难把老刀、麻老九、龙老大看做是小说的主要人物形象，因为，这几位人物都不是小说“贯穿性”的人物形象。《十八块地》则明确地以“卢竹儿”“鲁娟娟”“萧家兄妹”作为小说的叙述部分，你也很难确定到底谁是《十八块地》的主要人物形象。

我们再来看看《敲狗》这篇小说。《敲狗》设置了三个重要人物形象：厨师、徒弟、卖狗人。这三个人物形象没有设置成某种观念的投射符号，《敲狗》也没有从善与恶的二元对立的角度来展开叙事。小说中的厨师是一位兢兢业业的厨师，他有着良好的职业道德和职业操守，也有着高超的职业技能。应该说，《敲狗》是从职业的角度来刻画厨师的。他身上并不负载着善与恶的道德评价。卖狗人是一位爱狗之人，之所以卖狗是因为家里实在缺钱。迫不得已，把狗卖给厨师，并且和厨师约定好了，等筹措好了钱，是要来赎狗的。厨师出于职业本能，不同意把狗赎给卖狗人，卖狗人出于无奈才卖狗。但是，这一对矛盾冲突，并非善恶冲突，都是出自个人的特殊身份而做出的选择。小说最有意思的地方，并不是厨师和卖狗人之间的冲突，而是徒弟的纠结与选择。当卖狗人筹措齐了一百元钱来找厨师赎狗时，厨师并不愿意赎狗。为了打消卖狗人赎狗的愿望，他要求卖狗人支付两百元钱。等卖狗人回去筹款之际，厨师决定第二天敲狗。然而，徒弟被卖狗人的执着所感染，夜半时分，偷偷地把狗放走了。虽然狗回到了主人那里，卖狗人还是很讲诚信，把两百元送到了厨师那里，并特别感谢厨师提前放狗回家。整篇《敲狗》围绕着人性的善良做文章，使小说在貌似平静的叙述之中，展开了关于人性的思考与较量，从而回避了单纯地从道德角度来塑造人物形象，也摈弃了围绕善恶来构筑人物等级关系的陈规。

## 三

欧阳黔森的短篇小说大都以花为题目，如《丁香》《梨花》《白莲》《兰草》《李花》。如此大面积地以花为题，自然不是偶然形象，自有他特殊的考虑。这些自然物的花草，被写进文学作品后，不再是单纯的自然物，而是被赋予了人格精神。这种以自然物的特性来比附人格精神，即是中国传统审美意识“比德”。“比德”是从先秦时期就开始的审美意识。先秦思想家常以玉石、水来比附道德、精神。《周礼·大宗伯》说：“以玉作六器，以礼天地四方，以苍璧礼天，以黄琮礼地，以青圭礼东方，以赤璋礼南方，以白琥礼西方，以玄璜礼北方。”《孔子家语·问玉》：“昔者君子比德于玉。”《论语·雍也》：“子曰：知者乐水，仁者乐山，知者动，仁者静，知者乐，仁者寿。”这种以自然物的某种特性比附人格精神，从而把自然物属性、人格精神融贯为一体的审美境界的思维方法，在文学创作中的表现就是类比的表现手法。屈原的《离骚》是采用这种表现手法的集大成者。东汉王逸评价《离骚》的描写方法：“善鸟香草，以配忠贞；恶禽臭物，以比谗佞；灵修美人，以媲于君；宓妃佚女，以譬贤臣；虬龙鸾凤，以托君子；飘风云霓，以为小人。其词温而雅，其义皎而明。”这种类比的表现手法，是中国古代诗词歌赋常用的手法。

小说创作常常以自然物来比附人格精神。这种方法常常是以自然环境描写的方式出现的，例如通过环境描写烘托人物形象，预示故事的发展方向等。不过，还很少有作家以特定自然物来比附人物的精神品格。不过，欧阳黔森的短篇小说却以自然物比附人的精神品格，并形成了鲜明的特色。

《十八块地》中的萧美文爱好文学，才华横溢。她“特别喜爱绿色和蓝色，她要么穿一身旧绿色军装，要么穿一身蓝色衣裤”。她还特喜爱兰花，她经常“去十八块地的小溪边。采来很多兰草，放在桌子上，床上，窗台上。一到开花季节，那小小的紫白色花儿开得很香很诱人”。这些文字从服饰颜色的角度建立起了萧美文和兰草之间的联系。接着小说进一步叙写萧美文的经历。萧美文后来参军，并参加了对越自卫反击战，在抢救伤员时阵亡。小说写到这里，进一步以诗歌的形式，挖掘了萧美文和兰草之间的精神联系：

我爱绿色
你说绿透了就是蓝色
不信看天空，看大海

你走时，送了我一盆
绿油油的兰草
穿一身绿油油的军装
你说老山绿得美丽
你要去那儿救死扶伤

很多年过去
你没有如约
带来一株老山兰
我知道你已经化成了一株老山兰
永远长在了老山上

从此我热爱兰草
兰草博大，深邃
永远有一盆兰草
生动在我蓝色的窗口

小说以诗歌形式生发了兰草与萧美文之间的精神联系，从而完成了以兰草的形状、颜色、精神比附萧美文的艺术过程。

《梨花》中的梨花是一名从乡村成长起来的副县长。梨花“美如花开，白洁无瑕”。她家境贫寒，中等师范毕业后，回乡村中学任教，单纯、质朴，她考上省城师范大学后，仍然回到这所乡村中学任教，并任副校长，后来升任校长。梨花是一名理想主义者，只顾埋头工作。凭借工作业绩，一步步成长为县委宣传部副部长、副县长。从工作业绩来讲，梨花无疑是成功的。然而，这位山里姑娘却是一名非常朴实的人，在道德上也追求完美。小说如果仅仅这样来叙述一名山村姑娘的成长之路，无疑是乏味的。不过，欧阳黔森采用类比的表现手法，通过李老师给梨花的情诗，在自然物梨花和梨花姑娘之间建立起比附关系，使梨花这名美丽的青年和自然物的梨花之间建立起审美联系，最终达到了“人”与“物”浑然天成的审美境界：

……

梨树，叶青花白

静静地绽放

梨花白的清香呵

正从你身上溢出

如手指顶在我的腰上

……

那夜后

我热爱梨花

热爱梨花的白

热爱梨花白的清香

……

除了以插入诗句的方式，完成类比表达方式，欧阳黔森的短篇小说还常常在叙述中完成以“物”比 “人”的艺术表现。这种构筑类比表现方法的代表作是《李花》。《李花》以从深圳来西篱乡扶贫的戴先生作为小说的叙述视角。西篱乡地处偏远乡村，这里环境闭塞，耕地稀少，格外贫困。而比贫困更可怕的是这里的人思想僵化，重男轻女，不重视教育。戴先生来自深圳，家里很有钱，是作为志愿者来西篱乡扶贫。小说以外来人戴先生的视角来展开叙述，展现了西篱乡人思想的闭塞与僵化。然而，戴先生在和西篱乡人接触过程中，认识了一位乡村妇女。这位妇女名叫李花。李花虽然是女性，是乡村为数不多的上过初中的女性。她的丈夫上过高中，参过军，复员回乡。这对夫妇与西篱乡其他人不同。他们科学植树，种植了大面积的李树桃树，依靠卖桃子李子而发家致富。更主要的是这对夫妇，尤其妻子，思想格外开放，生下的第一个孩子是个儿子，和她一起姓李，这在这个闭塞的乡村曾经掀起了轩然大波。李花作为一名乡村妇女，还十分关心国家大事，心系国家发展。《李花》如果仅仅如此叙述，小说的艺术魅力肯定受到限制。为了拓宽小说的艺术空间，《李花》采取了以“物”比“人”的写法，拓展了小说的艺术空间。小说在行文中，有这样一段精妙的描写：“人们喊起李花，自然想起春天那漫山遍野盛开得洁白清丽的李花。那李树是先开花后吐绿芽，然后结出青青的李子。李花洁白美丽，李花本人的确也是不辱没那漂亮的白花儿，在这一方面是美女了，虽已是生了俩孩子的母亲，但她那身段没有一点肥胖的感觉，那真是该凸的地方凸起该凹的凹起，脸蛋蛋微黑微红的显得非常健康，一双大眼睛再配上她那一条坠到脚跟的乌黑亮丽的大辫子，就是一个李春波的小芳模样。”

类比的写作方法，使欧阳黔森的短篇小说充满了诗情画意，营造出了人、物相互交融的审美情景。这在以表现社会生活为主体的现当代短篇小说史上，的确是匠心独运的表现。

欧阳黔森的短篇小说艺术探索，吸收了中国古代编年叙事、传记叙事、比德审美意识的有益滋养，创造出了具有中国民族特色的文学作品。欧阳黔森的小说创作，得益于其生活的贵州。贵州是少数民族集聚地，也是历史文化悠久的一块文化宝地。少数民族集聚地以其空间的相对封闭带来了文化上的封闭，因而较好地保留了中国传统文化，其文学作品也因此保存了较多的中国传统文学的痕迹。在激进主义文化主导的文学史叙述中，保留较多传统文化与传统文学基因的文学，常常被排除了主流文学史的叙述之外，无法得到真实的呈现。然而，正是在少数民族集聚地顽强地写作的作家们，维护了文学史的丰富性。在文学日渐开放的今天，在中国文学日渐走向世界的今天，这些带有中国文化与文化传统印记的文学，正逐渐起着改变中国文学生态的重要作用。

《小说评论》2015 年第 5 期

# 博物、传奇与黔地方志小说谱系
## ——论欧阳黔森的小说创作

李遇春

在新世纪中国文坛中，来自贵州的欧阳黔森绝对是一位有着独特风格和艺术个性的作家。尤其是他的小说创作，带着来自贵州边地的蛮荒气息和现代气韵，构成了当代中国文学地理版图中不可或缺的组成部分。但也许是因为欧阳黔森的文学创作涉猎过多种文体，举凡诗歌、散文、小说和影视剧本无不涉足其间，这就多少冲淡了学院派批评家对他的持续性学术关注。当然更重要的还在于，欧阳黔森的小说创作具有多面性、丰富性和差异性，它很难被简单地归并入新世纪的时尚文学潮流，故而往往容易被我们时代的文学同一性所遮蔽，这不能不说是一种遗憾。然而，如果我们从文学与传统的角度考察，特别是把欧阳黔森的小说创作纳入到新世纪以来中国文学传统的复兴层面进行考量，我们会惊讶地发现欧阳黔森的小说创作具有新的文学史意义。事实上，欧阳黔森在小说创作中不仅显在地传承了蹇先艾、何士光等中国现当代贵州作家的新文学现实主义传统，而且还潜在地复活了志怪、志人、博物、搜神、传奇、方志、笔记等中国古代文学传统资源。正如第二届蒲松龄短篇小说奖给欧阳黔森的佳作《敲狗》的授奖词中所言：“小说不仅在结构上有中国古典小说的神韵，在道义和人性的刻写上也见出传统文化的底蕴。”[1]这评说的不仅仅是短篇小说《敲狗》，倘用来评价欧阳黔森的小说创作整体成就和艺术追求，其实也是大致不差的。

## 一

作为作家，欧阳黔森曾经的“地质人”职业身份可谓独具一格。可以毫不夸张地说，对当代中国地质队员的生活书写和形象塑造，构成了欧阳黔森早期文学创作的主心骨和原动力。欧阳黔森正是凭借着独特的当代地质人书写而与同时代作家群体区别开来，同时他也正是立足于特定的当代地质人书写而抵达了人性剖析和生命叩问的普遍境界，从而避免沦为行业作家的所谓行业写作。早年的地质队员生涯深刻地影响了欧阳黔森的文学创作。他写过一些回忆地质生活经历的散文，如《穿越峡谷》《武陵纪事》等，这些散文与小说的界限并不清晰，其实是可以视为小说来阅读的。他还写过一些带有浓郁“地质情结”的诗篇，如组诗《地质之恋》，包含《血花》《勘探队员之歌》《一张中国矿产图》《勋章》四章，这些诗作都被他以各种形式镶嵌到了小说文本中，由此可见他的诗作与小说的文体血缘。组诗《那是中国神奇的版图》和《贵州精神》也是带有地质视野的诗章，非出身于地质人的作家所不能道。欧阳黔森出生于梵净山脚下的贵州铜仁，他的父亲就是一个踏遍青山找矿的地质人，长大后的欧阳黔森子承父业也成了一名地质队员，在野外普查组一干就是八年[2]。在八年的野外地质找矿生涯中，欧阳黔森踏遍了云贵高原的武陵山脉和与横断山脉相接的乌

[1]《欧阳黔森短篇小说选·前言》，贵州人民出版社，2014，第 2 页。

[2] 欧阳黔森：《故乡情结》，载《水的眼泪——欧阳黔森选集》，广西师范大学出版社，2017，第 77 页。

蒙山脉[1]，这段独特的人生经历和生命体验给他日后的文学创作打下了深刻的印记。用欧阳黔森自己的话来说，“一个地质人”，“一个地质作家的感受”，与一个旅游者的感受是不一样的。“我走的绝不是旅游者的道路，而是地质人走的路。地质人的路，其实就是没有路。人迹罕至是地质人的行走特征。”[2]欧阳黔森小说的独特性与开创性于此可窥堂奥，他要开辟的正是一条属于当代地质人的文学蹊径。

众所周知，地质学是地理学的分支学科，地质学属于严格的自然科学，主要研究地球的构造及其演化过程，而地理学的研究范域涉及人地关系，兼具自然科学与人文科学的双重学科属性。而欧阳黔森作为一个职业的地质工作者，他不仅具备广泛的人文地理学知识素养，而且有着专业的地质学知识和经验储备，这就使得他在小说创作中能够充分地调动自己的专业地质知识作为文学叙事的躯干或者血肉，而不仅仅是流于习惯性的人文地理风光的背景介绍，真正让专业地质学的知识性叙事成为文学叙事的内在有机构成，这是欧阳黔森小说创作的一大特色。事实上，我们在欧阳黔森的大部分小说中都可以见到不同程度的地质知识性叙事，这种专业性很强的知识性叙事不仅涉及到外在的生态环境描写层面，还涉及到人物的生活经历和经验层面，更重要的是深入到了人物的生命体验和精神境界层面，这就不单单是借专业知识而炫技了，也不再是拘囿于职业范围和行业领域的行业性写作了，而是真正抵达了知识性叙事的审美境界。其实，近些年来中国小说创作中尝试这种专业知识性叙事的作家作品还有不少，仅就长篇小说而言，比如刘醒龙的《蟠虺》和陈河的《甲骨时光》就是考古学专

[1] 欧阳黔森：《横断山脉中的香格里拉》，载《水的眼泪——欧阳黔森选集》，广西师范大学出版社，2017，第 82 页。

[2] 同上书，第 36—37 页。

业的知识性叙事，韩少功的《马桥词典》和《暗示》就是语言学专业的知识性叙事，成一的《白银谷》和《茶道青红》就是经济学专业的知识性叙事，此外还有莫言的《檀香刑》属于刑法学专业的知识性叙事，王安忆的《天香》属于纺织学专业的知识性叙事，李锐的《太平风物》属于农学专业的知识性叙事，凡此种种，都说明了当代作家借助专业科学知识强化小说叙事特色的努力。这种努力看似新鲜，实则是对中国古代小说“博物体”叙事传统进行的创造性转化。博物体小说在中国由来已久，从《山海经》《十洲记》到晋人张华的《博物志》，中国古典博物体小说正式成型。有论者指出，博物体小说“源于先秦的地理学和博物学”，“重在说明远方珍异的形状、性质、特征、成因、关系、功用等”[1]，可见在《博物志》开列的“异人”“异俗”“异产”“异兽”“异鸟”“异虫”“异鱼”“异草木”“异闻”等类别中，“异物”才是叙事的中心，而“异物”叙事的关键则在于作者的专业知识素养。这正是中国古代专业知识性叙事传统的由来。一直到清代《红楼梦》中，曹雪芹依旧沉醉于知识性叙事，举凡建筑学、园林学、医学、食品学、科技和民间技艺等不一而足，足以证明知识性叙事是古今小说创作的一大法宝。然而，古代的博物体知识性叙事虽然有“博物洽闻之称”，亦“多附会之说”[2]。这就和当代博物体知识性叙事存在根本区别，前者的科学知识并不牢靠，故多附会和妄说，而后者建立在现代自然科学知识体系基础上，摒弃了古人的好怪而妄言，更多地从生态环境和人与自然关系的角度去反思人性的劣根或探寻生命的真谛。

在欧阳黔森的小说创作中，他走的正是这样一条现代博物体知识性

[1] 陈文新：《文言小说审美发展史》，武汉大学出版社，2002，第101—102页。
[2] 鲁迅：《中国小说史略》，载《鲁迅全集》第9卷，人民文学出版社，1981，第44页。

叙事之路。他尝试着从不同的艺术路径将自身的专业地质学知识、地质生活经验和生命体验融入小说叙事中，给传统的博物体小说灌注了现代科学精神和人性内涵，形成了别具一格的当代地质人知识性叙事形态。欧阳黔森的这种当代叙事探索首先表现为在小说创中以地质知识话语作为叙事背景，着重讲述地质人的生活经历和情感故事，揭示当代地质人的人生困扰和精神困惑。这种小说凭借其独特的叙事对象选择而引人注目。如短篇小说《有人醒在我梦中》，以第一人称讲述“我”和白菊这两个野外地质队员之间无言的爱情故事，人物身份和生活环境都属于地质知识话语，但这种地质人的复杂爱情心理却超越了题材和身份，具有人性的普遍性。无独有偶，短篇《远方月皎洁》也是讲述地质人没有结局的爱情故事。“我”是野外地质队员，“我”和山村女教师卢春兰在短暂的地质普查工作期间相识相恋，“我们”的七色谷之恋浪漫而奇异，七彩石层的艺术描摹闪烁着科学知识的光亮，这就为男女主人公的爱情悲剧故事平添了“异物”色彩。短篇《丁香》写到了一个山区养路女工丁香的意外死亡，她在生前曾受到野外地质探勘队所有男人的爱慕，但真正爱恋她的是那个地质诗人，地质诗人不仅偷偷为她写诗，而且敢于为了她的受辱与同伴决斗，可惜这一切丁香并不知情，这是一个地质人的暗恋乃至苦恋故事。多年后地质诗人早已不再写诗，但依旧怀念丁香到心痛，整篇小说弥漫着挥之不去的感伤氛围。值得一提的是，短篇《血花》跳出了当代地质人爱情叙事的拘囿，作者讲述了 20 世纪 70 年代末发生在云贵高原地质队里的一场惨剧。在激烈的争辩过后，为了送久居深山的地质勘探队员回家与亲人团聚，司机老杨决定冒险开车在大年三十出发。在路滑导致坠崖的千钧一发之际，老杨瞬间朝山壁撞去，他为了保护地质队友而献出了生命，但却永远不会被授予烈士。这是一个苦涩的地质英雄故事，小说结局隐含反讽意味。

与作为表层叙事背景的地质知识性叙事不同，欧阳黔森小说创作中还有另一种更深层次的地质知识性叙事模式，这就是正面切入和深度摹写当代地质人的野外地质职业生存状态，而不再纠结于地质人的日常情感生活的书写，此时的地质知识话语不再是作为表层叙事背景而存在，而是构成了深层的文本叙事主干，它支撑起了这类地质知识性小说叙事的整体架构。中篇小说《穿山岁月》和《莽昆仑》就是欧阳黔森的这类小说力作，它们都属于第一人称的地质人叙事作品，带有明显的亲历者痕迹，算是广义上的自叙传小说。这类小说叙事中荟萃了地质人所见所闻的各种异人异俗、异物异产，故而叙事光怪陆离，洋溢着神秘诡异色彩。而且叙事人时时处处都以地质人的专业眼光和知识视角观照生存环境，故而小说中有关大地山河、珍禽异兽的描写都不再是常见的抒情诗和风景画的笔法，而是具备传统的博物眼光和现代的科学智慧，属于分析性的描写和描写性的分析，闪烁着理性的审美之光。《穿山岁月》共分三章，尽管主要人物由“我”、郜德、苏工三个地质勘查人员组成，但实际上三章分别讲述了三次进山勘探经历，时间上似连实断，从叙事结构上看属于典型的空间化叙事。第一章写进梵净山原始森林采样，遭遇云豹、黑熊、五步蛇、旱蚂蟥、长脚巨蚊、甚至还有没现真身的老虎的侵扰；第二章写进山抽查样品，集中笔力写深山的水系和地貌，以及地质队员遭遇性变态者的奇特经历；第三章写工作点检查，重点放在少数民族边地风情描绘上，尤其是“美人鱼”的出现充满玄幻色彩。显然，这种空间组合结构的小说便于展示博物体知识性叙事的优长，有利于作者对异物异俗、异人异貌展开穷形尽相、镂金错彩的铺排式描绘。相对于写云贵高原的《穿山岁月》而言，写青藏高原的《莽昆仑》在艺术境界上更显阔大而苍茫，但二者在致力于传统博物体知识性叙事的现代转换方向上是一致的。这部中篇写了“我”、李子和张铁三个高原探矿者的神奇经历，他们先后遭遇了神鹰白雕、神女格桑梅朵、昆仑雪狼、高原旗树、草甸子花开等人间异物异人异景，小说在一连串的空间艺术描摹中展示了现代博物体知识性叙事的魅力。需要说明的是，这两部中篇的创作意图并不仅仅在于展示作者的博物艺术，而是为了表达对一种理想人生形态的怀念，通过怀念艰难而激情燃烧的野外地质岁月，作者要批判或反讽的恰恰是当前日渐陷入消费社会精神萎靡状态的中国社会现实，带有精神寻根或寻访的意味。

欧阳黔森小说中第三种地质知识性叙事模式表现为地质知识话语虽然不再是叙事主干，但也并非那种外在的叙事背景，而是作为基本的或者辅助性的叙事动力存在，并在不同程度上推动小说故事情节的发展，或者改变小说叙事的方向和结局。显然，这种类型的地质知识性叙事更适合反映复杂广阔的社会现实生活，它使传统的博物体叙事模式从空间化叙事向着时间化叙事演变。也就是说，“在表达方面，从侧重于表现物体或形态，到侧重于表现动作和情事，从注重表达空间里的景象平列，到注重展示时间上的情节延续，一句话，减弱了铺陈式的描写，加强了线条式的叙述，这是传统‘博物体’的变异”[1]。具体到欧阳黔森的小说创作中，这种注重故事时间结构的小说的出现，显示了作者试图走出地质人职业藩篱而拥抱广阔社会现实生活的艺术诉求。比如中篇小说《八棵苞谷》，讲述一个贫穷的贵州小山村——白鹰村通过计划生育和科技致富而改变农村落后面貌的故事。故事的动因在于当地的石漠化地质地貌，这种看上去美丽而实际上无法耕种的喀斯特地貌使山民世代陷入贫困，小说的主人公三崽和三崽爹的种种人生不如意皆因石漠化地质而起，儿子讨不到对象，父亲抬不起头，想给儿子换亲然而女儿又不同意，由此引发了一系列情节冲突。

---

[1] 陈文新：《文言小说审美发展史》，武汉大学出版社，2002，第 97 页。

故事的结局是美好的，白鹰村成了小康村，三崽娶到了媳妇，三崽爹作为老歌王重新开嗓歌唱，这主要归功于地质专家发现了乱石层下的粘土层，由此改变了山民的生存环境。小说的结局确有光明尾巴之嫌，但其叙事主体部分主要描述的还是石漠化地质地貌给主人公人生命运所带来的困扰，这种现代博物体知识性叙事形态显然能给读者带来陌生化的阅读感受。于是在《八棵苞谷》的中篇基础上，欧阳黔森又创作了一部长篇小说《绝地逢生》，讲述盘江村民在村支书蒙幺爸的带领下不断克服石漠化地质地貌所带来的生存困境而重获新生的故事。三崽和三崽爹摇身一变成了蒙大棍和蒙幺爸，与此同时又派生出许许多多的人物以及越来越复杂的故事情节冲突，诸如乱石坡上围土造耕地、种植农村经济作物、开办农作物加工厂、兴修水窖水库等，由此大大拓展了《八棵苞谷》的地质知识性叙事模式的话语空间。与《八棵苞谷》相仿，中篇《水晶山谷》同样也是借助地质知识话语来推动整个故事情节的发展及其结局。这篇小说旨在对中国社会市场经济转型过程中人性的异化与生态环境的恶化展开批判，青年山民田茂林为了改变贫困的生活现状，受到地质专业人士兼商人李王、马学仕、杜鹃红的金钱蛊惑，他不顾亲人的劝阻一意孤行，终于在一场水晶山谷的爆破中被埋葬。紫袍玉带石是原产于梵净山中的石中珍品，围绕着奇石的勘探和市场开发构成了这部小说的主线，小说中用了大量篇幅描绘当地的地质奇观及奇石的形成，体现了作者独特的现代博物体叙事素养。

除了作为基本的主线索的叙事动力之外，欧阳黔森笔下的地质知识话语有时候仅止于作为辅助性的叙事动力而存在，但它依旧给欧阳黔森的小说带来了新奇的博物色彩，或者说增添了奇异的博物元素。这在很大程度上也可以理解为欧阳黔森小说创作中现代地质博物体叙事的泛化，有关地质学的知识性叙事因此也成了欧阳黔森小说艺术的一个典型符码。比如中篇小说《白多黑少》，这原本是一篇叙写当代都市中年男女情感焦虑症的作品，男主人公萧子北深陷三个女人的情感纠葛之中难以自拔，但在这条情感主线之外，作者又增加了一条事业复线，而在事业线索中，作为商人的萧子北因为与台商的经济往来而介入了一场关于桃花玉（学名蔷薇炭石）的商战，由此作者巧妙地把地质知识性叙事融入当代都市爱情叙事和职场叙事之中，遂使这部中篇平添了不少阅读兴味。无独有偶，长篇小说《非爱时间》也是一部讲述当代都市中年男女情感和婚姻困局的作品，只不过相对于《白多黑少》而言，人物更加众多、情节更加复杂。这是一部带有怀旧色彩的作品，男女主人公都想回到早年生活过的地方——“十八块地”，小说开篇即由从十八块地发来的一封假电报“救救十八块地”而展开，但随着故事情节的推进和变化，到小说临近结局之时，那封假电报的内容居然变成了真的，因为十八块地被地质队发现了金矿，而开采微细粒金矿必须要用剧毒氰化钾分解，这意味着不出五到十年，等金矿开采完，十八块地就成了死地。于是对于出身于地质世家的黑松和鸽子夫妇而言，他们的中年婚姻危机已然与精神家园危机纠结在一起，这实在是生命中不能承受之重！应该说，地质知识性叙事的介入，使得这部长篇增添了新的叙事动力，也给读者带来了新奇的阅读感受。如出一辙的是，短篇小说《断河》也是在故事后半段中出现了地质知识性叙事，老刀和老狼的快意恩仇在下一代身上延续，这原本是一个新版民间武侠故事，但结尾却转向了断河那一带因出产丹砂矿而逐渐发展成为汞都，当地的地质开采给主人公后裔的命运带来了意想不到的变化，由此折射了世风日下与古风不存。不难发现，在这三部以地质知识话语作为辅助性叙事动力的小说中，作者始终没有放弃他的现代生态保护意识。

需要补充的是，在欧阳黔森的现代博物体知识性叙事中，他虽然主要迷恋于地质知识性叙事，但这并不意味着作者知识性叙事的单一或单调。且不说作者的地质知识性叙事原本就十分丰富和复杂，更重要的是，欧阳黔森在地质知识性叙事之外也在努力尝试其他不同类型的民间技艺知识性叙事。比如《断河》中对老刀和老狼的刀法枪法的精妙描摹，就初步展露了作者对兵器知识的熟稔。尤为不能忽视的是，欧阳黔森在中篇《敲狗》和短篇《远方月皎洁》中都写到了贵州人的民间敲狗技艺，只不过前者是现代主义的象征化和寓言化写法，而后者是现实主义的传统做派，但都明确揭示了人性的残酷与温情的交错。尤其是《敲狗》一篇，作者花费了大量篇幅对贵州花江镇人的杀狗技术做了精细而逼真的描摹，包括敲狗的具体技术环节，敲完狗后如何在烫水中徒手取狗蹄，如何给狗开膛破肚，如何制作花江狗肉的民间秘方，如此带有先锋文学暴力叙事的逼真叙写，读来确实让人触目惊心。不仅如此，在最新发表的中篇小说《武陵山人杨七郎》中，我们又看到了作者对武陵山脉一带出产的凤凰鸡和狮头鹅的描写，尤其是对仙鹅庄老板杨老三杀鹅绝技的描摹，从往鹅脖子里强行灌酒，到用尖刀刺入鹅屁股，在鹅负痛狂奔时拖出鹅肠，最后做成味道鲜美的涮鹅肠，这一幕场景或技术流程确实让人惊惧，然而也正是在这种对民间技艺的知识性叙事中，作者实现了对人性的严厉拷问与良知的最后救赎。相对而言，《武陵山人杨七郎》中的民间杀鹅技艺是作为辅助性的叙事动力而存在的，而在《敲狗》中的民间杀狗技艺则是推动整个小说故事情节发展的原动力。虽然两部作品中作者都花费了不少笔墨作空间化的场景描摹，但时间性的故事情节编织与之相得益彰，铺陈式的描述与线条式的讲述组合得几乎天衣无缝。不难发现，无论是敲狗还是杀鹅，欧阳黔森对这些民间手艺的知识性叙事的热衷，其实隐含了他对中国古代博物体小说叙事模式的迷恋，但他创造性地转化了中国古代博物体小说叙事传统，用现代人性视野烛照出中国民间文化传统中的暗昧，体现了与传统不一样的现代眼光。

## 二

在《敲狗》荣获第二届蒲松龄短篇小说奖的获奖感言中，欧阳黔森如此回忆道：“小时候，每逢夜深人静，母亲总是给我讲《聊斋》故事。那时候家里没有《聊斋志异》这本书，上世纪60年代时，确实找不到这本书。但是，那些故事人物，却是那样地生动在母亲的嘴里。讲的多是鬼的故事，可小小的我从未害怕过，我想母亲也从未认为这些故事会吓唬小孩子。在我从少年步入青年的时候，我终于有了一本《聊斋志异》，母亲看着我感叹了一句：‘看了《聊斋》，想鬼做。’”[1]这大约是欧阳黔森与以《聊斋志异》为代表的中国古代“传奇”小说的最初结缘。清人冯镇峦曾说《聊斋志异》是“史家列传体”，“以传记体叙小说之事”[2]，今人石昌渝认为冯氏此意是指“蒲松龄用传奇小说的方法写笔记小说”，但他同时又认为“与其说《聊斋志异》用传奇小说的方法，不如说是用笔记小说文体写传奇小说”[3]。其实无论是“笔记体传奇小说”还是“传奇体笔记小说”，都无法否认《聊斋志异》与唐传奇的文体血缘。在一定程度上，宋元话本小说和明清章回小说的出现是唐传奇文言小说文体的通俗化和泛化。而在自传体小说《穿山岁月》中，欧阳黔森的笔下出现了一个叫苏方的地质工程师，“他与我大哥年纪一般大”，“他与我大哥曾在一个钻机厂工作过，小时候我常去野外分队玩，他常常带着我去抓小鱼小虾之类的东西，并且经常给我讲故事，像《三国演义》《水浒传》中的一些故事，最初就是从

[1] 欧阳黔森：《短篇小说是最难藏拙的》，《文艺报》2008年12月27日。

[2] 冯镇峦：《读聊斋杂说》，载朱一玄编《聊斋志异资料汇编》，南开大学出版社，2012，第483、485页。

[3] 石昌渝：《中国小说源流论》（修订版），三联书店，2015，第219页。

他那儿听来的”。在另一处提到苏工念《红楼梦》给大家催眠时又写道：“我们也习惯于在他的念书声中睡去。前几年他念了《三国演义》《水浒传》，其实这些书我们都看过，他也看过，但他拿出来一念，我们也不觉得难听，反而觉得原来自己读时，还没发觉这几本书还有这么多的美妙之处。”[1]这就进一步说明欧阳黔森早年曾深受通俗化“传奇”小说的熏染。质言之，无论是文人化的文言传奇小说还是世俗化的白话传奇小说，作为我们的民族文学文体传统，都给欧阳黔森的小说创作带来了重要的艺术启示。这使得他的小说不再一味追求西化的文学现代性，而是打上了民族文学传统的烙印。

如果说引入地质专业的知识性叙事是欧阳黔森对中国古代“博物”小说文体传统的创造性转化，那么当我们考察欧阳黔森小说的传奇性叙事特征时，就不必固守西方文学传统中的“罗曼司”作为对“传奇”的正解，而是应当回到我们民族文学传统中的“传奇”小说文体特征上来。宋人赵彦卫曾说唐传奇“文备众体，可以见史才、诗笔、议论”[2]，这就全面揭示了中国传奇的跨文体写作特征，即把史传、抒情、哲理三者相融合，其中又以史传体为核心，以抒情和哲理为小说的文体辅助手段。故而中国传奇虽然也热衷于讲故事，但更偏重以人物为中心，常常以史家列传体或野史杂传体出现，在结构上趋向于散文化，在氛围上喜好营造抒情诗的意境，这都是中国传奇小说的优良传统，唯有文以载道的议论时常流于传统文化的迂阔之论，每每被后人讥笑，这恰恰是值得今人以现代意识改造或重塑的地方。具体到欧阳黔森的小说创作，无论短篇、中篇还是长篇，大

---

[1] 欧阳黔森：《穿山岁月》，载《白多黑少》（“夜郎自大”文学书系），贵州人民出版社，2006，第172、196页。

[2] 赵彦卫：《云麓漫钞》，中华书局，1996，第135页。

都可以窥见作者对中国传奇小说文体传统的现代转换痕迹。以短篇小说而言，诸如《十八块地》（包含《卢竹儿》《鲁娟娟》和《萧家兄妹》三则）、《丁香》《梨花》《白莲》《兰草》《李花》《姐夫》《村长唐三草》《武陵山人杨七郎》等篇，都是以男女主人公的名字为小说标目，这与《唐宋传奇集》中《柳毅传》《霍小玉传》《李娃传》《莺莺传》《东城父老传》《虬髯客传》《赵飞燕别传》《李师师外传》等经典篇目的命名方式一脉相承，当然更与《聊斋志异》中《青凤》《婴宁》《聂小倩》《阿宝》《红玉》《瑞云》《胭脂》《席方平》《崂山道士》等佳作的名目如出一辙。这种中国式的传奇体小说以野史杂传为宗，长于塑造民间畸人异人形象，其流弊是容易衍化成“某生体”模式，颇为招人厌恶。五四文学革命时期胡适就曾对中国的“某生体”短篇小说模式大加挞伐，他认为中国文人大抵并不知道短篇小说的属性，于是他借鉴西方短篇小说的流行模式下定义说：“短篇小说是用最经济的文学手段，描写事实中最精彩的一段，或一方面，而能使人充分满意的文章。”[1]因为胡适是拿西方短篇小说的“横截面”结构模式来衡量中国古典短篇小说，所以由汉至唐的“杂记体”短篇基本被他否定，唐传奇中他也只肯定了《虬髯客传》一篇，明清《今古奇观》中的白话短篇他也只肯定了《乔太守》和《卖油郎》两篇，虽然胡适认为作为文言短篇高峰的《聊斋志异》高出唐传奇不少，但也只是说其中“很有几篇可读的小说”[2]而已。胡适的这种现代短篇小说观以及他对中国传奇小说文体的负面判断在中国新文坛一度颇为流行，但从百年中国新文学的小说创作实绩来看，诸如鲁迅、老舍、沈从文、张爱玲、萧红等现代

[1] 胡适：《论短篇小说》，载《胡适文集》第2卷，北京大学出版社，1998，第104页。

[2] 同上书，第113页。

小说大师都未曾拒绝中国传奇小说正体，延至新中国文坛，无论赵树理、孙犁、汪曾祺还是莫言、贾平凹、韩少功、王安忆等当代小说大家也莫不如此，后起的欧阳黔森自然也不例外。

欧阳黔森的短篇小说长于写人，这与他创造性地转化中国传奇小说文体有关。在综合运用史传、抒情与哲理多种文体艺术表达方式的基础上，作者始终持守现代意识和重塑民族灵魂的现代转换立场。比如《丁香》，作者塑造的丁香姑娘并非古典诗词中常见的充满愁怨的形象，相反小说一开篇就对戴望舒那首充满古典情趣的《雨巷》进行反讽，这个名叫丁香的当代贵州养路女工之所以让地质队员情有独钟，是因为她常年在公路上戴着草帽美丽地劳作的现代女性气质。丁香后来因为一次偶然的山体滑坡而消失，但她的牺牲给地质诗人带来了痛苦的生命领悟，小说中镶嵌了两首献给丁香姑娘的诗，这正是作者向中国传奇致敬的明证。和《丁香》相比，《梨花》的传奇色彩更浓。山妹子田梨花读过师范大学，回乡教书业绩出色，后来当了中学校长，当了副县长，被山村老人比作梨花坪的树仙。这篇小说写的就是梨花的生平轶事，就是她的个人成长小史，但作者敏锐洞察到了梨花的内心症结，她过于维护自己的理想人格和铁女人形象，牺牲了自己与李老师的美好爱情，小说末尾那首诗《这是那夜月的错》读来令人心碎，然而在浓郁的抒情诗氛围中包裹的其实是女主人公的人性异化和人格变形，这就让梨花传奇有了现代意蕴。同样是不动声色地反讽，《白莲》的结局更令人唏嘘，作者不仅写出了白莲的堕落，而且写出了白莲在堕落后的人性之光，与此同时作者还写出了“妈咪”内心中的良知，这一切都是为了暗示那个表面多情的阿南的伪善。白莲传奇会让人想起杜十娘怒沉百宝箱之类的古话本小说，故事曲折离奇，但人物塑造入骨三分。欧阳黔森似乎对反讽乐此不疲，他在《兰草》中加大了反讽力度，小说中的“我”

越是对理想主义诗歌充满了朗诵的激情，就越能反衬出女主人公兰草的健忘和麻木，“我”对兰草的一往情深与兰草对“我”的无动于衷形成了尖锐的反差，而兰草的形象也就在《热爱兰草》的诗歌中得到了悖论式的凸显，由此成就了这篇别具一格的兰草传奇。虽然《李花》未采用反讽手法，但小说中的李花形象同样令人印象深刻，只不过此时不再是批判性的审视，而变成了宽容而风趣的微笑。在扶贫干部戴同志的心目中，李花夫妇作为山村里的知识分子别有一番人格魅力，通过讲述李花夫妇的奇闻趣事，小说展现了当代中国农民的民间人格和古道热肠。还有《村长唐三草》，作者敏锐地捕捉到了一个幽默狡黠的民间村干部形象，唐三草是一个具有实干精神和叛逆色彩的农村带头人，他在治理山村石漠化生态环境、处理农村计划生育和民众上访事件中体现出来的担当精神，凸显了其独特的民间人格魅力。这篇小说读起来趣妙横生，充分展示了欧阳黔森为民间野性人物作传的文学旨趣。

即使是欧阳黔森的那些并非以人物标目的短篇小说，依旧表现出了中国式传奇小说文体的影响。比如《敲狗》，小说对贵州花江镇喜好吃狗肉的民俗民风的描绘，尤其是对小说中那对敲狗的师徒关系的叙写，完全可以被视为一篇当代的拍案惊奇之作。小说结局尤其意味深长，徒弟半夜偷放了那条大黄狗，师傅紧急报案遭到了警察的拒绝，而大黄狗的主人误以为是师傅信守承诺，特意送上赎金和礼物致谢，唯有那个冥顽不化的师傅还在继续琢磨着自己的敲狗生意经。这篇小说“在无情中写温情，在残酷中写人性之光，是大家手笔和大家气派”[1]，但小说结局的反讽意味不能忽视，它意味着人性的光芒依然难以抵御欲望的黑暗。再如《断河》，这个短篇历史时间跨度很大，从晚清写到民国再到新中国乃至新世纪，在

[1]《欧阳黔森短篇小说选·前言》，贵州人民出版社，2014，第2页。

短短的篇幅内整整写了一个贵州山寨百年间的历史浮沉和恩怨沧桑，是名副其实的山寨传奇。老刀和老狼这一对老刀客的快意恩仇令人景仰，与此相对应的是龙老大和麻老九这一对生死兄弟的暗中较量，直至最终各自死亡，这是古风的传承与变异，让世人见识了时间的无情与人性的蜕变。与《断河》这种多人物传奇结构不同，《有人醒在我梦中》和《远方月皎洁》就属于由单个中心人物构成的单体传奇结构。如果说前者是白菊传（传奇），那么后者就是卢春兰传（传奇）。在这两篇散文化和诗化的小说中，作者抒写了人性的复杂与爱情的苦闷。《五分硬币》写“我”与一个女人的两次偶然遭遇，从最初在红卫兵大串联运动中初识留下终生难忘的美好印象，到多年后在重逢中偶然揭穿了当年的美丽幻象，“我”的情感虽然被挫伤，但人生中的这场奇遇却是莫大的财富。小说中的女子虽然没有名字，但这并不妨碍这篇无名女子小传或侧记的成型。《心上的眼睛》也是以第一人称“我”的视角刻画了心目中的丁三老叔的艺术肖像，这个看上去傻笨的老人身世蹊跷、人生坎坷，却有着不被人世污染的朴直，堪称一个当代异人。《扬起你的笑脸》以梨花妹的口吻作第一人称叙事，但作者讲述的重心并不在失踪的学生山鬼及其家人身上，而是聚焦于田老师的形象刻画，这个山乡老先生的奇闻轶事和名士风度在一个山妹子的讲述中跃然纸上。《味道》是一篇当代城市爱情传奇，小说以第一人称讲述“我”与方冰、方雪姐妹的爱情故事。其实是一场现代爱情战争，与其说作者在讲述一个爱情故事，不如说在分析一个爱情故事。这种昆德拉式“分析性叙述”[1]使文本具备了强烈的现代心理分析色彩。《姐夫》与《味道》堪称异曲同工。《味道》中的“我”先暗恋妹妹方雪，最后却成了方雪的姐夫，即方冰的

[1] 弗朗索瓦·里卡尔：《阿涅丝的最后一个下午》，袁筱一译，上海译文出版社，2011，第 140 页。

未婚夫。《姐夫》中的“我”也是先暗恋妹妹肖二清，后被妹妹转手介绍给了姐姐肖一水，成了肖家人口中大受欢迎的姐夫。这两个“姐夫”其实是同一个“我”，作者通过不同的角度讲述或曰分析“我”的爱情史、成长史和心灵史。自我分析与他者分析相结合，一起成就了“我”的爱情传奇。

让我们把视野再转向欧阳黔森的中篇小说创作，从中同样可以窥见作家对中国传奇小说文体进行现代转换的艺术痕迹。虽然欧阳黔森中篇小说中的人物和情节更加复杂，但作者依旧把主要人物形象的塑造放在叙事的中心，不会让离奇的故事情节去消解人物形象的立体，由此创造了不少性格复杂的民间野生人物形象。而且即使在中篇小说创作中，欧阳黔森同样表现出对于抒情和哲理的浓厚兴趣，强烈的理性思辨色彩与浓郁的抒情诗或风俗画交融在一起，把作者致力于书写民间人物野史杂传的艺术宗旨有力地彰显出来。《白多黑少》表面上是一篇流行的城市职场小说，但作者的主要意图不在于职场叙事而在于男主人公萧子北的双重性格塑造。作为民营企业老板，萧总在情场和商场上呼风唤雨、如鱼得水。在情感叙事线索中，作者通过讲述萧总周旋于妻子、情人和女助理之间的复杂纠葛来展示他的心理困境，而在事业叙事线索中，作者又通过讲述萧总周旋于下属、台商和官员之间的复杂争斗来展示他的人生困局。虽然他明知黑多白少是大罪，白多黑少是小罪，但他已经越陷越深，无法再走阳光下的白道了。无论情场中还是职场上，萧子北都处于严重的精神分裂状态，所以《白多黑少》堪称当代商界拍案惊奇，商业市井气息与现代精神分析熔于一炉。如同《白多黑少》有个中心人物萧子北一样，《水晶山谷》也有个中心人物田茂林，他们都是当代野史杂传的传主。山村青年田茂林像萧子北一样内心被严重撕裂，一方面他被李王为代表的现代商业势力所裹挟，一步步陷入商业陷阱，直至最终被玉石开采爆破所埋葬，另一方面他生前又始终牵挂着未婚妻白梨花等山村亲人及其所代表的传统道德价值观念，所以田茂林的人生悲剧就是我们时代转型的分裂心理投影。与前两个中篇不同，《八棵苞谷》的主人公或传主有两个，这就是三崽和三崽爹，这个中篇讲述了父子两代人克服恶劣的生存环境而艰苦奋斗的故事。小说中关于石漠化景观的描绘及其隐喻，给整个文本的现实书写笼罩上了一层神秘的现代派色彩。《穿山岁月》和《莽昆仑》是姊妹篇，都属于群像式人物结构，各种边地野性人物群生杂处，可谓异人野外生存大观。《穿山岁月》中的地质人主要有绰号叫“正确”的郜德，绰号叫“算卵了”或“输精管”的苏方，地质诗人“我”、青年地质队员小李和小张。郜德善良而怯弱，他的性格和命运让人唏嘘。苏方强悍而放达，洋溢着地质人的豪情，也释放着野生人的不羁。相对而言，“我”和小李、小张的形象不及郜德和苏方的形象塑造得立体，多少有些平面化。《莽昆仑》中的地质人主要有李子、“我”（石叔）和张铁，此外还有藏民向导扎西、格桑书记、格桑梅朵，以及神鹰、白狼、旗树、月亮等物象，这些神物和人物一样在作家的笔下受到尊重，他们或它们共同构成了昆仑诸神谱系。值得一提的是，这两部中篇中都穿插有地质诗篇，如《勘探队员之歌》《山村女教师》《勋章》《那是中国神奇的版图》，它们已经和小说中的叙述与议论融为一体，共同丰富了野史杂传的文体互渗特征。中篇《非逃时间》也是一部构思奇特的人物群像小说，作者通过“瞎子”被假双规的导火索，引出一群老知青战友的闹剧或世情图。包括司马林、江菊荣、高起、谢红星、罗志广以及瞎子本人在内的众生相在作者嬉笑怒骂的笔法下逐一现形，所以这是一部知青现形记，也是一部纵贯了知青的前世今生的武陵山知青列传。

在中短篇小说创作之后，我们必须考察欧阳黔森的长篇小说创作与中国古代传奇小说文体之间的关系。从欧阳黔森迄今为止影响最大的两部长篇小说《绝地逢生》和《奢香夫人》来看，他对于明清通俗化的章回体长篇小说叙事模式更为熟稔，比如以《岳飞传》或《说岳全传》为代表的中心主义“树状”人物结构模式就对欧阳黔森的这两部长篇小说构思有着明显的影响，而对于明清文人化的章回体长篇小说叙事模式，如《水浒传》和《红楼梦》为代表的多元主义“块茎状”[1]人物结构模式，欧阳黔森则相对生疏。《绝地逢生》是一部反映新时期贵州农村改革历史进程的长篇力作，这部作品很容易让读者联想起“十七年”文学经典《创业史》，这不仅仅是因为题材上具有历史的连续性，一个通过讲述北国村庄蛤蟆滩的故事，写当代中国农村的革命（从合作化到人民公社）进程，另一个通过讲述南国村庄盘江村的故事，写当代中国农村的改革（从联产承包到市场经济）进程，更重要的是，这两部当代长篇小说都受到了中国古代长篇小说中心主义树状人物结构模式的影响，显然这样更加有利于作者进行宏大英雄叙事。《创业史》以农村革命英雄梁生宝为叙事中心，他的养父梁三老汉、恋人徐改霞、穷苦兄弟高增福等是作为他的助手或副手出现的，虽然有时也会给他带来困扰，而蛤蟆滩“三大能人”郭振山、郭世富、姚士杰则是他最强大的政治对手或敌手，但梁生宝的背后有王书记等为代表的党的坚强领导，故而梁生宝及其村庄的革命伟业取得了初步成功。有意思的是，《绝地逢生》堪称新时期的《创业史》，这部长篇以农村改革英雄蒙幺爸为叙事中心，他的三个儿子及其儿媳——蒙大棍与黄九妹、蒙二棍与韦号丽、蒙三棍与禄玉竹都紧紧围绕在他的周围，还有亲家翁韦嘎公和黄大有、黄昏恋人冯玉珍、村会计李贵民也都被他的光环所笼罩，这些助手或帮手有时候也是他的对手，但毫无疑问都是他的配角，都不能撼动

[1] 道格拉斯·凯尔纳、斯蒂文·贝斯特：《后现代理论——批判性的质疑》，张志斌译，中央编译出版社，1999，第128—133页。

他的文本中心地位。甚至蒙幺爸的背后也有一个王书记（曾经是王副区长）在做他的坚强改革后盾，这与梁生宝背后的王书记如出一辙，由此我们不难发现两部当代农村题材长篇小说之间的艺术渊源。显然，《绝地逢生》传承了《创业史》的宏大叙事模式和中心结构模式，而这种模式正是明清时期中国通俗化传奇体长篇小说的树状流行模式。所以《绝地逢生》虽然人物众多，但它不妨被称为《蒙幺爸传》，这正如《创业史》在很大程度上也可以称为《梁生宝传》一样。于是我们读到了《奢香夫人》，这部明代历史长篇小说干脆以女主人公的名号来标目，是名副其实的奢香夫人传奇。小说以奢香夫人为叙事中心人物，围绕在她身边的有夫君贵州宣慰使霭翠、三爷莫里将军、贴身丫鬟朵妮等人充当叙述功能上的帮手角色，还有二爷格宗、女土司那珠、乌撒部落头领诺哲老爷、元梁王巴扎瓦尔弥、大明贵州都督马烨等人是其叙述功能上的对手角色，至于老管家果瓦之类则介于帮手与对手之间不断换位。同样，奢香夫人之所以创造了一代传奇事业，这是与她背后的大明王朝开国皇帝朱元璋、军师刘伯温、大将军傅友德、大学士焦光等人的政治支持分不开的，从中我们不难看到《奢香夫人》与《绝地逢生》在宏大英雄叙事与中心人物结构上的同一性。倒是在《非爱时间》中可以发现欧阳黔森跳出中心主义树状人物结构模式的努力，这部长篇小说以黑总（黑松）和陆总（陆伍柒）两个来自“十八块地”知青农场的商界精英为双重叙事中心人物，分别串联出各自的情感线索人物，如黑总的妻子郝鸽子、前恋人卢竹儿，陆总的梦中情人萧美文、人生知己梅青杨，由此展开复杂的现代情感纠葛故事。这种趋近多中心的人物谱系虽然尚未抵达所谓让所有人物形象自由生长的多元主义“块茎状”人物结构，但毕竟让我们看到了欧阳黔森驾驭长篇小说结构的新趋向。

## 三

在《欧阳黔森短篇小说选·前言》中有这样一段话十分引人注意："贵州作家从蹇先艾到何士光再到欧阳黔森，在短篇小说创作上成就斐然。欧阳黔森继承了这一传统，他短篇小说的特点就像蹇先艾、何士光一样，笔下无不热爱贵州这方水土。"[1]其实，欧阳黔森和他的贵州前辈作家一样，不仅仅是短篇小说创作，中长篇小说创作同样也体现着他们对贵州这方水土的热爱。值得注意的是，按照欧阳黔森自己的说法，他的小说创作还深受沈从文湘西小说的影响。实际上，欧阳黔森的家乡贵州铜仁在明代以前和湘西同属沅陵郡管辖，直至明末铜仁才被划归黔地，而且连同湘西人最为自豪的武陵山主峰——梵净山一起被划归贵州。虽然行政区划归了贵州，但铜仁的文化背景和文化传统还是属于楚文化范畴，这就让欧阳黔森与湘西之子沈从文之间有了天然的亲近感。他们各自故乡的距离竟然不到六十公里。欧阳黔森"深深地明白每一个作家都有自己的基本文化背景，而且是自己所处地域特有的。世界上伟大的作家包括诺贝尔文学奖获得者所写的作品，有的不出其所处地域文化的方圆百里，有的甚至就是写出生地不到十里的范围，但这样的作品往往以其所独有的文化背景而成为世界文化的经典。沈老先生就是写生他养他的那一块土地而差一点成为华人第一位获诺贝尔文奖的作家"[2]。然而，虽然沈从文给了欧阳黔森巨大的文学启示，但他也给欧阳黔森带来了巨大的文学阴影。"我的恐惧多半来自对老先生泰山压顶的那种让人仰视的感觉，我最为熟悉的生我养我的地方都被老先生写绝了"，"我这个对故乡满含泪水爱得深沉的青年作家，也许

[1]《欧阳黔森短篇小说选·前言》，贵州人民出版社，2014，第1页。

[2]欧阳黔森：《故乡情结》，载《水的眼泪——欧阳黔森选集》，广西师范大学出版社，2017，第75页。

在老先生巨大的阴影下真的永无脱颖而出的可能”[1]。这正是西方学者布罗姆所谓“影响的焦虑”，中外作家都难以避免，欧阳黔森也不例外。但欧阳黔森毕竟是有着巨大创造力的作家，他做到了“绝地逢生”，从沈从文巨大的湘西文学高峰阴影下走出来，开辟了属于自己的地域性文学道路。欧阳黔森笔下的武陵山脉和乌蒙山脉、“十八块地”和“三个鸡村”，这些独特的地域文学符号或文学地理版图已经赢得了读者的认可和赞赏。

如果说欧阳黔森小说中的地质专业知识性叙事发扬了中国古代小说叙事中的“博物”传统，其重在“物”，那么他小说中的民间野史杂传性叙事就传承了中国古代小说叙事中的“传奇”传统，其重在“人”。但无论是“人”还是“物”，二者均统一在欧阳黔森对贵州边地文化的艺术书写中。在这个意义上，欧阳黔森的小说世界无异于一部文学性的贵州地方志，它悄然接续着中国古代地方志叙事传统。清人章学诚曾与戴东原为地方志的编修理念产生分歧，戴氏认为“夫志以考地理，但悉心于地理沿革，则志事已竟”，章氏则认为“方志如古国史，本非地理专门”[2]。又云：“若夫图经之用，乃是地理专门。”“是方志之与图经，其体截然不同；而后人不辨其类，盖已久矣。”“知方志非地理专书，则山川都里坊表名胜，皆当汇入地理，而不可分占篇目，失宾主之义也。知方志为国史取裁，则人物当详于史传，而不可节录大略；艺文当详载书目，而不可类选诗文也。”[3]显然，章学诚的方志观比戴震更为融通，他对方志体的认识并不拘囿于地理图经，而是延展到人物史传乃至艺文书目。正所谓“凡欲经

[1] 欧阳黔森：《故乡情结》，载《水的眼泪——欧阳黔森选集》，广西师范大学出版社，2017，第76页。

[2] 章学诚：《记与戴东原论修志》，载《文史通义校注（下）》，叶瑛校注，中华书局，2014，第794页。

[3] 章学诚：《为张吉甫司马撰大名县志序》，同上，第804—805页。

纪一方之文献，必立三家之学，而始可以通古人之遗意也。仿纪传正史之体而作志，仿律令典例之体而作掌故，仿《文选》《文苑》之体而作文征。三书相辅而行，阙一不可；合而为一，尤不可也”[1]。章学诚此处所言并非不刊之论，但他强调方志体的文体多样性和内容丰富性，这对于后人编修地方志或者创作方志体小说大有裨益。事实上，中国古代地方志和方志体小说传统源远流长且品类繁盛，《水浒传》《金瓶梅》《红楼梦》《聊斋志异》均以讲述地方故事、塑造地方人物、凸显地方文化为艺术取向，堪称中国古代方志体小说典范。及至现代文坛，鲁迅笔下的鲁镇小说、茅盾笔下的乌镇小说、沈从文笔下的湘西小说乃至于萧红笔下的《呼兰河传》，无不是现代人传承古代方志体小说传统的艺术明证。当代作家进入新时期以来所撰方志体小说更是屡不见鲜，如陈忠实的《白鹿原》、韩少功的《马桥词典》、刘醒龙的《圣天门口》、铁凝的《笨花》、孙惠芬的《上塘书》、阎连科的《炸裂志》、周瑄璞的《多湾》、付秀莹的《陌上》等，可谓不同代际的作家作品争相斗艳称奇。而在这古往今来众多的方志体小说谱系中，来自贵州边地的欧阳黔森贡献了不可代替的黔地方志小说。

在欧阳黔森的黔地方志小说创作中，通过对黔地自然风物的博物书写，以及对黔地奇人异事的传奇书写，作者的终极意图还是为了达成对黔地的地方性文化书写。所谓地方性文化，按照美国当代人类学家吉尔兹的说法，其本质是一种地方性知识。“地方性知识的寻求是和后现代意识共生的。随着后工业社会的发展，西方文化传播的强势在摧毁着世界文明不同的形态。现代意识的题旨在于统一，在于‘全球化’（globalize）。统一固然带来了文明的进步，但从另一角度也毁灭了文明的多样性。意识形态的全

[1] 章学诚：《立方志三书议》，载《文史通义校注（下）》，叶瑛校注，中华书局，2014，第529页。

球化更给世界文化带来了灾难性的后果。因之，矫枉现代化及全球化进程中的弊端，后现代的特征之一就是‘地方性’（localize）——求异。”[1]这意味着地方性知识及其文化是一种后现代主义的反中心主义话语，它的提出或者存在，正是为了反抗西方中心主义的全球化话语体系。而在改革开放以来的中国新时期文坛，长期以来流行着地域文化和地域文学的地域性概念。其实，地域性（regional）文化及其文学概念的提出，正是为了满足新时期中国文化和文学界主动融入西方现代性文化及其文学怀抱的愿望。换言之，地域性与现代性这两个概念如影随形，地域性是现代性视域中的文化构成，而现代性是地域性视域中的价值归宿。正所谓“越是民族的就越是世界的”，这句流行语其实源自鲁迅先生，他的原话是“现在的文学也一样，有地方色彩的，倒容易成为世界的，即为别国所注意”[2]，这就是说“越是地方（地域）的就越是世界（现代）的”，地域性与现代性由此达成了文化或文学共谋。然而到了 20 世纪 90 年代，随着全球化时代的到来，后殖民主义和权力话语理论在中国广为传布，曾经风行一时的现代性理论崇拜遭到反思和清算，与此同时，“地域性”概念逐步在学界让位于“地方性”新概念，新世纪出现的《地方性知识》热潮就是证明。欧阳黔森的黔地小说创作正是在新世纪崛起于中国文坛，他笔下的地方性叙事不仅传承了中国古代的地方志叙事传统，而且与新世纪崛起的地方性知识和文化思潮相呼应。相对于两位贵州文坛前辈蹇先艾和何士光而言，欧阳黔森的地方性叙事确实有着不同的文化旨趣。比如乡土文学家蹇先艾，

[1] 王海龙：《导读一：对阐释人类学的阐释》，载克利福德·吉尔兹著《地方性知识——阐释人类学论文集》，王海龙、张家瑄译，中央编译出版社，2004，第 19 页。

[2] 鲁迅：《340419 致陈烟桥》，载《鲁迅全集》第 12 卷《书信》，人民文学出版社，1981，第 391 页。

鲁迅评价他的小说代表作《水葬》“对我们展示了‘老远的贵州’的乡间习俗的冷酷，和出于这冷酷中的母性之爱的伟大”[1]，显然这是一种站在启蒙现代性立场上的文学批评，用现代的人性和人道主义价值体系批判性地审视贵州边地的文化愚昧状态。有意味的是，半个世纪后蹇先艾评价何士光的小说成名作《乡场上》时写道：“它通过梨花屯发生的一场小小的纠纷，真实地反映了新的农村经济政策的强大威力，使忠厚老实的冯幺爸觉醒过来，挺起腰杆，理直气壮地对长期压在人民头上的封建宗法势力进行了斗争。”[2]这同样是站在现代人性、人道主义立场上对中国封建文化潜结构的批判性审视，由此可见，从蹇先艾到何士光，他们的黔地小说创作都属于典型的现代地域性叙事形态。

与两位贵州文学前辈不同，欧阳黔森的黔地方志小说实现了对现代地域性叙事模式的反拨。这就是不再固执于现代人性论和人道主义立场批判性地审视黔地文化传统，不再简单地把黔地文化视为愚昧的渊薮和落后的符号，而是从地方性知识和文化视野出发，努力发掘黔地本土文化中的积极因素与有效资源，致力于黔地文化传统的创造性转化。这是一种重构性的后现代文化姿态，它有别于那种解构性的现代性文化战略；后者往往致力于消解和颠覆既有的地方性文化传统，致力于现代性文化认同和西方中心主义叙事，因此必然会忽视对本土文化传统的现代转换。比如欧阳黔森的《敲狗》，这篇小说中实际上出现了三个主要人物，但一般读者只会关注师傅和徒弟，而常常会忽视卖狗的中年汉子。毫无疑问，师傅的残忍意味着利欲熏心和人性异化，徒弟的善良或者良心发现意味着人性的复归或

[1] 鲁迅：《〈中国新文学大系〉小说二集序》，载《鲁迅全集》第6卷《且介亭杂文二集》，人民文学出版社，1981，第246页。

[2] 蹇先艾：《故乡事·序》，载何士光《故乡事》，四川人民出版社，1982，第1—2页。

曰永恒的人性，如果仅从这两个人物形象的塑造来推断这篇小说的所谓主旨，那么必将得出现代地域性叙事的反传统结论，认为这是一篇致力于批判黔地文化传统或文化陋习的小说。但仅仅意识到这一点显然不够，因为这样的解读对作家作品并不公允，其实小说中的中年汉子是一个不可或缺的主角而不是可有可无的配角，他的存在就是为了凸显黔地文化中的山野精神和人格力量。这个乡巴佬淳朴善良，重然诺讲信义，其言行举止的细枝末节处均散发出古道热肠气息。可以这样说，写师傅和徒弟，是为了确立现代意识；写中年汉子，是为了表彰传统风范；二者统摄在一起，则是旨在传达由于现代人性的异化而必须致力于传统文化人格的创造性转化。再如《断河》，这篇小说塑造了三代民间奇人，第一代是老刀和老狼，两人为赢得梅朵的爱情而决斗，虽然刀光剑影、场景惨烈，但快意恩仇，绝没有半点小人气量，尽显民间侠义本色；第二代是龙老大和麻老九，鉴于麻老九生性懦弱，秉性凶险的龙老大还是以一种无情的方式暗中保护了麻老九的生存，以此不辜负母亲梅朵的遗嘱；第三代是麻老大，这个民间英雄侠客的后裔最终沦为一个平庸的汞矿工人。正如小说结尾所言："当老虎岭没有了老虎，当野鸭塘没有了野鸭，当青松坡没有了青松，或者，当石油城没有了石油，当煤都没有了煤，这也是一种味道。"但这是一种苦涩的人间生命况味，曾经的英雄好汉及其所承载的重情好义的民间文化人格力量泯灭殆尽，所以"断河"正隐喻着民间本土文化传统的断裂，这篇小说的文化寻根旨趣至此昭然若揭。显然，欧阳黔森写断河、断江和断寨的民间历史风云，其意不在以现代性理论武器批判民间本土文化传统，而在于地方性文化传统的凭吊、追寻与重塑。与《断河》的凭吊姿态不同，《村长唐三草》直接表达了对社会现实生活中的民间文化人格及其地方性文化形态的推崇和欣赏。主人公唐三草的绰号来源于他的爱情和婚姻挫折，他喜欢以“兔子不吃窝边草”“好马不吃回头草”“天涯何处无芳草”来为自己的尴尬处境开脱，其实隐含了他身上的达观人生态度。唐三草是个民间牛人，具有水牛脾气，他貌似随遇而安，其实极有生命韧性，他敢于不当公办教师而回村创业当村长，这种选择既体现了他的生活勇气，也凝聚了他的民间智慧。当了村长后他频繁动用自己的民间生存智慧与上级和村民周旋，他处理问题的方式带有强烈的民间戏谑色彩，寓滑稽于严肃，积极的应对中隐含着消极的应付，展示了民间地方性文化人格的魅力。与《村长唐三草》异曲同工的是《武陵山人杨七郎》，这篇小说塑造了一个快人快语、恩怨分明、嫉恶如仇、敢于刺刀见红的当代民间异人形象。杨七郎本名杨起郎，他的绰号自然是受到了古典章回小说和民间评书《杨家将》的影响，但他确实身上有古典英雄杨七郎的豪侠之气。欧阳黔森笔下的杨七郎相继坐了两次班房，一次是他徒手打废了吴村长的一个睾丸，起因是他发现了吴村长与梨花妈“走草”（野合）；还有一次是他用一把尖刀刺伤了杨老三的屁股，起因是杨老板当面表演残忍的涮鹅肠手艺。有意思的是，如此莽撞的杨七郎又是一个吃软不吃硬的家伙，为了配合杨老三找回尊严或脸面，小说结局时的杨七郎当众表演了在腿上自插一刀的壮举。尽管最后还是弄巧成拙，引来误会和谑笑，但武陵山人杨七郎的民间野性精神或古典豪侠人格已经跃然纸上。

长篇小说《奢香夫人》和《绝地逢生》堪称地方性叙事的姊妹篇。两部作品分别从历史题材和现实题材分头开掘贵州的地方性文化叙事资源，这使得这两部表面上看似大相径庭的作品在文化精神旨趣上具有同一性。作为一部颇受欢迎的当代长篇历史小说，《奢香夫人》讲述的是元末明初贵州彝人部落的故事，尤其是塑造了以奢香夫人为代表的古代彝人部落的开明领袖形象，经电视剧改编之后影响广泛。值得注意的是，作者并没有简单地或直线地展开现代地域性文化叙事，即单纯地从先进的汉人古典精英儒家文化的角度批判性地审视彝人落后的传统文明形态，而是兼顾到作为地方性文化的彝人文化与作为中心或主流的汉人古典精英文化之间的“主体间性”，即在强调地方文化向中心文化认同的同时也必须保持地方文化的相对独立性，而不是在向中心文化认同的过程中失落了地方文化传统。地方性文化与中心性文化之间应该彼此互为主体，而不是以各自为对方的“他者”简单地同化或被同化。于是我们看到，在《奢香夫人》讲述女主人公奢香的成长史的过程中，一方面，作者花费大量笔墨讲述了奢香夫人向汉人古典精英儒家文化学习和效仿的故事；另一方面，作者也强调了奢香夫人在与汉人中央政权大明王朝打交道过程中努力坚守自己的少数民族独立性。奢香从小就在四川娘家永宁彝族土司闺阁中学习儒家文化经典，嫁入贵州水西彝人部落霭翠家族中后又坚持效法儒家实用型政治伦理文化管理部落臣民，比如修路建桥、兴办汉文化学堂、改良农作物品种、发展商品经济贸易，大力促进彝人部落与汉人之间的经济和文化往来。尽管在这个效仿和认同汉族权威儒家文化的过程中，奢香夫人也曾遭遇到大管家果瓦等人乃至夫君霭翠的反对，但她都能从容应对并一一化解。她不仅运用儒家仁政理念化解了水西部落霭翠家族内部的矛盾，而且最终平息了彝人水西部落与乌撒部落之间的纷争，甚至她还运用汉人的儒家仁政理念化解并平息了彝人本土部落与汉人地方政府之间的矛盾和冲突，凡此种种皆说明奢香夫人在汉化过程中的身体力行与文韬武略。但我们必须同时看到，这部长篇小说不仅止于写奢香夫人为代表的少数民族彝人部落对汉文化的认同与皈依，它还重点写到了奢香夫人以及彝人部落面对汉化的恐惧与游移、反抗与坚守。奢香夫人在夫君霭翠墓前的独白，就体现了她内心的文化困惑，所以她在送儿子陇弟去大明王朝京城学习之时，特意让儿子带上彝人文化典籍，希望这位彝人将来的地方领袖不要在汉化的过程中失落了彝人自身的地方性文化传统。小说最后重点写到了贵州宣慰使奢香夫人与贵州都督马烨之间的斗智斗勇，这其实就是为了凸显奢香夫人在汉化过程中坚守彝人少数民族独立性的勇气。无独有偶，在《绝地逢生》中作者也重点讲述了盘江村彝人党支书蒙幺爸为了发展地方农业经济与上级县乡基层政权之间的龃龉。蒙幺爸敢于顶撞那些不懂当地社会经济发展实际而瞎指挥的基层领导，正好体现了他身上倔强而自信的少数民族地方性文化精神。显然，这部长篇并没有将重点放在现代地域性叙事上，没有将笔墨主要用于刻画少数民族地区的文化落后，而是将少数民族地区的经济落后作为故事的主要动力源。在现代地域性叙事中，文化落后往往意味着愚昧，意味着需要现代性启蒙。而在《绝地逢生》中，作者坚守彝人少数民族文化传统的相对独立性，将叙事重心放在当代彝人改造石漠化地貌的改革进程上，不但没有为了满足受众的猎奇心理而大肆渲染少数民族的文化落后面貌，相反处处都在彰显以蒙幺爸为代表的当代彝人群体的务实奋斗精神。作者关注的文化重心已然转移至当代贵州少数民族文化精神的发掘、再造与重塑。

在长诗《贵州精神》中，欧阳黔森开篇曾这样写道：“贵州人／有谁能保证／没有被／夜郎自大／黔驴技穷／这二块巨石／压得心痛过。”确实如此，自从“夜郎自大”和“黔驴技穷”这两个汉唐文学典故诞生以来，贵州人似乎就被盲目的自大与过度的自卑压得抬不起头，这必然会限制千百年来贵州地方性文化精神的发育与成长。而欧阳黔森期待当代贵州人的正是文化自信，它将超越自大与自卑，“贵州人没有虎牙／却应有虎气”，“贵州人的那一声断喝／似霹雳一声震天响／贵州人骄傲而自信地／唱响了多彩的贵州”[1]。实际上，作为当代贵州作家，欧阳黔森也在唱响着一个文学意义上的多彩的贵州。进入新世纪以来，欧阳黔森以其绚丽多彩的文笔和摇曳多姿的文体，不断地拓展着自己的贵州地方文学版图，他的黔地方志小说已经和正在迎来新的开疆拓土时期。在欧阳黔森的黔地方志小说系列中，我们不仅可以见识到神奇的贵州地理地貌，还可以赏鉴到神奇的贵州异人异事，甚至可以聆听到神奇的贵州民族歌谣或者是作者全新创作的神奇诗篇。如果借用清人章学诚关于地方志的说法，欧阳黔森的黔地方志小说其实是将以地理为中心的博物传统、以人物为中心的纪传或传奇传统、以诗文为中心的抒情传统三者有机地结合在一起。这种三位一体的艺术境界虽然在欧阳黔森笔下尚未臻达化境，但我们有理由期待他更加高远的文学未来。

本文系教育部2016年度青年长江学者人才项目“中国文学传统的创造性转化研究”的阶段性成果。

**《中国现代文学研究丛刊》2018年第7期**

[1] 欧阳黔森：《贵州精神》，载《水的眼泪——欧阳黔森选集》，广西师范大学出版社，2017，第133—135页。

# 欧阳黔森“精准扶贫三部曲”：为人民写作的时代史诗

## ——评欧阳黔森精准扶贫报告文学《花繁叶茂，倾听花开的声音》《报得三春晖》《看万山红遍》

刘　艳

习近平总书记在党的十九大报告当中强调，要“实施乡村振兴战略”，指出：“农业农村农民问题是关系国计民生的根本性问题，必须始终把解决好‘三农’问题作为全党工作重中之重。” 十九大报告第七条“坚定文化自信，推动社会主义文化繁荣兴盛”当中的第四条，更是明确提出：“繁荣发展社会主义文艺。社会主义文艺是人民的文艺，必须坚持以人民为中心的创作导向，在深入生活、扎根人民中进行无愧于时代的文艺创造。要繁荣文艺创作，坚持思想精深、艺术精湛、制作精良相统一，加强现实题材创作，不断推出讴歌党、讴歌祖国、讴歌人民、讴歌英雄的精品力作。发扬学术民主、艺术民主，提升文艺原创力，推动文艺创新。倡导讲品位、讲格调、讲责任，抵制低俗、庸俗、媚俗。加强文艺队伍建设，造就一大批德艺双馨名家大师，培育一大批高水平创作人才。”而欧阳黔森的报告文学“精准扶贫三部曲”，让我们看到了名作家是如何以实际行动践行中央“实施乡村振兴战略”和“繁荣发展社会主义文艺”战略思想，在贵州人民勇敢奋斗立志脱贫的事迹里，与人民同呼吸共命运，以自己积累深厚的文学创作和诗意书写的笔触，实现与人民同呼吸共命运的写作的。

在实施乡村振兴战略和坚定文化自信、推动社会主义文化繁荣兴盛的工作中，党和国家近年来实施的扶贫工作尤其是“精准扶贫”工作，是乡村振兴战略的重要一环，“精准扶贫”文学创作近年来也取得了令人瞩目的成绩，在众多精准扶贫文学作品当中，当代名作家欧阳黔森的三篇报告文学——《花繁叶茂，倾听花开的声音》《报得三春晖》和《看万山红遍》，成为其中的代表作品。欧阳黔森这三篇“精准扶贫三部曲”，分别作为《人民文学》2018 年第 1 期、第 3 期、第 9 期的头条发表，引起了广泛的关注。欧阳黔森“精准扶贫三部曲”，是名作家投身火热的扶贫工作，以文学的笔触反映精准扶贫工作，记录现实，书写现实，践行“深入生活，扎根人民，为人民写作”的典范之作和时代史诗。

## 一、记录伟人新时代中国治理智慧的时代史诗

“精准扶贫三部曲”第一部《花繁叶茂，倾听花开的声音》讲述了花茂村脱贫致富的故事。这个故事里，烙印了习近平总书记心系花茂、关怀花茂亲临视察的足迹。花茂村脱贫致富的漫长征程里，更是烙印了习近平总书记深深的足迹脚印。正如作家欧阳黔森所说，贵州是全国唯一没有平原支撑的省份，山多是这块土地最明显的特征。贵州西部有雄伟壮丽的乌蒙山脉，东部有峻峭旖旎的武陵山脉，美丽但极度贫困，在中国现有的十四个“集中连片特困地区”中榜上有名。花茂村原名荒茅田，意指贫困荒芜，后改名“花茂”，寓意花繁叶茂，但从贫困荒芜的“荒茅田”到花繁叶茂的“花茂”——这样一个寄托了老百姓美好心愿的愿景，是历经一个长长的甲子才梦想成真。花茂村的脱贫致富，是与中央和习近平同志的

关怀分不开的。《花繁叶茂，倾听花开的声音》里，在村民王治强的回忆中，记录下了习近平总书记亲临花茂村的历史一刻："2015 年 6 月 16 日，是花茂人永远不会忘记的日子，这一天，习近平总书记来到了花茂村，亲切地与村民们拉家常，村民王治强回忆说：'习主席平易近人，笑起来像太阳，让我们心里暖洋洋。你信不，我现在的心，天天都是热的。'他自豪地说，别看我们这里山区偏僻，来过两个主席，一个是毛主席，一个是习主席。"[1] 在中华民族伟大复兴的征途中，习近平总书记来到了这块红色的土地。习近平总书记在这里感慨地说："怪不得大家都来，在这里找到乡愁了。"总书记亲切地说："党中央制定的政策好不好，要看乡亲们是哭还是笑。"习近平总书记还告诉大家："要守住发展和生态这两条底线。"[2] 花茂村的繁荣和发展，正是遵循了领袖的这一睿智的执政理念。村民王治强笑起来像一株向日葵，他说："习主席说我们是哭还是笑的时候，在场的乡亲们都笑开了花。"总书记那句亲切的话"党中央制定的政策好不好，要看乡亲们是哭还是笑"，深深地烙印在了乡亲们的心里。如果说，长征途中的 1935 年 3 月 10 日，在这里毛泽东主席用一盏马灯照亮了中国革命前进的道路。也正是在这里，进一步确立和巩固了毛主席在党中央和红军中的领导地位，从而挽救了红军、挽救了党。那么 80 年后，习近平总书记再次来到了这块红色的土地，他那句"怪不得大家都来，在这里找到乡愁了"，正说明在中华民族伟大复兴的征途中，党中央和国家领导人从来也没有忘记革命老区的人民。欧阳黔森创作的"精准扶贫三部曲"报告文学作品，所刊发的栏目都是"新时代纪事"。《人民文学》2018 年第 1 期卷首语这样介绍《花繁叶茂，倾听花开的声音》："2018 年开始了，

---

[1] 欧阳黔森：《花繁叶茂，倾听花开的声音》，《人民文学》2018 年第 1 期。

[2] 同上。

文化自信表现于中国文学方面的形态将是什么样子的？在美好的憧憬中，在我们以信念和热情自愿自觉深入生活、扎根人民的实际努力下，新时代现实题材创作的丰收年，必将是 2018 年的文化标识。《花繁叶茂，倾听花开的声音》讲的是贵州老区花茂村的脱贫故事。这个对中国革命史有着特殊意义的小山村，红色根基与绿色发展相统一，在新时代成为受到总书记指引和关怀、得到全国关注的革命老区实现精准脱贫的典范。”《人民文学》在 2018 年第 1 期头条刊发《花繁叶茂，倾听花开的声音》，正是以花茂村翻天覆地的今昔变化，向全世界传达这样一种寓意——党的十九大召开，令全世界都在倾听花开的声音。

“精准扶贫三部曲”第二部《报得三春晖》，是通过乌蒙山屋脊海雀村脱贫历史，记录下历史上曾经发生的习仲勋同志的感人故事。《报得三春晖》里，安大娘家里，挂的是担任过中央书记处书记习仲勋同志的挂像，这颇为令人意外或者说不同寻常之举，却原来是有着生动和感人的历史故事的。朱大庚讲述的是新华社贵州分社记者刘子富在 1985 年 6 月 2 日向上级写的内参——《赫章县有一万二千多户农民断粮，少数民族十分困难却无一人埋怨国家》描述的情景。朱大庚介绍说：“这篇俗称‘黑头内参’的‘国内动态清样’刺痛了许多领导人。当时分管农村工作的中央书记处书记习仲勋作了如下批示：‘有这样好的各族人民，又过着这样贫困的生活，不仅不埋怨党和国家，反倒责备自己‘不争气’，这是对我们这些官僚主义者一个严重警告！！！请省委对这类地区，规定个时限，有个可行措施，有计划、有步骤地扎扎实实地多做工作，改变这种面貌。’当时，老百姓奔走相告，中央习仲勋书记批示了，我们有救了。有的人文化不高，也讲不清批示内容，逢人就说，吓人得很，三个惊叹号。”作家如是说道：“这三个惊叹号，后来我在‘文朝荣先进事迹陈列馆’中看到了。当习仲勋书记批示的原件展示在我眼前时，那三个惊叹号实在太耀眼了，不由令人心潮澎湃。当时，我的大脑里就闪现出一个慈祥的老人，目光如炬，扬眉挥笔。这三个力透纸背的惊叹号，使我感觉出，这个慈祥老人一气呵成的批示，似当头棒喝，如醍醐灌顶，振聋发聩。”[1]作家在贵州老百姓“吓人得很”这一表达某种事情很重要、很振奋时的一句口头禅中，看到的是当年一位目光如炬的慈祥老人，牵系民生的扬眉挥笔。而习近平总书记对毕节试验区的两次批示尤为醒目，特别是 2014 年 5 月 15 日的重要批示：“毕节曾是西部贫困地区的典型。毕节试验区创办二十六年来，坚持扶贫开发与生态保护并重，艰苦奋斗，顽强拼搏，实现了人民生活从普遍贫困到基本小康、生态环境从不断恶化到明显改善的跨越。全国政协、中央统战部和各民主党派中央、全国工商联长期支持，广泛参与，创造了中国共产党领导的多党合作助推贫困地区发展的成功经验，充分体现了社会主义制度的优越性。建设好毕节试验区，不仅是毕节发展、贵州发展的需要，对全国其他贫困地区发展也有重要示范作用。希望有关方面继续关心支持毕节发展，希望试验区进一步深化改革，锐意创新，埋头苦干，同心攻坚，努力实现人口、经济与资源环境协调发展，为贫困地区全面建成小康社会闯出一条新路子，同时也在多党合作服务改革发展实践中探索新经验。”[2]贵州省作为全国贫困人口最多、贫困面积最大、贫困程度最深的省份，被称为全国脱贫攻坚的主战场、决战区，未来几年要实现同步小康、不拖全国的后腿，还任重道远。这个问题，习近平总书记非常牵挂，2015 年 6 月 18 日，习近平总书记在贵州调研期间专门主持召开涉及武陵山、乌蒙山、滇桂黔集中连片特困地区扶贫攻坚座谈会时强调，消除贫困、改善民生、实现共同富裕，

[1] 欧阳黔森：《报得三春晖》，《人民文学》2018 年第 3 期。

[2] 同上。

是社会主义的本质要求，是我们党的重要使命。[1]父子两代党和国家领导人，心念革命老区，关怀老区人民生活，念兹在兹，一脉相承。

“精准扶贫三部曲”第三部《看万山红遍》，在这篇富有象征意义的报告文学作品里，通过资源枯竭型地区万山所走过的脱贫致富历程，记录习近平总书记新时代中国治理智慧的时代史诗。《看万山红遍》里资源枯竭的铜仁万山所发生的翻天覆地的变化，与习近平总书记的关怀也是分不开的。2008 年万山遭遇了百年不遇的雪凝灾害：“就在那年冬天，一场百年不遇的雪凝灾害袭击了万山，导致万山区百分之八十以上的人口失去饮用水，通讯、电视广播基站全部停止运转，秋冬农作物面临绝收，十万亩林地受灾，一万多头牲畜被活活冻死，四千多户居民的房屋受灾严重，境内所有企业因停水停电而全部停产，部分企业厂房倒塌。全区四乡一镇十七个行政村四百二十八个村民组受灾，全区受灾面积达百分之九十二点六。”[2]2008 年那场百年不遇的雪凝灾害，把万山人的心都要冻僵的时候，是习近平总书记出人意料，来到万山，在人民群众当中那番感人肺腑的话，温暖了万山人民的心，点燃了万山人民的希望。作家以有条不紊、绵密有致的笔触，真实记录下了一段历史：“万山真正有效地开始逐渐转型，是始于二〇〇八年习近平总书记来过之后。总书记没来之前，万山的困境已经到了冰点，再加上那场百年不遇的雪凝灾害席卷了万山，万山人的心几乎冻僵了，是总书记温暖了万山人的心，点燃了人们的希望。”[3]习近平总书记心系万山，2013 年 5 月 4 日，对万山的发展作出了重要批示：“铜仁市万山区二〇〇八年遭受特大凝冻灾害，这些年来在中央和省的支持下，

---

[1] 欧阳黔森：《报得三春晖》，《人民文学》2018 年第 3 期。

[2] 欧阳黔森：《看万山红遍》，《人民文学》2018 年第 9 期。

[3] 同上。

万山干部群众奋力拼搏，实现了脱困目标，我感到十分欣慰。希望再接再厉，加大工作力度，用好国家扶贫政策，加快推动转型可持续发展，不断提高经济社会发展和群众收入水平，为实现与全国同步全面建成小康社会做出积极贡献。”[1]万山这里的党员领导干部和精准扶贫的同志，没有让总书记失望。而刊发《看万山红遍》的《人民文学》2018 年第 9 期卷首语这样写道：“本期‘新时代纪事’发出《看万山红遍》，作家以老地质队员的细心勘察和饱满的写作激情，记述了位于贵州铜仁的著名汞都万山，从资源枯竭的典型转变为绿色发展样板的历史巨变过程，从中可以真切感受新时代中国的治理智慧和新时代人民的精神风貌。”应该说，是准确地点出了这篇报告文学的关键词—“从中可以真切感受新时代中国的治理智慧和新时代人民的精神风貌”。

## 二、开启融摄纪实性与文学性的非虚构报告文学新的写作路径

我曾经在文章中述及：2000 年之后出现了不少根据新闻报道改写的小说，作者包括名作家，甚至闹出了雷同或抄袭之事。与其说这部分作家是“虚构意识不够”“文学才华被过于具体的现实压制了”，不如说是他们文学虚构的意识和能力不够、他们面对的是他们不熟悉的生活或者说他们不了解故事背后所涉及的人与生活——仅凭想象、根据新闻素材来闭门造车式“虚构”故事，当然也可以说这样的“虚构”是一种缺乏生活有效积累的、比较随意地编造故事的“虚”构。而青年小说作家，又不乏人落入“茶壶里演绎叙事风暴”的窠臼，如何书写现实都是亟须解决的问题。[2]

---

[1] 欧阳黔森：《看万山红遍》，《人民文学》2018 年第 9 期。

[2] 刘艳：《如何书写现实及现实主义文学新的可能性》，《长篇小说选刊》2018 年第 5 期。

在这样的文坛现状和创作的一种趋势当中，不仅如何书写现实和重新强调现实主义文学，变得非常迫切。我们甚至看到作为对远离现实、闭门“虚”构写作状态的反拨，“非虚构写作”甚至曾经成为近年来中国文坛备受关注的创作热潮。有研究者（洪治纲）就曾经强调：“它以鲜明的介入性写作姿态，在直面现实或还原历史的过程中，呈现出创作主体的在场性、亲历性和反思性等叙事特征，折射了当代作家试图重建‘真实信念’的写作伦理。”与非虚构写作相比，报告文学作品更接近于纪实性散文文体，文体属性上兼有新闻性与文学性，报告文学能像新闻一样迅速、及时、准确地反映在社会生活中所发生的事件，即时性地反映社会生活和时代精神。但与新闻不同的是，报告文学兼具文学性，不能仅仅停留在新闻素材的罗列和堆积，好的报告文学必须有文学性、可读性，所以报告文学非常考验写作者的写作能力和匠心。

书写精准扶贫的报告文学作品，近年来屡见不鲜。“精准扶贫”主题，成为近年来报告文学的一个重要的题材领域。但是，欧阳黔森的“精准扶贫三部曲”报告文学，因为他自己多年来所积累的文学创作的经验和才华，和他自己将情感真实融入其中，所以自呈高格。首先，作家会联系自己多年的写作，来呈现自己所写的这个地方的变化。这种变化，不只打动着作家，也格外能够让读者感触和感动于这种变化。《花繁叶茂，倾听花开的声音》中，用贫困村花茂村60年前后变化的历程，书写一个村庄从贫困到富裕的奋斗历程，书写一部中国农民的心灵史诗。欧阳黔森是在曾经的创作中了解到它的存在的：在纪念长征胜利六十周年之际，受委托写一部反映中国工农红军第二方面军长征的电视连续剧剧本《雄关漫道》。为了写好这部剧，作为创作者，他必须系统、详细、深入地了解党史、军史，特别是长征这段历史。于是，他重走长征路，而地处遵义县枫香镇境内的苟坝会议会址也是他的目的地之一。这样，他才知道有一个花茂村存在。而作家亲眼见证的贫困的花茂村的变化，就更加具有说服力。花茂村的变化是以作家亲历的三次见证，来反映它的今昔巨变的：第一次，“那天，坐在吉普车上，一路颠簸了六个半小时，还没到目的地，同车的本地人见我着急，便对我说：这里已经是花茂了，最多十分钟就到苟坝。我朝车窗外一看，花茂不仅没有花，树也没见几棵，道路泥泞不堪，民房陈旧杂乱，真的有点不堪入目。说实话，这样的地方很难让人记住”。第二次，“结束那次采访后，没有人再给我提起过花茂，花茂村就像我经过的很多村庄一样，没有留下任何记忆。即便五年后为了创作一部电影剧本，我再次到过苟坝，也没有想到花茂村的存在。其实，到苟坝只有一条路，我肯定经过了花茂村”。第三次，“我再次来到花茂村的时候，花茂已经是花繁叶茂一派生机勃勃的景象，已是远近闻名的美丽乡村，更是‘百姓富、生态美’的模范村。这次来花茂，主要是创作一部反映‘精准扶贫’的电视连续剧，这就必须在这里长住”。必须长住且体验老百姓的现实生活，深入生活是写好报告文学的一个重要前提。哪怕是柳青当年创作《创业史》，也是在皇甫村一住就是14年的劲头。为了写好一部反映精准扶贫的长篇电视连续剧，作家欧阳黔森在花茂村前后生活了大半年。深入生活是报告文学真实性写作伦理能够坚持和伸张的重要条件，而作家多年来的创作累积的创作经验是让报告文学在纪实性之外葆有文学性的重要保障。

《报得三春晖》当中的乌蒙山区，也可以从欧阳黔森的创作历程里见证它的今昔变化。欧阳黔森曾在自己长篇小说《绝地逢生》的扉页写下这样的文字：美丽，但极度贫困，这是喀斯特严重石漠化地貌的典型特征，被联合国教科文组织划分为“不适合人类居住的地方”。因其贫困，作家还将其写进过自己的中篇小说《八棵苞谷》。2009 年 3 月 5 日，根据欧阳黔森长篇小说《绝地逢生》改编的同名电视连续剧于全国人民代表大会开幕当天在央视一套黄金时间播出，引起广泛关注。《绝地逢生》取材于贵州省的乌蒙山区，这里山多地少，是我国石漠化最严重的地区……而《报得三春晖》是作家再次以文学书写，记录了当地是如何探寻到一条人与自然和谐发展的道路，开始摆脱穷困的命运。整篇《报得三春晖》当中，都可见作家在他最擅长的小说创作领域所积累的文学经验，在此报告文学作品当中的灵活应用。由此，给我们以有益的启示，小说家写作报告文学，涵有开启融摄纪实性与文学性的非虚构报告文学新的写作路径的新的可能性。

报告文学讲求非虚构性、纪实性，写实和真实是报告文学的写作伦理。但一般的写作者，往往难以掌控写实和文学性之间的一个有效的平衡，常常流于写实和纪实性材料的堆积，而缺乏艺术性和文学性以及感人的力量。欧阳黔森的“精准扶贫三部曲”不只是为贵州人民立志扶贫攻坚记录下的时代史诗，其中文学性才情充沛，别具与他以往写作一脉传承、一以贯之的艺术性。有研究者（李遇春）认为欧阳黔森的文学创作“通过创造性地转换中国古代地方志及其方志小说叙事传统，欧阳黔森在小说创作中激活并重塑了作为地方性知识与文化的贵州精神”[1]。曾经身为地质队员的经历，让欧阳黔森对当代中国地质队员的生活书写和形象塑造，成为了他早期文学创作的一种原动力。《看万山红遍》当中，作家就提到和忆及了自己作为地质队员的人生经历，并且凭藉他所特有的对于地质学的了解，呈现了万山作为一个资源枯竭型地区曾经辉煌的历史和当下转型的艰难以及能够成功转型的可贵。这不仅真实生动有说服力，而且历史知识和历史

[1] 李遇春：《博物、传奇与黔地方志小说谱系——论欧阳黔森的小说创作》，《中国现代文学研究丛刊》2018 年第 7 期。

故事的追溯和融入，让这篇报告文学别具地方志叙事的流脉和特色。而作家所写自己小时候，父亲就给他带来无数关于万山的故事，那个让他记忆深刻的关于老虎的故事，别具文学感染力。作家将“万山没有蚊子”“蚊子都被毒死了”的传说，以及到了 2006 年还流传汞矿职工偷农民的红薯充饥，而农民和村主任睁一只眼、闭一只眼，任由汞矿职工“拿”红薯，显示了农民的淳朴和恻隐之心，也足以让人动容。而接下来的对于万山地理、历史以及有关朱砂的历史故事的融入，也是作家在报告文学在文学性层面的衍展和抒发。《报得三春晖》里，也有生动的文学书写，作家提到的那个自己曾写进《八棵苞谷》的故事：当年包产到户，有一户人家分了十八块地，最大的一块还不到三分地，其余的散落在沟沟湾湾之间，显得鸡零狗碎。在这一带，土地和人命是相连的，这家人当然要把自己的地扒拉清楚，但是数了半天，也就只有十七块地，正疑惑时，儿子捡起爸爸的草帽，草帽下石旮旯中碗大的一块地凸现出来，父亲高兴地说：“找到了，找到了，就这块地，别看它小，也可以种一棵苞谷哩。”——呈现鲜明的本地特色，作家是为本地、为人民写作的。

有研究者认为：“在新世纪中国文坛中，来自贵州的欧阳黔森绝对是一位有着独特风格和艺术个性的作家。尤其是他的小说创作，带着来自贵州边地的蛮荒气息和现代气韵，构成了当代中国文学地理版图中不可或缺的组成部分……欧阳黔森的小说创作具有多面性、丰富性和差异性，它很难被简单地归并入新世纪的时尚文学潮流，故而往往容易被我们时代的文学同一性所遮蔽。然而，如果我们从文学与传统的角度考察，特别是把欧阳黔森的小说创作纳入到新世纪以来中国文学传统的复兴层面进行考量，我们会惊讶地发现欧阳黔森的小说创作具有新的文学史意义。事实上，欧阳黔森在小说创作中不仅显在地传承了蹇先艾、何士光等中国现当代贵州作家的新文学现实主义传统，而且还潜在地复活了志怪、志人、博物、搜神、传奇、方志、笔记等中国古代文学传统资源。”[1]正是这样一位手法灵动多变的作家，在传承和复活蹇先艾、何士光等中国现当代贵州作家的新文学现实主义传统的多年的创作历程中，所积累的文学经验，令他的报告文学作品，比一般的专事报告文学写作的作家，别具很多不同的创作新质。小说家在小说创作中所擅长的叙事转换灵活多变，在三部曲中也有显形。历时性的、纪实性采访叙事中，笔触可以率性伸展到历时知识、历史故事，现实故事还可以勾连过去和历史上曾经发生的故事。有关扶贫方面的一些纪实性材料，自如穿插插叙、补叙，而可读性的故事又往往以内部倒叙的方式来叙述。

### 三、“精准扶贫三部曲”：提供脱贫致富的样板和生动例证

原名荒茅田的花茂村，自 1955 年更名花茂，但村庄并未真正实现花茂寓意的花繁叶茂，党的十八大以来，习近平总书记多次前往革命老区调研考察，才发生了历史巨变。基层干部的勤政苦干，六个精准扶贫措施，“五个一批”脱贫举措，苟坝红色文化旅游创新区核心区接待游客近 300 万人次，实现旅游综合收入达 15.69 亿元。花茂村是变“输血”扶贫为“造血”扶贫的典型。土陶烧制作坊的非物质文化传承人母先才老人的那句“活了这么久，我终于重要了一回”，倾吐了脱贫群众的心声。从贫穷到小康再到富裕，花茂村实现了脱贫致富奔小康三级跳。花茂村地处大娄山脉的马鬃岭下，与红色旅游会址苟坝村毗邻，周围贫穷程度不一的村庄有 20 多个，作者将相毗邻的花茂村、苟坝村作为脱贫典型案例，以点带面式写出革命

[1]李遇春:《博物、传奇与黔地方志小说谱系——论欧阳黔森的小说创作》,《中国现代文学研究丛刊》2018 年第 7 期。

老区的蜕变，这些贫困村的蜕变是精准扶贫政策、举措转化为成果的标志。现在的花茂，真真实实呈现在作家和大家的眼前的是：一幢幢富有特色的黔北民居散落于青山绿水之间，一条条水泥路呈网状连通着每家每户及每一块农田。不要小看它，一个小小的村庄，该有的它都有了……现在的花茂村通网络、通天然气，有污水处理管网，有电商、有“互联网+”中心，有物流集散点……采访枫香镇党委书记帅波时，他曾说过一句话：就是要让每一栋黔北民居都成为产业孵化器，从而带动各种产业发展[1]。花茂和苟坝的脱贫致富，可以为其他地区提供脱贫致富的样板和生动例证。

《报得三春晖》中，毕节试验区就是贵州省脱贫攻坚的主战场、决战区。精准扶贫实施以来，毕节试验区发生了翻天覆地的变化：“从二〇一二年到二〇一六年，贫困发生率从百分之二十九点九降低到百分之一十三点二，减少贫困人口一百五十七点六二万人，森林覆盖率从百分之一十四点九提升到百分之五十点二八。这样的数字是令人惊喜的，更令人惊喜的是，目前的海雀村有二百二十二户居民，家家住上砖混结构的黔西北特色新民居，年农民人均纯收入从以往的三十三元上升到今天的八千四百九十三元，森林覆盖率从百分之五上升到百分之七十点四……”[2]

《看万山红遍》中，万山区是怎样走出一条资源枯竭型城市绿色转型的发展之路的呢？万山区按照省委、省政府对铜仁市提出的“念好山字经、做好水文章、打好生态牌，奋力创建绿色发展先行示范区”的战略定位，铜仁市委、市人民政府强力推进“一区五地”建设，即奋力创建绿色发展先行示范区，打造绿色发展高地、内陆开放要地、文化旅游胜地、安居乐业福地、风清气正净地。发展绿色经济、打造绿色家园、完善绿色制度、

[1] 欧阳黔森：《花繁叶茂，倾听花开的声音》，《人民文学》2018 年第 1 期。
[2] 欧阳黔森：《报得三春晖》，《人民文学》2018 年第 3 期。

筑牢绿色屏障、培育绿色文化，大力实施“六绿”（绿道、绿水、绿城、绿园、绿景、绿村）工程，推进绿色发展先行示范区建设。此外，还将加强生态文明制度建设，完善环境保护和生态文明建设机制，严格执行环境保护制度，严厉打击破坏环境的行为。[1] 2015 年，万山区政府招商引资了一家省外文旅企业，按照 5A 级标准对原废弃的汞矿遗址进行整体连片开发。投资二十亿元建设中国第一个以山地工业文明为主题的矿山休闲怀旧小镇——朱砂古镇，现已建成悬崖泳池、汞矿博物馆、玻璃栈道、影视基地、万亩红枫林等景区。朱砂古镇聘请俄罗斯厨师和服务员，在汞矿原苏联专家楼建起了俄罗斯餐厅，对原汞矿废旧生活区进行改造，通过人文塑造、还原生活场景等表现方式，建成规模宏大的影视基地，让游客可以真切地感受到时代脉搏，追寻不同年代的时光记忆。景区开园仅一年多时间，接待游客近三百万人次，实现了从三年前的人迹罕至、危楼遍布、上访频发的老旧矿区向商贾不暇、车流不息、安居乐业的旅游新区转变。[2] 万山区在绿色转型发展中，第一、二、三产业，无不取得突破性的进展。九丰高科技农业博览园的引进故事颇有传奇色彩和有些惊心动魄，堪为示范。中华山村采用“六二二”利润分红新模式，新型农业经营主体实行“合作社 + 基地 + 贫困农户”模式，新能源汽车项目快速上马，朱砂古镇焕然一新，百万年薪聘电商人才获得高额回报……必须产业转型一次成功的万山区，为了保证转型成功，具体措施是：“一、实施传统产业提升工程。大力发展低汞触媒、无汞触媒、铜触媒等多金属新型催化剂为主的精细化工产业，利用锰、磷、铅锌矿、重晶石等资源发展深加工产业，延伸产业链条，形成矿产勘查、采冶加工一体化的产业体系。二、实施特色产业壮

[1] 欧阳黔森：《看万山红遍》，《人民文学》2018 年第 9 期。

[2] 同上。

大工程。大力发展以酿酒、中药制剂、茶叶、农产品加工等为代表的特色产业的技术改造升级，把万山建成了省内重要的绿色产品生产加工基地。三、实施承接产业转移示范工程。巩固服装鞋帽、打火机等产业承接成果，加大承接转移力度，推广‘代工’和‘来料加工’模式，配套上下游产业链，到二〇一七年上半年，实现承接产业转移项目产值达到了二十亿元。四、实施战略性新兴产业培育工程。高起点发展铝板带箔系列产品，大力培育发展建筑、装饰、包装、印刷、电子、电力等行业用的铝材深加工产品；促进含钾页岩综合开发利用，鼓励和支持钾资源综合利用技术创新企业和项目，以技术创新带动产业发展。支持做大新能源汽车产业，打造新能源汽车城。”[1]而凡是实地考察过的人，都会惊佩于连成一体的4A级景区朱砂古镇、4A级景区九丰高科技生态农业博览园和夜郎谷漂流风景区，颇让人叹为观止。

欧阳黔森的“精准扶贫三部曲”报告文学，分别以大量翔实的材料、数据、前后的对比，为我们今天伟大时代的精准扶贫、脱贫攻坚工作，提供了生动的例证，也给其他地区的精准扶贫工作以有益的启示。“看万山红遍”语出毛主席《沁园春·长沙》“看万山红遍，层林尽染”，“看万山红遍”极富诗意，又有着多层的丰厚寓意。不只是希望看到万山、贵州“万山红遍”，这个“万山”，何尝不是祖国的万水千山呢？在这个伟大而振奋人心的时代，举国“看万山红遍”，希望更多作家能够将真切的生命体验融入现实生活，以文学的笔触记录时代翻天覆地的变化，书写深入生活、扎根人民、为人民写作的时代史诗。

**《芳草》2019年第4期**

---

[1] 欧阳黔森：《看万山红遍》，《人民文学》2018年第9期。

# 现代意识复活中国文学传统

## ——欧阳黔森中短篇小说论

刘　艳

五四新文化运动，开启了中国文学全面、积极学习西方的潮流。就像五四新文化运动对“德、赛两先生”的推崇一样，“德莫克拉西（Democracy）和赛因斯（Science）两位先生”，一度被五四新文化运动先驱们认为是，在现代中国诸问题和诸价值中具有压倒一切的优先地位和重要性。与此相类，五四新文学也全面开启了中国文学积极向西方文学学习的潮流。而 20 世纪 80 年代以来，无论是当代小说还是当代文学批评，都被目为是处于自己的“黄金时代”。程光炜说：“最近三十年来的当代小说，真是精彩纷呈，群星灿烂，作家们各显神通，共同创造了百余年来中国小说创作所少见的一个黄金年代。”[1]陈晓明也认为，在 20 世纪七八十年代，所谓的“批评的黄金时代”，也是批评话语自成体系、龙飞凤舞的时代，“理论批评摆脱了文本的束缚，终于获得了无边的自由，理论批评的想象力空前激发”，“从七八十年代到 21 世纪初，理论批评沿着一条自我激发、自我生成的道路高歌猛进”[2]。20 世纪 80 年代中期以来，外国文学理

[1] 程光炜：《小说九家 · 前言》，中国社会科学出版社，2017。

[2] 陈晓明：《理论批评：回归汉语文学本体》，《文学评论》2015 年第 3 期。

论和各种人文社会科学思潮大量引进，对我们当代的文学批评的视野和方法都发生了不可估量的影响，这与文学创作的态势和发展，其实是合拍乃至协调一致的。20 世纪 80 年代中期开始的先锋派文学，就是向西方学习的文学思潮影响之下产生的。2018 年 4 月 20 日，贾平凹在接受新华社记者访问时，谈及自己 40 多年的创作历程说："我们那代人在写作上起步晚，一开始是自己慢慢摸索，那时候是'独特'的。渐渐地，我开始去拥抱世界、接纳西方文学，学习人家对人性和世界的看法，走向了'普遍'。到了现在，又开始沉淀出自己'独特'的东西。我几十年的写作生涯，就处于这样的探索和矫正过程中。"在他看来，外来文化对中国作家创作的影响如同河水与河床的关系。河水一边冲刷、制约着河床，同时又改善和塑造了河床。贾平凹说："作家一定要有全球视野，同时也要意识到自己是中国人，把外来文化和本土意识结合。"

在这样的情形之下，欧阳黔森能够在他的中短篇小说创作当中，以现代意识复活中国自古代、现代、当代以来的文学传统，形成独具黔地特色的文学书写，是一件难能可贵的事情，可以给当代小说写作，尤其是中短篇小说的写作以有益的启示。

## 一、地域性特征与地质知识性叙事的融入

有研究者认为，欧阳黔森"激活了中国古代小说的'博物'叙事传统，而且他还着意发掘和捕捉贵州历史上和现实中的各种异人奇事，塑造出形态各异的贵州人物艺术典型，以此激活中国古代小说中以史传或纪传为中心的'传奇'叙事传统"[1]。又："唐传奇是中国古代小说的文体典范形态，

[1] 李遇春：《博物、传奇与黔地方志小说谱系——论欧阳黔森的小说创作》，《中国现代文学研究丛刊》2018 年第 7 期。

倘若以之作为中国古代小说文体史的中心界碑，此前的汉魏六朝‘古小说’如志怪、志人之类，其实可以称作‘前传奇’，而此后的宋元明清话本小说（章回小说大多是章回体的话本小说）大抵可归并入‘后传奇’范畴。”“中国古代传奇（尤其是唐传奇和明清‘后传奇’）大抵以野史杂传为宗，史传性是本亦是体，抒情性和哲理性为用，故而古代传奇习惯于以传记性主人公为题，如唐传奇之名篇《任氏传》《柳毅传》《霍小玉传》《南柯太守传》《谢小娥传》《虬髯客传》等都是；倘若不以‘传’为题，则以‘记’为题，如《古镜记》《离魂记》《枕中记》《秦梦记》之类；至于鼎鼎大名的《莺莺传》又名《会真记》，甚至其原始题目就叫做《传奇》，由此可见传奇与史传之文体血缘。”[1]

欧阳黔森在他的中短篇小说当中，有着对中国古代史传、传奇文学传统的自觉承继，他的小说写作在有意无意当中，表现出了为有着黔地特色的民间人物别立野史杂传的兴趣。“为民间人物立传是中国古典小说伟大的叙事传统之一，中国古典小说的艺术渊源素来都有史传传统一说，而由史学性的史传衍生出文学性的野史杂传，这正是中国小说传统的精华之所在。野史杂传不同于正史正传，它主要致力于捕捉和打捞遗失在民间世界里的野生人物的灵魂，这种古典叙事传统即使在现代中国小说创作中也未曾断绝，而是在借鉴西方近现代小说叙事技艺的基础上加以承传和拓新。”[2]欧阳黔森的中篇小说《八棵苞谷》，写的是房前就是石山的三崽一家的故事，是作家为贵州的乌蒙山区所作的文学书写。乌蒙山区是富有贵州地域性特色的、呈现喀斯特地貌的地区，欧阳黔森曾在自己长篇小

[1] 李遇春：《“传奇”与中国当代小说文体演变趋势》，《文学评论》2016 年第 2 期。

[2] 李遇春：《中国文学传统的复兴》，商务印书馆，2016，第 261—262 页。

说《绝地逢生》的扉页写下这样的文字：“美丽，但极度贫困，这是喀斯特严重石漠化地貌的典型特征，被联合国教科文组织划分为‘不适合人类居住的地方’。”而欧阳黔森的报告文学作品《报得三春晖》（《人民文学》2018 年第 3 期），作家提到的那个自己曾写进《八棵苞谷》的故事：当年包产到户，有一户人家分了十八块地，最大的一块还不到三分地，其余的散落在沟沟湾湾之间，显得鸡零狗碎。在这一带，土地和人命是相连的，这家人当然要把自己的地扒拉清楚，但是数了半天，也就只有十七块地，正疑惑时，儿子捡起爸爸的草帽，草帽下石旮旯中碗大的一块地凸现出来，父亲高兴地说：找到了，找到了，就这块地，别看它小，也可以种一棵苞谷哩……《八棵苞谷》里，白鹰村这一方的石头山太多，三崽在一个小山头上种上了八棵苞谷。三崽一家所居住的白鹰村美丽而贫瘠，三崽家只能用三崽大妹（大妹本来钟情的是杨家二崽）去嫁给一直喜欢大妹的田家四崽，换来田家妹崽嫁给三崽。小说结尾，新媳妇过门第二天清早，婆婆拿了十六棒苞谷进了媳妇的屋里，那苞谷棒每八棒一组用苞衣结捆起，婆婆要媳妇把两组苞谷棒挂在门梁上。媳妇奇怪，为什么要这样做？经三崽口才知，原来是三崽前一年在石头山上种了八棵苞谷，秋后收了这十六棒苞谷。三崽、三崽爹、田家老爹等人物形象，都是欧阳黔森为富有黔地乌蒙山地域特色的民间野生人物别立野史杂传，所写的“乌蒙山传奇”和“乌蒙山人物传奇”。

《村长唐三草》，可视为作家为当过村长的唐三草（本名唐万财）这样一个民间人物所写的野史杂传。唐三草本是桃花村的民办教师，妻子离家出山打工，把婚离了。唐三草颇有乡村生活和工作的智慧，在既当爹又当妈的个人生活处境中，处艰而不觉艰，还肩负起了村主任的重任，帮助全村摘掉了贫困村的帽子。唐三草富有智慧并运用乡间依然存续的传统伦理价值和乡情人情，解决计划生育难题和有人诬告他的事情，是一个有着顽强生命力的乡间野生人物。《丁香》《梨花》《白莲》和《兰草》等都有中国古代史传传奇小说的因素，可视为都是为民间人物作传的小说。正如有的研究者已经发现的，欧阳黔森很多小说，都有受到中国式传奇小说文体的影响。短篇小说《敲狗》和《断河》中，受中国式传奇小说文体的影响很深。“小说对贵州花江镇喜好吃狗肉的民俗民风的描绘，尤其是对小说中那对敲狗的师徒关系的叙写，完全可以被视为一篇当代的拍案惊奇之作。”[1]小说对花江镇人喜食狗肉的描绘：“临街的店门都开狗肉馆，人一爱吃什么就会琢磨出好做法来，所以花江人不只会烹制狗肉，更会特殊的杀狗技法——杀狗不用刀杀，而是‘敲狗’。”那段小说叙事——厨子用包了布头的铁锤猛击狗鼻梁而致狗毙命的文字书写，真是惊心动魄，让人心中顿生有如近距离目睹般地不忍。

任凭狗怎样地挣扎，越挣扎，它脖子上的绳索越紧。当狗由于憋气在地上翻滚时，厨子拉动绳子，把狗吊了起来。狗身子悬空起来，不沾地的四蹄更加挣扎不已。厨子拿来一把包了布头的铁锤猛击狗鼻梁，狗扭曲着身子，被绳子紧勒的喉咙里发出像奶娃哭泣的叫声。狗在这猛击中只能坚持几分钟，便没了声息。这时的狗，样子挺可怜又挺吓人。它的眼睛圆瞪着，两行泪水流过脸庞，舌头夸张地伸出嘴巴。厨子的样子却挺得意，他并不注意狗的可怜。厨子的得意体现在他丢锤子的劲头上，打完最后一锤，厨子把锤子往地上一摔，锤子便连翻了几个跟头。厨子接着用手去摸狗鼻梁，确定没碰烂皮后，顺手摸合了狗眼睛。厨子的手湿湿的，并不是有汗，而是因狗的眼泪。厨子把手掌放在腰间的围巾上擦了擦，对徒弟说，看明白了，

[1] 李遇春：《博物、传奇与黔地方志小说谱系——论欧阳黔森的小说创作》，《中国现代文学研究丛刊》2018 年第 7 期。

就这样打。狗鼻子最脆弱，要敲而不破才好。[1]

这一带人家从古到今一直坚持着不卖狗的祖规，有了花江镇一条街的狗肉馆后，却慢慢发生了变化。有人继续坚持不卖狗，有人忍不住卖了狗，这就有了中年汉子送来了自家的黄狗，约定过后来赎，厨子却看上了黄狗的皮毛，一定不肯再赎给他，还想引派出所的朋友来解决问题。看此计不成，厨子最后要赖坐地涨价。淳厚的中年汉子答应了、又去筹钱时，厨子想失信杀狗，徒弟后半夜悄悄放走了狗，厨子扣了徒弟的工资想抵狗的钱，徒弟并没有如他愿留下来，而是离他而去。中年汉子却守信送来了二百块钱，感谢了厨子对他的信任，说狗早回了家，为了对厨子表示感谢，还给厨子带来了几斤自家种的花生。小说结尾："晚上，厨子油炸了花生，一个人喝闷酒。徒弟三天前已离他而去，他在思考再到哪里招一个徒弟。"这样的结尾，有些出人意料，又有点令人唏嘘不已。短篇小说《断河》，是一则不折不扣的"黔地传奇"。通过老刀和老狼的恩怨情仇，从晚清写到民国再到 1949 年之后，直至小说结尾跨越到新世纪，在短篇小说的篇幅内，写出了一篇"断河的传奇"，是"一个贵州山寨百年间的历史浮沉和恩怨沧桑，是名副其实的山寨传奇"[2]。

沈从文的学生汪曾祺曾说："沈先生很注意开头，尤其注意结尾。"对于《边城》结尾，汪曾祺说："汤显祖评董解元《西厢记》，论及戏曲的收尾，说'尾'有两种，一种是'度尾'，一种是'煞尾'。'度尾'如画舫笙歌，从远地来，过近地，又向远处去；'煞尾'如骏马收缰，忽然停住，寸步不移。他说得很好。收尾不外这两种。《边城》各章的收尾，

[1] 欧阳黔森：《敲狗》，载《莽昆仑——欧阳黔森中短篇小说选》，作家出版社，2015，第 284 页。

[2] 李遇春：《博物、传奇与黔地方志小说谱系——论欧阳黔森的小说创作》，《中国现代文学研究丛刊》2018 年第 7 期。

两种兼见。”[1]像欧阳黔森短篇小说《敲狗》一篇的结尾，就有些“两种兼见”的味道，煞尾的因素更为浓厚。欧阳黔森多篇中短篇小说，都在结尾上有着来自古代、现代文学传统的影响。“平淡中包含几许惨恻，悠然不尽”的小说结尾，或是“须要言有尽而意无穷，如清庙三叹而有余音，方为妙手”的“结尾有余法”，在欧阳黔森的中短篇小说结尾处都可见。欧阳黔森中短篇小说体现出的这些特质，与他受的文学影响——中国古代、现代和当代以来的黔地包括湘西文学传统对他的影响有关。在欧阳黔森这里，有来自他的贵州前辈作家蹇先艾、何士光的现实主义文学书写的传统。但实际上欧阳黔森的小说创作还深受沈从文、受湘西文学传统的影响。这与贵州的地理位置很有关系，许多贵州作家的家乡都是接近、毗邻湘西，或者原本就是在区划上属于湘西。欧阳黔森的家乡贵州铜仁在明代以前和湘西同属沅陵郡管辖，直至明末，铜仁才被划归黔地，而且连同湘西人最为自豪的武陵山主峰——梵净山，一起被划归贵州。行政区划可以变化，但文化传统的作用是巨大的，不会随着区划的调整而遽然发生改变。铜仁的文化背景和文化传统其实还是属于楚文化范畴，这就让欧阳黔森与湘西、与沈从文之间有了天然的文学气韵相通，和对于湘西以及沈从文文学传统的自觉或者不自觉的传承。欧阳黔森与沈从文两人的故乡，竟然相距不到六十公里。欧阳黔森“深深地明白每一个作家都有自己的基本文化背景，而且是自己所处地域特有的。世界上伟大的作家包括诺贝尔文学奖获得者所写的作品，有的不出其所处地域文化的方圆百里，有的甚至就是写出生地不到十里的范围，但这样的作品往往以其所独有的文化背景而成为世界文化的经典。沈老先生就是写生他养他的那一块土地而差一点成为华人第

[1] 汪曾祺：《沈从文和他的〈边城〉》，载邓九平编《汪曾祺全集（卷三）·散文卷》，北京师范大学出版社，1998，第162—163页。

一位获诺贝尔文奖的作家”[1]。的确如有的研究者所说，“从蹇先艾到何士光，他们的黔地小说创作都属于典型的现代地域性叙事形态”，而欧阳黔森“不再固执于现代人性论和人道主义立场批判性地审视黔地文化传统，不再简单地把黔地文化视为愚昧的渊薮和落后的符号，而是从地方性知识和文化视野出发，努力发掘黔地本土文化中的积极因素与有效资源，致力于黔地文化传统的创造性转化”[2]。欧阳黔森中短篇小说中，亦可清晰见出他是如何发掘黔地本土文化中的积极因素，而对自古代、现代直至当代以来的黔地文化传统予以创造性的转化。但如果说是“欧阳黔森的黔地方志小说实现了对现代地域性叙事模式的反拨”，似还不很确切，实际上是欧阳黔森建构了新一种、别一种富有黔地地域性特征的小说叙事，从中可发掘出或者说可见黔地的文化传统。这或许可以说，欧阳黔森是在以一种现代意识，重新复活中国古代、现代和当代以来的文学传统。

欧阳黔森的中短篇小说，有着对中国古代史传、传奇文学传统的自觉承继，并自觉对其加以改造和创新。欧阳黔森少时喜读《聊斋志异》，这大约是欧阳黔森与以《聊斋志异》为代表的中国古代“传奇”小说的最初结缘。清人冯镇峦曾说《聊斋志异》是“史家列传体”，“以传记体叙小说之事”，今人石昌渝认为冯氏此意是指“蒲松龄用传奇小说的方法写笔记小说”，但他同时又认为“与其说《聊斋志异》用传奇小说的方法，不如说是用笔记小说文体写传奇小说”。其实无论是“笔记体传奇小说”还是“传奇体笔记小说”，都无法否认《聊斋志异》与唐传奇的文体血缘。[3]唐五代小说，借鉴史传形式的同时，有意识地进行虚构，表明小说文体的

---

[1] 欧阳黔森：《故乡情结》，载《水的眼泪——欧阳黔森选集》，广西师范大学出版社，2017，第 75 页。

[2] 李遇春：《博物、传奇与黔地方志小说谱系——论欧阳黔森的小说创作》，《中国现代文学研究丛刊》2018 年第 7 期。

[3] 同上。

发展已经趋于成熟，但仍有程式化特点。“开头及正文标注年号，以证人物、事件之真实。小说结尾注明故事来源、出处，同时模仿史传论赞的形式，阐发个人对作品人物所作所为的看法甚至发表对社会、人生的见解，《任氏传》《柳毅传》《李娃传》《长恨歌传》《南柯太守传》《冯燕传》等都是这样。”[1]单篇小说如此，小说集也常常出现类似情况，作者现身文末，交代故事的由来，并发表议论……欧阳黔森在做民间人物野史杂传和黔地传奇的书写时，是把一些时间的标志或者迹象，自然嵌入小说当中的。他的中短篇小说，并不对时间等故意做模糊化处理，故事发生的地方，常常就是实存的贵州山与水等实实在在的地方，时间也在叙事脉络中被自然嵌入和隐现。欧阳黔森的中短篇小说，有时候用很隐讳的表达方式，或者以具体的物象隐喻的方法来呈现故事发生的时间，这种表现手法在《断河》等小说中就很典型。中篇小说《莽昆仑》《白多黑少》《水晶山谷》《非逃时间》《村长唐三草》等，都可以读出故事发生的地点、时间，地域性特征和现实感都很强。短篇小说，像《敲狗》《断河》《五分硬币》《丁香》《梨花》《白莲》《兰草》《血花》等，也都是可以看到故事发生的时间背景。尤其是短篇小说《断河》，作者不动声色地书写了自晚清、近代、现代、当代直至当下的，一部关于断河传奇、黔地传奇的“传奇史”故事。

中国古典史传传奇小说，重视“小说之眼”。所谓“小说之眼”，就是为了情节发展、结构处理的需要，在小说正文中设置的物件，用以表情达意，或者作为贯穿全文的线索。比如唐五代小说作家就在小说叙事结构上，重视设置“小说之眼”。都是些什么样的“小说之眼”呢？有些是男女定情、订婚的信物，如玉杵臼、玉指环、暖金合、红叶、梧桐叶等，有些则是其他的东西，如谜语、词、曲等。它们在小说中起着重要作用：第一，

[1] 程国赋：《中国古典小说论稿》，中华书局，2012，第58页。

具有象征意义。第二，在小说结构中贯穿前后文，成为情节与情节之间起衔接作用的重要环扣，甚至直接推动情节的发展。[1]欧阳黔森的中短篇小说，多设有“小说之眼”。像《八棵苞谷》里的苞谷，《五分硬币》里的那枚陌生姑娘所与、而“我”一直没有舍得花掉的“五分硬币”。像《丁香》《梨花》《白莲》《兰草》，小说标题既是人物名字，又是小说叙事结构上的“小说之眼”。欧阳黔森的中短篇小说，多有地质知识性叙事的融入，有些小说，就是写的地质队员地质工作和生活当中发生的故事，像《莽昆仑》《水晶山谷》《有人醒在我梦中》《远方月皎洁》《丁香》《兰草》《血花》等。“除了作为基本的主线索的叙事动力之外，欧阳黔森笔下的地质知识话语有时候仅止于作为辅助性的叙事动力而存在，但它依旧给欧阳黔森的小说带来了新奇的博物色彩，或者说增添了奇异的博物元素。这在很大程度上也可以理解为欧阳黔森小说创作中现代地质博物体叙事的泛化，有关地质学的知识性叙事因此也成了欧阳黔森小说艺术的一个典型符码。”[2]地质知识性叙事的融入，也是符合黔地地域性特征的文学书写特质的。有关地质队员生活、故事以及它们所隐现的曾经的一段历史——文学的历史，都丰富了当代小说写作尤其是黔地文学书写和艺术长廊。

## 二、“土”与“狠”的美学之上的人性辉光

陈晓明曾以“土”与“狠”的美学，来概括贾平凹叙述历史的方法。陈晓明认为，《废都》之后的作品以更朴拙的手法回到乡土，他的小说越写越 “土”，去除了原来对文化风情与飘逸风格的追求，而倾注笔力于描

[1] 程国赋：《中国古典小说论稿》，中华书局，2012，第 60—61 页。

[2] 李遇春：《博物、传奇与黔地方志小说谱系——论欧阳黔森的小说创作》，《中国现代文学研究丛刊》2018 年第 7 期。

写乡土生活的原生状态。新世纪以来，贾平凹的叙述手法愈来愈“狠”，以此方式来叙述乡村进入现代经历的酷烈冲突。“土”与“狠”构成了美学的关联，“狠”的手法也寄寓了处理历史的方法。“狠”既体现了小说艺术的干脆利落，也随时把生命置于空无的境地，由此也涵蕴对激进现代性的一种反思。[1]这里所要说的欧阳黔森中短篇小说中所呈现的“土”与“狠”的美学，不完全同于陈晓明对于贾平凹创作的梳理、概括和总结。

陈晓明强调贾平凹在《废都》之后，创作越来越呈现“土”和“狠”的美学，“土”是贾平凹贴近乡土生活、和土同泥的创作状态。“狠”是指贾平凹后期的创作，多因为“世道人心，多为使狠斗强，伤痕累累”，于是，“也是随着乡村的自然和物的世界的直接坦露，贾平凹的小说笔法也用力更狠，他更关注 20 世纪的历史剧变，乡土中国进入现代的那些痛楚时刻，去表现那些生命冲突的历史事件，甚至不惜用浓重的笔墨去描写那些暴力冲突的现场，让这些生命向死的行动直接碎裂在干涩的土地上，让他们共同归于物的自然史”[2]。欧阳黔森的小说创作，尤其是其中短篇小说当中，也呈现明显的“土”的美学特征——当然，这个“土”不完全是贾平凹笔下的《古炉》中的“狗尿苔”式彻底落地、卑贱视角的“土”的美学意蕴，不是《古炉》等作品中那种“贾平凹要强调他们的动物性，强调这个乡村世界的自然特征，其行为和故事始终被贾平凹赋予了朴实粗鄙、原生自然的属性”[3]。欧阳黔森中短篇小说中的“土”，更加贴近黔地的山、水、乡土和自然，贴近这里的乌蒙山区、喀斯特地貌的地区，或者说是如实描写、贴近具体的像十八块地、三个鸡村、梨花村、白鹰村、汞都、万山等这些

[1] 陈晓明：《“土”与“狠”的美学——论贾平凹叙述历史的方法》，《文学评论》2018 年第 6 期。

[2] 同上。

[3] 同上。

地方，真切自然地实现了对黔地的文学书写——具有地方特色和地域性特征的“土”味美学的文学书写。不只有《八棵苞谷》里那样，种下八棵苞谷只收获了十六棵苞谷棒的高度贴近现实和写实的情况，也有《扬起你的笑脸》当中，对着贵州山谷里的不乏诗意的文学书写，对乌江沿岸、梨花寨和人物山鬼这样的乌江沿岸娃崽的惟妙惟肖地书写。

欧阳黔森中短篇小说中“土”的美学意蕴的呈现，一方面体现在贴近黔地乡土山水自然民生地书写，一方面体现在与黔地地域特色相关的地质知识性叙事的融入上。围绕地质队员的工作、生活以及情感等方面的故事，构成了其小说“土”的美学意蕴的一个重要维度。前面已经讲过，有研究者认为，除了作为基本的主线索的叙事动力，欧阳黔森笔下的地质知识话语即使仅止于作为一种辅助性的叙事动力，依旧给欧阳黔森的小说带来了新奇的博物色彩，或者说增添了奇异的博物元素。中篇小说《莽昆仑》《水晶山谷》等，如果没有地质知识性叙事的融入，小说叙事将无法展开。全部的人物和故事，都要围绕地质知识话语、地质队员工作和生活或者与地质方面有关的物事来展开。地质性知识话语和地质知识性叙事的融入，构成了欧阳黔森中短篇小说“土”味美学维度的重要一翼。贾平凹曾经在《古炉》里说道：“最容易的其实是最难的，最朴素的其实是最豪华的。什么叫写活了逼真了才能活，逼真就得写实，写实就是写日常，写伦理。脚蹬地才能跃起，任何现代主义的艺术都是建立在扎实的写实功力之上的。”[1]欧阳黔森是具备这样的脚蹬地的扎实的写实功力的，所以他才能在小说中辗转腾挪出具有现代意识和现代主义哲学意蕴的一些东西。《断河》是一个很像新版民间武侠故事、颇似“断河传奇”的文学书写，写得那么“土”、日常和逼真，其实就是蕴含着“最容易的其实是最难的，最朴素的其实是

[1] 贾平凹：《古炉·后记》，人民文学出版社，2011，第607页。

最豪华的”这个道理。老刀、老狼作为刀客仇家，他们快意恩仇。儿子辈的龙老大和麻老九，一个阴鸷，一个懦弱，龙老大对麻老九，似斗实护了一辈子。竟然在一个小小的短篇小说里，小说叙事时间横跨超越百年。小说结尾却转向了这里因发现了丹砂而成了汞都，而十年后跨世纪的一天里，被誉为汞都的特区却因为汞矿石枯竭而宣布汞矿破产。《梨花》一篇，以无大事、无来自现实的震惊体验，单单以日常生活的书写，就活脱脱写出了一个生动感人的三个鸡村的才女梨花的故事，梨花嫂麻姑也被写得栩栩如生，形象生动、贴地、自然，而土味十足。

陈晓明认为，“狠”是贾平凹回到历史中去的方式，至少贾平凹会认为“狠”才能抓住20世纪历史的根本特质。贾平凹在“狠”的道路上一路前行，他在《山本》后记里解释他的创作念想和过程：“那年月是战乱着，如果中国是瓷器，是一地瓷的碎片年代。大的战争在秦岭之北之南错综复杂地爆发，各种硝烟都吹进了秦岭，秦岭里就有了那么多的飞禽奔兽、那么多的魍魉魑魅，一尽着中国人的世事，完全着中国文化的表演。”[1]欧阳黔森小说中的“狠”，不是暴力叙事以及战乱硝烟魍魉魑魅，但他的中短篇小说也常常展现“狠”的一面。《水晶山谷》以发生在1990年秋的七色谷在开矿爆破时，活埋了田茂林的事件开篇，小说采用倒叙的手法，写了围绕地质叙事展开的小说故事——是乡村的青年田茂林为了攒钱娶媳妇，而倒卖三叶虫化石，后来他又参加开矿，而终于遭遇不幸的故事。田茂林之死，其实是小说叙事所展现的“狠”的一面。《敲狗》所体现的花江狗肉馆一条街的故事，花江人嗜狗肉和独特的“敲”杀狗的技艺，都体现出“狠”的美学意蕴。《丁香》中的丁香在抢修路基中，山体滑坡埋住了她，这是小说所呈现的“狠”。《血花》中，其实写了一桩发生在20

[1] 贾平凹：《山本・后记》，人民文学出版社，2018，第523页。

世纪 70 年代的车祸血案。好心的司机老杨大年三十送久居深山的地质队员们回家团聚，为了车不致摔下万丈深渊，他毅然朝山壁撞去而身亡……“狠”是贾平凹回到历史中去的方式，而“狠”对于欧阳黔森来说，是折射人性辉光的重要元素或者说是反衬因素。

《水晶山谷》写的是田茂林被开矿爆破造成的坍塌活埋的惨剧，但只是在小说开头和结尾才稍作点染、接续和呈现出这是一个惨剧。小说展现的是田茂林这个不失青春气息的乡村青年，通过开掘三叶虫化石想攒钱娶白梨花的故事。小说动人之处在于小说叙事时时隐现和散发着人性温暖和人性辉光。小说的后记写道：“据说那坍塌的地方总有一个女人每年去烧香，总像愚公一样搬移那些石头。”言有尽而意无穷，可以做不止一种维度的解读。《敲狗》在看似残酷和凶狠的“敲狗”（杀狗）技艺中，中年汉子的守信——带钱回来赎狗，充满人情温暖。中年汉子走后，厨子失信坚持要杀狗，厨子的徒弟偷偷放走黄狗，并且被要求以自己的工资抵扣、承担了狗的价钱。中年汉子在狗回家之后依然按约定给厨子送来了几乎是被厨子讹诈、涨价而成的二百元，还送上了自家种的花生作为答谢——小说在“敲狗”的“狠”与残酷当中，独蕴人性温暖和人性辉光。《断河》中龙老大对他同母异父兄弟麻老九的迫害——逼他终生守护在断河边为他捕鱼，其实是一种变相的保护，可以保护懦弱的兄弟躲过时代的艰虞……底子里仍然是兄弟手足温暖情愫的充盈至少是一种遗留。尽管龙老大后来又送了一个女人来，却是替代不了麻老九对于自己那死去的女人的感情的。麻老九对被龙老大捆住投下断河的心爱的女人，是充满着感情的——麻老九宁愿一直住在断河的乌篷船上，这样就可以常常半夜梦见女人从水里湿漉漉地爬上船头。这梦这感情，无不感人且令人为之伤怀。《丁香》《血花》等小说，也莫不若是——在“狠”的小说结局和小说叙事当中，展现无尽的人性温暖和人性的辉光。

## 三、“轻”与“慢”的文体特征

欧阳黔森的中短篇小说创作，呈现受中国古代史传传奇小说影响的因素，也有受沈从文、蹇先艾、何士光等现代、当代小说家影响并对他们加以自觉承继的方面。但他的小说较少受古典章回体小说情节性强、小说内部有着缜密的叙事逻辑这些方面的影响。毕飞宇在《小说课》中分析《水浒传》中林冲如何一步一步走向梁山的小说内部的逻辑，这个逻辑极其紧密、严密。毕飞宇通过《水浒传》中的逻辑——林冲的“走”，来分析出林冲是按小说内部逻辑，自己“走”到梁山上去了：“由白虎堂、野猪林、牢城营、草料场、雪、风、石头、逃亡的失败，再到柴进指路，林冲一步一步地、按照小说的内部逻辑、自己‘走’到梁山上去了。这才叫‘莎士比亚化’。在‘莎士比亚化’的进程当中，作家有时候都说不上话。”[1]这其实是中国古典小说讲求情节性、讲求“快”的内部逻辑和叙事节奏的一个典型特征。中国古典小说往往要通过曲折复杂的情节，来吸引住读者或者听众。

小说“轻”与“慢”的文体特征，似乎更多是自现代以来小说所具有的一个文体特征，是小说既传承了中国文学传统的影响，比如中国文学抒情传统的影响，又受西方文学中讲求生命存在和生命哲学意蕴的小说或者是文学观的影响。欧阳黔森看重的湘西文学前辈沈从文，就以小说的散文化和抒情性著称，其中，是来自中国文学抒情传统影响的因素居多。而西方文学中米兰·昆德拉的作品，最容易与小说的“轻”与“慢”发生关联，有研究者注意到了如迟子建等作家，以其小说的散文化和抒情性，表现了

[1] 毕飞宇：《小说课》，人民文学出版社，2017，第36页。

小说“轻”与“慢”的艺术哲学。小说的“轻”与“慢”，首先是一种叙事的技巧，也是作者一种面对生活的心理趋向，由于这种叙事技巧与作者心理趋向的吻合，它们最终会转化为作家小说创作的一种艺术哲学。所以，几乎可以说，小说的“轻”与“慢”，它们既是技巧的，也是哲学的。

“轻”与“慢”首先表现在人物形象样式的设计中，欧阳黔森不重视去捕捉生活中那搏战或者惨烈的一面，也不是那种向生活取走向和解、求得轻薄乐境姿态的作家。他在山谷、溪涧、竹篱笆等一切他可以将之揽过的黔地自然的元素当中，捕捉遗漏在日常生活裂隙当中的那些人情、人性、人的生命样态和情感的真实。中篇小说《莽昆仑》《白多黑少》等小说中，在一种轻轻掠过的、生活的日常性的文学书写中，把人的心理、情感和作家对于生命的感悟一一揭示。人生繁复，不会以某一种情感作为结束，即便是生命消逝，带给人的感受也是丰富的，生者看待逝者，逝者在生者心里和记忆当中，会留下什么样的折痕、印痕、形迹？或者我们对于尘封在历史和生活的记忆里那些曾经承载了我们真挚情感的人物，该投去什么样的目光？是忘却？是凭吊？是省思？还是纪念和追怀？欧阳黔森的小说中，对此着墨甚多。那几个几乎是以人物的名字来作为“小说之眼”、作为小说题目的小说，都似乎是在这样的情境之下写出的，小说也因此而呈现“轻”与“慢”的文体特征。《丁香》《梨花》《白莲》《兰草》等篇，都是设置和呈现了这样的一些女性人物形象。《梨花》一篇让人印象尤深。三个鸡村的梨花在麻姑阿嫂的帮助下，读了书，做了“梨花老师”，后来又做了“梨花校长”。围绕她所发生的乡村日常叙事生动感人，但她拒绝了来支教的李老师的追求，做了“梨花副县长”。李老师至今未婚，多情出诗人，李老师写了《这是那夜月的错》发表在省报，但换来的是梨花看了诗，几次拿起电话又放下。“最后，她还是打电话给公鹅乡中学的副校长李老师了。”似乎是断绝了未来情感叙事的可能和走向，却又似乎并不尽然。这正是小说“轻”与“慢”的叙事结构、叙事节奏的表现，令小说呈现出“轻”与“慢”的艺术哲学和文体特征。

有研究者认为，“慢”被理解为一种节奏，在逐渐圆融的叙事理论中，“慢”也被视为叙述时间制造的效果。欧阳黔森的中短篇小说所形成的“慢”的叙事节奏，是他以现代意识复活中国文学传统的一个结果。他的小说，不讲求情节的繁复、复杂，不追求叙事的跌宕起伏和大起大落，在一种如贾平凹所说——“最容易的其实是最难的，最朴素的其实是最豪华的”的文学书写当中，欧阳黔森的中短篇小说，写实，写日常，写伦理，写情感，写人内心深处的一些东西。“脚蹬地才能跃起，任何现代主义的艺术都是建立在扎实的写实功力之上的。”欧阳黔森切切实实以他的小说创作、以现代意识复活着中国文学传统。

本文系国家社科基金项目“新世纪海外华文作家的中国叙事研究”（项目编号：17BZW171）的阶段性成果。

《复旦学报（社会科学版）》2020 年第 5 期

# 欧阳黔森短篇小说的叙事艺术

## ——以《敲狗》为例

刘　艳

在当代文坛尤其是新世纪以来的文学现场中，欧阳黔森的文学创作具有显著的黔地特色，并且显示出独特的艺术风格。欧阳黔森不仅创作了丰赡的影视剧作，蔚为大观且在全国极具影响力，他在小说创作方面也具有鲜明的个人风格和特色。黔地的旷远、荒蛮而不失淳朴以及小说所夹杂的现代气韵，使他的创作尤其是小说创作，被视为“当代中国文学地理版图中不可或缺的组成部分”。其创作黔地特色与现代气韵双显并呈——这对于欧阳黔森的小说特征和气韵的概括，是切中肯綮的，也道出了欧阳黔森小说写作独特的价值和意义。作出这样的结论当然是其来有自的，因为欧阳黔森在小说创作中，不仅继承和发展了贵州作家的新文学现实主义传统（从蹇先艾、何士光等作家那里传承和逶迤至今的），而且“还潜在地复活了志怪、志人、博物、搜神、传奇、方志、笔记等中国古代文学传统资源”[1]。其实，不需要一一列举他的小说、诗歌、散文和影视剧本的创作，仅仅通过一个短篇小说《敲狗》，就可以凭一斑窥全豹，将欧阳黔森在短

[1] 李遇春：《博物、传奇与黔地方志小说谱系——论欧阳黔森的小说创作》，《中国现代文学研究丛刊》2018 年第 7 期。

篇小说创作方面所独具的叙事艺术和叙事特色予以清晰地展示。

## 一

有研究者已经详析了欧阳黔森的现代博物体知识性叙事。其中，地质知识性叙事或许是不容忽视的一个组成部分。但在包裹着地质知识的文学叙事之外，欧阳黔森“也在努力尝试其他不同类型的民间技艺知识性叙事”。

《敲狗》便是这样的一个短篇小说代表作。《敲狗》所写的民间敲狗技艺，在其他地方是不是也同样存在？至今还没有，至少是没有能够被人文学性地表达和书写在文学作品尤其是一个短篇小说当中。《敲狗》最独特之处，首先就是所提供和展示的这项民间技艺，是富有黔地特色的。小说开篇一句就是：“在这里，狗是不能杀的，只能敲狗。”但是，并没有紧跟其后写怎样敲狗，而是信笔拈来似的，写这一带的农家人如果家里养着狗的，恐怕一般属于不吃狗肉的群体，自然就谈不上“敲狗”了，而花江镇上却活跃着一些喜欢吃狗肉的人。

爱吃狗肉，竟然就琢磨出独属于花江镇的特殊的狗的杀法和做法来……很多人不仅是来看花江大峡谷，还是慕花江狗肉之名而来。花江的小街，花江的狗肉馆，狗肉馆的灶台上，通常会放着一只煮熟的狗。这狗竟然能够做得去了骨，黄澄澄……灶台边，不远处，或许就在一二米远的地方，铁笼子里又往往关着一只狗，夹着尾巴，浑身发抖。而在熟狗紧挨着的锅里，那汤热气腾腾，上下翻滚，四溢的奇香，逗得路过的车辆必须停下来，等等。很多黔地特色的风物描写过后，才写到了敲狗的具体技艺。

何谓敲狗？读者在阅读期待中会不由自主读下去：无论被缚的狗如何挣扎，狗脖子上的绳索只会愈来愈紧。由于憋气，狗会在地上翻滚，这时，厨子便适时拉动绳子，吊起狗来。狗因为被吊起而身体悬空，狗的四蹄不沾地，失去了安全感和重心，又由于濒死，便更加挣扎不已——垂死挣扎恐怕是一种最严重境地的挣扎。这时，便是不失恐怖的、最为黔地特色的“敲狗”技艺：厨子用一把铁锤猛击狗鼻梁，这不是一把普通的铁锤，而是锤头包了布的铁锤，后面会知道，这包了布的原因，是为狗鼻子的被敲而能不破。狗的脖子被绳子紧勒着，被敲之后，狗身子也扭曲着，狗的喉咙里还发出类似奶娃哭泣的叫声。这样的场景， 着实惨烈。无论是什么样的狗，在厨子铁锤的猛击中只能坚持几分钟，便没了声息。许是因为狗是人类的伴生动物，狗的死去，才会让人觉得既样子可怜又有大恐怖之感。被敲掉的狗，往往是双眼圆瞪着，狗的脸庞上会挂着两行泪水，舌头也会夸张地伸在嘴巴的外面。厨子许是对自己“敲狗”的绝技很满意，所以会挺得意。狗的可怜，并不在他的心上。厨子的得意，当然不是体现在语言上，而是体现在行动上，作家以行为带出人物的心理——厨子的得意，“体现在他丢锤子的劲头上”。敲狗敲完最后一锤，锤子不是被厨子收起来，而是被厨子就势往地上一摔，那“锤子便连翻了几个跟头”——锤子的“跟头”里写满了厨子的得意。而厨子最关切的一件事就是用手摸狗的鼻梁——这是为了确定狗的鼻梁有没有碰烂皮，猛敲而狗鼻梁上的皮不破不烂，可能恰好是“敲狗”的玄妙所在……厨子顺手将圆瞪的狗眼睛摸合瞑目，这是不是厨子的良心未泯之举呢？作家并没有展开叙述和加以阐释。厨子的手湿湿的，是因为沾了狗的眼泪，并不是因为有汗。这时，厨子会对徒弟面授机宜：“看明白了，就这样打。狗鼻子最脆弱，要敲而不破才好。”

终于道出了何为黔地“敲狗”的技艺之后，叙述人仍然以不紧不慢的节奏叙述厨子怎样收徒弟，徒弟怎样跟厨子学技艺，给厨子打下手敲狗，看厨子怎样给敲掉的狗去毛，开膛， 烧狗，去骨，然后煮熟，等等。顺笔一带，还写出了花江狗是花江大峡谷特有的一种土狗，包括后来故事中那条堪称花江狗中的上品的黄狗，黄狗的主人身着土布衣裤，脚穿一双草鞋，是一个中年的汉子……都是黔地特色，别处没有的。而且，这些描写，是作家带着现代眼光和现代意识来完成叙事的。像上文所引敲狗的细节化叙述，厨子给敲掉的狗去毛之后的开膛破肚，都很有先锋文学暴力叙事的味道。可能就是因为此，有研究者认为《敲狗》“是现代主义的象征化和寓言化写法”[1]。如果说是从先锋文学暴力叙事方面来看，是可以这么认为的，尤其一些言犹未尽的叙事段落，就具有象征化的意味，比如对厨子宁可被烫也一定坚持徒手从烫水中取狗蹄子的细节化叙述——此时徒弟候在厨子身边，拿着一把刮毛刀，这时：

厨子丢了铁夹，猛地从烫水中抓起狗蹄子，嘴巴嘘唏着，把狗放在一块石头上，然后把手放在嘴下吹气。显然厨子的手被水烫得发痛，可他每次都是这样。…… 徒弟……很想给师傅说，有很多办法可以不烫手……但徒弟就是徒弟，徒弟教师傅，在这一带是最不敬的事。师傅这么干，徒弟当然也只能这么干……徒弟甚至怀疑师傅的手早没了痛感，师傅的嘴巴又是嘘唏又是对着手吹气，可是烫的痛感并未上脸……（省略号为笔者所加）

这段细节化叙述，不仅纤毫毕现，而且充满象征化意味。师傅明明有铁夹，却丢了不用，非要徒手从烫水中取狗蹄子。旁观的徒弟其实心理活动是很丰富的、甚至是百转千回的。作家没有正面引入徒弟的心理是如何如何，而是直接从徒弟的角度、设身处地从徒弟的耳闻目睹和所见所体会的“痛感”来叙述：抓烫水里的狗蹄子之前，是否可以先抓一把凉水，或者在已有的一个铁夹之外是不是可以再多加一个铁夹？但碍于师徒尊卑有

[1]李遇春:《博物、传奇与黔地方志小说谱系——论欧阳黔森的小说创作》,《中国现代文学研究丛刊》2018 年第 7 期。

别，徒弟不能反客为主教师傅如何如何，恐怕也只能落得徒弟效仿师傅、将来也这么干……等徒弟终于忍不住问师傅“烫了手怎么办”时，其实更多是从师傅这样做，如果自己也须照做，会有多么痛来考虑问题的，徒弟很想将来可以避免被烫手的痛，将来是不是能用不烫手的办法，去抓那烫水里的狗蹄……但是师傅非但不给徒弟所希望的答案，反而亲身示范，给徒弟看自己的手，称并不怕烫，也不会烫，自己这样烫了十几年，还不是什么事都没有？师傅声称手是最快的，烫水还没能烫着手，就已经把狗蹄子取出和离手了，并训诫徒弟“干活嘛就要像干活的样子”。徒弟坚持认为这样烫水取狗蹄子，真烫手。师傅似乎对徒弟的怕疼很不屑，“烫了也不要紧，去擦点狗油”，即可无虞。言而总之就是“烫多了就不烫了”的道理。

这让人联想起汪曾祺的短篇小说《鸡鸭名家》，这篇虽写于 1947 年，却是在文气、风格气韵上，与汪曾祺 20 世纪 70 年代末“复出”、80 年代开始声名大振的写作最为接近， 亦可谓是一部“作为抒情诗的散文化小说”。

《鸡鸭名家》中，炕房师傅余老五专擅炕小鸡，其技术堪称出神入化，小说形象地写出了一个身怀绝技的民间人物。汪曾祺不紧不慢写道，余大房为什么炕小鸡的生意最好呢？因为他有一个得力的师傅余老五。就是这个余老五，被公认是炕小鸡这行的状元。他家的和别家的炕出的小鸡，摆在一起，买者一定是买他家炕出的小鸡，原因是他家的小鸡“特别大”。这就奇了，“刚刚出炕的小鸡照理是一般大小，上戥子称，分量差不多……”，但为什么看上去，他家的小鸡要大一圈呢？分量差不多却能看起来大出一圈，是不是很玄妙？原因是余老五炕的小鸡，破壳前绒毛都能够出足了，所以显得格外大。炕小鸡，到了可以出炕的时候，别的师傅都不敢多等、也几乎都没有等（拖延时间）的那个胆量，生怕过犹不及，“一炕蛋整个的废了”，所以宁可求稳。余老五的绝技就在他敢于也能够多等的那一个或者半个时辰。别看时间不长，却是最让人坐卧不安、最为吃紧的，一着不慎，所苦熬和等待的半个多月的工夫就会毁于一旦。这时余老五也是极致疲倦的，但他会比平时更加警醒和敏锐：

他完全变了一个人。眼睛塌陷了，连颜色都变了，眼睛的光彩近乎疯狂。脾气也大了，动不动就恼怒，简直碰他不得，专断极了，顽固极了……[1]

很奇怪，余老五这时倒不靠近火炕了（是因为紧张还是别的原因，并不清楚，可能更添绝技的绝与妙），“只是半倚半靠在小床上抽烟，一句话也不说”。“木床、棉絮，一切都准备好了。”——这些都是用旁观者、小徒弟的眼光来叙述，更能凸显当时情境的紧迫，让人有一种身临其境的紧张感。无论小徒弟怎么来问（凸显火候的重要、关键和过犹不及），余老五只是摇头和抽他自己的烟。余老五心里明白着呢，“这一会正是小鸡放绒毛的时候，这是神圣的一刻”。等余老五忽然一句：“起！”“徒弟们赶紧一窝蜂似地取出来，简直是才放上床，小鸡就啾啾啾啾纷纷出来了。”——更是凸显了时候、火候的关键和容不得有半点差池…… 这一段文字叙述里，汪曾祺描写余老五“忽而作然而起：‘起！’”——如此简短传神的文字，极写了余老五这个神人的“神奇”之处。欧阳黔森所写《敲狗》里坚持徒手去抓烫水里的狗蹄子的厨子，似乎也练就了余老五这样民间奇人的特殊本领和特殊的民间技艺，这里有来自中国古代文学传奇文体和“三言二拍”、《聊斋志异》等传统古典小说的影响。但除此之外，似乎还有更多“现代”意味，厨子的嘴巴唏嘘着，把手放在嘴下吹气，徒弟

[1] 汪曾祺：《鸡鸭名家》，载邓九平编《汪曾祺全集（一）·小说卷》，北京师范大学出版社，1998，第 85 页。

甚至怀疑师傅的手早没了痛感，“师傅把手伸到徒弟眼前晃动说，烫什么手，我烫了十几年”，“再说烫多了就不烫了”。虽然《敲狗》通篇，作家都没有触及探讨厨子敲狗时的心理，似乎没有涉及厨子是否有悲悯之心这个问题和层面。但是，坚持徒手烫水中取狗蹄子，作家不动声色中似乎在暗示，厨子似乎也是在以此或者追求一种“炉火纯青”的技艺，或许是因此来惩罚自己一直从事敲狗的行当，人在一种自罚当中暗暗寻求自赎之道——当然，这或许也只是厨子的一种潜意识。所以，作家没有在细节化叙述中采用满铺式叙述，很是注意“留白”——在细密如织的细节化叙述中，恰恰给厨子的心理留了这样的留白，从而也令徒手烫水中取狗蹄子，成了非常具有象征化意味和隐喻色彩的一段叙述。这是作家对于民间技艺加以表现时能够呈现现代意识的充分体现。

对于民间技艺的玄妙的叙述，《敲狗》中有很多这样的叙事段落。再比如烧狗和给烧好的狗去骨一段的叙述：师傅烧狗，总是一个人拎着狗去到后院，但狗是怎么烧，师傅“还未” 告诉徒弟——“还未”告诉的意思是，没有告诉，但并不排除以后不告诉。对于宰杀了动物怎么烧烤一下收干水汽，徒弟是有些经验的。根据经验，徒弟家里如果宰了羊，也是要用稻草或麦秆烧烤一下的，不过烧烤所用时间往往很短——一般就几分钟，收干了水汽就好。所以徒弟明白师傅去后院是为了烧狗，这也是为什么师傅将狗拎进拎出的变化就是——湿漉漉的白条条的狗，一会儿工夫就变成黄澄澄的模样了。师傅是用什么来烧烤狗？却暗藏玄机。因为徒弟知道师傅后院里并没有稻草或麦秆。既然不是稻草或麦秆，那烧烤狗，是用的什么草，就很重要了——自然是师傅轻易不会相授的绝技了。徒弟追问之下，师傅只说是干香草，却并不告诉徒弟是什么样的干香草。任徒弟怎么求问，师傅都是不会说的。而事实上，烧狗用什么香草这个秘技，到《敲狗》这个短篇小说的结尾，也并没有揭秘。

不仅如此，敲狗、烧狗之后，能够不伤任何一小块狗皮地从狗体内取出所有的狗骨头，恐怕也是非常富有玄机的事情了。

徒弟还有不知道的，是师傅怎样把狗体内所有的骨头都取了出来，而又不伤及任何一小块狗皮。徒弟更不知道的，是那一锅芳香四溢的汤到底放了些什么？徒弟知道，光靠平常的八角、草果、鱼香等香料是没法做出这种汤来的。

回应小说开头，煮熟了的整只狗，往灶台上一放，黄澄澄油光光，而在狗旁边又有翻滚着异香的汤，引得过路的食客纷纷侧目、停下来，不吃顿狗肉哪里能解馋呢？于是回头客便也几乎是百分之百，也正从侧面说明了那一锅芳香四溢的汤，是有着民间的、传统因袭的秘技的。竟然连学艺很久的徒弟都心里知道，单靠常见的八角、草果之类的香料，根本不可能炖出一锅这样好味道的香汤来，更是平添了许多神秘莫测的色彩，让短篇小说叙事散逸出传奇般的色彩……如上种种，这些叙事段落，无不显现了欧阳黔森受中国古典文学传统影响，写作奇人异事的兴趣。欧阳黔森曾言自己受《聊斋志异》的影响，有研究者认为，欧阳黔森“激活了中国古代小说的‘博物’叙事传统，而且他还着意发掘和捕捉贵州历史上和现实中的各种异人奇事，塑造出形态各异的贵州人物艺术典型，以此激活中国古代小说中以史传或纪传为中心的‘传奇’叙事传统”。[1]欧阳黔森历来在他的中短篇小说当中，有着对中国古代史传、传奇文学传统的自觉承继，他在有意无意当中，表现出了为有着黔地特色的民间人物别立野史杂传的兴趣。在有的研究者看来，中国古典小说伟大的叙事传统之一，即是为民

[1]李遇春:《博物、传奇与黔地方志小说谱系——论欧阳黔森的小说创作》,《中国现代文学研究丛刊》2018 年第 7 期。

间人物立传，自古以来皆是如此。“中国古典小说的艺术渊源素来都有史传传统一说”，就是最为抒情性散文化小说代表人物之一的沈从文，早期（现代时期）在论述艺术原理和写作心得的时候，都曾经细细条缕自己写作中“缘情”因素之外，还有向往“事功”的一面。而传奇性特征显著的野史杂传，恰恰是史传传统里衍生出来的，而这也是中国古典小说传统里重要的一翼。有别于正史和正传，野史杂传着重凸显小说的传奇性。不同于正史正传的书写，它“主要致力于捕捉和打捞遗失在民间世界里的野生人物的灵魂”。这是中国古典小说的一个重要的叙事传统，自现代以来也绵延不绝、不曾断掉，只不过是与西方近现代小说叙事技巧和艺术，彼此取镜，加以融合融通。[1]《敲狗》一篇，即是这种继承传奇叙事传统，给民间人物立传或者说写作“传奇”的代表性作品。像短篇小说《断河》的传奇性特征，自不必赘述。

《敲狗》里，有厨子、徒弟、中年汉子，甚至有厨子的朋友——警察这样的民间人物。最具有传奇性特征的，当然是厨子、徒弟和中年汉子。厨子瞧着黄狗难得——定是一条一胎一仔或二仔的龙虎之狗，就把黄狗多养了些时日。狗不肯吃同类的骨头，厨子让徒弟将狗骨头拌了剩饭给黄狗吃，等等。这些情节看似无意，却是令整个短篇小说骨肉丰盈必不可少的部分。中年汉子本是急需钱，一百元卖了这狗，说好来赎的，厨子却一定不肯赎给他， 一百二十元也不肯赎给他，还坐地涨价到二百元，还叫来了自己的警察朋友……中年汉子忠厚，听了二百元赎，也不曾恼，急匆匆赶回去凑钱了。厨子想食言而一定不把狗赎给中年汉子、想第二天一早敲了黄狗，徒弟夜里偷偷放走了黄狗。黄狗归家了，按说故事也就完结了。偏偏，一个星期后中年汉子又走进了狗肉馆，送来了二百元，还带来几斤自

[1] 李遇春：《中国文学传统的复兴》，商务印书馆，2016，第261—262页。

家地里的花生。当天晚上厨子将花生米油炸了，一个人喝着闷酒，看似平常的夜晚，厨子心里和情绪却不平常：“徒弟三天前已离他而去，他在思考再到哪里招一个徒弟。”《敲狗》仅仅是一个短篇小说，体量有限，却包容了这么多的故事和情节在里面，难怪有研究者认为，《敲狗》对徒弟私自放走了黄狗、围绕黄狗所起的风波的叙写，“完全可以被视为一篇当代的拍案惊奇之作”[1]。徒弟所表现出的人性辉光，中年汉子的忠实厚道讲信用，等等，都令这篇小说“在无情中写温情，在残酷中写人性之光，是大家手笔和大家气派”[2]。

## 二

前文已述，欧阳黔森在小说创作中，尤擅激活中国古代小说中以史传或纪传为中心的“传奇”叙事传统。在有的研究者看来，中国古代小说里，“唐传奇”是其中典范的文体形态之一，如果把“唐传奇”视为中国古代小说文体史的中心界碑，此前的古典小说，可以称之为“前传奇”——像汉魏六朝的“古小说”，比如志怪、志人之类；而“唐传奇”之后的章回小说尤其是章回体的话本小说（宋元明清话本小说），则差不多可以归并入“后传奇”的文体范畴。在学者看来，野史杂传是中国古代传奇小说文体的宗旨和根本，而无论是“唐传奇”，还是明清话本小说这些“后传奇”，史传性是这一文体的本体和本质特征，其他方面则是皆为其所用。还言及中国古典小说里传奇一体，多以传记性主人公为题，像《任氏传》《柳毅传》《霍小玉传》《南柯太守传》《虬髯客传》等这些唐传奇之名篇；除了以“传”

[1]李遇春：《博物、传奇与黔地方志小说谱系——论欧阳黔森的小说创作》，《中国现代文学研究丛刊》2018年第7期。

[2]《欧阳黔森短篇小说选·前言》，贵州人民出版社，2014，第2页。

为题，还有以“记”为题的，如《古镜记》《离魂记》《枕中记》《秦梦记》之类；而像传承千古的《莺莺传》（又名《会真记》），据说其最初题目就叫作《传奇》，传奇与史传之文体之间的血缘由此可见一斑。[1]而《聊斋志异》与唐传奇的文体血缘也是不容否定的。

欧阳黔森曾经自言自己深受《聊斋志异》的影响。《敲狗》荣获第二届蒲松龄短篇小说奖，欧阳黔森在获奖感言中曾经提到他小时候，母亲常常在夜深人静的时候给他讲《聊斋》故事。但那是20世纪60年代，他的家里并没有《聊斋志异》这本书，母亲却能将聊斋的故事和故事人物（笔者注：可见聊斋和聊斋故事已经深深沉潜入民族集体记忆和集体无意识当中），讲得生动而且让年少的自己印象深刻。那时母亲讲的多是鬼故事，年少的自己却从未害怕过，母亲肯定也从来不会认为这些聊斋故事（鬼故事）会吓到小孩子。欧阳黔森到后来自己在少年步入青年的时候，如愿以偿终于有了一本《聊斋志异》，母亲看到此，自然是感慨一番……从年纪很小的时候听母亲口耳相传讲聊斋鬼故事，到自己拥有了《聊斋志异》并且喜读之，这或可以视为欧阳黔森受中国古代“传奇”小说影响的最初的一个溯源。要知道，《聊斋志异》就是古典传奇体小说的一个代表。清人冯镇峦曾认为《聊斋志异》可以归为“史家列传体”，就是以传记的体式来完成小说叙事，古典文学研究者石昌渝则认为冯镇峦的意思是指蒲松龄写笔记小说，采用了传奇小说的方法，但他同时又认为“与其说《聊斋志异》用传奇小说的方法，不如说是用笔记小说文体写传奇小说”。冯镇峦指《聊斋志异》用传奇小说手法写了笔记体小说，石昌渝则更倾向于《聊斋志异》是笔记体传奇小说，前者与后者都确认了《聊斋志异》与古典传奇小说文

[1] 李遇春：《“传奇”与中国当代小说文体演变趋势》，《文学评论》2016年第2期。

体的渊源关系，而后者就更加从体式上确认了《聊斋志异》的传奇小说体式特征。[1]欧阳黔森的中短篇小说，有着对中国古代史传、传奇文学传统的自觉承继，并自觉对其加以改造和创新。《敲狗》一篇更是如此。

《敲狗》一篇，对于敲狗技艺、烧狗以及去骨绝技、煮狗秘汤等的叙述，完全呈现浓郁的地域性特征，具备鲜明的黔地地域特色。欧阳黔森在小说叙述中，也有着对黔地方言的自觉运用，让原本地域性特征明显的小说叙述，在语言的层面更加具有在地性。前文讲到了敲狗、烫水中徒手取狗蹄子、烧狗等细节，都有先锋文学暴力叙事的意味，具备象征化表现手法和隐喻色彩这样深蕴的现代意识，现代意识却又是在对于中国古典文学传奇文体的自觉承继和极为平实朴实的语言中自然呈现的。而语言看似平实朴实，并不影响整个小说叙事结构的扎实和叙事节奏的稳稳推进。淳厚的中年汉子答应了厨子的坐地涨价，又去筹钱时，厨子想失信杀狗，徒弟后半夜悄悄放走了狗，厨子扣了徒弟的工资想抵狗的钱，徒弟并没有如厨子愿留下来，而是离他而去。中年汉子却守信送来了二百块钱，感谢了厨子对他的信任， 还给厨子带来了几斤自家种的花生。这些情节和小说结尾，都不是一蹴而就的，是一步一步逐步织就的。

沈从文的学生汪曾祺曾说："沈先生很注意开头，尤其注意结尾。"论述和分析沈从文小说《边城》的结尾时，汪曾祺说："汤显祖评董解元《西厢记》，论及戏曲的收尾，说'尾'有两种，一种是'度尾'，一种是'煞尾'。'度尾'如画舫笙歌，从远地来，过近地，又向远处去；'煞尾'如骏马收缰，忽然停住，寸步不移。他说得很好。收尾不外这两种。《边城》

[1]李遇春:《博物、传奇与黔地方志小说谱系——论欧阳黔森的小说创作》,《中国现代文学研究丛刊》2018 年第 7 期。

各章的收尾， 两种兼见。”[1]

像欧阳黔森短篇小说《敲狗》一篇的结尾， 就有些“两种兼见”的味道，煞尾的因素更为浓厚。其实，欧阳黔森多篇中短篇小说，都在结尾上有着来自古代、现代文学传统的影响。“平淡中包含几许惨恻，悠然不尽”的小说结尾，或是“须要言有尽而意无穷，如清庙三叹而有余音，方为妙手”的“结尾有余法”，在欧阳黔森的很多中短篇小说结尾处，均可见到。欧阳黔森短篇小说《敲狗》体现出的这些特质，与他受的文学影响——中国古代、现代和当代以来的黔地包括湘西文学传统对他的影响有关。在欧阳黔森这里，有来自他的贵州前辈作家蹇先艾、何士光的现实主义文学书写的传统。但实际上欧阳黔森的小说创作还深受沈从文、受湘西文学传统的影响。这恐怕与贵州的地理位置很有关系，许多贵州作家的家乡都是接近、毗邻湘西，或者原本就是在区划上属于湘西。欧阳黔森的家乡是贵州铜仁，这个地方和湘西，在明代以前同属沅陵郡所辖，铜仁是在明末时期被划和归入黔地，当时连被湘西人引为自豪的梵净山（武陵山主峰），也一起划归入黔。无论行政区划如何变化，但历史积淀所形成的集体无意识和各种“积习”（文化传统），不会随着区划的调整而遽然发生改变。铜仁在历史渊源、民俗积习等方面的文化传统，其实仍然隶属于古代以来的楚文化范畴，这或许是令欧阳黔森与湘西水土，与前辈作家沈从文之间，能够呈现天然的文学气韵相通，和对于湘西以及沈从文文学传统的自觉或者不自觉地传承的原因所在。欧阳黔森与沈从文两人故乡，竟然相距不到六十公里。不仅是古典文学传奇文体、《聊斋志异》影响了欧阳黔森，来自黔地包括湘西的文学传统的影响， 赋予他的短篇小说浓郁的地域性特征，也影

[1] 汪曾祺：《沈从文和他的〈边城〉》，载邓九平编《汪曾祺全集（三）·散文卷》，北京师范大学出版社，1998，第 162—163 页。

响着他小说的语言和结构方式，小说的“煞尾” 和“度尾”两种味道兼见的结尾方式，也是这种影响的表现之一。

## 三

苏童在《短篇小说的使命》中曾说，“人们记住一篇小说，记住的通常是一个故事，一个或者几个人物，甚至是小说的某一个场景”。在他看来小说的语言本身，是不大会或者说很少会被人牢记的。他认为小说在叙述语言上的讲究和努力，都是在向着一个方向做出努力——所有小说都是要通过既是“水”也是“船”的语言，来把读者运送到河的对岸去。语言很重要，但语言本身没有权利喧哗，更加不能够反客为主、喧宾夺主，小说诸要素尤其是语言，要齐心协力形成顺流而下的气势和运势，来把读者送到对岸去。[1]用这段话来衡量《敲狗》这个短篇小说，实在是很恰切的。《敲狗》的语言除了有着黔地口语的融入，叙述语言很实在、平实、层铺，所有的叙述语言上，看不出雕琢的痕迹，反而是能够感觉到作家在叙事结构、叙事节奏和叙述语言上很努力，尽管这努力可能是不露声色的，但所有的努力都在朝向一个方向——要把它的读者送到对岸去。

《敲狗》这个短篇小说的语言的确是船，看不到语言的喧哗，更没有喧宾夺主。朴实的语言其实是在做着齐心协力的努力，好让船顺流而下，共同实现载着读者把读者送到对岸去的目标。《敲狗》仅是一个短篇小说，个别的叙事段落，也有着先锋文学叙事的一些典型特征，但是整个小说叙事结构扎实，叙事线索明晰。主线叙事外，虽然随时可以插入一些地方风物的介绍和民间技艺的叙述，但整个短篇总体上仍然是线性叙事，故事序列明晰，毫不芜杂，而且深受古典小说传奇文体的影响，整个小说仍然是

[1] 苏童：《短篇小说的使命》，《文学报》2016年4月21日。

现实主义做派和风格。

欧阳黔森短篇小说《敲狗》，在散见的一些叙事片段具备先锋叙事特征、象征化和隐喻色彩等特色之外，在叙事结构和叙事策略上，仍然受中国古典文学传奇文体传统的影响更深，而且应该隶属于现实主义文学叙事之一种。论及短篇小说的结构，尤擅短篇小说写作的苏童曾说，他觉得短篇小说的结构，是无所谓“紧”和“松”的，文字在他看来是很自由的， 可以在虚构的空间里奔跑，以什么样的姿势和情形奔跑都可以，唯一需要实现的是奔跑的结果应该是抵达终点，文字奔跑的过程中，不会有人计时，也不会因为奔跑姿势不规范，而被判犯规的……但是，如果说小说的结构出了问题，那结果就很麻烦，不是小说作者“气力不支爬到终点”，“就是中途退出了”。[1]照此来看，《敲狗》一篇，结构稳健密实，初读和乍看起来，会误以为这个小说结构是松而不紧；而读完全篇，才发现是松中有紧，隐隐觉得阅读者像是在一种不停歇的阅读节奏中，紧随叙述人，直接奔向了小说的结尾——小说结构是以一种几乎令读者不可见的方式，将结构层层稳扎构筑和搭建起来。读《敲狗》，能真切体会到一种——文字在虚构空间里奔跑，宛如瀑布倾泻而终于顺利抵达了一个读者原本意想不到的终点。

对于短篇小说，苏童还特地讲道，如果一部好的长篇小说，可以将之视为是一部“交响乐”，气势恢宏；那么，短篇小说就是“室内乐”。在他看来，这并不是说短篇小说是一个人的独角戏，他认为在长篇小说中相互作用的诸多文学元素，短篇小说里其实也都有。短篇小说当然不具备长篇小说那种如交响乐一般的华美性，但长篇小说所具有的复杂性、丰富性和协作性，短篇小说当中也都具备和能得到体现。苏童用“一唱三叹”来

[1] 苏童：《短篇小说的使命》，《文学报》2016年4月21日。

形容短篇小说的艺术，他说“唱”其实就是创作，而“叹”则是令读者阅读之后所产生的审美愉悦，是一种审美概念。[1]欧阳黔森的短篇小说《敲狗》，似乎是一曲有着交响乐特质的精细悦耳的室内乐。区区一个短篇的体量，可以看到诸多文学元素的相互作用，复杂性、协作性和丰富性在这个短篇小说里都有体现。阅读中，不仅令读者时时担忧着黄狗的命运，也因徒弟偷偷放走黄狗，中年汉子守信送钱上门……而有“一唱三叹”的阅读感受。

欧阳黔森短篇小说《敲狗》中叙事结构“紧”的一面，或许有着来自古典小说传奇文体的影响。是不是有着中国古典章回体的影响，似乎也值得考证。中国古典章回体小说情节性强、小说内部有着缜密的叙事逻辑。毕飞宇在《小说课》中分析过《水浒传》中林冲如何一步一步“走”向梁山的，毕飞宇将之视为《水浒传》这部小说内部所蕴涵的一个惊人的叙事逻辑，在其看来这是一个极其紧密和严密的内部逻辑。毕飞宇通过《水浒传》中的逻辑—— 林冲的“走”，来分析出林冲是按小说内部逻辑，自己“走”到梁山上去了：林冲是一步步由白虎堂、野猪林，再到牢城营、草料场等，从逃亡的失败，再到柴进指路，林冲似乎是一步一步地，按照小说家和小说所预先设计好的内部逻辑，他自己一步步“走”到梁山上去（这是一个看似整个过程中偶然性因素很多，却是实属必然的过程，内蕴必然性）。毕飞宇将之称为“莎士比亚化”。毕飞宇自信满满地说“莎士比亚化”的过程和进程里，“作家有时候都说不上话”[2]——毕飞宇的实际意思是，作家往往（一般、通常）都说不上话。这其实是中国古典小说讲求情节性、讲求“快”的内部逻辑和叙事节奏的一个典型特征。中国古典小说往往要

[1] 毕飞宇：《小说课》，人民文学出版社，2017，第 36 页。
[2] 同上。

通过曲折复杂的情节，来吸引住读者或者听众。

但除了这“紧”的一面，《敲狗》中又似乎有着“轻”和“慢”的一面。对于花江风物、物事人情的描述，似乎是不紧不慢的。小说《敲狗》所体现的“轻”与“慢”的文体特征，似乎更多是自中国现代以来白话现代小说所具有的一个文体特征，其中有中国文学抒情传统的影响，又受西方文学中讲求生命存在和生命哲学意蕴的小说或者是文学观的影响。如果说欧阳黔森深受湘西文学前辈沈从文影响，那么《敲狗》中所体现出的叙事节奏的“轻”与“慢”，应该是来自中国文学抒情传统影响的因素居多。《敲狗》除了受《聊斋志异》等传统传奇文体的影响明显，“三言二拍”那种根据市井生活编就世俗故事的传统的影响，似乎同样可见。

苏童将短篇小说分为很多种不同的类型，他引用和参照了哈罗德·布鲁姆（美国学者）的说法——布鲁姆认为现代的短篇小说，不是契诃夫式的，就是博尔赫斯式的（笔者注：这种说法有点绝对，但很形象）。也就是说，在其看来，短篇小说有两种类型，他分别以作家契诃夫和博尔赫斯来指代——“契诃夫式的短篇小说”与“博尔赫斯式的短篇小说”。布鲁姆说：“短篇小说的一个使命，是用契诃夫去追寻真实，用博尔赫斯去翻转真实。”[1]苏童用形象的语言和举例来说明什么是“追求真实”？什么是“翻转真实”？打个比方说，如果写一只桶落水了，“契诃夫式短篇小说”，写水面要慢慢地写——“契诃夫式”写水面是如何慢慢地降低，而让桶底渐渐露出一条缝……苏童认为如果这就是小说要表现的“真实”，那么契诃夫式的作家，就从水写起——这类作家往往顺从和不破坏读者的认知习惯和阅读习惯。既然契诃夫是这样追求真实，那博尔赫斯就反其道而行之，他破坏我们的阅读习惯，就是“翻转真实”。笔者倒是从欧阳黔

[1] 苏童：《短篇小说的使命》，《文学报》2016年4月21日。

森短篇小说《敲狗》中，看到了追求真实和翻转真实两相结合的一种努力。毫无疑问，《敲狗》这个小说是最接地气、最现实主义做派的，但究其实，很多的叙事段落又充满先锋文学叙事的色彩，象征化和隐喻色彩兼具。

欧阳黔森短篇小说《敲狗》难能可贵之处，还在于它在“土”与“狠”的美学之上，蕴涵着人性的温暖和辉光。“土”与“狠”的美学，也曾被研究者用来评析像贾平凹这样的作家。比如陈晓明曾以“土”与“狠”的美学，来概括贾平凹叙述历史的方法。陈晓明认为，贾平凹在他的《废都》之后，创作上是再度回到乡土，但是，是以更加“朴拙”的方法。陈晓明认为“土”的叙事美学，成为贾平凹其后作品的一个典型特征——是对原先“商州系列”等作品中所呈现的文化风情、飘逸风格的渐趋渐远，反而是将笔力更多倾注于描写乡土生活的原生态。在他看来，尤其是在近二十年（新世纪）以来，贾平凹小说在叙述手法上，愈来愈呈现“土”和“狠”的美学特征，后者似乎意在表现中国乡村层递进入现代所历经的强力和一种酷烈的冲突。“土”与“狠”彼此之间构成一种美学关联，“狠”当中不只寄寓了作家历史叙事的方法，还体现了贾平凹在小说艺术上那种干脆利落的手法和艺术创作态度的果决。作家在非常“实”的现实表现中，似乎又随时可以把生命和一切置于一种“空无”之境，在他看来这或许涵蕴着贾平凹对现代性“激进”那一面的某种思考和反思。[1]

而在欧阳黔森短篇小说《敲狗》中，所有的细节化叙述，都是属于花江这个地方的，“土”味鲜明。而敲狗、徒手烫水中取狗蹄、烧狗等细节化叙述，不可谓不“狠”也。花江人嗜狗肉和独特的“敲”杀狗的技艺，都体现出“狠” 的美学意蕴。“狠”是贾平凹回到历史中去的方式，而

[1] 陈晓明：《“土”与“狠”的美学——论贾平凹叙述历史的方法》，《文学评论》2018 年第 6 期。

“狠”对于欧阳黔森来说，却是折射人性辉光的重要元素或者说是反衬因素。《敲狗》在看似残酷和凶狠的“敲狗”（杀狗）技艺中，中年汉子的守信——带钱回来赎狗，充满人情温暖。厨子坐地涨价把赎金从一百二十元涨到二百元，中年汉子请厨子容他筹了钱再来赎狗，临走还喂了大黄狗一个红苕，黄狗和主人依依惜别……但中年汉子走后，厨子失信坚持要杀狗，厨子的徒弟看不过，偷偷放走黄狗，厨子发现黄狗跑掉以后大怒，要求徒弟以自己的工资抵扣、承担狗的价钱。后来厨子似乎是发慈悲，只打算扣徒弟一百二十元的工资，但一个星期后，中年汉子在狗回家之后依然按约定给厨子送来了几乎是被厨子讹诈、涨价而成的二百元，还送上了自家种的花生作为答谢—— 小说在“敲狗”“烧狗”等情节的“狠”与残酷当中，呈现人性的温暖，暗蕴一种人性的辉光。除了《敲狗》一篇，欧阳黔森还有多篇中、短篇小说，都是在“狠”的小说结局和小说叙事当中，展现无尽的人性温暖和闪耀着人性的辉光。

苏童认为短篇小说无论是“追求真实”，还是“翻转真实”，在他的理解里“短篇小说的使命还是要去揭露现实”。[1]或可以说，苏童这里“揭露现实”的意思，更恰切的表述，似乎应该是“反映现实”“书写现实”之意。欧阳黔森的短篇小说《敲狗》，在追求真实和翻转真实当中，深切地贴近了现实，书写了一个虽不乏酷烈的现实情境，却依然充溢着人心温暖和人性辉光的、给我们以希望的人间。

**《东吴学术》2020 年第 3 期**

[1] 苏童：《短篇小说的使命》，《文学报》2016 年 4 月 21 日。

# 分享艺术的奥妙

## ——读欧阳黔森的短篇小说集

董之林

从超现实主义观点来看，艺术与生活的关系是这样的：不是生活决定了艺术，而是艺术发现了生活，并引导生活。

欧阳黔森的短篇小说，与既往宏大叙事若即若离。他小说题材中，有与红军时期“雄关漫道真如铁”相关的表述，而且主要以“文革”和改革开放时期为背景。但既往文学对“伤痕”的控诉，对“发展是硬道理”的应和或疑惑，都不是他关注的焦点。小说家在似曾相识的题材中另辟蹊径，通过对小人物琐屑经历精准的刻画与描摹，把波澜壮阔、富于戏剧性的历史蜕变成一种人生常态。小人物有自己的生存逻辑，虽然与宏阔的叙事指向判若云泥，但人生的喜怒哀乐还是应有尽有。时代变了，小说家看似在为英雄与凡俗的紧迫感寻找一条当下出路，却实现了文学与以往叙述模式真正的话别。

“我曾想象过没有公路的娄山关模样。那模样看起来，的确雄伟、苍凉，给步行者一种难以翻越的感觉，有了这样的感觉，因此才被一位过路的诗人称为——雄关漫道真如铁。但是有了公路，一夫当关万夫莫开的雄关还是不可翻越的吗？”这是短篇小说《心上的眼睛》中人物“我”开篇的诘问，诘问背后，是与激情岁月渐行渐远的一代又一代后人关于历史想象的告白。这部短篇小说不刻意强调故事性，只讲述城里人“我”的本家叔叔——丁三老叔为娄山关旅游景区打扫卫生的闻见，散文式的笔触，跳跃式的叙述，使历史与现实的反差带给人无尽遐想。丁三老叔小时候因病落下残疾，没文化，几番工作安排都靠当地政府照顾，他外婆当年“跟红军走了的”的光荣身世，由于难以考证而未能庇荫子孙，丁三老叔从小到大一直生活在乌江渡，苦熬苦挣。这种人在当地不止他一个，他们是安于命运、随波逐流，或不安分仅限于调侃的一群人。但没承想，那些“化成了山脉”、牺牲了的红军战士却促成娄山关的红色、绿色旅游，带来现实热热闹闹的光景。小说结尾，因伤致盲的高大军人终于摸到了娄山关石壁上“雄关漫道真如铁，而今迈步从头越”的毛体字，这时托举、保护他的丁三叔，这个甘当“配角”的小人物却一下子突显出来：盲军人“心上的眼睛”幻化出的理想境界，即平常人看到的旅游景区日常生活，原本靠这些既不聪明、也不光彩照人的小角色来奠基和托底的。

欧阳黔森以大时代为背景的短篇小说呈现出复杂多变的风格。他似乎要引导读者进入热血沸腾的激情叙述，却最终突然转向，让你看到冷峻而庸常的现实。《五分硬币》是其中颇具代表性的作品。小说描写“文革”初期，“我”从夏季的南方穿一件单衣参加大串联，经内蒙古、新疆到达西安车站等回程火车时已是初冬，被冻得瑟瑟发抖。“熬到零点，实在有点熬不住了，举目四下张望，只见三人一堆、五人一堆的都是清一色的黄色大衣紧贴在一起取暖。也许南方人不习惯北方这种冷气满天，也许我的胆也被冷缩小了，这时我不由产生一丝丝恐惧感来，眼前这一堆堆黄色的包包，活生生像老家黄土山上埋的一座座新墓，虽然我知道这一堆堆黄色的包包下是活着的人，还有一颗颗并不比我温暖多少的心。”于是“我”

开始“吹箫”，在“箫那宛转悠扬略带忧郁”却“更具穿透力”的音响中，回忆自己在“乘长风破万里滔天浪”的豪言壮语中立下的一辈子做好人好事的志向。就在这时，好像“上帝”听到“善良人的祈祷”，“人间美丽的故事就拉开了序幕”：一个女孩子从旁边的军大衣里伸出手，招呼他一起钻进大衣取暖，早上临分手时，又递给他五分钱买吃的充饥。他忍住饥饿，珍藏起那五分钱，等待有一天与她重逢。几十年后，他成家立业，成为执着地追求神圣艺术的作家，而且“对当代的前卫作家不以为然”。就在这时，在摆着他作品的一家小书店里，作者竟然与自己常年梦魂牵挂的那位女子不期而遇。虽然她青春不再，容貌衰减，但由于有多年回忆再造而变得无比圣洁的往事铺垫，她依然令他心动不已。但当他再次返回这家书店，想向这位女售货员表达多年的思念，却无意中听到她向同伴说起当年往事：“就是刚才那个高个子，串联那年在西安站深夜吹箫，吹得我一直睡不着”，一副不屑的表情。最有趣的是，神圣不仅被凡俗消解，而且神圣也只有在实现它最为鄙视的货币价值时才能传世。那件象征纯洁爱情的五分钱遗物，因妻子发现它是如今已经增值二十倍的“最早发行”硬币，成为了他们家的“传家宝”。

在欧阳黔森的小说里，作品主人公或第一人称的叙述者往往是这种角色：他们曾经是下乡或下厂知青，后来到地质勘探队工作，又进城当了作家。令人感兴趣的不在于作家自身与人物经历有多少重合，小说本是虚构，是小说家创造力和想象力的展示，因此即便有所印证，也不能完全当真。但人物上上下下的经历，却使小说有一种对话的性质，即历史的理想模式，包括青春、爱情和美，与现实的关系究竟怎样。《断河》看似“寻根”小说，但所谓“根”的正面与负面含义却伴随扑朔迷离的情节让人无法确定。作品描写红土高原的河谷深处，一个刀客家族几十年不断占有和复仇的故事。

在家族的发迹史中，所谓慈悲为怀是奢侈品，而且要人性命。最终家族内部混杂着血腥、无耻、情义、忠贞，犹如一团乱麻似的各种官司被一笔勾销，其中自然有多种原因，比如八国联军进犯、国共纷争、政权变更等，都导致家族成员生离死别、四散飘零，但只要留守断河靠打鱼为生的麻老九还在打鱼，家族的线索就还在。直到断河流域能制造水银的丹砂矿被发现、开采，现代城市崛起，又随汞矿破产而衰落，家族最终奄奄一息，灰飞烟灭。不仅故事情节和人物命运变化多端，小说家的写作思路也蜿蜒曲折。《有人醒在我梦中》《远方月皎洁》《兰草》等作品表现带青涩印记的爱情，写得像抒情诗或小夜曲。虽然这些作品都没有大团圆结局，也常在青春赞美诗中流露一丝忏悔与怅惘，但总体呈现小说家追求纯美的意向。对于这种缺少大喜大悲命运感的小说，欧阳黔森善于通过高妙的手法捕捉人物心理微小的波动，使一种单纯并脆弱的美也能打动读者。而《梨花》中的梨花校长就有了一些心计，说她有“心计”，不是说作品对这位榜样式人物有怎样的诛心之论，而是揭示她圣洁外表下一些特别精细的个人打算，比如当乡长风吹日晒很辛苦，不如在学校教书更保养女人。虽然她依然是偏远地区一名优秀的乡村教师，但仅此一点，就使人物与公而忘私的典型宣传不同。《白莲》似乎是要表现人物对纯洁爱情的追求，雪白的莲花“出污泥而不染”，却羼杂了更复杂的人生况味。坐台小姐白莲看中的男人，竟然是“妈咪”多年隐而不宣的情人，“妈咪”用情人换得白莲初夜权，结果却鸡飞蛋打，白莲远走高飞，不知去向；情人被“妈咪”情急之下推下乐池，终身残疾。小说中人物对爱情婚姻两情相悦的想象，还有宛如姐妹一般的深情告白，全都因生活中利欲存在而失去现实根基。

20 世纪 20 年代贵州作家蹇先艾笔下“老远的贵州”，以及当年乡土文学作者的“侨寓”处境[1]，给人留下“心远地自偏”的印象。从欧阳黔森短篇小说不追随潮流、有自己独特艺术追求这一面来说，这位早已生活在城市的贵州作家的确有“结庐在人境，而无车马喧”的冷静与从容。但他的每一部作品都不是空灵高蹈、不食人间烟火的那种，与现实时刻保持一种紧张的关系。他的小说常常略带狡黠，如果读者对作品的理解略嫌直白，马上会使人感觉漏掉了什么，未能领会作品真实的含义。《敲狗》是短篇小说集第一部作品，也特别能体现他的艺术追求。小说描写花江小街开狗肉餐馆的厨子，利用狗对主人的忠诚与依恋，采取独特的“敲狗”方法，做出本地特有的“整只狗黄澄澄的油光光的”花江狗肉，餐馆生意走俏。但徒弟由于同情那个想赎回黄狗的中年汉子，把狗放了，并向厨子谎称自己睡觉时狗被偷了，气得厨子辞了徒弟，还扣了他的工钱。这时黄狗的主人却来感谢厨子了，说黄狗已经回家，并另加一百元给厨子作为赔偿。这不是一部以人性感化来实现说教目的的作品，小说结尾写道：“晚上，厨子油炸了花生，一个人喝闷酒。徒弟三天前已离他而去，他在思考再到哪里招一个徒弟。”虽说其中有些误会，但黄狗主人以德报怨的举动丝毫没打动厨子，这会让爱狗的人士有些沮丧。不过，如果我们对这部颇具杰克伦敦“热爱生命”之风的作品换个角度来看，与其说这是一个爱狗的故事，倒不如说，作品所要表现的是生命进入极端状态下的冷酷与迷狂。作者不动声色地讲述敲狗“凶残”的全过程，不放过任何细节，锋芒所向不仅在花江的厨子与食客，更在于揭示现代人性中普遍存在的问题。

现代作家徐志摩对小说艺术的理解有独到之处，他的话，对今天阅读欧阳黔森并非一览无余的小说似有所帮助，特抄录如下，并结束本文：

---

[1] 参见鲁迅：《〈中国新文学大系〉小说二集序》（1935 年），载《鲁迅三十年集》之二十九，鲁迅全集出版社，1947，第 38—39 页。

写小说并不难，难在作者对人生能运用他的智慧化出一个态度来。从这个态度我们照见人生的真际，也从这个态度我们认识作者的性情。这态度许是嘲讽，许是悲悯，许是苦涩，许是柔和，那都不碍，只要它能给我们一个不可错误的印象，它就成品，它就有格，这样的小说就分着哲学的尊严、艺术的奥妙。[1]

**《新文学评论》2014 年第 9 期**

**《山海经：想象作文（下）》2015 年第 3 期**

---

[1] 韩石山：《徐志摩散文全编》，天津人民出版社，2005，转引自陈学勇《高门巨族的兰花——凌叔华的一生》，人民文学出版社，2010，第 121 页。

# 倾听时代铿锵前行的足音

## ——评欧阳黔森长篇报告文学《江山如此多娇》

李朝全

欧阳黔森是一名土生土长的贵州作家。他对发生在贵州大地上的历史性的伟大变革始终感同身受，而且有着强烈的情感共鸣。特别是在脱贫攻坚战这一场时代大决战、大变革中，欧阳黔森更是感受到了心灵的震撼。他除了倾心创作脱贫攻坚题材的电视剧之外，还不断地通过实地采访，深入调研，采用亲历的在场性的写作，推出了长篇报告文学《江山如此多娇》。这是一部记录时代铿锵前行足迹的报告文学。作者的写作无疑是一种身入、心入、情入的，带有体温的写作。

首先是他的身体在场。为了采写和全面反映贵州全省脱贫攻坚战壮丽画卷，他总是跋山涉水深入老少边穷地区，从乌蒙山区到武陵山区，从革命老区到高原边地，从娄山关“七十二道拐”盘山路到毕节、遵义、铜仁、安顺等各个地方。有时为了采访，他甚至自己开着车漫无目的地往越偏远道路越难走的地方行驶，走到哪里采访到哪里。这种随机的即兴采访，为他的体验生活和全面深入地了解贵州彻底摆脱贫困的真实场景与真相非常有帮助。

在这个深入生活和采访调研的过程中，欧阳黔森始终都是带着对人民群众深厚的情义进入的。这也就是作家的情感在场。他眼里的老百姓就是自己的父老乡亲，就是兄弟姐妹。因此，每到一地，他都迅速地和自己的采访对象交上了朋友，打成了一片，注重倾听他们的讲述和心声，从而采集到那些最真实的百姓的心里话。在这部作品中，运用了大量的老百姓的山歌、民谣和口语，包括老大娘编的歌曲，显得真诚、朴实而不事雕琢。譬如，他用赫章县老百姓的一首民谣，来描述当年农村生存条件恶劣的真实写照："山高水冷地皮薄，气候灾害异常多；耗子跪着啃苞谷，种一坡来收一箩。"原先贵州的许多地方都是"晴天出门一身灰，雨天出门一身泥，吃饭靠天落雨，用钱靠外打工"。作者引用老大娘浅白生动的话来反映脱贫攻坚给农村带来的幸福生活："没有劳力也要奔小康，快快乐乐把晚年过。""你把家庭搞富了，老婆不会和你吵；你把家庭搞好了，老婆也就不会跑。""十九大精神闪光芒，照得我们心里亮堂堂。"

欧阳黔森的写作也是一种思想和灵魂在场的写作。他在采访调研贵州翻天覆地的脱贫攻坚时代变革的过程中，也在不断地思考，追根溯源，探究变革发生的缘由、经过和创造提供的经验，以及乡村小康之后往哪里去的问题；思考党的初心和国家的初心，思考革命建设和改革的旨归立党为公执政为民；也思考探析领袖和百姓的关系等重大课题。这些思考使得这部作品具有鲜明的思辨性特征。

《江山如此多娇》特别擅长在历史的坐标上，运用今昔对比的手法，描绘脱贫攻坚战所取得的辉煌成就。在 20 世纪 80 年代，贵州不少地方的贫困面貌就像毕节赫章县的海雀村一样，苦甲天下，一如新华社记者刘子富笔下的那样：老百姓食不果腹，衣不蔽体，女人因为没有裤子穿而无法出来见人，老百姓没饭吃揭不开锅，但是却没有一个人对党和政府有怨言，没有一个人上访，没有一个人向国家伸手，也没有一个人外逃，尽管贫困交加，他们反倒责备自己不争气。遵义县枫香镇花茂村原名荒茅田，以前，这里没有花，见不到树，环境脏乱差。通过政府主导的改环境、改厨房、改厕所，通过扶贫，老百姓生活转变，环境生态变好，现代化设施引了进来，花茂村变成了一个名副其实的花繁叶茂的“百姓富、生态美”的美丽乡村。

又比如铜仁市的万山区，这是一座资源枯竭型的城市，原来依靠汞矿的开采而曾经大红大紫令人眼红。但是，当资源枯竭之后，汞矿职工穷困潦倒，甚至不得不去偷农民地里的红薯来度荒。在国家扶贫扶持和资源枯竭型城市转型发展战略的推动下，万山区通过农、文、旅一体化开发，建设农业博览园，开展合作社养殖种植，发展电商，解决百姓住房，从而使这座城市发生了翻天覆地的变革，老百姓逐步过上了小康生活。这些鲜活的事例证明，即便是在那些最不适宜人类居住的地区，通过脱贫攻坚的大决战，也能让老百姓的生活发生历史性的变化。这是一场震古烁今的时代变革，是在荒漠戈壁上在石头村里描画最美的图画。作者不仅书写农村生活面貌的变化，同时也进一步描写老百姓在扶贫脱贫过程中精神面貌的变迁。许多老百姓原来不争气，躺在床上等国家扶持，“等要靠”，到后来则变成了自己主动要求脱贫，积极作为，争气奔小康。可见，对比手法的大量采用，是这部报告文学的一个鲜明的特点。

作者特别擅长采用点、线、面结合的手法。这为全景式报告文学的写作提供了有益的经验。欧阳黔森描绘贵州全省的脱贫攻坚事业不求面面俱到，而是着重选取了几个有代表性的地点，包括遵义的花茂村、毕节的海雀村、安顺的磨满村、娄山关的盘山路、铜仁的万山区、正安县等，每个地点都有自己的特色和独到之处，都代表了一种类型的脱贫攻坚故事。在这部作品中，既有一个个脱贫干部的故事、脱贫户的故事、致富带头人的故事，也有一个村、一个乡镇和一个县区的脱贫故事；既讲述各个不同地方的故事，也有表现贵州全省的总体布局、国家层面的总体战略和规划。因此，这实际上是一种点面结合、以点带面的描写，一斑窥全豹，从而具有一种普遍性的价值。

作者是一位写作高手，特别擅长讲述故事，刻画人物，在运用人物语言、讲述人物命运转折等方面都很突出。譬如，写万山区的脱贫故事，着重讲述了同为地质队员的父亲当年的“遭遇”，关于朱砂、丹砂的历史往事，历代帝王寻求长生不老药的故事。万山区以盛产朱砂被誉为“中国汞都”“丹砂王国”而闻名天下，曾经为共和国的经济建设做出过巨大贡献，在 20 世纪 60 年代为我国偿还苏联外债做出了重要贡献，因此被周恩来总理赞誉为“爱国汞”；同时，又有关于万山汞蒸气泛滥，蚊子都被毒死了和万山城市塌陷等传言……这些历史往事都很生动，也很吸引人。

又譬如，作者写到 2008 年初贵州遭遇的雪凝灾害事件。当地人把雪凝称作“桐油凝”，即便是拿铁锹、锄头去铲去挖，坏的一定是铁锹和锄头，“桐油凝”冻得梆硬，一尺多厚，就像冰砖上抹了桐油。由于路滑山陡，每个进山的干部小组都带着绳子和稻草。绳子的作用是互相有个牵扯，以免人员滑跌下山坡；稻草的作用则是捆在鞋底防滑。由于路途遥远，走不了多久稻草就会被磨断，这就需要不断地换稻草，所以每个人身上都要背上一捆稻草……这些鲜活的细节和情节，让这部作品更具文学性和感染力。

又如，作者写到正安县的“吉他兄弟”的创业历程，坎坷曲折。他们报效桑梓的感恩之心又苍天可鉴。为了反哺故乡，兄弟俩做出了很大的牺牲，在亚洲金融危机的背景下甚至冒着有可能破产的风险，他们仍义无反顾地将吉他的生产线逐渐全部转移到了贫穷落后、交通不便的家乡正安县，带动当地成千上万的老百姓脱贫致富。这个鲜活的故事也非常感人。

作者对党和国家的政策理解得十分透彻，《江山如此多娇》特别注重突出作品高远的立意和宏大的主旨。这就是，通过描写脱贫攻坚战，大力彰显党的为民谋福的初心，立党为公执政为民的主题。从 1985 年习仲勋同志在刘子富的“内部动态清样”上作出带三个感叹号的重要批示，要求解决毕节百姓的生活困难问题；到胡锦涛担任贵州省委书记和总书记时对毕节和贵州特别的关注，大力推动其创新发展；一直到十八大以后，习近平总书记领导的脱贫攻坚大决战，都是为百姓谋幸福，为了一个不少、一个都不落下地带领全体百姓脱贫致富。尤其是对于贵州这样一个全省 88 个县里有 66 个县是贫困县，有武陵山区和乌蒙山区两个特别贫困集中连片地区，脱贫攻坚任务尤其艰巨。但是，从省委书记，到市委书记、县委书记，一直到各乡镇党委书记、村支书，和一位位的扶贫干部、驻村干部，大家都心往一处想、劲往一处使，终于带领百姓在 2020 年如期完成了脱贫攻坚这项艰苦卓绝的任务，赢得了老百姓普遍的衷心的拥戴。省委主要领导说：“贫困不除，愧对历史；群众不富，寝食难安；小康不达，誓不罢休。”基层干部说：“我们的辛苦指数决定了村民的幸福指数。”

为了完成这项艰巨的任务，基层干部含辛茹苦，不屈不挠，他们自称为“五皮干部”：硬着头皮、厚着脸皮、磨破嘴皮、饿着肚皮、跑出脚皮去工作。市委书记则这样表态：“群众搬迁到哪里，党组织就建到哪里；搬迁群众在哪里，党员就在哪里。无论有多么偏远，无论有多少困难，哪里有贫困，哪里有危机，哪里就有党旗在高高飘扬。”遵义市牢记习近平总书记的殷殷嘱托，聚焦“六个精准”，全面摒弃“搞盆景”、“路边花”、形象工程等一切形式主义，既不降低标准，也不吊高胃口，实行人盯人战术，切实推进精准扶贫和脱贫工作，反复检查考核自己的“答卷”，从而确保给人民交出分值更高的答卷……老百姓则用最朴实的语言表达了他们真诚的感恩感激之情。他们说：“辛苦了共产党，幸福了老百姓。” “感谢党中央，感谢习主席。”万山区的百姓李来娣，在十九大期间专门上北京，就为了想去看望和感谢习近平。尽管她也只是在电视里看到习近平出席大会和讲话，但是，她觉得到了北京自己离习总书记就更近了些，看得也更真切些。

脱贫攻坚是我们生逢其时的一大时代巨变，全国广大的优秀作家纷纷拿起笔来，深入生活，深入贫困最前线，采写鲜活的创作素材和人物故事，写下了一批优秀的报告文学，为这个时代留下了鲜明的小康印记，也为我们民族留下了一段珍贵的史记。这，既是一个作家的担当，也体现了一个作家的情怀。欧阳黔森正是其中的一位佼佼者。《江山如此多娇》是脱贫攻坚题材报告文学的一部优秀之作，是近年报告文学创作的一个可喜收获。

《人民日报》2021 年 3 月 23 日

# 不合事体情理是当代小说难出经典名著的重要症结

## ——以著名作家路遥、刘庆邦和欧阳黔森的三部中篇小说为例

王志尧

近多年来，小说创作仍是各类文学体裁的领头雁和文艺界的重镇。无论是长篇、中篇或短篇，在数量上全是呈递增式创历史记录的趋势。然而，毋庸讳言，这只能叫表面的虚假繁荣。到底有多少能够拿得出让世人认可的经典名著，真的是寥若晨星。诚如凯地先生所慨叹的：“从表面来看，当代中国文学似乎繁花似锦、千姿百态。异家异闻、跨国婚姻、狩猎文化、乡土文学、女性文学、楚文化、晋文化、鲁文化、大巴山文艺……甚至子虚乌有的邦文化，看似由‘一花独放’变为了‘百花齐放’，颇为‘壮观’。实际上，这种虚假‘繁荣’背后隐藏着的是当代作家对世界、对历史、对人生宏观把握能力的大滑坡，是以不同乐器演奏出的文学大倒退的市井交响乐。”[1]这并非耸人听闻的空穴来风，而是不依人的意志为转移的客观事实。平心而论，造成这种局面不能归之为创作环境不宽松，现在很少有禁区。分明是“天高任鸟飞，海阔凭鱼跃”的时代，你有多大能量就会让你释放多大能量，你有多高理想就让你向理想的目标放飞，绝没有文字

[1] 凯地：《中国文学的全面危机》，《作品与争鸣》2004 年第 11 期。

狱之类的麻烦和缠扰。更不是作家的待遇不优厚或条件不优越。曾有学者坦言：“现在的创作条件比任何一个时期都好，作家可以挂职，入文学院当专业作家；现在的评奖比任何时候都多，仅就国家级奖就有茅盾文学奖、鲁迅文学奖、‘五个一’工程奖、国家图书奖；现在的稿费比任何时期都多，稿费可以一个字一元计算。就这样的条件，如果写不出好作品，不知作家们还能找出什么样的借口来。”[1]那么，当今盛世出不了经典名著的症结到底何在呢？愚以为，主客观原因都可以找出一大堆，但其中最主要的一条就是普遍存在的情节虚假所致。读者看不过眼，即如鲁迅先生所痛心疾首的“瞒和骗”的文艺，连信任都发生了危机，更遑论打动和感染呢？读了一篇即便都说是写得挺不错的作品，若是忽然发现一处细节失真，真好比在饭馆吃饭时猛然间发现碗里飘出一只红头老苍蝇一般的败坏雅兴和胃口。读书之理同此。恩格斯曾断言：“据我看来，现实主义的意思是，除了细节的真实外，还要真实地再现典型环境中的典型人物。”[2]可见，细节的真实是小说创作第一位重要的法则。而我们的当代作家们恰恰做不到这一点。君若不信，请允许我仅以路遥的《人生》，刘庆邦的《到城里去》，欧阳黔森的《白多黑少》这三位名家的三篇名作为例，举隅论析，看愚见是否果有道理！

## 一、路遥《人生》中的悖情悖理情节评析

路遥是当代作家中享有盛誉，口碑甚好的一位，“茅盾文学奖”的获得者，亦是笔者佩服的少数优秀名家之一。他的成名作——中篇小说《人

[1] 那红、孟凡静：《精品缺失的原因何在》，《唐山师范学院学报》2005 年第 1 期。

[2] 恩格斯：《致玛·哈克奈斯（1888 年 4 月）》，载《马克思恩格斯选集》（第 4 卷），人民出版社，1962，第 462 页。

生》问世后旋即被改编成电影，并同时产生了轰动效应。然而，毋庸讳言，就是这样一部拔尖作品却掺杂不少虚假的甚至是荒诞不经的情节。

仅以主人公高加林为例，从他所演绎的故事中就能翻拣出不少失真之处。

故事发生在 1980 年夏秋时节。高中毕业未考上大学当了 3 年民师被人顶替，后发生转机进城工作又被清退回乡的高加林时年 24 岁。他必是 1977 年秋期从的教，那是国家恢复高考制度的第一年，他未考上大学。高明楼的二小子高三星 1980 年高中应届毕业生必是 1977 年考上的高中。

然而，据书中介绍：高明楼的二儿子“三星不是他用队里的东西在公社、县上巴结下几个干部，也怕连初中都上不了。按成绩不行，可那二年是推荐。现在总算把高中混完了”[1]。这番话的毛病在于高加林同高三星升学制度的矛盾。国家的教育升学考试制度是统一的，要考试全考试，要推荐全推荐，为何高加林三年前毕业时实行的是考试制度，导致他未考上大学回乡当了民办教师，而高三星三年前上高中时却是“推荐”的呢？往前推到 1976 年以前，他上初中的年月的确是推荐，不，普及初中小学教育是全盘端，怎么能说是若非开了上边的后门“怕连初中都上不了”呢？同样的年代，同样的地域，同样的政策，这儿明显含有推崇高加林贬抑高三星的意图，然而却制造了与当时的形势及大政方针难以榫合的常识性错误，焉能服人？

高加林全班落榜也不正常。堂堂一所县办高中，恢复高考制度的第一年，全班学生竟连“一个也没考上大学”[2]是不合道理的。若说一个也没考上名牌大学或重点大学不无可能，因为那时毕竟是实行计划经济的时代，大专生尤其是师专生是往各县分配的招生指标，教育质量差的山区县

[1] 路遥：《人生》，经济日报出版社，1997，第 376 页。

[2] 同上，第 331 页。

分的指标并不少。高加林所在的山区县中学是全县师资力量最雄厚、教学质量最高的学校，凭高加林的聪明才智即便考不上重点大学，上个小师专是不成问题的，何况当时全国各地普遍办有中专带帽式的各种大专班，都往各县分配有招生计划，为何会名落孙山呢？高加林考砸了姑且不说，他所在的县中高中毕业班连一个也考不上大学的话，他们县里分配的招生计划到哪儿去完成呢？退一步说，高加林所在的班真是一个也没考上大学的话，黄亚萍是县委常委武装部长的女儿，“克南父亲是县商业局长，他母亲也是县药材公司的副经理”[1]，这些家长们都知道知识的重要，他们的家庭条件又好，刚恢复高考那些年各地高中都办有高考复习班，他们为何宁肯参加一般性的工作当个小职员而无一人去参加复习再试奔前程呢？

再谈谈高加林这位全公社数一数二的优秀民办教师贸然被刚失学的新高中毕业生顶替问题的荒诞不经。一般而论，同等条件下，大队支书的儿子是会被优先录用的，但高加林是个已有三年教龄的且在“全公社教师里面，你是拔尖的”[2]老民师！公社文教专干高占胜竟然在全公社教师会上公开宣布让刚毕业的高三星顶替其位置，甚至大言不惭地对高加林说：“这事虽然是我在会上宣布的，可这不是我决定的嘛！”[3]这显然是说不转的谎言。在进入改革开放年代的现今社会，由组织上公开出面把一个教书教得呱呱叫的优秀在册青年民办教师拿掉总得找个像样的理由吧！比如政治问题、经济问题、生活作风问题、业务能力问题等，即便是“莫须有”也还是得罗织个什么错误名堂之类吧！从高明楼做人的圆滑世故及以后出面协调村上各种人际关系来看，并非是个蛮不讲理的土霸王地头蛇！

[1] 路遥：《人生》，经济日报出版社，1997，第 331 页。

[2] 同上，第 333 页。

[3] 同上。

让自己刚下学的儿子顶替在岗的优秀教师似乎不合此人的性格特征！更何况当时的体制普遍实行民办队办（不在教师编制，由本大队开工资计工分，待遇与正式民师同）的黑民办。高三星虽然是大队支书的儿子，但在没有民师空位的情况下只能是先当队办再遇机会转升民办，这正是这类人员的普遍模式，也是队办或曰黑民办赖以产生的基本原因。值得疑虑的还有：高明楼同高加林的二叔在新疆当大官的高玉智是同龄人。高玉智给高加林寄"军用上衣"，"一年通几次信，年底给他们寄一点零花钱"，保持着亲密的联系，"叔父听说是副师政委"，在小小的高家村来说是了不起的人物。[1]身为大队支书外号"大能人"的高明楼焉能不知这一切！高加林家还应挂"光荣军属"的牌子呢！他岂能全然不顾老情旧谊、现役军属等条件强行要自己的儿子去制造这桩顶替高玉智的侄子之大逆不道的恶作剧呢？

高玉智实属受党培育多年的老革命。从小说的立意来看分明是想把他当作一个作风正派的党的好干部的形象来塑造的。然而，对于他这位举足轻重的角色，却塑造成了一个不合度的蹩脚人物。从《人生》故事情节的发展来说，若不是适时地安插了高玉智这么一个特殊身份的人物，高加林的故事就基本上到此为止了，或者说变成了一个无辜受屈的死结。这种情况在现实生活中是不乏其例的。因此，小说《人生》中巧妙地设计了一个高加林的二叔——先是大军官后是地区劳动局长，是符合生活真实性和艺术真实性的。本来，高加林处于受害者的地位，正当他"山穷水复疑无路"时，高加林他二叔来信说要转业到行署当劳动局长了，随之出现了"柳暗花明又一村"的转机。自古以来，人们总是同情弱者，急切盼望着有拯救他们摆脱困境的救星出现。高玉智的探家就有这种为受害者撑腰的作用。

[1] 路遥：《人生》，经济日报出版社，1997，第 332 页。

问题在于他转业前写了一封很没水平的信以及转业后“衣锦还乡”中的言行有失真悖谬之憾。

一般来讲，共产党的干部都是人民的勤务员。相应地说，受党培养的时间越长，官位越高，这种特点越突出，越不愿向外人（包括亲属）吐露自己的官衔和待遇。特别是对于乡亲们更是如此。这既是老干部们的一种谦虚美德，又是长期保守党的秘密，遵守党的纪律所形成的良好习惯。但在《人生》中，高玉智却不知为什么竟如此热衷于把自己尚属未来的官衔提前写信告诉哥嫂。他在信中写道：“大哥、嫂嫂，我要告诉你们一个好事：组织已经同意了我的请求，让我转业到咱们地区工作了。现在听地方上来函说，初步决定安排让我在地区专署当劳动局长。”[1]他急于向家人告诉自己未来的职务问题，究竟出于何种动机？是想向家人夸官吗？似乎没有这个必要。是想表明兄弟情谊深厚无间无话不谈吗？他哥嫂分明连字都不认识，交流思想还得借助于第三者，连信都得让儿子给二老念。

他哥嫂甚至不懂地区劳动局长同农村的生产大队长有多大区别！按照常理，他只要把转业的消息告诉家人得知就足够意思了。他连自己未来的未定职务一并在信中道破，除了表明他的庸俗无聊而外，再无法做其他高雅解释。特别像组织部长、人事局长、劳动局长之类的管干部的干部，在人事安排的信息方面，一般都是“守口如瓶”的。他何以至于无聊到连组织上给他个人讲的话也要迫不及待地向家人尤其是文盲哥嫂泄漏净尽呢！像高玉智这种地师级的老革命给家人写信汇报职务的做法是违背常情常理的。

不独职务问题不好启唇，凡是牵涉到待遇方面的事都是不大好向亲人“据实道来”的，比如，月薪多少，坐不坐小汽车等。这是一种修养，是

[1] 路遥：《人生》，经济日报出版社，1997，第405页。

共产党的干部为人民服务的本质属性所决定的，这是有别于旧官僚思想作风的一种重要特征。这既不叫虚荣，也不叫不诚实，而是一种高尚美德。但是，作者毕竟叫高玉智写了这么一封很拗口的家信。高玉智转业后抽时间探次家是情理中事，但缘何会同毫无瓜葛的县劳动局副局长马占胜同车而回？高玉智刚上任恐怕连本机关的干部还没认全呢，作为一个山区小县的劳动局副局长来说，怎么有可能马上同他挂起钩来？相识相交总得有个过程吧！别说他二人有着不同的做人哲学，即便是同类人物，也不至于隔州调县的就能马上打得火热。从真实性来说，高局长探家乘坐的“绿色吉普车”究竟是地区劳动局的还是县劳动局的？若是地局的，他为何不直接回高家村，却要拐弯抹圈绕道县城找县局的副局长陪他探家走一遭？要知，即便他从地区探家路过县城，也该是正局长陪同才对啊！实际上，他本该由地局一名办公室主任或秘书们做随员才合乎情理。从哪个角度讲，让马占胜出陪都有点不伦不类。

如果吉普车是县局的，高局长更没必要事前从行署乘车先到县里，再换乘县局的车像搞接力赛那样拉上他兜风似的探次家，真的是别扭不通之至！高玉智、马占胜同车而回实为没有道理的拼盘，分明是为给高加林开后门编造的“线路图”！

假设说高玉智写信自报职务及同马占胜同车去高家村都是意在证明此人境界不高的话，则他回家后同胞兄的对话却又显得过分马列或正人君子了。高玉德为儿子的前途计，曾试探地说，你侄儿“高中毕了业，就在村里劳动，人家有腿的，都走后门工作了”时，高玉智却冷脸冷面地说：“好哥哩，按说，你提出什么要求，我都要尊哩！但这件事你千万不要为难我！……我怎能辜负组织的信任，刚上任就做这违法事呢？其他事怎样都可以，但这种事我可是坚决不能做啊！”[1]这番话乍听起来没啥毛病，是个坚持原则的主儿，但仔细分析起来就会感到很不对味。因为他是在同一个老实巴交的农民哥哥在家中的交谈。像他这样一位在部队多年的老干部应当说是非常善于做思想工作的，根本不需要搬弄政治术语就完全可以朴朴实实地做一番富有亲情味的解释工作。或者，缓和一点说话语气，却不可对着这个纯厚善良的老农民哥哥当头泼一瓢冷水。他冷冰冰的回话同他嗣前写信急切告诉哥嫂要当地区劳动局长时的冲动显得很不匹配，俨然是两类人的脸谱。作为在外工作多年的长辈，回家后对于这个唯一的而且十分聪明能干的高中毕业生的侄儿，理应有单独会话的场景，对其前途问题决不会漠不关心，他很应当鼓励并教育他，给他指明出路。而不应当如此被动地回答他哥提出的问题，似他那番苍白无力的回答很像是在拒绝一位陌生人的托词。这儿有一则老一辈无产阶级革命家的真实动人故事。1961 年彭德怀根据毛泽东的意见，回到家乡湘潭县进行农村调查。在这段时间里，正碰上在家种田的侄儿彭康志结婚，弟媳龙国英想热闹一下子，还想用彭总的小车娶亲，并要求伯父买只手表作赠礼，彭总立即劝止说：“三嫂子，不要搞这种排场啊，不要铺张浪费。小车是公家的，怎么动用它干私活呢？不能去占公家的便宜。再者，这么搞，很不必要，会脱离群众！”他还讲明：“在农村出工，就目前来说，不用买手表，既然侄媳妇学了缝纫手艺，买部缝纫机还可以。”于是买了一部缝纫机作赠礼。[2]这真叫动之以情晓之以理。既坚持了党性原则，又不是干巴巴地说教，充分表明了共产党人的高风亮节。高玉智虽不能同彭总相比，但在处理同亲属的关

[1] 路遥：《人生》，经济日报出版社，1997，第 409 页。

[2] 刘景春：《彭德怀同志一九六一年回乡调查情况的综述》，《湘潭师专学报》1981 年第 4 期。

系时，这种共产党人的气度是应当予以适度展现的。

高加林是全家人的心尖儿肉。他的婚姻大事也不应当对高玉智回避。当时高加林同刘巧珍的婚恋关系通过“卖馍”、闹“卫生革命”、去县城拉粪等尽人皆知的恋爱亲情事件已基本确定。高玉智对其怎能不闻不问呢？24岁的男子在偏僻的山区凡有条件的早已结婚，这也应是高玉智探家时遇到的焦点难点之一，若是只字不提，于常情常理上说不过去。高加林走后门去县城工作后，同黄亚萍重温旧梦，抛弃了刘巧珍，这更是牵动全剧的关隘之处。直气得德顺爷骂他小子把金子丢掉了。试想这与老德顺何干？难道在众亲友说不下场时，德顺和玉德就不会去找高玉智出面管管？当然，文贵省俭，但也有用墨如泼之时。在这些关键处省略了笔墨会直接影响人物形象，会引起读者的疑窦。总之，既设计了这个人物，又不让他发挥应有的作用终为憾事。兹因他本人是愿意叶落归根的，那么对于“根”上的大事怎会不留下他的影像呢！这是违背人物自身活动的法则的，说到底是缺乏细节真实性的。

## 二、刘庆邦《到城里去》荒诞不经的故事情节举隅

刘庆邦是近年来活跃在小说舞台上的一名走红作家。林斤澜先生不无幽默地说：“北京作协这两年人气火旺，现在叫做‘签约作家’的高手云集，各路英雄的招数层出不穷。……有位说：刘庆邦这一路走单，何故？我积极抢答，仓促出了胡言：庆邦现在是珍稀动物。”“刘庆邦在八十年代中期，以《走窑汉》走上知名的站台，不论时尚内转外转，一路以《信》以《鞋》以《响器》吹响自己的唢呐。不吹法国号，不吹‘萨克斯’。”[1]

[1] 林斤澜：《吹响自己的唢呐（代序）》，载刘庆邦《民间》，新疆人民出版社，2002。

记者赛妮亚、梁祝则说：“众所周知，您是中国文学界的获奖专业户，并且刚获了第二届鲁迅文学奖。”[1]刘庆邦则说：“我2001年获奖是多了些，先后得了山花奖，北京文学奖，十月奖，中国作家奖，全国煤矿‘乌金奖’，还有第二届鲁迅文学奖。一年得了这多奖，是赶巧了。”[2]这充分说明他真是一位举足轻重的人物。

然而，笔者对此却不敢恭维。当我读了他原发于2003年第3期《十月》后被2003年第8期《小说选刊》选载的中篇小说《到城里去》之后，对这位“中国的茨威格，中国小说界大内高手，短篇小说之王”（《民间》封底）和“中国文学界的获奖专业户”“宝葫芦”里的秘密是很不以为然的（仅举该篇为例）。现有作品中的事实为证：

1. 地主子弟“大跃进”年代被招工的神话

小说开篇不久，为给主人公宋家银的准工人家属身份制造参照系，特意安排了另一个真正的工人家属高兰英。但这个全村唯一的国家正式职工却有点特殊，竟然是1958年参加工作的一名地主子弟。原文为：“她调查过了，这个村除了她家是工人家庭，另外还有一家有人在外面当工人。……那家的家庭成分是地主，儿子当工人是在大西南四川的山窝里。据说当时动员村里青年人当工人时是一九五八年，那时村里人嚷嚷着共产主义已经实现了，都想在家里过共产主义生活，不想跑得离家那么远。于是，村里就把一个当工人的指标，惩罚性地指定给一个地主家的儿子了。不想那小子捡了便宜，自己吃得饱穿得暖不说，还时常给家里寄钱。每年一度的探亲假，那小子提着大号的帆布提包回家探亲，更是让全村的人眼

[1] 刘庆邦：《到城里去》，《小说选刊》2003年第8期。

[2] 赛妮亚、梁祝：《刘庆邦访谈录（代跋）》，载刘庆邦《民间》，新疆人民出版社，2002，第357页。

气得不行。村里的男人都去他家吸洋烟，小孩儿都去他家吃糖块儿。他回家一趟，村里人简直跟过年一样。”[1]大凡上了点年纪的人是不会忘记的，1958年是个什么形势！阶级斗争的弦绷得异常紧。“地富反坏右”五类分子，均是被专政对象。地主子弟只有挨批斗做义务工的份儿，哪儿会有他们堂而皇之地当正式工人的好事呢？新中国成立后一直宣传着要缩小“三大差别”，这是连普通老百姓们都知道的事实。啥地方的村干部也不会头脑昏庸得把好不容易分配下来的一名国家正式工人指标当作一次惩罚白送给地主娃！可以说，连当权者的子弟还抢不到手呢，这从天上掉下的馅饼咋能白送给阶级敌人吃呢？再者，招工时还要填写履历表，还要政审的呀！地主娃天大本领也闯不过这政审关的。同时，“大跃进”年代，广大农民无不是黑不黑明不明地干，连个囫囵觉也难睡上一次，哪里会有丝毫“都想在家里过共产主义生活，不想跑得离家那么远”的白日梦呢！彭德怀元帅曾写过一首广为传颂的打油诗《我为人民鼓与呼》：“谷撒地，薯叶枯，青壮炼钢去，收禾童与姑。来年日子怎么过，我为人民鼓与呼。”[2]所表现的正是1958年被刘庆邦说成“村里人嚷嚷着共产主义已经实现了”的真实写照。中共中央文献研究室《关于建国以来党的若干历史问题的决议注释本》指出：“‘大跃进’运动，造成了国民经济主要比例严重失调，使社会主义经济遭到重大的损失。”[3]刘庆邦的描绘同中央对当时形势的评价反差何其大也！退一步说，地主娃果真能当一名工人的话，那年月普遍实行低薪制，他娶的老婆又是个农村劳动妇女，这种家庭被叫做“一头沉”，是标准的缺粮户，必须向生产队年年季季缴纳缺粮款，因此在经

[1] 刘庆邦：《到城里去》，《小说选刊》2003年第8期。

[2] 郭晨：《这就是彭德怀》，中国工人出版社，2003，第926页。

[3] 中共中央文献研究室：《关于建国以来党的若干历史问题的决议注释本》，人民出版社，1983，第308页。

济上比普通农家强不了多少！所以把他写成“他回家一趟，村里人简直跟过节一样”，显系夸张不实之词。须知在普遍大讲阶级斗争的年月，单凭地主出身这一条，即便他从天涯海角回来也不至于招致全村数百口人老往他家跑，一是不敢，二是不屑。此宗分明是作者的杜撰，是在开历史的小小玩笑！

2. 男主人公杨成方的县城水泥预制件厂的临时工问题

小说一开始便告诉读者：“杨成方在县城一个水泥预制件厂打楼板，不过是个临时工。”[1]作品所述的临时工现象早在“文化大革命”前夕就已经开始出现，主要在人民公社的社直企业，兴盛于“文化大革命”中前期，至“文化大革命”结束，要么转为正式工，要么被清退回乡，该体制渐次消亡。作者只知其表，却未明其里。于是又写道：“当年，他到县里预制厂当临时工，完全是父亲托人给他跑下来的。父亲给厂长送小磨香油，送芝麻，还拉着架子车，冒着风雪给人家送红薯，厂长才答应让他进厂当临时工。”[2]说的全是外行话。

其一，人民公社化时期，三级所有制，队为基础，临时工也是一级一级往下分配的指标，一般被分到生产大队，并不直接分到生产队，由大队党支部掌管分配权。所以大队才有“铁门槛”的恶谥。绝不是哪个家长随便就能跑得来的指标。想得到这类指标，必须事先给大队主要掌权者通融好是关键，而不是直接往招工单位跑。其二，文中说“宋家银认为一个月能挣二十一块钱很不少”[3]根本不符合事实。临时工必须每月向生产队缴 8—10 元钱买工分，才能分粮食，外出的临时工均是年轻力工、月薪一

[1] 刘庆邦：《到城里去》，《小说选刊》2003 年第 8 期。

[2] 同上。

[3] 同上。

般在 36—38 元之间。若是每月仅发 21 元的话，缴了工分钱，还够吃饭吗？还有零花钱吗？赔本的事哪个时代也没人干！其三，杨成方的父亲给厂长送小磨香油，送芝麻……之说亦很荒唐！

那时，各行各业数农民吃油最困难。别说是芝麻香油，所有的油料作物全部为国家严控统购物资。产芝麻的地方每人每年不得超过一斤香油为免购点（一个月摊不到一两油，许多农家吃油都是用筷子蘸着往饭锅里滴的）。油料是禁止买卖物资，除了偷，往哪儿去搞得小磨香油和芝麻呢？众所周知，城里人油水大，指的是商品粮每人每月配给半斤油（不全是小磨香油），但比农村强多了。那时农民个人是无力给城里人送小磨香油和芝麻的。此举到了联产承包责任制之后往城里送小磨香油之类才逐渐成为一种社会时尚。

3. 女主人公宋家银买的自行车不可能是全村第一辆

为表现宋家银具有争强好胜的虚荣心，作者独具匠心地写道："在宋家银拥有这辆自行车之前，这个村的历史上从没有哪一家有过自行车。别说新自行车了，连旧的自行车都没有。可以说宋家银的购车行动是开创性的，她的自行车填补了这个村历史上的一项空白。"[1] 从杨成方当临时工流行"三转一响"即自行车、缝纫机、手表、收音机的情况看，当是 20 世纪 70 年代的事。我国素有"自行车王国"之称，70 年代初期，便不是什么稀罕物了。特别是大队支书大队会计这一级，不少地方都称其为特权阶层，甚至有叫"土皇帝"者，掌管着农村党政财务大权，满比月薪 21 元的临时工阔绰实惠得多，这是不争的事实。更何况，杨成方所在的村子是个多达一二百户人家的大村子，就凭杨成方当个小小临时工，便说他家是填补全村历史上自行车空白之语显系无稽之谈。

[1] 刘庆邦：《到城里去》，《小说选刊》2003 年第 8 期。

4. 宋家银跑遍全村各家各户找花布做车兜更是一幕无法令人置信的滑稽剧

小说为了显示宋家银对新购自行车的喜爱之情，特意编写了一段极其离奇的文字记述她精心打扮自行车的超常之举。其文为："在自行车的横杠和下面两个斜杠之间，不是有一块三角形的余地嘛，宋家银把最精彩的文章做在了那里。她跑遍了全村各家各户，从每家讨来一小块不同颜色的花布，把花布剪成同样大小的三角形，拼接在一起，做成一块整布。然后可着那块三角形的余地，用花布做成一个扁平的袋子，用带子固定在自行车中间。远远看去，自行车上像是镶嵌着一幅画，画面五彩斑斓，很有点现代画的味道，又像是一个小孩子，肚子上戴了一个花兜肚。这个小孩子当是个娇孩子，娇孩子才穿百家衣。"[1]

情节的虚假表现在两个方面：其一，她不可能也没必要为寻点碎小布块而跑遍全村各家各户。"这个村一百多户近二百户人家"，"已经有了几百口子人"。[2]别说跑遍全村，跑十分之一也多达一二十户人家。找来的一堆碎布块根本无法全部补缀在车兜上。其二，作者把自行车兜比成小孩子穿的百家衣，创新则创新，只是又犯了个常识性错误。小孩子穿的百家衣，并非到各家各户搜寻点碎布块兑起来的。此宗说的是，为了给新出世的孩子压灾星，也有表示对生孩子家的祝贺之意，遂将自家小孩子穿过的小衣裳赠送给刚生小孩子的人家，多多益善，来者不拒，受赠者不嫌其旧，因为成人们都会把衣服穿破，甚至是"新三年，旧三年，缝缝补补又三年"，哪儿有旧衣送人！小孩子则不同，长得像水泡豆芽似的快，小衣裳穿不烂就小得穿不成了，只能当废品放屋里，既浪费又碍事，倒不如

[1] 刘庆邦：《到城里去》，《小说选刊》2003 年第 8 期。

[2] 同上。

送人还能行个情落个好。再说，小孩子生命力旺盛，也不存在病和死的忌讳，刚出生的吃屎娃不懂个好赖，给啥穿啥，这便是小孩子穿百家衣的社会民俗实情。不是用各家各户的小布块像宋家银缝车子兜那样剪碎后再拼凑起来。那是拿过来就能往身上穿的。这同刘庆邦编造的宋家银搜寻百家布缝车兜的所谓“娇孩子才穿百家衣”之喻绝对是混淆了二者的概念。

5. 主人公的小叔子“老四”死在搅拌机的大肚子里堪称天下奇闻

宋家银婆子家小兄弟老四，在山东济南给一个建筑包工队搭帮时出事了。文中写道：“老四出的是大事，他钻进搅拌机的大肚子里，清理巴在搅拌机内壁的残渣。别人不知道他在搅拌机的肚子里干活儿，有人把搅拌机的电闸合上了。搅拌机隆隆地一转动，老四就变成了搅拌对象，也就是搅拌机大肚子的消化对象。等有人想到老四可能在搅拌机里干活，把搅拌机停下来时，老四已被搅拌得一塌糊涂，分不清哪是沙，哪是石子，哪是水泥。搅拌好的东西一般都是稠稠的流质。老四几乎也成了流质，扶起来是不可能了。”[1]我们不妨先分析一下老四去搅拌机肚子里清理内壁残渣时的几种情况。首先，他应是搅拌机的操作者或往机肚子里填料的装料工，不然他决不会去负责清理机壁残渣的腌臜活儿。操机员和装料工是互相合作的伙伴关系。人员不足时，一人兼二职也是常事。一般而论，搅拌机里附着在机壁上的余浆虽也应不断清理，但那是不需要人钻进机内大肚子里去的。只需用铁锤在机壳外面砸几下，便可将附着物震掉。有少量粘附得紧的砸不下来时，人们用铁钎子站在外边装料口处向内壁捅捅即可。人钻进机内的情况也有，那须是到休工时，亦即短期内不再开机干活了，或者工程完工了，要开赴新工地，为了怕残渣凝固在机壁上，此时才需要亲自钻进去来次彻底清理。但此时电路早被切断，人进去后用锤子、钎子或锉刀之类大清一次，将余物清理出来再往机壁上擦层机油防锈，根本不

[1] 刘庆邦：《到城里去》，《小说选刊》2003 年第 8 期。

存在开电闸搅死人一说。兹因这是歇工后才开始运作的，又是操机员自己干的活，他怎会开电闸搅拌自己的呢？万一是两人中的一个进了机肚，又是在正常工作期间，但此处并非封闭的空间，他在里边是干脏活重活的，绝不可能在那个去处睡大觉。他是在用铁锤一类工具不停地捅砸，会发出震耳欲聋的响声的，外边焉能不知机中有人？那电闸与机器是紧密相连的，二者近在咫尺，开电闸时是完全能够看到和听到机肚中有人的。退一步说，操机员即便是过于粗心大意，违反了操作规程，在里边有人干活的情况下，竟然开了电闸，但此时机身应是空肚子待料状态，随着机器的转动，是要从机口往里送料的，此时难道还发现不了老四？即便空机响了一阵，真的将老四当作搅拌对象，但哪里又会出现里边的活人与石子、水泥、沙相混合搅在一起的恶作剧呢？此宗确有欺世之嫌！

### 三、欧阳黔森的《白多黑少》中的谎言指虞

为了说明情节虚假问题近乎是多年来直至时下小说创作界的通病，不妨再举出一名更加年轻的知名作家欧阳黔森的中篇获奖小说《白多黑少》[1]，看其虚假到何种程度。

欧阳黔森亦是一位具有签约资格的名家。据报道，“2003 年 12 月 9 日贵州文学院、人民文学出版社、《中华小说选刊》《散文选刊》杂志社、北京千重山文化艺术发展有限公司、北京古风文化艺术研究所、北京般若创意广告公司在中国现代文学馆联合举行首届‘华夏作家网杯’《中华文学选刊》文学大赛”。[2]荣获一等奖的小说作品仅二篇，这是从“大赛

[1] 欧阳黔森：《白多黑少》，《华夏作家网文学选刊》2003 年第 1 期。

[2] 胡殷：《首届华夏作家网杯文学大奖赛、古风杯散文大奖赛颁奖典礼暨贵州文学院新文学创作研讨会在京召开》，华夏作家网，2004 年 4 月 1 日。

共收到六千多人的一万多部（篇）作品”[1]中精选出来的，《白多黑少》是其中之一，让我们看看珍贵的一等奖获得者到底是什么货色。

这篇获奖小说的故事梗概为：男主人公萧子北系新时期参加过边疆自卫反击战的英雄人物，转业后借资开办公司，经营有方，事业兴旺，拥有别墅、妻儿、情妇……十分惬意。女主人公杜鹃红，原是萧的儿时邻居，后为战友、战场上为掩护萧而牺牲的救命恩人、革命烈士杜红军的胞妹。该女子漂亮、能干、聪颖过人、办事得体，虽有家兄牺牲前的托孤遗愿，又深得本人的倾慕景仰，但却始终与萧总保持着两下无染的工作关系，终未发展成情妇或夫妻。非不愿也，叵耐萧总欠杜兄救命之恩情未报，不忍心为之者。而各种条件俱佳的杜鹃红不明就里，倾心追慕萧子北的痴情不变，甚至想让萧与原配罗淑碧离异后代她为妻。于是乎作者遂编造出一系列悖情悖理的情节，甚至出现一些常识性错误。每读及此，恰似观看一个拙劣的魔术师在众目睽睽之下忽然失手、自泄机关般的索味。

从作品提供的信息可知，文章内容所依托的时间为 2002 年。属蛇的萧子北 49 岁了，2003 年初夏刚至，这便是小说的时间坐标。

再看杜鹃红的年龄：“她的哥哥是我一个院子里长大的儿时伙伴，她那时还不过三四岁，我离开那院子当兵时，她刚好十岁。”“她今年也不小了，三十五岁的人了。”说明现年 49 岁的萧是 25 年前 24 岁时即 1977 年当的兵，萧比杜大 14 岁。

单说萧的年龄和经历挑不出过多的瑕疵，单看杜的年龄和经历也无甚不妥。但是，若将二人放一起衡定外加杜鹃红哥哥的穿插就不难发现，二人间发生的一连串故事是那样地悖情悖理。

[1] 胡殷：《首届华夏作家网杯文学大奖赛、古风杯散文大奖赛颁奖典礼暨贵州文学院新文学创作研讨会在京召开》，华夏作家网，2004 年 4 月 1 日。

1.24 岁的城市知识青年不符合参军条件

萧子北比杜鹃红大 14 岁，杜 10 岁那年萧参的军，时年 24 岁。那必是 1977 年的事。当时的招兵条件为 18—22 岁。一个点子又多，父母均有工作的城市知青，一不考学，二不工作，却要选择超过征兵年龄时强行入伍，若不开后门是去不了的。文中又未交代有何特殊背景和原因，岂不教人疑其有诈？

2. 萧自称是“当年毛主席的一名光荣的战士”，如何与 1977 年的入伍时间接榫

毛主席是 1976 年 9 月 9 日逝世的，这是世人皆知的大事件。萧是 1977 年入伍的，但在后来同台商谈生意时，曾感慨道：“毛主席都说一万年太久了，何况我是当年毛主席的一名光荣的战士。当然只能争朝夕了。”萧虽有卖弄老资格之意，却忘记了毛主席逝世时他还在杜鹃红家的大院当城市知青的事实。这岂不是政治笑话？

3. 萧的转业时间与实行军衔制时间的错位

萧子北转业应在 1987 年之前。这有他办公司的历史为证。他与副总何人脊分析企业形势时谈到：“人脊啊！……这危机是公司创办十五年来第二次重大危机。”以 2002 年为现界，上推 15 年便是 1987 年。文中还说：“直到离开部队也只当了一名中校。很多年后，我成立公司招兵买马……”须知，萧讲的还不是转业的当年而是“很多年后”才成立公司。若从 1987 年往前再推个哪怕是三五年，只能是 20 世纪 80 年代初就已转业了。据此，萧在部队也不过五六年时间，他又非军校毕业生，又无特殊的军功，怎么可能在这么短的时间内熬到中校军衔？军衔晋升可是一级一级往上提的。他的优势充其量是自我吹嘘的点子多，连他也不能不承认“在野战军混到中校是不容易的”。这正如他对杜红军所总结的“杜红军只当到排长就光

荣了，那时候还没有授军衔”，萧转业前也未赶上授军衔才合乎实际。

从《人民解放军编制军衔的几次调整》中的介绍“到1965年取消军衔制”后，直到“1988年，人民解放军在时隔23后，重新实行军衔制”。[1]存疑的是，重新实行军衔制之前，萧子北早已转业到地方开办公司当他的大老板了。设若他能沾个授军衔的边，他在部队不到10年，也无缘混到中校一级。

4. 烈士杜红军将爱妹托付于萧的荒唐不稽

杜红军和萧子北是从小的好邻居、好伙伴，又是同年入伍的好战友。在保卫祖国的自卫反击战中为掩护萧而英勇牺牲。时年25岁，排长。此人的自然条件并不比萧差。萧曾说：“杜红军从小与我一起长大，他人高马大，英雄潇洒，小时候演戏时，他总演英雄杨子荣，我演少剑波。虽然我演的少剑波官儿比他大，但女同学们似乎更喜欢英雄一些。”[2]就是这样一位了不得的解放军英模人物在牺牲前什么遗嘱也没留，单单将自己如花似玉的爱妹托媒于大她14岁的战友。岂非笑话？杜鹃红又是城市姑娘，当哥的难道害怕令妹长大后嫁不出去吗？萧子北真有值得杜鹃红爱得死去活来的魅力不成？一个堂堂正正为国捐躯的英烈人物竟然在严酷惨烈的战场上临牺牲前夕将可能正在家乡读小学的妹妹指配给一个大龄小军官为妻吗？好像是拿嫡妹的未来前程和幸福在同萧搞一桩见不得人的什么交易似的！他这样做，这不是在往英雄脸上抹黑吗？

5. 杜鹃红追逐萧子北的畸恋是难解之谜

为了表现杜鹃红的爱萧情结，作者独出心裁地写道：“就因为我和她哥当了兵，她才拼命去考取了军事院校。”按文中告诉的时间信息，待到

---

[1] 徐平：《人民解放军编制军衔的几次调整》，《党史博览》2002年第3期。

[2] 欧阳黔森：《白多黑少》，《华夏作家网文学选刊》2003年第1期。

她考军校时，她哥早该牺牲数年之久了，萧也早转业地方了，早与那个聪明能干的有钱的舞蹈演员罗淑碧结为伉俪了。可以推知，当他 15 年前开公司时，杜鹃红不到 20 岁，该是在军校尚未毕业的学生。杜又有过后来在部队做宣传工作官衔至上尉的经历，还有过与一中尉结婚又离婚的窝囊事，不知何故，这位各种条件都不差的女军官还在想着甚至盯着这个老转业兵不放，竟至到了赤膊上阵、撕破脸皮，欲逼萧离婚娶她为妻的地步。她坦言："我又没逼你，你可以慢慢解决嫂子的问题，我是有耐心的。""萧哥，你曾是军人，我也曾是军人，我们今天就玩真的，你说你到底喜不喜欢我？""这些年来，我就一直不高兴，像我这么一位优秀而美丽的女人，你就从未动心过，我不服气，我太伤心了。"烈士的爱妹，堂堂的军事院校毕业的年轻女军官，却在打一位大自己 14 岁的已婚男子的主意，变成了一个想插足别人的第三者，这种缺乏情爱前提的"畸恋"真的是乱人眼目。

6. 去机场接萧的该是其情妇南岚而不应是杜鹃红

萧子北出国回来未通知公司任何人，时任公司总办主任的杜鹃红却凭借其灵敏的嗅觉与能干，亲自驾车去机场准确无误地接住了刚下飞机的总经理萧子北，而且不加询问和交谈，十分诡秘并心照不宣地将其径直送往市北郊的那幢豪华型欧式别墅中，她此时并不知道内中住的是萧总的情妇，却是一送进院就知趣地退出。作为一直死死追逐萧总的寡妇主任，既然如此熟悉萧的行踪，却丝毫未看出别墅中有藏娇之腻，自己也未趁此良机主动出击或探询商情或恋情，太不可思议了。这与后来一直追求他想做他妻子的举动是多么的南辕北辙啊！既然萧某出国回来不想急于回公司也不想回家，又没通知公司任何一个人，为何不是其情妇南岚去机场接他去别墅而宁可自己打的去别墅的呢？南岚正青春年少，十分得宠，又有车开，作为分别十几天分明急于见情妇的眼镜蛇萧某，不通知情妇开自己的车接人还佯装打的，反而留给公司总办主任一个机会将其默不作声地直送别墅之异常举动实与情理相悖。

7. 外号“小屁虫”的胡诌及 30 年后重喊之不堪

有一次闲谈时，萧突然喊起了杜的乳名：“小屁虫，我送你回去吧。”据解释：“六七岁的她，总被我与她哥喊着小屁虫。小屁虫给哥拿这个来，小屁虫给哥拿那个来。我与她哥在她家院里的桃树下谈论理想时，总这么喊她倒水之类的事。喊她小屁虫，小时候她总是大声地抗议，现在这种年纪了，我也很少喊她，不过每次喊她，她从来没有抗议过，我这样喊也是一种亲情。”[1]为何要给她起这么个不雅的外号呢？该典的来龙去脉被说成是：“她出生的时候，粮食关已过了。但城市里依然困难，大米不足，于是她妈托人在乡下买了一些土豆、苞谷来补家用，她吃了后肚子胀，爱放屁，小小的屁股，常常一个屁紧接一个屁地放，虽臭气熏天，声音却婉转悠扬。四岁时，一次她哥和我把她放在大木盆里洗澡，只见木盆里一个个水泡往上冒，笑得我们肚子痛，她生气站起来打我们，人没打着，凌空又放了几个响屁。从此我们给她起了一个小名叫小屁虫。”[2]这段情节编造得既违背生活常识更不符合社会实际。有谁听说过一个聪颖健康的城市小女孩因吃点土豆、苞谷而不断放屁的奇闻趣事？众所周知，土豆迄今包括今后还应是城里人的家常菜，就连饭店大宾馆也少不了这劳什子。它是蔬菜的一种而非主食，此物从没听说过具有引发食者肚胀乃至放屁的传闻。苞谷是指的玉米原粮，无人直接食用，正像无人直接食用稻谷一样。当其接近成熟时，在市场上流通的是玉米穗，那仅是秋季短时性的，属于时鲜农产品，不是用作主食当饭吃的，也不是到乡下托人购买。此物绝非

[1] 欧阳黔森：《白多黑少》，《华夏作家网文学选刊》2003 年第 1 期。
[2] 同上。

欧阳黔森所描绘的能补贴家用的那类食品。真正能做食品用的，必是将苞谷粉碎加工成粉末状称之为玉米糁，粒大者称玉米仁，这种食品至今仍是城乡人民的常用粮。也绝不是引发肚胀放屁之类的异物。说吃了玉米糁就会接连放屁的怪事太离谱也太缺乏科学根据了。若说吃了土豆和玉米糁导致成串子放屁的话，至今仍常吃这两种食品的亿万城乡人民岂不是成了一个放屁精王国了吗？

还有一点常识性错误是小作家所不懂的，接连放的屁俗称出溜子屁以及有响声的屁均不属臭屁，根本产生不了“臭气熏天”的效果。俗话说：臭屁不响，响屁不臭。这是劳动人民长期生活积累的科学总结，是可以经得起实践和时间检验的至理名言。

什么人才放串屁呢？年轻时出过大力的人。比如旧社会一贫如洗的长工们，他们像机器一样种许多地，劳累过度，超负荷运转，生活又困苦，及至到了中老年时期，即使干不动重活了，也还是串屁不断，甚至空手徒步也会不停地释放，这似乎是一种承前续放，老百姓称其是“使过力”之人，那完全是亏症的表现。坦率地说，一个聪明美丽的四岁城市小女孩当不具备放这种串屁的资格和条件。不是欧阳公想让她放就轻易能放得出来的。

综前而论，杜鹃红幼年被阿哥杜红军和邻哥萧子北共同起的“小屁虫”外号是无稽之谈。及至到了 35 岁时已升至大企业总办主任的女强人再被喊叫幼年时带侮辱性的粗俗外号更是不好启唇庸俗不堪和不可思议。还谎称什么亲情味儿的乳名哩！最多能摊上个萧子北和杜红军合伙给杜鹃红制造的恶作剧。由此而论，烈士杜红军的爱妹情结又变成了不戳自破的莫大谎言。

## 四、小说创作中情节造假的症结及其防范对策

假冒伪劣已是人所共知的一种社会顽症，表现在小说创作中便是在情

节编造方面的“瞒和骗”，名家获奖作品如此，其他作家作品的不堪就可想而知了。这种做法若是长期不根治，别说出经典名著，可以断言，很多小说连一次性消费也难以让人坚持到底。由此回溯我国文学史上许多名著的成功范例，其中一条重要经验就是写实原则的笃行。正如叶伯泉先生所总结的那样：“在我国，从司马迁的‘其文直，其事检，不虚美，不隐善’的‘实录’精神，王充的‘疾虚妄，求实诚’的‘崇实’精神，到刘勰要求‘酌奇而不失其真，玩华而不坠其实’，反对‘虚述人外，真宰弗存’的创作主张；从白居易的‘文者必当尚质抑淫，著诚去伪’的创作理论到清代卓越的现实主义艺术巨匠曹雪芹在《红楼梦》的创作中‘追踪蹑迹，不敢稍加穿凿’，主张‘实录其事’，反对‘假拟妄称’‘反失其真’的创作实践和思想，同样表明了现实主义应该‘写真实’，再现现实生活的本来面目和真实情况。”[1]可见，情节的失真，正是当代小说创作难出经典之作的症结所在。

不妨以鲁迅先生的作品为例，他的小说之所以不少篇都能成为传世经典，其中很重要的一条就是真实感人。就拿《故乡》来说，那个开豆腐店的老板娘杨二嫂，在“我”行将搬家时，她的前后表演太能显示人物的个性特征了。先是阿谀奉承劝说“我”别搬运这些破烂木器，以便让她拿走，小户人家用得着。当鲁迅回说自己并没有阔，须变卖后再买时，杨二嫂便无中生有地说鲁迅有三房姨太太，出门坐八抬大轿，继而归结道：“啊呀啊呀，真是愈有钱，便愈是一毫不肯放松，愈是一毫不肯放松，便愈有钱。”[2]“圆规”杨二嫂边说边慢慢往外走，顺便将鲁迅母亲的一副手

[1] 叶伯泉：《写真实，社会主义现实主义的基本特征》，载《文学评论丛刊（第十四辑）》，中国社会科学出版社，1982，199 页。

[2] 鲁迅：《故乡》，载刘家鸣主编《鲁迅代表作》，河南人民出版社，1992，第 54 页。

套塞在裤腰里出去了。后来，杨二嫂每天必到，总要顺手牵羊般拿走点东西。最后公然拿走了喂鸡的狗气杀，且不顾小脚，飞也似的跑了。这就把一个做小手工业作坊生意的女店主的言行举止性格特征活画了出来，给读者留下了深刻的印象。关于闰土的描写尤为典型。少年闰土，活泼天真，又会捉小鸟，又会讲乡下无穷无尽的新鲜事。30多年后的闰土被生活折磨得石像一般。对少年时的好朋友也恭敬地叫起“老爷”来了。这又是多么令人慨叹和无奈啊！这全是真实可信感人至深的细节描写，丝毫虚假的成分也找不出来，这便是经典作家作品同普通作家作品的明显区别。这也是文学大师与当今有较高名声作家的根本区别，稍加对比便能比出其间艺术水平的优劣高下来。

情节是否虚假，意即是否“瞒和骗”，其间也有个对待读者的感情和态度问题。对此，古代名家务实严谨的精神是值得今人学习的。例如宋代王安石和苏东坡两个大文豪就曾有过一则掌故。据《警世通言》之《王安石三难苏学士》载：苏东坡任职湖州期满后赴京待命。一天，他去拜访宰相王安石，被仆人安排在书房候见，闲来无事，在桌上看到一首王安石刚写的两句《咏菊》诗稿：“西风昨夜过园林，吹落黄花满地金”，即认为王安石不该吟出这样有悖情理的诗句。黄花即菊花，开于深秋，敢与秋霜鏖战，老来焦干枯烂也不落瓣，于是依韵续了两句：“秋花不比春花落，说与诗人仔细吟。”他走后，王得知苏续诗讥讽自己之事，便奏请皇上任命苏为黄州团练副使。就在苏赴任后的那年重阳节期间，连日大风，苏与好友陈季常一道去后花园赏菊。没想到菊花棚下满地都是黄灿灿的菊花，枝上全无一朵。苏见状顿时目瞪口呆。陈忙问其故，苏坦诚地说：“平常见此花，只是焦干枯烂并不落瓣。去岁在王荆公府中见他《咏菊》诗二句道：‘西风昨夜过园林，吹落黄花满地金。’小弟只道此老错了，续诗句道：

‘秋花不比春花落，说与诗人仔细吟。’却不知黄州菊花果然落瓣！此老左迁小弟到黄州，原来使我看菊花也。”难能可贵的是，苏东坡在事实面前终于认识了自己的错误，而且又去面见王安石做了自我批评，从此变得谦虚多了。当代作家能做得到吗？曹雪芹先生创作的《红楼梦》之所以经久不衰，其中一条最重要的原则就在于他能够“取其事体情理罢了”[1]。当代小说诸多犯忌者恰恰违反了这一条，原因何在呢？在笔者看来，这是由作家的个人素质和社会大气候所共同造成的一种集体无意识。

从个人方面来说，当代作家普遍存在着文化功底浅薄的流弊。对于中华民族优秀传统文化的吸纳十分有限。相对来说，“五四”作家要比当代作家显得博大，他们之中有些人本身就显出大百科全书式的知识容量。“五四”作家要比当代作家更能代表社会精英文化水平。他们总是站在社会先进思想观念的制高点上写唱着社会思潮的发展。真的很难企盼一下子再能涌现出王国维、胡适、鲁迅……诸般大师级的精英人物来。本文所列举的三位作家，尤其是路遥，实为笔者所敬重的人物，但他们所缺少的恰恰是大师们深厚的文化学养和知识内涵。三人中仅路遥上过三年“文革”时期的大学，被称为工农兵大学生，入学前仅是初中毕业。刘庆邦，初中上到二年级便开始“文化大革命”了，仅算是初中肄业。尔后即回农村，当工人，继而从事新闻和写作。欧阳黔森则更为年轻，1965 年生，曾当过 8 年地质队员，更没上过大学。可以说，他们基本上靠的是个人天赋的聪敏和勤劳，走上了文坛并取得了骄人的成绩。但毕竟是无底浮萍，就好比在沙滩上盖高楼，根底不硬难负其载。对此，凯地先生总结得更加深透：“‘文革’后崛起的作家在新思潮面前是低能儿，在旧传统面前是门外汉。因此，无论是创造还是继承都不具备条件，这就必然要给当代中国文学带来灾难

[1] 曹雪芹、高鹗：《红楼梦》，人民文学出版社，1994，第 3 页。

性的后果。文学在他们的手中，已经从‘五四’的水平高度——促进文明、进化、社会转型，高扬理性批判精神，确定人在文学中的神圣地位——全面下塌；同样回避不了的是：他们非理性的装腔作势，无助于改变当代中国文学的‘第三世界’地位，反而强化了这一屈辱的地位。”[1]信哉斯言！

从社会方面来看，他们所写的差不多都是改革开放以来的社会问题小说。社会正处于转型期，人们心态普遍存在浮躁现象。作家又不是生活在真空中。既然假冒伪劣已成为一种社会顽疾，假商品、假学历、假政绩、假文章……当然，小说创作之假只能是胡编乱造一些悖情悖理的假情节。说穿了，也叫做小说中的水货。对此，曾有读者指出：“现在的文学作品水分太大，其中相当部分作者只是商业性‘文字垃圾’的生产者。特别是时下一些青年作家，写书出名的心理非常迫切，迫不及待地寻找各种出版商和媒体包装炒作。与此同时，出版商为了谋取高额利润，又反过来将作家中的一些人偶像化。对文学而言，这实际上是一种极大的悲哀。文学有别于其他的艺术样式，它不能成为商业生产流水线上的产品。这在一定程度上也是目前相当部分青年作家浮躁心态的一个必然结果。”[2]

面对这种时弊，马振方先生认为：“中外小说史上，难以数计的作品由于情节失真而归失败；也有一些蔚然可观的宏篇巨制由于情节可信性不强而被贬值……真实性乃是艺术情节诸多条中的首要条件，是作品价值和力量的生命基础。”[3]从上述三位名家名篇的虚假情节推及整个小说界创作难出经典名著的情况来看，的确是无法回避的严酷现实。凯地先生从另外一个角度已挑明产生这种问题的实质：“当代中国文学的危机在于：

[1] 凯地：《中国文学的全面危机》，《作品与争鸣》2004年第11期。

[2] 孙涛：《文学浮躁谁之错》，《光明日报》2005年1月25日。

[3] 马振方：《论小说的情节艺术》，载《文学评论丛刊（第十四辑）》，中国社会科学出版社，1982，第75页。

当国家还离现代化目标很远的时候，大量发育不良的作家在政治变革中进入了文坛，而他们在观念上、自身的文化素养上都不具备文学创新的能力，也不具备真正继承传统的能力。但历史的阴差阳错却把他们推上了当代文学的权威地位。”[1]本文所述的三个权威是否也在此限呢？此乃不幸而言中的对象。

对于他们在其作品中掺假兑水的不良行径来说真的就无可救治了吗？答案应是否定的。但到底应采取何策才能根治这一顽疾呢？在不才看来，应当采取内外结合、上下互动、表里兼治的方略始能奏效：

一定要遵循文学创作的规律，一切顺乎自然。从上到下都要克服急功近利思想。管理部门不要向作家定指标下任务，尤其不要赶鸭子上架，不要把作家创作的作品算作领导部门的政绩。作家更不能急于求成，要量体裁衣。曹雪芹“披阅十载，增删五次”才写出一部（残缺的）《红楼梦》，当代作家中，随便拉出一个，也比曹公写的字数多。更有动辄数百万字、上千万字，长、中、短篇一齐上，不靠兑水掺假，有那么多优质原料吗？咋能出经典名著？

改革现有的管理体制和创作机制。国家行政机构改革的目标是“小政府，大服务”，作家协会更不要搞得机构臃肿，官数庞大。出经典精品还得靠作家自身，作协代替不了作家的创作。要废除签约制。何谓签约作家？四大名著的作家签过约吗？鲁迅签过约吗？签约是不相信作家的创造力的表现，无异于“拔苗助长”，一旦完不成“约”条，岂不要假冒伪劣一番？

要加强学习，不断充电，特别要补课，以便强本固基。这是从根本上解决创作经典名著的良策。可以说，当代的作家中没几个不需要补课的。

[1] 凯地：《中国文学的全面危机》，《作品与争鸣》2004 年第 11 期。

尤其要补传统文化的课，从优秀的国学宝库中汲取营养，一定要在研读古典名著的原著上下功夫。不要一味地贪求数量上的多，重点应放在讲求质量的高精尖上。要品味“半部论语”治天下的威力，要研究历朝历代传世佳作的丰富内涵。要深思《红楼梦》何以成为封建社会的百科全书！今人是否有宏愿有能力创作一部新时代的百科全书?

不要存侥幸取胜心理。要老老实实搞创作，要树立读者至上的思想，不要企图用瞒和骗的小伎俩糊弄读者。自己的作品写出后能否先感动自己，不要“画匠不给神作揖——知道他是那坑里的泥巴”，“戏不够，神仙凑”的平庸手法早被历史所淘汰，千万不要再从历史的垃圾桶里当作宝贝拾回来充新式武器乱耍。要把真材实料的好东西不加任何水份地奉献给读者，不要企图靠浮华的包装蒙骗人于一时。要相信读者的眼光是雪亮的，要把读者当诸葛亮而不要当阿斗。

评奖要规范，不要搞得过多过滥。要树立宁缺毋滥的评奖观。尤其是国家级的奖项如“茅盾文学奖”“鲁迅文学奖”等更要慎重对待。评出后要经得起读者的检验、时间的检验，莫留遗憾，不要定指标，更不要凑数。够标准就评上，不够标准就作罢。试问，评了这么多届这么多部（篇）大奖，到底有多少能真正立得起来可以传世流芳的？

总之，读者期待着经典名著的问世，时代期盼着巨擘大家的浮出。那种胡编乱造虚假情节欺世盗名的现象不应该再继续下去了，而应当使其尽快地成为历史。中国科技大学校长朱清时院士关于学界造假问题有过一段鞭辟入里的警示语：“现在可怕的不是有人作假，或制度上有漏洞，而是很多人明知有人在骗，但抹不开面子，对学术造假采取容忍态度，对欺骗行为熟视无睹，有的单位采取保护主义态度，怕坏了名声，长此以往，终有一天会败坏集体的学术风气和学术精神。”[1]此话用来抨击小说创作的虚假时弊亦很恰切。让我们重温和牢记马克思的教导吧：“在科学上面是没有平坦大道可走的。只有那在崎岖小路的攀登上不畏劳苦的人，有希望到达光辉的顶点。”[2]我们热切企盼着在小说创作上有能够早日到达光辉顶点的巨人出现！

《铜仁学院学报》2008 年第 6 期

[1] 田畔：《岂能为学术腐败辩护——评〈评媒介舆论与学术个体〉》，《云梦学刊》2004 年第 1 期。

[2] 马克思：《资本论·法文版序言·第二版跋》，载《马克思恩格斯论教育》，人民教育出版社，1958，第 194 页。

# 如歌的散文

## ——读欧阳黔森的《十八块地》

文乐然

欧阳黔森15岁时在一个叫“十八块地”的国营农场里当过农工。许多年以后，便有了他的一篇名为《十八块地》的散文（载《当代》1999年第6期）。欧阳黔森当农工的那个时候，正值“文化大革命”行将就木而未就木作垂死挣扎之际。15岁的欧阳黔森便和全国人民一道经历了许多在现在看来不仅特别而且荒诞的人和事。

那个叫“十八块地”的国营农场坐落在一个偏远的小而又小的山村。国营农场把触角伸向了偏远的小而又小的山村在现在看来已是件不可思议的事了，然而，在那个时代，却似乎是革命的一个必然。必然的还有那个偏远的农场和与之相邻的农村无论是组织结构，还是精神风貌，还是语言特征感情形式，都与当时的那个“大时代”并行不悖且处处“接轨”。从这个意义上说，十八块地和欧阳黔森用它命名的散文便获得了普遍性的品格，欧阳黔森15岁时在那个农场和与之相邻的农村的经历便也成了我们民族集体经历的一部分（发誓横扫一切的“大革命”果真横扫了一切）。此后，便又成了我们民族集体记忆的一部分。当某个人的人生忧乐碰巧也是整个民族的忧乐乃至是死是活相连的时候，这样的人生经历就值得永远记住的了，最好还能让它代代相传。俄罗斯就曾有过一部题为《活着，而且还要记住》的小说。一个失去记忆或者专记乐事不记痛事的民族注定是个失语的民族（现实中有个虽然很俗却很形象很深刻的表述：报喜不报忧），而一个失语的民族注定没有未来，欧阳黔森是记住了的，他的记忆很有特色但不特别——一点也没有超出我们民族的集体记忆：有苦难，又自有战胜苦难的办法、力量和智慧。

那是个严峻乃至残酷的时代。那个时代不可避免地留给少年的他太多的血污与死亡。在一篇万字左右的散文里，就有三个人先后死去（另有一位死于后来的对越反击战，不计）。作者写了这些已成记忆的死亡，然而，我们在他的记忆文字中听到的更多的却是他嘹亮的歌声，一个 15 岁的少年在艰难的日子里对生命、对生活、对友谊、对朦胧的爱情和事业的不可遏止的歌唱憧憬。有了他的嘹亮歌声，他的作品便也从灰暗的背景里显出了亮色。那亮色甚至不是灰烬中残留的余火，而是“野火烧不尽，春风吹又生”的一个民族必定重新获得生命与生机的信心。甚至在“野火”当道的时分，这种必然与决心就已在他的歌声中宣告了。

读这样的文字，是件快事。听这样的歌声，不啻在听历史的回声了：活下去，而且要好好活着。

我们民族经历的苦难实在太多了。我们民族在经历了无数苦难后依然能起死回生而且生生不息，就是因为我们永远怀抱着 15 岁少年的嘹亮与执着。我甚至相信欧阳黔森在写这篇散文时心里涌出的就是 15 岁那年的情怀。读这样的作品，我也仿佛回到了自己的少年时代。社会的境状再险恶再衰败，我们依然能用一颗美好的年轻的心向往生活，这便是文学了。

卢竹儿、鲁娟娟、萧家兄妹是《十八块地》里的三个小标题，也是《十八块地》里的四个主要人物，连同十八块地农场的“老黄牛”场长、不是政委却比政委还政委的吴大跃，还有柳林村的一个姓唐的年轻农民和那个 15 岁的喜欢嘹亮的角色，便是《十八块地》里的全部人物了。这些人物都很可爱而且可亲，连同他们做的一些不甚可爱甚至可憎的事在欧阳黔森的笔下不仅一一化作了亲切的怀念而且有了文学的深度。这些人儿和他们生活劳作过的十八块地一样，是实实在在的，一点不做作，更莫说矫情了。正是有了十八块地一般的实在，有了不知做作矫情为何物的写作，便也注定了有一天发生在那个偏远的小山村的变得有点遥远了的故事要走出偏远，“贴近”我们已经“别样”了的生活，面对已经变得相当挑剔的当代读者，对散文写作的某些本质的东西有了一次不事声张的诚恳的呼唤。

散文写作的难处就在一个真字。当假冒伪劣商品充斥并且成为一个社会公害的时候，文学也不能幸免。伪文学假散文不仅随处可见，而且打着各种各样的唬人的旗号招摇过市。

使我惊奇的是，在远去了的那个作伪时代（“文化大革命”就是一场伪革命），欧阳黔森却用他一双清纯的眼睛和一颗清纯的心感受到的不仅有人间真情，还有美。那种只发生在底层世界的真情与美。许多年后，他又用朴实得像泥土一般的文字把这真情与美诉诸纸上，全然不顾及文学写作的流行色与各种旗号唬人的吸引力。他似乎还没有长大，也许，唯其“没有长大”，他的文字便和他 15 岁时的歌声一样嘹亮自然，声声都发自自己的胸腔（顺便说一句，许多人的歌唱并不发自自己的胸腔）。有了这样的眼睛这样的胸腔，在那个后来被称作浩劫的“文化大革命”里，他不仅感受了、发现了，并且融入了底层世界的明达与崇高还有顽劣与荒诞。

那位口讷心善的场长显然是明达的，他让那个叫吴大跃的知青成了事实上的“第一把手”，没有失落感也没有说他“抢班夺权”，其实就是与那个时代划清了界限。那个美丽柔弱的卢竹儿显然很崇高，她对一只山羊表现出的爱心和因此引发的种种痛苦几乎超过了那个时代所有关于人的口号。吴大跃为了照顾大家的肚子，吃掉了卢竹儿心痛不已的山羊还到处偷鸡摸狗，显然很顽劣，却顽劣得叫人会心而笑。那个 15 岁的会唱歌的少年带着他私下爱着的卢竹儿到一个姓唐的农民家混肉吃的场景令人哑然失笑。而那个后来死在了十八块地的鲁娟娟，在当民办老师的头一节课上，在“马恩列斯毛”的画像下一次次按课文上董存瑞拉炸药包炸碉堡做“示范”动作时，表现出来的尴尬与清醒更是叫人捧腹大笑了——最后，她只好退到教室的门口拉响炸药包，不然，她就有可能把炸药在革命导师与领袖的画像下炸响，这是不可以的。没有人说不可以，鲁娟娟也没有说不可以，是她的眼睛和脚说不可以，她一次一次朝上望去，一次一次把脚挪开，终于使手上的那个虚拟的炸药包在她自认为合适的地方爆炸了——我们能说鲁娟娟的荒诞吗？仅仅这么个细节，就把“文化大革命”说清了也打发了。无数关于“文化大革命”的文学作品在我眼前飘然而过，很少留下痕迹，但我记住了上面的那个细节。

散文并不要求有人物形象，《十八块地》也并没有刻意追求人物形象，然而，《十八块地》的人物形象却表现得相当鲜明有个性，而且不动声色地透露出了那个时代的身份。但它要的不是时代身份的认证，而是人心的认证。这种认证既不是要歌颂什么，也不是要谴责什么，而是对生活对生命本来意义的认知，或者干脆就是那个 15 岁的少年天生地要歌唱的愿望与行动。正是这个天生的愿望与行动，使这篇散文充满了生机与机智、忧郁与痛苦，却没有绝望与无奈，更没有无病呻吟。看来，再沉重的历史也是可以举重若轻的。就像有个外国作家说的那样，即使是在卑污里，崇高也不会全部饿死。

欧阳黔森还很年轻，也许，我更应看重的是他的文学前景，如果他愿意继续写下去的话。他走的是文学写作的正道。《十八块地》透露了这个消息，也给了我这样的信心。

**《贵阳日报》2000 年 7 月 21 日**

# 清淡的大味

## ——评欧阳黔森的《远方月皎洁》

李昌鹏

中国人说：大味至淡。或许是发现淡中有大味的舌头越来越少，或许是能在淡中烩出大味的人越来越少。小说的情况，也是这样。读者口味越来越重，或许是因为小说家笔下的清淡故事变得越来越没有味道。在这样一种情形下，欧阳黔森的短篇小说《远方月皎洁》，就显得别致了，它又让我想起了“大味至淡”。这篇小说中的故事，没有任何哗众取宠之处，没有任何奇遇，没有曲折的情节；写法本分老实没有奇特之处，更没有炫技的成分。从故事到写法，给人的第一感觉是清淡。然而，马上我就发现，它里头有可回味的地方，巨大的回味空间。毫无疑问，我将这样的小说，视为珍品。如果细想，这就是暗合了写作的化境，以无胜有，因为最高的技巧是无技巧。叔本华在他的美学随笔中也说：歌德单纯、简朴的诗歌远胜席勒修辞讲究和华丽的诗作。这样的珍品，可遇不可求，就像《兰亭序》，甚至王羲之也不可能第二次写出来。

那么，这篇小说的“大味”到底指的是什么？可供回味的巨大空间是如何产生的？这两个问题，几乎只能同时回答，但回答之前，我们必须从这篇清淡的小说中提取一系列关键词。

远方。小说标题中使用的第一个词。远方，首先是个表达地域概念的词语，在小说中指的是“我”工作过的山区，是“我”自己命名的“七色谷”。然后，小说中的远方，同时也是个时间概念，是指“我”和“她”的青春岁月。

月。月在小说中，是梦中出现的月亮，是梦中的实体——也就是说，是融虚幻与真实于一体的意象。月，指代“她”以及“我”和“她”的纯洁情感，更是指人们懵懂的青春。月亮本身也是离地万里，挂在天上的，小说以回忆的方式行文，这个“月”，也就成了“远方”的“月”。

皎洁。这当然是形容月光但也是说“她”的美好，以及纯洁的情感和纯洁的青春，还指当年社会大风气的纯洁和美好。

狗。狗在小说中是“我”和“她”的信物。狗的忠诚至死不渝，狗和“我”在小说中建立起了关系，二者之间情感改变了原本作为信物的性质，产生了交流。小说中“我”和“狗”也是比照物，写狗的时候，其实与之对位的是“我”，看起来的闲笔在阅读时产生的心理暗示十分强烈。如果不把这条狗对“我”的情感，同“我”对“她”的情感交织在一起，打动人的力量就会减弱。可以说，在情感上，小说中“狗”的死，甚至是替“我”死的。正是因为如此，生离和死别得到了一次非常淡化的演绎，当然，那种味道是如好茶的回甘，如余音绕梁，虽细微但悠久。此外，小说中的时间必然流逝，人物的青春必然不再，情爱可能无踪迹可寻，但小说中有一个值得赞美的“永恒”——那是狗的忠诚，不因狗的死去，不因时间流逝而磨灭光辉。与此对应的还有，人对美好情感的价值判断，也如狗对人的真诚，至死不渝。

小说写的是一场未及展开便随着男主人翁离去而中止的爱恋。如果谈论社会关系，男主人翁和女主人翁根本就算不上有什么关系。但作家看到了他们之间的重要关联，这是因为作家重视审美，尊重人的历史和情感，珍视美好的一切。小说中的“大味”就来自作家这些态度的投射，非酸甜苦辣中的某一种，而是诸般滋味具备，说有还无，似无又有。女主人翁送的狗，这情感证物，随后成了“我”同事的口中肉食。“我”留下狗皮铺在床上，狗皮成了回忆触发点。正如小说中的感慨：血气方刚朝气蓬勃时，有未来的梦要做；风华正茂春风得意时，没时间做梦。青春倏然褪去，“我”梦见了她，梦见留下过足迹的山地、峡谷竹林、吊脚楼，梦见山野里皎洁的月光。他们曾认为，一定会再见面。他们一起看七彩石层，赏盛放的杜鹃，爽朗的笑脸，纯洁的情感，构成最美的回忆。这是对青春及纯洁情感的一次缅怀，世人都会有年轻的时候，我们或许和那个怀念的人已经没有任何关系，但每个人心中，都可能会有一个这样的人。这样的人，在经年后的疲乏、迷茫时，能抚慰、净化我们的心灵。

这篇小说的回味空间，建立在时间、空间的交织和比较中，建立在社会风气悄然转变的感慨下，建立在短暂与永恒的差异间，好作品看上去平常、清淡，之所以有大味，是因为它所写的内容就像平常的四时之变化，平常之中有来自宇宙的奥秘，和万象相连。

《文学教育》2013 年第 6 期

# 看“万山”如何“红遍”

## ——读纪实文学《看万山红遍》

潘凯雄

当我自以为对“万山”一无所知而开始对欧阳黔森的纪实文学《看万山红遍》阅读时，竟然发现自己在15年前与这座著名的汞都曾有过一次文字上的不期而遇。那是2003年我还在人民文学出版社供职时，终审过欧阳黔森发表于《当代》第5期上的一篇短篇小说《断河》。在这部作品的结尾处，作者这样写道：“在世纪末充满沧桑的一天里，被誉为汞都的特区却因为汞矿石枯竭而宣布汞矿破产。汞矿没有了，城市还存在。这个城市还继续是特区政府所在地，采过汞矿的土地是不能复垦的，汞是一种对人体有害的东西，种出来的粮食一定会含汞超标，太不符合人类对食品的健康要求。”

《断河》如此结尾多少有些悲凉，那方“被誉为汞都的特区”其命运似乎应验了那句老话：“成也萧何败也萧何”——曾经因拥有汞矿而富甲一方的万山区在新世纪之初又因“汞毒”而濒于消亡。

15年后的现在，当我“受命”为欧阳黔森的纪实文学《看万山红遍》写点评论文字时，于本人而言冥冥中仿佛与万山有了某种文字上的缘分。曾经的汞都不仅没有消亡，反倒是生动地演绎出了一个化蛹为蝶、凤凰涅槃的神奇故事。

2001 年，当万山的汞矿宣布政策性破产而关闭后，这一年万山区的财政总收入仅为 320 万元，且全部来自农业税；因此当 2006 年 1 月起那个在我国存活了两千多年的古老税种——农业税被终结时，这对当时的万山财政来说无异于雪上加霜，尽管对整个国家而言这肯定是改革开放巨大成果的重要标志。屋漏偏逢夜雨！ 2008 年，一场百年不遇的雪凝袭罩万山，全区 80% 以上的人口失去饮用水，秋冬农作物面临绝收，10 万亩林地受灾，一万多头牲畜被活活冻死，全区四乡一镇 17 个行政村 428 个村民组受灾，受灾面积达 92.6%。

否极泰来！

——2008 年冬，当万山人要被百年不遇的雪凝灾害冻僵时，时任中共中央政治局常委、书记处书记习近平同志代表党中央、国务院来到灾区看望大家，并庄严地表示党和政府一定会采取有力措施，全力以赴打好打赢抗灾救灾这一仗。

——2009 年，国务院将万山特区列为全国第二批资源枯竭型城市，万山的脱困和转型发展上升到国家层面。

——2012 年，党的十八大明确提出要在 2020 年前，全面建成小康社会，从“建设”到“建成”的一字之差，标志着我们在建设小康社会的征程中有了明确的时间点和路线图。

——2013 年 5 月 4 日，已是中共中央总书记的习近平同志对万山的发展作出重要批示，希望万山干部群众“加大工作力度，用好国家扶贫政策，加快推动转型可持续发展”。

——2013 年 11 月，习近平总书记到湖南湘西考察时首次作出了“实事求是、因地制宜、分类指导、精准扶贫”的重要指示。

这一系列的“利好”，鼓舞和推动着万山人走上了艰难而坚定的转型发展之路。说艰难是由于但凡资源型城市必然逃不过繁荣—衰退—转型—振兴或消亡的发展规律，而资源枯竭型城市的转型则更是一个世界性难题；说坚定则是以习近平同志为核心的党中央带领全国人民奔小康的战略宏图已然确定，我们比任何时候都更加接近实现中华民族伟大复兴的宏伟目标。

因其艰难，万山人对自己转型发展的路径选择格外审慎，尽管今天的万山人说起自己转型发展的具体措施听上去也没啥特别的惊人之语，不过就是实施了提升传统产业、壮大特色产业、承接产业转移和培育战略性新兴产业这四大工程，但这四大工程的选择以及每项工程的界定莫不都是一一经历了“大胆假设、小心求证”的精准定位。因其坚定，万山人对自己经过精准论证后选定的路径无不走得格外坚决，比如当万山区委作出了引进一家现代高科技的农业企业进万山的决策后，万山区人民政府立即跟进作出了引进合同一旦签订，政府在 24 小时内即打 1500 万元到所引进企业账户上的决定，彰显出一种破釜沉舟式的决绝。

一年又一年的艰苦奋斗，万山的财政总收入从 2001 年的 320 万元发展到 2017 年的 8.3 亿元，这样的数据对比再加上“全国生态文明城市与景区”“国家循环经济示范市核心区”“全国农业综合开发县”“中国最美特色旅游小城”“2017 国家电子商务进农村综合示范县”等一系列荣誉，万山已于 2016 年顺利通过贵州同步小康县的达标验收，正信心满满地迎接“贫困县退出国家级第三方验收”的评估。精准扶贫的春风吹散了昔日万山那汞矿枯竭、汞毒威胁的阴霾，“万山红遍”就是今日万山之精准写照。

读《看万山红遍》，扑面而来的是一股强烈的拂之不去的时代春风。总书记在党的十九大报告中首次提出了“要坚决打好防范化解重大风险、精准脱贫、污染防治攻坚战”的新表述，这既是关系到我们能否在 2021 年前全面建成小康社会的三大攻坚战，也是我们身处这个时代所必须面临的三大主题。《看万山红遍》通篇再现的就是一幅万山人民在新时代攻坚克难的形象画卷，经过十余年的艰苦奋斗，万山人唱响了这曲新时代成功转型发展、精准脱贫奔小康的主旋律。

读《看万山红遍》，感受到的是欧阳黔森那热情拥抱新时代、状写新现实的赤子情。在这部纪实文学中，作者的行迹与万山人的奋斗历程如影随形，作者的情感与万山人的哀乐休戚与共。这是一个有良知的作家责任与情感之所在，其实不只是这部《看万山红遍》，就在同一年，欧阳黔森先后还面世了《花繁叶茂，倾听花开的声音》和《报得三春晖》两部纪实文学。三部作品主题共同指向的皆为“精准扶贫”，作家心系国家兴盛、关注人民福祉的责任感跃然笔端。

读《看万山红遍》，体会到的是文学见证伟大时代、讴歌伟大人民的在场感和参与性。综观整个中外文学发展的历史，伟大的作家伟大的作品尽管表现形式各异，但或近或远、或直接或间接地都会与自己所处的时代发生千丝万缕的联系，伟大的时代催生伟大的作品，重大的事件蕴育重要的作品，这些都是为中外文学史反复证明的铁律。在实现中华民族伟大复兴“中国梦”的征程中，尽管还有种种不尽如人意之处，但这样一个伟大时代的存在是谁都必须正视的。置身于这样一个时代，文学和作家没有缺席的理由。我们高兴地看到：《人民文学》自今年始，特地新设“新时代纪事”专栏，欧阳黔森和他的同行们纷纷走进火热的现实生活献出了自己的新作，与人民同呼吸、与时代共命运。这些作品虽然在观察的宽度、开掘的深度及表现的力度上都还有进一步提升的空间，但这种在场感和参与性则无疑是伟大或重要作品诞生的重要前提。

《文艺报》2018 年 10 月 10 日

# 中正大气之作

## ——评《看万山红遍》

李国平

关于《看万山红遍》，写下几点直感。

读欧阳黔森《看万山红遍》，尚未进入绿色万山，仿佛有一种幻觉，置身于万山的现实景象之中。我们常说，文学作品的互文现象，许多已经成为一种想象，不能互证，今天这个互文性，是现实与文学的互文，是现实与文学的互相印证、对话，可以想见，如果置身于万山，一定会有置身于生活现实又置身于欧阳黔森的文学文本中的感觉。欧阳黔森一定有许多感念，感念万山的历史沧桑、万水千山、今日重逢，我觉着万山也有感念，欧阳黔森是万山养育的，是从万山生长和走出去的，又是心系万山的，是万山的书写者。所以，这个互文性，又是欧阳黔森这个万山之子向万山的人文地理、万山的父老乡亲的一次致礼。

我读《看万山红遍》有一直观感受，叫一气呵成。这些年来，我们关于报告文学、纪实文学，非虚构写作有许多讨论，其实概念、定位的边界往往在文本这里略显苍白，往往需要修正。《人民文学》开栏“新时代纪事”专栏，两个关键词“新时代”“纪事”，并不强调文体的特殊性和绝对性，而是着眼于内容和态度。关于《看万山红遍》，万山红遍，会唤起历史情结，几代人的记忆；这个文本，会令人自然想起传统的、经典的报告文学的基本和典型范式。文学性、纪实性和给予报告文学以思想、以力量的政论性。它是纪实的、非虚构的，来源于现场的第一手采写。它是以小见大的，看似写一个区域的变化，实际辐射的是中国大地。所谓万山红遍的这个万山——“一语双关，不仅仅是我脚下的这块土地，万山这个概念，还是祖国大地的万水千山、千山万壑。”从这个意义上说，它亦实亦虚，构架宏大，是为宏大叙事。它是激情饱满的，这个激情，又和时政性相结合，又有浓重的政论性特征。这个《看万山红遍》又有小说叙事的笔法，穿插其中，偶有闲笔，其实不闲，甚或有札记笔法，有强烈的“我”的进入，这个“我”，是万山人，是对万山的历史考察和现实感受。甚至再进一步，它是有个性的，有写作主体思想情感的强烈进入。因此，它是打破边界的、是有立体感的，诸种叙事抒情方式的运用，丰富了对现实的表现力。

欧阳黔森所选取的这个题材，可称之为有难度的写作。难度之一，在于万山是他的家乡，他的生命根源在铜仁，他和铜仁的人文地理关系，他虽然离开故乡，但千丝万缕的联系和信息关切不能割断。这本来不是难度，反而成为难度是因为，写作本身、题材本身又要求作者尊重事实、尊重科学，理性地处理感情，理性地表达，作品读来，能读出浓浓的情怀和科学理性。难度之二，这个题材站位很高，连接着最高端和祖国边疆的万水千山、千山万壑。要求书写者有很高的思想水平、政治把握，对时代命题、民族发展命题的感知和把握。并且需将对大政治、大走势、大时代的理解把握贯穿于文学化的书写中，这是对写作者的要求。这个文本显示出，作者欧阳黔森有驾驭大题材、书写大主题的能力，整篇激情贯穿，一气呵成，有中正、大气之象。

书写新时代、新事象、新经验、新人物、新思维，必须有一个关注，关注上，关注高端思维，顶层设计；同时也要有另一个关注，关注下，关注地域政治经济社会的整体运动，这个运动过程往往包含着中国基层前沿生活的新动向、新愿景，老百姓的喜怒哀乐和心理诉求，这是欧阳黔森写作中一贯的基本理念，而在这部《看万山红遍》中，作家有天然优势——在某些方面，他的精神谱系和万山的精神谱系具有同一性，要求书写者的精神世界和描写对象双重对象化。《看万山红遍》完成了两个关注，既关注上，又关注下，上和下相统一。既追求高度，又讲究落地。这当然来源于作者对民情民意的了解和对整体的国家愿景和民族走向的把握。

我借一个词，叫“文明的冲突”，这是西方人描述地缘政治常用的一个概念。读《看万山红遍》能读出作者关于社会文明的思考。这个文明思考的形成，离不开作者青年时代职业的熏染，对大自然的感受，包括忧患，离不开作者对书写对象变迁史所做的考察、所得出的结论，更离不开整个国家发展大理念的照亮。从遥远的古代到上世纪五六十年代到今天的历史梳理，从封建时代皇权的物理、生命认知到新中国成立后的一段辉煌，又经历枯竭衰落，再在新时代发奋崛起再生，从大自然的代价到万山几代人的奉献与执着，从历史的必然要求和因为环境背景而发生的这个要求实际上不可能实现的冲突，到民族现代化道路的选择与曲折历程，作品触及到了不同社会状态下，不同认识状态下的时代命题。

作品强调一个“绿”字，突出生态。对生物生命世界的认识，社会生命和非社会生命相互维系的现代文明观，人类社会与生态环境大循环的理念，因为有地质经历培养的人文素养和自然观、文明观，在《看万山红遍》中隐性地铺展着，这个文明观的演进，又扣着近现代以来我们国家民族的道路抉择和精神历程。

《贵州日报》2018 年 10 月 12 日

# 《看万山红遍》的新时代纪事与新方志文学的历史担当

杜国景

《看万山红遍》是欧阳黔森深怀乡愁深入现实，以文学的手段反映“汞都”万山历史巨变的纪实之作。铜仁是欧阳黔森的故乡，铜仁万山这座举世闻名的“汞都”，曾给作家带来无尽的自豪与遐想。但是，万山地处武陵山腹地，山高坡陡、沟壑深切、交通不便，原来的自然条件很差。随着20世纪末汞矿资源的枯竭，贫困开始成为万山挥之不去的阴影，这时的万山，给欧阳黔森留下的，就是深深的无奈、失落和焦灼了。而今天，正如《看万山红遍》所写到的，在习近平新时代中国特色社会主义思想指引下，贵州各方面条件发生了深刻的变化。随着精准扶贫战略的全面展开，铜仁万山又获得了新的发展机遇。正是在这样的背景下，欧阳黔森讴歌新时代英雄业绩的澎湃思绪与火热激情，又开始燃烧起来。

我们知道，关注时代变革一直是中国当代文学最重要的审美品格。习近平总书记就文艺工作发表一系列重要讲话以来，推动文学创作关注现实、反映新时代历史巨变的呼声更为强烈。《人民文学》2018年推出的“新时代纪事”栏目，无疑就在这方面树了一面旗帜。欧阳黔森一年不到就在这个栏目连发《花繁叶茂，倾听花开的声音》《报得三春晖》《看万山红遍》三篇作品，正是因为它们都具备了“诚心诚意进入现实内部”的品格，都具有“专注于老百姓的美好生活需要，写出全面建成小康社会的历史意蕴和时代特征”的审美追求。

在三篇作品中，《看万山红遍》写的是资源枯竭型城市的绿色转型。这里的“万山”既是伟人毛泽东诗词的英雄主义情怀，也是曾经的中国汞都的地名。同时，万山还有欧阳黔森“乡愁”的情怀寄托。这里的“乡愁”，不同于传统意义的游子怀乡、思乡，而是融入了生态自然、现代化速度、脱贫致富奔小康等中国社会和谐共生远大理想的乡愁，是中华民族伟大复兴的中国梦所蕴含的乡愁。这里的“看得见山，望得见水，留得住乡愁”，是一种继往开来的博大胸怀。

《看万山红遍》写精准扶贫，写万山的旧貌新颜，聚焦点是人的精神风貌，是人在坎坷曲折中昂扬的斗志和远大的胸怀。这样的作品，一如欧阳黔森的小说、散文和影视创作，流淌着英雄主义的激昂旋律。其中给人印象最深刻的，是万山汞矿的干部职工面临企业困境时的顽强坚持，是2008年那场大凝冻带给万山汞矿干部职工和普通农户的严峻考验。当时脱贫尚且无期，盈月的自然灾害又铺天盖地，对万山人来说，这无异于雪上加霜。然而，在最困难的时候，时任中共中央政治局常委、中央书记处书记的习近平来了，他带给大家的，是中央和全国人民的慰问，是直透心田的温暖和鼓舞。《看万山红遍》把这一个时间节点看作万山区所有变化的新起点，不仅万山区发展规划的新高度，招商引资的新速度、新机遇从这里开始，就是新时代农民讲习所老龄学员余秀英、普通职工李来娣的新生活，陈昌旭、田玉军、吴泽军、杨尚英、田茂文这些从市委书记到社区支书，从副镇长到普通干部的新思想和新追求，也从此被赋予了新的内涵。一幅新时代万山建设的新画卷，从那时起便在万山人的心中酝酿了。

让欧阳黔森备感欢欣鼓舞的，是短短数年时间，万山便从资源枯竭型城市向着绿色未来开始了华丽的转身。正是通过人们的努力，朱砂古镇焕然一新，现代农业呈星火燎原之势，新兴工业迈出重大步伐，旅游产业全面开花，城市转型大踏步前进，社会事业全面提档升级，脱贫攻坚取得显著成绩，经济建设取得重大突破。随之而来的，是荣誉、机遇和更多的鼓励，如“全国生态文明城市与景区”“中国最佳投资环境城市”“全国农业综合开发县”“国家循环经济示范市核心区”“二〇一七国家电子商务进农村综合示范县”“中国最美特色旅游小城”“中国最佳品质旅游目的地”“全省平安建设先进县”“省电子商务十佳示范基地”。2016 年 10 月，万山顺利通过贵州同步小康县达标验收，汞矿遗址也被列入中国世界文化遗产名录，万山的绿色转型，不但不同于欧美、日本的同类模式，同时也有别于西部和国内其他资源枯竭型城市或地区。了解这些成就后，2013 年 5 月 4 日，习近平总书记就万山的发展作出重要指示，充分肯定他们走过的路子，同时也寄予了更加深切的希望。

在万山的绿色转型过程中，高科技农业项目的引进无疑是一场新的考验。汞的长期开发、冶炼，是否造成土壤污染，谁都没有信心。在这里，又是人的因素起了决定性的作用：万山区委、区政府的坦诚、信用和办事的魄力、效率，打动了合作方山东九丰集团，就冲这个“万山速度”“万山信用”，他们来到了万山。万山的绿色产业，包括农业、林牧业、旅游业，有了新的发展机制。

为更深入地描写万山人的精神风貌，欧阳黔森在告别九丰村支书张美明之后，接着探访的，是大山深处的中华山村、夜郎村。为此，他登上云盘山、中华山，结识了全国劳模、脱贫致富的带头人、中华山村的村支书毛照新。正是这位受到习近平总书记接见过的乡村支书，创造了中华山村脱贫的新模式。欧阳黔森注意到，像毛照新这样道德高尚、胸怀广阔的乡村基层干部，不止一个两个。在夜郎村，冯忠情、张小进、刘永奇这些种植大户、致富能手，嘴里常提到的，就是区里的科技副乡长，是万山区委书记、区长。没有这些干部的带动，光有好的扶贫政策也是不行的。某种意义上，《看万山红遍》正是这些好干部的光荣榜。作品的现实主义情怀，正体现在对这些干部精神风貌的生动描写和热情赞誉上。万山的脱贫致富，汞矿的绿色转型，新型农业及旅游业的快速发展，离不开基层干部的努力推动与广大群众的热情参与。而在这翻天覆地的变化后面，是领袖的关怀、是党的引领。2017 年 10 月 19 日上午，在参加十九大贵州代表团讨论时，总书记还在问候万山、祝福万山。

除了对万山区扶贫、扶智的全方位叙述，对从习近平总书记到党的各级干部群众的生动描写，《看万山红遍》的现实主义品格，还在于能给读者带来一种启发，那就是“方志报告文学”或“新方志文学”价值与意义。

我们知道，进入 21 世纪以来，尤其是党的十八大以来，中国经济建设所取得的巨大成就，可以称得上是翻天覆地、有目共睹。在贵州，城镇化带动，大数据产业支撑、高铁与高速公路建设、能源开发等系列发展战略，也正在令这里的经济社会、人文历史、山川地貌、多彩文化发生深刻的历史性巨变。即使是游子归乡，所看到的，也都是陌生但崭新的家乡。和全国很多地区一样，一个非常突出的事实是：贵州几乎所有地、市、县新编写那批的地方志，包括省志，已明显跟不上现代生活变化的节奏，更不用说明清和民国时的那些老旧志书。在这样的形势下，用文学手段记录地方性知识的整体性、结构性变动，实际就已经具有了方志的品格。这类作品既具有纪实性、时效性、新闻性，又是在用文学的语言、文学的方法来反映现实生活中具有典型意义的真人真事，符合文学的审美规律。这类作品既是对扶贫攻坚奔小康的时代精神的呼应，又是对地方志记录当地风俗、传说、物产、舆地等传统的继承和发扬。因此，对“地方性知识”结构性变迁的文学性、新闻性、时代性、史志性、连续性、文献性表达，就是我们对“新方志文学”的一个基本界定，它具有史传文学的某些特点，又符合报告文学的要求。

如前所述，《看万山红遍》首先是对万山历史巨变的文学性、时代性、新闻性、时效性叙写，另外，在写汞都万山的历史时，基本就是以地方志做参照和对比来展开叙述的。这些叙述，欧阳黔森很自信地在“验之方志”“稽之地图”。比如写“中华山”“云盘山”和丹砂，他就多次引用《万山志》和明万历《铜仁府志》。这在地方志中都有确切的记载。民国《铜仁府志》对丹砂的描述，甚至还有传奇色彩：“有砂宝伏土中，响响作伏雌声，闻者勿得惊，惊则他走”，“万山产尚有如鱼如马如鸡者，地灵之生物奇矣哉”。[1]

在中国古代文学史上，方志与文学是近亲，关系一直很密切。地方志的“艺文”部分，跟文学的关系最直接，其内容或者与文学家的经历、传记有关，或者收录他们的作品，那都是文学史研究的重要资料。有些地方志本身就是非常优秀的文学作品，最著名的例子是《水经注》和《洛阳伽蓝记》《两京赋》《三都赋》等。左思在《三都赋》的序言中明确地说，他的《三都赋》是按方志、按地图来写的，这便是“验之方志”“稽之地图”的由来。另外，地方志所记载的事物，很多都是诗歌散文的题材，与地方人文历史、名胜古迹有关的诗文作品，可谓不胜枚举。明清两代的地方志中，大量地收录了“八景”“十景”之类的“景观诗文”。直到现当代，这样的例子仍然不少。独特的地方自然地理与人文历史，能够唤醒诗人沉睡的

[1] 民国《铜仁府志》点校本，贵州民族出版社，1992，第 112 页。

诗兴，而景观诗文反过来亦可提升地方史志的文化品相，让它们享有更多的知名度和美誉度。“诗以地兴”或“地以诗传”的现象，并不鲜见。

文学与方志之所以能放在一起产生关联，主要是因为它们都有对“地方性知识”的结构性、整体性变动的关注、记述和表达，都有乡土情感的最终依托。但尽管如此，仍不能把“新方志文学”直接等同于地方志。文学与方志有着完全不同的价值取向与文化功能，写法不同，成规也不一样。《看万山红遍》与旧方志最大的不同，就在于它不仅记录“地方性知识”的变迁，不仅是当地风俗、传说、物产、舆地的简单追叙和介绍，它更在意现实变迁。如果说旧地方志的一大特点是只关注结果的话，那么像《看万山红遍》那样，文学描写地方事物，叙述地方的历史巨变，注重的是现实，要呈现的是过程，它需要呼应时代精神，需要撷取历史性变迁过程中时代社会各种因素的影响，尤其是给地方带来历史性巨变的人的性格、心理与精神风貌。《看万山红遍》就是这样，它既写精准扶贫及精准扶贫过程中感人的情节和细节，刻画人物的心理、性格和精神风貌，又在描述“地方性知识”的整体性、结构性变化时，着眼点始终不离地方的建置沿革，以及经济社会、山川地理、物产、风情、风物、风俗、掌故、传说，这在写法上是一种新的尝试，是面向世界的中国故事的中国式表达，是一篇为地方立传的作品。也许作家没有“新方志文学”的自觉，但强烈的地方文化自信非常强烈，“新地方志”的叙事效果很明显。

“新方志文学”也许有点标新立异，但相关说法是有的。贾平凹的《商州》系列出来之后，就有人给作品命名为“新方志小说”。还有更多的作品被称为“新方志报告文学”。如韩作荣写长沙的《城市与人》，聂还贵的《中国，有一座古都叫大同》，何建明写苏州的《我的天堂》，写重庆的《国色重庆》，王军记述北京城半个世纪的沧桑的《城记》等，这些作品都是写城市或乡村的前世今生，都是为现实立传的作品。其他如族谱、家谱、志书类的报告文学，近年也出现不少，被人称为“史志报告文学”。用赵瑜的话说：这样的作品也具有新闻性和现实性，可以引导报告文学作家从对历史幽深之处的追索和探问开始，最终回到对现实性的关怀上来。[1]

本文系贵州省社科规划办重大委托项目“欧阳黔森创作的历史理性与价值建构研究”（项目编号：18GZWT01）阶段性成果。

《贵州日报》2018 年 10 月 12 日

[1] 赵瑜、赵明：《赵瑜·〈革命百里洲〉——关于农民话题和史志性报告文学的专访》，《报告文学》2004 年第 1 期。

# 欧阳黔森的英雄叙事及其当代价值

杜国景

## 一、从乡土文学叙事传统中突围

英雄叙事是主流文学的主要类型。在中国，英雄崇拜由来已久，英雄理念的形成，既融合了精英阶层的价值理想，也有对民间扶危济困的侠客、豪杰观念的吸收。1840 年以后的民族危机，更是将中国文学的英雄叙事推向了新的高度。一百多年来中国人民改变自身命运的艰苦卓绝的努力，是现代中国文学英雄叙事的强大精神动力与深厚的思想文化内涵。最早的气象来自晚清的民族主义英雄观，孙中山是杰出代表。然后是“五四”对启蒙主义文化英雄、“精神界之战士”的呼唤，鲁迅当之无愧。救亡与革命的兴起，则是毛泽东所代表的一代伟人的横空出世。无论我们或我们的子孙后代如何看这一段历史，都需要首先对英雄们的最终胜出做出令人信服的解释。

英雄叙事对贵州作家当然也是一种绝对的精神召唤结构。然而由于历史原因，从“五四”乃至更早的时候开始，贵州更为外界所熟悉的是乡土文学叙事。虽然蕴含着启蒙主义的思想文化内涵，但它徘徊在英雄叙事的外围。调子比较压抑，属于弱者、被拯救者的声音，是悲情叙事。新中国成立后的数十年间，贵州作家笔下出现了不少新人物、新气象，并因而与包括英雄叙事在内的主流文学有过多次融合，但由于贵州在中国文学的话语等级序列中，长期处于边缘位置，远离国家政治、经济和文化中心，远离社会变革或文化转型的策源地，从未拥有过话语权，难以改变被描写的命运。如同萨义德《东方学》扉页所引用的马克思的那句话：他们无法表述自己，他们必须被别人表述。这既使得贵州作家的脱颖而出一开始就面临很多困难，外界对贵州作家的了解，也会受到种种限制。

作为一个地域性群体，“五四”以来的一百余年间，贵州作家与主流文学思潮相遇，主要集中在四个时段，并由此可划分为四代。第一是从清末民初到新中国成立前，时间跨度近半个世纪。其代表人物，目前研究较多的主要是蹇先艾、谢六逸、寿生等人。其实除了这几位，还可以举出一些。有些人的知名度甚至并不亚于蹇先艾、谢六逸，但由于各种原因而被遮蔽了。比如张道藩，属于政治原因被遮蔽。但从他的早期历史看，从其戏剧创作，尤其从他作为边远地区的文学青年脱颖而出的经历看，在所有关于20世纪百年贵州作家的断代研究中似乎都不能缺少此人。再如姚茫父，属于历史原因被遮蔽。他的词曲在现代中国文人中享有极高的评价，题画诗的价值也有口皆碑。只是由于要区分新文学与旧文学、新语体与旧语体的缘故，姚茫父的诗词创作才长期未能得到恰当评价，他作为晚清科举出身的士大夫文人向现代知识分子的成功转型，也才少被人提及。其他例子还能举出不少。实际上，从清末民初中国人留学日本的热潮涌动开始，贵州人就未曾落伍，当年留日学生组织的中华学艺社，其活动一直持续到新中国成立后，郭沫若、茅盾当年都与它有过联系，并且都在它办的刊物上发表过作品，而加入这个社团的贵州人就多达50余位，有的还曾是领袖，如周昌寿。其他如柳亚子发起成立的南社，如文学研究会，如鲁迅支持的语丝社，如开明同人等，都有贵州人的加入。其中“文学研究会”中的贵州籍会员就有四位[1]，人数似乎不多，但按照全国各省的入社会员排名，已经比较靠前了。可以这样说，民国时期的“五四”知识分子、自由主义文人、左翼文人、延安文人等不同阵营，都有贵州作家的身影，有些人在各自的圈子内还是举足轻重的人物。他们虽因为政治立场的分歧而各有归属，但从地缘的角度看，都属百年贵州作家的第一代，是一个像模像样的地域作家群。1949 年以后，这些作家分散于大陆或台湾，如大陆方面的刘雪苇、思基、张毕来、陈沂、张梦麟、刘薰宇、林辰、陈靖、杨藻章、钟林、黄颖、谢丰，台湾方面除张道藩外，则还有黄宇人、孙如陵、万琮、任时燮、傅启学。“捏不拢”，是这一代贵州作家少为人知的主要原因。

1949 年新中国成立后至“文革”爆发前，即中国当代文学的“十七年时期”，贵州又一批文学新人陆续登场，由此形成百年贵州作家的第二代。最早成名的，是在《人民文学》等全国性文学刊物发表作品而为主流文坛关注的胡学文、石果、傅泽、廖公弦（当时的文学所所长沙汀很赏识石果，1980 年《文艺报》记者刘锡诚到贵州采访调研时，沙汀曾专门让他找蹇先艾了解其“文革”后的下落）。另外就是一些少数民族作家。贵州是一个多民族聚居省份，随着新中国区域政治的推进与民族政策的实施，在贵州各少数民族中，很快涌现出了自己的第一代作家[2]，如苗族伍略、潘俊龄，彝族苏晓星、龙志毅、熊正国、吴琪拉达，侗族谭良洲、刘荣敏、滕树嵩、袁仁琮，布依族罗汛河、王廷珍等，由于没有自己民族的文字，这批作家主要采用汉文创作，他们的有些作品当时在全国产生了一些反响，

[1] 杜国景：《顾彭年：文学研究会中的半个贵州人——兼及其他贵州籍会员》，《贵州文史丛刊》2014 年第 2 期。

[2] 杜国景：《国家区域政治与少数民族作家的断代历史》，《民族文学研究》2014 年第 1 期。

有的还被改编成了电影，如《秦娘美》《蔓萝花》。对这一代少数民族作家后来当然有一些批评，如缺少个人精神资源、同质化严重等。但我有一个基本观点：对“十七年”的这批少数民族作家，理解比分析重要，阐释比评价重要，效果历史比审美判断重要。关键的问题甚至不是“写得怎样”，而是“在什么起点上写”。

“文革”十年万马齐喑，但贵州和其他地区一样，一大批早熟的青年并没有因此而被埋没，人生的坎坷和磨难为他们积攒下的并不是颓废、消沉、自暴自弃，而是思考和奋进。十一届三中全会召开前，贵州最早敏锐地嗅到早春气息，并对思想解放浪潮做出积极响应的，是一批觉醒的诗歌青年，如黄翔、路茫、哑默。今天的好几种主流文学史，在“文革”时期的“地下写作”或“潜流文学”时，都会有关于他们的介绍。[1]相比黄翔、路茫和哑默，稍后的李发模、何士光、叶辛、李宽定、石定等则要幸运很多，虽然一样都有坎坷的人生道路与困境中的努力挣扎与拼搏，但真正出场的时候，伴随在他们身边的，已经是鲜花和掌声。正是这两部分人，作为百年贵州作家中的第三代，在新时期文学的历史上，留下了灿烂的篇章。这支队伍人数众多，各种文体都有涉及，并且不同程度地汇入了20世纪80年代伤痕、反思、寻根、先锋等各种文学大潮。他们当中除前面提到的几位，在全国有一定知名度的（以在全国性文学刊物发表作品，或曾被省外评家所关注为标准）还有王剑、彭钟岷、张永龙等。少数民族作家中，这时比较突出的是苗族吴恩泽、梁国赋，布依族蒙萌、罗吉万，仡佬族赵剑

[1] 董健、丁帆、王彬彬主编的《中国当代文学史新稿》第313页有关于黄翔诗歌的较详介绍，人民文学出版社，2005。洪子诚、程光炜主编的《朦胧诗新编》有黄翔卷，长江文艺出版社，2006。曹万生主编的《中国现代汉语文学史》（下册）第553—554页“黄翔和‘贵州诗人群’”一节提到的贵州诗人共有十三位，重点介绍黄翔与哑默的诗，中国人民大学出版社，2007。

平、戴绍康。女作家则有余未人、唐亚平。其他如顾汶光的历史小说，袁浪、罗大胜、王黔生（旻野）的通俗文学，在全国都曾产生过一些反响，而这些领域贵州作家过去都甚少涉及。

1992年以后，由于市场经济时代的来临，中国社会进入了一个更为深刻也更为复杂的转型时期。这一时期，第一代作家已基本退出历史舞台，第二代、第三代中年龄较轻、身体较好的那部分，偶尔还在推出新作，如何士光。但不容忽视的是，贵州作家的第四代此时已整体登场。他们当中，年龄最大的出生于新中国成立前，之所以此时方引人注意，有的是晚出，有的是转向，即从早先的学术研究转向文学创作。这类作家主要有徐成淼、王鸿儒、张劲。有的与第三代同时出道，但这一时期才从省内走向全国更大的舞台，以其作品的影响壮大了第四代的声势，如袁浪、罗大胜。不过整体上看，第四代贵州作家中的主力，主要还是1960年以后出生的那一批人，其中的代表人物，在小说方面有欧阳黔森、冉正万、王华、谢挺、戴兵、何文、肖江虹、肖勤、唐玉林等。诗歌散文方面，则是赵卫峰、喻子涵、末未、刘照进（仍以在全国性文学刊物发表作品，或曾被省外评家所关注为标准）。

20世纪90年代以来的第四代贵州作家，除了在主流文学期刊发表作品仍与自己的前辈一样不容易外，他们所处的时代与前三代已有了很大的不同。前三代所处的时代环境、社会条件虽然也有差异，但文化形态乃至文学环境、文学思潮等却都具有某些共性，那时的社会往往都被重大而又统一的时代主题所涵盖，都有清晰的、共同的文化精神走向，这些时代主题与文化精神走向甚至用一两个关键词就能做出概括，如五四时期的民主、科学与启蒙，20世纪三四十年代的救亡，十七年的社会主义革命，20世纪 80 年代的改革开放等，这就是所谓的“时代共名”[1]。在“一体化”情状之下，远离政治文化中心的边远之地，对主流思潮也还是相对比较容易明确和把握的。更重要的是，由于时代共名对文学都有极高的倚重。文学尽管受到政治意识形态严重挤压，但作家仍有一定的社会地位，一个“轰动效应”，似乎就可道尽其中的玄机，作家往往可以凭一两个作品一夜成名。

第四代似乎再没有这般幸运，虽然作品的文学性比前辈大有提高，但现在他们却不得不苦苦挣扎于各式各样的“市场”，无论成长环境还是生存环境，无论文学的语境还是文学的运作机制，都比过去要复杂很多。这不光是贵州的问题，整个 90 年代以后的新生代作家都需要面对。只不过相比之下，边缘作家的生存条件会更严峻一些。由于时代精神开始由“共名”进入了“无名”状态，全球经济一体化与文化的多元化，已经使得文学思潮的走向变得更加难以预测。身处边缘的贵州作家尤其如此。一方面，主旋律依然存在，前三代作家融入主流叙事的策略和方式对第四代仍不无启迪。另一方面，物欲横流，人文精神失落，市场化、个人化等，又使作家面临新的挑战与艰难的选择。如何在仍然没有话语权的“边缘”位置脱颖而出，成了每位贵州作家必修的功课。而正因为如此，第四代贵州作家目前的状态、处境、特点等，才愈发值得关注。

虽然 20 世纪 90 年代以来，尤其是最近这十余年来，贵州的经济社会、人文、交通等已经有了很大改观。但是，第四代贵州作家要想在全国崭露头角，仍需要有对时代精神的敏悟，仍需要以某种地域文化的元素与自我情感的独特体验，去呼应和把握时代的脉搏。只有与主流话语建立起某种意义关联，贵州作家才能在主流叙事、宏大叙事中占有一席之地。前三代作家是这样。到欧阳黔森这一代，还是这样。靠什么资源（个人精神资源、

[1] 陈思和：《中国当代文学史教程》，复旦大学出版社，1999，第 17 页。

地域文化资源）与主流文坛对话？怎样融入宏大叙事？仍然是全部问题的关键。但对第四代来说，还有一个比较现实的问题：如何超越前三代作家，寻找到一条属于自己的道路？

答案当然是因人而异的。每位作家都有自己的特点，都有自我经验的规定性。在欧阳黔森这里，我看到的是英雄叙事。英雄崇拜是他的人生记忆，也是他的一种价值推崇，并成为他全部创作的精神旨趣，在第四代贵州作家群中可谓个性独具。从姿态和动机上，欧阳黔森是要从贵州乡土叙事中突围，他不甘于贵州地域文化的长期困厄与阻滞，想通过英雄叙事来实现对乡土叙事传统的超越。这个传统是蹇先艾开创的，有启蒙主义思想的支撑。封闭、落后的社会环境，贫穷、愚昧的精神困守，给新文学带去了陌生感、新奇感，也带去了强烈的震撼和思考。但基本还是弱者、被拯救者的声音。三四十年代的民族救亡与社会动荡，促成了贵州作家的分化，也给乡土文学的叙事传统注入了不同的血液。新中国成立后，阶级、革命，以及知识分子面向工农大众的思想观念转变，在这一时期的贵州乡土文学中都有所反映。但遗憾的是，那个时代的英雄叙事多少被打上了某些概念化的烙印。直到 80 年代，贵州乡土叙事传统才出现了开放的格局，人性的觉醒、文明的冲突、时代的变迁、边缘生命的意义等，成为何士光、李宽定、石定这一代作家关注的焦点。90 年代以后，第四代贵州作家的乡土叙事则在农民与土地、人与自然、民族与地域、历史与现实等方面做了不少拓展。如赵剑平的“困豹”想象，王华“家园”的荒芜，冉正万的“银鱼”历史，肖江虹、肖勤的乡村现实视角等，都各有特点。但刻意的、执着的、激昂的英雄叙事暂告阙如。正因为如此，我才把欧阳黔森的英雄叙事，看作对贵州乡土叙事传统的“突围”。

## 二、理想主义者的英雄情怀

对欧阳黔森的一些作品，孟繁华先生解读为“剩余的理想主义的气质”[1]，陈晓明先生也以为是对解决“当代精神困局”[2]的执着。其他评家如张颐武、雷达似乎也有类似说法，大都认为面对商品社会的浮躁风气，欧阳黔森的理想主义表现为对当代人“价值归宿”的呼唤。各位评家的眼光当然是独到的，分析也不可谓不深入。与张炜、张承志一样，理想主义也是欧阳黔森超拔于现实困扰的显著特点。不过，我认为理想主义在这里仍然是一个很大的尺度，它可以是一种激越的政治理性，也可以是一种温和的道德坚守，可以是超越尘世的宗教情怀，也可以是浪漫主义的“融入野地”。笼统地说理想主义，似乎并没有把欧阳黔森精神气质中最具个性，甚至是最强劲、强悍的一面揭示出来。而这一面，恰恰是这位作家不仅在第四代贵州作家中，而且也是在当代中国作家中所独具的特殊意义。欧阳黔森的确是一个理想主义者，但这种理想主义的主要内涵，是一种英雄情结，英雄就是他的理想人格，英雄叙事则是他创作的显著追求和特点。

在短篇小说《心上的眼睛》，散文《故乡情结》，以及《一部小说的四级跳》之类的创作或创作谈中，欧阳黔森或借人物之口，或自己出面，明确地把自己的创作冲动界定为英雄主义。他从不忌讳这个定性，非但不忌讳，在所有创作中，关于这一层意思他还说得非常自信和明晰，甚至有点高调、有点张扬，从不遮遮掩掩，也从不顾忌因附丽主旋律或主流意识形态而可能被人认为是丧失知识分子的主体性或批判意识，这在当代中国作家，尤其在崇尚个性的中青年作家中颇不多见。他的小说和影视作品，

[1] 孟繁华：《文学的风景》，河南大学出版社，2006，第 110 页。

[2] 陈晓明：《对当代精神困局的透视——评欧阳黔森〈非爱时间〉》，《文艺报》2004 年 5 月 18 日。

主人公一般都是英雄人物，如史诗英雄、传奇英雄、巾帼英雄、草根英雄、草莽英雄等，英雄人物的个性气质亦大致可区别为激越高亢、刚柔兼具、柔而不犯、外弱内强、平凡高大等不同类型。有的如长剑出鞘，咄咄逼人，有的蕴藉隽永，藏而不露。总之，他从不写“小公务员之死”那样的孱弱人物，而总是迷恋于理想主义英雄的人格魅力，沉湎于各种英雄人物与英雄行为的昭揭，这才是欧阳黔森的创作个性，也是其创作最突出的特点。对这个特点，欧阳黔森作品的俄文译者罗季奥诺夫似乎拿捏得比较到位，他不止一次说：翻译欧阳黔森作品的原因，就是希望让俄罗斯人了解什么是中国的英雄主义。[1]

欧阳黔森最具英雄主义色调的小说，是《雄关漫道》《奢香夫人》《绝地逢生》，这些作品都属于激越高亢一类。《雄关漫道》写的是长征。是过去极少受关注的红二、六军团的长征。红二军团在洪湖根据地失利后，转战到贵州再创黔东根据地，并在这里实现了与红六军团的会师。中央红军开始长征后，为掩护中央红军，红二、六军团发起湘西攻势，由黔东向湘鄂两省推进，威逼国民党统治的中心城市长沙与武汉，以牵制大批敌人。中央红军达到陕北后，红二、六军团这才开始北上。这段历史曾长期未受关注。《雄关漫道》是第一次对它做了正面的完整描写，被认为具有开掘题材、填补空白的意义。小说最大的成功，是以对贺龙、关向应、任弼时等众多英雄群像的塑造。把这一段艰苦卓绝的征战历史惊心动魄地展现在读者面前，不仅是对重大历史的补充、完善与再诠释，也是在谱写英雄主义的又一曲悲壮战歌。

《奢香夫人》的故事发生在明朝，新中国成立后就曾被搬上了舞台，

---

[1] 舒晋瑜：《欧阳黔森：创新与突破，必须置身于自己的沃土》，《中华读书报》2014 年 7 月 30 日，笔者亦曾受邀参加过与此相关的学术会议。

后来还拍了电影。欧阳黔森接过这个题材，明显在巾帼英雄的美学意蕴方面有所推进。他铺展史诗般的宏阔背景，将奢香置于明王朝进军大西南的宏大背景中，而明朝军队与元末残余势力以及地方部族、民族、家族势力的斗争愈是复杂，奢香在刀光剑影、铁马金戈中的胸怀博大，在急管繁弦、激越悲壮中的智勇刚健，以及在重重矛盾中进退有据、柔而不犯的个性就愈是鲜明；国事、家事、儿女情事愈是难解难分，奢香的形象就愈是熠熠生辉，完全够得上史诗英雄的称谓。在欧阳黔森笔下，奢香的形象绝不像过去所说的只是为了维护民族团结那般简单，而是在人格气质与智慧才干方面，在政治、经济、军事形势的审时度势、果敢决断方面，在振兴自己民族的历史文化方面，表现出了一位大气磅礴、高瞻远瞩、柔而不犯的巾帼英雄与女政治家的胸襟和素质。

与《雄关漫道》和《奢香夫人》不同，《绝地逢生》反映的是贵州农村“反贫困”主题（小说也有这类主题，如《八棵苞谷》），它带给人的最大震撼，是一种“绝地”意象。如果说干旱、石漠化只是贵州山地的生存困境，那心灵的闭锁、视野的逼仄就无异于精神的“绝地”。不错，这里的农民是不曾向命运屈服，是在屡败屡干。但那是怎样的干法呢？很大程度是苦干、蛮干、瞎干。巨大的生存压力下，甚至发生了人性的扭曲和人格的分裂。于是，“绝地”中的坚守与逃离，忠诚与背叛，亲密与疏离，抚慰与伤害，才会变得极其严峻。作品艺术表现的最后归宿，是要赞美贵州农民在困境中不甘向命运屈服的顽强奋斗精神。它通过“绝地”这样的隐喻或意象，把集体主义的同舟共济与英雄主义的悲壮激越融合在一起，从而使作品获得一种激动人心的力量。在山外的世界，个人主义正成为现实，集体主义渐行渐远。然而这里的农民要走出“绝地”，除了依靠集体的力量别无选择。他们所要做的，不仅是改变个人命运，更是要改造自然，为子孙造福，关系到的不是个体而是群体，不是小家而是大家。不是一代两代，而是千秋万代。正是这种悲壮的理想主义英雄情怀，让《绝地逢生》成了一首豪迈的诗篇。

虽然从小说的角度看，《雄关漫道》《奢香夫人》《绝地逢生》还不算真正的上乘之作，更多影响主要来自影视改编。题材本身的价值和意义，比作品的艺术魅力明显要大很多。过多地注重外在的矛盾冲突，观念的冲击力不足，故事有些压倒人物，人性内涵的开掘不够，语言和结构上不宜采用电影文学剧本的那种分镜头写法等，就是缺憾，对小说而言不足为法。但是，这些作品对英雄人物、英雄业绩的崇敬与礼赞，又具有非常特殊的意义，甚至这种崇敬与礼赞本身就是一种壮举，就是对英雄叙事的一种价值追怀。

我们知道，英雄叙事是中外文学一个巨大的传统。在英雄的身上，集中了人类很多优秀的品质，既关乎哲学、历史，也关乎美学以及道德伦理，马克思就把普罗米修斯这样的英雄称为“哲学的日历中最高尚的圣者和殉道者”[1]。尤其在灾难、苦难和战争面前，人类都盼望有英雄救世。即使在和平年代，英雄也是人们心中的偶像，是青少年品德教育的主要内容。当然，英雄叙事自身的道路并不平坦，尤其是在“文革”时期，高、大、全英雄神话成了假、大、空的代名词。所以新时期文学一度开始拒绝英雄，有些作家更借助现代主义的主体迷失，调侃和鞭挞英雄，新历史主义、新写实主义小说则开始以碎片化、个人化视角解构宏大叙事，从而解构英雄。但即便如此，英雄仍无处不在。从 20 世纪 80 年代的伤痕文学、反思文学、知青文学、军旅文学，一直到 21 世纪的各类文学，英雄或英雄叙事其实从未真正缺席，连久违了的帝王英雄都堂而皇之地卷土重来了。可见被历

[1] 马克思：《博士论文·序》，贺麟译，人民出版社，1961，第 3 页。

史改变的，只是英雄的内涵、性质、强度、力度，以及英雄形象的辐射方式与读者的接受方式，绝不是英雄价值本身。对英雄的期待，仍可看作中国梦的文学书写的内在逻辑，或者说是我们民族的一种集体无意识。

据欧阳黔森自己所说，他从小就有从军当英雄的梦想。当反英雄、抵制和拒绝英雄渐成潮流时，他的英雄情结却从未动摇，不但不追随潮流，反而要在一个似乎有点不合时宜的时间点上，执着、高调地推崇英雄，这种行为本身就有一点“英雄”的意味，是一种“说真话的勇气”或“说真话的率性”，福柯把它称作“parrhesia”，有人译为“自由言说”。这里的“parrhesia”并不专指说话条件，并不是对说话环境是否自由的挑战，而是对主体的描述。而这里的主体也不是纯粹的个人化主体，而是在个人“说”的过程和行为中，如何通过某种形式完成自我建构，同时亦被他人所建构。“说话人通过坦率而拥有一种和真实的特殊关系，通过危险而拥有与自己生活的某种关系，通过批评与自我批评而拥有与自己或他人的某种类型的关系，通过自由和责任拥有一种和道德的特殊关系。更精确地说，parrhesia是一种说话人在其中表达他与真实之间的个人关系的口头行动，他为此豁出生命是因为他意识到为了改进或帮助他人（自己也是一样）去说真话是种责任。在 parrhesia 中，说话人行使自由并选择坦率，而不是规劝，他选择真实，而不是谎言或沉默，选择冒死而不是安全，批判而不是谄媚，道德责任而不是个人利益和道德漠视。”[1]这里的关键不仅在“说”

---

[1] 福柯：《话语与真理：自由言说的问题化》，美国伊利诺伊州西北大学皮尔森、埃文斯顿编，第 5 页，转引自杨礼银《守护民主的社会生活——论哈贝马斯和福柯共同的理论旨趣》，《陕西师范大学学报》（哲学社会科学版）2010 年第 39 卷 6 期，原注释：MICHEL FOUCAULT.Discourse and Truth：the Problematization of Parrhesia.edited by Pearson，Evanston.Illnois：Northwestern University，P5，1985. 另可参考张哲的《福柯的最后反思：以“说真话”作为教程终篇》，《中国社会科学报》2014 年 6 月 9 日第 A03 版。

的内容，更在“说”的行为本身。欧阳黔森的创作，已经是一种与英雄情结难解难分的无意识结构，关系到作家的责任、义务、使命，关系到人文精神的重振以及民族国家的复兴。而正是在这样的意义上，他的价值取向本身，就已经有了某种普遍性和超越性，已经可能在一个更开阔的空间展开讨论。

其实，对自己创作的得失，欧阳黔森有着清醒的认识，并且也时有反省。他虽然不像王朔、刘恒那样过于轻视影视[1]，但到目前为止，他显然也更在意小说，尤其自己的那些中篇和短篇，说起话来底气十足，非常自信。在小说艺术方面被何士光、孟繁华、雷达等作家、评论家称许的，主要也是这类作品。我想强调的是，要真正了解欧阳黔森，要真正读懂他的作品，切不可忽略《雄关漫道》《奢香夫人》或《绝地逢生》。或者说，恰恰在这些主旋律长篇作品里，隐含着欧阳黔森最重要的情感诉求。英雄情结或英雄主义的激情、豪情，在欧阳黔森的作品里既是价值取向，也是他的写作姿态和立场，同时还是他全部作品（从小说、散文、诗歌到影视剧）的一个契合点。今年，为纪念抗战胜利 70 周年，他又有一部贵州抗战题材的电视连续剧《二十四道拐》播出，是中宣部、国家新闻出版广电总局组织展映展播的 10 部重点作品之一。在 2015 年第 8 期的《山花》上，他还写了组诗《民族的记忆》。在他的心目中，能够成为民族记忆的，就是当年的抗战英雄。正因为如此，我们才有充分的理由说，英雄叙事就是欧阳黔森全部作品最重要的特点，他的理想主义就是英雄主义。

[1] 不少作家都鄙视影视在艺术上的粗糙，王朔放言要把好东西留给小说，把次品兜售给影视。刘恒也说：“写电影剧本在文体上没有多大意义，写剧本对小说是否造成伤害我不能确定，但就我个人的感觉而言，只要不是大规模机械化地从事剧本创作，是可以保护自己的灵感的。……如果让我放弃的话，别的都可以，最后只剩下小说。”参见吴义勤、施战军、黄发有：《代际想象的误区——也谈六十年代出生作家及其长篇小说创作》，《上海文学》2006 年第 6 期。

## 三、英雄情结的来路与英雄形象的类型

当然，英雄叙事、英雄情结对古今中外很多作家都有吸引力，甚至是永远的诱惑。古希腊神话、悲剧、欧洲骑士文学，唐代传奇、宋元话本，还有汗牛充栋的武侠小说等，主角都是各式各样的英雄豪杰，进入近现代战争与革命年代以后，英雄与英雄崇拜更成为一种时代风潮。[1]就连学究气十足的书生、文人、学者，胸中都不免沉积着一股仗剑行侠的浩然长气。清末谈论英雄最多的是梁启超、严复、夏曾祐、邹容、陈天华。陈平原有两本书[2]，专门研究文人的这种心结。“千古文人侠客梦”早已成为中国人不可或缺的叙事传统。究其原因，大抵还是为人类理性所推动：每受命运困厄，就会有超越性的艺术想象活跃，就会有英雄出来扶危济世。所以在中国文化的传统里，自古就有对侠勇或侠义精神的崇拜。“何谓英雄？最古之时人，处于山林箐泽，豺虎与之游，鸱鹫与之栖”，“既有一群，必有一群之长。一群之长，必其智慧血气之冠乎一群者也”。[3]于是侠客的“为身之所恶，以成人之所急”[4]，“不爱其躯，赴士之厄困”[5]等，从民间的立场看就是当然的英雄。近现代以后，经过主流价值观的改造，匡正邪薄，祛妄存真，侠开始为民族赴义，开始脱胎换骨，化蛹为蝶，变身为民间和主流社会都能够接受的革命英雄，连胎衣都不曾留下。侠客与

---

[1] 朱德发：《现代中国文学英雄叙事论稿》，山东教育出版社，2006。

[2] 指《当年游侠人——现代中国的文人与学者》和《千古文人侠客梦》。

[3] 严复、夏曾佑：《国闻报馆附印说部缘起》，载郭绍虞、罗根泽主编，舒芜等编选《中国近代文论选》（上），人民文学出版社，1959，第 189 页。

[4]《墨子间诂·经说上第四十二》，载《诸子集成》卷五，岳麓书社，1996，第 258 页。

[5] 司马迁：《游侠列传第六十四》，载《史记（十）·传（四）》，中华书局，1975。

英雄，原来一直都如影随形，难解难分。从梁启超、陈独秀、鲁迅，一直到战争与革命年代的英雄，都不乏对这一资源的不断发掘与阐释。进入和平年代以后，也是侠可以走，义必须留，神可以退隐，英雄却不能被放逐。随着时代的进步，英雄的内涵、价值与意义等，完全可能被赋予新的时代光彩。

欧阳黔森在创作上出道的时候，“人文精神失落”正备受关注。物欲膨胀，道德滑坡，告别革命、放逐诸神渐成潮流，反英雄、反崇高以及碎片化历史与个人化、欲望化写作渐成时尚，而就在此时，欧阳黔森却义无反顾地选择了抵制和拒绝。他手中的武器，正是挥舞了两千多年的那把英雄剑，但套路属于他自己。其“英雄叙事”的精神源头，首先与《雄关漫道》那样的红色历史有关，其中不仅有他对丰功伟绩的崇仰，也关乎他自己生活和成长的地域环境。红二、六军团征战的黔东土地是他的故乡，有数万人从这里参加红军，贵州籍的周逸群、旷继勋还曾担任过这支部队的高级指挥员。这些历史，是他萌生英雄情结的重要原因。用欧阳黔森的话说，孩童时代他就梦想成为一名军人，驰骋疆场、建功立业。他之所以迷恋“卡里斯玛”[1]那类人物的魄力、魅力与人格，就是因为成长于英雄的乡土，从小被轰轰烈烈、惊天动地的红色历史所熏陶。但现实似乎很遗憾，金戈铁马到底只是梦想，欧阳黔森并没有成为从战场硝烟中走来的军旅作家，他的人生，最终是跟知青和地质队紧紧地连在了一起：先当知青，后当地质队员。殊不知这样的人生经历，最后竟然阴差阳错地成了他的英雄情结的黏合剂。

众所周知，“文革”时期波澜壮阔的知识青年上山下乡运动，铸就的

[1] 卡里斯玛（Charisma）原意为“神圣的天赋”，指得到神帮助的超常人物，引申为具有非凡魅力和能力的英雄。

是一代青年沸腾的理想主义与英雄主义情怀。返城以后，在追怀青春、反思历史的同时，悲情、悲壮、悲悯成了知青文学涂抹不掉的情感底色，作品的风格追求亦因此而可分为无悔派、理想派、磨难派。梁晓声的《今夜有暴风雪》《这是一片神奇的土地》是其中的杰出代表。其他知青出身的作家，如韩少功、张承志、柯云路、张炜等，无论写作套路后来有多大变化，知青阶段的作品，或多或少都带有这个特点，那正是被知青生活镌刻下来的一种青春英雄的记忆。

与知青相比，地质勘探队员天南地北的生活艰苦但浪漫，也容易让青春热血沸腾。山东作家张炜与地质生活就有很深渊源，用张炜的话说，地质和文学离得很近，地质队员天生就应该是文学家。张炜自己从小就迷恋他们的生活。他的第八届茅盾文学奖获奖作品，长达 450 万字的十卷本皇皇巨著《你在高原》，原来有一个副标题就叫“一个地质工作者的手记”。为写这部小说，张炜甚至自学地质专业的课程，学习去野外采矿石标本，大量阅读地质工作者及著名地质人的传记。他的全部一千多万字作品，有关地质的竟然占了一半[1]。

不过，张炜只是当过知青。带上地图、指南针、罗盘，背地质包，住帐篷，饮山泉，出入荒山大漠去寻找宝藏，那只是他少年时的梦想。与张炜相比，欧阳黔森幸运得多，他的黄金年华全都在上山下乡和地质勘探的岁月中度过，两种最具文学滋养的生活，都是他生命中刻骨铭心的记忆。他把文学之旅最初的激情都献给了诗歌，献给了那首诞生于 20 世纪 50 年代的《勘探队员之歌》，献给了从战争硝烟中走向地质队伍的军人（《最后一匹军马》），以及那些为了找矿而把一生，包括自己的生命，都交给了莽莽群山的地质人。也就是从地质队员的生活开始，欧阳黔森重新咀嚼和回味知

[1]王诒卿:《张炜：地质是我的文学富矿》,《中国国土资源报》2014 年 3 月 25 日。

青生活，用散文的形式讲述了“十八块地”卢竹儿、鲁娟娟、萧家兄妹的故事。机缘巧合的是，知青与地质队的生活都需要有青春激情，都意味着艰难困苦、风沙磨砺，都意味着对理想信念与价值坚守的一系列考验。或者说得再直接一点：知青生活与地质勘探正是最适合理想主义、英雄主义发酵的土壤和温床。感受着红色土地的滋养，呼吸着来自乡村山野质朴刚健的气息，欧阳黔森的英雄情结，终于在知青岁月的磨炼与地质队员的风餐露宿里，交织成了一种历史的与文学的双重宿命。

在欧阳黔森的小说中，英雄主要有两种类型，一种类似“卡里斯玛”，一种则具有民间侠义情怀。一般来说，“卡里斯玛”应有轰轰烈烈的丰功伟绩，是具有领袖气质，万人瞩目的“一群之长”，后一种则未免平凡和普通，需要被发现、被定义才能成其为英雄。“卡里斯玛”是韦伯在《经济与社会》中提出的概念，指人的超凡魅力、感召力，或超人天赋之类的特殊品质。韦伯认为具有这种品质和力量的人往往高踞于一般人之上，并能激发别人对他的忠诚。“五四”是最早提出中国青年应具备卡里斯玛素质的时代，那个时期的作品，如郭沫若的《女神》、鲁迅的《呐喊》等，鲜明地表达了对这类人格的追求。后来在民族救亡与革命战争中，在和平时期的社会主义革命与社会主义建设中，这类诉求更是层出不穷，大写“新英雄人物”，甚至成了那个时代衡量创作成败的标准。

欧阳黔森笔下有相当一部分类似于卡里斯玛式的人物。既包括主旋律作品中的战争英雄、史诗英雄（《雄关漫道》《奢香夫人》），与严峻的生存条件抗争的农民英雄（《绝地逢生》《八棵苞谷》），也包括在其他中、短篇小说中驰骋政界、商海的成功人士。他们往往能在严峻考验面前，表现出某些非凡人格与崇高志向、坚定意志，尤其不甘庸庸碌碌。但同时他们又绝不是不食人间烟火的圣人、超人。他们也有自己的七情六欲和喜怒哀乐，其英雄品质并不都在轰轰烈烈的业绩中光彩照人，日常生活领域也常见其人格的闪光。如果说《雄关漫道》《奢香夫人》的主人公是最接近严格意义的卡里斯玛类型的英雄，那《白多黑少》中的萧子北，《非爱时间》（《下辈子也爱你》）的中陆伍柒，《非逃时间》（《失踪十五天》）中的几个知青战友，包括《穿山岁月》《莽昆仑》《有人醒在我梦中》《味道》《远方月皎洁》中的热爱诗歌的地质队员等，除了没有轰轰烈烈的事迹，也多少具备一些卡里斯玛气质。就是懵懂、崇尚自由浪漫、敢于冒险进取的地质诗人，那种心雄万夫的豪气和远大志向，都堪比英雄。尽管这些中、短篇小说的故事都发生在和平年代，是通常意义的现实题材，甚至是很庸常的生活（孟繁华甚至觉得有一点欧阳黔森自己的情感经历）。既缺少《雄关漫道》和《奢香夫人》中的火鼓旌旗与金戈铁马，也没有《绝地逢生》《八棵苞谷》中那种人与自然的悲壮对峙，但这并不妨碍人物的壮怀激烈。无论对情感还是对事业，他们都还保留着难以自抑的激情。无论是在政界、商界还是文坛，艰苦生活或战场硝烟（有的人物有从军史，如萧子北）对他们而言都是财富，任何时候都不失雄浑、阳刚、豪放的品格。比如对情感，数十年后美人虽已迟暮，但“英雄”仍一往情深。被岁月所改变的，只是男人性格的粗砺，并非感情的粗糙。在生硬鲁莽、不近人情的外表后面，人物并不缺少细腻敏感的神经。正因为如此，聪明的杜鹃红知道该如何给自己深爱的“英雄”留足派头与面子，更知道该如何用一个顾盼、一个动作，瞬间让她的“卡里斯玛”怦然心动。这种关系，在陆伍柒与萧美文那里也描写得非常微妙和生动。难得的是，萧子北和陆伍柒都知道该如何节制，都知道如何面对情感、家庭和事业的冲突，无论这种冲突对他来说如何残酷。而这一点，大致也就是卡里斯玛式英雄全部的精神境界了。

欧阳黔森笔下的“卡里斯玛”偶尔也会有英雄气短、儿女情长的时候，在《穿山岁月》《莽昆仑》《有人醒在我梦中》《味道》《远方月皎洁》《五分硬币》等作品里，年轻的主角虽心高气傲，但情感炽热，在他所爱恋的姑娘面前虽然还很青涩，但骨子里非常血性。他通常是一个激情的理想主义者，既自尊、自负，也正直、刚硬，乐于主持正义，该出手时就出手，绝不怕惹火烧身，也绝不图人回报，很有些侠客和豪杰的意味。在《有人醒在我梦中》和《丁香》中，男主人公就敢于因夏排骨、方国庆的轻佻而动粗，也能像《五分硬币》《姐夫》《兰草》《味道》那样，因自负而伤情，以自信而重情，或者因自傲而误情。他的弱点也因此暴露无遗，错失之后往往就在月光皎洁的孤寂之夜，付诸刻骨铭心的思念。

《水晶山谷》《白莲》《敲狗》是英雄情结的另一种民间表达。主角都是一事无成、毫不起眼的小人物，不光没有任何社会地位可言，而且也没有任何文人、诗人的浪漫情调，行为绝谈不上风云叱咤，如《水晶山谷》中的农家子弟田茂林，《白莲》中的坐台女、乐师、“妈咪”，《敲狗》中厨师的小徒弟。把这样的人物说成英雄，似乎特别不靠谱。然而，在他们身上刹那间爆发的能量，又完全当得起英雄的评价，绝不是愚民庸众、凡夫俗子的精神境界。比如田茂林，在家乡稀缺矿石巨大的利益诱惑面前，他曾丧失自我，醒悟之后，一声惊天动地的巨响，瞬间就让玉石俱焚有了涅槃一样的含义。《白莲》中的三个人，一个坐台女，一个“妈咪”，一个乐师，都是风尘人物，但他们的行为又都非常仗义。“妈咪”要成全白莲为自己赎罪，白莲卖身却又不肯出卖真情，结果阴差阳错，白莲绝无可能再接受阿南，而“妈咪”的一念之差，也造成阿南终身瘫痪。所幸是无论什么后果，都没有人选择逃避。在这里，是一种与忠贞、诚信、侠义有关的民间道德在起作用，其行为与豪侠有着千丝万缕的联系。《敲狗》写了三个人物，但从英雄叙事的角度看，厨子师傅和中年汉子只是铺垫，真正的主角只有一个，就是小徒弟。他完全当得起英雄的评价。小说的高潮是给狗放生，而放狗正是小徒弟最了不起的英雄壮举，如果说这类小人物的行为与真正的英雄还是有所不同的话，那也主要是他们未能改变世界，未能给更多人的生活带来改变。真正的英雄是要救人于苦难，尤其是要改变世界的，小人物却只能被救或自救，似乎当不起英雄的称号。但是，英雄和英雄行为毕竟有共同的东西。卡莱尔的英雄理论就认为，英雄的身份可以千差万别，如先知、诗人、帝王、教士，或者因诞生的环境不同而成为其他。但英雄之为英雄，所有素质一定是相同的，“他们基本上都有一种能力，即能望穿万物的骗人的‘虚伪外观’，透察其核心，即辨别‘实质’与‘表面’的能力”[1]。卡莱尔的所指，其实就是人的某些优秀品质，如忠诚正直、光明磊落、敢于牺牲奉献等，有这样的品质，平凡人完全可以成为英雄。欧阳黔森这类小说，在平凡中对不平凡的英雄壮举做了新的诠释，并由此延伸到历史和人性的升华方面，这就是创造。

为着英雄情结的宣泄，欧阳黔森有时也对小人物非同寻常的行为，做一种世俗化处理，比如唐三草的狡黠（《村长唐三草》），梨花的心机（《梨花》），但都在乡村道德可接受的范围内，人物更重要的精神内核，还是正义、道义、侠义，那是民间的正能量，不能说它跟英雄完全无关。当然，对平凡人物不平凡人格最成功的艺术表现，还是对它的诗意化处理，这便是《断河》《扬起你的笑脸》《心上的眼睛》。这些作品有着两种不同的诗意，一是抒情诗，一是史诗。作家在这些普通的或传奇的故事里，倾注了全部的想象和热情。

《心上的眼睛》，主角是残疾人丁三老叔，他在娄山关景区当清洁工。

[1] J.C.Adams：《卡莱尔和他的英雄观》，该文为英国学者卡莱尔的《英雄与英雄崇拜》的前言，何欣译，辽宁教育出版社，1998。

但这里是当年的战场，毛泽东曾在这里写下著名的《忆秦娥·娄山关》。如今，英雄已“化成了山脉”，英雄的历史却成了清洁工终生的追怀，那里面不光有他的精神崇拜，也有他的亲情。所以他愿意用自己的一生，来完成只有英雄才能完成的使命。小说结尾，重返战场的盲军人依靠丁三老叔的帮助，满足了自己的心愿，而能为当年的英雄尽一点心力，对丁三老叔也是毕生的荣耀。历史的壮阔与现实的朴素，在这里终于汇成了一首英雄的诗篇。在《扬起你的笑脸》中，主角是乡村教师与他的学生。知识的启蒙让学生向往山外的世界，最终却被阻隔在河对岸的山中。夜晚来临，老师带着他的两个学生来到山谷，用火光召唤迷失的孩子，“那夜的火光和那夜的斑斓”从此在孩子们心中不再熄灭，那已经是诗一样的生命之火。有这样不朽的诗篇，那位乡村儒者也就有一点高大挺拔的英雄意味了。

不过，《心上的眼睛》与《扬起你的笑脸》人物还是扁平了一点，意蕴也有些清浅。真正厚重的是《断河》的那种史诗性处理。何士光就是这样来读这篇小说的。他说作品是“诗一般的史，史一般的诗。通常史诗都会是长篇巨制，但《断河》却绰绰约约地让人感到，黔森只用了短短的篇幅，来窥视了这种史和诗的意境”[1]。这当然是极高的评价了。不过，进一步分析，史诗有多种，比如创世史诗、迁徙史诗之类，《断河》只能是英雄史诗，它具备那样的品格。一般来说，当得起英雄史诗评价的作品，里面不光要有非同寻常的业绩，更重要的是悲剧命运与历史沧桑，那是既关乎人格、人性，也关乎公道、命运的玄机，英雄身边，甚至还要有绝代佳人。史诗之要为英雄所限定，一定要具备崇高、神圣、庄严的气魄，特别是要有恩格斯所说的那种“较大的思想深度和意识到的历史内容”[2]。

[1] 何士光：《欧阳黔森短篇小说选·序》，贵州人民出版社，2014。

[2] 恩格斯：《致斐·拉萨尔》，载《马克思恩格斯选集》第四卷，人民出版社，1977，第 343 页。

除了没有宏大的规模与篇章结构，《断河》具备英雄史诗的所有要素。或者说，这就是一部浓缩的英雄史诗。小说开篇几乎是史前生活的画面，红土地封闭、贫瘠，“千里连绵不断的小山头，像一支扬帆而又永远走不动的船队”，断寨人世世代代困守在这里，不得不为生存而战，为生育而战。老刀、老狼、梅朵的爱恨情仇，因此一开始便危机四伏，充满悬念，古朴的人性与剽悍的民风更为故事的发展增添了许多不确定性。老刀是梅朵的丈夫，但他要的只是性。梅朵向老狼投怀送抱，求的却是爱。三个人都坦坦荡荡，光明磊落，决不偷偷摸摸。甚至情敌生死对决的关键时候，出场的都是属于英雄人格的道义、正义、侠义。连奋身一跃替主人吞刀送命那条狗，都显得那样的忠勇无比。老刀暂时放过老狼，只是想亲眼看一看老狼如何贪生，以为自己夺得精神的、心理的真正胜利，也不失为英雄的一种选择，但那种冷漠、冷酷已经与武功、与爱情无关，只关乎人格、性格。老狼为了看一眼刚出生的儿子，面对老刀的枪口，看似刚毅的脸终于开始发青、流汗，“闪过一丝求生”之意。老刀满意了，于是不屑于再朝情敌开枪。老狼虽赢得了梅朵的爱情，但为了柔情，输了刚勇，老刀的话句句都是诛心之论，看了儿子一眼，老狼只能选择自尽，否则枉自称雄一世。但直到此刻，老狼也并非真正的输家。有道是，无情未尽真豪杰。老狼其实死得很壮烈，也很值得！

不过老刀也并非最后的真正赢家，老狼的儿子龙老大长大后，成了断寨的又一位乱世英雄。养父教他刀法，他不能与养父比刀。但他鼓励养父跟自己的生母梅朵再生一个兄弟，好让同母异父的兄弟俩日后有刀可比。老刀当然不愿输掉这口英雄气，为了生儿子，他疯狂地折磨梅朵。面对身衰力竭的丈夫，梅朵只好跑到外面与路人交媾，生下麻老九哄骗老刀。未料人算不如天算，麻老九生性羸弱胆小，一看就不是老刀的种。此时龙老大进京勤王回来，已顶天立地。但他只能气死养父，不能弑父。而麻老九一生只得活在龙老大的护佑之下。对这位同母异父兄弟，龙老大可谓用心良苦，他先送一个女人给这位弟弟做老婆，再对这位稍稍有点嫌弃兄弟的女人痛下杀手。之所以如此心狠手辣，竟然都是为了保护兄弟，以不负母亲临终前的嘱托。小说中的这几个人物，既是仇人，又是真正的父子兄弟。都肝胆相照，重情重义，都当得起“草莽英雄”的称号。就连麻老九最后一刻为自己心爱女人的“殉情”，都有几分悲壮的含义。英雄就是英雄，无论起于乱世还是治世，无论一生草莽还是修成正果，他们的命运总会关乎悲剧，总会关乎历史沧桑，总会以不同寻常的人性冲突，为后世留下种种言说不尽的话题。能够把英雄演绎到这样的深度，《断河》自然也就当得起何士光的史诗评价，虽篇幅不长，也就可以看作是浓缩的史诗了。

《断河》无疑是到目前为止欧阳黔森最好的小说之一。另一篇《敲狗》也堪称上乘。作品的成功，同样应归结为它的英雄叙事。虽然与其他小说相比，英雄叙事在这里含蕴、深厚了许多，不再那么激越高亢、锋芒毕露，而英雄也不过是草根英雄或草莽英雄而已。但是，英雄的理念、气质、精神是始终如一的。在沉稳、内敛、厚重的故事后面，仍能感受到那种很强劲、很鲜明的英雄情结。

欧阳黔森的英雄叙事，很容易想起抗战时期大批入黔文人对贵州精神的发现和解读。那时的贵州经济社会还相当落后，老百姓衣不蔽体，家徒四壁。连吃盐这样最基本的生活保障都成问题（贵州不产盐，全靠从省外肩扛马驮运进来，所以价格奇高，对普通人家甚至是奢侈品）。但恰恰就是在这样封闭落后的地方，闻一多、李长之、茅盾、林同济等人却有了新的发现。林同济以平原文明与贵州的这种山地文明相对照，认为平原型精神“博大有余，崇高不逮”[1]，正需要山地文明崇高奇险的气魄做补充。闻一多则从贵州山野的民间歌谣中，读出了一种原始生命活力的释放。那是这样的歌谣：“火烧东山大松林，姑爷告上丈人门，叫你姑娘快长大，我们没有看家人。”另一首：“马摆高山高又高，打把火钳插在腰，哪家姑娘不嫁我，关起四门放火烧。”闻一多以这样的歌谣为例，说：“你说这是原始，是野蛮。对了，如今我们需要的正是它。我们文明得太久了，如今逼得我们没有路走，我们该拿人性中最后最神圣的一张牌来，让我们那在人性的幽暗角落蛰伏了数千年的兽性跳出来反噬他一口。”[2]今天，在当代文学的日常生活叙事、个人化叙事显出了几分贫血、孱弱时，欧阳黔森想为它注入阳刚、雄浑、崇高，这本身就是壮举，所谓英雄叙事的当代价值正体现在这种英雄情怀当中。中华民族的伟大复兴，中国梦的多民族书写，需要这样的情怀。

本文为国家社科规划办西部项目“百年贵州作家断代研究”（项目编号：11XZW018）的阶段性成果。

**《当代作家评论》2016 年第 2 期**

[1] 林同济：《千山万岭我归来》，载施康强编《征程与归程》，中央编译出版社，2001，第 229 页。

[2] 刘兆吉：《西南采风录》，商务印书馆，1946，闻序第 3 页。

# 为新时代方志文学喝彩

杜国景

短短九个月，欧阳黔森的三部纪实之作《花繁叶茂，倾听花开的声音》《报得三春晖》《看万山红遍》接连发表于2018年《人民文学》第1期、第3期和第9期“新时代纪事”栏目头条位置，无论对刊物还是对作家个人，这可能都是创纪录的。《人民文学》之所以这么做，我以为主要是因为这三部作品都写了新时代的历史巨变，都生动表现了决战决胜脱贫攻坚、全面建成小康社会的领袖情怀、国家意志与人民心声，这是时代巨变的力量源泉。

贵州历史上曾以“天无三日晴、地无三里平、人无三分银”闻名。即使在今天，贵州仍是全国脱贫攻坚的主战场、决战场。但也正因为如此，党和国家领导人对贵州贫困地区的关怀，党的十八大以来这些地区正在发生的翻天覆地的变化，才特别令国人心潮澎湃。一个非常突出的事实是：以城镇化带动，大数据产业支撑、高铁与高速公路建设、能源开发等为标志的一系列发展战略，正在深刻改变贵州的山川地理、经济社会与多彩文化面貌，贵州最新编修的省志及各种市志、县志，已明显跟不上新时代生活变化的节奏，更不用说原来的那些老旧志书。从这个意义说，欧阳黔森的三部作品均能给我们带来许多有关贵州地方性知识整体性、结构性、历史性变迁的新鲜感、新奇感和新颖感。

我们知道，方志是对“一方之事”的系统记述，是地方性知识的百科全书，其文化功能主要是承史、资政和教化，但从内容到写法，地方志也是千姿百态的，并不总是那么刻板和教条。有些杰出之作，既有方志的属性，又是优秀的文学作品，如《水经注》《洛阳伽蓝记》《两京赋》《三都赋》。左思并且明确说，他的《三都赋》所涉，“其山川城邑，则稽之地图；其鸟兽草木，则验之方志；风谣歌舞，各附其俗”。另外，方志的“艺文”部分，一般都与地方文人、诗人的创作有关，其“一方之事”，很多就是骚人墨客的乡愁载体或情感寄托，相关的作品可谓不胜枚举。正是因为文学与方志有着千丝万缕的联系，因此，当代作家在描写新时代历史巨变，记述地方性知识的整体性、结构性变动时，“验之方志”“稽之地图”“各附其俗”，便可谓顺理成章，不足为怪。而这种写法之所以值得肯定，还有一个原因，那就是根据《地方志工作条例》，地方志要由专门机构组织编修，且周期要相隔 20 年左右。而如此一来，地方性知识的变动就必然会滞后于现实，严重跟不上新时代历史变迁的节奏。倘说 20 年的周期，是地方志编修为科学化、规范化、法治化不得不做出的选择，那么，描绘新时代历史巨变的壮丽图画，就理当由文学来承担了。

《花繁叶茂，倾听花开的声音》写的是贵州遵义枫香镇花茂村实现精准脱贫的故事。花茂村原来叫荒茅田，从地名即可想象到其荒芜和贫穷的程度，那也是欧阳黔森当年的印象。如今这个村子花繁叶茂，生机勃勃，完全当得起从荒茅田谐音变化而来的名称。而在小小山村脱胎换骨的后面，是红色文化的滋养，是领袖的关怀。用村民王治强的话说：“我们这里山区偏僻，来过两个主席，一个是毛主席，一个是习主席。”1935 年 3 月，红军在这里召开“苟坝会议”，进一步贯彻遵义会议精神，确立和巩固毛泽东在党中央和红军中的领导地位。用作品的话说：“在这里毛泽东主席用一盏马灯照亮了中国革命前进的道路。”2015 年 6 月 16 日，习近平总书记来到花茂村，亲切地与村民们拉家常，他时常牵挂老区人民的生活。2017 年 10 月 19 日，习近平总书记参加十九大贵州代表团讨论时，听到花茂村两年来发展变化的汇报，看到花茂村新貌的照片，他很高兴，又说了鼓励的话。欧阳黔森在讲述这些精彩故事时，也像左思那样，从地名到环境，从历史到现实，不时“验之方志”“稽之地图”，并“各附其俗”。同时视线又常常越过“一方之事”的边界，从更广阔的背景上，来描绘小山村的未来。

《花繁叶茂，倾听花开的声音》的这种取材角度和写法，在《报得三春晖》中既有延续又有扩展。这个作品写的是贵州毕节乌蒙山区的脱贫攻坚。在乌蒙山区，海拔更高，石漠化更严重，土地资源更稀少，自然条件更艰苦，1985 年 5 月新华社记者在采访中所看到的贫困现实，也更为触目惊心。但正因为如此，当时主管农村工作的中央书记处书记习仲勋看到记者采写的报道后所作的重要批示，时任贵州省委书记朱厚泽接到批示后的迅速行动，1985 年 7 月胡锦涛接任贵州省委书记仅八天就深入乌蒙山腹地三天，最终推动在毕节建立开发扶贫、生态建设试验区的故事，也就更感人。在这个作品中，由乌蒙山屋脊最贫困的海雀村安大娘家中悬挂习仲勋挂像开始，欧阳黔森的稽古振今之思再度活跃起来。他从管子的治国理念，红军在乌蒙山开辟根据地的历史，一直写到共产党人的庄严承诺。整篇作品的文脉气势，水到渠成、顺理成章地集中到了毕节地区精准扶贫、脱贫攻坚，全面建设小康社会，以及随之而来的历史性巨变上。

在欧阳黔森的三部作品中，描写新时代历史巨变而又最具方志文学品格的，无疑是《看万山红遍》。这是作家深怀乡愁深入现实，以文学的手段反映“汞都”万山历史巨变的纪实之作。一般来说，新时代方志文学对地方性知识的结构性、整体性变动的描写，都会有乡土情感的最终依托。在欧阳黔森的这部作品里，万山既是地名，也是他的家乡。同时，“看万山红遍”又是毛泽东诗词的壮阔意境，是伟人博大的英雄主义情怀。借如此宏大的意境来写乡愁，一定不是传统意义的游子思乡，也不仅仅是在为地方、为家乡立传，而是融入了生态自然、现代化速度、脱贫致富、社会和谐等愿景在内的乡愁，是蕴含中华民族伟大复兴中国梦的乡愁。作品给人的最深印象，是万山汞矿的干部职工面临企业困境时的顽强坚持，是2008年那场持续时间长达两个多月的特大凝冻灾害带给万山汞矿干部职工和普通农户的严峻考验。在大家最困难的时候，时任中共中央政治局常委、中央书记处书记的习近平冒着严寒来了，他带给大家的，是中央和全国人民的慰问，是直透心田的温暖和鼓舞。《看万山红遍》把这一个时间节点当作万山区所有变化的新起点，不仅万山区发展规划的新高度，招商引资的新速度、新机遇从这里重新开始，就是新时代农民讲习所老龄学员余秀英、普通职工李来娣的新生活，陈昌旭、田玉军、吴泽军、杨尚英、田茂文这些从市委书记到社区支书，从副镇长到普通干部的新思想和新追求，也从此被赋予了新的内涵。一幅新时代万山建设的新画卷，从那时起便在万山人的心中酝酿了。

与前两部作品相比，《看万山红遍》有更明显的方志意识，欧阳黔森以《万山志》《铜仁志》作参照来描写地方性知识整体性、结构性、历史性变动，万山地方的建置、沿革及山川地理、舆图、城池、关梁、人文、经济、风物、传说等，在作品里时见征引。尽管如此，仍不能把这部作品直接等同于地方志。文学与方志毕竟有着完全不同的价值取向与文化功能，写法不同，成规也不一样。其中，文学不仅要记录地方性知识的变迁，不仅要有对当地风俗、传说、物产、舆地的追叙和介绍，它更在意的，是与人物塑造，与人的行为、心理、性格描写等有关的典型情节和细节，是感人场面或画面的诗性呈现。如果说旧地方志的一大特点是只关注地方性知识变动的成果、结果或现状的话，那么，用文学的方法来描写地方事物，叙述地方的历史巨变，更注重的就是现实变革的过程和细节。因此，文学需要以充沛的激情呼应时代精神，需要撷取历史性变迁过程中时代社会各种因素的影响，尤其是人的性格、行为、心理与精神风貌。

《看万山红遍》就是这样，它写的是万山的历史巨变，是铜仁万山在汞矿资源枯竭后的华丽转身，是以绿色生态产业取代曾经的“汞都”，让家园起死回生的故事。在描述地方性知识的整体性、结构性变动时，作品的着眼点虽然离不开今昔对比，离不开《万山志》《铜仁志》这类地方史志的参照。但是，作品的感染力，全部来自精准扶贫及脱贫攻坚过程中感人的情节和细节。2008 年 2 月习近平亲临万山指导抗冻救灾，时隔五年后总书记专门针对万山的脱困、脱贫发展作出指示，以及在参加十九大贵州代表团讨论时，总书记再次关怀对万山的发展等，就是作品最生动、最感人的情节。除此之外，在写到具体的地方历史、地理、物产、风情，包括刻画人物心理、性格和精神风貌时，《看万山红遍》也常常借助民间故事、传奇、传说、掌故等，让自己的叙述变得更加形象和生动起来。这种史志与文学相结合的写法，是一种新的尝试。说得夸张一点，是面向世界的中国故事的中国式表达。也许欧阳黔森并没有新方志文学的自觉，但他的地方文化自信非常强烈，作品的新时代方志文学色彩也非常明显。

在这里，对地方性知识整体性、结构性、历史性变迁的文学书写，即是我们对新方志文学的基本界定。或者说，新方志文学就是指描写新时代历史巨变，因而具有方志品格与属性的那一类作品。这类作品既发表在文学刊物上，也实实在在地写在了祖国的山河大地上，写在了人们心坎上，应当为这样的文学喝彩。

本文系贵州省社科规划办重大委托项目“欧阳黔森创作的历史理性与价值建构研究”（项目编号：18GZWT01）的阶段性成果

《文艺报》2018 年 10 月 24 日

# 关注时代变革，新方志文学大有可为

杜国景

当前中国所发生的翻天覆地的历史性巨变，实实在在写在祖国的山河大地上。不要说数十年前，就是和数年前相比，各地山川地理、城市和乡村建设、文化开发、交通、通讯、旅游、风俗所发生的改变，都会令人生发出由衷的感慨。一个突出的事实是：作为国家地情资料最权威也最为完备、最具连续性的地方志，即便最新编撰，也已经明显跟不上新时代巨变的节奏。在这样的形势下，文学反映现实并及时记录地方性知识的整体性、结构性、历史性变迁，就变得非常紧迫、必要甚至时尚起来。这样的作品既尊崇以文学方法反映新时代巨变的美学规律，又是对方志记录地方舆地、物产、风俗、传说等传统的继承和发扬，可称之为“新方志文学”。

对地方性知识整体性、结构性、历史性变迁的文学性、时代性、连续性、史志性表达，是我对“新方志文学”的一个基本界定。这里的“地方”当然不是地方志所指的狭义的行政区划，而是包括特定的行业或领域在内，如教育、科技、航天等。另外，面对新时代的历史巨变，新方志文学所采用的，也并非狭义的纪实手法，而是包含了叙事、抒情、政论、新闻、口述实录等多种方法，而且文体也比较开放，可包括写新时代巨变的诗歌、小说和散文，并不单指纪实文学或报告文学。

我们知道，关注时代变革一直是中国当代文学最重要的审美品格。当前，推动文学创作关注现实、反映新时代历史巨变的呼声更为强烈。《人民文学》杂志 2017 年第 12 期开始推出的“新时代纪事”栏目，就在这方面立起一面旗帜。栏目不仅发表报告文学类的纪实性作品，也发表长篇小说。其中，欧阳黔森的《花繁叶茂，倾听花开的声音》《报得三春晖》《看万山红遍》，状写资源枯竭型城市的绿色转型；丁佳、陈言的《天之眼》，凌翼的《让候鸟飞吧》，王雄《奔驰的“金火车”》，赵雁《星空并不遥远》，洪放、朱冰峰、许冬林的《领跑者》，郑风淑的《金达莱映红山岗》，范继红的《溢绿园》等，写高科技、高铁、航天、生态文明、科技强军等领域的创新发展，写时代楷模，写城市转型。而长篇小说《海边春秋》放在“新时代纪事”栏目，则是因为作品写了海岛渔村的历史性巨变，“实情和史事、蓝图相融”。这些作品的共同之处，用“新时代纪事”编者的话说，是“诚心诚意进入现实”，是“专注于老百姓的美好生活需要，写出全面建成小康社会的历史意蕴和时代特征”。值得注意的是，这样的作品并不仅只见于“新时代纪事”栏目，并不只是报告文学、纪实文学或长篇小说。作为全国脱贫攻坚的主战场，贵州 2018 年出版的一套 20 部“舍不得乡愁离开胸膛”系列长诗，分别以少数民族村寨及特色小镇、古镇的历史变迁为题材，以诗配画的方式讲述贵州儿女脱贫致富奔小康的精彩故事，也颇具新方志文学的品格。可以说，从创作观念、写作姿态、创作方法到文体，近年这一类作品一直在引领文学关注现实，书写现实的热情。新方志文学的命名，即是对这类作品美学特征的概括。创造新时代文学的历史，需要有更多这样的作品。

往前一点追溯，进入新世纪以来，尤其是党的十八大以来，随着经济社会的快速发展，地方性知识整体性、结构性、历史性变动的文学书写，就已经出现在了不少作家的笔端。蒋巍的《闪着泪光的事业》写高铁建设的辉煌速度。《惊涛有泪——南阳大移民的故事》写的是为了支持南水北调等国家重点项目建设作出贡献和牺牲的南阳人的风姿。《这里没有地平线》刻画模范村支书文朝荣的动人形象，写“苦甲天下”的贵州毕节海雀村脱贫致富的艰辛历程。李春雷的《塞罕坝祭》写一百多名大学生为改变京津地带风沙危害，五十多年无怨无悔，终于造出了世界上最大的一片人工森林的事迹。张胜友的《风从海上来：厦门特区建设 30 年》写城市变迁等，已经开始彰显出新方志文学的品质。稍后，以“非虚构小说”命名的乔叶的《拆楼记》《盖楼记》，以及韩作荣写长沙的《城市与人》，聂还贵的《中国，有一座古都叫大同》，何建明写苏州的《我的天堂》、写重庆的《国色重庆》，王军记述北京城半个世纪沧桑的《城记》，李文明《我们这五年》写黔东南苗族侗族自治州“十二五”期间的重大发展变化等，其艺术描写的现实关怀，也都指向了地方性知识的整体性、结构性、历史性变迁。欧阳黔森的《看万山红遍》更是在新时代的历史巨变中，融入了自己浓浓的乡愁。这里的乡愁不同于传统意义的游子情怀，而是包括生态自然、现代化速度、脱贫致富、社会和谐等愿景在内的乡愁。“看得见山，望得见水，留得住乡愁”，在这里蕴含的是中华民族伟大复兴的远大理想。

方志与文学，自古以来关系密切。有些地方志本身就是非常优秀的文学作品，如《水经注》《洛阳伽蓝记》《两京赋》《三都赋》。在《三都赋》的序言中，左思明确说：“其山川城邑，则稽之地图；其鸟兽草木，则验之方志；风谣歌舞，各附其俗。”不少地方志的“艺文”部分，或收录文人、诗人的作品，或关乎他们的经历、传记，是文学研究的宝贵资料。至于地方志所记载的“一方之事”，则可以作为文学创作的素材。与地方自然地理、名胜古迹有关的诗文，在中国文学史上不胜枚举，明清两代的地方志中大量地收录的“景观诗文”即是突出的例子。直到当代，这样的作品仍不少，如贺敬之的《桂林山水歌》之类。显而易见的是，融入了时代变迁内涵的独特自然地理、山川名胜，能够唤醒诗人沉睡的诗性。反过来，景观诗文亦能提升地方的文化品相，让它们享有更多的知名度和美誉度。这便是“诗以地兴”“地以诗传”现象，在中国文学史上并不鲜见。

文学与方志之还有一层关系，那便是乡愁。不少地方志对地方性知识整体性、结构性、历史性变动的书写，都有乡土情感的最终依托。由于地方志所记载的主要是“一方之事”，故修志者中，一般都会有乡邦人士参与，有的还是担纲者或主撰者。作为中国地方志中的名家名作，《遵义府志》的主要纂修者郑珍、莫友芝就是遵义人。至于诗人、作家以故乡的“一方之事”来寄寓乡愁者，那就更多了。

不过，尽管文学与方志有着诸多割不断、理还乱的关系，仍不能把文学作品直接等同于地方志。两者毕竟属性迥异，且写法不同，成规也不一样。地方志的作用主要是资政、教化、存史，修志是政府行为，要依据法律，由专门机构组织实施。而文学作为审美意识形态，与地方志有着完全不同的创作规律与特点。在新时代历史巨变面前，文学尤其能够成为感应的神经、审美的载体。按有关条例规定，修志的周期一般为 20 年左右。为修志的科学化、规范化、法治化，地方志滞后于现实变迁乃是不得已的选择。而当老旧的地方志跟不上时代变迁的节奏，新的地方志又暂告阙如的形势下，及时反映新时代历史巨变的职责，就落到了新方志文学的肩上。在这里，对新时代历史巨变的及时反映是新方志文学的价值理性，而历史担当则是它的实践品格。

从前面提到的那些具有新方志文学特征的作品看，新方志文学在描写新时代历史巨变时，首先关注的是地方性知识整体性、结构性、历史性变动过程中人的行为与精神风貌，其次才是面对历史巨变时的“验之方志”“稽之地图”意识，这就与地方志的写法和成规有了内在的联系。在作家笔下，地方志所记载的“一方之事”，会成为文学描写的重要参照。以欧阳黔森的《看万山红遍》为例，作品不仅记录地方性知识的变迁，不仅有对当地风俗、传说、物产、舆地的追述和介绍，它更在意的是地方性知识变迁过程中人的精神、心理和性格描写。如果说旧地方志的一大特点是只关注现实变迁的成果、结果或现状的话，那么，《看万山红遍》用文学的方法描写地方事物、叙述地方的历史巨变时，更注重的是现实变革中人的作用。它要铺陈、呈现的是过程，因此需要以充沛的激情呼应时代精神，需要撷取历史性变迁过程中时代社会各种因素，尤其是能够给地方历史性巨变带来巨大影响的人的性格、心理与精神风貌。在《看万山红遍》中，“万山”既是地名，更是毛泽东诗词的英雄气概与雄浑意境，隐喻新时代的宏伟画卷。同时，万山还寄寓着作家的乡愁。《看万山红遍》既是在讴歌新时代，也是在书写蕴含着生态自然、现代化速度、脱贫致富、社会和谐等愿景的乡愁。以此为基点，在描述万山地方性知识的整体性、结构性、历史性变动时，欧阳黔森的着眼点始终离不开《万山志》《铜仁府志》等地方志，不时以地方的建置沿革、经济社会发展，以及山川地理、物产、风情、风物、风俗的今昔对比作为参照，以衬托新时代的巨变。这就是新方志文学极有代表性的写法。从现实关怀的角度，《看万山红遍》需要有精准扶贫、脱贫攻坚过程中感人的情节和细节，在写到具体的地方历史、地理、物产、风情，包括刻画人物心理、性格和精神风貌时，欧阳黔森还借助民间故事、传奇、传说、掌故等，让自己的叙述变得更加形象和生动起来。这种史志与文学相结合的写法，是一种新的尝试。作为一篇为地方、为家乡立传的作品，也许欧阳黔森并没有“新方志文学”的自觉，但他的地方文化自信非常强烈，“新地方志”纪事的色彩也非常明显。铜仁、万山将来修志，《看万山红遍》将会是重要参考。从这个意义说，为地方志编撰积累资料、素材，甚至提供视角和思路，也是新方志文学的一大价值。

“新方志文学”的命名也许有点标新立异，但类似的说法很早就有。贾平凹的《商州》系列出来之后，就有人称之为“新方志小说”。还有更多的作品被称为“新方志报告文学”，如前面提到的《城市与人》《中国，有一座古都叫大同》《我的天堂》《国色重庆》《城记》《我们这五年》等，它们都关乎地方的前世今生，都是为地方、为故乡立传的作品。值得注意的是，近年如族谱、家谱、志书类的报告文学也已出现不少，被人称为“史志报告文学”。赵瑜在谈到史志报告文学的特点时曾说，这样的作品具有新闻性和现实性，可以引导作家从对历史幽深之处的追索和探问开始，最终回到对现实性的关怀上来。而这一点，也是我们对新方志文学充满期待的重要原因。

此文系贵州省社科规划办重大委托项目“欧阳黔森创作的历史理性与价值建构研究”（项目编号：18GZWT01）的阶段性成果。

**《光明日报》2018 年 11 月 27 日**

# 《绝地逢生》：脱贫攻坚的文学书写与时代影像

颜同林

乡土书写在当代文学创作史上的普遍模式是以村落叙事为代表，将时代变革、社会风貌、特色主题、人物刻画安置在具体村落里面，以小见大呈现出时代变迁中的人性侧面和人物命运，实在是屡见不鲜的文艺现象。不论是南方还是北方，不论是自然村寨还是多民族杂居村庄，村落多数是依赖血缘、婚姻、家族等聚居而成，熟人社会、乡村伦理制约着乡间人物的言行举止与思想性格，也是顺当得很的事情。不论是衣食住行、婚丧嫁娶，还是兴衰荣败、人伦纲常，就像不同地域空间中土地上的庄稼，在四季面前变换着颜色与品种。人与自然、人与人之间的关系便成为了窥视村落叙事的窗口，这一基本范式的形成与演变，可以说算得上久经历史风雨的冲刷而屹立不倒。

在贵州新文学史上流光溢彩的知名小说家，大凡有乡土小说创作热情的作家对于村落叙事的坚守与思考也是一以贯之。蹇先艾的黔北乡村，何士光的黔北青羊场、梨花屯，欧阳黔森的三个鸡村、梨花村，以及 70 后、80 后代表性作家肖江虹的猫跳河系列村庄，曹永的迎春社、野马冲等，都是黔地小说中具有独特民俗与风情的村落。作为当下贵州文坛的领军人物，欧阳黔森在小说创作的背景与素材方面，一以贯之都是置放在贵州背景里面，不论是短篇小说，还是中篇和长篇小说。以雷达、董之林、孟繁华、陈晓明、周新民、李遇春、杜国景、谢廷秋、颜水生等为代表的评论家在评论欧阳黔森小说创作时，也很看重贵州题材对于欧阳黔森的重要意义。——相对于三个鸡村、梨花村这样的黔东村落叙事而言，乌蒙山区腹地的盘江村（先是盘江大队，后改为盘江村），成了欧阳黔森小说创作地域背景中的又一个典型村庄，盘江村被赋予了新的时代意义，成为乡村脱贫攻坚的一个响亮音符。极度贫瘠、石漠化地貌典型的乌蒙山区腹地村庄——盘江村，曾是一片被联合国教科文组织列为“不适合人类居住的地方”，是一个人类生存的“绝地”，但是它却开启了乡村振兴最先行动的时代大幕。早在 2008 年全国两会期间，同名电视剧《绝地逢生》在中央电视台第一套黄金时段播出之际，它便引发了全国文艺界的轰动效应。“盘江村”成为全国最先进行生态扶贫、科学发展、同步奔小康的村落代表，它既作为贵州乡村的现实符号而存在，也作为一个文学书写的象征符号而存在。站在今天精准扶贫的高度来审视，这一先行的作品恰恰具有象征的意味，无疑具有多重启示特征。

以长篇小说《绝地逢生》[1]为中心，结合同名电视剧来探讨小说的主题思想、人物形象、艺术内蕴，并在时间维度上将欧阳黔森在此前后不同阶段的创作进行整体观照，以及将同时代作家反映贵州脱贫攻坚主战场的同母题创作进行多维对比，目前还缺乏相关的跟踪式研究。基于此，本文先行一步，试图进行溯源式考察，在深入文本的基础上进行综合研究。

[1] 除电视连续剧《绝地逢生》曾获中宣部“五个一工程奖”、全国少数民族题材电视剧质量评析一等奖、中国电视“飞天奖”“金鹰奖”之外，长篇小说《绝地逢生》也曾获贵州省“五个一工程奖”，贵州省政府文艺奖，中国作协、中国国土资源作协“中华宝石文学奖”。

长篇小说《绝地逢生》是以乌蒙山区一个布依族、苗族、汉族等多民族杂居的村落为背景，讲述村支书蒙幺爸带领全村人进行脱贫致富奔小康的乡土中国故事，形象地反映了我国内地农村改革开放以来三十多年的发展历程。从小处着眼，《绝地逢生》是新世纪以来文艺创作在村落叙事上的典型个案；从大处立论，则是作家“以人民为中心”，坚守“社会主义伦理原则”[1]的生动呈现，显然具有特别而重要的参照价值。

## 一、从《八棵苞谷》到《绝地逢生》：主题的承续与衍变

在接受文学媒体采访时，欧阳黔森简要回顾了自己几部代表性长篇小说与同名电视剧的先后关系。“《奢香夫人》是小说在前，是出版社为了等央视一套黄金时间播出时，同时推小说市场会好些。《绝地逢生》其实最早来自于我发于《十月》的中篇小说《八棵苞谷》。后拓展为 20 集电视剧剧本《绝地逢生》，再后是出版社需要改成了长篇小说《绝地逢生》。有小说在前当然文学性更强一些。但小说与影视是不同的艺术形式，一种是语言的艺术，一种是视觉视听艺术，两者不好类比。不过，我还是赞同小说改编为影视，影视改编为小说是不恰当的。”[2]从接触电视剧本的先后顺序来看，欧阳黔森在《雄关漫道》一炮打响后，接着写了一部农村题材剧，剧本名称是《布依人家》，定位是轻喜剧风格的民俗风情片，剧中故事跨度则为 2000 年到 2007 年。据欧阳黔森自述，就在 2008 年全国两会期间，他与央视影视部副主任傅思讨论《布依人家》时，后者建议他改为《绝地逢生》，时间跨度则从 1978 年写到 2005 年，拉长现实物理时

[1] 颜水生：《社会主义伦理与讲述中国的方法——欧阳黔森论》，《中国现代文学研究丛刊》2019 年第 5 期。

[2] 舒晋瑜：《欧阳黔森：创新与突破，必须置身于自己的沃土》，《中华读书报》2014 年 7 月 30 日。

间跨度，覆盖改革开放以来西南农村至今翻天覆地的深刻变革。显然欧阳黔森听从了这个建设性意见，回头对《布依人家》进行了根本性的改写，主题、结构、人物各方面都有大河改道式的调整改变，在台词方面则全部推翻重来。

这是一种艺术样式全方位的改变和刷新，既涉及内容、主题、结构，也涉及时间、人物、语言等方面。从中篇到长篇、从剧本到小说，其中的承接和延续是有据可依的，两者的区别也显而易见，自然而然提供了某种追溯、复原与寻找的理由。《绝地逢生》脱胎于中篇小说，又是在电视剧剧本的基础上进行修改，其痕迹十分醒目，优劣自现也在情理之中。翻查一下原始资料，作品的前因后果是这样的：《八棵苞谷》发表于《十月》2004 年第 5 期，《绝地逢生》刊发于《十月》2009 年长篇版，《绝地逢生》在杂志发表之前还由贵州人民出版社于 2008 年年底出版过单行本。比较《八棵苞谷》与《绝地逢生》，其意义也在这样的链条中得以彰显。正因如此，借助结构主义的文学批评方法，自然较为容易窥其内在奥秘。结构主义认为“事物的真正本质不在于事物本身，而在于我们在各种事物之间构造，然后又在它们之间感觉到的那种关系”[1]。《八棵苞谷》与《绝地逢生》之间的“构造”与“关系”中，两者相互参照，其意义不言自明。

中篇小说《八棵苞谷》的地域背景是苗岭腹地，出现的地名是苗岭镇、太阳乡、白鹰村。此小说讲述的是偏远、贫穷、落后的白鹰村老歌王龙起民和儿子三崽的日常生活，围绕三崽的婚姻大事而展开这一角惨淡的人生。因村寨地处石漠化山区，山峰林立、沟壑纵横，属于典型的地少人多山区，使困居此地的山民代代陷入赤贫之境，常常滑入饥饿至死的边缘。老歌王因为儿子三崽讨不到对象而只能以女儿去邻村换亲，但女儿又不同意，引

[1] 霍克斯：《结构主义和符号学》，瞿铁鹏译，上海译文出版社，1987，第 8 页。

发了一系列的矛盾。结局是地质队在离白鹰村十多里地的五里坡发现了乱石层下有粘土层，开发出来后可以让村民获得生存所需要的足够土地而进行易地搬迁，易地搬迁扶贫之后，白鹰村也经过了从赤贫村到小康村的大转变，这样改变了山里人的生存环境，也一举解决了三崽的婚姻大事。小说的基调是沉重、苍凉的，作者采用现实主义的手法进行勾勒与聚焦，内容集中单一，主题则较为狭窄。小说人物除了三崽父子之外，还有三崽 18 岁的大妹，以及田家湾田茂华一家。原本龙家准备将大妹许给田茂华家四崽，田家二妹嫁给三崽，但因为龙家大妹喜欢村里杨家二崽，在三崽爹差一点跪地求情之际才勉强答应换亲之事。小说叙述到后面也发生了些许变故，龙家大妹赌气要晚两年嫁过去，可三崽 26 岁了很难再等待，又引起了新的矛盾，这是小说中经典换亲情节的人物与细节补充。除此之外，其他人物招之即来、挥之即去，且多半由土地引发，如三崽舅舅带来杨乡长口信，要龙起民带着大妹去五里坡为搞土地开发的地质专家们唱山歌，龙起民断然拒绝，原因是杨乡长以前在白鹰村当村长时少分了土地给他，把龙起民开荒刨出的一分地算成生产队的地，两人由此结怨甚深。当然，这一人物之间的怨气和过节随着地质专家们在五里坡的石层下发现了粘土层，部分民众移民过去可以每人分到一亩地而消解，最终心情无比舒畅的老歌王一展歌喉，唱起了扬眉吐气的山歌。田茂华一家也因此没有强求换亲行为需同时进行，三崽娶了田家妹崽，新的山区农家生活得以崭新开始。

《绝地逢生》的地域背景是乌蒙山区腹地，村庄之名移到了人多地少、极度贫困的盘江村。这里石漠化极为严重，简直是人类生存的一方绝地。虽然党和政府长期进行扶贫和救济，村支书蒙幺爸带领村民为解决吃饭问题也进行了艰苦卓绝的生死抗争，譬如节衣缩食、冒险开荒地、修水库，但都收效甚微。后来在省委领导、地方政府的重新规划之下，走上了“扶贫开发、生态建设、人口控制”的乡村发展新路，蒙幺爸带领村民们因地制宜引种果木、花椒，修水窖、公路，搞乡村旅游、农家乐，以及创办村级企业进行花椒产业深加工，为大型水库修引水渠道，走上了人与自然和谐发展的生态致富之路。小说中主要以四五户人家为重点，一是蒙幺爸一家，讲述他和三个儿子的人生奋斗历程，掺杂着全家四个男人的婚恋故事；其他如副队长布依族歌王韦嘎公一家，劳动模范黄大有一家，王结巴一家。另有村会计李贵民、村民吴阿满等家庭作为辅助。小说以两千多号人的盘江村为主，也牵连到邻近南关村、水田村等，往上一级则是盘江镇、乌蒙县城，具有宽广的空间纵深。

以上是粗线条的故事复述、勾勒，以下则是异同之点的细化，主要从以下几个方面进行论述。两部小说的相同之处较多：一、都以贵州穷乡僻壤作为背景，落实在特定的极度贫困的村寨叙事之上。图生存、谋发展是小说共同的主题。白鹰村是苗岭镇最僻远、最贫穷的，盘江村则是盘江镇最僻远、最贫穷落后的，村寨的基本原貌是地少人多，村民对土地的依赖极其严重，可土地越来越石漠化，天灾频发，农业产出越来越低。小说中很多人物之间的矛盾、冲突，人物性格的塑造都是在这一历史背景下展开的。人与自然的矛盾、脱贫发展是故事的主线，走出人多地少的怪圈，将土地合理利用，适度控制人口，走出一条人与自然协调发展的新路则是曲径通幽的共同主题。二、民以食为天，吃饭问题成为压倒一切的大事。因为饥饿致死的惨痛经历，村民一睁开眼便将解决吃食视为要务。吃不饱、吃不好是十分普遍的现象，有时苞谷饭、野菜饭也难以吃上，更不用说吃肉食了。譬如村里常饿死人，龙起民的两个姐姐是饿死的，盘江村蒙幺爸的妻子、王结巴的妻子都是饿死的，由此可见一斑。对粮食的珍惜、热爱，对饥饿的恐惧，都已经深入村民的骨髓了。三、由于贫穷落后而导致的社会问题十分严重，比如小孩多数不读书，缺少读书的环境，文盲太多。因为贫穷、落后，村寨小伙子找不到对象，光棍太多成为村寨的突出社会现象。比如白鹰村是光棍多，外村女子不愿意嫁过来，出不起彩礼是表征，实际是生存困难，看不到希望的曙光；盘江村先前在当地则有“光棍大队”之声名，村支书蒙幺爸一家也不例外。四、在生活物资极度供应不足的情况下，唱山歌、喝酒、穷开心则是村民生活的另一面，龙起民是白鹰村的老歌王，其女儿也善于唱歌，“四月八歌舞节”成为方圆数十里村民的重要节日，大小公开场合有唱歌解忧、喝酒喜庆的传统；盘江村韦嘎公以及他的女儿韦号丽也是以唱歌著称，收养的牛娃后来成为新的歌王，布依族“六月六民族风情节”是当地文娱活动的重要节日，后来民族歌舞成为发展乡村旅游的招牌和助力。

总结起来，从结构主义的叙事功能来看，两者之间类同的叙事要素有以下方面：1. 地少人多的黔地村寨；2. 极度贫困的村民；3. 土地石漠化；4. 政府发救济粮；5. 村民饥饿致死；6. 儿童失学；7. 重男轻女现象；8. 光棍成灾；9. 换亲；10. 父亲下跪求女儿答应换亲；11. 严重缺水；12. 远途挑水；13. 歌王唱山歌；14. 喜庆的歌舞节日；15. 喜欢喝酒；16. 易地搬迁；17. 用罐子埋藏苞谷以防灾年。这些叙事要素，统一指向黔地极度落后村寨的生存困境，人物的活动、性格、思想也与此密切相关。

《八棵苞谷》与《绝地逢生》的不同之处也是十分显豁的，主要体现在以下方面：第一，主题的深化、拓展与衍变。首先，在时间上，《绝地逢生》显然比《八棵苞谷》更有纵深感，作为长篇与中篇的区别，这一点颇为明显。科学发展、因地制宜、乡村经济、农家乐等新式概念在长篇小说中扎根，得以深入村民之心。《八棵苞谷》只有一年的叙事时间长度，主要反映地少人多的毛病，缺乏更高层次的思想引领，格局较少。其次，在主题、空间方面，《绝地逢生》站位高远，形象地展现了乡村振兴的各个层面，如劳动、生育、婚姻、诚信、办厂，村干部与镇干部、县里干部之间互动密切，时代格局恢宏。《八棵苞谷》虽然也是从村寨出发，但人物活动空间较少，两者之间明显有本质的区别。再次，在结构上，家庭作为人物活动的单元，《绝地逢生》主要以四五家为代表，串起了一个村庄两千多号人。《八棵苞谷》中的白鹰村是五十二户，生活在不同的山脚旮旯，以龙家和田家为主，单线条发展，在复杂性上明显逊色于《绝地逢生》。

第二，人物性格塑造上的不同之处。首先，主要体现在人物画廊上，《绝地逢生》大大小小的人物数十人，有主有次，人物性格鲜明、英雄气质十分突出。蒙幺爸是盘江村的老党员、老支书，韦号丽是后起之秀，中途担任村主任并在最后接续蒙幺爸一职担任村支书，此两人是小说着力塑造的乡间英雄人物。蒙幺爸性格刚强、从不服输，他公而忘私、大爱无声，是一名伤痕累累的英雄。韦号丽还没有出嫁之前，便主动抚养村民王结巴服刑后扔下的孩子牛娃，带领村民广种花椒，开办工厂，从团支书到村主任再到村支书，前前后后为盘江村做了不少实事，是盘江村基层村干部的理想接班人和勇挑重担者。其次，《绝地逢生》的人物塑造是以事业、爱情、婚姻综合起来为纽带，从而串起这些人物的诸多行动。长篇中的主要人物是蒙幺爸一家，一家四口都是男丁，三个儿子蒙大棍、二棍、三棍，加上有老棍之称的蒙幺爸，是盘江大队在外界盛传有棍子大队之说的一种譬喻。蒙大棍与黄大有之女黄九妹自由恋爱，因家里拿不出彩礼而失之交臂，他失恋后在恶狼谷种桃树，后因为考虑经济价值而改种花椒树，最终和死了丈夫之后迁回娘家的黄九妹结婚成家，是乡村版的“破镜重圆”叙事。蒙二棍虽然读书不多，但脑袋灵活、嘴巧能干，不愿像父辈一样死守故土而到县城做杂工、开土鸡店、做花椒销售，与村邻韦嘎公之女韦号丽结婚成家；后来他为村里做了不少实事，可惜的是最后因为给村里送抗洪物资时在返村途中死于泥石流。蒙三棍农校毕业后在区里任职，后当区委副书记，再到县里当农办主任，他与青梅竹马的禄玉竹进行了马拉松长跑式的恋爱，最后修成正果。这一人物原型落脚于乡村与城镇之间，是城乡交叉地带的典型。蒙幺爸自妻子去世后一直是个光棍，虽然喜欢镇上开小酒馆的老板娘但一直羞于出口，最后执着此也成功了。这是盘江村“棍子大队”四个光棍汉先后成家立业的故事，同时也因为蒙幺爸一家的大儿子、二儿子的婚姻，分别与同村韦嘎公一家、黄大有一家发生种种关联。《绝地逢生》中这些人物的塑造立体化、有个性，包裹在诸多情节之中，是《八棵苞谷》所不及的。

第三，作品思想内涵上，《绝地逢生》张扬的是贵州乡土脱贫书写，思想内涵里既有陈旧的习见的内容，也注入了新的时代元素。在乡土书写中，科学发展、脱贫攻坚、精准扶贫等，都是这一主题的不断生发与演变。可以说，《绝地逢生》作为一个历史阶段中有地域性标志的文艺作品，是当下农村变革的艺术呈现。它塑造了新型的基层干部，塑造了新的年轻农民形象，加上改革开放以来风云变幻的历史纵深，村寨、乡镇与区县的多重空间布局，注定会在反映现实生活的广度、深度上有大气象、大格局。

## 二、从电视剧到长篇小说：新的形式与副产品

上述部分已有说明，《绝地逢生》是先电视剧而后长篇小说，小说是电视剧《绝地逢生》的副产品。从电视剧 20 集剧情来看，基本上对应长篇小说 20 章的内容。虽然人物的言行、事件，不同场合的出现，以及人物的台词都有不少变动，但主要结构、事件、意义单元都是基本相同的。

因为电视剧和小说的艺术形式不同，导致长篇小说《绝地逢生》在文

本形态上留有较多剧本的痕迹。这一写法十分独特，采取多线同进、分镜头并存、叙述情节交叉错综发展的方式，有它固有的长处，也有其先天不足之处。譬如影视文学的分镜头写法，叙述上的分裂、情节的不连贯显而易见。为了弥补这一缺陷，欧阳黔森采取以事件、情节交错展开的方式，多线索推进，重人物言行，轻人物心理刻画。作者的叙述视点是全知全能式的，像摄像机一样俯视人物的活动与言行，一定程度上抵消了叙事艺术上的不足。至于主题的理想化、人物的英雄色彩、矛盾的多元冲突等方面，则是其鲜明的风格之所在。从小说结构来看，多线索、多维度、多平面的并置或推进，弱化人物心理描写，相应强化了故事的画面感、现实性。经过读者的还原与拼合，大体可以放置于一个村落叙事的框架之中，还是连续不断和可接受的。这是作家化不利为有利的一种艺术心理补偿，也是一种巧妙的叙事穿插。以下便是这几个方面的实际情形的理论归纳和提炼。

第一，二元对立的张力结构，始终贯穿小说的首尾。首先，这是以粮为纲与产业调整的矛盾与冲突。整个长篇小说结构，前半部分主要是以粮为纲来统领，蒙幺爸为了村民的口粮，以村民的温饱为着眼点，也限于时代的局限，不得不毁林开荒，蛮干修水库等。镇里的干部，如后来当上盘江镇镇长的马晓华，也有很多时候围绕粮食为纲来做文章，在违背自然规律的情况下做了一些得不偿失之事。韦嘎公、黄大有等农民更是以为农民天生是种地的，种出粮食是天经地义之分内事，如何增加粮食产量，如何增加人均田土面积，如何向贫瘠的土地索取，是祖祖辈辈传下来的根深蒂固之观念。小说后半部分，即在各区镇开展“建、并、撤”工作，盘江区变成盘江镇、盘江大队变成盘江村的历史背景下，党和政府的“三农”政策有所调整，村里也进行了党政分开，韦号丽等新一代农民走上前台，这一历史阶段农村慢慢改变了种粮为纲的观念。譬如，即使是有闯劲、干劲、韧性的蒙幺爸，在儿媳韦号丽当上村主任之后想大面积改种花椒，提出将以前开荒出来的三百亩坡地全部种上花椒时，一时也难以接受，后来经过反复的考验最终转变了观念，成为改革的推动者。从计划经济到土地承包、农村劳动力转移，从单纯种粮到搞养猪专业户、种植以花椒为代表的经济作物，得到实惠的农民们才慢慢地转变观念，这是一个漫长而痛苦的历史过程。“以粮为纲”在盘江村逐渐蜕去它的华丽外衣，中间是一代人的距离。又比如小说中的先行者蒙大棍，最先种桃花、种花椒，是由于失恋，由于兄弟二棍在县城开麻辣土鸡店之便利，或是阴差阳错，或是无心插柳。跟在蒙大棍身后觉醒的盘江村人，对农村产业调整的接受、执行，既是受到眼前利益的诱惑，也是顺势而为的新时代的新行为。其次，这是科学发展与愚昧守旧的矛盾与冲突。盘江村贫穷落后，主要是政策沿袭、失误和村民观念较为愚昧、落后等造成的。蒙幺爸年轻时，为了大炼钢铁，将周围山上参天古木全部砍伐，留下了恶化环境的后果。饥不择食之时，蒙幺爸带领村民开荒种粮，都是恶化生态之举。过度开发，过度向土地索取，自然会受到大自然的有力惩罚。相反，在科学发展、尊重自然的生态建设理念下，种果木、栽花椒的好处便是能有效防止水土流失，变荒山野岭为青山绿水，又能产生显著的经济回报。在小说的第 14 章，作者设计了一个重要情节，江老板千方百计想在盘江村开办大理石厂，因为能为镇里创造每年八十万的税收而得到镇长马晓华的默许与力推，但也正如蒙幺爸所言，怎么可以八十万就把盘江村卖了呢？！吃过不少苦头的盘江村人醒悟过来了，坚定地将得不偿失的这笔外来投资拒之门外，便是血淋淋的现实教训。据后来的情节发展，邻近的乌江镇小屯村得了这个大理石厂，最后叫苦不迭，小屯村村主任最后来盘江村取经便有力地印证了这一点。至于小说后半部分，办厂深加工还是销售原材料也是一对矛盾，外来厂长与本土村民的冲突同样如此，这样的二元对立结构在小说中处处可见。

第二，《绝地逢生》这一小说，在人物活动上有出走与返乡的经典化构思。逃离故土（盘江村）与返乡创业的思路贯穿在小说的不同人物身上，成为乡村振兴的一个重要隐喻。人是第一生产力，人员的流动、走向与汇聚，可以看成经济荣衰的症候。因为穷山恶水，在贫困之地维持不了人的基本生活，逃离故土成为一种潜伏的可能。王结巴妻子生小孩因饥饿乏力而死，王结巴咒天骂地之间，幻想下辈子出生在一个有白米吃的地方就好。被蒙幺爸树立的劳模黄大有想偷偷到外地去做木工活，黄九妹父母因为看重外村相对较好的条件，也为了儿子的亲事生生地硬着心肠将女儿外嫁他村。蒙二棍溜出盘江村到县城打杂工、开店、经商。吴阿满等村民因为火石坝可以提供每人一亩地而执意集体搬迁。蒙二棍想在城里买房、扎根，千方百计想把妻子韦号丽也带离村庄到县城去发展……逃离苦地、绝地成为先觉者一种悲壮的不二选择。故土难离这个道理大家都懂，但为什么还是都要硬着心肠逃离故土家园呢？毫无悬念，是因为这块土地不能养人，不能给人以希望。在结构上与此相对应的是，返乡也是其中典型的情节。外出的村民最终都陆续回来了，比如王结巴在外面打拼十多年，还是回乡创业、重整旗鼓。黄九妹因为丈夫去世，土地被公婆收回而回到娘家，盘江村重新接纳了这位遭受家庭变故的受害者，黄九妹最终找到了新的归宿。黄大有坚持住了考验，在村里成为能人，日子越过越红火。蒙二棍回乡和妻子办厂、创业，最终魂归故土。除了这些之外，那些没有条件外出的村里人则在蒙幺爸的带领下，一步一步向前迈进，向命运发起一轮又一轮的主动搏击。小说中有这样的细节，蒙幺爸是爱好面子的人，既要自己的脸面，也重视盘江村的脸面，视乡土的脸面比自家性命还重要，他为了这片绝地上村民们的吃穿住行而苦恼，为了村邻外迁他地而痛苦。在去城与留守之间，韦号丽选择了在村里发展，勇挑村里领头人的重担，矢志不移带领村民们把盘江村建设得美如画卷。正如小说中南关村张支书与盘江村蒙幺爸吵嘴时所说的“石头开花”的故事一样，盘江村不缺石头，全村有的是石头，喀斯特地貌的石头上能开出花，既是指遍布石头的山上重新种上果木、重新植被，也是暗指“青山绿水是金山银山”的朴素真理。石头开花自然能重新汇聚人心、走上小康的生活新路，这也是乡村之所以能振兴的康庄大道。

第三，如何扶贫脱贫，如何发展自立，是中国乡土世界现代转型的重要命题，也是中国广大农民走向新生活的重要命题。贵州曾以贫穷、落后著称，在当下则是脱贫攻坚、精准扶贫、决胜全面小康的主战场。在这个意义上，《绝地逢生》预见性地提供了生动的案例。改革开放之初，政府对盘江大队这一贫困村寨发粮食、衣服、种子、化肥，到后来输血式扶贫，如发猪崽，这些扶贫工程当然有其意义，但没有从根本上让乡村脱贫。究其原因，一方面是援助有限，一方面是贫困村民接受这些施舍时没有脸面、没有尊严。为了脱贫致富，还是要因地制宜，进行产业调整，村民自己要富起来才会挺得起腰杆。盘江村经历了救济式扶贫、输血式扶贫、造血式扶贫，都没有根本解决问题。相反，发展本土经济，重视乡土重建，种植适宜山区生长的经济林木，经济上有多倍的回报，村民的尊严才会找回来，盘江村人的精神面貌才得到真正的解放。在小说第 8 章，盘江大队修路工程如火如荼地开展起来，工地一片繁忙景象。蒙二棍受张麻子之托要带青壮年进城搞工程，这是农村劳动力转移，说白了还是逃出乡土的一种方式。农村劳动力外出打工，在南方农村极为普遍。但是这仍然是一种短视的行为，真正的乡村振兴是农村产业调整、升级，农村产业符合当地实际，实现更高层次的自足，从而把城里人、外地人吸引过来，形成一种逆向式的回流。山区村寨也不只是种粮而已。在小说第 12 章，记者来采访蒙大棍，受此启发的村民们逐渐不再看重粮食，而是重视经济作物、农村副业。这一现象说到底是科学发展的胜利，是实事求是、因地制宜的胜利。种果树、种花椒，开办企业让村民变成工人，留住人从而彻底改变村寨面貌。试以蒙大棍为例，因为种桃树的经济效益不如种花椒，他就改种花椒。后来听从二棍的建议，最先在村里开办农家乐搞旅游。又比如村里广种花椒，打破了单一的农耕时代看天吃饭的风习。村民种花椒一多，慢慢积压，不得不寻找突破口，不得不开办深加工企业。这是一个逐渐地由穷而富的过程，人心的变迁、民风的转变便在其中。脱离贫困、解决温饱、走向小康和共同富裕是小说情节的主线，贯穿下来之后的这种结构性力量，让长篇小说的情节发展、演变慢慢成为背后重要的推手。人物的思想、言行也系于这结构之内，成为一种挥之不去的审美存在。

第四，山区人物的性格及其转变，两代人之间的交叉，城乡之间的对峙，经纬交错织成一幅新的黔地刺绣。《绝地逢生》可贵的是没有以旁观者的态度或高高在上的姿态来观察和描写农民，而是密切关注中国社会深刻变化的事件或运动，关注乡村的日常生活、社会风习。在小说《绝地逢生》中，作家将一个村庄的人物错落有致地呈现出来，刻画了人物的言行与思想，强调了人物行动的意义。在小说中，两代人的故事交叉进行，选择了代表性人物进行叙说。首先，作为老一辈的盘江人，以蒙幺爸、韦嘎公、黄大有等人为代表。比如蒙幺爸这个人物是立体的，是一位大写的农民英雄。在艺术表达上，或者通过他在盘江村的事业来凸现，或者通过南关村支书与他作为对比而存在，其一辈子不服输的精神、实干的精神，无疑是最值得佩服的。其次，小说还写到一代新人的成长，蒙幺爸的三个儿子，以及韦号丽、李亚军等便是其中的佼佼者。再次，《绝地逢生》还写到基层县、乡镇领导的担当、作为，如县委张书记、禄玉竹副县长、盘江镇党委王书记等。在这三类人物中，作家关注农村最为根本的现代性变革力量，促使乡村走向共同富裕的新生之路。正如研究者所言，《绝地逢生》讲述的贫困山区农民生存与发展的故事，“故事里的盘江村，就是当代中国的缩影；故事里盘江村在过去几十年的发展变迁，就是当代中国发展变迁的缩影；剧中人物蒙幺爸、韦号丽、蒙大棍、蒙二棍、王金发等人物的命运，就是当代中国农民乃至全体中国人民的共同命运的缩影”[1]。这一“缩影”不只是属于特定的时代和地域，更是改革开放以来乡土中国走向复兴的崭新征程。

### 三、从写实到象征：乡土贵州的新审美符号

长篇小说《绝地逢生》通过描写贵州偏远山区多民族聚居地盘江村脱贫致富的艰难历程，历史性地记录了西南山区农村改革开放以来的历史轨迹，阐释了因地制宜、科学发展、生态平衡、产业兴旺的新农村建设的典型意义。这个长篇小说是书写乡土贵州的，越到后来，审美的、精神的、文化的贵州形象也得以形成。换言之，在乡土贵州与多彩贵州之间，后者的形象慢慢得以凸显。

首先，审美的、精神的、文化的贵州形象的精华在于自然，在于山水，在于人居环境。小说一开头便在作者手记中这样记载：“美丽，但却极度贫瘠。”盘江村的居住环境：在层层拔地而起的大小山头之间，大榕树遮天蔽日，树下是全村人们的公共活动中心。周围的山头则多数长满了低矮的灌木、荆棘，或是光秃秃的岩石。但是这片贫瘠之地并不一直是这样无情与荒芜。20 世纪 50 年代末在大炼钢铁时，盲目砍伐森林之风蔓延到这

[1] 明振江：《科学发展的艺术呈现——评电视连续剧〈绝地逢生〉》，《人民日报》2009 年 3 月 14 日。

里，山上的原始林木就遭到严重砍伐和破坏。蒙幺爸在回忆这一幕年轻时候的“壮举”时，心中后悔不已。小说第7章叙述刚竣工的小水库留不住水，给全村造成很大打击之后，地质专家来考察盘江村，赞许村里自然风景甚好，只是破坏严重而已。后来植被恢复，到处果木飘香之时，外地游客来到盘江村参观考察，对当地风光则是啧啧称赞。这从某些侧面反映出盘江村的自然风光本身是有价值与潜力的，只不过经过人为破坏，造成了暂时的荒凉与凋敝。一旦重视科学发展、生态平衡，村居环境逐渐得到改善，没有污染的空气、水、环境是人诗意栖居的宝贵资源，“绿树村边合，青山郭外斜”的村庄仍是适宜人类居住的乐园。审美的、精神的、文化的贵州形象中，贵州百姓生活并不只会停留在满足于温饱层面，从温饱走向小康、再走向共同富裕是当下乡村振兴的大旗所指向的诗意和远方。

其次，审美的、文化的贵州形象，其核心反映在人的精神面貌方面，盘江人敢作敢为，一心一意奔小康、追求富裕生活的时代身影，是人性天平中特别有分量的筹码。其中有以下几个方面的表现：第一，自强不息、绝地求生的精神，以蒙幺爸、韦嘎公、黄大有等几户盘江村人为代表，吃苦耐劳，有肯干、实干和苦干的精神。最先是蛮干苦干，后来是巧干实干。不论是开荒种地、兴修水库，还是改变交通、人畜吃水等大事，都是一件接着一件干。这一过程有始有终，成为叙事展开的侧重点。“绝地”如何求生，从赤贫之境如何走向富裕之路，没有这种开拓、韧性、不服输的精神是断断不可的。作为主旋律长篇小说，塑造的基层干部的公义之心也清晰可见。当代小说中不乏形形色色的基层干部形象，但像蒙幺爸这样有血有肉、有大爱公心的村支书还是比较鲜见。差不多全村上下都团结在村支委周围。为什么能团结在一起呢？这是一种信任，是一种“跟着我上”的信任，是村民们从内心深处激发出来的阶级情感。第二，山里人肯吃苦，有担当，有尊严。小说写出了贵州山区几代盘江人的精气神。原名“蒙大胆”的蒙幺爸担负着领头人的角色，当了村干部也是穷得叮当响。作为全村的顶梁柱，他身上最主要的是一种什么样的精神与意志呢？是两千多号盘江人自强不息、互助互爱、自力更生的精神，是维护脸面、爱护村寨信誉的精神。譬如，在蒙幺爸看来，多年来棍子队去镇里挑救济粮，一直是让村人丢脸的事；村民把政府发的小猪崽杀了吃，他以为也是丢脸之事；村民在旱季为了抢水而打架，他教训村民说这还是丢脸之事。第三，做人有良心，人性本善良。《绝地逢生》第 10 章，在二棍出钱替家里和岳父家修小型水窖解决家庭日常用水问题后，蒙幺爸、韦号丽动员二棍把新买的运输车卖了，把准备结婚的钱拿出来买水泥等材料，蒙幺爸要儿子永远记住他从小是吃百家饭长大的。二棍花钱给村里家家户户修好了水窖，解决长途挑水的难题后，盘江人也是知恩图报，自发组织热热闹闹的迎亲队伍，为二棍、号丽举办朴素而隆重的婚礼。小说第 11 章，盘江村通电之后，二棍率先买回来一部电视，刚一开始放映，蒙幺爸就将电视机搬到村委会，让想来看的村民都能看上电视。这些细节呈现的是博大的村邻之爱、乡土之谊。这样的场面与细节很多，类似的人物言行也不少。比如王结巴为了赎罪，也为了报答乡邻的善良，在外出开餐馆、做生意赚钱后，便匿名送回家乡一车大米，后来陆续注资入股花椒厂，为花椒销售、花椒加工厂出谋划策。为了儿子的养母韦号丽一家，他顾及她们的感情而没有马上认领儿子，这也是一种做人有良心、有品格的体现。这种贵州山区乡间的传统伦理、人性之光，还在小说其他地方鲜活地表现出来。“虽然《绝地逢生》明显强化了‘发展’理论在剧情内容中的统领作用，但是它并非将科学发展观作为一种空洞的说教和乏味的图解，而是让这种‘生’的哲理‘从情节中自然地流露出来’。更高明的是，此剧并非只是从‘人与自然’和谐的一极来诠释农民的智慧、政府的决策，而是从更高层即‘人与人’和谐的一极来展开故事，显然后者比前者更为重要。”[1]人与人之间的和谐、友善、关爱，正是人物群像中最为核心的性格特征。

再次，多民族歌舞、新农家模式是乡村振兴的文化根须。乡土振兴的要义是什么，便是每一片乡土都成为百姓的乐土，成为人们安居乐业的诗意栖息之地。生态是基础，产业调整、优化是根本，乡村文化是生命活力的源泉。乡土经济的复兴是一个过程，农林畜牧水产之外，旅游业的蓬勃发展正吸引城市居民、外地民众涌入乡村，乡土的魅力正一步步发挥出来，无声的乡土世界也姹紫嫣红、面貌一新。《绝地逢生》中的桃花谷农家乐，满足了人们对于乡村世界的期待。它既有自然的美丽，也有人工的智慧创造。盘江村作为典型的喀斯特地貌村寨，交通、建筑、卫生一步一步得到质的改变，拳头产品花椒油作为旅游产品的推介，以及六月六民族风情节等原生态文化，都转化为乡村经济的要素。保护生态、留住乡愁、绿色发展，也就留下了村寨的文化根须，留下了乡土的魂。盘江人所创造的经济、文化发展模式，是贵州山水、自然、村寨相互良性互动与结合的结晶，它既是写实的，也是象征的。

以此延伸开来，在写实与象征之间，欧阳黔森一直在脱贫攻坚的文艺母题上发力，结出了丰硕的果子。譬如中篇小说《村长唐三草》《武陵山人杨七郎》，报告文学“脱贫三部曲”《花繁叶茂，倾听花开的声音》《报得三春晖》《看万山红遍》（均发表在2018年的《人民文学》）。与《绝地逢生》相类似的是，以《花繁叶茂，倾听花开的声音》和《看万山红遍》为蓝本分别改编的《花开有声》和《看万山红遍》等影视作品，正在拍摄

[1] 仲呈祥、张金尧：《为何而“绝”因何而“生”——评电视连续剧〈绝地逢生〉》，《求是》2009年第10期。

制作之中，都将呈现多文体融合的特征。同时值得一提的是，在反映民生、反映乡土这一现实主义文艺思潮的影响下，以欧阳黔森为代表的贵州文艺工作者，以脱贫攻坚为题材，陆陆续续有不少优秀作品问世。比如电影《天渠》《文朝荣》《出山记》《三变》，电视剧《云上绣娘》，广播剧《春天的号角》，以及黔剧《天渠》，花灯剧《一路芬芬》等便是其中的佼佼者。至于艺术影响力比上述作品略为逊色一些的脱贫攻坚主题的小说、诗歌、散文、报告文学、影视作品，在贵州近十年的文艺界，最为普遍，也最为常见。立足于现实，以写实为旨归，又超越了现实，并达到象征的艺术世界，这是脱贫攻坚书写在文艺上的新追求与新境界！

## 四、余 论

乡村脱贫攻坚是历史进行时，中国广大乡村必将步入“后扶贫”时代，必将步入乡村振兴、乡村新生的历史新阶段。比如，2017 年党的十九大报告提出乡村振兴战略，至今已在全国各地乡村全面铺开。站在文艺的角度来看，乡村振兴中的美丽乡村、产业兴旺、生态宜居、生活富裕，不是一个个动听的口号，也不是空洞的概念，而是看得见、摸得着的，会呼吸、有活力的村庄。乡村振兴需要数以百万计的乡村作为有力证明，它不只是一个短暂的阶段性的奋斗目标，而是一棒接一棒的接力赛。在这个意义上，《绝地逢生》以黔地今非昔比的盘江村为故事生发地，预见性地提供了这样的美丽乡村标本，在时代的浪潮中其意义自然非比寻常。

作为一部距今十余年的农村题材长篇小说，《绝地逢生》在很多地方还可以看出 20 世纪 50 年代农村题材代表小说的影子。以周立波的《山乡巨变》、柳青的《创业史》和赵树理的《三里湾》为代表，这一批小说反映新中国成立之后中国农村的中心事件，作家们站在农民的立场、观点、情感上，两者十分吻合、一致。譬如柳青重视农村中先进人物的塑造，更富于浪漫理想色彩，具有更大的概括时代精神和历史本质的雄心；关注农村现代化的变革，关注新人的出现和成长，以及农村中人与人之间伦理关系的调整和位置。[1]在这条流动的乡村书写的链条上，欧阳黔森们书写改革开放以来的农村变化，塑造理想丰满的基层干部，以及刻画一代新人形象的农村脱贫题材小说，可以视为对这一农村题材与传统的继承和发展。虽然小说文本上《绝地逢生》有些部分还不太成熟，但从小说到影视，其艺术视野下乡土世界中英雄人物的塑造、理想社会的蓝图勾勒、乡村治理与乡土伦理的规范，毫无疑问都有相当的典型性！

曾有研究者认为《绝地逢生》与《创业史》之间有很多的艺术渊源，在宏大叙事、理想人物塑造、中心人物结构上有相同之处。[2]也有学者认为英雄叙事是理解欧阳黔森全部作品的一把钥匙，《绝地逢生》中充满一种悲壮的理想主义的英雄情怀，“英雄情结或英雄主义的激情、豪情，在欧阳黔森的作品里既是价值取向，也是他的写作姿态和立场”[3]。这些都从不同侧面印证了《绝地逢生》与新中国农村题材小说的内在联系。时代环境的鲜明铺垫与创制，跨时代结构的衔接与承传，乡村人物性格的丰富与细腻，自力更生精神的张扬与挺拔，都让《绝地逢生》在脱贫攻坚主题的书写上具有先行者的独特视野和气魄。

**《现代中国文化与文学》2019 年第 3 期**

---

[1] 洪子诚：《中国当代文学史》，北京大学出版社，2007，第 82—93 页。

[2] 李遇春：《博物、传奇与黔地方志小说谱系——论欧阳黔森的小说创作》，《中国现代文学研究丛刊》2018 年第 7 期。

[3] 杜国景：《欧阳黔森的英雄叙事及其当代价值》，《当代作家评论》2016 年第 2 期。

# 敢教日月换新天

## ——读欧阳黔森《江山如此多娇》

颜同林

报告文学素有文艺轻骑兵之盛誉，绝非虚言。党的十八大以来，报告文学成为新时代文艺书写的主力军，真实广阔地反映现实生活，及时立体地折射时代精神，已非报告文学不可。聚焦全国脱贫攻坚的新时代纪事，聚焦扶贫实践中的新人新事，已是报告文学的主要使命；贵州因为是全国脱贫攻坚的主战场与决胜区，自然耸立成为报告文学的主战场与新高地。换言之，反映贵州脱贫攻坚的报告文学之创作风貌和实绩，自然而然地代表了全国报告文学在这一领域的风貌与成就。

如何审美地反映贵州脱贫攻坚的题材，既有省外具有全国影响的报告文学作家如何建明、李春雷、王宏甲等人涉足其间，已有《山神》《时代大决战》《绿水青山就是金山银山》《塘约道路》等力作，同时也有贵州本土的不少作家在努力耕耘。贵州作家在此领域所涉及的题材、领域，磨炼的历程以及取得的成绩，既是贵州的也是全国的，不论从影响力还是从艺术高度而言均是如此。譬如，长期深入黔地村寨的欧阳黔森，在 2018 年推出贵州精准扶贫题材的三篇报告文学，在同一年度的《人民文学》头条上连续重点推出，即 2018 年第 1 期的《花繁叶茂，倾听花开的声音》，

2018 年第 3 期的《报得三春晖》以及 2018 年第 9 期的《看万山红遍》。三部报告文学全部是贵州题材、贵州故事，内容厚实、风格独特，影响力巨大，成为报告文学领域很难重复的文学现象。另外，王华的《海雀，海雀》，戴时昌的《姜世坤》，肖勤的《迎香记》，林吟的《绣娘》等一大批报告文学也是具有全国影响力的佳构。

时过两年，《人民文学》2020 年第 10 期在“新时代纪事”栏目头条刊出欧阳黔森最新创作的报告文学《江山如此多娇》。作品三万三千多字，相比于他 2018 年所发表的三篇报告文学，《江山如此多娇》有同有异：相同之处都是反映贵州精准脱贫扶贫题材，均是习近平总书记提出的精准扶贫、精准脱贫方略在贵州实践中的艺术呈现；不同的是这一报告文学立足黔北，是遵义地区消除绝对贫困后精准扶贫思想的再发展与进一步丰富。而且，《江山如此多娇》篇幅最长，当下性更明显，气魄也更为恢宏。可以说，置身全国报告文学领域的浪尖，欧阳黔森此作是当下精准扶贫主题的最新表达之一。作品集中书写黔北遵义地区最后一个深度贫困县出列，从深度贫困县、深度贫困村到深度贫困村组，聚焦于脱贫攻坚的最后堡垒，即最难啃的“硬骨头”，意义深远。这种具有标识性的脱贫攻坚壮举，书写最为底层的老百姓的获得感、幸福感，书写脱贫攻坚第一线的广大共产党员和基层干部，以及由此辐射到的整个省市、国家的脱贫攻坚大业，都具有艺术的典型性、标出性。

首先，这是贵州脱贫攻坚主战场的本色呈现。讲好贵州脱贫故事，表达黔地当下生活，尤为重要。贵州山多地少，地薄人穷，武陵山区、乌蒙山区是两大连片山区，加上苗岭、大娄山脉，基本将贵州全境围于群峰之间，到处是山高谷深、沟壑纵横，到处是歧路难行、民生维艰。譬如易地扶贫搬迁，全省便达 192 万之众。经过“十三五”期间的努力，贵州由全国贫困人口最多的省，现在转变成为减贫人数最多的省份，书写了人类减贫历史上的奇迹，在全国的脱贫攻坚格局中最为耀眼。如果说《花繁叶茂，倾听花开的声音》《报得三春晖》是书写贵州农村的新生，《看万山红遍》是集中描述资源枯竭型城市的浴火重生的话，那么《江山如此多娇》则是全方位谱写了贵州黔北的“换了人间”之路，可谓是敢教日月换新天。《江山如此多娇》立足于遵义正安这一深度贫困县的蜕变，上通中央、省市的各级政府，下连乡镇和村寨，集中点则是最后的堡垒，标划出了黔北真正摆脱贫困历史的新纪元。黔北是红色革命老区，正安是黔北唯一的深度贫困县，在脱贫攻坚主战场中，遵义是贵州省第一个消除绝对贫困的地级市，拉开了全省全部脱贫摘帽的序幕。这一历史性的突破，显然离不开党中央精准扶贫、精准脱贫方略，离不开贵州省市县各级基层干部的扶贫实践，也离不开黔北千百万群众的脱贫奋斗！绝对贫困的“清零”，是时代的号角，《江山如此多娇》中的寓意也就如此立意高远、水到渠成，成为主战场新生事物的诗意阐释。

凸显新时代的山乡巨变，是此报告文学的另一个特征。《江山如此多娇》主要以深度贫困县正安县脱贫攻坚为核心对象，侧重三个领域：一是正安湍濠移民安置点，二是正安县经济开发区的吉他产业，三是桴焉镇红岩村的三个村民组。易地扶贫搬迁、特色产业、村组脱贫振兴，都是极为重要的前沿题材。移民搬迁、共谋出路，产业脱贫、弯道超车，成为贵州脱贫攻坚的新路径。对习近平总书记关于精准扶贫、精准脱贫系列重要讲话精神的了然于胸，对贵州脱贫攻坚实践的深入剖析，对各类统计数据的准确运用，各类型人物言行神情的跃然纸上，是作品最为成功之处。譬如吉他产业从无到有，从有到强，集中于书写郑传玖兄弟的创业传奇；桴焉镇红岩村，则独创性地拈举三个村组“大淌千年不开花”到“花开大淌一千年”

的转变。至于市县、乡镇干部或驻村攻坚队员和村民，则囊括了遵义市委书记、正安县委书记和县长，以及像陈昌兴、董志莲、郑兴涛、吴忠友、梁大财、罗付春等人物群像。在报告文学中，欧阳黔森笔下的重点突出，用意明显，用真实的创业故事、扶贫一线的大小故事，以及繁复的案例、数据，阐释了牢记嘱托、感恩奋进的贵州扶贫之路，阐释了脱贫攻坚主战场中的贵州经验和贵州样板。

立足黔北，书写贵州民众脱贫致富的幸福感与获得感，是作品的又一个鲜明特征。报告文学《江山如此多娇》的对象虽然主要是遵义正安，但是以黔北作为中心地域，辐射面却不只是西南省份的一隅，相反而是以点连面，以面成片。作为长期以来冠以欠发达或后发达为标签的地域，黔北在世人眼中是贫穷、落后的代名词。在文艺领域，蹇先艾的《水葬》《在贵州道上》《盐巴客》写的是黔北，寿生的《黑主宰》写的是黔北，石果的《喜期》《风波》同样写的是黔北，何士光的《乡场上》《种苞谷的老人》等还是写黔北……黔北是贫穷的革命老区，也是文学的诗意的土地。到了欧阳黔森的手中，直面黔北既有报告文学《花繁叶茂，倾听花开的声音》，也有影视剧《伟大的转折》等文艺作品。这次到了《江山如此多娇》，则写出了这片土地的觉醒，正如采访千年组中老农所说的“花天”一样，“开天”一说也就是“换新天”，这样大大拓展了范围，深化了主题，将乡土贵州的书写进行到底。换言之，从蹇先艾、寿生、石果、何士光到欧阳黔森等几代黔地作家的文脉传承与创新来看，欧阳黔森的独创性在于写出这片土地的新气象，以小见大地呈现出时代大变局中的贵州新形象。土地的觉醒背后，无疑是黔地民众的觉醒，他们像向日葵一样的笑容，翻身致富后的喜上眉梢，更是无须多言的有力证明。

《江山如此多娇》思想性与艺术性结合紧密，贯通了作者眼见为实的写作姿态。在写法上，作品以采访为线索，以纪实、真实见长，详略不一地写出红色革命老区的蜕变。叙事、描写、抒情、议论等多种手法交错杂糅，融通为一体。“为有牺牲多壮志，敢教日月换新天”，取其奉献至上、改换人间之精髓，移用于此，也是适宜之说。也正因如此，《江山如此多娇》别开生面，是贵州精准扶贫题材在全国报告文学的又一个重要收获！

**《中国艺术报》2021 年 2 月 26 日**

# “纪事”与“报告”：脱贫攻坚主题书写的时代史诗

## ——论欧阳黔森报告文学集《江山如此多娇》

颜同林

报告文学素有文艺轻骑兵之美誉，兼顾新闻与文学之长，新闻性与文学性并重，能及时全面反映社会重大历史事件。党的十八大以来，报告文学作家们充分发挥报告文学“杂体互文”[1]的文体优势，在文坛占据了十分醒目的位置。他们是新时代文艺书写的主力军，朝气蓬勃，大量作品折射出广阔复杂的现实生活，承载着新时代文艺的浪起潮涌。脱贫攻坚主题的报告文学，“是中国现实故事的真实记录，也是读懂中国的厚重书写”[2]，更是“国家大事的时代表达”，“注重讲好中国制度故事，塑造新时代新人，描绘农村变革的现实图景，为当代文学注入了新鲜的内容”[3]。聚焦于脱贫攻坚这一新时代重大主题，以非虚构性文体进行全方位纪事、报告，记录全国各地脱贫攻坚实践中的巨大变革，记载涌现出

[1] 丁晓原：《报告文学的体和变体》，广东高等教育出版社，2020，第 33 页。

[2] 李炳银：《读懂中国的厚重书写》，《中国艺术报》2021 年 1 月 1 日。

[3] 李朝全：《脱贫攻坚主题文学：国家大事的时代表达》，《中国文艺评论》2020 年第 9 期。

来的新鲜事物，塑造脱贫攻坚一线的基层干部和劳动者形象，已是报告文学的崭新使命，可谓“文章合为时而著”。相比于全国，地处西南腹地的贵州，因为脱贫攻坚战役的特殊性和不平衡性，成为了全国脱贫攻坚的主战场、决胜区，成为同类主题报告文学的主战场和竞技场，以及新时代文艺的精神高地。换言之，反映贵州脱贫攻坚的报告文学，既是贵州的也是全国的，后者的意义更为重要。脱贫攻坚的贵州题材，跨越了地域的局囿而代表了全国报告文学在这一领域的水平与风向标！

如何全方位、史诗性呈现脱贫攻坚主战场的实践，如何高度总结脱贫攻坚的贵州经验，可谓八仙过海、各显神通。贵州地处西南腹地，地势险峻、山高谷深，这片苏醒的土地已然沧桑巨变，早已吸引国内一流的报告文学作家先后涉足此地，何建明、蒋巍等人是从事报告文学创作的老将，李春雷、王宏甲等人也占据重要位置，他们多次深入黔地调研采访，并分别有《山神》《时代大决战》《这里没有地平线》《主战场：中国大扶贫》《绿水青山就是金山银山》《塘约道路》等专门以贵州脱贫攻坚为题材的大部头著作问世。同时也有省外作家的报告文学集子，部分内容涉及贵州脱贫攻坚的题材或对象，纪红建获鲁迅文学奖的《乡村国是》、蒋巍的《国家温度》便是。与省外作家相比，贵州本土的不少作家同样在努力耕耘，其中一部分作品足以比肩省外作家的同类优秀作品。贵州作家在此领域所涉及的题材、领域，身心磨炼的历程以及取得的成绩，既是贵州的也是全国的，不论从影响力还是从艺术高度而言均是如此。其中，最为出色的当推欧阳黔森，他以小说、影视剧艺术地反映过贵州脱贫攻坚主题，近几年又以报告文学的方式快速推进，融会了自己长期深入黔地村寨耳闻目睹的事迹和人物，在报告文学领域后来居上，2018 年三上《人民文学》头条，全都是贵州精准扶贫题材的报告文学，时隔两年他又在《人民文学》头条发表《江山如此多娇》，在《中国作家》《人民日报》等报刊也有此类作品发表。同名的《江山如此多娇》一书则收录了作家代表性的报告文学单篇，于2021年3月由百花文艺出版社出版，并收入人民文学出版社建党百年百篇文学短经典。欧阳黔森脱贫攻坚题材的报告文学全部是贵州题材、贵州故事，立意高远、内容厚实、个案典型、风格鲜明，影响十分深远，成为国内同类报告文学创作的高峰。王华的《海雀，海雀》，肖勤的《迎香记》等一批报告文学作品集，角度不同，关注点不同，事件与人物也不同，相同点都是立足黔地，聚焦脱贫攻坚的贵州题材，在全国也有一定影响。其他相关著述也还有不少，或集中以驻村第一书记为对象，或记录各自扶贫经历的心路历程，以独特的方式记录了许多贵州扶贫实践的奋斗者形象，以及这片土地摆脱贫困的历史变迁。此外，贵州省内一些单位组织、策划，并以集体方式编选的纪实性文字还有一些，有些作品文学色彩较好，符合报告文学特点；有些则是社会调研报告，在材料整理、事迹记录、人物记载、数据呈现上也有可圈可点之外，这里就不一一罗列了。“考察脱贫主题文艺出版的生产机理，不难发现脱贫主题出版呈现一种自上而下的集体组织、集体生产的建构特征，表现为一种高度自觉、反应迅速的整体化文艺出版实践行为。”[1]确实，脱贫攻坚主题文艺生产的方式与途径，决定了这一主题文学的规模、影响与地位。

比较之下，以小说、影视剧创作等著称的欧阳黔森，在报告文学创作领域也开花结果，花繁叶茂！——欧阳黔森的报告文学集《江山如此多娇》，立足黔地山区，聚焦脱贫攻坚，借重新闻纪实之长进行“纪事”与“报告”，充分调遣文学艺术手法进行时代表达，堪称一个经典性与创新性并重的典

[1] 施学云：《近年来脱贫主题文艺出版物生产刍论》，《出版科学》2021年第1期。

型个案。欧阳黔森创作的报告文学，在新时代脱贫攻坚主题报告文学的发展历史上，占据了第一方阵的前沿位置，是为人民写作的时代史诗。正如有论者所言，"文艺过去、现在和将来都是时代前进的号角"[1]。作为"时代前进"的号角，不同文体吹奏的声音不同，听众不同，报告文学是其中特殊的金属声音的"号角"，以洪钟大吕之声向世界"报告"，鼓舞着中国人民走过脱贫攻坚的伟大征程！

## 一、从单篇到单行本：成书过程的历史考察

欧阳黔森的报告文学集《江山如此多娇》，由百花文艺出版社 2021 年出版。在图书的封面，印有三行字：2020 年主题出版重点出版物；向人民报告——中国脱贫攻坚报告文学丛书；中国作家协会脱贫攻坚题材报告文学创作工程。对应这三条的信息则分别是这样的：第一，此书入选中宣部 2020 年主题出版重点出版物；第二，以散文出版著称的百花文艺出版社精心挑选出六位作家所创作的六部报告文学作品，并以丛书的形式出版，向祖国和人民报告这一时代先声；第三， 2019 年 9 月，中国作家协会与国务院扶贫办共同组织展开"脱贫攻坚题材报告文学创作工程"，在全国范围内精心组织策划二十五位优秀作家深入脱贫攻坚第一线，以报告文学的方式呈现这一伟大历史事件，创作了一批反映脱贫攻坚题材的报告文学作品。由此可见，欧阳黔森的《江山如此多娇》一书都被遴选进入这些文艺创作工程之中，无疑已迈入了全国优秀报告文学的第一方阵。

其中，"向人民报告"一说耐人寻味，这是丛书的名称，是十分醒目的存在。如何报告，向谁报告，以什么方式、声音报告，自然是值得挖掘和深思的时代主题。欧阳黔森在《江山如此多娇》中以独特的声音向祖国

[1] 李敬泽：《"两个重要"：文艺地位和作用的再认识》，《人民日报》2015 年 3 月 20 日。

和人民报告，自然同样如此。向祖国和人民报告的内容、方式、策略、影响等诸多方面，在这一报告文学集中都有不同寻常之处。从丛书来看，此书是《向人民报告——中国脱贫攻坚报告文学丛书》之一种，有面向全国也有面向贵州全省的双重姿态。包括《江山如此多娇》在内的丛书，以特殊选题的方式进行写作与推介，是在特殊年份、特殊阶段的文学生产，即在 2020 年脱贫攻坚的决胜之年，以及我国全面脱贫、全面建成小康社会进入特定阶段之际，文艺部门重点进行部署的阶段性重要收获，具有多重历史意义与现实价值。从丛书来看，作为全国各地脱贫攻坚的纪实，这些作品顶天立地，几乎是以点带面、聚点成面呈现出这一时代画卷的。欧阳黔森的《江山如此多娇》作为这一丛书中的佼佼者，则是全国脱贫攻坚题材报告文学的代表性作品，集中书写了贵州脱贫攻坚主战场的时代风云和历史变革，以文学的方式触动人的内心，形象、生动地向祖国报告，向人民报告，让祖国与人民听到脱贫攻坚主战场捷报频传的消息，听到一路高歌猛进的消息。歌声中饱含党和政府执政为民的初心和使命，饱含劳动人民创造美好生活的努力和欣喜，是贵州人民在新时代用无数心血换来的幸福蝶变之音！

从单篇到单行本的问世，《江山如此多娇》的刊发轨迹十分清晰！第一，报告文学集《江山如此多娇》一共由五章组成，分别是《花繁叶茂》《报得三春晖》《看万山红遍》《悠然见南山》《江山如此多娇》。这五章都是原先在全国重要刊物发表的单篇报告文学。长期深入黔地村寨的欧阳黔森，在 2018 年《人民文学》杂志上，三次亮相，都是头条推出，可谓盛况空前，而且都是报告文学，都是贵州题材，即《花繁叶茂，倾听花开的声音》（第 1 期）、《报得三春晖》（第 3 期）和《看万山红遍》（第 9 期）。《江山如此多娇》发表于《人民文学》2020 年第 10 期，《悠然见南山》发表于《中国作家》（纪实版）2021 年第 1 期。其中，发表在《人民文学》的四篇报告文学，又全都在“新时代纪事”栏目中。《悠然见南山》发表于《中国作家》时，所刊栏目是“新时代报告”。“新时代纪事”“新时代报告”这样的栏目，字面上凸现新时代“纪事”与“报告”的指向性，扣准以人民为中心的新时代文艺的主旨，所刊作品的思想内容与艺术风格大体可见端倪。不能忽视的是，欧阳黔森这一批报告文学集中而高频率地在全国重要文学刊物重要位置推出时，杂志的编辑在卷首中也有专门的推荐和介绍：“2018 年开始了，文化自信表现于中国文学方面的形态将是什么样子的？在美好的憧憬中，在我们以信念和热情自愿自觉深入生活、扎根人民的实际努力下，新时代现实题材创作的丰收年，必将是 2018 年的文化标识。《花繁叶茂，倾听花开的声音》讲的是贵州老区花茂村的脱贫故事。这个对中国革命史有着特殊意义的小山村，红色根基与绿色发展相统一，在新时代成为受到总书记指引和关怀、得到全国关注的革命老区实现精准脱贫的典范。”（见《人民文学》2018 年第 1 期卷首）“《报得三春晖》记述家园大地，经历过艰苦奋斗、努力生存的不平凡岁月，有脱贫攻坚的最后决胜阶段，老百姓‘不忘本来’、最懂得深怀真切铭感的淳古之风，带给毕节这块热土的恰是我们新时代的新士气、新地气、新风气。”（见《人民文学》2018 年第 3 期卷首）“本期‘新时代纪事’发出《看万山红遍》，作家以老地质队员的细心勘察和饱满的写作激情，记述了位于贵州铜仁的著名汞都万山，从资源枯竭的典型转变为绿色发展样板的历史巨变过程，从中可以真切感受新时代中国的治理智慧和新时代人民的精神风貌。”（见《人民文学》2018 年第 9 期卷首）“《江山如此多娇》，记录着长期曾处在贫困状态的贵州红色老区在新时代全面振兴的风貌，这最大的仁政，带来了经济、社会、文化、生态的统筹发展，激发了劳动和创造热情，也给普通百姓带来了实实在在的满足感、获得感和幸福感。”（见《人民文学》2020 年第 10 期卷首）这几部报告文学在单篇刊发之时，竟然不约而同地受到杂志编辑的重点推介，显然不完全是偶然的现象，背后肯定有刊物对当下文艺反映脱贫攻坚主题的考虑，有呼应社会直面人们对幸福生活向往的需要，有引导全国报告文学作家如何创作的思考。2018年10月22日国家高端智库中国社会科学院《要报》第293期专供信息：记录新时代中国治理智慧的佳作——评欧阳黔森“精准扶贫三部曲”：“当代名作家欧阳黔森的三篇报告文学——《花繁叶茂，倾听花开的声音》《报得三春晖》和《看万山红遍》，分别作为《人民文学》2018年第1期、第3期、第9期的头条发表，引起了广泛的关注。特别是《报得三春晖》在《人民文学》公众号上，三天即达‘100000+’的阅读量，这一令作家本人颇觉始料未及的现象说明了什么？这个现象不仅证明了英雄主义、爱国主义，依然是人民群众心中不可抹灭的情怀；证明了习近平新时代中国特色社会主义思想指引下的精准扶贫战略，是如何牵系着千万民生和反映着老百姓心所念念的心声；也是名作家投身火热的扶贫工作，以文学的笔触反映精准扶贫工作，记录现实，书写现实，践行‘深入生活、扎根人民，为人民写作’的典范之作。”

在收录整理成书之前，欧阳黔森这一批作品在文学界已有了一定的轰动效应，也得到了全国期刊界、评论界的重点关注。

第二，五部报告文学的单篇，在刊发之后或者获奖，或者被改编成影视剧，及时得到了文坛的跟进追踪或跨界传播，那些二度改编与传播的作品，影响力并不限于纯文学圈。《报得三春晖》发表后，获得了“弄潮杯”2018年度人民文学奖，其授奖词是这样写的：“‘攻坚脱贫’是人类历史上的伟大创举。欧阳黔森深入到乌蒙山区，通过深入细致的田野调查，目睹了‘精准扶贫’带给山乡的巨大变化，深切体味出广大民众的百感交集，下笔滔滔汩汩，情思饱满，于是有大气磅礴、掷地有声的《报得三春晖》。

该作讴歌新时代，赞美新农村，充满正能量，写作手法娴熟，既扎实又跳脱，深富感染力，引起良好的社会反响，是一篇难得的非虚构力作。”《花繁叶茂，倾听花开的声音》发表后，作者以此为蓝本，并糅合了其中篇小说《村长唐三草》等作品，经艺术整合与加工后改编成总共34集的农村题材电视剧《花繁叶茂》。此剧以精准扶贫为主题，于2020年5月11日全国两会期间在中央电视台第一频道黄金时间播出，后来在全国卫视或省市电视台有不少重播，也同步在其他平台如搜视网、爱奇艺等播出，受众范围很广泛。《花繁叶茂》一剧，以贵州革命老区黔北的花茂村为背景地，剧名与村庄名称有同构与隐喻关系，围绕精准扶贫而徐徐展开，画面的核心内容则是新时代的“山乡巨变”。聚焦贵州一个乡村，详略不一地覆盖乡镇、省市，以农村本真的题材胜出，成为电视机前全国观众茶余饭后的话题，成为农村题材剧中的热播剧，成为新时代影视剧的主旋律，确实跨越了界限而成为一种文艺的潮流。《花繁叶茂》电视剧播出后还荣获第16届中美电视节“中华文化传播力奖”，影响力走出了国门。以报告文学《看万山红遍》为基础，欧阳黔森又将它改编成为36集的同名电视连续剧，目前已完成拍摄工作，正在后期制作中。《悠然见南山》这一报告文学，作者改编成的则是同名电影，也正在拍摄制作中。在原创的报告文学与经过作家编剧改成的影视剧之间，这些报告文学不断跨界传播与再生产，显然是特殊的审美存在。

## 二、脱贫攻坚：新时代文艺的重大题材和审美风尚

作为一个欠发达或后发达的西南地区省份，贵州在很长一段历史中头是低着的，腰是挺不直的，贫穷的标签是撕不掉的。贵州的自然地理条件是山多无平地，人均土地少，土地极其贫瘠，交通落后，产业不发达，在

世人的印象中它总是与落后、贫穷与愚昧为伍，总是向党和政府伸手，总是全国重点扶贫的最佳对象。在笔者熟悉的贵州新文学历史上，乡土贵州的书写延续性强，模式化较为明显。从蹇先艾开始，到 20 世纪 50 年代的石果，以及新时期以来的何士光等，几代黔籍作家以小说创作著称，都是以乡村题材为主，书写黔地民众物质与精神的极端贫困成为某种共同的语言，住所简陋，缺衣少食，交通不便等场景或情节，在贵州新文学作品中比比皆是，人物塑造、故事情节，以及人物命运也与积贫积弱的历史和地域密切相关。

作为第三代贵州作家的领头羊，欧阳黔森对此有传承也有新变。从传承来看，作为贵州省文联、贵州省作协的主要负责人，欧阳黔森最早以小说创作闻名，抓住的是贵州本土题材。除了遵循内心的文学召唤自由选择题材外，他还要经常完成党和政府所安排的各种创作任务。从出身与成长经历来说，欧阳黔森来自黔东铜仁，站在城市与乡村的交叉地带，乡村叙事也是颇为鲜明的，黔东的三个鸡村、梨花村常在他的小说中不断出现，乌蒙山区腹地的盘江村也有长篇小说和电视剧相对应，在这些作品中，记录贫困、反映贫困颇为普遍，有内在的一贯性。从新变来看，欧阳黔森敏锐地捕捉到社会的重大题材，从旧式扶贫、脱贫到精准扶贫、脱贫攻坚，这一时代主题的演变和衍生，成为他文艺创作的主流。其中，杂糅他地质队员的经历和从事文艺创作的经历颇为常见。比如，在他的小说和影视剧作品中，反映武陵山区与乌蒙山区的题材十分典型，中篇小说《八棵苞谷》《村长唐三草》，长篇小说和同名电视剧《绝地逢生》算得上他的代表性作品。带有规律性的是，不论是各类小说创作，还是影视剧编创，欧阳黔森的贵州题材总能与时俱进，贵州人民脱贫致富奔小康的贵州故事成为延续的主线，直到党的十八大以来的脱贫攻坚主题书写，他总归是一个乐观主义精神、英雄主义情结的代言者。譬如，2004 年发表的小说《八棵苞谷》，以苗岭山区白鹰村为背景，围绕久未找到对象的三崽的婚姻大事而展开情节，乡间百姓对摆脱贫困的渴求可谓深入骨髓。2012 年发表的小说《村长唐三草》，以黔地贫困村庄的基层干部为主角，涉及驻村干部、产业调整、生态保护等情节。2016 年发表的小说《武陵山人杨七郎》，以武陵山区乡间人物为主角，涉及农家乐、家禽养殖等情节。2008 年的扶贫题材电视剧《绝地逢生》，集中书写乌蒙山区穷山恶水的盘江村，依靠党和政府逐步摆脱贫困的历史进程，人物众多，与扶贫、致富相关的情节也更为复杂……在图生存、谋发展的格局中，摆脱贫困、走向富裕是欧阳黔森文艺创作稳定的主题，也是不断变化的主题。到了报告文学领域，脱贫攻坚的主题书写已十分显豁而集中，尽管欧阳黔森创作的报告文学数量上并不太多，但凭借作品的质量和影响力，已占到了全国第一方阵的前沿位置。其中，有作家的先天条件，一是他来自贵州脱贫攻坚主战场，在体验生活与当下报告文学创作热中保持了与全国的同步性。二是作家有充分的前期准备，对国家和地方的大政方针、扶贫政策、法律法规、举措方案、意识形态要求，对中国共产党领导文艺的方式和途径等都十分稔熟。作为三届全国人大代表，作为贵州省文联、作协的领导干部，欧阳黔森的工作和生活，跟党与政府的联系十分紧密，作家主体的情怀、宏观把握时代的眼光融洽无间，处于随手拈来便能用得上的良好状态。三是作家反复强调社会实践，坚持下乡调研，以眼见为实、真实至上为原则，既要耳闻目睹，又要现场采访，多次重复，不断深入，报告文学的素材往往是他本人通过实地采访、调研、充分采信第一手资料得来的，是活生生的，带着露珠和泥土的芬芳。其报告文学中的人与事、数据与资料，真实、客观，笔下的作品有很强烈的现场感与历史感。近几年中，他总是在全国报告文学作家中处于领先地位，不同篇什发表后，全国年度报告文学综述一类文章都有评述，足以见出在这一领域的影响。

众所周知，在全国脱贫攻坚版图中，贵州是全国贫困人口最多、贫困面最大、贫困程度最深的省份。作为全国脱贫攻坚主战场、决胜区，贵州举全省之力向绝对贫困发起总攻，66 个贫困县摘帽，923 万贫困人口全部脱贫，减贫人数、易地扶贫搬迁人数均为全国之最。[1]全省脱贫攻坚一役，处处都是战场，时时都有战机，整个工作千头万绪，信息千变万化，面对这一百年未有之变局，欧阳黔森没有面面俱到，也没有平均使用笔墨，而是精选典型、区域、人物和事件。全书一共五章，每一章都是选择一种类型或一个点切入，层层扩展，开掘集中，呈纵深跃进的姿势。这五章的内容，分别对应于毕节赫章的海雀村、遵义播州的花茂村、铜仁万山的朱砂镇、安顺紫云的沙坎村和遵义正安的红岩村等，作者以这五个典型村镇为中心，又进行了大开大阖的扩展，即从村到镇、县，乃至全市和全省地域，在时空上俯瞰了贵州全省的城市与乡村、过去与现在，全方位凸显了贵州在新时代的“山乡巨变”，精心勾勒并呈现了贵州脱贫攻坚战法的贵州模式和贵州样板。比如《报得三春晖》以海雀村为原点，覆盖毕节试验区；《悠然见南山》旁及高田村、猫营镇，以及整体涉及处于深度贫困的紫云县；《江山如此多娇》以红岩村为中心，多次涉及桴焉镇、正安县整体，还对黔北地区脱贫攻坚进行了宏观把握。这些贫困村镇与地区，处于乌蒙山脉、武陵山脉、大娄山脉以及苗岭的崇山峻岭之间，有些在国家贫困版图划分中属于国家级的连片贫困区域。作者聚焦当地政府和民众如何直面精准扶贫的时代大考，以此为重要抓手，从地域、经济、产业、观念、人心等方

[1] 谌贻琴：《在全省脱贫攻坚总结表彰大会上的讲话》，《贵州日报》2021 年 4 月 24 日。

面多角度深入剖析，立体而形象地描绘了黔地脱贫攻坚的火热场景和感人故事。作品或者剖析贫困生活的历史演变和复杂原因，或者讴歌奋战在脱贫攻坚一线的广大干部、群众，或者不断串联民众生活场景与细节，构成脱贫攻坚主战场中的生存实景。文艺与时代的关系是一个常说常新的话题，报告文学如何拥抱脱贫攻坚这一重大主题也是富有吸引力的命题。深入基层、扎根人民，就要以人民为中心进行创作，这是新时代文艺的一个要求，它对作家提出了新的希望，是考验作家良知与责任的试金石。以此为题材的报告文学，以新时代“纪事”与“报告”的方式发出独特的声音，便是这样的试金石。欧阳黔森发挥报告文学这一文艺轻骑兵的优势，在脱贫攻坚的主战场横刀立马，冲锋陷阵，终于交出了一份满意的答卷。在内容与思想上，《江山如此多娇》一书有以下几个鲜明的表现：

第一，及时敏锐地捕捉时代脉搏，正面回应脱贫攻坚的时代大考，具体表现在以下几个方面：首先，《江山如此多娇》是书写当下精准扶贫主题的最新表达，在时间跨度上以党的十八大以来为主，有些章节向前有所延伸，主要是为了对比、衬托。从2012年到当下近十年之内，我国的扶贫思想、方式发生了历史的转向，扶贫目标、时段、效果也今非昔比。比如《花繁叶茂》一章就有以花茂村、苟坝村为主的黔北村庄之新旧对比，曾在红军长征时期，这一带因为苟坝会议而留名在红色革命历史上，长期以极度贫穷著称，1955年改为花茂村后也依旧如此，直到党的十八大以后，在精准扶贫思想的滋养下才真正“花繁叶茂”；《报得三春晖》一章立足新时代的精准扶贫，叙事则从1985年新华社记者刘子富对海雀村的报道开始，引出时任中共中央政治局常委、中央书记处书记习仲勋同志的批示，最后通过习仲勋、习近平父子两代人对毕节试验区的批示，相关政策帮扶与接力来展示毕节地区的划时代变革；《看万山红遍》一章回顾历史的时间更长，包括万山汞矿的生产历史，2001 年的破产关闭，2008 年时任中央政治局常委、书记处书记的习近平同志在万山凝冻灾害的慰问，以及最近十年中的飞速发展，其间有曲折有反复，有改革的阵痛不适和坚定前行。在资源枯竭型城市的现代转型中，精准扶贫在城市同样大有作为。全书五章虽然选取的典型只有五个，包括村庄、乡镇和县级区域，但在内容上包含了改革开放以来我国扶贫工作的经验、教训，阐释了党的十八大以来精准扶贫的伟大实践，特别是习近平新时代中国特色社会主义思想的光芒，照亮了贵州的山山水水、一草一木。作品的字里行间，都撷取有不少闪光的观点、思想，彰显党和国家领袖的讲话和指示，寓意深远，不言自喻。其次，全书的宗旨是正面书写精准扶贫，呈现“扎死寨、打硬仗”的决胜之战格局。全书五章相同之处都是瞄准最为典型、最为贫穷的村庄和乡镇，一一检验精准扶贫思想的实战品格，可谓战无不胜。比如第五章，集中书写川黔交界之地的深度贫困县——正安县如期脱贫出列，重点则放在这个县的深度贫困村和村民组，最偏、最远、最难走，被视为脱贫攻坚的最后堡垒，也就是检验精准扶贫的战略要地。第一章海雀村的精准扶贫，虽然往前追溯到了改革开放之初，包括习仲勋同志的批示、毕节试验区的建立，不同阶段扶贫方式的历史演变，但落脚点却在当下，形象地阐释了“绿水青山就是金山银山”的新时代扶贫思想，而从荒山蛮坡到绿水青山，这一仗却是异常艰辛。再次，如何精准扶贫脱贫，如何抓住精准扶贫的牛鼻子，全书的答案是人定胜天，作者集中而形象地书写脱贫攻坚第一线的广大共产党员和基层干部，依靠这一群体体现了党和政府的力量、作为与事功。从各级党组织到各级干部、驻村书记、志愿者，他们下沉到最基层一线，将脱贫攻坚的任务具体化、细化、个人化，每人肩上扛着应尽的那份责任，哪怕像大山一样压顶，也风雨前行永不停步。比如，第一章中海雀村的老支书文朝荣，第二章中枫香镇党委书记帅波，花茂村第一书记周成军、潘克刚，第三章万山区委书记田玉军、中华山村主任毛照新，第四章中的沙坎村扶贫作战队队长吴平、高田村支书朱高学，第五章中的县委书记邓兆桃、镇党委书记骆国勇以及数位驻村第一书记等，全都构成一个特定人物画廊，他们作为精准扶贫的生力军，在脱贫攻坚战役中冲锋陷阵的姿态，已定格下来。党和政府执政为民的初心，就是为人民谋幸福，这是作者追根溯源、探究脱贫攻坚取得胜利的缘由和经验，生动诠释了“辛苦了共产党，幸福了老百姓”（见《花繁叶茂》一章）这一真理。

第二，个案性地呈现贵州脱贫攻坚的扶贫实践，充分关注脚下土地上的历史变迁，凸显贵州在新时代的山乡巨变，属于“新时代中华民族史志的书写”[1]。作者长年累月在贵州大地行走，耳闻目睹，抓住党的十八大以来的时代变革，抓住脱贫攻坚所带来的历史性变迁，写变化、道变化，在变化中看到物质环境的日新月异，看到黔地民众人心的起伏，感受到千千万万民众人心的向背。贵州是一片特殊的土地，是一方能创造奇迹的土地。“伟大的转折”讲述的是贵州给中国革命带来的历史转折，当下脱贫之战中也是转折之地、历史见证之地。习近平总书记在贵州考察时指出，“贵州取得的成绩，是党的十八大以来党和国家事业大踏步前进的一个缩影”[2]。从历史来看，贵州长期处在大面积极度贫困状态。自明朝贵州建省以来，明朝初年贵州就被称为“天下第一贫瘠之地”，清朝乾隆年间仍然是“岁赋所入不敌内地一大县”，直到新中国成立之前，全省仍是如此，广大农村人口几乎都没有摆脱绝对贫困状态。贵州在全国省市贫困排名榜

[1] 丁晓原：《新时代的中华民族史志》，《中国当代文学研究》2020 年第 5 期。
[2] 孙志刚、谌贻琴：《夺取脱贫攻坚同步小康的全面胜利》，《人民日报》2019 年 7 月 31 日。

上，一直都是处在尾巴上，累积性的贫穷成为世袭的身份与标签存在。像一只盛装清水的水桶，其短板决定了装水的高度，在全国脱贫攻坚历史上，贵州就是短板，如果贵州不脱贫，全国的全面小康就是一句空话。正因如此，在全国脱贫攻坚的伟大战役中，将这一短板补齐补足便具有决定性的价值和地位。贵州这一革命老区在新时代焕然一新，重新振兴起来，便是搭乘这一新时代的东风的结果。贵州全省之境，整体历史风貌已大为改观，小到一户村民、一个村组、一个村庄，大到一个县市、一个地区。书中《江山如此多娇》一章立足于遵义正安这一深度贫困县的蜕变，从县到村，从村到村民组，都以“贫困最后的堡垒”而称之，无不体现脱贫攻坚的“攻坚”之大义。《报得三春晖》一章以海雀村为主体，从苦甲天下到整体摆脱贫困，作者像解剖一只麻雀一样，既有村级领头人文朝荣的先进事迹，也有不同村民的苦干与变化，更有县、市、省里的扶持帮助，甚至是党和国家领导人的关心支持。《花繁叶茂》一章以习近平总书记视察花茂村前后进行对比，涉及基层干部的帮扶，全村“三改”工程的推进，当地农产品的电商销售，乡村旅游的兴起，诸如此类黔北乡间的许多新鲜事物，都一一呈现出来。这些文字最核心的是反映贵州脱贫实践的历史变迁，重新激发这片土地的勃勃生机，特别是看得见、摸得着的物质层面的变化，涉及经济 GDP，涉及民众的收入，涉及易地搬迁、交通、产业、物流、金融、教育等诸多方面。譬如易地扶贫搬迁人口，全省达到 192 万之多，《江山如此多娇》有多处关于易地扶贫的记录。譬如交通，贵州因为没有平原支撑，是典型的山区、喀斯特地貌。从交通环境来看，“地无三尺平”一句俗语概括了以前的交通状况。要想富，先修路，交通的变化得到了关注，如《江山如此多娇》一章开头写到娄山关隘口，“凡是驱车走过这里的人都体验过，要翻越这座大山，这一上一下，即便小汽车也需要一个多小时。现在，这种情形不复存在，早已天堑变通途，一条高速公路巨龙般从山体腹部贯通，通过仅需十余分钟。更令人震撼的是，这片地处乌蒙山区和武陵山区交汇点的磅礴群山中，如今条条道路呈网状般连通，实现了村村通、组组通”。又比如产业，《看万山红遍》一章涉及最多，在万山区汞矿破产之后，当地政府痛定思痛，决定走绿色转型发展之路，第一、二、三产业齐头并进、遍地开花。包括引进九丰高科技农业博览园，上马新能源汽车项目，重新规划朱砂古镇等，都是贵州故事的精彩表达。一言以蔽之，《江山如此多娇》一书写出了黔地的真正觉醒与山乡巨变，正如作者在采访黔北花开组、千年组时一位老农所说的“花天”一样，“花天”“开天”一说也即是“换新天”之意，用一句诗来表达，则是“敢教日月换新天”。

第三，立足黔地日常生活，书写贵州民众脱贫致富的幸福感与获得感。脱贫攻坚既是时代的宏大叙事，同时也是关涉百姓的日常叙事。人心的变化，人的精神面貌的变化，内在呼应着物质层面的变化。经济、社会、文化、生态的长足发展，激发了全省劳动人民的劳动和创造热情，物质的丰富和发展带来精神的满足与自信。抓住老百姓脱贫后的表情、细节，以日常化的视角切入，是欧阳黔森娴熟运用的方法，作家善于抓住人物一瞬间的言行、表情来透露内心的隐秘世界，将贵州脱贫故事具体化、个性化。不论是《花繁叶茂》《报得三春晖》，还是《悠然见南山》《看万山红遍》各章，都可以看到“我”行走在乡间小径、老乡家门口、村民院坝里，听到的是老百姓爽朗、自豪、愉悦的笑声，印证了习近平总书记考察花茂村的一句名言：“党中央制定的政策好不好，要看乡亲们是哭还是笑。”新生的贵州，脱胎换骨的贵州，最美的表情当然是摆脱贫困之后的天真笑容和挺直的身姿！譬如在花茂村，母先才老人说“活了这么久，我终于重要了一回”的自豪之情溢于言表；在万山区，余秀英老人吃穿不愁后用旧调填新词的自编自唱，笑容常挂在脸上；在沙坎村，大伙聚在致富能手高友学家院子里，村邻们闲聊的灿烂笑容，都体现了这一点。作者的独创性在于借助老百姓的时代表情，象征这片被唤醒的土地的新气象，以小见大地呈现出时代的大变局。不论是普通村民吃穿不愁后的新生活，还是脱贫致富领头人如郑传玖兄弟、“南山婆”传承人包爱明，以及王治强、高友学等一批农村能人的创业幸福感，都在作品中得到了传神、生动的审美反映。

### 三、艺术精湛：与思想精深并行的追求

欧阳黔森在写作《江山如此多娇》一书时，化零为整，思想与艺术的有机结合更为紧密。在笔者的追踪式阅读印象中，阅读原来发表的单篇时，一直给人情思饱满之感，集中起来反复阅读则更加明显。在如何“纪事”与“报告”的同时，作家对文学性的思考也显得酣畅淋漓，归纳起来，全书在艺术手法选择与表达上，具有以下几个特点。

首先，充分调遣报告文学文体中的新闻性要素，坚持真实至上的原则，具有非虚构性文体的纪实性强烈、本真性显著等特征。一方面，作者始终贯彻“眼见为实”的采访路线，不道听途说，不按对方接待安排路线进行。在走村过寨过程中，随时随地找到合适的采访对象，将采访经历、过程、事件凸显出来。采访中强调真实性，做到客观、实在，是真故事、真扶贫，真正在脱贫攻坚主战场的历史现场，不管是前线还是后方。另一方面，坚持用数据说话，用事实作证。在宏观层面，作者讲述黔地不同地方的脱贫故事，涉及国家脱贫攻坚的总体战略，涉及贵州省的整体规划，涉及国家力量支配下的人力、物力和财力，涉及到公司、企业、个人；微观层面，有名字的村庄、乡镇、县区都是真实的，有名有姓的扶贫干部、致富带头人、脱贫户，都是真实可信的。作者在枯燥单调的统计数据中，去芜存精，

变废为宝，让人看到了变革的先机，嗅到了春天的气息。特别是不同阶段的数据并列与对比，胜过无数的语言，最具说服力。这些案例、材料、数据等信息实实在在，只要剔除了呆板、生硬、拼凑的缺陷，通过取舍、剪裁、润滑，就用活变活了。另外，作者坚持运用典型人物与事件来说话，具有说服力，典型性强，起到了率先示范的作用。正安县“吉他兄弟”的创业历程，凸显从广东沿海到贵州内陆的产业转移，中途少不了坎坷曲折的遭遇，但为了家乡正安县的发展，兄弟俩冒着诸多风险，将吉他生产线转移到桑梓故园，带动当地百姓脱贫致富，不可谓大爱无声。花茂村土陶烧制作坊的母先才老人，因为产品销路不好，经营方式陈旧，本来处于可有可无状态，却在脱贫攻坚政策的激励下，改良发展，重新焕发生机。类似的典型事例很多，像珍珠一样穿插在报告文学作品中，可触可感，给人厚实温暖之感。

其次，作者长于谋篇布局，巧妙穿插，使作品的结构呈现精巧、自然、适度的特性，有浑然一体的特点。欧阳黔森最先以短篇小说创作而著称，他认为短篇小说颇适合自己，因为在面对这一文体时，在兴奋点还没有消失的时候就已经完成，算得上是一种快乐的形式。“短篇小说不仅是一口气写完的，它还必须能够让读者一口气读完。”[1]在短篇小说、作者与读者之间，前者能让作者一口气写完，也能让读者一口气读完。在报告文学创作中，有曲径通幽之处。全书五章，每一章篇幅长的四万多字，短的也有一万多字，但并不冗长、单调，作者的诀窍便是整体结构设计巧妙，整体与部分相互成就。作者在叙述中设计了悬念，结构上总是起变化，有波澜，有惊喜。在特定的时空中，情节、故事环环相扣，一张一弛，缓冲了穿插时政报道、新闻纪实、统计数据的板滞，具有引导性、可读性，形

[1] 欧阳黔森：《味道·后记》，中国文联出版社，2003，第179—180页。

成一气呵成的内在气韵。在结构布局上，作者还最善于运用对比法，《江山如此多娇》善于运用历史与现实、省内与省外、不同地域之间的广泛对比。在写花茂时，遵义枫香镇花茂村原名荒茅田，从荒茅田到花茂村，中间经过了栽花、美化环境，经过了改环境、改厨房、改厕所等“三改”措施，经过了农家乐、农业现代化之变。这样由穷而富，村名之变，正是水到渠成。铜仁市万山区原是特区，盛产汞矿，以前富裕，但因资源枯竭而衰落。经过资源枯竭型城市转型之路，弃旧路、走新路，农、文、旅一体化发展，农业博览园、合作社养殖种植、旅游开发，整个城市面貌焕然一新。类似这样的对比法呈现多重格局，或是全章主体骨架如此，或是行文中细小的生活细节也如此，见出作者谋篇布局、吞吐含纳的匠心，形象鲜明地反映了贵州脱贫攻坚的蝶变之路。

再次，把人物写活，写成立体的大写的有血有肉的人物，对脱贫攻坚一线典型人物精雕细刻，在手法上求变求新。欧阳黔森总结影视剧编创经验时，是这样夫子自道的：“我的主旋律创作力求从大写的人的角度来写故事，写好了鲜活的人物，才能赢得观众。”[1]报告文学集《江山如此多娇》又何尝不是如此？脱贫攻坚主题的作品，最能反映题材的人物有两类：一类是基层干部，一类是普通农民或创业能手。这两类人物几乎都在机关社区、园区基地、乡间小径、田间地头上，抓个性，抓现场感，营造亲身其境的氛围，在这一报告文学集子中颇为普遍。不管是一个村庄还是一个城镇，不管是涉及市县或乡镇一级的干部，还是村委的基层党员、田间劳作的普通百姓，这些人物是现实中流动的人物，如果不抓住他们言行举止和性情经历的独特之处，很难让他们在笔下成为一个个站立起来的人。在塑

[1] 沈士楚：《欧阳黔森：执著于黔地乡土的“歌者”》，《当代贵州》2011年第30期。

造作品中的人物时，作者多半回避肖像描写，侧重人物的对话、行为，拈举特殊的事件、经历，画龙点睛，将人物写得活灵活现。譬如《看万山红遍》一章中，出场的人物达数十人之多，各级领导干部有陈昌旭、田玉军、张吉刚、田茂文、毛照新等一大批采访对象，普通百姓或创业能手则有杨通宝、李来娣、唐绍维、余秀英、冯忠情、张小进、刘永奇等一批人……作家不是以写人为主，是为了事情而带出这些人，作品只能寥寥几笔，做到声到人到。譬如汞矿职工李来娣，在 2008 年万山受到重大雪凝灾害时，因为习近平同志到她家中慰问过，事后李来娣一家深受鼓舞，在政府帮扶下，经过一家人自强、奋斗，生活已大为改善。为了感恩和念想，在十八大召开期间她一个人去北京，李来娣说是要看十八大，看望习近平总书记。有人说，你在家看电视直播和在北京电视里看直播，不是一样吗？她扬起笑脸说，不一样，说这样看离习总书记更近一些。这样的细节，是很不容易发现并传神表述的。这是一个当年的失业矿工脱贫之后的情感表达，淳朴、真实、感人，勾勒出了万山汞矿职工的形象，写出了百姓与领袖的阶级感情。比如《报得三春晖》一章，作者花了很大的篇幅来描绘安大娘这一形象，最先是“我”在朱大庚陪同下去安大娘家采访，未进屋先喊人，门是敞开的，见面后坐下采访却发现安大娘耳背，“我”与朱大庚对话时安大娘突然说：“习书记好！大恩人。”“我”以为是说习总书记，但安大娘不断重复，未搭理自己，并朝堂屋走，然后伸出手指指着堂屋上的挂像。读者未见其人，却如闻其声，通过细腻地还原采访现场，抓住安大娘的言行、经历来交代故事的来龙去脉，谜底则是挂像为习仲勋同志，由此接续新华社记者刘子富 1985 年对海雀村极贫状况的报道，引发习仲勋同志的严厉批示，并揭开了对毕节地区扶贫的序幕。其中安大娘家挂着习仲勋同志的画像，一辈子念叨新华社记者刘子富这个名字，感人至深。这些事迹本身具有传奇、新颖的特征，虽然文字并不多，但经过作者艺术的剪裁，几笔便将人物写活了。

最后，注重纯文学性要素的融合、搭配，充分调动艺术的审美力量。表现最为突出的，是作者发挥他作为小说家会讲故事的长处，叙述精练、对话简洁、人物个性化；注重抒情、叙事、议论相结合，充分调动语言的表达能力，增强作品的艺术感染力。比如开篇第一章描述贵州的美丽与贫穷："这风这雨，千万年的溶蚀和浸染，剥落出你的瘦骨嶙峋；这天这地，亿万年的隆起与沉陷，构筑了你的万峰成林。"作者以诗性的笔触来起笔，总是在关键处提升作品的诗情画意。比如第一章结尾，则是如此借景抒怀："旭日从气势磅礴的乌蒙山升起来的时候，我举头凝望东方。东方正红，阳光温暖。我默诵起阳明先生的话'此心光明，亦复何言'，默念着孟郊千古流芳的诗句'谁言寸草心，报得三春晖'。"这样的表达，言短意长，很有诗性语言的艺术回味。另外，适当借助地方性知识和经验也很典型，《江山如此多娇》一书运用许多贵州山歌、民谣和口语，贵州故事的底蕴更加厚实。比如，引用"晴天出门一身灰，雨天出门一身泥，吃饭靠天落雨，用钱靠外打工"来描述黔地农村以前的生活；"纳威赫去不得，务正道吓一跳"这句谚语，则道出了黔边数个县市的贫穷景象。这些地方山歌谣谚，在脱贫攻坚的大潮中，已被冲刷得七零八落，再也不会像石头一样压在贵州人民的头上了。

## 四、结 语

《江山如此多娇》以宏阔的历史视野，全方位书写贵州精准扶贫的新时代历史事件，采取正面书写、正能量表达的方式，整个作品立意高远、结构精巧、情思饱满，是欧阳黔森为全面反映贵州脱贫攻坚工程的树碑立传之作。《江山如此多娇》的思想性与艺术性结合紧密，贯通了作者以人民为中心、为人民写作的信念。作者在全书中遵循眼见为实、真实至上的创作理念，以“纪事”与“报告”出之，在城乡、新旧、今昔的反复对比中展开脱贫攻坚主战场的时代画卷。“为有牺牲多壮志，敢教日月换新天”，可谓壮志不已、新天已换。总之，《江山如此多娇》以乐观、昂扬、真实的声音，向祖国和人民报告，是脱贫攻坚主题书写的时代史诗！

# 中国气派与传统民族风格

## ——欧阳黔森的诗歌创作综论

颜同林

贵州作家欧阳黔森以各类独具特色的小说、散文、报告文学创作等著称于世，也以收视率高、影响深远的各类影视剧创作与改编等为世人所周知。短篇小说集《味道》《欧阳黔森短篇小说选》，中篇小说集《白多黑少》，长篇小说《非爱时间》《雄关漫道》《绝地逢生》《奢香夫人》，报告文学“脱贫三部曲”（即《花繁叶茂，倾听花开的声音》《报得三春晖》《看万山红遍》）等便是。电影有《云下的日子》《幸存日》《极度危机》等，长篇电视剧则有同名的《雄关漫道》《绝境逢生》《奢香夫人》《二十四道拐》《伟大的转折》等大量作品，这些都是有全国影响的代表作品。这些文艺作品为作家赢得了全国声誉，屡获全国“五个一工程奖”“飞天奖”“金鹰奖”等数十次各类奖项便是明证之一。

相应地是，欧阳黔森的研究者自然也集中他的小说、报告文学和影视作品。综观作家的创作，在这些拳头产品之外，还有诗歌等作品若干，研究相对单薄许多。本文试以欧阳黔森的诗歌创作为对象，考察其诗歌作品的思想内蕴和艺术个性，抛砖引玉，以引起学界的普遍关注。

## 一、诗歌创作的历程与相关背景概述

欧阳黔森1965年出生于贵州铜仁一个地质工作者家庭，青年时期便在地质队的农场工作，后来正式成为一名有文学爱好的地质队员。回望从事文学创作的缘起时，他有一个自述：“有一天父亲突然把我叫到面前，叫我以后参加文学刊授学习，学费是10元钱，并已经给我报了名，那年是82年。10元钱真不少，父亲可以买6条常抽的烟了，那时家里钱很紧张，我不知道父亲要节省多久。”“85年初，我收到了一封来自《杜鹃花》文学杂志的信，信中说我投的稿这次未发表，但很有基础，要我继续努力，多多写稿，落款是主编李绍珊。在以后的岁月里，我常常接到李老师鼓励我和鞭策我的信。知遇之恩不敢忘，这成了我坚持文学创作的无穷动力。”[1]按这一说法，欧阳黔森于1982年进行文学刊授学习，时年恰好是16岁，到1985年是19岁，从学习到投稿再到作品发表，几年时间之内的文学尝试与探索，大致可以猜测他勤奋练笔写作的身影。参加文学刊授学习，是那个时代地处边缘或底层的文学爱好者的道路，至今这一形式仍然普遍存在。引文中提到的《杜鹃花》杂志，则是这样的：“《杜鹃花》是贵州地矿厅（局）1984年创办的一份地质文学刊物，在贵州省文艺界和全国地矿系统具有一定的影响和知名度。这份刊物像一片文学的沃土，培育、滋养出一批又一批地质文学人才。”[2]据笔者考查，刊物的主编先后有李绍珊、袁浪、陈跃康等，作者群体除主编外，完全出身于地质系统的贵州作家如欧阳黔森、李裴、冉正万、欧德琳、管利民等，都是贵州

[1] 欧阳黔森：《有目光看久·后记》，贵州民族出版社，1994，第169页。

[2] 李含正：《高原拓荒人·序言》，贵州省地质矿产勘查开发局编，贵州人民出版社，2000，第2页。此书一共三册，分别是小说卷、报告文学卷、散文诗歌卷，据编者介绍绝大部分是从历年刊出的《杜鹃花》中选编的。

文坛所熟悉的名字，其中不乏有全国影响力的作家。

以上是欧阳黔森早期从事文艺的一点旧迹。在这一旧迹中，和大多数作家起步一样，欧阳黔森初涉文坛，早期的创作以诗歌、散文为主，特别是诗歌创作差不多是从事文艺工作的多数作家的通例。欧阳黔森除了在工作的地质系统《杜鹃花》刊物上发表诗作之外，还在省内外报刊发表作品。1994 年他的第一部作品集《有目光看久》由贵州民族出版社出版，书名由贵州文坛前辈蹇先艾题签，陈跃康代序，是欧阳黔森早期诗歌、散文的合集。书的扉页有这样一段话，大体可以窥探到作家的勤奋与才情。“欧阳黔森，学文八载。曾有一本不成样子的诗集，未敢常提于口，先后获大学生诗歌一等奖，贵州省委宣传部、省文联主办的‘新长征’文艺创作诗歌一等奖。迄今已在全国各地报刊发表文章数百余篇，有的被选入各种选集，并参加编辑了《神奇富饶的贵州》等多本著作，计百余万字。”查阅相关资料，引文所述的“不成样子的诗集”似乎没有公开出版。《有目光看久》有三个版块收录的是诗作，分别是“地质之恋”“心灵的牧场”“高原梦”，一共收录诗作 20 余首。

贵州省地矿局编的《高原拓荒人》丛书，2000 年由贵州人民出版社出版，其中一册是散文诗歌卷。诗歌部分收录 23 位诗人的诗作近百首，其中欧阳黔森居首位，收录他的诗作有《那是中国神奇的版图》《一张中国矿产图》《这是那夜月的错》等 11 首，是数量最多者之一。比较一下篇目，有 8 首曾被收录入《有目光看久》一书。从编排位置、收录诗作数量与篇幅来看，应该说是贵州地质文学界最重要的“首席”诗人。《山花》主编李寂荡先生主编的《新世纪贵州 12 诗人诗选》于 2014 年由贵州人民出版社出版，收录 12 位贵州诗坛代表性诗人，分别是李发模、李寂荡、欧阳黔森、陈国华、南鸥、姚辉、赵卫峰、赵俊涛、唐亚平、徐必常、惠子和漠血。诗选的前言称："贵州诗歌创作历来生机勃勃，汹涌澎湃。跨入新世纪十余年，涌现了大量优异的诗歌作品，在汉语诗歌界产生了相当的影响。本书就辑录其中有代表性的12位诗人的诗作。这十二位诗人的写作，风格迥异，犹如贵州高原的山，形态万千，但无论何种风格，都深深烙上了这方水土的印迹。"此书收录欧阳黔森诗作《贵州精神》《那是中国神奇的版图》等12首。与《高原拓荒人》中的篇目详细比较，则有《那是中国神奇的版图》等7首诗是重复收录，其余5首是新写后被收入的诗作。2015年，在"贵州作家群高峰论坛"上，首次以"黔山七峰"的群体命名方式，推出贵州文坛上创作成绩突出的七位贵州作家，分别是欧阳黔森、唐亚平、冉正万、王华、谢挺、戴冰和唐玉林。论坛召开后由广西师范大学出版社推出了七位贵州作家各自的新书。欧阳黔森的新书是《水的眼泪——欧阳黔森选集》，收录散文、诗歌、中篇小说和短篇小说四类作品。诗歌类有组诗系列《那是中国神奇的版图》《地质之恋》《新疆行》《民族的记忆》，单篇有《贵州精神》《桃花风》《这是那夜月的错》《旗树》。其中有些诗作被以上选集收录过，有些是新写的，比如《新疆行》（组诗）、《民族的记忆》（组诗）、《那是中国神奇的版图》组诗中的一二首诗，以及《旗树》都是新出之作。

虽然欧阳黔森写诗从数量来看并不太多，但一直没有中断过，而且创作历程贯穿始终。除了在出版各类作品集子时收录发表之外，他还在全国重要的专业性报刊发表了优秀的诗作。譬如，一共四百零七行的长诗《贵州精神》发表在2012年9月4日的《光明日报》上，《那是中国神奇的版图》（组诗）发表在《中国作家》2015年第2期上，《民族的记忆》（组诗）发表在《山花》2015年第15期上，《梨花的清香》发表在《诗刊》2018年第21期上，《新疆行》（组诗）发表在《星星》2018年第16期上。从数量上统计，他大体有50首左右的诗作规模。在当下诗歌界，诗人显然并不以多取胜，甚至是产出比较少的。由此可见，欧阳黔森在诗歌创作上主要以质量见长，创作态度严谨。

综上所述，诗歌创作是欧阳黔森最早开始尝试的文体，直到当下仍然是他比较看重的一种文学创作样式。这些作品或发表，或被收录进不同的选本，在内容上各有侧重，风格上各具特色。在 2018 年贵州文艺界总结改革开放 40 年的诗歌创作成就时，笔者有以下判断："著名小说家欧阳黔森 80 年代以诗歌、散文创作起步，一直没有中断对诗歌的创作与热爱，以《那是中国神奇的版图》组诗为代表，是具有代表诗作的诗人，其诗作想象奇特、设譬新颖，具有硬朗、明快的中国气派；同时他的诗歌也有一部分在小说中出现，融诗入文、互文性的特色较为明显。"[1]"中国气派"的说法，借鉴于毛泽东文艺思想。毛泽东在抗日战争初期关于民族形式的论述中，提出马列主义中国化、本土化问题，在建构新民主主义文化时主张创造"新鲜活泼的，为中国老百姓所喜闻乐见的中国作风和中国气派"[2]。习近平总书记在论述文艺时也强调"社会主义文艺，从本质上讲，就是人民的文艺"，要求文艺工作者通过作品"讲好中国故事、传播好中国声音、阐发中国精神、展现中国风貌"[3]，"坚定不移用中国人独特的思想、情感、审美去创作属于这个时代、又有鲜明中国风格的优秀作品"[4]。作为一个主流意识形态的追随者和讴歌者，欧阳黔森的文艺创作都有此类特点。也正因为如此，欧阳黔森创作诗歌时，与当下诗坛流

[1] 颜同林：《重塑贵州诗歌新形象——改革开放 40 年的贵州诗歌》，《贵州民族报》2018 年 12 月 17 日。

[2] 毛泽东：《中国共产党在民族战争中的地位》，载《毛泽东选集》（第 2 卷），人民出版社，1991，第 500 页。

[3] 习近平：《在文艺工作座谈会上的讲话》，人民出版社，2015，第 13 页。

[4] 习近平：《在中国文联十大、中国作协九大开幕式上的讲话》，人民出版社，2016，第 8 页。

行的口水化诗风，或在语言游戏中无病呻吟的诗风，或是以拼贴杂糅方式进行创作的诗风相比，都有鲜明而显著的区别。他的诗歌写作融入时代、社会，融入内心，抵达心灵的真实，具有中国气派与传统民族风格，是与脚下的土地、人民相应和的一种写作。在众声喧哗的当下诗坛，欧阳黔森的此类诗歌创作自有其独特的地位与价值，犹如一个诗歌的地理坐标具有参考、对照的多重意义！

## 二、诗歌创作的阶段、类别及其他

欧阳黔森的诗歌创作强调有感而发，是他深入生活、扎根基层的及物写作，显然，与无病呻吟、无事生非并满足于语言游戏有质的不同。他的诗歌数量不多，具有阶段性特征；在思想内蕴、主题倾向上也有清晰的界线。

从阶段性角度来考察，欧阳黔森的第一部个人作品集《有目光看久》中的诗作，可以视为他的早期作品，属于第一个阶段的写作。早期写作带有探索性、职业性、地域性。欧阳黔森十五六岁开始在地质农场工作，后成为正式的地质队员，有八年野外采矿的艰苦经历。一直到 1999 年在《当代》发表小说以来，他才正式作为一个职业作家身份而写作。

第一个阶段的写作带有尝试、练笔、方向性质。在欧阳黔森的早期创作中，主要是诗人对贵州独特的自然地理环境的所见所闻所感，是对贵州地质矿产事业的对应性写作，是咏叹青春、爱情的青春期写作。欧阳黔森跟从父辈的脚步，进入了贵州地质行业，特别是进入 103 地质队当野外地质勘探队员的经历对其影响最大。众所周知，野外地质工作异常艰苦，也十分寂寞、单调。饿其体肤、劳其筋骨、苦其心志，也不过如此。描写地质生活的方方面面，抒发地质队员的独特情怀成为一时之选。表现在以下方面：第一，描写地质队员先进人物的遭遇与不幸的诗篇。“一条腿的代

价 / 并没有换来一座矿山 / 这成了你终身的遗憾 / 毕竟与山为侣十几年 / 常望远山而泪眼蒙胧 / 你说这算不得英雄泪 / 这份上还能说这话 / 同志们叫你好汉 / 常回来与你举杯 / 痛饮悲欢……”（《勋章》）；为了送久居深山的地质队员们在大年三十回家团聚，一位没有家的司机冒雪违章开车，因山路湿滑而撞山身亡：“他毅然朝山壁撞去 / 公伤的队员们 / 死也不肯让救援的人们 / 抬下山去 / 内疚地望着那 / 永远不会被授予烈士的遗体 / 血花开在雪地里 / 鲜艳灼人”，“从此他孤零零 / 睡在这路边 / 只有纪念他的墓碑”（《血花》）。前者是地质队员流血牺牲、身残志坚的故事，后者是地质队司机勇于牺牲自己而成全队友的壮举，无不震撼人心，无不给人回肠荡气的悲壮感。《一张中国矿产图》《勘探队员之歌》《山之魂魄》等，都是如此。地质队员遭遇不幸的悲壮故事，默默无闻、勇于奉献的故事，坚守岗位、乐观面对生活的故事，在诗人的笔下得到了新的生命。第二，对地质、山川、河流的地理书写的诗篇。《隆起与沉陷》《那是中国神奇的版图》《梵净山短章》可为代表。这些诗作以地质形态为表现对象，或写高原森林，或写崇山峻岭，都有贴近对象、想象奇特的特征。“不断的运动 / 是大地骠悍的基因 / 断裂悲壮的一声炸响 / 隆起与沉陷 / 成为千万年不朽的风景”（《隆起与沉陷》），在隆起与沉陷之间，是数千年沧桑的中国版图，在拟人化的手法中写出了不同地貌的神奇与壮美。“沿着套色分明的中国版图 / 向西、向西 / 跨跃横断虚空的断裂 / 隆起与沉陷 / 构成大手笔的写意”（《那是中国神奇的版图》），在不断向西的方向上，不断出现骑手、原野、雪山、骏马、牛羊，以及长江和黄河这“一泻千里的两道目光”，全诗设譬大胆，想象力丰富而又独特。又譬如《高原梦》，全诗近百行，用拟人化的手法将祖国比喻成东方的巨人，青藏高原则是巨人的头颅， 黄土高原、云贵高原则比喻成巨人的一对美丽而丰满的乳房，长江和黄河则是巨人的两道目光：“双眼仍然年轻 / 一泻千里的两道目光 / 掠过沧桑沉浮的版图 / 严厉而慈祥 / 只有这博大而有神的目光 / 才有着生命力的色彩 / 一道绿色 / 一道黄色”。此诗杂糅了《那是中国神奇的版图》中的部分细节和譬喻，仍以想象力见长，写出了贵州红土高原的地貌、历史与文化，遵义会议、黄果树瀑布、红军长征、工矿企业、少数民族的歌舞等随手拈来，像一幅地域的、历史的画卷一样徐徐展开，席卷着一种恢宏壮美的旋律。第三，关于爱情、亲情与友情的诗作。《距离》《有目光看久》《啊，紫色的丁香》《无奈的思绪》《山村女教师》《网》《生活》等便是。比如，“有我一百零一次刚强 / 还有她一百零一次抱住我胳膊的信任”（《距离》），诗中有典故，也有新的审美眼光的汇注。又比如《有目光看久》，“有目光看久 / 犹如一根光绳系手 / 不论是你匆匆地走 / 还是慢慢地游 / 总是令人不住回首 / 这目光是你还是我 / 这目光你有我也有 / 有期待长久 / 犹如一副柔网在手 / 不管你走茫茫天涯 / 还是悠悠海角 / 心里总是怀蜜酒 / 这期待是你还是我 / 这期待你有我也有”，诗作有歌词风味，押韵、明朗。这些诗作以短章为主，篇幅短小，但角度较新，诗人往往选择一个小的切入口，抓住一瞬间的生活片断或横截面，抒发内心的真情实感，不伪饰、不回避，显得细腻而真实具体。

第二个阶段是职业化写作阶段。短篇小说《十八块地》发表于《当代》1999 年 6 期后，欧阳黔森冲出贵州，不断精进，成为一个站在全国制高点俯瞰文坛的作家，这一事件在他的精神气质上显然是一个分水岭。在此之前，欧阳黔森尽管发表过很多文字，出版过集子，但似乎在全国没有大的影响力。自从在《当代》这本具有权威性的文学杂志发表作品后，欧阳黔森扔掉一切重新选择了作家这一行业。在《当代》发表小说，暗示着自己可以去当专业作家，事实上欧阳黔森也是这样追求的。《十八块地》是几篇短的小说，也被视为散文入选散文方面的集子。小说以地质农场的故事为骨架，有鲜明的人物，有老练的叙事，也有议论与抒情的交错，是充分生活化了的作品。作为一名自学成才、不断摸索写作经验的作家，欧阳黔森的探索有阶段性，进步显著而转型明显。在诗歌领域，若以发表诗作为例，则可以凭长诗《贵州精神》在《光明日报》上发表为标志。

《贵州精神》是目前为止欧阳黔森写得最长的一首诗。此诗一共四百零七行，是一首政治抒情长诗。诗人以今昔对比的手法，从“老远的贵州”的贫穷落后写到“多彩贵州”的发展，在旧与新、凋落与繁荣之间展开诗思。青山绿水的生态，自强不息的意志，科学发展的理念，勇于开拓的先辈群像，都像珍珠一样贯穿其中。诗歌以议论、抒情为主，理性的驳诘、感性的表白，涌入直抒胸臆的语流中奔跑向前。在诗作中既有对历史与现实的双重咏叹，也有对山水与人文的审美观照，字里行间不难看出诗人对于贵州人民努力摆脱贫穷、落后、愚昧的精神枷锁后的喜悦之情，无疑这是一种新的贵州精神的沉淀，是贵州崭新面貌的新出发。

《贵州精神》是对贵州这片土地的思考，也是诗人找到新的自我的开始。由此开端，诗人的视野开阔了，譬如《那是中国神奇的版图》（组诗），目光从红土高原转向了南海，西沙群岛、南沙群岛、台湾、钓鱼岛也成为歌咏的对象。《新疆行》（组诗）以罗布泊、塔克拉玛干沙漠、天山等为对象，或是驻足于地理风情，或是聚焦于当地历史文化，山川河流、人文地理都成为诗人情感的承载之物。《民族的记忆》（组诗）则聚焦于援助我国的外国友人，如白求恩、陈纳德、苏斯捷尔等，在他们身上挖掘国际主义的精神与品格。这些作品，跨越了贵州的地域局限，成为走向全国的贵州声音。

## 三、诗歌的艺术个性与审美风格管窥

欧阳黔森在不同长短规格的小说创作中，十分看重他的短篇小说创作。[1]其实他的短篇小说数量不多，大约有三十多个。对于诗歌创作，虽然他没有直说，但在一些诗评、替别人诗集作序等文字中有一些心得表述。“乌江流域既有险峻的地质、地貌，又有悠久的历史和灿烂的民族文化，生活在这块神秘土地上的作家，在这独特的地理环境中，很容易找到特殊的感应对象，面对这些感应对象，往往能发出一种壮美的豪情、旷达的意志和坚韧深沉的力量。”[2]“诗是一种内在的体验，更是一种向上的精神。”[3]这是欧阳黔森品读同时代诗人的诗集之后的评述，在我看来移用到欧阳黔森自己的诗歌创作上也是十分贴切的。他的诗歌创作与评诗观念相统一，评述他者、反观自己，都具有一致性。总结起来也是他诗歌创作的个性和风格，比如在地域性感应对象找到情感的寄托物，比如通过内在体验表达一种积极乐观的时代精神。细化开来，大体有以下几个特征：

第一，英雄主义、乐观精神的情感基调，洋溢在诗作的字里行间。与他的其他文类创作相仿，“英雄情结或英雄主义的激情、豪情，在欧阳黔森的作品里既是价值取向，也是他的写作姿态和立场”[4]。欧阳黔森的诗作中普遍有英雄主义、乐观精神的情结存在，形成诗的思想内质。在崇

[1] 欧阳黔森：《我的文学理想与追求》；周新民、欧阳黔森：《探询人性美——欧阳黔森访谈录》，均载《小说评论》2015 年第 5 期。

[2] 欧阳黔森：《献给下江人的诗——读赵朝龙诗集〈梵天净土〉》，《文艺报》2010 年 4 月 14 日。

[3] 欧阳黔森：《诗歌是一种向上的精神——读范明诗集〈听雨集〉》，《文艺报》2010 年 6 月 23 日。

[4] 杜国景：《欧阳黔森的英雄叙事及其当代价值》，《当代作家评论》2016 年第 2 期。

尚语言转向，以及后现代主义、个人主义的时代语境下，可能许多读者会认为欧阳黔森的诗歌与后现代性、先锋性有一定的距离。譬如，他的诗歌多半运用传统的手法，在比喻、拟人、夸张、通感的修辞手法上着力，情感抒发、描述比兴都是传统民族形式的居多，在抒情的同时，杂糅理性与哲思的成分也比较普遍。与很多年轻的诗人追求写作新潮流不同，他并不看重诗歌的先锋与前卫，而是扎扎实实地潜入生活底层，没有特意求新求异的思想包袱，反而写出了生活底蕴丰厚、特色鲜明的优秀作品。在乐观精神、英雄主义的映照下，长处是对现实生活有充分化了的生命个体体验，生活视野开阔，没有无病呻吟的弊端。由此引申开来，借助于中国传统人文精神去观照则更为清晰。从古代到近代，以“兼济”为核心的儒家文化和以“独善”为核心的道家文化，成为传统人文精神的两道屏障。与西方要求个性解放、摆脱封建等级观念和发展个人的自由意志不同，中国的人文传统旨趣侧重在“人文”与“天道”的契合，“民本”与“尊君”的统一。知行合一、天人合一的观念在当下比较流行，说明传统人文精神的精华并没有过时。与全国很多省份相比，贵州的绿色生态和文明，成为中国社会经济发展的一道特殊风景。在贵州喀斯特山区为主的自然环境中，先天不足没有限制贵州人民的创造精神，依然坚韧开拓，负重前行。在这个思想链条中，欧阳黔森的诗歌创作与多数诗人的最大不同，在于他站在历史与现实的连接点上，其中有坚韧的儒道传统文化血脉，有强调诗言志的诗学传统支撑。要么不出手，一旦出手便是正能量的现实主义的诗歌书写。英雄主义、乐观精神的张扬，便成为诗人进行诗歌创作的亮点之一。在刚性、豪放的诗风下，可以清晰地辨析出诗人的主体精神。

第二，具有意识形态主流观念的思想指引，有感而发的出发点是为人民而抒怀，属于为人民的文艺范畴。诗人何为？曾经是一个众说纷纭的话题。在新世纪以后的诗歌创作潮流中，抒发个体的喜怒哀乐，偏执地满足于生命个体的吟唱，毫不关注社会成为潮流。但诗人们事不关己，沉浸在个人不痛不痒的浅吟低唱中，广大读者也不会过多关注这些作品，成为不会交叉的轨道各自前行、互不影响。众所周知，政治领袖毛泽东在戎马倥偬之余，写作了数量不多的旧体诗词，旧体诗词学界对毛泽东的作品评价很高，可谓卓然不群、自成一家。说得更直白一些，毛泽东的业余创作让许多一生专于旧体诗词创作的诗人黯然失色。原因之一便是毛泽东的旧体诗词创作是有感而发，有鲜明的以人民为中心的思想指引。这是一个有趣的现象，有些人写得少，但并不意味着成就单薄。关键的一点是为谁而写？读者的接受与反应如何？欧阳黔森的诗歌创作多数都是质朴、刚健的，不会故弄玄虚，不会给人云遮雾掩之感。他在诗歌中抒情与议论并重，有立场，更有情怀。如《钓鱼岛》，将中国比喻成一只雄鸡，钓鱼岛是米粒，日本则是一条虫，钓鱼岛属于中国，看到虫也不要害怕，因为雄鸡不是没有看见，只是还须嘹亮地警告。《宝岛台湾》一诗也是如此，中国大陆是雄鸡，台湾是雄鸡腹下的一枚蛋，两者是鸡与蛋的关系；曾几何时，台湾沉湎于一枚蛋的心思，有些迷茫，也有人想把蛋当作高尔夫球，挥舞球杆的人太多。这一写法多么新颖，设譬独特，想象力非同一般。总之，在欧阳黔森的诗歌中，能引起读者多方面的思考，关乎新诗发展的雅俗之变，关乎普及与提高、群众化与民族化等诗学议题，都是人民文艺的重要议题，在两者之间都可以寻找到某种答案。

第三，围绕中心意象或者核心观念而延展，在前后左右不断突围，开拓新的审美空间，也是其审美特征之一。在诗的风格上，欧阳黔森有两副笔墨：一是抒情化的，以情景交融为主，强调意境、在虚实相生中让人沉浸；一种是喜欢以议论为诗，诗风直白，很少含蓄。古人严羽曾说："近代诸公，乃作奇特解会，遂以文字为师，以才学为诗，以议论为诗。夫岂不工？终非古人之诗也。盖于一唱三叹之音，有所歉焉。”[1]严羽所说的“以议论为诗”是针对宋诗，以区别于唐诗的风格。以议论为诗，自古至今都是存在的。欧阳黔森有一些诗的创作思路，宛如贵州山区的梯田，围绕一个或多个山头，房屋依山而建，梯田在房屋周围依着山势一圈一圈扩展开来。有观点、有立场，运用议论和理性思辨也是一种创作风格。中国新诗发展道路是一条面对过去，走过当下，也迈向未来的道路，多元化创作的格局应该得到尊重。“新诗走民歌化、大众化的实践，是否是偏离了正轨的曲折之路，在我看来并不能武断地下此结论。采取二元对立、非此即彼的思维，仍然存在盲人摸象的危险。新诗道路是多元、多向的，关键是每条道路都应自我提高，不压制、阻碍其他的道路，而是以出精品力作为目标，形成多元共生的局面。”[2]这一看法是针对毛泽东时代的民歌加古典道路而言。纵览今天的诗坛，也绝非独尊一条或几条道路，一种或几种风格，而是应该真正做到百花齐放，无名的野花野草也有自己真正的春天。在一个开放的时代，不同路子的诗歌创作都应得到鼓励。

在一个向优秀作品致敬的时代，诗人以各自的作品标示自己，既标高自己的存在，也与他人保持距离。譬如《贵州精神》内容丰富，诗风激越；《民族的记忆》（组诗）借历史以观现实，一旦有所发现则发为金石之声；《梨花白的清香》等作品诗风清新明朗，隐喻思维一以贯之……总之，欧阳黔森并不以诗歌创作为主，但在一个缺失代表作的时代却拥有诗歌的代表作，这是十分难得的。作为贵州诗坛的一名老将，欧阳黔森置身于贵州诗坛庞大芜杂并且前赴后继的不同代际的诗人队伍之中，其身影清晰而矫

[1] 严羽：《沧浪诗话》，载何文焕辑《历代诗话》，中华书局，1981，第688页。

[2] 颜同林：《“诗人毛泽东”与中国新诗道路》，《求索》2017年第1期。

健，书写了内蕴独特、个性鲜明的时代篇章。

**四、余论**

欧阳黔森作为小说家，是善于讲故事的人，但他以诗歌创作开端，始终没有放弃诗歌的创作，抒情的笔墨仍然饱满而生机勃勃，成为贵州诗坛的显著存在。作为有作品在诗坛唱得响、传得开、有持续影响力的诗人，欧阳黔森仍然爱惜自己的笔，仍然以推出自己的诗歌力作为目标。笔者在研究贵州新诗历史的过程中，发现一个现象，就是贵州诗歌的创作虽然大体能与中国诗坛接上轨道，偶尔也有具有社会重大影响力的代表性作品，但相比于创作队伍与作品的数量而言，能标识一个诗人的代表作还是较为稀缺的。即使有少数诗人曾经写出了代表作，但后来一直没有新的推进，属于静止形态的诗人。在这一点上，欧阳黔森不断有进步，至今仍然保持着旺盛的创作生命力，在诗歌领域同样值得读者们期待。

诗歌生态正在不断变化，在一个竞争性、多元性的格局中，创作的突破变得更加艰难而崎岖。坚守与创新，仍然是不可或缺的创作理念，对此欧阳黔森成竹于胸，不断思考、不断探索。诗风明朗而不晦涩，灵动而不呆板，整体上具有中国气派和传统民族风格，成为了作为诗人的欧阳黔森的独特标签！

《山花》2020 年第 4 期

# 欧阳黔森小说的叙事艺术略论

颜同林 王太军

如何叙事见出一个小说家讲故事水平的高低，已是公论，自然不容怀疑。小说家通过语言的形式，再现特定时空中的事件，方式多种多样，导致读者的阅读效果也会参差不齐。换言之，作者与读者都会在叙事这一维度进行融通、对话。因此，运用叙事学的方法，对小说文本进行叙事研究成为作品阐释的一条重要途径。将贵州当代作家欧阳黔森的小说置于叙事学视野之下，运用叙事学理论对其进行细致的分析，是与以往研究者将目光聚焦于欧阳黔森小说的传奇叙事、英雄叙事、性善叙事等截然不同的一种方法，其意义在于将文本叙事与小说创作、主题等分割开来，重新探讨其小说文本的叙述视角、情节类型、叙事时间与叙事空间等叙事艺术元素及其特质。

## 一、非聚焦与内聚焦的叙述视角

叙述视角是“叙述时观察故事的角度”[1]，就是小说叙述者对待所叙述的故事的位置与角度。在欧阳黔森小说的叙事中，部分文本使用了全知全能的非聚焦型视角，部分文本使用了有所限制的内聚焦型视角，也有

[1] 申丹：《视角》，《外国文学》2004 年第 3 期。

部分文本，被作家匠心独运地同时运用了这两种视角，实现了视角的转换与变异。

首先来看非聚焦型视角，在非聚焦型视角的小说作品中，叙述者十分自由，可以从任一角度来观察被叙述的故事，角度的移动、改变也是不受限制的，“叙述者所掌握的情况不仅多于故事中的任何一个人物，知道他们的过去与未来；而且活动范围也异常之大”[1]，也正如罗兰·巴特在《叙事作品结构分析导论》中所言：“叙述者既在人物内部（既然人物内心发生什么他都知道），又在人物外部（既然他从来不与任何一个人物相混同）。”[2]这类视角是一种传统的、无所不知的“上帝视角”。

小说《敲狗》即是一篇非聚焦型视角的叙事作品，以叙述者的全知叙事统摄全文，其视角属于旁观贵州花江镇敲狗习俗的第三者，他了解到厨子、徒弟、中年汉子三人围绕“敲狗”与“放狗”之间发生的故事之后，将其以小说文本的方式，相当客观地呈现给了读者。在整个“敲狗”事件的叙述过程中，叙述者可以任意窥探小说中的任何一个人物，“从容地把握人物的所作所为、所思所想”[3]，所以读者对于故事从整体到局部的情节相当清楚，对于故事人物的心理、行为、抉择等也相当熟悉，因而在解读小说文本时，就更易于察觉出不同人物身上的复杂性，如厨子对敲狗技艺的坚守，徒弟即便失业也选择放狗的良知，中年汉子在父亲与黄狗之间的痛苦抉择。这里有必要再谈一谈厨子这一人物形象，在“敲狗”事件中，他扮演了一个不仅不讨喜而且令人厌恶的不光彩形象，冷酷自私、残忍无比、唯利是图、罔顾狗主人与狗之间的主仆情深，但这些都是读者和评论

[1] 徐岱：《小说叙事学》，商务印书馆，2010，第209页。

[2] 引自张寅德编选：《叙事学研究》，中国社会科学出版社，1989，第29页。

[3] 胡亚敏：《叙事学》，华中师范大学出版社，2004，第25页。

家在读完《敲狗》文本后所赋予在厨子身上的评价，代表了文本受众群体的看法，而在文本中间，叙述者只是冷静、克制地讲述故事，并没有赋予厨子这一人物形象以贬斥色彩。当叙述者的视角放在厨子身上时，我们可以发现厨子执着于敲死黄狗的原因是源自自己狗厨子的身份，敲狗、敲好狗是自己的职业要求，如此一来，读者虽然依旧无法对厨子产生感同身受的理解，但对于其行为抉择终归是可以接受的，进一步来说，作者描写贵州花江镇敲狗的习俗、讲述厨子敲狗的故事，并不是将之当作陋风陋习来加以批判的，而是想要在刻画复杂人性、凸显人性的光芒之余为读者呈现这一片土地上的风土人情。

在这类非聚焦型视角的叙事作品中，当叙述视角做全景式的鸟瞰时，叙述者可以将观察者所知晓的所有内容，全面地铺陈在文本中，令读者进入一个清晰明朗的阅读世界，获得轻松愉悦的阅读体验。譬如长篇历史小说《雄关漫道》，它讲述了红军长征过程中红二方面军鲜为人知的历程，由于要表现长征恢弘的气势、壮阔的场面，因而囿于其间某一个人物的视角显然是难以胜任的，故此作者也选择了非聚焦型的全知视角，将整个红二方面军长征的过程、战争的场面，包括红军内部从上到下的各级将士、民众群体、敌对部队等不同人物的状态、表现、心理，全面地铺陈开来，为读者还原了红二方面军真实的长征历史。在叙述时，叙述者的视角有时是俯瞰式的，交代周围的环境、当时的局势、红军的境遇等，有时却集中于人物身上，描写不同人物对周遭世界的应对方式、心理变化等，使得小说在叙事层面游刃有余、条理清晰；人物塑造形象鲜明、立体生动；情感上则是不乏激情、温情与悲情的杂糅状态。

其次，再来看内聚焦型视角，与外聚焦型视角不同，这一视角下的作品，所叙述的事件是按照一个或几个人物的感官来观察并予以呈现，其他人物的观感则要借助这一个或几个人物来实现。欧阳黔森的大部分小说均是以第一人称“我”来作为叙述者的，讲述“我”经历过或听说过的故事，按照“我”的感受或意识来呈现，这种叙事方式是内聚焦型视角叙事的常见表现。《五分硬币》即是这样的一篇小说，叙述了“我”在红卫兵大串联时，邂逅了一位善良美丽的姑娘，并得其帮助，此后一直对之念念不忘，直至几十年后再次相遇，才偶然得知那位姑娘当时的善意举动只是一次不得已为之的举动。在作品里，受叙述视角“我”的限制，叙述者所表述的内容均是“我”亲身经历过的事情，或是“我”从外界接受的信息产生的心理反应，譬如，小说中的姑娘便由“我”的心理活动来间接呈现，所以“我”才错把她曾经的不得已的举动当作了专为“我”而萌生的善意，自欺欺人了几十年。短篇小说《有人醒在我梦中》也是一篇内聚焦型视角的回忆性叙事作品，叙述了“我”与白菊知青年代青涩而又忧伤的初恋故事。文章的主体部分描写了知青年代，“我”与白菊的相识相知和亲切来往：青梅竹马的我们，一起成长、一起上学、一起下乡，共同经历了人一生中最美好的青春年华。在这些表述中，观察者始终是当时的“我”，从“我”的视角叙述了“我”对白菊日益萌生的爱恋之情和白菊留给“我”的完美印象，因而显得格外的情真意切。因为内聚焦型视角的优势是充分展现人物的内心活动，所以《有人醒在我梦中》中作者在叙述往事时不仅从“我”的视角展示所见所闻，而且也对“我”的心路历程做了翔实而深刻的剖析。小说里有许多关于“我”面对白菊时矛盾复杂的心理描写，如与白菊相处时的快乐，独自直面白菊时的自卑怯懦，同朋友谈及女伴话题时的小小心机、被朋友揭穿秘密时的恼羞成怒等，入木三分地刻画出了一位刚刚步入青春期的少年情窦初开，在暗恋着的少女面前小心翼翼地掩饰着自己心绪的样子，但也是因为太过年轻，少年人的自尊使得他屡次错过了向心上人表明心迹的机会，以至于成为伴随一生的遗憾，因而当他想到曾经的这段时光时，便“有人醒在我梦中”。

需要指出的是，内聚焦型视角是从人物的角度来展示所见所闻的，故而在创作上它可以扬长避短，多叙述人物所熟悉的境况，而对不熟悉的东西保持沉默，因此在阅读中，它可以缩短人物与读者的距离，使读者获得一种亲切感，让读者不但可以跟随着视角目睹故事发生发展的过程，与小说人物缩短距离，产生一种身临其境的亲切感和现场感，而且又能保持清醒不至于沉浸其中不能自拔，令读者在身临其境与保持清醒之间徘徊，从而产生异样的阅读感受。但不可否认的是，这种视角也因此造成了其他人物的不透明性，使得读者无法像阅读非聚焦型视角的叙事作品一样，产生把控全局、无所不知的阅读快感。

在欧阳黔森的小说创作中，为了突破单一视角类型的限制，获得观察上的自由，作家有意识地运用多种聚焦类型于一部作品，使得小说的叙述视角发生变异，如《非逃时间》《非爱时间》等，交叉使用了非聚焦与内聚焦两种视角类型，便是其实验之作。中篇小说《非逃时间》讲述了“瞎子”假意失踪后一众知青伙伴的种种表现，尽显人情冷暖和世态炎凉，其主导叙事的视角是无所不知的非聚焦型视角，但在叙述过程中，视角又时不时地移位到小说人物身上，并在不同人物身上来回移动，表现为不定内聚焦型视角。不定内聚焦型视角是内聚焦型视角的亚类型之一，指“采用几个人物的视角来呈现不同事件，这种焦点移动与非聚焦型视角不同，它在某一特定范围内必须限定在单一人物身上，换句话说，作品由相关的几个运用内聚焦视角的部分组成”[1]。这种以非聚焦型视角为主导、同时掺入不定内聚焦型视角的叙述方式，意图通过后者来限制前者的无所不知，

[1] 胡亚敏：《叙事学》，华中师范大学出版社，2004，第30页。

以避免叙述的冗杂与无趣。而长篇小说《非爱时间》意在通过当代都市男女爱情和婚姻的实况来揭示人的精神状态，探讨当代人理想主义和价值归宿的问题，小说的主导叙述视角是固定内聚焦型的，但在具体叙述中也会掺入不定内聚焦型视角和非聚焦型视角，这样或者插入叙述者的议论，或者揭示其他人物的心理，来突破固定内聚焦型视角的限制，实现增加信息的目的。《非爱时间》的叙述视角虽然以黑松的视野为主导，但是并不局限于此，它有时会位移到陆伍柒、郝鸽子等人的视野中，有时也会转变为全知型的非聚焦型视角，不一而足。

总的来说，无论是在非聚焦型视角的叙述中掺入不定内聚焦型视角，还是在固定内聚焦型视角的叙述中掺入不定内聚焦型视角和非聚焦型视角，都是叙述视角的变异方式，表现出对某种叙事准则的违反和对传统叙事逻辑的动摇，彰显出欧阳黔森以此突破叙事常规、革新叙事手段、扩大叙事艺术的表现空间的尝试意图。

## 二、线型与转换型的情节类型

在结构主义叙事学中，情节被定义为事件的形式序列或语义序列，地位十分重要。就分类而言，情节一般被区分为线型和非线型，线型情节指的是能捕捉情节发展的轨迹，有线索可循；非线型情节则缺乏清晰的发展顺序和因果关系，人物和情节被充分淡化。就语义而言，情节又可以分为转换型与范畴型两类，转换型情节指的是情节从一种情境转变成另一种情境，情节在语义上有发展与变化；范畴型情节则缺少语义上的逻辑发展，情节被视为某一范畴的衍生。从情节的这两种分类去观照欧阳黔森小说，可以发现，其小说文本中的情节多呈现为线型和转换型，下面分别展开论述。

从形式序列来看，欧阳黔森小说的情节多属于线型情节，即其小说情节可以梳理出清晰的发展顺序和因果关系。线型情节又可分为复线、单线和环线，前两者分别见于欧阳黔森的中长篇小说和短篇小说，环线情节则比较少见。譬如欧阳黔森的长篇小说《非爱时间》，复线型情节较为典型。第一，《非爱时间》的主人公是黑松，围绕其发生的并起支配作用的故事线即是主线，可以看到这部小说的叙事主线有两条，一条是黑松和众人重返十八块地农场的故事线，另一条是黑松爱情的故事线。在重返十八块地农场的故事线上，小说在黑松接到十八块地农场的求救电报中拉开序幕，为了拯救农场，维护记忆中的美好之地，黑松联系众人重返十八块地，这一过程中陆伍柒、卢竹儿、郝鸽子、苏联人先后加入重返农场队伍的情节，构成了文本的第一条叙事主线。至于黑松爱情的故事线上，黑松与郝鸽子成婚二十年，但心中却始终牵挂着自己的知青恋人卢竹儿，围绕黑松与郝鸽子、卢竹儿两人之间情感纠葛的故事线形成了文本的第二条叙事主线。第二，小说中的次要人物有陆伍柒、郝鸽子等人，围绕他们发生的一系列情节构成了叙事副线，如陆伍柒关于十八块地农场的记忆，陆伍柒对萧美文的痴恋故事，陆伍柒与梅青杨之间的情感往事等情节，以及郝鸽子的工作性质与工作经历、郝鸽子与苏联人之间的往事等情节。虽然是副线，但是这些情节在建构人物关系、丰富人物形象、深化小说主题等方面具有着举足轻重的作用，是文本不可或缺的有机组成部分。第三，小说里所描写的黑松父母的爱情、郝鸽子父亲为地质事业献身的往事是作为背景小故事而出现的，前者用来与黑松的爱情进行对比，后者则为郝鸽子从事地质事业做出解释。第四，小说中的非动作因素，由叙述者所发出的关于爱情的议论来充当，那些颇具哲理性的议论道出了爱情的本质，它们是小说中的非动作因素。在以上分析中，《非爱时间》具有主线、副线、作为背景的小故事、非动作因素在内的四个层次，是复线情节类型的典范之作。与《非爱时间》相同，像《白多黑少》《水晶山谷》《穿山岁月》《雄关漫道》《绝地逢生》《奢香夫人》等中长篇小说，其情节类型也属于复线型情节。

与复线情节相对，单线型情节指的是只有单一线索的情节类型，多以一个连贯的故事为主，辅之以与之相关的次要事件，与复线情节相比其大多数情节仅具有主线，减少或缺失了副线、背景故事和非动作要素等其他层次。单一线索的叙事文本一般情节紧凑、人物有限、结构简单，欧阳黔森的大部分短篇小说即属此例。以《敲狗》为例，其叙事主线可以梳理为：中年汉子将大黄狗当给厨子—中年汉子赎狗，遭到厨子的拒绝—徒弟感动于中年汉子与大黄狗的感情，偷偷放走了大黄狗—中年汉子以为厨子善心大发，带了赎金和礼物感谢厨子。这一系列的事件构成小说主线，而小说中关于花江镇敲狗吃狗的习俗、大黄狗日渐萎靡的状态、厨子回忆自己学徒时的故事等情节，则是用以辅助叙事的次要事件。还有如《梨花》《丁香》《白莲》《兰草》《血花》等短篇小说的情节类型，也是线型的，全文只有一条叙事主线，这里不再展开列举论述。

从形式序列来看，欧阳黔森小说的情节类型多半以线型情节为主，从语义序列来看的话，则以转换型情节为主。在转换型情节之中，发现与对立是比较典型的趋势。表现在以下方面：一是它是一种一步步地揭开事件真相的类型，围绕问题或真相，不断寻找、不断追求，最终水落石出，得到了结论。小说《非逃时间》的情节类型即呈现一种发现式的趋势，故事一开头就说道："瞎子出事了，这是早晚的事。"这无头无尾的一句话却提出至少三个疑问：瞎子是谁？瞎子出什么事了？为什么说瞎子出事是早晚的事？怀着这样的疑惑，读者就会在接下来的阅读中去寻找问题的答案，并逐渐发现事情的真相：原来"瞎子"只是一个人的外号，并非一个人的名字，他也并非真瞎；之所以说他出事了，是因为传出了其被双规的消息；瞎子身为公司总经理，却以权谋私、大肆敛财，所以小说开头说他出事是早晚的事。在了解到这些真相之后，读者会发现瞎子本人并未在小说前半部分的叙述中现身，关于瞎子出事的消息都只是朋友们之间的道听途说，因而这里有一个更大的疑问出现了：瞎子到底出没出事？现在在哪里？这一新的疑惑会诱使读者继续阅读下去，以期在文本中寻得答案。在叙述者的刻意安排下，读者关注着故事情节的发展，直到读到小说结尾处才能获知答案：原来瞎子的出事只是公司的一次人事变动，他身在曾经知青时期下乡的农场里，十分安全。可以看到，《非爱时间》的情节呈现为一种不断追求事物真相的模式，这是发现型情节类型的常见形式。

在此之外，印证预告是发现模式的变体，作品事先预告结局，情节的发展印证了这一预告，这是一种证实性的叙事方式，小说《水晶山谷》的情节即是这种印证预告的发现模式。《水晶山谷》在正文叙述之前，先交代了故事的结局：七色谷的奇石在轰鸣的炸药声中被开采殆尽，田茂林伴随着美丽的七色谷一起消失无迹。接着，整个故事的所有情节依次展现在读者的眼前：田茂林本是三个鸡村里一个淳朴、上进的农村青年，他热爱着七色谷的美丽，但在与外界的接触中，其内心逐渐滋生出对金钱的渴望，因而他协助杜鹃红、李王的人，开采出七色谷里的奇石以换取利益，着意保护七色谷的未婚妻白梨花的退婚举动，惊醒了一心沉迷于贪欲之中的田茂林，他面对自己铸下的大错，毅然选择了与七色谷共同消亡。在故事的叙述中，因为提前告知了结果，因而读者的兴趣在于求证而不是意外的惊喜。

在发现型情节之外，转换型情节的另一种类型是对立型情节，对立一般表现为一种事件的对抗或事件向对立面转化，其深层结构是二元对立。

两种力量的对抗和冲突是对立型情节的基本形式，在欧阳黔森的长篇小说《奢香夫人》中，即存在着多重对抗与冲突的力量，并且彼此错综复杂地交织在一起。就水西内部而言，在族长霭翠去世后，存在着以奢香为首的摄政派力量和以二爷格宗为首的旧派力量，两者为了水西族的统治权而争斗不休，格宗多次施展诡计加害奢香欲夺取水西首领的位置；就水西外部而言，既有水西部落与乌撒部落的矛盾（因为两家是世仇，水西经常遭受乌撒的犯边挑衅），又有水西人与汉人之间的冲突，尤其是以马烨为首的汉人对水西人的仇视与轻视心理导致两族的关系十分紧张。在这一组组二元对立的矛盾冲突中，奢香以极大的魄力和智慧巩固了自己的统治，为水西百姓营造出和谐稳定的发展环境：面对格宗的阴谋诡计，奢香见招拆招、宽以待人，终于成功感化了格宗，化解了内部矛盾；面对乌撒部落的寇边侵略，奢香集结全族力量奋力反抗，并巧施妙计活捉了乌撒首领诺哲，定下两族永不相犯的承诺；面对马烨等人的故意为难和羞辱，奢香深明大义、忍辱负重，严令部下与汉军不得发生冲突，不远万里赴京面圣，为自己也为水西族赢得尊严与公道。《奢香夫人》中的这种对立型情节，均以奢香一方战胜对手、化解对手阴谋而宣告结束，实现了正义战胜丑邪恶、和平终结暴乱的美好结局。

对立型情节也可表现为事件自身的否定，即事件向对立面转化。在欧阳黔森以贵州农村恢复生态、脱贫致富为题材的小说里，如《绝地逢生》《八棵苞谷》《村长唐三草》等，均表现出对原本贫瘠落后农村生活的否定和向现代化新农村的转化，无疑，其中的故事情节也是对立型的。

情节是故事结构的组成要素之一，在欧阳黔森的小说创作中，作家多喜欢以线型情节和转换型情节来建构故事结构，其中线型情节主要表现为复线型和单线型，转换型情节则多呈现为发现模式和对立模式。通过对情节类型的研究，可以帮助读者从新的角度揭示欧阳黔森小说文本中情节结构的内在组织，找出不同序列之间隐蔽的联系，从而使我们更细致地理解其作品的构成。

### 三、叙事时间与空间的独特营构

小说叙事的时空机制，关联着叙事时间与叙事空间，在叙事艺术上占有重要地位。徐岱在《小说叙事学》中说："时间和空间是一切物质形态的基本存在方式，尽管二者是两个不同的概念，但彼此总是互为依存，无法在实际上被分开。"[1]苏联著名电影理论家格·巴·查希里扬在《银幕的造型世界》中也说："时间仿佛是以一种潜在的形态存在于一切空间展开的结构之中。"[2]可见，一个完整小说世界的建构至少包含了时间的流动和空间的存在。在欧阳黔森的小说中，多次采用了闪回、闪前、交错等变更时序的手法，使得故事时间变得扑朔迷离、丰富多彩，凸显出了叙事的时间艺术；同时，与时间、人物、情节等相呼应，小说里也营构出以"乡村空间"和"城市空间"为代表的故事空间，容纳故事里人物活动与事件的发生发展。

在叙事时间上，经典叙事学划分了"故事时间"与"话语时间"两种时间概念。其中，故事时间是指"故事中的事件或者说一系列事件按其发生、发展、变化的先后顺序所排列出来的自然顺序时间"；话语时间指的是"叙事文本中所出现的时间状况，这种时间状况可以不以故事中实际的事件发生、发展、变化的先后顺序以及所需的时间长短而表现出来"。[3]也就是说，

[1] 徐岱：《小说叙事学》，商务印书馆，2010，第289页。

[2] 格·巴·查希里扬：《银幕的造型世界》，中国电影出版社，1982，第27页。

[3] 谭君强：《叙事学导论：从经典叙事学到后经典叙事学》，高等教育出版社，2008，第120页。

故事时间是指小说家所叙述的故事本身所需要的实际时间，话语时间是用于叙述事件所花费的时间。研究叙事时间其实就是探讨故事时间与话语时间之间错综复杂的关系问题，即时序问题。观照欧阳黔森小说里的叙事时间，可以发现其作品中的时序关系多呈现闪回、闪前、交错的时间运动轨迹，表现出作家对逆时序叙述的热衷和喜爱，但也能在其具体的叙事过程中，发现非时序叙述的踪影。

欧阳黔森小说里的叙事时间多呈现为逆时序，逆时序主要包括闪回、闪前、交错三种时间运动轨迹。其中闪回也被称作“倒叙”，意为回头叙述以前发生的事情，如各种追叙和回忆；闪前则是预先叙述以后将要发生的事件，因而也被称作“预叙”；至于交错意指闪回和闪前的混合运用。先来看闪回的叙述手法，以《断河》为例，由于故事是从中间讲起的，以麻老九五十一岁这一年为开端时间，叙述者在叙述老刀和老狼比刀的故事、龙老大和麻老九相处的故事时，是以闪回的方式将其呈现出来的。另外《断河》中故事的时间轨迹呈现为混合闪回，叙述者在叙述老刀和老狼、龙老大和麻老九的往事时运用了外部闪回的方式，而在叙述麻老大的人生经历时则运用的是内部闪回的方式，从开端时间之前到开端时间之后，整篇文章所讲述故事的时间长度约一百二十余年。以短篇小说的篇幅，容纳了断寨长达一百二十多年的历史，无怪乎不少评论家以“史诗”之名来评价《断河》。

再来看闪前，在欧阳黔森运用闪前手法所叙述的众多文本中，最为明显的当属于中篇小说《水晶山谷》。《水晶山谷》一开头就叙述了七色谷在李王、杜鹃红等人的爆破攻势中一片狼藉，田茂林伴随七色谷一起消亡的故事结果，接着才开始叙述整个故事，这种提前告知故事结果的叙述方式即极为典型的闪前手法，意在引起读者的阅读兴趣和阅读期待，以促使读者继续关注下文。这与前文中所说的印证预告式的发现型情节类型其实是“殊途同归”，只不过一个属于情节范畴，一个属于时序范畴。根据闪前与结尾时间的关系，可以将闪前进一步划分为内部闪前和外部闪前，内部闪前指的是对故事结局的预言或对故事内容的介绍，将叙事作品中即将发生的事件先行提示给读者，希望能够使得读者对所叙故事有一个大致的了解，从而在之后的阅读过程中获得求证的快感。《水晶山谷》先叙述七色谷和田茂林的消亡，交代了故事结果，然后叙述围绕七色谷发生的故事，使读者在阅读中一步步知晓了故事的整个过程，从而获得了求证的阅读感受，所以这里的闪前手法属于内部闪前。同时，如果根据闪前在作品中的功用，也可将闪前再次细分为填充闪前和重复闪前，其中填充闪前说的是提前叙述所述事件的空白和缺失之处，或者事先预叙后来情节中被省略的部分，以免后文无暇顾及，《水晶山谷》预先描写了七色谷的爆破场面和田茂林的消失，交代了故事结果，而在文章后面写到时以“于是就发生了本故事开头的那一幕”来一笔带过，因此这里的闪前手法也可称之为填充闪前。

至于交错的叙述方式，在欧阳黔森创作的两篇都市爱情传奇《味道》与《姐夫》中，得到了淋漓尽致的使用，造成了小说叙事时间上的扑朔迷离和错综复杂，呈现了作家在时间处理上的水平。相较于逆时序，欧阳黔森对非时序的运用则相当慎重且稀少，其小说中的非时序主要被用来表现人物的意识流活动。非时序是一种共时平面的叙述方式，但它并不等同于无时间，而是缺乏时间的线型发展，例如在小说《非爱时间》中，得知卢竹儿第二天抵达机场并要求自己去接机的黑松，一夜无眠，其意识极度活跃，他躺在床上联想了许多事物，包括卢竹儿、白垩纪、恐龙、化石、红土高原、土匪、父母、爱人、红卫兵、地主、郝鸽子等，这些黑松意识中的人与物经由共时叙述的方式被叙述者呈现在文本中，读者显然无法从中梳理出明确时间脉络来。

时间交错的结构方式，是现代小说常用的手段。在对欧阳黔森小说叙事时间的分析中，可以看到不管是逆时序的闪回、闪前、交错，还是非时序，他均有所涉猎，尤其是闪回、闪前的手法广泛存在于他的不同小说文本中。这种对时序的巧妙运用，一方面使得叙事时间错落复杂、迷离多变，显示出欧阳黔森独特的叙事技巧，另一方面也使得小说避免了情节的平铺直叙，增加了作品的耐读性和艺术性。

与小说的时间机制类似，小说中的空间机制也同样不可或缺。小说的空间，让故事真正成为现实生活的审美再现场域。在欧阳黔森的小说中，作者建构了以乡村和城市为代表的两类故事空间。欧阳黔森笔下的乡村空间大致可以分为三类：以“十八块地”为代表的诗意乡村、以“断寨”为代表的原始乡村、以“盘江村”为代表的新农村，下面逐一来分析这三类乡村空间。短篇小说《十八块地》中的十八块地农场是欧阳黔森笔下诗意乡村空间的代表，虽然条件简陋、物资匮乏，但生活其间的知青们却不见丝毫萎靡不振之色，也没有怨天尤人顾影自怜的小家子气，他们在辛勤耕耘、自力更生、接受贫下中农再教育之余，会为了口腹之欲而跑去十里开外的村子里偷鸡摸狗，会在老林中安夹子猎获山羊，冬日里下水捉鱼，伪造陷阱罩麻雀，也会在繁忙的劳作中放声歌唱，在豪言壮语中热血洋溢，使得十八块地农场充满了欢声笑语。《断河》中的断寨则是原始乡村空间的代表，断寨山多、谷深、林密、地贫，是一处封闭原始的古朴村落，恶劣的生存条件造就了断寨人彪悍好斗的血性，闭塞的生活环境使得古朴的民间遗风尚存于世，因而有了老刀老狼极重江湖道义的比刀，有了龙老大不远千里勤王保驾的忠义举动。在断寨这个原始村落里，人们崇尚道义、武力，老刀会在老狼身死后将其子龙老大视若己出并传其武艺，龙老大会遵从母命用心良苦地护佑麻老九一辈子衣食无忧，同龙老大结怨的仇家们也会因为男不与女斗的规矩而不伤害他的姐姐们，虽然这个地方近似于无法之地，但其中自有朴素的规则支持其运转。此外，脱贫主题的小说《绝地逢生》中盘江村是现代化新农村空间的代表。盘江村是云贵高原乌蒙山脉中的一个小山村，石漠化严重，被联合国教科文组织列为“不适合人类居住的地方”，但在盘江人的努力之下，一步步地将原本不宜居住的不毛之地变成了人间的“伊甸园”，与过去贫瘠、穷困、破败的面貌相比，改变后的盘江村，已经走在了现代化的康庄大道上，村民们不再满足于单一的农作物种植来维持温饱，转而因地制宜、科学致富，选择了种植花椒等经济作物，建立花椒加工厂，并成立村办企业、大力发展生态旅游业，创造了高效而长远的经济效益。在盘江村这一被作者精心营构的新农村故事空间中，不难看出欧阳黔森对当代农村变革和乡村建设的现实关怀。

诗意乡村、原始乡村和现代化新农村，基本囊括了欧阳黔森小说中乡村故事空间的全部类型。与此相对的是欧阳黔森的不少小说里也营构了城市空间，像《白多黑少》《非逃时间》《非爱时间》等文本中，大量描写了现代城市空间里的方方面面，相对于乡村空间的清新与美好，欧阳黔森笔下的城市空间多充斥着物质欲望与蝇营狗苟，对人的心灵、理想有着极大的侵蚀危害。中篇小说《白多黑少》中的城市故事空间，呈现了现代都市中商业来往的一面，在灯红酒绿、光鲜亮丽之余，其实充斥着尔虞我诈、勾心斗角。在小说的事业叙事线索中，作为民营企业老板的萧子北，对待下属雷厉风行、作风强硬，但又能恰到好处地收买人心、人尽其用；作为商业合作伙伴的萧子北，在对手台商面前，不动声色之间就占尽商业先机，他以心理战术摸清对方底细，并不择手段地使用美人计来诱使对方屈服让利，玩弄台商于股掌之中；而作为逐利商人的萧子北，在与主管官员的来往中，深谙官商互利的潜规则，不惜放低身价、主动求贿，与对方谈笑风生之间就结成了利益同盟，为自己的公司赢得了官方的支持。小说通过萧子北这一中心人物在与不同群体的往来中，为读者呈现了当代商业社会的一隅，从而建构出一个以商界为代表的城市空间。与《白多黑少》所描写的是城市空间不同，《非逃时间》则书写了城市空间里关于体制内的情形，道出了体制内的腐朽与虚伪，而《非爱时间》则为读者建构了一个以情感生活为代表的城市空间：婚姻不是以爱情为前提的，爱情的结果也并非婚姻，两者之间被割裂、对立开来，借此呈现出当代都市人爱情与婚姻发生错位的情感生活状况。

通过分类梳理欧阳黔森小说中的故事空间，可以发现作家对于乡村空间和城市空间分别持以不同的情感态度，在欧阳黔森的笔下，乡村空间几乎成了诗意与美好的代名词，而城市空间中则充斥着欲望与卑琐。需要补充的是，欧阳黔森的不少小说都存在着一种基本模式，即小说人物均经历了由过去物质贫瘠的乡村空间走向现在生活富足的城市空间的转变，并且两者之间呈现出一种二元对立的关系：过去的时空浪漫而贫瘠，洋溢着青春的美好与激情；现在的时空丰腴却苍白，总被琐碎平庸所充斥。在这种前后的二元对立中，流露出作家追忆过往和逃离现实的情感倾向。

## 四、结 语

立足于叙事学视野，以具体的叙事理论为支撑，一一对照欧阳黔森的小说文本，我们可以清晰地看到作家的叙事手法、技巧，以及由此生发出来的叙事艺术，这一切充分体现在叙述视角、情节类型和叙事的时空机制之上。

小说作为叙事艺术的重要载体，在叙事层面见出一个作家讲述故事技法的高低与才情的大小。作为贵州第四代作家的主要代表，欧阳黔森在小说叙事艺术领域一直不懈追求，将黔地故事讲述得风生水起，形成了自己鲜明的特点和风格。

本文系贵州省哲学社会科学规划重点课题“贵州当代小说资料整理与研究”（项目编号：21GZZD24）的阶段性成果。

《中国当代文学研究》2021 年第 6 期

# “人间奇迹”的贵州华章

## ——读欧阳黔森的报告文学作品《江山如此多娇》

白　烨

2021年2月25日，习近平总书记在全国脱贫攻坚总结表彰大会上的讲话中，代表党中央庄严宣告：“经过全党全国各族人民共同努力，在迎来中国共产党成立一百周年的重要时刻，我国脱贫攻坚战取得了全面胜利，现行标准下9899万农村贫困人口全部脱贫，832个贫困县全部摘帽，12.8万个贫困村全部出列，区域性整体贫困得到解决，完成了消除绝对贫困的艰巨任务，创造了又一个彪炳史册的人间奇迹！”这一庄严宣告，令国人无比振奋，让世人为之震惊。随着脱贫攻坚任务的不断告捷和最终决胜，一大批脱贫攻坚题材的报告文学作品纷至沓来，不断地向人们报告着这样的“彪炳史册的人间奇迹”是如何发生和发展的，是怎样实行和实现的。在这其中，欧阳黔森的《江山如此多娇》用以点带面的方式，全景性地描述了贵州深度贫困地区实现脱贫攻坚全面胜利的艰难过程与辉煌成果，称得上是“人间奇迹”的贵州华章。

在国家14个“集中连片特困地区”中，贵州有乌蒙山区和武陵山区，这两个地区贫困人口最多、贫困面积最大、贫困程度最深，是贵州脱贫攻坚的主战场、决战区。作为全国脱贫攻坚战主战场的贵州，要实现同步小康，不拖全国人民后腿，可谓任重道远，十分不易。但在党和国家几代领导人的接续关怀和悉心指导下，在各级政府齐抓共管的不懈努力下，尤其是贵州贫困山区的农民在如黄大发、邓迎香、文朝荣等这样的致富带头人的引领下，“贵州大地上，正如火如荼地推动脱贫攻坚取得决定性成就，向绝对贫困发起最后的总攻”。作者以自己实地踏访的所见所闻，向人们报告了这些深度贫困地区的人们动用各种能量和借助各种力量，因地制宜地脱贫脱困的经过，因势利导地走向振兴的图景。作品在反映脱贫攻坚方面，因为内容的特别、表述的独到，尤其是在三个方面所呈现出来的显著的优长，读来引人入胜，读后令人振奋。

其一，宏微相间的壮阔画卷。因为历史的、自然的多重原因，贵州的深度贫困地区状况各不相同。因此，脱贫的方式与路子，也只能因地制宜，具体而论。作品先以海雀村为例，描写了地处乌蒙山区的赫章县通过狠抓开发扶贫、生态建设和人口控制三大主题，最终取得消除贫困、走向小康的成果；随后又讲述了遵义市播州区花茂村认真做好“六精准”：扶贫对象精准、项目安排精准、资金使用精准、措施到户精准、因村派人精准、脱贫成效精准，实现了从贫穷到繁荣的华丽转身。如果说海雀村、花茂村是农村脱贫求变的典型，那么，铜仁的万山汞矿因资源枯竭造成职工生活困难、矿区破败不堪，经过制定“念好山字经、做好水文章、打好生态牌，奋力创建绿色发展先行示范区”的战略方针，奋力创建绿色发展先行示范区的解困脱贫过程，就是一个资源枯竭型城市浴火重生、凤凰涅槃的典型样板。作品还在其他章节中写到了依托当地特有的坝子发展“坝子经济”致富的田坝村；坚持实行“党带群，先带后，富带穷，强带弱”的高田村；以“南山婆”高标准辣椒种植形成产业的黄土村、红岩村等。这里既有典型样本，又有典型人物。经由他们，人们看到了贵州的一些深度贫穷地区在脱贫攻坚方面的韧劲与力度、投入与付出，更由这样的动人场景，感受到了贵州农民在脱贫攻坚中释放出来的精神光彩，尤其是他们在困难的时候能隐忍、在脱贫的斗争中能奋斗的精神品质，令人动容动情，更是可师可敬。

其二，亲历亲见的真实性。《江山如此多娇》这部作品，不仅是有“我”的写作，而且是“我”全程在场的写作。作者欧阳黔森秉持“我一贯坚持眼见为实”的写作原则，行走于乌蒙山区，跋涉于山水之间，真正做到了走出屋子、放开步子，扑下身子、开动脑子，走向脱贫攻坚的前沿，置身火热的生活一线，与扶贫干部打交道，和贫困群众做朋友，亲身感受旧貌换新颜的现场，在采访中寻觅和记录事件的经过与细节、人们的感受与感言。正是在与乡亲乡民的朝夕相处中，他忧患着他们的忧患，欢乐着他们的欢乐，体味着他们在生活、生产和生命中的酸甜苦辣。他能真切感受到贫困山区千百年来的贫穷之苦，也深刻体会到决战脱贫攻坚之不易。因此，他的所闻所见，真实可感，他的所思所感，引人思忖。因为采访深入而随机，不少细节描写，信手拈来中别有意味。如写到农民余秀英坚持自己写作歌词，不为别的，只为抒发自己的心曲。这是一个农民心情愉悦之后的自我作为，很小的一件事，却反映了农民从生活到精神的深刻变化。作者有如一个地质工作者一般，到山乡中去探查，到田野里去踏访，像寻找矿石一样地去寻找生活的故事、写作的素材，在这部作品里都表现得淋漓尽致，这也是欧阳黔森的作品别具充沛的现实性和充足的真实性的秘诀之所在。

其三，精雕细刻的文学性。欧阳黔森的作品，故事引人，叙述畅达，节奏明快，文字清朗，引人伸纸疾读，读之神清气爽，这些艺术表现上的自家优长在《江山如此多娇》里也表现得十分充分。从作品的主要构成看，他以采访中的所见所闻为主线，串结起各种现场的事象与人物，连缀起历史的过往与相关的资讯，总体上是以叙述为主，因此素材的典型与扼要、文字的准确与精到，是他努力追求的。因此，作品读来如悬河泻水，如渴骥奔泉，倾流而下，颇显锋发韵流，又别具内在张力。他的章节题目的设置与命名，也颇为讲究，匠心独运。“报得三春晖”“花繁叶茂”“看万山红遍”“悠然见南山”“江山如此多娇”，这样的一些题目都是从自然景物与景象着眼，却与所要表述的内容十分贴合。而且，既有寓意，又饶有诗意。这些用心用意的经营，都使这部作品既具有很好的文学性，又有较强的可读性。

《中国艺术报》2022 年 5 月 27 日

# 《江山如此多娇》：书写贵州人间大美

丁晓原

阅读欧阳黔森的长篇报告文学《江山如此多娇》，好似随他来了一次贵州深度游。贵州形胜，过往“极度美丽是其特征，极度贫困是其特点。如今，特征不变，特点大变”。“大变”的是这里经过艰苦卓绝的奋斗，取得了脱贫攻坚战的胜利，使贵州的山美水美人更美。

《江山如此多娇》的价值，首先来自于书写对象本身。贵州曾是全国贫困人口最多、贫困面最大、贫困程度最深的省份，是全国脱贫攻坚的主战场之一。因此，贵州脱贫题材具有不可替代的独特性和重要性。欧阳黔森作为贵州文坛的重要作家和资深写作者，有着突出的责任感、使命感和强劲的创作动力。他对生长于斯的这片山川原野有真切的情感和熟稔，但他不满足于已知的熟悉，而是把行走作为报告文学写作的前提。地质队员出身的他，舍得花脚力穿行于脱贫攻坚一线。他说：“如果身上只带着汽车尾气，下到田间地头后也就随便看看，再进村里吃一顿农家乐，然后抹抹嘴巴拍拍屁股走人，这样走马观花，是永远不可能写出贴近百姓生活的作品的。”因此，他不仅曾在花茂村前后生活了大半年，还对采访线路进行精心设计与安排，同时又睁着“发现”的眼睛，留意着突如其来的写作素材。正是由于作者如此沉潜投入，作品才更接地气，更见对象的“自然生态”，更具报告文学文体的非虚构品质。

《江山如此多娇》凡五章，包括“报得三春晖”“花繁叶茂”“看万山红遍”“悠然见南山”和“江山如此多娇”，内容涉及面较大，广及贵州毕节、铜仁、遵义、安顺等地，其中又有革命老区、资源枯竭地、易地搬迁等不同类型的脱贫攻坚典型场景和细部构造。这样开阔多样的书写，使作品犹如一幅贵州全景式脱贫攻坚图。

在文本经营方面，作者也颇多用心。其一，注重现实与历史的纵向关联。比如书中提到，1985年新华社记者关于毕节极贫现象的内参，引起党中央、国务院的高度关注，时任中央政治局委员、书记处书记习仲勋作出批示。1986年起，大规模的扶贫开发在贵州展开。其二，注重运用具体数据说事。“数字叙事”在小说等虚构性叙事作品中可能不得其体，但在报告文学中，如果运用得当和适度，会取得“以事实说话”的叙事信度。书中“悠然见南山”一章叙写紫云县猫营镇通过发展生产、易地搬迁、生态补偿、发展教育和社会保障兜底等方式取得脱贫成效，大多以数据说话。数字的直观胜过空泛的言说，写实了村民的获得感。其三，注重通过具体故事和生动细节，凸显书写对象的历史演进和人民的精神品格。“花茂村原名荒茅田，意指贫困荒芜，后改名花茂，寓意花繁叶茂”，从“荒茅”到名副其实的“花茂”，作品以一个村庄的小史，洞见一片土地、一个时代大历史的演进。村委会里的“脱贫攻坚作战图”，让人“仿佛置身于一个作战室”，“挂图作战”的故事，既反映出冲刺阶段脱贫之艰之难，更凸显基层干部打赢脱贫攻坚战的行动力。

跟着欧阳“游”贵州，定会不虚此行。这里不仅有秀丽雄奇的自然景物，更有人民创造的人间美好。

**《人民日报》海外版 2022 年 7 月 7 日**

# 《江山如此多娇》

## ——中国脱贫攻坚战中的壮丽画卷

杨晓升

多年之后，假若历史学家回望人类社会发展史，中国的脱贫攻坚，毫无疑问应该称得上是人类历史上最伟大的惠民工程，而中国政府为实现这项工程所开展的这场波澜壮阔的战役，无疑也将成为人类战胜贫困最激动人心的壮丽画卷。

贵州高原山地居多，素有“八山一水一分田”之说，其中92.5%的面积为山地和丘陵，境内山脉众多，重峦叠嶂，绵延纵横，山高谷深。尤其贵州的西部有雄伟壮丽的乌蒙山脉，东部有峻峭旖旎的武陵山脉，这是贵州两条最大的山脉，美丽但极度贫困，这是喀斯特严重石漠化地貌的典型特征，在中国现有的十四个“集中连片特困地区”中榜上有名，甚至被联合国教科文组织列为“不适合人类居住的地方”。欧阳黔森的《江山如此多娇》这部作品却用脚、用心、用情告诉你，贵州脱贫攻坚战中发生的一切，都已经是真真切切的现实。

欧阳黔森本身就出生在贵州，是地地道道的贵州人，贵州人对本地情况的熟悉程度，是外地作家走马观花的采访甚至是“深扎”一段时间所不可比拟的。何况欧阳黔森本人还是全国人大代表，肩负着反映本省民生民情以及民众呼声的使命，及时了解并掌握本地社会各方面的发展现状和最新信息，是他作为人民代表的工作常态和社会责任。同时作为作家，他对家乡的深厚情感与热爱，促使他一开始便全身心地投入到这部作品的采访和创作中去。他甚至在作品中坦言：作家“如果身上只带着汽车尾气，下到田间地头后也就随便看看，再进村里吃一顿农家乐，然后抹抹嘴巴拍拍屁股走人，这样走马观花，是永远不可能写出贴近百姓生活的作品的”。他认为，真正的作家就是要深入生活，扎根人民，才能写出“沾泥土、冒热气、带露珠”的文章，这就要求作家在人民中体悟生活本质，吃透生活底蕴，把生活咀嚼透了、消化完了，才能使生活变成深刻的情节和动人的形象，才能创作出百姓喜闻乐见的作品。只有这样的作品才能激荡人心。

欧阳黔森是这么说，也是这么做的。即便他是本地作家，即便他是全国人大代表，可他在采写这部作品时并不满足于道听途说或仅仅凭借已有的新闻资料，而坚决信奉眼见为实的原则。即使是去山高路远的国家级深度贫困县正安县采访，欧阳黔森也是义无反顾，“虽然道路崎岖、山高路远，但又有何惧哉！”“车在山道上行走，速度只能在每小时二十公里左右，路面虽是硬化过的，却很狭窄，有些路段比车宽不了多少，稍不注意就会掉下深谷，非粉身碎骨不可。”正因为有经历“险峰”的勇气和投入，欧阳黔森才亲眼见证了脱贫攻坚战中的“无限风光”。

原来的花茂村，他是见过的，印象就是脏、乱、差，偏僻而贫穷，而如今呈现在他眼前的，是一幢幢富有黔北特色的民居散落于青山绿水之间，一条条水泥路呈网状连通着每家每户及每一块农田。村里不仅通网络、通天然气，有污水处理管网，有电商，有互联网+中心，有物流集散点，而且到处花繁叶茂，一派生机勃勃，已是远近闻名的美丽乡村，更是“百姓富、生态美”的模范村。

从前的万山区，一座因资源枯竭被废弃导致人迹罕至、危楼遍布、上访频发的老旧矿区，经过整体连片开发之后，已经实现了向商贾不暇、车流不息、安居乐业的旅游新区的转变，成为中国第一个以山地工业文明为主题的矿山休闲怀旧小镇——朱砂古镇。

紫云县扶贫办主任张雄则告诉他：“按照‘不漏一户、不漏一人、不漏一项’的标准，组织所有驻村干部和结对帮扶干部对历年来已脱贫和未脱贫的边缘户开展了地毯式筛查，按照‘差什么补什么’的原则，一以贯之补齐‘两不愁三保障’短板弱项。组织县、乡两级领导干部对162个行政村实行全覆盖挂牌督战，未出列的21个贫困村由市、县两级党委、政府班子成员重点挂牌督战，坚决做到精准督促、靶向作战。按照‘全覆盖、督死角、查问题、抓整改’的要求，实行每村一方案、每户一台账、每周一督战、每旬一调度，以十二个战区、十七个工作专班为班底，再次安排122名脱贫攻坚前沿作战队员到村到户开展基础信息核查、落实帮扶措施、动态走访监测。在全县形成纵向一抓到底、横向互联互通的强劲督战体系。”诸如此类的描写，都让我们如临其境，真切地感受到了脱贫攻坚战的战果与辉煌。

2015年6月16日，习近平总书记来到贵州花茂村考察调研时，曾对当地的干部群众说：“党中央制定的政策好不好，要看乡亲们是哭还是笑”，按照这个标准，当地的干部群众如今是如何评价脱贫攻坚的成果的呢?

欧阳黔森在这部作品中也作了如实记录：“以前我到过很多的贫困村，见过很多的贫困户，现在在这些地方，我就没有见过愁眉苦脸的人，他们灿烂的笑容真真切切地感染了我。我的笑便也灿烂起来，此时与他们分享幸福和收获比什么都快乐”。

在花茂村采访，现任村第一书记潘克刚对花茂村的发展如数家珍："花茂村有今天，得感谢精准扶贫，'精准扶贫'这四个字深入人心。精准扶贫太好了，它的六个精准是：扶贫对象精准、项目安排精准、资金使用精准、措施到户精准、因村派人精准、脱贫成效精准。我们严格按照这样去做，脱贫了的农户就不可能再返贫。"高楼坪乡夜郎村新时代农民讲习所一位姓余的75岁老人，宣讲时自编自唱的歌："没有劳力也要奔小康，快快乐乐把晚年过。""你把家庭搞富了，老婆不会和你吵；你把家庭搞好了，老婆也就不会跑。""精准扶贫就是好，脱贫一个都不少。"

目睹这一切活生生的现实，这一句句的肺腑之言，欧阳黔森本人都被深深感染了："这一刻，我已下定决心，要用我的笔来书写这一切。于我而言，写作就是一种爱好，抒写的就是一种心情，就像我登上一座山峰，就想敞开喉咙唱个痛快一样。因此，我认为文学就是一种真情的流露，就是一种记忆，需要我们常常挂念。"于是，他满怀激情和深情创作了这部《江山如此多娇》的长篇报告文学，为我们浓墨重彩地展现了中国脱贫攻坚的主战场——贵州脱贫攻坚战的动人画卷。

贵州曾是全国贫困面最大、贫困程度最深、贫困人口最多的省份。而今，全省66个贫困县已经全部摘帽，923万贫困人口已经全部脱贫，192万群众搬出大山，贵州减贫人数，易地扶贫搬迁人数居全国之最，在国家脱贫攻坚成效考核中贵州连续五年综合评价为好，书写了中国减贫史上的贵州奇迹。

《文艺报》2022 年 4 月 27 日

# 为时代放歌 为人民立传

## ——欧阳黔森报告文学的史诗品质

赵俊涛

今年以来，欧阳黔森的三部报告文学作品《花繁叶茂，倾听花开的声音》《报得三春晖》《看万山红遍》陆续在《人民文学》“新时代纪事”头条重磅推出，成为一道由同一位作家、运用同一种文体、聚焦同一个主题、讲述同一个区域故事的文学风景线。每一部作品发表后，都迅速被报媒、网媒、微信公众号关注和转载，通过各种手段广泛传播，在全国特别是在贵州社会各界引起了极大反响，出现了社会高度关注、媒体隆重推介、读者热情追捧多年未见的可喜现象。

欧阳黔森的三部报告文学作品，形成了一个系列。一部写的是马鬃岭山脚的小山村花茂村从贫困到富裕的“蜕变历程”，一部写的是乌蒙山区的海雀村的“沧桑巨变”，一部写的是武陵山区因矿产著称的共和国“特区”万山的“成功转型”，在空间上从黔北、黔西北到黔东，跨越大半个贵州，在时间上从当下上溯到上世纪三十年代那场伟大的长征、追溯到两千六百多年前的春秋时期、远溯到公元前十世纪的西周时期。欧阳黔森以宏阔的视野、切实的体验、鲜活的细节、不断的追问、深邃的思考、文字的温度，为读者铺开了一幅幅“讲述贵州决战贫困故事”的文学画卷。

有朋友说，读了欧阳黔森的这三部报告文学，深受感染。那些“过往的故事”一次次把他带回到令人难以咀嚼的苦痛的岁月；“今天的故事”，讲述艰难的扶贫经历和贫困群众主动脱贫的举动，特别是干部群众那种艰苦奋斗决不向贫穷低头的精神，又一次次震撼着他。贫困之地变成美丽的所在，他竟然有想去一看究竟的冲动。我的感受和这位朋友一样。我相信很多读者也会有相同的感受。

应该说，很久没有这种感受了。为此，我认真研读欧阳黔森的报告文学系列作品，期望找到“感动我”的答案。

## “扎根人民”与“眼见为实”

报告文学是一种现实性很强的文学创作，葆有鲜活的社会生活气息和力量。

欧阳黔森长期从事文学创作，深入生活、扎根人民，是他工作、学习的常态。早年的地质队员经历，为他提供了走遍贵州的机会，使他对贵州这片土地和生活在这片土地上的各族人民非常熟悉，也爱得很深。贵州的山川河流、高山峻岭、风土人情、历史掌故、民族文化成为他取之不竭的创作资源。他曾在中篇小说《八颗苞谷》中写到“十八块地”——说当年包产到户，有一户人家分了十八块地，最大的一块还不到三分地，其余的散落在沟沟湾湾之间。这家人要把自己的地扒拉清楚，但是数了半天，也就只有十七块地，正疑惑时，儿子捡起爸爸的草帽，草帽下石旮旯中碗大的一块地凸现出来。——我想，如果欧阳黔森没有深入民间的生活体验，任凭他想象力有多么强大，也不可能想到如此奇特的故事。

像这样充满生活气息的文字，在欧阳黔森的报告文学系列作品中可谓俯拾皆是。如《花繁叶茂，倾听花开的声音》中土陶烧制的母先才老人的

“活了这么久，我终于重要了一回”的乡土话语；《报得三春晖》中安大娘“习书记好！大恩人”的喃喃自语；连他自己“在贵州，我还是第一次见到挂习仲勋书记像”时的吃惊；《看万山红遍》中那名偷农民红薯回家却被村民同情而睁只眼闭只眼的汞矿职工的感人故事等，给人身临其境如在目前之感。

我曾在1988年出版的《山坳上的中国》一书中读到过描述贵州偏远山区农村当年的真实生活状况的一幅画面，说有一户农民家里全家人只有一条裤子，家里人谁有事出门谁穿，平时这条裤子主要是下地干活的父亲穿。我一直怀疑其真实性。没想到，在欧阳黔森《报得三春晖》中得到了印证：

刘子富又走进王朝珍大娘家，一下就惊呆了。大娘衣不蔽体，见有客人走来，立即用双手抱在胸前，难为情地低下头。她的衣衫破烂得掩不住胸肚，那条破烂成布条一样的裙子，本来就很难遮羞，一走动就暴露无遗。大娘看出了记者的难堪，反而主动照直说：“一条裙子穿了三年整，春夏秋冬都是它。唉，真没出息，光条条的不好意思见人！”

阅读作品的过程中我发现，欧阳黔森在他的作品中一次次出现和强调“眼见为实”这四个字。当别人给他介绍情况时，他都要坚持亲自去看、去问、去找答案。我认为，坚持“眼见为实”的背后，是他对这片土地和人民的热爱。正因为这种对“真实”的要求，才使他的报告文学作品充满了力度和温度。

曾有记者采访他，让他谈谈创作体会，他直言不讳，“人民是创作的源头活水，如果不经常走近基层群众，不了解他们的所思、所想、所盼，那创作就成了无源之水”，“只有深入基层，一个作家才能弄清楚‘我是谁’。同样，作品出来了，好不好还要普通读者和观众说了算，于是也就明白了我们的创作是‘为了谁’”。

在《花繁叶茂，倾听花开的声音》中他表露心迹。他说：“我长期从事文学创作，这五年来，大部分时间都在乡下走村过寨，自然免不了要与县乡的基层干部打交道，与当地老百姓打交道，这个过程是愉悦的——我的愉悦来自他们的愉悦，老百姓的感情是最为质朴的，他们发自内心的表白令人感动。”

欧阳黔森的回答，就是他的立场。我想，这或许正是其作品为什么能“打动人心”的根由。

## “文学表达”与“精品意识”

报告文学是作家在现实社会生活中独立精神和对事物个性认识理解的文学表达，通过写实性或者说非虚构性叙事，表达作家对现实社会文明进程与状态的观察、反思，为人们认识和了解现实生活状况提供可能。

欧阳黔森是讲故事的高手。除了上面提到的外，还有《看万山红遍》中在新时代农民讲习所遇到的那位满脸皱纹扬着笑容的老人用《洪湖赤卫队》《刘三姐》《天仙配》曲调唱她新填的歌词的故事；有李来娣十九大期间去了北京去看习总书记的故事；有万山汞矿总工程师樊龙辉的女儿樊静帆听说万山发生了翻天覆地的变化，忍不住从居住的法国巴黎辗转回到万山的故事。大量的故事穿插在作品中间，四两拨千斤，使他的文学叙事带上了浓厚的感情色彩，更使他的文学表达显得血肉丰盈。

欧阳黔森注重捕捉典型细节。在他的作品里，生动的细节实在是太多太多了。如《花繁叶茂，倾听花开的声音》中村民王治强说“别看我们这里山区偏僻，来过两个主席，一个是毛主席，一个是习主席”那种自豪的眼神；党代表潘克刚回村宣讲十九大精神，王治强忍不住抢话问“总书记有没有提到我们乡村旅游今后该怎么走”的那种急切心情等等。我以为，正是这些细节使得“故事”有了魔力，“事实”变得有趣有味。

作品中处处闪烁思想的光芒。如在《报得三春晖》中，欧阳黔森这样表达自己对“脱贫攻坚伟大战役”的判断——“放眼人类历史上任何变革和改变历史进程的宏大战役，都不能与这一场对淤积了几千年的贫困症结所开展的脱贫攻坚伟大战役相提并论”；关于“愚公移山”的妙解——在我看来，“愚公移山”这个古老故事的本意，更多强调的是精神层面，而事实上，我们都明白，愚公用几把锄头、几个箩筐，即便加上他的子子孙孙，要想把门前的那座大山搬掉，几乎是不可能的。山是不能自己走的，人可以走嘛，是不是非得要移山？这个道理其实谁都明白，所以，古人把这个移山的老人归为“愚公”是有道理的；明知不可为而为之，是为“愚人”。换句话说，明知不可为还要为之，是为精神可嘉。所以，“愚公精神”应该大力提倡，而他的做法并不可取。在《花繁叶茂，倾听花开的声音》中，写自己对“精准扶贫”的认知——“花茂村的脱贫致富，是精准扶贫深入实施的现实成果，而这样的成果正在无数个花茂村实现。精准扶贫深入人心，我相信，不管谁到这里来，只要与老百姓促膝谈心，就能从他们的话语中体会到精准扶贫的重大意义。”在《看万山红遍》中，他不吝笔墨地为“资源枯竭性城市转型”的艰难寻找理论依据——“汞矿是有几十年历史的老企业，历史遗留问题多，现实问题更多，这是一个世界性难题”，“资源枯竭型城市转型说起来轻松，做起来难，很多国家在处理这类问题上都举步维艰。资源枯竭型城市，具有四大共性特点：一是随着资源枯竭，产业效益下降；二是产业结构单一，资源产业萎缩，替代产业尚未形成；三是经济总量不足，地方财力薄弱；四是大量职工收入低于全国城市居民人均水平。就当时万山汞矿而言，符合以上特征并且有过之而无不及。这也符合资源型城市发展的规律，它必然要经历繁荣——衰退——转型——振兴或消亡的过程。”——思想使作品变得深邃、变得厚重。

事实上，欧阳黔森在作品中用了相当多的文学手段，只不过上述这三点更显而易见。

《人民文学》杂志主编施战军先生说过，“人民需要贴近生活、表达心声的好作品。创作出体现人民立场的精品，是对作家的要求。”欧阳黔森正是有着这种自觉和自律的作家，有着强烈的精品意识。我以为，他这种对文学精品的执着追求，是其作品吸引读者、感动读者的重要因由。

## “贵州故事”与“国家记忆”

《花繁叶茂，倾听花开的声音》是讲述革命老区花茂村这个对中国革命史有着特殊意义的小山村，在习近平总书记的关怀下，如何将红色根基与绿色发展相统一努力奋斗而脱贫，成为了新时代革命老区实现精准脱贫的典范的故事。

《报得三春晖》是从海雀村为典型的贫困山村切入，讲述党和国家领导人对毕节扶贫工作的关怀，经历过艰苦奋斗、努力生存的不平凡岁月，讲述在脱贫攻坚的最后决胜阶段，老百姓“不忘本来”、深怀真切铭感的淳古之风，毕节这块热土在新时代所呈现出来的新士气、新地气、新风气。

《看万山红遍》，则是作家以老地质队员的细心勘察和饱满的写作激情，记述位于贵州铜仁的著名汞都万山，从资源枯竭的典型如何转变为绿色发展样板的历史巨变过程，从中彰显出来新时代中国的治理智慧和新时代人民的精神风貌。

三部作品讲述的都是贵州故事。贵州是全国贫困人口最多、贫困面最大、贫困程度最深的省份。脱贫攻坚对于贵州意义非凡。在精准扶贫方面，贵州进行了许多富有成效的探索，积累了不少成功的经验。然而，实现与全国同步进入小康社会，贵州扶贫开发工作依然艰巨。习近平总书记指出，贵州是全面建成小康社会任务最艰巨的一个省份，也是全国人民最关注的一个省。

欧阳黔森的报告文学系列作品，从不同地域、不同角度讲述决战贫困脱贫攻坚的“贵州故事”。这些故事与“国家”与“时代”紧密相连，是“党的十八大以来党和国家事业大踏步前进的一个缩影”，是贵州在我国实现“两个一百年”奋斗目标、实现中华民族伟大复兴的中国梦的伟大征程中留下的赫赫印迹。

欧阳黔森在《报得三春晖》一文中写道：“一个伟大的民族从不会缺失记忆，一个失去苦难记忆的民族是失语的民族，而一个失语的民族注定没有未来”，“参加过这场人类历史上最为波澜壮阔的扶贫攻坚的人们，他们的经历便也成了我们民族集体经历的一部分，此后，便成了我们民族集体记忆的一部分。”

我相信，随着时间的推移，“贵州故事”必将上升为“国家记忆”。从这个角度看欧阳黔森的报告文学系列，其价值和意义就更显得不同凡响。

### “时代抒写”与“责任担当”

唐代大诗人白居易曾响亮地提出过“文章合为时而著，歌诗合为事而作”的口号。“文章合为时而著”，这既是古训，也是历代文人富于历史使命感的一种集中概括。

习近平总书记在文艺工作座谈会上曾强调，“我国作家艺术家应该成为时代风气的先觉者、先行者、先倡者，通过更多有筋骨、有道德、有温度的文艺作品，书写和记录人民的伟大实践、时代的进步要求，彰显信仰之美、崇高之美，弘扬中国精神、凝聚中国力量，鼓舞全国各族人民朝气蓬勃迈向未来。”

欧阳黔森十七岁开始文学创作，三十多年来在小说、诗歌、散文、电影、电视剧等不同领域里辛勤耕耘，取得了令人瞩目的成绩。因高质量的文学创作成果获得四次“五个一工程奖”、三次电视“金鹰奖”、三次电视“飞天奖”、二次全军“金星奖”，有“金牌作家”“金牌编剧”之称。按照常理，他完全可以就此打住，但他坚定地表示，“贵州是中国脱贫攻坚的主战场，在中国脱贫攻坚这个过程中，作家应肩负起历史担当，才无愧于这个伟大的时代。在脱贫攻坚战中，文艺工作者不能失语。作家必须深入其中，去了解、发现那些在脱贫攻坚进程中可歌可泣的故事。很多扶贫干部在一线工作的事迹都是感人至深的，作为作家，应该深入挖掘、记录、抒写他们，抒写这个伟大的时代。”

反映时代，聚焦现实，始终是欧阳黔森秉持的创作理念。他的报告文学系列作品，是他小说、散文、影视作品审美理想和价值追求的延续，也更直接地显现出了一个优秀作家对于时代的责任担当。

优秀的作家，一定是对于社会的现实生活有着非常直接的感受和理解，有着代表前沿智慧的观照。关于扶贫攻坚、脱贫致富、同步小康，社会上有人观望，也有人怀疑，更有人质疑。而欧阳黔森则通过他的系列作品，用自己的亲眼所见、亲身体验和深度思考，以文学的方式进行了回应。

人民与时代不可辜负。为时代放歌，为人民立传。有担当的作家，必然会得到读者的尊敬和爱戴。

总之，我个人认为，欧阳黔森这三部报告文学作品（或可能还会有新的作品）所形成的一个“框架”性的文本系统，业已彰显出了史诗的品质和格局。作为欧阳黔森的一个忠实读者，我期待他有更多的关于“贵州故事”的大作问世。

**《芳草》2019 年第 4 期**

# 感性之维：欧阳黔森小说的传统审美表达

## ——基于中篇小说《莽昆仑》

刘轩宇

“欧阳黔森是新世纪中国文坛上具有重要影响的贵州作家。”[1]其独特的创作风格与其早年地质队的工作经历有着深厚联系，也与其在地质工作中对美的独特见地有着密切关联。有学者评价“欧阳黔森是一个爱美之人，他执着地追求自然美，他认为自然风景是民族国家的象征，因此他笔下的高原群山往往是神奇壮丽的景观。表面看来，欧阳黔森是在描绘高原群山，实际上他是在描写民族国家。”[2]欧阳黔森并非做美学研究出身，在其文学作品中大量的传统审美表达多是借小说人物表达他的感性之思，这类不加过度修饰、抛离理性表述、沉浸自然意象、回归民族国家、寻根传统文化的美学表达是欧阳黔森作品的一大特色。

现代美学阶段更加强调的是体验性，就是要以身体之、以身验之。美离不开人的审美体验和身体体验，有人的地方才有美，欧阳黔森笔下的自然美、人物美都并非独立于人而存在的，也都并未脱离人的体察，这类体

[1]李遇春：《博物、传奇与黔地方志小说谱系——论欧阳黔森的小说创作》，《中国现代文学研究丛刊》2018年第7期。

[2]颜水生：《感觉意识形态与风景的象征世界——欧阳黔森文学创作论》，《小说评论》2019年第2期。

察在欧阳黔森小说中的出发点是民族文化之根，落脚点是中国传统审美。因此，从这一点看，中篇小说《莽昆仑》中各类审美意象的表达都是以上美学主张的重要文学体现。

## 一、各审美意象勾勒的昆仑画卷

欧阳黔森善于运用各类自然物、人物去表现不同的美，无论是《断河》中老刀和老狼光明磊落的“真”，还是《敲狗》中小徒弟深夜救狗的“善”，亦或是《十八块地》中卢竹儿坚毅而崇高的“美”，无不渗透出欧阳黔森对人物刻画的美学张力。具体看，在《莽昆仑》的七个部分中，每个部分都关联着一个独特的审美对象，且几乎每个部分的开篇都是以“你（一定）见过……”的方式来引出审美对象，独具文本审美价值。这些对象的引出，共同绘制出一幅壮阔又细腻的昆仑图景。

“欧阳黔森是一个喜欢发现美并且执着地热爱美的人。”[1]《莽昆仑》的七个部分可分别概括为七个审美对象，分别是天空、神鹰、格桑梅朵、旗树、昆仑月、白狼、草甸花。其中天空、昆仑月、旗树勾画出昆仑画卷中的天与地；神鹰、白狼勾画出昆仑画卷中的生灵和神灵；格桑梅朵和草甸花勾画出昆仑画卷中的人。天、地、神、人的自然表达共同构成的昆仑图景无疑是感性的创作和一气呵成的审美表达，也与海德格尔“天、地、神、人四重一体”[2]的缜密思考不谋而合，由此可见欧阳黔森对大自然的独特哲学认识，亦可见其在审美对象描写中的收放自如。在《莽昆仑》中，欧阳黔森少有对昆仑山景象的直接描写，更多是通过“天、地、

---

[1] 颜水生：《感觉意识形态与风景的象征世界——欧阳黔森文学创作论》，《小说评论》2019 年第 2 期。

[2] 参见张柯：《论海德格尔“四重一体”思想的起源——基于〈黑皮笔记〉（GA 97）的文本分析》,《社会科学》2017 年第 6 期。

神、人”各类意象来表现与昆仑山有关的一切。换言之，是天空、神鹰、格桑梅朵等审美意象共同绘制了这幅昆仑画卷。值得一提的是，在小说末尾，这幅昆仑图被作者巧妙地以诗的方式再次展现了出来，这一诗意的表现方式更加丰满了前文提到的各审美意象，亦可算作是对昆仑图、昆仑美的再述。

## 二、昆仑画卷中的传统审美表达

欧阳黔森在《莽昆仑》中进行了五种传统审美探索，分别是女性之美、母性之美、孝道之美、自然之美以及天人合一之美。

第一，女性之美。欧阳黔森善于发现美，更善于刻画各类女性形象的独特美感，其笔下的女性大多都拥有中国传统女性的典型审美特质。有学者将欧阳黔森笔下的女性形象归纳为圣洁美丽的女性形象、原始质朴的女性形象、堕落逃避的女性形象三类。[1]总体上看，无论其哪一类女性形象创作，都离不开中国传统文化中的女性审美，即纯洁、善良、真挚、贤淑。不仅如此，欧阳黔森在创作女性形象时，还独具特色，因为他尤为注重对女性美的神秘式表达。《莽昆仑》对格桑梅朵第一次出现的描述：“这个姑娘的美丽，美在她那纯洁的大眼睛上，我此时只能形容她的眼睛，因为她一直用头巾遮盖着她的脸……最美的美就是你没有全部看见。”[2]这段女性美的描述之所以打动人心，在于第一人称叙述视角的真实感和神秘感。“触不可及”能够为眼前的美制造更多的想象空间，让审美对象以最感性、畅然的方式自隐自现、自行表述，同时让观者产生依

[1] 刘亚婷：《唱响山林牧歌——欧阳黔森笔下的女性形象》，《美与时代》（下）2019 年第 4 期。

[2] 欧阳黔森：《莽昆仑——欧阳黔森中短篇小说选》，作家出版社，2015，第 21 页。

据其自身审美经验所能够获得的美的独一体验。仿佛你不需要对她进行任何文字描述，她本身的出现，就是最好的审美表达。正如杜夫海纳所说："审美对象的一个显著特征就是展示众多的意义……意义的这种多样性表明审美对象的深奥性"[1]需要说明的是，审美对象的多样性仅在观者的独到审美经验和审美体验下方可存在。因此，对欧阳黔森笔下的格桑梅朵，我们大可不必掀开她的头巾，只需以自身审美经验去体悟，去感受这已然。

第二，母性之美和孝道之美。《莽昆仑》多次围绕母性之美和传统孝道进行刻画，比如地质队员发现了在风雪中竭力护雏的神鹰，地质队员不约而同地决定帮助神鹰母子脱离危险，体现了地质队员对母性之美的爱和怜；再如地质队员在雪狼沟偶遇一条护崽的白狼时，"我"本想用手枪吓走白狼，却被李子误以为要杀母狼从而与"我"大打出手；又如张铁与黑熊的近距离意外接触，仅因母熊将张铁误认为自己的幼崽，才使得后者劫后余生。这一系列精彩纷呈的文学描述，一方面是对中国传统孝道之美的表达，另一方面则展现了中国传统文化对母性美的推崇。具体看，小说对神鹰护雏有这样两段描述。其一："它（神鹰）真的有不飞的理由，这个理由震撼了我们每一个人。在鸟儿因风而飘荡的羽翼下，我们看见了两只幼鸟。"[2]其二："当我们终于移动到它们的上方，用那雨篷挡住风雪冰沙时，我心中升腾起了庄严感和成就感，我相信李子和我一样，我坚信这一点，我看见了李子的眼眶里有泪水涌出。"[3]这两段描述不仅是对李子之孝的直接表现，也是对神鹰母性之美的有力刻画。欧阳黔森笔下的

[1]杜夫海纳：《审美经验现象学》，韩树站译，文化艺术出版社，1992，第357页。
[2]欧阳黔森：《莽昆仑——欧阳黔森中短篇小说选》，作家出版社，2015，第16页。
[3]同上书。

母性之美绝非人类专属，在大自然中同样可以寻见。

第三，自然之美和天人合一之美。道家思想中早已有基于“道法自然”理念的自然为美的倡导，倡导的是人的自然化的意识流状态和人与自然和谐共融的天人合一状态。天人合一之美是自然之美的进阶，因为脱离了人，也就没有了发现自然之美的审美主体。因此，欧阳黔森在描写昆仑天空时用到了这样的一句话：“在看见天空的那一刹那，我的心胸一阵紧缩，接着一声痛快的呐喊涌出了我的喉咙——这是我的天空啊！”[1]当天空成为“我的天空”之前，它的美无关于任何主观的审美体验，只有在成为“我的”之后，才有了审美价值，因此与其说天空具备自然之美的特质，毋宁说因为“我”，使得天空有了独特的美学含义。此外，不同的人的审美体验具有差异性，“我”对天空的深深着迷与李子对天空的不屑一顾形成对立，这种对立不仅是小说所塑造的人物性格之间的对立，更是不同审美主体的体悟所能够触及之处的差异所致。天人合一之美需要人与自然的高度默契，比如《莽昆仑》中的“我”与昆仑山、格桑梅朵与木香错的草甸，再如《水晶山谷》中的白梨花与七色谷，又如《穿山岁月》中的“我”与梵净山等，都是借由一个个特定人物将“自然之美”幻化为“人在自然中”的天人合一的审美状态。

## 三、传统审美表达中的家国文化自觉

传统审美表达不能脱离传统文化和家国文化之根，因此在进行传统审美的文学表达时，具备这样一种家国文化自觉是极为重要且必要的，欧阳黔森无疑是具备家国文化自觉的创作者。有学者在评论欧阳黔森叙事手法时曾提到过家国文化在欧阳黔森作品中的崇高地位：“在欧阳黔森

[1]欧阳黔森:《莽昆仑——欧阳黔森中短篇小说选》,作家出版社,2015,第3页。

小说中，传奇叙事不仅综合了武侠、冒险、志怪、鬼神、荒诞等艺术形式，而且综合了江湖侠义、英雄主义、理想主义、国家主义等意识形态内容。在这些意识形态追求中，国家意识无疑是欧阳黔森最为重要的创作追求。”[1]

《莽昆仑》中的“我”是一名地质队员，同时也是一位地质诗人。“我”在这次昆仑山地质勘探工作之余创作的两首诗，从不同角度体现了欧阳黔森借小说人物“我”之口所表达的家国情怀。家国情怀与诗的化合，产生了一种新的美感——庄严之美。

以《莽昆仑》中出现的第一首诗《勋章》（节选）为例：

你的勋章不挂在胸前

是埋在深沟里的那条断腿

你的腿就是一枚血的勋章[2]

《勋章》描述的是小说人物张铁的父亲，以简洁又震撼的方式讲述了一名地质队员为找矿而不幸断腿，最后含泪告别自己热爱的事业时的心有不甘与家国情怀。类似的家国情怀加诗的美学表达方式在《莽昆仑》第二首诗以及欧阳黔森另一部作品《血花》中也都同样出现过，可见欧阳黔森借助传统诗歌形式表达其家国文化意识并非偶然而为，而是一种笃定。

美与不美，与人的认识阶段相关，也与人的在世状态相关。原始人类不会有“雪景唯美”的精神体验，更多是寒冷的身体体感，同样地，初生婴孩也不会有“祖国山河壮美”的家国情怀。因此，只有同时具备对美的认知能力和对自身所处时空的明晰能力，才能真正做到以美的方式来表达

[1] 颜水生：《传奇叙事与形式的辩证法——欧阳黔森小说论》，《贵州师范大学学报（社会科学版）》，2019 年第 2 期。

[2] 欧阳黔森：《莽昆仑——欧阳黔森中短篇小说选》，作家出版社，2015，第 31 页。

对家与国的热爱。

## 四、感性即真实：传统审美的文学表达

欧阳黔森小说中关于审美对象的描述多是感性的自然流露，而感性即真实，这种真实源自其具体的身心体验，即以身体之、以身验之的身体感触和以念观之、以念照之的精神感悟。换言之，欧阳黔森小说中的出现的各类意象，都脱离不了其地质队的亲身经历和传统审美感悟。《莽昆仑》中的神鹰和白狼曾是传说中的虚拟意象，但是通过与现实审美意象结合，巧妙地将二者以实体的方式呈现在了文学作品中，这种传奇叙事手法是神秘主义与现实主义的交融，也是切身审美体验与文学虚拟创作的结合。

传统审美的文学表达需要以文学工作者的感性去实现，需要以文学工作者的真实体验去非功利化地观照，以达到语言所不能及的艺术高度，“中国的艺术讲究经验和感悟，思维趋于感性化，而这种对待事物的感性并不是一般意义上的感性，这种感性追求的是一种体味到而不能言说的绝妙状态”[1]。譬如格桑梅朵半遮的脸，真实且神秘，这就是中国传统审美生活中最真实的状态。

## 结 语

欧阳黔森不是美学家，但在其文学作品中塑造的众多审美意象无疑是成功的，这得益于其对大自然中的美的敏感和对中国传统文化的坚持。欧阳黔森小说注重中国传统审美表达，母性之美、孝道之美、天人合一之美

---

[1] 徐子涵：《中国传统审美体验与艺术创造思维——基于“观”“味”“悟”三种审美体验的思考》，《南京大学学报（哲学·人文科学·社会科学）》2020年第5期。

等在其小说中以不同方式呈现，却都根植于民族、国家，这种文学创作中的家国文化自觉需要有人去实践。同时，感性、真实的文字表达是文学作品的创作精髓，身体体验和心灵感悟是实现审美对象审美性的重要基础。因此，只有尊重传统才能回归传统，只有真实体验和感悟美才能表达美。

**《山花》2022 年第 4 期**

# 欧阳黔森作品评论

文学评论

贵州省作家协会
贵州省文艺评论家协会 编

贵州出版集团
贵州人民出版社

# 前　言

欧阳黔森是贵州第三代作家的领军人物，他继承了第一代作家领军人物蹇先艾和第二代作家领军人物何士光的贵州乡土书写，他的创作广泛，涉及小说、散文、报告文学、诗歌、戏剧、电影、电视剧，引起了省内外评论家及读者和观众的高度关注。近年来，关于欧阳黔森的研究已形成集束性效应。有关欧阳黔森文学、影视等作品的评论，已在各类报刊大量发表，也有研究其文学、影视创作的综合性专著出版。本书收集了众多评论家在各类报刊发表的评论文章115万余字，以供研究欧阳黔森的学者参考。由于我们力量有限，可能有许多评论文章未能收集在本书内。因收集在本书的部分文章的作者无法取得联系，此类作者在得知本书信息后可与我们联系。

贵州省作家协会

贵州省文艺评论家协会

贵州财经大学欧阳黔森现当代文学研究中心

铜仁学院欧阳黔森研究中心

贵州大学人文学院欧阳黔森文学研究中心

CONTENTS

# 目录

# 沈从文传统的接续与回响

## ——以欧阳黔森小说的武陵叙事为中心

颜同林

在现代作家历史化的过程中，现代作家传统是一个不容忽视的重要存在。现代作家传统构成了现代文学传统最为坚实的基础，依仗生命个体的独特创造，其作品和精神影响了一代又一代后来者。美国社会学家爱德华希尔斯（Edward Shils，1901—1995 年）曾提出“变体链”的概念来界定传统，强调包括文学在内的传统在至少三代的代代相传过程中，既发生了变异，又保持了某些共性，譬如主题、渊源，以及相近的表现方式和技巧，从而使它们的各种“变体链”之间仍有一条共同的链锁联结其间。[1]引入“变体链”这一概念，显然将有助于我们重新认识现代作家传统。

基于此，在现代文学作家传统中，沈从文传统是显著而有力的审美存在。受到沈从文传统影响并成为其传统的一部分作家，自沈从文生前身后便在代际传承中已逾数代，形成了一条清晰可辨的变体链。比如汪曾祺与沈从文之间的师承，便广为人知。作为沈从文的入门弟子，汪曾祺的小说

[1] 参见［美］爱德华·希尔斯：《论传统》，傅铿等译，上海人民出版社，1991 年版。颜同林：《“变体链”与现代作家传统的再认识》，《东南学术》2020 年第 2 期。

创作在风格与流派传承、发扬等方面都和沈从文有直接而丰富的联系。汪曾祺除了在日常生活上对沈从文多有过往，在创作上广为承续之外，还写了《沈从文的寂寞》《星斗其文，赤子其文》等多篇文章巩固与强化了这一关系。以《芙蓉镇》著称的作家古华，曾受到过沈从文的指点与教诲，在回忆中称“可以开列出一长串从南方到北方的青年作家及其作品名单来做例证：沈老的著作对于今天整整两代作家所产生的巨大影响”，“那么多的青年作家不约而同地追寻着沈老的艺术之道，去探求沈老以其恢宏著作所倡导的自然美、风俗美，不能不说是文学的胜利。当然今天的许多青年作家已经表现出了自身的成熟性，师承沈从文而不照搬沈从文，志在博采众长而后自己出新”。[1]有沈从文研究专家还指出通过余华的《活着》、贾平凹的《秦腔》和王安忆的《天香》这三部长篇小说，不难从“思想和作品的互相认证”中寻找到这种丰富的联系：“他们三位未必都愿意自己的作品和沈从文的传统扯上关系，事实上也是，他们确实未必有意识地向这个传统致敬，却意外地回应了这个传统、激活了这个传统。有意思的地方也恰恰在这里，不自觉的、不刻意的，甚至是无意识的关联、契合、参与，反倒更能说明问题的意义”，“当代创作和沈从文传统的呼应、对话，无论自觉还是不自觉，已经渐显气象。丝毫不用担心这个传统会妨碍今日作家的创造才能的充分发挥，即以上面所论余华、贾平凹、王安忆而言，他们作品的各自独特的品质朗然在目，当然不可能以沈从文的传统来解释其全部的特征；但各自的创造性也并不妨碍这些作品与沈从文传统的通、续、连、接，甚至也并不妨碍它们就是这个传统绵延流传的一部分，为这个传

[1] 古华：《一代宗师沈从文》，《新文学史料》1989 年第 2 期。

统继往开来增添新的活力。”[1]不论是当红作家的自述，还是研究者的仔细发现，这些有代表性的结论颇具启示意义，说明一些当代作家的创作和沈从文传统的接续、回响一直存在。从沈从文传统的角度来仔细考察，我们认为贵州新文学第三代作家的重要代表欧阳黔森，其小说创作也同样具有类似的性质，[2]即在对沈从文传统的接续与回响中，欧阳黔森的小说创作不但身处其中，而且还更具有某些共同的渊源和特征。

## 一

因为省级行政区划的深远影响，不同省份地域的相对独立与封闭已成既定事实。贵州作家与湖南作家成为两个不同省级区域内的作家群体，往往被人为割裂掉两者多样而丰富的内在关联；反之，在一个省级区域之内，学界则很容易联想并找到彼此的关联和传承。

沈从文是一位湘籍作家，比沈从文后起的湖南作家尊崇沈从文传统，自然十分便利，古华、韩少功、叶蔚林、孙健忠、蔡测海、彭见明、何立伟、水运宪等作家便是。在他们笔下，湖南地域的自然地理地貌、三湘四水的民情风俗、瑰丽多姿的地域文化与习性，都形成了地域作家的明显特征。特别是来自湘西的作家孙健忠、蔡测海，和沈从文有更多亲切的地方和话题。孙健忠是湘西吉首人，土家族，曾任湖南作协主席，有《醉乡》《倾斜的湘西》等大量小说作品问世，其作品几乎都是关于湘西的题材，被视为展示湘西土家族文化最为知名的作家，是“土家族文人文学的奠基者”。[3]蔡测海是湘西龙山人，土家族作家，小说作品多数也是以湘西

[1] 张新颖：《中国当代文学中沈从文传统的回响——〈活着〉〈秦腔〉〈天香〉和这个传统的不同部分的对话》，《南方文坛》2011 年第 6 期。

[2] 杜国景：《二十世纪文学主潮与贵州断代侧影》，科学出版社，2018 年版。

[3] 吴正锋：《孙健忠：土家族文人文学的奠基者》，《文学评论》2008 年第 4 期。

为题材，譬如《母船》《今天的太阳》，以及以“三川半”为背景的长篇小说三部曲。蔡测海和沈从文在20世纪80年代有过不少接触，曾说他“极偏爱”沈从文的小说，“最初的小说和散文，差不多是生吞活剥地借用了沈先生的思维方式。就是至今，我依然喜欢如沈先生的那种恬淡、那种音乐美，那种对自然、对人生的挚爱。”[1]至于贵州的作家，在欧阳黔森之前，蹇先艾、何士光等都曾执掌省作协主席一职，在全国文坛具有很显著的影响，从蹇先艾到何士光，再到欧阳黔森，形成了一种接力赛，也是当地文学传统的自然传承与继续。“贵州作家从蹇先艾到何士光再到欧阳黔森，在短篇小说创作上成绩斐然。欧阳黔森继承了这一传统，他短篇小说的特点就像蹇先艾、何士光一样，笔下无不热爱贵州这方水土”，“给我们提供了精致阅读和典范文本”。[2]这是贵州文学与评论出版界的一种共识。类似的表述，是十分常见的。

不过，在这不同省份内部封闭的传统承传与接续的背后，却隐藏了一个不可回避的事实：湖南与贵州是相邻的省份，其中湘西和黔东是相邻的边界之地，从历史区划来看两地都属于武陵山区。武陵这个地名在汉朝时便有，当时设置的是武陵郡。据《后汉书·先贤传》记载，武陵之意为止戈为武，高平曰陵。其设置时间据《水经注·沅水》记录，为“汉高祖二年，割黔中故治为武陵郡”。武陵山区以武陵山脉为中心，主峰为梵净山，整个山系连绵不断，蜿蜒千里之远，包括今天的湖南、湖北、贵州、重庆、四川数省（市）交界之地。核心区域包括湘西、黔东、鄂西、渝东南在内，人口有二三千万，其中，土家族、苗族、侗族等少数民族人口比例很大，

[1] 蔡测海：《从我的前辈作家沈从文先生说起》，《中国现代文学研究丛刊》1985年第4期。

[2] 参见《欧阳黔森短篇小说选·前言》，贵州人民出版社，2014年版，第3—4页。

某些核心区域占比一半以上。从自然地理上看，这一地区是连接中原与西南的重要纽带，是典型的少数民族聚居地区。从党的十八大以来的精准扶贫政策与西部开发布局来看，这一地区被标划为武陵山连片特困地区，属于国家重点帮扶的贫困山区，覆盖 11 个地（市、州）、71 个县（市、区），在空间地理的范围上显然大大扩展了。不过，湘西、黔东都是武陵山区的腹地，是典型的“老、少、边、山、穷”地区。两个地域的相同性质显而易见，两地民众的交往也同样如此。比如，沈从文在 1930 年著文回忆家庭成员情况时说：“地方多苗民，近黔边，故从他处戍来的我们的祖先，母系应属于黔中苗族已经有两次；第一次为曾祖母，姓刘，第二次为祖母，也姓刘。”[1]可资佐证的还有当地的南方长城，最初开始修建的时间是明朝万历年间，后不断修建延长，直到清代才完工。这一防御性的军事城墙，西起贵州铜仁亭子关，东到湘西保靖县喜鹊营（现在古丈县境内），全长 190 余公里，是明、清两个朝廷专门用于防范湘黔两省交界之地的苗民叛乱而修建的。苗族、土家族与汉族栖居之地，多有通婚往来；南方长城绵延数百里，也将两地拴在一起。由此可见，湘黔两省交界之地，同处武陵山区，以苗族、土家族等为主的少数民族与汉族聚居在一起，长期处于不开化状态，甚至顶着“五溪蛮”“武陵蛮”等帽子生息繁衍于此地，造成了民风强悍、巫楚之风盛行的局面，当地民众则带有蛮横、粗野、愚昧却又勇敢、淳朴、善良的复杂特征。

沈从文出生和成长于湘西凤凰，是从湖南湘西这一边城走出去的现代著名作家。众所周知，沈从文自小便外出闯荡世界，由凤凰而湘西而京沪，以乡下人的聪明与韧性，通过自学而成才，终成一代伟大的乡土作家。他

[1] 沈从文：《我的二哥》，《沈从文全集》（第 16 卷），北岳文艺出版社，2009 年版，第 182 页。

的小说相当一部分以家乡湘西为题材，创造了不可重复的“湘西世界”，以《柏子》《丈夫》《萧萧》《边城》《长河》等为代表的乡土叙事成就了沈从文的湘西题材小说。沈从文始终关注的是封建宗法社会里“湘西下层人民的生命形式”[1]，他对湘西乡村生命形式的考察，集中在以乡土为题材的小说中，“无论这些作品中人物的性格与命运存在着多少差别，几乎都是从原始自然形态、自在形态和自为形态这三种基本类型的生命形态衍生而出。而在这三种基本的生命形态之间，历史的延续性与时代的变异性交织，构成一种色调繁复的人生景观。”[2]走进沈从文的湘西世界，就是走进湘西这方土地上芸芸众生的绚丽世界，那里有人性的闪光。“沈从文一生的‘贯穿动作’就是对人性的执意追求。他曾以‘人性的治疗者’自居……他赞颂的是人性的美——淳朴、正直、善良、勤劳、忠贞、粗犷等，他忧虑的是人性的扭曲和变形，他憎恶的是对人性的戕贼。”[3]这些观念都已是经得住历史考验的结论。

恰巧的是，在历史上湘西与黔东曾是一个整体，与湖南湘西连成一体的黔东地区，现在也同属于武陵山区。被誉为“黔山七峰”之一的贵州作家唐玉林，曾在黔东地区生活了大半辈子，有长篇小说《沧桑武陵》三部曲，即《中南门》《清浪街》和《龙井巷》，其笔下对武陵山区的人与事有通俗化的大量描写。贵州作家欧阳黔森在散文《故乡情结》中则反复追述这一联系，正如作者所言，两者的故乡竟然相距不到60公里，所处地域文化相同。“我的恐惧多半来自对老先生泰山压顶的那种让人仰视的感觉，我最为熟悉的生我养我的地方都被老先生写绝了”，“还有一小半恐惧来

[1]凌宇:《从边城走向世界》，生活·读书·新知三联书店，1985年版，第219页。

[2]凌宇:《从边城走向世界》，生活·读书·新知三联书店，1985年版，第212—213页。

[3]吴立昌:《“人性的治疗者”沈从文传》，上海文艺出版社，1993年版，第3页。

自我无边的幻想，我常不自觉地想有一天我真的从老先生辉煌而巨大的身躯投给我的阴影下走出”[1]。沈从文从边城走向了世界，对于从这片土地上颠簸着走向文坛并寻找自己位置的后起作家，同样也面临这一问题。对于来自黔东的欧阳黔森而言，这是压力、包袱，也是机遇、挑战，不得不负重而行，包括湘西、黔东在内的武陵山区这一地域背景的共存共生，作品题材、人物性格，以及叙述者与作品中人物的情感、态度、生活意义等层面的同源性问题。“担负了自己的那份命运”，“从不逃避为了求生而应有的一切努力”[2]，与普通民众的生死哀乐……都可见欧阳黔森从沈从文那儿积淀而来的种种挑战与机遇，以及相应的传承和接续。

到目前为止，欧阳黔森正式出版的中短篇小说集有《味道》（中国文联出版社，2003 年）、《白多黑少》（贵州人民出版社，2006 年）、《欧阳黔森短篇小说选》（贵州人民出版社，2014 年）、《莽昆仑：欧阳黔森中短篇小说选》（作家出版社，2015 年）等，长篇小说则有《绝地逢生》（贵州人民出版社，2008 年）、《奢香夫人》（贵州人民出版社，2011 年）等。以上出版的各类集子中，以武陵山区为背景的作品占了一半左右。“从我自身创作来讲，我最看重的也就是我的短篇。像长篇、中篇还有诗歌我也有，但是最高成就还是我的短篇。”[3]“我本人的小说创作，大多取材于贵州，在贵州题材中我又更偏重于我的出生地黔东铜仁市。”[4]

行文到此，笔者愿意以“武陵叙事”来概括沈从文所开创的叙事模式，

[1] 欧阳黔森：《故乡情结》，《水的眼泪：欧阳黔森选集》，广西师范大学出版社，2017 年版，第 75—76 页。

[2] 沈从文：《一九三四年一月十八》，载《湘行散记》，商务印书馆，1936 年版，第 42 页。

[3] 孙向阳、郭思思：《欧阳黔森：“当一天和尚撞一天钟”》，《贵州民族报》2012 年 1 月 6 日。

[4] 欧阳黔森：《我的文学理想与追求——自述》，《小说评论》2015 年第 5 期。

以及同样出生和成长于武陵山区的后起作家们，尊崇沈从文所开创的创作路子，或有意或无意地心摹手追，不懈创造，自觉地融入这一传统的长河中去。孙健忠、蔡测海等湖南作家如此，贵州作家欧阳黔森、唐玉林等也同样如此。武陵叙事是一种立足历史、地域与文学创作的崭新命名，有自己的包容性和时空特征。原先武陵山区是湘、川、黔、鄂四省交界之地，是沈从文生活时代的划分。1997 年从四川又划分出重庆直辖市，武陵山区成为五省（市）交界之地。省级行政区域的划分屡经变迁，但武陵山区这一地方永远屹立着没有发生改变。类似的命名一般对应于多省交界之地，以大河、大川和大山为省界边际的标识由来已久，这一形式的命名正好符合这一实际情况。也正因如此，与其说沈从文笔下的湘西世界是湘西叙事，不如说是有更多历史与地域纵深的武陵叙事。湘、黔、川、渝、鄂几省（市）交界之地的作家们，共同生活在武陵山区，与脚下这片土地相亲近，其小说叙事就构成了共同的武陵叙事。具体落实到欧阳黔森这位来自黔东的作家身上，其小说中的“武陵叙事”意指小说的背景、人物、故事、地域文化精神，统统属于以铜仁为主要地域背景的武陵山区，从沈从文传统的角度考察欧阳黔森的“武陵叙事”，则成为某种大胆创新的指认与选择。换言之，欧阳黔森在以中短篇小说为主的武陵叙事中，地域特色是十分鲜明而稳定的，不管是传奇乡间人物的书写，还是地域物象的统摄，都是对武陵地域文化的汇聚与凸现。地理风物的描写、人物传奇的勾勒、求真向善的人性凸现，成为武陵地域文化复苏与生长的不二证明。“欧阳黔森虽然在蹇先艾、何士光的贵州文学谱系中，但因时代的差异性和欧阳黔森对文学与对贵州的新的理解，他用虚构和想象的方式，重新建构了他的文学世界。这就是一个温婉、诗意、人性的世界，一个对自然无比热爱的世界，一个不断向传统致敬的世界。”[1]这种“重新建构”的“文学世界”，便包括武陵叙事在内，越是民族的就越是世界的，越是地域的也越是个人的。欧阳黔森的武陵叙事，在新世纪以来慢慢崛起于文坛，也可视为接承沈从文传统而又激活、推动了传统流动的举措。显然，这是现代作家传统旧的承接与新的开创，在接续与回响之间，留下了不断探索的脚步。

## 二

欧阳黔森 1965 年出生于以梵净山闻名天下的贵州铜仁，当时此处系贵州、湖南、四川交界之地。他祖籍湖南隆回，其父由湘入黔，栖身于驻地为铜仁的 103 地质队，在以当地为核心的地域中长期进行野外地质勘探、找矿，并由此度过自己与天地奋斗的人生。贵州地矿局在全国并不显眼，103 地质队驻地铜仁更是偏僻之地。因特殊年代所致，20 世纪 70 年代末欧阳黔森便初次踏入社会并工作了，当时他只有 14 岁，在 103 地质队的农场以知青身份干过三年，后成为一名普通的地质队员，主要在野外进行普查、化探等，这样一干就是整整八年。野外地质队员欧阳黔森，用双足和青春踏遍了黔、川、湘、鄂等数省交界之地，特别是武陵山脉这个具有数省交界之地的地标性区域。武陵山脉包括了黔东、湘西两个最为主要的腹地，主要以原始山区、林区著称。在荒无人烟、没有道路的地方走出一条路，这条路是具体的、独创性的，构成了某种精神寻找的隐喻。和沈从文一样，欧阳黔森年青时正儿八经在学校求学的时间不太长。沈从文小学未毕业就踏入社会，一开始便栖身行伍，差不多有五年多的时间跟随湘西地方武装辗转流徙于湘、川、黔三省边境，以及长达千里的沅水流域。沈

---

[1] 孟繁华：《小叙事与老传统——评欧阳黔森的短篇小说》，《山花》2015 年第 5 期。

从文在以湘西为中心的武陵山区一带生活、寻找出路，度过困顿而蒙昧的青年时代，是武陵山区这所特殊的“大学”让他学会了求真、向善、崇美。欧阳黔森当时也没有想到会以作家身份在社会立足，对沈从文的经历和故事也是后来才明白知晓。野外地质队员的艰难生活，让他尝遍了社会的世态百味，特殊的社会形态在无意中造就了他的性格与思想，他们的目光不约而同地盯上了这片神奇的土地。

出生并成长于武陵山区，两人性质有些相似的人生之路，不是巧合而是冥冥中的一种接续和安排。具体到欧阳黔森身上，归纳起来有以下诸点：首先，三年农场工作，八年野外地质生活，养成了一种源自在社会中求生存的眼光来观照人生。欧阳黔森的社会知识和文学素养多半是社会这所“大学”所赐予，地质家庭小区氛围，来自天南海北的地质同事，永远在路上的野外工作构成了外部的客观环境。譬如，武陵山区相关的地质、岩层、化石、植被、水系、矿产等专业地质知识，防蛇、防蚊、防兽等野外生存技能，往往在传帮带中刻入脑海。原始森林、峡谷腹地、民族村寨，以及地方习俗等实录描摹不只是地理、环境的记录，也不只是为了典型人物性格刻画的衬托，而是一种客观、真实、还原的测绘式描写，这一切构成了欧阳黔森现实主义小说创作的一个特征。比如被誉为“用诗一般的意境，来写这铁一般的历史的”[1]《断河》中这样描写断寨：河水从石缝中涌出，向东流了五华里，又跌进一个巨鳄嘴的深洞，这峡谷叫断谷，位于断谷西的几十户人家也就叫断寨，断谷再往东走五十里是武陵山脉。再比如，《兰草》中这样陈述地质家庭的生活侧面：那时候，我的身子骨算强壮的，这得益于我爸是地质队员，那时地质队工资高，待遇也高。一般人每月粮食定量不超过二十五斤，我爸的工种决定他的定量达四十二斤。他常出野外

[1]何士光：《欧阳黔森短篇小说选·序》，贵州人民出版社，2014年版，第8页。

到山里找矿，一去大半年不在家。父亲在工作之余问山要食物，不是抓了几斤鱼，就是捉到一只野兔子，或是网到一只野山鸡，运气好的时候能打到一头野猪。这些招数我自然是学会了的。一直为通俗文学正名的知名学者曾称“通俗文学作品最顽强的生命力是在于‘存真’。”[1]其他文学样式又何尝不在“存真”这一试金石上加以检验呢？换言之，直面人生的“存真”式现实主义理念，是欧阳黔森小说创作的精神内核。

其次，除了作为环境来铺垫之外，欧阳黔森小说的武陵叙事都与人物的职业、身份、性格、处事方式相关。武陵山区散居的少数民族村寨、山民，都会不自觉地汇聚于作者笔下而鲜活着。欧阳黔森的此类中短篇小说主要有以下几类故事：第一类是地质队员的恋爱、青春主题的故事。地质队员一般以男性为主，到后来几乎清一色是男性。野外地质工作的繁重、单调、重复、孤独，不能顾及家庭、亲情的难言之痛，使地质队员往往具有一种浪漫、粗粝、坦荡的心理性格。《远方月皎洁》讲述了野外地质队员“我”与僻远山村的支教女教师卢春兰的故事。以黄狗为媒，“我”与卢春兰在地质普查工作期间短暂认识，双方都有好感，但“我”的工作流动性大，遮蔽住了两人之间淡淡的私情，相约去“七色谷”再聚也成为一种浪漫的奢望。《丁香》则是以武陵山区腹地一个漂亮的养路女工丁香为名，讲述一群野外地质探勘队员闯入当地后对丁香的爱慕或嫉妒，“我”这个地质诗人将私愿藏在心里，为她写诗也为她的受辱而与挑事的同事发生冲突，无不展现地质人的暗恋与深情。《有人醒在我梦中》以第一人称讲述“我”和白菊这两个地质队员的子弟在地质队农场干苦力活时的爱情故事。因为地质队员的野外生活枯燥、单调，他们经常说到女性、婚恋，触及青春的

[1] 范伯群：《中国现代通俗文学史》（插图本），北京大学出版社，2007年版，第581页。

烦恼。第二类是野外的工作见闻，写地质人员的生死、奋斗与人生理想。《血花》讲述的是20世纪70年代末，发生在贵州地质队里的一场车祸。为了让久居深山的地质勘探队员在大年三十夜回家与家人团聚，老司机老杨决定在雨雪之天冒险开车，最后车毁人亡，间接写出地质生活的一角悲苦。中篇小说《穿山岁月》，一看标题也是集中此类的作品，其中主要人物有“我”、部德、苏工等地质勘查人员，以部德所受的三个耳光串起三次进山勘探经历。小说一共三章，第一章写地质小组进梵净山原始森林采样，一方面是云豹、黑熊、五步蛇、旱蚂蟥、长脚巨蚊的危害，一方面是负重、挨饿、长途跋涉的痛苦，胆小的部德因为发声尖细，被组长苏工误认为会招来老虎而挨了一耳光；第二章写进山抽查样品，因为找不到住宿之处，部德与山村小学教员一性变态者同住一床，因反抗被打了一巴掌；第三章写工作点检查，因为耽误了回去结婚而冒死拦车，差一点被车子撞倒的部德挨了司机一耳光，结果是耽误了行程没有结成婚。第三类是作为叙事的尾巴或花絮来处理，淡化了背景，直接将地质生活作为辅助性的叙事环节，在侧面或暗处推动故事情节的发展。这样改变叙事的直线进展，增添叙事的细节，在叙事的层次上有变化、起波澜。中篇小说《水晶山谷》是反思地质工作，以破坏环境为主题来组织故事情节的。青年山民田茂林为了娶梨花为妻，为了凑足礼金与下岗的地质专业人士兼商人李王合作，帮助李王、马学仕、杜鹃红等奇石行业老板盲目开采水晶山谷的紫袍玉带石，破坏了当地如诗如画的环境，其结局是田茂林未能得到未婚妻白梨花一家的谅解，心灰意冷之后在一次爆破中意外身亡。一方面是梨花的阻拦，愿意把原产于梵净山中的奇石当作男方永久的彩礼而不让人搬走；一方面则是商人为了金钱而对奇石进行破坏性勘探和开采，两方面的力量冲突构成了这部小说的主线。第四类则更遥远一些，地质经历、生活，相关知识背景作为隐隐约约的点缀而存在，在篇幅上占的份额极少，在情节、故事演变中也处于十分次要的地位。比如短篇小说《断河》，主要写老刀和老狼两个刀客以及他们后代之间的恩怨，中间与结尾部分掺杂了断河当地因出产丹砂矿而逐渐发展成为汞都一事。

立足武陵山区，将这一方土地上的人生百态诗意地敞开，挥之不去的是人生实感体验中的乡土书写。正如研究者所发现的那样，在博物、传奇和黔地方志的小说谱系中，欧阳黔森拥有自己的坐标，其独特风格与艺术个性也系于此。[1]乡土写实小说鲜明的地方色彩是千差万别的“风物、习俗、情调和气氛”[2]，书写武陵山区的地方色彩和地域故事支撑起了欧阳黔森的兴奋点，主要表现在以下方面：

第一，故事的发生地多半与武陵山区有关，武陵山区、武陵大峡谷、梵净山、苗岭腹地等常见的说法，三个鸡村、梨花寨之类的名字出现较多。对于民族村寨周围的道路、方位，自然村落的户数、人口，村寨的疆域、纵深，欧阳黔森多半会给出一些具体的数字。山村娃崽想走出大山，到山外去看看的愿望破灭，不得不在深夜的大山之中野外生存（《扬起你的笑脸》）；男丁外出务工，女性在内持家的普遍现象，以及个别女子在外面打工当鸡的丑闻，也偶有所闻（《梨花》）。在武陵山区作为背景的故事中，涉及教育、扫盲、卫生等多个方面，因为愚昧、落后，山里村民后辈接受教育的机会少，娃娃崽读书走几十里山路是日常功课，以至于辍学者居多，加上重男轻女的思想，女娃接受教育的机会更少。欧阳黔森在多数小说中称呼身份为初中生、小学生的主人公为“知识分子”，而这样的“农村知

[1]李遇春：《博物、传奇与黔地方志小说谱系——论欧阳黔森的小说创作》，《中国现代文学研究丛刊》2018年第7期。

[2]杨义：《中国现代小说史》（第一卷），人民文学出版社，1986年版，第423页。

识分子”在一个村寨里还不多见，如《水晶山谷》中的田茂林、白梨花，《李花》中的李花等。典型例子如《梨花》中三个乡共一个中学，可见教育之不发达。第二，在建筑、起居、饮食等方面也有生动的呈现。武陵山区多半是少数民族村落，或是各民族聚居之地，民族建筑典型，吊脚楼往往依山而建，底层养猪养鸡，第二层住人；田土很少，甚至一块地只能种几棵苞谷。山区农家喜欢养当地土狗，视其颜色级别有一黄二黑三花四白之说，视其一胎数量有一龙二虎三狼四鼠之说。山民养土狗图的是看家护院，习惯上不会出卖。差不多篇篇皆有狗的身影，养狗、玩狗、送狗、偷狗、敲狗、防狗也是普遍能见到的生活细节。武陵山区农家普遍一天只吃早晚两顿饭，一是上山干活路途遥远，难以收整；二是生活本身困难，多半以烤熟的苞谷、洋芋充当干粮之故（《水晶山谷》《扬起你的笑脸》）。农闲时去山上安夹子，打打野味，采摘香菇也成为生活的有趣细节。欧阳黔森有多篇小说叙述野外地质队员长途跋涉时，因体力消耗极大，吃食变得颇为重要，比如在不少作品中有这样的描写：腊肉有四指宽，一指厚，白亮亮的，一口下去，油顺口角流下来。这一生活细节太让人向往了，也写绝了，可见地质队员平时生活之困苦（《十八块地》《兰草》）。中篇小说《武陵山人杨七郎》中则对武陵山脉腹地三个鸡村的凤凰鸡和狮头鹅有详尽的描写，农家乐“仙鹅庄”老板杨老三活活杀鹅取肠的残忍手法，更是武陵乡间日常世俗生活的经典细节。第三，在民俗、民风方面，武陵山区有尚武之风，民风十分剽悍（《断河》《武陵山人杨七郎》）；好男不与女斗，即使有私仇也不会在女性身上发泄。因为地少人多，易地迁出，外出打工成为常态。至于涉及婚娶、节日等，细节更多难以尽述。喜喝酒，爱唱山歌，好面子，讲礼数，也是乡间习俗。譬如《断河》中因为谐音之故，村子名叫“断寨”，与“断崽”同音，整个一村寨的家庭都被逼疯狂地生育，生怕断了香火，这也似乎是当地生育观念的一个隐喻。若干部小说的背景设置在三个鸡村，缘由是村民称动物都以“个”为量词单位。女孩取名，名字中多半嵌有“花”“香”等字，不同小说中名叫“梨花”之女孩就有五六个。由此生发出去，武陵山区的地方性知识与日常起居，通过各色人物、趣闻轶事、故事细节呈现出来，成为一种武陵叙事的典型表达。

欧阳黔森这样的乡土书写是自足的，正如沈从文湘西题材中的乡土一样，是边地的一种牧歌；其乡土上活跃的诸多人物，尽管不乏愚夫俗子，但却始终生活单纯、自足，有着自然自在的生活和人性。少数民族村寨，峡谷、河流、渡船、羊肠小道等环境，换亲、喝酒、唱山歌以及赌咒、尚武之类的情节，在沈从文和欧阳黔森的笔下鲜活着。当然，因为时代的变迁，社会生活变化甚大，两人之间也有较大的区别，沈从文的小说中人物更具原始、野蛮的生命力量，作家对乡村人物灵魂的刻画更加多样化。显而易见，武陵山区在时代变革中不断蜕变，作家的书写内容、人物、主题、情节也在快速变化之中。

## 三

与沈从文湘西小说相类似[1]，欧阳黔森对武陵地域的持久关注，一直延续于不同时期的创作中。来自武陵山区的乡间人物、故事，以及世情、民俗的书写，都断断续续在笔下重复出现。总体而言，欧阳黔森的武陵叙事中，乡间传奇人物、乡间异事十分醒目。作为一个暗自摸索、自我体悟、

[1] 相关研究有，崔荣：《传奇传统的历史遇合与现代升华——对沈从文湘西小说的一种阐释》，《兰州大学学报》（社科版）2004 年第 2 期；张文东：《“传奇”传统与“边城”想象——论沈从文“湘西小说”中的“传奇叙事”》，《中国文学研究》2008 年第 1 期；吴正锋：《论沈从文小说与中国传统叙事艺术的关系》，《中国文学研究》2016 年第 3 期；刘艳：《“情绪的体操”与“抽象的抒情”——抒情传统与沈从文的小说》，《山花》2019 年第 1 期。

锐意求新的作家，写好武陵叙事中的人物方法很多，其中既有中国“史传”传统、笔记小说的借鉴，也有乡土世界以普通民众为中心的内在逻辑。通过塑造鲜活的人物来推动事物的发展、情节的演变，在武陵乡间人物画廊中专注于人物传奇的一面，是欧阳黔森小说的另一特色所在。

1.“史传”传统与笔记小说的汲取和调和。知名学者陈平原曾以“史传”传统与“诗骚”传统相对峙来论述中国小说的叙事模式及转变，这是两种不同的小说观。“史传”传统受到中国史书中编年史、纪传、纪事本末等多种编纂形式的影响，自司马迁创立纪传体、丰富历史散文写人叙事的艺术方法以来，史书为小说创作提供了艺术的滋养。实录的春秋笔法，纪传体的叙事实录精神，因为补正史之阙而引申出的以小人物写大时代的结构技巧，是其中的关键药方。[1]历代笔记小说则是以人物轶闻、趣谈为主，集中于写人记事。显然，对“史传”传统、笔记小说等中国古典小说的借鉴，是欧阳黔森中短篇小说创作的诀窍。“欧阳黔森的短篇小说艺术探索，吸收了中国古代编年叙事、传记叙事、比德审美意识的有益滋养，创造出了具有中华民族特色的文学作品。”[2]说的也是这一番意思。在代表作《敲狗》荣获第二届蒲松龄短篇小说奖时，欧阳黔森回忆了他与《聊斋志异》的缘分：“小时候，每逢夜深人静，母亲总是给我讲《聊斋》故事。那时候家里没有《聊斋志异》这本书，20世纪60年代时，确实找不到这本书。但是，那些故事人物，却是那样地生动在母亲的嘴里。讲的多是鬼的故事，可小小的我从未害怕过，我想母亲也从未认为这些故事会吓唬小孩子。在我从少年步入青年的时候，我终于有了一本《聊斋志异》，母亲看着我感叹了

[1] 参见陈平原：《中国小说叙事模式的转变》，北京大学出版社，2003年版，第208—236页。

[2] 周新民：《欧阳黔森短篇小说艺术论》，《小说评论》2015年第5期。

一句：‘看了《聊斋》，想鬼做。’”[1]在另外的场合他是这样自述的：“传统小说的主要特点是自我立场鲜明，语言精练传神，人物刻画鲜活……传承优秀文化，在优秀传统上创新，才是汉语言写作者的明智之举。我熟读过各种流传的古典小说，自然受其深远影响。”[2]通过作家的回忆与自述，不难看出他所受中国传统古典短篇小说经典的影响之深。譬如，带有“自叙传”性质的小说《穿山岁月》中，小说中“我”和另一个名叫苏方的老地质工作者相熟。因苏方与“自己”的大哥年纪相仿，并在一个地质钻机厂工作过，“我”小时候常去野外分队玩，便相熟悉了。他经常给“我”讲故事，像《三国演义》《水浒传》《红楼梦》中的一些故事，最初就是从他那儿听来的。其中一个细节描写，是同事郜德因为遗精而恐惧，便是以《红楼梦》小说中的贾瑞为参照物写的。欧阳黔森部分接受的文学启蒙和教育，大体是中国古典小说名著，以及现代经典小说之类，通俗化、传奇性，以人物为主轴的小说文类意识得以形成，在欧阳黔森的潜意识里播下了文学的种子。“搜奇记逸”，“记叙委曲”的“传奇”[3]风格，作家慢慢得以领悟并运用。弃绝虚构人物、无心叙事的圈套，少受域外小说的影响，则是自然而然的现象。传奇、好玩、耐读，一口气读完，成为欧阳黔森小说创作追求的文体特征。

2. 抓住典型乡间人物，以人物带动故事成为一种模式。为了凸现人物性格和形象，作者采取几种方法进行：第一，将人物作为核心，在标题中加以标示，诸如《丁香》《梨花》《白莲》《兰草》《李花》《村长唐三草》

[1] 欧阳黔森：《短篇小说是最难藏拙的》，《文艺报》2008 年 12 月 27 日。

[2] 周新民、欧阳黔森：《探询人性美——欧阳黔森访谈录》，《小说评论》2015 年第 5 期。

[3] 鲁迅：《中国小说史略》，《鲁迅全集》（第 9 卷），人民文学出版社，2005 年版，第 73 页。

《武陵山人杨七郎》等篇，都以男女主人公的名字作为标题，让人一读便知重点所在。在这些人物塑造时始终抓住人物与众不同的一面，凸现出奇人异事的世相。譬如《村长唐三草》写的是乌蒙山脉腹地桃花村村主任唐三草的趣闻轶事，其人足以称得上是一个乡间传奇人物。唐三草原名唐万财，原先穷得叮当响，当民办教师时稍微有所改善，但仍在赤贫边缘挣扎。先是老婆受不了家里穷而外出打工并与其离婚，后虽转为公办教师仍没有起色，唐三草孑然一身，在村上没有人愿意接手村干部的困境中竟然主动辞去公职，毛遂自荐当了两千多号人口的桃花村村主任。退耕还林、科技扶贫、计划生育、乡村旅游、同步小康成为唐三草当村主任的“几步曲”。丢下一千多元一月的“铁饭碗”，端起一百多块的“泥饭碗”，自唐三草被村民讽成“草鸡”（傻瓜）开始，唐三草硬是把村主任当成了村民的主心骨，几年时间内不但帮助桃花村摘掉了贫困村的帽子，还带领村民朝小康村的目标迈进。他带领村民广种桃树、花椒，将收入搞上去；从桃花谷到桃花节，让乡村生态旅游慢慢红火起来；惩治顽劣村民，化解上访矛盾，设计挡住计生外流对象，可谓每一件事情都是斗智斗勇而成。其人性格既有厚道、实干、奉献、无私的一面，也有狡黠、油滑、叛逆、讨巧的一面，唐三草在基层治理上体现出来的聪明才智，确实让人捧腹大笑，可谓难得的基层村干部典型形象。中篇《武陵山人杨七郎》塑造了一个“刺刀见红”的山区民间异人。杨七郎本名杨起郎，因为其母已生六胎女儿，在怀孕之时便以“起郎”相召唤。杨起郎长大后爱打抱不平且不计后果，赢得古典评书《杨家将》之英雄杨七郎大名。杨七郎坐了两次班房，一次是因为吴村长与留守村妇“走草”（野合），他眼见不平而踢烂了吴村长的一个睾丸；另一次是因为将自家养的鹅卖给农家乐“仙鹅庄”，老板杨老三破了杨七郎不能眼见自己养的鹅被活生生被取鹅肠的约定，一气之下杨七郎用尖刀刺伤了杨老三的屁股。乡间小人物之不平凡的传奇莫过于此。第二，小说主体不是人物，但仍以人物塑造见长。《断河》这个短篇故事本身的叙事时间跨度较长，从晚清到民国再到新中国，横跨三代人，差不多有一百年的时间，记载了武陵山区一个名叫断寨的地方几位传奇人物的历史浮沉。老刀和老狼这一对争谁是第一的老刀客，为了女人梅朵而结怨，先是老刀的黄狗替主人挡了一刀而死去，后是老狼在老刀的枪口下羞愧自尽，无不显得有情有义。其后代龙老大和麻老九这一对同母异父兄弟，也因承袭父辈的恩怨而暗斗，包括龙老大以残忍方式对待兄弟，目的却是让后者苟且偷生。最后的结局是龙老大在新中国成立后以匪首之罪被处决，麻老九投河而亡，生活复归平静。《扬起你的笑脸》以小学生“梨花妹”作为叙述者，集中讲述乌江岸边梨花寨乡村先生田大德和学生山鬼的故事。一人一校的田先生自比陶渊明，取名号叫“乌江山人”，负责全校三十多名小学生的教育大计，被村民视为当地最有学问的圣贤。田先生喜食南瓜，村民多以南瓜相赠；课间、家访、居家也不忘辛苦育人，“心累”一说掷地有声，山乡教书先生的奇闻轶事由此可见。最让人感动的是学生山鬼外出未归之夜，他比家长更急更苦，于茫茫大山之中和另外两个学生在平地开阔处烧起稻草，举起了呼应的火把。得到河对面老林中山鬼呼应后的田先生，因为兴奋过度而抱着稻草一起倒插进水田之中，而他丝毫没有介意，确实是山乡教育的一盏明灯。另一人物山鬼是努力走出大山的象征，作者在山鬼这一人物身上寄寓了深远的现实意义。第三，偏爱女性人物的塑造。知名学者陈晓明在评论《非爱时间》时认为“这篇小说的构思颇为巧妙，在两个男人的故事中，包裹着几个女人的故事，真正动人的是那些女人的故事。这些女人每个人的性格心理着墨不多，但都异常鲜明”[1]。扩展开来，围绕乡间女性的故事叙述，对女性形象的塑造，实在是欧阳黔森在这一方面的特征。对女性人性中真、善、美的反复描写，对普通女性异于常人的事件进行从容叙述，往往一篇小说以一个女性人物为主，在欧阳黔森的作品中颇为常见。欧阳黔森中短篇小说中的众多女性在数量上似乎超过了男性，而且以年轻、美貌、纯真的女性为主，既长于写女性外在之美，也擅长从人物言行、心理进行刻画。比如《丁香》，聚焦于武陵山深处一处公路道班里女承父业的当地姑娘丁香，她勤劳、善良、单纯，也漂亮得很，得到地质队员们的青睐，有人暗恋，有人大献殷勤，也有人因嫉妒而制造恶作剧。可惜的是在恋爱中受到玩弄，最后在抢修路基中因为山体滑坡而因公牺牲，丁香戴着草帽美丽劳作的画面，从此永远定格。《梨花》中的田梨花是三个鸡村唯一考上中师的山里妹子，回乡在中学任教后，又考上了师范大学，因业绩突出当上了校长，最后官至副县长，成为当地家喻户晓的传奇人物。她的一举一动都在当地百姓眼里被聚焦、扩大、回荡。譬如上生理课时用木棒制作男性生殖器作为教具事件，欢迎上级检查时喊错口号险些酿成事故，为了仕途而耽误了爱情，唯一一次与心仪自己的支教青年的爱情也是昙花一现，而两人唯一一次梨花树下散步则成为经久不衰的一段传奇。要知道，在村村寨寨，梨花可是被老人们比作梨花坪的树仙！

3. 在叙述手法上，以“我”为第一人称的叙事与时代氛围的营造是小说的主要特征。“作品主人公或第一称的叙述者往往是这种角色：他们曾经是下乡或下厂的知青，后来到地质勘探队工作，又进城当了作家。令人感兴趣的不在于作家自身与人物经历有多少重合，小说本是虚构，

[1] 陈晓明：《对当代精神困局的透视——评欧阳黔森〈非爱时间〉》，《文艺报》2004 年 5 月 18 日。

是小说家创造力和想象力的展示，因此即便有所印证，也不能完全当真。但人物上上下下的经历，却使小说有一种对话的性质，即历史的理想模式，包括青春、爱情和美，与现实的关系究竟怎样”[1]，此言不虚。小说多半以叙述者“我”出场，带有自传体性质，能真实、亲切地讲述故事。在叙事时间上，有倒装叙事和交错叙事，杂糅一些压缩式的叙事手段；叙事角度上有限制叙事，也有全知叙事，这样在讲述故事时统一中有变化，显得摇曳多姿。多重叙事手法的扇形展开，武陵山区村寨的芸芸众生被放置于一种“间离化”之后的空旷境地，他们既活在自己的世界里，也占据并充实着乡村人物的生活一角。小说家以亲临其境的感受与经验，叙说这些被遗忘的乡土，标举了特定环境中的人物命运，他所强化的是故事的真实性与时效性，虽然也在虚构的世界中不无逗留。上至二十世纪八九十年代，下至新世纪以来的时代背景，是欧阳黔森小说的叙事时间，背景稳定而清晰，笔调温暖而从容。相对于读者期待视野中的笑声与眼泪、叹息与扼腕，更需要的是化身为一种内心的倾听，凝视现实的武陵山区之乡土世界。

欧阳黔森小说的武陵叙事，自然让人想起沈从文笔下的那条河流与偏于湘西一隅的物是人非：譬如重视武陵底层民众的塑造，武陵边地人物的憨直、本真、良善等特质，具有某种共性；譬如主要用第一人称叙述，即使是用第三人称叙述，其叙述者也基本上认同他笔下的人物，不采取外在的审视的角度；譬如对武陵乡土的民风习俗进行实录，往往不掺杂启蒙与被启蒙的眼光……将欧阳黔森的小说创作放在沈从文传统的视野下进行观照，不同于作家之间的平行研究，比如学界曾拿当代作家贾平凹、阿来、

[1] 董之林：《分享艺术的奥妙——读欧阳黔森的短篇小说集》，《新文学评论》2014 年第 4 期。

张承志等与沈从文进行比较，意在乡下人身份或少数民族身份。[1]而且，欧阳黔森与前辈作家沈从文人生没有交集，他也不是少数民族作家，但两人同处武陵山区，熟悉脚下的同一片土地。欧阳黔森以武陵山区为精神领地来书写乡土人物的性格与命运，没有丝毫的胆怯和退却，与前辈作家、与同时代选手竞争，捡起了故土、乡愁，和笔下的人物一起呼吸。至于在特定氛围的营造上，欧阳黔森大多数小说各自错综纷呈，环境、人事、情节都浸透着某种人性的力量，背后是特定的地域、时代和人物，当然在时空上也具有某种超越性。至于脱贫攻坚、退耕还林、易地搬迁、生态致富、乡村旅游等新的主题的植入，则是欧阳黔森直面沈从文传统而不得不另辟蹊径的发展和变化，是坚持“人民是文艺创作的源头活水，火热的基层生活才能为创作标注精神的高度”[2]的文艺践行，其中有作者面对新的现实的发言，眼光仍然瞄准着武陵山区民众底层，着力于民生的改善，已带有新时代的崭新气息。

## 结 语

欧阳黔森的武陵叙事，展开的是连绵的地方风俗画卷，尽管人物的着墨与上色并不全是浓墨重彩，但个性不一、鲜活于眼前；尽管多半是乡土世界的小人物，但却不乏奇人异事，以小人物反映了大时代，连接的是乡土世界的大舞台。

[1] 典型的论文如，赵学勇：《“乡下人”的文化意识和审美追求——沈从文与贾平凹创作心理比较》，《小说评论》1994 年第 4 期；王喜绒：《一个独特的文化审美视角——从沈从文到张承志》，《兰州大学学报》（社科版）1994 年第 2 期；卢顽梅：《民族的隐忧——沈从文与阿来文学创作比较谈》，《西藏民族大学学报》（哲社版）2018 年第 4 期。

[2] 欧阳黔森：《向生活要智慧》，《求是》2017 年第 2 期。

置身于沈从文传统的阴影下，欧阳黔森在社会经历、创作主题、叙事风格等方面，都体现出某种传承与接续。我们提炼出武陵叙事来归纳欧阳黔森的此类小说创作，并作为两人的某种共同特征，并不是强调欧阳黔森该如何全面向沈从文的作品研习、揣摩，也不是比较两人的高低曲直，而是放在现代作家传统的高度，重新以武陵叙事把握欧阳黔森讲述武陵的乡土故事，并成为现代作家传统的新的一部分。

# 文艺作品中的大学生村官形象

## ——以贵州文艺为中心的考察

颜同林

作为社会生活审美再现的文艺，必然反映不同历史阶段的社会变革，必然反映社会变革所影响的广大农村现实生活。相应的是，新时代农村题材的文艺作品中，以乡土世界为中心的人物画廊不断得到丰富和补充，其再现性、多样化也具有了与时俱进的新时代特征。“社会主义文艺，从本质上讲，就是人民的文艺。”[1]其中，大学生村官形象，是最近几年的文艺作品中逐渐冒出来的新人形象，尽管数量很少，人物也不太集中、丰满，但作为新人形象无疑值得深入总结与思考。从选拔、录用与驻村的条件来看，大学生村官原先在高校一般是中共党员，有党员身份的高校毕业生被选聘到村任职，系非公务员身份，但工作管理及考核比照公务员有关规定执行，所做工作包括村级的基层党组织建设，在党的十八大以来脱贫攻坚的战场上发挥着重要的作用。因此，从高校基层党组织服务全省脱贫攻坚战略这一角度来观照，显然是一个颇为新颖的观察角度，据笔者所知还没有相关的研究成果。基于此，本文试立足于贵州这一脱贫攻坚的主战场，具体以贵州文艺为中心进行考察，对这一现象做出初步的回顾与展望，

[1] 习近平：《在文艺座谈会上的讲话》，人民出版社，2015 年版，第 13 页。

以起到抛砖引玉的效果。

## 一、乡土书写中的人物形象及其衍变

中国是一个以传统小农经济为主的农业大国，农村人口占全国总人口的比例一直很高，千百年来一直维持在90%以上。1949年新中国成立以后，也基本如此；改革开放以来，特别在二十一世纪之后大力推行城镇化的社会变革下，农村人口的比重才慢慢降下来。与此国情相适应，凡是农村题材的文艺创作，一个重要的现象便是书写形形色色的农民们，他们有各自的经历、故事、性格，从环境到情节都与时代变革密不可分。不同职业、年龄、性格、性别的农民形象，形成了乡土题材的人物谱系。归纳起来，最为鲜明的主要类型有以下数种：

第一类是勤劳善良、吃苦耐劳的传统农民形象，地方习俗、苦难书写是主要的模式。“五四”以后的新文学，农村题材的文学是重要的一块。它虽然与乡土文学、地域文学等类似的名称广泛存在，但核心的因素都是围绕农民与土地的关系进行书写，走的是现实主义的写作路子。比如二十世纪二三十年代的“乡土文学”，以《阿Q正传》《故乡》等为代表的鲁迅，以“老远的贵州”闭塞与愚昧为题材的蹇先艾，以及写湘中农村风习的黎锦明，写浙江农村故事的许钦文和王鲁彦，包括彭家煌、王任叔、许杰、徐玉诺、台静农等一大批作家，他们笔下的小说都会写到不同类型的农民，无地或少地的生活情景，凸现中国农民勤劳善良、吃苦耐劳的品格。沿此一途，从闰土到老通宝，从梁三老汉到陈焕生，乡土世界的这一人物画廊不断变化人物的名字、面貌、衣饰与神情，但骨子里的精气神没有大变。不同的只是时代的封面发生了变化，譬如战争年代所具有的硝烟，社会主义初级阶段集体劳动的欢快场面，改革开放初期挺直腰杆的农村新气象……

第二类是站在统治与被统治的角度，书写农民的反抗与斗争，一般以青年农民为主。因为乡土世界中盘根错节的乡绅、地主、大户等统治者的剥削与压迫，容易陷入困境的广大农民或自发或有组织地进行反抗，甚至不惜采取暴力手段也是十分普遍的现象。在农民的家庭成员中，为了生存，不畏艰难进行殊死斗争的往往是年青一代的农民。特别是中国共产党成立以后，与时俱进地在农村开展革命工作，无疑起到了领导、组织的强有力作用。开展群众性的土地革命，中国共产党在不同历史阶段提出不同的方案：或是主张彻底废除封建土地剥削制度，或是部分或阶段性地实现耕者有其田的方案，左翼文学在这一方面的表现最为明显。左翼作家们以底层劳动者为对象，主要反映农村的苦难、觉醒和抗争。比如华汉的小说《地泉》，丁玲以天灾为主题的《水》，茅盾的《子夜》以及“农村三部曲”等，都是具有经典性的作品。抗日战争时期和解放战争时期，以文学形式反映土地改革的作家，佼佼者应是丁玲、周立波，分别为中国文坛捧出了《太阳照在桑干河上》《暴风骤雨》等经典性农村题材作品。赵树理、孙犁、碧野、沙汀、康濯、马烽等一大批作家，也涉及过这一题材，写出了各自的乡村见闻与经验。茅盾笔下的多多头，丁玲笔下的张裕民、程仁，赵树理笔下的张铁锁、软英，周立波笔下的赵玉林、郭全海，都是新文学史上反抗型的经典青年农民形象。

第三类是外来者农民形象。广大农村的外来进入者，比较有特色的是中国共产党领导的革命力量，或者为了土地改革而以工作队的形式入驻，或是作为农村工作的干部予以派遣。在他们身上，既有知识分子的现代知识、观念，又带着我党的目标和任务去改造广大农村，改变农村的陈旧面貌。从经历来看，他们多半在农村生活或长大，从事农村工作后又要和家乡之外的农村打交道，既要会干农活，又要会做农村的政治工作。他们与当地村民相结合，改变了土地与农民的固有关系。赵树理《李有才板话》中的老杨同志，可以作为代表。

## 二、大学生村官：外来者中的“新人”形象

在现当代文学史上，凡是旧农村题材的作品，村主任等村官几乎由当地的地主担任，人物形象基本是反面的，为富不仁差不多是以前村官们的共同特征。外派到当地展开工作的外来者，不参与执政，只是改变农村的政治生态，扶持当地有公心、有才干的基层官员。1949 年以后，在反映农村合作化时期的作品中，村级干部主要是公而忘私的典型，譬如周立波《山乡巨变》中的刘雨生、柳青《创业史》中的梁生宝等。新时期以来，文学作品中的村官由当地村民选举出来，作为发家致富、去除贫困的带头人形象比较普遍，同时也有一些腐败、堕落的村官形象出现，似乎也是一种必然现象。新世纪以后，中共中央推出选拔高校毕业生到村任职的重大战略决策，从党的十七大到党的十九大都是这样一届接着一届接力，新时代以来的文艺作品，则逐渐增加了大学生村官这一文学人物形象。

以贵州文艺为例，在贵州新文学史上流光溢彩的知名小说家，大凡有乡土小说创作热情的作家对于村落叙事的坚守与思考也是一以贯之。蹇先艾的黔北乡村，何士光的黔北青羊场、梨花屯，欧阳黔森的三个鸡村、梨花村，以及 1970 后、1980 后代表性作家肖江虹的猫跳河沿途的燕子峡、傩村，曹永的迎春社、野马冲等，都是黔地文艺中具有独特民俗与风情的村落。以人物而论，蹇先艾笔下的挑子、轿夫，往往是愚昧、贫穷的代名词，《水葬》《在贵州道上》等作品中，几乎没有出现光明的人物形象，而何士光《在乡场上》中的冯幺爸，写出了山地百姓的人性觉醒。

欧阳黔森是贵州第三代作家的代表，也是当下贵州文坛的领军人物。他对贵州农村脱贫攻坚的关注持之以恒，代表作品有短篇小说《李花》，中篇小说《八棵苞谷》《村长唐三草》，长篇《绝地逢生》等。《八棵苞谷》写地质专家们在村外发现了黏土层，为白鹰村的村民另换新地，为脱贫致富做了铺垫，《绝地逢生》以乌蒙山区腹地的盘江村为故事生发地，写村主任蒙幺爸、韦号丽带领村民们因地制宜引种果木、花椒，修水窖、公路，搞乡村旅游、农家乐，带领盘江村走上了脱贫致富之路。《绝地逢生》中有人物数十人，其中老支书的幺儿蒙三棍大学毕业后在本地区里任职，后当区委副书记，再到县里当农办主任。因为他是盘江村人，又懂技术，实际上部分充当了村官的角色，是盘江村和外界联系的一条纽带。

欧阳黔森受到读者欢迎的作品还有《村长唐三草》，这一中篇小说原发《山花》杂志，后被《作品与争鸣》转载，也被《新华文摘》全文转载。作品的主人公是村长唐三草，配角是没有出现真名实姓的大学生村官。尽管作品没有在明处写而是处处在暗处写，但大学生村官的形象却意味深长，在贵州脱贫攻坚的战场上，“大学生村官”便是他响亮的名字。当地桃花村地处乌蒙山脉腹地，在摘掉贫困村帽子的过程中，村长唐三草、村支书以及大学生村官是领头羊。桃花村原来穷山恶水，380 多户 2000 多名村民，青壮年都外出打工了，也没人愿意干村委会主任。大学生村官在这节骨眼上，自愿来协助村支书重整村务工作。后来本名唐万财的唐三草退掉民办教师的岗位，经选举任村委会主任。从贫困村到非贫困村，再到小康村，唐三草表面风风光光，背后实际上是大学生村官为他出谋划策、劳心劳力。大学生村官被村支书、唐三草比作“军师”，大事小事都要找他来商量。比如桃花村脱贫后，县领导到桃花村说“农村的基层组织工作是最大的问题”。村支书、村委会主任和大学生村官，是村里基层组织工作的三驾“马车”。“唐三草说的军师就是大学生村官，这村官有文化见识广点子多”；大学生村官不远千里来到桃花村，帮助村民脱贫致富：“村官操着半乡半土的桃花村腔，拉开了话匣子。他从计划生育谈到人口控制，从石漠化谈到生态建设，从开发扶贫谈到科学发展。”譬如，村官提出在荒山上加大花椒种植面积，达到一千亩；以石漠化治理、乌江上游生态保护治理项目到省、市、县上面争取扶贫资金；在桃花村一干就是三年，直到干出成绩当上副乡长，仍然经常关注桃花村的发展，视其为分内之事。小说的主要情节中有三次以大学生村官和唐三草约定喝酒庆祝的细节：第一次是桃花村恢复小学，村官和唐三草喝酒庆祝；第二次是唐三草受委屈辞去村主任一职，乡里同意他辞职，两人喝酒解闷；第三次是青壮年多半回村发展，两人喝酒庆祝阶段性胜利。在这三次喝酒中，作品穿插了村民罗小贵违法修建猪圈而无理闹事，吴老三结扎一事引起的纠纷等情节，可谓有情有义，有承诺也有担当。大学生村官在桃花村当村官，后升任副乡长，在他的眼里总有一个梦想：“在村庄晨雾的弥漫中有孩子们琅琅的读书声，在田间耕作的黄昏后有一对对的夫妻愉悦地回家，在月亮升起来的时候，在小院子里，有爷爷奶奶、爸爸妈妈和孩子，一家人围在小桌上温馨地吃饭。”这是多么富有诗意的画面！

从以上情节与故事来看，大学生村官扎根基层，靠自己的才识干出了成绩，不只是基层党建，而是涉及乡村的方方面面；心系最贫穷的农村，出谋划策，解决纠纷，重点发展经济，可谓尽职尽责，把自己的聪明才智都献给了所驻村寨。他的那个梦想朴素而真实，可以看出当代村官的情怀、担当和远见。

值得一提的还有贵州省黔剧团的黔剧《大学生村官》。此剧首演后获得成功，先后在第三届全国地方戏优秀剧目（南方片）展演中获优秀剧目奖，并获得贵州省第十一届精神文明建设“五个一工程”奖第一名。此剧以贵州大苗寨为背景，以歌舞、对白形式讲述老村官阿喜的儿子阿冬甘大学毕业后来到自己家乡当村官的故事，由此引发父子两代人的新旧观念碰撞。阿喜原先听说省里派一个大学生村官来，带领全苗寨人载歌载舞欢迎，迎来的却是自己的儿子。阿冬甘跳出农门，又回到农村，利用苗寨优势资源，将银器和苗绣加以开发利用，成功开办苗寨版“银绣”股份有限公司，带领全村人民走上脱贫致富的新路，并被村民推举为下一届村委会主任。大学生村官阿冬甘突破家庭的层层阻力，勇于创业，终于走出了一条与父辈不同的致富之路。作为一个积极向上、年轻有为的大学生村官，阿冬甘这一人物形象有典型性，塑造得十分接地气，也很真实、丰满。

### 三、脱贫攻坚：大学生村官在新时代的意义与价值

大学生村官这一文学新人形象，是乡土书写中最为新鲜的事物，丰富了乡土世界中的人物画廊。他们的出现，多数参与到新时代脱贫攻坚的伟大事业中，拥有新时代的灵魂。在贵州作家或贵州题材的作品中，这些村官形象虽然并不密集，作品还较少，但透露出新时代文艺初春的气息。

在当下文坛中，傅宁军的长篇报告文学《大学生“村官”》、何建明的报告文学《三牛风波》、李春雷的小说《青樱桃，红樱桃》、王昕朋的《村长秘书》等，都是正面表现大学生村官题材的作品。相比之下，贵州文艺的表现还有距离，但也有了新的开始。据悉，贵州省作协 2019 年暑假开始，组织欧阳黔森、王华、林吟等十名作家，分别从全省受到表彰的 300 名优秀村第一书记中遴选十名作为采访对象，进行报告文学创作，并拟出版《第一书记——贵州决胜脱贫攻坚先进群像》报告文学集，其中有大学生村官的丰富素材。从这个趋势来看，报告文学是主要的样式，其他文艺形式的

主题创作会稍微晚一步，但不会缺席，因为文学是社会生活的审美反映，题材决定了作品的时代性与当下性。其意义与价值表现如下：

首先，脱贫攻坚主题是新的文学题材，大学生村官新人形象最终走上了时代的前台。在他们身上，可以看出乡土世界中的重要变革，他们用大学所学的理论、知识、技术，带着党员的先锋性、模范性，带领村民脱贫，发展自立，是贵州乡土世界现代转型的新生力量。贵州曾以贫穷、落后著称，在当下则是“切实把脱贫攻坚作为头等大事和第一民生工程，坚持以脱贫攻坚统揽经济社会发展全局，凝心聚力决战脱贫攻坚”[1]，贵州正在撕掉千百年来的贫困标签。以前的文艺作品表现的是农村劳动力转移，逃出乡土是一种象征；现在的脱贫攻坚是乡村振兴，是农村产业调整升级，形成一种逆向式的回流。这一现象说到底是科学发展的胜利，是精准脱贫的胜利。脱贫并走向小康和共同富裕是这批文艺情节的主线，人物的思想、言行也系于这结构之内，成为一种挥之不去的审美存在。

其次，在表达理念上有一些类似的地方。一是作品带有村落叙事的特征。二是外来者的视野，带来观察乡村的新眼光，比如大学生村官驻村，将党和国家的政策、文件落到实处。三是情节结构中，突出党员干部在脱贫攻坚的核心作用，脱贫过程有曲折，有反复，但前途是光明的，这样的文艺作品能鼓舞士气，激励人心！

最后，脱贫攻坚的文艺作品，关键是思想的改变，成为一个时代的背景。人物的设计与塑造上，村官与当地村民相配合，正面化，有阳光的味道。脱贫主题的文艺中既有对村官的塑造，也有新时代农民集体的丰碑，反映了农民的成长主题。这不只是属于特定的时代和地域，而是改革开放以来乡土中国走向复兴的生动写照。

---

[1] 孙志刚：《牢记嘱托　感恩奋进　决战贫困》，《求是》2019 年 10 期。

## 结 语

文艺服务于政治，文艺为人民服务，助推了脱贫攻坚题材的提速、突破与整合；以大学生村官为题材的新型文学，集中于新时代以来的社会变革，新人新气象，改变了中国乡土社会的文学书写历史。

2019 年《理论与当代》第 12 期

# 野外地质体验与黔地“新乡土志”书写

## ——论欧阳黔森的中短篇小说创作

颜同林

越是地处文化边缘的省市，文学的生长与发展越是有其独特之处。与文化的中心地域相比，贵州地处大西南的主要屏障地带，境内山峦连绵起伏，沟壑纵横交错不绝，既是发育典型的山区，也是喀斯特地貌的核心区域，在文化上则曾是置身边缘、被外界弱化书写的代表。在欧阳黔森之前，蹇先艾、何士光等都曾执掌省作协主席一职，从蹇先艾到何士光，再到欧阳黔森，形成了一种接力赛，也是文学传统的自然传承与继续。“贵州作家从蹇先艾到何士光再到欧阳黔森，在短篇小说创作上成绩斐然。欧阳黔森继承了这一传统，他短篇小说的特点就像蹇先艾、何士光一样，笔下无不热爱贵州这方水土”，“给我们提供了精致阅读和典范文本”。[1]这是贵州文学界与出版界的一种共识。延伸来看，差异较显著的是欧阳黔森还以全能型创作著称，他广泛涉足诗歌、散文、报告文学、小说、电视剧、电影等不同文学样式，均有骄人的表现与丰硕的成果。在作家文学践行之旅中，中短篇小说仍是其坚守的精神阵地，最为看重并长期坚守。自 1999 年在《当代》发表《十八块地》以来，欧阳黔森在《人民文学》《十月》《中

[1]参见《欧阳黔森短篇小说选·前言》，贵州人民出版社，2014 年版，第 3—4 页。

国作家》《花城》等十多家核心刊物发表二十多部中短篇小说，结集出版的短篇小说集有《味道》（中国文联出版社，2003 年）、《欧阳黔森短篇小说选》（贵州人民出版社，2014 年）；中篇小说集有《白多黑少》（贵州人民出版社，2006 年）；中短篇小说合集有《莽昆仑：欧阳黔森中短篇小说选》（作家出版社，2015 年）。出版的集子里中短篇小说作品除了有所重复之外，个别零星的作品则没有入集。不论是在质量上，还是在数量上，欧阳黔森的中短篇小说创作都成为标注作家创作实力、反映作家风格的审美存在。

在一个消费文化、影视文化大行其道并占据主流的时代，欧阳黔森仍然在短篇小说、中篇小说的创作上用力甚勤，可谓特色鲜明、成绩斐然。欧阳黔森文字的练习起步于 20 世纪 70 年代末，但真正在全国有影响则是在 90 年代末，特别是在新世纪以来的十多年里快速成长为一棵参天大树。作为一个有独特人生经历和创作个性的作家，欧阳黔森以影视剧的创作与改编影响最大，这一领域的光芒似乎遮蔽了他在中短篇小说方面的成就，这是一种值得关注并予以重视的文学现象。欧阳黔森的中短篇小说创作，与高产的同时代作家相比，虽然数量上不算太多，但都是耐看、经得住细读的佳作，少数已跻身当代小说经典的行列。地质职工家庭出身的生长环境，地质子弟学校及地质院校所受教育，短暂的知青经历，长达八年的野外地质体验，足以简单勾勒出欧阳黔森的成长轨迹，其经历、见闻与自我个性的确立也由此生根。将作家特殊人生经历、信念与才情，和贵州山区民众的底层生活有机结合起来，并在主题、环境、人物等方面进行彰显便成为顺理成章的事情。作家立足于武陵山区与乌蒙山脉之间的物理空间，借此言说贵州乡土世界；不断提炼野外地质生活的丰富见闻与人生体验，塑造吃苦坚韧、本分善良、真美合一的山区人物品格，彰显山区底层人物的传奇，也就水到渠成了。欧阳黔森抓住地处西南一方的贵州之风土人情、人事，不断在黔东铜仁这片精神原乡往返，书写新时代的“边地”传奇已蔚为大观。在地理空间上，黔东以黔、湘、川三省交界之地为主，是另一种“边城”，与沈从文的湘西世界相联系又区别开来。“新乡土志”中的“乡土志”则以乡土记事为实，是乡土教科书之“名”，乡土志的“实”是近代初等小学历史、地理、格致三科的乡土教学内容，其“名”与“实”俱与地方志有本质的不同，不能与方志同归属。[1]本文认同并借用这一术语，并以“新乡土志”予以限定和区别，实际上是指以现实主义为圭臬，虚构与纪实并重，深入书写以贵州黔东为主这一片乡土的地理、历史、物产、风土、生育，以及人事、民俗、语言等诸多时代生活侧面。这就是欧阳黔森的文坛站位，也是其中短篇小说创作的文学史价值与贡献之所在。

## 一

作为当下贵州作家一面迎风招展的旗帜，欧阳黔森是一步一个脚印走出来的。于贵州文坛如此，于全国文坛而言同样如此。在山区野外一步一个脚印对于旅行者而言是风景的转换，对于具有长期真正野外地质工作历练的欧阳黔森而言则是人生的千般滋味，是“苦其心志，劳其筋骨，饿其体肤，空乏其身”的过程。从文学创作的源头来看，欧阳黔森曾经的野外地质工作成为其创作的母题，也是其小说历史背景、题材主题、人物性格、意义生成等方面的精神原地。这一说法指的是他起步于地质文学领域，继而成为全国地质文学的佼佼者，后来由行业进军全国文坛成为贵州文学的高峰。野外地质工作的职业生涯在作家身上表现得多元化，其地位是文学之根，由此生发对脚下黔东为主的这片土地的持续关注与思考。对山区野

[1] 陈碧如：《乡土志“名”与“实”》，《中国地方志》2007 年第 3 期。

外地质队员个体或群组的勾勒与塑造，对乡土贵州底层生命形式的倚重与思考，在欧阳黔森文学创作中都有直接而明显的遗存。这种独特的表现是多向度的、潜伏着的，生活本真的意义也由此逶迤而来，归纳起来可以称之为野外地质体验。从字面来看，这一特殊体验是生命主体的“以身体之，以心验之”，是作家创作的真正原点。西方哲学家伽达默尔对“体验”进行过语词史和概念史的溯源，分析过它与传统文学、创作心理的关系，认为“凡是能被称为体验的东西，都是在回忆中建立起来的”，“艺术来自于体验，并且是体验的表现”[1]。在现象学、阐释学领域，强调生命主体的介入之重要性是确凿无疑的，而文学创作与生命主体的深度介入更加密切相关，在欧阳黔森的创作原动力中，这一点差不多也占据了核心的位置。正如他的回忆：“八年的找矿生涯，是一生中最苦又最值得记忆的，年近五十的我，只要做梦，多半是在野外找矿的情景。我的小说创作，几乎有一半以上是与地矿有关的”[2]，“我本人的小说创作，大多取材于贵州，在贵州题材中我又更偏重于我的出生地黔东铜仁市”[3]。

在题材选择、文艺观念上，与野外地质绕不开的成长环境赋予了欧阳黔森一双文学的眼睛。地质家庭的童年、少年生活，地质事业上的青春岁月则是其中的关键一环。在此基础上作家没有止步于行业而是作为一笔人生的宝贵矿藏来纵深挖掘，最终脱颖而出，跻身国内主流的优秀作家之列。作家从哪里开始创作，如何找到自己创作的不竭泉源，是一个永恒的艺术命题，也是无法解释通透的人生谜语。凡是存在的便是合理的，凡是过去

[1]［德］伽达默尔：《真理与方法：哲学诠释学的基本特征》（上卷），洪汉鼎译，上海译文出版社，2004 年版，第 86、91 页。

[2] 周新民、欧阳黔森：《探询人性美——欧阳黔森访谈录》，《小说评论》2015 年第 5 期。

[3] 欧阳黔森：《我的文学理想与追求——自述》，《小说评论》2015 年第 5 期。

的都不会遗忘。事实上也是如此：欧阳黔森出生于以梵净山闻名天下的贵州铜仁，此处系贵州、湖南、四川交界之地。他祖籍湖南隆回，其父由湘入黔，栖身于驻地为铜仁的103地质队，在长期野外地质勘探、找矿中度过自己奋斗的人生。贵州地矿局在全国并不显眼，103地质队驻地铜仁更是偏僻之地。因特殊年代所致，初次踏入社会的欧阳黔森当时只有14岁，在地质队的农场以知青身份干过三年，后成为一名普通的地质队员，主要在野外进行普查、化探等，这样一干就是整整八年。野外地质队员欧阳黔森，用双足和青春踏遍了武陵山脉和乌蒙山脉这两个具有贵州地标性质的山区，前者在黔东并以原始森林、风景名胜著称，两者位于黔西北，是南方喀斯特地貌的典型山区。除此之外，在广西、广东省区，以及大西北昆仑群山之中，他也从事过地质普查、找矿工作。在人迹罕至的山区原始森林中取点、采样、勘探，往往付出了常人难以想象的艰辛，收获了常人不能言及的财富，更何况是裤兜里经常揣着文学书籍的寻梦青年。在荒无人烟、没有道路的地方走出一条路，这条路是具体的、独创性的，构成了某种精神寻找的隐喻。欧阳黔森中短篇小说创作特点之所以十分鲜明、独特，是因为两者之间存在某种关联性，即走出了一条属于自己的以野外地质体验为根柢的文学新路。

这一条文学之路有什么本质性的特征呢？归纳起来有以下诸点：

首先，这是对野外地质工作日常生活的一种全景式实录，养成了一种地质的眼光来观照现实。“地质的眼光”是求异创新、科学实干的眼光，在文艺上的表现是现实主义文风的强势回归。欧阳黔森的社会知识和文学素养多半是社会这所“大学”所赐予的，地质家庭小区氛围，来自天南海北的地质同事，永远在路上的野外生存构成了外部环境，平时阅读、外出求学、勤于笔耕则是内部因素，这是一条不甘平庸、锐意进取的人生奋进之路，不可重复也很难一一剖析。反观其作品，不难发现其作品主人公或次要人物多数是找矿的地质工作者，环境描写或叙事情节中地质方面的画面与细节差不多是信手拈来，这样以特定人物职业、见闻串起贵州山区生活的多重侧面，背着地质锤、罗盘、放大镜、压缩饼干在野外奔走的人物形象跃然纸上。相关地质工作的知识与经验，除了源自书本之外，依赖口耳相传或师徒相授则构成了主要的方式，这显然是许多专业出身的地质院校学生所不具备的。譬如武陵山区、乌蒙山区相关的地质、岩层、化石、植被、水系、矿产等专业地质知识，防蛇、防蚊、防兽等野外生存技能，往往在传帮带中刻入脑海。原始森林、峡谷腹地，民族村寨、地名风景等实录描摹不只是地理、环境的外化，也不只是为了典型人物性格刻画的衬托，而是一种客观、真实、科学的测绘式描写，构成了欧阳黔森小说创作的一个特征。比如《断河》中这样描写断寨：河水从石缝中涌出，向东流了五华里，又跌进一个巨鳄嘴的深洞，这峡谷叫断谷，位于断谷西的几十户人家也就叫断寨，断谷再往东走五十里是武陵山脉。再比如《兰草》中这样陈述地质家庭的生活侧面：那时候，我的身子骨算强壮的，这得益于我爸是地质队员，那时地质队工资高，待遇也高。一般人每月粮食定量不超过二十五斤，我爸的工种决定他的定量达四十二斤。他常出野外到山里找矿，一去大半年不在家。父亲在工作之余问山要食物，不是抓了几斤鱼，就是捉到一只野兔子，或是网到一只野山鸡，运气好的时候能打到一头野猪。这些招数我自然是学会了的。一直为通俗文学正名的知名学者曾称“通俗文学作品最顽强的生命力是在于‘存真’。”[1]其他文学样式又何尝不在“存真”这一试金石上加以检验呢？换言之，“存真”让野外地质体

[1] 范伯群：《中国现代通俗文学史》（插图本），北京大学出版社，2007年版，第581页。

验的价值得以顺利转换和实现。

其次，除了作为环境来铺垫之外，欧阳黔森大部分小说的主题，都与人物的职业、身份、性格、处事方式相关。地理、地质、地方性知识规定着人物的社会经验，也进入人物的生命世界，并通过职业的视角来达到对人生命运的理解。这一基础使作家写作时不需要再次体验生活，而是体验得太深、太久之后自然浸淫其中，举手投足之间便知这一领域的方圆曲直。武陵山区野外的物产、虫鱼、鸟兽，散居的少数民族村寨、山民，都会不自觉地汇聚于作者笔下而鲜活着。在欧阳黔森的中短篇小说创作中，他将这种地理学知识、地质生活经验、地方性知识统统和生命个体的体验融入小说叙事中，形成了一种知识交叉呈现的文本形态。短篇小说集《味道》，一共收入《十八块地》《断河》《五分硬币》《梨花》《丁香》《白莲》《李花》《血花》《味道》等九个短篇，以地质生涯为主要背景、题材的占一半以上。《欧阳黔森短篇小说选》，一共收入《敲狗》等十七个短篇，除重复收入《味道》一书的九个短篇之外，另有八个也有一半以上是这一方面的。中篇小说集《白多黑少》收入六个作品，其中《水晶山谷》《穿山岁月》《莽昆仑》也全部是这一方面的内容。这些中短篇小说，除了《莽昆仑》写青藏高原上高原探矿者的经历，在地理上有间隔之外，其余全都是武陵山区与乌蒙山区的地质故事。环境的刻画、人物的活动、细节的呈现，伴随着不同类型知识的交叉与融合，扩大了生活的面相，扎根于黔东脚下这片土地的意义得以不言自明。

从主题入手进行分析，欧阳黔森的中短篇小说主要有以下几类故事：第一类是地质队员的恋爱、青春主题的故事。地质队员一般以男性为主，到后来几乎清一色是男性。野外地质工作的繁重、单调、重复、孤独，不能顾及家庭、亲情的难言之痛，使地质队员往往具有一种浪漫、粗粝、坦荡的心理性格。《远方月皎洁》讲述了野外地质队员“我”与僻远山村的支教女教师卢春兰的故事。以黄狗为媒，“我”与卢春兰在地质普查工作期间短暂认识，双方都有好感，但“我”的工作流动性大，遮蔽住了两人之间淡淡的私情，相约去“七色谷”再聚也成为一种浪漫的奢望。《丁香》则是以武陵山区腹地一个漂亮的养路女工丁香为名，讲述一群野外地质探勘队员闯入当地后对丁香的爱慕或嫉妒，“我”这个地质诗人将私愿藏在心里，为她写诗也为她的受辱而与挑事的同事发生冲突，无不展现地质人的暗恋与深情。《有人醒在我梦中》以第一人称讲述“我”和白菊这两个地质队员的子弟在地质队农场干苦力活时的爱情故事。《莽昆仑》中地质队员对藏族姑娘格桑梅朵的暗恋，也差不多如此。因为地质队员的野外生活枯燥、单调，他们经常说到女性、婚恋，触及青春的烦恼。第二类是野外的工作见闻，写地质人员的生死、奋斗与人生理想。《血花》讲述的是20世纪70年代末，发生在云贵高原地质队里的一场车祸。为了让久居深山的地质勘探队员在大年三十夜回家与家人团聚，老司机老杨决定在雨雪之天冒险开车，最后车毁人亡，间接写出地质生活的一角悲苦。中篇小说《穿山岁月》，一看标题也是集中此类的作品，其中主要人物有“我”、郜德、苏工等地质勘查人员，以郜德所受的三个耳光串起三次进山勘探经历。小说一共三章，第一章写地质小组进梵净山原始森林采样，一方面是云豹、黑熊、五步蛇、旱蚂蟥、长脚巨蚊的危害，一方面是负重、挨饿、长途跋涉的痛苦，胆小的郜德因为发声尖细，被组长苏工误认为会招来老虎而挨了一耳光；第二章写进山抽查样品，因为找不到住宿之处，郜德与山村小学教员一性变态者同住一床而因反抗被打了一巴掌；第三章写工作点检查，因为耽误了回去结婚而冒死拦车，差一点被车子撞倒的郜德挨了司机一耳光，结果是耽误了行程没有结成婚。第三类是作为叙事的尾巴或花絮来处理，淡化了背景，直接将地质生活作为辅助性的叙事环节，在侧面或暗处推动故事情节的发展。这样改变叙事的直线进展，增添叙事的细节，在叙事的层次上有变化、起波澜。比如中篇小说《八棵苞谷》讲述的是偏远的白鹰村老歌王龙起民、三崽父子两人的惨淡人生。因村寨地处石漠化山区，地少人多，使困居此地的山民代代陷入赤贫之境，时有饿殍之虞。老歌王因为儿子三崽讨不到对象而只能以女儿去邻村换亲，但女儿又不同意，引发了一系列的矛盾。结局是地质队在另一山坡发现了乱石层下有黏土，可以易地搬迁而让村民获得土地，这样改变了山里人的生存环境，也一举解决了三崽的婚姻大事。与《八棵苞谷》相反，中篇小说《水晶山谷》则反思地质工作，以破坏环境为主题来组织故事情节。青年山民田茂林为了娶梨花为妻，为了凑足礼金与下岗的地质专业人士兼商人李王合作，帮助李王、马学仕、杜鹃红等奇石行业老板盲目开采水晶山谷的紫袍玉带石，破坏了当地如诗如画的环境，其结局是田茂林未能取得未婚妻白梨花一家的谅解，心灰意冷之后在一次爆破中意外身亡。一方面是梨花的阻拦，愿意把原产于梵净山中的奇石当作男方永久的彩礼而不让人搬走；一方面则是商人为了金钱而对奇石进行破坏性勘探和开采，两方面的力量冲突构成了这部小说的主线。第四类则更遥远一些，地质经历、生活，相关知识背景作为隐隐约约的点缀而存在，在篇幅上占的份额极少，在情节、故事演变中也是十分次要的地位。比如中篇小说《白多黑少》主题是写当代都市的情感纠葛，讲述男主人公富商萧子北深陷于三个女人之中难以自拔。在商业内容方面，穿插了作为商人的萧子北与台商一场关于桃花玉（学名蔷薇炭石）的商战，与玉石相关的情节略有一些。短篇小说《断河》主要写老刀和老狼两个刀客以及他们后代之间的恩怨，中间与结尾部分掺杂了断河当地因出产丹砂矿而逐渐发展成为汞都一事。

野外地质体验的生活回馈是丰厚而独特的，这一方土地的人生百态也由此敞开。二十多个中短篇小说的背后呈现的一面是新乡土志的书写，这显然是作家的某种趣味，或是他的独特理念之表现。正如研究者所发现的那样，在博物、传奇和黔地方志的小说谱系中，欧阳黔森拥有自己的坐标，其独特风格与艺术个性也系于此。[1]乡土写实小说鲜明的地方色彩是千差万别的“风物、习俗、情调和气氛”[2]，书写乡土贵州的地方色彩支撑起了欧阳黔森的兴奋点，主要表现在以下方面：一、地理方面。故事背景多是苗岭腹地、武陵大峡谷、乌蒙腹地之类，行政基层是公鹅乡、太阳乡，三个鸡村、梨花寨之类。民族村寨周围的道路、方位，自然村落的户数、人口，村寨的疆域、纵深，作家多半会给出一些具体的数字。山区多山、道路崎岖，一个村寨可能方圆几十里，挑水也要走五里地（《八棵苞谷》）；山村娃崽想走出大山，到山外去看看的愿望破灭，不得不在深夜的大山之中野外生存（《扬起你的笑脸》）；男丁外出务工，女性在内持家的普遍现象，以及个别女子在外面打工当鸡的丑闻，也偶有所闻（《梨花》）。二、教育、卫生方面。因为愚昧、落后，山里村民后辈接受教育的机会少，娃娃崽读书走几十里山路是日常功课，以至于辍学者居多，加上重男轻女的思想，女娃接受教育的机会更少。欧阳黔森在多数小说中称呼身份为初中生、小学生的主人公为“知识分子”，而这样的“农村知识分子”在一个村寨里还不多见，如《水晶山谷》中的田茂林、白梨花，《八棵苞谷》中自称“老子是小学毕业的知识分子”的三崽、仅具初中学历的村小老师，《李花》中的李花等。典型例子如《八棵苞谷》中太阳乡二十六个自然村，

[1]李遇春：《博物、传奇与黔地方志小说谱系——论欧阳黔森的小说创作》，《中国现代文学研究丛刊》2018年第7期。

[2]杨义：《中国现代小说史》（第一卷），人民文学出版社，1986年版，第423页。

全乡八千多人，乡里办了一个小学，起初两个老师，五十余个学生。村里生产队长最有学问，也只是上过小学而已;《梨花》中，三个乡共一个中学，可见教育之不发达。三、物产、饮食方面。前者以矿业、奇石为主，后者以苞谷、洋芋为代表。另外，如断河中的鱼类“天麻剑”算得上是美味了，农闲时去山上安夹子、打打野味、采摘香菇也成为生活的细节。关于吃的方面，则更普遍一些。比如叙述野外地质队员长途跋涉时，因体力消耗极大，吃食变得颇为重要，在不少作品中有这样的描写：腊肉有四指宽，一指厚，白亮亮的，一口下去，油顺口角流下来。这一生活细节太让人向往了，也写绝了，可见地质队员平时生活之困苦（《十八块地》《兰草》）。四、生活习俗、居家方面。山区多半是少数民族村落，或是各民族聚居之地，民族建筑典型，吊脚楼往往依山而建，底层养猪养鸡，第二层住人；田土很少，甚至一块地只能种几棵苞谷。山区农家喜欢养当地土狗，视其颜色级别有一黄二黑三花四白之说，视其一胎数量有一龙二虎三狼四鼠之说。山民养土狗图的是看家护院，习惯上不会出卖。差不多篇篇皆有狗的身影，养狗、玩狗、送狗、偷狗、敲狗、防狗也是偶见的情节。山区农家普遍一天只吃早晚两顿饭，一是上山干活路途遥远，难以收整;二是生活本身困难，多半以烤熟的苞谷、洋芋充当干粮之故（《水晶山谷》《扬起你的笑脸》）。喜喝酒，爱唱山歌，好面子，讲礼数，也是乡间一景。五、民俗、民风方面。武陵山区有尚武之风，民风十分剽悍（《断河》《武陵山人杨七郎》）；好男不与女斗，即使有私仇也不会在女性身上发泄。因为地少人多，易地迁出，外出打工成为常态。至于涉及婚娶、节日等，细节更多难以尽述。六、语言、表达方面。一方水土一方乡音，因为谐音之故，村子名叫“断寨”，与“断崽”同音，整个村寨的家庭都被逼疯狂地生育，生怕断了香火。这也似乎是当地生育观念强的一个隐喻。若干部小说的背景设置在三个鸡村，缘由是村民称动物都以“个”为量词单位。女孩取名，名字中多半嵌有“花”“香”等字，不同小说中名叫“梨花”之女孩就有五六个；《丁香》中说一个村寨里名字有“香”字的达数十人，出嫁了被娘家人喊为“香姑”的起码也有五十人。至于语言习俗以俗为常，骂骂咧咧倒不以为然，一旦咒人挨刀砍脑壳的，则十分严重了。由此生发出去，黔地的地方性知识与日常起居，通过各色人物、趣闻轶事、故事细节呈现出来，成为一种“新乡土志”的典型表达。

黔东是以山区为主，延展到乌蒙山区同样如此。短篇小说《敲狗》《远方月皎洁》都津津乐道于贵州乡间小镇的敲狗技艺，《敲狗》一文中对敲狗之后褪毛去蹄、开膛破肚、加工汤锅的处理，都写得行云流水。中篇小说《武陵山人杨七郎》中则对武陵山脉腹地三个鸡村的凤凰鸡和狮头鹅有详尽的描写，农家乐“仙鹅庄”老板杨老三活活杀鹅取肠的残忍手法，更是黔地日常世俗生活的经典细节，称得上是乡土贵州的特色之景。

## 二

如何写承接写什么而来，两者同等重要。黔地新乡土志小说的书写，历史、人事等占据核心地位，人物选择与塑造成为关键环节。作为一个暗自摸索、自我体悟、锐意求新的作家，欧阳黔森总结大获成功的电视剧编剧经验时是这样说的：“我的主旋律创作力求从大写的人的角度来写故事，写好了鲜活的人物，才能赢得观众。”[1]中短篇小说创作又何尝不是如此？写好乡土人物，讲述贵州故事，一直是欧阳黔森小说创作的长处，也是他理解当代小说人物刻画的“牛鼻子”。写好人物的方法很多，其中既有中

[1] 沈士楚：《欧阳黔森：执著于黔地乡土的“歌者”》，《当代贵州》2011 年第 30 期。

国“史传”传统、笔记小说的传承，也有乡土世界以人为中心的内在逻辑。通过塑造鲜活的人物来推动事物的发展、情节的演变，在乡间人物画廊中专注于人物传奇的一面，是欧阳黔森小说的特色所在。

1.“史传”传统与笔记小说的汲取和调和。知名学者陈平原曾以“史传”传统与“诗骚”传统相对峙来论述中国小说的叙事模式及转变，这是两种不同的小说观。“史传”传统受到中国史书中编年史、纪传、纪事本末等多种编纂形式的影响，自司马迁创立纪传体、丰富历史散文写人叙事的艺术方法以来，史书为小说创作提供了艺术的滋养。实录的春秋笔法，纪传体的叙事实录精神，因为补正史之阙而引申出的以小人物写大时代的结构技巧，是其中的关键药方。[1]历代笔记小说则是以人物轶闻、趣谈为主，集中于写人记事。显然，对“史传”传统、笔记小说等中国古典小说的借鉴，是欧阳黔森中短篇小说创作的诀窍。“欧阳黔森的短篇小说艺术探索，吸收了中国古代编年叙事、传记叙事、比德审美意识的有益滋养，创造出了具有中华民族特色的文学作品”[2]说的也是这一番意思。在代表作《敲狗》荣获第二届蒲松龄短篇小说奖时，欧阳黔森回忆了他与《聊斋志异》的缘分：“小时候，每逢夜深人静，母亲总是给我讲《聊斋》故事。那时候家里没有《聊斋志异》这本书，20世纪60年代时，确实找不到这本书。但是，那些故事人物，却是那样地生动在母亲的嘴里。讲的多是鬼的故事，可小小的我从未害怕过，我想母亲也从未认为这些故事会吓唬小孩子。在我从少年步入青年的时候，我终于有了一本《聊斋志异》，母亲看着我感叹了一句：‘看了《聊斋》，想鬼做。’”[3]在另外的场合他是这样自述的：“传

[1] 参见陈平原：《中国小说叙事模式的转变》，北京大学出版社，2003年版，第208—236页。

[2] 周新民：《欧阳黔森短篇小说艺术论》，《小说评论》2015年第5期。

[3] 欧阳黔森：《短篇小说是最难藏拙的》，《文艺报》2008年12月27日。

统小说的主要特点是自我立场鲜明，语言精练传神，人物刻画鲜活……传承优秀文化，在优秀传统上创新，才是汉语言写作者的明智之举。我熟读过各种流传的古典小说，自然受其深远影响。”[1]通过作家的回忆与自述，不难看出他所受古典短篇小说经典的影响之深。此外，在他的小说中也有几处描写：一是 1999 年发表的小说《十八块地》中，有关鲁娟娟一节中，高中生鲁娟娟那儿的书让“我”成了一个文学梦者，那些书有《青春之歌》《红岩》《烈火金刚》《难忘的战斗》《钢铁是怎样炼成的》等。二是带有“自叙传”性质的小说《穿山岁月》中，小说中“我”和另一个名叫苏方的老地质工作者相熟。因苏方与“自己”的大哥年纪相仿，并在一个地质钻机厂工作过，“我”小时候常去野外分队玩，便熟悉了。他经常给“我”讲故事，像《三国演义》《水浒传》《红楼梦》中的一些故事，最初就是从他那儿听来的。其中一个细节描写，是同事郜德因为遗精而恐惧，便是以《红楼梦》小说中的贾瑞为参照物写的。总结起来，欧阳黔森部分接受的文学启蒙和教育，大体是中国古典小说名著，以及现代经典小说之类，通俗化、传奇性，以人物为主轴的小说文类意识得以形成，在欧阳黔森的潜意识里播下了文学的种子。弃绝语言的游戏、无心叙事的圈套，少受域外小说的影响，则是自然而然的现象。

虽然欧阳黔森小说创作起步时并不比先锋作家晚，但意外的是对小说复杂的结构、解构的结局、叙事的本体化等大为流行的技巧有了免疫的能力。传奇、好玩、耐读，一口气读完，成为其小说创作追求的文体特征。在凸现人物性格、传奇一面时，抒情、议论则是辅助手段。欧阳黔森成名作《十八块地》以知青生活为题材，以四个知青人物为小标题，这样以人

[1] 周新民、欧阳黔森：《探询人性美——欧阳黔森访谈录》，《小说评论》2015 年第 5 期。

物活动为纲，杂以野史杂传，将地质农场的奇人异事勾勒出来。由此延伸开来，其艺术追求一以贯之，即始终以人物为中心，写出人物的魂。第一，将人物作为核心，在标题中加以标示，诸如《丁香》《梨花》《白莲》《兰草》《李花》《姐夫》《村长唐三草》《武陵山人杨七郎》等篇，都以男女主人公的名字作为标题，让人一读便知重点所在。在这些人物塑造时始终抓住人物与众不同的一面，凸现奇人异事的世相。譬如《村长唐三草》写的是乌蒙山脉腹地桃花村村主任唐三草的趣闻轶事，其人足以称得上是一个乡间传奇人物。唐三草原名唐万财，原先穷得叮当响，当民办教师时稍微有所改善，但仍在赤贫边缘挣扎。先是老婆受不了家里穷而外出打工并与其离婚，后虽转为公办教师仍没有起色，唐三草孑然一身，在村上没有人愿意接手村干部的困境中竟然主动辞去公职，毛遂自荐当了两千多号人口的桃花村村主任。退耕还林、科技扶贫、计划生育、乡村旅游、同步小康成为唐三草当村主任的“几步曲”。丢下一千多元一月的“铁饭碗”，端起一百多块的“泥饭碗”，自唐三草被村民讽成“草鸡”（傻瓜）开始，唐三草硬是把村主任当成了村民的主心骨，几年时间内不但帮助桃花村摘掉了贫困村的帽子，还带领村民朝小康村的目标迈进。他带领村民广种桃树、花椒，将收入搞上去；从桃花谷到桃花节，让乡村生态旅游慢慢红火起来；惩治顽劣村民，化解上访矛盾，设计挡住计生外流对象，可谓每一件事情都是斗智斗勇而成。其人性格既有厚道、实干、奉献、无私的一面，也有狡黠、油滑、叛逆、讨巧的一面，唐三草在基层治理上体现出来的聪明才智，确实让人捧腹大笑，可谓难得的基层村干部典型形象。中篇《武陵山人杨七郎》塑造了一个“刺刀见红”的山区民间异人。杨七郎本名杨起郎，因为其母已生六胎女儿，在怀孕之时便以“起郎”相召唤。杨起郎长大后爱打抱不平且不计后果，赢得古典评书《杨家将》之英雄杨七郎大名。杨七郎坐了两次班房，一次是因为吴村长与留守村妇“走草”（野合），他眼见不平而踢烂了吴村长的一个睾丸；另一次是因为将自家养的鹅卖给农家乐“仙鹅庄”，老板杨老三破了杨七郎不能眼见自己养的鹅被活生生被取鹅肠的约定，一气之下杨七郎用尖刀刺伤了杨老三的屁股。乡间小人物之不平凡的传奇莫过于此。第二，小说不以人物为题，但仍以人物塑造见长。《断河》这个短篇故事本身的叙事时间较长，从晚清、民国再到新中国，横跨三代人，差不多有一百年的时间，记载了武陵山区一个名叫断寨的地方几位传奇人物的历史浮沉。老刀和老狼这一对争谁是第一的老刀客，为了女人梅朵而结怨，先是老刀的黄狗替主人挡了一刀而死去，后是老狼在老刀的枪口下羞愧自尽，无不显得有情有义。其后代龙老大和麻老九这一对同母异父兄弟，也因承袭父辈的恩怨而暗斗，包括龙老大以残忍方式对待兄弟，目的却是让后者苟且偷生。最后的结局是龙老大在新中国成立后以匪首之罪被处决，麻老九投河而亡，生活复归平静。《扬起你的笑脸》以小学生“梨花妹”作为叙述者，集中讲述乌江岸边梨花寨乡村先生田大德和学生山鬼的故事。一人一校的田先生自比陶渊明，取名号叫“乌江山人”，负责全校三十多名小学生的教育大计，被村民视为当地最有学问的圣贤。田先生喜食南瓜，村民多以南瓜相赠；课间、家访、居家也不忘辛苦育人，“心累”一说掷地有声，山乡教书先生的奇闻轶事由此可见。最让人感动的是学生山鬼外出未归之夜，他比家长更急更苦，于茫茫大山之中和另外两个学生在平地开阔处烧起稻草，举起了呼应的火把。得到河对面老林中山鬼呼应后的田先生，因为兴奋过度而抱着稻草一起倒插进水田之中，而他丝毫没有介意，确实是山乡教育的一盏明灯。另一人物山鬼是努力走出大山的象征，作者在山鬼这一人物身上寄寓了深远的现实意义。

至于中篇小说，因为篇幅较长，地理空间纵深显豁许多。《水晶山谷》

中的武陵山区山民田茂林高中毕业后待业在家，迫于生计与地质商人李王等合作，开采玉石，毁了七彩谷，最后不幸被爆破所活埋，这一人物身上愚昧中有觉醒，敦实、朴素。另一人物则是不太出面的未婚妻白梨花，美丽善良之至，发出了将水晶山谷作为永久彩礼的人性呐喊。《八棵苞谷》的主人公是三崽，其爹是当地老歌王，倔强、勤俭，围绕儿子三崽婚事而低声下气，差不多和亲家闹翻。饥荒死人的伤痕，让他对粮食、对亲人近于苛刻。因为一点自由地的私怨，副乡长请其为客人唱歌而不为，但是一旦地质队为当地做出实事时却忍不住放声歌唱。《穿山岁月》和《莽昆仑》是姊妹篇，前者写武陵山找矿，后者去青藏高原勘探，满篇是野外地质的奇闻轶事，人物个性颇为鲜明、形象。《穿山岁月》中的地质队员主要有绰号叫“正确”的郜德，绰号叫“算卵了”或“输精管”的苏方，以及地质诗人“我”等。郜德善良、胆小、怯弱，三次挨了巴掌而没有反抗，他的性格不适合地质工作，后来离开地质行业以卖水果为生。苏方性格强悍、粗暴、坚毅，粗中有细。穿插的情节有苏方写打油诗、棉絮岭突遇野虎、改走老鹰梁祭吊前辈、路边厕所遇险、村小夜宿遭辱等，人物形象顶天立地。《莽昆仑》中的地质队员主要有李子、“我”（石叔）和张铁，此外还有藏族向导扎西、格桑书记、格桑梅朵。为了一睹藏族女神格桑梅朵摘掉头巾的真容，地质队员们几次设计均未果，最后格桑梅朵送行时拽下围巾才让大家心满意足。作为地质队员心中的女神，她为地质工作增添了无穷的力量和趣味。由地质生活延伸的，还有其他中长篇小说，这里也附带提及一笔。中篇《非逃时间》是一部后知青小说，描写“十八里地”的一群知青，后来返城后各有高就。小说以“瞎子”（戴眼镜者）被假双规为导火索，引出城里这一帮知青战友们的各种关注与营救，虽然离开了知青驻地，但心仍系在“十八里地”，在城乡、今昔对照中凸现了不同的人物形象。

长篇小说《非爱时间》以黑总（黑松）和陆总（陆伍柒）为人物中心，这两个人物有共同的经历，即曾在“十八块地”知青农场生死相交。这两个人物的情感经历，如黑总的妻子郝鸽子、前恋人卢竹儿，陆总的梦中情人萧美文、人生知己梅青杨，一些人物显然也是其他小说中出现过的。

2. 女性人物的偏爱与个体化。知名学者陈晓明在评论《非爱时间》时认为“这篇小说的构思颇为巧妙，在两个男人的故事中，包裹着几个女人的故事，真正动人的是那些女人的故事。这些女人每个人的性格心理着墨不多，但都异常鲜明”[1]。扩展开来，围绕乡间女性的故事叙述，对女性形象的塑造，实在是欧阳黔森在这一方面的特征。对女性人性中真、善、美的反复描写，对普通女性异于常人的事件进行从容叙述，往往一篇小说以一个女性人物为主，在欧阳黔森的作品中颇为常见。中短篇小说中的众多女性在数量上似乎超过了男性，而且以年轻、美貌、纯真的女性为主，既长于写女性外在之美，也擅长从人物言行、心理进行刻画。比如《丁香》，聚焦于武陵山深处一处公路道班里女承父业的当地姑娘丁香，她勤劳、善良、单纯，也漂亮得很，得到地质队员们的青睐，有人暗恋，有人大献殷勤，也有人因嫉妒而制造恶作剧。可惜的是在恋爱中受到玩弄，最后在抢修路基中因为山体滑坡而因公牺牲，丁香戴着草帽美丽劳作的画面，从此永远定格。《梨花》中的田梨花是三个鸡村唯一考上中师的山里妹子，回乡在中学任教后，又考上了师范大学，因业绩突出当上了校长，最后官至副县长，成为当地家喻户晓的传奇人物。她的一举一动都在当地百姓眼里被聚焦、扩大、回荡。譬如上生理课时用木棒制作男性生殖器作为教具事件，欢迎上级检查时喊错口号险些酿成事故，为了仕途而耽误了爱情，唯一一次与

[1] 陈晓明：《对当代精神困局的透视——评欧阳黔森〈非爱时间〉》，《文艺报》2004 年 5 月 18 日。

心仪自己的支教青年的爱情也是昙花一现，而两人唯一一次梨花树下散步则成为经久不衰的一段传奇。要知道，在村村寨寨，梨花可是被老人们比作梨花坪的树仙！《李花》写的是乌蒙山腹地西篱乡一对普通农村夫妻的故事，女主人公李花是当地山区女性中唯一读过初中的，丈夫则读过高中当过兵，思想比较开放，典型表现是因为头胎儿子没有随父姓而随母亲姓，叫李子，一时传为乡村奇闻。全家承包荒地种合适果木发家致富，平时调解邻里纠纷，先后赢得了大城市来的下乡扶贫干部戴同志的肯定，也赢得了村里百姓的尊重。李花夫妇的奇闻趣事，还包括即使风传李花与戴同志不清不白时，李花夫妇挺身而出击碎谣言，显得光明坦荡。欧阳黔森还有一些并不以人物为标题的小说，其人物群体中不乏各种女性形象，也有类似的特点。譬如《有人醒在我梦中》和《远方月皎洁》，分别写“我”与白菊、卢春兰淡雅的感情，其中有爱情的影子，掺杂着青春期的苦闷。《五分硬币》写“我”与一个女子的遭遇，特别是在红卫兵“大串联”中与她同披一件大衣和衣而睡的传奇经历，让读者顿生多少感慨。《味道》中的“我”与方冰、方雪姐妹的情感纠葛，《姐夫》中的“我”与肖一水、肖二清姐妹的爱情，也是写得有声有色、不同凡响，女性人物鲜明而生动。

3. 在叙述手法上，以“我”为第一人称的叙事与时代氛围的营造是小说的主要特征。“作品主人公或第一称的叙述者往往是这种角色：他们曾经是下乡或下厂的知青，后来到地质勘探队工作，又进城当了作家。令人感兴趣的不在于作家自身与人物经历有多少重合，小说本是虚构，是小说家创造力和想象力的展示，因此即便有所印证，也不能完全当真。但人物上上下下的经历，却使小说有一种对话的性质，即历史的理想模式，包括青春、爱情和美，与现实的关系究竟怎样”[1]，此言不虚。小说多半以

[1] 董之林：《分享艺术的奥妙——读欧阳黔森的短篇小说集》，《新文学评论》2014 年第 4 期。

叙述者“我”出场，带有自传体性质，能真实、亲切地讲述故事。在叙事时间上，有倒装叙事和交错叙事，杂糅一些压缩式的叙事手段；叙事角度上有限制叙事，也有全知叙事，这样在讲述故事时统一中有变化，显得摇曳多姿。多重叙事手法的扇形展开，黔东山区村寨的芸芸众生被放置于一种“间离化”之后的空旷境地，他们既活在自己的世界里，也占据并充实着乡村人物的生活一角。小说家以亲临其境的感受与经验，叙说这些被遗忘的乡土，标举了特定环境中的人物命运，他所强化的是故事的真实性与时效性，虽然也在虚构的世界中不无逗留。上至二十世纪八九十年代，下至新世纪末的时代背景，是小说的叙事时间，背景稳定而清晰，笔调温暖而从容。相对于读者期待视野中的笑声与眼泪、叹息与扼腕，更需要的是化身为一种内心的倾听，凝视现实的乡土贵州。如果进行对比的话，欧阳黔森的小说让人想起沈从文笔下的那条河流与偏于湘西一隅的物是人非，也让人念及汪曾祺、莫言、贾平凹等以特定地域进行乡土书写的作家。欧阳黔森虽然是以黔东为精神领地来书写人物的性格与命运，但没有丝毫的胆怯和退却，与前辈作家、与同时代选手竞争，捡起了故土、乡愁，和笔下的人物一起呼吸。至于在特定氛围的营造上，欧阳黔森大多数小说各自错综纷呈，环境、人事、情节都浸透着某种人性的力量，背后是特定的地域、时代、人物，当然在时空上也具有某种超越性。小说家毕飞宇曾说过，依照他的人生经验，最深不可测的地方不是乡村，也不是大都市，而是县城与小镇；县城与小镇上的人都有遥不可及的内心纵深。黔地乡间人物可能没有“遥不可及的内心纵深”，但单纯、淳朴、热情，像黔地连绵起伏的群山，远远近近都在眼前；或像门前寨后的溪流，日日夜夜清亮依旧。作者时而泼墨如水，时而惜墨如金，着力于一种特定地域与历史的氛围营造，把读者带入故事的无限延绵之中。因此，尽管欧阳黔森每一部作品中的人物都不太多，但都包裹着一种散淡的镇定，力透纸背的是个体生命的喜怒哀乐。

欧阳黔森的乡土贵州人物系列叙事，展开的是连绵的地方风俗画卷，尽管人物的着墨与上色并不全是浓墨重彩，但个性不一、鲜活于眼前；尽管多半是乡土世界的小人物，但却不乏奇人异事，以小人物反映了大时代，连接的是乡土世界的大舞台！

## 三

欧阳黔森的中短篇小说由贵州文坛走向全国，在当代文学史上有自己的独特价值和地位。这一地位来自于他对脚下黔东这片土地一以贯之的关注和思考，新乡土志的书写好像在乡土贵州历史中立下的一块碑石。在过去与未来之间，传统的意义得以彰显。从文艺创作的规律来看，这不是偶然的现象，而是在传承与创新中的开拓与进取，纳入文学传统的范畴加以论述是合适的。按照西方传统研究权威学者爱德华·希尔斯（Edward Shils，1910—1995 年）的判断，传统的含义有二：一是从过去延传到现在的事物，延传三代以上；二是其特殊内涵是世代相传的事物的变体链。[1]传统内涵中重要的是历史意识，稳定与变迁成为两翼，重大创新、独创性成为推动传统变迁的关键因素。基于这一视角，欧阳黔森小说一是对沈从文传统的接续和丰富，二是对贵州小说传统的承接与推进。

首先，来看第一方面的传统及其影响。现代中国文学传统离不开作家生命个体的创造，传统需要不断生成、延伸，承续传统加以革新抑或反传统而推动传统的变迁，只是不同的路径而已。西方文论家艾略特在《传

[1] 参见［美］爱德华·希尔斯：《论传统》，傅铿、吕乐译，上海人民出版社，1991 年版，第 15—21 页。

统与个人才能》等论文中提出文学的“非个人化”特征，强调文学传统对个体作家所具有的决定性影响。[1]这只是硬币凸起来的一面，而凹进去的一面则是作家个体传统的彰显。屹立于新文学史上的鲁迅、茅盾、沈从文、张爱玲等人，都是开一代风气之先具有高度综合性的“卡里斯玛”（Charisma）人物，自然形成了各自的作家传统。其中，沈从文传统在代代相传中，因不同追随者心慕手追，既受其影响又不断突破发生了种种变异，同时保持了某些共同的主题、渊源，相近的表现方式和形态，也就形成了一条不断流变的变体链。沈从文传统在当代文学中有回响，有研究者通过仔细考察沈从文传统与余华、贾平凹、王安忆代表性作品的关联，认为“他们确实未必有意识地向这个传统致敬，却意外地回应了这个传统、激活了这个传统”，“当代创作和沈从文传统的呼应、对话，无论自觉还是不自觉，已经渐显气象。丝毫不用担心这个传统会妨碍今日作家的创造才能的充分发挥，即以上面所论余华、贾平凹、王安忆而言，他们作品的各自独特的品质朗然在目，当然不可能以沈从文的传统来解释其全部的特征；但各自的创造性也并不妨碍这些作品与沈从文传统的通、续、连、接，甚至也并不妨碍它们就是这个传统绵延流传的一部分，为这个传统继往开来增添新的活力。”[2]这一论证颇具启发性，依此类推，欧阳黔森的中短篇小说创作与沈从文传统的关联则更显著。

沈从文小学毕业便外出闯荡世界，由凤凰而湘西而京沪，以乡下人的聪明与韧性，通过自学而成才，终成一代伟大的乡土作家。他在社会这所“大学”中成长，在文字世界中坚持而自足。沈从文的小说相当一部分以

[1]［英］托马斯·斯特尔·那斯·艾略特：《传统与个人才能》，《艾略特诗学文集》，王恩衷编译，国际文化出版公司，1989年版，第4—8页。

[2]张新颖：《中国当代文学中沈从文传统的回响——〈活着〉〈秦腔〉〈天香〉和这个传统的不同部分的对话》，《南方文坛》2011年第6期。

湘西为中心，以《丈夫》《萧萧》《边城》《长河》等为代表的边地叙事成就了沈从文的湘西小说。沈从文始终关注的是封建宗法社会里“湘西下层人民的生命形式。”[1]与湘西连成一体的是贵州黔东铜仁，欧阳黔森在散文《故乡情结》中追述了这一联系。正如欧阳黔森所言，两者的故乡竟然不到六十公里，所处地域文化相同。“我的恐惧多半来自对老先生泰山压顶的那种让人仰视的感觉，我最为熟悉的生我养我的地方都被老先生写绝了”，“还有一小半恐惧来自我无边的幻想，我常不自觉地想有一天我真的从老先生辉煌而巨大的身躯投给我的阴影下走出”。[2]沈从文作为世界级的伟大作家，对于欧阳黔森而言是压力、包袱，也是机遇、挑战，不得不负重而行。包括湘西、黔东在内的武陵山区这一地域背景的共存共生，叙述者与作品中人物的情感、态度、生活意义等层面的并驾齐驱，“担负了自己的那份命运”，“从不逃避为了求生而应有的一切努力”[3]与普通民众的生死哀乐……都可见出源自沈从文那儿积淀而来的传承。同时，如何在沈从文传统面前做到另辟蹊径则是欧阳黔森直面的难题。欧阳黔森笔下的武陵山脉及其腹地，“十八块地”、“三个鸡村”、梨花寨等，这些类似边城一样的地域文学符号，已是新的文学标签。梅朵、麻姑、梨花、李花、丁香等女性人物，老刀、田茂林、唐三草、杨七郎等男性人物，也具有边地人物的憨直、本真、良善特质，为读者所瞩目。至于脱贫攻坚、退耕还林、易地搬迁、生态致富、乡村旅游等新的主题，即是面对现实的发言，眼光瞄准了底层，着力于民生的改善，在现实生活维度上多了纵深

[1]凌宇:《从边城走向世界》,生活·读书·新知三联书店,1985年版,第219页。

[2]欧阳黔森：《故乡情结》，《水的眼泪——欧阳黔森选集》，广西师范大学出版社，2017年版，第75—76页。

[3]沈从文：《一九三四年一月十八》，《湘行散记》，商务印书馆，1936年版，第42页。

之感。至于从大城市、大地方下来支教、当志愿者的戴同志、李老师之流和大学生村官们，具有外来者的视角，已具新时代的崭新气息。后来欧阳黔森在小说题材上发力的精准扶贫、易地搬迁、新农村建设书写，以及对历史文化土壤中奢香夫人的打造，冲出绝地的冲锋，更是一种新的大胆开拓和推进。

其次，从贵州文学传统来看，贵州代际作家传承的梳理，其主线是从蹇先艾到何士光再到欧阳黔森，已被学界所认可。热爱贵州这方水土，笔墨始终在这片土地上挥洒，这不是一种巧合，而是一种传承与接续。贵州文坛前辈蹇先艾和何士光，都曾担任过贵州省作协主席，均以创作优质短篇小说等著称，是贵州小说创作的代表。蹇先艾曾在文学史上以乡土文学的一员而著称，自鲁迅首肯其小说代表作《水葬》等之后，一直作为“老远的贵州”的书写者、开掘者；以《乡场上》《种苞谷的老人》著称的何士光，一直对黔北这片故土进行全方位搜索与扫描。从蹇先艾到何士光再到欧阳黔森，目光都聚焦于乡土贵州，其中有传承也有发展和变革。欧阳黔森也是如此，作为新时期黔地小说创作的领头者，他守住了新时代地域叙事的窄门。在访谈中，作家认为“从我自身创作来讲，我最看重的也就是我的短篇。像长篇、中篇还有诗歌我也有，但是最高成就还是我的短篇”，“短篇小说在贵州它有传统，贵州的文学成就最高不是长篇反而是短篇，像蹇先艾、何士光都是以短篇小说著称……实际上我就是继承了何士光的一些东西，延续了贵州短篇小说的传统”[1]。这一番话客观可信，不虚妄，在正本清源中体现出一种自信。

像现代文坛上鲁镇人物之于鲁迅，乌镇风景之于茅盾，湘西土著边民

---

[1] 孙向阳、郭思思：《欧阳黔森：“当一天和尚撞一天钟”》，《贵州民族报》2012年1月6日。

之于沈从文一样，也像当下的商州之于贾平凹，山东高密之于莫言一样，欧阳黔森拥有自己精神领地的黔东，那儿有山峰，有峡谷，还有辽阔的腹地，举起了新世纪以来黔地“新乡土志”书写的火炬。蹇先艾、何士光的黔北，欧阳黔森的黔东，成为对峙的高峰。这是文坛的高峰，也是精神的高原。不管是乡间人物的书写，还是地域精神的统摄，都是对黔地地域文化的汇聚与凸现。地理风物的描写、人物传奇的落子，成为地域文化复苏与生长的不二证明。越是民族的就越是世界的，越是地域的也越是个人的。欧阳黔森的黔地新乡土志小说创作，在新世纪以来慢慢崛起于文坛，离不开独特的创造，接承传统而又激活、推动了传统的流动。显然，这是一种文学传统旧的承接与新的开创。

在上述沈从文传统与贵州文学传统的交接点上，欧阳黔森的新乡土志小说开创出了自己的独特形态。虽然其中也有黔地山区文化的愚昧、落后，但是写出了当代贵州乡村世界与乡土人物的精气神。客观实录的精神、现实主义的回归，是欧阳黔森小说的底座。其中既有令评论家感动的内在气质，即“剩余的理想主义的气质”[1]，也有英雄主义的张扬，而“知青生活和地质勘探正是最适合理想主义、英雄主义发酵的土壤和温床”[2]。无疑，这些特征是最突出的。加上敢爱敢恨的青春叙事，人性开化的乡间传奇，与自然和谐相处的生态意识，不难看出欧阳黔森敢于创新、勇于超越的胸襟与气度。从《断河》到《武陵山人杨七郎》，小说人物敢做敢当、爱憎分明，分明是对民间尚武之风的追怀，对民间重然诺、守诚信的重塑；从《李花》到《村长唐三草》，作品主人公是村花村草，不难看出地方能

[1] 孟繁华：《文化裂变时代的经验与想象——评欧阳黔森的两篇小说》，《河北日报》2003 年 1 月 24 日。

[2] 杜国景：《欧阳黔森的英雄叙事及其当代价值》，《当代作家评论》2016 年第 2 期。

人的智慧与谋略。“在村庄晨雾的弥漫中有孩子们琅琅的读书声，在田间耕作的黄昏后有一对对夫妻愉悦地回家，在月亮升起来的时候，在小院子里，有爷爷奶奶、爸爸妈妈和孩子，一家人围在小桌上温馨地吃饭……”（《村长唐三草》），是大学生村官和村民共同描绘的大地抒情诗，无不令人神往！延伸来看，在长篇小说方面，从《绝地逢生》到《奢香夫人》，分别着眼于现实脱贫题材和黔地历史题材，结构恢宏、人物众多、叙事精细，也就更为深入地挖掘出了乡土贵州的精神与传统，影响更大，这里仅仅涉及一点而一笔带过。

## 结语

作为当代贵州作家的领头羊，欧阳黔森有声有色地讲述贵州乡土故事，描绘乡土贵州的多姿多彩，已成为一种新的传奇。野外地质体验的全方位激活，黔东乌蒙的地域扫描，有效地拓展了黔地新乡土志的小说版图，独特性地成为了文坛的重要风景。地理、地质和地方性知识的汇聚，风土人情民风的呈现，山区民众小人物奇人异事的聚焦，文学传统的承接与推动，则是其中关键而出彩的环节！

# 精准扶贫主战场的文艺轻骑兵

## ——论欧阳黔森报告文学“脱贫三部曲”

颜同林

报告文学是一种特殊的文体，归属于散文一类。从文体属性来看，它兼顾文学与新闻的双重特质，具有文学性、新闻性，以真实、客观见长，素有文艺轻骑兵之美誉。报告文学能及时、准确、客观地捕捉时代纷繁复杂的信息，全方位地报告时代进行时中的现实生活，反映时代的独特精神。正是在这个意义上，中国改革开放以来社会的巨变，促使报告文学迎来了自己的复苏与发展，从事报告文学的创作队伍日益庞大，各类题材的报告文学作品，不论是在数量上，还是作品质量上都有显著的提升。“党的十八大以来，砥砺奋进、实现中国梦的新的时代生活，为报告文学的写作提供了无限丰富且有重大价值的题材和材料，同时，也极大地激活了报告文学作家关注时代、抒情时代、致敬时代的热情。”，“精准扶贫，全面脱困，不只是一项国策，更是举国上下的行动。这也成为近年报告文学写作的一个重点题材领域”。[1]显然，这是新时代报告文学的又一个黄金时期。文学史家洪子诚经过认真考察，认为报告文学在二十世纪八十年代

[1] 丁晓原：《报告文学：在报告文学中，我们遇见新时代》，《文艺报》2018年9月19日。

曾有两次高潮，报告文学常常拥有大量读者，引起热烈反应，“原因之一是，由于特定语境中新闻受到的限制，报告文学有时承担了新闻的某些功能，以‘文学’的形式来‘报告’读者关心的社会新闻与现象。”[1]延伸来看，这一论断似乎还没有过时，脱贫攻坚、精准扶贫题材之所以受到报告文学作家的青睐，部分原因也同样如此！

对于贵州文学而言，报告文学长时段内都不甚发达，在反映时代生活上颇为单薄与乏力。进入新时代以来，贵州被称为全国脱贫攻坚的主战场、决胜区，报告文学这一文艺轻骑兵成为记录新时代的文学利器，被派上主战场后成为冲锋陷阵的重器。著名作家欧阳黔森素以各类小说、电视剧、电影、诗歌等文学样式的创作在文坛著称，从事报告文学的创作历史较为短暂。但令人惊讶的是，他最近创作的关于贵州精准扶贫题材的三篇报告文学，在2018年《人民文学》不同刊期的头题上集中发表，破天荒地改写了贵州题材的报告文学连续占据权威文学杂志头题的历史。它们分别是2018年1期上的《花繁叶茂，倾听花开的声音》，2018年3期上的《报得三春晖》，以及2018年9期上的《看万山红遍》。这一文学现象不论在贵州文学历史上，还是在《人民文学》杂志办刊史上，都具有不可代替的重大意义。它既是贵州题材报告文学在全国文坛站位不言自明的突破性存在，也是当下报告文学在反映重大题材、承载时代精神的有力佐证。欧阳黔森的这三篇报告文学，均是关于精准扶贫思想的集中反映和形象呈现。这三篇报告文学主题类似而丰富，格调大气而恢宏，艺术特征鲜明而醒目，各自独立又互相勾连，构成了当下精准扶贫主题的“脱贫三部曲”，在中国报告文学的发展历史上，无疑是沉甸甸的果实。这也印证了“脱贫三部

[1] 洪子诚：《中国当代文学史》（修订版），北京大学出版社，2007年版，第212页。

曲”所担当的地位：即“文艺过去、现在和将来都是时代前进的号角。”[1]这一特殊的“号角”将持续鼓舞人们在追求美好生活的道路上昂扬奋进，不会停留，也不会止步！

## 一、精准扶贫主题的创造性反映与个案呈现

作为一个欠发达或后发达的西南地区省份，贵州的自然人文条件是山多无平地，人多土地少。相当长一段时间，贵州在全国人民的心目中，一直是落后、贫穷与愚昧的代名词，也自然而然是党中央和国家重点扶贫的省份。在贵州文学历史上，与传统的农业经济社会形态相匹配的是，乡土贵州的书写最为典型。从蹇先艾、何士光到欧阳黔森等几代黔地作家的创作来看大体如此，普遍模式是以乡村叙事为重点，将时代变革、社会风貌、人物形象安置在具体的村落之上，以小见大地呈现出时代变迁中的人性和人物命运。

作为贵州作协、文联的负责人，欧阳黔森既要遵循内心的文学召唤，也要履行党和政府所规定的文学创作任务。这位来自铜仁的黔籍作家，在乡土小说创作领域成就斐然，他对乡村叙事执着而倾心，其笔下代表性的如黔东的三个鸡村、梨花村，乌蒙山区腹地的盘江村等便是。在这一批或长或短的地域性题材小说中，贵州各地百姓在党和政府指引下脱贫致富的题材占据多数。在脱贫攻坚的时代主潮下，追求美好生活的愿望是其笔下人物的思想侧面。其中，穿插地质生涯、经历，或以家乡黔东为故事发生地的颇为常见。在小说故事背景中，武陵山区与乌蒙山区最为典型。比如中篇小说《八棵苞谷》《村长唐三草》，长篇小说《绝地逢生》都是类似

[1] 李敬泽：《“两个重要”：文艺地位和作用的再认识》，《人民日报》2015年3月20日。

的题材。毋庸讳言，不论是短、中、长篇小说创作，还是电视剧、电影剧本的创作，欧阳黔森主要以贵州多民族聚居地为故事背景，讲述各级基层干部、各民族同胞共同进行脱贫致富奔小康的地道中国故事，俨然已成他颇为稳健、明朗、鲜明的风格，作家自己也已成为贵州文艺战线上关于脱贫攻坚书写的代言者。

譬如中篇小说《八棵苞谷》，以苗岭腹地白鹰村为故事发生地，聚焦于歌王龙起民、三崽父子的山区乡间生活，特别是围绕大龄青年三崽的婚姻大事而展开的曲折情节，离不开对摆脱贫困的渴求与影响，小说中主要涉及人多地少、易地搬迁、换亲联姻等核心情节。《村长唐三草》涉及驻村扶贫、乡村旅游、产业调整、生态保护等情节。长篇小说《绝地逢生》曾改编成同名电视剧在大江南北热播，它书写了乌蒙山区腹地盘江村在科学发展、产业调整的时代巨潮中摘掉贫困帽子的历史进程。不难看出在这一批小说中，图生存、谋发展，脱贫致富、走向共同富裕是或显或隐的共同主题。

创作题材的延续、艺术形式的更新在作家笔下一以贯之。显而易见，不论是书写新农村脱贫奔小康的《花繁叶茂，倾听花开的声音》《报得三春晖》，还是书写资源枯竭型城镇走向新生的《看万山红遍》，在主题上具有连续性、前沿性。它们既是贵州这片积贫积弱土地脱贫攻坚的纪实写照，也是新时代精准扶贫主题的文学表达。之所以“脱贫三部曲”能在《人民文学》同一年度以三篇头条刊发，是因为它们确实无愧于新时代重大题材的召唤与期待，这一点从《人民文学》“卷首语”的推介文字里可窥见一斑。三次刊发的栏目均是《新近代纪事》，相关各期“卷首语”分别是这样重点介绍的：“2018 年开始了，文化自信表现于中国文学方面的形态将是什么样子的？在美好的憧憬中，在我们以信念和热情自愿自觉深入生活、扎根人民的实际努力下，新时代现实题材创作的丰收年，必将是2018年的文化标识。《花繁叶茂，倾听花开的声音》讲的是贵州老区花茂村的脱贫故事。这个对中国革命史有着特殊意义的小山村，红色根基与绿色发展相统一，在新时代成为受到总书记指引和关怀、得到全国关注的革命老区实现精准脱贫的典范”（见第一期“卷首语”）。“《报得三春晖》记述家园大地，经历过艰苦奋斗、努力生存的不平凡岁月，在脱贫攻坚的最后决胜阶段，老百姓‘不忘本来’、最懂得深怀真切铭感的淳古之风，带给毕节这块热土的恰是我们新时代的新士气、新地气、新风气”（见第三期“卷首语”）。“本期‘新时代纪事’发出《看万山红遍》，作者以老地质队员的细心勘察和饱满的写作激情，记述了位于贵州铜仁的著名汞都万山，从资源枯竭的典型转变为绿色发展样板的历史巨变过程，从中可以真切感受新时代中国的治理智慧和新时代人民的精神风貌”（见第九期“卷首语”）。三部报告文学刊发之时，竟然不约而同地受到如此重要而独特的推介，不是偶然的文学现象，而是缘于作品冲出纸面的思想冲撞，缘于作家别出心裁的艺术表达。

诚然，不论是革命老区的花茂村、苟坝村，还是毕节赫章高寒山区海雀村，在新时代的历史机遇面前都发生了难以置信的沧桑巨变。《看万山红遍》中的铜仁万山这一“汞都”，也走完了资源枯竭型城市的化茧成蝶、凤凰涅槃之路。三部报告文学，都离不开“脱贫”主题的打磨和引申，从不同视角记录了人们追求美好生活的真实画面。也就是说，“脱贫三部曲”是精准扶贫的典型个案，离不开党中央的指引和规划，离不开当地基层干部和广大群众的艰苦奋斗和脱贫实践。“脱贫三部曲”思想站位高远、审美内涵丰富、艺术技巧娴熟，称得上是精准扶贫主题的文学百花园中脱颖而出的力作。

## 二、从花繁叶茂到万山红遍：新时代的千年之变

脱贫主题在文学中如何具体展开，如何以文学的方式进行形象呈现，是当下考验作家良知与责任的试金石。作家是否自觉地深入生活、扎根脚下的土地，在新时代纪事的艺术轨道上疾驰，也是考核其能否直面现实、拥抱现实的风向标。欧阳黔森敏锐地捕捉到了报告文学这一文艺轻骑兵的优势，快速推进、轻装上阵，在脱贫攻坚的主战场跑出了贵州加速度。欧阳黔森调动长期在贵州各地村寨、厂矿、企业深入体验生活的积累，又针对性地进行海量采访，独立思考和琢磨，厚积而薄发，终于向新时代交出了自己的答卷。这也印证了优秀作家只要用眼睛去观察，用心灵去感受与体验，将审美的触须伸向火热的现实生活，就能个人性地获取现实的重大题材，书写人民文艺的优秀作品。现实重大题材的创作，要深入现实的内部，呈现现实生活的宽度和广度，凸显现实生活的生动与繁复。

《花繁叶茂，倾听花开的声音》作为 2018 年《人民文学》第一期的头条，站立在《新时代纪事》这个重点栏目上。原名荒茅田的花茂村，自 20 世纪 50 年代更名后一直没有摆脱贫困，直到党的十八大以来，便经历了大河改道式的历史巨变。基层干部的勤政苦干，农村“三改”的曲折婉转，农特产品的产销完璧，乡村旅游的产业兴旺，诸如此类乡间的新鲜事物，全在遵义县播州区枫香镇党委书记帅波，花茂村第一书记周成军、潘克刚，以及脱贫致富能手如母先才、王治强等的采访中得到淋漓尽致的体现，也在贵州省、市各级政府的政策文件的颁布执行中得以上下贯通。从贫穷到小康再到富裕，这是乡村的三级跳。党的十八大报告明确提出，要在 2020 年之前全面建成小康社会，这是中国社会的千年之变，是习近平新时代中国特色社会主义思想的重要内容。毫无疑问，这也是无数个“花茂村”正在经历或即将经历的历史事件。花茂村地处大娄山脉的马鬃岭下，

与红色旅游会址苟坝村毗邻，周围贫穷程度不一的村庄有 20 多个，作者将花茂村、苟坝村作为重点，以点带面式写出革命老区的蜕变，其中不乏过去生活的沉重叹息和挣扎，也包括现实人物的喜怒哀乐和梦想。村容村貌的勾勒，统计数据的跃动，无一不是精准扶贫原则、政策、举措的鲜活记载。比如，在花茂村除了通水、通电、通电话、通广播电视，水泥路呈网状连通着每家每户以及每一块农田之外，还通网络、通天然气，有污水处理管网、电商、“互联网 +”中心，还有物流集散点。显然这些乡村现代化生活的设施和条件，正改变着贫穷落后的农村面貌，也改变着普通百姓的精神风貌。在发生这一切巨变的背后，无不体现了党和政府的治国理政能力，无不体现了人民群众创造历史的不朽力量，无不体现了普通百姓追求美好生活的朴素愿望。

与黔北革命老区村庄相仿的是，地处毕节赫章县边远之地的海雀村，其脱贫之路更是惊心动魄。早在 1985 年，这个由苗、彝同胞组成的小村庄，绝大多数村民长期处于饥饿的边缘，严重缺衣少食、生态恶化，看不到希望，是其过去的真实写照。也就在这一年，新华社记者刘子富的内参，习仲勋书记的批示，拉开了党中央和国家成立毕节扶贫试验区的大幕。三十余年数代党和国家领导集体的扶贫接力，三十余年在党的领导下多党合作助推贫困地区发展的合力同心，以及像当地文朝荣支书那样的“愚公”带领广大村民艰苦脱贫的壮举，无一不是脱贫攻坚主战场的生动情节。其中，胡锦涛任贵州省委书记时去赫章的专程走访，习近平总书记先后多次对毕节试验区的指导和批示，习仲勋书记退休后在“深黔携手、扶贫帮困”活动中对毕节困难群众的捐赠，都是丰富而暖人的历史细节。“谁言寸草心，报得三春晖”原是写游子对父母养育之情的感恩，移用于此最为恰当地表达了当地百姓感恩党和政府数十年如一日在扶贫工作中的切实帮扶。

与上述略有不同，曾经坐拥朱砂之富的铜仁万山，在新中国成立以后成为了第一个特区，为黔东铜仁周围村庄百姓所羡慕。万山特区由于汞资源的枯竭而走向破产，改名为万山区之后，已破落到无地自容的地步。这个曾为新中国工业做出重要贡献的老工业基地，祖国没有忘记，也没有嫌弃。与花茂村、海雀村不同，作为特色工业城市，万山区大面积的深度贫困，成为新时代新的扶贫难题。万山在绿色转型发展中，不论是在第一产业，还是在第二、第三产业，都有突破性的进展。可以说是多轮驱动、遍地开花。九丰高科技农业博览园的引进和示范，中华山村利润分红“六二二”模式的创制，新能源汽车项目的快速上马，朱砂古镇的焕然一新，百万年薪聘电商人才的回报……这一切，正印证了“关键在人，关键在思路”的脱贫实践。在这三部作品中，欧阳黔森用生动丰富的事实、翔实有力的数据、平凡而真实的人物群体，阐释了牢记嘱托、感恩奋进的贵州扶贫道路与时代精神。“深深地感受到了泥土的芳香，以及芳香中散发出来的思想光芒”（《花繁叶茂，倾听花开的声音》），这种思想光芒来自什么地方呢？那就是精准扶贫，那就是同步小康，一个也不能落下的庄严承诺！为了这承诺，让花茂村找到了乡村旅游和农特产品的力量，让海雀村找到了生态发展、控制人口的新路，让万山找到了现代高效农业、新能源汽车、旅游、电商等并驾齐驱的新门径。

“脱贫三部曲”是欧阳黔森对贵州现实的三次勘探，像三束探照灯一样照亮了中国的西南一角。“脱贫三部曲”主旨鲜明，不夸张、不伪饰，用扎扎实实的数据、案例说话，在纵向与横向的多维对比、对照中发声。这是贵州作为脱贫攻坚主战场的捷报，也是新时代一个个全新的绿色信号。进入新时代，全面实现小康的发展目标已划好，精准扶贫思想成为当下扶贫工作中真扶贫、扶真贫的思想指南。从一个村庄到另一个村庄，从一个城镇到另一个城镇，真真切切地让华夏大地发生了千年之变。

如何扶贫脱贫、如何抓住扶贫的“牛鼻子”，“脱贫三部曲”也形象地进行了揭示。“辛苦了共产党，幸福了老百姓”，“让每一栋黔北民居都成为产业孵化器”，“扶贫更要扶志气”，“让生态变成‘摇钱树’，让‘乡愁’成为‘大品牌’”（《花繁叶茂，倾听花开的声音》）；“扶贫开发与生态保护并重”，“牢记嘱托，感恩奋进”（《报得三春晖》）；“眼见为实”，“沧海横流方显砥柱，万山磅礴必有主峰”，“关键在人，关键在思路”，“转变观念，解放思想是第一要务”（《看万山红遍》）。这些闪光的观点、思想，或是党和国家领袖的讲话和指示，或是基层干部的心得和观念，或是普通百姓的总结和归纳，再结合作者数次深入采访之后的统计数据、新闻纪录、人物访谈等，一切均是为新时代大声喝彩的洪钟律吕之声！

## 三、在形式与技巧之间：“脱贫三部曲”的新元素与新风格

《花繁叶茂，倾听花开的声音》《报得三春晖》《看万山红遍》作为“脱贫三部曲”，本身足以构成一个文学现象。其思想性、艺术性的有机结合，无疑是最值得关注与剖析的。欧阳黔森坚持眼见为实的写作路子，保持向现实主义文学致敬的姿态。在三部报告文学的字里行间，作者或者夹杂自己创作电视剧、小说等方面的实情，或者掺杂自己长期在贵州乡镇扎根生活的片段，或者巧妙穿插各种实录的经历和场面，以及历史文化掌故与地方性知识，显得真实而从容。作者在海量采访的基础上，叙述与纪实并行、写景与抒情结合，适当掺入自己的精彩议论，在艺术审美维度呈现出新的风格。

首先，“脱贫三部曲”形象地阐释和凸现了精准扶贫思想的思想精髓

与实践品格。三部曲的时间纵深集中于 2012 年召开党的十八大到当下这一范畴之内，在时间节点上为了对比和呼应，也有适当延伸与拓展。比如《花繁叶茂，倾听花开的声音》就有村庄长时段贫穷的过去，包括 20 世纪 50 年代村庄改名后的线性时间延续；《报得三春晖》则主要从 1985 年习仲勋书记对毕节赫章县的批示开始；《看万山红遍》集中从 2008 年写起，前后时间节点也有对比和延伸。三部作品互相之间有多重勾连，有些政策文件、党中央和习近平总书记的相关讲话精神，时时在作品中相互参照。比如《看万山红遍》在开头几段中，就有对写作前两部报告文学的介绍和铺垫。总体而言，“脱贫三部曲”中凸现了精准扶贫思想的实践品格。虽然仅仅是三个点，即两个村庄与一个县级特区，但在思想内蕴上是贵州改革开放以来扶贫工作的经验积累、摸索和改进，酣畅淋漓地凸现了习近平总书记执政以来“把人民的利益放在第一位”的理念。新时代精神的拈取，各级机关干部、群众的身影，都游刃自如地召唤进来，写出了新时代党同人民群众的戮力同心与血肉联系。这种思想的光芒像探照灯一样照亮作品的主题，让作品拥有自己的灵魂。

其次，文学性与新闻性的结合，同时又侧重文学性的表达。主要体现在以下方面：一是文章结构上的巧妙设计。欧阳黔森的强项之一是各类小说创作，譬如对短篇小说而言，作者自认为它称得上是一种快乐的形式，在兴奋点还没有消失的时候就已经完成，常常给人以饱满、激动和完美的印象，“短篇小说不仅是一口气写完的，它还必须能够让读者一口气读完”[1]。在报告文学的结构层面，作者倚重事物内在逻辑的纹理，充分调动多重叙述手段，巧妙穿插，适当补叙与倒叙，给人一种一气呵成的行

---

[1] 欧阳黔森：《味道・后记》，中国文联出版社，2003 年版，第 179—180 页。

云流水之感。短篇小说一口气写完的优势，能让读者一口气读完的自我期待，在报告文学创作中得到了曲径通幽式的体现。三篇报告文学篇幅长的四万多字，短的也有一万多字，其中穿插大量的时政报道、新闻纪实、统计数据，但都不乏味，让人一口气读完后真正有所收获与感触。这说明作者在叙述的节奏、材料的剪裁上，能做到环环相扣、张弛有度，经过了自己独特而巧妙的艺术处理。比如统计数据相对而言是枯燥单调的，但作者取样适量、准确、生动，不是数字的堆砌而是经过心灵的手掌进行抚摩。具体的案例、材料、数据等是实在的，写景、抒情的穿插是务虚的，两者杂糅交错，又能各呈其美，说明作者在谋篇布局、吞吐含纳方面确实高人一筹。二是把人物写活，写成立体的、大写的人。欧阳黔森总结大获成功的电视剧编剧经验时是这样说的："我的主旋律创作力求从大写的人的角度来写故事，写好了鲜活的人物，才能赢得观众。"[1]报告文学的"脱贫三部曲"又何尝不是如此？写好乡土人物，讲述贵州故事，一直是欧阳黔森文学创作的长处，也是他理解文学创作刻画好人物的"牛鼻子"。写好人物的方法很多，其中既有中国"史传"传统、笔记小说的传承，也有乡土世界以人为中心进行画龙点睛的内在逻辑。写好乡土贵州现实中的人物，有个性、有故事，在"脱贫三部曲"中比比皆是。不论是一个村庄还是一个城镇，不管是涉及市县或乡镇一级的干部还是村委的基层党员、地头的普通百姓，这些人物是本真的、现实的，有名有姓，言行举止之间成为一个个站立起来的人物。在刻画这些人物时，作者录入人物重要的对话，或是特殊的言行，强调了人物行动的意义。譬如《看万山红遍》中，人物众多，上到中央、省级领导，下到区乡党员干部和群众，成为流动的人物

---

[1] 沈士楚：《欧阳黔森：执著于黔地乡土的"歌者"》，《当代贵州》2011年第30期。

画廊。其中着墨较多的人物有陈昌旭、陈少荣、张吉刚、吴泽军、杨尚英、田茂文、毛照新等各级领导干部，有曾经的困难群众杨通宝、李来娣、唐绍维、余秀英，有脱贫致富的种植大户冯忠情、张小进、刘永奇，有经营方面的人才陆晓文、华茜……作者或是寥寥几笔，或是旁敲侧击，几乎是声到人到，出出进进的是时代变革激流中的先进人物群像。三是注重生活细节，变细节为文学经典细节。比如《看万山红遍》中，作者采访汞矿职工李来娣，2008 年万山受到重大雪凝灾害时，习近平同志曾到她家中访贫问苦。李来娣自强、感恩，后来她家的住房、生活发生了显著的改善，她在党的十九大期间还去北京看望习近平总书记，是在北京期间通过电视看的，说这样看习近平总书记更近一些，这一细节真实、感人，写出了万山汞矿职工的感恩之举，写出了百姓对人民领袖真挚、朴素的情感。

最后，作者重视事件的进程，在叙述、报道的同时，主要把一个个事件化成有声有色的故事。比如《报得三春晖》一文，作者花了较多篇幅插入安大娘的故事，围绕她的遭遇来作今昔对比，从侧面详写首长习仲勋、记者刘子富对海雀村的贡献，表现贫困农家的感恩和希望。比如《看万山红遍》后半部分，集中述写万山区各级各部门的扶贫政策、人的观念转变，当写到第一、二、三产业的转型时，文章中分别插入了引进九丰现代高效农业园区、万仁新能源汽车、百万年薪聘电商人才等的故事，其来龙去脉详略不一，该交代的毫不含糊，不多说的干净利落。在报告文学的结尾，也会补入有关联的故事，或前后照应，或侧面引申，或引人遐思。往往在讲述故事时，大故事下面还套着小故事，或扣人心弦，或舒缓自如，讲述得有变化、有起伏，而且这些事迹本身具有传奇、典型、新颖的一面，一经艺术的剪裁，便缝合严密，十分合适。

## 结 语

精准扶贫，是习近平新时代中国特色社会主义思想的重要内容。新时代的乡村巨变、产业振兴，离不开精准扶贫的时代作为。乡村的蜕变、城镇的新生、人们的生活富裕，这不是一个个动听的口号，也不是空洞的概念，而是眼见为实，是看得见摸得着的真实存在。从花茂村到海雀村，从乡村到万山这样的城镇，奇迹正在发生。这是一个产生英雄的时代，也是创造奇迹的时代。曾有学者认为英雄叙事是理解欧阳黔森全部作品的一把钥匙，“英雄情结或英雄主义的激情、豪情，在欧阳黔森的作品里既是价值取向，也是他的写作姿态和立场”[1]。这一观念也从侧面印证了“脱贫三部曲”所蕴含的内在气质与精神品格。

从《花繁叶茂，倾听花开的声音》到《报得三春晖》，再到《看万山红遍》，脱贫主题同中有异，异中有同，各自将精准扶贫主题推到一个历史的新高度。欧阳黔森的“脱贫三部曲”是三篇连续性报告文学的高峰，耸立为贵州文学的高地，也是当下报告文学的主峰。

**2019年《山花》第2期**

---

[1] 杜国景：《欧阳黔森的英雄叙事及其当代价值》，《当代作家评论》2016年第2期。

# 时代主题的史诗建构

## ——评欧阳黔森《看万山红遍》

谢廷秋

放眼今日之神州大地，同步小康、脱贫攻坚是重大的时代主题。贵州是脱贫攻坚的主战场，作家欧阳黔森深入生活，为人民写作，立身时代的潮头，连续写下了《花繁叶茂，倾听花开的声音》《报得三春晖》《看万山红遍》三篇报告文学，2018 年分别发表于《人民文学》1 期、3 期、9 期头条，引起了极大的关注，作家同步纪实了脱贫攻坚这场人类历史上最伟大的工程，必将在贵州脱贫攻坚史上留下同样不可磨灭的痕迹。

有评论家曾经这样评价报告文学作者何建明："作为一位成熟的报告文学作家，何建明已形成独特创作风格。其基本点是基于国家叙事设计非虚构文本的艺术构件，在对报告对象做细密生动的讲述中，实现对客体真实而有意味的再现。这种再现具象地诠释了何建明报告文学的'泛政治化'的价值取向———既能从高端宏阔的层面总揽全局，也能向下关注生活的基层取事言情，在'通天'与'接地'之间建构一种独特的叙事形态。"[1]在细读了欧阳黔森的《花繁叶茂，倾听花开的声音》《报得三春晖》《看

[1] 龚举善：《报告文学评论的文本关怀与视域联通》，《创作与评论》2012 年第 3 期。

万山红遍》三篇报告文学，特别是《看万山红遍》后，深感欧阳黔森的报告文学同样具有“‘泛政治化’的价值取向———既能从高端宏阔的层面总揽全局，也能向下关注生活的基层取事言情，在‘通天’与‘接地’之间建构一种独特的叙事形态”。而这种叙事形态的形成又有自己的独特之处，那就是欧阳黔森还致力于一种史诗建构。

习近平总书记说：“改革开放近四十年来，我们党领导人民所进行的奋斗，推动我国社会发生了全方位变革，这在中华民族发展史上是前所未有的，在人类发展史上也是绝无仅有的。面对这种史诗般的变化，我们有责任写出中华民族新史诗。”[1]“中华民族新史诗不是一个‘文类’或‘题材’概念，而毋宁是一种价值导向和品格追求。它聚焦中国人民恢宏独特的实践创新，弘扬以爱国主义为核心的民族精神和以改革创新为核心的时代精神，形成中华民族独特的精神标识，传达真挚深厚的民族情感，建构真醇美善的中华美学。”[2]欧阳黔森是这个史诗时代的激情歌者，他以精彩的报告文学作品书写了史诗时代的恢宏史诗。一个资源枯竭型城市，浴火重生、凤凰涅槃了，报告文学《看万山红遍》通过这个故事展现史的真实性、思的深邃性和诗的感染力的统一，实现了史诗建构。

美国诗人和文学评论家庞德说：“史诗是一首包含历史的诗”，这是说史的内涵和诗（即文学）表达的统一。加拿大批评家弗赖说：“由于有了《伊利亚特》，一种客观的、超功利的因素进入了诗人的人生观”，这是强调史诗中思想因素的重要。把二人所论综合起来，史诗就是史、思、诗的统一，即史的真实性、思的深邃性和文学的感染力的统一。从审美的

[1] 习近平：《在中国文联十大、中国作协九大开幕式上的讲话》，《人民日报》2016年12月1日。

[2] 沈文慧：《写作与时代同频共振》，《文艺报》2017年10月13日。

角度看，长篇叙述体，主题庄重崇高，风格典雅，集中描写改写人类命运的英雄壮举是史诗性作品的基本要素。

正如欧阳黔森所言：英雄主义、爱国主义依然是人民群众心中不可磨灭的情怀。在多元并存的文学时代，我们固然需要花草闲情的浅吟低唱，但也绝不能缺少气势磅礴的英雄史诗，因为它们各自不同的审美内涵共同为我们这个时代提供丰富的精神食粮。

《看万山红遍》是一部蕴含丰富历史内容的报告文学，从遥远的古代到二十世纪五六十年代再到今天，它以小见大地呈现了历史的变迁。

万山历史悠久，“万山丹砂的开采历史，可上溯到西周时期。据《万山志》记载，西周武王时期，从西北方来了一个梵姓女子教当地土著在崖壁上沿着丹脉敲凿取丹，久敲久凿而成洞穴。梵氏将丹砂献给武王，武王服之，不仅治好了心悸不宁的毛病，而且神清气爽，颜面红润，体力倍增。武王大悦，敕封产丹之山为‘大万寿山’，万山从此以丹驰名。”

作家对万山的介绍先声夺人，“万山区地处武陵山脉主峰梵净山的东南部，这座城市以盛产朱砂被誉为‘中国汞都’‘丹砂王国’而闻名天下，1966 年，经中共中央、国务院批准，成为共和国第一个行政特区，2011 年，经国务院批准，撤销万山行政特区，设立万山区。在这四十五年中，万山行政特区的主体万山汞矿曾为共和国的经济建设做出过巨大贡献，特别是在二十世纪六十年代，因为偿还苏联外债有过大贡献，周恩来总理曾赞誉其为‘爱国汞’。”这样一个为经济建设做出过巨大贡献的行政特区突然有一天被撤销，引起了极大的震撼。“万山曾经辉煌过，汞矿职工的福利待遇非常好，是这一带老百姓羡慕的对象，即使是万山区的国家干部，也是非常羡慕的。如在二十世纪七八十年代，万山区地方干部的月工资在三十元左右，而汞矿工人的月工资可达一百余元。”作家并没有回避现实，万山也曾经衰败到汞矿的职工偷农民的红薯充饥，在省委门口搭帐篷上访。正是这些真实的描绘，使得丰富的历史呈现震撼人心。

万山凤凰涅槃的现实令人神往，“今天的万山走出了一条蜕变重生之路。九年来，万山实现了从传统工业、资源型工业向技术型工业的全面转型，传统产业也实现了‘六个转变’，由资源型汞业向技术型汞化工转变。千百年来，万山粗放型生产朱砂水银，并将朱砂水银作为资源‘外卖’，加速了汞资源的枯竭。汞矿关闭后，‘汞都人’与科研院所加强合作，先后创立了红晶公司、红菱公司、矿产公司、银星公司等八家汞化工企业，吸收了近千名下岗失业人员和农村剩余劳动力，生产低汞触媒、氯化汞等系列产品。汞产品占据了国内同类产品百分之七十的市场份额，目前年销售收入可望达二十亿元，可创造税金五千万元。同时通过科技创新，汞化工企业‘三废’（废水、废渣、废气）达到‘零排放’，节能环保技术达到世界先进水平”。

“二〇一五年，万山区政府招商引资了一家省外文旅企业，按照5A级标准对原废弃的汞矿遗址进行整体连片开发。投资二十亿元建设中国第一个以山地工业文明为主题的矿山休闲怀旧小镇——朱砂古镇，现已建成悬崖泳池、汞矿博物馆、玻璃栈道、影视基地、万亩红枫林等景区。朱砂古镇聘请俄罗斯厨师和服务员，在汞矿原苏联专家楼建起了俄罗斯餐厅，对原汞矿废旧生活区进行改造，通过人文塑造、还原生活场景等表现方式，建成规模宏大的影视基地，让游客可以真切地感受到时代脉搏，追寻不同年代的时光记忆。景区开园仅一年多时间，接待游客近三百万人次，实现了从三年前的人迹罕至、危楼遍布、上访频发的老旧矿区向商贾不暇、车流不息、安居乐业的旅游新区转变。”万山走出了一条资源枯竭型城市绿色转型的发展之路。贵州要走一条百姓富、生态美的绿色发展新路，万山走的正是这样的道路，而振兴三产的发展就是强有力的举措。万山三产的发展更是彰显了“万山速度”，旅游业变废为宝，实现井喷式的发展，取得了令人惊喜的成绩。可以说，绿色发展理念始终贯穿万山转型全过程。

作为一部史诗性的作品，具备了史的真实性之后，还应该具备思的深邃性，《看万山红遍》在这一点上也是做得相当成功的。作品思考历史、政治、生命这些重大而严肃的命题，展示一幅恢宏的历史画卷，的确表现了作家很高的政治站位和对宏大叙事游刃有余的把握。

既是史诗，就得诗意盎然地叙史，也就是说文学表达相当重要。《看万山红遍》中文学的感染力主要表现在以下几个方面：

首先是细节描写的真实生动，“记得我在高楼坪乡夜郎村采访时，听说新时代农民讲习所正在宣讲，很想去体验一下，不巧的是，当我走到讲习所时，宣讲已经结束了。这时，一位满脸皱纹扬着笑容的老人走了出来，见她一脸的笑容，我忍不住就想和她聊几句。” 作家采访的这位老人叫余秀英，75 岁了，在讲习所听讲记下了厚厚的笔记。“我拿着她的笔记本又翻了几页，看见一长段似打油诗又似歌词的文字，我问她，这是什么？ 老人有些腼腆地笑了起来，说，这是我写的歌。 我一下子来兴趣了，我说，老人家，能不能请你现在唱一段？ 老人有些犹豫，见我很真诚，便愉快地唱了起来。她的歌用的是《洪湖赤卫队》《刘三姐》《天仙配》的曲调，唱的却是她新填的词。 她唱歌的时候，见我很认真地在听，便来了精神，一首接着一首变换着曲调唱，不给我打断她的机会，我也不打断她，索性让她唱个痛快”。用《洪湖赤卫队》《刘三姐》《天仙配》的曲调，唱她新填的词，比如：“没有劳力也要奔小康，快快乐乐把晚年过”，“你把家庭搞富了，老婆不会和你吵；你把家庭搞好了，老婆也就不会跑”，“精准扶贫就是好，脱贫一个都不少”。如果没有身临其境地采访，绝对不可能有这样真实的细节和这样生动的文学表达，在“通天”与“接地”之间建构了一种独特的叙事形态。

其次是富有感染力的抒情，“那天离开万山时，我站在云盘山上，一览众山之小，云雾间升腾起一股磅礴之势，这样的气势来自于太阳的光辉。那时候，阳光四射，光芒在莲花般的云朵里弥漫开来，天地间豁然开朗，在这一刹那，我的心充满光明。‘看万山红遍，层林尽染’，毛主席脍炙人口的名句，从我心中喷涌而出。”

“当旭日从磅礴的乌蒙山升起来的时候，我举头仰望东方，东方正红，阳光温暖，我的脑海里闪现出了‘谁言寸草心，报得三春晖’这个温暖千古的名句。于是，我撰写关于精准扶贫的报告文学便有了一个温暖的名字——《报得三春晖》。”

这些情真意切的句子，汇成了这部报告文学富有感染力的政论抒情。

最后就是这部报告文学的结构独具匠心。一部作品的得失成败，其结构是相当重要的一环。李国文老师说《看万山红遍》，“整篇激情贯穿、一气呵成、有中正大气之象”，其实这也是《看万山红遍》的结构方式，结构上虽然没有明显的区间，如江河奔涌，跌宕起伏，气贯长虹，但前后呼应，详略得当。

《看万山红遍》实现了时代主题的史诗建构，着眼中国特色社会主义现代化建设的理念更新和社会经济生产方式的转型，生动诠释了引领美丽中国建设的强大生命力，具有独特的思想价值和美学品格。

# 从《水晶山谷》到《绝地逢生》

## ——贵州作家欧阳黔森生态文学解读

谢廷秋

贵州作家欧阳黔森在长篇小说《绝地逢生》的扉页写下了这样的手记："美丽，但却极度贫瘠。这是'石漠化'地貌的特征。联合国教科文组织把这一类地区列为不适合人类居住的地方。这是一个人类生存的绝地，我们的故事就从这绝地开始……"[1]这手记既充满诗意又高度凝练地揭示了人类一些特殊地区的生存困境。

20世纪科学技术和现代工业文明的飞速发展，极大地改变了人类的生活空间和生存境遇，也导致了人与自然关系的全面割裂、疏远和冲突，生态环境恶化，生态危机日益严重。生态文化作为一种拯救地球的新的文化形态理论，受到全球众多学者的热心关注，尤其是欧美作家的生态文学创作给全世界带来了巨大的精神震撼。

生态文化是文化在特定环境下的延伸和创新，它倡导人与自然和谐相处，倡导绿色的生活方式和天人合一的伦理道德观念，使人们真正了解自然、尊重自然和保护自然，走建设生态文明的发展之路。

进入21世纪，贵州荔波的"自然美"惊动世界，已申遗成功，2007

[1] 欧阳黔森：《绝地逢生》，贵州人民出版社，2008年版，第1页。

年 6 月 27 日被列入世界自然遗产名录。2008 年 3 月，贵阳市委、市政府与北京大学生态文明研究中心、清华大学环境科学工程系、中国人民大学经济学研究所共同主办的贵阳建设生态文明城市研讨会在北京举行。与会者认为贵阳市委、市政府把建设生态文明城市作为施政纲领，视野开阔，立意深远，体现了贵阳敢为天下先的精神。

贵州“欠发达、欠开发”的特殊省情，蕴含着保存良好的自然环境和原生态文化，具有建设生态文明的优势和潜力，因此，贵州需要切实把保持良好的生态环境作为最突出的竞争优势之一，强化保住青山绿水也是政绩的理念，牢固树立生态文明观念，抢抓历史机遇，大力推进生态文明建设，努力实现贵州发展的后来居上。

这一切，无疑正在昭示我们青山绿水与石漠化共存的贵州推进生态文明建设时代的到来。贵州文学特别是贵州乡土文学在建设生态文明时代的使命是什么？文学能发挥什么作用？

回顾 20 世纪的贵州乡土文学，从蹇先艾到石果，从石果到何士光，无论描绘了怎样的乡土，精神意蕴大多是传统与现代、愚昧与文明的冲突。

蹇先艾发表在 1924 年的小说《到家》，写一个在北京求学十年的青年重归故乡，而故乡的荒凉与破败，使“我”哀痛不已。评论家何光渝先生认为《到家》颇似鲁迅《故乡》的描写：“它深深地打上了那个时代的烙印，又明显地表现着这些被生活驱逐到异乡的作家的特殊经历和感受。热爱故乡，同情农民，而又无法在故乡人民的苦难面前闭上眼睛。”而给蹇先艾带来更大声誉的《水葬》，更借故乡惩处小偷的野蛮习俗“沉潭”彰显出对旧习俗、精神麻木的批判和“出于这冷酷中的母性之爱的伟大”（鲁迅语）。这也是“国民性批判”的时代主题。

20 世纪 50 年代崛起的石果，承袭了反封建文化的主题，他 1953 年

9月发表于《人民文学》上的小说《风波》，讲述了解放初期母女两代农村妇女对恋爱婚姻自由的争取，饱含着对封建宗法伦理观念犀利的文化批判，又歌颂了新时代给妇女命运带来的转折。这篇小说在20世纪50年代就引起了关注，《人民文学》主编邵荃麟为此约请石果谈话，对他勉励有加。21世纪初《风波》又获得了贵州省首届文艺奖。

20世纪80年代，何士光为贵州文学赢得全国声誉，最主要的还是得力于1980年、1982年、1985年先后在《人民文学》上发表的《乡场上》《种包谷的老人》和《远行》这批乡土文学，他因此三次荣获全国优秀短篇小说奖。《乡场上》描述了封建人际关系网的存在是农村现代化建设的障碍；《种包谷的老人》揭示了农民顽强的生命意志中所反映出来的保守性，这些无一不表达了作家对封建传统的批判。

变化当从欧阳黔森开始。1999年欧阳黔森发表在《当代》的小说《十八块地》，写到了“文革”后期严峻年代的乡村生活，但作者并没有在“文革”符号上下功夫，而是将“文革”的荒诞与乡村的宁静、淳朴形成鲜明的对照。写“文革”时代的乡村生活却写出了田园诗般的清新风格。这不能不说是文学贴近生活而又超越时代的一种想象方式。这种超越当然又与作家创作的当下感受有关。

进入新世纪以后，欧阳黔森的乡土小说有了质的飞跃，生态意识凸现，对人与自然的关系、工业文明予以深刻反思，写出了堪称具有生态文明意识的中篇小说《水晶山谷》（发表于2003年《十月》第2期）。

生态文学，不是单纯描写自然的文学，它要揭示人与自然的关系，表现自然对人的影响、人在自然中的地位、人与自然关系的紧张、人与自然关系的和解等。而且面对严重的生态危机，生态文学侧重于发掘人与自然的紧张、疏离、对立、冲突关系的深层原因，即造成人类征服自然和掠夺自然的思想、文化、经济、科技、生活方式、社会发展模式等社会根源。《水晶山谷》正是这样一个发掘人与自然的紧张、疏离、对立、冲突关系的文本。小说中的七色谷原来是一条没有名的峡谷，是偏僻山村里一条美丽的峡谷。小说中的主人公田茂林原来是一个质朴上进的农村青年，就像那个遥远的山村、美丽的峡谷一样尚未被现代文明陶冶。地质队的到来，给偏僻的山村带来了现代文明，给无名的山谷命了名，让田茂林了解了外面的世界。这曾经是我们非常痴迷的景观：现代文明之风吹进闭塞的山村。但是现代文明是一柄异常锋利的双刃剑，它高悬在人类的头顶，常常使人们陷于进退两难的悖论之中。欧阳黔森的深刻之处，正是写出了人类的这种困境。

田茂林作为乡村的文化人，他爱美丽的七色谷，爱七色谷里那些既不能当饭吃又不能当衣穿的五颜六色的奇石。“七色谷是美丽得让人流泪的。山谷里满是五颜六色的石头，那石头上有晶莹剔透的水流过，那水透明得没有了颜色，因而它可以容纳任何颜色。这时它容纳的就是五颜六色的石头的颜色，在阳光的照耀下显得更加五彩缤纷……山谷里大大小小的石头是非常美丽的，可以说它们是天堂之物……一块块五颜六色的石头无须讲什么，它在这里是可以用静默震撼任何一颗爱美之心的。”[1]然而，在了解了奇石的价值之后，“公元 1990 年春，三个鸡村前南十二华里的黑松林迎来了它千年来最为黯淡的时刻。三个鸡村的田茂林带了一帮人，把它折腾得惨不忍睹。山上像发生了一场战争，一层层的书页状石头被炮火掀翻起来，满山的碎石掩盖了所有的长不高的绿色植物，只有那些参天大树还伸展着千年的翠手，指向空中昭示着它们依然存在”[2]。田茂林挖到了 500 个三叶虫石，换回了 5000 元人民币。从此，田茂林就越发不能

[1] 欧阳黔森：《白多黑少》，贵州人民出版社，2006 年版，第 99 页。
[2] 欧阳黔森：《白多黑少》，贵州人民出版社，2006 年版，第 89 页。

罢手，把七色谷那些“天堂之物”送到城里来的老板手中。田茂林的发财梦与城里来的老板们的发财梦结合在一起，不仅使得七色谷永远不复存在，而且也葬送了自己。人类以破坏自然为代价来满足自己的欲望，最终必将陷入深刻的精神危机之中。田茂林正是陷入了精神危机之中无法解脱，才会选择与水晶山谷一起消失。

20世纪后半期“三大膨胀”，即人口膨胀、欲望膨胀、通货膨胀日益严重。王诺在《欧美生态文学》中指出，“人们应当深思并质疑：鼓励人们奋发图强、自我实现、创业打拼，其实是不是在激发贪得无厌的欲望大膨胀？许多人以羡慕的口吻津津乐道的那些‘成功人士’，究竟是成功地攫取和占有了大量的物质财富，并连带地消耗了更多的资源、造成了更多的污染，还是成功地丰富了精神生活并创造了精神成就、或对生态的可持续和人类存在的可持续做出了重要贡献？”[1]事实上物欲膨胀不仅毁灭自然，也毁灭人性，田茂林由一个质朴上进、懂得审美的农村青年，变成一个金钱至上的工头并最终消亡，的确是表达了作家欧阳黔森的深思与质疑。

欧阳黔森对乡村与城市、自然与欲望也做了比较，从中表达对乡村与自然的趋向选择。《水晶山谷》通过对白梨花与杜鹃红两个人物的鲜明对比体现出这种选择，前者代表诗意的乡村，后者代表欲望的城市。作者在名字上就有所暗示，“白梨花”即“白”，象征洁白无瑕；“杜鹃红”即“红”，象征红尘欲望，这是“白”与“红”的对比。白梨花喜爱自然、保护自然，她在乡场上看到猎人出售国家保护动物红腹锦鸡，就哭着苦苦哀求猎人放掉。当田茂林带她去看七色谷，她被美丽的七色谷感动得掉泪，一直阻止未婚夫田茂林对七色谷的破坏，她说：“把我们梨花村前山那些百年梨树砍了卖了还叫梨花村吗？……你把这里的石头搬走卖了，这儿还

[1] 王诺：《欧美生态文学》，北京大学出版社，2003年版，第196页。

叫七色谷？”[1]为了阻止田茂林，她甚至叫自己的父亲去告诉他不要彩礼。实在无法阻止田茂林，她选择了分手。而当田茂林失去了未婚妻，又遭受自己良心的谴责，陷入了精神危机之中无法解脱，选择与水晶山谷一起消失后，“有一个年轻美丽的女人每年去烧香”。可以说她有着一颗纯洁善良之心，是诗意的化身。而城里来的老板杜鹃红追求金钱利益，看到美丽的七色谷就像看到金钱，毫无审美之心，参与对七色谷的破坏，丝毫不为它的美丽所感动。她发现了紫袍玉带石惊喜万分，更加贪婪，她说：“天然的奇石是很好，可它不能重复也就不能批量，这样，钱就赚得不稳定。紫袍玉带石是可以成为一个品牌的，它的独特是可以成批量地做成长期稳定的高档工艺品。”[2]白梨花和杜鹃红从名字到本质，体现了诗意与欲望的对比，以及乡村与城市的对比。通过对比，传达作者鲜明的价值取向。

社会学家费迪南德·腾尼斯把人类社会分为“自然意志占主导的礼俗社会”和“理性意志占主导的法理社会”，他认为前者是传统社会，典型代表是乡村；后者是现代社会，典型代表是都市。乡村作为一个与城市相对的概念，一直是人们乡愁意识的情结之所，是作家的情感寄托，是精神家园的保留地。他们在作品中热烈地怀恋故土，激情地歌咏乡村，并强烈地批判着城市。在城市，一个人拥有很多东西，但往往是物质的，容易失去。而在乡村，一个人拥有的看似很少，却是内在的、丰富的。白梨花和杜鹃红的对比，也正是作家对精神家园的情感寄托。

《水晶山谷》的题材和主题都充分显示出作家鲜明的生态意识，不仅揭示出人类对自然环境的破坏，也揭示出物欲社会对人类心灵的污染；不仅赞美了诗意乡村对自然的护佑，也批判了欲望城市对自然的掠夺。这是

[1] 欧阳黔森：《白多黑少》，贵州人民出版社，2006年版，第100页。
[2] 欧阳黔森：《白多黑少》，贵州人民出版社，2006年版，第129页。

贵州作家对生态危机的积极应对，也是对生态文明的深情呼唤。从更深刻的意义上来说，这也昭示了贵州乡土文学的转型之路。

长篇小说《绝地逢生》更是一部蕴含鲜明生态意识的作品。这部作品的序曲是作家 2004 年发表在《十月》第 5 期上的中篇小说《八颗苞谷》。在《八颗苞谷》中，作家写到了农民在石漠化的土地上种粮无法生存的现状，后来经过科技扶贫开发以后，生态治理彻底改变了村里的面貌，白鹰村一下子进入了小康村行列。欧阳黔森在小说中借专家们送的对联“少生孩子多养猪，多栽树子少放羊”表达了鲜明的生态意识。这部作品已经在积极关注贵州石漠化治理和生态修复的重大问题，显示了作家关注现实人生的一种理想主义情怀。可以说这也是对当下很多作家远离现实人生，只关注一己私欲的一个有力匡正。

《绝地逢生》中盘江大队人多地少，生态严重失衡，耕地面积随着生态环境的逐步恶化而逐年减少，植被严重退化，石漠化相当严重，已经不适合人类居住。盘江为什么会变成这样？小说通过人物的对话进行了反思：“专家说得对啊，这几年来，我们的生态环境越来越恶劣了，石漠化越来越严重了。就说这座大山吧，我听我爹说过，其实几十年前，它还有不少参天大树，可现在，你看，到处都是光秃秃的石头，寸草不生了。我们是自己毁了自己啊！”，“是啊，那一年大炼钢铁，我就带着青年突击队在这山上，一口气砍了十几棵大树。当时还自以为不得了，现在想起来，我们那时候太蠢了。”[1]曾经有生态专家说过：石漠化是癌症，沙漠化是重症，荒漠化是一般疾病。由此可知石漠化治理的难度。蒙幺爸带领盘江人同石漠化做斗争，终于让盘江这个不适合居住的人类绝地开满鲜花、绿树成荫，经济得到蓬勃发展。这既表现了作家对贵州石漠化治理和生态修复的生态

[1] 欧阳黔森：《绝地逢生》，贵州人民出版社，2008 年版，第 114 页。

意识，又张扬了作家的生态文明理想。

《绝地逢生》是一部弘扬主旋律的作品，它不仅反映农村改革开放30年的发展历程，而且阐释了科学发展观的重大意义，这是由这部作品改编的电视剧能在全国两会召开期间亮相中央电视台一套黄金时段的重要原因。这也是近年来在宣传贵州的文化工程中做得很成功的其中一件事，从将“多彩贵州”逐步打造成贵州省的文化品牌，到推介“公园省大氧吧”的生态旅游，再到全国两会期间全面展示贵州农村的改革风貌、生态治理，无一不是文化战略工程的成功。

但是从更深的意义来看，“绝处逢生”的过程，描写贵州乌蒙山区人们如何使昔日石漠化程度很深，被联合国称为“不适合人类居住”的石山村，变为今日山清水秀的生态村；使昔日贫穷落后的“光棍村”变为今日幸福和谐的小康村的过程，是文学关注和表现人类生存状态的责任使然。“当代文学艺术应当为促进人与自然的和解、人与自然的和谐做出贡献。文学艺术应当走进自然、关爱自然，重振‘自然之维’。这不仅仅指文学艺术创作中题材的选择和风格的营造，更体现出一个文学艺术家的良心和职责。”[1]应对生态危机，治理生态环境，把不适合人类生存的不毛之地变成伊甸园是人类的使命。具有鲜明的人类意识与生态意识，描述人与自然的关系，呼唤生态文明，是一个有良知的作家的使命。美国著名作家卡逊在《寂静的春天》一书中揭露了美国资本家为了追求利润使用剧毒杀虫剂污染环境，使得春天再无鸟语花香，变得可怕寂静。这部书1962年问世以后引起美国朝野极大的震动，像黑暗中的一声呐喊唤醒了广大民众，仅至1962年底便有40多个提案在美国各州通过立法以限制杀虫剂的使用。生态文明思想像一盏明灯照亮了人类的环境意识。

---

[1] 鲁枢元：《生态批评的空间》，华东师范大学出版社，2006年版，第327页。

欧阳黔森的作品反映出来的生态思想与欧美生态文学作家是一脉相承的，无论是他的《水晶山谷》还是《绝地逢生》，无论是批判还是歌颂，都鲜明地体现了人类的生态意识。欧阳黔森甚至在他的另一部中篇小说《莽昆仑》中感叹："人类的现代化文明是以破坏自然为代价的。你看这现在的冰川已经要萎缩到雪山的顶峰了，总有一天，雪山都会变成黑山"[1]，表达了面对生态危机的深沉忧患。

世界各国虽国情不同，但面对生态危机时的思考是相同的。中国，由于特定的社会、文化、人口和经济条件，环境与资源的问题会显得更加严峻。如果这一问题解决得好，中国有希望成为一片文明昌盛的人间乐土。《绝地逢生》无疑以艺术的方式展示了一条解决的路径，这是应该引起我们高度重视的。

文学即人学。文学关注和表现人类的生存状态，必然要和关注人类的生态相关联。日益恶化的生存环境和日趋严重的生态危机，是生态文学产生的根本原因。在贵州成功申报荔波为世界自然遗产（后贵州又成功申报"赤水丹霞地貌"和"施秉云台山喀斯特地貌"为世界自然遗产），贵阳建设生态文明城市，贵州省委提出"坚定不移地走建设生态文明的特色发展之路"的鼓舞下，贵州作家特别是乡土文学作家应该肩负起历史的使命，为人与自然和谐共生、诗意地栖居在地球上呐喊。

在过去的 20 年中，中国当代生态文学尽管发展迟缓，但富有良知的作家以重建生态家园为使命，仍然创作了大量有价值的生态文学作品。相比之下，贵州的生态文学创作才刚刚起步，生态文学在贵州这块土地上抒写的空间无比开阔，而且贵州本土少数民族文学如侗族歌谣、苗族歌谣中有大量可资借鉴的具有生态意识的文本。回应时代的要求，关注生态问题，

[1] 欧阳黔森：《白多黑少》，贵州人民出版社，2006 年版，第 337 页。

呼唤生态文明，歌咏美丽的大自然，揭露和批判对生态环境的破坏，谱写人与自然和谐相处的生命之歌，实现贵州乡土文学的转型，是 21 世纪贵州乡土文学的历史使命，也是作家欧阳黔森最深刻的意义所在。

**2012 年《当代文坛》第 2 期**

# 传奇叙事与形式的辩证法

## ——欧阳黔森小说论

颜水生

传奇叙事在中国小说史上影响深远。鲁迅《中国小说史略》大部分内容都是在描述传奇的发展历史，从六朝志怪到唐人传奇再到宋元话本，都能找到传奇发展的明晰线索。鲁迅认为，“自晋讫隋，特多鬼神志怪之书”[1]，“造传奇之文，荟萃为一集者，在唐代多有”[2]。到宋元时期，虽然“别有艺文兴起”，但传奇仍然常见，鲁迅认为，“宋一代文人之为志怪，既平实而乏文采，其传奇，又多托往事而避近闻，拟古且无不逮，更无独创之可矣”[3]。虽然宋之传奇并无创新，但传奇叙事不仅给宋元话本提供了素材，也为明清小说发展创造了条件，鲁迅指出，“盖传奇风韵，明末实弥漫天下，至易代不改也”[4]。不难发现，传奇叙事一直是中国文学的创作方法和重要体裁。进入二十世纪以来，中国小说虽然接受了西方小说的创作技法，但传奇叙事仍然在中国小说中产生重要影响，正

[1] 鲁迅：《鲁迅全集》（第9卷），人民文学出版社，2005年版，第45页。
[2] 鲁迅：《鲁迅全集》（第9卷），人民文学出版社，2005年版，第96页。
[3] 鲁迅：《鲁迅全集》（第9卷），人民文学出版社，2005年版，第115页。
[4] 鲁迅：《鲁迅全集》（第9卷），人民文学出版社，2005年版，第215页。

如张清华认为当代中国小说的复兴“与古典小说中的‘传奇传统’的恢复有密切的关系”[1]，李遇春也认为中国当代小说的文体变迁与传奇文体传统存在着“或显或隐的艺术关联”[2]。在传奇传统中，《聊斋志异》尤其受到重视，鲁迅指出：“《聊斋志异》虽亦如当时同类之书，不外记神仙狐鬼精魅故事，然描写委曲，叙次井然，用传奇法，而以志怪，变幻之状，如在目前；又或易调改弦，别叙畸人异行，出于幻域，顿入人间；偶述琐闻，亦多简洁，故读者耳目，为之一新。”[3]《聊斋志异》吸取了志怪传奇的传统，不仅能够风行数百年，而且对当代小说产生了深刻影响。莫言多次强调《聊斋志异》是他心目中最好的小说，他认为“蒲松龄不仅是中国著名的文学家，也是在全世界享有盛誉的短篇小说大师”[4]，在古今中外的所有作家中，“对我影响最大的是蒲松龄”[5]。众所周知，《聊斋志异》深受六朝志怪和唐传奇文的影响，其主要叙事方法就是志怪和传奇；莫言在《红高粱家族》中复归了中国传统的民间英雄传奇，从这个方面来说，《红高粱家族》深受以《聊斋志异》为代表的传奇传统的影响。与莫言一样，欧阳黔森也特别敬仰蒲松龄和《聊斋志异》，中国传统志怪传奇和现代革命英雄传奇为欧阳黔森小说创作提供了思想和方法基础，在欧阳黔森的历史叙事、革命叙事、地质叙事、扶贫叙事和世俗故事中都夹杂了名副其实的传奇范式。

## 一、童年记忆与革命英雄传奇

[1] 张清华：《传奇——当代小说诗学关键词之三》，《小说评论》2012 年第 3 期。

[2] 李遇春：《“传奇”与中国当代小说文体演变趋势》，《文学评论》2016 年第 2 期。

[3] 鲁迅：《鲁迅全集》（第 9 卷），人民文学出版社，2005 年版，第 215 页。

[4] 莫言：《莫言讲演新篇》，文化艺术出版社，2009 年版，第 151 页。

[5] 莫言：《莫言讲演新篇》，文化艺术出版社，2009 年版，第 158 页。

二十世纪五六十年代，传奇方法在中国当代小说中被广泛运用，有些小说“表现的是革命战争情景，但与过去的‘传奇小说’在艺术上有相近的特征，这些长篇有的时候被称为‘革命英雄传奇’”[1]。比如《烈火金钢》《铁道游击队》《敌后武工队》等，尤其是《林海雪原》“在叙事上充满了浪漫主义的想象力和传奇性”[2]，被认为是当代“最重要、影响最大的‘革命英雄传奇’小说”[3]，这些小说实现了由传统的民间英雄传奇向现代的革命英雄传奇的转型。这些革命英雄传奇作品大都是欧阳黔森的启蒙读物，2015 年，欧阳黔森在访谈录中写道：“在我能说汉语的时候，文学书籍非常少，能见到的也就是《金光大道》《艳阳天》《难忘的战斗》《红岩》等。像《三国演义》《水浒传》《西游记》《聊斋志异》等都是听来的。当时，地质队的职工来自五湖四海，知识分子众多，在那个缺乏文化生活的年代，听人讲故事，是我儿时最深刻的记忆。而这种记忆就是我至今喜欢讲故事的缘由。”[4]欧阳黔森所说的这些小说大都运用了传奇的叙事方法，《金光大道》《艳阳天》《难忘的战斗》《红岩》都是“革命历史小说”，《难忘的战斗》《红岩》也可以说是“革命英雄传奇”的代表作品；《三国演义》《水浒传》《西游记》《聊斋志异》也都运用了志怪传奇的叙事方法。不难看出，从中国古代的民间英雄传奇到现代的革命英雄传奇都给青少年时代的欧阳黔森留下了深刻记忆，也为他“讲故事”提供了条件。在如此光辉灿烂的精神资源和小说传统中，欧阳黔森特别敬仰蒲松龄，也特别喜欢《聊斋志异》，他在第二届蒲松龄短篇

[1] 洪子：《中国当代文学史》，北京大学出版社，2010 年版，第 142 页。

[2] 陈思和：《中国当代文学史教程》，复旦大学出版社，1999 年版，第 64 页。

[3] 洪子诚：《中国当代文学史》，北京大学出版社，2010 年版，第 143 页。

[4] 周新民、欧阳黔森：《探询人性美——欧阳黔森访谈录》，《小说评论》2015 年第 5 期。

小说获奖感言中说：

“小时候，每逢夜深人静，母亲总是给我讲《聊斋》故事。那时候家里没有《聊斋志异》这本书，二十世纪六十年代时，确实找不到这本书。但是，那些故事人物，却是那样地生动在母亲的嘴里。讲的多是鬼的故事，可小小的我从未害怕过，我想母亲也从未认为这些故事会吓唬小孩子。在我从少年步入青年的时候，我终于有了一本《聊斋志异》，母亲看着我感叹了一句：‘看了《聊斋》，想鬼做。’母亲的随口一叹，也许母亲也记不起了，是的，我也记不起母亲是在什么时间、什么地点，这么一叹。但这一叹，20 年来，一直围绕在我耳边，久久地在脑畔回响。但这句话的利害，我是在 20 年以后才感觉到和真正理解到的。我们可以想象，一个人讲故事，可以把原本该害怕的东西讲成了一种无比向往，这要多么的伟大才能做到呀！如是，蒲松龄堪称中国乃至世界，那个时代的短篇王。”[1]

母亲讲述《聊斋志异》故事给欧阳黔森留下了深刻印象，母亲似乎拥有特殊才能，她能够把鬼怪故事讲得特别生动，能够把本该令人害怕的东西讲得令人无比向往，听母亲讲故事甚至可以说是他小时候最美好的记忆。童年记忆是文学创作的重要源泉，童年记忆无疑也为欧阳黔森的传奇叙事奠定了基础。

传统民间志怪传奇和现代革命英雄传奇对欧阳黔森的小说创作产生了重要影响，他也运用传奇手法创作了一些可以称为“革命英雄传奇”的小说作品。1999 年，欧阳黔森在《当代》发表小说《十八块地》，这篇小说很早以前就已经创作了，并收入欧阳黔森于 1994 年出版的文集《有目光看久》。欧阳黔森在这部小说中多次提到了《青春之歌》《红岩》《烈火

[1] 欧阳黔森：《短篇小说是最难藏拙的》，《小说里的中国》，青岛出版社，2013 年版，第 198 页。

金刚》《难忘的战斗》等“革命历史小说”，小说中的人物也经常排演《红灯记》和《智取威虎山》等样板戏。在《十八块地》中，“革命英雄传奇”不仅成为小说叙事的重要内容，也成为小说叙事的重要方法，小说中的人物如政委吴大跃和萧家兄妹的人生经历都富有传奇色彩。长篇小说《雄关漫道》是欧阳黔森创作“革命英雄传奇”的代表作品，欧阳黔森写道：“我老家在湘西，生长在黔东。贺龙、任弼时、关向应、萧克、王震领导的红二、红六军团，在这一带建立了革命根据地。我从小就听老人讲许多鲜为人知的关于红军的动人传说，后来从事地质工作，走遍了这一带的山山水水。我很早就梦想有一天能把这些传奇写成故事。”[1]在欧阳黔森看来，红二、红六军团开创黔大毕革命根据地就是一部英雄传奇，他自小就听说红军的英雄事迹和动人传说，这一切都成为他小说创作的动机。在《雄关漫道》中，贺龙、任弼时、关向应、萧克、王震等无产阶级革命领导人的英雄群像跃然纸上，小说不仅描写无产阶级革命领导人的足智多谋和英勇善战，也描写他们的内心世界以及与百姓的鱼水情深，比如小说多次描写贺龙对小婉的关爱，较好地刻画了战争环境中人物性格的丰富性和完满性。小说不仅描写红二、红六军团在转战过程中取得的重大胜利，也描写红二、红六军团遭受的挫折和牺牲，尤其描写战争的残酷性，许多年轻的红军战士在战争中献出了宝贵的生命。小说真实地、历史地再现了红二、红六军团的伟大征程和光辉业绩，小说把红二、红六军团转战湘鄂黔滇康放在中央红军长征的大背景下，讲述红二、红六军团有力地掩护中央红军长征的战斗事迹，书写一曲壮阔的中国工农红军长征的英雄史诗。正如《保卫延安》《红日》《林海雪原》等革命历史小说一样，《雄关漫道》有意识地运用了传奇化的叙事方法，使小说情节和人物经历传奇化，增强了小说的故事

[1] 欧阳黔森：《记忆》，《当代·长篇小说选刊》2006 年第 5 期。

性和趣味性。实际上，红二、红六军团转战湘鄂黔滇康原本就具有传奇色彩，其灵活机动的战略战术是红二、红六军团能够胜利完成长征的前提条件，小说还通过国民党的看法侧面描写贺龙的传奇性。这也就是说，《雄关漫道》既保留了中国传统民间英雄传奇的痕迹，又继承了中国现代革命英雄传奇的方法，是一部成功反映红二方面军长征的长篇小说。

众所周知，革命英雄传奇是二十世纪五六十年代中国小说的主要叙事模式，然而在二十世纪八十年代，以莫言《红高粱家族》等为代表的小说以“民间英雄传奇”解构了“革命英雄传奇”的宏大叙事和历史逻辑；在二十世纪九十年代以后，当代小说出现了反英雄、反文化和反历史倾向；进入新世纪以后，欧阳黔森树起英雄主义旗帜，以名副其实的传奇范式把民间英雄与革命英雄统一起来，他旗帜鲜明地歌唱英雄主义、理想主义和乐观主义，既呼应了中国当代文学中的革命英雄传奇小说的精神传统，更有力回应了当下文学发展中的历史虚无主义倾向，最终提供了一种把握历史节奏的可能，《雄关漫道》也正是在这个方面表现出更为重要的意义。

## 二、古典神韵与民间英雄传奇

如果说《雄关漫道》是一部现代“革命英雄传奇”小说，那么《断河》和《奢香夫人》就是传统“民间英雄传奇”小说。2003 年，欧阳黔森发表小说《断河》，这部小说是欧阳黔森运用民间传奇的代表性作品。小说在中篇小说的篇幅内讲述了百余年的历史，截取时代断面讲述历史变迁和人物命运；小说讲述传奇式的事件与情节，塑造传奇式的人物形象，显示了浓厚的武侠小说风貌。“从某种意义上说，武侠小说是中国民间英雄传奇最主要的艺术载体，侠客也就成为了中国民间社会普通民众心目中心向往之的传奇英雄”[1]，欧阳黔森正是借鉴了这种民间艺术形式。老刀和老狼都是充满江湖气息的侠客式人物，他们比刀可以说是一个典型的传奇情节，老狼与老刀进行生死决斗，这是中国传统侠义小说的常见情节。老狼和老刀都讲究江湖义气，坚决不肯先出第一刀，只能请寨主老风做主。老风抽签决定由老狼先用刀，老刀后用枪，各原地后退十步，站立不动。这种安排使老刀陷入不利境地，站立不动使老刀不能使出高超的躲刀手段，无论老刀的刀怎么快，却不能拔刀。但老刀遵循江湖规矩，他自知死已难免，心头坦然如石。小说写道：“老狼心中得意，老刀默默不语。老狼后退十步，拱手一声断喝：‘承让。’老狼如此客气是自信一刀就能断送老刀。”[2]这些动作与言语，充分展示了江湖规矩与道义，展示了中国古典侠义小说的神韵。小说最精彩的场景无疑是决斗的瞬间，小说写道：

“老狼一声狂呼看刀，声未到刀已出手，快如闪电，直向老刀飞去。刹那间，只听得一声惨叫，倒下的不是老刀，却是老刀那条凶猛而敏捷的老狗。那刀从老狗口中射入，不见了刀柄，只露出刀尾一簇红缨。老狗在老狼出手的一刹那，飞跃而接。老狗吞刀不倒，回头圆瞪着眼看老刀，摇了摇尾巴后才轰然倒下。”[3]

这种情节描写无论是在语言还是动作上，都极具传奇色彩，“快如闪电”“刹那间”等时间词语也都展示了老狼刀法的快速和精湛，这些词语其实也就是巴赫金所说的“传奇时间”。更令人惊异的是，老狗居然“飞

[1] 陈夫龙：《民国时期新文学作家与侠文化研究》，花木兰文化事业有限公司，2017 年版，第 250 页。

[2] 欧阳黔森：《莽昆仑：欧阳黔森中短篇小说选》，作家出版社，2015 年版，第 298 页。

[3] 欧阳黔森：《莽昆仑：欧阳黔森中短篇小说选》，作家出版社，2015 年版，第 299 页。

跃而接”，救了老刀一命，这种情节不可能是真实的，现实中也不可能发生，但一直是中国传统志怪传奇的常见情节。在《奢香夫人》中，欧阳黔森也描述了许多具有传奇性的情节，比如霭翠猎杀野猪就极具传奇色彩，“飞身下马”“凭空跃起半丈”等词语虽然是夸张之语，但一直是中国传统传奇小说的叙事手段。因此可以说，《断河》和《奢香夫人》远承《水浒传》等古典小说的传奇叙事方法，又具有现代武侠小说的痕迹。

《断河》不仅讲述了传奇的情节，也塑造了传奇的人物形象，老刀、老狼和龙老大都是传奇式的江湖人士，梅朵和老风也具有浓厚的江湖气息，欧阳黔森充分借鉴了传奇手法描绘他们的形象特征。可以说，《断河》中的主要人物都是传奇式的，欧阳黔森也是运用传奇的方法讲述他们的经历或描绘他们的性格。欧阳黔森在介绍老刀和老狼的形象特征时，把他们描绘成典型的武侠人物，小说写道：

“老刀说一不二。老刀刀法绝顶，百发百中。老刀以刀为荣，老刀视刀为生命。老刀一头野猪毛似的黑发，一身古铜色的横肉，站在哪儿都是一堆力的肉阵。每当人们出口称赞他时，他眉一扬，横肉一抖，然后从他厚实的唇中咬出：‘无他，唯手熟尔。’”[1]

“老狼也是这一带出名的刀客，刀又快又准，且胆大包天，打地上走的猎物，从不用枪。一次与一头云豹相遇，只用了两刀，一把刺中喉咙，一把刺中心口。老狼浓眉大眼，一堆黑肉凸起来，油亮亮能看见人影。”[2]

老刀和老狼都属于肌肉棒子且都精通刀法，老刀与老狼的冲突是因为老狼与老刀的女人偷情，老刀决定与老狼决斗。决斗完全依据江湖规

[1] 欧阳黔森：《莽昆仑：欧阳黔森中短篇小说选》，作家出版社，2015年版，第297页。

[2] 欧阳黔森：《莽昆仑：欧阳黔森中短篇小说选》，作家出版社，2015年版，第298页。

矩，正所谓一言既出驷马难追，英雄惜英雄，即使有夺妻之恨和杀狗之仇，老刀也坚守江湖规矩，坚守自己的枪从不打地下走的，但老风又规定他不能用刀，因此老刀有两次机会杀死老狼，但都放弃了。老狼也绝非苟且偷生之辈，他无法忍受老刀骂他是“怕死卵”，回家看了一眼儿子，出门对着老刀走的方向一刀刺进自己的胸膛。老刀与老狼表现了中国古代侠客的典型性格，他们武艺高超但都遵循江湖规矩，逞英雄之气绝不贪生怕死。龙老大也是《断河》的主要人物，他继承了父亲老狼的身段，学会了老刀的刀法，他纵横江湖、恩怨分明、忠君勤王、心狠手辣、信守诺言，是乱世中的枭雄。龙老大为了保护弟弟麻老九，让弟弟几十年如一日地在断河里打鱼，他在乱世中不得不这样做，既表现了他的狠毒之心，又表现了他的兄弟之情。小说以传奇的笔法描写龙老大的形象：“在麻老九十二岁那年冬，大雪纷纷扬扬，在通往断寨的小道上，数十骑飞奔，马蹄扬起雪花，远远望去为首一骑黑马黑风衣在雪道上格外耀眼。麻老九正在寨口与一群小崽玩雪，马队掠过他们，在老九家的吊脚楼下勒住马缰，为头的黑马扬起雪白的蹄凌空嘶鸣，一高大的汉子飞身而下，跪于雪地大呼：‘爹、妈。’”[1]

这段描写完全是武侠小说的写法，把龙老大的江湖身份和侠义性格表现得淋漓尽致。龙老大重兄弟情义，希望麻老九强大起来，他送给麻老九一个女人，后又狠心淹死这个女人，就是想激起麻老九的血气，但麻老九是个软骨头，龙老大不得不继续对他狠下去。梅朵是一个重情的女人，最终以两把刀插进胸口自杀，追随老狼和老刀。老风是黑湾寨寨主，他不顾年老体弱带着少寨主骑马追赶进京勤王的龙老大，一番慷慨激昂之后，挥泪道别，临死前仍大呼皇上，表现了传统的忠君思想。在《奢香夫人》中，

[1] 欧阳黔森：《莽昆仑：欧阳黔森中短篇小说选》，作家出版社，2015 年版，第 302 页。

欧阳黔森描绘了许多性格鲜明的人物，比如大明使臣焦光虽然是一介弱小文人，但他也是一位具有浓厚忠君思想的臣民，欧阳黔森让焦光表现了“风萧萧兮易水寒”的壮士情怀。奢香夫人更是一位极具传奇色彩的人物形象，她自小聪明伶俐且通晓骑射，她私自带领侍女跑到贵阳购买书籍的经历以及化解土司部落的争斗仇杀，不仅显示了她的智慧和勇气，也显示了她的仁爱之心。总体来说，奢香夫人的言行极具侠义精神，她也极具中国武侠小说中的女侠客形象特征。

从叙事模式方面来说，《断河》和《奢香夫人》都继承了中国传统传奇小说的英雄美人模式，尤其是霭翠与奢香可以说是英雄美人的范本。此外，欧阳黔森在小说中塑造了一系列具有英雄气质的人物，比如焦光和莫里，那珠和阿离也都是美人范本。从意识形态内涵方面来说，《断河》和《奢香夫人》既继承传统传奇小说的特点又有所创新。众所周知，在中国小说史上，以《儿女英雄传》和《三侠五义》为代表的清之侠义小说是志怪传奇小说之余脉，而清之侠义小说又给现代革命英雄传奇以深刻影响，洪子诚就认为以《林海雪原》为代表的“革命英雄传奇”小说“在对既往的‘绿林传奇’的‘收编和征服’中，‘绿林传奇’的那套话语仍产生某种魅力，‘既暗示了另类生活方式，也承续了文化传统中对越轨的江湖世界的想象与满足’”[1]。正是从这个角度来说，欧阳黔森在《断河》中也继承了中国传统的“绿林传奇”和“江湖世界”，也就是鲁迅所说的“精神或至正反，大旨在揄扬勇侠，赞美粗豪，然又必不背于忠义”[2]。老刀和老狼的勇侠粗豪和龙老大的忠孝仁义也可以说是清之侠义小说精神的再现。由这个“江湖”和这群“人”所构筑的民间世界，“不仅折射出特

[1] 洪子诚：《中国当代文学史》，北京大学出版社，2010 年版，第 144 页。
[2] 鲁迅：《鲁迅全集》（第 9 卷），人民文学出版社，2005 年版，第 278 页。

定时代的真实面影，而且反映了特定地域的民情风俗和世态人生，凸显出鲜明的中国气派和强烈的民族精神”[1]。鲁迅曾对清之侠义小说精神提出了批评，他认为“侠义小说中之英雄，在民间每极粗豪，大有绿林结习，而终必为一大僚隶卒，供使令奔走以为宠荣，此盖非心悦诚服，乐为臣仆之时不办也”[2]。如此看来，《断河》中的龙老大和老风也不过是封建隶卒臣仆而已，但小说并没有落入清之侠义小说的俗套，欧阳黔森在小说结尾安排红军枪毙了龙老大，小说主人公的命运安排极具象征意义。二十世纪五六十年代的“革命英雄传奇”小说曾因为“传奇小说”的“类型特征”和思想内容的“某种欠缺”而遭受批评[3]，因为传奇形式的艺术结构、道德观念和审美模式含有“传统封建意识形态的因素”[4]。然而，断河人民的解放是红军的胜利和革命英雄的成功，而龙老大的结局暗示了封建隶卒臣仆和封建意识形态必然崩溃的命运。从这个方面来说，小说在形式上暗示了现代的革命英雄传奇必将超越传统的民间英雄传奇，《断河》也正是在这个意义上体现了对二十世纪五六十年代的“革命英雄传奇”小说的复归。与《断河》相同的是，《奢香夫人》也表现了现代意义上的国家意识形态，奢香夫人为民众幸福、民族团结和国家统一所做出的贡献，其实也是“革命英雄传奇”小说的重要追求。

## 三、志怪传统与当代世俗传奇

志怪与传奇一脉相承，传奇深受志怪的影响。唐朝陆德明指出：“志，

---

[1] 陈夫龙：《刘绍棠乡土小说的侠文化解读》，《中国现代文学研究丛刊》2018年第1期。

[2] 鲁迅：《鲁迅全集》（第9卷），人民文学出版社，2005年版，第278页。

[3] 洪子诚：《中国当代文学史》，北京大学出版社，2010年版，第144页。

[4] 陈思和：《中国当代文学史教程》，复旦大学出版社，1999年版，第60页。

记也；怪，异也。”[1]也就是说怪与异是同义词，“志怪，志异，都是指记述一切奇怪之事、奇怪之人、奇怪之物”[2]。欧阳黔森深受湘楚文化的影响，而湘楚之地多信巫术鬼神，沈从文和韩少功等湖南作家的小说中也经常出现巫术鬼神等异人、怪事、奇物，湘楚文化为欧阳黔森的传奇叙事提供了重要资源。如果说《断河》运用民间英雄传奇叙事形式表现了封建意识形态必然崩溃和中国无产阶级革命必然胜利的历史规律性；那么《穿山岁月》《莽昆仑》《穿越峡谷》等小说则是运用志怪方法来书写当代世俗传奇。从审美模式来说，从《断河》到《雄关漫道》都是张扬英雄主义和乐观主义，这也是二十世纪五六十年代革命英雄传奇小说普遍的审美规范，但欧阳黔森并不希望陷入审美模式的单调化，他充分融入冒险、鬼怪因素探索传奇小说审美模式的多样化。张清华探究了传奇叙事传统，认为传奇小说从美学属性上可以分为三种类型，“具有刺激与消费趣味的鬼怪和冒险叙事”就是其中的重要类型，“这类小说以惊悚和猎奇为基本特点”[3]，欧阳黔森的冒险、鬼怪叙事在美学属性上也可以归于此类。

在欧阳黔森看来，大自然是他的奇缘，大自然的鬼斧神工常为世人惊叹，他曾经从事的地质工作促使他经常在大自然中寻找奇遇；在原始森林进行地质工作原本就是十分惊险甚至危险的，这为欧阳黔森描写人物经历的惊险性提供了条件。2001 年发表的《穿山岁月》可以看作是一部现代探险性传奇小说，一群地质队员在原始森林里经历艰难险恶的跋涉，遭遇了各种各样的奇迹。原始森林有云豹、黑熊和五步蛇，还有旱蚂蟥和长脚巨蚊，在渺无人烟的原始森林搞地质工作是非常惊险的活动——在天黑的时候，地质队员在山洞点燃了火堆，发现有蚂蟥钻进了一个地质队员的脚，

[1] 郭庆藩：《庄子辑释》，中华书局，1961 年版，第 5 页。

[2] 孙俊杰、张学军：《莫言小说中的志怪传奇》，《济南大学学报（社会科学版）》2018 年第 6 期。

[3] 张清华：《传奇——当代小说诗学关键词之三》，《小说评论》2012 年第 3 期。

他满脚都是血；在棉絮岭，地质队员遇见了老虎，或许是一只刚吃饱了的老虎，没多久老虎就自动跑远了。这样看来，《穿山岁月》也可以说是一部原始森林历险记。从一定意义上来说，《莽昆仑》也是一部现代探险性传奇小说，小说主要讲述地质队员在昆仑山的奇遇，“我”不仅看到了昆仑山绝美的奇景，而且遇见了昆仑山的神鹰、黑熊和白狼。欧阳黔森完全是用传奇方式讲述地质队员在昆仑山的神奇遭遇。地质队员看到昆仑山神鹰不惧风雨雷电，勇敢地张开翅膀保护两只小鹰，这是一种神奇的遇见。更神奇的是，一个地质队员为了躲避黑熊的攻击，居然装死跟黑熊躺在一起睡觉，惊险而又刺激。在神奇的昆仑山，地质队员不仅要克服高海拔、风雨雷电、豺狼虎豹等各种自然困难，还要克服生活艰苦、情感孤独等各种生活困难。正是在这样困难的条件下，地质队员就像探险家一样，在茫茫的昆仑山遇见了各种各样的奇迹。欧阳黔森认为，昆仑山的天空是一种奇迹，昆仑山的神鹰、黑熊和白狼也是奇迹，昆仑山的旗树都是奇迹。欧阳黔森写道：“旗树的确神奇，它的神奇在于风的方向所造就的奇迹，它的美丽在于雪的颜色飘扬着一面绿色的信念。世界上居然有这种东西存在，这存在就是奇迹。”[1]在欧阳黔森看来，每一个人都渴望奇迹，可奇迹并不能守株待兔，而是要不断地在寻觅中跋涉中路遇。路遇奇迹也需要坚强与勇气，有路或者无路，关键看你走不走，没有路的地方，一旦有人走过便有了路，或许便有了奇迹。不仅如此，路遇奇迹还需要发现奇迹的意识和眼光。在这个充满险恶而又充满希望的世界里，能看见的奇迹实在太少。所谓“奇迹”，其实就是书写传奇的条件和基础。

欧阳黔森笔下的大山如同海明威、康拉德小说中的大海，大山和大海

[1] 欧阳黔森：《莽昆仑：欧阳黔森中短篇小说选》，作家出版社，2015 年版，第 36 页。

都是一种人格化力量。在海明威和康拉德看来，生活就是人与自然的搏斗，小说《老人与海》《水仙号上的黑水手》充分体现了人与自然的矛盾和斗争。欧阳黔森也是如此，他看到了大自然的神奇力量，在《莽昆仑》《穿越峡谷》《穿山岁月》等小说中，大山都是富有象征意义的典型环境，是神奇自然力的一个缩影，以神奇、险峻向地质队员的意志力提出挑战。地质队员经历无数惊险，他们与大自然抗争的精神体现了人格和意志的伟大与坚强。如果说《穿山岁月》和《莽昆仑》主要讲述在大自然中的奇遇，可以说是现代的自然历险记，那么《穿越峡谷》就是带有浓厚《聊斋志异》色彩的志怪传奇。2001 年，欧阳黔森发表小说《穿越峡谷》，这部作品可以说是一部玄幻小说，主要讲述“我”在一条荒无人迹的峡谷的奇遇，清早道上与下午峡谷遇见的女人极为相似，都身着白衣服、深蓝裤子和一顶草帽，是人是鬼还是神仙？在不藏蛇的地方偏偏遇见了蛇，不可能有人烟的地方偏偏遇见了两只小羊，千百年不掉的风动石偏偏那天掉下来，这一切都让“我”大为吃惊。这次峡谷奇遇令“我”难以忘怀，世界上有些事情无法解释，不可全信，也不可不信，这样使小说充满了浓厚的神秘主义色彩。在《穿山岁月》中，地质队员在进山之前也看到了一件特别奇怪的事情，搬运的民工要求进山前拜山神，在举行仪式时，民工手起刀落，红公鸡狂叫不绝的头被活生生地砍落，那没有头的鸡居然奇怪地摇动着翅膀在土地庙前跑了一圈，它光秃秃没有头的脖子一伸一扬，血从削平的刀口处箭一样射出，竟然在它跑的圆圈外喷洒出一个大的圆圈。民工举行这个仪式本就是一件神秘的事情，而公鸡无头跑动更是一个难以解释的事件。真可谓，大千世界无奇不有，地质工作无奇不遇，小说也就洋溢着浓郁的神秘气息。欧阳黔森异事野史的写法与湘楚文化有一定的渊源，沈从文小说也经常出现这种异事野史，韩少功的《爸爸爸》和《马桥词典》也在讲述异事野史，也具有浓厚的神秘气息。

如果说《莽昆仑》《穿越峡谷》《穿山岁月》用志怪形式演绎了当代世俗传奇，那么《绝地逢生》《村长唐三草》《非爱时间》《白多黑少》《水晶山谷》等小说也都是具有寓言意味的当代世俗传奇。长篇小说《绝地逢生》是欧阳黔森扶贫题材创作中的代表作品，云贵高原的乌蒙山脉石漠化极为严重，土地极度贫瘠，当地百姓生活极为困难。然而，村支书蒙幺爸率领村民克服困难、保护生态，使严重石漠化得到有效控制，并且因地制宜种植花椒使绝对贫困的山村逐步解决了基本温饱问题。蒙幺爸率领村民创造的扶贫奇迹，把不适合人类生存之地转变为伊甸园，这无疑可以说是一个当代传奇。《村长唐三草》也是讲述扶贫干部的故事，在桃花村这个穷山恶水之地，村干部是一个费力不讨好的差事，因此没有人愿意当。而唐三草辞去稳定的教职工作，自告奋勇地当上了村干部，主动承担村主任的职责，带领村民养猪、开发乡村旅游等，使桃花村在五年内就脱掉了贫困村的帽子。蒙幺爸和唐三草都是普通的农民干部，但欧阳黔森以传奇手法讲述他们的人生经历，他们也可以说是农民英雄，但在总体上仍然算是世俗世界中的奇人。从叙事形式来说，《绝地逢生》《村长唐三草》可以说是“英雄传奇”的当代演绎，它与《红旗谱》和《创业史》等小说都是讲述中国农民克服重重困难在斗争中获取幸福的经历，在蒙幺爸和唐三草身上也能看到朱老忠和梁生宝等农民英雄不屈不挠的战斗精神。而《非爱时间》《白多黑少》与《绝地逢生》大为不同，欧阳黔森从英雄传奇叙事真正转向了世俗传奇叙事。《非爱时间》讲述老知青黑松和陆伍柒具有传奇色彩的人生经历，陆伍柒和黑松经历了许多曲折和磨难，他们也获得了成功，但他们的精神却无比空虚无聊，他们一直怀念当年的知青生活。尤其是陆伍柒可以说是当代世俗传奇的范本，他获得了物质的繁华，但他极度空虚，他有数不清的女人但从来没有得到真正的爱情。《白多黑少》讲述主人公“我”与几个女人的情感纠葛，这种叙事手法使我们容易想起张爱玲式的世俗传奇。《非爱时间》和《白多黑少》在精神层面上与贾平凹的小说《废都》有异曲同工之妙，这几部小说“提示的当代精神困局依然是值得人们深思的”[1]。张清华和李遇春把《废都》看作是传奇小说的样本，认为《废都》承接《金瓶梅》《红楼梦》为代表的世俗传奇传统，《非爱时间》和《白多黑少》也正是在这个意义上被看作是世俗传奇小说。《水晶山谷》讲述的是金钱支配下的生态破坏和道德沦丧，田茂林不择手段开采矿石最终命丧矿山。可以说《水晶山谷》揭示的人性扭曲问题比生态问题更为突出，这也能够使我们联想到张爱玲的传奇小说对人性的剖析。相比较而言，《扬起你的笑脸》讲述的更是奇人异事，小说人物与汪曾祺的世俗传奇小说《陈小手》《异秉》中的主人公类似。欧阳黔森在小说中讲述乡村教师田大德的人生经历，田大德是大学问家，为人洁身自好，性格孤僻。欧阳黔森把田大德比作是“采菊东篱下，悠然见南山”的陶渊明。田大德是梨花寨的奇人，他的教学方法也很独特，善于启发学生思考，并激励学生多了解外面的世界。张清华和李遇春都认为传奇文体具有很强的寓言性，即把世道人心寄寓在传奇故事中以促使人的警醒，从这个方面来说，欧阳黔森的《非爱时间》《白多黑少》和《水晶山谷》等小说也可以当作寓言来理解。

欧阳黔森把探险和志怪融入作品，无疑增强了小说的惊险性和神秘性，也增加了小说的趣味性和可读性。正是在这个意义上，欧阳黔森在传奇叙事的审美规范上统一了英雄主义、乐观主义和惊险主义、神秘主义，使他的传奇小说创作呈现多样化的审美风格。陈平原在《千古文人侠客梦》中

---

[1] 陈晓明：《对当代精神困局的透视——评欧阳黔森〈非爱时间〉》，《文艺报》2004年5月18日。

认为“雅俗对峙构成了20世纪中国文化发展的一种重要动力”[1]，然而，雅俗融合在欧阳黔森小说中似乎更为明显。在对欧阳黔森“传奇”叙事的分析中，兼及了惊险叙事、穿山叙事和世俗传奇的阐释，似乎说明欧阳黔森是一位通俗文学作家，似乎也说明他与当代大众文化的紧密联系。事实也是如此，欧阳黔森在影视创作方面投入的时间与精力是当代大众文化影响力的一个缩影，也是当代文学雅俗融合、雅俗互通的重要样本。然而，无论是文学创作还是影视创作，都不能忽视欧阳黔森创作的“有意味的形式”包含的意识形态内涵。

## 结语

欧阳黔森在文学创作上孜孜不倦地进行探索，尤其坚持不懈地进行文体实验，不断地尝试借鉴中国小说的叙事传统，不仅使其文学创作呈现多样化的审美风貌，而且为当代小说文体的创新发展积累了有益经验。张清华认为无论是六朝志怪、唐代传奇，还是明清异史、志异小说，“其内容与写法都是一脉相承的，就是以怪诞奇幻和诡异惊悚等为特征，以警世劝喻和闲暇消遣为宗旨”[2]，张清华不仅揭示了传奇叙事的艺术价值，而且强调了传奇叙事的意识形态内涵。可以说，传奇不仅是一种艺术形式，更是一种意识形态载体，欧阳黔森的小说创作也充分表现了传奇的形式辩证法。在欧阳黔森小说中，传奇叙事不仅综合了武侠、冒险、志怪、鬼神、荒诞等艺术形式，而且综合了江湖侠义、英雄主义、理想主义、国家主义等意识形态内容。在这些意识形态追求中，国家意识无疑是欧阳黔森最为重要的创作追求。正是从这种创作追求出发，欧阳黔森在革命英雄传奇和

[1] 陈平原：《千古文人侠客梦》，人民文学出版社，1992年版，第5页。
[2] 张清华：《传奇——当代小说诗学关键词之三》，《小说评论》2012年第3期。

民间英雄传奇叙事中也都表现了鲜明的国家意识形态。比如在长篇小说《奢香夫人》中，欧阳黔森讲述了奢香夫人的传奇人生。奢香夫人具有过人的胆识智慧，她遭遇被绑架、被陷害、被羞辱的经历，仍能够忍辱负重，性格坚韧不拔。更为重要的是，奢香夫人深明大义，以国家统一为重，不仅积极支持明军在水西境内安营扎寨，而且主动贡马、献粮、通道，使明王朝实现了对西南边陲的统一。正是在这种国家意识形态的凸显下，奢香夫人的传奇人生才呈现了英雄主义色彩。《奢香夫人》是一部历史小说，在历史小说中运用传奇叙事手法是中国小说的叙事传统。总体来说，欧阳黔森综合传奇叙事传统，不仅塑造了形象鲜明的现代革命英雄群谱，而且描绘了性格鲜明的历史英雄形象。

基金项目：贵州省哲学社会科学规划重大委托课题（课题编号：18GZWT01）之阶段性成果

**2019 年《贵州师范大学学报（社会科学版）》第 2 期**

# 感觉意识形态与风景的象征世界

## ——欧阳黔森文学创作论

颜水生

詹姆逊在对康拉德小说视觉和听觉描写的分析中，提出“感觉意识形态”概念，他认为感知是历史的新经验，视觉艺术的抽象化不仅证明日常生活的抽象及预示生活的破碎和物化，也为社会发展过程中的一切损失进行一种乌托邦的补偿，文学中感觉的任务就是“把愈加枯竭和压抑的现实加以力必多改造的乌托邦使命”[1]。他认为康拉德通过感觉的“审美化策略”形成印象主义风格，所谓“审美化策略”是指“根据作为半自治性的感知活动对世界及其数据加以重新编码或重写”[2]。詹姆逊进一步讨论康拉德小说的印象主义的含混价值，认为“康拉德的风格实践也可以解作象征性行为”，“其终极含混性却在于它要超越历史的努力”[3]。众所周知，康拉德是英国现代小说家，被认为是最伟大的英语小说家之一，

[1][美]詹姆逊:《政治无意识: 作为社会象征行为的叙事》，王逢振、陈永国译，中国社会科学出版社，1999年版，第222页。

[2][美]詹姆逊:《政治无意识: 作为社会象征行为的叙事》，王逢振、陈永国译，中国社会科学出版社，1999年版，第216页。

[3][美]詹姆逊:《政治无意识: 作为社会象征行为的叙事》，王逢振、陈永国译，中国社会科学出版社，1999年版，第223页。

海洋小说和丛林小说是康拉德小说创作的重要成就。康拉德小说充满大量风景和声音描写，并且赋予其丰富的意识形态内涵。康拉德在《黑暗之心》中对泰晤士河的风景描写，早已成为文学研究者经常分析的对象，西蒙·沙玛在《风景与记忆》中就认为《黑暗之心》中的泰晤士河畔展开的是“随着港口潮水起伏而兴衰的英国历史”，并且认为把泰晤士河作为“时空纵贯线”已经成为传统，他在康拉德的“帝国之河”中看到“迷惘、痴愚和死亡告终的商业入侵之路”，然而“河道并不是唯一承载历史的风景”[1]，西蒙·沙玛还分析森林、山峰等。西蒙·沙玛强调，“风景首先是文化，其次才是自然”[2]，风景是投射于山峰、丛林、植物、动物之上的想象建构。我们知道文学创作中的服饰描写“充满诗意和能指，传达出无穷的韵味和深刻的意旨，成为独特的服饰话语”[3]。同样，文学创作中的风景描写也具备这样的功能，风景不仅被赋予丰富的象征意蕴，而且以其独特的话语体系在现实和理想之间形成一种巨大的张力结构。欧阳黔森与康拉德相隔近一个世纪，把他们的小说创作进行比较看起来很荒唐，但康拉德和欧阳黔森都喜欢描写风景，比如康拉德《黑暗的心》描写原始、荒蛮、恐怖的非洲丛林和阴惨、幽暗、嘈杂的港口，“黑色”作为小说的总体意象，象征非洲的原始与落后，也象征殖民主义的邪恶与残忍。欧阳黔森《莽昆仑》《穿山岁月》等小说描写中国西部的大山和丛林，不仅是因为具有相似的文学创作题材，更重要的是欧阳黔森也运用印象主义和象征主义笔法描写

[1] [英]西蒙·沙玛：《风景与记忆》，胡淑陈、冯樨译，译林出版社，2013 年版，第 3—4 页。

[2] [英]西蒙·沙玛：《风景与记忆》，胡淑陈、冯樨译，译林出版社，2013 年版，第 67 页。

[3] 陈夫龙：《张爱玲的服饰体验和服饰书写研究》，《山东师范大学学报（人文社会科学版）》2018 年第 1 期。

梵净山和昆仑山雄奇壮丽的风景，也描绘牧歌体和灵性的风景，他以大量的视觉和听觉描写扩展小说的张力。欧阳黔森通过印象主义的风景描写，在审美或想象层面上为解决人类现代化发展中的矛盾与问题提供方法或出路的可能性。

## 一、神奇的风景与民族之情怀

描写山川尤其是描写西部边地的山川景物，一直是中国新时期文学的重要特色，作家们通过这种山川景物的书写，为新时期文学“提供了类似于美国西部那样的地方文化空间，将自然的魅力借助较为原始的边地空间展现在急速追寻现代化经验的中国面前”[1]。如扎西达娃和阿来描写西藏高原壮丽的群山风景，近年来发表的《群山之巅》（迟子建）和《山本》（贾平凹）等长篇小说又把山川风景描写推向文学前沿。描写山川风景也是欧阳黔森文学创作的重要特色，喜欢山是欧阳黔森天生的爱好和秉性，爱山是他一生不能舍取的嗜好，他从小就与山有缘，他还有一个踏遍青山找矿的父亲。可以说，欧阳黔森是生在山里、长在山里。欧阳黔森长大后又成为地质队员，走遍祖国的山川大地，武陵山脉、乌蒙山脉、横断山脉和五岭山脉都留下他的足迹。踏遍群山一方面是欧阳黔森从事地质工作的需要，另一方面也是欧阳黔森追求美、热爱自然的爱好促成的。欧阳黔森是一个喜欢发现美并且执着地热爱美的人，他多次强调“对美的地方不在乎路远，不在乎时间”，“只要有这样的自然美，我一定要去的”[2]。为了追求自然美，欧阳黔森可以不顾及路途遥远，他曾经到过南海看见美丽的西沙

[1] 王晓文：《中国现代边地小说研究》，人民出版社，2016年版，第228页。
[2] 欧阳黔森：《我要带你去美丽的地方》，《有目光看久》，贵州民族出版社，1994年版，第33页。

群岛，回到家之后又立刻决定去新疆，他不辞辛劳从中国的南边飞到西边，其目的就是寻找大自然之美。

正如康拉德通过“感觉系统”（sensorium）再造它的客体，即通过“感觉的单一‘亮度’或色度的总体化”将客体折射出来[1]，欧阳黔森也是通过“感觉抽象的可能性”赋予客体大山以神奇壮丽的风景。欧阳黔森登过峨眉山、黄山、泰山和华山，然而，欧阳黔森最爱的还是故乡的梵净山。1987 年，欧阳黔森带着一个化探组在梵净山搞了半年的野外调查，走遍梵净山的山山水水，他甚至熟悉梵净山的一草一木。在欧阳黔森看来，梵净山具有无与伦比的美，“梵净山集峨眉之秀、黄山之奇、华山之险、泰山之雄于一身”[2]，他无数次登顶梵净山但仍痴心不移，梵净山令他魂牵梦萦，使他的心灵充满人性本身最为瑰丽的自豪感。每当登上梵净山金顶，欧阳黔森内心的情感就能得到无比痛快的宣泄，在嘹亮的呐喊声中释放生命的声音和本色。在欧阳黔森笔下，梵净山被神圣化了，梵净山是武陵山脉的主峰，是六条水系的源头，他把梵净山看作“创造人类创造生命”[3]。梵净山也被认为是“天下名岳之宗”，是上千年来著名的佛教圣地。正因如此，欧阳黔森认为梵净山具有一种神秘的灵气，其灵山秀水和梵天净土还能够净化人的灵魂。在欧阳黔森看来，梵净山不仅是人类生命的象征，也是人类精神的象征。在诗歌《山之魂魄》中，欧阳黔森第一句话就

[1][美]詹姆逊:《政治无意识：作为社会象征行为的叙事》，王逢振、陈永国译，中国社会科学出版社，1999 年版，第 216 页。

[2]欧阳黔森:《故乡情结》，《水的眼泪：欧阳黔森选集》，广西师范大学出版社，2017 年版，第 77 页。

[3]欧阳黔森:《故乡情结》，《水的眼泪：欧阳黔森选集》，广西师范大学出版社，2017 年版，第 78 页。

是“爱山吧，山是男人的”[1]，他把山的精神与男人的品格联系起来，强调山是男人彪悍、勇敢、坚韧品格的象征。欧阳黔森认为地质队员已经与山融为一体，美丽的山景铸就地质队员的追求，铸就地质队员的精神，地质队员是山的真正魂魄。在诗歌《旗树》中，欧阳黔森描绘在横断山脉和昆仑山脉相邻的大山上的旗树，他认为旗树是风的宣言、力的象征，是风雨冰雪铸就的山的魂魄，旗树“屹立成一道神奇的风景”[2]，他描绘旗树的崇高形象，歌颂旗树顽强不屈、坚韧不拔的高贵品质。欧阳黔森笔下的大山如同康拉德小说中的大海，大山和大海都是一种人格化力量的象征。在康拉德看来，生活就是人与自然的搏斗，小说《老人与海》《水仙号上的黑水手》充分体现人与自然的矛盾和斗争。欧阳黔森也是如此，他看到大自然的神奇力量，在《莽昆仑》《穿越峡谷》《穿山岁月》等小说中，大山都是富有象征意义的典型环境，是神奇自然力的一个缩影，以神奇、险峻向地质队员的意志力提出挑战。地质队员经历无数惊险，他们与大自然抗争的精神体现人格和意志的伟大与坚强。

梵净山可以说是欧阳黔森的家乡，热爱故土是人类的本能，欧阳黔森对梵净山的崇敬或许理所当然。但是欧阳黔森不仅详细描绘梵净山，也特别崇敬横断山和昆仑山。在《横断山脉中的香格里拉》中，欧阳黔森比较昆仑山和横断山的区别，认为昆仑山雄伟苍凉，而横断山脉不但雄伟而且秀丽，落差悬殊的特殊地貌使横断山脉群山高耸、河谷深切、生物丰富、五光十色，风景十分优美，绝世无双的九寨沟和丽江、大理的风景美不胜收，令人叹为观止。横断山脉的雄浑也是举世无双，梅里雪峰至今未被人类征

[1] 欧阳黔森：《山之魂魄》，《有目光看久》，贵州民族出版社，1994 年版，第 122 页。

[2] 欧阳黔森：《白层古渡》，《水的眼泪：欧阳黔森选集》，广西师范大学出版社，2017 年版，第 187 页。

服。在小说《莽昆仑》中，欧阳黔森不仅引用一首诗歌《那是中国神奇的版图》集中表现昆仑山的风景特征，而且还引用从古至今的名言来描绘昆仑山的雄伟壮丽。欧阳黔森引经据典，引古语和毛主席诗词充分说明昆仑山的神奇壮丽，昆仑山几乎成为中华文化的象征，它不仅具有“万山之祖”和“通天之山”的显赫地位，而且在古代神话中还被认为是“西王母”的座地，也被道教认为是元始天尊的道场。历代中国人视昆仑为神山，在《山海经》中就已出现，中国古代的神话传说、历史故事、志怪传奇中有关昆仑山的讲述都可以在《山海经》中找到源头。毛主席在红军长征即将到达陕北时，登上岷山远望苍茫的昆仑山脉，有感而发写出“横空出世，莽昆仑”，赞叹昆仑山脉的神奇高大、险峻猛健。欧阳黔森的小说题名《莽昆仑》就出自毛主席诗词《念奴娇·昆仑》。欧阳黔森不仅从文化历史角度讲述昆仑山的神奇壮丽，而且还从自然地理角度赞扬昆仑山的滋养和奉献精神。昆仑山是长江、黄河的发源地，因此昆仑山也被认为是中华民族的发源地，昆仑山冰川融化汇入长江黄河，也相当于滋润中华大地，滋养五千年的中华文明。从《山海经》寻找大山风景的起源是当代小说的常见方法，比如贾平凹在《山本》中也是从《山海经》中去寻找山的神话传说，认为昆仑山是诸神的地上都府，认为秦岭“提携着黄河长河，统领了北方南方，它是中国最伟大的一座山”[1]。在诗歌《隆起与沉陷》中，欧阳黔森描绘中华大地的地理特征，认为隆起与沉陷是中华大地千万年不朽的风景，隆起使中华大地雄性昂然，沉陷使中华大地母性幽深。欧阳黔森又赞叹昆仑山的伟岸与神奇，称赞昆仑山滋养五千年的灿烂文化。

在欧阳黔森笔下，高原大山也是民族国家的象征。在诗歌《高原梦》中，欧阳黔森描绘青藏高原、黄土高原和红土高原的神奇风景，他认为青藏高

[1] 贾平凹：《山本》，作家出版社，2018 年版，第 522 页。

原是东方巨人的头颅，双眼如一泻千里的两道目光，严厉而慈祥，这博大而神奇的目光有着生命力的色彩，掠过沧桑沉浮的版图，成就东方古老江河民族的梦与情。欧阳黔森认为黄土高原是巨人的乳房，河流纵横，乳汁汩汩涌流，流出无与伦比的黄土文明，而红土高原是巨人隆起的又一个美丽而丰富的乳房，山山水水孕育的宝藏是流不尽的乳汁，正演奏着时代美妙的交响乐。在《那是中国神奇的版图》（组诗）中，欧阳黔森集中描绘昆仑山雄伟壮丽的风景，从隆起、沉陷到沧桑、沉浮，从原野、雪山到骏马、牛羊，欧阳黔森写出中华大地的神奇壮丽和悠久历史，刻画昆仑山的威仪与深邃、博大与神奇、严厉与慈祥，歌颂祖国的大好河山和神奇版图。《那是中国神奇的版图》（组诗）不仅描写昆仑山，也描绘祖国的海域和岛屿，如在《西沙群岛》中，欧阳黔森描绘西沙的浩瀚无垠、风涌浪卷，刻画西沙的天堂般美景，强调西沙是我们可爱的家乡、是中国神奇的版图，表达保卫西沙的坚强信念。不难发现，在《那是中国神奇的版图》（组诗）中，欧阳黔森通过描绘昆仑山、大海及岛屿的神奇壮丽风景表达浓烈的民族国家情怀。

在欧阳黔森看来，高原大山不仅风景优美，也曾是中国革命的战场，是革命精神的象征。在《心上的眼睛》中，欧阳黔森多次写到娄山关的风景，并且强调“风景这边独好”。在欧阳黔森看来，娄山关雄伟苍凉、群山俊俏、植被茂盛，这种独特的位置和植被形成娄山关的独特风景。欧阳黔森喜欢描写神奇的风景，不仅高原大山是神奇的，连山上的雾都是神奇的。欧阳黔森认为娄山关关隘险峻，是英雄夺关斩将展示风采的地方，那儿的山、那儿的风都洋溢着英雄的味道，这里连绵不断的群山与天安门广场的人民英雄纪念碑同样耸立在一片蓝天之下。在欧阳黔森笔下，小说主人公具有浓厚的英雄崇拜情结，小说中的“我”从小就崇拜解放军，崇拜革命英雄。

在《再上红军山》中，欧阳黔森描绘一尊红军塑像，心中油然升起一股崇敬之情，“一种浩然之气在心中升起”[1]。这篇散文真实地揭示欧阳黔森内在的革命情怀，他从小生活在地质大院，从小就崇拜革命英雄和伟人，成年后又从事地质工作，这种酷似军事化的生活方式培养了他的英雄情结。因此，欧阳黔森看到革命圣地或者红军塑像，就会油然而生崇敬之情。

在欧阳黔森笔下，高原山川都是神奇壮丽的风景，也都是极具象征意义的风景。在对风景的描绘中，欧阳黔森充分借鉴感觉的力量，尤其是运用听觉和视觉因素。在《故乡情结》中，欧阳黔森就写他们站在梵净山万卷书岩大声呐喊，发出“生命之内的声音”[2]。在这种呐喊声中宣泄情感，也喊出岁月的惶恐与沧桑和生命的本色。欧阳黔森就是这样通过听觉描绘梵净山的神奇与壮丽，也赋予梵净山生命价值和人格力量。2006 年，欧阳黔森发表《莽昆仑》，以极其华丽词句从视觉方面描绘昆仑山的雄伟壮丽。他看到湛蓝湛蓝的天空，这种天空让他感到震惊、让他想呼喊。在欧阳黔森看来，昆仑山是世界最纯洁的地方，是容不得半点污浊的地方。欧阳黔森着重描写声光色，突出瞬间的感觉，这是典型的印象主义写法。欧阳黔森通过色彩塑造新的空间和新的感觉世界，塑造一个崭新而又陌生的世界，表现超越历史和现实的努力。在直观感觉和意识形态的激烈搏斗中，风景再现不得不服从于作者内心的乌托邦冲动，服从于感觉意识形态的需要。正如西蒙·沙玛在《风景与记忆》中所指出的，风景神话与记忆有着惊人的持久力和强大的影响力，“一块被赋予家乡之名、承载复杂而丰富的故

[1] 欧阳黔森：《再上红军山》，《有目光看久》，贵州民族出版社，1994 年版，第 100 页。

[2] 欧阳黔森：《故乡情结》，《水的眼泪：欧阳黔森选集》，广西师范大学出版社，2017 年版，第 76 页。

土之思的土地”将会极大地增加民族文化认同感[1]。欧阳黔森笔下神奇的地域风景不仅描述自然状况，而且揭示历史文化，使民族文化获得现代社会的认知。只有理解风景传统，才能理解当下，才能启发未来，当风景与家乡、民族、自然联系起来，风景必然是意识形态的象征。

## 二、牧歌体风景与现代性反思

欧阳黔森是一个爱美之人，他执着地追求自然美，认为自然风景是民族国家的象征，因此他笔下的高原群山往往是神奇壮丽的景观。表面看来，欧阳黔森是在描绘高原群山，实际上他是在描写民族国家，是在表达爱国主义和英雄主义情怀。欧阳黔森也崇仰生命和高尚人格，因此他笔下的高原大山往往成为人类生命和人格力量的象征。欧阳黔森不仅描绘神奇的风景，也描绘牧歌体风景，希冀能够在田园牧歌般的生活中安顿人类困倦的灵魂。然而，现实却是无比的残酷，这让欧阳黔森感到无比失望，现代化的发展不仅没有维护大自然的和谐与安宁，反而使大自然和人类陷入绝望境地。在《穿山岁月》《水晶山谷》《白层古渡》等作品中，欧阳黔森描写田园牧歌般的风景，既表达他对和谐安宁生活的向往，又表达他对生态恶化的失望和对现代化发展的反思。

地质队员的野外工作是非常艰苦的，他们不仅要克服各种自然困难，还要克服心理的孤独。地质队员在原始森林有可能遇到各种地质灾害，也有可能遇上各种毒虫猛兽，有的队员为此献出了宝贵生命。在小说《穿山岁月》中，欧阳黔森讲述地质队在渺无人烟的原始森林进行地质勘探，任务十分艰巨而且工作时间紧迫，原始森林暗河密布，阴森恐怖令人不寒而

[1][英]西蒙·沙玛:《风景与记忆》，胡淑陈、冯樨译，译林出版社，2013年版，第15页。

栗，河谷野兽出没，云豹、黑熊、五步蛇、旱蚂蟥、长脚巨蚊等使地质队员防不胜防。这种遭遇使地质队员体验到身体上的极限虚弱和精神上的极度疲劳，然而，他们在野外工作也有可能遇见田园牧歌般的乡村图景。在《穿山岁月》中，欧阳黔森描写美丽的桃花坝，在如诗如画的美景中，地质队员“我”看到生命的信息，看到时代的希望，也油然升起血色的理想和信念，并进一步想到《钢铁是怎样炼成的》。欧阳黔森在小说中指出，在这个物欲横流的时代，我们只有在心灵深处怀念保尔，希望有保尔这样的年轻人一起血气方刚、朝气蓬勃地为人类壮丽事业而奋斗。欧阳黔森既表达对美好生活的向往，又表达对现实社会物欲横流的不满，他一直坚守理想主义，希望为壮丽事业而不懈奋斗。其实在《穿山岁月》中，大部分内容都是关于困难环境和艰苦生活的描写，这段偶尔遇见的牧歌体风景给予长期陷于困苦生活中的地质队员以无比的欣慰和精神的鼓励。这种对比式的风景描写在康拉德小说中也经常出现，《黑暗的心》大量出现面目幽沉、灌木丛生、密不透风、举步维艰的原始丛林，但小说也描写一处田园牧歌般的图景，原始丛林居然有一处风景优美、生机盎然的地方，小说主人公心情大为舒畅。在这种优美风景中，小说主人公似乎看透人生的本质，瞥见人生真相的狰狞面目，欲望和憎恨离奇地相互纠缠，人生如梦而孤独始终相随。在这惊鸿一瞥中，主人公似乎看透所有的智慧、所有的真相、所有的诚意。小说似乎在告诉读者，人在不知餍足地追求外表的辉煌和狰狞的现实时，也需要寻求心灵的安宁与和谐。这段非洲原始丛林风景与小说主体风景形成的差异性和对比性叙述，也表现印象主义和象征主义的含混性。

康拉德在《黑暗之心》中通过黑暗的原始丛林象征殖民主义的欲望与贪婪，也希望在牧歌体风景中寻求痛苦的幻灭和灵魂的安宁。众所周知，西方殖民主义对非洲的掠夺是资本主义的产物，也是西方现代化的产物。

《黑暗的心》不仅批判西方殖民主义对非洲的残忍侵略，也批判现代化冲击下人性的变异，小说更深层次的是对人类孤独精神和人类灵魂港湾的思考，小说中出现的几处牧歌体风景无不具有这样的意义。牧歌体风景是西方文学的重要传统，田园牧歌在西方最早可以上溯到公元前8世纪的赫西俄德的《工作与时日》，公元前3世纪的忒奥克里托斯最早以“牧歌”命名文学作品，并使“牧歌”成为一种重要的文学体裁，他因此被认为是西方田园牧歌的创始人。公元前1世纪维吉尔创作的《牧歌》和《农事诗》把田园牧歌发展到古典时期的最高境界。后来经过不断的传承发展，田园牧歌成为西方文学的重要传统，康拉德也许是在这个意义上继承西方文学对闲适安宁、和谐幸福生活的追求。作为一种文学体裁，田园牧歌在中国也是源远流长，最早可以上溯到《诗经》，东晋陶渊明使田园牧歌成为一种重要的文学体裁，唐朝王维和孟浩然使田园牧歌成为一个重要的诗歌流派。田园牧歌在本质上代表的是一种生活方式和精神追求，在古代中国，老子在《道德经》中也描述了这种生活方式：“甘其食，美其服，安其居，乐其俗。邻国相望，鸡犬之声相闻，民至老死，不相往来。”[1]孔子在《论语·先进篇》中也认同这种人生理想：“暮春者，春服既成，冠者五六人，童子六七人，浴乎沂，风乎舞雩，咏而归。”[2]不难看出，田园牧歌在人类历史上代表一种理想的生活方式，然而，田园牧歌与现代化发展似乎成为一组悖论。西方殖民主义不仅打破非洲原始古朴的生活方式，而且也给古老的中华文明带来巨大灾难。康拉德对西方殖民主义的批判和对人类现代化的反思，使《黑暗的心》在世界文学史上永远放射出光芒。虽然欧阳黔森没有直接在文学作品中批判西方殖民主义，但他深刻反思人类现代

[1] 陈鼓应：《老子注释及评介》（修订增补本），中华书局，1984年版，第344页。
[2] 《论语译注》，杨伯峻译注，中华书局，1958年版，第118页。

化发展对田园牧歌生活的冲击。2003 年，欧阳黔森发表《水晶山谷》，描写绝美的黑松岭和七色谷。这两个地方不仅自然环境优美，而且保存有珍贵的化石，见证了地球几亿年来的变化。位于武陵山脉的黑松岭是一个美丽而又神秘的地方，是大自然造就的神奇土地，几百年来一直保持着原始森林的状貌，但是李王和田茂林带着一帮人把黑松岭的页片状石头挖得底朝天。李王和田茂林依靠出卖大自然的秘密来换取人类最肮脏而又最喜爱的金钱。七色谷也是武陵山脉一个美丽而神秘的山谷，欧阳黔森用尽各种华丽词句来描绘七色谷的美丽——七色谷是天然氧吧，是人类的天堂。大自然造就七色谷的美丽与神奇，七色谷是震撼心灵的，每一个善良的人看到七色谷都会感动得流下激动万分的热泪，白梨花就是如此，她完全被大自然感动了。然而，由于七色谷盛产一种珍贵的石头，它的命运在人性贪婪中被破坏殆尽。白梨花热爱美丽的七色谷，因为她有一颗善良和爱美之心，她多次哭喊着恳求保护七色谷。美丽善良的泪水并不能挽救七色谷的命运，李王、马学仕、卢冰、田茂林和杜鹃红带领村民很快就搬空七色谷，不久七色谷又在轰隆隆的爆破声中永远不复存在。李王、马学仕、卢冰、田茂林和杜鹃红明知对七色谷进行爆破是在破坏自然，但他们利欲熏心、无所顾忌。他们甚至还厚颜无耻地说全世界都在破坏自然，厚颜无耻地宣称现代化发展是以破坏自然为代价。在小说《诺斯托罗莫》中，康拉德描写了几处牧歌体风景，萨拉科城是古典牧歌的典型。萨拉科城是一个古老的港口，环境幽静，景色迷人，“萨拉科却是在深邃的平静湾庄严的沉默之中寻找到躲避商业世界诱惑的庇护所”[1]，“有着富饶的大草原和高产银矿的，牧歌式睡眼惺忪的萨拉科”[2]。整个萨拉科城就像一座宝藏，

[1]［英］康拉德：《诺斯托罗莫》，刘珠还译，译林出版社，2001 年版，第 3 页。
[2]［英］康拉德：《诺斯托罗莫》，刘珠还译，译林出版社，2001 年版，第 109 页。

受到全世界殖民主义和帝国主义的侵略，英国人查尔斯·高尔德在美国财阀的支持下在萨拉科开采银矿，轮船、火车的相继出现打破萨拉科的宁静，经济殖民主义不仅使萨拉科陷入疯狂贪婪中，也使萨拉科陷入无休止的战火中。康拉德通过萨拉科表达对世界和人类命运的认识，无疑也通过牧歌般的萨拉城批判现代化和经济殖民主义。也正是在这个意义上，欧阳黔森的《水晶山谷》与康拉德《黑暗的心》《诺斯托罗莫》一样，表达对人性欲望和贪婪的批判以及对现代化的反思。

如果说《水晶山谷》和《黑暗的心》《诺斯托罗莫》一样，都是通过牧歌体风景揭示现代化发展冲击下人性的变异，批判了人类的欲望与贪婪，那么《白层古渡》则是通过牧歌体风景揭示人类的无知与渺小。在《白层古渡》中，欧阳黔森描绘北盘江大峡谷的美丽和神奇。北盘江大峡谷曾入选《中国国家地理》杂志评选的“中国最美丽的峡谷”，上游有中国最大的瀑布群，其中黄果树瀑布、滴水滩瀑布、天生桥瀑布等构成了天地间一曲神奇的交响乐。欧阳黔森认为在这样的峡谷中，美丽是随处可见的，他认为“这儿除了美得让人愉悦外，还有它千年的历史沉淀之美”[1]。在欧阳黔森看来，北盘江峡谷在地球上碧蓝了亿万年，是动植物的天堂，也是人类生活的天堂，是当地人祖祖辈辈赖以生存繁衍的美丽家园。北盘江的风是美的，绿叶随风和鸣，峡谷两岸的绿色是造氧的高手，北盘江大峡谷是一座巨大的天然氧吧，富含氧离子的风在北盘江峡谷自由游荡，是上帝送给这个天堂的天然空调。站在峡谷之巅，远看苍山如海，一种博大之气浑然于天地之间，令人无比心旷神怡。然而，人类为了生存总是不断地

[1]欧阳黔森:《白层古渡》,《水的眼泪：欧阳黔森选集》,广西师范大学出版社，2017年版，第40页。

改变大自然，甚至破坏大自然，北盘江这个美丽而又神奇的峡谷也将不复存在，欧阳黔森感到深深的惋惜。欧阳黔森强调，人类在与大自然的抗争中，仅凭匹夫之勇和主观精神是可笑的，大自然才是人类的真正主宰，人的力量在大自然面前实在太过渺小，人类只有小心谨慎地尊重大自然的规律，才能谋求可持续发展。正如康拉德在《黑暗之心》中指出："海洋本身是神秘的，它主宰他们的存在，和命运之神一般喜怒无常。"[1]康拉德在《台风》《青春》等"海洋小说"中也指出，大自然具有无穷力量，随时都有可能使人类陷入困苦和绝望境地。欧阳黔森坚定地反对大江截流，但他无法改变北盘江大峡谷的命运，大江截流之后，北盘江大峡谷将不复存在，白层古渡也将被淹没，乌江岸边存在上千年的古纤夫道也将被淹没。欧阳黔森满怀激情地描绘他最喜欢的风景，总是对自然保持崇敬之情，希望"它们能够拯救这个虚浮的现代社会"[2]，同时欧阳黔森也赋予现代社会中的许多问题以自然形式，以此表达他对现代化发展的反思。

众所周知，新时期有不少作家描写牧歌体风景，在一定意义上甚至可以说，"牧歌"是中国新时期文学的重要追求。张承志、席慕容、扎西达娃、吉狄马加、欧阳黔森的精细描绘和牧歌的勃勃生机源自他们富有感染力的愉悦，为深受自然变化之影响的北方草原和西南高原的一切而感到愉悦。他们作品中的牧歌图景不只是静态、装饰性的背景，而应该是蕴含理想与希望的人类生活方式。他们改变牧歌的地位，牧歌开始成为新时期文学的焦点之一，不再只是陶渊明式的山水田园诗，也不再只是沈从文式的边城

---

[1]［英］约瑟夫·康拉德：《黑暗的心：汉英对照》，叶雷译，译林出版社，2016年版，第4页。

[2]［英］西蒙·沙玛：《风景与记忆》，胡淑陈、冯樨译，译林出版社，2013年版，第18页。

风光，更不再只是维吉尔、贺拉斯式的乡村主义。他们使牧歌返回到它的语言源点，返回到忒奥克里托斯式的游牧世界。田园牧歌的风景美学是中国传统乡村主义世界观的重要表现，经由《诗经》到陶渊明再到王维的发展，在中国古代文学中影响深远，陶渊明和王维的作品提升了中国传统乡村生活的审美经验。然而，中国传统乡村主义世界观在“五四”时期遭遇巨大挑战，启蒙知识分子的精英叙事颠覆传统乡村叙事的审美原则，田园风景美学也由此发生深刻转变。新启蒙运动以来，人们对乡村生活的态度发生严重分裂，汪曾祺、贾平凹在20世纪80年代初期的小说创作体现田园风景美学的复兴，而张承志和席慕容的北方高原风景与扎西达娃、吉狄马加、欧阳黔森的西南高原风景应该是对水乡风景和平原风景恰到时机的补充。高原风景画具有明显的独特性，在张承志、席慕容、扎西达娃、吉狄马加和欧阳黔森等作家的作品中，草原与群山是高原风景画的典型标志，优美与神秘是高原风景画的重要特征。欧阳黔森也正是在这个意义上融入新时期文学的风景美学主潮，他以牧歌体风景表达反思现代性意识，从而拓展新时期中国文学风景学的思想深度。从这个角度来说，田园牧歌不仅是一种艺术形式（牧人唱的歌谣），也是一种生活方式（悠远闲适的生活），还是一种思维方式（反思性思维）。

### 三、灵性之风景与生命之尊崇

动物被视作一种风景，在学术史上由来已久，西蒙·沙玛在他那本影响很大的著作《风景与记忆》中，就把野牛和灰熊作为风景进行分析。动物作为一种自然物，理所应当属于自然风景，动物风景在小说中也经常出现，比如姜戎的《狼图腾》和乌热尔图的《七岔犄角的公鹿》，这些小说中的狼或鹿既是自然史，也是民族志，是中国北方少数民族文化和精神的象征。这种图腾崇拜与人类的原始思维密切相关，古往今来，“万物有灵论”一直对人类思维和文学创作产生深刻影响。弗雷泽在《金枝》中揭示原始人类的思维特点，指出原始人相信“世界在很大程度上是受超自然力支配的。这种超自然力来自神灵”[1]。布留尔在《原始思维》中认为原始思维决定原始人对大自然的看法，并把它归之于“看不见的力量”[2]，认为原始人“周围的世界就是神灵与神灵说话所使用的语言”[3]。原始人类先天把周围世界看成是由神灵控制，认为任何事件的发生都是由神秘的和看不见的神灵引起，大自然也是由神灵创造和控制。从这个角度来说，“万物有灵论”是人类“原始思维”的典型特征。康拉德在《黑暗的心》中多次描写神秘性风景，如“那是一股无法抗拒的力量所表现出来的沉静，笼罩着谜一样的意图。它盯着你，仿佛跟你仇深似海”[4]。莫言在《红高粱家族》结尾也有大段神秘性风景的描写，他似乎看到祖先亡灵在指点迷津。这些其实都可以看作是“万物有灵论”在文学中的表现。欧阳黔森认同万物皆有灵性的观点，他从世间万物的普遍联系出发，认为万物相生相克，一个物种的消失必然影响其他物种的生存，欧阳黔森对自然充满敬畏之心，对生命充满崇敬之情。因此，在欧阳黔森笔下，自然是伟大力量

[1] 刘魁立：《中译本序》，弗雷泽：《金枝》，徐育新等译，大众文艺出版社，1998 年版，第 6 页。

[2] [法] 列维·布留尔：《原始思维》，丁由译，商务印书馆，1981 年版，第 374 页。

[3] [法] 列维·布留尔：《原始思维》，丁由译，商务印书馆，1981 年版，第 375 页。

[4] [英] 约瑟夫·康拉德：《黑暗的心：汉英对照》，叶雷译，译林出版社，2016 年版，第 48 页。

的象征，万物不仅普遍联系，而且具有特殊的灵性或神性。

欧阳黔森自小就很喜欢狗，也喜欢养狗。在回忆性散文《我家的大黄狗》中，欧阳黔森讲述他小时候养的一条黄狗：他 6 岁的时候，哥姐都要上学，父母要工作，他只好天天跟狗在一起玩，看着小狗长大，与狗建立了深厚感情。在《黄狗与花猫》中，欧阳黔森描写黄狗与狼狗打斗的精彩细节。正是因为有爱狗养狗的这些经历，欧阳黔森对狗的习性非常熟悉，也为他后来在小说中描写狗提供了经验基础。在小说《远方月皎洁》中，女老师卢春兰爱狗也养狗，狗生崽后送一只小狗给“我”，嘱咐“我”不能把狗转送别人，也不能打来吃。后来，小黄狗长成大黄狗，大黄狗对“我”的忠诚可谓至死不渝。回城的日子也快到了，大黄狗不能被带进城，“我”不得不想办法把狗送出远门，避免狗被同事老李打来吃。“我”一次又一次地把大黄狗带到很远的山冈，但狗总是能找回驻地。最终大黄狗被老李锤死了。虽然小说主要讲述“我”与卢春兰甜蜜的初恋，但是由于“我”没有信守诺言保护好黄狗，最终初恋只能成为美好的回忆。在小说《十八块地》中，卢竹儿在一个小山洞里发现一只老山羊和两只小羊，这些羊是因为避雨而躲进小山洞的。卢竹儿嘱咐“我”不要告诉别人，因为卢竹儿知道一旦政委他们知道这个山洞，这些羊就会没命。虽然“我”答应了，但因热烈过头而把这些羊的避雨处告诉了政委。政委带人顺利地打回老山羊，也把小山羊抱回来。后来，这些羊全都死了。从此以后，卢竹儿再也不理“我”。虽然这部小说主要讲述“我”与卢竹儿初恋般的感情，但由于“我”的背叛，使她的哀求变得孤立无援。卢竹儿对动物的热爱深深地感染“我”，也使“我”感到非常后悔。小说《远方月皎洁》和《十八块地》的情节有些相似，都是由于“我”没有信守诺言，致使狗或羊死于非命，小说主人公卢春兰和卢竹儿都有一颗热爱动物的善良仁慈之心。欧阳黔森以精细的笔触描写这些动物，也以悲凄的语言描写卢春兰和卢竹儿的神情，揭示她们对动物的同情与关爱。或许欧阳黔森试图告诉读者，人不仅要信守诺言，更要有一颗仁慈善良的心，动物是人类的朋友，动物也是有生命的，我们应该爱护动物尊敬生命。

如果说《远方月皎洁》《十八块地》主要是讲述人对动物的关爱，那么《断河》主要是讲述动物对主人的忠诚。在《断河》中，欧阳黔森写到一条狗飞身挡刀救主人，老狗吞刀不倒，回头瞪眼看老刀，摇了摇尾巴才轰然倒下，这个情节充分表现狗对主人的忠诚。这种忠诚也就是动物的灵性，它接受主人长期的恩惠，最终以死来报答。在小说《敲狗》中，欧阳黔森讲述狗与人类的亲密关系，把狗的叫声写得活灵活现。在欧阳黔森看来，狗叫声几乎是每个人在儿童时期最喜欢模仿的声音，也是人类在儿童少年时期的美好记忆，狗叫的声音对主人是忠诚与踏实，对好人是亲切和提醒，对坏人则是胆寒和警告。小说把狗的动作与神情描写得惟妙惟肖，尤其是把狗在笼中的挣扎与呻吟描写得活灵活现，这些都说明欧阳黔森在日常生活中的观察之精细。这部小说把狗主人与大黄狗之间的真情表现得淋漓尽致，狗主人舍不得大黄狗，黄狗也特别依恋主人。狗是有灵性的动物，在人与狗相互依靠的关系中揭示人与动物的普遍联系，在人与狗的关系中呼唤人性的温暖与仁慈。

如果说狗是人类最亲密的朋友，那么牛则是人类最得力的助手。在散文《难忘的大河坝》中，欧阳黔森描写一头神奇的黄牛。在一个夕阳西下的时候，欧阳黔森坐在大河坝边上观赏农忙春耕的暮归图："牛背驮着余晖，也驮着牧童；牧童嘴里还含有一片柳叶儿，吹着小曲。"[1] 这是一幅极

[1] 欧阳黔森：《难忘的大河坝》，《有目光看久》，贵州民族出版社，1994年版，第63—64页。

具古典意味的田园牧歌景象，河水潺潺流淌，满山绿红花紫，笛声婉转悠扬。欧阳黔森的心情非常好，话也渐渐多了起来，他无意中朝河对面山上望去，看到了一幅至今难忘的景象，这幅景象让欧阳黔森感动得热泪盈眶，他没想到这地方的白发老人还要下地干农活，他永远都无法忘记白发老人的艰辛，也无法忘记那头可爱而又神奇的黄牛。在历史长河中，牛一直发挥着不可替代的作用，尤其是对农耕文明的华夏民族来说更为重要。白发老妪生存艰辛，身体劳累，唯有黄牛可以帮助她。可以说，白发老妪手拉牛尾奋力前行的图景，是几千年来中国农民命运的真实缩影。欧阳黔森深受感动，不仅是因为他从中看到农民生活的艰辛，更是因为他看到牛对人类做出的贡献。或许只有“兽犹如此，人何以堪”这句古语能够概括欧阳黔森当时的心情。

欧阳黔森不仅描写人与动物之间的真情，也描写动物内在的伟大母爱。欧阳黔森曾经在昆仑山进行地质勘探，神奇的大山经常会出现神奇的景观，欧阳黔森被动物的母爱深深地感动。昆仑山是一个野生动物世界，地质队在昆仑山不断遇到各种野生动物。欧阳黔森看见昆仑山神鹰，这种鸟生活在陆地动物生存的极限海拔高度，一只鸟不畏惧自然界的风雨雷电，展翅而不飞翔，它的羽毛淋着雨，羽翼下钻满了风，只有用双爪紧抓住石头，双翼紧贴在地面。原来鸟的羽翼下有两只羽毛尚未丰满的幼鸟，幼鸟“在母亲羽翼下安全地闪着天真且乌亮的眼睛”，它们“在冰凉的地上冷得发抖”。母鸟张开翅膀保护幼鸟，令人震撼。欧阳黔森还描绘了昆仑雪狼，白狼沿着山壁脚朝下猛跑，跑了十二米左右，又停下来，白狼不断地跑跑停停。根据经验，地质队员在巨大的石头后面发现了一个不深的斜洞，斜洞里有两只小白狼。小白狼不怕人，摇头晃脑地爬出洞，用鼻子来嗅人的手。

后来，地质队员坐在石头上，远远地看白狼咬着狼崽搬家。白狼咬着小白狼，一步一回头地朝远方跑去。欧阳黔森还写了张铁在昆仑山遇到黑熊，为避免黑熊的攻击，张铁不得不躺下装死，但黑熊并没有走开，而是嗅完张铁以后，懒洋洋地躺倒下来开始睡觉。张铁也不得不继续装死并与黑熊贴在一起睡觉。这是一次惊险的经历，足够令人终生难忘，但令人感动的还是昆仑神鹰和雪狼为保护自己的幼崽而付出的巨大努力。实际上，动物的母爱也正如人类的母爱一样伟大，小说也正是在这个意义上呼吁人类要尊崇生命、热爱动物、保护自然。

从唯物主义角度来说，风景都是自然、客观的，但是莫言、席慕容、张承志、扎西达娃、欧阳黔森在不同作品中都表达对“万物有灵论”的信仰，他们以理性精神探究“自然法则”。人类的理性精神很难解释自然法则及其规律本身，尤其是在人类早期阶段，只能凭借人类的非理性精神，只能假设自然万物都有神灵，莫言、席慕容、张承志、扎西达娃、欧阳黔森受到了“万物有灵论”的深刻影响。实际上，这种“万物有灵论”与人类原始思维密切相关。不难看出，风景作为一种想象的共同体，不仅包含对自然世界的想象，也包含对人类文化的想象。本雅明的《拱廊研究计划》对文学中的风景研究具有重要启示意义，尤其是他对风景画的研究值得重视，他强调“全景画宣告了艺术与技术关系的一次大变动，同时也表达了一种新的生活态度”[1]。这句话其实也揭示了风景的丰富内涵和重要意义，关于对莫言、张承志和欧阳黔森等为代表的风景叙事研究也可以说宣告“风景作为一种新的思考方法”的产生，宣告艺术与文化关系的一次重要变动，风景研究将激发对自然世界的探索以及对人类文化的多维思索。

[1] [德]本雅明:《巴黎，19世纪的首都》，刘北成译，商务印书馆，2013年版，第9页。

本文系贵州省哲学社会科学规划重大委托课题（课题编号：18GZWT01）之阶段性成果

2019 年《小说评论》第 2 期

# 社会主义伦理与讲述中国的方法

## ——欧阳黔森文学创作论

颜水生

欧阳黔森被认为是继蹇先艾、何士光之后贵州作家的最重要代表，他以独特的创作风格和艺术个性在当今文坛具有一定影响。1994 年，欧阳黔森出版散文、诗歌合集《有目光看久》；进入 21 世纪以后，欧阳黔森的文学创作进入喷发期，他陆续在《人民文学》《当代》《十月》等杂志发表作品，至今已出版长篇小说《非爱时间》《雄关漫道》《绝地逢生》《奢香夫人》，中短篇小说集《味道》《白多黑少》《莽昆仑：欧阳黔森中短篇小说选》等，另有一部散文、诗歌、小说合集《水的眼泪：欧阳黔森选集》。他的《断河》《村长唐三草》《扬起你的笑脸》《五分硬币》《丁香》《血花》等十余部短篇小说先后被《新华文摘》《小说精选》《中华文学选刊》等转载，短篇小说集《味道》被收入孟繁华主编的《短篇王》文丛。孟繁华、陈晓明、杜国景、周新民等学者都曾撰文高度评价欧阳黔森的文学创作，《当代作家评论》《小说评论》《当代文坛》等刊物发表了研究欧阳黔森的专题评论文章，这些文章大多侧重研究欧阳黔森文学创作的个别方面，比如叙事传统、叙事艺术和英雄主义，尤其重点分析欧阳黔森短篇小说创作的艺术成就，但对欧阳黔森文学创作的整体研究还有待深入。如果说中国现代文学主潮确有一条由启蒙到救亡的发展线索，那么中国当代文学主潮则经历由革命到改革的主题变奏。一般认为，1949 年 7 月 2 日至 19 日在北平召开的中华全国文学艺术工作者代表大会标志中国当代文学的开端，从第一次文代会到第四次文代会之间的中国当代文学是以人民和革命作为核心伦理。正如毕光明指出新中国文学“是以社会主义伦理为基础的”；在毕光明看来，“伦理是指处理人与人之间关系所应遵循的道德和准则”，中国“革命的实质就是伦理的转向”；人民和革命使中国革命的领导者掌握巨大的伦理优势。改革开放以来，改革与现代化话语逐渐成为新时期文学的核心伦理，但是人民和革命伦理在新时期文学中仍然熠熠生辉。欧阳黔森在文学创作中始终坚守和弘扬社会主义伦理，从思想内容方面来说，欧阳黔森继承社会主义革命伦理传统，人民伦理和文化地理是这种叙事伦理的重要载体；他对文化传统和革命历史的思考，以及对革命精神和红色文化的歌颂，都体现了社会主义伦理立场。同时，欧阳黔森也描绘改革时代的巨大变化，表现对时代精神和自然宇宙的思考，强调道德伦理和自然天理在社会发展中不可或缺的价值，尤其是他坚守社会主义核心价值观、科学发展观和生态文明观，体现了社会主义伦理原则。社会主义伦理是马克思主义中国化的成果，是一个丰富复杂的实践和理论体系，也是 20 世纪以来中国的宝贵财富，由革命到改革的话语转换表明社会主义伦理必然随着时代发展而不断更新；社会主义伦理也是讲述中国故事、弘扬中国精神的基本原则和方法。欧阳黔森在文学创作中对社会主义伦理的坚守与弘扬，或许对新时代讲述中国故事、弘扬中国精神具有一定启示意义。

## 一、生活智慧与人民伦理：于经验讲述中国

2017 年，欧阳黔森在《求是》发表《向生活要智慧》，讲述他的创

作热情与灵感的来源，强调文艺创作与人民群众的密切关系，强调深入生活、扎根人民是文艺创作的不二法门，他写道：“人民是文艺创作的源头活水，火热的基层生活才能为创作标注精神的高度。只有深入生活，一个作家才能弄清楚‘我是谁’，才能汲取源源不断的养分。试想一下，如果不了解人民群众的所思所想所盼，如果和人民群众没有血浓于水的深厚感情，我们就无法认识人民生活所蕴藏的丰富性，就无法从中探寻社会发展的潮流。”欧阳黔森在这篇文章中的主要观点可以概括为“向生活要智慧”和“以人民为伦理”，也就是说他坚持“为人民”的写作伦理。可以肯定地说，欧阳黔森强调文艺创作与人民群众的密切关系是继承和坚守社会主义伦理的典型表现。1942 年，毛泽东主席在延安文艺座谈会上的讲话就提出文艺为人民的根本原则；2014 年 10 月 15 日，习近平总书记在文艺工作座谈会上的讲话提出文艺要坚持以人民为中心的创作导向；2016 年 11 月 30 日，习近平总书记在中国文联十大、中国作协九大开幕式上的讲话中再次强调文艺工作要坚持以人民为中心的创作导向。“以人民为中心”的伦理观一直是中国特色社会主义理论的重要组成部分，党的十九大进一步把“以人民为中心”确定为坚持和发展中国特色社会主义的基本原则和方略。党和国家领导人关于文艺工作的讲话给欧阳黔森以深刻启示，使他深刻地认识到文艺创作没有捷径和秘诀，只有扎根生活、服务人民的劳作者才有资格获得丰厚的馈赠。欧阳黔森在回顾自己的创作生涯时，多次强调深入生活、扎根人民是他创作《绝地逢生》《雄关漫道》《奢香夫人》等作品的源泉。为了创作长篇小说《雄关漫道》，欧阳黔森曾经重走长征路，亲身体验长征的艰辛；在重走长征路的过程中，他的心灵受到洗礼，精神得到升华，尤其是红军战士大无畏的牺牲精神激发了他的创作热情和灵感。为了创作农村题材作品《绝地逢生》，长年到乌蒙山区的农家体验生活，与农民群众朝夕相处，深切感受改革开放近40年来农村的巨大变化。2017年，欧阳黔森在回忆创作《绝地逢生》的经历时指出，他“被生活在这片土地上的人民深深感动着”。无论是现实题材创作，还是历史题材作品，欧阳黔森都坚持深入生活、扎根人民，强调作家不深耕生活，就无法获得鲜活的创作素材，也无法激发厚重的历史感，更无法打通历史、现在和未来。在《向生活要智慧》中，欧阳黔森还认为作品的好坏归根到底也是由人民说了算，人民伦理也是评价文学作品的根本标准，只有那些适应、满足人民群众心理需要和审美需求的文艺作品才是真正的好作品。人民群众的心理需要和审美需求是历史积淀的结果，文学创作必须顺应时代发展而不断更新创造，好的作品既是人民的选择，也是时代的选择。因此，“向生活要智慧”和“以人民为伦理”既是欧阳黔森贯彻党的文艺政策的必然结果，也是他的文艺创作经验的全面总结；在欧阳黔森看来，“以人民为伦理”既是文学创作的根本原则，也是衡量文学的基本标准。

“为人民”的写作伦理促使欧阳黔森始终关注人民群众的生活状况。贵州是一个贫困落后的省份，据人民网报道，2014年，贵州全省共识别出贫困乡镇934个、贫困村9000个、贫困人口623万人。欧阳黔森对贵州的脱贫攻坚工作投入极大热情，以报告文学的形式展示贵州近年来脱贫攻坚工作的进展与成果。2017年10月16日，欧阳黔森在《光明日报》发表《花繁叶茂，倾听花开的声音》；2017年12月20日，他在《人民日报》发表《花开有声》（逐梦）。这两个作品经过修改补充后又发表在《人民文学》杂志的《新时代纪事》专栏。2018年，《人民文学》在第1期开设重点栏目《新时代纪事》，该栏目的定位是“专注于老百姓的美好生活需要，写出全面建成小康社会的历史意蕴和时代特征，记下各个层面从实际出发，以勤劳智慧谋求有永续保障的国家兴盛、人民幸福的心路历程”，该栏目呼吁新时代现实题材创作的丰收，倡导作家要诚心诚意进入现实内部，以文学的审美样式和规律呈现现实的生动与丰繁。2018 年，欧阳黔森在《人民文学》杂志先后发表报告文学作品《花繁叶茂，倾听花开的声音》和《报得三春晖》，分别讲述贵州花茂村和海雀村的脱贫故事。《人民文学》重点刊发欧阳黔森的作品，不仅表达对现实题材的美好憧憬，更凸显精准扶贫在新时代的紧迫性。花茂村是革命老区，地处边远，自然条件恶劣，长期处于贫困状态，但在精准扶贫政策的支持下，花茂村发生翻天覆地的变化，昔日的贫困村变成小康村。欧阳黔森在花茂村前后生活了半年时间，才写出《花繁叶茂，倾听花开的声音》，他在作品中强调："作家在人民中体悟生活的本质，吃透生活底蕴，并且把生活咀嚼透了、消化完了，才能变成深刻的情节和动人的形象，才能创作出百姓喜闻乐见的作品，作品才能激荡人心。"《人民文学》编者在"卷首语"指出，"这个对中国革命史有着特殊意义的小山村，红色根基与绿色发展相统一，在新时代成为受到总书记指引和关怀、得到全国关注的革命老区实现精准脱贫的典范"。2017 年 10 月，欧阳黔森再次来到乌蒙山区深入生活，并前往海雀村进行调查采访，这段经历为他写作《报得三春晖》提供了素材。乌蒙山区也是一块红色土地，中国工农红军二、红六军团曾在这里建立革命根据地，乌蒙山区属于严重石漠化的喀斯特地貌，几乎不适合人类居住，地处乌蒙山屋脊的海雀村长期没有摆脱穷困的命运。但在实施脱贫攻坚政策的支持下，海雀村以及毕节试验区发生了令人震撼的变化。在欧阳黔森看来，花茂村和海雀村由贫困到富裕的发展历程其实就是一部中国农民坚韧不拔、生生不息向贫困宣战的心灵史诗。欧阳黔森长期深入乡下生活，一贯坚持眼见为实的创作态度，最终创作这两部纪实性作品，真实地反映贫困地区的时代面貌和底层农民的心路历程。

实际上，自 20 世纪 90 年代以来，“以人民为伦理”一直就是欧阳黔森文学创作的重要追求，他在现实题材和历史题材创作中都实践了这个创作理想。欧阳黔森特别重视描绘贫困地区人民的生活面貌，一直专注于表现老百姓对美好生活的追求。2008 年，欧阳黔森出版长篇小说《绝地逢生》，小说主要讲述偏远落后的盘江村农民脱贫致富的艰难经历，塑造不畏困难、无私奉献的村支书蒙幺爸形象。盘江村位于贵州乌蒙山区，地少人多，生态环境越来越恶劣，石漠化极为严重，土地贫瘠根本种不出粮食，被认为是不适合人类生存的“绝地”。村支书蒙幺爸带领村民不断向贫困发起抗争，但他们种地却种不出粮食，开荒却遇大水冲走土地，修水库水却无缘无故地消失，他们所做的一切都收效甚微，盘江村总是难以摆脱贫困状态。后来，省委领导调研考察乌蒙山区，提出解决乌蒙山区贫困问题的三大工作要点：“扶贫开发、生态建设、人口控制”。在省委精神的指引下、在扶贫资金的帮助下，村支书蒙幺爸带领全村群众修通公路、开通水电，组织群众成立养猪专业户，并且因地制宜引种花椒树。村支书蒙幺爸带领盘江村民与大自然进行不屈不挠的斗争，使严重的石漠化得到初步控制，使绝对贫困的山村逐步解决基本温饱问题。在花椒得到大面积种植以后，村支书蒙幺爸又带领群众入股办厂进行花椒的深加工，初步解决花椒的销售问题，盘江村从此走上奔小康的致富之路。小说结尾写道，盘江村经过十几年的发展，如今已大变样，昔日贫瘠的土地如今也变成水田，村子里大多盖起小楼，道路也焕然一新，道路两旁栽满绿树红花，真是令人心旷神怡。小说旨在通过描写盘江村由不毛之地变成伊甸园的过程，塑造顽强坚忍的农民形象，谱写一部中国农民的心灵史诗，歌颂当今这个伟大时代。2012 年，欧阳黔森在《山花》发表中篇小说《村长唐三草》，主要讲述唐三草辞去公办教职回村务农带领桃花村脱贫的故事。唐三草放弃相对高的工资，主动竞选桃花村村主任。这个村主任不仅工资低，而且是一个烫手的山芋，没有人愿意承担这个职位，唐三草全票当选后，带领村民治理水土、种植桃树、修通公路、种植花椒，使桃花村由一个严重石漠化、不适合人类居住的地方逐渐成为一个环境优美、生活奔小康的乡村。唐三草不仅具有慷慨无私、扎根乡村、勇于奉献的精神，而且具有领导群众、想出办法、解决问题的能力，在村支书和村民的配合下，彻底改变了桃花村的生存环境和生活水平。2014 年，在短篇小说《李花》中，欧阳黔森讲述青年志愿者戴同志由深圳到乌蒙山区参加扶贫工作的故事。戴同志在乡村小学教书，他从不领取学校的工资，还把志愿者补助全部捐给学生以增加生活补贴，他还从广东捐款用来帮助贫困乡民，小说热情歌颂青年志愿者服务人民服务社会的奉献精神。在《花繁叶茂，倾听花开的声音》和《报得三春晖》两部作品中，欧阳黔森总结了这些小说的创作经验，他在作品中多次提到他以往的创作，比如他提到《绝地逢生》和《八棵苞谷》都是描写乌蒙山区的石漠化地貌以及极度贫困状态，又如他提到《雄关漫道》描写中国工农红军在花茂村和乌蒙山区的革命经历。欧阳黔森强调，这些现实题材和历史题材作品都是他长期在乌蒙山区深入生活、扎根人民的结果，生活和人民是他创作的源泉与动力。

“为人民”的写作伦理既是欧阳黔森贯彻党的文艺政策的必然结果，也是他观察、分析社会发展和时代状况的必然结论。欧阳黔森对当下时代有着清醒认识，他认为当下是一个充满希望和险峻的时代，也是一个渴望英雄、崇拜英雄的时代，人们必须拼搏奋进才能成为时代英雄，而英雄必须服从人民的利益和需要。2009 年，欧阳黔森在《故乡情结》中讲述了他的时代认识、英雄崇拜与人生理想，他写道：“我生活在这个充满希望和险峻的时代，自身的危机感使我只有不断地拼搏，不断地奋进”，“在这个渴望英雄的年代里，我也渴望英雄”。欧阳黔森具有深厚的危机意识，他努力拼搏、奋斗去实现自己的人生理想，他崇拜英雄、歌颂英雄，也希望能够成为时代英雄。欧阳黔森的英雄理想是以人民伦理作为基础，他认为只有代表最广大人民的利益才是真正的英雄，人民是衡量英雄的价值标准。欧阳黔森笔下的英雄都是以人民利益为重，都可以说是真正的人民英雄，绝不是个体英雄。2006 年，欧阳黔森在《十月》杂志发表中篇小说《莽昆仑》，小说讲述主人公在木香错的地质工作。作为一名合格的地质队员，不仅要战胜大自然的艰难困苦，还要战胜心灵孤独；他们要克服大雨、冰雹、豺狼虎豹，也要克服山高、谷深、林密等各种困难。小说还讲述地质工作人员张刚的悲壮故事，张刚在东昆仑山找矿山，失去一条腿，成为终身的遗憾。欧阳黔森通过小说人物的话语强调张刚是真正的英雄，并且用诗歌《勋章》歌颂张刚的勇敢品格和牺牲精神。地质英雄一直是欧阳黔森描写的对象，《血花》《勘探队员之歌》《山之魂魄》等作品描写地质队员为人民、为国家寻找矿藏，他们历尽千辛万苦，有些地质队员甚至献出了年轻的生命。在《一张中国矿产图》中，欧阳黔森歌颂地质队员的英雄品格，歌颂那些为勘测地质而失足身亡的地质工作人员，欧阳黔森认为这些灵魂已经走进了人民英雄纪念碑，与不朽的民族魂站在一起，他写道：“你的血不再涌流／而你找来的黑色血液／正流动在祖国每一根细微的血管里／贫血的共和国／正血气方刚、朝气蓬勃／而你找的铜山、铁山／加固着共和国的基座／你的灵魂也许已经走进了／人民英雄纪念碑／与不朽的民族魂们站在一起”。2012 年，欧阳黔森在《贵州精神》中歌颂那些为贵州发展和人民幸福做出重要贡献并英勇献身的党员干部，他认为贵州精神也就是不怕困难、艰苦奋斗、攻坚克难、永不退缩的精神，贵州精神也就是英雄主义、乐观主义和理想主义。2015 年，在《民族的记忆》（组诗）中，欧阳黔森歌颂白求恩、陈纳德、罗伯特·肖特、苏斯捷尔等为中国人民解放事业做出贡献的国际主义英雄。欧阳黔森的英雄理想与人民伦理是相互统一的，无论是在文学创作还是在英雄崇拜方面，他都试图以人民伦理作为检验成功的标准，作为衡量英雄的尺度。

可以看出，欧阳黔森是一个紧跟时代发展的作家，“为人民”的写作伦理具有深厚的历史内涵与现实意义，它既是党的文艺理论的历史发展，又是当今社会的现实需要。如前所述，人民伦理在“十七年”文学中占有核心地位，虽然人民伦理在新时期文学遭遇启蒙话语和自由伦理的挑战，但新时期文坛仍然活跃着一批明确倡导人民伦理的作家。20 世纪 80 年代，张承志和韩少功仍然明确坚守人民伦理；2001 年，莫言在演讲中提出“作为老百姓写作”的观点，莫言强调“为人民的写作也就是为老百姓的写作”。进入新世纪以来，无论是历史题材还是现实题材创作，欧阳黔森都强调“为人民”的写作伦理在历史长河和时代发展中的不朽地位，因此可以说，欧阳黔森延续中国当代文学的人民伦理传统。相比较而言，“十七年”文学中的人民伦理包含鲜明的阶级内涵，但莫言、张承志和韩少功等作家的创作都没有延续阶级斗争内涵。欧阳黔森也是如此，虽然他坚守人民伦理，怀念革命时代，但他并没有继承“十七年”文学中盛行的阶级斗争模式。“为人民”的写作伦理不仅是党的文艺理论政策导向的结果，也是欧阳黔森创作经验的科学概括。从生活经验出发讲述中国故事使欧阳黔森的文学创作更具有客观性和现实性，也使他的写作伦理更具人民性和科学性。

## 二、故土情结与文化地理：于情感描绘中国

在《政治经济学批判导言》中，马克思研究“国家形式和意识形式同生产关系和交往关系的关系”的“出发点当然是自然规定性”。马克思所

说的“自然规定性”其实就是“地理障碍和‘地域人种’的规定性”，这种“自然规定性”不仅是艺术研究的重要出发点，也可以说“马克思的文学批评的‘意识形式’总是离开不‘自然规定性’”。众所周知，文学创作也存在这种“自然规定性”，2015年，欧阳黔森在访谈录中指出，“文学与地域属于母子关系，换一句说法就是，母亲的优劣关系到儿子的优良，而民俗民风、行为方式、语言特点，确定文学的味觉”，这些观点也包含地域及其历史文化等“自然规定性”。2009年，欧阳黔森发表散文《故乡情结》，表达他对故乡的感情和对沈从文的崇敬。欧阳黔森生于铜仁，他在铜仁生活二十多年。铜仁与湘西在明代以前同属沅陵郡管辖，自古以来，铜仁和湘西在文化风俗方面十分相近。明朝末期，铜仁划入贵州，明王朝的统治者“把湘西最美的一块土地甚至是湘西人最为自豪的武陵山的主峰——梵净山也划归了贵州”，但铜仁的文化传统仍属于楚文化范畴。因此，作为贵州人的欧阳黔森，身体中仍然流淌着湘楚文化的基因，也多次强调自己的小说具有楚味。据欧阳黔森说，他的故乡与沈从文的出生地不到六十公里，他曾经幻想过和沈从文同喝一方水同吸一口气的喜悦。正是因为上述原因，欧阳黔森对沈从文怀有高度崇敬心理，认为沈从文给世人呈示辉煌灿烂的作品与人品，他对沈从文有一种泰山压顶般的仰视感觉，认为沈从文把他们共同的故乡写绝了，觉得自己在沈从文的巨大阴影下永无脱颖而出的可能，欧阳黔森写道：“他的出生地和我出生地、他的文化背景、他的辉煌无比和我的在他辉煌下的虚弱，我的一切都在他前行的伟岸而灿烂的背影中自惭形秽。”沈从文为欧阳黔森树立一座难以逾越的丰碑，也激发欧阳黔森的创作动力。与沈从文一样，欧阳黔森对生他养他的故土投入太多的感情和文字，他尽情地描绘故土的自然地理和历史文化。我们知道，人的存在发展离不开自然环境和社会关系，马克思就十分重视人与自然环境及历史文化的关系。马克思在《资本论》中写道：“由于一个国家的气候和其他自然特点不同，食物、衣服、取暖、居住等自然需要本身也就不同。另外，所谓必不可少的需要的范围，和满足这些需要的方式一样，本身是历史的产物，因此多半取决于一个国家的文化水平。”马克思不仅揭示人的需要与自然环境的密切关系，而且强调人的需要是社会历史发展的产物，也就是说人的需要是由自然地理和历史文化共同决定的。因此可以说，欧阳黔森的文学追求及其创作特征是故土独特的自然地理和历史文化孕育和决定的。

欧阳黔森浓墨重彩地描绘家乡铜仁的自然风光，尽情抒发内心的自豪感。欧阳黔森多次引用贵州府志对铜仁的赞誉：“黔中各郡邑，独美于铜仁。”他强调“铜仁地处武陵山脉主峰梵净山脚下，是属于山美、水美、人更美的那种地方”。在他的所有文字中，家乡铜仁的梵净山是描绘最多也是最美的山峰。梵净山是武陵山脉的主峰，地质结构复杂、自然条件险恶，是贵州最大的原始森林。欧阳黔森认为梵净山集峨眉之秀、黄山之奇、华山之险、泰山之雄于一身，他对这灵山秀水有着无比的自豪感，梵净山经常让他魂牵梦萦。梵净山的红云金顶高约百米，从梵净山之巅拔峰而起。欧阳黔森曾经无数次登上梵净山金顶，每次登上金顶，他的情感就会得到无比痛快的宣泄。他无数次站在万卷书岩的平台，面对起伏的群山呼喊，嘹亮的呐喊一声声地传出去又被金顶的悬崖壁折回来，变成了生生不息的声响。这种发自内心的呐喊萌生出嘹亮的本色、无限的痛快、生命的力量和岁月的沧桑。2012 年，欧阳黔森在《光明日报》发表诗歌《贵州精神》，在正视贵州自然条件和历史文化的基础上，提出团结和谐、自信自强的贵州精神，热烈呼唤英雄主义、乐观主义和理想主义。欧阳黔森对贵州的山地环境有着清醒认识，贵州拥有令人敬畏的大山，“东有神奇瑰丽的武陵山脉／西有巍峨磅礴的乌蒙山脉／北有雄关险峻的大娄山脉／南有俊俏秀美的逶迤苗岭”。一般看来，贵州地理正是“山外有山”的真实写照，而山地环境使贵州土地贫瘠、交通不便，因而长期处于贫困状态，正所谓“地无三尺平，人无三分银”。虽然欧阳黔森以华美语言描绘贵州地理，但无法掩盖他对贵州贫困的忧虑。正因为在这样极端贫困的条件下，更需要艰苦奋斗、攻坚克难的贵州精神，才能使高原出平湖、天堑变通途，才能拉近贫瘠与富庶的距离。自然地理不仅影响贵州社会的发展状况，还深刻影响贵州的文化特征，这在欧阳黔森文学创作中有着重要表现。2003 年，欧阳黔森在《当代》发表短篇小说《断河》，小说描绘浓厚的高原特色，断寨地处红土千里的喀斯特高原东部，四处高山耸立、河谷深切，在裸露的山体上偶尔有一层层分布不均且薄薄的红土，生长着永远也长不高的小树。2013 年，欧阳黔森发表短篇小说《扬起你的笑脸》，小说描绘浓厚的山地文化特色。乌江水流湍急、两岸悬崖峭壁，山高雾重道路崎岖，处于乌江流域的梨花寨只有七十几户人家，零星地散布在陡峭的斜坡上，斜坡周围都是陡峭的大山，大山像雨后春笋数不胜数却列队给乌江让道，大山上基本是以山石为主，只是在一些缝隙中生长着一些小灌木。梨花寨地少人多，房屋见缝插针似的修在山崖旁，家家都修成半屋傍山半屋支架的吊脚楼。山地环境决定梨花寨独特的住宅形式和生活方式。浓厚的山地文化是欧阳黔森文学创作的重要内容，也是他文学创作的独特魅力。

欧阳黔森对贵州这块土地倾注深厚的感情，对贵州的历史文化有着高度自信。2015 年，欧阳黔森在《小说评论》发表《我的文学理想与追求——自述》，详述他对贵州历史文化的看法。欧阳黔森生于贵州长于贵州，贵州的历史与文化正如他身体的血液，在他看来，贵州是一个具有悠久历史和灿烂文化的地域，他对贵州的历史与文化无比自豪。欧阳黔森认为贵州文化广纳中原文化和周边地域文化之长，每一种地域文化在历史星空中都闪耀光芒。长期以来，贵州人对“夜郎自大”和“黔驴技穷”这两个成语一直如鲠在喉，但欧阳黔森发现这两个成语都是历史谬误，非但没有必要对此产生心理负担，反而应该产生文化自信。欧阳黔森特别看重古夜郎文化，一般看来，古夜郎的疆域主要在今贵州地区，但欧阳黔森认为其疆域实际更为广大，毕节赫章可乐古遗址证明古夜郎文明有六千余年历史，毕节彝文古籍记载古夜郎第十七代君主曾出兵十万维护周天子尊严。因此，欧阳黔森认为贵州人应该从古夜郎的悠久历史文化中建构文化自信。2004年，欧阳黔森策划出版“夜郎自大”丛书也是基于建构文化自信。据孟繁华考证，“夜郎自大”典故源于《史记·西南夷列传》，滇王尝羌问使者：“汉孰与我大？”后来夜郎王多同也以这个话语询问汉使唐蒙。由于后人对史书没有深究，“所以人云亦云，以讹传讹，置尝羌于不顾，遂把‘夜郎自大’的由来与贵州相联系”。孟繁华对这个典故追本溯源，希望还原历史本来面目，纠正人们对“夜郎自大”的认识。因此，孟繁华认为欧阳黔森策划的“夜郎自大”丛书“不是妄自尊大，而是反其意而用之，试图借史、借事来凸显贵州曾经是海现在是山而雄浑博大、能纳百川、群山竞秀的博大胸怀”。

欧阳黔森的文学创作大多取材于贵州的历史人物或现实人生，他还特别描绘贵州浓厚的红色文化底蕴。欧阳黔森在青少年时代阅读了《金光大道》《艳阳天》《难忘的战斗》《红岩》等小说，也听到地质队员讲述《三国演义》《水浒传》《西游记》《聊斋志异》等故事，这些都成为他儿时最深刻的记忆，并深刻地影响他的文学创作。2005年，欧阳黔森在《中国作家》发表短篇小说《心上的眼睛》，后被《中华文学选刊》转载，小说描绘贵州深厚的红色文化。从自然环境方面来说，大娄山脉东临武陵山脉，西接乌蒙山脉，紧紧守住川黔通道。欧阳黔森认为大娄山脉群山俊俏、植被茂盛，娄山关隘雄伟苍凉。欧阳黔森在小说中写道，娄山关的险峻是英雄夺关斩将展示风采的地方，娄山关的风都洋溢着英雄的味道，很容易使人热血沸腾；他还多次引用毛主席诗词《忆秦娥·娄山关》，强调毛主席诗词能使小说主人公的“血液像涨满春水的溪流，正汹涌澎湃浩浩荡荡地奔向心海”。一位双目失明的军人触摸石壁上的毛体字，感动得热泪盈眶，虽然他眼睛看不见石壁上的毛体《忆秦娥·娄山关》，但心里的眼睛十分清晰。小说通过叙述者“我”、丁三老叔和失明军人以多重复调叙述方式表达对红军的敬仰与热爱。娄山关不仅是群众缅怀红军英雄事迹的场所，也是群众抒发自我真情的对象。2006 年，长篇历史小说《雄关漫道》详细讲述红二、红六军团转战贵州并且在黔东和黔大毕地区开创革命根据地的经历，塑造贺龙、任弼时、关向应等无产阶级革命家的崇高形象，乌蒙山区和乌江独特的地理条件和自然环境为革命根据地的开辟创造了条件，贵州良好的群众基础和革命气氛为红军长征和中国革命的胜利提供了条件。

自古以来，中国文人就有家国一体的观念。欧阳黔森对家乡贵州有着深厚情感，对祖国也有着赤诚热爱，是一个具有浓厚国家意识的作家。1994 年，在作品集《有目光看久》中，欧阳黔森创作了一组以《高原梦》为题的诗歌，这些诗歌描绘浓厚的高原特色，把贵州这块红土高原比喻为“巨人隆起的又一个 / 美丽而丰富的乳房 / 你山山水水孕育的宝藏 / 是流不尽的乳汁”。欧阳黔森把红土高原与青藏高原、黄土高原和内蒙古高原进行比较，描绘红土高原的历史内涵与文化特征，突出红土高原在共和国历史上的独特地位，强调红土高原对美好生活和美妙时代的追求。欧阳黔森把红土高原与共和国的历史融为一体，认为高原梦与共和国的未来交相辉映，并以此歌颂古老的民族和伟大的时代。在诗歌《隆起与沉陷》中，欧阳黔森认为隆起与沉陷是中国大地上千万年来不朽的风景，隆起使中国大地雄性昂然更拥有伟岸，沉陷使中国大地母性幽深并滋养五千年的灿烂文化。2015年，欧阳黔森在《中国作家》发表《那是中国神奇的版图》（组诗），描绘狂风般彪悍的骑手、风吹草低的原野、高不胜寒的雪山、世界屋脊上雄性十足的头颅。从诗中可以看到，中国在欧阳黔森心目里有着至高无上的地位："世界屋脊上 / 雄性十足的头颅 / 昂然挺立 / 呈银色衬出你的威仪与深邃 / 你白发苍苍 / 但双眼仍然年轻 / 一泻千里的两道目光 / 掠过沧桑沉浮的版图 / 严厉而慈祥 / 只有这博大而神奇的目光 / 才有着生命力的色彩 / 一道黄色 / 一道蓝色 / 于是东方古老的江河民族 / 生生不息地享受你的严厉与慈祥 / 至今——五千年"。欧阳黔森把昆仑山比作东方巨人的头颅，把黄河、长江比喻为巨人一泻千里的两道目光，可谓独具匠心，这样的比拟，可以让人很快融入诗的意境和思辨里。欧阳黔森突出中国版图的威仪与深邃、沧桑与沉浮、博大与雄奇，强调东方古老民族的严厉与慈祥。欧阳黔森还描绘西沙群岛、南沙群岛、宝岛台湾和钓鱼岛的美丽与富饶，表达对国家领土的热爱，强调了捍卫国家领土主权的坚定信念。

总体来说，欧阳黔森从个人情感出发，通过描绘故乡贵州的自然地理和历史文化，表达对贵州的热恋与自信，最终走向对国家的热爱与自豪，体现家国一体的精神自觉。实际上，书写贵州独特的文化地理一直是贵州文学的传统，从蹇先艾到何士光等作家都具有浓厚的贵州情结，《水葬》《在贵州道上》《乡场上》《种苞谷的老人》等作品都描绘贵州的风土人情。相比较而言，蹇先艾习惯以启蒙眼光和批判视野描绘贵州的文化地理，何士光在《种苞谷的老人》中把贵州的文化地理浪漫化和诗意化，而欧阳黔森在正视贵州文化地理的基础上，独到地描绘贵州的红色文化和革命历史，弘扬社会主义革命伦理。贵州的文化地理在欧阳黔森的文学创作中俨然成为一种本体意味的精神力量，正如欧阳黔森于2015年在《文艺家的“文化自信”该何去何从》中所指出的，高度的文化自信不仅是作家文化自觉的表现，也是作家文化心态的体现，更是作家走向成熟的重要标志。作家只有对自己脚下的土地具有文化自信和文化自觉，才能创作出人民群众喜闻乐见的优秀作品，才能用作品去引领人民群众的视觉、思维和价值观的建立，才能引领人民群众的精神世界不断迈上新台阶。贵州作为一个欠发达的地区，欧阳黔森以高度的文化自信为贵州的发展助力，也为国家的发展和社会的进步助力，从情感出发描绘中国图景使欧阳黔森的文学创作更具有感染力和说服力。

## 三、道德焦虑与社会伦理：于精神想象中国

习近平总书记在文艺工作座谈会上的讲话中指出，“现在社会上出现的种种问题”，比较突出的是“价值观缺失”。习近平总书记认为，“文艺是铸造灵魂的工程，文艺工作者是灵魂的工程师。好的文艺作品就应该像蓝天上的阳光、春季里的清风一样，能够启迪思想、温润心灵、陶冶人生，能够扫除颓废萎靡之风”。总书记强调，“追求真善美是文艺的永恒价值。艺术的最高境界就是让人动心，让人们的灵魂经受洗礼，让人们发现自然的美、生活的美、心灵的美”。欧阳黔森深入领会习近平总书记的讲话，在《文艺家的“文化自信”该何去何从》中详细讲述他的学习体会，强调作家应该主动担起灵魂工程师的重担，用文艺作品积极引领人民群众高尚的精神文化生活。2015年，欧阳黔森在访谈录《探寻人性美》中提到，他表现人性善良源于对社会道德状况的忧虑，认为善良在当今社会太可贵了，人性缺失已经触目惊心，对社会道德状况的担忧已经上升到了焦虑。为了改变当今社会人性的缺失和人情的冷漠，欧阳黔森认为最好的办法就

是向往真善美，以作品来温暖人心。欧阳黔森对人性善良的表现还源于他对母亲的崇拜，他多次强调：“在我眼里，母亲就是真、善、美的化身。”在欧阳黔森心目中，母亲继承了中华传统美德，是真善美的化身，始终怀有母性的善良和仁爱。欧阳黔森在第二届蒲松龄短篇小说发表获奖感言时称赞母亲：“这要多么的伟大才能做到呀！”欧阳黔森希望在文学作品中塑造善良的女性来鼓舞人们要有一颗善良的心去向往生活、热爱生活。由此可见，欧阳黔森追求性善论为核心的社会伦理，既与党的文艺政策和母亲的人格力量紧密相连，又与他对社会道德状况的焦虑紧密相关，希望以美好的人情、善良的人性、高尚的人格引领社会道德和时代精神。

人情美一直是欧阳黔森文学创作的重要追求。欧阳黔森对人情美的追求大都是通过爱情故事表现出来的，尤其喜欢表现初恋的美好、纯洁与坚贞。2001 年，欧阳黔森发表短篇小说《五分硬币》，小说讲述“我”在 1966 年的“大串联”经历，“我”在西安车站遇见了“她”，“她”给“我”留下美好印象并且还给“我”一枚五分硬币。“她”的身影一直使“我”难以忘怀，“她”让“我”梦牵魂绕几十年，但“我”始终都不知道“她”的名字，这枚五分硬币也就成为美好的回忆，成为一段感情的象征。后来，“我”偶然遇见“她”，“她”也认出“我”，但“她”只是说“我”曾经吹箫吵得“她”睡不着觉。虽然“她”深深地伤害“我”的感情，打击“我”的自尊心，破灭“我”的幻想，但是“我”仍然珍藏那枚五分硬币。小说主要讲述“我”对感情的珍惜和怀念，表达的是对青春、理想和爱情的向往和追求，小说的主旨颇具象征意味，幻想的破灭更加表现“我”对感情的珍惜。2003 年，欧阳黔森在小说《断河》中主要讲述麻老九在断河边的人生经历，小说在残忍的故事中包藏着深切的爱。龙老大闯荡江湖，仇家众多，为了保护同母异父的弟弟麻老九，他不与弟弟相认，而是狠心地让麻老九在断河里打了几十年的鱼，其目的是不让仇家来向麻老九寻仇，这是在乱世中不得已而为之的办法。小说不仅表现浓重的亲情，还表现深厚的爱情，梅朵对老刀和老狼都怀有真挚的爱情，最终以死殉情；麻老九经常在梦中会见死在断河的女人，他为这个梦境守候了一辈子。在高山深谷、尚武成风的武陵山脉，在残忍的爱中总是蕴藏着浓厚的情感与人性。2006 年，欧阳黔森在《花城》发表短篇小说《有人醒在我梦中》，讲述“我”在农场下乡时懵懂而又真挚的初恋，后来“我”又鬼使神差地离开了白菊，白菊在以后的岁月里不断来到“我”的梦里。小说既有对知青下乡辛苦劳作的回忆，又有对青年时代甜蜜初恋的怀念，表达对青春易逝爱情难得的感慨。2013 年，欧阳黔森发表《远方月皎洁》，讲述“我”对青春时代的初恋的怀念，“我”在做地质工作时认识卢春兰并与她有了朦胧的感情，但由于地质工作需不断迁徙，我们相约在不久的将来在七色谷见面。然而，卢春兰送给“我”的黄狗被同事宰杀，“我”不仅没有保护好黄狗，也没有兑现自己的诺言。小说试图指出，年轻人很容易忘却一生中最美好的东西，但青春易逝、年华不再，美好的事物不可能再次出现，人们只能是无眠地睁开双眼怀念远方皎洁的月光。在这些表现美好爱情的作品中，欧阳黔森大都设置革命时代的社会背景，爱情故事最终也都发展成悲剧，使小说带有浓厚的感伤气息。

人性美也是欧阳黔森文学创作的重要组成部分。1999 年，欧阳黔森在《当代》发表短篇小说《十八块地》，讲述“我”于 20 世纪 60 年代在十八块地农场下乡接受再教育的经历，小说洋溢着浓厚的革命气氛，知青们经常高喊革命口号，政委时常干吼《红灯记》或《智取威虎山》，“我”和卢竹儿经常阅读《青春之歌》《红岩》《烈火金刚》《难忘的战斗》《钢铁是怎样炼成的》等小说。但这一切都是在塑造环境或背景，小说的主要目的或许在于表达美好的人性——在生活困难的岁月，卢竹儿却充满哀伤并要求保护山羊，最后怎么也不肯原谅“我”的背叛；政委关心保护鲁娟娟虽然夹杂自己的感情，但正直善良总让人心怀感激。小说描绘那个特定的革命时代，也讲述个体在历史发展中的命运变迁，但理想、爱情与命运似乎都不由自己掌控，知识青年留下的只是对逝去的青春岁月和美好感情的无限怀念。2005 年，欧阳黔森在《人民文学》发表短篇小说《敲狗》，敲狗比杀狗更为凶残，但厨子为了做生意杀了无数条狗，中年汉子神色暗淡、很不情愿但又无可奈何地把自家的黄狗交给厨子。后来，中年汉子又来赎狗，原来他是因为父亲得急病要钱救命才卖狗，厨子与中年汉子因为赎狗产生了纠纷，最后徒弟在半夜偷偷把黄狗放了。小说通过厨子、中年汉子、徒弟对待黄狗的不同态度探讨人性的温度与深度，中年汉子和徒弟都表现了人性的温暖。何士光认为，《敲狗》“是一篇精粹的作品，在那仿佛是不动声色的叙述后面，黔森以一种慈悲的胸怀，对人性作了一次深深的审视”。这篇小说曾入围“鲁迅文学奖”，并于 2009 年获得第二届蒲松龄短篇小说奖，授奖词写道：“小说在无情中写温情，在残酷中写人性之光，是大家手笔和大家气派。”《敲狗》获得国内重要的短篇小说奖项以及高度评价，有力地证实这篇小说的价值。2013 年，欧阳黔森在短篇小说《扬起你的笑脸》中讲述乡村教师田大德在梨花寨的教书故事。田大德学问高，为人洁身自好，他甘于清贫扎根乡村，心地宽广宅心仁厚，他特别关爱学生，就像漫漫长夜中的火光照亮了学生的心灵。小说结尾以极具象征意味的语言描绘田大德对学生心灵的影响，那山谷里夜的火光和斑斓从未熄灭、从未消失、从未离开他们的心，他们的心从此没有寒冷的感觉，他们的心有了灵魂的温度，扬起笑脸就成了他们的一种人生态度。欧阳黔森在小说中写道：“在我的脑海里，那堆火从来不曾熄灭过，而那张在火光中辉映的笑脸，至今灿烂无比。”“扬起你的笑脸”既可以说是欧阳黔森特别看重的一种处世哲学，也可说是他重点张扬的人类精神。欧阳黔森试图通过田大德对学生的关爱赞扬乡村教师的奉献精神，希望以爱的火光温暖心灵，希望以爱的火光照亮人世，他认为田大德老师的心可以用人间最美好的词来赞誉。美好人性一直是欧阳黔森小说创作的重要主题，尤其是生活困难的革命时代，人们最终都得回归日常的物质生活和人际关系，人性美放射出耀眼的光芒，照亮人心、温暖时代。

人格美也是欧阳黔森文学创作的重要内容。1994 年，在诗歌《山村女教师》中，欧阳黔森讲述年轻女教师自愿选择偏远的荒村工作，把青春热血洒向古老愚昧的山村，把智慧与微笑洒向纯洁的童心。在《绝地逢生》《村长唐三草》等扶贫系列小说中，欧阳黔森讲述乡村干部带领群众艰苦奋斗、攻坚克难，歌颂他们勇担责任、无私奉献的高尚品格；在《勋章》《血花》《勘探队员之歌》《山之魂魄》等地质系列诗歌中，欧阳黔森讲述地质队员吃苦耐劳、坚韧不拔，歌颂地质队员是真正的“山之魂魄”。欧阳黔森一方面直接描绘乡村教师、农村干部、地质队员的英勇事迹，热烈歌颂他们的高尚品格，另一方面还间接赞扬张志新、遇罗克等人的高贵品质。2014 年，欧阳黔森在《人民文学》发表短篇小说《兰草》，小说主要讲述“我”的青春爱恋和理想追求，作为知青的“我”与上海知青兰草在武陵山脉相识，结下深厚的革命友谊，也产生朦胧的感情。叙述者“我”多次提到北岛诗歌《宣告》和雷抒雁诗歌《小草在歌唱》，还直接引用舒婷诗歌《这也是一切》中的诗句。小说在时间维度上分为两个层面：一方面，小说讲述过去的知青生活，详细描绘当时的革命气氛，表达对知青生活和青春时代的怀念；另一方面，小说讲述现在的生活变化和命运变迁，尤其强调《宣告》《小草在歌唱》《这也是一切》这些震撼人心的诗歌在历史天空中闪烁着光芒，并且继续照耀叙述者“我”不断前行。众所周知，《宣告》《小草在歌唱》《这也是一切》三首诗歌都表现了为追求真理而英勇献身的高贵品质和无畏气概，都表达对理想和未来的坚定信念和美好追求，也都预示变革时代的到来。欧阳黔森引用这些诗歌，表现他由革命话语、阶级话语向改革话语、人性话语的转变，表现他对改革时代的向往和追求。

欧阳黔森一方面表达对纯洁人情、美好人性和高尚人格的向往，另一方面，他也表达对社会道德失范、情感混乱和精神孤独的忧思与讽刺。2002 年，欧阳黔森在《十月》发表中篇小说《白多黑少》，讲述萧子北与南岚、杜娟红畸形混乱的情感关系，虽然萧子北纵横商海，但他纵欲情海难以自拔，在公司出事的同时，家庭婚姻也遭遇危机。2003 年，欧阳黔森发表短篇小说《味道》，小说讲述三个层面的爱情故事：“我”与方冰的恋爱关系、方冰父母动人的爱情传奇、“我”编造的乱七八糟的爱情剧，欧阳黔森讽刺现实生活和虚构剧本中虚假的爱情故事，而对方冰父母忠贞如一的爱情经历表示崇敬。2004 年，欧阳黔森出版长篇小说《非爱时间》，这部小说原名为《下辈子也爱你》，发表于《红岩》杂志，主要讲述知青黑松和陆伍柒在改革开放时代对过去知青经历的深切怀念，他们对现实的情感生活极为不满。黑松与鸽子虽是二十年的夫妻但他们的感情并非牢不可破，陆伍柒则过着纸醉金迷、荒唐淫乱的生活。陆伍柒有无数的女人但从未结婚，他总是思念知青时代的萧美文。陆伍柒是一名富裕的、成功的企业家，但他仍然是情感世界的可怜虫，情感异常脆弱。小说旨在揭示当代的人性品格和精神状态，虽然当代物质生活富裕了，但人们仍然陷于情感混乱、精神孤独的状态。

综合以观，欧阳黔森从当今时代的精神状况出发，着重描述知识青年在革命时代的人生故事，在宏大的革命叙事中融入日常生活的情感叙事，不仅表达对青春、爱情与理想的怀念，而且表达对人情美、人性美与人格美的赞赏。但现代个体并不能把握自己的命运，知识青年的爱情与理想都随时代发展的风云际会而烟消云散，留下的只是无尽的感伤与怀念。在改革时代，曾经的知识青年大都取得事业上的成功，在物质上获得巨大的满足，但他们的人生并不完满，总是陷入情感混乱和精神孤独的状态。在当下时代，中国的物质生产力已有了巨大发展，人民生活水平也有了很大提高，党的十九大报告指出，中国特色社会主义进入新时代，我国社会主要矛盾已经转化为人民日益增长的美好生活需要和不平衡不充分的发展之间的矛盾。物质生产力的发展也亟须社会道德状况和时代精神的改善与提高，习近平总书记在文艺工作座谈会上的讲话中提出，要“扫除颓废萎靡之风”，号召文艺工作者“要通过文艺作品传递真善美，传递向上向善的价值观，引导人们增强道德判断力和道德荣誉感”，“向往和追求讲道德、尊道德、守道德的生活”。这是党和国家领导人准确观察分析当今社会道德状况和时代精神而做出的正确主张，也是社会主义伦理在新时代的必然要求。在欧阳黔森的创作中，革命与恋爱的统一、物质与精神的冲突最终都指向现代个体的精神出路，或许欧阳黔森在苦苦思索：在物质生活日渐发达的中国，我们该何以安顿自己的灵魂？

## 四、传统智慧与自然天理：于哲学思考中国

习近平总书记在文艺工作座谈会上的讲话强调，要“弘扬社会主义核心价值观，继承和发扬中华民族优秀传统文化，坚持和弘扬中国精神”。如果说欧阳黔森通过传递真善美来弘扬社会主义核心价值观，那么他又通过汲取中华传统智慧来坚持和弘扬中国精神。1965 年，欧阳黔森出生于地

质工作人员家庭，从小就与地质工作人员有了深厚感情。1984年，他正式成为一名地质队员。在八年地质找矿生涯中，欧阳黔森走遍高原雪峰，征服一座又一座山峰，武陵山脉、乌蒙山脉、五岭山脉、昆仑山脉、横断山脉的千沟万壑都留下了他的足迹。作为地质队员，他与大自然有着奇缘，经常醉心于大自然的美妙，惊叹于大自然的鬼斧神工。欧阳黔森把人生中最美好的年华贡献给了地质事业，这段经历是他一生中始终无法忘怀的记忆，也是他文学创作的重要来源。地质工作使欧阳黔森亲密接触大自然，也促使他不断思考人类与自然的关系，他甚至认为关注人与自然已成为他的本能。2014年，欧阳黔森在散文《水的眼泪》中着重表达他对老子哲学思想的看法，他认为两千年前的老子就已经揭示了万物的真理，他在文中引用老子名言“道生一，一生二，二生三，三生万物”，这种宇宙生成论使欧阳黔森认识到万物的发展都要遵循自然规律。欧阳黔森认为“道”是老子思想的精髓，他从汉字结构分析老子的思想：“‘道’字的结构：首即是头，头上两点即是眼，眼高头低即是思，思之则走之。如是，可谓正‘道’否？”众所周知，老子之“道”是宇宙本源之“道”、自然规律之“道”和人生准则之“道”，老子认为“道”是天地万物的本源，是万物存在与发展变化的普遍原则和根本规律。正如陈鼓应指出，“‘道’是老子哲学的中心观念，他的整个哲学系统都是由他所预设的‘道’而开展的”，欧阳黔森深受老子之“道”的启发，他不仅希望“道”成为思想的根基，也希望人们能够先思考后行动，更希望“道”能够盛行于世。欧阳黔森高度评价老子思想，他认为老子的智慧让我们自惭形秽，也让我们体悟自我的无知与浅薄。不仅如此，欧阳黔森还认为老子在两千年前所著的《道德经》对自然环境问题就已经有了唯物的结论，为人类的发展发出了警示。可以说，欧阳黔森对人与自然关系的思考不仅与他的地质工作经历相关，也深受中国传统哲学思想的影响。

欧阳黔森在《道德经》中不仅体悟了宇宙自然规律，也体悟了上善若水的哲学思想。欧阳黔森在大自然中获得灵感，从大自然的鬼斧神工中进一步深思悟道。他把自然之观感与老子之哲思结合起来，从《道德经》体悟到自我的渺小，认为自己在浩瀚的世界中就是一滴水珠。欧阳黔森曾经在《光明日报》发表过一首歌颂水的长诗，他在诗中写道："水是无形的 / 无形的优势 / 是它可变成任何一个形状 / 在峡谷里它是急流 / 在悬崖上它是瀑布 / 在盆地它是明镜 / 在天空上它是云彩 / 在云朵中它是雨滴 / 在南风飘的时候它是雾霭 / 在北风刮的时候它是雪花 / 这便是水的属性 / 遇坚而刚、水滴石穿 / 遇软而柔、润物无声 / 这便是水的精神"。欧阳黔森描绘了水的属性和精神，他认为水具有遇坚而刚、遇软而柔、水滴石穿、润物无声的精神，他赞扬水滴向往大海而艰苦卓绝的过程，这些精神其实也就是老子在《天下莫柔弱于水》和《上善若水》中提出的观点。"天下莫柔弱于水，而攻坚强者莫之能胜，以其无以易之。弱之胜强，柔之胜刚，天下莫不知，莫能行。"老子揭示了水坚韧不拔的性格，揭示了以柔克刚、水滴石穿的道理。"上善若水，水善利万物而不争"揭示了水的润物无声、无私奉献精神。欧阳黔森对水的看法深受老子哲学的影响，然而，欧阳黔森并没有完全接受老子的思想，而是对其采取了批判性吸取的态度，欧阳黔森主动扬弃了老子"居善地，心善渊"的观点，他反对做绿叶上的露珠，反对把美丽藏于深山。欧阳黔森主张做勇敢的强者向往大海而艰苦卓绝的过程，这似乎又接近儒家积极入世的思想。实际上，欧阳黔森不仅深受道家思想的影响，儒家文化也在他的思想中占有重要地位。他曾提到儒家性善论和阳明学等儒家思想在他创作中的作用，强调"传承优秀文化，在优秀传统上创新，才是汉语言写作者的明智之举"。2007 年，欧阳黔森根据自己的所见所闻创作散文《白层古渡》发表于《收获》杂志。他在《白层古渡》中也思索了水的本性，认为水的本性“是热爱自由，是没有颜色的，是无形的”，强调无形的优势可以使水随意根据条件成任何一种形状，但人要任意改变水的形状都应该慎之又慎，现代人不应该剥夺水的自由。欧阳黔森在《白层古渡》《水的眼泪》《贵州精神》等作品中都提到水随物赋形的属性，这种看法可以说是继承中国传统哲学的结果，孔子也曾提到水随物赋形的特点，“其流行庳下倨句，皆循其理，似义”。2012年，欧阳黔森在诗歌《贵州精神》中再次歌颂水的精神，认为遇坚而刚、水滴石穿、遇软而柔、润物无声是水的精神，强调大海才是万物之源，他在诗中写道：“如果一滴水、千万滴水/不曾有着艰辛而漫长的汇集/就不会有大地抒情诗一样美丽的小溪/如果一条小溪、千万条小溪/不曾有着与千山万壑、千难万阻/较量的勇气/就不会有大江大河的汹涌澎湃”。欧阳黔森描绘水的情怀和作用，认为水滴是构成小溪、江河、大海的必要组成部分，水滴克服长途跋涉和千难万阻，水滴始终洋溢着战斗的英雄主义和不可阻挡的气概，正所谓老子所说：“天下之至柔，驰骋天下之至坚。”虽然一颗水滴是那么不起眼，但只要亿万颗水滴团结起来，就能成为浩瀚无垠、波澜壮阔的大海，大海是万物之源。在欧阳黔森看来，水滴的精神也就是团结的精神和战斗的精神，这种精神赋予江河不可阻挡、一泻千里的气概，赋予大海孕育自然、容纳万物的能量。中国古人也相信水是万物的本源，春秋时期的管子指出：“水者何也？万物之本原，诸生之宗室也。”虽然老子没有明确指出水是万物的本源，但强调水“几于道”，而道“渊兮，似万物之宗”，老子把“道”与“水”联系起来，无疑是受到“水”的启发，从而以“水”来类比“道”。众所周知，老子通过对“水”的认识揭示宇宙自然之道，更揭示社会之道和人生之道。

孔子曰："夫水者，君子比德焉，遍与之而无私，似德；所及者生，所不及者死，似仁；其流行庳下倨句，皆循其理，似义；其赴百仞之溪，不疑，似勇；浅者流行，深渊不测，似智；弱约危通，似察；受恶不让，似真；苞里不清以入，鲜洁以出，似善；化必出，量必平，似正；盈不求概，似厉；折必以东西，似意。是以见大川，必观焉。"孔子也是从水探讨社会之道和人生之道。欧阳黔森创作《贵州精神》的目的并不是阐释中国传统的哲学思想，而是希望利用中国传统的社会之道和人生之道以建构贵州精神。他把理想主义道路比喻为跌宕起伏的河流，是希望当代贵州能够发扬水的精神，能够攻坚克难，实现后发赶超。

欧阳黔森在《道德经》中还体悟了辩证法的哲学思维。早在 1994 年，欧阳黔森在作品集《有目光看久》中的第一句话"那一段岁月很美丽，那一段岁月很残酷"，就已经表现了朴素辩证法。在《水的眼泪》中，欧阳黔森对水的属性和精神的概括也已经体现了辩证法思维，比如"遇坚而刚、水滴石穿、遇软而柔"的思想来源就是《老子・七十八章》。可以说，欧阳黔森不仅融会贯通《道德经》关于"水"的哲学观点，而且熟悉《道德经》中的辩证法思想，并将之运用于对自然、社会和人生的思考。2004 年，欧阳黔森在《十月》杂志发表中篇小说《八棵苞谷》，小说主要讲述三崽家与贫困进行抗争的故事。苗岭腹地群山连绵，蔚然壮观，但美丽的喀斯特地貌使土地稀少而又贫瘠，三崽家就世世代代生活在这个偏远而又贫困的乡村，当地百姓在石漠化土地上的垦殖和放牧又加剧了生态环境的恶化。小说赞扬三崽家为生存而付出的辛苦努力，也批判当地百姓破坏生态的愚昧无知，但更重要的是，欧阳黔森在这部小说中表达了自然辩证法的观点，他在小说中写道："美丽有时与沧桑相伴，可谓美丽的沧桑，而沧桑又喜欢与苦难接连，可谓沧桑的苦难。"贵州区域大多属于喀斯特山体，这种山体历经数十亿个日子的风吹日晒，集天地之灵气，聚大自然之鬼斧神工，形成造化神奇的景观，但这种地貌往往是越美丽越不适合人类生存，喀斯特地貌不仅使土地无法保存水，水土极易流失，而且大多严重石漠化，土地极为贫瘠。欧阳黔森清醒地认识到喀斯特地貌特征，这是一种朴素的辩证法思维，正如《老子・五十八章》揭示的祸福相依的朴素辩证法思想。2015 年，欧阳黔森在访谈录《探寻人性美》中指出，伟大的老子在《道德经》中就已有了朴素的自然辩证法，如果认识不到、不遵循自然法则和自然规律，人类就会自食其果。欧阳黔森的文学作品有一半以上对人与自然的冲突进行了反思，可以说是深受中国传统哲学思想影响的结果。

欧阳黔森不仅在作品中多次引用《道德经》中的观点，也多次提到孔子对他的思想和创作的影响。孔子说："知者乐水，仁者乐山。知者动，仁者静。知者乐，仁者寿。"后来子张问仁者为何乐于山，孔子回答说："山，草木生焉，鸟兽蕃焉，财用殖焉。生财用而无私为，四方皆伐焉，每无私予焉。出云风以通乎天地之间，阴阳和合，雨露之泽，万物以成，百姓以飨。此仁者之所以乐于山者也。"孔子在这段话中把山与仁者进行类比，指出仁者喜欢高山的原因，高度赞扬山具有通乎天地、和合阴阳、滋养万物、无私奉献的精神。热爱自然、热爱山水本是人类的天性，而孔子强调"仁者乐山"，或许为了赞赏山的属性和精神。在儒家文化中，外形高大的山是厚德载物、高尚无私的化身。在《故乡情结》中，欧阳黔森讲述他登上梵净山红云金顶的故事，他由登山联想到孔子"五十而知天命"的观点，并由此叹服孔子的伟大。在中国传统哲学思想的启发下，欧阳黔森形成了自然崇拜思想。或许是因为欧阳黔森曾经是一名地质队员，他对大自然有一种特殊的情感。他多次宣称自己是一个热爱自然热爱真实的人，磅礴的乌蒙山脉、秀俊的武陵山脉、神奇的横断山脉、巍峨的昆仑山脉都留下了他的足迹。在诗歌《旗树》中，欧阳黔森描绘昆仑山神奇的风景，歌颂旗树历经千年的风雨冰雪而屹立修行并成为山之魂魄。欧阳黔森在小说《莽昆仑》中描绘巍峨壮丽的昆仑山，认为横空出世的昆仑山是大地壮丽的史诗。他还描绘高高耸立的唐古拉山，认为唐古拉山在湛蓝色的苍穹里，宁静而又神秘，像画又像诗。欧阳黔森更喜欢和敬仰昆仑山，他在小说中写道："古人视昆仑为'万山之祖'和'通天之山'。'昆仑者，天象之大也；昆仑者，广大无垠也。'古人对昆仑的传说和对昆仑的赞叹绝对高于喜马拉雅山，虽然它们都是中国最高的山系。它们也是世界最高的山系，青藏高原是世界之脊，粗通文化的人都知道。世人都知道，中华民族的母亲河——黄河、长江都发源于昆仑山系的支系巴颜喀拉山和唐古拉山。凡是历代中国人无疑视昆仑为神山。"这段话是欧阳黔森浸染于中国传统文化而得出的结论，昆仑山是中国古代传说中的神山，被道教认为是"万山之祖"和"通天之山"；"昆仑者，天象之大也"语出司马光，司马光是北宋政治家和史学家，也是著名经学家，他致力于阐释儒经、弘扬儒术。欧阳黔森还在小说中通过一首诗表达对昆仑山的敬仰，歌颂神奇的中国版图，强调东方古老的江河民族都受到昆仑山的滋养。然而，现实环境的污染状况给欧阳黔森以深深的刺激，在散文《水的眼泪》中，欧阳黔森从浩瀚的南海来到辽阔的天山，他在诗歌中从祖国的最南边写到了祖国的最北边，但南海的水世界与天山南北的黄沙形成鲜明对比。在南海，欧阳黔森觉得"自己像一滴水溶入了那广阔蓝色世界里，渺小，几乎没有了我，可感觉自己分明又在那浩瀚的蔚蓝色里，无处不在"，他认为自己的心在水的辽阔中显得更为广阔了，他强调自我与水融为一体，自己就是一滴水。从水的世界来到黄沙世界，欧阳黔森几乎无法面对。在天山南北，昔日美丽的地方早已变得高楼林立或者黄沙遍地，他宁愿看到优美的牧场而不是城市，宁愿看到万马奔腾而不是汽车塞道，但这个世界总是与人们的愿望相距甚远。在《新疆行》（组诗）中，欧阳黔森想象罗布泊、楼兰古城、塔克拉玛干沙漠的神奇美丽和风情万种，并对这些神奇风景的消逝和岁月的痕迹表达忧虑和感伤。欧阳黔森集中描绘黄沙世界与水世界的天差地别，抒发痛苦无奈的心情，在广袤苍凉、一望无际的沙海里，他感到恐惧，他认为每一粒沙都是水流干涸的泪珠。

在对大自然的崇拜中，欧阳黔森揭示了现代化和城市化的弊端。欧阳黔森曾经游览北盘江大峡谷，看到北盘江的美丽与神奇，北盘江也在不断受到污染，美丽而神奇的大峡谷即将不复存在。欧阳黔森曾在地质考察时采访一位老红军，他钦佩于这位老革命曾在20世纪60年代大炼钢铁时保护了几十株百年梨树。2003年，欧阳黔森把这次采访写入散文《黑虎和他的主人》，进一步提出他对地质工作的看法，他为从事地质工作而自豪，因为地质工作为科学的文明时代立下了不朽功勋；但他也认为，“科学文明也带来了负面的影响，严重地威胁着世界的可持续发展，对人类的生存是令人担忧和恐惧的，地质灾害已悄悄地威胁着我们共同生存的家园”。2003年，欧阳黔森在《十月》杂志发表中篇小说《水晶山谷》，讲述田茂林为了挣钱破坏黑松岭和七色谷的自然环境。欧阳黔森浓墨重彩地描绘七色谷的美景，七色谷原本美得让人不忍去打扰，美得让人流泪，山谷里满是五颜六色的石头，这些石头晶莹剔透、五彩缤纷，可以说是天堂之物。欧阳黔森以华美的词句描绘这些石头：“几亿年的岁月沉淀了它质地之硬，颜色之奇；大自然的鬼斧神工造就了它的形状之怪，这是几亿年风的壮举，这是几亿年水的风采。”但是好景不长，田茂林不仅把黑松岭折腾得惨不忍睹，而且还引来珠宝奇石公司搬空七色谷的石头。公司还在七色谷进行爆破采石，在轰隆隆的爆破声中，美丽的七色谷永远不复存在了。欧阳黔森通过小说人物的话语谴责现代化和城市化对大自然的破坏。2003年，欧阳黔森在小说《断河》中设置了一个极具象征意味的结尾，被何士光称之为“史和诗的意境”。欧阳黔森这样写道：“是的，当老虎岭没有了老虎，当野鸭塘没有了野鸭，当青松岭没有了青松，或者，当石油城没有了石油，当煤都没有了煤，这也是一种味道。”麻老九和他的乡亲们在断河两岸年复一年地生存着，社会变革和历史变迁都没有改变他们的生活环境和生存方式，但由于现代化和市场经济的发展，汞矿被大量开采以至于汞矿石枯竭，采过汞矿的土地也不能复垦。何士光认为欧阳黔森通过这个结尾对现代化和金钱化来做“沉重和根本的反思”，断河的历史既是个体命运的历史也是总体环境的历史，个体命运不可重复，自然环境也难以恢复。2006年，欧阳黔森在小说《莽昆仑》中描写昆仑山的冰川萎缩到雪山的顶峰，雪山总有一天会变成黑山；小说主人公感叹地说，人类的现代化文明是以破坏自然为代价。

欧阳黔森清醒地认识到大自然是宇宙的主宰，并以此批判人类中心主义的无知与浅薄。2007年，欧阳黔森在《白层古渡》中提出自己的自然观，他认为人类为了生存总是想不断地改变大自然，其实大自然才是人类的真正主宰，他写道：“人类的历史证明，人类在与大自然的抗争中，仅仅靠匹夫之勇和主观的精神是可笑的。大自然的力量与人的力量而言，差距实在太大，人类只有小心慎重地尊重大自然的规律，在符合自然规律这一前提下，谋求人类的可持续发展，才是真正的科学发展观。”欧阳黔森强调，如果人类对大自然的破坏熟视无睹，不久的将来，人类赖以生存繁衍的家园将不复存在。2014年，欧阳黔森在《水的眼泪》中强调敬畏大自然的观点，认为地球几十亿年的演变过程证明大自然的可怕之处，大自然有着不可控、不能任意改变的自然法则和自然规律；人类在大自然面前显得异常渺小，人类唯一能做的就是敬畏大自然、敬畏大自然的法则和规律。如果人类妄自尊大、目空一切，就必然会带来灾难，人类的任性已使地球的生态环境陷入非常危险的状况。

可以发现，欧阳黔森从中国传统哲学思想出发，讲述他的自然崇拜、上善若水和辩证法的思想观点及其来源，反思现代化、城市化和人类中心主义的弊端，表达对科学发展和生态文明的向往。众所周知，自然辩证法是马克思主义的重要内容，马克思在《1844 年经济学哲学手稿》中指出，“在人类历史中即在人类社会的形成过程中生成的自然界，是人的现实的自然界；因此 ，通过工业——尽管以异化的形式——形成的自然界，是真正的、人本学的自然界”，马克思明确强调自然界是人类存在发展的物质基础，他直斥工业通过“异化”的方式把“人的现实的自然界”转化为“人本学的自然界”。恩格斯依据 19 世纪以来的自然科学成果，描绘整个自然界发展的辩证图景，揭示自然界的历史发展和普遍联系的客观规律，从而创立自然辩证法学科。在《论权威》中，恩格斯提出“自然的报复”观点，他指出，“如果说人靠科学和创造性天才征服了自然力，那么自然力也对人进行报复，按人利用自然力的程度使人服从一种真正的专制”。在《自然辩证法》中，恩格斯多次强调“我们不要过分陶醉于我们人类对自然界的胜利。对于每一次这样的胜利，自然界都对我们进行报复”。马克思和恩格斯关于自然的思考是马克思主义自然哲学的理论基石，也为社会主义自然伦理提供理论基础。中国特色社会主义伦理是马克思主义中国化的发展成果，自改革开放以来，党和国家领导人日渐重视经济发展与自然环境的辩证统一，相继提出科学发展观和生态文明观，并使之成为社会主义伦理的重要组成部分。也就是说，欧阳黔森的思想观念既有中国传统思想的坚实基础，又具有中国特色社会主义伦理的丰富内涵。从哲学出发讲述中国故事，使欧阳黔森的文学创作既有深刻的传统文化基础，又具有鲜明的社会主义伦理追求。

本文系贵州省哲学社会科学规划重大委托课题（课题编号：18GZWT01）之阶段性成果

**参考文献：**

[1] 习近平．在文艺工作座谈会上的讲话[M]．北京：人民出版社，2015.

[2] 毕光明．社会主义伦理与“十七年”文学生态[J]．南方文坛，2007（5）．

[3] 陈鼓应．老子注释及评介（修订增补本）[M]．北京：中华书局，1984.

[4] 恩格斯．论权威[M]//马克思，恩格斯．马克思恩格斯选集：第3卷．北京：人民出版社，1995.

[5] 恩格斯．自然辩证法[M]//马克思，恩格斯．马克思恩格斯选集：第4卷．北京：人民出版社，1995.

[6] 卷首语[J]．人民文学，2018年（1）．

[7] 孔子集语译注[M]．孟庆祥，孟繁红，译注．哈尔滨：黑龙江人民出版社，2003.

[8] 论语译注[M]．杨伯峻，译注．北京：中华书局，1958.

[9] 孟繁华．序：一次文学的盛会[M]//欧阳黔森．非爱时间．贵阳：

贵州人民出版社，2004.

[10] 马克思 . 资本论 [M]// 马克思，恩格斯，列宁，等 . 马克思恩格斯文集：第 5 卷 . 北京：人民出版社，2009.

[11] 马克思 . 政治经济学批判导言 [M]// 马克思，恩格斯，列宁，等 . 马克思恩格斯文集：第 8 卷 . 北京：人民出版社，2009.

[12] 马克思 .1844 年经济学哲学手稿 [M]// 马克思，恩格斯，列宁，等 . 马克思恩格斯文集：第 1 卷 . 北京：人民出版社，2009.

[13] 莫言 . 作为老百姓的写作 [M]// 莫言讲演新编 . 北京：文化艺术出版社，2009.

[14] 欧阳黔森 . 短篇小说是最难藏拙的 [M]// 小说里的中国 . 青岛：青岛出版社，2013.

[15] 欧阳黔森 . 故乡情结 [M]// 水的眼泪：欧阳黔森选集 . 桂林：广西师范大学出版社，2017.

[16] 欧阳黔森 . 贵州精神 [M]// 水的眼泪：欧阳黔森选集 . 桂林：广西师范大学出版社，2017.

[17] 欧阳黔森 . 花繁叶茂，倾听花开的声音 [J]. 人民文学，2018 年（1）.

[18] 欧阳黔森 . 黑虎和他的主人 [J]. 散文，2003 年（1）.

[19] 欧阳黔森 . 心上的眼睛 [M]// 莽昆仑：欧阳黔森中短篇小说选 . 北京：作家出版社，2015.

[20] 欧阳黔森 . 向生活要智慧 [J]. 求是，2017 年（2）.

[21] 欧阳黔森 . 一张中国矿产图 [M]// 有目光看久 . 贵阳：贵州民族出版社，1994.

[22] 颜昌峣 . 管子校释 [M]. 长沙：岳麓书社，1996.

[23] 钟仕伦．被遮蔽的空间：马克思文学地域批评思想初探[J]. 文学评论，2016（5）.

[24] 周新民，欧阳黔森．探询人性美——欧阳黔森访谈录[J]. 小说评论，2015（5）.

2019年《中国现代文学研究丛刊》第5期

# 抒情传统与小说的文体实验

## ——欧阳黔森文学创作论

颜水生

抒情是中国文学的重要传统，海外学者陈世骧、高友工、普实克、王德威对此有过较多论述，国内学者陈平原和李杨也有过类似看法。近年来，虽然“抒情传统”遭受不少质疑，但它已经成为中国文学研究的重要方法论，这是不争的事实。以往研究大多侧重分析“抒情传统”对文学内容的影响，很少注意“抒情传统”对文学形式产生的作用。实际上，20 世纪以来中国小说的形式发展一直深受“抒情传统”的影响，欧阳黔森作为新世纪文坛的重要作家，他在小说形式方面的探索可以看作是受“抒情传统”影响的典型例证。自 1999 年在《当代》发表短篇小说《十八块地》以来，欧阳黔森已正式发表数百万字的小说作品，并在当今文坛产生了重要影响。欧阳黔森的短篇小说集《味道》被孟繁华选入《短篇王》文丛，短篇小说《敲狗》曾入围“鲁迅文学奖”，并于 2009 年获得第二届“蒲松龄短篇小说奖”，授奖词认为小说“在结构上有中国古典小说的神韵”；小说《断河》也获得高度评价，何士光认为《断河》具有“史和诗的意境”。这些评价所说的“中国古典小说的神韵”以及“史和诗的意境”，依据陈平原的观点来说，就是“史传传统”与“诗骚传统”。“诗骚传统”其实就是“抒情传统”，从知识谱系来说，欧阳黔森不仅接受明清小说“诗骚传统”的影响，而且深受沈从文小说“抒情性特征”的影响。正是在“抒情传统”的影响下，欧阳黔森对小说形式进行深度思考和多样化探索，他在《短篇小说是最难藏拙的》中认为“短篇小说是小说创作中最快乐的一种形式”。在欧阳黔森看来，短篇小说虽然篇幅短小但常给人以饱满、激动和完美的印象，短篇小说形式自由但能给人以成就感，创作短篇能使作者感到轻松快乐，也能在短时间里给读者以小说的全部享受。众所周知，小说文体对人生与世界的描写在理论上有其广度和深度的无限可能性，“这种无限性决定其艺术形式具有包含小说以外各种文体的可能性”。欧阳黔森正是思考了小说文体多样化的可能性，尝试从跨艺术角度探索小说创作的多样化，诸如借鉴诗词、散文、音乐等进行小说的文体实验和形式创新，从而使他的小说表现出明显的“抒情特征”。

## 一、诗入小说与小说的诗化

诗入小说是中国小说的重要传统，其中最为成功的是《红楼梦》，曹雪芹写入了大量的诗词，如《葬花吟》《枉凝眉》《芙蓉女儿诔》等，这些诗词对小说的人物塑造和情节发展都具有重要作用，使诗词成为《红楼梦》的有机组成部分。《三国演义》《水浒传》《西游记》也写入了众多诗词，毛宗岗在《三国演义》凡例中指出：“叙事之中，夹带诗词，本是文章极妙处。”诗歌被写入中国古代小说是中国文学发展的必然，中国自古就是诗的国度，小说家自然会利用诗歌来加强小说的诗意化特征，以抬高小说的品位和地位，陈平原在《中国小说叙事模式的转变》中指出，“这种异常强大的‘诗骚传统’不能不影响其他文学形式的发展”。诗入小说不仅丰富小说的创作方法，也丰富小说的艺术魅力和美学价值，如有学者认为诗入小说“不仅有助于抒情叙事、渲染环境氛围、展现人物的内心世界，而且也在文本、语言上为小说增色添彩不少，使作品呈现出浓郁的诗化倾向”。欧阳黔森自小就熟读中国古典小说，“自然受其深远影响”，他赞叹明清小说“可谓登峰造极”，欧阳黔森从明清小说中体会到了诗入小说的方法与作用。欧阳黔森的文学道路是从诗歌转向小说创作，这为他把诗词写入小说提供了基础，诗入小说也就成为欧阳黔森文学创作的重要特征。

一般看来，诗入小说有以诗歌文体形式直接进入和塑造诗意化意境两种基本形式。对欧阳黔森来说，他最喜欢的是引诗句直接进入小说。欧阳黔森在小说中引用最多的是毛主席诗词和他自己创作的诗歌，毛主席诗词可以说是欧阳黔森最为熟悉、最为敬仰的诗歌。欧阳黔森的很多作品都是以毛主席诗词命名，比如《雄关漫道》《莽昆仑》《看万山红遍》《江山如此多娇》等。贵州的红色文化孕育了欧阳黔森的英雄情结，他自小就枕着红军长征的故事入眠，也熟悉贺龙、任弼时率领红二、红六军团在黔东、大方、毕节开创革命根据地的英雄故事，他被长征中“万水千山只等闲”的英雄主义精神深深地感动。欧阳黔森引用的“万水千山只等闲”出自毛泽东《七律·长征》，欧阳黔森十分熟悉这首诗词，不仅多次引用其中的诗句，而且特别敬仰诗词所表现的伟大长征精神，认为“长征的意义早已超出一个政党的范畴，而是民族、国家、人类的共同精神财富”。2005年，欧阳黔森发表小说《心上的眼睛》，在作品中多次提到毛主席的诗词《忆秦娥·娄山关》，并直接引用部分词句。欧阳黔森曾经到过娄山关，他看到娄山关的群山峻峭、雄伟苍凉，也直接描绘娄山关的风景，但他觉得自己的直接描绘和强烈抒怀远不如毛主席《忆秦娥·娄山关》那么真实、自然，那么富有感染力，因此，欧阳黔森多次在小说中引用“雄关漫道真如铁”以加强抒情效果。毫无疑问，毛主席《忆秦娥·娄山关》是诗词中的精品，其慷慨悲烈、雄浑豪迈能给读者无比的激情和感动；欧阳黔森强调毛主席诗词使小说主人公“全身的每一根毛细血管都张开着，血液像涨满春水的溪流，正汹涌澎湃浩浩荡荡地奔向心海”。在欧阳黔森看来，毛主席诗词具有震撼人心的强大力量，能够使人热血沸腾，能够使人生发无限的感慨和崇敬。不难发现，欧阳黔森引毛主席诗词入小说，诗词与小说相互融合，不仅增加小说的英雄主义、乐观主义色彩，而且增加小说的历史底蕴和艺术魅力。在欧阳黔森看来，毛主席诗词具有神奇的魅力，不仅是历史辩证法的高度概括，也是人生命运的鲜明写照。2016 年，欧阳黔森在《连山之殇》中引用毛主席诗句“人间正道是沧桑”，这句诗出自毛主席《七律·人民解放军占领南京》，欧阳黔森用这句诗概括他自己的人生历程，也就是说他认为“人间正道是沧桑”是人生辩证法的恰当写照，他已经把毛主席诗词融入对自我人生的思考中。众所周知，“万水千山只等闲”，“人间正道是沧桑”等诗句给身陷困境的人以激情和力量，鼓舞人们克服困难最终取得成功。欧阳黔森不仅读懂毛主席诗词的历史内涵，也领会这些诗词的人生意义和哲学价值。在查阅党史、军史材料的基础上，欧阳黔森创作了长篇小说《雄关漫道》，题名取自毛主席诗词“雄关漫道真如铁”，小说主要讲述红二、红六军团在湘鄂滇黔川的革命经历。红军长征胜利会师后，毛主席在陕北高度评价红二、红六军团在乌蒙山区的战斗成果。2018 年，欧阳黔森在《报得三春晖》中引用毛主席诗词“乌蒙磅礴走泥丸”描写乌蒙山区。欧阳黔森长期描写乌蒙山区不仅是因为扎根现实、扎根人民的需要，也是因为那块土地曾经是红军英勇战斗的地方，还是因为那块土地是毛主席诗词所描写的地方。

塑造诗意化情调和意境也是欧阳黔森小说创作的重要特征。将以往诗歌的情境或内涵化入小说，把诗境融入叙事，表现所谓的“诗意”，“诗味”或“诗趣”，这不仅是《金瓶梅》《红梦楼》《聊斋志异》等明清小说的常用手法，也在“五四”小说中经常出现，比如郁达夫和废名等作家表现的“审美趣味无疑带有明显的民族烙印”，从中可以看到李贺、李商隐、李煜和李清照诗词的情调和意境。欧阳黔森熟悉明清小说，也能背诵毛主席的古体诗词，这为他借鉴明清小说的写作方法提供了基础。他也经常把毛主席诗词的情境或内涵融入叙事写景抒情中，小说《心上的眼睛》是其中的典型代表。小说主人公站在娄山关隘，俯瞰一片巍峨群山，大娄山脉雄伟苍凉、群山峻峭，关隘扼守川黔通道、难以翻越，正是“雄关漫道真如铁”的真实写照。欧阳黔森还详细描写娄山关的群山、雾气和夕阳，正所谓“苍山如海，夕阳如血”，与毛主席诗词《忆秦娥·娄山关》建立了精神联系。在长篇小说《雄关漫道》中，欧阳黔森多次描写乌蒙山区和乌江河流的悲壮风景，也描写红军遭遇的艰难险阻，其实也可以说是“乌蒙磅礴走泥丸”的真实写照，甚至可以说欧阳黔森把毛主席《七律·长征》的情调与内涵都化入了小说叙事。不难看出，欧阳黔森把《忆秦娥·娄山关》和《七律·长征》的情调与意境融入叙事写景的字里行间，这种化诗词入小说叙事的方法“保留了诗歌的正面美感与意义，并从正面强化了小说的相应情境”，正是运用这种方法，欧阳黔森小说大都洋溢着浓烈的英雄主义和乐观主义精神。

欧阳黔森不仅引用毛主席的古体诗词，也把自己创作的新诗大量引入小说。陈平原认为“诗骚之影响于中国小说，主要体现在突出作家主观情绪，于叙事中着重言志抒情；‘摛词布景，有翻空造微之境’；结构上引大量诗词入小说”，相比叙事性小说而言，诗歌是更为凝练的文本，也更适合抒发情感。欧阳黔森不仅利用古体诗词来言志抒情，也经常运用新诗进行抒情表意，在小说中利用诗歌抒发情感可以使小说境界与情感得到升华。

1999 年，欧阳黔森在《当代》发表小说《十八块地》，小说主人公“我”写了一首题目为《热爱兰草》的诗来表达对萧美文的怀念，萧美文当兵上了云南前线，因抢救伤员而不幸牺牲。“我”与萧美文是最好的朋友，她当兵临走时送“我”一盆兰草，这首诗不仅是对萧美文的怀念，也是对少年时代的祭奠。虽然这首诗具有明显的叙事性，但相比小说叙事，诗歌语言又更凝练，更为重要的是，这首诗运用象征的表现手法，歌颂萧美文具有兰草一样的纯洁心灵和高贵品格。2003 年，欧阳黔森发表小说《梨花》，小说主人公梨花人美心也美，又有才华，扎根乡村教育，奉献青春与热血，同事李老师给梨花写了一首题目为《这是那夜月的错》的诗，表现主人公梨花的高贵品格。这首诗以物拟人，以梨花象征主人公的崇高精神，诗歌语言凝练，但又具有叙事性，恰当运用象征、暗示、比拟、用典等多种表现手法和修辞技巧，有力地扩展了小说的表现能力。

在小说叙事层面，欧阳黔森也引入诗歌加强叙事效果，其最常用的方法是重复叙事。重复叙事是古今中外小说常用的写作技巧，“其最常规的形式乃是将同一件事或同样的意思在不同的场合多次加以讲述”，运用诗歌进行重复叙事是欧阳黔森小说创作的一贯做法，从他开始创作小说一直到最近发表的作品都是如此。2001 年，在小说《穿山岁月》中，欧阳黔森引用自己创作的诗歌《山村女教师》与小说叙事形成重复叙事。小说讲述“我”在山区勘探时，晚上留宿田家梁子，认识了一位乡村男教师，“我”特别同情这位乡村教师的经历，背诵一首诗以表达对他的敬意。这首诗不仅揭示乡村教育的作用，也揭示乡村教育面临的困境与挑战。乡村教师承担改变整个民族愚昧状况的重任，但他们不仅不能得到山民的理解，而且还要承担经济、精神方面的缺失。这首诗歌使这位乡村教师激动得流下了热泪。或许这位男教师将会与诗中的女教师一样，在山村奉献青春与热血，但在经济和精神方面都得不到回报，甚至有可能永远长眠在古老荒村。小说以一种戏谑语气讲述乡村教师的经历，其实是尖锐讽刺现实的无奈和社会的问题，笑中饱含着热泪和讽刺，乡村教师的人生命运和精神困境该是一个多么沉重的话题。这种重复叙事使小说中的乡村男教师与诗歌中的女教师形成复调，共同演奏一曲苦难的乡村教师之歌，提升了小说的艺术内涵和思想境界。在《穿山岁月》中，欧阳黔森还写了两首打油诗，小说多次写到地质队员长年在外的性压抑和精神苦闷，这两首打油诗也就与小说叙事形成复调。这两首打油诗特别贴近生活，充分表现地质队员长期在野外工作的性苦闷和精神压抑，或许这样的打油诗能使他们的紧张情绪得到释放。这种世俗的诗歌也可以看作是拟戏剧化的手法，本身是小说叙事的重要组成部分，但因为诗歌的特殊运用增加了小说的讽拟性和戏剧效果。2003 年，欧阳黔森发表小说《血花》，用一首诗作为小说的结尾，这首诗与小说情节形成二重复调，讲述地质队司机在大年三十送久居深山的队员回家过年，因路滑不幸撞山身亡的故事，热情歌颂司机在危急关头为保护车上人员毅然撞上山壁而英勇牺牲的精神。不难看出，这种重复叙事增加了小说的多声部复调效果，从而增加小说的艺术魅力。

一般看来，小说是通过叙事来表现故事情节或生活场景，“如果同时借助诗歌来进行辅助表达，就可以使小说叙事之中出现一个更高的、也更抽象的层次”。普实克也曾认为中国古代短篇小说插入抒情性的诗行，“结果提升了故事，使其出现了某种哲学性的世界观”。在文学体裁中，诗歌无疑最适合抒发强烈情感，而小说的强烈抒情并非自然、恰切，因此引诗入小说似乎成为最好的选择。2006 年，欧阳黔森发表《莽昆仑》，小说引用一首诗歌描绘昆仑山的风景特征，这是一首典型的写景抒情诗。诗歌运用比拟、夸张、排比等艺术手法描写昆仑山神奇壮丽的风景，把自然风景与中华民族的历史发展融为一体，从自然穿透历史，从历史窥视哲学，从具体形象到抽象哲理，热烈地歌颂昆仑山的雄伟壮丽和中华民族的博大神奇。其实，小说叙事也多次描写昆仑山的自然景观，但欧阳黔森以诗歌作为小说结尾，不仅使诗歌与小说形成复调效果，而且提升小说叙事的情感强度和哲理深度，使读者不仅能够体会到昆仑山的神奇壮丽，也能体会到中华民族的光辉灿烂。这首诗歌使小说叙事由自然风景上升到民族历史的高度，由风景描写上升到历史思考与哲理思辨的深度。在中国古代小说中，引诗歌加强抒情功能是最为频繁的，运用这种与叙事明显不同的文体形式来作为抒情载体，“可以让这些抒情性内容成为阅读时注意的焦点，成为文本中被刻意突出的部分，也成为冷静客观的叙事中激情洋溢的段落，形成平静与热烈的明显交替”，诗歌在欧阳黔森小说中也产生了同样的美学效果。欧阳黔森不仅引用自己创作的诗歌来增加小说的艺术魅力，也经常引用别人的诗歌来丰富小说的美学内涵。《兰草》是一篇关于诗歌的小说，主人公“我”和兰草都是知青，都狂热地喜欢诗歌。在《兰草》中，欧阳黔森写到雷抒雁的诗歌《小草在歌唱》正风靡全国，在诗歌朗诵时，“我”和兰草都被感动得热泪盈眶。后来，“我”又反复背诵北岛的诗歌。小说结尾还引用舒婷的诗歌《这也是一切》全文，欧阳黔森在小说中写到，北岛的《宣告》、舒婷的《这也是一切》、雷抒雁的《小草在歌唱》这些震撼人心的诗歌，在历史的天空中永远闪耀着光芒，并不断照耀人们前进。这些诗歌的引用在表现手法上可以看作是暗示或隐喻。众所周知，这些诗歌是 20 世纪 80 年代启蒙主义和理想主义的代表作品，引用这些诗歌不仅表现欧阳黔森的理想主义情怀，也表现他对改革时代的向往。欧阳黔森在小说中还引用外国诗歌，2006 年，欧阳黔森发表小说《有人醒在我梦中》，引用莱蒙托夫的诗歌《帆》，这首诗带有浓厚的伤感情调，正好与“我”

对白菊的思念情感相吻合。总体说来，欧阳黔森把诗歌引入小说，不仅使小说的情感更为饱满、更具深情，也使小说在思想内涵和哲理深度等方面都有升华。

引诗入小说具有多样的艺术手法和丰富的美学功能，如陈平原认为引诗入小说“为中国小说的多样化发展开辟了光辉的前景”。欧阳黔森运用各种方式引诗入小说，不仅是继承中国古代小说“诗骚传统”的结果，也是继承贵州小说“抒情传统”的结果，从蹇先艾到何士光的贵州小说具有鲜明的抒情诗特征。陈平原认为中国现代小说的抒情传统深受“诗骚传统”的影响，蹇先艾作为“五四”小说的重要成员，他的小说也具有浓厚的抒情特征，尤其是《到家的晚上》等小说“情节单薄，调子幽美，抒情气氛很浓”。在何士光的小说《种苞谷的老人》中，开篇那几段风景描写也具有浓郁的诗意，是一个典型的诗意化意境。相比较而言，欧阳黔森引诗入小说既表现崇高壮美的诗意，又表现忧郁感伤的情调。前者主要集中在革命题材小说如《雄关漫道》《心上的眼睛》等作品，后者主要表现在知青题材小说《十八块地》《有人醒在我梦中》等作品。

## 二、心灵解放与小说散文化

一般看来，“诗骚传统”有可能使小说诗化，也有可能使小说散文化。在20世纪中国文学史上，虽然一致认为鲁迅、郁达夫、废名、沈从文、萧红、汪曾祺代表“抒情小说”谱系，但是这种小说一直存在各种各样的命名。郑伯奇认为“达夫的作品，差不多篇幅都是散文诗”，蹇先艾也认为王统照的《春雨之夜》“好像一篇很美丽的诗的散文”。直到20世纪80年代，汪曾祺在《小说的散文化》和《作为抒情诗的散文化小说》中“正式将其命名为‘散文化小说’”，钱理群、温儒敏、吴福辉合著的《中国现代文学三十年》把郁达夫和废名的抒情小说称为“散文化小说”。近年，中国社科院学者刘艳把从鲁迅、郁达夫到废名、沈从文、萧红的现代白话小说发展趋势称之为“小说散文化”，认为这些小说表现了“诗意、抒情性的散文化特征”。在这种命名中，“散文化”是对“抒情小说艺术特征和审美优长的直感把握和总体概括”。虽然欧阳黔森并没有对“小说散文化”进行界定，但他对“散文”的看法可以视作他对“小说散文化”的理解与认识。1994 年，在《从贾平凹的散文说开去》中，欧阳黔森强调散文写作关键在于“心灵的解放”。“心灵的解放”不仅包含思想精神的解放，也包含形式技巧的解放。欧阳黔森高度评价贾平凹的散文艺术，认为贾平凹的散文“是以心交换心，以情动人的创作风格”，指出贾平凹的散文重在一种超技巧的“道”，“道”即“一种灵魂，一种境界，一种精神的存在，一种内在哲学”。众所周知，贾平凹曾主动学习沈从文的创作方法，早期创作的小说和散文颇得沈从文的余韵，他的《小月前本》《鸡窝洼人家》《腊月·正月》等“商州系列”小说也可以看作是“小说散文化”的代表作品。在欧阳黔森看来，写作的最高境界就是沉浸于自己所顿悟的“道”中，“忘记了自我，忘记了语言、逻辑、结构等技巧方面的考虑”，只求把顿悟之“道”“随心所欲地表露出来”。欧阳黔森从贾平凹散文中概括出文学创作的境界与技巧，这些观点不仅可以看作是欧阳黔森文学创作的理想，也可以看作是欧阳黔森文学创作的艺术追求或审美特征。可以肯定的是，欧阳黔森在散文创作中实践了这种文学理想与追求，比如《水的眼泪》《白层古渡》《武陵纪事》等散文作品都“随心所欲”地写出了“自身的心灵”，“随心所欲”地写出了“灵魂的颤动、灵魂的痛苦、灵魂的强音”。更为重要的是，这些观点在欧阳黔森的小说创作中也有着充分表现，比如《十八块地》《莽昆仑》《穿山岁月》《心上的眼睛》《有人醒在我梦中》等一系列小说都可看作是“小说散文化”的代表作品。

抒情性是小说散文化的典型特征，郭沫若曾经把这类小说称为“主情主义”，解志熙也认为这类小说“以抒情为主导”。《中国现代文学三十年》认为郁达夫小说具有“浓烈的抒情气氛”，认为沈从文小说特别“注意人生体验的感情投射”。在小说散文化的发展谱系中，欧阳黔森与沈从文有着紧密的文化联系。在《故乡情结》中，欧阳黔森提到他的出生地铜仁距离沈从文的出生地凤凰县只有六十公里，铜仁与湘西在饮食和民俗风情方面都十分相近，可以说，欧阳黔森与沈从文具有相同的出生地和文化背景。沈从文吸取了沅江之源的灵气，把他最为熟悉的故乡写绝，给世人留下无比灿烂辉煌的人品与作品，因此，欧阳黔森极为敬仰沈从文。欧阳黔森对故乡满含泪水爱得深沉，每当回到铜仁，欧阳黔森都要去看故乡的山，故乡的水，还有沈从文笔下的乌篷船。沈从文笔下的一条条乌篷船经常出现在欧阳黔森的视线里，也经常出现在欧阳黔森的记忆中，沈从文对欧阳黔森产生了深刻影响。如果说沈从文“《边城》是一个怀旧的作品，一种带着痛惜情绪的怀旧”，那么欧阳黔森的知青题材小说也具有同样浓烈的“痛惜”与“怀旧”，比如《十八块地》《有人醒在我梦中》《下辈子也爱你》等。在《十八块地》中，卢竹儿、鲁娟娟和萧美文都是“我”在农场工作的知青好友，小说既讲述了“我”与她们的深厚情感，又讲述了她们的人生命运。但令人伤感的是，她们三人的命运都带有浓厚的悲剧感，她们的命运“让我伤感得太久太久”。《有人醒在我梦中》是一篇典型的抒情性小说，小说以怀念白菊开篇，整篇小说洋溢着浓厚的抒情气氛，也带有淡淡的感伤，音乐《吐鲁番的葡萄熟了》的美丽旋律代表着爱情与幸福，但“我”最终还是失去了白菊，这给“我”带来一生的伤痛，正所谓以乐景来衬托哀情，更加令人伤感。小说结尾引用莱蒙托夫的诗歌，再次抒发强烈情感，留下的只是无限怀念和伤感。在《下辈子也爱你》中，黑松、陆伍柒和“我”是知青好友，虽然时过境迁，我们都已在城市扎根并过上了富裕的生活，但我们一直怀念知青时代，各自怀念知青时代的恋人卢竹儿和萧美文。为了增强感伤效果，小说多次写陆伍柒和“我”泪水盈眶的场景，小说也多次引用诗词和歌曲来增加抒情气氛。小说充满对青春的怀旧和伤感、对理想的憧憬和绝望，对生活的无奈和迷茫，对命运的悲叹和哀怨。不难发现，欧阳黔森知青题材小说中的“我”大都既是叙述者，又是抒情主人公，他们总是带有一种忧郁的气质和感伤的性格，在气质和性格方面恰似于郁达夫小说中的抒情主人公。不同于郁达夫着重表现民族国家的忧郁和时代社会的伤感，欧阳黔森更多表现个体命运的感伤和对青春时代的怀念。抒情主体在小说散文化中至关重要，它能最大限度地发挥小说的抒情功能，能更好地把人物的情感态度、哲理议论、心理情绪融合成抒情主体的主观情思。对欧阳黔森来说，第一人称的写作手法能够使他拥有抒情的自由性，也能够“赋予作品以较大的逼真感、真诚性和亲切感”。正是运用第一人称的抒写视角，欧阳黔森更多以直抒胸臆的方式表达自我的主观情思。与此相联系的是，回忆也是欧阳黔森小说作品中常用的抒写手段，抒情主人公大都沉浸在对青春理想、恋爱往事的回忆中，如《扬起你的笑脸》《十八块地》《五分硬币》《下辈子也爱你》等小说。在《扬起你的笑脸》开篇，欧阳黔森似乎揭示了一种“回忆哲学”。在欧阳黔森看来，回忆是生活的常态，回忆是不可阻挡的，他经常把回忆当作人生最美好的事情来做。回忆既是对逝去时代的向往和怀念，也是对现实生活的不满和失望，回忆“标志着人的心灵的丰富和感情的深沉”，“能增强作品的抒情浓度和真诚感、亲切感”。

小说散文化大多不重情节和结构。《中国现代文学三十年》认为抒情小说“不追求曲折的情节和周致的构思”，从而形成“以情感为中心的结构”。解志熙也认为散文化小说是“以心理情感逻辑来组织结构作品”。在欧阳黔森的小说中，情节的淡化和结构的散漫形成了自然流淌、行云流水的情感线索，如《莽昆仑》《心上的眼睛》《有人醒在我梦中》《五分硬币》等，这些作品的情感结构和情感线索都遵循“心灵的解放”。《莽昆仑》是一篇典型的散文化小说，小说开篇尽情抒发对昆仑山的感想。小说以抒情开篇，主体部分主要是叙述，中间夹杂大量的议论和抒情笔法，还引用了两首诗歌，小说没有贯穿始终的情节线索，结构完全散文化。这部小说既是散文，又是诗歌；既是散文化小说，又是小说散文化。《心上的眼睛》也是一篇典型的散文化结构小说，欧阳黔森在小说开篇讲述小说叙述者“我”在娄山关俯瞰群山的感受，以抒情的笔墨描绘大娄山脉的险要与峻峭。然后，以叙述笔法讲述丁三老叔愚笨和老实的性格特点，再接着讲述“我”的英雄情结和丁三老叔对红军的特殊感情，小说结尾讲述男军医抚摸山壁上的毛体字《忆秦娥·娄山关》而激动流泪。小说中间夹杂白描手法和抒情笔墨，描绘娄山关雄伟苍凉的风景，抒发作者对娄山关和革命英雄的崇敬。小说没有连贯的时间线索，也没有激烈的情节冲突，结构散乱，完全依据作者的思维流动而铺排，丝毫没有考虑小说的形式要求，这部作品从写法上完全可以看作是一篇散文。小说散文化表现鲜明而又集中的主题，“我”、丁三老叔、军医组合成三重复调叙述，共同演奏一曲英雄崇拜之歌。“心灵的解放”不仅为思想精神松绑，也为形式技巧创造自由，欧阳黔森没有追求情节的丰富和结构的缜密，而是从自我内在心灵和情感出发，随心所欲、无所顾忌、自然流动地追求无技巧之道。

意境或意象塑造也是小说散文化的重要特征。一般看来，意境是主客统一、情景交融、虚实相生的艺术境界，是中国传统美学理论的重要范畴，陈平原在《中国小说叙事模式的转变》中将“意境”概念用于抒情小说的分析，解志熙则把“意境”概念用于散文化小说的研究。在解志熙看来，意境与氛围、情调是散文化抒情小说“最富抒情性和审美价值的内容范畴”和“美感魅力的主要来源”。在《种苞谷的老人》中，何士光描绘了一个富有美感的意境，在一个遥远寂静的村庄，四面青山屏障，山谷幽深、石径通幽、溪水潺潺。这种诗意般意境不仅增加小说的艺术魅力，而且对表现小说主人公刘三老汉的心灵世界和生活追求都有重要作用。从何士光到欧阳黔森代表了新时期以来贵州小说发展的成就，欧阳黔森多次提到何士光对他的影响，在小说意境塑造方面，欧阳黔森颇有何士光的余韵。在《扬起你的笑脸》中，欧阳黔森描述梨花寨的优美景致，这种优美意境与小说主人公田大德老师的精神世界相互统一。尤其是小说中多次出现的灿烂火光更加显示灵魂的温度，增加小说的艺术魅力和美学品位。相比较而言，欧阳黔森更加喜欢运用意象来增加小说的象征内涵，他以植物名称命名小说，其实就包含一种深意乃至象征，比如《兰草》《丁香》《白莲》《梨花》等。小说《血花》在意象构造方面无疑显示欧阳黔森的独到匠心，小说开篇出现“美丽、轻盈、奇妙、梦幻”的雪花意象，“雪花像一朵朵透明无瑕的小小银伞，在没有北风吹的山野里飘动”。雪花与老杨合而为一，雪花意象在小说中成为一种高贵精神的象征，充分表现小说的虚构意蕴和象征内涵。

刘艳认为“迟子建小说的散文化倾向”是现代文学资源和地域文化资源孕育的结果，欧阳黔森的小说散文化也是这两种资源孕育的产物。在迟子建的小说散文化中，刘艳特别看重鲁迅、郁达夫和萧红的影响。然而，欧阳黔森的小说散文化更多来自沈从文、蹇先艾和何士光的熏陶。在欧阳黔森小说中，既能看到以沈从文为代表的现代文学资源的传承，又能看到贵州地域文化的哺育。地域文化是“传统文化在不同地域的表现形态或分支，不仅具有传统文化的共性，更有其鲜明的地域性特色”。欧阳黔森十分看重地域文化对文学创作的影响，认为每一种地域文化都是瑰宝，都能显现出耀眼的光芒，他在访谈录中指出，“文学与地域属于母子关系”。在欧阳黔森的散文化小说中，如《心上的眼睛》《扬起你的笑脸》，都能看到浓郁的贵州地域文化特征。《心上的眼睛》不仅描写贵州独特的自然风景，还描写贵州深厚的红色文化，大娄山脉的雄伟苍凉与红军长征的英雄壮举相得益彰。《扬起你的笑脸》描绘乌江流域的自然环境和山地文化，美丽的自然风光与田大德老师的高贵精神完美契合，险恶的山地环境与山鬼的神奇经历相辅相成。20 世纪 80 年代，汪曾祺和贾平凹等作家的小说散文化为“小说界带来新鲜的气息”，进入新世纪以来，迟子建和欧阳黔森又扩展小说散文化的谱系。从文体角度来说，小说散文化打破小说与散文或诗歌的界限，它是一种交叉文体，是一种带有“反叛性与创新性”的文学样式，欧阳黔森的小说散文化为小说创作提供形式自由，也为“心灵解放”提供基础。

## 三、叠化歌曲与小说音乐化

在“抒情传统”的有关论述中，从陈世骧到王德威都提到音乐文化的深刻影响，如陈世骧认为“以字的音乐做组织和内心自白做意旨是抒情诗的两大要素”。欧阳黔森在文体实验和形式探索方面有着执着追求，他不仅尝试小说的诗化和小说散文化，他还通过在文本中编织、叠化歌曲来探索小说音乐化。沃尔夫曾经在弗莱的基础上认为小说音乐化本质上是“在叙事文本中对音乐的效仿”。在沃尔夫看来，小说音乐化是指音乐艺术在小说文本中的实际在场，并使小说文本具有音乐效果和音乐性特征，在音乐化小说文本中，音乐艺术或音乐术语总是发挥某种作用，音乐化不只是音乐主题化，还包括音乐在话语层面、故事层面和结构层面的特殊形塑。音乐化是现代小说发展的一个重要趋势，如有学者发现鲁迅小说的音乐性特征，认为“鲁迅小说与音乐的关系在多个层面都可以找到言说的话题”，“鲁迅的小说都隐藏着某种音乐结构，分别呈现出赋格曲、诙谐回旋曲、奏鸣曲等叙事风格”。沈从文和张爱玲的小说也充分展现小说音乐化的特征和趋势。近四十年来，小说音乐化在新时期文学中渐呈燎原态势，莫言、张承志、格非和欧阳黔森等是重要代表，比如《檀香刑》《黑骏马》《骑手为什么歌唱母亲》《隐身衣》《春尽江南》等小说都可以说是小说音乐化的典型作品。欧阳黔森特别爱好音乐，他在作品集《有目光看久》结尾为乐曲作词，他能够演唱很多首中外歌曲。他特别喜欢俄罗斯歌曲，曾在访问俄罗斯期间唱过几十首俄罗斯歌曲，深受俄罗斯友人的好感。他认为音乐是民族精神的体现，音乐也能为文学创作提供灵感和思路。这种音乐爱好为他进行小说音乐化探索提供条件。欧阳黔森通过音乐化的文学书写，不仅表现文学的音乐性质和审美特质，还将音乐的主题与结构融入文学叙事，使得文学文本呈现文学与音乐相互融合的复调诗学。音乐符号的引入不仅体现欧阳黔森在小说形式和艺术方面的创新，而且扩展了小说的主题、结构和象征内涵，为小说音乐化做出有益探索。

主题音乐化是小说音乐化最常见的方法。2004年，欧阳黔森在《红岩》发表长篇小说《下辈子也爱你》，这篇小说可以看作是欧阳黔森试图把文学性与音乐性结合起来的代表作品。欧阳黔森在小说中特别引用《遥远的地方》和《送别》两首歌曲，并且详细列入歌词，然后欧阳黔森以叙述者“我”的身份谈论这些歌曲，这段歌曲讨论既可以看作是故事层面的，又可以说是话语层面的，但都是为了实现“文本内主题音乐化”。众所周知，《遥远的地方》是一首脍炙人口的苏联歌曲，在二十世纪六七十年代的中国被广泛传唱。《送别》是一首朝鲜歌曲，表达的是情真意切的离别之情。这两首歌曲都是献给军人的，能够激发出浓烈的爱国主义情怀和英雄主义气息。知青在农村下乡时，物质生活贫困，精神生活贫乏，他们就把唱歌当作每天的娱乐方式。每天饭后，知青们就会坐在门口，对着远山，尽情放歌。即使《遥远的地方》和《送别》如此富有激情，知青们也只能唱出无尽的哀怨和凄楚，只能唱出岁月的蹉跎和无奈，歌声里总是飘荡着歇斯底里的哀痛。欧阳黔森把歌曲引入小说，使小说充分情感化和音乐化，不仅有利于揭示小说人物的心理情绪和精神世界，而且使小说文本“具有了音乐对主题阐释的暗示性和联想性，从而获得更加深远的意义”。欧阳黔森还引入《重庆知青恋歌》和《南京知青恋歌》，谈到这两首歌曲的哀婉悲凄，同样也是在故事层面和话语层面力图实现“文本内主题音乐化”。实际上，《下辈子也爱你》中的情节叙事和音乐书写相当于两种相互独立、同时奏响却又相互融洽的旋律，这也可以看作是“音乐对位法”的运用，情节叙事体现的是知青个体的生活情绪和心理状况，音乐书写蕴含的是知青集体的社会心理和时代精神，而“音乐对位法”把这两种旋律或叙事结合起来，使小说呈现的既是知青个体又是人民集体，更是社会历史。从这个角度来说，欧阳黔森小说“是纯粹的形式，却试图扮演具有世界历史智慧的角色”。

故事层面音乐化无疑是欧阳黔森小说最常见的。正如沃尔夫所说，故事层面音乐化其实就是在文本中讨论、描述、聆听音乐或由小说人物进行音乐表演。故事音乐化的外在形式是动作、行为或事件，从而对小说情节的发展具有推动作用。2003 年，欧阳黔森在《红岩》发表小说《梨花》，开篇就引用童谣：“桃子开花李子结，麻子婆娘惹不得”，具有生发小说情节的作用。在小说《兰草》中，欧阳黔森讲述歌曲《我爱你，老山兰》每天都在广播里传唱。听到这首歌，使“我”坚定当兵上前线的决心，去保家卫国守护边疆，这是通过聆听音乐推动小说情节发展的典型例子，《有人醒在我梦中》和《远方月皎洁》也是如此。2006 年，欧阳黔森发表《有人醒在我梦中》，小说主要讲述“我”对白菊的怀念，这种怀念始终伴随歌曲《吐鲁番的葡萄熟了》。“我”和白菊同在地质队一起成长，一起上学，一起下乡，都在一个地质队工作。白菊唱起《吐鲁番的葡萄熟了》时，给“我”留下无法磨灭的印象，美丽的旋律像溪水一样流进“我”的脑海，这首歌也无处不在一直伴随着“我”。这首歌曲似乎与小说情节构成复调形式，共同奏响一曲爱情之歌，表达作者对美好爱情的怀念。歌曲在小说中不仅暗示情节的发展，也隐喻时代背景的变化，《咱们工人有力量》是“我”年轻时代最响亮的歌曲。改革开放以后，国家开始重视知识分子，开始落实知识分子政策。但白菊的父母都是工人，白菊也是工人，因此白菊的父母希望白菊不要再找一个工人，他们倾向于白菊找一个知识分子，一桩美好的爱情就这样被拆散。歌曲似乎成为一桩美好爱情的终结者，歌曲也正是在这个意义上成为小说情节的有机组成部分。2013 年，欧阳黔森发表短篇小说《远方月皎洁》，小说以《在那遥远的地方》歌词作为开头，铺垫浓厚感情，这首歌与小说情节形成共奏，共同谱写一曲爱情的华美乐章。歌曲不仅与小说标题形成一组“对位”，而且暗示小说的故事内容。在小说《穿山岁月》中，欧阳黔森讲述地质队员在山区采样时，遇到一群苗家姑娘，地质人员被浓厚的民族风情所感染，就与这群苗家姑娘对歌。民歌对唱使小说增加了浓厚的民族特色，也使小说增加了音乐性和趣味性，尤其是地质队员不会苗家调子，却急中生智地分别用广西刘三姐的调子和云南大理《五朵金花》的情歌调子进行对唱。地质队员用广西刘三姐的调子唱苗歌，歌词具有浓厚的生活气息，既没有与苗家姑娘对上调，也没有对上词，引起大家一阵大笑。民歌对唱使地质队员的采样工作显得丰富多彩，也使小说具有浓郁的地方特色。这种民歌对唱活动已经完全融入小说情节发展过程中，不仅成为小说情节不可分割的重要组成部分，而且增加了小说叙事的趣味性和可读性。

在小说中引入音乐表演，不仅可以推动情节发展，而且对小说主题的扩展和升华无疑也具有重要作用。在长篇小说《雄关漫道》中，红军在战斗过程中付出巨大牺牲，有些年轻的红军战士英勇献身，小说多次描写小婉演唱山歌，虽然歌词简单，但曲调忧伤，歌声令人心碎，蕴含对红军战士的无限怀念。小说引用这些歌曲，不仅增加小说的感情色彩，而且充分说明工农红军为中国人民的解放事业做出巨大牺牲，也赢得广大人民的拥护。2004 年，欧阳黔森发表中篇小说《八棵苞谷》，在这篇小说中两次写到歌唱，第一次是老歌王三崽爹在听到扶贫专家的讲话之后，心里特别高兴就扬起嗓子唱起来；第二次是白鹰村致富奔小康以后，三崽爹特别兴奋，一昂头高亢地唱起一首老情歌。小说人物发自内心、情不自禁的歌唱活动不仅鲜明表现人物的心理情绪，而且使小说主题得到扩展。

如果说《雄关漫道》和《八棵苞谷》是以音乐表演来扩展、升华主题，那么《白层古渡》和《水的眼泪》就是通过聆听音乐来扩展、升华主题的典型例子。在《白层古渡》中，欧阳黔森提到布依族的一种由吹、拉、弹、敲、唱群奏组成的古老音乐“八音坐唱”，他多次听到这种自然而悠闲的音乐，认为这是一种天籁之音，像风一样自由自在地弥漫在天堂一样美丽的白层渡。欧阳黔森把白层渡的自然美和音乐美统一起来，强调北盘江大峡谷的美丽与神奇。在欧阳黔森看来，北盘江是绿色森林，是天然氧吧，使人们心旷神怡；在自然美的基础上，北盘江还拥有灿烂文化，它是当地人生存繁衍的美丽家园，古朴浪漫、自然悠闲的“八音坐唱”又能给人无比愉悦的享受。如果说北盘江的自然美给人以视觉盛宴，那么“八音坐唱”又给人以听觉享受。欧阳黔森在小说中不仅大量运用民间歌谣，也引入众多的中外经典歌曲和流行歌曲。在《水的眼泪》中，欧阳黔森引用《西沙，我可爱的家乡》《请到天涯海角来》《达坂城的姑娘》《吐鲁番的葡萄熟了》，整部作品洋溢着浓厚的诗意和乐感，这种诗意和乐感不仅在于歌词本身的意蕴，也在于欧阳黔森对歌词的感受与鉴赏。《西沙，我可爱的家乡》是电影《南海风云》的主题曲，在波澜壮阔的南海上航行时，欧阳黔森想起这首歌。“在那云飞浪卷的南海上……”激起了他对西沙的向往。在欧阳黔森看来，《西沙，我可爱的家乡》旋律优美，令人百听不厌，歌词更美，令人无限向往；这首歌曲能够激发人们对宝岛和祖国的热爱。从此以后，欧阳黔森把对西沙的向往当作一个美丽的神话，一直萦绕在心中，这首歌点燃了他心中从未消失的英雄主义和爱国主义。

结构音乐化也是小说音乐化的重要方法。结构音乐化其实可以看作是沃尔夫所说的“效仿”，也就是“形式与结构类比”，即小说文本的排版方式或者章节结构、场景切换等“对音乐‘微形式’和结构技法的效仿（例如回音、转调、复调等），以及对‘宏观形式’或音乐体裁如赋格或奏鸣曲的效仿”。欧阳黔森最熟悉最喜欢的歌曲是《勘探队之歌》，他自小就会唱这首歌，他的作品也无数次出现这首歌。《勘探队之歌》曲调雄浑高亢，充满乐观向上、不畏艰险的气概，是鼓舞人民艰苦奋斗的歌曲，是时代声音，也是人民心声，尤其激励了一代代地质工作者。欧阳黔森在野外进行地质勘探的经历是他一生中始终不能忘怀的记忆，这些经历不仅经常在他梦中出现，也经常在他的小说中出现。欧阳黔森多次借鉴《勘探队之歌》的“形式与结构”创作文学作品。在诗歌《勘探队员之歌》中，欧阳黔森把 20 世纪 60 年代风行全国的歌曲《勘探队之歌》融入其中，歌颂一位在云贵高原的原始森林因进行勘测而不幸牺牲的地质师。欧阳黔森的诗歌与歌曲《勘探队之歌》形成了复调，成为一个时代的交响乐，不仅歌颂地质师的高贵品质，也歌颂为祖国繁荣富强而艰苦奋斗的时代精神和人民精神。早在 1994 年，在诗歌《钻工曲》中，欧阳黔森把诗与歌统一起来，谱写一曲钻工乐观向上、艰苦奋斗的赞歌，这首诗多次引用《勘探队之歌》的意象与词语，钻工工作与歌曲相互统一起来，既描绘钻工辛苦劳动的光辉形象，又表现钻工积极乐观的精神世界，诗与歌在欧阳黔森创作中实现统一。在诗歌《一张中国矿产图》中，欧阳黔森同样借鉴《勘探队之歌》的“形式与结构”，把《勘探队之歌》的“行装”化为罗盘、地质锤和军用地形图。当然最为重要的是，《勘探队员之歌》《钻工曲》《一张中国矿产图》在韵律、节奏方面都与歌曲《勘探队之歌》相似，都是以优美的旋律、舒缓的节奏抒发一种乐观主义精神和为地质事业奋斗终身的豪情壮志。后来，《勘探队员之歌》《一张中国矿产图》与《血花》《勋章》合成《地质之恋》（组诗），这四首诗歌构成四重奏的抒情结构，四个相互独立的段落包含相互联系的要素，表达了共同的主题。

欧阳黔森在文学与音乐之间进行“形式与结构类比”主要侧重于意义层面，他参照特定音乐作品《勘探队之歌》，以文学文本的形式重新表现出来，《地质之恋》（组诗）中的作品都是如此。后来，欧阳黔森也把“形式与结构类比”方法运用到小说创作中，把诗歌与音乐结合起来，这为他把小说与音乐融合创造条件，欧阳黔森早期创作的诗歌大都被引用到他后来创作的小说中。在小说《穿山岁月》中，欧阳黔森再次讲述这个地质师的故事。地质师在生命的最后关头想听《勘探队之歌》，于是同事们围着他，混着雨水和泪水在山谷中唱起那首动人心魄的歌曲，这种场景是多么感人！这个故事和这首歌曲一直感动地质队员，欧阳黔森甚至认为这位地质师比保尔、江姐、雷锋更让他感动。欧阳黔森用一个比喻来形容当时的场景，“我感觉我正在一个无与伦比的大音乐厅，正如痴如醉地倾听着交响乐团演奏着世界上最伟大而不朽的乐章”。后来，欧阳黔森跟随前辈的步伐，继续从事前辈未竟的地质科学事业。在勘探路上，欧阳黔森也曾无数次唱响《勘探队之歌》，嘹亮的声音足以震动山谷，既有对艰苦环境的宣泄，更有对前辈战友的怀念。长篇小说《下辈子也爱你》在“形式与结构”方面也形成多重结构形式，“我”、黑松与陆伍柒对知青生活的怀念是小说主要叙事结构，歌曲《在遥远的地方》《送别》暗示对知青萧美文和卢竹儿的怀念，“我”终生难忘的《重庆知青恋歌》和《南京知青恋歌》又是一组叙述结构。三组叙述结构构成多重结构模式，每一组叙述结构都可以看作是相互独立的“恋歌”，却又以不同方式奏响“下辈子也爱你”的共同主题。这篇小说的三重结构布局、反复引入歌曲和重复出现的音乐主题都表现音乐与小说的相辅相成。

欧阳黔森在小说中试图运用交响曲结构来追求和声与复调效果。小说《穿山岁月》可以看作一首交响曲，其中有奏鸣曲、变奏曲、谐谑曲的交相辉映。小说第一章主要讲述地质队探矿工作与地质师牺牲的故事，这就如同交响曲的第一乐章奏鸣曲，节奏快速、气势恢宏，迅速吸引读者。小说第二章主要讲述地质队员的心理压抑和乡村男教师的变态行为，这就如同交响曲的第二乐章变奏曲，节奏较缓、气势低沉，试图感动读者。小说第三章主要讲述地质队员与苗家姑娘对歌，这就如同交响曲的第三乐章谐谑曲，节奏较快、旋律幽默，希望留住读者。《下辈子也爱你》中的“我”、黑松、陆伍柒的“声音和意识”相互独立，创造一种真正的复调世界。三组不同的叙述结构互相不发生融合但又形成对话关系，“如同对位旋律一样相互对立”，这种结构对话关系比人物对话关系更为丰富更为深刻，因为这种对话关系“浸透了整个人类的语言，浸透了人类生活的一切关系和一切表现形式，总之是浸透了一切蕴含着意义的事物”。在《穿山岁月》中，地质队的穿山经历、地质师牺牲的故事、《勘探队之歌》组合成三重叙事，共同演奏一曲为祖国和人民寻找富饶矿藏的精神乐章。小说的三组叙述结构分别代表不同的世界，两组歌曲原本就浸透人类语言和社会关系，《穿山岁月》和《下辈子也爱你》也正是在这个角度上获得更为丰富的内涵和意义。

本文系贵州省哲学社会科学规划重大委托课题（课题编号：18GZWT01）之阶段性成果

**参考文献：**

[1] 巴赫金 . 巴赫金全集：第 5 卷 [M]. 钱中文，译 . 石家庄：河北教育出版社，2009.

[2] 陈平原 . 中国小说叙事模式的转变 [M]. 上海：上海人民出版社，1988.

[3] 陈世骧 . 陈世骧文存 [M]. 沈阳：辽宁教育出版社，1998.

[4] 郭沫若 . 序引 [M]// 少年维特之烦恼 . 北京：北新书局，1934.

[5] 何士光 . 序・欧阳黔森短篇小说选 [J]. 山花，2014（10）.

[6] 蹇先艾 .《春雨之夜》所激动的 [J]. 晨报・文学旬刊，1924（36）.

[7] 李鹏飞 . 以韵入散：诗歌与小说的交融互动 [J]. 北京大学学报（哲学社会科学版），2012（3）.

[8] 刘艳 . 神性书写与迟子建小说的散文化倾向 [J]. 华中科技大学学

报（社会科学版），2017 （2）.

[9] 梅丽．现代小说的“音乐化”——以石黑一雄作品为例 [J]. 外国文学研究，2016（4）.

[10] 马振方．略论初创期小说中的诗歌功能 [J]. 北京大学学报（哲学社会科学版），2015（1）.

[11] 毛宗岗．三国志演义凡例 [M]// 丁锡根编．中国历代小说序跋集（中）．北京：人民文学出版社，1996.

[12] 欧阳黔森，王士琼．欧阳黔森：一部小说背后的四级跳 [J]. 当代贵州，2006（24）.

[13] 欧阳黔森．从贾平凹的散文谈开去 [M]// 有目光看久．贵阳：贵州民族出版社，1994.

[14] 欧阳黔森．穿山岁月 [M]// 白多黑少．贵阳：贵州人民出版社，2006.

[15] 欧阳黔森．短篇小说是最难藏拙的 [M]// 小说里的中国．青岛：青岛出版社，2013.

[16] 欧阳黔森．梨花 [M]// 莽昆仑：欧阳黔森中短篇小说选．北京：作家出版社，2015.

[17] 欧阳黔森．十八块地 [M]// 欧阳黔森短篇小说选．贵阳：贵州人民出版社，2014.

[18] 欧阳黔森．心上的眼睛 [M]// 莽昆仑：欧阳黔森中短篇小说选 [M]. 北京：作家出版社，2015. [19] 钱理群等．中国现代文学三十年 [M]. 北京：北京大学出版社，1998.

[20] 萨义德．音乐的极境：萨义德音乐随笔 [M]. 彭淮栋，译．南京：江苏文艺出版社，2012.

[21] 维尔纳·沃尔夫．小说的音乐化：音乐－文学媒介间性与文学[J]．李雪梅，译．杭州：杭州师范大学学报（社会科学版），2014（1）．

[22] 伍联群．论中国古代小说中的诗歌现象[J]．青海社会科学，2007（6）．

[23] 汪曾祺．又读《边城》[M]// 汪曾祺文集：文论卷．南京：江苏文艺出版社，1993．

[24] 解志熙．新的审美感知与艺术表现方式：论中国现代散文化抒情小说的艺术特征[J]．文学评论，1987（6）．

[25] 郑伯奇．《寒灰集》批评[J]．洪水，1927（3）．

[26] 张箭飞．论鲁迅小说的音乐性[J]．文艺研究，2000（2）．

[27] 曾利君．中国现代散文化小说：在褒贬中成长[J]．文学评论，2011（1）．

[28] 周新民，欧阳黔森．探询人性美——欧阳黔森访谈录[J]．小说评论，2015（5）．

[29] 许祖华．鲁迅小说的基本幻象与音乐[J]．文学评论，2010（4）．

**2020年《南方文坛》第5期**

# 新时代纪事与讲述中国的方法
## ——欧阳黔森报告文学论

颜水生

2014 年，习近平总书记在文艺工作座谈会上的讲话强调“实现中国梦必须走中国道路、弘扬中国精神、凝聚中国力量”[1]。精准扶贫被认为是人类历史上最伟大的脱贫攻坚战，也可以说是新时代一个生动的中国故事。文艺作为讲述中国故事、弘扬中国精神的重要途径，真实反映精准扶贫工作理所当然是文艺创作的职责。从 2017 年 12 期开始，《人民文学》杂志重点打造《新时代纪事》栏目，截至 2018 年第 10 期，该栏目共发表 14 篇作品，其中欧阳黔森发表《花繁叶茂，倾听花开的声音》《报得三春晖》和《看万山红遍》三篇作品。欧阳黔森的这三篇作品都是关于贵州精准扶贫的真实故事，其内容与形式都可以说是《新时代纪事》栏目宗旨的生动体现。《新时代纪事》倡导作家自觉自愿深入生活扎根人民，专注于老百姓的美好生活需要，写出当今社会的历史意蕴和时代特征。作为中国文学创作的重要阵地，人民立场和现实原则一直是《人民文学》杂志的根本宗旨和根本立场。欧阳黔森深入扶贫一线，深入生活扎根人民，以报告文学形式谱写了一曲曲贵州精准扶贫工程的壮丽凯歌。不仅如此，欧阳黔

[1] 习近平：《在文艺工作座谈会上的讲话》，人民出版，2015 年版，第 22 页。

森在报告文学写作技法方面的尝试也值得探讨。

## 一、诗骚传统与文学伦理

诗骚传统是中国文学的重要传统。陈平原认为诗骚传统对中国文学产生了深刻影响。“这种异常强大的‘诗骚’传统不能不影响其他文学形式的发展。任何一种文学形式，只要想挤入文学结构的中心，就不能不借鉴‘诗骚’的抒情特征，否则难以得到读者的承认和赞赏”[1]。一般看来，报告文学是以叙事为主，但欧阳黔森在他创作的报告文学作品中大量引入了诗词，他尤其喜欢引用毛主席诗词。毛主席诗词可以说是欧阳黔森最为熟悉、最为敬仰的诗歌。欧阳黔森从小就喜欢军事，他大量阅读了党史和军史方面的书籍，他也很热爱诗歌，尤其喜欢毛主席诗词，这些都为他的文学创作提供了基础。虽然出生在贵州铜仁，但欧阳黔森一直认为自己深受湖湘文化的影响，他特别崇拜湖南在近现代出现的伟人尤其是毛主席，欧阳黔森的很多作品都是以毛主席诗词命名，比如《雄关漫道》《莽昆仑》《看万山红遍》《江山如此多娇》等。“看万山红遍”这句话原出自毛泽东《沁园春·长沙》，此词作于 1925 年，青年毛泽东描绘长沙壮丽的秋景以抒发豪情壮志，词中的“万山”是指湘江岸边的岳麓山及附近群山，“看万山红遍”既象征了壮丽的大好河山，又隐喻了中国无产阶级革命的必然胜利。欧阳黔森引毛主席诗词作为作品题目，“看万山红遍”一语双关，不仅勾画了铜仁万山地区的发展状况，而且使这篇作品具有深厚的文学意味和历史内涵，形象地揭示了新时代精准扶贫事业与中国特色社会主义革命之间的精神联系。在欧阳黔森看来，“万山”不仅是铜仁这块土地，也是

[1]陈平原:《中国小说叙事模式的转变》,上海人民出版社,1988年版,第222页。

祖国大地的万水千山、千山万壑。在这篇作品中，欧阳黔森写到他站在云盘山上一览众山小，看到云雾间升腾起一股磅礴之势，油然想起毛主席诗词“看万山红遍，层林尽染”，并且想到毛主席的文章《星星之火，可以燎原》。其实，万山地区的发展已被看作是新时代发展的样板，比如铜仁市委书记陈昌旭说：“沧海横流方显砥柱，万山磅礴必有主峰。习近平新时代中国特色社会主义思想已成燎原之势，万山红遍。”[1]从2008年以来，习近平总书记多次关怀、指导铜仁万山的发展，使万山从一个贫困落后的资源枯竭型城市走向了小康城市，真正实现了毛主席当年提出的“万山红遍”的幸福理想。在《看万山红遍》中，欧阳黔森还引用毛主席词句“一万年太久，只争朝夕”，表达在精准扶贫工程中只争朝夕的工作热情。在《报得三春晖》中，欧阳黔森引用毛主席词句“乌蒙磅礴走泥丸”描写乌蒙山区。在欧阳黔森看来，乌蒙山脉，山高谷深、万峰成林，“乌蒙磅礴走泥丸”正是这里的形象写照。在这三篇报告文学中，欧阳黔森还引用孟郊“谁言寸草心，报得三春晖”、韩愈“万山磅礴，必有主峰”等诗句，表达牢记习近平总书记的嘱托，力求获得脱贫攻坚决胜的坚定信心。可以看出，在叙事中大量引录古体诗词是欧阳黔森报告文学创作的重要特色，这也是与大多数报告文学作品的不同之处。引录诗词大大增强了报告文学的审美意蕴，诗词与叙事写景的完美契合不仅增加作品的象征和隐喻功能，也增加了报告文学的抒情效果，更为重要的是，欧阳黔森通过毛主席的古体诗词打通了现代革命与当下发展的联系，强调了精准扶贫的历史价值与现实意义。

---

[1] 欧阳黔森：《看万山红遍》，《人民文学》2018年第9期。

## 二、史传传统与历史逻辑

欧阳黔森不仅擅长引录古体诗词，他还喜欢在报告文学中引录“史传”。陈平原认为“史传”是中国古代历史散文的总称，他认为“史书在中国古代有崇高的位置”[1]，历代文人罕有不读经史，罕有不借鉴“史传”笔法。本文借鉴陈平原的观点，并不是说欧阳黔森运用“史传”笔法，而是指他引录历史材料以增强报告文学的叙事功能。在《看万山红遍》中，欧阳黔森引用《万山志》中有关万山丹砂的开采历史，万山在西周武王时期就有了丹砂开采的记载。欧阳黔森引用《贵州府志》有关铜仁的记载：“黔中各郡邑，独美于铜仁，乃‘鱼米之乡’也。”欧阳黔森还引用了《后汉书·先贤传》和《水经注·沅水》有关武陵郡的记载。这些历史材料的引用共同说明铜仁是中国各民族南来北往频繁之地，是连接中原与西南的重要纽带。这些历史材料也与铜仁的现状形成了对比，铜仁已成为资源枯竭型城市，成为中国现有的十四个“集中连片特困地区”之一。在这种历史与现实的强烈对比中，凸显了铜仁实施精准扶贫的重要性，而铜仁万山的华丽转变也证明了习近平总书记关于精准扶贫决策的正确性和习近平新时代中国特色社会主义思想的合理性。在《报得三春晖》中，欧阳黔森引用历史上关于春秋时管子的记载，重点引用了管子“以人为本”的治国理念。在欧阳黔森看来，虽然管子以人为本的思想是伟大的，但管子生不逢时，他的治国理想无法实现。封建王朝的以人为本也与当今时代的以人为本截然不同，因为封建王朝以人为本归根结底是为封建统治阶级服务，而当今时代始终坚持“把人民利益放在第一位”的执政理念，这是共产党“为人民服务”宗旨的具体化和目标化，精准扶贫则是人民至上理念实践化的伟大工程。

[1]陈平原:《中国小说叙事模式的转变》，上海人民出版社，1988年版，第222页。

不难看出，欧阳黔森从历史材料出发，充分揭示了历史与现实的重要区别，凸显了当今时代是一个伟大的时代。欧阳黔森不仅引用古代历史材料，也引用现代历史材料，比如《报得三春晖》引录《中国工农红军第二方面军战史》中毛主席关于红二方面军的评价，强调乌蒙山区人民为中国革命做出了卓越贡献。作为革命老区的乌蒙山区长期没有摆脱贫困状态，1986 年，时任中央书记处书记的习仲勋专门对乌蒙山区的扶贫工作做出批示。欧阳黔森详细引录习仲勋书记的批示，认为这个批示拉开了国家有组织、大规模扶贫的序幕。1985 年，时任贵州省委书记胡锦涛到毕节赫章县考察调研后做出具体指示，1988 年经国务院批复建立毕节试验区。在《花繁叶茂，倾听花开的声音》中，欧阳黔森引录了中国工农红军第二方面军长征的历史材料，在党史军史上具有重要意义的苟坝会议在遵义苟坝胜利召开，这次会议进一步确立和巩固了毛泽东在党中央和红军中的领导地位。苟坝是一个重要的革命老区，但由于自然条件的限制，长期处于贫困状态。从贵州"八七"脱贫攻坚到新时代的精准扶贫，党和国家领导人对贵州扶贫工作投入了极大关心，三十年来，贵州发生了翻天覆地的变化。这些材料充分说明新时代的精准扶贫有着深厚的历史基础，是共产党肩负历史使命的必然结果。引录史料大大增强了报告文学的历史内涵，史料与叙事的结合增加了报告文学的知识性与逻辑性，也增加了报告文学的叙事效果。

## 三、对话传统与人民立场

在报告文学中大量运用人物对话并非欧阳黔森的发明，也并非欧阳黔森独有，在我们非常熟悉的报告文学作品如夏衍的《包身工》和徐迟的《哥德巴赫猜想》中就有大段的对话描写，在《人民文学》杂志《新时代纪事》栏目发表的《天之眼》中也有不少对话描写。可以说，欧阳黔森继承了报告文学的对话传统，他以叙述者和采访者的双重身份记录了他自己在扶贫一线的访谈内容。在《看万山红遍》中，欧阳黔森记录了他与友人的对话，也记录了他与余秀英老人、李艳红、张小进等群众的对话，还记录了他与陈昌旭、吴泽军、杨尚英、田茂文等铜仁地区干部的对话。特别值得注意的是，欧阳黔森详细记录了田茂文讲述2008年时任中央书记处书记的习近平同志视察万山的情景。田茂文对十年前的事情记忆犹新，他绘声绘色地讲述习近平同志走访百姓家庭、体察民情的经过，习近平书记身材高大、形象和蔼，与群众亲切交谈，耐心细致地倾听困难群众的心声，详细询问老人的身体状况、退休工资和家庭收入情况以及基层政府对社区居民的关心情况等。习近平同志的走访使当地百姓心里备感温暖，备感踏实。田茂文激动地描述了十年前的情景，讲到最后时，他已经热泪盈眶。正所谓男儿有泪不轻弹，田茂文回忆起十年前的事情心情还如此激动，可以想象人民领袖的崇高感染力和凝聚力。在采访过程中，欧阳黔森听到了那么多激动人心的事，他按捺不住内心的激动，无数次被采访中的人物和事迹所感动。欧阳黔森详细、完整地把访谈内容记录在报告文学作品中，真实地再现了习近平走访万山的情景，饱含感情地描绘人民领袖平易近人、和蔼亲民的崇高形象，热烈地抒发“人民的领袖人民爱，人民的领袖爱人民”[1]的创作宗旨。在《报得三春晖》中，欧阳黔森详细记录了他与朱大庚、安大娘的对话。安大娘是乌蒙山区海雀村的贫困户，年龄96岁，耳背听不清声音，说话也不太清楚，但她居然清晰地记得习仲勋书记。原来在33年前，习仲勋书记关于赫章扶贫的批示传到贵州省委后，时任贵州省委书记朱泽厚同志召开紧急会议并抽调干部赶往赫章县海雀村，发放粮食赈济饥民。自此以后，安大娘永远记住了习仲勋书记，并在家里挂上习仲勋书

[1] 欧阳黔森：《看万山红遍》，《人民文学》2018年第9期。

记的画像。习仲勋书记成为安大娘一生中的珍贵记忆，这体现的是基层百姓的感恩之心，体现的是中华民族的传统美德。在欧阳黔森看来，精准扶贫是人类历史上最伟大的工程，也是中国共产党执政理念的最好诠释；精准扶贫给老百姓的生活带来了巨大变化，精准扶贫已经成为中华民族伟大的集体记忆，中华民族从不缺少记忆和感恩，老百姓感恩共产党、热爱人民领袖习近平的感情真挚而淳朴。在《花繁叶茂，倾听花开的声音》中，欧阳黔森也记录了大量的对话，既有与年近花甲的老人的对话，又有与村干部的对话，在这些对话中，老百姓都异口同声地表达了对共产党的感恩之心。在这些采访过程中，欧阳黔森与老百姓促膝谈心，听到了淳朴的心声，他的心灵受到震撼，灵魂得到洗礼。为了创作这几篇报告文学作品，欧阳黔森长期在遵义花茂村、毕节海雀村、铜仁万山区深入生活扎根人民，与老百姓深入交流，仔细倾听群众的呼声，真切地感受到了人民群众对共产党和人民领袖的感恩之心。欧阳黔森运用叙述、白描、抒情、议论等写作方法再现了采访的过程，绘声绘色地再现了对话的场景与内容，增加了报告文学的真实性和情感性，或许更为重要的是，这种对话描写生动地体现了以人民为中心的创作立场，只有贯彻习近平新时代中国特色社会主义思想，切实地深入生活扎根人民，才能创作出真正反映百姓心声的作品，才能创作出无愧于当今伟大时代的作品。

本文系贵州省哲学社会科学规划重大委托课题（课题编号：18GZWT01）之阶段性成果

**2021 年 4 月中国社会科学出版社《欧阳黔森创作研究》**

# 文学如何“扎根人民、扎根生活”

## ——欧阳黔森报告文学论

颜水生

2014年，习近平总书记在文艺工作座谈会上的讲话中要求“文艺深深融入人民生活”，文艺要“以人民为中心”，强调文艺创作“最根本、最关键、最牢靠的办法是扎根人民、扎根生活”。可以看出，“扎根人民、扎根生活”是党对文艺战线提出的一项基本要求，这也是决定我国文艺事业前途命运的关键。自党的十九大以来，广大文艺工作者自愿自觉贯彻习近平新时代中国特色社会主义思想，扎根人民、扎根生活已经蔚然成风，也涌现出了一批反映时代要求和人民心声的作品。众所周知，《人民文学》杂志是中国文学创作的重要阵地，《人民文学》杂志的宗旨和立场在中国当代文坛具有重要导向作用。从2017年12期开始，《人民文学》杂志重点打造《新时代纪事》栏目，《新时代纪事》倡导作家自愿自觉扎根人民扎根生活，专注老百姓的美好生活需要，写出当今社会的历史意蕴和时代特征。《人民文学》杂志主编施占军在接受采访时强调，人民立场是从事文学工作的人需要时刻把握和站稳的根本立场，《新时代纪事》栏目重点发表反映现实题材的小说和报告文学作品。截至2018年10月，该栏目共发表14篇作品，其中欧阳黔森发表《花繁叶茂，倾听花开的声音》《报得三春晖》和《看万山红遍》三篇作品。欧阳黔森的这三篇作品都是关于贵州精准扶贫的真实故事，这些作品自发表以后获得了广泛关注和好评，施占军就多次在采访中高度评价在毕节脱贫一线讲述贵州精准脱贫故事的欧阳黔森。可以说，欧阳黔森的这三篇作品在内容与形式上都是《新时代纪事》栏目宗旨的生动体现，也是贯彻习近平新时代中国特色社会主义思想的重要样本。欧阳黔森自愿深入贵州精准扶贫前线，自觉扎根人民、扎根生活，以报告文学的形式描绘了一幅幅贵州精准扶贫工程的壮丽画面。或许更为重要的是，欧阳黔森为文艺工作者如何实践“扎根人民、扎根生活”提供了可资借鉴的经验。

习近平总书记强调“扎根人民、扎根生活”就是向人民学习，向生活学习，从人民的伟大实践和丰富多彩的生活中汲取营养。习近平总书记在文艺工作座谈会上的讲话中讲述了“扎根人民、扎根生活”的典型作家柳青。1953 年，柳青辞去陕西省长安县委副书记，保留常委职务，定居皇甫村 14 年。柳青长期住在一个破庙里，集中精力创作长篇小说《创业史》。柳青真正深入了农民生活，他了解关中农民的生活习惯、情感状态和心理需要，因此他的小说《创业史》中人物形象栩栩如生。习近平希望文艺工作者要像柳青那样深入人民群众、与人民群众打成一片。欧阳黔森深刻体会了习近平总书记的讲话精神，并努力将之付之于创作实践。欧阳黔森长期在贵州贫困地区扎根人民、扎根生活，乌蒙山区和武陵山区等连片贫困区都留下了他的生活印迹。2017 年 10 月，欧阳黔森再次来到乌蒙山区深入生活，并前往海雀村进行调查采访，与当地百姓朝夕相处，经常与群众促膝谈心，这段经历为他写作《报得三春晖》提供了素材。2018 年，欧阳黔森在《花繁叶茂，倾听花开的声音》中指出，如果作家不真正深入生活、扎根人民，就永远不可能写出贴近生活的作品。2018 年，欧阳黔森前后

15 次走访、实地勘察他的家乡铜仁万山，并以真实素材创作了《看万山红遍》。也就是说，欧阳黔森长期在贫困地区深入生活，一贯坚持眼见为实的创作态度，最终创作了这三篇报告文学作品，真实反映了贫困地区的时代面貌和基层农民的心路历程。扎根人民、扎根生活不仅是欧阳黔森报告文学创作的根本方法，也是他创作小说的根本方法。为了创作长篇小说《雄关漫道》，欧阳黔森曾经重走长征路，亲身体验了长征的艰辛。在重走长征路的过程中，他的心灵受到洗礼，精神得到升华，尤其是红军战士大无畏的牺牲精神激发了他的创作热情和灵感。为了创作农村题材作品《绝地逢生》，欧阳黔森长年到乌蒙山区的农家体验生活，与农民群众朝夕相处，深切感受改革开放近 40 年来农村的巨大变化。无论是现实题材作品，还是历史题材作品的创作，欧阳黔森都坚持深入生活、扎根人民，他强调作家不深耕生活，就无法获得鲜活的创作素材，也无法激发厚重的历史感，更无法打通历史、现在和未来。在欧阳黔森看来，扎根人民、扎根生活是他创作热情与灵感的来源，也是文艺创作的不二法门。

习近平总书记强调人民不是抽象的符号，而是一个个有血有肉、有情感、有爱恨、有梦想、有内心冲突和挣扎的具体的人。习近平总书记要求作家不仅要熟悉人民的心理冷暖和生活面貌，还要把人民的喜怒哀乐倾注在笔端。欧阳黔森深刻领会了“以人民为中心”的文艺思想，他在生活中追求与人民群众心连心，他在创作中努力真实地反映人民群众的喜怒哀乐。2017 年，欧阳黔森在回忆创作《绝地逢生》的经历时指出，他“被生活在这片土地上的人民深深感动着”，这是一种情感活动，也是一种写作伦理，作家只有被人民感动了，才能创作出感动人民、感动时代的作品。在遵义花茂村、毕节海雀村和铜仁万山区，欧阳黔森经常与乡亲在一起促膝谈心，他已经成为当地百姓中的一员，成为他们的兄弟姐妹，成为他们无话不说的知心朋友。欧阳黔森无数次被交谈中的人物和事迹所感动，他无数次感到心灵的震撼。人民群众朴实无华、勤劳善良的秉性，早已成为欧阳黔森检验自我的一面镜子。欧阳黔森经常对老百姓最朴素的价值观和饮水思源、感恩戴德的品行感同身受。正是与人民群众惺惺相惜、心气相通，欧阳黔森才能真正了解到人民群众的心理世界与感情活动，才能创作出贴近人民生活与时代精神的作品。在《报得三春晖》中，欧阳黔森详细描写了他实地采访安大娘的经过。在安大娘家里，欧阳黔森仔细观察安大娘的一举一动、一言一行，他对老人嘘寒问暖，并与老人贴心交谈。在安大娘饱经风霜但又安详慈善的脸上，他看到了中华民族的优秀传统；在安大娘饱含感恩的言语中，他看到了中华民族的高尚品格。在欧阳黔森的报告文学中，安大娘、李来娣等基层群众都是血肉丰满、情感饱满的人物形象，这些人物形象一个个跃然纸上，使作品充满了浓厚的生活气息和艺术感染力。也正是因为欧阳黔森长年在扶贫一线进行采访、实地考察，长期扎根人民、扎根生活，他才能真正体会到人民群众在物质与精神方面的变化。也正是因为欧阳黔森耳闻目睹精准扶贫实施以来农村发生的变化，目睹了贵州这几年在脱贫攻坚上取得的成就，他才能真正描写当今时代的现实状况和时代风貌。在欧阳黔森看来，扎根人民、扎根生活不仅要仔细观察当今社会的发展状况，还要贴近人民生活实际和心理世界，这样才能真正把握当今社会的物质发展和时代精神。

近段时间以来，现实主义成为文坛的焦点话题，从《人民文学》到《长篇小说选刊》等杂志都高举现实主义旗帜，大力倡导现实题材创作，一些著名学者也对现实主义进行了理论探讨、经验概括和历史总结，比如孟繁华的《现实主义：方法与气度》、南帆的《现实主义的渊源与气度》和胡平的《以人民为中心与现实主义》等文章。其实，习近平总书记在文艺工作座谈会上的讲话中就已指出了现实主义创作的发展道路，那就是“回到柳青”，也就是像柳青一样扎根人民、扎根生活。欧阳黔森也正是沿着柳青的方向，踏踏实实地扎根人民、扎根生活，他的报告文学创作也正是在这个方面提供了重要经验。

本文系贵州省哲学社会科学规划重大委托课题（课题编号：18GZWT01）之阶段性成果

**2021 年 4 月中国社会科学出版社《欧阳黔森创作研究》**

# 实力是把握机遇的基础

## ——长篇小说《雄关漫道》点评

苑坪玉

创作重大革命历史题材文学作品，如果不是人云亦云，要对革命史实精准把握，对重大事件和重要人物公正评价，并得到社会的认同，是十分不容易的。因为这不仅和作家素质有关，更和时代氛围分不开。像曾任贵州省委宣传部部长的作家汪小川，当年就能写出反映红军西路军长征的中篇小说《冲出绝境》，应该是十分难能可贵的了。汪小川作为西路军长征的幸存者，其感受和体验之真切，几乎不用任何艺术渲染，至今一读，尤能让人身临其境一般体会到那种绝境中的惨烈和悲壮。能留下这样一部真实的作品，我以为是中国红军长征文学中极珍贵的瑰宝。所以，我们编辑出版的《贵州作家》第三辑，就收录了《冲出绝境》一文，并配发了相关的一些背景资料。这当然是为了配合纪念红军长征胜利70周年，但更是为了让广大读者和作家学习和继承红军坚忍不拔的长征精神。如今，青年作家欧阳黔森又写出了长篇小说《雄关漫道》，全面和集中地反映红二方面军长征的英勇事迹，不得不说是对红军长征文化的一次丰富和充实。

欧阳黔森作为一名青年作家，自然没有汪小川那样的长征经历。但没有经历过长征的人，并不意味着就不能真实而艺术地反映长征那段无人不知的壮丽诗篇。正如苏联青年作家瓦西里耶夫没有参加过第二次世界大战，但并不妨碍他写出《这里的黎明静悄悄》这样反映二战的文学名篇。关键在于这个作家本身对历史事件的认知和理解，在于这个作家的思想深度和艺术造诣。当然，也许过程一样而结果却千差万别，但我始终认为，通过间接的渠道，了解红军长征的历程，用艺术家敏感深邃的诗性笔触，站在时代的高度复述长征故事，打捞沉淀于岁月深处的精神宝藏，应该正是我国今天一个有志于此的青年作家在审美创造中传承红军精神的自觉之路。

长篇小说《雄关漫道》的出版问世，的确如大家所说，是第一部反映红二方面军长征的长篇巨著，为我们描绘出一幅红二方面军万里征程的铿锵画面，填补了集中反映红二方面军长征这一历史题材的空白。可这还只是说到了一个极为表层的文学题材与形式问题。大家其实都知道，中央红军到达陕北后，红二、红六军团才开始长征。他们攻取湘中，再转黔东，突破乌江，实施乌蒙大回旋。继而佯攻昆明、巧渡金沙，1936年7月在川康地区与红四方面军会合，并促成了红四方面军北上。最终于1936年10月下旬实现了中国工农红军三大主力会师。红二、红六军团转战八省，行程二万余里，经历大小战斗几百次，付出了重大牺牲，为中国革命做出了巨大贡献。毛泽东主席甚至在陕西保安会见红二、红四方面军领导时还说过，出贵州，过乌江，中央红军付出了大代价，红二方面军讨了巧，就没有吃亏。你们一万人，走过来还是一万人，没有折本，是个了不起的奇迹。这是一个基本清楚的历史事实，里面有很多动人心魄、感人至深的故事。可我们的作家写出了那么多振奋人心的反映红军长征的好作品，为什么偏偏对此却罕有淋漓尽致的艺术表现?这恐怕并非只是由于广大作家的集体忽视，或者普遍创作功力不达而形成的一个文学盲点，而是正好说明了创作这一类题材文学作品的把握难度。所以，我以为《雄关漫道》出版问世真正的深层意义，并不仅局限于这部作品的艺术成就如何，社会影响如何，而更在于它所反映出的我们中国共产党在政治上的更为成熟和当代社会在思想上的进步程度，反映出胡锦涛总书记提出的科学发展观和建立和谐社会已经深入人心，同时也反映出贵州省领导政治上与中央保持高度一致，在省委宣传部指导下形成的良好思想文化氛围。欧阳黔森不过是以一个作家的敏锐艺术嗅觉，在这样的背景下，把握时代、把握历史、把握机遇，率先及时推出了自己的这部力作，从而获得成功，引起社会反响，为贵州省文学创作增强了在全国的影响力。

毋庸讳言，《雄关漫道》的成功，特别是其被改编成电视连续剧在中央一台黄金时段播出后所产生的影响，有其时代的机遇性。但我们说《雄关漫道》成功的时代机遇，更多的是为了强调我国、贵州省政治环境为艺术创作提供的良好思想文化氛围，并不意味着作家欧阳黔森仅是由此机遇而闯入全国文坛的一匹黑马。事实上，任何机遇都总是为有准备的人提供的。正如当年贵州省作家何士光以一篇《乡场上》红遍全国一样，实际上是历史机遇在其文学创作实力上的一次闪现。很难想象，一个平庸者仅凭偶然就能创作出那样的佳作。事实正是如此，早在长篇小说《雄关漫道》问世之前，欧阳黔森即以《黑多白少》《断桥》《敲狗》等一系列优秀中、短篇小说作品，在中国文坛占有一席之地了。特别是其曾以两部作品脱颖而出，分别入围中、短篇小说鲁迅文学奖初选，更显示出其文学创作的扎实功底。因此，即便是排除客观机遇形成的影响，欧阳黔森也算得上是一匹驰骋文坛的“白马”了。

欧阳黔森在艺术形象捕捉、经营作品结构、文学语言运用等诸多方面，都有自己的独到之处。别的不说，仅就运用具有象征意义的意象来刻画人物的性格和生存状态这一细节，即能看出其十分高超的艺术手段，比如他的短篇小说《敲狗》，就是通过一匹好猎狗的生死存亡，成功刻画出屠夫贪财冷漠和山民纯朴善良的鲜明性格，描绘出小农经济向商品经济转型社会中这些典型人物的生存状态。在长篇小说《雄关漫道》的创作中，欧阳黔森进一步展示和发挥了其艺术创造力，对自己的这一艺术特长也运用得十分成功。其中，最具代表性的可能要算对马这一意象的运用了。

既是写红军长征，当然离不开写马。可以说，在所有描写红军长征的作品中，都少不了马的意象。1986年，军旅诗人胡世宗重访长征路时，就以老红军江文生讲的一个关于长征中马的故事为题材，写下了著名的《沉马》一诗：一匹将没顶于泥沼的马/在徒劳地挣扎/走过它身旁的红军队伍/几个饿得眼蓝的士兵/用刀子在马身上割、挖/一块块鲜血淋漓的马肉/一块块诱人的活马肉啊/篝火在远处燃烧/像救命的神火/闪现于天涯/另一些也是饥饿的士兵/冲上去制止、拦阻/有的竟动手打了对方的嘴巴/嘴里还不停地骂/一边骂一边抚摸/那直立的、颤抖的马鬃/痛心的泪水哗哗流下/它跟我们走了那么远/这马这马/饥饿的魔爪/使多少铁男儿、硬汉子/猝然倒下/不是没有良心/是/没有/办法/那匹马/终于整个地沉没了/泥水弥合时/天边残留着/一片马血样/鲜淋淋的晚霞。

当时，对这首被作家刘白羽称为军旅诗歌中杰出的佳作，诗人晓雪评论说：“《沉马》在我们面前展现出一幅触目惊心的血淋淋的长征画面。这里，割马肉和不让割的士兵，同样都是在极其残酷的条件下坚持长征的英雄，他们都不是没有良心，而是没有办法，只能眼睁睁望着亲爱的长征伙伴整个地沉没。当然，同样饿得眼睛发蓝却冲上去制止战友不要割马肉的另一些士兵，那顽强的意志、伟大的情怀和崇高的精神，更具有震撼灵魂、感天动地的力量。在难以想象的艰苦历程和残酷磨难中，我们红军的精神、民族的精神以及真正的人的精神，得到了感人肺腑的净化、升华和生动的艺术表现。这样的诗所创造的就是引人向上、催人奋进的悲壮美和崇高美。"

马是一个忠实诚恳、任劳任怨的意象。作为一种家畜，在艰险的长征途中，它既是红军战士的运输工具，和红军战士结下了生死依存的情感关系；又是红军战士饥饿困苦中的粮食，是红军战士不得已时的屠宰对象。这种特定的双重情结，注定了红军战士要在忍受肉体折磨的同时，还要忍受灵魂的煎熬。马既然是长征生活中一个很有意味的意象，描写红二方面军长征的作品当然也不会例外。《雄关漫道》中自然也不乏许多关于马的动人描写，而且运用这一意象来塑造人物，又正是作家欧阳黔森艺术技巧之所长。于是，作品开篇，贺龙出场救差点被误杀的红军战士时，就有"几匹马沿山路急速跑来"，"贺龙的马一闪而过"等传神描写。中间更有王震骑白马带头冲杀，被任弼时、贺龙批评后，为怕再受批评而改骑花马的描写，精练地刻画出王震这一勇猛战将不怕死的性格特征。特别是过草地时，为救饥饿的红军战士，贺龙挥泪杀了曾救过自己性命的枣红马那一段文字，写得更是令人肝肠寸断，灵魂震撼。情感与理智，肉体与心灵，在生与死的临界点上，通过一匹马的命运，表现得尤为悲壮惨烈，从而浓重渲染和烘托出红二方面军长征中，战士们生存与信念、绝望与希望、血肉和灵魂并存的极为深沉、复杂的历史状态，让长征这样一部赞颂生存的渴望与翻身的畅想的壮丽诗篇，再一次于我们今天唱响。从这个意义上来说，《雄关漫道》也正如同胡世宗的《沉马》一样，是一部引人向上、催人奋进的艺术作品，反映出红军长征的悲壮美和崇高美。

毫无疑问，冰冻三尺，非一日之寒。欧阳黔森正是以其深厚的艺术功力，为《雄关漫道》牢牢把握住时代机遇打下了坚实的基础。

**2007 年《理论与当代》第 1 期**

# 残存的理想主义

## ——欧阳黔森小说创作论

魏家文

在贵州现当代文学发展历史上，欧阳黔森被评论界视为是继蹇先艾、何士光之后的第三代贵州作家代表，他们三人“共同串起了一部贵州文学的历史”。与前辈作家相比，欧阳黔森倾情于脚下这片土地，从自己早年独特的地质队员生活中汲取创作的源泉，为当代读者奉献了一部部精彩纷呈、充满贵州边地风情的小说。其作品获得四次“五个一工程”奖，三次全国电视“金鹰奖”，三次全国电视“飞天奖”，两次全军“金星奖”，以及省政府文艺奖一等奖等省部级奖项四十余次，这些成就在当代作家中都是很少见的。但由于地处西南边地，目前评论界对欧阳黔森的研究还远远不够，正如评论家孟繁华所言：“欧阳黔森对贵州边地风情的表达非常充分，文学操守与价值立场、独特的地域生活经验，共同缔造了一个完全不一样的欧阳黔森，但是目前评论界对他的评价还非常不够。”在笔者看来，欧阳黔森作品中最可贵的一点是他创作时所表现出的理想主义情怀，这种精神在文学世俗化、欲望化、碎片化书写日益盛行的当下，显得尤为可贵，可以视为一种残存的理想主义。

## 一、地质队员的激情燃烧岁月

“从超现实主义观点来看，艺术与生活的关系是这样的：不是生活决定了艺术，而是艺术发现了生活，并引导生活！”欧阳黔森 1965 年出生于贵州省铜仁市国家地质部贵州局 103 地质大队。从 19 岁开始成为一名地质队员，他有长达 8 年的野外找矿经历。这种走进大自然，与日月星辰做伴的独特经历，成为欧阳黔森脑海中挥之不去的人生记忆，同时也成为他文学创作的源泉，正如欧阳黔森所言：“8 年的找矿生涯，是一生中最苦又最值得记忆的，年近五十的我，只要做梦，多半是在野外找矿的情景。我的小说创作，几乎有一半以上是与地矿有关的。”

在欧阳黔森的小说里，作品主人公或第一人称叙述者往往与其经历相似——他们曾经当过知青，有多年的野外地质勘探经历，后来进城当了作家。虽然这些故事大多数发生在特殊的历史时期，但欧阳黔森并没有像大多数知青小说和伤痕小说那样去书写自己与时代之间的紧张关系，控诉时代政治给自己带来的苦难，彰显历史的荒谬与人性的丑恶，而是重点书写人性的善良与美好。尽管欧阳黔森在描写这段激情燃烧的岁月时不时流露出一丝忏悔与怅惘，但在总体上表现出一种唯美的倾向，对青春及纯洁情感的缅怀和对普通人身上人性美的歌唱，使得这些作品表现出浓郁的理想主义色彩。

1999 年发表于《当代》第 6 期的处女作《十八块地》是欧阳黔森对自己农场知青生活的回忆，小说分为“卢竹儿”“鲁娟娟”“萧家兄妹”三个部分。尽管那时知青生活是一日两餐，顿顿都是一半苞谷一半米，一勺菜叶，但小说对知识青年在农场的艰苦生活只是一笔带过，而是重点书写了 15 岁少年青春的觉醒和对人性美的赞美。在作家笔下，女同事卢竹儿虽然身子很纤弱，却有一双乌黑明亮的眼睛和一条直垂到脚后跟的大辫子。在“我”眼里，“她的辫子和她的眼睛一样地乌黑而且都会说话。看到她眼睛就是看到了她的辫子，看到了她的辫子就是看到了她的眼睛。这看，在我有时候又叫‘听’。我真的听到过她辫子的说话声，像她眼睛里流出的声音一样的柔美清悠”。这是一位处在青春觉醒期少年青春悸动的真情告白，是对青春美的最高礼赞。卢竹儿的美不仅表现在外表上，更重要的是她有一颗善良的心。她让“我”守住在山洞避雨时发现山羊的秘密，为的是不让可怜的山羊母子成为农场知青的盘中餐，当“我”忍不住向农场政委告诉“我”的发现时，卢竹儿因为无力阻止众人的行动而流露出孤寂无援的眼光，让“我”第一次感受到背叛的沉重与无耻。

类似的作品还有《有人醒在我梦里》（《花城》2006 年第 2 期），这是一篇回忆“我”在地质队农场当砖瓦工的情感经历的小说。小说的重点不是书写“我”在砖瓦窑劳作的艰辛，而是书写“我”对女知青白菊懵懵懂懂的爱情。虽然“我”在心底爱上了白菊，但却因为青春年少而不敢承认。但这份纯洁的感情却让“我”感受到爱情的甜美和生活的美好。在“我”眼里，每当休息时“我”和白菊坐在一起，“我”不仅不觉得她身上的汗臭，反而觉得白菊的汗水有一种让人愉悦的香味，她的汗水味也就成为“我”青春期唯一不可磨灭的记忆。但当“我”的秘密被同伴揭穿时，“我”却违心说是对方喜欢白菊，最后只留下无尽的懊悔。在“我”到省城读书前，“我”用了三天时间在“我”的房间里寻找她留下的印记，因为白菊是唯一到过“我”房间的女人，最后终于在桌子的缝隙里找到她掉下的一根长头发，“我”把它夹在莱蒙托夫的诗集里作永久的怀念。

在众多书写对青春及纯洁情感缅怀的小说中，《远方月皎洁》（《边疆文学》2013 年第 3 期）是另一篇值得称道的作品。作为地质队员的“我”

因为一条大黄狗和农村小学教师卢春兰相识，“我”和她在一个名为七色谷的地方度过了难忘的一天，临别她把心爱的黄狗作为情感的见证送给“我”，让“我”保证一不能再转送人，二不能打来吃了。但当“我”后来完成工作任务不得不返回到城市后，大黄狗却被同伴砸死吃掉。此后尽管大黄狗的皮一直垫在“我”身下，但它却从未在“我”梦中出现，八年后“我”结婚时妻子要求把大黄狗皮丢掉时，“我”依然把它垫在床上。二十年后，当上大学的女儿用自己勤工俭学挣的钱为“我”买了一张新的狗皮垫而丢掉它后，这段埋藏在记忆深处的情感终于不可遏制地涌上“我”的心头，昔日开满杜鹃花的山道上大黄狗摇头摆尾的身影和她的主人卢春兰便不可阻挡地来到了“我”的梦里，从此以后让习惯了城市没有月光夜晚的“我”，开始怀念远方月的皎洁。这篇清淡而有大味的小说，在时空交织所构成的今昔对比中，梦想与现实、爱情与婚姻、短暂与永恒、记忆与忘却等人生百味一齐涌上心头却又让人欲说还休，也许“每个人心中，都可能会有一个这样的人。这样的人，在经年后的疲乏、迷茫时，能抚慰、净化我们的心灵”。

与此同时，作家还着力发掘普通人身上人性美的一面。《十八块地》中农场附近的农民尽管生活极度贫穷，但当“我”带着农场女同事卢竹儿到老乡家做客的时候，姓唐的村民还是把自己舍不得吃的腊肉拿出来待客，尽管他家也没有几块。这表明，喧嚣的时代与贫困的生活并没有影响人与人之间的纯洁友谊，山民的慷慨大方与热情好客让人感动。鲁娟娟由于家庭出身问题高中毕业后下放到农场劳动，在众人看来，按照她不体面的出身会被领导安排去喂猪，但政委却把全农场引以为荣的代课老师的差事安排给她。而鲁娟娟也知恩图报，她后来从师范大学毕业后没有选择留在城市，而是坚决要求去当时没人愿去的一所偏远中学，那就是她曾经当代课老师的中学。后来因为患出血热，学校太偏远来不及送医，鲁娟娟不幸英年早逝。当多年之后“我”问政委为什么对鲁娟娟那么好时，政委告诉“我”真正的原因是鲁娟娟是他暗恋的对象，但他并没有用自己的特权将这份感情强加于她，而是将之深深埋在心底并想方设法照顾她，直到政委后来因为车祸不幸遇难。这表明，即使在那个疯狂的年代，人性的善良美好与对纯真感情的追求依然存在。

## 二、理想化的女性人物形象

在中国文学中，以花喻人尤其是比喻女性可谓有悠久的传统。这种以自然物的某种特性来比附人格精神的手法，实际上就是中国传统的审美意识“比德”。在通常情况下，传统文学中的“比德”只是以自然物某一方面的特性来比附人格精神或人物的命运，如屈原在《离骚》中以香草美人自比来显示品格的高洁，《红楼梦》中黛玉葬花时以花的凋零来祭奠自己的悲苦命运。欧阳黔森在继承这一文学传统的同时，还进行了大胆的创新。这种创新不仅表现在花的群体的扩大，而且从整体上将花与人融为一体，这就使得他笔下的人物形象摆脱了传统文学中常见的顾影自怜的病态，显示出一种来自山野的充满生机与活力的自然美，表现出对朴素、诗意的追求，这种追求在欧阳黔森看来“本身就是理想主义的一部分”。这在他笔下众多以花为题的小说，如《丁香》《梨花》《白莲》《兰草》《李花》等小说中得到集中体现。

首先，这些小说中的女主人公虽然以花为名，但她们的父母在取名时并没有特别的考虑，而是从眼前的青山绿水中随意选择，正如沈从文《边城》中老船夫因为眼前逼人的翠色为孙女取名为翠翠一样，主要是方便顺口，此外并无任何深意。《丁香》（《北京文学》2003 年第 1 期）中丁香的父亲是贵州深山老林里一条省道公路班的养路工，斗大的字不识几个，他在为女儿取名时，并没有想占戴望舒《雨巷》的便宜，而是因为女儿出生时正值八月桂花香，于是就地取材为女儿取名“丁香”。当他后来无意中知道《雨巷》后并不以为然，而是认为那是吃饱了撑得慌的人喜欢的东西。他甚至不知道丁香是一种可以入药的植物，也不知道丁香在文人笔下是幽怨的象征。在他看来，丁香的名字和寨子里众多被命名为“香姑”的女孩子一样，并无任何特别之处，不过是父母就地取材的无心之作。除《丁香》外，《梨花》《白莲》《兰草》《李花》中女主人公名字的来历大都如此。从总体上看，欧阳黔森笔下女性的名字有一种来自山野的朴素气息，带有一种与生俱来的自然美，显示出作家渴望回归自然、亲近自然的人生理想。

同时，这些女性还是融外表美和心灵美于一体的人物形象。这些女性长期生活在青山绿水之间，不仅拥有健康美丽的外表，而且有一颗善良美好的心灵。《李花》中的李花是一名土生土长的山村女性，长期的劳作并没有损害她的生命活力，反而让她的生命在大自然的滋养下焕发勃勃生机，虽然李花“已是生了两个孩子的母亲，那真是该凸的凸起来该凹的凹下，脸蛋蛋微黑微红的显得非常健康，一双大眼睛再配上她的那一条坠到脚跟的乌黑亮丽的大辫子，整个一个李春波唱的小芳模样”。李花不仅拥有健康的体魄，而且思想开放。李花让自己的儿子随母姓，并为其取名为“李子”。虽然这一举动遭到除丈夫之外的周围村民的集体抗议，导致儿子生下一年后才上户口，但李花并没有为此屈服。为此，前来扶贫的戴先生对她刮目相看，改变了对村民思想落后的传统看法。李花不仅思想开放，还善于处理棘手问题。当村民反对宣传“三个代表”重要思想的宣传标语贴到自家墙上，村干部与村民互不相让时，李花告诉村民，江总书记就是和毛主席一样伟大的领袖，“三个代表”重要思想就是为老百姓谋福利，简单几句话就解决了纠纷。此外，她还热心学习科学文化知识，和丈夫一道因地制宜在山上种植李树桃树，获得大丰收，成为当地率先致富的代表。除了《李花》之外，《梨花》中的梨花和梨花嫂也是欧阳黔森心目中理想的女性形象。梨花嫂为了支持梨花上学不惜变卖自己的嫁妆，梨花也没有辜负嫂子的希望，成为村子里唯一考上中等师范学校的女学生，后来又考上了省城里的师范大学，毕业后从中学教员干起，一步一个脚印直到成为副县长，成为当地村民眼中的传奇人物。

如此众多的以花命名故事中的女主人，不仅是对中国文学传统中“比德”手法的继承，更重要的是与作者内心深处的母亲崇拜有关。欧阳黔森在访谈中这样说道：“于我来讲，母亲是我的启蒙老师。母亲文化不高，但很会讲故事，中华传统中那些好故事，几乎都是母亲讲述给我的。母亲与她同时代的女性，都有一个本质特征，就是很好地继承了中华女性的美德。在我眼里，母亲就是真、善、美的化身。而在现实中，时下的女性们离这些美德实在是不敢多说。由是我便在我的作品去希望，去向往。”可以说，欧阳黔森对贵州边远乡村女性形象的全新塑造，不仅展现了当代乡村女性的新风采，同时也以其理想性唤起人们对中华民族传统美德的重新审视。

### 三、诗意的乡村与欲望的城市

自人类社会进入工业时代之后，在工业文明的冲击下，乡土作为“一个凝固的静态文明的缩影便成为思想家、艺术家关注的焦点”。在大多数作家笔下，“乡村作为一个与城市相对的概念，一直是人们乡愁意识的情结之所，是作家的情感寄托，是精神家园的保留地！”与现代作家沈从文一样，欧阳黔森有着从乡村到城市的经历，他对乡村的偏爱和城市的批判使得二者在其笔下呈现出诗意乡村和欲望都市的对立。

这种对立首先表现在城乡人性的反差上。2005 年发表在《人民文学》第 12 期上的《敲狗》是欧阳黔森人性探寻的名作，该小说获得 2009 年第二届“蒲松龄短篇小说奖”。小说故事发生地贵州花江镇，以花江狗肉火锅闻名全国。一位村民因为手里缺钱将自家的大黄狗以一百元卖给狗肉店，但他要求店主将狗多留几日，待他筹到钱后马上就来赎狗。当村民几天后想用一百二十元赎回狗时，店主故意抬高价格非要二百元才能赎回。村民回去筹钱后，师父告诉徒弟第二天将要敲死这条大黄狗，徒弟为村民与黄狗之间难舍的真情所打动，晚上偷偷将狗放掉。大黄狗回家后，那位村民信守承诺，不仅送来了二百元赎金，还给店主带来自家的花生表示感谢。这里，城市厨子为了金钱所表现出的冷漠人性与村民的善良人性之间形成了鲜明的对比，而徒弟在此过程中内心的冲突与最终选择辞工回家的行为，则让读者充分感受到残存在徒弟身上乡村善良人性的闪光，小说在不动声色中完成了城乡人性的对比与批判。

和老舍、沈从文等前辈作家一样，欧阳黔森十分关注乡村人进城后人性的堕落问题。《白莲》（《边疆文学》2013 年第 3 期）中的白莲是一名来自乡村的坐台小姐，她开始想出污泥而不染，只陪客人喝酒娱乐但不卖身，但微薄的坐台费除去租房、吃饭，所剩无几。自己心爱的男人是一个买不起房子、买不起汽车，甚至买不起一件高档西装，只会用箫声来打动自己的穷音乐老师。她曾试图与他清贫地过上一辈子，但这个美好的愿望总是被她自己现在所要的物质追求击得粉碎，白莲最终选择用三万元出卖自己的初夜。令白莲没有想到的是，她看中的男人竟然是妈咪多年秘而不宣的情人，但因为事发当天音乐老师戴着面具而没有被白莲识破。让白莲没有想到的是，她所钟爱的音乐老师实际上和夜总会的其他男人一样，不过贪图她是来自乡野的“绿色食品”，其最终目的同样是得到她的身体。当白莲知道这场交易竟然是妈咪特意为取悦自己的情人安排时，白莲失望之余留下三万块钱不辞而别。妈咪想用白莲的初夜权取悦情人，结果鸡飞蛋打，情人被妈咪情急之下推下乐池，终身残疾！这是一个让人感动又伤感的故事，白莲想出淤泥而不染，但在这个为金钱和欲望主导的城市里，白莲对两情相悦爱情的追求最终因为生活中利欲的存在而失去现实的根基，其堕落虽然事出有因却又无可避免。类似的作品还有小说《兰草》，不过故事的主人公兰草不是乡下妹而是下乡回城的知青，小说主要关注的是城市世俗生活对乡村纯真情感的冲击与嘲讽。兰草曾经和"我"一道在一个名叫三个鸡村的农村当知青，在一次诗歌朗诵会上，雷抒雁的《小草在歌唱》让兰草感动得一塌糊涂，她不仅从此爱上了诗歌，同时也爱上了那位朗诵诗歌的诗人，虽然"我"对兰草有想法，但因为"我"不是诗人只好作罢，为此"我"发愤写作，多年后终于成了诗人。当多年后三个鸡村的知青在城市重新相聚时，我把33年前准备朗诵给兰草的诗歌——北岛的《宣告》朗诵完后，并告诉她这一直是"我"的心愿时，兰草听后笑得眼泪都快出来，对"我"说："都这一把年纪了，还念个什么诗嘛！不是我说你，现实一点行不行，还像个年轻人似的，别太理想啦。"当"我"想让兰草与《小草在歌唱》的作者认识时，兰草反问道："《小草在歌唱》是首歌吗"，"我"顿时无语了。

与此同时，作家还以城市人婚姻生活中存在爱人与妻子"分离"的问题为切入点，进一步探寻了城市人面临的精神困境问题，《非爱时间》（贵州人民出版社2004年版）是其中的代表作。黑松、陆伍柒和女知青萧美文曾经是一个农场的知青，陆伍柒尽管对萧美文一往情深，但他从未得到过她的好感，直到萧美文在云南前线牺牲。萧美文死后，陆伍柒只好从黑松处要来萧美文的照片挂在自己的酒店大厅，以寄托自己的相思之情。而陆伍柒当年从萧美文那里偷来的一双尼龙袜子，成为他青春与爱情的全部遗物。对陆伍柒来说，尽管他进城之后事业成功，但金钱并没有带给他幸福。他可以随意与他看中的女人做爱，但他并没有真正地爱过。陆伍柒的悲哀在于：虽然他放纵自己的欲望，但他始终无法得到来自异性的情感抚慰，他只有通过回忆过去，才能找到精神的归宿，找到自我真实存在的依据。对他而言，他要找的不是妻子而是爱人，而这一要求在欲望的城市基本上是无法实现的。最后，当陆伍柒得知自己患有艾滋病后，他把自己的全部家产给了一个曾经爱过自己的女人，这个女人是唯一不贪图他金钱的人。与陆伍柒相比，黑松尽管婚后与妻子感情稳定，但他始终无法忘记自己插队时的初恋女友卢竹儿，当他有机会见到多年前的恋人时，无法控制内心的激动，甚至因此引发了家庭的矛盾。尽管黑松与妻子在解除误会后重归于好，但读者从中不难窥见作者对当下城市人苍白无力的情感生活的批判，正如评论家陈晓明所言：“欧阳黔森的长篇小说《非爱时间》，可以看成是对当代人的精神状态一次透彻表现的作品，作品回应了当代人关切的理想主义和价值归宿的问题。”从作家对当代城市人情感生活的慨叹中，不难看出作家对灵肉一体的理想化婚姻生活的追求。

此外，作家还不忘揭示曾经神圣的情感在城市庸常生活面前的尴尬处境，《伍分硬币》（《青年文学》2001 年第 9 期）就是这样一部意味深长的小说。小说写“文革”时期“我”从夏季的南方穿一件单衣参加“大串联”，回程时从内蒙古、新疆到达西安车站时已是初冬，因为寒冷无法入睡，“我”开始吹箫。突然，一位女孩子从旁边的军大衣里伸出手招呼“我”钻进大衣取暖，早上临分手时，又递给“我”五分钱买早餐。“我”深受感动，忍住饥饿珍藏起那五分钱，希望有一天能与她重逢。几十年后，在城市里的一家小书店里，“我”竟与自己常年梦魂牵挂的那位女子不期而遇。当“我”想向这位女售货员表达多年的思念之情时，却无意中听到她向同伴说起当年“大串联”时，就是刚才那个高个子在西安站深夜吹箫，吹得她一直睡不着，“我听后心里猛然一紧，一阵纠心的痛从心中升起，我常以为自豪的箫声，在那个醉了我几乎半个世纪的夜晚，居然是因为我吵得她睡不着，她才招手让我钻进她的大衣。”那个让“我”甜甜地回忆了几十年的名字不过是“我”的自作多情，而那枚被“我”珍藏至今象征纯洁爱情的五分钱，被妻子发现是最早发行的硬币如今已经增值二十倍，竟意外成了家里的传家宝。这是一篇带有讽刺意味的小说，它不仅写出了曾经神圣的情感在世俗社会的尴尬处境，“最有趣的是，神圣不仅被凡俗消解，而且神圣也只有在实现它最为鄙视的货币价值时才能传世！”

这就意味着，当神圣的情感被庸常的世俗欲望遮蔽与抛弃后，欲望带给城市人的不仅不是欲望的满足与灵魂的升华，而是让城市人彻底陷入肉体与精神的双重煎熬，由此不难看出欧阳黔森对城市文明的反思，以及对日渐消失的诗意乡村生活的理想化追求。

## 四、生态忧思与家园重建

人与自然的冲突是欧阳黔森小说的另一个重要主题，他的作品有一半以上都涉及这一话题。客观上讲，欧阳黔森是国内生态文学创作的开拓者之一。无论是从创作时间，还是从作品数量上，欧阳黔森在当代生态文学中都占有重要地位。欧阳黔森的独特之处在于，他在创作中不仅表达了自己对乡村生态环境恶化的忧思，同时还以贵州西部乡村恢复生态、重建美好家园的成功范例，为读者描绘出西部乡村充满理想色彩的美好未来。

2003 年发表在《当代》第 5 期的《断河》（该小说入围第三届“鲁迅文学奖”）是一篇较早表达作家生态忧思的小说。断河边上的断寨里栖息着麻老九和他的乡亲们，一次又一次的朝代更替或制度的变革并没有改变他们传统的生活方式，他们始终以种田打鱼为生。直到这里发现了一种名为丹砂的东西后，为了把汞开采和冶炼出来，人们把断河变成了一座汞都。此后，麻老九的乡亲们成了汞都的工人，麻老九无法适应新的生活方式，选择自沉断河。后来，在汞矿开采完之后，汞都宣布破产，乡村在经过短暂的繁荣后重新陷入贫困，而采过汞矿的土地再也不能复垦，因为种出的粮食含汞超标会严重影响人的身体健康。断河的历史和它的命运在当下具有代表性，人们对大自然的无尽索取，最终会得到大自然的疯狂报复。生态遭到破坏之后的断河虽然还在，但如何让这条已经流了很久的断河继续流下去，则是需要人们认真思考的问题，正如欧阳黔森在小说结尾说的那样："是的，当老虎岭没有了老虎，当野鸭塘没有了野鸭，当青松坡没有了青松，或者，当石油城没有了石油，当煤都没有了煤，这也是一种味道。"

发表在《十月》2003 年第 2 期的中篇小说《水晶山谷》，是一篇探讨当代人与自然关系的经典之作。《水晶山谷》中的七色谷是一个隐藏在深山里的美丽峡谷，多年来不被外界所知而得以保留原始风貌。当地质勘探队在这里发现了市场罕见的紫袍玉石后，村子里高考失利的农家青年田茂林与地质工程师李王为了发财，准备在这里建厂开采。他们用炸药炸开山体，珍贵的紫袍玉资源因此破坏殆尽，整个山谷遍地都是丢弃的废石料，后来因为市场问题工厂停工，但七色谷再也无法恢复到从前美丽自然的状态，而田茂林也在那次爆破中被石头掩埋丢掉性命。

与此同时，欧阳黔森在表达自己的生态忧思时，还对新时期西部农村在党和政府的关心下转变思想观念，用科学的方式开展生态修复与家园重建工作所取得的巨大成功，给予了及时与热情的关注，为当代西部农村走生态发展道路，重建人与自然之间的和谐关系树立了成功的典范。

《村长唐三草》（《山花》2012年第21期，《新华文摘》转载）中的唐三草原名叫唐万财，这个名字代表了父母的良好愿望。唐万财当民办教师的时候，老婆因为无法忍受贫穷而和他离了婚。尽管后来唐万财由于书教得好转正成为一名公办老师，工资也高出了许多，但离那个良好的愿望还比较远。后来在无人愿意担任村主任的情况下，唐三草主动请缨，辞掉工资一千多元的人民教师担任工资只有一百二十元的村主任。唐三草担任村主任后，和下乡扶贫的大学生村官一道，带领群众因地制宜发展特色农业，改善生态环境。他们先是动员村民在村前山谷悬崖峭壁下面的砂砾上种上桃树，盛开的桃花使桃花村成为名副其实的“桃花村”，后来又每年在桃花谷举办桃花节，并大力发展乡村生态旅游，50%的家庭办起了农家乐。其后，为了治理水土流失，他和大学生村官又动员村民在山上石头间有土的地方种植了一千多棵花椒树，三年后开始产生的效益，让桃花村成了远近闻名的富裕村。村子里那些在外打工的青壮年陆续回村，桃花村终于摆脱了贫苦的帽子，为西部农村用生态方式重建家园树立了光辉的榜样。类似的小说还有《八颗苞谷》。白鹰村因为人多地少，农民在石漠化的土地上种粮无法维持基本生存，后来经过专家考察后，决定实行易地搬迁，退耕还林，生态治理彻底改变了村里的面貌，白鹰村一下子实现了小康。在小说中，作家借专家们送的对联（上联：少生孩子多养猪；下联：多栽树子少放羊；横批：奔向小康）表达了鲜明的生态意识，欧阳黔森积极关注贵州石漠化治理和生态修复的重大现实问题，显示了他关注现实人生的一种理想主义情怀！

## 结　语

“一个好作品照例会使人觉得在真美以外，还有一种引人向善的力量。

我说的向善，这个名词的意义，不仅是属于社会道德一方面‘做好人’为止。我指的是这个读者从作品中接触到了另外一种人生，从这种人生景象中有所启示。”和前辈作家沈从文一样，欧阳黔森尽管发现诗意的时代与我们渐行渐远，尽管他笔下那些书写对青春及纯洁情感的缅怀以及赞美普通人身上人性美的小说有唯美的一面，但当下的小说创作似乎已经告别了浪漫与感动的年代，正如沈从文的《边城》一样显得尤为珍贵。与此同时，通过对理想化的女性人物形象塑造，以及诗意的乡村与欲望的城市的书写，其价值立场和文学操守上的理想主义特质得以进一步彰显，而对生态忧思与家园重建的书写，则让这种理想主义情怀表现出鲜明的时代感和责任感，其现实主义题材与理想主义情怀得到有机统一，这正是欧阳黔森的独特价值所在。

**参考文献：**


[1] 陈晓明．对当代精神困局的透视——评欧阳黔森《非爱时间》[N]．文艺报 2004 年 5 月 18 日．

[2] 丁帆．中国乡土小说史 [M]．北京：北京大学出版社，2007.

[3] 董之林．分享艺术的奥妙——读欧阳黔森的短篇小说集 [J]．新文学评论，2014（4）．

[4] 黄远石，罗元涛．“地质队员都干过，还怕干编剧？”——专访省文联副主席，贵州省作协主席欧阳黔森 [N]．贵州民族报 2015 年 9 月 11 日．

[5] 李昌鹏．清淡的大味——评欧阳黔森的《远方月皎洁》[J]．文学教育，2013（6）．

[6] 欧阳黔森．兰草 [M]// 水的眼泪．桂林：广西师范大学出版社，2017.

[7] 沈从文．小说作者和读者 [M]// 见沈从文全集（第 12 卷）．太原：北岳文艺出版社，2012.

[8] 谢廷秋．从《水晶山谷》到《绝地逢生》——贵州作家阳黔森生态文学解读 [J]. 当代文坛 2012（2）.

[9] 於可训．主持人的话 [J]. 小说评论，2015（5）.

[10] 周军 .2015“贵州作家群高峰论坛”综述 [J]. 中国现代文学研究丛刊，2016（4）.

[11] 周新民，欧阳黔森．探询人性美——欧阳黔森访谈录 [J]. 小说评论，2015（5）.

本文为国家社科基金西部项目：莫言与沈从文乡土小说比较研究（15XZW030）阶段性成果

**2018 年《南方文坛》第 4 期**

# 作为精神自传的写作

## ——欧阳黔森《远方月皎洁》印象

朱永富

提起欧阳黔森，很多人会想到《二十四道拐》《雄关漫道》《奢香夫人》《绝地逢生》等有广泛社会影响的电视连续剧。中国当代文学界同行可能会首先想到短篇小说《敲狗》和《断河》，这是公认的欧阳黔森短篇小说的代表作。相对于这些名篇来说，《远方月皎洁》只是欧阳黔森创作中普通的一篇，但它也是具有典型性的一篇。它代表了欧阳黔森小说中的一种特殊类型，这种类型就是精神自传式写作，同类的小说还有《丁香》《兰草》《五分硬币》等。作为精神自传式写作的典型，这篇小说负载着欧阳黔森创作的许多重要密码。

《远方月皎洁》中作者一直没有赋予男主人公一个名字，而是始终以“我”代称。凭写作经验，我们能感知到这个“我”和作者欧阳黔森的生命体验之间的隐秘关联，这种关联在很大程度上体现为小说中“我”的经历与作者欧阳黔森经历之间的相似性。著名评论家孟繁华在《文化裂变时代的经验与想象——评〈白多黑少〉和〈丁香〉》中评论《丁香》时，也有类似的感受。他说：“我隐约感到《丁香》与作家的某种经验相关，他很可能是作家自己精神自传的片段。那种深情和记忆，以及对人物的怜爱之心几乎跃然纸上。”

精神自传式小说往往饱含着作者的情感，也就是说有强烈的抒情性，这种抒情性在《远方月皎洁》中是通过自传式第一人称的方式实现的。《远方月皎洁》的第一人称叙述给小说抒情带来了很大的便利，第一人称“我”所带来的是一种 “不隔”的情感共鸣结构。第一人称叙述人“我”作为一个中介物，特别适合读者代入自己，也特别适合作者在其中渗透自己的情感，由此形成作者、叙述者和读者三者之间的情感共鸣结构。如果不用第一人称“我”，这篇小说的美学价值就会流失很多。沈从文的《边城》就有很强的抒情性，但是《边城》使用的是第三人称。作为第三人称抒情的《边城》，就使得读者跟着叙述人一起站在一个较高的高度上俯视人物的悲欢离合。读者的情感是随着叙述人的节奏走，这时候就与人物产生了一定的距离。许多作家都使用第一人称叙述，但不同作家的情况各有不同。在《远方月皎洁》中，作者、叙述人与男主人公通过自传式第一人称的方式联结起来，使得抒情得以畅行无阻。读者也就能毫无保留地认同叙述人和人物，产生强烈的共鸣。

在这类精神自传式小说中，还体现了欧阳黔森小说的另一个特征：中年叙述。《远方月皎洁》分为前后两部分，上部分是写年轻的地质队员“我”在山村邂逅漂亮的女老师卢春兰，并与她一起度过了一段美好的时光。下半部分写“我”离开那个山村，八年后结婚，二十年后女儿读大学。小说中有一个近三十年的时间跨度，这三十年是以近乎空白的方式呈现的。读大学二年级的女儿给“我”买了狗皮垫，把卢春兰和“我”的信物大黄狗的皮给扔了，引发了“我”对卢春兰的回忆。这篇小说的叙事时间是生命时间。童年、青年、中年、老年，几乎是每一个人共有的生命轨迹。不论在何种时代，只要人是处在其中的一个阶段，就会面临相同的生命境遇，产生相似的情感。“我”已经年过半百，是到了回忆的年纪了。《远方月皎洁》的存在，不是一个偶然，而是作者欧阳黔森精神现象的一个体现。

张爱玲在《红玫瑰与白玫瑰》里有一小段名言：“也许每一个男子全都有过这样的两个女人，至少两个。娶了红玫瑰，久而久之，红的变了墙上的一抹蚊子血，白的还是‘床前明月光’；娶了白玫瑰，白的便是衣服上的一粒饭粘子，红的却是心口上的一颗朱砂痣。”实际上张爱玲在这里描述了一种人类情感的原型结构。我把这种原型结构命名为“可能生活”。古今中外多少名著写到了这种人类共有的情感体验。在每个个体有限的生命中，在特定的时空中，人只能有一种选择，既然走了这条路，就不可能走那条路。而对于不能走，而又有可能走的那一条，就成了我们的“可能生活”。对“可能生活”的想象是我们每个人都体验过的，它常常在情感上构成了我们生活中弥补现实缺憾的一部分。尽管从理性上来说，我们很清楚，如果走了那条路，也同样会有缺憾。但是，我们还是禁不住去想象“可能生活”。对于我们每个具体的人来说，现实只能有一种。就像是大树的主干，而“可能生活”却有很多种，在大树的主干上随时都可能生出一个枝杈，每一个枝杈都意味着一种“可能生活”。对于我们大多数普通人来说，“可能生活”只能存在于我们的脑海当中，而欧阳黔森的《远方月皎洁》通过小说的形式把他的这种“可能生活”体验物质化了，实现了这种“可能生活”的永恒定格。也给读者提供了一个唤起自身“可能生活”体验的情感结构。这种“可能生活”的情感结构是《远方月皎洁》的魅力之源。

人的生命是由过去、现在和未来三重时间构成的。我们注定要面向未来，但我们怎样处理与过去的关系呢？有时候，我们希望能忘掉过去，有时候，我们不能忘掉过去，有时候，我们不愿忘记过去。过去对我们可能是美好的，也可能是痛苦的，更多的可能是爱恨交织。但是不论我们做何感想，过去都在遵循着记忆的规律，逐渐离我们远去。过去的不再有现实可能性的“可能生活”，必将为未来的“可能生活”所代替。从这个意义上说，欧阳黔森的《远方月皎洁》，以及它所代表的精神自传式小说是一种为了忘却的纪念。

**2017 年 4 月 7 日《贵州日报》**

# 新时代精神的歌者

## ——评欧阳黔森报告文学《看万山红遍》

朱永富

著名作家欧阳黔森的报告文学《看万山红遍》，记述的是贵州省铜仁市万山区在习近平总书记关怀下从一个资源枯竭汞矿之都，经过各级政府不断努力，成功转型的案例。“看万山红遍”语出毛泽东主席的《沁园春·长沙》“看万山红遍，层林尽染”，在欧阳黔森的语境中“万山”一语双关，既可以实指铜仁市万山区，又可以虚指祖国的万水千山，指代整个中华大地。“红遍”的“红”同样具有双重含义，它既是一种草木变化的颜色，又是一种政治话语。在这里“红遍”更多指涉的是共同富裕奔小康，以及中国特色社会主义制度的优越性。可以说“看万山红遍”这个醒目的标题既有丰富的含义，又饱含诗意。从这个角度来说，欧阳黔森报告文学《看万山红遍》既是对汞都万山区转型的记述，也是为我们新时代全面建成小康社会“一个都不落下”精神的引吭高歌。

《看万山红遍》的记述对象表层是经济，深层是政治。作为报告文学而不是政府工作报告，它还要有一定的文学性。这就要求《看万山红遍》能够将经济叙事、政治叙事、文学性三重功能有机融合在一起。欧阳黔森不仅出色地完成了这三重基本任务，还增加了文化宣传的任务，文化内容不仅增强了作品的文学性，还凸显了地方的文化底蕴。此外，欧阳黔森还在作品中融入了个人生活经历和情感抒发。将这五重任务有机融合在一起，需要高超的叙述艺术。欧阳黔森圆满地完成了挑战，使得《看万山红遍》内涵丰富，风格独特。

经济的可持续发展，或绿色发展，是与党的执政理念和伟大领袖、优秀的各级政府干部分不开的。就万山成功转型而言，离不开党中央、国务院，贵州省委、省政府，铜仁市委、市政府，万山区委、区政府，还有各村两委，在不同层面上以不同方式做出的贡献。2008 年雪凝灾害期间，习近平慰问万山，是万山具有历史意义的重大转折点。作者多次通过具体采访的人物之口，来凸显这一点，而且在报告文学整体的论证形式上，采用了因果关系的论证模式，2008 年习近平对万山慰问被置于整个万山转型起点的位置上，成了万山转变的重大原因。“万山真正有效地开始逐渐转型，是始于 2008 年习近平总书记来过之后。”习近平慰问万山之后，万山获得的不仅是廉租房经济适用房、各种政策扶持，更重要的是精神力量。这种因果论的形式，凸显了党的领导和伟大领袖的关怀在万山发展过程中的意义。不仅如此，这种因果关系式的论证模式，也表明我们全面建成小康社会的伟大工程，是有规律可循的，只要发现了这个规律，按照规律办事，就一定能够实现共同富裕的目标。

《看万山红遍》还回应了乡村振兴的时代主题。万山区各村抓住机遇，借助地区发展的东风，成立公司、专业合作社，发挥各种乡村“能人”带头致富的作用。实际上是克服了农民分散经营，与市场脱节的弊端，在很大程度上，通过村干部的努力，以公司和合作社的形式将农民组织起来了，农村能够以这种方式有效地参与进更广阔的社会统筹当中去。外出农民工纷纷返乡创业，空巢老人和留守儿童的问题也得到了解决。杨通宝这个人物让人想起茅盾小说《春蚕》中的老通宝，“通宝”是货币的一种形式，两个人物以“通宝”作为自己的名字，实际上都寄寓了发家致富的希望。但是两位生活在不同时代的“通宝”，却有着截然不同的命运。《春蚕》中的老通宝，养蚕获得了丰收，卖茧时却连本钱都赚不回来。《看万山红遍》中的杨通宝，赶上了新时代，党中央和党的领袖都来关心他的日常生活。当然“老通宝”和“杨通宝”都不仅是一个具体的个人，他们是时代千千万万普通人民的代表。

报告文学《看万山红遍》在叙述方式上，采用了第一人称故事内叙事的方式。作者欧阳黔森作为一个叙述人出现在作品中，并且以“眼见为实”的方式向我们呈现万山的发展。铜仁是欧阳黔森的故乡，他的父亲参加过万山汞矿大会战，因此，他对铜仁万山是有记忆、有体验、有感情的，写出来也就更有温度。作为一个叙述人，作者始终恪守限知叙事的原则，他除了自己“眼见为实”的描述之外，总是让人物自己说话。习近平总书记来万山的场景，是由当时的陪同干部田茂文向他转述的。当地贫困农民致富的喜悦，是通过采访余秀英、李来娣等代表群众，用她们自己的语言来表达的。于是在叙述人欧阳黔森的视角之外，就增加了当地干部群众的视角。这些视角既有真实感，又原汁原味地再现了当地干部群众对伟大领袖的尊敬和感恩之情。

共产主义社会是一种理想社会，中国传统文学《桃花源记》中的“桃花源”也是一种理想社会。实际上“全面小康社会”也是一种理想社会。与其他理想社会形式不同的是，我们党把“全面小康社会”这个理想提上了日程，要在“2020 年全面建成小康社会”，一种理想社会已经近在眼前，触手可及。可以说是中国共产党的执政理念和伟大领导，把理想社会变成了看得见摸得着的现实。“全面建成小康社会”的时间节奏，也成了《看万山红遍》内在的叙事节奏。万山汞矿 2001 年宣布政策性破产，铜仁市万山区以 2008 年为界，在习近平总书记的关怀下开始有效转型。2009 年 3 月，国务院将铜仁市万山区列为全国第二批资源枯竭型城市。2013 年 5 月 4 日，习近平总书记对万山的发展做了重要批示。2013 年 11 月，习近平总书记到武陵山区调研，2015 年 6 月，习近平总书记在贵州调研期间专门召开涉及武陵山区扶贫攻坚的座谈会。2017 年 10 月 19 日上午，习近平总书记在参加党的十九大贵州省代表团讨论时充分肯定了贵州的发展。“贵州取得的成绩，是党的十八大以来党和国家事业大踏步前进的一个缩影”。习近平总书记在党的十九大期间对贵州成绩的肯定和贵州省的政府工作报告是文章政治叙事的顶峰，是大总结。从 2008 年到 2018 年，这十年始终有一种内在的紧迫感，这既是“全面建成小康社会”的紧迫感，也是欧阳黔森报告文学《看万山红遍》引人入胜，令读者紧张激动的内在节奏感。

《看万山红遍》的主题是政治经济，在呈现政治经济主题的同时，欧阳黔森增加了铜仁万山乃至贵州的文化元素。铜仁万山有着悠久而丰富的历史文化底蕴，在记述万山经济华丽转身的同时，彰显它的文化魅力，从效果的角度，可以说是锦上添花。但是从叙述艺术上，又有一定的难度，那就是要求文化主题不能喧宾夺主，而是要协调有机地与政治经济主题融为一体。欧阳黔森出色地完成了这一高难度动作，他通过三种方式将文化叙事融入了作品：一是引述地方府志和史书，如《万山志》的丹砂开采史，《贵州府志》赋予铜仁“鱼米之乡”的美誉，《后汉书·先贤传》对“武陵”取名的解释；二是实地考察，如对中华山悠久而繁盛的佛教文化的描述；三是语言人类学，如朱砂文化对万山的影响，作者是从“黄道乡”、“中华山”、“高楼坪乡”和“洋世界村”这些地名的起源来揭示的。例如“洋世界村”，虽然已经很久没有“洋人”了，但是这个名字恰是英国人在此开矿的佐证。

铜仁万山是欧阳黔森的故乡，他生于斯，长于斯，对铜仁有深刻的体验，深厚的感情，铜仁万山的过去，在他的记忆中。在实地走访，眼见为实的过程中，作者不断为巨大的现实变化所震惊。在《看万山红遍》中欧阳黔森作为叙述人出现，为作品的抒情性提供了便利的形式。他往往夹叙夹议，把叙述和抒情结合在一起，把议论升华到抒情的高度。欧阳黔森既是铜仁万山的一员，抒发了他的个体之情；也代表铜仁万山，乃至贵州人民抒发了群体之情；也是作为作者，代表我们这个时代千千万万的人抒发对伟大时代的感恩之情，对党和国家的感恩之情。

《看万山红遍》以其高超的叙述艺术为时代赋形，完成了精彩华章。欧阳黔森是人民的艺术家，是新时代精神的歌者。

# 欧阳黔森小说的抒情性及其形式

朱永富

欧阳黔森是继何士光之后，新世纪以来贵州当代文学的代表人物。他创作之丰厚，社会影响力之大，在新世纪以来的贵州文坛上是无可匹敌的。对欧阳黔森的研究，不仅是对贵州当代文学的关注，也是对贵州文化建构的关注，有着重要的意义。

在贵州当代作家中，欧阳黔森是学界关注比较多的作家。陈晓明、孟繁华、雷达等著名评论家都有文章专论欧阳黔森小说。在既有的研究当中，有人关注了欧阳黔森小说与时代精神之间的关系，如陈晓明《对当代精神困局的透视——评欧阳黔森〈非爱时间〉》、孟繁华的《文化裂变时代的经验与想象——评〈白多黑少〉和〈丁香〉》；也有人关注欧阳黔森小说的主题，如谢廷秋的《从〈水晶山谷〉到〈绝地逢生〉——贵州作家欧阳黔森生态文学解读》、杜国景的《欧阳黔森的英雄叙事及其当代价值》、李子芯的《论欧阳黔森小说中的性善书写》；还有人关注欧阳黔森小说的创作艺术，如董之林《分享艺术的奥妙——读欧阳黔森短篇小说集》、周新民的《欧阳黔森短篇小说艺术论》等。这些研究都取得了重要成果，将欧阳黔森研究推向了深入。

在欧阳黔森研究中，欧阳黔森小说的抒情性问题还没有得到应有的重视，是一个有待进一步充分展开的话题。从二十世纪九十年代登上文坛，迄今为止二十多年的创作生涯中，欧阳黔森小说的主题是有所变化的。在世纪之交，以中短篇小说为主的那些作品中，有生命主题，如《远方月皎洁》《有人醒在我梦中》等；有性善主题，如《敲狗》等；有生态主题，如《莽昆仑》《水晶山谷》等。在2006年之后的长篇小说当中，欧阳黔森的主题是民族国家，如《雄关漫道》《奢香夫人》《绝地逢生》等。但是不论在何种主题小说当中，都有着强烈的、引人注目的抒情性。可以说，抒情性是欧阳黔森小说创作的本体论特征。

欧阳黔森小说的抒情性首先表现在叙述方式上，这里的叙述方式指的是作者、叙述人、叙述对象和读者之间相互的关系。欧阳黔森小说常常以主人公作为叙述人，体现在小说中就是第一人称叙述，而且叙述人与作者（或隐含作者）之间的认知和情感是高度一致的。有许多小说使用小说中的人物作为叙述人，但是这个人物可能不是小说的主人公，而只是一个次要人物，或者无足轻重的旁观者，例如鲁迅的小说《孔乙己》中的“我”；甚至只是一个名义上的亲属，而实际并不在场的叙述人，如莫言小说《红高粱家族》中的“我”。有许多小说使用了主人公作为叙述人，但是这个叙述人却是不可靠的叙述人，典型的就是鲁迅小说《伤逝》中的涓生。《伤逝》的副标题是“涓生的手记”，涓生叙述的是他自己的故事，但是字里行间却充满着自我辩护，在潜意识里呈现出他对子君的另一种理解。作为读者的我们，发现了涓生叙述表层的不可靠性。而欧阳黔森小说中的叙述人却是一个完全可靠的叙述人，作者就是要我们读者完全无条件地信任叙述人、同情叙述人，作者的叙述意图就是要通过这种叙述方式，把主人公、叙述人、读者和作者联结起来，形成强烈的共鸣。主人公成为这一共鸣结构的核心，他的情感能量引发了这个共振圈。在欧阳黔森那些人生主题的小说中，这一现象特别突出。在欧阳黔森那些带有散文化特征的小说中，如《水的眼泪》《莽昆仑》中也存在这种现象。欧阳黔森人生主题的小说在其短篇小说中占有相当的比重，如《远方月皎洁》《有人醒在我梦中》《兰草》《五分硬币》《十八块地》等。这类小说的基本结构是人到中年以后，回忆起难以忘怀的一段年轻时错过的感情，在《远方月皎洁》中是“我”与漂亮的山村女老师卢春兰的感情；在《有人醒在我梦中》是“我”与白菊的感情；在《十八块地》中是“我”与卢竹儿的感情；在《兰草》中是“我”与兰草的感情；在《五分硬币》中是“我”与一个不知名的女孩之间的感情。这是一种对“可能生活”的想象。错过的感情就是一条可能的人生道路，对错过的“可能生活”的想象是人类情感的原型结构。古今中外有多少名著都写到了这种人类共有的感情。张爱玲在《红玫瑰与白玫瑰》里有一小段名言，就是对这种感情的经典表述之一。她说：“也许每一个男子全都有过这样的两个女人，至少两个。娶了红玫瑰，久而久之，红的变了墙上的一抹蚊子血，白的还是‘床前明月光’；娶了白玫瑰，白的便是衣服上的一粒饭粘子，红的却是心口上的一颗朱砂痣。”[1]人类对“可能生活”的想象在情感上构成了我们弥补现实缺憾的一部分，也是对人类有限性的审美性超越，这种原型情感结构中蕴含着巨大的情感能量。在《莽昆仑》和《水的眼泪》这类散文化小说中，欧阳黔森表达的更多的是一种震惊体验。“震惊体验”这个词源于本雅明，其实就是弗洛伊德所说的“创伤经验”。无疑，在《水的眼泪》中，当主人公在无边无际的南海上，在浩瀚的大沙漠里，体验到了这种强烈的情绪体验。在《莽昆仑》中，当主人公在古老的昆仑山上遇到神鹰、旗树、雪狼等神奇的生态存在时，感受到了生态之美带来的震惊体验。

[1] 张爱玲：《红玫瑰与白玫瑰》，北京十月文艺出版社，2009年版，第51页。

欧阳黔森小说的抒情性还体现在小说的时间形式当中。在欧阳黔森那些人生主题的小说中，通常存在一个对人生有质的影响的时间跨度。《远方月皎洁》分为前后两部分，上部分是写年轻的地质队员“我”在山村邂逅漂亮的女老师卢春兰，并与她一起度过了一段美好的时光。下半部分写“我”离开那个山村，八年后结婚，二十年后女儿读大学。小说中有一个近三十年的时间跨度，这三十年是以近乎空白的方式呈现的。《有人醒在我梦中》是写“我”在四十岁时，无法抑制地怀念白菊，而“我”是在十九岁时，和白菊在砖瓦窑一起度过了一段美好时光。中间有二十余年的时间跨度。《十八块地》中写了“我”与卢竹儿之间的感情，跟随着这段感情的是“过了四年”“后来”“再后来”，时间的流逝带来物是人非的震惊效应。人的生命时间是有限的，有限的生命，再受到各种社会历史因素的影响，从二十岁左右的青少年，到四十岁的中年，其中既有社会时间的变化，也有个体生命时间的变化，双重变化集结到人的心理上，就产生了强烈的与时间相关的情感。欧阳黔森人生主题小说中的主人公，往往会在一定的时间跨度之后，取得社会成功。这种“后来”的成功赋予“过去”一种感伤而安全的情感氛围。在《莽昆仑》《水的眼泪》等生态主题的小说中，欧阳黔森使用了一种“地质时间”。所谓的“地质时间”，是地质状况发生显著变化所需要的时间，其实也就是一种地质的“生命时间”。人的生命从有到无，通常来说不过“百年”。庄子在《逍遥游》中曾说：“上古有大椿者，以八千岁为春，以八千岁为秋，此大年也。”[1]可即便这样的生命时间，与地质时间相比，还是周期太短了。地质的生命周期是以亿万年为单位的。《水晶山谷》中的三叶虫生活于二亿年前，七色谷的漂亮石头形成于七亿年前，紫袍玉带石产生于距今约十亿年前。《水的眼泪》

[1]《庄子今注今译》，陈鼓应注译，商务印书馆，2007年版，第15页。

中浩瀚的塔克拉玛干沙漠和《莽昆仑》中古老的昆仑山都有不知多少亿年的历史。在人自身百年的时间长度和亿万年时间长度之间的对比中，人不能不感到自己的卑微和渺小，体验自然的崇高之美，也不能不感受到对自然的敬畏。如果我们把欧阳黔森的影视创作也看作小说（叙事虚构作品）的一种变体的话，我们会看到他运用了更多的时间形式。例如在电影《幸存日》中，他出色地运用了心理时间的形式。在矿难发生时，几个煤矿工人被困在井下等待救援，只有受人敬重的老井王有手表，其他队友没有手表，老井王将一天的时间当作半天来向队友们汇报，队友们也把一天当作半天来感受，就是这种心理时间，让队友们以为他们在井下等待救援的时间并不长。如果他们知道自己被困在井下的时间早已经超过了一般的矿难井下存活时间，他们可能早就绝望了。是老井王给他们制造的心理时间，让他们保有一丝希望，坚持了下来。而正因为老井王自己知道真实的物理时间，他的心理上承受了巨大无比的负担，以至于队友们获救的那一刻，他心力衰竭而死。

在叙事文学中，情节也可以负载抒情的功能。在欧阳黔森那些主人公不能直接抒情的小说中，情节在很多时候就承担这种功能。《敲狗》是欧阳黔森短篇小说的代表作，它的主题是人性善。他对人性善的表现，先从人狗关系写起，写“敲狗”这种特别的方式杀狗吃狗肉，是一种不人道的地方风俗，但是小说落脚于一位狗主人与大黄狗之间的感情。狗主人为了应急而卖狗，同时坚持要求赎狗。厨子为了拒绝狗主人赎狗，而提出两倍于卖价的赎金，狗主人却始终没有放弃。人狗情终于超越了世俗的货币关系，由这种人狗情，激发了厨子徒弟的同情心，徒弟违背了师父的意愿，私自放走了狗，并离开了师父，放弃了对敲狗手艺的学习。人生主题指向的是人与生命时间之间的关系，而人性主题指向的是伦理关系，也就是人与人之间的关系。人生主题与人性主题同为抒情，却是人不同的存在向度。《敲狗》有着沈从文和汪曾祺的意蕴。从抒情的形式来看，小说当中并没有大奸大恶之人。作为师父的厨子虽然从事敲狗职业，却仍然对狗有一种悲悯之心，最典型的体现是给断气的狗合上眼。他对徒弟虽有规矩，也满怀关心。并不像莫言小说《透明的红萝卜》中老铁匠和小铁匠那样尖锐地对立。厨子虽然有个在派出所的朋友，却也没有为难卖狗人，只是多了个诙谐的小插曲。在徒弟的帮助下，大黄狗最终回到了主人的身边，狗主人兑现诺言，给厨子送来了两倍于卖价的赎金，并额外送上花生，以表谢意。小说的结尾，厨子吃着狗主人送来的花生，一个人喝着闷酒，想着再招一个徒弟。韵味悠长，余音绕梁。总体来说，从情节发展模式来看，《敲狗》是抒情性的。欧阳黔森的长篇小说《雄关漫道》《奢香夫人》《绝地逢生》，包括电视剧《二十四道拐》从情节的维度来说，都具有抒情性，这体现在情节的发展趋势上。在这几部作品中，不论初始情景如何，接下来的情节都会使事情向着好的方向发展，在欧阳黔森的作品中，使事情恶化的情节非常少，而且非常突出的一点是， 在那些少有的恶化情节中，恶化的程度相对来说是比较小的。这个问题我们不妨以《二十四道拐》为例来说明。在《二十四道拐》中，以女间谍“布谷鸟”为首的日军势力企图破坏二十四道拐的交通，并做出了诸多努力，但始终没有给中美双方造成实质性的损伤。与《亮剑》等作品中的日军相比，《二十四道拐》中的日军似乎不堪一击。正义的一方连战连捷，日本间谍屡屡失算，从受众的心理角度来说，减少了情感的压抑和痛苦的体验。类似于《二十四道拐》这样的作品，相对来说，叙事的功能有所减弱，抒情的功能在很大程度上加强了。只有从抒情的角度，我们才能更好地理解《二十四道拐》的情节逻辑。

除了叙述形式、时间形式和情节发展之外，欧阳黔森小说的抒情性，还体现在小说对英雄人物的塑造上。在欧阳黔森那些民族国家主题小说中，如《奢香夫人》《雄关漫道》《绝地逢生》等，小说的主人公往往具有英雄人物的特点。弗莱在《批评的解剖》中说："如果主人公在程度上虽比其他人优越，但并不超越他所处的自然环境，那么他便是人间的领袖。他所具有的权威、激情及表达力量都远远超过我们。"[1]弗莱所说的这种人其实就是英雄人物。《奢香夫人》中的奢香、《雄关漫道》中的贺龙、《绝地逢生》中的蒙幺爸，就是这样的人。这些人物在身体、智力、胆识等各方面，都比普通人高出许多。这里我们以《雄关漫道》为例来说明这个问题。在长征中，贺龙和萧克等人带领红二方面军冲出国民党的重重围追堵截，最终胜利到达陕北与中央红军会师。贺龙等中共领导人的军事才能和政治才能得到了充分的体现。在小说中，作者反复渲染贺龙的胡子。作者甚至借关向应之口，说贺龙的胡子是红二军团的一种象征。这里面凝结了一种英雄向往的情结。在叙述这类英雄人物时，叙述人使用了一种仰视的视角。就像莫言小说《红高粱家族》中一样，叙述人"我"在叙述"我爷爷""我奶奶"的故事时，言语中洋溢着崇敬之情。欧阳黔森在谈《奢香夫人》的创作时，顺便谈到了《雄关漫道》和《绝地逢生》，他说："我是一名汉族作家，少数民族题材的电视剧是我不熟悉的领域。本来，少数民族题材，特别是彝族题材，原来在电视剧领域是没有出现过的，刚开始我并不敢接手。贵州省几届省委领导都想抓这个题材，也有一些作家写过几个本子，最后却由于各种原因没有拍成。后来，省里的领导要我接起这个任务，于是，我就接受了，迎难而上。其实，我之前的几部作品，如《雄关漫道》，是跟八一厂合作的，也是接受任务完成的。《绝地逢生》也是同样的原因

[1]［加拿大］弗莱：《批评的解剖》，陈慧等译，百花文艺出版社，2006年版，第46页。

创作的。”[1]欧阳黔森的民族国家主题在一定意义上来说带有比较强的主旋律色彩。这样的小说更明确地承担着意识形态的功能。欧阳黔森通过英雄人物的塑造，出色地实现了这些作品的叙事担当，引起了广泛的社会关注，取得了良好的社会效应。

在欧阳黔森小说的抒情形式中，不能不提的是他对意象的使用。欧阳黔森小说中的女性经常用一种花作为名字，如梨花（《梨花》）、丁香（《丁香》）、兰草（《兰草》）、李花（《李花》）、白莲（《白莲》）、白菊（《有人醒在我梦中》）、格桑梅朵（《莽昆仑》）。评论家周新民注意到了这个现象，他说：“如此大面积地以花为题，自然不是偶然现象，自有他特殊的考虑。这些自然物的花草，被写进文学作品后，不再是单纯的自然物，而是被赋予了人格精神。这种以自然物的特性来比附人格精神，即是中国传统审美意识‘比德’。”[2]周新民在这里强调了欧阳黔森小说“花”意象群的德行维度。从精神分析学的角度来说，“花”本身就是女性的象征，有性的意味。在我看来，对这些意象来说，“美”的维度要高于“德”的维度。花意象群更多地表现了欧阳黔森小说对女性，尤其是年轻女性的美好情感。从意象运用的角度来说，花意象群是传统的意象，在很大程度上是固化的意象类型。在欧阳黔森小说中，还创造了一些特殊的意象，这突出体现在《莽昆仑》当中。“神鹰”“雪狼”“旗树”“昆仑月”等系列昆仑山意象群，是欧阳黔森创造性地构造出来的生态意象群。昆仑山意象群给了读者强烈的精神冲击。

抒情性的根基是真善美，欧阳黔森小说的抒情性是他世界观的艺术呈

[1] 张成：《有幸写这么伟大的女性是我的光荣——编剧欧阳黔森谈〈奢香夫人〉的创作》，《中国艺术报》2011 年 11 月 30 日。

[2] 周新民：《欧阳黔森短篇小说艺术论》，《小说评论》2015 年第 5 期。

现。欧阳黔森是在世纪之交登上中国文坛，这时候的中国社会已经全面地进入了改革开放时代，人们一方面心有余悸，一方面眼花缭乱，怀疑一切的精神和欲望的无限膨胀像孪生兄弟一样同时在人们的内心深处蔓延。当代文学的“新历史主义”和“欲望化叙事”就是这种社会精神在文学上的表征。莫言的许多小说，如《四十一炮》《生死疲劳》则以跨时代的书写呈现了这种时代转型在人心灵上带来的精神错乱。在这样的时代语境和文学氛围中，以“井喷式”状态登上中国文坛的欧阳黔森没有随波逐流，他始终坚持心灵深处的真善美。这种精神让我想到了陕西作家路遥，在现代主义在当代文学创作中出尽风头的历史当口，路遥顶着巨大的压力，坚持现实主义的写作，写出了广受读者喜爱的“常销书”——《平凡的世界》，也最终赢得了评论家的尊重。同样，欧阳黔森小说的抒情性与二十世纪九十年代以来的中国文学创作主潮保持了一定的距离。但是，随着中国社会的发展，时代主题的变化，一个抒情的时代已经到来。在新时代的语境中，欧阳黔森小说将产生更大的影响，更好地回应当代作家的时代使命。从这个意义上来说，欧阳黔森不仅是贵州当代文学新世纪以来的领军人物，也不仅是贵州文化的一张名片，他更是中国新时代精神的歌者。

**2023 年《山花》第 6 期**

# 欧阳黔森与当代文学的生态写作

朱永富

生态问题是现代性的后果之一。“生态文学”的出现，与“乡土小说”的出现一样，实际上是现代性冲击传统社会的一种表征。现代化的生产方式和技术的发展，造成了人的自我膨胀和向自然界的无限度扩张，产生了人与自然之间的紧张对立。

“乡土小说”肇始于鲁迅，这是众所周知的。但是“生态文学”也肇始于鲁迅，却往往被人们忽略。鲁迅在《故事新编·奔月》中有明确的生态意识，羿箭法高超，但是他不顾后果地猎杀动物，破坏了他赖以生存的生态结构，最后落得个只能吃乌鸦炸酱面的下场。

自鲁迅以后，“乡土小说”出现了众多作家，也分出了许多支流，成为 20 世纪中国文学枝繁叶茂的类型。但是“生态文学”在很长一段时间内却没有引起人们的注意，影响力有限。即便是在鲁迅研究当中，《奔月》的生态意识也很少受到关注。究其原因，还是与百年来中国社会的进程有关。百年来，中国社会的主题主要是围绕着政治经济问题而展开，“乡土小说”首先内涵着经济主题，其次它还密切关联着政治主题。经济的主题是发展，是物质的匮乏与“富”起来的渴望。物质匮乏使人们无暇顾及生态问题。

20 世纪末，生态意识的再次出现，是经济主题发展到一定阶段的必然产物。在李杭育的《最后一个鱼佬儿》和阎连科的《日光流年》当中，已经蕴含了生态意识，这时候的生态意识，是以生态恶化的形式表现出来的。生态意识虽然出现在了这些文学作品中，但是还没有明确地成为作家要表达的显在主题。

生态问题重新成为当代文学的主题，主要是新世纪以来的事。在 20 世纪 80 年代中期到 90 年代末，经济发展成为中国的主题，经过了二十多年的发展，物质匮乏的状态得到了极大的改善，同时，经济与环境的矛盾也前所未有地凸显出来。在当代文学领域涌现出了一批生态主题的文学作品，出现了一些优秀的生态文学作家，其中欧阳黔森就是最具代表性的一位。欧阳黔森的《水晶山谷》《水的眼泪》《莽昆仑》《绝地逢生》都是非常突出的生态主题创作。《水晶山谷》写山村青年田茂林先在金钱的诱惑下挖掘三叶虫化石，破坏七色谷，继而在未婚妻白梨花的影响下，为了保护水晶矿体而牺牲的故事。《水的眼泪》以南海和塔克拉玛干沙漠的对比，写了水对人类的重要性。《莽昆仑》以散文化小说的形式，写了昆仑山的生态之美，构成了一部昆仑山的大型组诗。《绝地逢生》写了贵州盘江地区的人民通过种植花椒等经济作物的方式与石漠化斗争的故事。

在当代文学的生态写作中，欧阳黔森是少见的具有地质学眼光的作家。这种地质学眼光，决定了欧阳黔森生态文学创作的两个区别性特征。

首先，欧阳黔森生态文学创作中的时间形式是一种“地质时间”，这种时间是以亿万年为单位的。所谓的“地质时间”，是地质状况发生显著变化所需要的时间。其实也就是一种地质的“生命时间”。人的生命从有到无，通常来说不过“百年”。庄子在《逍遥游》中曾说，上古有大椿者，以八千岁为春，以八千岁为秋。可即便这样的生命时间，与地质时间相比，还是周期太短了。地质的生命周期是以亿万年为单位的。《水晶山谷》中的三叶虫生活于二亿年前，七色谷的漂亮石头形成于七亿年前，紫袍玉带石产生于距今约十亿年。《水的眼泪》中浩瀚的塔克拉玛干沙漠和《莽昆仑》中古老的昆仑山都有不知多少亿年的历史。在人自身百年的时间长度和亿万年时间长度之间的对比中，人不能不感到自己的卑微和渺小，体验自然的崇高之美，也不能不感受到对自然的敬畏。亿万年的时间单位中，生态恶化之后，接踵而来的就是人类生存的困境，以及人类在生态恶化地区的消失。在这种时间形式中，生态和人类之间的关系是一目了然的。如果不是在这种亿万年的时间形式中，而是在社会时间形式中，以几十年、十几年，甚至更短的时间为单位，生态与人类的关系往往就没有那么明显，那么触目惊心。人类也就更容易被眼前的利益蒙蔽，对生态问题麻痹大意。

其次，从叙事上来说，欧阳黔森的生态文学创作通常以"相遇"作为基本形式。也许与欧阳黔森的生命体验有关，在他的作品中，经常出现一个地质队员形象，这个"地质队员"或者作为承担叙述功能人物形象，或者作为普通人物形象，总之，这是一类"寻觅者"。那些远离喧嚣的、崇高的生态之美正是通过与这样的寻觅者相遇，才呈现在人们的意识当中。在《莽昆仑》中欧阳黔森无意间道出了这种"相遇"美学的秘密："毫无疑问，每一个人的骨子里都渴望奇迹，可奇迹从来都不是守株待兔，而是不断地在寻觅中跋涉中路遇。这路遇也不是有路就有，往往是没路才有。"从审美的角度来说，是人照亮了自然物的存在，这尤其体现在《莽昆仑》上。如果不是地质队的到来，如果不是地质队中有善于发现美的眼睛，昆仑山的神鹰、旗树、雪狼等生态之美就只能寂静地作为不为人知的存在。人与生态的相遇照亮了生态之美，生态之美给人带来了震惊体验。

欧阳黔森的《绝地逢生》写了贵州盘江地区人民通过种植花椒等经济作物与石漠化斗争，并取得胜利的浪漫主义英雄故事。这在生态文学中是少有的人类在面对生态恶化时扭转局势，变被动为主动的典型事迹，也是贵州精神的一种体现。

从整体来说，欧阳黔森的生态文学创作表现了人类活动对生态破坏的忧虑。在罗布泊要建钾盐生产基地，需要大量用水，地质队找到水以后，大量的工业用水又可能对罗布泊的地下水造成致命的污染。昆仑的山是圣洁而寂静的，可是地质队提交的大型矿床报告，会让这片宁静的群山变成沸腾的群山。欧阳黔森的生态文学创作同时也表现了一种人类与生态一体化的博大情怀。人类不仅离不开土壤和水，而且与神鹰、雪狼、黑熊等动物也能和谐相处。

中国社会“富起来”以后，进入了新时代。在谈到生态文明建设时，习近平总书记指出：“我们既要绿水青山，也要金山银山。宁要绿水青山，不要金山银山，而且绿水青山就是金山银山。”在这样的时代语境中，欧阳黔森的生态文学创作显示出了深刻而重大的现实意义。

**2018 年 2 月 28 日《文艺报》**

# 民族记忆与时代精神

## ——评欧阳黔森报告文学《江山如此多娇》

朱永富　郝婷

2021 年 2 月 25 日，习近平总书记在全国脱贫攻坚总结表彰大会上庄严宣告我国脱贫攻坚取得全面胜利，消除绝对贫困的艰巨任务如期完成。这是人类历史上的伟大工程，是全体中华儿女勠力同心的伟大光荣，同时也是中华民族伟大复兴征程中的历史性成就。在这场彪炳史册的脱贫攻坚战中，涌现出了一批批昂扬奋进的党员干部和心怀感恩奋力前行的普通群众，出现了一个个令人震撼的中国故事和人间奇迹。文学作为社会生活的反映和历史征程的见证，正积极参与到中国脱贫攻坚故事的真情书写中来。无数文艺工作者以文学的形式"向祖国和人民报告全国各地的脱贫攻坚成果，反映精准脱贫实现全面小康社会的中国奇迹和人类壮举"[1]，及时呈现中国大地上发生的巨大变化，记录中华民族最伟大的记忆，凸显社会变迁过程中的时代精神。

"向人民报告——中国脱贫攻坚报告文学丛书"正是在这样的背景下诞生的，欧阳黔森的报告文学《江山如此多娇》无疑是其中的代表作品之一。

---

[1]《伟大事业 伟大精神丨"向人民报告——中国脱贫攻坚报告文学丛书"出版》，《小说月报》2021 年 2 月 25 日。

该书在广泛而细致的田野调查的基础上，记述了地处乌蒙山脉和武陵山脉连片贫困区域中的毕节市赫章县海雀村、遵义市播州区花茂村、安顺市紫云县沙坎村、铜仁市万山区朱砂镇、遵义市正安县红岩村等五个具有代表性的村落，如何借助国家精准扶贫政策的东风精准施策，实现脱贫致富的故事，生动呈现了精准扶贫给贫困山乡带来的巨大变化和干部群众在脱贫攻坚过程中所表现出的新的精神风貌。

## 一、旧貌换新颜：脱贫攻坚成效的生动记录

作为全国喀斯特地貌严重石漠化和唯一没有平原支撑的省份，山多地少、人多地少长期以来阻碍着贵州的发展。很长一段时间里，“贵州在全国人民的心目中，一直是落后、贫穷与愚昧的代名词，也自然而然是党中央和国家重点扶贫的省份”[1]。自 2015 年中共中央、国务院提出一整套关于精准扶贫、精准脱贫的计划和解决方案以来，贵州乘着国家精准扶贫的东风，以决胜之心打赢脱贫攻坚战，聚精锐之力撕掉贫困标签。《江山如此多娇》生动记录了贵州在党和国家的关怀下如何打赢脱贫攻坚、实现全面建成小康社会的历程。该书在章节编排方式上没有遵循每个单篇在杂志上发表的时间先后顺序，而是由《报得三春晖》（2018 年 3 月）、《花繁叶茂》（2018 年 1 月）、《看万山红遍》（2018 年 10 月）、《悠然见南山》（2021 年 1 月）、《江山如此多娇》（2020 年 10 月）五个中篇依次构成。“五个篇章通过数字和个案的叠加，由点及面反映了贵州脱贫攻坚的全貌，是一部聚点成面的贵州扶贫图鉴，更是一部生动的时代

[1] 颜同林：《精准扶贫主战场的文艺轻骑兵——论欧阳黔森报告文学“脱贫三部曲”》，《山花》2019 年第 2 期。

记录。”[1]

作为一位土生土长的本土作家，欧阳黔森多年来深入贵州山区进行实地采访，走村过寨的经历使得他敏锐感受到贵州各个地区在精准扶贫前后的旧貌与新颜，在作品中将这种新旧变化和今昔差异呈现出来，构成了欧阳黔森报告文学对贵州脱贫攻坚历程的一种书写方式。《江山如此多娇》中收录的五部报告文学《报得三春晖》《花繁叶茂》《看万山红遍》《悠然见南山》《江山如此多娇》分别叙写了毕节市赫章县海雀村、遵义市播州区花茂村、铜仁市万山区朱砂镇、安顺市紫云县沙坎村、遵义市正安县红岩村等5个地方的脱贫故事。“如果要说这些地方有什么共同之处，那就是不堪回首的贫穷落后和精准扶贫的最终结果”[2]。

在该书的第一章《报得三春晖》中我们即可真切感受到33年前海雀村的极度贫困。苗族社员王永才一家食不果腹，全家5口人断粮5个月，靠吃野菜过日子，即便是农家命根子的耕牛也只能卖掉买粮，3岁的孩子饿得躺在地上发出微弱叫唤声；社员之一的王大娘衣不蔽体，衣衫破烂得挡不住胸、腹，难以遮羞，见有客人来，只得立即用双手抱在胸前，难为情地低下头；全村不通公路不通电，没有医疗卫生机构，没有稳定的生活饮水来源，人们住的是瓦房、草房、简易窝棚；全村有小学文化的仅5人，人均年收入只有33元，年人均占有粮食仅107公斤；水土流失严重，沙尘漫天，自然灾害频发，生态环境恶劣……粮食、住房、医疗、教育、交通、安全等基本生存条件难以得到保障，正是33年前海雀村的真实写照。但自从实施精准扶贫后，海雀村发生了天翻地覆的变化：这里通电通水，

[1] 郝天韵：《红沙发访谈 | 为人民书写 为时代放歌》，《中国新闻出版广电报》2021年7月4日。

[2] 吴旭：《欧阳黔森“精准扶贫”系列报告文学的乡土书写》，《新文学评论》2019年第4期。

绿树成荫，森林覆盖率由原来的5%上升为70.4%，家家住上砖混结构的黔西北特色新民居，人均年收入高达8000多元，人均占有粮食显著提高，人们的受教育程度普遍加强。《悠然见南山》中磨满村民组过去交通闭塞，物资进出只能依靠人挑马驮；高田村民组村民穷得难以解决温饱问题，大量村民外出务工。但精准扶贫政策实施后，移民搬迁和组组通公路政策的实施从根本上解决了村民住房和交通安全的问题；产业结构的调整和山地特色绿色经济的发展，以及“南山婆”这一龙头企业对紫云县的帮扶，有效巩固了紫云县的脱贫成效，紫云县的发展从此翻开崭新的一页。同样，《花繁叶茂》中所呈现的花茂村过去徒有虚名，人居环境脏、乱、差，自然条件恶劣，道路泥泞不堪，民房陈旧杂乱，土地大量抛荒，人均年收入低，大量村民外出务工，村中留守儿童和空巢老人居多。而在国家实施精准扶贫政策5年之后，在党员干部和人民群众的共同努力下，花茂村成了真正花繁叶茂的美丽乡村，一幢幢富有特色的黔北民居拔地而起，一条条通村路通组路纵横交错，村里通水、通电、通电话、通网络、通天然气，电商、“互联网+”中心、物流集散点为人们的生活带来极大便利，各项产业获得健康发展，大量外出务工者返乡就业，花茂村真正成为百姓富、生态美的美丽乡村。

如果说《报得三春晖》《悠然见南山》和《花繁叶茂》叙写了以海雀村、沙坎村和花茂村为代表的中国乡村在实施精准扶贫前后的旧貌与新颜，那么《看万山红遍》则书写了以万山为代表的资源枯竭型城市的日新月异。由于采矿对地质结构的破坏，过去的万山随时都面临着坍塌的危险；对汞矿资源的过度开采，也导致了汞矿枯竭后大量工人的失业；加之汞的剧毒性致使这里采过汞矿的土地无法复垦，种出来的粮食难以满足人类食品的健康要求……万山问题一度成为一个棘手的问题。但自从参与到脱贫攻坚这一伟大进程中来后，万山发生了天翻地覆的变化。绿色发展理念的推进使得可持续发展的理念深入人心；绿色发展先行示范区的创建和生态文明制度的执行，改善了万山的生态环境；国家 4A 景区朱砂镇与九丰高科技生态农业博览园以及夜郎谷漂流园的一体设计，全面开启了万山全域旅游的新篇章；全面开花的文化产业、现代农业和新兴工业，极大地促进了当地的经济发展，为万山的成功转型奠定了坚实的基础。

与《看万山红遍》书写城市的涅槃重生不同，《江山如此多娇》书写的是革命老区遵义正安县红岩村“敢教日月换新天”的蜕变之路。作为黔北最后出列的深度贫困县，2014 年前正安县红岩村 33 个组仅有两条 3 公里的硬化路，山大沟深和交通条件限制“导致进出物资运输困难，全村住房除村所在地有砖混房屋，其余全部是木架房屋，漏风漏雨严重。因地域偏远，无论是教育还是医疗都难以得到保障”[1]。随着脱贫攻坚的进一步实施，正安县坚守发展和生态两条底线，积极引进和创办公司企业，建设特色产业园区，其中瑞濠移民安置点、经济开发区的经济产业和桴焉镇红岩村的三个村民组集中代表了正安脱贫攻坚的新路径。吉他产业从无到有、从有到强的产业奇迹，给正安县的脱贫攻坚事业注入了强有力的力量，也给当地贫困群众带来了就业机会和致富的希望。产业奇迹和脱贫一线令人震撼的故事与繁复的案例，“昭示了牢记嘱托、感恩奋进的贵州扶贫之路，阐释了脱贫攻坚主战场中的贵州经验和贵州样板”[2]。

## 二、民族记忆的讲述与五重任务的有机融合

欧阳黔森在《报得三春晖》中曾感慨地说过：“一个伟大的民族从不

[1] 欧阳黔森：《江山如此多娇》，百花文艺出版社，2021 年版，第 165 页。

[2] 颜同林:《敢教日月换新天——读欧阳黔森〈江山如此多娇〉》,《中国艺术报》2021 年 2 月 26 日。

会缺失记忆，一个失去苦难记忆的民族，是失语的民族，而一个失语的民族注定没有未来。我想参加过了这场人类历史上最为波澜壮阔的扶贫攻坚的人们，他们的经历便也成了我们民族集体经历的一部分，此后变成了我们民族集体记忆的一部分。”[1]书写中国决胜全面建成小康社会的伟大实践，讲述中华民族的苦难记忆和记录反贫困的宏伟史诗，可以说是欧阳黔森《江山如此多娇》的初衷。从总体上来看，《江山如此多娇》对民族记忆的讲述和反贫困的史诗式记录是与政治叙事、经济叙事、文学性、文化性和抒情性密不可分的。

首先是关于政治的文学叙事。众所周知，经济是制约个人和社会发展的重要因素，从经济的衰退和繁荣中可以窥见一个地方的发展态势和社会个体生活的幸福指数。然而，报告文学与经济分析报告毕竟不同，文学家如何敏锐准确地呈现经济要素对个人和社会发展的重要意义，如何以文学的书写形式呈现社会经济状况发展变化，考验着一个作家的文学敏感性和社会责任意识。在谈到报告文学如何对统计数据进行独特性呈现时，欧阳黔森说道：“从资料当中摘取的数据，是不可能鲜活的。我对自己的要求是绝不用别人提供的资料和数据，我必须眼见为实。只有从鲜活的故事中提炼出的数据，才会既增强文章的现场感、真实感，同时还支撑了所涉及问题解决的可靠性。”[2]由此观之，《江山如此多娇》中欧阳黔森从鲜活的故事中提炼不同发展阶段的数据，即体现出他对制约个体发展和地方发展的经济要素的一种书写方式。如《花繁叶茂》中欧阳黔森从花茂村的脱贫故事中提炼了一系列关于花茂村脱贫成果的数据；《看万山红遍》中

[1] 欧阳黔森：《江山如此多娇》，百花文艺出版社，2021年版，第9页。

[2] 文静、余芳：《新时代“山乡巨变”的文学书写》，《中国民族报》2021年7月16日。

紧承唐绍维、姚玉秀等群众对 2008 年前后收入金额的对比，通过旅游业的收入数据呈现了万山发展惠民生的繁荣态势；《悠然见南山》中对黄土村民组村民经济作物种植量的数据展示，是对农村产业结构调整意义的确证；《江山如此多娇》中吉他产业的外贸销售占比和带动就业人口的数据呈现，形象地凸显了园区产业对当地经济的贡献。

其次，是政治要素的文学式呈现。贵州的脱贫攻坚实践，是与党的执政理念和伟大领袖、优秀的各级政府干部密不可分的。仅就《看万山红遍》中万山的成功转型而言，它离不开党中央、国务院，贵州省委、省政府，铜仁市委、市政府，万山区委、区政府，还有各村两委，在不同层面上以不同方式做出的贡献。万山被列为第二批资源枯竭型城市后，它的脱困和转型上升到国家层面。尤其是 2008 年雪凝灾害期间，时任中央政治局常委、书记处书记的习近平慰问万山，是万山具有历史意义的重大转折点。作者多次通过具体采访的人物之口，来凸显这一点。书中不仅直接摘录了冲脚社区党支部书记田茂文的话："可以说，没有习近平总书记的万山之行，就不会有万山的今天"[1]，"习总书记来了万山区，万山区才有今天的好日子啊！"[2]还描写了村民李来娣在党的十九大期间特意到北京去看习近平总书记的细节，李来娣虽是在电视上看到的习近平总书记，但她的一句"在北京看的，就是不一样！看习总书记更近一些"就传达出了以她为代表的万山人民对党和国家的感恩之情。此外，贵州省委、省政府对万山发展的明确部署，万山区对区情进行再认识，因地制宜对万山"两个转型"发展模式的设计，都为万山这座资源枯竭型城市的转型厘清了思路，为它的发展提供了重要保障。

---

[1] 欧阳黔森：《江山如此多娇》，百花文艺出版社，2021 年版，第 53—54 页。

[2] 欧阳黔森：《江山如此多娇》，百花文艺出版社，2021 年版，第 59 页。

在文学叙事方式上，报告文学《江山如此多娇》采用了第一人称故事内叙事的方式。作者欧阳黔森作为一个叙述人出现在作品当中，并且以“眼见为实”的方式向我们讲述脱贫攻坚过程的贵州故事。《看万山红遍》中，铜仁是欧阳黔森的故乡，他的父亲参加过万山汞矿大会战，因此，他对铜仁万山是有记忆、有体验、有感情的，写出来也就更有温度。作为一个叙述人，作者始终恪守限知叙事的原则，他除了自己“眼见为实”的描述之外，总是让人物自己说话。习近平总书记来万山的场景，是由当时的陪同干部田茂文向他转述的。当地贫困农民致富的喜悦，是通过采访余秀英、李来娣等代表性群众，由她们自己的语言来表达的。于是在叙述人欧阳黔森的视角之外，就增加了当地干部群众的视角。这些视角既有真实感，又原汁原味地再现了当地干部群众对伟大领袖的尊敬和感恩之情。

《江山如此多娇》的主题是政治经济，在呈现政治经济主题的同时，欧阳黔森增加了贵州的文化元素。如《看万山红遍》中，在记述万山经济华丽转身的同时，还彰显了它的文化魅力，凸显了万山悠久而丰富的历史文化底蕴。《报得三春晖》中，在叙写海雀村的脱贫致富之路时，还回望了红军经过乌蒙山区腹地时的扩军，彰显了乌蒙地区深厚的红色文化底蕴。第五章《江山如此多娇》中所描写的地处娄山关的正安县，二渡赤水等史实和毛主席的《忆秦娥·娄山关》，也使得这里具有浓厚的革命文化底蕴。从效果的角度，可以说是锦上添花。但是从叙述艺术上，又有一定的难度，那就是要求文化主题不能喧宾夺主，而是要协调有机地与政治经济主题融为一体。欧阳黔森出色地完成了这一高难度动作，他通过三种方式将文化叙事融入了作品：一是引述地方府志和史书，如《万山府志》的丹砂开采史，《贵州府志》赋予铜仁“鱼米之乡”的美誉。《后汉书·先贤传》对“武陵”取名的解释，《左传》中“止戈为武，高平曰陵”对武陵一域的扩展，《水经注·沅水》中对设置武陵郡的具体时间的记载；二是实地考察，如对中华山悠久而繁盛的佛教文化的描述，对瑞濠移民安置点情况的呈现；三是语言人类学，如朱砂文化对万山的影响，作者是从“黄道乡”、“中华山”、“高楼坪乡”和“洋世界村”这些地名的起源来揭示的。例如“洋世界村”，虽然已经很久没有“洋人”了，但是这个名字恰是英国人在此开矿的佐证。

作为一个长期深入生活的贵州本土作家，生于斯长于斯的欧阳黔森在实地走访、眼见为实的过程中，不断为巨大的现实变化所震惊，看到了脱贫攻坚给乡村带来的巨大变化，看到了新时代中人的精神的成长，对人在时代变革中昂扬奋进、奋发向上的精神持一种赞扬的态度。《江山如此多娇》中欧阳黔森作为叙述人出现，使得报告文学具有自叙传抒情小说的特点，“将叙述人‘我’置于作品当中，既可以在结构中起到穿针引线的作用，也可以根据需要表达叙述人（作者）的主观感情。由此形成了他报告文学的‘有我’之境”[1]。同时，他往往夹叙夹议，把叙述和抒情结合在一起，把议论升华到抒情的高度。欧阳黔森既是脱贫攻坚伟大实践中的一员，抒发了他的个体之情；也代表贵州人民抒发了群体之情；也是作为作者，代表我们这个时代千千万万的人抒发对伟大时代的感恩之情，对党和国家的感恩之情。

《江山如此多娇》的记述对象表层是经济，深层是政治。作为报告文学而不是政府工作报告，它还具有一定的文学性。欧阳黔森出色地完成了这三重基本任务，不仅将政治叙事、经济叙事、文学性三重功能有机融合在一起，还增加了文化宣传的任务，文化内容不仅增强了作品的文学性，还凸显了地方的文化底蕴。与此同时，欧阳黔森还在作品中融入了个人生活经历和情感抒发。将这五重任务有机融合在一起，需要高超的叙述艺术。

[1] 朱永富：《建国七十年贵州报告文学概观》，《艺术评鉴》2020 年第 3 期。

欧阳黔森圆满地完成了挑战，使得《江山如此多娇》内涵丰富，风格独特。

## 三、人民伦理与新时代精神的歌者

2017 年，欧阳黔森在《求是》发表《向生活要智慧》，他强调“人民是文艺创作的源头活水，火热的基层生活才能为创作标注精神的高度”[1]。2021 年，在与贵州文艺评论家颜同林的对谈中，欧阳黔森再次强调了以人民为中心的创作导向，认为“人民是文艺作品最好的裁判员，文艺是否能真正做到‘言之有物、传之有方’，关键是看能否经受住人民的检验。社会主义文艺是人民的文艺，必须坚持以人民为中心的创作导向，这是新时代每一个作家必须遵循的准则。因此，文艺工作者必须深入生活、扎根人民，讲好中国故事，书写时代精神，创作出人民喜闻乐见的优秀作品，才能无愧于这个伟大的时代”[2]。

可以看到，对以人民为中心的创作原则的坚守，是欧阳黔森一以贯之的文学立场。

在此文学立场下，欧阳黔森紧贴时代脉搏，自觉承担时代精神所赋予的文学使命，书写时代之声，为乡村振兴和社会主义文艺事业的繁荣发展贡献了自己的力量。从中我们可以看到欧阳黔森与前辈何士光价值立场的内在一致性，他们都是时代之声的自觉书写者，何士光是乡村生活的感受者和记录者，书写了社会经济制度改革中人的尊严的觉醒，欧阳黔森则是乡村变化的发现者与歌者，呈现了伟大时代中乡村的巨大变化和人民的获得感与幸福感。

[1] 欧阳黔森：《向生活要智慧》，《求是》2017 年第 2 期。

[2] 文静、余芳：《新时代“山乡巨变”的文学书写》，《中国民族报》2021 年 7 月 16 日。

欧阳黔森对以人民为中心的人民伦理的坚守，首先体现在“深入生活，扎根人民”的创作宗旨上。在谈到关于《花繁叶茂》的创作时，欧阳黔森曾说过：“作为文艺工作者，要讲好中国故事，就要深入生活、扎根人民，就要以工匠精神面对每一部文学作品。如果不到人民群众中去了解他们的生活状况及所思所想，怎么可能写好脱贫攻坚题材的作品？”[1]可以说，欧阳黔森把“深入生活、扎根人民”的文学理念和创作宗旨落到了实处。在2019年一年的时间里，欧阳黔森就有300多天的时间在扶贫地区进行采访。在《花繁叶茂》中他也说道：“由于我长期从事文学创作，深入生活便是我工作、学习的常态。在基层待的时间长了，对基层的情况，我可以说是非常了解的。就说这五年以来，我大部分时间都在乡下走村过寨。”[2]在深入基层的过程中，欧阳黔森看到了很多发自真心的笑脸，感受到了人民对国家的感恩与铭记，体会到了脱贫攻坚这一伟大实践带给人们的获得感和幸福感。欧阳黔森从生活中汲取文学创作资源，创作出了百姓喜闻乐见的作品，真正做到了无愧于这个伟大的时代。

其次，是“实事求是”品格与理想主义情怀的融合。欧阳黔森在文学文本或创作谈中多次强调他对实事求是创作原则的坚守，强调创作作品的真实性，正如他在《江山如此多娇》中多次提到的：“在我走村过寨的采访中，便坚持一条这样的原则：不管是谁提供什么样的资料、素材给我，不到一线眼见为实地访问，绝不引用”[3]，“我突然提出要看看这地方，一是秉持我一贯的采访原则——耳听为虚、眼见为实，二是我采访的线路

[1] 李英俊：《脚上沾满泥土 作品才能散发芬芳——访全国人大代表、贵州文联作协主席欧阳黔森》，《文艺报》2020年5月25日。

[2] 欧阳黔森：《江山如此多娇》，百花文艺出版社，2021年版，第22—23页。

[3] 欧阳黔森：《江山如此多娇》，百花文艺出版社，2021年版，第126页。

和目的从来不提前告诉给工作人员”[1]。坚持实事求是欧阳黔森的一贯作风，是报告文学真实性的本质性品格，同时也是他对文学立场的执着追求。与此同时，欧阳黔森对人性美的礼赞、对时代英雄群像的勾勒、对乡村恢复生态和重建美好家园的书写，则体现出了他对美好未来的理想主义情怀。“在各自年幼的时代所看到的英雄群像，赋予了我们理想主义的情怀，并持之以恒、坚定不移”[2]，理想主义情怀与脱贫攻坚伟大进程中千千万万干部群众昂扬奋进的时代精神具有同构性，与伟大的时代精神一同构成了欧阳黔森作品的底色。

如火如荼的脱贫攻坚伟大实践使得绝对贫困的问题在中国得到了历史性的解决，为世界性的贫困问题提供了中国方案，不仅充分彰显了中国特色社会主义制度的优越性，同时也彰显了中国人民伟大创造精神、伟大奋斗精神、伟大团结精神和伟大梦想精神。欧阳黔森是新时代伟大精神的歌者，他的《江山如此多娇》以其高超的叙述艺术为时代赋形，是记录了人类反贫困的宏伟史诗，呈现了民族复兴伟大征程的精彩华章！

本文系贵州省2019年度哲学社会科学规划一般课题“何士光文学创作研究”（编号：19GZYB18）阶段性成果

**2021年《长江文艺评论》第4期**

[1] 欧阳黔森：《江山如此多娇》，百花文艺出版社，2021年版，第128页。

[2] 欧阳黔森：《江山如此多娇》，百花文艺出版社，2021年版，第181页。

# 纸上有味纸上香

苏丹

其实欧阳黔森属蛇，说他是虎，是讲他有虎气。搞地质出身的人是否都有这种野性，我不知道，但我所认识的欧阳却是虎气十足的。他的个性像虎，习惯在自己的地盘上自由自在毫无顾忌地走来走去。不拘小节，豪爽心直，笑起来声音十分洪亮，这就是欧阳黔森。

认识欧阳黔森是在很多年前，那时候他还是一名跋山涉水风餐露宿的地质队员。那时，我也刚到报社文艺部当编辑，便与文学和文学人结下了不解之缘。省地矿局系统的文学创作一直处于行业文学的前列，于是我与地矿文联的主席李绍珊、袁浪认识了，他们便把当时的小青年欧阳介绍给了我。

说实话，在二十世纪末之前，欧阳和我所认识的青年作家没有两样，有一定的才气，文章写得也像模像样的，但这在省作协拥有六百多位作家的队伍中，是不可能受到人们关注的。要说欧阳黔森的“突出重围”，还是从 1999 年的最后一期《当代》发表他的处女作《十八块地》开始的。这篇处女作在 1993 年我主编栏目《娄山关》时连载过。说《当代》发表他的“处女作”才开始“突出重围”，站在全国文学这个角度来讲是恰当的。早听名作家们讲过，《当代》是一道文学的门槛，只有跨进这道门槛，才可能在文学的“封神榜”上留下名字。像写《芙蓉镇》的古华，《平凡的世界》的路遥，《白鹿原》的陈忠实，《尘埃落定》的阿来等，他们都从《当代》走进了中国文学的“封神榜”里。在这里我并不是说欧阳已走了进去，我只是真心地希望他在不久的将来走进这个“封神榜”，也让贵州的“黔虎”威风威风。

这并不是不可能，就现在欧阳的创作势头来看，在全国也是相当走红的了。我们不妨来看一看欧阳在全国重要期刊的发表情况：

2003 年：

1.《散文》2003 年第 1 期，发表地矿题材散文《黑虎和它的主人》。

2.《北京文学》2003 年第 1 期，发表地矿短篇小说《丁香》。

3.《十月》2003 年第 2 期，发表地矿题材中篇小说《水晶山谷》。

4.《中华文学选刊》2003 年第 2 期，转发中篇小说地矿题材《白多黑少》、地矿短篇小说《丁香》，并配发著名评论家孟繁华的评论。

5.《小说精选》2003 年第 6 期，转发《水晶山谷》。

6.《中国作家》2003 年第 6 期，发表地矿题材短篇小说《血花》。

7.《红岩》2003 年第 4 期，发表短篇小说《梨花》。

8.《百花洲》2003 年第 4 期，发表短篇小说《味道》。

9.《当代》2003 年第 5 期，发表短篇小说《断河》。

10.《新华文摘》2003 年第 12 期，转载《断河》。

11.2003 年小说年选《断河》。

2004 年：

1.《山花》2004 年第 2 期，发表短篇小说《姐夫》。

2.《中华文学选刊》2004 年第 3 期，转载《姐夫》。

3.《红岩》2004 年第 2 期，发表地矿题材长篇小说《下辈子也爱你》。

4. 贵州人民出版社出版长篇小说《非爱时间》。

5.《羊城晚报》2004 年 11 月 13 日，发表地矿题材短篇小说《远方月皎洁》。

6.《十月》2004 年第 5 期，发表国土资源题材中篇小说《八棵苞谷》。

就以上的发表量，是惊人的。前些日子遇见来筑参加“欧阳黔森作品研讨会”的著名评论家雷达先生。雷达先生说，能连续在特别注重中篇小说的名刊《十月》发表三个中篇，这对贵州来讲是了不得的，在全国也算是重量级的了。可翻一翻《十月》看看，就是大名家连续四年在其上发中篇也是少见的。雷达先生是中国作协创研室的主任，他的看法应该是有依据的。

前不久，欧阳黔森的作品研讨会我是有幸参加了的，来了这么多国内著名的评论家、作家及京城各大名刊的总编，使这个研讨会成了贵州文学界有史以来规格最高的。有众多的名家欣然点评欧阳，我自然不好意思在他们面前班门弄斧，我感觉该多听听他们的见解，这是一次难得的学习机会。那天，以一部《南方有嘉木》而获得中国文学最高奖——“茅盾文学奖”的学者型作家王旭烽说：欧阳黔森的文字挺狠的，他的《十八块地》《味道》《断河》我都很喜欢，结构很完整，语言干净，不夸张，不浮躁，而且述说有节奏感，让人感觉犹如一股清新隽永的风吹来……听到这些我很激动也很欣慰，我是替欧阳激动的，能得到名满天下的作家这么高的评价是应该值得激动的。

中国社科院文研所现当代文学研究员，博士生导师孟繁华先生是很赏识欧阳黔森的，他说：“说实话，原来欧阳的小说并不在我的视线里，第一次看欧阳的小说是《中华文学选刊》的主编王干叫看的。王干说他在鲁迅文学院‘首届中青年高级研讨班’精心选了几位实力作家，准备在他主持的选刊上隆重推出，想分别请几个评论家看看他们的小说。王干说，你就看欧阳黔森的小说吧，欧阳黔森的小说就这样进入了我的阅读范围来。”

于是有了一篇《文化裂变时代的经验与想象》的评论发表，这是欧阳黔森的作品第一次被全国重量级的评论家评说。这篇评论文章我是看过的，从文章中看得出孟繁华教授对欧阳小说的喜爱和肯定。我们不妨引一段孟繁华教授的评论：“在当下的小说创作中，似乎已经告别了浪漫与感动，我们在小说中也很少与这样的场景、人物和情节遭遇。我们读过的许多男欢女爱的故事，也有很多精彩的情节和想象，但就是不让人感动。欧阳黔森的小说有一种令人感动的内在气质，这种气质就是剩余的理想主义的气质。”

在这个青年作家缺少理想主义气质的时代，欧阳小说中的理想主义情结，自然会被大评论家看中，果然不久，中国文联出版社委托孟繁华教授主编一套《短篇王》丛书，欧阳黔森的作品就被选入了其中。孟繁华教授说，把欧阳的短篇小说集《味道》与目前全国短篇创作的领军人物刘庆邦、鬼子、东西等同时推出，是我看中欧阳黔森未来的实力和对他实力的信任。

看起来很轻松，欧阳黔森就这样走向了全国。其实欧阳黔森也是十年磨一剑，正因为他具备了一匹千里马的能量，所以他等到了伯乐的眼睛。如果你不具备千里马的能量，就是有几双伯乐的眼睛扫过你，那目光也不会关注到你。按说在这之前，欧阳也是贵州省一名优秀的青年作家了，他是贵州省中青年作家中为数不多的几个中国作协会员之一，前几年就已经在《当代》《十月》《青年文学》等名刊发表小说了，获过国家地矿部的“宝石文学奖”和贵州省“首届政府文艺奖”，出席过第四届全国青年作家代表大会和中国作协第六次全国代表大会。能出席中国文学界近十年一遇的代表大会，本身就说明了欧阳黔森在本省青年作家中的出类拔萃，因而在今年的省“文代会”上他荣获了“第二届省文联德艺双馨艺术家”称号是大家预料之中的事。后来又当选为贵州省作协副主席和中国矿业作协副主席也在预料之中。

欧阳曾对我说过，没去鲁院读书之前自以为是写作的“快手”，到鲁院后一看同学们的成绩吓了一大跳。这才明白什么是井底之蛙、什么是夜郎自大。

当今的作家已不处于在名刊发表几篇就红满天的时代了，你在名刊发几篇小说就全国而言根本不会引起关注，现在一定要在各大名刊大量地持续不断地发表作品，才有可能被大评论家注意，也仅仅是有可能。

我长期从事文学编辑工作，对文学一直是关注的，除了报社订的核心文学期刊《当代》《十月》《收获》等，我自己也在报刊亭买一些看，说实话很少有我们贵州作家的小说发表。欧阳能在那么多名刊上频频发表作品，这在贵州是个奇迹。

可以这样说，作协这一次为欧阳黔森开作品研讨会是很成功的，应该说这是多年来文学界的一件大事，那么多名家来了，他们的到来不仅是肯定了以欧阳黔森为代表的贵州青年作家们的创作实力，而且给我们画下了一条起跑线，也许贵州文学新的崛起就从这条起跑线开始。在研讨会的宴会上，我看见欧阳黔森诚恳地给作协主席、秘书长敬酒说，感谢作协对他多年的扶持，没有作协的扶持就没有今天的这点成绩。秘书长苑坪玉说，作家主要靠自己的作品好，作品不好扶持也扶持不出来。两人都在谦虚，其实组织的扶持和作家的创作都是重要的，缺一不可。

欧阳是很自信的人，自信得有时候让人觉得他一切都成竹在胸，青年人那种勇往直前的朝气在他身上，可谓体现得淋漓尽致。我认为自信和自负是有区别的，自负的人往往会犯自大的毛病，而自信的人常常能审视自己是否有自大。欧阳就是能克制自己自大的人，他订阅了十几种文学核心期刊，他说知己知彼才能明确自己在全国处于一个什么位置，不明白这一点，首先意识上还没和全国的创作接轨，其创作的文学作品就肯定落后于全国水平。他说，有的人发表了一两篇就自以为是大作家了，这太浅薄了，典型的夜郎自大，一个作家不明白自己所处的创作水平到底怎样是愚蠢的，这就注定他是一个长不“大”的作家。我很赞同这个观点，一个作家有自信有锐气是好的是必要的，但这要有一个度，当然要把握好这个度的分寸是很难的，成竹在胸的自信和狂妄自大的自负就在这分寸之间。

欧阳黔森的可贵之处，在于他十分明白自己的水平与全国文学之间的差距，这也正是他现在能走向全国的原因。一些年轻作家，作品没有写出几篇像样的就狂妄自以为不得了，其实作家只能靠优秀的作品说话，而不是靠自己的一张嘴巴。欧阳黔森靠的就是作品说话，除了前面介绍的核心期刊发表的大量中短篇小说和短篇集《味道》外，不久他二十万字的中篇集《白多黑少》也将与读者见面，长篇小说《爱人》也将在一家核心期刊发表，今年发表一百万字已成定局。在全国发表一百万字，在全国的文学创作中也算是当红的作家了。我们的“黔虎”欧阳是否能在明年继续保持当红，我们拭目以待。

欧阳黔森祖籍湖南，其父于二十世纪五十年代初从湖南来到贵州铜仁地区从事地质工作。1965 年欧阳黔森生于黔东铜仁市，根据户籍他是地地道道的贵州人。黔东位处川湘黔三省交会地，也是巴楚文化的交融点，这是欧阳所处的文化背景。

一个作家的成长文化背景非常重要，正如一棵小树成长需要肥沃的土地一样。是否能成为参天大树，除了其与生俱来的质地好外，土地的肥沃起到至关重要的作用。二十世纪，在这个三省文化交融之地曾出现过像沈从文这样的文学大师。这个世纪，生于斯成长于斯的欧阳是不是也能成为大师，正是我关注的问题。

2001 年欧阳在《十月》发表了他的第一篇中篇小说《穿山岁月》时就有评论家关注这篇小说，评论是在文学界权威的《文艺报》发表的，发在《众里寻她——新作快评》栏目，标题也很醒目叫《无限风光在险峰》。文中写道：黔东地方闭塞偏远，与其毗邻的湘西因沈从文的深情抒写而让世人知晓了那儿淳朴的民风和秀美的山水。黔东与湘西尽管行政区划不同，但自然与文化的状况近乎一致。这一方水土一直是欧阳写作的“根据地”。就像梭罗固执地写他的瓦尔登湖一样，欧阳也心无旁骛地诉说着他的梵净山区。欧阳和他所推崇的作家沈从文都是同一方水土孕育出来的，他们热爱并不倦地抒写着这一方水土。从欧阳的作品可看出沈氏对他的影响，比如，他们都倾情颂赞自然粗粝的原始美以及朴实的人性。并以此对抗外界异化的社会文明……

这个我不认识的评论家，和我同时意识到了沈从文对欧阳的影响。关于其影响之大我们可以看一看《中篇小说选刊》选了《穿山岁月》后附的欧阳创作谈：“有一位评论家总结了一点，那就是我的梵净山情结。他说他很羡慕我有一个遥远的故乡来怀念。而怀念是一件美丽的事儿。这句话听起来耳熟，记不清是哪一辈作家讲给哪位前辈的了。但这句话点醒了我，我回顾了一下自己的创作，的确绝大部分是写那一方土地的。尝到了写故乡的甜头，我更加坚定了写那一块土地的故事。我在那儿生活了 26 年，有很多值得怀念的地方，有了怀念就有了可写的东西。

“‘为什么我眼里常含泪水，因为我对那一块土地爱得深沉。’正当我感叹大诗人艾青的不得了而心存感激之时，我的朋友又给了我致命一击，说在那一方你也敢称作家，我看你那常含的泪水算是空含了，沈老先生可是把那一方写绝了的。他虽是调侃，但的确一针见血。我深深地感到一种巨大的恐惧感正从那遥远的地方袭来，这恐惧来源于沈先生的‘绝了’。我的故乡居然距他的出生地不到 60 公里。我深深地明白大师们说的‘写自己最熟悉的’这句话的分量。

“我的恐惧多半来自于对老先生泰山压顶的那种让我须仰视的感觉，我最有优势最为熟悉的生我养我的地方被老先生写绝了，这一点我不敢妄言否认，全国乃至世界也不能否认。我这个满含泪水爱得深沉的未名小子，也许在老先生巨大的阴影下真的永无脱颖而出的可能。也许‘阴影’这个词在这儿有些欠妥，因为沈老先生是辉煌的灿烂的，但这对于我来说是贴切的，他的出生地和我的出生地，他的文化背景和我的文化背景，他的辉煌无比和我的在他辉煌下的虚弱，一切都在他前行的伟岸而灿烂的背影后自惭形秽。

“还有一小半的恐惧来自我无边的幻想，我常在不自觉地想有一天我真的从老先生辉煌巨大的身躯投给我的阴影下走出，我的和先生同吃一方水同吸一方气的心脏是否能承那种巨大的甚至可以上升到为人类文化做贡献的惊悦？当然梦中我承受得相当轻松自如，这仅仅是一个梦不是现实，但这的确是一个好梦。一个伟人说，一个没有梦想的民族是绝对没有希望的民族。因此我为了把自己列入有希望的人，所以热衷于时时做梦。做美梦而不能达尚能轻轻松松，这也许是我的过人之处……”

我在引用欧阳这段创作谈时，一直在犹豫是不是引用得太长。但最后我还是下决心引用了以上文字。这个创作谈充分展示了欧阳的个性，能了解欧阳的所做所思。看了欧阳的创作谈，我们应该深深地明白，每一个作家都有自己的文化背景，而且是他们自己所处地域特有的。世界上伟大的作家包括诺贝尔文学奖获得者所写的作品，有的不出其所处地域文化的方圆百里，有的甚至就是写其出生地不出十里的范围，但这样的作品往往以其所独有的文化背景而成为世界文化的经典。沈从文先生就是写生他的那一块土地，而差一点儿成为华人第一位获诺贝尔文学奖的作家。据说，如果他晚去世一个月，瑞典文学院就将宣布他获得当年的诺贝尔文学奖。诺贝尔文学奖不授予逝去的人，这个惯例使中国文学又一次与之失之交臂。

一方热土被一位前辈作家写“绝了”。一个后辈作家如果没有“恐惧”感的话，这个作家一定是不知天高地厚、夜郎自大的。欧阳面对他的“恐惧”和他的“梦想”尚有自知之明，这正是他的过人之处。这也证明或许他真有可能从他的“恐惧”和“梦想”中走出来。

三年以前，欧阳就有了这样的自知之明，他没有理由不出好作品。短短三年写出了这么多高质量的作品，并不是空穴来风。

欧阳的创作道路是从诗歌—散文—小说（短—中—长）的顺序起始的，这恰好符合一个优秀文学家成长的规律。很小的时候欧阳就开始写诗了，不过写的都是一些言志或摹仿古诗词的诗。这也许印证了“熟读唐诗三百首，不会吟诗也会吟”之说。欧阳不仅熟读了唐诗三百首，可以说他博览群书。他古典文学的功力是非常深厚的，他甚至不用查阅词牌，也能自如无误地填出某词牌的词来。如说是他自如地写出七律诗或五律诗等，我并不会惊讶，不管是诗的仄起式、平起式或这样韵那样韵，总之不是很复杂，有古诗功力的人都能记住。而词牌不一样，词牌名众多，而且句子长短不一，有的词牌还非常长。我曾问过他为什么记得这么多，他说他小时候就背了很多古诗词，并自学了诗词曲的有关技法，而且背过后、学过后就再也没忘记过。他说不信我就背一段 6 岁时背下的声律启蒙给你听，于是他从云对雨、雪对风一字对背到了十字对。他说他小时候对七律、七绝、五律、五绝可以过目不忘，对长一点儿的词读三遍即不忘。对于欧阳黔森的文学天赋我一直是深信不疑的。

早年我曾发表过不少欧阳创作的新诗，他的古典诗词我从未看过。一天我曾想看一看，他说诗在唐“绝了”，词在宋“绝了”，曲在元“绝了”。现代的只有毛主席的诗词还可一读，其他名家的则不足道哉。“要你看我的诗词，我自找没趣。自己都看不上的东西，要人家看纯属耽误别人的时间。”因此，我从未见过欧阳创作的古诗词。在当今的青年作家中注意国学方面修养的人已寥寥无几，一些所谓的青年诗人、青年作家，连起码的汉语基础都还不过关，竟然夜郎自大地打出这个派那杆旗的。可以断言，一个作家不注重自身所处文化背景及博大精深的传统文化的精髓部分，并对此进行研究、学习，从中汲取营养，他注定不能成为一个好作家。注重传统文化，并不是说就不重视外来文化。两者都有精华和糟粕，读什么学什么当然要有所选择，但必须要读要学。

其实学到了什么全靠自己，作家不是老师教出来的，如教得出来，每年北大等全国大学要毕业上万名中文系学生，都成了作家那还不作家满天飞呀。据考证，中文系毕业的往往很少成作家，像鲁迅先生等一大批文学家都不是学中文的，但不能说他们的国学功力弱于学中文的。事实上大家都知道，大学四年书本上的那些东西，只是基础的基础，真正的学识还得靠自己博览群书。你博览群书了也不一定能成为作家，作家不是学院里能教出来的，作家是悟出来的。

欧阳黔森从小就读于地质队的子弟学校，那时候地质队都驻扎在野外，条件是极差的。老师也大都不是专业的，多半是从单位抽出来的。欧阳那时候回忆，学英文时用汉字在下面注读音，教语文的老师中文水平也参差不齐，欧阳说他在读初一时，有一次故意问老师李白的诗“君不见黄河之水天上来”怎么讲。老师想了半天说，黄河之水不是天上来的，是哪里来的？

天上下的雨嘛。欧阳说到这里时一笑，说，仔细一想，老师这句话还真没错，天上不下雨，黄河就没有水。可是李白写的是气势而不是分析说明水是从天上下雨而来的。

欧阳在子弟学校读书时，其作文经常被老师拿到高年级做范文念。这也是他读初中时唯一值得称赞的东西。为什么这样讲，欧阳说是真的，他从小就是一个偏科的学生，其实他也想把数理化学好，当时正流传一句话——学好数理化，走遍天下都不怕。他也深信这句话，但是要学好数理化这一愿望，总是被他的力不从心粉碎。他说数理化的公式他天生记不住，今天死记硬背下来，不出三天全部忘记。因此他在班上平均成绩是较差的之一，他的数理化考试从未及格过，如果考了四五十分，那一定是靠斜着眼睛从同学那里抄来的。他说有一次同学不让他抄，见他一斜眼就捂卷子。那次期终闹了大笑话，数学考了 18 分，化学考了 30 分，物理考了 8 分。因此他成了一名留级生。于是老师、同学遇见他就说，阳黔生（那时的名字），晓得你咋个办哟，学习成绩这么差，长大肯定只能搬砖头。他也不争吵一笑了之，心想是龙是凤长大了再说。

欧阳黔森和他的同学一样，都有自己的理想。当老师问同学们长大要干什么时，同学们都争着回答，有想当工程师的，有想当老师的，有想当解放军的。同学们都讲完了，只剩欧阳黔森没说理想了。老师忍不住朝他喊道，阳黔生，你是一个没有理想的人？欧阳黔森说，一定要讲吗？一个同学抢在老师回答前戏耍他说，你就是要当农民也是理想嘛！欧阳并不与同学争吵，看着老师再次说，一定要讲吗？老师说，当然。欧阳站起来一挥手说，乘长风破万里滔天浪。其实这是一句一位古代圣贤小时候言志的名言，这一点老师自然是知道的，所以老师从那以后开始有点喜欢他了。

从这一点可以看出欧阳黔森很有智慧，小孩子回答的具象的理想——

工程师、科学家、诗人、音乐家等，往往长大后理想成空，而欧阳的回答却是一个抽象的理想，抽象的理想是可以不断地随着时间的推移而修正和试验而最终成为可实现的志向。欧阳黔森小时候什么都想当，从想当政治家到将军，再到历史学家，15 岁以前从未想过当作家。

和欧阳接触你会感觉到他有着军人气质，起初我一直以为是地质队员的气质，后来我感觉他两者都有，地质队员的气质是他八年野外地质找矿形成的，而军人气质却是我的感觉，也许是他籍贯湖南的缘故，喜欢军事是他的天性。在他堆满书的书房里，几乎有一半是有关军事的书籍。他谈起战史来真像一位军校的教授，他说，在全世界都爱好和平这一前提下，我想当将军的理想，显得是那样地微不足道。我说，你小时候就显示了你的文学天赋，什么时候才开始想当作家的呢?

他说，很晚。你知道我喜欢唱歌，这也许和我的生活经历有关，16 岁的时候就去了地质队自办的农场务农，19 岁招工成了一名跋山涉水的地质队员。红土高原，除了山还是山，我只能面对一片苍山如海唱歌，这是我那时唯一的娱乐。前面有千座山万条水我必须走过，于是我只有与山啸和水吟一起歌唱，唱得久了便有了高原的山啸和水吟的声音，能把歌唱得很嘹亮，我也成了一个偏爱嘹亮的角色。文学于我是一种天然的爱好，它真实地存在于我的心灵中，像我一激动就想唱歌一样地存在。歌是有多种的，如喜歌、悲歌、恋歌、挽歌等。如果一个人能把冷色调的歌也唱出点亮色来，我想他一定是我的同行。什么是文学于我是这样的理解——不管我们所处的环境多么险恶，不管命运对我们有多么不公，我们仍然能用一颗年轻的心、善良的心去向往生活、热爱生活，这就是文学。写作是我比较喜爱的一种娱乐，它常常使我感到愉悦，这就如我学会了一首美妙无比的民歌，让我兴奋不已。我创作的冲动常常起始于我想唱歌。

据欧阳原同事介绍，欧阳在工作中是干一行能一行，在农场他是干农活的能手，当了地质队员也是优秀的，先是给地质工程师们做下手，当地质技工，过了几年他居然能当上单独野外作业的化探组长。最后他居然能以他在贵州地质学校学的那点专业知识，成为带领一群工程师、大学生远征广东，在广东北部的山区搞一比二十万地球化学沉积物测量，并任项目负责及技术负责人。当时 103 地质队的总工程师王华云是很赏识他的野外工作能力的，贵州地矿局 103 队是第一次与广东地矿局合作搞项目，王总大胆地起用了他。欧阳黔森说，当时他正在铜仁卜口场搞区域地质调查，突然一辆吉普车来接他，来人也不讲什么，要他收拾行李跟车走。到了队部才知道派他带队去广东搞化探。一共带 5 个化探组，20 多个人的小分队。其中有一个老组长一贯很傲气，对同事不服气地说，想不到给欧阳黔森当部下。欧阳黔森知道后也不吭声，这充分显示了他的大度和领导才能。当然他也不是一味退让，该出手时又硬又狠。这个组长后来在广东不听话，欧阳对他说，也许你的水平比我高，可是总工办决定是我任项目负责，你不服可以要求任项目负责，我一定听你的，在总工办还没有下达任命你以前，你得听我的，一个聪明的人是不会和顶头上司斗牛的。你如果觉得屈才了，你可以离职回去。

欧阳带领的这支队伍在验收时获得了优秀，这应该是他搞地质最辉煌的时候。可谁也未想到他第二年竟然跑到贵州大学进修，由于他不是学地质的，专业不对口，单位只同意发他编外工资。两年后他留在了贵阳，他文学创作上的朋友陈跃康接收了他到贵州地矿资源开发总公司工作，当时陈跃康是部门经理，半年后他居然取陈跃康而代之，一年后贵州地矿经纬公司筹建他成了总经理，再一年后他自己创办了地矿科工贸公司任总经理。这些都充分显示了他的生存能力，也印证了他的同事评价他的一句话——

干一行能一行。人们说，人为了生存竞争难免得罪人，欧阳黔森从未因这而与谁结怨。被欧阳半年夺了经理位子的陈跃康谈起欧阳总是充满信任，陈跃康也是一位作家，1993 年欧阳的第一本散文集就是他作的序，而他的第一本散文集也请欧阳作序。

也许欧阳的文学情结始终是他难以舍弃的，他于 2000 年回到了创作上，并成了贵州省作协的合同制专业作家。欧阳认为，文学正走向复苏是有目共睹的，文学已处于几十年来真正百花齐放的伟大时代，当好一个作家大有可为。

在短短几年的文学创作中，欧阳黔森取得这么大的成绩，再一次显示了他干一行能一行的风采。

**2006 年 8 月 4 日《贵州日报》**

# 贵州文学先生

苏丹

文学先生是一个令人肃然起敬的称谓，特别是在文艺界。在我们的心目中，能用这个称谓的人，一定是一个德高望重的老艺术家。欧阳黔森虽德才兼备，但以他这样的年轻冠以此名，似乎有人会有想法，说欧阳太狂妄。其实在我看来，一个年轻人如果没有了朝气没有那股狂傲，要想在事业上有令人瞩目的成就是不可能的。狂而不妄、傲而不骄才是文士之本色。这个本色有一个词可以概括，就是自信。自信和自大常常只在毫厘之间，过之则自大，本之则自信。了解欧阳黔森的人都知道，欧阳是一个非常自信的人，他的自信是很能感染人的，我也是被感染的人之一。与欧阳在一起，我总感觉到他不怕困难、勇往直前的那种优秀青年特有的拼搏精神。欧阳很阳光，他是有话就说，从不在乎别人怎么说的人。三年前，贵州文学界正处于沉寂后的复苏期，涌现了一大批具有实力的青年作家，于是《贵州日报》和《贵州都市报》等十三家媒体决定举办年度文学风云榜评选活动，最终他名列榜首，获“贵州文学先生”称号。那次欧阳可谓出尽了风头，十三家媒体同一天几乎都是整版宣传介绍。因为欧阳年轻，文艺界自然有人议论纷纷。面对这些，我一方面有点担心，担心他压力大，影响他的创作；另一方面我也有点“看你怎么办”的旁观心理。你欧阳不是自信得很的人吗？再自信，面对“文学先生”这个称谓，以你这样的年轻，我看你怎样泰然处之。看来，欧阳确实有过人之处，他依然该创作就创作，该下棋就下棋。直到有人说，苏丹和欧阳是好朋友，他这个“文学先生”是苏丹操作来的。有人说他，他根本不回应，有人说我，他只回应了一句，他说，十三家媒体的老总、副总们非等闲之辈，不要说苏丹一个副刊主任，就是比苏丹厉害几倍的人，他们也不会为一个笨蛋投票的。这些人不说心高气傲，哪一个会是骨软之辈？谁想让他们为了一个作家假投票，真是自取其辱。

我和欧阳是好朋友没错，我苏丹也不会笨到为一个朋友不讲原则。我从事的这个职业，就是要和文艺界的艺术家们交心交朋友，在文艺界我就有很多像欧阳这样的朋友。说起欧阳这个小朋友我是再熟悉不过了，可以说他成长的每一步我都是见证人。十五年前，他还是一名地质队员时就给我们《贵州日报》副刊投稿。如今欧阳早已享誉中国文坛，成为新世纪以来活跃于全国文坛的青年作家中的主力军之一。欧阳时常对我说，我还是文学爱好者时，你常给我改稿，说起来你是老师呀！其实我与欧阳相差十岁左右，他喊我一声老师也不为怪。但是我们相交二十年，他喊我苏丹，我喊他欧阳已是习惯。他要是有一天喊我苏丹兄，我还真觉得见外了。

据我了解，一个青年作家要在中国文学核心期刊发表一两篇作品算是难能可贵了，可是欧阳在中国名刊中几乎都发表过作品，如《当代》《十月》《人民文学》《中国作家》《青年文学》《北京文学》等。欧阳这几年来可谓多产，前几年就不说了，就说去年吧，他的长篇小说《雄关漫道》在贵州人民出版社出版后，《当代》长篇小说选刊头条全文转载。《人民文学》发表了短篇小说《敲狗》，《十月》发表了中篇小说《莽昆仑》，《花城》发表了短篇小说《有人醒在我梦中》，《长城》发表了短篇小说《在那遥远的地方》，《人民日报》发表了《彩虹房》，《羊城晚报》发表了《白层古渡》，贵州人民出版社出版了中篇小说集《白多黑少》。其中《有人醒在我梦中》和《白层古渡》分别入选当年小说和散文年鉴。特别是根据其同名长篇小说改编的二十集电视连续剧《雄关漫道》在中央一套黄金时段播出后，在全国引起很大的反响，可谓好评如潮。之后中央三台、四台、八台等频道陆续播出。在全国纪念红军长征胜利七十周年的活动中，为贵州发出了强音，为贵州争了光彩。

他取得这些成就，我一点儿不感觉突然。贵州饭店大厅的茶座，曾是我们每周必到的地方，那儿消费又不贵，我们一人点一杯 15 元的菊花茶，一坐就是一晚上。他大部分作品的初稿，就是在这样的时候让我先睹为快的。

今年欧阳又是丰收的一年，年初，中国人民解放军八一电影制片厂电视部委托他出任重大革命历史题材二十集电视连续剧《秋收起义》的总编剧；8 月，八一电影制片厂生产部又确定他独自撰写三十集电视连续剧《奢香夫人》。在这期间他喜讯频传，先是二十集电视连续剧《雄关漫道》获全军最高奖“金星奖”，又获全国电视剧专业奖“飞天奖”，再获中宣部第十届精神文明建设“五个一工程”优秀作品奖；长篇小说《雄关漫道》同时获中宣部第十届精神文明建设“五个一工程”入选作品奖。

可以说贵州文坛很多年没有在全国这样响亮了，欧阳文学作品的重拳出击、横空出世，为贵州作家争得了荣誉，为贵州人民争了光。

这一年欧阳很忙，连我这个以往经常与其在一起的人都很少见到他。我曾与他开玩笑说，连我这个搞媒体的老朋友都只能在媒体上见到你。是的，欧阳火了，全国很多媒体不断有他这样那样的消息。我曾无数次打电话给他，说我想你了。想你炒的菜了！你在贵阳吗？他总是在黔西南贞丰县省作协的创作基地写剧本。他说，压力大呀！我也想见你，可是接了这么多戏，你知道我的性格，既然接了，我当然全力以赴。他说，开句玩笑，我一回贵阳，老婆说你出差来了呀！

以前周末，我常常带着儿子去欧阳家玩，其实主要是想吃欧阳烧的菜。有时去得很早，他的女儿和我儿子到院子里玩去了，我们俩坐在沙发上，你看我的，我看你的，有些时候一时竟无话可说。我们就这样傻坐着，一坐就是一下午，不谈文学。

欧阳是很勤奋的人，我敢说他是青年作家中最为勤奋的人之一。他握笔的右手中指隆起了一个大包块，这个大包块甚至使他的中指变形了，这是笔磨蹭的老茧。我也敢说这是写作者中少有的老茧。作为一名有二十多年编龄的编辑，我也习惯用笔，可是与他的手茧简直没法比，从这手茧上可看出他的勤奋。

在我看来，欧阳有几大爱好，爱文学就不用说了，他爱唱歌、爱围棋、爱石头、爱读书。爱唱歌我曾领教过，我们同车采风几百公里，他开车七八个小时，嘴巴一直未停唱，从二十世纪三十年代的老歌唱到现在。我说你不累呀！他说累是累，安全嘛。下围棋在文艺界他可谓强手，平时没时间下，偶尔一下非一整天不可。对于奇石来讲，就与他早年从事的地质工作有关了，在他的家里到处都是石头。我曾开玩笑对他说，你开奇石馆呀！他说天生的爱好——“石痴”。欧阳的书很多，他的书房早已堆不下，客厅里到处堆着书。我说你这么多书看了没有呀。他说你随便抽一本出来考考我。看着他自信的样子，我当然不好意思考他，我真的相信他，与他交往多年，一谈起文史类方面他总是口若悬河。

他爱好的东西，他也希望朋友爱好。唱歌和围棋我是不行了，石头和书我还是喜欢的。欧阳既是石痴也是书痴，而且也想让朋友喜欢他的痴。

他常常给我送来书说，这书太好了，我买了两套，你看一看，要抽时间看哟。在他家我看石头，他说，喜欢呀！拿走。我二话没说吃完饭拿起就走，我们两人似乎从未客套过。有一次我妻子小唐给我买了一件皮衣，他看到说不错，我马上拿起电话给小唐说，再搞一件来。欧阳也没半个谢字，我们就是这样真诚地交往。

欧阳是个很乐观的人，像我这种话少而喜欢沉静的人，与他相交仅是互补，我们副刊部的人说，欧阳一来，不苟言笑的苏主任又该笑了。是的，欧阳是个幽默的人，而幽默正是一个优秀作家必然所具备的。很久未见到欧阳了，我只有在电话中无数次提醒他，注意休息、注意身体。他说，知道了。从不言谢！是的，像我们这样的朋友，原本是不用言谢的。

欧阳能取得今天的成就绝非偶然，我们可以一起来回顾一下他以往所取得的成就和荣誉。他的中篇小说《白多黑少》、短篇小说《断河》入围第三届中国文学最高奖鲁迅文学奖；短篇小说集《味道》获第二届贵州省政府文艺奖一等奖；散文集《十八块地》获第一届贵州省政府文艺奖三等奖；散文《往事如烟》获中国作协、地矿部第二届“中华宝石文学奖”，长篇小说《非爱时间》获中国作协、国土资源部第三届“中华宝石文学奖”；诗歌《地质之恋》获第一届省委宣传部、省人事厅、省文联“新长征”职工文学奖一等奖，长诗《高原梦》获第三届二等奖，组诗《一句格言》获第四届二等奖，中篇小说《水晶山谷》获第六届一等奖。他曾获第二届省文联“德艺双馨文艺工作者”称号，又获省人事厅、省文联“中青年德艺双馨文艺工作者”称号；获《贵州日报》《贵州都市报》《贵阳日报》《贵阳晚报》等十三家媒体评选的贵州文学风云榜榜首“贵州文学先生”称号；获省文联“2006度突出贡献奖”，入选贵阳市2006城市生活“风尚人物榜”，入选《贵州都市报》2006年度社会群众推选的“都市人物榜”，是贵州省委宣传部推荐参评2007年度全国宣传文化系统“四个一批”人才候选人。

“贵州文学年度风云榜”由于赞助单位的问题，只评了一次，很可惜。我想，如果这几年连续评的话，该是第三届了。以欧阳的创作成绩来看，他必定蝉联“贵州文学先生”称号。

**2005年1月28日《贵州日报》**

# 善良与凶残

## ——读欧阳黔森的短篇小说《敲狗》

傅安辉

贵州作家欧阳黔森的短篇小说《敲狗》发表在《人民文学》2005年第12期上，篇幅短小，但意味深长，读后可以使人想到很多很多。

在贵州省关岭县花江镇，人们兴敲狗吃而不兴杀狗吃。小说围绕这一极富地域色彩的食俗景观展开了叙述。人们不杀狗而敲狗，敲的狗不放血，其肉好吃，因此，花江狗肉馆生意红火，过路的车子一到花江镇就开不动了，必然停下来，车上的人美美撮一餐之后，车子才能过境。在生活中，花江狗肉馆大家司空见惯，习以为常。可是，这平淡无奇的民俗在欧阳黔森笔下就这样变得神奇了，有意味了。

在叙述敲狗这一民俗事件中，作者抓住了花江大峡谷养狗人家对狗的祖规与花江镇狗肉店对狗的营销进行了对比，并通过花江狗肉店的师父与徒弟之间对狗的不同立场来做文章。在花江这一地区，生活着两类人：只养狗、不卖狗、不吃狗，是一类人；卖狗、敲狗、吃狗，是另一类人。这两类人形成了严整的二元对立。由此，作者拓展了文本的内在含意，将读者引向更深更广的思考，提供给读者一个思想的平台，读者从这里不仅看到了一个敲狗的故事，而且领悟到作品的文意大大超出了故事本身，取得了文短言简而意远味长的艺术效果。

## 一、人护狗，狗如人，是因二者都有善良的品性

《敲狗》这部短篇小说看似一个平常的故事，实则蕴含着丰富的人生意味[1]。

小说说到“花江大峡谷的养狗人家不卖狗，不食狗”，这带的农家人“从古至今一直坚持着不卖狗的祖规”，“在乡场上，出卖的东西很多，如鸡鸭牛羊猪马，就是没有出卖狗的”。他们为什么只养狗而不卖狗和吃狗呢？读者不难想到作品的本义：这一带人家是把狗当成忠实仆人看待的，或当成一个家庭成员来加以保护的。因此，绝不出卖它，也不吃它。作者显然是歌颂了或肯定了他们的善良人性。

狗的寿命长达 20 年，可以为主人尽忠职守近 20 年。在这期间，看家守舍，打猎，或干别的活，功不可没。它总是尽职尽责，积极为主人效劳，与主人亲善，成为主人家忠实的仆人。因此，人们都说狗通人性。在西方，狗是“人类忠实的朋友”，常常被当作忠诚、友好、和善的代名词。其实，在古代中国，人们说“愿尽犬马之力”，就有以狗自喻自谦的意思。“犬子”即今语“狗崽”，旧时用作自家小孩的名字，表示爱称。如《史记·司马相如列传》写道：“少时好读书，学击剑，故其亲名之曰犬子。”说的就是司马相如小时候曾被父母亲人起名叫狗崽。现在还有不少村民，也仍给自己的宝贝儿子起名叫“狗娃”“狗崽”的，颇有古代遗风。这么说来，以狗自谦，以狗名人，都表现了人类对狗的认识，它不是一般的家畜，狗是懂人情的，和人一样有善良和忠诚的品性。好狗如人，善狗如子。小说写到狗被关进铁笼后的一系列表现，写到狗被敲时流出的眼泪，可见狗和

---

[1] 雷达：《叙事的机趣——欧阳黔森小说印象》，《文学报》2005 年 11 月 24 日。

人类一样有情感，知道自己的悲惨遭遇而不禁忧心忡忡，伤心落泪。人性最大的特点就是善良、忠实、友好、守信，这在狗的身上大多能体现出来。作者写花江大峡谷的农家人只养狗而不卖狗不吃狗，就是他们把狗视为人的忠实仆人和朋友。其实，在贵州的其他县地，也都把狗当成亲人看待。例如岑巩县，那里的人们也是不卖狗，不敲狗，不吃狗，也不随意把狗送给别人。狗病了给医，狗死了给埋。人们把自家的狗当人看待，走亲访友也把它带上。锦屏县九寨侗族山区有一个古老的传说，那里的村民也把狗当成家里的亲人来看待。传说远古时代有一户人家，只有母亲、两个儿子和一条狗，狗享受和人一样的待遇，母亲还特别嘱咐两个儿子要好好爱护家里的狗。长大以后两个儿子问母亲怎么不见父亲？父亲究竟在哪里？母亲说父亲出门做工去了。过了很长一段时间后，两个儿子对家里的老狗厌烦了，就带它到坡上，趁其不备，把它打死了。当他俩晚上回到家里时，只见母亲围着一个死人在痛哭，问是怎么回事？母亲含泪说，你俩打死的狗其实就是你们父亲变成的。儿子们听后痛悔不已。从那以后，侗家人视狗如亲人。吃饭时先舀饭菜给狗吃，不准打骂狗，不杀狗，不吃狗肉。九寨侗乡还认为天上有一种神就是“天狗”，夫妻久婚不育，就被认为是犯了天狗，要请巫师来打造天梯，架在古树上，摆上丰盛的供品祭祀天狗，祈求天狗之神降子于人[1]。侗家人把狗看成是亲人和天上的神灵，就比西方人把狗看成是人类的朋友显然又进了一步，充分体现了人类对狗通人性的深刻认识。现在城里人对宠物狗更是喜爱备至。即使过去很多吃狗肉的地方，也不会拿狗肉端上桌来招待家人，形成了狗肉不上桌的风俗。为什么狗肉不上桌呢？它的本义现在被人们忽略了，古人早就意识到吃狗肉是一种不人道的行为，因此，吃狗肉是家丑，不能让客人见笑。人们不卖狗，

[1] 陆景川：《文化与旅游》，新华出版社，2006 年版，第 28—29 页。

不敲狗，不吃狗，是善良人性的反映。

小说写到一个典型例子。人是十足的护狗人，狗是十足的人样的狗。有一个汉子手里缺钱，被迫卖了狗给狗肉店，但他伤心极了，狗也难受。汉子因此提出了一个请求，要店主将狗多留几日，待他有钱后就来赎狗。当他来赎狗时，店主抬高了赎金，汉子仍然决意赎狗，又去找钱，一定要赎回狗才甘心。这件事写得十分感人。汉子对狗显然有着很深的感情，那条狗不仅是他的宠物，更是他生活中难以割舍的亲密朋友。他想要尽一切努力赎它，不能卖掉它，更不能让它去死。因此，对他来说，赎狗如救人。在这个汉子身上，人们看到了最善良的品质[1]。由上可知，护狗的人是最善良的人。卖狗其实就是出卖朋友、仆人或家人，开狗肉馆而敲狗就是对善良人性的扼杀。

为了彰显善良的品质，小说描写狗肉店里也有善良的举动，于是作者写到“大黄狗”的故事。“大黄狗”是狗肉店师父养了两年的狗，“师父敲狗如麻，却还是不敲自己的狗”。面对与自己有感情的自家狗，师父有了良知，就难以下手。徒弟也有护狗的善举，当店主人师父要把那个汉子待赎的狗敲掉时，徒弟冒着被克扣工钱、遭扫地出门的风险悄悄把狗放了。这也是良知的表现。

## 二、人不如狗，狗如兽，是因二者都残留兽性

《敲狗》在张扬人性的同时，也在表现和反映狗性，狗性即兽性。狗样的人更是具有兽性这一劣根性。

狗是人类忠实的奴仆、人类忠诚的朋友，同时，狗又是人类的敌人，

---

[1] 汪青梅：《狗道与人道——读欧阳黔森短篇小说〈敲狗〉》，《今日文坛》2007 年第 2 期。

是野兽。狗原本就是野兽，作为人类最早驯化的家畜，兽性得到了很大的改善，但是，狗的兽性依然存在。未被驯化的野狗，其兽性就更加突出，与狼几乎无异。至于豺狼、狗熊和狗獾之类，其本身就是野兽，毫无人性可言。我国古代把熊虎之类的幼子称为狗，也说明古人看到狗是具有兽性的。鲁迅先生提出过“痛打落水狗”[1]的主张，因为狗不仅对同类互相残杀，不时进行狗咬狗的斗争，而且人类驯养它们的历史那么悠久，它们至今却仍改不了咬人的本性。我们经常看到电视或报刊上有消息，某家的人被其所豢养的牧羊犬、狼狗或是一般土狗吃掉了，至于被狗咬伤的人就更难计其数。

狗带有兽性。兽性者，狗会咬人或吃人也。那么，《敲狗》便有两层意思：善狗如人，它具有人性，敲狗是对人性的扼杀；恶狗如歹人，狗离不了兽性，敲狗是对兽性的惩处。狗肉馆从花江镇开起，随着徒弟们走南闯北，狗肉馆也就开向县里、市里、省里，甚至开到了北京城，敲狗也由花江镇敲到县里、市里、省里，乃至敲到北京城。这是步步为营，对兽性的围剿。

小说侧重表现的不是狗类的兽性，而是人类的凶残。狗肉店师父家养的那条大黄狗，起先师父不忍心动手敲，就叫徒弟去下手。徒弟刚来不久，不知道敲死了的狗“是不能马上下地的，狗会扯地气，地气一上身，狗便会醒过来”的道理，结果经他手敲死了的大黄狗沾了地气后，猛醒过来跑掉了。到了第三天，大黄狗肿着个鼻子，不知从何处又回到了主人家，怪可怜的。如果是在别的地方，遇到这种情况，肯定会把狗养起来，直至它老死。听说有个人家，卖了一条狗到几百里之外的朋友家，没多久，狗却

[1] 鲁迅：《论“费厄泼赖”应当缓行》，《鲁迅杂文选》，上海人民出版社，1973 年版，第 34—47 页。

自己跑回来了，结果主人不再卖它，而乘车把钱退给了买者。又看到电视上报道，主人家卖了一头母黄牛到屠户家，母黄牛想念幼子挣脱牛绳，跳出圈外，跑回了主人家，出现在牛崽圈边，一个劲地叫喊。主人深受感动，起了恻隐之心，于是决定把它喂养下去，发誓再也不卖。这都说明了人性的高尚之处。但是，狗肉店的师父却不同，师父面对回了家的大黄狗，并不打算收养它，而是臭骂徒弟上次没有敲死它，造成了这种局面，这回为了防止万一（大黄狗又跑掉），师父最终还是亲手敲了死里逃生又回到自家的大黄狗。小说写到这里，我们足以看到狗肉馆师父是多么残忍。他不仅残忍，而且还有奸商的狡诈和损人利己的思想。卖狗的汉子来店里赎狗时，师父觉得是个敲诈的好机会，于是抬高了赎金。汉子身上没有那么多钱，只好离开店去筹集后再回来赎狗。而店师父还不满足，他心里盘算，如果将狗敲后卖狗肉，赚的钱会更多些，于是，谎骗了汉子后自己却打算提前敲掉狗。人性的可恶、凶残和奸狡等，在这个狗肉店师父身上暴露无遗。小说里还写到狗肉店制作狗肉之法不让外人看，也不让徒弟知道，写到中国民间传统手艺人“教会徒弟饿死师父”的自私狠毒之心，等等，进一步抨击了卑劣的人性。

小说从狗肉店的小天地拓展到花江镇周边地区，表现了一般老百姓对卖狗、敲狗和吃狗的人的看法，认为他们表面上是人类，实际上残忍得如兽类一样。所谓恶人如狗，甚至猪狗不如，说的就是这类人。小说里写道，花江一带的老人们说：“你连看家的狗都给卖了，还有哪样不能卖的？”这话说得多么有分量！言下之意是，忠实的仆人和朋友都出卖了，亲人也会被出卖的，这与父母吃掉小孩有何不同？实在太残忍啊！卖狗如同卖人，只有人贩子才卖人，他们的行为就是毫无人道的表现。小说写道：“花江一带的人家对好吃狗肉的人是有看法的，老人们教育子女说，连狗都要吃的人，良心一定不善。”这话的意味也很深长。正是他们要吃和爱吃狗肉，才导致敲狗的凶残行为。用刀杀狗死得快，狗承受的痛苦少，而花江的人不杀狗吃，非要吃不出血的狗肉，因此，花江才时兴敲狗。敲狗时，一边把狗吊起来，一边用木棒敲打，显然比杀狗残忍。还有一些地方发展到烫狗。所谓烫狗，就是把两条以上的狗关进狭小的铁笼子里之后，用八分开的水从上淋在狗身上，狗被烫得难受，就相互撕咬，这样一直撕咬到被烫死。听说这样死法的狗肉吃起来特别喷香味美。但是，敲狗和烫狗，都是对动物的虐杀，凶残至极，绝对是一般人干不出来的行为。小说描写卖狗、敲狗和吃狗，字里行间无不具有谴责之意。

人性的积极表现应当是善良的，相反就是反文明的。恶人如狗，因为恶人往往损人利己，甚至杀人越货，残害同类，如同狗的兽性。中国人一向把不良行为喻为“偷鸡摸狗”“挂羊头卖狗肉”；把有恶习而难改的人看成是“狗改不了吃屎”；把有吃有穿就聚集在一起称兄道弟，一旦有事就出卖良心损人利己的人称为“狐朋狗友”或“狗肉朋友”；咒骂歹毒的人为“狗杂种”“狗娘养的”“狗日的”等；指责仗势欺人的帮凶者为“走狗”“狗腿子”；嘲讽得势者为“鸡犬升天”；谴责心胸歹毒的人为“狼心狗肺”。所有上述这些，在读了《敲狗》之后都可以联想到，作品给读者以很广阔的想象和回味的空间。小说对年轻一代吃狗肉成风，不听老人们劝诫，反而说“要善良就别吃肉，当和尚去”这样的表现也进行了含蓄的批判。

2008年《凯里学院学报》第5期

# 试析欧阳黔森《断河》里的史诗叙事

安敏

欧阳黔森是新世纪活跃于贵州文坛的作家，他的创作涉及诗歌、散文、小说多个领域，短篇小说属于高产，也因其独特的创作艺术而受众多读者喜爱。笔者很喜欢他的短篇小说《断河》，此作品曾在 2004 年入围第三届鲁迅文学奖，并收入《短篇王》文丛的《味道》集中。小说主要讲述了在大山深处断河边上，断寨与黑风湾几代人因比刀事件引发的恩怨纠葛故事。同时，作家紧紧围绕这些人的矛盾及其生存现状，传达出断河人对现代物质文明疯狂的追求，使断河自然生态遭受巨大冲击，从而引起人们反思。其独特的叙事方式让故事情节充满了历史的味道和诗歌的美，给人以新鲜之感和无限趣味，这便是笔者在本文中要分析和探讨的“史”与“诗”结合的“史诗叙事”。“史诗”一词来源于希腊文，在希腊文里是 Epos，原意是“平话”或故事。严格来讲，已经属于叙事学范畴。德国哲学家黑格尔在自己的《美学》里也指出“史诗以叙事为职责”，“史诗的任务在于叙事”，“史诗的任务就是把事迹叙述得完整”[1]。可见，史诗本身就具有叙事性，但史诗这一题材更多被作为叙述历史宏大事件和民族英雄的长篇大作来使用。在西方，人们更多愿意把史诗理解为是《荷马

[1]［德］黑格尔：《美学》（第三卷下册），朱光潜译，商务印书馆，1996 年版。

史诗》这部作品，而中国倾向于将之作为歌颂少数民族历史英雄的诗篇来使用，有强烈的民族色彩，如藏族的《格萨尔》、柯尔克孜族的《玛纳斯》、蒙古族的《江格尔》等。在这篇文章里，笔者将史诗定义为“史”的语言与“诗”的意境两者的结合，史诗叙事是一种叙事策略。

## 一、语言修辞：史性语言与诗语意境的结合

《断河》是一部史诗性的短篇小说，这体现在作品的语言修辞上，尤其是此文探讨的史语与诗语，这种叙事语言使小说有深刻的意味和独特的叙事效果。小说开篇首段便写道：“断河其实不断，它是条流了很久很久的河，没有人知道这很久是多久，总之它还要很久很久地流下去”。几个重复的短语“很久很久”便让“断河”充满了浓厚的历史感，而断河“不断”且要一直“流下去”也写出了一种诗意的抒情味道。这种“史语”与“诗语”的结合，就将“断河”这个地方定格在了神坛上，这里似乎有说不尽的故事，有说不完的情感，也让读者去想象关于断河的一切，能够迅速地将读者带入叙事画面中。作家通过描写断河的由来引出断寨和黑湾寨，引出这片土地的传说“断寨与断崽”的迷信，整个过程也是史化和诗化的。

再来看由数词和历史时间来呈现的史诗性短语、句子。文中写断寨上的老刀与老狼比刀所牵扯的几代人的故事里，用了时间修饰词“上溯七十五年”“一晃三年过去”“公元一九五一年春的一天”“十年后，日子已到快跨世纪了”等大量词汇短语，这些都是最能直观看见的历史话语。作者用这些历史话语表达了断河的历史，让读者也跟着小说的叙事时间不断向前看。还有“八国联军进占北京”“在这一块土地上建立了共和国最早的一个经济特区”等历史语境也让笔者不仅关注时间性变化的历史，还注意到作品中所书写的中国这部历史。麻老九在河边上打鱼所遇见的各

种人，“戴着五个角角的红布布灰布帽子的人”，“黄帽子上八个角角的蓝白色星星的人”，“戴着五角红星星黄帽子的人”，这些也更能够说明在时代历史的风云变幻中，这个偏远的断寨也被卷入历史的风波中。龙老大被抓走，时代变了，当我们以为断河将会永远流下去时，作者却写断河这个地方建立的经济特区依然在靠开采对人类生命健康有害的汞矿石而发展，这就指出了一个文明时代的到来并不意味着将以文明的方式发展，这种“史语”就有了深刻的含义。

此外，史语叙述中也掺杂了大量的诗语叙述，如小说的结尾：“是的，当老虎岭没有了老虎，当野鸭塘没有了野鸭，当青松坡没有了青松，或者，当石油城没有了石油，当煤都没有了煤，这也是一种味道。”这段话用一种平静式回答的语调，表述因具有某一事物而得名的地方反而没有了该事物的可悲性，这样子的现状也是一种“味道”。此时这个“味道”已经打上了作家的情感色彩，有讽刺意义。再配上这种诗意化的语言，就营造出了一个沉重的意境。可以说，直击人类灵魂的考问，更能增强含义的深刻性。《断河》体裁是短篇小说，将史与诗的语言结合，短短的话语便承载了沉重的历史分量，并且给读者带来了丰富的阅读体验。

## 二、叙事结构：表层形式与内在逻辑的并进

文本故事的叙述结构有表层叙述结构和深层叙述结构。表层叙述结构是基于语言形式而言的，是文本外在的情节构成方式；而深层结构则是相对作品内容而言的，是维持文本思想的内在逻辑。《断河》用史语与诗语来组织情节，即是表层叙述结构。史诗叙事的深层叙述结构，即作家创作叙事内在逻辑的组织形式，这种内在逻辑，其实与作家的写作立场与写作态度密切相关。将表层形式与内在逻辑巧妙结合，相互补充，《断河》短

小的篇幅便变得有感染力，有深度和内涵。

在整部小说中，表层叙述结构以诗化语言“断河其实不断”开头，以诗化语言组织“老刀与老狼因比刀而结下恩怨”的故事，又以诗化语言“这也是一种味道”结尾，给人一种诗化小说之感。但用诗化的语言结构组织整篇文章似乎又太薄弱，而“史”的叙述结构便来弥补了文体的单一性。这一叙述结构以时间的变化来呈现断寨历史的前进，先把历史拉到很遥远的时代，告诉读者断河世世代代流淌，但流向何时不可知，同时又以时间不断向前推移，在这些时间上嵌入了断河两个寨子里三代人大大小小的恩怨故事，用这三辈人的故事来呈现断河的变化。《叙事虚构作品》一书里写道，当围绕同一组人物发生一连串事件在作品文本中成为起支配作用的故事要素时，这些事件就是“主要故事线”[1]。老刀与老狼家的恩怨其实就是主要的故事线，这条故事线因时间的变化变成了一段仇怨的历史，再穿插与断河之外相关的社会事件，这样断河的历史便与外界社会的历史状况扯上了关系，“史”的补充功能就被放到了更高的层面。正是“诗”的组织结构与“史”的组织结构相互融合，使得这部短篇小说更有故事性，也更加新颖。

《断河》的内在逻辑便是在故事的叙述中始终有一个支撑故事的主题或者说写作目的。欧阳黔森在谈论小说创作时谈到：“如果一个作家没有认识到‘你是谁，你为了谁’这句话的含义，作品又如何弘扬社会主义核心价值观呢？”[2]其实，“为了谁”就是他的写作立场和构思文本的源泉。作家把主题装在一个“几辈人的恩怨情仇复杂”的套子里，先描写代表果

[1]［以色列］里蒙·凯南：《叙事虚构作品》，姚锦清等译，生活·读书·新知三联书店，1989年版。

[2]舒晋瑜：《欧阳黔森：创新与突破，必须置身于自己的沃土》，《中华读书报》，2014年7月30日。

敢一代的老刀和老狼，又描写他们的后代麻老九和龙老大。他写麻老九懦弱、胆小，不懂得反抗，没有继承自己父亲的刚勇性格；写麻老九同母异父的哥哥匪首龙老大却继承了老狼刚强、野性、敢作敢为、爱憎分明的性格。套子装满了，内容和主题就出现了，作家的内在逻辑也就显而易见。作家花大量的篇幅来写断寨仇怨，目的不是讲故事，而是通过几代人的恩怨，传递“断河这片偏远的土地也在受着外界的影响，不断在发展，也在不断走向毁灭”的信息，从而深层次地表达作家的话外之音。而简短的后记、再后记，使得主题变得透彻和有内涵。可以说，小说的内在逻辑很严密，将关注点导向矛盾，时代变更、仇恨结束，新的问题开始，断河还能流多久便成为这个时代思考的内容。

### 三、史诗叙事意蕴：生存与毁灭主题的思考

米兰·昆德拉认为“小说的精神是复杂性的精神。每部小说都对读者说：‘事情比你想的要复杂。’这是小说的永恒的真理”[1]。《断河》这部小说也如此。在《断河》这个短小的篇幅里，意蕴是很丰富的。读者刚接触文本，视线可能会更多集中在老刀与老狼比刀的矛盾斗争上，会被文本的幽默性叙述所感染，也无法知晓小说的主题思想，但反复阅读，便会发现作者复杂的思想内涵。它不仅写人，写历史的沿革，写断河的变化，写人与自然的关系，还在事件与冲突中抛出了一个哲学命题：生存与毁灭。麻老九的生存与毁灭、断河的生存与毁灭，都对人的内心进行了一个深度的叩问。这也让作品厚重的时代主旋律和具有社会生活跨度的内容都得到了有效的表达。

---

[1] [捷克]米兰·昆德拉：《小说的艺术》，孟眉译，生活·读书·新知三联书店，1992 年版。

麻老九的生存与毁灭思考是在一群人的对比中来表达的。老刀与老狼彰显了一种惊心动魄的崇高，两人虽斗争凶狠，却是光明磊落；梅朵虽不忠于老刀的感情，但在老刀和老狼死后却也不苟活；龙老大对麻老九百般折腾，却是为了保护他，历练他。这群人，肉体虽不存，但精神却在。而麻老九的活着，却是麻木的，生存与毁灭，于他而言，早已无所谓。麻老九从父亲去世后，就卑微地活在断寨里，因为他没有继承老刀的勇武血液，无论被怎样蹂躏，他都不会反抗。他日日夜夜打鱼，他什么都不想，断河上的一切事情也不关心、好奇，即便是心爱的女人死去，也只是摧毁了他的生存意志，最终决定死去。肉体的毁灭，正是他真正意义上的毁灭。

在《断河》里，人的生存环境是一个从美丽到残败的过程。欧阳黔森笔下前期的断河周围高山耸立、天蓝水秀，极其养人，但自从这块土地建立经济特区，成为世界汞都后，人们慢慢失义、失礼、失德。他们的眼里只有丹砂，只有利，只有金钱。于是汞矿石资源枯竭，汞矿破产，采过的汞矿土地也不能复垦，而生活在这块土地上的人们也因为开采使自己的身体受到了损害。麻老九儿时的玩伴麻狗娃头光了眉也没了，而断河上的人也慢慢中毒，没剩下几个。他们是迫于生计的无奈，可是却带来了最大的灾难。物欲、贪欲让人们不断牺牲自己的身体健康和赖以生存的自然环境作为代价，这是另一个“毁灭”的开始。这是不是大家都追求的现代文明？真正的物质丰富、社会文明并没有实现，环境破坏、资源枯竭、人类健康受威胁成为文明时代的弊病，这就是毁灭的开始。作品里作者没有写断河之后的境况，却将自然界物质的消失用“这也是一种味道”来结尾，这种调侃和戏谑并带有史诗的话语也让主题一下子升华到很高的境界。龙家和麻家恩怨结束，时代也进入一个新的阶段，但时代的进步与社会文明又是有差距的，人们用对生态的破坏来换取物质文明，获得利益，但真正的文明并非只顾眼前。作者的忧虑便很自然地流出，而对人类也在试图召唤和呼喊，希望引起社会的反思。

欧阳黔森的很多小说如《敲狗》《十八块地》《非爱时间》都是从平凡的事件和细微的感受中表达对人类内心的考问，探索当下人类的精神状态。《断河》也是选择了一个小的山寨，从几个人物争斗的窗口，呼吁人们关注生态问题。值得注意的是，“史诗叙事”这一叙事策略，为他主题的深度大大增分。何士光的文艺评论文章里写道：“高尔基说过，契诃夫的叙述就像秋天的阳光，宽阔、明亮，又有淡淡的忧伤。瞿秋白当年说鲁迅先生的文字渗透着清醒的现实主义和韧的战斗精神。如果一部作品的后面能够有一种智慧、情怀和眼光，也就会有一种牵引人的力量，能够牵引着我们在岁月和人生中徜徉。”欧阳黔森在短篇小说《断河》里的叙述，则是兼两者共有之。有史的味道，诗的意境，也有一种人道情怀，因此能牵引读者去体验和阅读。也正如米兰·昆德拉所说：“伟大的作品只能诞生于它们所属于艺术的历史中，同时参与这个历史。只有在历史中，人们才能抓住什么是新的，什么是重复的，什么是发明，什么是模仿。换言之，只有在历史中，一部作品才能作为人们得以甄别并珍重的价值而存在。”[1]在人类与自然、物质文明与生态文明产生碰撞的时代，作家通过“史诗叙事”这种叙事策略，实现了对断河历史变迁的观照，让《断河》也参与了重建生态家园的历史，从而实现了自己的写作意图。《断河》是一部承担了文学责任的作品。

**2019 年《艺术评鉴》第 9 期**

[1]［捷克］米兰·昆德拉：《被背叛的遗嘱》，余中先译，上海译文出版社，2013 年版。

# 《新文学评论》欧阳黔森研究专辑

## ——主持人语

颜同林

贵州当代作家欧阳黔森在全国文坛以多面手著称，诗歌、散文、小说各文体创作，以及影视剧创作与改编，都是他涉足的领域，差不多每个领域都有他代表性的作品。相比之下，他在小说创作、影视剧创作与改编等方面的成绩更加突出。短篇小说集《味道》《欧阳黔森短篇小说选》，中篇小说集《白多黑少》，长篇小说有《非爱时间》《雄关漫道》《绝地逢生》《奢香夫人》等，电影有《云下的日子》《幸存日》《绝对危机》等，长篇电视剧则有同名的《绝地逢生》《奢香夫人》等大量作品，都是有全国影响力的代表作品。这些文艺作品为作家赢得了声誉，屡获“蒲松龄短篇小说奖”、“五个一工程”奖、“飞天奖”、“金鹰奖”等数十次各类奖项。

典型的事例还可以随手举出一二。2015年，在“贵州作家群高峰论坛”上，首次以“黔山七峰”的群体命名方式，推出贵州文坛上在当下创作成绩突出的七位贵州作家，分别是欧阳黔森、唐亚平、冉正万、王华、谢挺、戴冰和唐玉林。论坛召开后由广西师范大学出版社推出了七位贵州作家各自的新书，欧阳黔森的新书是《水的眼泪——欧阳黔森选集》，收录其散文、诗歌、中篇小说和短篇小说四类作品。2018年，欧阳黔森创作的关于贵州脱贫攻坚的报告文学——“脱贫三部曲”（《花繁叶茂，倾听花开的声音》《报得三春晖》《看万山红遍》）在《人民文学》2018 年度内择期刊登，同年底在贵州铜仁召开了“脱贫三部曲”全国研讨会，受到国内数十位评论家的关注与好评。

贵州当代文学在 20 世纪 80 年代得到全国文坛瞩目之后，已有一段时间的沉寂。以欧阳黔森为代表的第三代作家的崛起，已成为一个新的起点。综观欧阳黔森的创作，他一直深入贵州基层，向生活要智慧的创作态度颇具代表性，也是对他创作的最好诠释。他的创作具有阶段性特征，在思想内蕴、主题倾向上也有清晰的追求。譬如，从阶段性角度来考察，欧阳黔森第一部个人作品集《有目光看久》中的作品，可以视为他的早期作品，属于第一个阶段的写作，他的早期写作带有职业性、地域性。欧阳黔森十五六岁开始在地质农场工作，后成为正式的地质队员，有几年野外采矿的艰苦经历，一直到 1999 年在《当代》发表小说以来，他才正式确定作为一个职业作家身份而写作。新世纪以来，欧阳黔森的创作进入第二个阶段，爆发力强，创作特别丰硕。这一阶段他虽然涉猎了多种文学题材，但始终秉持着对贵州人民生态的热切关注和殷切关怀，书写着黔地的历史、文化、地理、人文等方方面面，这种一以贯之的人文关怀与地域书写的创作追求，彰显出一个新时代文艺工作者的良知与担当。

欧阳黔森的文学创作一直具有生长性，放入全国当代作家群体中也是不遑多让。从诗歌、散文到小说、影视剧本，他不断突破自己、追求创新，取得了可喜的创作实绩。跨文类、多栖写作成为欧阳黔森的写作方式。略显遗憾的是，因为欧阳黔森文艺创作形式不断发生改变，种类繁多，很难被简单地归入某种创作潮流，又身处文学环境相较而言显得闭塞的贵州地区，欧阳黔森文学研究带有某种滞后性。改变这一不对称现状，显得尤其迫切而重要！

本着进一步发掘欧阳黔森文学作品的思想内涵，推动其文学研究与评论向前发展的目的，这里选择了四篇角度各异的评论文章予以刊出。吴旭的《欧阳黔森“精准扶贫”系列报告文学的乡土书写》将目光聚焦于欧阳黔森的报告文学“脱贫三部曲”，探讨其中蕴含的乡土书写问题，作品中作家对扶贫面貌的总体概括、对群众精神面貌的动态描写、对文化乡愁的深情刻画，均凸显出浓郁的“乡土意识”。姚亮的《奢香夫人形象的当代意义》着眼于小说《奢香夫人》，解读了奢香这一历史人物在特定时代背景下的行为抉择，她在与世界的周旋中坚持和平至上、在与他人相处中秉持仁爱为本、在对天道体悟中选择顺德而行，这种对和平、仁爱、天道的自觉追求，使得这部历史小说具有了哲学探索的深度，启发着人们对政治与权力进行价值反思。王棋君的《欧阳黔森小说中的对立叙事》则是关于欧阳黔森小说叙事的研究，文章中描写他的小说总是呈现出“善”与“恶”、“浪漫”与“苦难”、“乡土”与“城市”等明与暗的对立关系，作家通过这种对立叙事向读者传达出“善”对“恶”的引领、“浪漫”对“苦难”的消解、“乡土”对“城市”的补救的写作目的，以此影响读者的思想动态，并促使人们树立健康正确的价值观。另有王太军一篇《欧阳黔森小说研究综述》，是对于目前欧阳黔森小说研究状况所做的综述类文章，梳理了现有评论资料，将之整合为单篇评论、整体研究、不足与期待三类，较为全面地囊括了当前欧阳黔森小说的研究成果，并且借此指出研究中存在的一些薄弱环节和不足之处，为进一步研究奠定了基础。

四篇文章史料扎实，文风稳妥，各有侧重，希冀能够为学界提供有益的参考。

2019 年《新文学评论》第 4 期

# 欧阳黔森“精准扶贫”系列报告文学的乡土书写

吴旭

在《文艺报》第七届鲁迅文学奖特刊所做评论当中，著名文艺批评家丁晓原曾这样说过：“报告文学作家敏于时代的新变，热情地观照反映时代新主题的新题材，生态写作和扶贫报告不仅形成了可观的数量规模，而且不少作品时代感、思想性和文学性兼胜，成为近年报告文学写作中特别引人注目的部分。”[1]作为中国贫困人口最多和脱贫任务最为艰巨的省份之一，贵州省近年来贯彻国家实施的精准扶贫战略，为欠发达地区脱贫致富积累了重要实践经验。据媒体报道，从1978年到2018年，贵州省贫困人口从1840余万人减少到155万人。其中2013年至2018年，贵州省减少贫困人口768万人，每年减少100多万，共有33个县实现“脱贫摘帽”，贫困发生率从26.8%下降到4.3%，创造了全国脱贫攻坚的“省级样板”[2]。

作为土生土长的贵州人和享誉贵州的文学领军人物，欧阳黔森积极响应时代的号召，长期深入脱贫攻坚的第一线考察调研，与当地群众进行反

[1] 丁晓原：《报告文学：在报告文学中，我们遇见新时代》，《文艺报》2018年9月19日。

[2] 李银、胡星、肖艳：《多彩贵州闯新路》，《贵州日报》2019年7月30日。

复交流，不断书写贵州人民为实现全面小康，努力脱贫攻坚的成功探索。欧阳黔森近年来创作了一系列以扶贫为题材的报告文学作品，被誉为“精准扶贫”三部曲的《花繁叶茂，倾听花开的声音》（《人民文学》2018年第1期）、《报得三春晖》（《人民文学》2018年第3期）、《看万山红遍》（《人民文学》2018年第9期），正是对贫困面积最大、贫困人口最多、贫困程度最深的贵州在脱贫攻坚战场上取得的巨大成绩进行书写。“精准扶贫”三部曲均发表在《人民文学》杂志已经能够说明“精准扶贫”三部曲的文学地位，能在中国最权威的文学杂志《人民文学》发表作品，这是许多当代作家梦寐以求的愿望。学术界对欧阳黔森的报告文学更是做出了高度评价，以报告文学作品《看万山红遍》为例，贵州民族大学教授杜国景认为《看万山红遍》是作者深怀乡愁深入现实，以文学的手段反映万山历史巨变的纪实之作[1]；《小说评论》主编李国平先生赞扬欧阳黔森有驾驭大题材、书写大主题的能力，评价《看万山红遍》“激情贯穿、一气呵成、有中正大气之象”[2]。

鉴于欧阳黔森“精准扶贫”系列报告在当代文学所产生的影响力，本文以《花繁叶茂，倾听花开的声音》《报得三春晖》《看万山红遍》三部“精准扶贫”报告文学作品为例，按照叙事、记人、抒情的整体结构体例，分成“今非昔比换新颜”与扶贫成效的概括、“扶贫须扶志”与群众精神面貌的描写、“一景一物都入心”与文化乡愁的刻画三个部分，对欧阳黔森“精准扶贫”系列报告文学作品中的乡土书写问题进行具体探讨。

[1] 杜国景：《新时代纪事与新方志文学的历史担当》，《贵州日报》2018年10月12日。

[2] 李国平：《中正大气之作》，《贵州日报》2018年10月12日。

## 一、“今非昔比换新颜”与扶贫成效的概括

要实现全面建成小康社会的伟大目标，这意味着全国所有人口都要脱掉贫困的帽子。贵州地处中国西部高原山地，地貌以高原山地居多，素有“八山一水一分田”之说，交通不便，自然条件恶劣，土壤贫瘠，长期以来都是扶贫战斗一线的重点区域和脱贫攻坚的主战场。脱贫攻坚的任务对于贵州来说意义非凡，扶贫也一直是贵州省委、省政府工作的重中之重。在易地扶贫搬迁过程中，提出“重大政治责任”“肩负光荣使命”“抓住千载难逢机遇”等口号，将实现“不愁吃”和“不愁穿”，以及保障“义务教育”“基本医疗”“住房安全”作为整体目标，从而使得贵州延续几千年的绝对贫困得到了历史性的解决。在精准扶贫政策的指导下，当地政府与群众共同努力，多方筹措资金投入，补齐基础设施短板，发展特色富民产业。

欧阳黔森敏锐地感受到了当代贵州日新月异的神奇变化，通过文学创作方式将神奇变化前后的对比以及神奇变化的过程记录下来。“精准扶贫”三部曲敏于时代变化，紧跟政策旋律，贴近现实生活，深入基层群众，反映当前时代主题。三部报告文学《花繁叶茂，倾听花开的声音》《报得三春晖》《看万山红遍》分别书写了贵州遵义花茂村、毕节市赫章县的海雀村、铜仁市万山区。如果要说这些地方有什么共同之处，那就是不堪回首的贫穷落后和精准扶贫的最终结果。正是由于一以贯之的贵州书写，欧阳黔森被称为继蹇先艾、何士光之后的“第三代”贵州作家。尽管欧阳黔森对此并不是非常认同，但他与蹇先艾、何士光都非常关注贵州本土及其相关问题，这一点是毋庸置疑的。在接受《中国艺术报》采访过程中，欧阳黔森曾这样说过：“贵州文学、文化发展相对全国发达地区是落后的，我们能做的

就是要用手中的笔，为家乡更好地写作。”[1]欧阳黔森三部报告文学中的“乡土意识”首先体现在对故乡的回望。假如说贫穷落后的状态是此前“乡土文学”创作书写的常态，那么由贫穷落后转变为富裕兴盛的过程则是欧阳黔森报告文学乡土书写的特征。

原来的遵义花茂村是脏、乱、差、偏僻、贫穷的代名词，而现在的花茂村是百姓富、生态美的模范村。作为这种变化的亲历者和见证者，欧阳黔森总是以一种回望的视角看待这一切的变化。有学者认为，乡土意识是乡土文学的一个主题原型，其基本内涵包括“理想的感情”和“批判的感情”[2]。欧阳黔森笔下的乡土欣欣向荣，朝气蓬勃，“一幢幢富有特色的黔北民居散落于青山绿水之间，一条条水泥路呈网状连通着每家每户及每一块农田……现在的花茂村通网络，通天然气，有污水处理管网，有电商，有‘互联网 +’中心，有物流集散点……”相比之下，鲁迅笔下的乡土的确是萧索没落、毫无生气，“苍黄的天底下，远近横着几个萧索的荒村，没有一些活气。我的心禁不住悲凉起来了……我所记得的故乡全不如此，我的故乡好得多了”[3]。欧阳黔森的报告文学和鲁迅的乡土小说反映的是不同主题，前者是“理想的感情”，作者从理想角度积极讴歌山乡巨变；后者是“批判的感情”，作者从批判角度认真批判农村积弊，这是两种完全不同的书写方式。

如果说《花繁叶茂，倾听花开的声音》展示的是贵州省遵义市播州区枫香镇花茂村的日新月异，那么《报得三春晖》和《看万山红遍》则是还

[1] 邹小凡：《欧阳黔森：执著黔地乡土的“歌者”》，《中国艺术报》2012 年 1 月 12 日。

[2] 罗强烈：《乡土意识：现当代文学中的一个主题原型》，《当代文坛》1988 年第 3 期。

[3] 鲁迅：《呐喊》，中国青年出版社，2018 年版，第 72 页。

原了毕节海雀村和铜仁万山区发生的天翻地覆的变化。在精准扶贫政策的引领下，万山的经济建设取得了重大突破，现代农业和新兴工业迈出重大步伐，旅游产业全面开花，脱贫攻坚取得了显著成绩。据媒体报道，“2001年万山汞矿破产时，万山区的财政总收入仅仅为320万元，而且全部来自农业税”。截至2017年，“万山完成生产总值48.2亿元，完成财政总收入8.32亿元，城乡居民可支配收入分别为27690元、8490元”[1]。

万山还获得了“全国生态文明城市与景区”“中国最佳投资环境城市”“全国综合开发县”“国家循环经济示范市核心区”“中国最美特色旅游小城”等多种荣誉称号。这些变化既是当地政府正确领导和不断推进结出的硕果，也是当地百姓在脱贫战场不断进取和攻坚克难结下的硕果。这些令人瞩目的成绩是贵州群众在脱贫致富道路吹出的嘹亮号角。

如果能用到什么词语来形容此前的海雀村，我们最能想到的最具概括力的词汇就是“贫穷落后”。虽然现在的海雀村还算不上是富裕，但至少可以说是摆脱了贫困，正在朝充满阳光的小康大道不断迈进。报告文学《报得三春晖》通过具体数字记录，展现此前贫穷落后的海雀村在精准扶贫政策实施之后，当地贫困人口总数、森林覆盖率、人均年收入、接受教育程度、人均占有粮食等方面发生的翻天覆地变化：

从2012年到2016年，贫困发生率从29.9%降低到百分之13.2%，减少贫困人口157.62万人，森林覆盖率从14.9%提升到50.8%。这样的数字是令人惊喜的，更令人惊喜的是，目前的海雀村有222户居民，家家住上砖混结构的黔西北特色新民居，农民人均年纯收入从以往的33元上

[1] 杨聪：《万山牢记嘱托勇闯新路 绿色转型谱写华章》，《贵州日报》2018年12月21日。

升到今天的 8493 元，森林覆盖率从 5% 上升到 70.4%，人口自然增长率从 13‰稳定到 2‰左右，当年全村小学文化人口只有 5 人，目前小学文化以上 560 人，其中大学生 8 人，年人均占有粮食从 107 公斤到现在的 395 公斤。

这些数字并不是冷冰冰的，而是展示了贵州贫困地区的发展密码：当地政府实施因地制宜的帮扶政策，通过发展多元化扶贫产业，让困难群众参与到致富产业链当中，使老百姓过上了实实在在的美好生活。从这个意义上说，森林覆盖率、人均年收入、接受教育程度、人均占有粮食等指标都体现着精准扶贫政策给当地群众带来的实惠。

中华民族的崛起让每一位中华儿女油然而生出自豪之感。回望过去的贫穷落后，见证当下的富裕兴盛，包括欧阳黔森在内的当代作家正是饱含这种理想深情去书写当代中国正在发生的日新月异的变化。这并不是要否定鲁迅“批判的感情”中的乡土意识，鲁迅所生活的时代和现在完全是不同的，而鲁迅之所以批判，其根本目的也是“揭出病苦，引起疗救的注意”。面对旧貌变新颜、贫困变富裕的新时代农村，如果我们仍然采用批判方式去书写，那就显得有些不合时宜。铜仁市万山区、遵义市花茂村、毕节市赫章县的海雀村是贵州实施精准扶贫的不同缩影，这些地方从当初的贫困和问题典型逐渐发展成现在的民俗村、生态村、幸福村，其中，既离不开贵州人民勤劳勇敢不断奋进的努力，又离不开从中央到地方各级党委政府的共同帮扶。面对乡村的生机勃勃和欣欣向荣，欧阳黔森用回望的笔调书写出自己的热爱和眷恋，用自己饱含深情的文学之笔，将贵州的前世今生和日新月异记录下来，讴歌勤劳的贵州人民在脱贫致富道路上不断取得的战绩，这无疑是值得当代作家借鉴的。

## 二、“扶贫须扶志”与群众精神面貌的描写

作为“精准扶贫”报告文学三部曲,《花繁叶茂,倾听花开的声音》《报得三春晖》《看万山红遍》首先描写了群众精神面貌的变化。精准扶贫是因地制宜、具有针对性的扶贫。为了让脱贫群众不再返贫,扶贫须扶“志”和“智”,即帮助贫困群众树立脱贫信心,提供经济和智力支持。遵义播州区枫香镇书记帅波就曾说过,以前老百姓总对脱贫致富缺乏信心,总是被动等待扶贫,每年都是盼望着分到扶贫款,等到扶贫款下发,又可能因为分配不均发生矛盾。这说明贫穷不仅限制了群众生活,而且限制了群众的想象力。贫困的帽子戴久了,似乎变得越发沉重,很难脱下来。贫困群众对脱贫致富缺乏足够的信心,以消极被动的方式来等待救济。在报告文学《花繁叶茂,倾听花开的声音》当中,精准扶贫政策实施以后的一系列帮扶使得花茂村老百姓树立了“脱贫致富”的信心。老百姓由原来的被动等待扶贫,变成了现在的主动要求“我要脱贫,我要奔小康”。这种转变就是扶贫扶“志”和“智”的具体体现。

原来有土陶烧制作坊的母先才,他们家的作坊先前只做一些泡菜坛子和酒罐子,不仅销路不是很好,而且收入也不高。正当母先才准备放弃土陶制作这门手艺的时候,精准扶贫政策让他重新找到了自己的出路。在当地政府的精准扶贫帮扶之下,土陶文化成功入选市级非物质文化遗产名录,母先才成为当地土陶技艺传承人。母先才开设了陶艺馆,为游客提供陶艺体验,又借助农村电商平台将手工土陶销往全国各地,从而实现年纯收入超百万元。当事人自己评价说,活了这么久,自己终于重要了一回。母先才的自我评价代表着当地群众在脱贫攻坚过程中精神面貌的质变,也是当地群众在实现美好生活之后重拾信心的表现。

美国心理学家库利的“镜映自我”理论认为，一个人的自我感觉不是与生俱来的，而是通过接受他人对自己的评价，然后根据这些评价来形成对自己的评价。简言之就是“他人”是自己的一面镜子，一个人如何看待自己是基于别人对自己的看法所决定的。根据库利的“镜映自我”理论，母先才所说的“活了这么久，我终于重要了一回”，其实也是基于别人对于自己评价的变化而改变自己对自己的评价。以前的陶土烧制手工作坊因销量不好面临破产，别人眼中的他只是一个烧制陶土罐子的工人，既不富裕，也没有特色，所以母先才之前对自己的事业也是没有信心，甚至一度想要放弃自己的事业。在精准扶贫政策实施之后，他的陶土手工作坊发生了翻天覆地的变化，此前破烂不堪的陶土手工作坊变成了非物质文化遗产的传承福地，烧制陶土罐子的工匠变成了非物质文化遗产的传承人，无论在哪个方面都有质的飞跃，因此母先才才会发出“活了这么久，我终于重要了一回”这样的感慨。

不仅是花茂村，包括海雀村在内的其他老百姓精神风貌都发生了翻天覆地的变化。1985 年，新华社贵州分社记者刘子富在海雀村实地采访的时候，当时的老百姓食不果腹，衣不蔽体，尽管这样，当地纯朴的老百姓没有一个外逃，没有一人上访，没有一人向国家伸手，没有一人埋怨国家，反倒责备自己的不争气。在西部大开发以后，国家实施“退耕还林”政策，给退耕农户补助每亩 300 斤玉米，解决了当地农户的后顾之忧，2002 年就退耕还林 1120 亩。在“脱贫攻坚”和“精准扶贫”之后，退耕还林工作进一步推进，最终取得了卓越的成绩：从 1985 年的森林覆盖率不足 5%，逐渐上升到当前森林覆盖率 70.4%。万亩松林和几百亩苹果树成为海雀村的巨额财富。当前海雀村已经摆脱了“越垦越穷、越穷越垦”的恶性循环，从过去的“苦甲天下”到如今的“林茂粮丰”。虽然当地老百姓还未彻底摆脱贫困，但他们树立了摆脱贫困的信心，并且将这种信心落实在具体奋斗的实践行动当中。

如果说花茂村和海雀村是农村扶贫的经典案例，那么万山则是城镇扶贫的推介典型。2001 年铜仁万山汞矿资源枯竭，当万山汞矿宣布政策性破产之后，万山一度成为贵州资源枯竭型贫困的代名词。在各级政府帮扶之下，万山践行“精准扶贫”的正确方向，为整个贵州的脱贫致富做出了重要贡献。万山夜郎村的贫困户余秀英老人把讲习所学习到的内容灵活地用《天仙配》《刘三姐》和《洪湖赤卫队》的曲调唱出来。如果还是那个食不果腹、衣不蔽体的年月，谁还能有这样的闲情逸致呢？现在生活好了，吃穿不用愁了，才能有闲心写曲唱歌。下岗女工李来娣，在汞矿破产后一直自强不息，努力打拼供女儿上大学，她当时住的房子屋顶是竹席子搭的，墙体是竹篾子敷泥巴做的，冬天漏风，特别冷。如今，李来娣住上了一套宽敞明亮的新房，洋溢在她脸上的笑容展示出了她的幸福感。她说：“我这辈子都没有想到，我还能住进这么好的楼房里。”夜郎村的蔬菜种植大户冯忠情，在精准扶贫的政策带动下，成立了自己的蔬菜公司，年收入在 40 万元以上，他自豪地说：“我现在不是小康，是‘大康’了。”小康生活是中华民族实现繁荣富强的第一步，走好了这一步才能迈向更好的生活。冯忠情说自己是“大康”实际上包含着两层意思：第一，他想说明自己的生活确实变好了，而且变好的程度要超过自己的预期；第二，他更表达出了一种对于未来美好生活的信念和信心。老矿工吴老在企业破产后全家四五口人曾经一度靠每月几百元、一千元的收入过日子。现在生活变好了，他总是满怀感慨地说：“这在过去的万山，是做梦也不敢想啊！”抗美援朝老战士唐邵维的二儿媳介绍她家的房子在2008 年还是一幢旧瓦房，房子和堂屋破烂不堪，如今她家建起了两层楼房，还买了铁牛耕田，烧水煮饭也用上了电，2008 年以前全家收入只有 1 万多元，现在全家一年的收入 20 多万元。万山人民在党和国家的带领下进行了产业转型，万山人民的生活也因此发生了翻天覆地的变化，这些变化也同样反映在了他们的精神风貌上。他们对生活开始有了信心，万山人民的自信就是万山人民从深度贫困到脱离贫困过程中的精神风貌的缩影。无论是花茂村、海雀村由穷苦变得富裕的农民还是万山区脱贫致富的工人，他们都有着这样一个共同的变化：由原来的被动等扶贫，到现在的主动脱贫；由以前的缺乏信心，到现在的自信满满。这样的变化实质上是“镜中我”的改变，如果没有国家实施的精准扶贫政策，这里的人们的“镜中我”永远都是贫穷落后，默默无闻，不值一提。精准扶贫政策实施之后，这里的人们的“镜中我”开始变成富裕美好，欣欣向荣。

## 三、“一景一物都入心”与文化乡愁的刻画

欧阳黔森出生在贵州铜仁，是土生土长的贵州人。此前曾从事过多年地质考察工作，对贵州的山山水水都较为熟悉，对贵州这片热土有着的深厚情感。“一山一水总关情，一景一物都入心”，“精准扶贫”报告文学三部曲的乡土叙述流露出作者欧阳黔森对贵州这片热土的深情厚谊。

山对每一个贵州人来说都是不可或缺的。贵州是中国唯一没有平原的省份，以山多闻名，素有“八山一水一分田”之说。山里长大的孩子，对于山的情感是毋庸置疑的。贵州作家笔下的山就是贵州人“恋乡情节”的体现，也承载着游子对于故乡的热爱。欧阳黔森在贵州北部的大娄山脉、西部的乌蒙山脉、东北部的武陵山脉都曾留下足迹，在“精准扶贫”系列报告文学作品当中，欧阳黔森的“乡情乡愁”书写就是通过山山水水的细节描述来体现的。报告文学《花繁叶茂，倾听花开的声音》中有这样一段话：

遵义播州区枫香镇所辖的21个自然村落地处大娄山脉腹地。这21个村无外乎三种典型：第一是以花茂村为例，地处大山马鬃岭的东边，地势以丘陵为主；第二种是以纸房村为例，地处马鬃岭的西边，山势险峻雄伟，几乎没有稻田；第三种是以海保村为例，典型的喀斯特地貌，这类地貌被联合国教科文组织认为是不适宜人类居住的地方，石漠化严峻。

对大娄山脉的枫香镇，报告文学作品从山形地势、作物种植、人居环境等方面进行了介绍。这些作品能够从山岭的位置进行准确定位，能够对这些山脉的地理位置如数家珍，这反映出作者对遵义山地山形特别熟悉。古人曰："不积跬步，无以至千里；不积小流，无以成江海。"结合作者此前多年的地质考察经历，我们不难理解这种细腻并不是凭空而来，而是建立在长期以来的不断积累上，是厚积薄发的成果。假如欧阳黔森缺乏对当地风土人情的了解，我们很难想象他对播州区枫香镇的描绘能够如此细腻。

"精准扶贫"报告文学三部曲的乡情乡愁书写刻画还体现在对山水的描绘当中。铜仁市万山区曾因盛产汞而被誉为"朱砂王国"和"中国汞都"，万山也是1949年以来最早的县级工业特区。由于矿藏资源的有限和开采历史的悠久，资源枯竭导致的经济发展矛盾逐渐凸显出来，曾经的辉煌与过往一度成为铜仁万山群众的回味与向往。在精准扶贫的政策下，当地通过易地搬迁、打造朱砂古镇、发展生态农业等具体措施，最终实现了脱贫致富。欧阳黔森出生于铜仁，从小就听自己父亲讲了许多关于万山的故事和传说，铜仁万山对他而言是神秘而向往的。对故乡的山水，欧阳黔森有着特别的喜爱。正是出于对家乡山水的热爱，欧阳黔森报告文学三部曲带有明显的感情色彩。即便是此前陷入资源枯竭贫困的万山，在他的笔下也是那么神秘，而经过经济转型成功实现脱贫致富的万山当然更具魅力。欧阳黔森在报告文学作品《看万山红遍》中曾这样写道：

“我站在云盘山上，一览众山小，云雾间升腾起一股磅礴之势，这样的气势来自太阳的光辉。那时候阳光四射，光芒在莲花般的云朵里弥漫开来，天地间豁然开朗，在这一刹那间，我的心充满光明。”

哪怕是此前陷入资源枯竭诅咒的贫困区，在欧阳黔森的笔下也绝不是令人厌恶的景象。一览众山小，豁然天地开。这样的描写既象征着当地群众脱贫致富的决心，又寓意着作者对贫困地区脱贫致富的渴望。总体来说，欧阳黔森对贵州的大山都表现出一种特有的温情，无论是云盘山，还是中华山，这是对家乡的热爱和对故土的眷念的外在表现形式。李遇春在对欧阳黔森的小说进行论述时就曾写道：“欧阳黔森笔下的武陵山脉和乌蒙山脉……这些独特的地域文学符号或文学地理版图已经赢得了读者的认可和赞赏”[1]。确实是这样的，这些描写不但表达了作者对黔山秀水的热爱，而且也寄寓着他对家乡美好生活的憧憬。

“一山一水总关情，一景一物都入心。”三部曲描绘了在自然条件极为恶劣的情况下，精准扶贫政策给当地带来的深刻改变，这同样体现了作者对家乡贵州的殷切深情。山高坡陡，土地贫瘠，地质灾害频发。由于贫困，盲目开荒，越开越荒，生态系统破坏严重，大风一吹，尘土飞扬。如此土地几乎给不了人希望，但欧阳黔森并没有这样看。长期扎根于乌蒙山区，让他对这片土地有着同这里的老百姓一样的质朴感情。贵州西部的乌蒙山脉，在欧阳黔森笔下最初写下的是“这风这雨，千万年的酸蚀和浸染，剥落出你的瘦骨嶙峋；这天这地，一万年的隆起与沉陷，构筑了你的万峰成林”。如果没有对于山脉的深厚情感，一定做不到用那么多的笔墨去写

[1]李遇春：《博物、传奇与黔地方志小说谱系——论欧阳黔森的小说创作》，《中国现代文学研究丛刊》2018 年第 7 期。

这里的山。甚至连联合国教科文组织都认为不适宜人类生存的地方，在欧阳黔森笔下也出现了转机，呈现出一派欣欣向荣、生机勃勃的景象。假如作者没有对土地的热爱，那么这片不毛之地绝不会被描述得如此美好。在报告文学《报得三春晖》的最后，欧阳黔森用了完全不一样的笔调来描述乌蒙山区："旭日从磅礴的乌蒙山升起来的时候，我屹立于泥丸之地，举头凝望东方。东方正红，阳光温暖。"与其说这些描写是作者喜悦心情的自然流露，不如说这些描写是贵州脱贫致富前景的冉冉在望，因为正是冉冉在望的脱贫致富前景才激发出作者油然而生的喜悦之情。

如果我们将视野扩大到欧阳黔森的其他文艺创作，我们也同样能够发现，有别于报告文学的其他影视作品，其实也在一定程度上展示了贵州本土作家欧阳黔森对贵州的一往情深。像《雄关漫道》《绝地逢生》《风雨梵净山》《奢香夫人》《二十四道拐》《天渠》等电视连续剧均是以贵州作为背景，在宣传和介绍贵州方面做出了重要贡献。例如电视连续剧《奢香夫人》对奢香夫人形象的介绍提升了毕节市大方县花海梯田"奢香古镇"的知名度；电视连续剧《二十四道拐》播出后扩大了贵州晴隆史迪威二十四道拐景区的社会影响；电视连续剧《天渠》增加了遵义市播州区平正仡佬族乡大发天渠景区的热度。假如欧阳黔森不是生于贵州，长于贵州，那么他的作品还会如此青睐贵州题材吗？还会如此讴歌生活在这片土地上的人们吗？很显然，这是无法想象的。这印证了著名诗人艾青《假如我是一只鸟》中的名句："为什么我的眼里常含泪水？因为我对这土地爱得深沉……"

## 结 语

立足贵州，紧贴时代，深入基层，聚焦贫困。欧阳黔森的文学创作具有明显的主旋律特色，“精准扶贫”报告文学三部曲《花繁叶茂，倾听花开的声音》《报得三春晖》《看万山红遍》就是代表性著作。三部作品发挥出报告文学的“轻骑兵”新闻优势，均是以新时代和中国梦作为指引，对当前贵州如火如荼展开的精准扶贫和脱贫攻坚工作进行书写。这些作品主要书写贵州群众脱贫攻坚战场上的成绩，但也流露出欧阳黔森在报告文学创作中较为明显的乡土意识。这种乡土意识既体现在他对故乡前世今生的敏锐观察，又体现在他对故乡山脉的热情和喜爱，还体现在他对故乡人精神风貌变迁的捕捉。

**2019 年《新文学评论》第 4 期**

# 奢香夫人形象的当代意义

姚亮

欧阳黔森的小说“好看”[1]，《奢香夫人》更是如此，不同的是，看点有别。《奢香夫人》将历史事件、权力斗争、民族矛盾、部族纠纷、家国治理、情感纠葛等有机地融为一体，塑造了一个血肉饱满、元气淋漓、可感可亲的少数民族女性政治家形象。在欧阳黔森笔下，奢香夫人不仅兼备儒家标举的修、齐、治、平等典范性传统美德，更散发着为纷繁复杂的现代世界带来充满仁爱与和平启示的人性之光。可以说欧阳黔森塑造的奢香夫人超越了大多数历史小说中同类人物的扁平类型化、拘泥历史的刻板化、热衷宫闱秘事的猎奇化、迎合低级趣味的权斗化，不但具有历史的厚重与传奇的浪漫，而且散发着理想的光辉，是具有创作示范意义的历史人物典型形象。

就技术层面而言，《奢香夫人》采用网状结构，延续了作者惯用的将人物放在关系中进行“结构性对照”[2]的手法。叙事节奏较快也是这部小说的重要特点。欧阳黔森的小说节奏大都较快，但原因并不唯一，此前笔者曾在《对立与交融：欧阳黔森中短篇小说论》中指出其中短篇小说的

[1] 雷达：《叙事的机理》，《文艺报》2005 年 11 月 24 日。

[2] 姚亮：《论欧阳黔森小说的结构性对照——以〈非爱时间〉为例》，《贵州师范大学学报（社会科学版）》2019 年第 2 期。

叙事节奏快缘于自信充盈，主要与作者的个性有关，而《奢香夫人》的快节奏关键系于两个因素——镜头感强与对话的大量使用。与早期小说不同的是，这部小说的镜头感非常强烈，并且镜头切换频繁，因而产生一种明显的戏剧性，冲突表现得十分激烈；与此相应，小说大篇幅使用对话，大约一半以上的内容是对话，因此叙述流畅并且节奏较快。能让对话直接推动情节、展开故事的能力是可贵的。一般而言，小说靠对话支撑比依赖叙述推进难度要高得多，不言而喻对话更难写，需要对人物心理、事件发展、场景态势有充分把握，并且对语言技巧的要求也高一些。对话和叙述属于两种语体，因而需要不断转换并且准确表述。很多小说的毛病常常出现在对话上，为了避免麻烦，不少作家习惯使用叙述推进，文本往往显得滞重板结，容易带给读者沉闷僵硬的阅读感受。类似，拙劣的导演经常使用旁白替代画面，这是才情的匮乏，更是技术的无能和思想的怠惰。对于欧阳黔森而言，小说的这种变化有一个重要的原因，那就是他对电影电视有深入的涉足，他是资深编剧，制作了不少广受欢迎的影视作品。他不但对镜头语言运用娴熟，而且在编剧中有足够的使用对话推动故事的实践经验，这些都是他在小说创作中能够充分调动的有效资源。因此之故，《奢香夫人》与早期小说如《非爱时间》等在形式上有显著的差别。不断尝试和创新，是一个作家难能可贵的品格，对于一个成熟的写作者尤其重要，因为这是克服自我满足、走出舒适区、拓展艺术境界的不二法门。

此外，地域元素和偶然性的引入也为小说增色不少。欧阳黔森小说常常带有明显的地域性特征，增添了阅读的趣味。而在《奢香夫人》中，地域元素的融入不仅关乎趣味性，更有营造真实性的妙用。小说可以是虚构，但不能胡编乱造，其真实性（老生常谈所谓艺术之真而非事实之真）必须有所保障，这是小说立足的基本前提。《奢香夫人》属历史小说，在“大事不虚、小事不拘”的原则下，作者加入了很多黔地地域元素，比如乌蒙山区的景色变换，地方常见植物和土产，适合山地作战的水西马，春天会变成红色的乌江，彝族的风习和俗语，等等，令小说更真实更生动，也更具可读性。这样不仅可以避免历史小说容易失据蹈空的缺点，还可以使它因这类细节的使用而深深扎根。同时，偶然性因素的大胆运用也取得了出彩的效果。通常来说，好作家会尽量避免使用偶然因素推动故事的发展，因为它们往往经不起推敲，容易给情节埋下颠覆性危险，只有能力不足才会制造巧合讲故事。但是，也有例外，那就是利用具备必然性的偶然性因素来引导故事，会收到非比寻常的效果。《奢香夫人》用雨季提前来延宕明军借道，缓解了水西的恐惧和焦虑，给了他们应对的时间；树蛇使朵妮受惊陷奢香于绝境，引来果瓦大总管，目睹这一场景令他明白了奢香对水西君长的真诚，从而消除误解。雨季提前是偶然，但黔地的雨季则是必然；蛇上树是小概率事件，树蛇则增强了其必然性，使得故事的真实性没有破绽。这两个必然的偶然是作者用心经营的波澜，虽然微小却意味深长，如同雨后的彩虹，给文本的天空着上绚丽的色彩，带给长途跋涉的读者以惊喜。

在这些技巧的协助下，奢香夫人形象的完成实际上生动地展现了一个历史人物自我实现的动态过程，与欧洲的成长小说主角类似，她是在与世界打交道的过程中不断充实和完满的。不同的是，对于奢香夫人而言，她有一个前设性原点，那就是人性至上的基本立场，因此，这一形象的完成实际上可以看作这个原点在不同维度的展开——在与世界的周旋中，她坚持和平的理念；在与他人的相处中，她秉持仁爱为本；在对天道的体悟中，她选择顺德而行择善固执。和平、仁爱、至善由外而内、从经验到超验组成一个严密的逻辑链条，构成了这个成长过程的唯一枢纽，是奢香夫人形象的核心秘密所在，也是这一形象的当代意义所系。

## 一、和平至上

纵观奢香夫人短暂的一生，崇尚和平是她一以贯之的处世原则。爱好和平是其天性流露，在以丛林法则为潜规则的政治旋涡和权力纠葛中，这实在是稀有的。她执政的首要目标是为了让百姓过上安定富足的生活，为此她励精图治、忍辱负重、全力周旋，甚至不得已时被迫采取仅限于必要的武力捍卫和平与发展。

奢香自幼聪慧，好读书，很早就表现出对百姓安居乐业的重视。她是四川永宁彝族君长禄环的女儿，因为水西彝族君长霭翠对禄环有帮助而将她许配给他，约定等她16岁时完婚。15岁时，她借去成都买书的机会，悄悄带着丫鬟直奔贵阳，她并不是去打听未婚夫的，而是想顺道看看水西地盘。“我看到水西人就行了，霭翠老爷确实勤勉，水西人可谓安居乐业。我需要知道的就是这些，至于（霭翠）长得怎样，这是我能选择的吗？”[1]她关注的是未婚夫的治理能力而不是外表，不难看出她是一个关心百姓疾苦的和平主义者，也是一个清醒的现实主义者，这在劝阻打冤家事件中表现得更为透彻。水西两个土司为了争水源经常打冤家，死伤是常事，霭翠坐视不管甚至有坐收渔利的心理，已经成为君长夫人的奢香劝他未果遂亲自出面干预。三爷莫里担心她劝不下来会使威望受损。“奢香动情地说：‘说实话，什么威望不威望的，我没放在心上，我只是担心百姓们，他们太苦了。’”（73页）她的焦点不在个人的荣辱得失，而在百姓的安危，为此不惜冒着威望受损的危险试图制止械斗以免除百姓面临的苦——为了

[1] 欧阳黔森：《奢香夫人》，贵州人民出版社，2011年版，第37页。（下引该书均于文内标示页码）

土司老爷的面子流血丧命，无法过一份安稳生活。这是奢香夫人早期的表现，据此可以得出这样的结论：她对和平的崇尚是因为看中百姓，为了他们能过安稳幸福的生活。这种倾向并不是出于奴役百姓和笼络人心的权谋，乃是其仁爱本性的自然流露。奢香本性透明纯真，善良质朴，并且不曾稍有更易。当她执政后，朝廷召她年幼的独子陇弟进京入学，众人皆担心陇弟被扣为人质，她则力排众议，并批评这些人在骨子里错误地把汉人当作彝人的敌人。“难道我们彝家的心胸就如此狭窄？我们就这么爱斗？不，我们彝家更渴望过安稳的生活”（329 页）。因为崇尚和平，她有博大的胸怀和宽广的视野，因而仇恨可以被化解，误会能够被消除，安宁是可期的。在她的治理下，水西架桥修路，学习汉族经验大力发展生产，民富兵强引得百姓感恩、外人瞩目、朝廷称赞。水西大管家果瓦质疑汉人和彝人能够成为朋友，奢香夫人这样回应：“百鸟野物尚且能在一个林子里和睦相处，而我们人，为什么要互相敌视，互相仇杀呢？”（328 页）果瓦是彝族的智者，相形之下，他的智慧只囿于部族，而未能超越民族和部落的界限。奢香夫人则推倒了一切狭隘的藩篱，从更为本质的层面去理解和平的真谛——鸟兽尚且能做到和睦相处，人为什么不能？不能为了一己之私去破坏万物应该共同遵守的永恒法则，因为那是对人本性的违背。人作为万灵之长，更应该克制仇恨，和睦相处，顺应天道。所以，奢香夫人在处理部落内部、部落之间乃至部落与国家关系的时候，都秉持着和平至上的信念，消除了大大小小的恩怨，令水西人民富强安稳，大明西南和谐平静，朱元璋称其“胜过雄兵十万”（404 页）。

崇尚和平是奢香夫人执政的起点，是令人敬佩的胸怀和见识，但也只是一个理念，要想真正实现并非易事。虽然人的本性趋善，行为却常赴恶，因此，圣徒保罗的感慨穿越了遥远的时空仍然那么清晰响亮：“立志为善由得我，只是行出来由不得我。”（《罗马书》）[1]这是一个棘手的课题，与人类厮磨既久纠缠不已，不仅体现在匹夫匹妇的日常生活中，也是一切伟大的智者所必须面对的。基督教认为人本性是善的，可是最终却选择了堕落；佛教认为人本性清净，却在一切因缘中染垢蒙尘；儒家大多倾向性善，仍然主张在不断自省中重返澄明。因此，面对本能性的向恶，包括和平在内的一切美善常在威胁中。奢香夫人要实现和平实在是道阻且长。她的主要办法大致可以归纳成三个：首先，她个人表现出博大的忍辱和宽恕精神；其次，她积极主动竭力协调，用真诚和策略争取和平；最后，也是最重要的，她从思想意识层面消除隔阂和仇恨，让人们回到内心的和平，从而保障外在的和平。

破坏和平的力量既有内部的也有外部的，所以奢香夫人要面对的主要有三股势力：水西内部，乌撒部落，驻守贵阳的明军。水西内部以二爷格宗为代表，觊觎君位，贪图权力，多方挑衅陷害。奢香夫人为了信守她对丈夫的承诺，照顾好水西百姓，一再忍让。但她的真诚并未得到相应的回报，格宗甚至凶残到谋害她的儿子陇弟。众怒之下，格宗被要求处死。但奢香夫人依然选择了宽恕，将他贬为庶民，完全消除水西内部危害和平的源头。同时，她的真诚最终产生了效果，投靠乌撒部落的格宗在临死前幡然悔悟并献出了自己的生命。乌撒部落与水西恩怨由来已久，诺哲想当西南彝族首领，为此穷兵黩武，而水西则大力发展生产，民富兵强，令他无计可施，只好经常越过边境袭击抢掠。诺哲令其养女阿离谋害陇弟不成，又命她毒杀奢香夫人。而阿离在奢香夫人将饮毒酒之际抢先喝下，临死前坦白：“我是诺哲派来谋害你的。可是我不忍心害死你，你太好了”（376页）。连仇敌都被感化，这样的人格罕有其匹。诺哲挑起战争，奢

---

[1] 中国基督教协会：《圣经》，南京爱德印刷有限公司，2003年版，第200页。

香夫人不得已迎战，智取指挥部，活捉了诺哲，但她还是选择饶恕，诺哲非常感动，“愿与水西永不相犯”（390页）。奢香夫人对和平的崇尚并没有耽于空想，更没有放弃原则，她真诚却不滥情，清醒并且务实。因此，面对诺哲无休止的卑劣行径，她说：“我一直想用一片真心去感化诺哲。我始终认为，我们彝人之间是可以用这种方式化解冲突的。可现在看来，这是一厢情愿……这场战争不打是不行了。可是，我首先还要想个办法制止这场战争”，“也许，制止战争最好的办法还是战争”（379—380页）。既然和平是她的宗旨，那么维护和平的首要手段应该是和平，哪怕万不得已还要寻求最后一丝可能。当所有和平的手段都失败了，她被迫使用战争，不过仍是适可而止的智取——利用天气因素从后方奇袭诺哲指挥部，纵有小规模厮杀，远远胜过几十万人血流成河的悲剧。如果说水西内部的矛盾和彝族部落之间的冲突属于威胁和平的外部因素，对和平最大的威胁来自内心，来自思想认识，这比较明显地体现在汉族和彝族的对立上。以果瓦为首的人坚决反对汉族思想的渗透，仇视汉人的统治，而以马都督为首的人则对少数民族非常敌对，以蛮夷称之，恨不能剿灭而后快。奢香作为一个和平主义者，不得不面对这些尖锐的矛头。对内，她忍让，耐心引导，相信时间带来的改变；对外，则一再忍辱，甚至被马都督鞭打裸背仍然制止要求出兵的彝族人，亲自赴京向朝廷陈明情况，消除误会，争取西南的和平稳定，保障百姓的安稳生活。这种深明大义之举赢得了上下的感动与拥戴，和平是人心所向，亦是时代所趋。她深知，要消除仇恨，必须消除错误的认知。因此特别重视读汉人的书，学习汉人的长处，在这种了解中消除隔阂。但是，她并不是马都督这种大汉族主义的另一种翻版，她十分重视本民族的文化，更强调借鉴和交流。她亲自礼聘私塾先生到水西办学，积极支持送陇弟入太学。她对陇弟的叮嘱更能说明问题："汉家的书学好了，可以知晓大道理。彝家的书学好了，可以了解我们彝家的渊源"，"永远记住你是彝家人"（334页）。可以清楚地看到，奢香夫人对于狭隘的民族本位是抵制的，她主张学习借鉴和交流了解；同时，她也对民族的文化保持敬畏，因为她深知民族文化是一个人的身份密码，是一个民族的灵魂和根本所在。和平不是为了消灭差异，而是求同存异，互相欣赏，彼此借鉴，因为和平是为了人的福祉，为了人的提升和发展。奢香夫人不仅有爱好和平的心，更是有勇有谋实实在在地促进和平，并且对和平的真谛有着深刻的理解。在现代社会，面对眼花缭乱的各种文化、频繁的中外交流，当代人常常陷入迷失。中国的多民族文化正在不断萎缩，有的正在消失，很多少数民族语言、文化已经濒临失传。在这样的具体处境中，奢香夫人叮嘱和行动的当代价值不言而喻。"一个民族如果连字都不识，这个民族是没有希望的"（269页），"一个民族，如果永远故步自封，不学习先进的东西，这个民族就会永远贫穷落后"（318页）。这类话语对当下的启示何等宝贵，使得奢香夫人形象穿越了厚厚的历史尘雾绽放着智慧之光。

## 二、仁爱为本

奢香夫人对和平的本能性持守源于她的人道主义情怀，她对人性中的仁爱有充分的自觉和坚持，并且能够深深地影响身边的人回归人性的正道。雨果说，"善良是精神世界的太阳"，奢香夫人的仁爱之心便是这样的太阳，照亮了她的对手、部落、国家乃至时代，至今仍然散发着温暖的光辉，这是奢香夫人这一形象的当代意义不可缺少的组成部分。

奢香夫人的仁爱情怀，与她的本性纯良有关，也与其家庭的熏陶不无关系。她陪霭翠打猎，放走野鸡，霭翠不解，"奢香摇头道：'它肯定有孩子。要是把它射死，它的孩子就没有妈妈了。’”霭翠说她心软，奢香却道：“万事万物都有它们自身的快乐和幸福，我们万万不能去破坏”（98页）。所谓“心软”不是教化和权谋，而是本性，而奢香夫人对于作为异类的野鸡的怜恤和同情恰恰是本能性的，这是一种消弭界限的共振和移情，是基于对生命本身无比珍视的敬畏和关怀，几近于释家所说“无缘大慈，同体大悲”。对待异类尚且如此，对待同类自不必说了，他们的“快乐和幸福”更是奢香夫人所关注和守护的。关于家庭熏陶，小说没有直接提及，不过还是有明确的证据，她的哥哥四川永宁彝族禄照君长劝奢香夫人挽留果瓦大总管：“用你的心去感化他”（272页），“只要有一颗善良的心，没有什么困难克服不了的”（275页）。以心换心，将心比心，人同此心，这是他们处理人际关系的基本前提。有了这个前提，他们相信人心是可以沟通的，同时也坚持用最大的善意去换取别人的理解。这实际上是一种朴素的人道主义精神，肯定人，把人当人，共情地体恤他人的喜乐悲苦。周作人在《圣书与中国文学》中盛赞基督教及基督教文学的正是这种精神：“基督教思想的精义在于各人的神子资格，与神人的合一及人们的相互合一，如《福音书》上所说。因此基督教艺术的内容便是使人与神合一及人们相互合一的感情。但基督教的所谓人们的合一，并非只是几个人的部分的独占的合一。乃是包括一切，没有例外。”[1]人我一体，心意相通，因而爱人如己。这种主张看起来似乎比较理想化，然而其效果却也不可小觑。理想没什么不好的，只要是对的，都应该被高举，成为人们努力的方向。在小说中，巴根与奢香夫人主仆的故事可以为这份理想主义做个注脚。巴根是元梁王的养子，为了完成反明复元的家族愿望几乎无所不用其极。奢香与丫鬟到贵阳买书偶然救了偷袭明军大营的巴根，从此结下善缘。奢香

[1]周作人：《圣书与中国文学》，小说月报社、商务印书馆，1925年版，第4页。

出嫁，元梁王派巴根抢新娘子嫁祸于明军，奢香被巴根放走。后来奢香任朵妮放走被水西抓获的奸细巴根，巴根又救了奢香夫人的儿子，最后为保护他而丧命。这个案例比较极端，更能说明奢香夫人的仁爱精神确非虚张。从“正统”的角度而言，巴根是元朝余孽，被剿灭的对象；从道德角度看，巴根为了反明复元近乎无恶不作；从情感的角度论，巴根辜负了奢香主仆的美意还与格宗联手助纣为虐反对奢香……无论从哪方面看，巴根都是与奢香夫人对立的人，甚至是敌人，但是她并没有将其当作敌人对待，而是一再宽恕他帮助他，因而感动了巴根，唤醒了他内心的善良。如果说巴根最初的回应只是知恩图报，后来救陇弟乃至献出生命则是他仁爱之心的自觉行动。奢香夫人用仁爱点燃了巴根的善良，而他的善良则照亮了自己的人性和道路，人性的相通是最基本的前提。这是人道主义的效用，也是理想主义体现的基本模式。

巴根的案例表明仁爱的能量十分惊人，小说中类似的例子还有阿离、果瓦和马烨。阿离是乌撒彝族诺哲君长的养女，嫁给水西三爷莫里，诺哲为了当上西南彝族首领，密令阿离毒杀奢香。在奢香夫人即将喝下毒酒的瞬间，阿离抢过来毒酒饮下，说“我不忍心害死你，你太好了”（376 页）。奢香夫人待阿离如同姐妹，关心她的心情，为她做媒，在她怀孕后嘘寒问暖，甚至阿离把陇弟弄丢了也没有被怪罪，这些都是阿离所谓“太好”的内容，是奢香夫人仁爱之心的具体体现。正是这近乎理想主义的仁爱感化了阿离，令她弃恶扬善，甚至不惜为“敌人”牺牲自己的生命，这是人性的觉醒，是人道主义的胜利。果瓦作为水西彝族的大管家，是公认的智者，然而他对汉人有着固执的仇视，对汉文化有深刻的偏见，因而对奢香学习汉文和汉人的先进之处非常抵制，几乎到了水火不容的地步。然而，奢香夫人并没有抛弃他，更没有用权力压制他，而是本着一贯的善良与忍耐做她认为对的事情，学习汉人的先进经验和文化，推动水西的发展与进步，改善民生，维护和平。当果瓦看到最终的成果时，不得不承认：“汉人里也有好人，彝人里也有坏人。不管是什么人，都必须要有一颗仁爱的心，只有这样的人，才能赢得民心。夫人就是这样的人”（393 页）。果瓦的偏见被奢香的仁爱所化解，从而对汉族、汉文化有一个透彻、公正、全面的认识，更对人性本身有了更深刻的体悟。马烨是明军驻贵阳的大都督，一心想着逼反水西彝族好“建功立业”，刁钻蛮横，处处为难，偷袭水西甚至公然羞辱奢香夫人，然而奢香夫人为了水西百姓的幸福和国家的安定，强忍着阻止了战争的爆发。朱元璋将马烨关进死牢后，奢香夫人还为马烨求情：“‘马烨虽然罪大恶极，但他若能知罪认罪，奢香愿为他求情，求皇上饶他一命。’朱元璋叹道：‘爱卿真是仁义之人，但马烨罪孽深重，如若不斩，朕将无颜以对天下。’”（403 页）马烨所求乃个人荣辱、权力稳固，而不是人民安定，把人当作获取私利的工具甚至践踏的对象。表面看来忠心耿耿，实际上是反人性的。他和奢香对权力的认知完全属于两个极端：一个是为了权力而牺牲人，一个是为了人而善用或限制权力，孰高孰低不难判断。二人最大的区别，在于对人的态度，换句话说，是仁爱之心的醒觉与否。虽然马烨为大明王朝立下汗马功劳，但是不明何为人道，不知仁爱之可贵，对生命缺乏应有的敬畏，所以无论怎样“劳苦功高”也无异于一架杀人机器。奢香夫人所秉持的仁爱之心，却可以走得更远更开阔，从家族到部落再到国家到天下，因为仁爱不仅是人的美德，更是大道的精髓，是人与天道相亲和的秘谛。

仁爱，人性本来具足，然而仁爱之心的推行往往阻碍重重，因为人在大多数时候容易迷失本性、遮蔽智慧，常常陷入各种非人性的处境。好比果瓦所说，人心就像山间溪水，初则清澈宁静，沿途污浊不断汇入，水于是变得浑浊暴烈。权力便是这污浊之一，是众多因素中最容易令人迷失本性、跌入异化困境的东西。对此，小说有明确的揭示。格宗对权力的痴迷令人恐惧，到了亲情、爱情甚至尊严都可以抛弃的程度。因此莫里非常悲伤，“我们兄弟之间原来那么亲密，怎么为了这权力，变得如此生疏了？”（188 页）与此相对的另一个极端，则是不被权力腐蚀的奢香夫人，还有他的哥哥禄照土司，告诫她用善良的心感化别人、克服困难，而不是用权力去解决问题。他们对权力的腐蚀有自觉的抵制，他们使用的武器是仁爱之心，因而偏见被消解，隔阂被扫除，敌人被感化。2003 年，南非作家 J.M. 库切获得诺贝尔文学奖的时候，授奖辞褒奖他“库切抓住了人性中的神圣之火”（Coetzee captures the divine spark in man）[1]。库切使用的是笔，奢香夫人则是用仁爱之心，使得周围的人人性被点燃，生命被照亮。

## 三、天道是从

施行仁爱、高举和平相对比较容易被注意到，奢香夫人还有一种品质在小说中比较隐蔽，如同乌蒙山的灵晕，似有似无，难以捕捉，却无所不在地氤氲在文本的字里行间。这种不易察觉然而十分宝贵的美德就是对天道的体悟和遵从。乍一看有点儿玄乎，事实上却是必不可少的一环，是完整构成奢香夫人形象的至关重要的逻辑起点。为了黎民百姓安稳幸福而维护和平，这是外在的表现，仁爱之心是其内在的人性依据，而仁爱之所以是一种美德，被称为人性的轴心，根本在于它符合了天道——宇宙众生共同遵行的最高法则。对于这种法则，古往今来无数大哲都有论述。希伯来文明把它归结为“爱”，中国古人表述为“至善”。如果没有天道作为终

[1] 瑞典文学院：《2003 年诺贝尔文学奖授奖词》，浙江文艺出版社，2004 年版，第 258 页。

极的依据，人的善良无论怎样博大终究是有限的，因为人是有限的，只有与那无限的天道接通，才能成为爱的管道，源源不断地给予，否则必然会枯竭。如果没有对天道的敬畏，没有与天道相通的活水涌流，对和平的崇尚也不会恒久。有了这种终极支撑，奢香夫人对于仁爱与和平的施行便成为一种本质性追求，是一种本能的自觉以及顺乎天道的使命，所以无论在何等境遇中，她都可以忍辱负重，克服痛苦与危险，超越患难与逼迫，坚定不移地将初心进行到底。

小说对于天道的指涉是通过众多人物对命运的反复咏叹进行的。命运实际上是天道在人身上的落定，二者是表和里的关系，对天道的体认往往是从对个体命运的反思开始的。什么是命运呢？不过是一种无法摆脱的必然性，这种必然性不由个人支配，而是被终极的存在掌管着，那终极的存在就是天道。古希腊人对此兴趣十分浓厚，因而出现了命运悲剧这个艺术类型，对命运的无法更改充满着无奈甚至恐惧。中国文化更是直奔命运背后那个终极的法则，对天道有精彩的论述，说得最多的是它公正没有偏私，不为任何人稍有改变。无论在言说形式上多么迥异，对其本质的认知是一致的，那就是天道有自己的运行逻辑，不受外部的影响，它为万事赋予规则，没有人可以例外。《奢香夫人》开篇提到刘伯温想归隐，但由于他与朱元璋互相之间太了解，不敢轻举妄动，所以只好等待。“时间和历史怎样选择，怎样书写结局，在他和朱元璋之间，是无法挣脱的”（5 页）。写到奢香主仆与巴根的相遇时，叙述者这样评论：“命运就是这样，该发生的一定会发生。无论是怎样的形式或者机缘”（31 页），奢香对于自己嫁给霭翠这件事，认为“这就是命”（38 页）。霭翠临终前将他对生命极限的认知表述为“命运无情，我要先走了”（194 页），诺哲认为陇弟丢了致使水西乱成一团，奢香摄政艰难，都“乃天意也”（232 页）。也许有的理解有偏差，甚至相当主观，抑或只是一句口头禅，但是，那个激发他们产生这些思想和行为的源头是分明存在的，而且被他们感知到了。不仅如此，他们感知的方向都是正确的，那就是命运不可改变，受天道的支配，人不可妄为。体悟到命运与天道的存在及性质之后，人会分化为两个类型：一为悲观的宿命论者，一为达观的行动派。宿命论者看到的是不可改变的无可奈何，于是悲观消沉；行动派看到的是规则的恒定，于是循着天道作为。结果当然会有霄壤之别。巴根和奢香夫人便是这两种人物的典型代表。巴根感慨：“想我大元当年铁马金戈，横扫万里，气吞山河，如今，万里江山却坏在朱元璋这个和尚的手中，岂非天数？天数啊！”（170 页），“反明复元是我的责任，明知不可为而为之，这是我的命”（335 页）。他看到了有道取代无道的必然性，无论当初如何，而今已无法逆转了。虽然他看到了天道的不可更改，却不明白这一法则的真正内容，而这正是莫里所看到的：“天下是天下人的天下，唯有德者居之。不管汉蒙彝，都是天下之臣民，又何谈什么背叛？”（289 页）巴根对命运的误会导致了他的个人悲剧，总是沉迷在对必将逝去或者已经失去的东西的凭吊中，一味向后看。他固执地把对天道的错误理解当作自己的使命，无可避免地走向天道的反面。天道不远人，他却抛弃了天道。

奢香夫人看到百姓对安定的向往，看到生命的宝贵，因此实行仁爱，追求和平，这是她对天道的体悟，她也因此甘心情愿地承受着遵循天道者必然遭遇的命运。奢香夫人对天道的正确体认，使得她超出了一己、一家、一族乃至一国的狭隘，直抵更为本质的层面，那就是对生命本身的看重。这个顶峰性的起点，给了她开阔的视野，足以俯视一切权力和利益，让她不会迷失，因而她的追求更加坚定。对天道的仰望和遵循，超脱一切有限性立场的束缚，把生命放在关切的核心，这是处于纷繁复杂纠葛中的现代人值得借鉴的，这也是奢香夫人形象的当代意义之一，或许可以说是最重要的。当代世界标举多元，肯定自我，都是不错的，但带来的矛盾和冲突也是有目共睹的。究其根源，大概缺少了一种超越性视野。无论个人、民族、国家、宗教、文化等都固守自己的利益和立场，把自己放在首位，将自己的利益最大化，这种狭隘的思维模式首先伤害了自己，因为它与更高的法则背道而驰，将自我局限在一个封闭的范围内；其次这种狭隘思维必然给别人带来伤害，因为它是一种防卫性、收敛型思维，将自己与他人对立，必然带来矛盾和冲突。当人们从这种偏狭的视角走出来，在天道的指引下爱人如己的时候，“爱人者人恒爱之”，仇恨和冲突自然会减少，即使还有，那也是可以沟通可以解决的，因为大家共同服从一个更高的法则，并且相信这种至善可以带来仁爱与和平，满足各方的正当诉求。奢香夫人这一形象生动地诠释了这种理想主义是可能的，她作为一个典型形象的典范性意义已经超越时空，获得了一种普遍性意义。

## 结论

奢香夫人因着对人本身的关注、对生命的敬畏，自觉追求和平与仁爱、遵循天道的终极呼召，使得这部历史小说超越了简单的历史教训而跃升到哲学探索的深度。从这个角度反观小说里的人和事，别有一番新的景象：奢香对终极性智慧的追求和运用，不仅启发了那些人物，使他们如同璞玉被打磨而放射光芒，更照明了那个幽暗的时空，将历来囿于家国恩怨的政治与权力提升到历史正义、永恒价值层面，赋予它们终极性意义。对和平、仁爱、天道的自觉追求，以及启发人们对政治与权力进行价值反思，这就是奢香夫人形象的当代意义。不过，《奢香夫人》这部小说的价值却不限于此，至少对当下的文化创造做了不错的提示。有文化学者指出，复古文化正在冲击着创新文化，这是当前的文化隐忧之一：“打开我们的电视、报纸、书刊，很少有一个创意思维引起广泛关注，永远在大做文章的还是一千年前的枭雄心计、七百年前的宫门是非，以及古人之夺、古墓之争、老戏重拍。”[1]表面上是以传统文化为掩饰的自我陶醉，本质上是一种懒惰心理，背后还透着不自信。很多历史小说难于幸免。问题并不出在取材古代，而是在于没有挖掘其中的新意，无法赋予现代的价值观，对当下的生活缺乏人本主义的关照，灌输的还是一种前现代的低级思想观念，毒害着一代又一代的观众。作为一个写作者，不仅要抵制这种复古逆流，更应该创作出优秀的作品来“解毒”，给那些迷糊或能力不足的写作者做一个示范——旧瓶不仅可以而且应该装新酒，《奢香夫人》便是这样的范例。

**2019 年《新文学评论》第 4 期**

[1] 余秋雨:《何谓文化》，长江文艺出版社，2017 年版，第 21 页。

# 欧阳黔森小说的对立叙事

王棋君

欧阳黔森是贵州当代作家中具有代表性的一员，其《断河》《敲狗》《十八块地》《水晶山谷》《非爱时间》《绝地逢生》《奢香夫人》等从短篇至长篇小说多以贵州为书写背景，对他脚下的热土进行了真诚描绘，贵州如画的自然风景和质朴的人文风俗通过他的笔墨向世界展示开来，在一番不同于现代城市文明的背景下，欧阳黔森笔下淳朴并保留着原始美好精神品质的各类英雄轮番登场，谱写了一首首独具贵州特色的传奇赞歌。有学者认为，欧阳黔森的传奇得益于如《聊斋志异》等中国传统志怪小说和《林海雪原》等革命英雄传奇故事，这两种类型的结合“为欧阳黔森小说创作提供了思想和方法基础”[1]，也有学者认为英雄情结是欧阳黔森创作的内驱力，本来梦想做一个军旅作家的他却在地质队摸爬滚打多年，英雄的梦想始终未能被浇灭，即使在英雄主义被解构的时期，他也一直坚守着这一理想，因此“英雄就是他的理想人格，英雄叙事则是他创作的显著追求和特点”[2]。事实上，英雄与传奇的元素固然充满了欧阳黔森小

[1] 颜水生：《传奇叙事与形式的辩证法——欧阳黔森小说论》，《贵州师范大学学报》2019 年第 2 期。

[2] 杜国景：《欧阳黔森的英雄叙事及其当代价值》，《当代作家评论》2016 年第 2 期。

说中的各处，但小说中的“性善书写”“浪漫情怀”“乡土叙事”等也是其显著特征，并且他不是简单地将“性善”“浪漫”“乡土”进行直接呈现，而是通过多角度让接受者深入体验，以期让读者感受到善良、淳朴的同时也认识到丑恶的存在，并感化人的精神、升华人的境界。当有记者提问欧阳黔森为什么作品当中的人物形象往往都是善良的时候，他回答：“人性的本能毫无疑问是恶……我的作品关注人性的善良，与其说是我太理想化，还不如说是我太忧虑了。……作家是灵魂工程师，我们的灵魂充满冷漠缺失温度，又怎么能温暖别人的心灵呢？”[1]欧阳黔森这段回答可以包含三层意思：一是他认为在当下的城市文明下，冷漠、自私、唯利是图等不良习气正在蔓延，这将会使世风日下、民族精神逐渐枯萎；二是作为一个作家本身就是具有使命的，他的作品不是仅供市民饭后的娱乐，文学本身应该具有光和热，具有提升人民精神品质的责任；三是通过对立的叙事来进行互补，用“性善”的书写来感化“性恶”，用“浪漫的情怀”来面对“艰苦与磨难”，用“乡土叙事”来唤醒“城市文明”，在这种对立思维构架的写作中，欧阳黔森的小说中总能找到相对应的叙述范式，从而在这种对立的叙事中完成他的文学使命。

## 一、“善”与“恶”的交织

“善”与“恶”的概念本身是对立的，它们分别在天平的两端各据一位。在文学作品中我们也常常希望看到的是“善恶分明”，对于作品中的人物形象常常贴上“善”与“恶”的标签，这是文学人物形象塑造的基本方法，也是读者理解文学作品的途径之一，文学也靠此来传达作家的人生观和价

[1] 周新民、欧阳黔森：《探询人性美——欧阳黔森访谈录》，《小说评论》2015 年第 5 期。

值观。在文学史上，没有哪一部作品没有价值取向和是非标准，正确的引导与教育作用是“载道”的基本体现，欧阳黔森的作品中自然也呈现出这种价值倾向，他作品中“善”的体现主要集中在三个方面，即“善”的直接铺陈，“善”“恶”交织的集合，“恶”向“善”的转变。

欧阳黔森作品数量是比较多的，他的很多作品着力于对“善”形象的塑造，当然，这里所说的“善”并不等同于“善良”，而是泛指一切美好的品质，除了善良以外，坚贞不屈、百折不挠、无私奉献、不畏牺牲，甚至劫富济贫、侠道柔情等优良的精神都在“善”的内涵之内，欧阳黔森笔下的许多人物，也都在这“善”的指引下做出不平凡的成绩。例如在《奢香夫人》中，奢香就是善良的典型，她不仅宽宏大度地饶恕了许多曾伤害她的人，还具有过人的胆识、果断的判断力、当机立断的执行力，她胸怀黎民、情系天下，时刻挂念的是百姓的切身利益，同时她又有长远的眼光，致力于黎汉之间的融合，为了兴办教育学习刘备三顾茅庐，为了黎汉和平宁愿自身受辱，她的一生可以说是完美无缺的，她的传奇就是一部关于大“善”的传奇。在这部小说中，直接将“善”面向读者的人物并不仅只有奢香一人，三爷莫里也是如此，他是霭翠的三弟也是奢香坚定的拥护者，他从迎接奢香到营救陇弟再到奉命出征，所作所为都是因为一来奢香是霭翠临终时觉得唯一可以托付重任的人，二来他真实地看到奢香主政下的水西国泰民安，人民的生活正朝着稳定温饱的路上前进，三来他自己拥有一颗忠诚的心，无论是对大哥霭翠还是大嫂奢香，他只想做到鞠躬尽瘁死而后已，他可以说是忠孝两全、为国为民，莫里的这一形象也是“善”的直接呈现，不用读者去细心寻找，只要耐心阅读就能发现莫里真、善、美的品质，为我们爱上莫里这样一个人物形象而做好铺垫。在汉人当中，作者将明朝使臣焦光的大无畏精神也直接展现出来，文中写到焦光接到出使信息后的表情是“先是一惊，继而淡淡一笑”，继而抛开生死，托双亲于老师，将国事置于家事之上，就知道他是一名大“善”之人。像此类直接展示“善”的小说并不是《奢香夫人》独有的，《绝地逢生》中的支书蒙幺爸在盘江村辛辛苦苦一辈子，带领村民开垦荒地、修建水库、修筑道路、挖沟建渠、兴办工厂、拓展市场，宁愿自己吃野草也要省下粮食分给村民，在他的精神感召下，涌现出韦号丽、禄玉竹、李亚军等一大批先进分子，在这样一群毫不利己专门利人的基层干部的带领下，经历了屡次失败与挫折以后，盘江村终于由原来的贫困村逐渐转变为示范村，民众终于过上了小康生活。在《绝地逢生》中，以蒙幺爸为代表的基层干部完成了“善”的直观意义，构建了“善”的最外层显现，塑造出小说“善”的形象，为小说中“善”的结构奠定了最底层的基石。短篇小说中，《梨花》将女性的柔美、纯洁与善良结合在一起，一位具有东方古典女性含蓄又兼具现代女性对工作热情的女性形象呼之欲出，围绕梨花所产生的种种笑话恰恰是她单纯的映现，她对已经毕业五年的学生仍牵挂于怀，凸显出她对工作和学生的负责和关爱。追求梨花的李老师对爱具有执着的精神，对乡村教育事业又有着无比的热爱，毕业于名牌大学的他又出生于大城市，本来可以回到城市大有一番作为，可他宁愿扎根于农村，坚守在最基层的教育岗位上，也同样是“善”的大写。《五分硬币》中的老师虽然嘴被打得红肿不能开口，仍用字条给“我”传达最基本也最朴实的真理：“只有时间才能验证出真正的真理……好人，会有好报的。”这位教师即使在生命最受威胁、尊严遭受践踏的情况下仍坚信真理的存在、坚守教育的职责，他又何尝不是“善”最集中的体现呢？在欧阳黔森的小说中，无数的人物将“善”直接展现在读者前面，构成“性善”书写的第一层结构，正是有了这一层，“善”的书写才可能继续深入下去，“善”的对立面——

“恶”才能被引发出来。

在欧阳黔森的小说中，有一类人是同时具有“善”与“恶”的特征的，这是“善”的书写中的第二层结构。例如《断河》里的一些主要人物，他们身上亦正亦邪，他们可以视生命如草芥，同时他们又有着做人的行为准则，老刀、老狼就是这样的人物。老刀、老狼都以刀为荣，崇尚武力，性格直爽，但是从他们对女性的态度也可看出他们性格残忍、无视他人痛苦。“老狼名副其实，这一带女人，见到他就躲”；而老刀要么“一脚踢翻梅朵”，要么“打得梅朵满寨躲藏”，甚至梅朵为了给老刀生儿子“非要拖老刀上床”时，老刀“一怒追打梅朵”，逼得梅朵外出躲避三天才敢回家。他们的下一代龙老大更是有过之而无不及，他手段残酷，先是逼迫小风让出寨主之位，然后逼迫麻狗娃之流去开采丹砂，购买枪支雄霸一方，占山为匪落草为寇，面对解放军时还负隅顽抗，最终落得个被枪毙的下场，这应该算是“恶”的典型，是“恶”的集中体现。不过龙老大身上依然有一些闪光点，在八国联军进占北京时“龙老大背插龙老狼留下的刀，满怀悲壮独自进京勤王去了”，这说明他还具有爱国主义的情操，深得“天下兴亡，匹夫有责”的熏陶；在他知道自己的身世后，他决然道：“亲爹生了我，你养了我，我绝不会与你比刀”，说明他恩怨分明，忠孝两全；他将自己的姐姐们安排妥当，用一种近乎极端的方式保住麻老九的性命，又说明他重情重义顾全手足。老刀、老狼、龙老大这组群像集“善”与“恶”于一身，他们身上所体现的品质更加复杂也更加接近真正的人性。《非爱时间》里的陆伍柒是一个白手起家的企业家，他从小就没有什么高尚的理想，仅仅就为低级的食欲而四处奔波，在获得物质上的成功以后，他沉迷于女色，过着堕落的生活，最终得了艾滋病，他的这种“恶”虽然不是十恶不赦地剥夺他人权利，但和广泛的“善”比较起来，自甘堕落的混乱生活同样也是“恶”的一个方面。同样，陆伍柒也有“善”的一面，他又是一个对朋友真诚相待的人，当唐万才的救急电报打到他那里时，是他和黑松第一时间赶到十八块地；对待黑松更是如亲兄弟一般，他对鸽子的“怕”其实并不是害怕，而是出于内心深处对黑松和鸽子的尊重；在感情方面，他虽然身边女人不断，但真正爱的只有萧美文一个女人，甚至爱到了几乎变态的地步。他想尽一切办法弥补梅青杨，用金钱、婚姻，甚至自己死后的遗产来进行补救，又将他内心的善良展示出来。《奢香夫人》中的马烨刚愎自用、好大喜功，时常幻想并挑唆黎民暴动以期为自己建立丰功伟业，傲慢无礼、凶狠残暴是他的性格特征，他看不起黎族民众，对黎族君长嗤之以鼻，妄图用侮辱一个女性应有的尊严的方式来达到自己不可告人的目的，但就是这样一个人，他又为了明朝“驻守边关，夙兴夜寐，鞠躬尽瘁，问心无愧”，一身累累伤痕都是为了明朝留下的，他逼黎人造反的目的是想早一步统一南方，尽早实现改土归流，实行郡县制，以使西南边境得以永久的安宁，整个明朝得以实行统一的法度，他一心为了大明江山，可谓是一片赤胆忠心，只是由于他性格急躁、固执己见、缺乏政治策略导致最终落得凄惨的下场。在污点中又透露出一些闪光点，是马烨人物形象的主要特征。“善”与“恶”的交织显出作者对复杂人性的探索，也是将理想主义与现实主义结合的结果，只有将“善”与“恶”根植在人的内在精神世界里，才有可能让二者发生转变，从而呼唤美好世界的来临。

在“善”的感召下，“恶”逐渐睁开眼睛迎接阳光，或通过一瞬间的顿悟，或由本身所潜伏着的“善”的激发，在曲折的故事情节转变中终于恢复良知，获得自我救赎，完成生命的升华，这是“善”的第三层结构。《绝地逢生》中的王结巴在小说的开头部分是一个让人十分愤恨的角色，他将蒙幺爸特批给他的五斤粮食拿去赌输掉以致他的妻子在饥饿中生产死去，引发了小说中盘江村第一次大聚会，在那个贫困交加的时代引发了一系列连锁反应。扶贫小组免费给每户村民发放小种猪，以期他们用劳动脱贫，王结巴却想将小猪和别人换粮食吃，在交换失败之后他直接将种猪杀了吃了，甚至在区干事让王结巴按手印时他还十分可笑地说：“要，要、要是给、给、给牛娃发发、发个妈……”在吃尽了所有施舍来的食物以后，王结巴将手伸向了集体仓库，在无意中点燃了仓库烧毁了粮食，王结巴的嗜赌、懒惰、无能、妄想不劳而获还异想天开的形象让人又气又恨，他不但害死了自己的妻子致使牛娃生下来就没有了母亲，还使全村的人都面临饥荒的威胁，如果不是党和政府及时地进行救助，盘江村的人民将不知道何去何从。如果王结巴的故事就这样发展下去，那么故事情节就会落入窠臼而缺乏起伏。王结巴内心深处同时也存有羞耻感、责任感以及一颗感恩的心，他去偷粮食是因为不好意思再向他人伸手求援，他杀了种猪还不忘给多次帮助他的支书送去一碗，在上吊被救后他毅然前往自首，更为重要的是在出狱后，他还能默默地支援家乡建设，将自己所有的财产都支持到盘江村办厂和农家乐上去。王结巴是一个立体的人物形象，他的形象转变正是欧阳黔森写作的目的，即无论一个人的品质多么低劣，最终都要由“恶”走向“善”，而王结巴的转变正是他自己内心尚未泯灭的良知起到了根本作用。小说中类似的人物不少，例如黄强富在《绝地逢生》中扮演的是一个自私自利、忘恩负义、吝啬小气的负面人物形象，他为了“换婚”成功不顾妹妹的终身幸福，将黄九妹嫁给一个素未谋面的痨病患者；当黄九妹被婆家赶回来时他也不记情谊不愿让出一分土地给妹妹种植；当他的岳父来投靠他时，他更是冷嘲热讽地赶走老人，直到被他的父亲挥棒赶出才极不情愿地去接他的岳父；他为了一些回扣带外面的辛老板回村收购花椒却碰了一鼻子灰。但经过一系列的事件以后，当王结巴对村里的贡献为人所知以后，黄强富也被感动了，他一改自私吝啬的习气，立马站起身大声说："结巴，今天就别走了，等会儿去我家里吃饭。"除此而外，刘晓红、马晓华都是在生活和工作中慢慢转变的，她俩一开始处处嫉妒禄玉竹，到后来刘晓红主动帮助盘江村争取绿色产品商标，马晓华也为了盘江村的工作做了许多实事，这些都表明在"善"的感召下，"恶"逐渐唤醒内心的良知，向光明的一面逐渐靠拢。欧阳黔森将"善"与"恶"的关系表现为三个层次，由独立表现"善"到"善"与"恶"交织再到"恶"向"善"的转变，在这样一种先对立再统一的转变中，"性善"书写使"欧阳黔森的小说有一种令人感动的内在气质，这种气质就是剩余的理想主义气质"[1]。他的理想在于在"善意"缺乏的当下呼唤人类本真的到来，即使身处恶劣的环境也能看到"善""恶"的两面，看到一个充满阳光的未来。

## 二、浪漫与苦难同行

欧阳黔森出生于20世纪60年代，也经历过那一段特殊的历史时期，他的青春并不是在城市里享受阳光灿烂的日子，而是上山下乡去当知青，艰难的生活磨炼了他的意志，也为他的写作提供了源源不断的素材。他将那一段时期所受的苦难与青春的萌动结合起来，在刻有时代印痕的油纸上用"浪漫"与"苦难"这一对立关系的词语描绘了一段又一段的青春恋歌，用豁达的态度面对饥饿的年代，用懵懂的爱情面对苦涩的青春，用顽强的生命力面对灾难与挫折。

在二十世纪六七十年代，人们印象最为深刻的是物质的缺乏，虽然欧阳黔森出生时离最困难的"三年经济困难时期"已经过去了四五年，但食物匮乏这一问题一直延续到了改革开放，因此，"饥饿叙事"就成为他小

[1] 孟繁华：《文学的风景》，河南大学出版社，2006年版，第110页。

说中一个重要的叙述范式。《十八块地》中农场的知青们为了吃"很会干偷鸡摸狗的勾当"，因为"城里每人都定了量，每人一月三两油"，于是当"我"和卢竹儿去吃了一顿白米饭和腊肉以后便"一辈子都记得"。《兰草》中写道："大家只要见到点油星，就口水直往肚里吞。那个时节，青黄不接，大白米饭想都别想，就是粗粮也不是让你敞开了吃。上顿土豆、下顿苞谷的，就着一点盐酸菜下肚，没有油水，吃多少那肚子也觉得饿。"当看到队长拿出一块腊肉，就"像过节一样的喜悦来迎接这块肥腊肉"。由此可知人们对于米饭和肉食的渴望是多么急切了。《非爱时间》里的陆伍柒是一个为吃而生的人，因为饥饿从小就对吃有着深深的眷念，一个红薯就能立马让他失去抵抗力，成年后又因为吃办起一番事业。《绝地逢生》里可以说是对饥饿的表达最为深刻，王结巴饿死自己的妻子，刚出生的孩子嗷嗷待哺，全村为了仅剩口粮开全体大会，吴阿满砸死小牛犊，哪一样不是因为饥饿造成的？至于黄大有悄悄在夜里出走，小翠的哥哥借妹妹的死抢粮食，黄九妹被迫去换婚也都和饥饿有一定的关系，以致这一代人即使在生活条件好转以后还留有很严重的心理阴影。王结巴多年以后开狗肉店有了些盈余首先想到的是买一车粮食送给村民，这固然和他不了解盘江村的变化有关，也说明了饥饿对于他的影响已经深入潜意识当中。正如韦号丽因为工厂入股责备蒙二棍时，蒙二棍意味深长地说道："记得我向你求婚的那一天，我点了一大桌子的菜，你说我太浪费了，我说我是被饿怕了，总担心吃不饱。"饥饿在这些人身上烙下深深的印痕，成为他们内心深处永不能挥去的一段回忆，饥饿是这一代人所受的磨难，也是他们青春永恒的记忆，欧阳黔森在书写饥饿时，虽然用了笔力刻画出时代的艰苦，但在他的印象中更多的是寻找食物的快乐，正如蒙二棍后面的话："不过现在想想，人吃不饱的时候反而快乐"。盘江村在饥饿年代同样传承下来"八音坐唱"，在蒙幺爸的带领下，全村人团结互助形成一个有力的集体以及“不能饿死一个人”的信念都足以让人为之动容。《五分硬币》里的主人公因为舍不得花掉五分钱换三个大馒头而留下了一段难以忘怀的情愫，甚至产生大声对女孩表白“你是我的船长”的冲动。无论是《十八块地》还是《兰草》，只要描写到腊肉，让人垂涎三尺的标准就是腊肉一定要有“四指宽，一指厚，肥得亮晶晶的，咬在嘴里，满口油香”。作者将饥饿叙事与青春的回忆联系起来，这是和以往伤痕文学、反思文学大不相同的地方，他用乐观的精神对那一段时期进行回望，既表达了曾经的苦难也不失积极达观的态度，为我们提供了崭新的视角去重新观望历史。

如果说饥饿叙事与乐观的记忆相对立以使人们去反思过去的话，那么欧阳黔森的爱情叙事则是与苦涩青春紧紧结合在一起的。白菊是《有人醒在我梦中》的女主人公，文中的“我”和方国庆是知青农场的工人，两人做着夹砖运瓦的工作，文中记录了那时人们的辛苦。在整个贵州省内，黔东地区因为地处洼地，周围都被武陵山围住，在夏天是最热的地方。夏天烧砖燃煤使人汗流浃背，对于“我”来说，更难熬的是砖刚刚烧好以后，只经过简单的放水冷却就立马背在背上，“每次背完一窑砖出来，我们最少流出十斤汗水”。虽说“十斤汗水”是夸张的文学手法，不过几十摄氏度的砖窑应该是真真切切的。作者表达出时代的艰辛并不是为了刻画生活的艰难，相反，他是在刻意制造一种浪漫的时代环境，他写道：“那时候我们正是青春年少时，背靠着喘气，也没有感觉谁汗臭，虽然汗湿透了我们的全身。我不仅不感觉汗臭，反而感觉白菊的汗水有一种让人愉悦的香味”。本来灰蒙蒙的天空，因为懵懂的爱情瞬间变得明媚起来。萧美文这个人物贯穿于两部小说中，分别是《十八块地》和《非爱时间》，在《十八块地》中作者轻描淡写地交代萧美文的哥哥萧子南因参加“天安门广场运动”被打的事件，也同样将萧美文在前线不幸阵亡牺牲的经过一笔带过，让人来不及悲伤就已经被怀念的心绪带走了。在《非爱时间》里萧美文已经成为一名故者，在陆伍柒对她一往情深的痴情绝恋当中，读者更多看到的是萧美文曾经美丽的容颜和独特的气质。欧阳黔森将青年的恋情穿插于沉重的历史环境当中，减轻了“同类题材中常见的那种紧张与压抑”，“小说中正因为有了这样一些不屈于环境的善良正义的年轻人，艰难困苦的生活似乎也有滋有味，不幸的生存也充满了希望”[1]。欧阳黔森在困苦的时代环境中谱写青春的恋曲，在面对苦难的同时也将目之所及放在光明的一面，呼唤在面对生活时对美好生活的向往。

古今中外的很多作家都善于描写灾难，因为灾难带给我们的并不仅只是痛苦，我们看到更多的是当人类面临灾难时所表现出来的顽强生命力以及人性的光辉。《村长唐三草》在内容上和《绝地逢生》有一定的相似之处，都叙述了一位基层干部在党的正确领导下如何带领整个村子越过贫困线的故事，当然人物性格还是不一样的，蒙幺爸执着、沉稳，有威望的同时又平易近人，唐三草激进、大胆、有勇有谋，唐三草的得名源于他的三句话，“兔子不吃窝边草”，“好马不吃回头草”，“天涯何处无芳草”，这三句话其实都和女人有一定的关系，也正是这三句话从侧面说明了唐三草爱情的缺失，从这一层面来讲，唐三草是一个悲剧性的人物，但是唐三草自己具有长远的眼光，他的眼睛一直盯着的不是个人的财富和荣辱，整个乡村的发展一直牵挂在他的心中，桃花村虽然物产贫乏、土地瘦瘠、村民的整体文化素养不高，但唐三草勇往直前，带着全村群众种桃树、种花椒，直面去镇政府闹事的村民，用自己的方式化解危机，可以说是德才兼备。无论唐三草还是蒙幺爸，他们都面临着物资短缺、自然灾害频发、知识储

[1] 李子芯：《论欧阳黔森小说中的性善书写》，《黑河学刊》2014 年第 2 期。

备有限等自然和社会的种种困难，他们的闪光点也在这艰难的环境中凸显出来，他们不是消极地应对命运，而是敢于向命运挑战，谱写了一曲曲可歌可泣的英雄颂歌。如果说《村长唐三草》和《绝地逢生》的叙事都还比较宏大的话，《兰草》则是用细腻的语言讲述“我”对兰草久久不能忘怀的深情的故事。故事中的兰草生下来就弱不禁风，“活得像棵干草，那模样，走起路来也颤颤悠悠的，像是风一吹，不倒就要折”。到了 1982 年知青们给队长送行时，“枯草的样子荡然无存，简直就像枯草发新芽，浑身洋溢着青春的气息，鲜嫩而蓬勃”。兰草柔弱的身体在下乡的生活当中，不但没有垮掉，反而逐渐盛开，彰显了即使在恶劣的环境中也不会被击倒的顽强精神，是生生不息的生命力的具体体现，就算是兰草婚后不幸的生活也没有压倒她，55 岁的她“仍然有着她花开时节的风韵”，正如文中诗歌所说：“不是一切星星 / 都仅指示黑暗 / 而不报告曙光”。作者书写“我”与兰草几十年的感情线索的同时也写出了兰草几十年来在岁月蹉跎下的变与不变，富有浪漫主义色彩的诗意爱情与岁月痕迹形成对比，使兰草顽强的生命力表现得更为明显。

## 三、“乡土”挽救“城市”

现代小说中常常把“乡土”与“城市”作为相对立的两个场域，这两个场域当中的某些元素是相冲突的，作家们常常站在各自的立场为自己所在的场域进行辩护，欧阳黔森对“城市”和“乡土”进行考察，在市场经济冲击下的城市正在逐渐变成精神的沙漠，传统文化和秩序正遭受到挑战，城市文明逐渐呈现萎缩的状态，这个时候回归乡土，到乡村寻找精神家园的任务就成了当务之急。

为了让人们愿意去了解乡村，愿意用心灵去感受乡土文化独具的魅力，欧阳黔森由表及里地为我们构建了一个个乡村的生态群落，首先就表现为对乡村风景的刻画。《非爱时间》的主要内容是关于城市人的感情生活，但对乡村风景的描摹并不见少，黑松和陆伍柒在唐万才的催促下回到十八块地时刚好夕阳西下，天边的火云和村口的枫树连成一片，大有“秋水共长天一色”的意象，文中写道：“夕阳早没了光辉，却红得像树上熟透了的柿子跌落得稀巴烂，染得天边七零八碎的红。村头那几十棵参天的百年大枫树似采尽了太阳的红，红得好像燃烧的火，撩拨起黑松的心”。作者用尽心思来营造一个夕阳下火红的村庄的目的在于突出百年的枫树林，唐万才和村民有着保护百年枫树的强烈意识，这和城市以破坏环境为代价进行发展形成了鲜明的对比，两相比较之下，乡村生态的完整性和城市生态的破坏性就表现出来了。这种生态意识在作者心中逐渐壮大，也就慢慢形成了对于贵州这片红土高原雄伟、壮丽的赞叹，小说对贵州的描写是：“最令人激动和爱的还是那一望无际的绿，那绿在红土地上无处不在，远远望去山连着山，绿连着绿，绿无边了就绿成了蓝色，所以形容碧山蓝天共一色非常恰当。”这样的“绿”只有在乡村和山林里面才能看到，是城市人所渴望、向往的生活环境，作为城市文明代表的高楼大厦在这里相形见绌，对原始生态和自然的敬畏与城市改造自然、破坏自然的行为相对立，从而呼唤人们对于一切生命的尊重。短篇小说《远方月皎然》中也有对自然景观的描写，在写到“我”和卢春兰去山上填地质图时，他们来到一个五彩的峡谷，仿佛置身于一个美丽的童话世界，“满山的红杜鹃紫杜鹃蓝杜鹃黄杜鹃”和“红一层紫一层绿一层的石头”交相辉映，让“我”感叹“那峡谷的美是一个人可以甘心死在那儿，也不会后悔的地方”。峡谷的美是天然的，只有在广袤的大地上才能发现这大自然的鬼斧神工，这是任何人力所不能及的，通过将乡村和大自然景观在小说中进行再现，作者将“乡村”

和“城市”这一对立的概念提炼出来，从景观的角度对城市文化进行批判，呼吁对自然的回归。

如果说对风景的爱意只是“乡土”的表层，那么对人物形象塑造则离“乡土”更近一步。欧阳黔森笔下的知识分子形象既有正面的也有负面的，正面形象的知识分子太多，诸如《非爱时间》里的黑松、《绝地逢生》中的禄玉竹、《梨花》中的梨花与支教男青年李老师、《李花》中的戴同志、《村长唐三草》中的大学生村官以及《扬起你的笑脸》中的田大德老师等，负面形象的知识分子较少，比如《兰草》中兰草的诗人丈夫、《白莲》中的阿南，还有一些中间人物，如《味道》中的“我”与《姐夫》中的“我”。细致考察欧阳黔森笔下正面形象的知识分子，可以发现他们都有一个共同点：出生于乡村或者有过较长时间段的乡村生活和工作经历。梨花出身于贫困的农民之家，本来没有学费继续读书，麻子嫂子变卖了嫁妆供她读完了初中，梨花自己也考上了师范学校，毕业后的梨花即使当了副县长也还是和以往一样对待村里的人，支教的李老师也选择留在乡村执教，一半是因为对梨花的爱情，一半是因为对乡村教育的眷恋。禄玉竹出生于盘江村，无论是在教育岗位还是在镇、县一级做行政工作都不忘盘江村的养育之恩，能够做到光明正大、不偏不倚，一心一意为了百姓着想。黑松的形象同样正派富有光辉，他虽然出生于城市，但知青生活影响了他，对爱情坚贞不渝，对朋友有求必应，做任何事情都有自己的原则和底线。在欧阳黔森的笔下，受过乡土文化浸润的知识分子都具有责任心和奉献精神，他们纯洁、朴实、善良，忠实于自己的本职工作，能将群众利益置于自身利益之前。反观没有去过乡村的城市知识分子，他们中有的人还能够保持高尚的节操，但有的人的品行就发生了变化。例如兰草的伪诗人丈夫总是目中无人，最后因为诱骗少女进了监狱；阿南作为一名音乐教师，刚开始固执地扬起头颓，说什么也不去酒吧吹乐器，在城市灯红酒绿的诱惑与生活的压力下，阿南最后也放弃了尊严去酒吧吹萨克斯，并且他在妈咪的帮助下得到了白莲以后并没有承担起自己的责任，相反，在妈咪向他打听白莲时“阿南莫名其妙了好久，才认出妈咪来说，白莲不是与你在一起吗？”阿南会不认识这个妈咪吗？一个曾经花了几万元帮助他的人，他竟然莫名其妙了好久，足以说明阿南是一个忘恩负义的人。又比如《味道》中的“我”，虽然是一个已婚人士却仍然想和方冰发生婚外情，当然不能说“我”的道德品质就十分败坏，因为“我”和方冰本来差一点儿就是夫妻了，但文中的“我”已经明显缺失了上文中所提到的出身乡村的知识分子身上所具有的原则和对自身严格的要求了。欧阳黔森对两种出身的知识分子的描绘显示出他对乡土文化所持有的肯定态度和对城市文明中消极元素的担忧，那么，乡村文化的精神实质到底是什么呢？

质朴、率真是欧阳黔森小说中乡土文化的特征之一，乡土文化出自乡土，乡村中的一切不加掩饰，一切都是自然而纯真的。《梨花》中的梨花是纯真的典型人物，她在中学教书时关于“真的没有这么大”的笑话无疑是单纯的集中描写，就是这样简简单单努力工作的人从普通教师做到了校长又做到了副县长，这样的情节安排无疑是对现代城市厚黑学最强烈的抗议。《绝地逢生》中的禄玉竹虽然不像梨花那样纯朴，但是她同样不工于心计，在竞争领导岗位时得知马晓华与她是潜在的竞争对手时，她不拉关系也不请客送礼，安心做好本职工作，对组织绝对信任，禄玉竹的行为和城市里的一些不正之风形成鲜明的对比，树立了一位优秀的基层干部形象。和有一定职务的人物相比，《敲狗》里赎狗的汉子作为狗的主人对狗情深义重，宁愿花双倍的价钱赎回一条黄狗，学徒在良心的驱使下选择悄悄地放走了狗然后默默离开，这些都是乡土文化中质朴、率真、善良的体现，也是城市文明中所缺乏的元素。乡村的村落主要以“群居”为主，之所以打上引号是因为这里所说的“群居”不是所有人都混住在一起，而是以户为单位，每家每户联系得非常紧密，家门大多时候都是敞开的，邻里时常可以串门，不像城市在高楼大厦里闩门闭户，隔壁邻居一起住了几十年还互不认识也很正常。这样的居住生态使乡村住户之间的交流比较多，容易增进感情，也形成了团结互助的优良风气。《绝地逢生》中所有村民为王结巴的孩子出谋划策，修路、修水库、修水渠都是全民出击，哪怕是迁徙出去的人们受了欺负，他们也一并响应要去报仇，虽然方式不对，但也体现出村民团结一致的精神。《村长唐三草》中，作为村主任的唐三草和村支书互相尊重、分工又协作，共同带领桃花村脱贫致富，连乡领导也对他们赞叹尤佳。《非爱时间》里“天下的知青是一家”的说法，知青会议“全场齐声附和”传唱《南京知青恋歌》，他们敢于冒着政治风险唱禁歌是因为他们知道所有的知青是不会告发的，他们有共同的经历、共同的心境和共同的诉求，这样的感情是城市人所不能体会的，是知青在上山下乡的生活中产生的。因为乡村生活的质朴和情感联系，也使得他们对于人生成败的定义有着和当下城市不一样的地方。现今的城市中处处流传着“成功学”，各大书店里面关于怎样利用人性的弱点上位的书籍琳琅满目，真正带给人们思想的哲学类、文学类书籍都放在最不起眼的角落，这也正是作者所担忧的，因此，他构建出的英雄人物可能并不十分富有，甚至屡次失败，但他的精神仍然能鼓舞和感动着我们。《心上的眼睛》中的军医夫妇即使因战斗救护落下身体上的残疾仍然志愿加入抗击非典的治疗队，有小儿麻痹后遗症的丁三老叔积极给治疗队当助手，这些人物虽然都没有很大的成就，但仍然让我们肃然起敬。《扬起你的笑脸》中的田大德虽然只是一名普通的乡村教师，但是他对学生的关怀与爱护是我们每一个教育工作者的榜样。

《绝地逢生》中来自省城的林记者对蒙幺爸的评价是对这种精神的总结，他说道："蒙支书，不能以成败论英雄。你带领大家干的这些事，虽说很多都没有成功，甚至有些事情在今天看来是荒谬的。但我想告诉读者的，是你这种不屈不挠的精神，是这种永不服输的斗志……"是的，因为乡村之间的淳朴与情感联系，他们看重的是过程而不是结果，他们屡败屡战的精神更值得我们敬佩，这恰恰和当今城市文化中注重"成功"的现象相悖。欧阳黔森小说在对乡村自然景观的迷恋、对乡村人物形象的挖掘以及对乡土文化内涵书写的基础上逐渐深入，将"城市"与"乡土"两个概念对立起来，在叙事中通过或明或暗的手法对乡土文化中的积极元素进行赞叹、对城市文明中的消极因子进行批判，试图进行"乡土"的回归，从而完成对"城市"的救赎。

## 结 语

欧阳黔森的小说中常常呈现出对立的元素，在叙事过程中他惯常的手法是采用明暗两条主线，一条主线是读者容易发现的，另一条是通过明线引发出来的，"善"的书写、"浪漫"的情怀、"乡土"的眷念都在明处，"恶"的担忧、"苦难"的祭奠、"城市"的堕落则在暗处，他能够巧妙地将这一组组对立的关系结合起来，对过去、现在以及将来做出思考，试图用"善"去感化"恶"，用"浪漫"的态度面对"苦难"的过去，用"乡土"文化弥补"城市"中冷漠无助、急功近利的文化缺陷，从而使当下的生活更加纯粹、更加深情、更加充实，使人们的精神世界得以获得感召，从而完成一次自觉的升华。

2019 年《新文学评论》第 4 期

# 欧阳黔森小说研究综述

王太军

在中国现当代文学史上，欧阳黔森通常被国内评论界认为是继蹇先艾、石果、何士光之后的贵州第三代作家代表，以其极富个性而又颇有成果的小说创作享誉文坛。不同于前辈作家对乡土文学的执着书写，欧阳黔森的小说创作呈现出多面性、丰富性和差异性，兼具贵州边地的原始气息、喧嚣都市的现代风韵以及厚重历史的激越高亢，构成了当代中国文学地理版图中不可或缺的部分。欧阳黔森于二十世纪八十年代中期进入文坛，九十年代末开始创作小说，自 1999 年 6 月在《当代》文学杂志上发表了第一篇小说《十八块地》以来，先后在《当代》《十月》《人民文学》《中国作家》《青年文学》《北京文学》《花城》《长城》《红岩》等刊物上发表长、中、短篇小说数百万字，多次获得包括全国"五个一工程"奖、"蒲松龄短篇小说奖"等在内的国家级奖项与省部级奖项。如此成就斐然的当代作家，学术界对其的关注力度和研究力度却稍显薄弱，虽然有诸多国内知名评论家如孟繁华、雷达、陈晓明、李遇春等人，贵州评论家杜国景、谢廷秋、颜水生、李子芯等人，对其小说创作予以评析、讨论，但其中依然存在相当广阔的研究空间留待其他评论家发掘探讨。

目前学者们对于欧阳黔森小说的评述文章，除了大部分被收入中国知网（CNKI）期刊论文库、学位论文库外，也有一部分散见于评论家的论著、学术会议论文集之中，前者如孟繁华的《文学的风景》、杜国景的《二十世纪文学主潮与贵州作家断代侧影》等，后者如贵州省中国现当代文学学会编的《时代的追问》等，均有相关内容。此外，诸如《文艺报》《文学报》《贵州日报》等报纸上，也刊载了不少关于欧阳黔森的评论文章，尤其是一些访谈内容，对于研究其小说创作裨益极大，数量颇为可观。纵观现有的这些研究，或就欧阳黔森某一具体小说文本进行专篇评论，或从整体上研究作家的创作、叙事和艺术等，主要呈现出三种类型：单篇作品的解读评价、整体性的综合分析、小说的不足与新的期待。梳理整合这些现有评述，无疑是极其必要且十分迫切的：对于普通读者阅读而言，可以清楚欧阳黔森小说创作的特点和得失之处，以便理解小说真意；对于作家创作而言，可以了解评论界对自己作品的综合评价，以促使其在今后的写作中，向着更加精湛、更加高超的水平进步；对于评论家研究而言，可以知悉欧阳黔森小说的当前研究状况，发现其中存在的薄弱之处，以避免重复研究，从而更有针对性地做出阐释解读，推进欧阳黔森小说研究的进一步深入和发展。

### 一、欧阳黔森小说的单篇评论

欧阳黔森最初以诗人、散文家的身份登上文坛，有作品集《有目光看久》问世，收录了其早期的散文与诗歌作品。其小说创作虽说起步晚于散文和诗歌，但自诞生起就有较高的艺术水准，因而备受关注。从欧阳黔森发表第一篇小说《十八块地》以来，其已潜心耕耘小说二十载，学术界对于欧阳黔森小说的研究也一直亦步亦趋地跟进。从目前的研究现状来看，有相当一部分学者和评论文章针对欧阳黔森的单篇小说文本，做出了专论研究，为了方便梳理，这里分别按照短篇小说研究、中篇小说研究、长篇小说研究来进行分类概括。

学者们对欧阳黔森短篇小说所做的专篇评论，多只针对为数不多的几篇做出阐述，涵盖面远远不及其短篇小说总量。陈书蓝的《特殊岁月里的温情与忧伤——读欧阳黔森〈十八块地〉》一文，评论了欧阳黔森早期的小说作品《十八块地》，认为其通过对知青卢竹儿、鲁娟娟、萧美文等人的故事描写，展现了乡村里人性的善与美，让人们看到了人间的无限温情与令人辛酸的忧伤，体现出作家独特的人生思考和对纯真人性的呼唤、博大的人文关怀和对理想主义的执着追求。[1]傅安辉的《善良与凶残——读欧阳黔森的短篇小说〈敲狗〉》一文，着眼于曾获得第二届"蒲松龄短篇小说奖"的经典小说《敲狗》，从对人性批判与考问的主题角度考量，论述了小说中作者通过对人与狗的比较，所传达出的善良与凶残的人性两极。[2]庄鸿文的《再读欧阳黔森〈敲狗〉》一文，则运用结构主义批评理论，对《敲狗》做出了结构层面的阐释，认为小说中人物的塑造并非文本的重心，从事件的叙述与结构的安排中生成的丰富意蕴，才是小说意义所在。[3]何士光的《诗的意境和铁的历史》一文，就《断河》一篇给予颇高的评价，称《断河》"用简短的篇幅，勾勒了史诗的意境"，因而具有诗的意境和史的厚重，意蕴丰厚沉重。[4]安敏的《试析欧阳黔森〈断河〉里的史诗叙事》同样是对《断河》所做的专篇评论，文章从史性语言与诗语意境结合的语言修辞、表层形式与内在逻辑并进的叙事结构、生存主题与毁灭主

[1] 陈书蓝：《特殊岁月里的温情与忧伤——读欧阳黔森的〈十八块地〉》，《读书文摘》2015 年第 22 期。

[2] 傅安辉：《善良与凶残——读欧阳黔森的短篇小说〈敲狗〉》，《凯里学院学报》2008 年第 5 期。

[3] 庄鸿文：《再读欧阳黔森〈敲狗〉》，《铜仁日报》2018 年 9 月 28 日。

[4] 何士光：《诗的意境和铁的历史》，《文艺报》2014 年 9 月 22 日。

题同构的史诗叙事意蕴三个方面，对小说文本的史诗叙事艺术进行了阐释与分析。[1]朱永富在《作为精神自传的写作——欧阳黔森〈远方月皎洁〉印象》中，联系小说的第一人称叙述方式，以及小说中主人公的经历与作者经历的相似性，将《远方月皎洁》视作欧阳黔森精神自传式写作的典型，论述了小说的“中年叙述”特征和“可能生活”的情感结构，认为作家这类小说是为了表达一种为了忘却的纪念。[2]李昌鹏的《清淡的大味——评欧阳黔森〈远方月皎洁〉》也评论了小说《远方月皎洁》，文章谈及小说中的“远方”“月”“皎洁”“狗”四个关键词，认为这篇作品给人的第一感觉是平淡，但平淡之后有着巨大的“回味空间”。[3]此外还有孟繁华在《文化裂变时代的经验与想象——评欧阳黔森的两篇小说》一文中，提及了欧阳黔森的一篇短篇小说《丁香》与一篇中篇《白多黑少》，描述了《丁香》所展现出来的朴实无华的地域风情，流淌着一种怀旧的味道，让人感动，并点出了作者对朴素、诗意的追求与对理想主义的传达。[4]

与短篇小说研究相比，欧阳黔森中篇小说的专篇研究文章数量较为稀少。孟繁华的《文化裂变时代的经验与想象——评欧阳黔森的两篇小说》，除却《丁香》，还论述了中篇小说《白多黑少》，在横流的物欲背后，写出了人性的复杂性和宿命般的无奈感，并进而提出了“欧阳黔森的小说有一种令人感动的内在气质，这种气质就是剩余的理想主义的气质”的著名

---

[1] 安敏：《试析欧阳黔森〈断河〉里的史诗叙事》，《艺术评鉴》2019 年第 9 期。

[2] 朱永富：《作为精神自传的写作——欧阳黔森〈远方月皎洁〉印象》，《贵州日报》2017 年 4 月 7 日。

[3] 李昌鹏：《清淡的大味——评欧阳黔森的〈远方月皎洁〉》，《文学教育》2013 年第 6 期。

[4] 孟繁华：《文化裂变时代的经验与想象——评欧阳黔森的两篇小说》，《文学的风景》，河南大学出版社，2006 年版，第 107 —111 页。

论断。[1]向笔群的《在忧虑与困惑中书写乡村的抒情诗——评欧阳黔森中篇小说〈村长唐三草〉》一文，将小说《村长唐三草》视为作家关注现实、深入黔中大地、书写乡村人物悲喜的作品，论述了作家从自己的生活底色出发，找到了乡村底层叙事的经验与突破点，以唐三草这一具有代表性的乡村干部对象，叙述了其带领桃花村脱贫致富的过程，而唐三草在工作期间所遇到的忧虑与困惑，则表达了作家对乡村发展的关注和思考。[2]在这之外，谢廷秋的《〈水晶山谷〉浅析》是对欧阳黔森另一部中篇小说《水晶山谷》做出的专论。这篇论文认为《水晶山谷》是一部远离都市却无法回避市场化与商品化背景的小说，指明欧阳黔森写出了人类在现代文明面前的两难处境，表达了作家的理性反思。[3]

相较短篇、中篇小说，欧阳黔森的长篇小说研究要相对丰厚一些。陈晓明的《对当代精神困局的透视——评欧阳黔森〈非爱时间〉》一文，论述了《非爱时间》始终在用对过去的怀念来反衬现实的困境，认为其可以看成是对当代人精神现状的一次透彻表现，回应了当代人关切的理想主义和价值归宿的问题。[4]王红艳的《在执着与放弃间挣扎》论述的也是长篇小说《非爱时间》，提出烙印在小说人物身上的激情是一种几十年不变的痴迷与偏执，是一种长久地在理想与放弃间挣扎的耐力。作者认为小说昭示着一种“什么也抵挡不住物质时代轰轰烈烈的车轮，最终能够留下的

[1] 孟繁华：《文化裂变时代的经验与想象——评欧阳黔森的两篇小说》，《文学的风景》，河南大学出版社，2006 年版，第 107—111 页。

[2] 向笔群：《在忧虑与困惑中书写乡村的抒情诗——评欧阳黔森中篇小说〈村长唐三草〉》，《贵州作家》2015 第 6 期。

[3] 谢廷秋：《〈水晶山谷〉浅析》，载《时代的追问》，贵州人民出版社，2007 年版，第 385—388 页。

[4] 陈晓明：《对当代精神困局的透视——评欧阳黔森〈非爱时间〉》，《文艺报》2004 年 5 月 18 日。

只有个体坚忍的记忆”的寓言性结局，传达了作家对“爱与情、灵与魂最终会成为什么”的深度思考。[1]姚亮的《论欧阳黔森小说的结构性对照——以〈非爱时间〉为例》一文亦是对《非爱时间》的专篇评论。这篇论文评价了欧阳黔森小说从框架到细节所形成的结构性对照手法，认为小说文本通过一系列前景与背景的转换对照，对理想主义消退后的当下精神困境做出了比较透彻的揭示。[2]曾镇南在《说不尽的长征故事——读欧阳黔森、陶纯的长篇历史小说〈雄关漫道〉》中，则评论了长篇小说《雄关漫道》。作者认为小说全景式地客观记叙了红二方面军长征的整个过程，以情节的生动性和丰富性朴素地演绎了伟大的长征精神，勾勒出众多长征指战员真实感人的艺术形象，写出了红军的雄姿和业绩。[3]除却小说《非爱时间》《雄关漫道》，也有研究者对欧阳黔森的另一部长篇小说《绝地逢生》给予较多的关注。谢廷秋的《以艺术的方式展示科学发展路径——从〈绝地逢生〉看贵州生态文学的成长》一文，论述了《绝地逢生》所体现出来的鲜明的生态意识，表示其以艺术的方式展示解决资源环境问题的路径，应该引起人们的高度重视，并且呼吁贵州作家应该关注生态问题、呼唤生态文明，揭露和批判对生态环境的破坏，创作出富含生态意蕴的文学作品。[4]谢廷秋的另一篇文章《从〈水晶山谷〉到〈绝地逢生〉——贵州作家欧阳黔森生态文学解读》，进一步从生态文学角度切入，赞扬《绝地逢生》是典型的贵州生态文学文本，是富有良知的作家对历史使命的担当，它显示

[1] 王红艳：《在执着与放弃间挣扎》，《中国图书商报》2004 年 7 月 16 日。

[2] 姚亮：《论欧阳黔森小说的结构性对照——以〈非爱时间〉为例》，《贵州师范大学学报（社会科学版）》2019 第 2 期。

[3] 曾镇南：《说不尽的长征故事——读欧阳黔森、陶纯的长篇历史小说〈雄关漫道〉》，《播芳馨集：曾镇南文艺评论选》，大象出版社，2010 年版，第 234—237 页。

[4] 谢廷秋：《以艺术的方式展示科学发展路径——从〈绝地逢生〉看贵州生态文学的成长》，《贵州日报》2009 年 4 月 24 日。

了作家关注现实人生的一种理想主义情怀，表达了作家对生态危机的深沉忧患。[1] 此外，李子芯的《电视剧〈绝地逢生〉的小说文本研究》，则从苦难与希望并存的叙事主线、理想人物的形象书写、生态主义主题三个方面，对《绝地逢生》的小说文本做了解读，认为作品中描写了底层农民在困难面前仍然保持着善良、勤劳、顽强的美好本色，充满爱和温情，洋溢着浓郁的西部风情和浪漫主义色彩。[2]

从这些已有的单篇评论可以看出，评论家对欧阳黔森小说所做的专篇研究存在既不均衡、又不完全的现状，当前的研究视野，短篇小说主要集中在《十八块地》《敲狗》《断河》《丁香》《远方月皎洁》上，中篇小说则只针对《白多黑少》《水晶山谷》《村长唐三草》等几篇，长篇小说侧重于《非爱时间》《绝地逢生》《雄关漫道》三部，涵盖面不免显得狭小。这些小说只是欧阳黔森作品的一部分，他还有更多的小说文本并没有被研究者专篇评述，它们同样具有极大的研究价值，同样蕴含着丰富的文学意蕴，同样传达着作家的深沉思索，比如《血花》《心上的眼睛》《莽昆仑》《穿山岁月》《非爱时间》《奢香夫人》等。当然，有不少作家在整体研究欧阳黔森小说创作的时候，对这些小说也做出了一些评述，并且还不乏相当精彩的论断和深刻的表述，却始终没有对这些小说的专篇评述问世，这不得不说是一个不小的遗憾。此外，欧阳黔森的一些小说被改编成电视剧，如《雄关漫道》《绝地逢生》《奢香夫人》等，广受好评，引起了一些评论家的关注与追捧，但因为其大多是对于小说改编成功后的影视剧所做的研究，所以不在此研究综述的梳理视野之内。

---

[1] 谢廷秋：《从〈水晶山谷〉到〈绝地逢生〉——贵州作家欧阳黔森生态文学解读》，《当代文坛》2012 年第 2 期。

[2] 李子芯：《电视剧〈绝地逢生〉的小说文本研究》，《电影文学》2013 年第 16 期。

## 二、欧阳黔森小说的整体研究

研究者对欧阳黔森小说所做的单篇评论，针对的是具有丰富内涵和深刻意义的部分小说文本，除此之外，更多的评论家从宏观层面，将研究视野投注到欧阳黔森小说整体，对其做了综合性的解读阐释，分析了其创作、叙事、艺术等各个方面。为便于梳理，依据评论侧重点，可将整体研究划分为三个方面：创作论、叙事论、艺术论，其中以关注创作论者最多、最为丰厚，故可以将创作论继续细分为发生论、主体论、题材论。

欧阳黔森小说的创作论，即围绕作家创作展开的评论，目前主要侧重于研究创作发生、创作主体、创作题材三个维度。首先，来看关于欧阳黔森小说创作发生论方面的研究内容，这类研究多以访谈文章的形式出现，采访者提问、受访者回答，再经由采访者根据访谈内容整理、撰写成文，这些文章对于研究作家的创作动机、目的、追求等裨益极大。周新民的《探询人性美——欧阳黔森访谈录》一文，以访谈对答的形式，回顾了作家的文学创作之路，探讨了作家对人性美、人性善的热衷书写，对生态意识、地域文化的热切关注，对浪漫主义作品、传统小说意蕴、长篇小说改编影视剧本等问题的自我认知，在提问、回答的互动过程中，揭示了欧阳黔森小说创作的种种问题。[1] 舒晋瑜的《欧阳黔森：创新与突破，必须置身于自己的沃土》也是一篇与作家互动的访谈文章，文中对欧阳黔森弘扬社会主义核心价值观、执着于发出“贵州声音”的创作追求进行探寻，指出了作家植根于贵州文学土壤、谋求创新与突破的文学理念与创作实践。[2]

---

[1] 周新民、欧阳黔森：《探询人性美——欧阳黔森访谈录》，《小说评论》2015 年第 5 期。

[2] 舒晋瑜：《欧阳黔森：创新与突破，必须置身于自己的沃土》，《中华读书报》2014 年 7 月 30 日。

黄远石、罗元涛的《“地质队员都干过，还怕干编剧？”——专访省文联副主席、贵州省作协主席欧阳黔森》，则对于作家的地质工作经历、与文学结缘的过程等问题做了详细的追溯、探讨。[1]在这类访谈文章之外，苏丹的《纸上有味纸上香——写在欧阳黔森小说集〈味道〉出版之际》一文，也属于作家创作发生论方面的研究。文章具有评传性质，回忆了欧阳黔森的创作历程与其早期的作品受评情况，并交代了几件与作家交往中的趣事，凸显了作家爽朗、自信、百折不挠的性格特征，这成为探究欧阳黔森的创作心理、创作风格等的绝佳材料。[2]

其次，来看学者们对于创作主体，即对作家的研究文章。颜水生在《社会主义伦理与讲述中国的方法——欧阳黔森论》中，从作家论出发，呈现了欧阳黔森在文学创作中始终秉持的社会主义伦理立场和社会主义伦理原则。在他看来，一方面，欧阳黔森在文学创作中通过人民伦理和文化地理表现对文化传统与革命历史的思考，表达对革命精神和红色文化的歌颂；另一方面，通过描绘改革时代的巨大变化，表现了他对时代精神和自然宇宙的思考、对社会伦理和自然天理在社会发展中不可或缺价值的强调，彰显了作家的现实关怀。[3]贵州师范大学2008届硕士研究生严天慧的学位论文《崇高的生命追求——欧阳黔森创作论》，其实也侧重于作家论，这篇论文从欧阳黔森高扬的理想主义指归入手，深入具体的小说文本中去，揭示了小说中强烈关注人的命运、心灵、尊严、性格的人文精神，并就作

[1]黄远石、罗元涛:《“地质队员都干过，还怕干编剧？”——专访省文联副主席、贵州省作协主席欧阳黔森》，《贵州民族报》2015年9月11日。

[2]苏丹:《纸上有味纸上香》,《见证多彩贵州:〈贵州日报〉十年新闻作品选》，贵州人民出版社，2007年版，第463—468页。

[3]颜水生：《社会主义伦理与讲述中国的方法——欧阳黔森论》，《中国现代文学研究丛刊》2019年第5期。

品中鲜明的地域特色和个性化的艺术追求进行了详细解读，探讨了小说的文化内涵与艺术成就。[1]

再次，来看关于欧阳黔森小说创作题材方面的研究文章，相比之下，其文章数量、解读力度更胜一筹。李遇春在《博物、传奇与黔地方志小说谱系——论欧阳黔森的小说创作》一文中，从文学与传统角度考量欧阳黔森的小说创作，将其纳入新世纪以来中国文学的复兴层面，发现欧阳黔森在小说创作中除了显在地传承了蹇先艾、何士光等现当代贵州作家的新文学现实主义传统，还潜在地复活了志怪、志人、博物、搜神、传奇、方志、笔记等中国古代文学传统资源，由此创作出融博物、传奇于一体的黔地方志小说，激活并重塑了作为地方性知识与文化的贵州精神。[2]颜水生在《感觉意识形态与风景的象征世界——欧阳黔森文学创作论》中，针对欧阳黔森书写大山与丛林题材的小说，选择其中印象式的风景描写，从神奇壮丽的高原山川风景、和谐安宁的田园牧歌风景和“万物有灵论”的动物风景三方面入手，探究风景背后丰富的象征意蕴和巨大的张力结构，论证了小说在审美或想象层面对人类现代化发展中的矛盾与问题所提供反思的可能性。[3]魏家文在《残存的理想主义——欧阳黔森小说创作论》中，从现实主义的小说题材入手，表明欧阳黔森小说创作的独特价值在于现实主义题材与理想主义情怀的有机统一，指出其小说重点书写了人性的善良与美好，塑造了一批理想化的女性人物形象，并通过对诗意乡村和欲望都市的

[1] 严天慧：《崇高的生命追求——欧阳黔森创作论》，硕士学位论文，贵州师范大学，2008 年。

[2] 李遇春：《博物、传奇与黔地方志小说谱系——论欧阳黔森的小说创作》，《中国现代文学研究丛刊》2018 年第 7 期。

[3] 颜水生：《感觉意识形态与风景的象征世界——欧阳黔森文学创作论》，《小说评论》2019 年第 2 期。

书写，表达了小说家对生态环境的忧思和重建家园的期待，彰显了一种尤为可贵的理想主义情怀，即“残存的理想主义”。[1]此外，还有一些研究者注意到了欧阳黔森的生态文学创作，着力探讨生态题材小说中所蕴含的生态意识和生态价值。广西师范学院2012届硕士研究生纪文的学位论文《自然的回归，精神的突奔——生态批评视野中欧阳黔森的文学创作》即是基于作家生态题材的小说作品所做的研究，论文从欧阳黔森创作中流露出来的自然观切入，引入生态批评视野，借助当代生态文学批评的研究成果，剖析小说中的生态因子，提取小说中对文化生态的透析，并由此升华到欧阳黔森对人类精神困境的考问上，得出人类应该回归自然、回归自我的结论。[2]贵州师范大学2009届硕士研究生潘光芝的学位论文《诗意栖居与人性反思——生态批评视野下的贵州文学研究》，也部分涉及了欧阳黔森生态题材小说的研究，论文将欧阳黔森的小说创作置于生态批评视野之下，论述了小说中人与自然和谐共生的生态主题，但由于文章主要研究的是贵州生态文学的总体景观，故这里不多讲述。[3]关于欧阳黔森小说创作论的评论文章还有一些，这里就不一一列举了，总的来说，这些论文从创作发生、创作主体与创作题材三个维度，对作家创作予以深入而具体的阐释解读，其力度、广度、深度，相较其他方面的研究，均处于领先地位。

创作论之外，再来看欧阳黔森小说的叙事论，即探讨小说叙事特质和

---

[1] 魏家文：《残存的理想主义——欧阳黔森小说创作论》，《南方文坛》2018年第4期。

[2] 纪文：《自然的回归，精神的突奔——生态评批视野中欧阳黔森的文学创作》，广西师范学院，2012年版。

[3] 潘光芝：《诗意栖居与人性反思——生态批评视野下的贵州文学研究》，贵州师范大学，2009年版。

叙事风格的研究文章。孟繁华在《小叙事与老传统——评欧阳黔森的短篇小说》中，指出欧阳黔森以“舒缓从容的姿态讲述他那多少有些‘老旧’的故事”，“在小叙事中隐含着一个大传统”，即是“对人类普遍价值维护的最低承诺”。他给予了欧阳黔森的文学世界一个准确定位——“一个温婉、诗意、人性的世界，一个对自然无比热爱的世界，一个不断向传统致敬的世界”。[1]雷达的《叙事的机趣——欧阳黔森小说印象》一文，赞赏了欧阳黔森富于个性化的“传奇”叙述方式与文本自觉意识，点明了小说“好看”的特点，并称其叙事手法一边在扩宽读者的阅读视野，一边又在破坏读者的阅读期待，因而颇有“机趣”。[2]颜水生的《传奇叙事与形式的辩证法——欧阳黔森小说论》也探讨了传奇叙事，作者指出欧阳黔森的小说创作不仅融合了武侠、冒险、志怪、鬼神、荒诞等艺术形式，而且也综合了江湖侠义、英雄主义、理想主义、国家主义等意识形态内容。[3]杜国景在《欧阳黔森的英雄叙事及其当代价值》一文中，具体论述了欧阳黔森小说呈现出来的英雄情结、英雄崇拜与字里行间弥漫着的理想主义、英雄主义，从而论证了小说文本中富含着的英雄叙事特色及时代价值。[4]李子芯在《论欧阳黔森小说中的性善书写》中，论述了小说的性善叙事，探讨了欧阳黔森对人性善的热衷书写与极力颂扬，并进一步探究作家善有善报的传统道德观。[5]刘亚婷的《唱响山林牧歌——欧阳黔森笔下的女

[1] 孟繁华：《小叙事与老传统——评欧阳黔森的短篇小说》，《山花》2015年第5期。

[2] 雷达：《叙事的机趣——欧阳黔森小说印象》，《文学报》2005年11月24日。

[3] 颜水生：《传奇叙事与形式的辩证法——欧阳黔森小说论》，《贵州师范大学学报（社会科学版）》2019年第2期。

[4] 杜国景：《欧阳黔森英雄叙事及其当代价值》，《当代作家评论》2016年第2期。

[5] 李子芯：《论欧阳黔森小说中的性善书写》，《黑河学刊》2014年第2期。

性形象》一文，则就欧阳黔森小说中的女性叙事进行专门研究，作者将欧阳黔森笔下众多的女性形象分为圣洁美丽的女性、原始质朴的女性与堕落逃避的女性三类，探讨她们身上所弥漫着自然美，认为其表现出了作家诗意、朴素的生活追求和回归自然、亲近自然的人生理想[1]。这些评论文章，主要评述了欧阳黔森小说中的传奇叙事、英雄叙事与性善叙事等各个方面，但结合具体的叙事理论，从叙事学的角度对欧阳黔森的小说叙事予以科学分析的，则相当少见。

相较于创作论、叙事论，专门探讨欧阳黔森小说艺术特色的文章，则相当稀少。郭征帆的《纸上有味纸上香——欧阳黔森小说艺术简论》一文，探究了欧阳黔森小说中表现出来的对人的终极关怀与强烈的人文精神，从小说语言、细节、人物、历史、人性、城乡与爱情题材等方面论述了作家独具匠心的艺术探索，呈现了欧阳黔森文学理性与感性相互缠绵的创作立场。[2]申元初、喻莉娟合力撰写的《优美、幽默而又忧伤的人性探求——欧阳黔森小说的一个突出特点》，立足欧阳黔森小说的文化创作意义与哲学创作意义，论述了其优美、幽默而又忧伤的复杂人性探求与丰富创作艺术，并表明这种人性探求和创作艺术使得小说具有突出的审美意义。[3]周新民的《欧阳黔森短篇小说艺术论》一文，则以欧阳黔森的短篇小说为研究对象，认为其不仅吸收了古代编年叙事、传记叙事、比德审美意识的有益滋养，而且也超越了中国古典短篇小说的"实录"精神，在哲理层面找到了现代

[1] 刘亚婷：《唱响山林牧歌——欧阳黔森笔下的女性形象》，《美与时代》（下）2019年第4期。

[2] 郭征帆：《纸上有味纸上香——欧阳黔森小说艺术简论》，《时代的追问》，贵州人民出版社，2007年版，第248—258页。

[3] 申元初、喻莉娟：《优美、幽默而又忧伤的人性探究——欧阳黔森小说的一个突出特点》，《时代的追问》，贵州人民出版社，2007年版，第259—263页。

短篇小说的艺术质地，表达了对人生、人性的哲理思考。[1]严天慧在《崇高的生命追求——欧阳黔森创作论》中，也论述到了欧阳黔森小说的艺术特色，她从自然清新与至雅至俗的语言特点、崇高美与悲剧美的风格特色等方面，探讨了作家小说里的独特艺术追求。[2]这些关于欧阳黔森小说艺术论的研究文章，主要集中在对小说中所体现出来的关于人性、人生的思考上，从哲理层面切入评论，比较关注小说中形而上的美学追求。

要把握小说的创作特征，就必须对作家的创作历程做整体研究，所以在欧阳黔森小说研究的所有文献中，整体研究的文章所占比例最大，这体现出了评论家对欧阳黔森小说创作的一种自觉关注和高度重视。从以上的梳理、枚举中来看，应该说，当下学术界对欧阳黔森小说的整体研究已经取得了不俗的成绩，其中李遇春的《博物、传奇与黔地方志小说谱系——论欧阳黔森的小说创作》、颜水生的《社会主义伦理与讲述中国的方法——欧阳黔森论》、杜国景的《欧阳黔森的英雄叙事及其当代价值》、周新民的《欧阳黔森短篇小说艺术论》等文章，在欧阳黔森小说的创作、叙事、艺术等方面，做了鞭辟入里的分析，相当精准、深刻。但是也不难发现，目前学界着力于欧阳黔森小说的创作论和叙事论的研究者居多，艺术论者次之，且对小说艺术的研究多停留在人性探求与人文精神之上，这表明欧阳黔森小说的艺术研究还有更为广阔、更加丰富的探索空间。当然，现有关于创作论、叙事论的研究，对于一个著作等身的作家而言，也依然显得十分单薄，如对欧阳黔森创作心理学的探究、叙事学理论的分析等比较少见，这就有待更多的研究者、评论家将之往更深层面、更高层次去推进和提升。

[1] 周新民：《欧阳黔森短篇小说艺术论》，《小说评论》2015 年第 5 期。

[2] 严天慧：《崇高的生命追求——欧阳黔森创作论》，硕士学位论文，贵州师范大学，2008 年。

## 三、再出发：从不足到新的期待

学术界除了对欧阳黔森小说赞誉、肯定的声音，也有一些学者在研究过程中，正面评价欧阳黔森小说的同时，注意并论述到了其小说创作中存在的一些问题和不足之处，且对作家未来创作表示出一种期待，希冀其能弥补不足，创作出更高水平的文学作品，这对于研究欧阳黔森小说而言，无疑提供了另一种评价视角。既然这里是做欧阳黔森小说的研究综述，笔者自觉有必要、有责任将问题与期待的声音呈现在本文中。

目前关于欧阳黔森小说创作的不足之处，研究者主要指出了如下几点：第一，在创作上，某些文本出现了模式化倾向和重叠现象，雷达的《叙事的机趣——欧阳黔森小说印象》与严天慧的《崇高的生命追求——欧阳黔森创作论》等文章即注意到了这一点。严天慧认为，欧阳黔森小说中总是喜欢设置一位美丽、善良、圣洁的女性作为男性的恋人或爱人，而男性都是在这些美好女性的影响或净化下成为一个具有浪漫主义情怀，有着最后的人性坚守的理想主义者，故事基本雷同。[1]第二，在艺术上，小说尚未趋于完善，具有一定的提升空间。李遇春在《博物、传奇与黔地方志小说谱系——论欧阳黔森的小说创作》中，指出欧阳黔森小说中博物传统、传奇传统、抒情传统三位一体的艺术境界尚未臻至化境。[2]申元初、喻莉娟在《优美、幽默而又忧伤的人性探求——欧阳黔森小说的一个突出特点》一文中，则认为小说叙述中的文化厚度感和历史厚度感有时稍欠火候，

[1] 严天慧：《崇高的生命追求——欧阳黔森创作论》，硕士学位论文，贵州师范大学，2008 年。

[2] 李遇春：《博物、传奇与黔地方志小说谱系——论欧阳黔森的小说创作》，《中国现代文学研究丛刊》2018 年第 7 期。

还需要进一步加强。[1]第三，小说的某些细节、逻辑等存在纰漏，稍显牵强，有待商榷。姚亮在《论欧阳黔森小说的结构性对照——以〈非爱时间〉为例》中，就小说中提到的“经济特区”、交通条“款”等细节表述进行推敲，指出其存疑之处。[2]王志尧在《情节太离谱，畸恋太撩人——评欧阳黔森的中篇小说〈白多黑少〉》中，举隅出小说《白多黑少》中七处不合情理的细节，直面指出不妥之处，并进一步从社会转型期的浮躁心态入手，探索小说虚假失真背后的社会原因，借此提出修改意见。[3]

以上列举的对于欧阳黔森小说的不足之处，体现出学者们客观严谨的学术态度与指出不足、期待改善的良苦用心，他们在文章中表示，凭借作家勤勉和数十年田野工作的积累，欧阳黔森有能力在今后的创作中取得更加高远、更加辉煌的文学未来和创作实绩。不少研究者都将欧阳黔森视作是贵州文学的中坚力量，希冀其能够以自己的创作、影响，带动更多的贵州作家，在更大范围内使贵州文学走向全国。

总的来说，当前对欧阳黔森小说的研究里，既存在着指摘不足，也存在着热切期待，它们表明，作家的小说创作的确还存在一些问题和缺陷，但他有能力在未来的写作中达到更高的艺术水准，取得更佳的创作实绩。不管是态度严谨地指出不足，还是言辞恳切地提出期冀，都为欧阳黔森小说再评价提供了另一种视角，这对于推进其小说研究具有十分重要的意义。

---

[1] 申元初、喻莉娟：《优美、幽默而又忧伤的人性探究——欧阳黔森小说的一个突出特点》，《时代的追问》，贵州人民出版社，2007年版，第259—263页。

[2] 姚亮：《论欧阳黔森小说的结构性对照——以〈非爱时间〉为例》，《贵州师范大学学报（社会科学版）》2019第2期。

[3] 王志尧:《情节太离谱　畸恋太撩人——论欧阳黔森的中篇小说〈白多黑少〉》，《黄河科技大学学报》2004年第1期。

## 结论

在对欧阳黔森小说研究的梳理、整合中，单篇评论、整体研究、不足与期待三类基本囊括了当前欧阳黔森小说研究的主要内容，其中单篇评论和整体研究是欧阳黔森小说研究的重点和着力点。分析这些现有的评论可以看到，当前研究的贡献主要体现在：其一，研究者对《敲狗》《断河》《白多黑少》《水晶山谷》《非爱时间》等小说文本的阐释已经相当系统而深入，对其内容、题旨、意蕴的论述也十分深刻而中肯；其二，在对欧阳黔森小说的创作论、叙事论的研究上，已经取得一些骄人的成绩，像诸如“剩余的理想主义气质”的论断，已经成为研究界的共识；其三，学术界在研究欧阳黔森小说时，十分自觉地引入了多种研究角度、采用了多种研究方法，比如生态批评视野与风景叙事等，这对于推动欧阳黔森小说的阅读接受和影响传播、挖掘欧阳黔森小说的丰富价值和多重意义，无疑具有举足轻重的作用。毋庸讳言，既有的欧阳黔森小说研究也存在一些局限，指出其不足之处，对于之后的小说研究极有裨益：第一，研究者对于欧阳黔森小说所做的单篇评论，视野极不均衡，只论及为数不多的几部作品，还有更多有价值的小说文本没有得到充分重视；第二，当前关于欧阳黔森小说的整体研究，重创作论、叙事论，而轻艺术论，且对创作心理学、叙事学的重视不足；第三，许多研究内容还有待开拓，如欧阳黔森小说的影响研究和比较研究等。

现有研究成果奠定了未来研究的基础，既存研究局限则预示着未来研究的发展方向。在今后的欧阳黔森小说研究中，研究者应该把学术视野更多地投入欧阳黔森其他有价值的小说文本中，充分挖掘其思想价值和主题意蕴；应该将关注重点更多地倾注在欧阳黔森小说艺术上，深入探讨其艺术特质和美学追求；应该将欧阳黔森的小说创作置入更加开阔的文化视野、更加丰富的全国作家群中，客观给予其影响研究和比较研究。只有如此，才能充分发掘出欧阳黔森小说的价值内涵，才能把欧阳黔森小说研究推向更高的学术层次和学术境界。

2019 年《新文学评论》第 4 期

# 欧阳黔森作品评论

文学评论


贵州省作家协会
贵州省文艺评论家协会
编



贵州出版集团
贵州人民出版社

# 前　言

欧阳黔森是贵州第三代作家的领军人物，他继承了第一代作家领军人物蹇先艾和第二代作家领军人物何士光的贵州乡土书写，他的创作广泛，涉及小说、散文、报告文学、诗歌、戏剧、电影、电视剧，引起了省内外评论家及读者和观众的高度关注。近年来，关于欧阳黔森的研究已形成集束性效应。有关欧阳黔森文学、影视等作品的评论，已在各类报刊大量发表，也有研究其文学、影视创作的综合性专著出版。本书收集了众多评论家在各类报刊发表的评论文章115万余字，以供研究欧阳黔森的学者参考。由于我们力量有限，可能有许多评论文章未能收集在本书内。因收集在本书的部分文章的作者无法取得联系，此类作者在得知本书信息后可与我们联系。

贵州省作家协会

贵州省文艺评论家协会

贵州财经大学欧阳黔森现当代文学研究中心

铜仁学院欧阳黔森研究中心

贵州大学人文学院欧阳黔森文学研究中心

CONTENTS

# 目录

# 论欧阳黔森小说的结构性对照

## ——以《非爱时间》为例

姚 亮

读欧阳黔森的小说常常不忍释卷，若不一口气读完就不过瘾，所以雷达说："欧阳黔森小说的最大特点是'好看'。"[1]好看意味着故事性强、有趣味、吸引人，但稍不留神很容易从故事的表面滑过，囫囵吞枣，难以品尝到真正的意蕴。笔者有类似经验，读完重翻才慢慢看出其匠心与关节来。因此之故，觉得有必要细说，不仅因为阅读容易滑过，更是因为确有内容值得细说。

笔者曾在《对立与交融：欧阳黔森中短篇小说论》中以"刚柔相济、对立交融"概括欧阳黔森中短篇小说的艺术特色，指出这种特色主要成因是作者对结构的苦心经营。他常采用多线索结构故事，主、副、明、暗交织并进成为叙事的推动力。多条线索之间实际上构成一种参差对照的映衬关系。出版于2004年的《非爱时间》是欧阳黔森的第一部长篇小说（曾在单行本之前两个月以《下辈子也爱你》为题发表于《红岩》杂志），在这部作品中同样采取了类似的策略来讲故事，即从框架到细节都运用了结构性对照。这一手法的使用令作品整体呈现出富有张力的美学效果：一方

[1] 雷达：《叙事的机趣——欧阳黔森小说印象》，《文学报》2006年4月7日。

面，它让故事变成多声部的纠缠与对话，显得立体而充实，并且在转换穿插中摇曳多姿；另一方面，它让意义呈现出多重可能性，含混与暧昧带来意义的增殖，从而拓展了阐释的空间。意义在对照关系中发散、生长，不再是作者“一言堂”，如此一来，既解放了作者也解放了读者。这恐怕更应该是“好看”的作品应当具备的品质，毕竟小说不只是故事。“好看”不能一味停留在“看”上，更应当究诘其“好”，这是本文的立意所在。

## 一、爱与“非爱”

爱情是什么？这是一个难有“标准答案”的问题，常常见仁见智，任何企图提供终极答案的尝试都注定是徒劳的。洞悉人性、善写爱情的天才作家张爱玲在其以二两拨千斤的短文名作《爱》中干脆放弃了回答，这是她的过人之处，不仅造就了文本的开放性，还在于她对爱的体认高人一筹。她为自己给出了一个正当的理由：“现代文学作品和过去不同的地方，似乎也就在这一点上，不再那么强调主题，却是让故事自身给它所能给的，而让读者取得他所能取得的。”[1]饶是如此，她仍有一些导向性提示：“于千万人之中遇见你所要遇见的人，于千万年之中，时间的无涯的荒野里，没有早一步，也没有晚一步，刚巧赶上了”[2]，所谓“刚巧”指的是对的人和对的时间，这是她所理解的爱的条件。诚然，爱情不仅仅是一种情感，更是一种关系，是持有这种情感的双方之间的一种特定关系。也正是在这个意义上，《非爱时间》便可以解题了：“非爱”指向情感的本质，也即是说这种情感不是爱情，讲的是人不对；“时间”则是一个补充性说明，

[1] 张爱玲：《自己的文章》，载《张爱玲文集》（第四卷），安徽教育出版社，1992，第 176—177 页。

[2] 张爱玲：《爱》，载《张爱玲文集》（第四卷），安徽教育出版社，1992，第 78 页。

既可能是“非爱”的原因——时间不对，也可能是“非爱”的状态——当然也与时间有关。这是一个充满张力的标题，其张力不仅在于上述的复义，还在于它含混了另一组对立：爱与“非爱”。“非爱”即不是爱，这个否定性表述背后隐藏的是肯定性参照，这是一个非常重要的维度，如果说“非爱”是前景，那么爱则是其背景，是前者得以成立与展开的基础。所以，小说并不仅仅是书写了各种“非爱”的情形，更是贯穿性地穿插缠绕了典范性的爱情。这样阐释固然是在参文字的机锋，但并不是没有依据的臆断。《非爱时间》曾以《下辈子也爱你》为题发表于《红岩》杂志。“非爱时间”晦涩难解，“下辈子也爱你”则十分醒豁，两相对照，则“非爱时间”便容易明白了：或许是爱得太深沉，以至于下辈子也要爱你；然而也可能是只有“下辈子”才能爱你——这辈子是“非爱”的时间，“下辈子”纯属一个誓愿性的情感寄托。

要弄清“非爱”，必须先分析作为背景与参照的爱。黑松父母的爱情是小说塑造的令人印象深刻的典范性的爱。黑松的父亲在新中国成立初期从东北南下红土高原剿匪。黑松的母亲赶羊回家途中遇到邻村的土匪，因是熟人，土匪与小姑娘商量“借”一只羊。虽然追兵在后，同伴催促，他依然要温和地“借”，结果被黑松的父亲从高处射杀。按照作者的意见，黑松母亲在这生死关头“被黑松父亲的英姿吸引”[1]，“属于一见钟情”[2]，虽然有些不真实，为了塑造典范的需要，姑且听他。开头不够自然，接下来却是富有历史性的磨难。黑松父亲出身贫农家庭，参加过渡江战役、西南剿匪、抗美援朝，根正苗红，他负伤转业本可去政府，因为爱上“破落地主”之女且不听组织劝告，最后被安排到地质队。黑松父母恩爱有加，

[1] 欧阳黔森：《非爱时间》，贵州人民出版社，2004，第 92 页。

[2] 同上书，第 94 页。

到老仍不改初心。黑松母亲腿不好，出门去找黑松父亲，半路走不动了，托人带话。黑松父亲被下棋的年轻人纠缠，为了尽快去看爱人豁出性命打了一架才得以脱身。“爱人”是他对黑松母亲一辈子的称呼，“饱含了几十年沧桑不变的真感情”[1]，他始终如一的行为诠释了这个词的内涵，也多少弥补了故事开头讲述者的浮夸。最好的年龄遇上最好的人，克服重重困难长相厮守，到老仍相敬如宾，这对典范之爱十分理想，作为小说的背景天平用以衡量各种“非爱”无疑是合适的。

有了这个爱的典范，“非爱”之种种便可以被照彻肺腑无处逃遁了。小说中涉及的“非爱”事件有：黑松与卢竹儿，政委与鲁娟娟，陆伍柒与萧美文，陆伍柒与梅青杨，也许还要加上黑松与鸽子。熟悉欧阳黔森作品的读者对卢竹儿、鲁娟娟、萧美文这些人物大概不会陌生，早在 1999 年发表的《十八块地》中他们便出场了。作者在讲故事的时候要了一个“花招”，将《十八块地》整体性嵌入了《非爱时间》，不仅如此，从故事情节看，《非爱时间》一定程度上可以视为《十八块地》的姊妹篇或者大幅增容的扩写本。不过，黑松与卢竹儿、政委与鲁娟娟、陆伍柒与萧美文的关系基本停留在十八块地时期，可以用单相思来概括。在黑松与卢竹儿的关系中，只有黑松一方的倾诉和爱慕，他甚至对着大山默默立誓要娶她，然而他的背叛为这一场单恋画上了句号。知青时代，五一假期黑松带着卢竹儿去贫下中农家改善伙食，夜归遇雨，到山洞躲避时发现一只黑山羊产崽。黑松答应卢竹儿不告诉其他知青，却违背了诺言，随后山羊被杀，卢竹儿不再理他。几年后，卢竹儿嫁作他人妇。纯真年代的情感萌动固然是美好的，也令黑松常常追忆，然而那毕竟是一场单恋，卢竹儿始终没有表态。近二十年过去，他们重逢后，虽然黑松对被丈夫抛弃的卢竹儿仍有怜爱，但他也清楚地知

[1] 欧阳黔森：《非爱时间》，贵州人民出版社，2004，第 97 页。

道，“黑松、卢竹儿没有要是，没有假如”[1]，这不仅仅是说时间不可重来，也暗示了无论如何不会有结果。所以，这场单恋只能停留在错失的时间里。政委与鲁娟娟的关系也差不多，他经常关照鲁娟娟，为她学英语辩护，帮助她成为代课教师，但从未表白过，鲁娟娟甚至对他的爱恋没有察觉。返城后，政委不久因车祸去世，这场暗恋也就永远埋藏在时间里了。陆伍柒对萧美文的深情完全与爱情无涉，“当初萧美文见他初到农场可怜，曾大姐姐般关心过他，他却无可救药地像崇拜母亲一样开始崇拜萧美文”[2]。萧美文牺牲了，陆伍柒回城在商海浮沉，玩弄过很多女性却不结婚，一直把萧美文的照片挂在家里和办公室，还珍藏着在农场时偷来的萧美文的臭袜子，并且与别的女人做爱时喊着萧美文的名字。陆伍柒从恋母般崇拜到变态的情感寄托都与爱情无关。陆伍柒与梅青杨的关系也只能算单恋。陆伍柒因为心里装着萧美文，对其他女性都只是身体上的需求，别人爱他的钱，因而不在意他的怪癖；梅青杨却爱上了他的人，所以在结婚无望后忍痛割爱。这些情感都是单向的，没有变成双向的恋爱关系，究其根源，有的是错失了美好的时间（如黑松与卢竹儿，政委与鲁娟娟），有的是爱上了错的人（如陆伍柒与萧美文，梅青杨与陆伍柒）。不过，也许事实更复杂。卢竹儿与黑松青梅竹马，当然清楚对方的情感，然而偏偏不表态；政委在险恶的政治环境中这般帮助出身不算好的鲁娟娟，以她的聪慧不难明白缘由，可她却装作不知道。因此，说黑松和政委爱上了错的人也不会有问题。

前文说“非爱”的关系也许还要加上黑松与鸽子，那是因为他们的关系比以上讨论的都要复杂。厮守二十年，在乎对方的感受，为对方争风吃醋，在一般人眼中这些都是爱的表现。言其“非爱”，有点冒险，但有重要迹

[1] 欧阳黔森：《非爱时间》，贵州人民出版社，2004，第 140 页。
[2] 同上书，第 55 页。

象表明，他们的爱至少是不完全的，潜伏着“非爱”的危机。首先，他们的厮守很大程度源于惯性。“在这种和平年代，他们无法用什么事来证明他们感情真正意义上的牢不可破。他们二十年来彼此的确证明了他们在和平条件下的牢不可破，可这牢不可破的条件是在没有突发性灾难的前提下。”[1]灾难来了会是什么情形呢？“夫妻本是同林鸟，大难来时各自飞”也不是没有可能的。其次，他们的坚守不仅仅是因为爱情，还因为恐惧，他们“谁也承受不了失去”[2]，因为“彼此都把自己最美好的时光献给了对方”[3]。这种恐惧出于人性的自私，是害怕情感付诸东流的自我否定，与爱情没有任何关系。既然如此，不难推出他们“在和平条件下的牢不可破”只是一个表象，其爱情中掺杂了很多利益的考量，也就是对失去的恐惧。再次，即便二十年的恩爱夫妻仍然为些子虚乌有的东西心惊肉跳，可见其关系的脆弱。黑松因为鸽子六岁时的玩伴来访而吃醋，并且惶惶不安，鸽子因为卢竹儿的到来而紧张，夫妻间上演着猫和老鼠的游戏，互相猜忌、算计，表明他们的关系实在不如此前所宣称的那般牢固。最后，黑松一再强调偶然性。比如他父亲恰好被派南下剿匪，恰好碰见他母亲放羊被抢，恰好转业到鸽子父亲所在的地质分队，因此与鸽子有了顺理成章的机缘。他认为他们的爱情是建立在一系列偶然因素之上的，而不是从情感本身的必然性上去思考，大概实在找不到必然性，这就不难理解他“不知道自己为什么找了一个与卢竹儿截然不同的爱人”[4]。综上，推断黑松与鸽子也在“非爱”关系的范畴应该说理据比较充分。

---

[1] 欧阳黔森：《非爱时间》，贵州人民出版社，2004，第 26 页。

[2] 同上书，第 27 页。

[3] 同上书，第 28 页。

[4] 同上书，第 81 页。

无论典范与否、爱与“非爱”，最终要衬托和凸显的是爱的美好，这一点是毋庸置疑的。那么，作者要否定这些“非爱”关系吗？断乎不是。虽然爱情关系不成立，可是对爱情的向往以及在“非爱”关系中表现出来的或单纯、或深沉、或激烈的情感仍然是作者所肯定的。这些美好的情感与典范的爱情一样值得珍视，它们共同构成了我们对爱情的想象、误解与理解。与此同时，对“非爱”如此浓墨重彩地描述，也是为时代切脉诊断，隐喻性地指出盛行于当下的各种病态情感并非爱情本身，不过是披着爱的外衣而已，是扭曲的、虚假的，与爱的本质相去甚远。但人们似乎无意于深究，在其中痛苦辗转而不能参透、不能跳出，作茧自缚苦不堪言。这正如陈晓明所说：“《非爱时间》，可以看成是对当代人的精神状态一次透彻表现的作品，作品回应了当代人关切的理想主义和价值归宿的问题。”[1]小说集中选取的典型题材是爱情，在人类最强烈的情感追求上剖析人的精神状态——从当代人在情感上的溃败与变异间接批判理想主义的失落与价值立场的失守。

《非爱时间》对时代与人性的观照是非常明确的，但它并不是一座孤立的山峰，如果将其放在更为深广的文学史背景中，它与具有类似关切的经典作品共同组成了连绵的群山，它是现代中国文学对社会人生念兹在兹的批判传统中的一环。举例来说，同样从爱情这个角度来诊断时代精神状况的有沈从文。沈从文曾在《龙朱》中塑造了一个完美的男子形象，他的外貌、品格、才华均罕有匹敌，然而却异常孤独寂寞以至郁郁寡欢，因为众女子都不敢靠近他。小说写道：“在龙朱面前，人人觉得是卑小，把男

[1] 陈晓明：《对当代精神困局的透视——评欧阳黔森〈非爱时间〉》，《文艺报》2004年5月18日。

女之爱全抹杀，因此这族长的儿子，却永无从爱女人了。”[1]沈从文写人们在情爱上的降格以求，以此批判人性的委顿、民族性的矮化，不敢争取上好的东西，只好退而求其次。近百年过去了，欧阳黔森的写作与沈从文等文学史上的前辈们的书写形成了遥远的对话关系。本质上，他们所面对的问题没有区别，都是人性的问题，只是具体呈现方式不同。但因时代及个体的差异，他们的解决方式则相去甚远。沈从文希望从少数民族尚未受到污染的血液中提取野蛮与雄强注入萎靡衰颓的国民性中，使其焕发新的活力，从而实现民族的复兴。欧阳黔森开出的药方则是重拾理想主义，以此振作救拔沉迷于物欲和情欲的人性，恢复人的高贵与尊严，引领当代人走出精神困境。很明显，他们的解决之道与自身的背景有很大关系。身上部分承袭着苗族血统、从湘西边地走出来的沈从文，向少数民族求援顺理成章；同样的，作为以脚步丈量河山的前地质工作者、经受过二十世纪六七十年代革命的疾风骤雨洗礼的欧阳黔森，高举理想主义大旗也是不难理解的。人作为一个历史性存在，大概难以脱离时代而运思，他们面对时代的典型问题，也给出了具有鲜明时代特征的答案。限于各种条件，有效与否自然会有差异，然而这并不那么重要——因为我们不能指望任何个体哪怕是作家完全解决这个时代的重要问题——重要的是，他们没有放弃一个作家对时代所负有的责任。

## 二、过去与当下

“非爱”与爱是前景与背景的对照关系，讨论这一组关系实际上指向的是另一组关系，那就是过去与当下。无论爱与“非爱”，那些美好而纯

[1] 沈从文：《龙朱》，载张兆和主编《沈从文全集》（第五卷），北岳文艺出版社，2002，第 326 页。

粹的情感都令人向往，这是过去的情形，那么当下又如何呢？显然，对过去的讲述不是为了回到过去，不是为了沉湎于哀伤，相反，是为了拉开距离言说当下，将当下之种种置于过去这枚宝鉴中，得出更清楚的认知。因而，过去是背景，当下是前景。

小说的时间跨度大约是半个世纪，从四十年代末的建国大业到九十年代的商业大潮，经历了理想主义到拜金主义，情感从浪漫、激越、饱满日渐庸俗、扁平、消瘦，一泻千里地走向沉迷于物质与享乐的虚空。这段历史前半段的理想主义具体表现为革命浪漫主义，主要通过两代人加以展示，即四五十年代之交由革命转向建设的一辈人，以及七十年代上山下乡的知识青年。拜金主义时代的享乐与虚空是年轻一辈在商业大潮中的遭遇。

老一辈主要以黑松及鸽子的父辈为代表。黑松的父亲十八岁参加革命，后来历经渡江战役、西南剿匪、抗美援朝，负伤后转业到地质队找矿。在黑松的眼中，父亲身上有着浓厚的革命浪漫主义气息，集中体现在与母亲的爱情中。他们的相识出于英雄救美并且一见钟情，相恋则克服了重重阻碍终成眷属，相守则是几十年如一日地举案齐眉，到老仍然不减分毫。这种过于完美的关系多少给远离那个时代的人比较浮夸的感觉，仔细揣摩，大概由几个原因造成。第一，从故事内部看，是由革命浪漫主义本身的感染力所致。正如作者所言，这些革命者用生命为这个红土高原送来“这个土匪世界外的秩序和法度”，“送来的是生命和用生命换来的今天”[1]。所以，当这个故事从黑松的角度讲述的时候，他作为与这些人生命相连的直接被感染者，那种革命浪漫主义精神必然会渗透到他的讲述中。第二，从整个文本的上下文看，作为一个与“非爱”相对照的典型，黑松父母的爱情在比较之中自然更加显出它的美好，因此是对照让两极更鲜明、更醒

[1] 欧阳黔森：《非爱时间》，贵州人民出版社，2004，第 87 页。

豁。第三，从作者的创作角度看，其叙事风格是根本原因。欧阳黔森的中篇小说叙事豪情充盈、极端自信，长篇小说也一样，这种风格本身由力度和速度造成，而速度和力度通常源于叙述者对内容不容置疑的叙述。当涉及价值判断的时候，作者所秉持的理想主义立场往往会有极端化的趋向。这种情形是其小说的一个特质，案例俯拾即是。鸽子的父亲外出找矿时在峡谷里跌碎胸骨，同事们抬着他一路狂奔，照常理，尽快送医是通常的选择，但作者安排的情节却是，鸽子的父亲打手势让大家停下来，为他唱起了那首“让他们报考了地质院校而又投身地质找矿的歌子——《勘探队员之歌》”[1]。此举的结果是在鸽子出生的电报送达之前他就在鸽子花下落下了最后一口气。这个细节至少达到两个效果，其一是高扬了浪漫精神，其二是制造了悲壮情调，都是革命浪漫主义必不可少的配方。这种极端化书写是营造革命浪漫主义的有效手段，作者深谙个中奥妙。

受到老一辈的影响，当然还有当时的历史氛围熏陶，耳濡目染的年轻一代自然也对革命浪漫主义情有独钟。鸽子考大学时三个志愿都填报了地质院校，以继承父亲未竟的事业；婚后拒绝了办公室工作，投身野外找矿十年。这类行为今日看来不啻壮举。黑松等响应上山下乡号召到十八块地劳动的知识青年集中地展示了年轻一代的理想主义，作品中主要体现在一个镶嵌文本上——黑松所写的知青散文系列《沧桑武陵》的几篇。这个文本实际上是欧阳黔森 1996 年发表的《十八块地》，由《卢竹儿》《鲁娟娟》《萧家兄妹》构成。这个文本的插入比较取巧，一方面，文本的插入“凑了”三十页篇幅，相对于一百八十页的小说而言绝非点缀，占了足足六分之一的内容，不必费功夫重新叙述，节省了作者的力气。另一方面，这个镶嵌构成了一组多重意蕴的互文性关系：就文本内部而言，是小说人物的

[1] 欧阳黔森：《非爱时间》，贵州人民出版社，2004，第 16 页。

过去与当下的显性转换与关联；就文本外部而言，是作者的过去与当下的隐性扩展与勾连。这样的镶嵌造成的美学效果也是多方面的：首先，拓展了故事的空间，拉开了故事中过去与当下的距离从而形成对照；其次，选择了与通常不同的另一种讲故事的方式，形成令读者感到新鲜的文章结构；最后，还从外部延展了作品本身的时空维度，这令人想起卡尔维诺在《如果在冬夜，一个旅人》中所做的文本实验。

这个镶嵌性文本里面所包含的理想主义主要体现在一系列纯真美好的情感追求上，黑松对卢竹儿的情感萌动，政委对鲁娟娟的深沉暗恋，陆伍柒对萧美文的执着崇拜，以及萧家兄妹的革命追求。上文已经讨论过的不再赘述，下面重点讲萧家兄妹。陆伍柒对萧美文的痴迷她恐怕是知道的，但她瞧不上陆伍柒的“没追求”——成天只想着吃。她有知识，有才华，爱兰花，有更高远的志向，所以当兵去了云南前线，在那里牺牲，化作一棵老山兰，为了革命理想献出了自己年轻的生命。萧子南才貌双全，参加了“天安门事件”并受伤，脸上留下大块伤疤，后来放牛在山中跌死，有人说是因为破了相而自杀。无论是为逃避政治迫害或者单纯因放牛遭暴雨身亡还是因“破相”自杀，都反映出他对真、善、美的追求超过对自己生命的重视。所以，萧家兄妹的遭遇是革命浪漫主义在年轻一代身上最典型的体现。在塑造他们的形象时，作者运用的依然是对比的手段。写萧美文是用陆伍柒作为衬托，写萧子南则是以十八块地的知青作为对照。

两代人的理想主义追求均属于过去的范畴，其目的是凸显当下理想主义消退后商业浪潮中人心的虚空与迷失。萧美文曾批评陆伍柒无追求，不幸言中，他在餐饮上发达后又在欲海中翻腾，却苦苦找不到寄托，只能向充满理想主义的过去乞灵，“记忆中美好的东西现在开始回忆似乎是他心灵最好的归依”[1]。于是，小说通过陆伍柒翻阅黑松的知青散文插入知青时期十八块地的故事，其用意一目了然：当下的精神贫困不得不求助于记忆，过去的理想主义哪怕已经远去了，其背影和余温或许能带来一丝聊胜于无的慰藉。这是欧阳黔森针对当代人的精神状况开出的一剂良方——重温理想主义，从金钱与肉欲中醒转，将目光投向高尚的情感与理想。夏志清论《金锁记》时写道：“人的灵魂通常是给虚荣心和欲望支撑着的，把支撑拿走以后，人变成了什么样子——这是张爱玲的题材。”[2]这一洞见令人服膺，此处不妨借来打量《非爱时间》，它透彻地表现了人最宝贵的精神追求被抽空以后的状况：情感沙化、理想失落、价值混乱。不仅如此，还通过陆伍柒这一形象暗示了回天乏力的苦境。他错位地将恋母般的崇拜当作虚拟的爱情，到了真正的男女关系中却无力去爱。他滥情而无情，深深地伤害了梅青杨。等到得了艾滋病，却又出于愧疚要梅青杨离婚嫁给自己，好让她继承家产，从而按自己的要求操办身后事。他所做的这些都只是为自己打算，以自我为中心，而爱情却是平等人格之间的双向情感关系。欲望泛滥，爱却无能，陆伍柒大概是这种类型的人物，他所代表的是当下这类人的整体精神状况。那么，症结何在？作者在过去与当下的比较中指出，根源在于理想主义的缺失。

小说以小见大，从情感的侧面来映射当下的精神状况。造成人们当下精神困境的原因很多，理想主义的消退无疑是其一。一切崇高、美好、纯粹的东西不再成为大多数人追求的对象和效法的榜样，司马迁在《货殖列传》中提及的“天下熙熙，皆为利来；天下攘攘，皆为利往”成了社会的整体性追求。当然，追求正当的利益并不会有人苛责，问题是当逐利成了

[1] 欧阳黔森：《非爱时间》，贵州人民出版社，2004，第55页。

[2] 夏志清：《中国现代小说史》，浙江人民出版社，2016，第413页。

人生的全部要义的时候，人的精神世界就会萎缩乃至坍塌，出现情感荒漠化，人也会成为物质和动物性欲望的奴隶。所以，陆伍柒就是大多数人的化身：越追求越空虚，越拥有越不满足。《倾城之恋》里的白流苏则是文学史上与之遥相呼应的另一个典型。她工于心计，为找一张长期的“饭票”与范柳原来回周旋、互相算计，终于达成所愿后，却陷入了前所未有的迷茫与空虚。丈夫要去英国，她独守空房，自谓“不是那种下流的人。她管得住她自己。但是……她管得住她自己不发疯吗？”[1]白流苏比陆伍柒格调略高，面临的问题却是一样的。圣·奥古斯丁说：“我们的心如不安息在你（上帝）怀中，便不会安宁。”[2]人的心里有一个洞，无论再多的金钱、名誉都不能使它填满，而这个洞，只有把上帝放进去才能被填满，人才能得到安息。为什么是上帝？因为上帝意味着无限。人作为一个有限的存在，灵魂深处却始终有一个终极的焦虑，那就是希望超越有限。所以人会有各种追求，根本的动力便源于这个焦虑。但对一切有限事物的追求只能暂时性地缓解这个焦虑，不能从根本上解决，陆伍柒在欲海中的辗转生动地说明了这个道理。他爱萧美文而不得，只好从性中获取安慰，不断与各色女子厮混，然而无论怎样的新鲜与新奇都只能是饮鸩止渴式的，因为性本身的功效是有限的。它可以带给人巅峰体验，然而毕竟是短暂的，所以需要不断地尝试、寻求来维持这种感觉，它本身的有限注定无法给人带来永恒的安慰。对此，余秀华写道，性无非是“两具肉体碰撞的力，无非是这力催开的花朵 / 无非是这花朵虚拟出的春天让我们误以为生命被重新打开”（《穿过大半个中国去睡你》）。性可以让人在瞬间体验生命绽放的愉悦（“催开生命的花朵”），然而这不过是“虚拟的春天”，不能

[1] 张爱玲：《倾城之恋》，花城出版社，1997，第 50 页。

[2] 奥古斯丁：《忏悔录》，周士良译，商务印书馆，1963，第 3 页。

一劳永逸地打开生命的永恒之门。所以，余秀华在这首被广为误解的诗中给出的“去睡你必不可少的理由”不仅仅是性，更有爱和自由。也就是说，只有与更高的目的相联合的时候，性才能充分和完全实现它在生命中的价值。一旦出现错误的认识，必然会产生严重的行为偏差，因此，陆伍柒沉沦日深，走上了一条不归路，最后染上了艾滋病。任何有限的慰藉都无法实现灵魂的安顿，唯有无限 / 上帝本身才能办到。而理想主义并非一个实存性事物，毋宁说是一种指向，它意味着对至善的无止境追求。人们常将其视为上帝之外的一个替代性的解决方案，寄望于它将人从物质和欲望的苦海中拯救出来。以爱情为例，爱情不是泛爱，乃是情有独钟且至死不渝，忠贞专一是理想主义在爱情上的体现。小说以黑松父母为典型，以老学者的教训点题：“真正、完全拥有一个女人即拥有了世界上所有的女人。”[1]一般人看来，这太浪漫了，甚至会讥其不切实际，然而，这恰恰是爱情的真谛，是最实际的。浪漫并不是不切实际的同义词，而是理想主义的特征。所以，欧阳黔森的作品常常带有传奇色彩，来源就是其理想主义品格。

### 三、余论

《非爱时间》通过一系列爱与“非爱”故事的编织对当下一代人的精神状况做了透视与省思，集中采用张爱玲所谓参差对照的手法，娴熟地运用前景与背景的衬托与转换，在时间序列里构成一组纵深的嵌套式对照关系：作为背景的爱与作为前景的“非爱”构成一组对照；这个对照又构成作为背景的“过去”而与作为前景的“当下”形成对照；作为背景的嵌入文本承载着过去，与整个文本的当下语境构成对照；嵌入文本作为短篇小说同时也是过去，与《非爱时间》作为长篇小说同时也是当下，构成关于

[1] 欧阳黔森：《非爱时间》，贵州人民出版社，2004，第 11 页。

作者创作的外部对照……这些只是框架性的对照关系，在文本中还有更多细节性的对照，上文亦选取了部分相关的作了讨论。《非爱时间》是欧阳黔森的第一部长篇小说，也是他的早期作品，可以说，在这部小说中他已经非常成熟地完成了他此后创作惯常使用的最基本技法的训练——结构性对照，这是他所有虚构类作品的基质性特征，也是其他手法和特色得以演绎和形成的基础。

除了结构性对照以外，欧阳黔森的小说还有个一贯性特征，即鲜明的地域特色，此处附带稍作讨论。这种地理特色并非刻意为之，往往来源于作者的生活经历，基本上属于无意为之，但与故事水乳交融，共同成就了作品的独特性。他所写的故事大多发生在红土高原，其中的山、水、雾、气候、植物、动物、食物、方言、风俗人情乃至人的气质都打上了鲜明的黔省印记。以《非爱时间》为例，棉花白的浓雾瀑布般倾泻进屋，盘山公路上的车不如走小路的行人快，土匪即匪即民且讲究英名、把抢称为借还要与物主商量，枫木做剁肉饭、楠木做棺材、柏木做家具、松木起房子，这些信手点染的闲笔都增添了文本的趣味；放山羊此地不叫放羊而称“看羊”，这才有黑松父母相遇的后话；唐万才那农民式的狡黠挽救了风水林，他儿子向客人讨食物时充分继承了这种智慧；还有原始森林和珍稀植物鸽子花，以及国宝辰砂，这是地质队进驻的由头，因此有了两代人的故事。这些地域特色的引入并不是点缀，而是故事、人物的舞台和道具，离开这样的背景，人物的个性、故事的走向就会显得不自然。因此，地域特色与故事也构成一组映衬关系。

《非爱时间》是欧阳黔森的第一部长篇小说，也是他的早期作品，所以其不足也比较明显。小说有些细节性纰漏，比如鸽子教苏联专家的小孩唱《台湾同胞，我的骨肉兄弟》，故事背景是二十世纪五十年代，但这首歌作于1972年，原名《祖国领土台湾》，1973年才改名。小说写道，“国务院批准在那儿建立了共和国第一个经济特区，并被誉为世界汞都”[1]，这里指的是现实中的万山，别名“中国汞都”，1966年2月22日设立万山特区，隶属铜仁地区，但并不是“经济特区”。“经济特区”是一个专有名词，我国第一批经济特区——深圳、珠海、汕头、厦门由国务院设立于1980年。还有关于交规的编造，“你占道行驶违反了交通规则第二十一条第五款……”《中华人民共和国道路交通安全法》只分章、节、条，并无“款”；且第二十一条内容是要求上道前进行安全检查并不得驾驶有安全隐患的机动车。这个细节在《黑多白少》里再次出现——“根据交通法规二十一款”。笔者曾在《对立与交融：欧阳黔森中短篇小说论》中详细分析过类似纰漏产生的原因，要言之，这不是一般所谓的疏忽，而是作者故意为之，他专注于气势的养蓄和讲述的酣畅，无意于查证，便以“想当然”对付。纳博科夫认为：“一个优秀的读者应该有想象力，有记性，有字典，还要有一些艺术感。”[2]所以不能怪读者挑刺。同样的，这些东西也是一个好作者应该有的，比如记性，它也意味着常识。小说属于虚构作品，但虚构依然要求细节的真实性。追求一气呵成，专心于气势养蓄固然没错，但同时要兼顾细节的精准，方能造就高质量作品。

欧阳黔森的叙述自信充盈，但有时不够节制，甚至到了武断的地步。他写黑松父母相见时，黑松的母亲放羊回家，路上遇见土匪抢羊，被黑松的父亲救下，然后有一大通议论：“端着机枪而能无误地击中敌人，这无疑是最优秀的机枪手，再加上他人高马大地在那凸起的石头上，这肯定让

[1] 欧阳黔森：《非爱时间》，贵州人民出版社，2004，第18页。

[2] 纳博科夫：《优秀读者与优秀作家》，载《文学讲稿》，申慧辉等译，生活·读书·新知三联书店，1991，第22页。

草丛中的十七岁少女黑松母亲的心，一下子被黑松父亲的英姿吸引。直到陆大杆们嚎叫着倒下，黑松的母亲才从那英姿中清醒过来，看着倒下的人断气前的翻滚喊叫，黑松的母亲真的吓呆了，傻乎乎地紧抱着小黑山羊。”[1]这个剿匪的故事被作者定义为“英雄救美”：“黑松父母的爱情属于一见钟情那种”[2]。一个乡野小姑娘，在枪林弹雨、鲜血与死亡中被“吓呆”自然是正常的，被枪手的英姿吸引却是有点难为她了，这情节倒是与那些抗日神剧有些相似。首先，她与土匪没有那么尖锐的矛盾。土匪是父亲的朋友、邻村熟人，虽然要抢羊，但并没有粗暴强抢，追兵渐近还找她商量，并且在枪声响起的时候“怕她被射向他们的子弹击中”[3]而推开她；其次，虽然黑松母亲之前听过红军的故事，可她并未在这僻静的乡野亲眼见过，所以她并不知道这个拿枪杀人者是敌是友，从土匪推开她的举动判断，对方未必不是敌人，因为土匪之间互相火拼也是常有的情形；最后，即使小姑娘领情，在惊吓之后心存感激甚或产生好感也是可能的，但不至于激烈到在慌乱惊吓中被枪手的英姿吸引。这样的叙述明显属于过火，能引起读者阅读的一时之快，却禁不住咀嚼和斟酌。木心曾谓：“轻轻判断是一种快乐，隐隐预见是一种快乐。如果不能歆享这两种快乐，知识便是愁苦。然而只宜轻轻、隐隐，逾度就滑入武断流于偏见，不配快乐了。这个‘度’，这个不可逾的‘度’，文学家知道，不知道，就不是文学家。”[4]木心先生是老派文人，用笔节制，但谈到关键问题也常锋芒毕露。所谓“文章千古事，得失寸心知”，很多作家不是不知道，只是难以时时处处拿捏

[1] 欧阳黔森：《非爱时间》，贵州人民出版社，2004，第 92 页。

[2] 同上书，第 94 页。

[3] 同上书，第 93 页。

[4] 木心：《已凉未寒》，载《即兴判断》，广西师范大学出版社，2006，第 35 页。

得当，因为这不是一劳永逸的事。诚如释家所言，“开悟”固属不易，“保任”则更是一个漫长艰苦的历练过程。因此董桥说：“我扎扎实实用功了几十年，我正正直直生活了几十年，我计计较较衡量了每一个字，我没有辜负签上我名字的每一篇文字。”[1]无论如何，对“度”的准确拿捏确实需要一个作家花费一生的工夫。《非爱时间》是作者的第一部长篇小说，有这样的瑕疵可以理解，后来的短篇就克制了很多。然而吊诡的是，当他写中长篇的时候，这种毛病又“反弹”了。仔细考察的话，这种情形大概与小说的容量不无关系，好比短跑与长跑一样。短篇通常精致紧凑，对细节的把握要求更高，自然容易引起写作者的足够注意；而中长篇因容量大，写作者必然有疲惫松懈的时候，这是常有的情形，所以稍不留意就会有这样那样的瑕疵显露出来。这也是很多作家反复修改，甚至出版后仍然不断修订作品的重要原因之一。

2019 年《贵州师范大学学报（社会科学版）》第 2 期

---

[1] 董桥：《从前》，生活·读书·新知三联书店，2002，内封。

# 从浅吟低唱到放声歌唱

## ——贵州文学主旋律书写四十年

姚　亮

贵州文学有两个鲜明的特征：浓厚的地域色彩与高扬的主旋律基调。贵州地处西南边地，高原上的高山深峡造就了独特的自然景观，十七个世居少数民族的悠久历史和灿烂文化以及与中原的长期互动交流形成了别样的人文风情，这些要素构成了绝无仅有的地域特色；从边地观察中心的特殊视角，作家们对时代风向的精准把握，以及心系苍生疾苦的悲悯情怀，共同演绎着主旋律的基调。四十年来，贵州文学的主旋律书写经历了两代人的变迁，紧扣时代的脉搏、紧跟国家的步伐、紧密关切人民的需要这一主旨是一以贯之的，与此同时，因着时代特征和个人禀赋的区别，两代人的书写又有各自的特点。总的来说，贵州文学主旋律书写在过去的四十年中呈现出从浅吟低唱到放声歌唱的变化，下面以两代人中的杰出代表何士光和欧阳黔森为例，分析产生变化的历史、个人以及文体方面的原因。

首先说历史的原因。“凡一代有一代之文学”（王国维《宋元戏曲史·序》），这是文学史上一再上演的事实，究其根源，盖在于时代精神或时代主题的差异。何士光被认为是贵州文学界的一面旗帜，他的小说《乡场上》《种苞谷的老人》《远行》分别获 1980 年、1982 年、1985 年全国优秀短篇小说奖。从这些作品不难看出“旗帜”的内涵：创作水平之高以及对时代风向的准确把握。何士光的敏锐和天赋让他对事物有一种独有的穿透力，能够直抵本质、洞察幽微。哪怕八十年代中后期他转向关注传统文化，也是这种穿透力的进一步体现，只是对象已经由外在的时代浪潮变为内在的生命奥秘了。当他在书写这些主旋律作品的时候，时代的主潮还没有到来，他从“青蘋之末”敏锐地觉察到即将到来的时代大风，迅速地用小说的方式委婉地将其表现出来，这是一个艺术家的先见之明，因此，他的表现方式是浅吟低唱式的。《乡场上》从一场微不足道的口角之争里发出了时代的呼唤：“国家这两年放开了我们庄稼人的手脚，哪个敢跟我再骂一句，我今天就不客气……只要国家的政策不像前些年那样，不三天两头变，不再跟我们这些做庄稼的过不去，我冯幺爸有的是力气，怕哪样？”这是被长久压抑后的呐喊，是劳动人民的心声和盼望，同时还带着一份担心政策反复的犹疑。《种苞谷的老人》写分田到户之后，刘三老汉以风烛残年投入到火热的生产中去，在丰收的喜悦中还了贷款、给女儿补了嫁妆并把鸟笼送给一个经常帮助他的后生，然后安详地辞世——“做完了自己的事情，而今该回去了”。刘三老汉以衰朽之躯披星戴月地拓荒垦殖、辛勤劳作，是对分田到户的充分肯定；饱尝丰收喜悦后不带遗憾地离世，是对时代的最高颂扬。《远行》则以乘车去县城这个小事件为窗口写经济发展带来的阶层变化和人们的心态变化。三个短篇构成一个链条，不仅体现了时间的推移，更反映了社会转型带来的种种变化，核心思想在于揭示社会的发展和人民生活的改善。

与何士光的浅吟低唱相比，欧阳黔森无疑是放声高唱了。他的三篇报告文学《花繁叶茂，倾听花开的声音》《报得三春晖》《看万山红遍》在 2018 年的《人民文学》头题上集中亮相（第 1、3、9 期），这种隆重的出场方式就已经是破天荒了。边地作家对边地的书写连续夺得权威文学杂志头题，这是当代文学史上的头一回，或以现象命名也不过分，因为这“脱贫三部曲”是对当代中国重大时代主题的有力表现，反映了几千年来人民对美好生活向往的进一步实现。欧阳黔森的“脱贫三部曲”可以称为时代的号角，同步、深入、突出地反映了中国人民创造历史的壮阔实践和实现中华民族伟大复兴的决心与阶段性成绩。虽然所写内容是边地，但其典型性足以代表全中国，因为贵州是我国脱贫攻坚的主战场，自然条件恶劣，土地贫瘠耕地短缺，贫困人口基数大，贵州的脱贫因而具有全局性意义，书写贵州脱贫的典范经验和艰苦历程便获得了代表性资格。如此一来，欧阳黔森的精准扶贫系列报告文学自然成为放声高唱时代主旋律的典型性作品。

其次说个人原因。“文如其人”在艺术史上是一个常被辩论的话题，然而这个定义在何士光和欧阳黔森身上确实是恰如其分的，二人基本上可分别用“婉约”与“豪放”来概括。何士光细腻幽深，为文细密而平实，常常点到为止，余味悠长；欧阳黔森则刚健豪迈，为文大开大合，气势如虹，即使是报告文学也让人如读小说，充沛的情感表达推动着读者不忍释卷。细读何士光的作品，不难发现作者突出的省思禀赋（内省型人格）。《城市与孩子》这篇散文展示童年时的何士光是一个内心敏感且丰富的人，这种禀赋在成年何士光炉火纯青的细致叙述中更加展露无遗，内心敏感的人往往伴随着习惯性省思。《蒿里行》自序提到一个细节或可进一步说明他的高度自省式个性：儿时常写一些诗句，某次外出游玩，兴头上忽然记起小本子遗留在床上，“要是让家里的人读到了那些诗句，那该会是怎样的可笑，怎样的糟糕？想到这一点，我简直就吓坏了”，于是慌忙回家取那小本子。当他遭遇时代的大风浪毁灭性的围困时，这种禀赋在孤独困苦之中逆向生长，甚至可以说成为帮助他渡过劫波的重要支柱。他在孤独中阅读、写作，而这种省思性活动让他身处重围却能看清真相、择善固执。被构陷而居僻地二十年后，凭写作取得的成绩被召回城，成为作协领导，此时，得益于自我省思，他并没有如常人一般耽溺其中，而是很快从中跳出，由文学创作转向传统文化的实践修行，追求终极的生命智慧。恰如他的自白："一个人能以怎样的心灵去面对自然，也就会萌生出来怎样的文学。"（《自然与文学》）这基本上可以看作是布封所谓"风格即人"的简约版解释了。因此，可以说对生命的关切和善于省思的心灵在特殊的时代境遇中因缘和合，成就了何士光省思特征十分鲜明的婉约风格作品。

欧阳黔森有英雄主义情结，英雄崇拜在其作品中俯拾即是。在一个消费主义横行的时代，崇高、英雄等字眼不但被金钱和欲望所淹没，而且为很多作家、学者所不齿，成了被冷嘲和颠覆的对象，令人避之不及。在这样的语境中，欧阳黔森对英雄主义的推崇和执着的表现令人敬佩。对英雄的讴歌是其影视作品和中长篇小说的最重要主题，他笔下的英雄有军人，也有思想巨人，有胸襟与谋略并举的部族女首领，也有普通人。而其报告文学，更是集中体现了英雄主义和理想主义。他的禀性与这个时代的最高主题相遇合，必然产生响彻云霄的号角式作品。欧阳黔森的豪放性情和风格与他的成长经历不无关系。他儿时"枕着那些红军长征的故事入眠"，惊心动魄的军旅故事培育了欧阳黔森作品中的刚健、宏阔与豪迈。作为六十年代中期出生的人，他必定经历过那场狂风骤雨般的运动，体验过铺天盖地的语录以及对领袖气质的崇拜与渴慕。他的作品中最常引用的是毛泽东诗词，并且频率非常高，那种自信、雄辩甚至武断的叙述风格，强烈的英雄主义情结和阳刚的气势大概与这些经验不无关系。另外，作为曾经的地质队员，野外的艰苦、孤独熬炼了他的韧性，大好河山涤荡和开阔了他的胸襟，跋山涉水、走乡串寨累积了丰富的素材。如此一来，他作品中那种阔大、坚韧甚至凌厉的山野气的源头便不言自明了。正因为欧阳黔森本人刚健自信，所以其作品带有明显的自传风格。

最后附带略说文体的选择对主旋律歌唱声高的影响。小说的要诀在于“藏”，主题不宜太明显，主题先行更是被视为下品。而报告文学与文学其他门类相区别的本质性特征就在于“报告”，报告就是宣扬，就是吹响号角令人周知。一个是探索各种隐秘的可能性，一个是表现已然发生的醒目的现实性，这种文体的特质决定了它们的表现方式是有区别的：同是书写主旋律，小说适合不着痕迹地“浅吟低唱”，而报告文学则提倡“放声高唱”。

# 特殊岁月里的温情与忧伤

## ——读欧阳黔森的《十八块地》

陈书蓝

在贵州新时期的文坛中，欧阳黔森无疑是一个举足轻重的作家。他以其高产的数量、优秀的质量和鲜明的贵州地域特色以及个性化的艺术追求闯入中国文坛，让沉寂了多年的贵州文学在全国文坛上响起了声音，为贵州文学赢得了荣誉。欧阳黔森作为贵州作家第三代的领军人物，以其《十八块地》《水晶山谷》《绝地逢生》《雄关漫道》《奢香夫人》等代表作品，让我们看到了作家对家乡无限的热爱之情。

在欧阳黔森的短篇小说《敲狗》获得第二届全国"蒲松龄短篇小说奖"时，组委会授予他的颁奖词里有这么一句话："小说在无情中写温情，在残酷中写人性之光，是大家手笔和大家气派。"组委会给出这样高的评价，可见欧阳黔森的作品对人性之美的叙写有着很深的文化底蕴。而这种书写人性之美的大家气质早在他的短篇小说《十八块地》中凸显出来。

《十八块地》于1999年发表于《当代》，是欧阳黔森突出重围的作品。小说通过描写"文化大革命"后期在十八块地这个知青点的知青卢竹儿、鲁娟娟、萧美文等人的故事，展现了优美乡村里人性的善与美。同时，让人们看到了人间无限的温情和令人心酸的忧伤。"知青"是特殊历史时期的一个产物。描写知青的文学作品举不胜举，从“伤痕”到“反思”，再到新时期各种写作模式，大都是表现和渲染那个时代的灾难、困惑、无奈以及迷茫。而小说《十八块地》却突破了之前“知青文学”创作的条条框框，以“文化大革命”后期为大背景，仅选择了山区农场的一个知青点作为叙写点，以一个十五岁少年的眼光捕捉了偏僻农场十八块地知青点人们相互帮助的友善、积极的生活态度、懵懂而单纯的爱情和崇高的爱心等这些美好的人性。这里虽然也发生了一些不好的事件，但人们没有抱怨、没有迷茫，而是抱持着浓浓的温情和积极健康向上的坚强的生活态度。十八块地农场约六十人，小说仅选择了卢竹儿、吴大跃、鲁娟娟、萧美文、萧子南、场长、一个唐姓村民，还有一个叙事主角“我”共八人作为小说的人物。用“卢竹儿”“鲁娟娟”“萧家兄妹”作为《十八块地》这篇小说的三个小标题，并截取了普通的生活场面和平凡的事件来对美好人性进行描绘。小说里刻画的八人均为普通的知青或是贫下中农，而每个人均有自己美好的品德和鲜明的个性。

“我”是一个十五岁的男知青，“我”喜欢歌唱，“山腰上那一片竹林总是被风吹成一阵粗犷的旋律，于是我就放开喉咙唱它个痛快，高亢的声音传得很远，隔几匹山都能听见。”一个十五岁的少年就这样用嘹亮的歌喉在大山里歌唱生活、友情和爱情。其一，年幼单纯的“我”在生活中得到了政委等人的照顾。政委叫我吃“战利品”和雨夜寻找迎接“我”和卢竹儿的事情都饱含着让“我”感动的平凡且朴实的友情。其二，性格好的“我”入乡随俗，也与山下的唐姓贫下中农结成了比较深厚的革命感情。其三，懵懂的“我”爱上了美丽的卢竹儿。自豪无比地看着她吃“战利品”，打茶果时总希望用嘹亮且高亢的歌声逗出卢竹儿的一丝微笑，带她到山下贫下中农家蹭肉吃，雨夜里在心里发誓长大后要娶她。从这些描写中我们看到了一个单纯且懵懂的少年模样。其四，积极向上的“我”喜欢文学，爱读书，常常写了习作就请萧美文指点，寂静的乡村生活和辛苦劳动没有磨灭“我”心中的理想。对于这样的生活以及友谊、爱情这些人间最美好最温暖的情意，“我”充满了歌唱的欲望。歌声里洋溢着无限的欢乐。当然。由于“我”的背叛导致卢竹儿不理会“我”的时候，对着大山，“我”的歌声里也透露出满怀的忧伤。

卢竹儿是一个十五岁的少女，在她美丽的身上体现着纯洁、善良的品性。其一，她是从来不去吃同事们偷来的“战利品”的，可见她在特殊岁月里保持了一颗纯洁的心，不受同事们“偷鸡摸狗”行为的污染。其二，她美得令“我”沉醉。无论是乌黑明亮的眼睛还是直垂到脚后跟的大辫子，都让“我”似乎“听”到了她柔美清悠的说话声。从作者对卢竹儿眼睛和辫子的刻画中，我们看到了一位清纯、秀美、灵动的女孩，她的人和她的心一样清澈透明，纯洁得让“我”心醉。其三，她有一颗崇高且善良的心。因为“我”的背叛让她无力救助山羊，她从此不再理会“我”。卢竹儿对“我”的失望和对山羊表现出来的爱心让我们看到了她无比崇高的品格以及非常善良的心灵。应该说，从卢竹儿漂亮的外貌，到她对同事“偷鸡摸狗”行为的态度，再到对山羊的爱心，作者给我们塑造的是一位从内到外都美丽而且善良无比、纯洁无瑕的女性。在那个特殊的岁月里甚至是今天，她都是人们理想的善与美的化身。

吴大跃，人称“政委”。在农场里他是与众不同的一名战友。其一，他有一定的领导能力。虽然“政委”的称呼和权威似乎是“夺”来的，但老场长和大家乐意信任他。他会合理地分工，带动大家准备年货时他又总是最辛苦和弄到东西最多的那个人；他会关爱理解战友，比如雨夜寻找迎接“我”和卢竹儿，宽容对待萧美文的无理索取，狩猎让大家饱餐一顿。其二，他的行为似乎“荒诞不经”。他和战友会干一些“偷鸡摸狗”的勾当。他也曾带领大家袭击卢竹儿一心要保护的山羊。他这些“荒诞不经”的行为似乎表明他是一个可恶的、不近人情的流氓痞子。然而，当得知他搜刮到的“战利品”是为大家共同享受，为填饱大家肚子、改善大伙伙食的时候，他的“荒诞不经”已化作一种温暖的情意。其三，他对爱情的态度是无私且崇高的。他爱上了鲁娟娟，而鲁娟娟是一个成分不好的女孩子（其父亲是右派），吴大跃却给了她无数的帮助，没有让身份不体面的她干最脏最累的活，干活时总把她分到自己身边，还以“鲁娟娟会外语，能审问空降的敌人”为由在场长那里为她争取到当代课教师的工作。可是当鲁娟娟考上师范大学后，他却认为自己配不上她而不再妄想。他就这样一厢情愿地暗恋她、保护她、照顾她，他的爱不以得到和占有对方为目的。鲁娟娟甚至不知道他的爱意，是他一个人在爱。他的爱很无私很单纯也很崇高。总之，吴大跃那看似“荒诞不经”的行动和那有点“越位”的小小领导权，以及那甘愿付出的无私且崇高的爱情态度，让人感受到一种温暖诚挚的情意。

鲁娟娟，她具有积极向上的生活态度和坚持不懈的精神。还在学校的时候就是一个成绩优异、积极劳动的乖孩子，从不打别人的小报告。虽然父亲是右派，成分不好的她在农场依然腰直胸挺、神采奕奕。而且“她有一个习惯，就是每天早晨到牛圈旁的草坪上读英语，晚上总是在马灯下看书写字”，可见她是一个很乐观很刻苦的孩子。因努力和坚持，后来在吴大跃“私权”的帮助下得到去公社应聘教师的资格，并通过自己出色的试教当上了一名代课教师。再后来考上了师范大学，毕业后自己坚决要求回到了偏远的柳阳村教书。毕业后第五年，因病没来得及送医院而去世，她把自己短暂的青春年华献给了乡村教育事业。应该说，在那个特殊的年代里，鲁娟娟对生活的态度值得人们肯定，她后来的奉献精神值得人们高度赞扬和学习。

萧美文是一个才华横溢、热爱生活的女孩。在农场里，她实为一个不可多得的才女。在上海知青挑战的对联对抗战中，她气魄宏大地赢得了挑战，为十八块地农场的知青赢得了面子、增长了志气。才女常常与爱好文学的知青在一起玩，还为他们修改习作。同时，我们看见才女也是一个很和睦友善的女孩子。她喜欢蓝色和绿色，常常穿着绿军装和蓝衣裤，还常常去小溪边采很多兰草，给自己的房间增添无限的生机与活力。由此得知，她是一个心胸广阔和对生活充满热爱之情的女孩子。离开农场去当兵时，她会把心爱的盆栽兰草送给同事，传递她的生机与活力。后来在云南前线因抢救伤员而英勇牺牲。可以说，在“我”的眼中，萧美文的才华和英勇都是“我”敬佩她的地方。

萧子南，一个比“我”大几岁的男知青。他是一个帅气而又有才华的男孩，因参加“天安门事件”悼念总理而被打伤脸部，对误解他的人也不作任何解释。这么一个优秀和明白事理的年轻人，却在放牛的过程中遇见暴雨而跌死于山中。小说写他的笔墨不多，但却让人看到，在那个特殊的年代，萧子南令人心痛不已的遭遇。残酷的现实就这样摧残着一代优秀的年轻人。

场长和唐姓村民均为成分红得透顶的贫下中农。作者对他们着墨很少，但是却足以让人清晰地看清他们的模样。场长，人称“老黄牛”，口讷，只知道埋头苦干，老实巴交。当吴大跃成了他最权威的代言人时，他没有为“夺权”的事情向相关领导打小报告，而是很乐意信任吴大跃的领导和决策能力。场长的身上，体现了中国农民的勤劳美德和善良心地。至于那个唐姓男子，是山下的一位村民。“我”与他建立起了革命感情，还带着卢竹儿去他家蹭肉吃。唐姓男子热情地招待了“我们”，同时还做了很多肉，让“我”一辈子都记得这顿有肉吃的晚餐。唐姓男子的身上，体现了贫下中农和睦友善和热情好客的美好品德。

从六位知青和两位贫下中农的故事中，我们看到十八块地这个地方有着美好的世态人情，人们有着积极乐观的生活方式。在艰苦的环境和艰辛的劳动中，不论是知青间的互相关心、互相爱护还是与农民结成的深厚感情，都显示了人间最真诚、最温暖的情意。在那个特殊的年代里，十八块地的人们用人性的温暖战胜和化解了生活的残酷。

小说《十八块地》写于二十世纪九十年代末，距离“文化大革命”已有将近三十年的时间。作家在新时期为我们讲述那逝去已久的故事，其实是想告诉大家新时期的人们缺什么，在物质富足但精神贫困的时代里，人们应该坚守人性的底线才不会在生活中迷失自我。可以说，欧阳黔森也是在怀念逝去岁月里的美好情意和积极乐观的生活态度。作家后来在长篇小说《非爱时间》里通过男主人公黑松再次纪念卢竹儿、鲁娟娟、萧美文。叙述美好纯真是作家的理想主义情怀的展露，既体现了作家独特的人生思考和对人性复归的呼唤，也体现了一个作家博大的人文关怀和对理想主义的执着追求。

然而，在如此美好和温暖的人性故事中，却有着令人忧伤的结尾：卢竹儿嫁人后去外省没了信息；鲁娟娟为乡村教育事业牺牲了自己；萧美文在前线为抢救伤员而献身祖国；吴大跃翻车而死；场长生病而死；萧子南为放牛在暴雨中跌死。这些美善化身的载体，就这样消逝了，给“我”留下忧伤的回忆，叫“我”如何不怀念?

总之，在欧阳黔森的《十八块地》里，有着人们魂牵梦萦的温情，也有人们难忘的忧伤。作家想传达的是人们共同的理想：人间温情再多一些，忧伤再少一点。

**2015 年《读书文摘》第 11 期**

# 英雄主义：历史与现实的情结

## ——读《心上的眼睛》札记

郭征帆

著名作家欧阳黔森的短篇新作《心上的眼睛》发表于《中国作家》2005 年第 10 期，拜读之后，心灵又一次受到震撼，为其深沉的英雄主义情结感叹、折服。纵观欧阳黔森的小说，无论是短篇、中篇还是长篇，英雄主义都或多或少地体现在作品中，可以说，英雄主义是作者一贯力求表达的思想、主题、情感。

《心上的眼睛》所叙述的故事并不复杂，但它依旧带有作者小说独具的特质：于简单、明了的故事中蕴藉着深邃的思想，闪耀着作家对历史、现实理性思考的光芒。

黔北连绵巍峨的群山、险峻雄伟的娄山关在主人公“我”的心中已不单纯是“山”与“关”，而成为一种象征、一种精神的体现。“遥望远方，苍山如海，这里不缺的正是这连绵不断的群山。它与天安门广场那座如山的人民英雄纪念碑同样耸立在一片蓝天之下。”当然，也耸立在作者、耸立在“我”的心中。所以，“我”才“不止一次站在娄山关的隘口，俯瞰一片巍峨的群山”；所以，“我”才有了“但有了公路，一夫当关万夫莫开的雄关还是翻越的吗？”这一现实对历史深沉的叩问。

历史已经远去，但创造历史的英雄们和他们的精神却随历史的演进永远存留于现实中。而现实生活的五彩缤纷又让我们领略了各色人等对已凝结了英雄精神的娄山关的不同态度。“雄关漫道”的偏远险峻遏制了远方客人再次来的兴趣，当地人的再次光临却是来休闲的；红色圣地出现了没穿内裤的少女在招揽生意的不和谐、卑劣的“黄色音调”。这时，“我”再也无法接受世俗的人们对英雄的亵渎，“用电脑打印了几十封信寄给了许多部门，信中很义愤地揭发并慷慨激昂地讲了红色圣地怎能有黄色出现”，因为这样的行为深深地刺痛着有强烈英雄主义情结的“我”：“娄山关的险峻是英雄夺关斩将展示风采的地方，这也正是我经常想去的理由。”

不知是“我”的信撞了巧还是怎么的，那些“黄色”被清扫掉了，“我”当了一回无名“英雄”。在这个缺乏英雄主义、理想主义，缺少英雄而逐渐世俗化，一切以名、利作为衡量标准的年代，“我”的行为当然值得钦佩，“我”捍卫着“英雄们”的圣洁。然而，小说最感人、最震撼人的地方还不在这里，而是在小说的尾声：一位因公受伤双目失明的男军人，用他的眼睛——“心上的眼睛”瞩目着苍山如海的娄山关——已经被赋予了英雄象征的雄关险隘。“‘我虽然没有了眼睛，可是，我的心现在比什么时候都清楚。我有眼睛，这眼睛比头上的还要清晰，我的眼睛就在这里。’男军人面对着苍山如海，手指着胸口。”这位男军人本身就是英雄，不仅是保家卫国的战斗英雄，也是勇于面对困难、迎接挑战的生活中的英雄。他本身就是一座高山，一座无法与之攀比、无法翻越的高山。他巍峨地站在娄山关上，与连绵不断的群山融为一体，他们就是我们这个英雄的民族的象征！

欧阳黔森自己说过，短篇小说对于他可称得上是一种快乐的形式，因为它的篇幅短小，不需要太耗体力，在兴奋劲还没有消失的时候就已经完成，所以常常给人以饱满、激动和完美的印象。短篇小说就像小说的浓缩液，能最大限度地去掉废话，能在最短的时间里给读者以小说的全部享受。的确，读欧阳黔森的短篇小说真的能享受到小说的全部。

胡适说过：“短篇小说要应用横截面的描写法。”这句话，道出了短篇小说的某些艺术特点和写作的基本规律。大家都知道短篇小说最大的特点是简短而集中，短篇小说虽然篇幅简短，但优秀之作的思想意义与艺术价值却不逊于某些鸿篇巨制。究其原因，是由于它能以小见大，见微知著，以一当十。这正像鲁迅所说：“借一斑略知全豹，以一目尽传精神。” 那么如何才能做到“以一当十”“借一斑略知全豹” 呢？具体来说，即用横截的艺术手法精细刻画能展现全过程的某一关键环节，或能显示整体社会面貌的某一瞬间。所谓“以目传神”，即可以从眼睛里窥见人物的神情风貌、思想性格。引申开来，一个瞬间场景则可透露出时代社会乃至某些历史的信息。这一成功经验，在中外的优秀中短篇小说中比比皆是，《心上的眼睛》不就是借助一个景点来表现理想与现实、历史与当代的矛盾冲突，体现作者的价值取向，让读者为之感叹、折服的吗？

文学理论告诉我们，作品中的各种因素——人物、场面、情景、意蕴、艺术手法等一旦组织在特定的结构中，它们就不再是一个孤立的个体，而是处于一种相互制约、相互渗透和不断转化的整体关系中。结构是将诸种小说因素组织成为一种整体关系的微妙秩序，是内容和形式的有机组合。无论内容或形式，在特定的作品结构里，都有表层和深层之别。作品的意义结构与社会生活结构存在着某种对应关系。历史内涵往往潜伏于作品的深层结构中，时代思潮则浮现于作品的表层题旨里。《心上的眼睛》的深刻性在于它的深层结构里有一种说不尽的历史内涵。它对世俗的批判、对英雄主义的赞扬，无论现在还是将来，依然有着深刻的“现实意义”。

“艺术积淀是形式，生活积淀是艺术”（李泽厚《美学杂谈》）。一位与时代共呼吸的作家，一旦熟练地掌握了某种艺术形式，往往会自然地创造出一些具有思想价值又有艺术魅力的佳作来。《心上的眼睛》之所以具有思想价值，是因为它能透过时代表象，深入到社会历史深处，潜藏着寻绎不尽的意蕴；《心上的眼睛》的艺术魅力，不仅在于它的艺术运用不落后于时代艺术的发展，而且其艺术表现浸透着思想，而其思想内涵又与艺术形式互为表里，不可分割。

欧阳黔森在经历了创作中短暂的低沉、反思后，凭借着一个作家对读者负责的态度、为读者服务的精神，以他日趋娴熟的笔法相继在《人民文学》发表了短篇小说《敲狗》（2005 年第 12 期），《十月》发表了中篇小说《莽昆仑》（2006 年第 2 期），继续为我们呈现这精彩纷呈、可观耐品、内涵丰富的故事，讲述着人生的哲理。“欧阳黔森已初步形成了自己富于个性化的叙述方式和文本自觉意识，这也是对他勤奋创作的酬报”（雷达《叙事的机趣——欧阳黔森小说印象》）。我们有理由相信，欧阳黔森，这位个性像虎，习惯在自己的地盘上自由自在毫无顾忌地走来走去、虎气十足的作家，定能长啸于中国文学的圣殿。

**2007 年《当代小说（下半月）》第 8 期**

# 我听见号角的声音

## ——读欧阳黔森《报得三春晖》有感

江 枫

近日，我省著名作家欧阳黔森的报告文学《报得三春晖》在《人民文学》发表并被《贵州日报》转载，引发了热烈反响。

文艺作品是让外界了解贵州的良好载体。“过去 5 年，减少农村贫困人口 670.8 万人”，这是 2018 年贵州政府工作报告里的文字。《报得三春晖》用孩子掀开草帽找土地的小故事，生动描写了乌蒙山区的贫困面貌；从安大娘悬挂习仲勋书记像的朴素行为，回顾了 1985 年中央书记处书记习仲勋在新华社记者刘子富写的内参上的批示；跟随陪同人员朱大庚的脚步，参观了在老支书文朝荣带领下脱贫致富的海雀村。作品用亲切的语言、感人的故事，展示了贵州脱贫攻坚最火热的“战场”，艺术地书写和记录了人民的伟大实践，让远在千里之外的人们足不出户就了解到乌蒙山区发生的广泛而深刻的历史性巨变，让人们看到一个充满梦想和希望的贵州。

“立万象于胸怀，传千祀于毫翰。”欧阳黔森长期深入乌蒙山区，将自己艺术创作的根脉牢牢地扎入人民生活之中，创作过长篇小说和同名电视剧《雄关漫道》《奢香夫人》《绝地逢生》等作品，在全国引起强烈反响。多年来，他潜心于挖掘贵州红色文化、民族文化，以开阔的视野审视和分析现实，别具一格地抒情言志，艺术地弘扬了“团结奋进、拼搏创新、苦干实干、后发赶超”的新时代贵州精神，切实肩负起了社会主义文艺工作者的文化担当。

习近平总书记指出：“人类生活的一切方面，都可以在文艺作品中找到启迪。”贫困一直缠着乌蒙山区，一直牵着中央领导人的心。作品中讲述脱贫攻坚一线的共产党员朱大庚、老支书文朝荣的事迹，跨越时空 30 余年，始终为突出一个主题：中国共产党正带领中国人民进行人类历史上最为波澜壮阔的脱贫攻坚事业，历经千难万险而初心不改，创造了一个又一个彪炳史册的人间奇迹。

“潮平两岸阔，风正一帆悬。”脱贫攻坚时不我待，《报得三春晖》是文艺工作者为决战脱贫攻坚吹响的号角，响亮的贵州声音，我听见了，世界听见了！

**2018 年 3 月 16 日《贵州日报》**

# 论欧阳黔森小说中的性善书写

李子芯

欧阳黔森的小说非常好读，只要一翻开他的书，你就会有一种迫不及待要一口气读下去的强烈愿望。这种非凡的魅力不仅与故事的耐人寻味、语言的通俗生动、文风的古朴清新有关，还有一个重要的原因就是作者对人性善的书写和颂扬使作品呈现出浓厚的理想主义色彩而带来的巨大的阅读快感。所以欧阳黔森笔下的乡村偏僻闭塞却美丽古朴；饱含历史创伤记忆的知青农场贫乏简陋却趣味盎然；艰辛劳累的地质矿队考察险象环生却苦中有乐；都市男女欲望涌动却有情有爱。性善书写使欧阳黔森的小说远离血腥、暴力，显得轻松而温馨。

## 一

文学是人学，人性善、恶的书写从来都是文学的重要内容，而对于艰难历史情境中人性的探索与阐述也是作者人生观、价值观的体现。对于出生于 20 世纪 60 年代的欧阳黔森来说，曾经亲历的“文化大革命”无疑是他创作的一个重要表现对象。1999 年，欧阳黔森在《当代》发表了成名作《十八块地》。这是一部描写知青生活的短篇小说，采用的是第一人称的叙述视角。小说中景物描写简洁生动，如贫穷偏僻的十八块地农场，有一片茂盛的箭竹林，翠绿绿的，风一吹哗哗地喧闹。冬天来了，“门前有几棵很高大的三角枫树，叶儿红透了，虽落了一地，却仍满枝挂红，雪白的霜打上去，半红半白，被那红彤彤但冷冰冰的阳光一照，红白相映，真是美极了。”美丽天然的自然风光烘托了小说的气氛与情调。农场生活着一群可爱的下乡知青，作者在塑造这几个知青时抓住了他们的性格特征，人物形象因而鲜明具体。如政委吴大跃沉默寡言侠义刚强，被“我”暗恋的卢竹儿美丽善良，长着一双乌黑明亮会说话的大眼睛，鲁娟娟聪明好学被政委暗恋，来自北京的萧氏兄妹志向高远才华横溢，等等。

《十八块地》的故事发生背景是“文化大革命”时期，但作者并没有去写抓捕批斗等那个时代特有的元素，而是选取了农场生活的一些片段来揭示那个时期社会环境的复杂性。如农场生活极其糟糕，一日两餐，顿顿都是苞谷菜叶，饿极了的知青们也会去附近的农家偷鸡摸狗，打打牙祭。政委吴大跃，为了吃上一顿肉而不惜捕杀刚产了小山羊的母山羊。这种在俗常生活中卑下不已甚至有点残忍的行为在小说中却给人一种难言的真实。春节到了，没有回家的知青就去林子里安夹子捕猎，到刺骨的溪水里捉鱼。作者在写知青生活浪漫一面的同时，也没有回避那个时代特有的狰狞。鲁娟娟给学生上董存瑞炸碉堡那一课时，正要学着做拉导火线的动作，抬头发现自己正站在毛主席的像下，小姑娘脸都吓白了，移了一步，又要做拉导火线的动作，又抬头发现上面是列宁的像，又移了一步，抬头一看，上面是斯大林的像，聪明的鲁娟娟最后只好跑到教室外面去“炸药包”。这些细节描写生动真实，作者在貌似喜剧性的描写中不动声色地呈现了那个时代灰暗险恶的底色。特别是萧子南因参加悼念周总理的“天安门事件”脸受伤后回到农场却被造谣是耍流氓被打，后来在山中放牛遇到暴雨失足摔死，又被人浅薄地认为是因破相自杀。把沉痛的历史事件与优秀青年的惨死穿插在看似轻松的行文中，因而没有了我们在同类题材中常见的那种紧张与压抑，但是它带给你的反思却是深刻沉重的。作品也告诉了我们这样一个道理：环境险恶并不可怕，可怕的是人心的卑劣。小说中正因为有了这样一些不屈于环境的善良正义的年轻人，艰难困苦的生活似乎也有滋有味，不幸的生存也充满了希望。《十八块地》全篇结构缜密，但个别地方缺少必要的铺垫，如“我”与卢竹儿在唐姓老乡家吃完晚饭回农场的路上，暴雨来得太突然，缺少“山雨欲来风满楼”似的铺垫，给读者一种为故事而故事之感。

对人性善的书写使欧阳黔森的“文化大革命”题材小说呈现出同类题材难得的清新别致。《五分硬币》是欧阳黔森又一篇以“文化大革命”为题材的短篇。小说写的是 1966 年红卫兵大串联时 16 岁的“我”与同学们失散了，只身一人在漆黑的深夜来到了西安火车站。站台上，又冷又饿的“我”备感孤独绝望，只得借箫声来驱赶心中的忧伤。这时，旁边美丽的女孩让“我”钻进她那件在寒夜中用来挡风取暖的黄大衣，第二天清晨分别时还送“我”一个五分钱的硬币让饥肠辘辘的“我”买早餐。这五分钱的硬币我舍不得用，它成了“我”永远的美好回忆。几十年过去了，这个不知道名字的美丽女孩和那个醉人的夜晚一直让“我”魂牵梦萦。一次偶然的机会，“我”在一家书店遇到了她。在她和她同事的谈话中，“我”才明白，当年她让“我”钻进她的黄大衣是因为“我”深夜吹箫吵得她睡不着。怀着几十年的相思的“我”在与女孩重逢后却并没有上演一场看似浪漫实则虚假俗套的情感纠葛。小说情节简单，结尾也有点莫泊桑的《项链》式的冷酷，这是《五分硬币》的不落窠臼之处。小说中使用了反讽修辞法，如“我”离开南方的家时是夏天，但我随串联的队伍在北方转一圈到达西安时已是深冬了，表面看来是简单的自然时间叙述，但作者实际上是讽刺那个时代的荒诞。还有在西安车站那些躲在黄大衣里面避寒的人，在“我”看来就像老家黄土山上一座座新墓，等等。这些描写无不在影射那个时代的险恶。

在我们的历史记忆和阅读经验中，“文化大革命”就是混乱、破坏和倒退的代名词。欧阳黔森的小说虽然很少正面描写那个时代的腥风血雨，但作者在看似不经意的描写中使读者对那个时代的状貌留下了深刻的印象。如《五分硬币》中通过穿插同学们批斗老师、打老师嘴巴但“我”没有动手因而老师说“我”是好人这一情节凸显了这段荒唐岁月里仍未泯灭的善良正义对于国家、民族的重要意义。小说中说：“好人总是要得好报，这个古老而年轻的愿望，总是在白天黑夜播种在世上所有善良人的心灵里生根发芽。”这段朴素的议论也是作者价值观的体现。好人好报这一我国传统的价值观、道德观几乎构成了欧阳黔森小说创作的哲学依据。因而性善书写成了欧阳黔森小说中最鲜明的特色和一以贯之的风格。

## 二

农村和农民是欧阳黔森小说中常见的题材。不过与时下流行的乡村苦难叙事不同的是，欧阳黔森笔下的农村充满了田园牧歌式的宁静温馨。如《李花》《梨花》《绝地逢生》等。《李花》中的李花，不但像花儿一般美丽，而且还有着当地农村妇女少有的明晓事理与能言善辩。在落后思想浓重的农村，她打破习俗让女儿跟她姓李。不惧无聊的流言，敬重从深圳来贵州支边的知识青年戴先生，表现出了落后闭塞的山村妇女罕见的豁达开明，人物形象简洁鲜明。《梨花》中的麻姑小时候出水痘麻了脸，村里不懂事的小孩当着她的面唱有点侮辱性的麻子谣，她不气不恼。麻姑不但心地善良还通情达理，变卖嫁妆供小姑梨花读书。漂亮聪明能干的梨花考上了大学，后来又当了副县长，成了村里飞出去的金凤凰。不过梨花这个人物形象不够深入，读后很难给人留下深刻的印象。这些小说反映了二十世纪八九十年代农村生活世外桃源般的古朴静好和农民们的淳朴善良，而在商品经济已经渗透到农村各个角落的今天再读这些作品，有种久违的感动。

《绝地逢生》是欧阳黔森创作的一部以农村改革开放为题材的长篇小说。身为盘江村村支书的蒙幺爸是一个近乎完美的形象。他精明能干、果断坚强，是盘江村的灵魂与支柱。他为了解决村民们土地短缺和水资源紧张的问题，克服重重困难，率领村民们开荒地、修水库，尽管都以失败而告终，但他百折不挠、愈挫愈勇的顽强意志也是勤劳但并不十分富裕的贵州农民乃至广大中国农民精神韧性的体现。他视集体利益高于一切，为了筹资修水库，卖掉了家里唯一值钱的牛；为了给村民建小水窖，劝说在城里开店的二儿子蒙二棍把新买的车卖了，把儿子准备用来结婚的钱也拿了出来；他关爱群众，自己吃野菜节约出粮食来帮助比他更贫困的村民王结巴、吴阿满；等等。作为一个村支书，尽管他所在的盘江村被专家列为绝地，但是他始终不服输，殚精竭虑为村民造福，大规模种植花椒、发展乡村旅游等。最后皇天不负苦心人，在藜支书的带领下，盘江村成了人间仙境。

在《绝地逢生》中，几乎每一个人物都是淳美的。如美丽善良的团支书韦号丽，未结婚就冲破重重阻力收养王结巴的儿子牛娃；慷慨大方的蒙二棍，自己富了却不忘乡亲，出资为村里修水库、建水窖、办花椒加工厂；有担当的王结巴，当年为救儿子牛娃偷大队粮食引发火灾，多年后仍不忘向乡亲们赎罪。在他们身上体现了农民善良、朴实的本色。《绝地逢生》从人物塑造到故事情节都充满了浓厚的理想色彩。人物形象的丰富性因此打了折扣，但是小说的主旨是讴歌人性的善良及奉献精神，而且在作者看来，只要有了坚强、美好的人性，生存绝地也会变成人间仙境。这也是作者好人有好报的传统道德观的体现。

## 三

纵观欧阳黔森的小说，女性几乎都是美的化身，她们美丽、纯洁、善良、有情有义。作者在不遗余力赞美女性的同时也揭示了在男性社会她们的弱势与无助，这在他的爱情题材小说中最为突出，如《丁香》《白莲》《味道》《非爱时间》等。《丁香》中的养路工人丁香，有着丁香花儿般的美丽纯洁。但是这么一个可爱的姑娘，却遭到了地质队一些男人的无情戏弄。地质队的厨师夏排骨糊弄丁香吃狗的生殖器，逢场作戏的地质队员小王对丁香始乱终弃，最后丁香在绝望中意外死亡。小说批判了男人的猥琐卑劣和对女性美的践踏蹂躏，丁香的死亡也隐喻在污浊的男人世界，圣洁的女性美的陨落。

欧阳黔森不是一位典型意义上的乡土小说家，边远落后的乡村到五光十色的都市这些不同的生活场域都是他作品的题材。《白莲》是欧阳黔森的一篇描写社会边缘人群——坐台小姐的短篇。小说一开始并没有交代白莲走上这条路的原因，而是重点描写了她在出卖初夜时那紧张、复杂、矛盾的心理。美丽的白莲不乏追求者，有一个会吹箫的英俊的中学音乐教师阿南在苦苦恋着她。但白莲想到这个多情的阿南那可怜的薪水买不起房子、汽车，甚至连一件高档的西装也买不起就动摇了，像许多漂亮女孩一样，白莲也希望过上奢华的生活。故事最后峰回路转，那个要走了白莲初夜的戴面具的男人原来就是“妈咪”特意安排的阿南。小说影射了在消费经济发达的今天，金钱对人灵魂的腐蚀和爱情在金钱面前的不堪一击。追求物质享受甘愿堕落的白莲似乎为人所不齿，但是她也有她的自尊，她也希望在她的精神恋人面前保持纯洁美好的形象，所以当她得知那个戴面具的男人就是阿南时，出于自尊她永远地离开了那个城市。更令读者意外的是，小说中那个满口污言秽语、粗俗不堪的“妈咪”却有美好的另一面，她成全阿南尽力拯救白莲，她不希望白莲重蹈自己的覆辙。而小说最后，那个苦苦追求白莲但在占有了她以后又把她弃若草芥的阿南，与“妈咪”比较起来灵魂之高低跃然纸上。爱在阿南心中原来不过是一夜的肉体狂欢。欧阳黔森的小说就是这样，它常常在复杂的环境里展现人性中那难能可贵的善，它表明了作者对人性善的坚信、向往与渴求。当然作者并不是愚昧地认为人性中只有善，作者在歌颂善的同时对人性丑陋的一面进行了无情的批判与否定。

欧阳黔森的短篇小说《味道》讲的是作家李进兮与方冰、方雪姐妹之间的情感纠葛。在作家“我”与方冰因误会而分手后的第十年，她来找“我”，得意扬扬的“我”以为她是想重温旧情。酒酣耳热之际，“我”把她带到了宾馆，接下来的事情在“我”看来是水到渠成，想到马上就能补偿恋爱时没有占有她的遗憾，“我”心花怒放。风情万种的她在最后时刻却坚决拒绝了欲火中烧的“我”。小说最后“我”的那副丑态，让读者忍俊不禁。这篇小说的语言有游戏乃至无厘头的风格，但在嘻嘻哈哈的形式下却蕴藏着一个严肃的主题，那就是对坚贞爱情的追求。

《非爱时间》是欧阳黔森的一部以都市人的情爱故事为题材的中篇小说。富商陆伍柒花天酒地，荒淫无度，但他却刻骨铭心地爱着知青时的同事——后来牺牲在前线的萧美文。尽管他知道萧美文生前对他并没有好感，他的爱完全是种单相思，但是他不在乎，他就那么发疯地近似变态地爱着她，萧美文的死也没有让他的爱意消减。他把她的像挂在富丽堂皇的办公室，当年他在农场偷的她的一只袜子也被他珍藏着。他和不同的女人鬼混，但除萧美文之外没有一个女人能真正走进他的心灵。这么一个放荡不羁的人骨子里却是情痴。同样事业有成的黑松在见了青梅竹马的初恋情人卢竹儿后，虽有点心猿意马，却最终用理智战胜了情感。在离婚率居高不下的当代都市，永恒的爱情似乎成了一个美丽的童话，而《非爱时间》中的男子似乎在尽力透过光怪陆离的生活表象寻找那种永恒的爱情。

在消费主义日益扩张的当代社会，金钱和欲望成了现代人追逐的最主要的目标，性善书写似乎已不合时宜，但是欧阳黔森却在执着地讴歌善良的人性，他的善有善报的传统道德观成了他性善书写的哲学依据。时代的变迁和人们价值观念的变化也没有改变作者的这个创作初衷。性善书写使欧阳黔森的小说远离血腥、暴力，显得清新、纯朴、轻松、温馨，呈现出浓厚的理想色彩。正如孟繁华在《文化裂变时代的经验与想象》一文中所说：“欧阳黔森的小说有一种令人感动的内在气质，这种气质就是剩余的理想主义的气质。”

**2014 年《黑河学刊》第 2 期**

# 欧阳黔森：创新与突破，必须置身于自己的沃土

舒晋瑜

地质与浪漫是否有必然的关联无从考证，但是在贵州省作协主席欧阳黔森的身上，却表现得极为突出。评论家孟繁华评价欧阳黔森的小说“有一种令人感动的内在气质，这种气质就是剩余的理想主义的气质”。《十月》杂志曾发表过欧阳黔森5篇中篇小说近30万字，原主编王占君对欧阳黔森也有充分的认识：欧阳黔森的小说充满残存的理想主义和英雄主义。

这大概也是他的作品走向国外的原因之一。因为俄罗斯汉学家罗季奥诺夫先生在谈到翻译欧阳黔森的作品的原因时，就表示希望让俄罗斯人了解什么是中国的英雄主义。的确，欧阳黔森的作品充满着理想主义色彩，同时坚持优秀文化传统、坚守精神家园。他被称为文坛“黔中虎”，曾获得4次全国“五个一工程”奖、3次全国电视“金鹰奖”、3次全国电视“飞天奖”、2次全军“金星奖”，以及省政府文艺奖一等奖等省部级奖项40余次。

“如果一个作家没有认识到‘你是谁，你为了谁’这句话的含义，作品又如何弘扬中华民族核心价值观呢？”欧阳黔森如此诠释他作品中忠于民族、忠于祖国、坚守良知的品质与追求。20世纪90年代初，欧阳黔森也曾被“下海”的热潮裹挟过，但就在事业顶峰时期，他反而激流勇退重

归文学，接续起中断 8 年的文学创作，从此全国各大文学刊物上频频出现欧阳黔森的名字，他在中国文坛发出了独特的“贵州声音”。

**《中华读书报》：**您过去是地质队员，是什么原因开始与文学结缘？1992 年后停笔 8 年，您为什么又回归文学创作？

**欧阳黔森：**十几岁就开始写作，第一次发表诗歌是在 1985 年，1992 年出版过一本散文。

1999 年回归文学创作，在《当代》发表《十八块地》，此后进入创作高峰期。2000 年为贵州省作家协会合同制专业作家，2002 年进入鲁迅文学院“首届中青年高研班”学习，2003 年当选贵州省作协副主席，2011 年当选主席至今。从小在地质队长大，19 岁也成了一名地质队员，走遍了祖国的万水千山。与文学结缘是因为我的初中语文老师沈文君，她总是把我的作文拿到课堂上念。由此我知道，写好作文也很光荣。

关于回归的问题，很多人都曾问过。这个问题与 3 个人有关，第一个是中国地质作家协会主席文乐然。在 1996 年的一次笔会上，他说，小欧阳，你是 1990 年就参加地矿部作协“峨嵋山笔会”的青年诗人，你可不能放弃文学。那时候，我“下海”正欢，也没听进去。1998 年底，文乐然老先生又到了贵州，他说，你 1991 年写的《十八块地》我看了，你弃文从商太可惜了。正好原中国地质作协主席黄世英老先生也打电话给我说，小欧阳，听说你“下海”很好呀！我说，还好！老先生说，别下海了，你真让我痛心。再就是贵州省地矿局宣传部部长、贵州省电影家协会主席袁浪先生说，你呀！深陷商海不是好事，明明有一颗文学的心，偏偏要干别的。别浪费时间了，你看我劝过谁吗？那么多热爱文学的学生、朋友，我为什么偏偏劝告你？只要你搞文学，以后超过我的只有你。当然，自己没想通，有人劝也没用。我想通的时候，是在一个月上枝头的夜晚。那天，很奇怪，我一直在反思，这8年我都干了些什么。说实话，真不是我想干的，一股强烈拒绝再干下去的想法涌上了心头。我有个优点，就是一旦决定什么，就会勇往直前。在人生当中，我有几次像这样的决定。第一次是1989年，以我的学历在地质队这个知识分子成堆的地方，确实太低了，可是干一行我行一行，这是大家公认的，以我25岁的年纪还带领一群地质工程师搞地质，真是个奇迹，我的老单位103地质队至今还这样认为。就在我处于顶峰时期时，我对总工程师说，我走了。总工程师说，我们正重用你，你走哪里？我说，我到大学进修中文。总工程师说，进修地质专业可以报销，工资照发，进修别的，没有政策。我说，也走。第二次是1992年底，我写的诗歌获了贵州的一个文学奖一等奖，又出版了散文诗歌集。我说，我要“下海”。单位说，好呀！这太好了！那时候地矿行业不景气，鼓励“下海”。其实，我是文章写不下去了。写不下去就别写，硬撑着写也是废品。第三次是1999年底，在许多人下海“淹死了”，而我在海里游得正欢时，我说，不游了，回来搞文学，这才是我想干的。

**《中华读书报》：**您的创作经历了怎样的变化？

**欧阳黔森：**我是从诗歌、散文到短、中、长篇小说，再到电视剧、电影创作的，遵循着由短到长的写作过程。汉语写作发展到今天，已是有了很高的水平了。不轻易说变化，变不好，不如不变。形式上寻求多样，内容上追求多彩，语言上精益求精，这些都可以在变中解决好。唯一不能变的是责任、良知、理想，文学之所以不死也是因为这三点。写作于我就是一种爱好，这与别人爱足球、围棋和唱歌没有两样。既然爱，就要善待文字。我坚持这样，并力争去做。遇到瓶颈是常事，解决的方法是决不放弃。我们可以想象一个人把唯一的爱好都放弃了，是一件多么可怕的事。我做不到，也从未想放弃我的爱好。当然仅仅有这样的坚持是远远不够的，还需要有创新和突破的实力与勇气。

**《中华读书报》：**《雄关漫道》《绝地逢生》《奢香夫人》，您的长篇多数与电视有关，是先写小说还是先有电视剧？

**欧阳黔森：**《奢香夫人》是小说在前，后来出版社考虑到在央视一套黄金时间播出电视剧的同时推小说市场会好些，才统一了小说和电视剧与公众见面的时间。《绝地逢生》其实最早来自我发于《十月》的中篇小说《八棵苞谷》，后拓展为20集电视剧剧本《绝地逢生》，再后是出版社需要，改成了长篇小说《绝地逢生》。有小说在前当然文学性更强一些。但小说与影视是不同的艺术形式，一种是语言的艺术，一种是视觉视听艺术，两者不好类比。不过，我还是赞同小说改编为影视，影视改编为小说是不恰当的。

**《中华读书报》：**从事编剧职业，对于小说创作是否有影响？有一种说法认为，从事编剧职业对于小说家来说是有杀伤力的，因为稿酬或其他原因，影视对作家很有诱惑。同时，从事剧本写作后，也使得小说创作不够“纯粹”。您怎么看？

**欧阳黔森：**作家分两种，一种是写得好小说，写不好剧本；一种是既能写好小说又能写好剧本。后一种刘恒是典型的，小说好，剧本也好。我认为本无什么“杀伤力”之说，自己最擅长什么，自己最知道。该干什么，不该干什么，也是自己最清楚。就像十八般兵器，你说刀厉害，还是剑厉害，武术的高境界不是兵器的问题，而是谁在用的问题。小说和剧本是艺术中两种不同的兵器，不能说谁影响谁了。刀还没使好，你又想使剑，怎么可能？要么你就专心一种，达到高境界。当然也有武术大师十八般武艺样样精通，不过即使是这样的大师也有专长，如杨家枪、李家锤、张家矛、王家刀。使剑的人使不好刀就怪刀不“纯粹”是说不通的，要怪只有怪自己不够“纯粹”。

**《中华读书报》：**“贵州”总在您的作品中时不时地冒出来，能否谈谈家乡对您的影响？您认为地域对小说家的影响有何利弊？

**欧阳黔森：**艾青曾有一了不得的诗行：“为什么我的眼里常含泪水/因为我对这土地爱得深沉。”引用这诗，其实就想表达我对贵州家乡的感情。有感情就有影响，这影响是根深蒂固的。我认为文学没有地域，这利与弊也要辩证地看。沈从文就写湘西，老舍写北京，孙犁写白洋淀，莫言写高密，都是地域的，又是世界的。创作这东西，原本没地域，自己划界就会弊大于利了。

**《中华读书报》：**作为贵州省作协主席，您如何评价这一方水土养育出来的作家？贵州省文学创作水准在全国来说大概处于怎样的地位？在文学创作上应该如何有所突破？

**欧阳黔森：**贵州这块神奇的土地，曾养育出蹇先艾、何士光、叶辛、李宽定等优秀的作家，曾为新时期文学作出过不可磨灭的贡献。目前贵州文学整体实力与兄弟省份还有差距。其实在文学创作上，没有边远省份之说，当年肖洛霍夫地处边远的顿河，但他至今是俄罗斯文学和世界文学的巨匠。沈从文地处“边城”，他也是中国文学和世界文学不可缺席的重要作家，问题是如何突破。说实话，我也不知道，我要知道了就该获诺贝尔文学奖了。当然了，诺贝尔文学奖也不能说就是衡量文学创作的最高标准，世界上有很多伟大的作家并未获诺贝尔文学奖。您这个问题不好回答，我狡辩了半天总得讲几句真实感受，这感受来自对“突破”的恐惧，这恐惧又不得不使我们静下心来思考，这突破的路径入口在哪里？我认为中华五千年灿烂的文化是根基，那些在历史的天空中依然闪耀着光芒的不朽而伟大的名字，是我们前行的星光。只有继承优秀文化传统，在这肥沃的土地上生根发芽，吸取丰富的营养，才有可能长成参天大树。所谓创新、所谓突破，必须置身在自己的沃土上，这是真理。当然，就是这样，你也未必就能有所创新、突破，就能长成参天大树，但这不要紧，要紧的是我们应该这样做。这样做了，成与不成已不重要，重要的是这个过程非常美丽。

**2014 年 7 月 30 日《中华读书报》**

# 崇高的生命追求

## ——欧阳黔森创作论

严天慧

欧阳黔森，1965年10月生于贵州省铜仁市。他是中国作家协会第七届全国委员会委员、中国国土资源作家协会副主席、贵州省作家协会副主席、贵州文学院副院长、《贵州作家》常务副主编。先后在《当代》《十月》《人民文学》《中国作家》《青年文学》《北京文学》《花城》《长城》《红岩》《百花洲》《散文》《新华文摘》《中篇小说选刊》《中华文学选刊》《小说精选》《人民日报》《羊城晚报》等报刊上发表长、中、短篇小说390余万字。曾两次获得贵州“德艺双馨文艺工作者”称号，入选贵阳市2006城市生活“风尚人物榜”，入选《贵州都市报》2006年度“都市人物榜”。

欧阳黔森在中国的文学名刊中几乎都发表过作品。以2006年为例，《人民文学》发表了他的短篇小说《敲狗》，《十月》发表了中篇小说《莽昆仑》，《花城》发表了短篇小说《有人醒在我梦中》，《长城》发表了短篇小说《在那遥远的地方》，《人民日报》发表了《彩虹房》，《羊城晚报》发表了《白层古渡》。另外，贵州人民出版社还出版了他的中篇小说集《白多黑少》。上述作品中，《有人醒在我梦中》和《白层古渡》

分别入选当年中国小说和散文年鉴。特别是根据其与军旅作家陶纯合著的同名长篇小说改编的20集电视连续剧《雄关漫道》，在央视一套黄金时段播出后，在全国引起很大反响，好评如潮。

而中篇小说《白多黑少》、短篇小说《断河》，则双双入围第三届鲁迅文学奖；短篇小说集《味道》，获第二届贵州省政府文艺奖一等奖；散文集《十八块地》，获第一届贵州省政府文艺奖三等奖；长篇小说《非爱时间》，获中国作协、国土资源作协第三届“宝石文学奖”；散文《往事如烟》，获中国作协、国土资源作协第二届“宝石文学奖”；诗歌《地质之恋》，获贵州第一届“新长征”职工文艺奖一等奖；长诗《高原梦》，获贵州第三届“新长征”职工文艺奖二等奖；组诗《一句格言》，获贵州第四届“新长征”职工文艺奖二等奖；中篇小说《水晶山谷》，获贵州第六届“新长征”职工文艺奖一等奖。

欧阳黔森的出现激活了沉寂多年的贵州文坛，在全国文坛发出了贵州的声音，这不能不说是贵州文学一个大好现象。他的代表作品集《味道》（中国文联出版社2003年版）与中国当红作家鬼子、刘庆邦、东西、荆歌的作品被著名文学评论家孟繁华列入《短篇王》文丛，该书在全国上市即洛阳纸贵，短短三个月，《味道》就连印三版。孟繁华说，“将欧阳的短篇小说集《味道》与目前全国短篇创作的领导人物刘庆邦、鬼子、东西等同时推出，是我看中了欧阳黔森未来的实力和对他实力的信任”[1]。欧阳黔森之所以能受到读者的欢迎，引起中国文坛的关注，并不仅仅是因为其高产的数量，根本在于他的这些作品能够不断击中我们的阅读神经，让我们获得某种审美上的震撼。其创作实绩在贵州作家中少有，就是在国内作

[1] 闽人：《贵州道上一只虎——欧阳黔森和他的文学创作》，《贵州日报》2003年9月26日。

家中也是有一席之地的。他现已出版诗歌集《有目光看久》，散文集《十八块地》，短篇小说集《味道》，中篇小说集《白多黑少》，长篇小说《非爱时间》《下辈子也爱你》《雄关漫道》，等等。

贵州这片山地高原上，江河纵横，奇山密布，因为独特的自然风貌和地理位置，这里保留并蕴藉了自古至今华夏文明的多种样式，也孕育出了多民族的丰富的文化。同时，由于地处偏远和经济相对滞后，贵州的文化在以中原为中心的历史格局中，一直处于偏安一隅、少为人知的状况。然而，奇异的自然和文化，却是文学创作的宝贵财富，为作家们提供了丰富的审美借鉴和文化视野。欧阳黔森便是这样一个受到贵州山水、贵州文化丰厚浸润的成熟作家。

在全国，像陈晓明、孟繁华、雷达、程光炜、白烨等知名评论家都对欧阳黔森的创作给予了极大的关注，针对他的作品发表了文学评论并给予很高的评价。欧阳黔森是贵州的本土作家，然而在贵州却没有得到足够的重视，没有人对其作品进行系统的研究。对如此有成就的贵州作家做系统的研究，是一项填补空白的工作，对激励贵州作家有着积极的意义。

已经有的评论，都仅限于对其的一篇或少量作品进行研究，且对欧阳黔森的作品还没有深入性的挖掘，还没有形成作家作品专论。本硕士论文是对贵州作家欧阳黔森做的作家作品专论，即对这个作家的作品进行整体的研究。本论文从其高扬的理想主义主旨入手，深入城市与乡村、自然与文明、优美与粗犷、圣洁与堕落的二元对立来进行分析，揭示了欧阳黔森作品对于人的命运、人的心灵、人的尊严、人的性格强烈关注的人文精神。然后就贵州地域文化对欧阳黔森的浸润及其作品所具有的鲜明地域特色进行研究，最后落实到他的作品的独特艺术追求上来，从语言的地方性、语言冲击与接受、美学风格这三个方面来探讨其艺术成就。而在最后一章里则指出其创作的缺陷与不足，并在结语里对其文学地位予以定位与展望。总之，本文力图通过这样的系统研究充分地揭示欧阳黔森作品的艺术成就，从而揭示贵州文学的前行路线，弘扬贵州的地域文学与文化。

## 一、二元对立呈现下的理想主义

孟繁华教授在《文化裂变时代的经验与想象》中评论：“在当下的小说创作中，似乎已经告别了浪漫与感动，我们在小说中也很少与这样的场景、人物和情节遭遇。我们读过的许多男欢女爱的故事，也有很多精彩的情节和想象，但就是不让人感动。欧阳黔森的小说有一种令人感动的内在气质，这种气质就是剩余的理想主义的气质。”[1]

欧阳黔森，一个出生于贵州铜仁并在那里度过了童年、少年和青春期的作家，也是被人称为“‘文革’童年，高考少年，改革青年”的“新生代”作家之一。他的作品基本上都具备辩证的理性化思考：对人性善恶统一的关注更加辩证真实地袒露着自己始终耿耿于怀的现实关怀，执拗地表达自己对于人的命运、人的心灵、人的尊严、人的性格的久久凝望。在《穿山岁月》《水晶山谷》《白多黑少》《十八块地》《丁香》《味道》《断河》《非爱时间》等小说里，欧阳黔森的笔法显示了他自己独特的现实主义思考，那就是一种感性现实的形而下的思考，一种基于生活常识的意义追究。“欧阳黔森的感性使他的小说灵动自如，但他形而下的辩证思考又使得他的小说基本上形成了或隐或显的二元对立模式。”[2]

欧阳黔森生于地质世家，当过农民、工人，干过8年地质工作，“下海”

[1] 孟繁华：《文化裂变时代的经验与想象——评欧阳黔森的两篇小说》，《河北日报》2003年1月24日。

[2] 郭征帆：《纸上有味纸上香——欧阳黔森小说艺术简论》，载贵州省中国现当代文学学会编《时代的追问》，贵州人民出版社，2007，第248页。

经商7年，因而他有了反映农工、地质、商战三类生活的作品。

欧阳黔森16岁的时候，去了地质队自办的农场务农，19岁成了一名跋山涉水的地质队员。红土高原，除了山还是山，他面对一片如海苍山唱歌，这是他那时唯一的娱乐。前面有千座山万条水他必须走过，于是他只有与山啸和水吟一起歌唱，唱得久了，便有了高原的山啸和水吟的声音，能把歌唱得很嘹亮，也成了一个偏爱嘹亮的角色。欧阳黔森对文学的理解是——“文学于我是一种天然的爱好，它真实地存在于我的心灵中”，“‘不管我们所处的环境多么地险恶，不管命运对我们有多么地不公，我们仍然能用一颗年轻的心、善良的心去向往生活、热爱生活，这就是文学’。我认为，一切文学的根本来自善、来自理想。许多人都曾经有过文学梦，实际上是他们心灵中深藏的梦想；发现美，带人到一个美丽的地方。作家就是表达了这个发现，表达了他们心灵与现实不断碰撞后产生的火花。”[1]欧阳黔森是个执著于终极价值的追问、理想主义的传达的理想主义者，所以他的作品才能够不断地击中我们的阅读神经，让我们获得某种审美的震撼。

贵州作家冉正万曾在一篇评论中写道：“他把自己的个人经历、个人情感与个人气质投影到小说中，诗人的血性和激情以另一种方式焚烧于字里行间，成为一种灼灼炙人的雄浑气象。即写个人的强悍、粗犷、细腻、柔软，使他的生命体验在小说中有一种强劲的辐射与对应。”[2]他用朴实得像泥土一般的文字把这真情与美诉诸文学。

他对于人性的悲剧性探求，却表现着一种幽默式的轻喜剧情调。《白多黑少》中，在商战中貌似强大、近于冷酷的萧子北，却在人性的樊笼中

---

[1] 陈艺：《文学进入复苏时代——本土作家欧阳黔森专访》，《贵州都市报》2003年4月14日。

[2] 何士光：《文学会有的》，《贵州日报》2001年4月20日。

发出无可奈何的慨叹；《丁香》中，因维护爱情的纯洁对厨子拳脚相向的诗人，却因受制于当时的社会语境而造成情感的自我封闭，注定了诗一般的爱情只能走向死亡的结局；《五分硬币》中的“我”，几十年魂牵梦萦追求的一抹女性清香和人际温情，在重逢之际却变成了一股汗味和人性的漠然；《十八块地》中的卢竹儿、鲁娟娟、萧美文，一系列美与善的化身，最后却因人性的愚昧而消失于“无形”，只留下忧伤的回忆。美善与丑恶的共存与冲突，社会与人性的依附与矛盾，成为欧阳黔森小说诉说不尽的灵感源泉。

（一）城市与乡村

城市与乡村是欧阳黔森创作的一个重要题材。和其他关注类似题材的作家一样，他认为乡村代表了生命的自然蓬勃状态，代表着纯真的爱情和真挚的亲情，而城市则代表着工业文明的负面效应；城市的利益换算泯灭了爱情、亲情、友情甚至生命力。在这里，城市与乡村形成了二元对立的两个存在形式，城市与乡村，形成了人类博大的两座码头，城市与乡村除了有生存环境的差异，人的密度、拥挤、摩擦、相遇和冲突是实质性的。城市远离牧歌与耕作，涌动越来越多的铁的盲流、机器的盲流，带来了世俗的繁华，也带来了人类精神上的困扰。高度城市化的结果，就是越来越远地疏离自然。乡村是自然的，而城市是反自然的。当然，在某种程度上，反自然正是人类社会得以存在并发展的必然代价。从乡村到城市，这是人类文明发展的不同阶段。城市是一个发酵欲望、膨胀欲望的地方。在城市，享受和攫取的欲望比乡村强烈百倍。因为城市每时每刻都面对着潮水般新鲜好用而又赏心悦目的物质，同时也给人洞开着各种享受的方便大门。这些物质能刺激起人的所有欲望，这些方便之门能激发起人的深层的窥探欲望和冒险欲望。

商业化城市的人际关系基本上是利益关系，人际关系的变化和转移的准绳是利益和金钱。而欲望化的都市也必然对淳朴的乡村造成一定的影响与冲击。乡村里亲切微笑的面庞，在城市开始变得遥远而模糊。于是，人们也便分明地感到城市的残酷和薄情。

欧阳黔森的中篇小说《白多黑少》是一部表现都市商场的小说，“商场加情场、金钱加女色是这类小说最基本的表意符号，《白多黑少》当然也没有离开这些能指”[1]。孟繁华认为，《白多黑少》这部作品，在横流的欲望背后，写出了人性的复杂性和宿命般的无奈感，却又赋予主人公以道德底线。《白多黑少》中的萧子北是一个有过战争经历的强悍商人，即便在红尘滚滚的商场上，他仍然保持军人气质的遗风流韵，这一经历不仅使他有一种来自军营的勃勃野心和理想主义气息，同时也使他在残酷的商场和情场斗争中坚持了人性的最后底线。萧子北在商场上游刃有余地运筹和经营着他的企业，控制着属下，周旋于官僚之间，玩弄台湾商人于股掌，他有能力解脱企业的危机，利用政策发展自己。但在纠缠不清的感情旋涡里，萧子北却不在自己的把握之中，“酒肉穿肠过，佛祖心中留”是萧子北用来表达他对妻子内疚之情、复杂心态的话语。在社会上要对付的人太多，甚至包括他最喜欢的南岚，而唯一不愿对付的人就是自己的妻子。“对于老婆，我想把她视为我最清净、最安宁的地方，也就是一个可以让心放牧的地方……我很少对她说假话，即使说也是为了她的心灵不受伤害……我的一些行为事实上是伤害了她，但她不知道就等于没有伤害她。”[2]面对一个在事业上有成就，并有自强不

[1] 孟繁华：《文化裂变时代的经验与想象——评欧阳黔森的两篇小说》，《河北日报》2003 年 1 月 24 日。

[2] 欧阳黔森：《白多黑少》，贵州人民出版社，2006，第 11—12 页。

息的尊严，从不过多地看重丈夫金钱的单纯妻子，萧子北的诡辩实在是包含了对妻子负疚情绪的自我宽慰。他可以用金钱轻易地把自己的情人南岚打发掉，但面对“潜藏”已久的杜娟红时，萧子北自信的防线彻底崩溃了。萧子北不能逾越的最终障碍是源于她是死去的战友杜红军的妹妹，这类坚守正是人性底线的最后坚守。

人是有欲望的，但有欲望的人同时又是文化人和有理想的人，他不可能逃离理性的拘囿和支撑。若逃离理性生命的支撑，就如断了线的风筝，随时都有被欲望击碎的危险。《白多黑少》的独特之处在于：它不仅写出了城市里人的欲望，也写出了人的文化和理想，写出了人性的复杂。《白多黑少》提出了一个非常尖锐又无法规避的问题：当今的私营企业家，很难有不违规违纪违法的，否则他们就难以经营和发展企业。小说提出了一个道德层面以下的底线，是走白道还是走黑道，是白多黑少还是黑多白少？

萧子北，这位小说主人公，一位曾经充满理想主义的军人，作为一个商人，在物欲横流的世界中挣扎，为达目的他可以不择手段。但是，萧子北并非一个为了功利而经商的世俗商人，更不是一个黑道商人，他一掷万金救起在生意场上彻底失败的战友，捐助希望小学，扶持失学儿童，如果说这些热肠义举还有为他的企业做宣传的成分的话，那么他怀念战友的深情，以及由此真情派生出来的情感，就丝毫没有功利成分了。《白多黑少》中主人公坚守了人性的最后底线。

无论商场、官场还是情场，有黑有白，黑白交织。一个悲观主义者看到的也许是黑多白少甚至漆黑一片，一个乐观主义者看到的也许是一片白色、一派光明，而一个理想主义者清醒地看到了黑白交织的人生，真情面对白多黑少的人性。《白多黑少》对人性的这种深度抚摩，极大地提升了这篇小说的文化品位，有一种令人感动的气质。

在欧阳黔森笔下，城市代表着工业文明的负面效应，而乡村则代表了生命的自然蓬勃状态，代表着纯真的爱情和真挚的亲情，代表的是美好的人性。像短篇小说《十八块地》写到了“文化大革命”后期严峻年代的乡村生活，却更多展现的是一个15岁少年对生命、对友谊、对爱情不可遏止的歌唱。“欧阳黔森用他一双清纯的眼睛和一颗清纯的心灵感受到的不仅是人间真情，而且还有美，那种只发生在底层世界的美。他又用朴实得像泥土一般的文字把这真情与美诉诸文学。……有了这样的眼睛这样的胸腔，在那个后来被称作浩劫的‘文化大革命’里，他不仅感受了发现了并且融入了底层世界的明达与崇高还有顽劣与荒诞。”[1]那位口讷心善的场长显然是明达的，他让那个叫吴大跃的知青成了事实上的“第一把手”，没有失落感，也没有说吴大跃“抢班夺权”，其实就是与那个时代划清了界限。那个美丽柔弱的卢竹儿显然很崇高，她对一只山羊表现出的爱心和因此引发的种种痛苦几乎超过了那个时代所有关于人的口号。吴大跃为了照顾大家的肚子，吃掉了让卢竹儿心痛不已的山羊，还到处“偷鸡摸狗”，显然很顽劣，却顽劣得叫人会心而笑。那个15岁的会唱歌的少年带着他私下爱着的卢竹儿到一个姓唐的农民家混肉吃的场景令人哑然失笑。这一切都体现了乡村的宁静与淳朴的人情世态，予人以美好的感受。所以茅盾文学奖获得者王旭烽点评欧阳黔森的作品说，其短篇小说《十八块地》带有田园的风格，清新隽永。常振家说，“《十八块地》就是这么‘出生’的，没有旧观念的束缚因袭，一出手就给人清新扑面的生活气息”[2]。

“卢竹儿”“鲁娟娟”“萧家兄妹”是《十八块地》里的三个小标题，

[1] 文乐然：《如歌的散文——读欧阳黔森的〈十八块地〉》，《贵州都市报》2000年2月4日。

[2] 张幼琪、罗晓燕：《一位值得关注的青年作家》，《贵州日报》2003年9月5日。

也是《十八块地》里的四个主要人物，连同十八块地农场的“老黄牛”场长、不是政委却比政委还政委的吴大跃，还有柳林村的一个姓唐的年轻农民和那个 15 岁喜欢嘹亮的角色，便是《十八块地》里的全部人物了。这些人物都很可爱而且可亲，连同他们做的一些不甚可爱甚至可憎的事在欧阳黔森的笔下不仅一一化作了亲切的怀念而且有了文学的深度：这些人儿和他们生活劳作过的十八块地一样，是实实在在的，展现了美好的人性。

比之《十八块地》，他的另一部以乡村为题材的中篇小说《水晶山谷》则不仅展现了乡村的美好世态人情，更有着欧阳黔森对于城市与乡村的二元对立思考。小说中的七色谷是偏僻山村里的一条美丽的峡谷，地质队的到来，让现代文明之风吹进了闭塞的山村，美丽、安详的七色谷便迎来了它黑暗的一刻。主人公田茂林作为乡村的文化人，他爱美丽的七色谷，爱七色谷里五颜六色的美丽石头。因为结婚成家需要钱，卖石的第一笔钱到手后，他对七色谷的开采就一发不可收拾。田茂林的贪欲一再膨胀，他的发财梦与城里来的杜鹃红们的发财梦结合在一起，七色谷遭到了毁灭性的破坏，变得惨不忍睹。他曾经是一个多么淳朴的农村青年，未婚妻白梨花对他的失望与他自己良心的谴责使他痛苦、迷茫，最后在内心的煎熬中步入了死亡，彻底地葬送了七色谷，也葬送了自己。《水晶山谷》是一部远离都市，却无法回避市场化、商品化背景的小说。他通过一个个故事、一幅幅现实场景，展现了当下农村现状、农民的现实处境，使读者了解到淳朴的民风、民俗，农民的勤劳与穷困，城乡对立及城市高速发展对农村的冲击和对农民生活的影响。

总之，欧阳黔森的作品展现了城市的污浊与乡村的美好，也肯定了城市的污浊之中人们对人性底线的坚守，同时展现了淳朴乡村所遭受的欲望冲击。

（二）自然与文明

欧阳黔森的小说总是倾情颂赞大自然粗粝的原始美以及朴实的人性，并以此对抗外界异化的社会文明。文明是人类社会发展的产物，文明使人类的欲望不断膨胀，致使很多人选择了文明，背弃了自然。在自然与文明发生冲撞的社会转型期，自然与文明的关系以及随之而来的种种社会问题，是一些思想敏锐的作家们始终关注的问题。

生活在自然环境保护较好的贵州，欧阳黔森以地质员的身份长期穿梭其间，深深地爱上了大自然。他既怀着抒写本土自然风物的豪情，同时又对不断出现破坏生态环境现象的现代文明有着无比的愤慨与深重的忧虑。所以欧阳黔森的作品中常常会出现大量直接地抒发他对自然与文明的感慨的文字，如中篇小说《莽昆仑》中："雪狼沟两边陡峭且嶙峋的石壁上发现了古冰川的痕迹。我感叹地说：人类的现代化文明是以破坏自然为代价的。你看这现在的冰川已经要萎缩到雪山的顶峰了，总有一天，雪山都会变成黑山。"[1]"一路上，我们不再遗憾，不再遗憾的美丽是值得人一生去怀念的。昆仑的山是圣洁而寂静的，可是，我们以后提交的大型矿床报告，会让这片宁静的群山变成沸腾的群山，这山沸腾了后，还会这样圣洁吗？"[2]

欧阳黔森从事地质工作 8 年，他对地质找矿事业是有着清醒的认识的。一方面地质找矿事业肩负着寻找矿产资源、发展祖国的重任，对于国家而言是崇高而神圣的。像《勘探队员之歌》里所唱的："是那山谷的风吹动着我们的红旗，是那狂暴的雨洗刷着我们的帐篷，我们有火焰般的热情，战胜了一切疲劳和艰险，背起了我们的行装，爬上了层层的山峰，为

[1] 欧阳黔森：《白多黑少》，贵州人民出版社，2006，第 337 页。
[2] 同上书，第 343 页。

了祖国无限的希望，为祖国寻找着丰富的矿藏……”[1]另一方面地质找矿事业所带来的发展效应是以破坏自然为代价的。像《非爱时间》里，当年插队的农场十八块地因为发现了金矿而面目全非。十八块地的农民必须迁离他们热爱的这片美丽的土地，而且永远都不可能再回来。开金矿需要使用大量的氰化钾这种剧毒物质来提取黄金，“除了十八块地将被推土机推掉外，其矿渣将堆满那片长满箭竹林的山谷。五年？十年？金矿开完了，十八块地也就成了死地。”[2]有了金矿，十八块地将发生天翻地覆的变化，这就是文明掘进中，自然所付出的代价。这是一个寓言性的结局：什么也挡不住物质时代轰轰烈烈的车轮。

在他的作品中，中篇小说《水晶山谷》是他阐述对于自然与文明的沉重思考的一部最有代表性的作品。小说中的七色谷原来是一条没有名的峡谷，直到有一天一组地质队员驻扎进三个鸡村，原本的状态就逐渐被打破了。田茂林原来是一个质朴上进的农村青年，就像那个遥远的山村、美丽的峡谷一样尚未被现代文明污染。地质队的到来，给偏僻的山村带来了现代文明，给无名的山谷命了名，让田茂林了解了外面的世界。这曾经是我们非常痴迷的景观：现代文明之风吹进闭塞的山村。但是，现代文明是一柄异常锋利的双刃剑，它高悬在人类的头顶，常常使人们陷于进退两难之中。欧阳黔森的深刻之处，正是写出了人类的这种困境。田茂林作为乡村的文化人，他爱美丽的七色谷，爱七色谷里那些既不能当饭吃又不能当衣穿的五颜六色的奇石。“尽管乡民们不喜欢田茂林喜欢的东西，可他自己依然喜欢。遇上农闲，他就常常去七色谷看一看，搞一些石头回来放在家

[1] 欧阳黔森：《白多黑少》，贵州人民出版社，2006，第194页。
[2] 欧阳黔森：《非爱时间》，贵州人民出版社，2004，第129页。

里，不时拿出来看看。”[1]他很庆幸峡谷里没有一户人家，因为“七色谷太美丽了，美得让人不忍去打扰它”[2]。结婚成家需要钱，为了找钱，在了解了奇石的价值之后，黑松岭迎来了它千万年来最为暗淡的时刻。田茂林带了一帮人把黑松岭的页片状石头挖了个底朝天，“山上像发生了一场战争，一层层的书页状石头似被炮火掀翻起来，满山的碎石掩盖了所有的长不高的绿色植物”[3]，这真是惨不忍睹的景象。田茂林挖到了 500 个三叶虫石，换回了 5000 元人民币。从此，田茂林就越发不能罢手，哪怕是他心爱的未婚妻白梨花的泪水也挡不住他把七色谷的石头送到李王家去。田茂林的发财梦与城里来的杜鹃红们的发财梦结合在一起，不仅使得七色谷永远不复存在，而且也葬送了自己。

面对欲望的诱惑与梨花父女的劝阻，田茂林的内心不是没有挣扎过，但欲望的力量是巨大的，这力量不仅来自城里人，也来自田茂林的父母，更来自田茂林对现代文明的向往。田茂林如愿地做了工头做了领班却害怕去见白梨花，当他鼓起勇气去了一趟梨花村回来以后，半月没开笑脸。最终，田茂森在开采水晶矿点时神秘失踪。

为满足自己的欲望人类以破坏自然为代价，最终必将陷入深刻的精神危机之中。田茂林正是陷入了精神危机之中无法解脱，才会最终选择与水晶山谷一起消失。小说的后记里，作者仍然传达了一种理想主义的追求：因市场疲软，紫袍玉带石工艺品厂倒闭，厂房被推倒，“七色谷的采石场依然一片狼藉，只有一些杂草倔强地在乱石的缝隙中扬起一点绿色”[4]。

从这些小说中所表现出来的二元对立关系，让我们看到，像欧阳黔森

[1] 欧阳黔森：《白多黑少》，贵州人民出版社，2006，第 80 页。

[2] 同上。

[3] 同上书，第 89 页。

[4] 同上书，第 134 页。

这样生活在自然和文明发生激烈冲撞的社会转型期，自然和文明的关系以及随之而来的各种社会问题成了他作品中重要的表现内容，对自然的热爱、对纯真美好感情的向往是他高扬的感情基调。面对文明的冲撞，他在作品中暗示人类终有回归自然的热望、逃离工业开采污染的希冀。

（三）优美与粗犷

欧阳黔森寓优美于粗犷、寓神圣于粗俗的人物塑造特点非常明显，尤其是表现在他的地质题材小说里。

他的中篇小说《穿山岁月》写的是地质队的生活，小说讲述的是一个采样组在梵净山地区采集样品的经历。作家首先着力描绘、渲染的是地质工作的艰辛。地质人员最先遭遇的险阻便是要通过原始森林中的暗河，河谷大害有云豹、黑熊、五步蛇，小害有旱蚂蝗、巨蚊，这些生物对他们的危害是不言而喻的。在棉絮岭，穿过叶片锋利的茅草林时，险些丧命虎口；行进途中，队员要拿工具、背样品，有时睡在荒野，饿了就吃压缩饼干和干馒头；一路上汗流浃背，汗盐将胡须弄白，却难找到水喝。地质队员除了要面对这些恶劣的自然条件，还要饱尝远离亲人、远离异性的烦恼和苦闷。在野外，地质队员们没有上下级之分，只有同心同德把工作任务完成，并共同与茫茫的原始森林对抗。在这儿，说话，骂人，一切都真真切切。正如小说中所写的："城里的人，说一百句话都可能不带一个'脏'字，我们在城里也不会'脏话'不离口，可是他们说话虽不带'脏'字，却干了不知多少'脏'事，我们在这儿基本句句都带'脏'字，却什么'脏'事也干不了。想想这也是有得有失吧！"[1]"大自然给我们的却是真真实实的人与自然平等的抗争。……我们现在所处的环境，这种十分险恶而又渺无人烟的地方，我们不需要给自己提虚劲的豪迈，而是发自人性本体

[1] 欧阳黔森：《白多黑少》，贵州人民出版社，2006，第 189 页。

深处的宣泄：‘哥哥你大胆地往前走啊！’”[1]地质队员们作为男性在野外表面上呈现其粗犷豪放的一面，这是对抗恶劣的自然环境的必然需要，他们实质上却是有着一腔热血的好男儿们，他们所从事的事业是神圣的，他们表面呈现着粗犷与粗俗，内心却是优美和崇高的。他们对抗着恶劣的自然地理条件，却是要寻找地球的宝藏，发掘更多的社会财富，开创新的社会文明。

长期的野外生活，形成了地质队员的性格特点，作家把它总结为“两好两滥”：吃得好，穿得滥；心肠好，嘴巴滥。正如人们常说的，“好女不嫁地质郎，夜半三更守空房”。小说中，“我”的女朋友因久未谋面而另寻新欢，“算卵了”的妻子生小孩他也不能回家。野外作业的队员清一色是男性，因此，“搞地质的人在野外谈得最多的也就是女人了”。他们会写打油诗自娱，他们会兴奋地与苗女对歌，他们会注视着一个妇女涉水过河，直至她消失在路的尽头。人得望梅止渴，他们会为了去欣赏一个“漂亮得你想哭”的商店营业员，竟不辞辛劳地去三十里以外的洋溪乡赶集，“三人一踏进门就直奔柜台边，三双眼睛直朝那姑娘扫去……我们在里面东看看西看看整整看了一个多小时”[2]。所有的这些细节表露的就是地质队员们对异性的强烈渴望和很深的性压抑。作者没有将其描绘成龌龊的心理，而是当作男性自然而并非邪恶的本能展现。正如欧阳黔森在另一部地质题材的中篇小说《莽昆仑》里借地质队员之口直抒胸臆地表达了男地质队员们的这种真实心理：“于是第一线的男人，就注定不仅要战胜自然，还要战胜缺乏女性的孤独。也许正是习惯了缺乏女性的孤独，所以我们地质队

[1] 欧阳黔森：《白多黑少》，贵州人民出版社，2006，第182页。
[2] 同上书，第204页。

员都尊重女性。……按兄弟们的口气说，看到就高兴了。”[1]作家叙述地质队员的这一切困难，其实是以此反衬出地质队员敢于挑战艰险的精神和坚忍不屈的性格。作家没有将这样的生活罩上灰暗和绝望的色调，而是将其描绘为苦乐相伴、颇富情趣的生活。地质队员们没有怨天尤人，而是积极乐观，相濡以沫，及时化解他们自身的愁苦。

《穿山岁月》里的最有代表性的一个人物是“算卵了”，人物性格非常鲜明。“算卵了”原名苏方，“算卵了”（“算卵了”在贵州话里表示“罢了”之意）是其绰号。他是工农兵大学生、地质工程师，但长年的野外生活，也使他磨去了知识分子的拘泥，和大家打成了一片，他写了一首“不朽”的诗歌念给大家听：“老婆老婆你莫愁 / 我在深山积人油 / 过年过节回家去 / 全部倒到你里头。”[2]这位嘴巴滥的“算卵了”，其实非常重情义。当普查组经过千难万险走出原始峡谷即将回营地时，“算卵了”却提出从老鹰岩绕一段路，去看望一下二十年前在那里跌死的一位地质前辈，其他组员又累又饿不愿绕这段路，这时平常温和的他显出了他独特的个性——“‘算卵了’听后大怒说：‘你们不去算卵了，老子一个人走’”[3]。他执意要去看望那位当年为地质事业献身的战友，并十分忧伤地坐在战友墓边的石头上发呆。欧阳黔森笔下的人物都有血有肉，粗犷和细致能在人物身上和谐地交融，能让读者于粗犷中见到神圣，获得一次美好的灵魂洗礼。

欧阳黔森在人物塑造上，对人性的悲剧性探求，往往表现着一种融粗犷于优美的幽默式的轻喜剧情调，这一特点还突出表现在其语言上。如在

[1] 欧阳黔森：《白多黑少》，贵州人民出版社，2006，第 307 页。

[2] 同上书，第 175 页。

[3] 同上书，第 193 页。

短篇小说《丁香》中，这种情节叙述更为典型：《丁香》对过去时代的生活进行了客观和具有诗意的描写，通过诗化般清新的语言也反映出作者对生活较为深邃的思考。欧阳黔森的《丁香》像诗歌，纯情得像铁凝的《哦，香雪》，现实与历史的处理很精彩，尤其是结尾处的情节：“不久，地质诗人带着他写着丁香诗的日记本回市里了，单位送他去省城学习。走的时候，他没有去给丁香道别，其实他很想去找她一次，因为他心里爱上了丁香。他用了几个小时爬上峡谷的山巅对着丁香家说：‘你等着，我得志了，一定来娶你。但丁香永远没有听到的爱情表白，就这样随风而散，‘不久，她就与小王好上了。后来小王回到市里的单位，就不再与她联系’。”[1]等到地质诗人得志时，丁香却永远地逝去了：“他默默地开车掠过道班，爬上了那南坡的山垭口，面对着丁香家。他想：我他妈是不是得志了？仰望着远方，一片苍山如海，他泪水长流……”[2]

人生的悲剧就这样平平淡淡地发生了，正是这样“平淡”的悲剧，才能产生人生的“忧伤”，形成“诗意”的痛。在这里，作家用粗鄙的词语，将小说的诗意与情感的流露疏离了，形成了一种“黑色幽默”的叙事效果。他的作品总是这样，粗犷与优美共存，彰显着一种感人的真性情。我想，这种效果就是欧阳黔森地质生活的粗粝与地质工作的崇高两相结合所形成的生活印迹在他笔下人物身上的必然体现。

（四）圣洁与堕落

欧阳黔森的小说中，女性形象都是美丽、善良甚至圣洁的。这些女性有的注定了与“我”无缘，有的注定了没有好的命运，使人心生惋惜、感伤，予人凄美之感。

---

[1] 欧阳黔森：《味道》，中国文联出版社，2003，第 99 页。

[2] 同上书，第 100—101 页。

短篇小说《十八块地》里的卢竹儿，她有着一双乌黑明亮的眼睛，还有一条乌黑油亮的长辫子。她不仅美丽，而且心地善良。她因为不能救助一只山羊的生命从此以后纯洁的眼睛里布满了忧郁，长久地挥之不去。《十八块地》里的鲁娟娟，永远是腰直胸挺、神采奕奕的模样。她每天早晨到牛圈旁的草坪上读英语，晚上总是在马灯下看书写字。她被选派到柳阳村当代课老师，后来考上了师范大学，毕业后又固执地回到柳阳村教书，过了五年得出血热死了，将生命贡献在了三尺讲台上。《十八块地》里的萧美文，她是农场里有较高学问的人之一。萧美文特爱绿色和蓝色，她经常去十八块地的小溪边，采来很多兰草放在桌上、床上、窗台上。一到开花季节，那小小的白色花儿就开得很香很诱人。后来萧美文去当了兵，上了云南前线，因抢救伤员不幸阵亡。如果说卢竹儿是美丽的化身，那么鲁娟娟便是事业的捐躯者，而萧美文就是文学梦想者的楷模。小说中，不管是对善良、美丽的卢竹儿的爱恋，对立志从事乡村教育事业的鲁娟娟的赞许，还是对出口成章的萧美文的敬佩，都深深地烙印在作品中“我”那年轻单纯的心中。可惜，这一切都被无情的岁月摧毁了，难怪作者开篇就说：“那一段岁月很美丽、那一段岁月很残酷。”

欧阳黔森笔下这许多的善良女性，清纯而正直，都有着执着、坚守的理想主义情怀。除了《十八块地》里的三个女性外，像《白莲》中的白莲姑娘，《梨花》中的梨花姑娘，《往事如烟》中的小莲姑娘，《白多黑少》中的李红梅，以及《水晶山谷》中的白梨花，等等。她们的出现，代表了作者的审美追求。总之，欧阳黔森笔下的这些美丽女人，她们都是如此的圣洁与美好。

中篇小说《莽昆仑》中的格桑梅朵是圣洁的化身，小说中这样描写她的美：“这是一双不仅会说话而且会唱歌的眼睛，……这双眼睛黑得发亮，像有光亮从中溢出，这光亮又幻化成无数的光线，搭乘着此时美艳无比的太阳光，朝我们射来。光线里似闪烁着五线谱，流动着阳光般的音乐，使我开口想歌唱”，“格桑梅朵真真实实就在不远处款款地向我走来，在月光下她身子的线条更是完美，头巾里的眼睛分明就是两轮月亮，在这天地间，她圣洁得像是乘着月光下凡的仙子。……我只是想有她来看月，这月的美才不枉来人间”，“格桑梅朵在前面走，一路上弥漫着花的馨香和草的清香，偶尔有几只黄蜂几只彩蝶在月的光晕里任意滑翔，月色笼罩着这天这地这人，使那天的夜晚像童话里的世界精彩不已。”[1]等到地质队员们要离开时，“有遗憾在心，谁都在盼望最后的奇迹。这奇迹就是盼望在我们来的时候路遇格桑梅朵的地方，再次遇见格桑梅朵。……在这圣洁的东昆仑，当所有人都圣洁地盼望什么的时候，昆仑神是不会让一群有着圣洁之心的人遗憾而去的”[2]。格桑梅朵果然来送行了，“当我们停下车，纷纷走向拿着羊鞭亭亭玉立于路旁的格桑梅朵时，我们的心依然像远处的雪峰一样的圣洁。……我们都友好地打手势与格桑梅朵告别，都为她行着注目礼。……车缓缓走动的时候，格桑梅朵突然拽下了她脸上的围巾……那时候，草的那个绿、花的那个美、天的那个蓝，都无法比她的那个羞涩的脸哪！”[3]

小说中作者用大量的文字来描绘格桑梅朵的美丽以及她的美与圣洁对地质队员心灵所形成的震撼与冲击。在这里，格桑梅朵简直就是昆仑山的圣洁象征，是作家的一个完美梦幻。

在欧阳黔森的作品中，女性是美丽而圣洁的，即便是在风尘里流连的

---

[1] 欧阳黔森：《白多黑少》，贵州人民出版社，2006，第305—328页。

[2] 同上书，第342页。

[3] 同上书，第342—343页。

女子。短篇小说《白莲》中的白莲，也有着美好、纯洁的善良心性。白莲是一个坐台小姐，她起初是不出台的，起艺名“白莲”就是寓意出污泥而不染，她只是坐台而已。白莲爱上了贫穷的音乐教师阿南，这个每天用箫声来对她表达爱意的纯情男人。但纯真的爱情终究抵挡不了现实的窘困与她对物质的欲望，在她选择用身体的堕落去换取更多的物质享受与虚荣心的满足时，她的“妈咪”，这个类似于旧时老鸨的女人拯救了她，用一万元让白莲所爱的也是深爱白莲的音乐老师阿南买到了白莲的“初夜权”。当一切真相大白时，白莲不是按“妈咪”所期望的与阿南在一起，而是选择了永远地离开阿南，彻底地消失了。她的良知促使她觉醒了，她愧对纯洁的真心，亵渎了纯真的爱情，她无法再面对阿南，这个视她为公主的男人，这个夜夜为她吹箫的男人。她毅然离开了欢场圈，也永远地离开了这个爱她的人，但我们相信她会过得很好，她的灵魂得到了救赎与复苏，生活将以全新的意义继续下去。

欧阳黔森小说中的女性，她们的美丽、圣洁净化着男性的灵魂，避免了男性在俗世红尘里堕落，让他们还保留着一份对人性底线的坚守。他的作品可以说是展示了现代社会男人与女人、圣洁与堕落的二元对立的关系。

在《十八块地》中，“我”因为年少无知背叛了对卢竹儿的誓言，致使产崽的老山羊和小山羊一起成为了农场里队友们的腹中食。卢竹儿不再理“我”，也不听“我”唱歌了。此后卢竹儿看“我”时神色很古怪，“我”越发变得忧伤了。“但我还在唱，十五岁的嗓子不能不唱，但我的歌唱不再是从前的歌唱，我知道了什么叫忧伤。这忧伤至今在我的歌声里回荡……”[1]从欧阳黔森的文字中更多听到的却是这个嘹亮而忧伤的歌声，一个 15 岁的少年在艰难的日子里对生命、对生活、对友谊、对朦胧的爱

[1] 欧阳黔森：《味道》，中国文联出版社，2003，第 10 页。

情还有事业的不可遏止的歌唱。他的忧伤是他人生的路上最早的洗礼，是他心灵成长的路上最佳的一笔。短篇小说《十八块地》与长篇小说《非爱时间》是一个系列人物的姊妹篇。《十八块地》中的“我”是后来的长篇小说《非爱时间》里的主人公黑松，黑松这样的男人就代表了责任，代表了正义，代表了中国社会具有精神支撑的成功商人。黑松对美与善的理想主义情怀追求是 15 岁时奠定的，美丽、善良的卢竹儿是他一生萦绕的梦。“我们民族在经历了无数苦难后依然能起死回生而且生生不息，就是因为我们永远怀抱着 15 岁少年的嘹亮与执着。……社会的境状再险恶再衰败，我们依然能用一颗美好的年轻的心向往生活。”[1]欧阳黔森的作品便也从灰暗的背景里显出了亮色：一个民族必定重新获得生命与生机的信心。

著名评论家、北京大学博士生导师陈晓明先生认为《非爱时间》“可以看成是对当代人的精神状态的一次透彻表现的作品，作品回应了当代人关切的理想主义和价值归宿的问题”[2]。小说讲述的是和感情相关的故事，短暂的人生变幻无常，青春时节浪漫但贫瘠，当下生活丰腴却苍白。小说中主人公黑松为纪念当年在农场时的卢竹儿、鲁娟娟、萧美文而写的文章成为了《非爱时间》的魂中之魂。“我想萦绕在黑松心中的这些人与事也正是作者心中魂牵梦绕、不得不说的故事，否则你就无法解释小说中始终洋溢的这种激情和诚挚。”[3]

这篇小说的构思颇为巧妙，在黑松与陆伍柒这两个男人的故事中，包

---

[1] 文乐然：《如歌的散文——读欧阳黔森的〈十八块地〉》，《贵州都市报》2000 年 2 月 4 日。

[2] 陈晓明：《对当代精神困局的透视——评欧阳黔森〈非爱时间〉》，《文艺报》2004 年 5 月 18 日。

[3] 王虹艳：《在执着与放弃间挣扎》，《中国图书商报》2004 年 7 月 16 日。

裹着卢竹儿、鲁娟娟、萧美文这几个女人的故事，真正动人的是这些女人的故事。作者对这些女人的性格心理着墨不多，但都异常鲜明。她们的美丽、天真以及在革命年代的浪漫激情，都被生活无情地摧毁了，她们以美好纯真的形象，甚至以死亡和不幸作为终结来完成历史定格，表征着与现在对立的过去，既作为一种记忆，更作为一种质疑，小说在这个层面的描写感人至深。然而她们的美丽、她们的善良、她们的理想主义情怀却成了在现实世界里男性的理想主义和人性坚守的滋生沃土。所以才有了小说中的男性身上几十年不变的那种痴迷与偏执，或者说是一种长久地在理想与放弃间挣扎的耐力。

在《非爱时间》里，黑松当年一起插队的好友陆伍柒一生沉浸在对女知青萧美文的怀念中，然而他从未得到过她的好感，直到她死去。关于萧美文，陆伍柒只有从黑松处要来的她的照片，以及他当年偷来的她的一双尼龙袜子，这两样东西成为他青春与爱情的全部遗物。陆伍柒混迹商场，放纵自己的身体，任由其堕落着，后来死于艾滋病，他把自己的全部家产给了一个曾经爱过自己的女人。而黑松与郝鸽子则是言归于好。然而这时他们当年插队的农场十八块地因为发现了金矿而将面目全非。这是一个寓言性的结局：什么也挡不住物质时代轰轰烈烈的车轮，最终能够留下的只有个体坚忍的记忆。“爱人”这个词对于“黑松们”来说有着举足轻重的重要意义。如果一个男人能够将妻子视为爱人，那么便是一种幸运。黑松就是少数幸运儿之一，他的欲望遮蔽下的微弱的理想主义恰好能拯救他的灵与肉。陆伍柒则悲哀得多，他是一个十足堕落的人物形象，正如小说中他玩弄小姐时的态度：“‘男人嘛应该是太阳，你们这些花朵才会茁壮成长。来，花朵们，到太阳哥哥我的腿上来。’两个小姐撒着娇坐在了陆伍柒的身上。陆伍柒一手抱着一个小姐，一边轻摇一边唱道：‘卡拉 OK 是个怪，我老人家年近五十才学坏，口里吼着《迟来的爱》，怀里抱着下一代。’”[1]他一边放纵自己的欲望，把众多的女人变成发泄欲望的对象，一边又在心灵深处始终疯狂地思念着萧美文，将她视为“爱人”，尽管他们之间没有任何关系，她甚至对他很反感。而就是这样一个堕落、铜臭的人，他却对与萧美文在青春时代共同待过的枫木坪、十八块地存有一点感情。

在今天这个时代，“妻子”与“爱人”这两个词汇已经分离，在欲望化的体验之中，名分与内涵、现象与本质都将回到自身，并生成新的外延。所有的事情都在疯狂地朝向某种不可预测的方向转变，神圣的将变成荒谬的，真实的将要变成历史记忆。让“妻子”与“爱人”合而为一成为一种理想。

所有的这些作品都体现着欧阳黔森对人性和人物命运的辩证思考，所有的不甘、挣扎与争夺都是贞洁与堕落的较量，都是自己与自己的搏斗，都是人性的搏斗。美善与丑恶的共存与冲突，社会与人性的依附与矛盾，成为欧阳黔森小说诉说不尽的灵感源泉，而作品中理想主义的表达则是欧阳黔森对人性、对终极价值的理想主义审美追求的有力传达。

## 二、鲜明的地域特色

在当下，小说依然层出不穷，但也可以说，小说显得十分疲惫。即使最“离经叛道”的选材似也难以唤起轰动，对精心设置却又难以厘清的“叙述圈套”，读者颇不耐烦，这也许直接导致了先锋小说的式微。消费文化无孔不入，这造成了消费小说的流行。事实上，纯文学意义上的小说正面临着前所未有的困境。当然，并非所有的人都束手无策，对某些坚定而执着的作者来说，他们的努力不会没有意义，他们正在从各种可能的尝试中

[1] 欧阳黔森：《非爱时间》，贵州人民出版社，2004，第43页。

寻找文学突围的门径：或从先锋的位置暂时后撤，退一步进二步，或在“中”与“西”的碰撞中寻找新的支点，或在本土民间资源中挖掘，或为“老”题材规划新策略……而贵州青年作家欧阳黔森，应是这些文学痴情者中比较活跃的一位。

贵州，是一片山高水长、民俗纷呈的土地。在这片山地高原上，江河纵横，奇山密布，因为独特的自然风貌和地理位置，这里保留并蕴藉了从古至今华夏文明的多种样式，也孕育出了多民族的丰富的文化。同时，也由于地处偏远和经济的相对滞后，贵州的文化在以中原为中心的历史格局中，一直处于偏安一隅、少为人知的状况。然而，奇异的自然和文化，却是文学创作的宝贵财富，为作家们提供了丰富的审美借鉴和文化视野。

蹇先艾、何士光的小说，留给我们的奇妙印象是难忘的。作为继往开来的作家，欧阳黔森也是有艺术个性和美学追求的。他是一个性格豪爽、感情丰富、艺术感受十分独特的人，他的作品犹如一股掠空而过的高原风，地域特色鲜明，使贵州这块独特地域的文化得以有效传达。

（一）独特的自然环境

因为独特的自然风貌和地理位置，黔东地方闭塞偏远。与其毗邻的湘西因沈从文的深情抒写而让世人知晓了那儿淳朴的民风和秀美的山水。黔东与湘西尽管行政区划不同，但自然与文化的状况近乎一致。这一方水土一直是欧阳黔森写作的“根据地”。欧阳黔森和他所推崇的作家沈从文都是同一方水土孕育出来的，他们热爱并不倦地抒写着这一方水土。欧阳黔森曾说：“我在短篇小说《五分硬币》里发泄了对前卫作家的不满，他们写颓废，实际上已经失去了对自己的把握与控制。我欣赏沈从文，这位文学大师的故乡湘西与我的老家铜仁有着地域上的亲近性。他像水一样，水是无形的，却可以变成任何形状，所以无坚不摧。从看似柔弱的善良里，透露出坚强的力量。”[1]许多有成就的作家，总是拱卫自己的生活圣土，如鲁迅笔下的鲁镇，沈从文笔下的湘西，陈忠实笔下的八百里秦川，莫言笔下的高密西北乡，何士光笔下的梨花屯。欧阳黔森虽然还不能与这些大家们相比，但他也是有自己的心灵圣地的，那就是苗岭腹地、黔东梵净山和山下的三个鸡村，还有那在记忆中永不磨灭的十八块地。几乎所有作家的作品都自觉或不自觉地打上了时代、地域和民族的烙印，一些作品往往就因为这些烙印而成为世界文学经典，正所谓“越是民族的，越是世界的”。

地处黔东北的武陵山脉主峰梵净山下的小城便是欧阳黔森的家乡。他执着地抒写这片令他魂牵梦萦的精神家园，他的作品深深地打上了“梵净山的情结”。

西有苍凉雄浑的乌蒙山脉，北有险峻巍峨的大娄山脉，南有俏丽奇异的苗岭，东有绮丽卓绝的武陵山脉，构成了云贵高原黔之部分最为瑰丽奇妙的景象。从卫星拍摄的立体彩色地形图来看，武陵山脉群山高耸，河谷深切，一片起伏连绵的山脉翠色浓郁。它地处黔之东、渝之南、湘之西三省市交界处，是地球同一纬度唯一的一片原始林带，是人类所知的最后的秘境之一，也是众多濒临灭绝动植物最后的避难所。所以在他的小说里，这里山奇水秀，风景卓绝，矿产之丰富，令人叹为观止。

中篇小说《水晶山谷》描写的地理环境是武陵山脉腹地的三个鸡村，它地处乌龙峡谷的中段，峡谷东是一望无际的原始森林。东走十五华里（1华里等于500米。下不赘注）就是有着珍贵奇石的七色谷，南走十二华里就是岩壁有三叶虫化石的黑松岭。小说中的自然环境风景之绮丽，矿产之

[1] 陈艺：《文学进入复苏时代——本土作家欧阳黔森专访》，《贵州都市报》2003年4月14日。

丰富，令人惊叹。如，“黑松岭得名于它遮天蔽日的参天大树，这是无疑的。松树也许是大地上最为普遍的树种，可在武陵山脉的大面积森林里，它却是很少很少的树种。在茂盛的原始林带甚至见不到这种树，但这种树在黑松岭却生长着几匹山，而且高耸入云。这树没有千年，最少也有八百年了吧！参天大树，遮天蔽日，这大自然百年造的茂盛，是很容易让人的眼睛惊奇和激动的。可人们往往会忽视脚下的土地。要知道武陵山脉地处红土高原，那红似血的土和红色石头无处不在。偏偏黑松岭几匹山的土和石头是黑色的，黑色的石头里藏有一种生物叫三叶虫，它藏了什么是大自然上亿年的秘密。”[1]

而七色谷到处是珍贵的奇石：“七色谷是美丽得让人流泪的。山谷里满是五颜六色的石头，那石头上有晶莹剔透的……山谷里大大小小的石头是非常美丽的，可以说它们是天堂之物。……一块块五颜六色的石头无需讲什么，它在这里是可以用静默震撼任何一颗爱美之心的。……水与岸的交界处是嫩绿娇小的水杨，水杨后是翠色欲滴的水竹林，水竹林在山谷形成了一条翠绿带，它是沿着峡谷中的悬崖下连绵着。悬崖上就是一座座延绵不断起伏的连山，这山上连绵着不尽的各种各样的树林。”[2]而紫袍玉带石就产在水竹林与悬崖之间的山体上。

紫袍玉带石产于贵州梵净山，属地球上特殊地层梵净山群下部前寒武纪板溪群上部，距今约十亿年。这是一种罕见的石中珍品，为梵净山所独有，明代曾进贡给皇帝，皇帝见石头为罕见之紫色，曰：此为紫气东升乃吉祥之物。又见紫色中夹有几条玉带，认为这只能为皇家独有，曾下令禁止开采，因而该石鲜为人知。

---

[1] 欧阳黔森：《白多黑少》，贵州人民出版社，2006，第90—91页。

[2] 同上书，第99页。

而中篇小说《穿山岁月》，更是直接地描绘和展现了梵净山的雄奇壮丽之景。茫茫大森林里云蒸霞蔚，天气瞬息万变，这儿有丰富的矿藏，珍奇的动植物，连绵不断的比人还高的茅草林，还有漫山遍野开放着的美丽的杜鹃花。原始森林中有暗河，河谷大害有云豹、黑熊、五步蛇，小害有旱蚂蝗、巨蚊。在棉絮岭，穿过叶片锋利的茅草林时，地质队员险些命丧虎口。所有的经历都是罕有所闻的，却真实地展现了武陵山脉的主峰——梵净山这一块神奇的宝地。来过的人，都说它集华山之险、黄山之奇、峨嵋之秀、泰山之雄于一体，也难怪明代皇帝曾赐“天下名岳之宗”的称号。来过梵净山一次的人并不多，这是相比较于其他名山而言。除了这里地处边远和交通不便等原因外，更多的是因它处在特大的一片原始森林中。欧阳黔森的文字使梵净山的美丽、梵净山的雄奇在这里得以向外界敞开。

而在另一部中篇小说《八棵苞谷》中，又直接地展现了贵州山多地少的贫瘠的自然环境：“这里是苗岭腹地，一座座连绵不断的山成群结队，那清一色呈灰白色的山顶，像海面上的层层浪峰，涌起来蔚然壮观，站在某一座略高一点的山顶，人是一定会有这种感觉的。唯一不同于海浪的是——那峰涌起来就不再落下去。这似乎很能激起人对大地的敬畏。这种地貌被地理学称之为喀斯特地貌，而这里又被誉为世界上最典型的最美丽的喀斯特地貌。……这种地貌往往是越美丽而越不适合人的生存。……当这种集天地之灵气、汇大自然鬼斧神工之造化的景观出现在人的眼前时，没有人不被震撼得目瞪口呆的。……人说美丽的地方是富饶的，而在这块美丽的地方只有贫穷”[1]。

贵州山多地少，正如小说中所说的：“山上的土实在太少，比小树子

[1] 欧阳黔森：《白多黑少》，贵州人民出版社，2006，第144—145页。

还少。像皮一样的泥是有的，它们多半薄薄地依托在灰白色的石头皱纹里。这些泥靠不住，一下大雨，泥顺着石头纹理沟带着雨水往下流，多年的春雨下来，那泥皮看着看着就少了，石头也看着看着更光秃秃了。”[1]人多地少，如此贫瘠的土地却养活了人，除了勤劳与知足常乐，再没有别的理由，原始的生命力在贵州这块土地上强劲地律动着，让我们看到了生命的生生不息。

小说结尾写到专家们用科学的方法开辟了新的土地使农民的生活充满了希望时，专家们送的一副挂在村委会门前的对联——“上联：少生孩子多养猪。下联：多栽树子少放羊。横批：奔向小康”[2]就真实地展现了贵州人与自然的和谐发展问题，整篇小说跃动的是一颗赤子之心，体现了欧阳黔森对贵州这块土地的人文主义关怀。

生在贵州，大山的厚重与深情在欧阳黔森的心中打下了深重的烙印，这也体现在了他的作品中。《十八块地》中，“我”爱上了卢竹儿，便对着大山盟誓：“这时候，一个模糊却十分顽强的声音突然在我心里响起：长大后我要娶她。也是在这一刻，泪水涨满了我的眼眶。我向大山发出了我人生的第一个誓言：娶她！”[3]而到“我”因年少的天真伤害到卢竹儿的善良时，“卢竹儿不再理我，也不听我唱歌了。但我还在唱，十五岁的嗓子不能不唱，但我的歌唱不再是从前的歌唱，我知道了什么叫忧伤。这忧伤至今在我的歌声里回荡……此后，我不论走向何处，望向大山，大山似乎都向我背过脸去。”[4]当这种忧伤持续时，面对身心的孤独，“我”

---

[1] 欧阳黔森：《白多黑少》，贵州人民出版社，2006，第 137 页。

[2] 同上书，第 165 页。

[3] 欧阳黔森：《味道》，中国文联出版社，2003，第 7 页。

[4] 同上书，第 10 页。

的感受竟然是："除夕夜雪特大，整个山都白了，那雪朵儿、那山、那树、那竹林、那十八块地的三户人家，都静静地在视野里，看后只想大喊大叫，这么多年了还清晰地记得，那一声声吆喝几乎能移动大山。大山迎着我的吆喝声向我走来，模样儿十分忧伤。只有大山和我听得出吆喝声中的忧伤，甚至比我的歌声还忧伤。"[1]这些小说中的文字让我们触摸到了贵州人对大山的情感，依恋、厚重、深沉，是永远挥之不去的地域情结。

欧阳黔森说过，"我 25 岁以前从未离开过这儿。梵净山给了我太多的生命的激情与灵性，给了我太多的对于文学的梦想与渴望，……我的情感都来自那一片土地，我常借助于这令我魂牵梦绕的梵净山，使我显得苍白的心灵充满人性本身最为瑰丽的自豪感"[2]。

（二）独特的民俗文化

欧阳黔森在对人与自然、人与社会、人自身的把握、叙述中，表现出了独特的贵州文化的地域特质。他的作品里有着浓郁的本土气息，一方面表现在文本呈现形式上大量地运用贵州方言，另一方面则是内容上对贵州的传统文化、风土人情的挖掘与展示。

欧阳黔森的作品中突出地展示了贵州人独特的求乐意识。贵州地域物质生活是贫乏的，但悠闲自足的心态却让他们能够苦中作乐，求乐意识是贵州人对生活方式的一种创造，它体现了贵州各少数民族在不同的历史时期对快乐与幸福的独特理解。而喝酒与唱山歌就是受求乐意识的驱使去追求生活中的快乐的活动形式。贵州是酒乡，其风土人情也似乎浸泡了千年的醇酿，外形古朴无异，慢慢品来却是暗香袭人。黔酒的魅力在于从灵魂深处透出高原文化的魂魄。贵州人把喝酒当成生活中的一

[1] 欧阳黔森：《味道》，中国文联出版社，2003，第 20 页。

[2] 欧阳黔森：《故乡情结》，《贵州日报》2005 年 5 月 1 日。

件乐事，凡唱歌、跳舞必饮酒，且尽醉而后快。走进贵州，就是走进了一个欢乐的海洋。在“山歌听得见，拉手要三天”的山区，民族节日弥补了交通落后带来的不便，形成了“三里不同风，五里不同俗，大节三六九，小节天天有”的民俗大观。“穷高兴，是老辈子传下的话。……不能因为穷就一天愁眉苦脸的。在这儿，穷有穷的高兴方式。这些方式已传了几代人，一是喝自酿的红苕酒、苞谷酒，二是唱山歌。唱歌与喝酒是密不可分的，喝了酒就要唱歌，唱歌最好要有酒，这是几代人约定俗成的事。”[1]男女青年参加对歌节都要穿上本民族节日的盛装，以便寻找情投意合的人。男女结婚了，“两口子也还爱得紧，赶场还一起去，一路还哼几句情歌。”[2]这就是贵州少数民族的日常生活。

既然是对贵州地域文化的展示，欧阳黔森的小说中自然也免不了有一些奇特的民俗描写，如《穿山岁月》中，民工说进山前一定要拜山神，不拜他是不敢进山的。“说是要买一头山羊一只鸡供山神，我们只好同意。……在一座土地庙前，……他手起刀落亮闪闪的光芒一晃，那红公鸡狂叫不绝的头被活生生地削了下来。那鸡没有了头，居然奇怪地摇动着翅膀在土地庙前跑了一个圆圈，他光秃秃没有了头的脖子还在一伸一扬，似乎还想破啼报晓。血从削平的刀口处血剑一样射出，竟然在它跑的圆圈外围喷洒出一个更大的血圈。那民工见状大大地舒了一口气，很庄重地告诉我们可以进山了。他说如果鸡血的圆圈缺了一个口子，那么就是打死他也不会带我们进山。”[3]很奇怪的是那鸡被削掉了头，居然跑了一个圈，同时喷射出一个鲜血的圆圈。这种奇异的事情是属于民俗学研究的问题了，但从祭

[1] 欧阳黔森：《白多黑少》，贵州人民出版社，2006，第151页。
[2] 欧阳黔森：《味道》，中国文联出版社，2003，第63页。
[3] 欧阳黔森：《白多黑少》，贵州人民出版社，2006，第139页。

山神的黔东风俗却可看出当地人对大山的敬畏之情，展现了贵州这片土地至今还保有的奇风异俗，十分引人入胜。

欧阳黔森的小说中本土气息最浓的当推两个短篇：《断河》与《敲狗》。《断河》是他描写贵州文化中很特别的一篇。故事是由麻老九起伏跌宕的人生传奇串联起刚勇与义气、爱情与阴谋、忠诚与背叛、残酷与温情、驯服与反抗。小说在冷酷中散播着兄弟至情，让真心相爱者必须生离死别。《断河》涉笔土匪与刀客、复仇与女人，充斥着循环不息的侠义和视死如归的豪气。小说写的是贵州蛮荒之地的血缘、生存、寻根，是在发掘民间的道德精神资源，具有短篇小说的风神。

民间风俗的形成，往往要经历很长的历史时期，无论用现代眼光来看某种风俗是否健康文明，它们都在民间一代代沿袭传承着，而一旦某种风俗消失了，也必定有对其影响巨大的原因存在着。

《敲狗》是纯粹针对贵州花江狗肉的美食传统写就的一部短篇小说。文中，狗不能杀死，只能敲死，这是贵州花江地区吃狗的传统方法，一直沿用至今，但“这一带的农人一般不吃狗”，特别是“从古到今一直坚持着不卖狗祖规”（他们认为：“卖猪富，卖狗穷”，“连狗都要吃的人，良心一定不善”），现如今却逐渐走向了消亡。因为很多人来看花江大峡谷，吃到了镇上的狗肉，花江狗肉名气大过了花江大峡谷，受供求关系的影响，花江镇上有了狗肉馆一条街，每天需几十条狗，于是狗价不断上涨，每条狗从30元涨到50元，又涨到了100元。为了钱，很多人家加入了卖狗行列，有的人竟偷狗来卖，我们感受到了在市场经济冲击下，乡村淳朴民风的消亡，但小说若仅为此而写未免显得单薄、教条、乏味。小说设置了三个主要人物：厨子（也是狗肉馆主人）、徒弟、花江大黄狗主人。狗主人为了给父亲治病，不得已把狗卖了，要求厨子一定多留些天，等有了钱再回来赎。

根据当地的传统，相狗法是“一黄二黑三花四白”，汉子卖给厨子的狗是一条花江狗中的上品。半个月后，狗主人果真来赎狗，但只带来 100 元（狗的卖价），一番周折后，也没能把狗牵走，因为厨子非得要他出 200 元，狗主人只好回去继续筹钱，而厨子想趁机把大黄敲掉，要它的皮，徒弟同情狗主人、心疼大黄狗，深夜悄悄把狗放走了。厨子丢了狗，怪罪徒弟，扣了他 120 元工资。但一个星期后，狗主人送来了 200 元钱，还感谢厨子对他的信任，让狗早回了家，并给厨子带来了几斤自家种的花生。对话中，我们不难感受到他们的区别：厨子唯利是图、自私、缺乏同情心，狗主人淳朴、善良、诚信、执着，徒弟心地善良、富有同情心。社会因为大黄狗主人和徒弟的存在而充满希望，但结尾耐人寻味：徒弟离开了厨子，厨子喝着闷酒考虑再招个徒弟。这篇小说对风俗民情和淳朴的人性都进行了深刻的展现，是挖掘贵州地域文化的佳品。

欧阳黔森的作品本土气息浓郁，可窥见苗岭山区、夜郎故地的历史文化、生活礼仪、禁忌信仰等风土民情。贵州是个风情奇异、文化生态错综复杂的地方，曾经边远而贫困，有“天无三日晴，地无三尺平”之夸张说法，如今固然已发生巨变，但这里的文学似乎仍呈现着独特的面貌，好像总与中原地区或沿海地区的风格保持着某种距离，有点遗世独立的味道。《敲狗》是欧阳黔森的一篇佳作，看得出，自《敲狗》发表以来，欧阳黔森的创作开始转型了，他有了文化意义上的自信、自尊和自觉，他现在更加致力于挖掘、传播贵州独特多彩的民族文化。我们期待欧阳黔森能在现代生存中传达出现实生活的历史根基、当代思考和未来意义，塑造出具有时代特征和世界意义的贵州人和贵州优秀的民族文化精神及其传统，从而引发外部世界与贵州“共鸣”，让贵州的文学走向全国。

## 三、个性化的艺术追求

### （一）方言与民歌

1. 方言

方言作为一种与普通话极具差异又存在共性的语言变体，有着刻画人物、还原语境、激发情感的特殊文学功能。贵州小说地域性强，民族色彩多样，而小说是语言的一种文本呈现形式，这就决定了贵州小说或多或少地有着地区方言和少数民族语言思维的痕迹。贵州小说的方言嵌入式写作并非本土才有，普通话并不以方言的消亡作为前提，它总是有条件、有选择地从汉语方言中吸取一些有生命力的成分来丰富和完善自己。再者，在共同语形成之后的很长时间里，方言仍作为民族语言的地方分支，它是形成一个民族全体成员适用语言的基础。诚然，在贵州小说创作之初，许多地域小说家和少数民族小说家都有一种地域和民族自豪感，他们都想让自己的语言走进文学里，形成白纸黑字。这样，他们在人物对话和描绘事物时，就会把自己的地方口音或本民族语音，用汉字同音代换的方式写出来。

而欧阳黔森在其小说文本中则成功地熔铸了规范的现代汉语与独特的贵州地域语言，形成了小说语言上的地域性，即地方性特色。如其小说文本中大量地运用“手三脚四、包口包嘴、憋口憋嘴、赶场、鬼火起、搞到事、逗起闹”等方言词汇，使人感到朴拙可亲。

如果说以上这些是方言的如实运用的话，那么下面这些在运用方言与汉语的有效融合上则让人倍感亲切，读来十分轻松自然。

“你急哪样嘛！我看你真是吃到碗里的看到锅里的。”[1]

[1] 欧阳黔森：《非爱时间》，贵州人民出版社，2004，第169页。

“他们那些男战友们都还是小公鸡未开叫，啥也不懂。”

“谢红星听了脸色虽然还未变，心里却鬼火起。”[1]

“怕哪样卵？要死卵朝天，不死又过年。”

“前怕后怕，怕哪样！”

“不是怕哪样。我怕哪个？”

“等着天上掉饼饼，不如靠自己。”

“搞到事了，娶了婆娘不说，还与队长成了娘舅亲。”

“杨家婆娘那个死婆娘硬是要得，一叉脚生下一个一个的，一叉脚又生下三个四个的全是崽。”

“三崽妈的父母是好父母也没咋个，还不是同意了他们自己的选择。”[2]

这些方言的大量运用不仅准确表现了人物的心理状态，揭示出不同的人物性格，而且使小说语言（特别是对话）生动鲜明、幽默诙谐、酣畅淋漓，富有浓浓的生活气息。

而贵州小说语言的另一特色是加入当地谚语。谚语是群众中广泛流传的一种含有深刻意义的语句，它通俗、形象、顺口、有趣，是人民群众语言宝库中的珍品之一。如中篇小说《穿山岁月》里的谚语运用：“见人拉屎屁眼痒”“天不怕地不怕就怕你他妈说贵普话”“你还想去占便宜恐怕是六月天穿皮袄——不识时务”[3]。

欧阳黔森的小说中存在的这些大量的贵州谚语，均有着农村寻常百姓

[1] 欧阳黔森：《白多黑少》，贵州人民出版社，2006，第 237—283 页。

[2] 同上书，第 135—168 页。

[3] 同上书，第 169—236 页。

的生活印迹。“地域”通过它自己的语言——方言的“再现”才真正变得生动、真实。这些活在老百姓口中的家常语言活生生地描摹了说话人的情态、性格，使语言充满个性，充满了浓郁的乡土味气息。

方言是劳动人民在生活实践中创造出来的，是对世界最直接最真实的再现。欧阳黔森小说中的方言是他对规范的现代汉语与独特的贵州地域语言的成功整合，这使得他的小说语言既有地方性，但同时又具有广大读者所能接受的普泛性。贵州的读者读到这些语言时，会感到人物活在自己周围，如遇老乡一般亲切而感到激动；外省的读者则会觉得生动有趣，并能强烈地感受到贵州独特的地域文化和生活气息。

2. 民歌

民歌，是少数民族生活的一部分，有求偶、婚嫁、聚会、节日喜庆等各种场合演唱的民歌，歌声体现着少数民族的爱情、婚姻观念和劳动生活观念。欧阳黔森的小说巧妙地嵌入了一些贵州民歌，既丰富了内容，又增添了情趣。比如在他的短篇小说《八棵苞谷》里就有这样的民歌：“叫你不逗你要逗，逗逗打打，打打逗逗就起了头，就起了头喂……”[1]“春风吹来菜花黄，推窗就闻菜花香。我是蜜蜂飞出门，亲人他身沾黄花进屋来……”[2]前者表现了农民日常生活劳作中的欢乐情绪，后者体现的是政府帮助农民脱贫致富后，农民欢天喜地的心情。这儿的亲人指的是为白鹰村开辟新土地的专家们，农民们用自己的歌声表达了对专家浓浓的感恩之情和对党和政府的拥戴之情。

民歌融入字句中，能加强人物形象的表现，对场面气氛起烘托作用。在《穿山岁月》中，地质队员偶遇一群苗族姑娘，热情奔放的苗族姑娘们

[1] 欧阳黔森：《白多黑少》，贵州人民出版社，2006，第 139 页。
[2] 同上书，第 166—167 页。

就亮开了嗓子："见人就把歌喉亮，问哥脸烫不脸烫？你我人生面不熟，怎好开口把歌唱？""高山起屋不怕风，水里鱼儿不怕冻。有心恋哥不怕苦，有手干活不怕穷。"[1]而地质队员们则是手忙脚乱地翻着歌本回应："苗家山寨歌手多，两岁孩子会唱歌。万千歌手唱百年，才唱歌海半碗歌。""上山砍柴见花红，花儿有意情亦浓。哥见鲜花如见妹，时时唤你在山中。"[2]读到这些文字，贵州这片地域的独特民族风情是扑面而来，新鲜而有趣的。

从欧阳黔森的几部作品里可以看到，小说中的民歌能很好地与当地民风民俗，以及人物的心理、观念巧妙地融合起来，使小说的内容得以丰富，产生一定的生活情趣。而他的作品中还有那种很有哲理性的山歌，对于升华主旨有着凝练性的作用。如中篇小说《水晶山谷》里："手把青秧插野田，低头便见水中天。六根清净方为稻（道），退后原来是向前。"[3]这样的民歌，是主人公田茂林的岳父白清净对利欲熏心的田茂林迷途知返的警示，但运用在正插秧的情境下，实在是妙。而且，这首民歌也是田茂林悲剧命运的必然揭示，彰显了人类在自然与文明的有效抉择中对自身欲望应有的把持。

总之，贵州民歌的运用，使欧阳黔森的作品具有了很强的地域特色，展现了多彩的贵州民族文化。

（二）自然清新与至雅至俗

上一节从欧阳黔森的小说语言内容上做了地方性特色分析，这一节我们从文学接受者与欧阳黔森小说语言相遇时的美学感受上来谈他小说语言上的两大特点：自然清新与至雅至俗。

---

[1] 欧阳黔森：《白多黑少》，贵州人民出版社，2006，第223—224页。

[2] 同上。

[3] 同上书，第117页。

1. 自然清新

欧阳黔森的小说语言在描绘与抒情方面往往有清新明丽之感。《水晶山谷》里，“他随手抓了几把长到田埂上的肥田草往田里扔，肥田草翠青色的根叶散落在嫩绿色的秧行中的确不起眼，可它尖部那鲜紫的小花朵虽东倒西歪的却十分耀目，原来在田茂林身边被惊走的几只野蜜蜂找到田里零星翘举的紫花儿，扇着透明的小翅膀歪歪斜斜地叮着。”[1]观察细致才会描画得如在眼前，生趣盎然。读了这样的语言，对宁静、祥和的山村的向往之情便油然而生了。

再如：“这句话像河坎上那开满红蔷薇的花在春天里温暖着他的心。从那以后每每河边的蔷薇枝叶吐了新绿，那小小的红花蕾撩拨着春意时，那句话像蒲公英的小白伞飘落在他的心里。”[2]这是多么精致得体又沁人心脾的比喻兼拟人。作者用“红蔷薇的花”“蒲公英的小白伞”比喻“那句话”，这样的比喻也不是作者的首创，但用得恰当和巧妙却是值得称道的。蔷薇性软，如秦观的“有情芍药含春泪，无力蔷薇卧晚枝”所写。但红色本就有热意，所以恰到好处地说明了“这句话的情意”，如初春的太阳，温而柔地暖着他的心。而一句“撩拨着春意”则把红蔷薇在春风中的招展赋予了活泼的热烈感情。蒲公英花似伞而能飘，自有轻盈之感，但这伞却是含情的，正如泰戈尔所写“眼里流着泪，心里却为他打着伞”一样，是那份情在心里生根，是那颗心在牵挂远方。这样的比喻虽无奇异之处，却有独到之妙，涵蕴无穷。

在《莽昆仑》中的绘景：“我的天空湛蓝湛蓝的，蓝得像透明的翠玉一样的鲜嫩。”[3]“它是昆仑月。昆仑离天似乎更近些，所以月格外地鲜亮。

[1] 欧阳黔森：《白多黑少》，贵州人民出版社，2006，第 119 页。

[2] 同上书，第 82 页。

[3] 同上书，第 284 页。

夜空里，银河像长江之源——沱沱河的水一样清澈。月肯定在那里洗了一个澡，要不它为什么会这样鲜亮，鲜得好像昆仑山的羊脂玉一样亮汪汪地悬挂在天上。”[1]作者把“湛蓝的天空”比作“翠玉”并不出奇，但说如“翠玉一样的鲜嫩”，就让人不单看到了颜色，而且感受到了质感，那饱含的湛蓝就如一颗鲜嫩汁满的青果，让人想品尝一口，这清新之风如盛夏凉风，让人向往。把银河比成“沱沱河的水”，把月亮比成“昆山的羊脂玉”，作者匠心独运，在一般中蕴含着玄机。作者通过连用这两个比喻，构成了一幅明净清丽、古色古香的画面。这么清新明丽的夜晚，何人不起故园情？何人不起怜爱心？而他笔下描写的昆仑山是：“不远处有一座灰黑色的山峰，山峰后面是一座更高的雪峰，雪峰上面是湛蓝色的天空，雪峰雄性十足地昂起他洁白无瑕的头颅直耸苍穹。”[2]作者用拟人化的修辞手法赋予了昆仑山以坚韧、不屈的品格。在作者的笔下，昆仑山的雄姿、昆仑月的美丽所要展现的是昆仑人的品格，是天、地、人的和谐。

欧阳黔森的小说语言在状景上是清新而独特的，而他在描绘人物的外形上也有相似特点。如《十八块地》里对卢竹儿的肖像描写：“卢竹儿身子很纤弱，却有一双乌黑明亮的眼睛，还有一条直垂到脚后跟的大辫子。她的辫子和她的眼睛一样地乌黑而且会说话。看到她眼睛就是看到了她的辫子，看到了她的辫子就是看到了她的眼睛。这看，在我有时候又叫‘听’。我真的听到过她的说话声，像她眼睛里流出的声音一样的柔美清悠。”[3]这描写抓住了卢竹儿的两大外貌焦点：眼睛和辫子，并且将两者有机地结合了起来。通过辫子刻画出她的活泼与快乐，通过眼睛透视出她的清纯与善良。最后作者把说话的声音与流动的音符相比，更突出了她秀外慧中的

[1] 欧阳黔森：《白多黑少》，贵州人民出版社，2006，第 326 页。

[2] 同上书，第 286 页。

[3] 欧阳黔森：《味道》，中国文联出版社，2003，第 7 页。

美丽。这样就从形、音、神三方面再现了一个清纯、秀丽、善良的青春少女。这样的语言，充分体现了通感手法之灵动，言人之未曾言，而又言之有理，是一幅难得的美人图。

2. 至雅至俗

从语言冲击与接受层面上来讲，欧阳黔森小说语言的又一特点是至雅至俗。鲁迅所说的“有真意、去粉饰、少做作、勿卖弄”的白描语言，体现了中国的古典宇宙观和美学精神。在欧阳黔森的作品中，这种特色相当突出。如在《十八块地》里对景物的描写：“冬深了。每天清晨地上都盖了一层薄薄的霜。山顶上一直积雪不化。我们农场的住房正好在雪线上。门前有几棵很高大的三角枫，叶儿红透了，虽落了一地，却也满枝挂红。雪白的霜打上去，半红半白，被那阳光一照，红白相映，真是美极了。”[1]作家抓住景物的主要特征，用洗练的笔墨加以描写，显得气韵生动而意蕴深远。

再如，“格桑梅朵在前面走，一路上弥漫着花的馨香和草的清香，偶尔有几只黄蜂几只彩蝶在月的光晕里任意滑翔，月色笼罩着这天这地这人，使那天的夜晚像童话里的世界精彩不已。我在后面走，……追近格桑梅朵，但哪怕我们只有一层纸薄的距离，那层纸依然隔开着两个世界。我有两只手，有两根食指，可没有一根食指能伸出或能戳破那看似薄如蝶翅却又坚韧无比的隔纸。我的世界当然也没有下雨飘雪，却因为纸那边有着的童话世界而呈现五彩云霞金丝鸟鸣。”[2]欧阳黔森的小说语言在描绘与抒情方面清新、凝练、雅致，让读者有沁人心脾的阅读享受，像这样的例子不胜枚举。

[1] 欧阳黔森：《味道》，中国文联出版社，2003，第 17 页。

[2] 欧阳黔森：《白多黑少》，贵州人民出版社，2006，第 328 页。

《八棵苞谷》的小说语言都是经过认真推敲与凝练的。描绘、议论与抒情都由于凝练而趋向于雅致，具有一种柔美的情怀。如：“石漠化的山体多为石灰岩和白云岩，当它以裸露或半裸的样子呈现时，这种石头自身特有的极富夸张的好看纹理纵横其上，甚至有的还有晶莹剔透的水晶生长于其间，加上千百年的风化雨浸，使其身上纵横交错着刀砍状深切的纹理。看到这些自会让人明白这样个既简单又深刻的道理——再轻柔的风，吹过千年，它就不是风而是一把刀了。……人再沧桑再有味道的脸，最多能经受三万六千个日子的风吹雨打，而山体却是历经了数十亿个日子的日晒风侵，它的沧桑和它的味道不言而喻。当这种集天地之灵气、汇大自然鬼斧神工之造化的景观出现在人的目前时，没有人不被震撼得目瞪口呆的。……美丽有时与沧桑相伴，可谓美丽的沧桑，而沧桑又喜欢与苦难接连，可谓沧桑的苦难。显然这里是苦难的。人说美丽的地方是富饶的，而在这块美丽的地方只有贫穷。”[1]像这样富有哲理性的语言是充满诗意的，体现了作家在文学语言上的美学追求。

欧阳黔森的小说在描绘、议论、抒情等方面有清新雅致的美学追求，在叙述方面则是很通俗、直白的。比如他在《穿山岁月》里对地质队员普通生活的描写：“他说有一次他半年没回家了，回家后便急急忙忙爬到老婆的身上去，可他那东西不争气怎么也放不进去——总是挺而不坚，可他又舍不得出来，于是忙乎了半天，还是进不去，这一下不是他舍不得下来，而是他不好意思下来了，只好自嘲一句‘算卵了’才翻身从老婆肚皮下来。”[2]这样的语言直白得简直就有点俗了，但正因为其是贴近生活的，恰让读者于幽默中感受到了浓浓的生活气息。这样的特点在对话方面表现

[1] 欧阳黔森：《白多黑少》，贵州人民出版社，2006，第144—145页。
[2] 同上书，第173页。

尤为突出，如《十八块地》里，“政委吴大跃很关心鲁娟娟，分工时总把她留在自己身边。如有人笑鲁娟娟学卖国话，政委总是大怒道：“卖你妈的 ×，农场总要有人学外语，要不空投的敌人被我们抓住，问得出敌情吗？鲁娟娟学习外语是响应毛主席号召‘备战、备荒、为人民’，不学外语，能解放全人类吗？这是为备战，同志们一定要清醒！”[1]这些来源于日常生活的普通人物的语言，自然免不了粗话，却更体现了人物率性、豪放的性格。

由于贵州方言的介入，使他的作品又具有了一种更贴近贵州地域的世俗化风格。“越是民族的，越是世界的”。将作为贵州语言特色和风格的方言巧妙地融汇到小说的叙述语言和人物语言中而不露痕迹，欧阳黔森做到了。这使他的文学语言不同层次地染上了“乡土化”的因子，形成了具有地域性的语言特色和风格，从而使我们从中感受到生活在这片土地上的人的特有的文化心理，以及作家认同这种地域性语言时所流露出的贵州文化心理倾向。

怎样理解文学作品的雅俗共赏？笔者在采访欧阳黔森时听他用一个笑话来对此进行诠释：“一位爱好文学的农民，在自家门口贴了副对联。上联：文学，我不懂。下联：但是，我爱。横批：不是吗？这虽然是个笑话，却反映了他们的精神追求。所谓文学的雅俗共赏就在于此吧。只为精英写作或只为能让大众接受都不能叫作雅俗共赏。一篇作品，能让想看情节的人看到情节，想看思想的人看到思想，就很了不起了。”由此可见，雅俗共赏是欧阳黔森在文学创作上的一以贯之的审美追求。他小说中的人物对话和叙述语言都是从生活中提炼的，他的小说除了规范的现代汉语书面语之外，还有意识地使用了贵州方言俚语，使其小说呈现的是一种大俗与大

[1] 欧阳黔森：《味道》，中国文联出版社，2003，第 13 页。

雅相融合的审美追求。

（三）崇高美与悲剧美的风格

1. 地质情结与崇高情怀

欧阳黔森曾经有过在地质队工作的经历，这段生活经历已经成了他文学创作的矿藏。从《穿山岁月》(《十月》2001 年第 4 期)到《莽昆仑》(《十月》2006 年第 2 期)，作家都在开掘这座丰富的宝藏，那种深情和记忆，使读者无不为之所动。欧阳黔森是从雄奇而又神秘的梵净山里的地质队中走出来的青年作家，他的作品带有鲜明的高原特色，这种高原特色是以下三种内涵的综合体现："首先，它是作家对贵州这块土地的独特的自然地理环境的强烈主观感悟；其次，它是作家对贵州少数民族人文环境和氛围的深刻理解与阐释；其三，它是作家在以上两种背景之下，对贵州地质找矿事业的艰辛与光荣，及自身的经历、情感的艺术表现。"[1]

通过对欧阳黔森的采访，笔者了解到欧阳黔森是出身于"地质世家"，子承父业，当了将近 10 年的地质队员，踏遍了黔东的山山水水。那些翻山越岭、风餐露宿的地质队生活将他造就成了一位作家。欧阳黔森说："红土高原，除了山还是山，我只能面对一片如海苍山唱歌，这是我那时唯一的娱乐。前面有千座山万条水我必须走过，于是我只有与山啸和水吟一起歌唱，唱得久了，便有了高原的山啸和水吟的声音，能把歌唱得很嘹亮，我也成了一个偏爱嘹亮的角色。文学于我是一种天然的爱好，它真实地存在于我的心灵中。"[2] 那些年月的生活一方面锻造了他特别的心性，另一方面成了他源源不断的写作资源，构成了其写作的独特性。

[1] 陈跃康：《"有目光看久"——欧阳黔森早期文学作品赏析》，载贵州省中国现当代文学学会编《时代的追问》，贵州人民出版社，2007，第 389 页。

[2] 苏丹：《欧阳黔森：笔下有味纸上香》，《当代贵州》2004 年第 4 期。

欧阳黔森的小说，大都是以第一人称来表述的，像《莽昆仑》和《穿山岁月》这样的作品，就带有极大的自传色彩。这两篇作品运用了欧阳黔森在地质队生活期间的原始储存，是作者的亲身经历，从而才写得如此传神到位。

欧阳黔森十分熟悉地质生活，有着浓厚的地质情结。他的家乡铜仁位于武陵山脉主峰梵净山下，他生于斯长于斯，参加工作后成为地质队员，足迹遍及梵净山区。他说：“我的情感都来自那片土地。”他的创作追求偏重于展示人与自然的抗争，展示人性美的一面。欧阳黔森承认他不是不知道现代社会人性的变异、复杂，也不是不知道当今世界的物欲横流，而他的审美旨趣是不想揭露生活中的污浊。在欧阳黔森的精神世界里，地质队员远离城市纯朴勤劳，同时地质队又是知识分子麇集之地，有知识分子清正自守之节。无数地质队员如雷锋如孔繁森般奉献在山野，虽然他们的真实名分还不是雷锋、孔繁森，但他们一辈子比孔繁森还孔繁森，这才是地质队员最有价值的地方。欧阳黔森说：“我将捍卫现实主义的创作追求，歌唱他们！”所以他的作品即便不是地质题材，都很难脱离对地质人的精神讴歌。如长篇小说《非爱时间》里的女主人公郝鸽子，她的父亲是一名地质队员，在艰辛的找矿事业中，风华正茂的时候死在了武陵山脉的鸽子花树下，而这时候鸽子才刚刚出生，并因而得以取名。而她也女承父业，追寻着父亲的脚步，踏上了这条神圣的道路。在《穿山岁月》这样的纯地质题材小说里，更是大量地存在这样直接抒情的内容：“《钢铁是怎样炼成的》的主人翁保尔的名言：‘人最宝贵的是生命。生命每个人只有一次。人的一生应当这样度过：回忆往事，他不会因为虚度年华而悔恨，也不会因为卑鄙庸俗而羞愧；临终之际，他能够说：我的整个生命和全部精力都献给了世界上最壮丽的事业——为解放全人类而斗争。’……这段话从我看后就一直激励着我。……虽然它的最后一句：‘为解放全人类而斗争’已不适合现在这个年代，更不适合我自己。但世界上最壮丽的事业很多。比如：为了和平不再发生战争，为了研究‘利学’和应用科学使人类走出贫困等等。而我们为了国家找矿，一座座钢城、铝城、汞城、石油城因我们的努力奋斗拔地而起。这样的事业也应当是壮丽的事业。感动不了别人，只好感动自己。在这个物欲横流污垢了一代年轻人的岁月里，有谁还能想起保尔，我只有在心灵的深处怀念保尔，希望有保尔这样的年轻人与我们一起血气方刚朝气蓬勃地为人类壮丽的事业而奋斗。”[1]

在辗转飘荡的穿山岁月里，地质生活的艰苦卓绝、地质工作的艰难转型造就出地质汉子的硬骨头精神，地质人与大自然浑然一体善待生命的情怀，超越了生活的鸡零狗碎而臻旷达。欧阳黔森具有的这种地质情结与崇高情怀，使其昂扬的激情喷薄而出，于是文坛就有了欧阳黔森富有特色的反映地质生活的大量作品：《穿山岁月》《白多黑少》《水晶山谷》《往事如烟》《莽昆仑》等。

欧阳黔森作品的独特性在于：它不是仅仅停留于描写地质生活的艰苦，而是在艰苦中审视地质人的人性，于艰苦中看到亮色——昂扬的英雄主义、集体主义，这也是他为文的一贯底色。尤其是小说里起到文眼作用的诗歌往往是他最激情的感叹，如《莽昆仑》中的两首诗《高原梦》与《勋章》就是他地质情结的泣血讴歌。

《高原梦》，是一首近百行的抒情长诗，他把祖国比喻成巨人的头颅，把黄土高原、云贵高原比喻为巨人的两个美丽而丰满的乳房，更奇妙的是，作家独具匠心地把长江和黄河比喻成巨人的两道目光。诗中写道：“一泻千里的两道目光 / 掠过沧桑沉浮的版图 / 严厉而慈祥 / 只有这博大精深而

[1] 欧阳黔森：《白多黑少》，贵州人民出版社，2006，第 192—193 页。

有神的目光 / 才有生命力的色彩 / 一道绿色、一道黄色 / 于是东方古老的江河民族 / 梦在其中、情在其中……”[1]

《勋章》歌颂的是一个为地质事业而失去了一条腿的地质队员：“一条腿的代价 / 并没有换来一座矿山 / 这成了你终身的遗憾 / 毕竟与山为侣十几年 / 常望远山而泪眼蒙眬 / 你说这算不得英雄泪 / 这份上还能说这话 / 同志们叫你好汉 / 常回来与你举杯——痛饮悲欢。”[2]成功者固然是英雄、劳模，但这毕竟是少数，更多的地质队员则是在地质找矿生涯中默默无闻，不为人知，他们付出了青春和血汗，甚至生命。作家巧妙地抓住这一般很少为人注视的角落与层面进行抒写。

像短篇小说《血花》中的小诗《血花》，更是这类题材的佳作。《血花》描写的是一位司机大年三十夜冒险送久居深山的地质队员们回家团聚，由于路滑坡陡，他为了地质队员们的安全，毅然撞山，不幸身亡的故事。诗中写道：“他毅然朝山壁撞去 / 工伤的队员们 / 死也不肯让救援的人们 / 抬下山去 / 内疚地望着那 / 永远不会被授予烈士的遗体 / 血花开在雪地里，鲜艳灼人……”[3]红的血，白的雪，红白相映，达到了高层次的艺术效果。司机是违章开车，他不忍心看到队员们久居深山而急切的面孔，才决心违章一试。然而他永远不会被授予“烈士”的称号，难怪诗的结尾悲壮地写道：“从此他孤零零 / 躺在这路边 / 没有纪念他的墓碑 / 只有记事牌一块 / ‘小心路窄、坡陡曾出恶性事故’ / 多少年过去 / 每当老队员从这里经过 / 眼睛总被那朵鲜艳的血花，灼痛……”[4]

---

[1] 欧阳黔森：《白多黑少》，贵州人民出版社，2006，第 344 页。

[2] 同上书，第 316 页。

[3] 欧阳黔森：《味道》，中国文联出版社，2003，第 146 页。

[4] 同上。

欧阳黔森的作品以悲情为肉、以壮怀为骨，生动地反映了地质人几十年风风雨雨创业的艰辛。

著名诗人李发模在看过欧阳黔森的诗后就曾说过，“他的诗是诗界中精神的绿色食品，充满着人世间的向善之心和悲壮的献身精神”。

2. 女性情结与悲剧意识

欧阳黔森的小说中，均有一位美丽、善良甚至圣洁的女性。这些女性有的注定了与“我”无缘，有的注定了没有好的命运，使人心生惋惜、感伤，予人凄美之感。这是作家长久以来郁结于心的“女性情结”，就像曹雪芹在《红楼梦》中展现的“女性情结”一样，他们的作品都是要对这些美好的女性唱一曲心中的赞歌，但理想之美终究是要破灭的，这些女性的人生往往都被笼上了悲剧色彩，作品中的一曲赞歌从而又变成了一曲挽歌。作品中的男主人公对这些美丽的女性都有一种朝圣般的情感，而男性也都是在这些美好的女性的影响或净化下成长着并坚守着人性最后的底线，使他们不至于在现实生活里迷失自我。像《非爱时间》里的郝鸽子、卢竹儿相对于黑松，萧美文相对于陆伍柒，《水晶山谷》里的白梨花相对于田茂林，《莽昆仑》里的格桑梅朵相对于“我”与其他地质队员，《丁香》里的丁香相对于地质诗人，等等。

《五分硬币》算是一个与众不同的文本，他所展现的或许是美丽的女性被生活改造后往往就没有了悲剧的命运，但她的“美丽”也同时消失了。“我”几十年魂牵梦萦追求的一抹女性清香和人际温情，在重逢之际却变成了一股汗味和人性的漠然。所以这种不能持恒的美丽算不得真正的美，他的女性情结所“钟情”的是作品中那种自始至终纯洁美好的女性。

如短篇小说《十八块地》里的美丽女性：卢竹儿，她不仅美丽，而且心地善良，“我”觉得她美极了，于是偷偷向大山发誓，以后要娶卢竹儿做妻子。然而卢竹儿后来却远嫁他方，与“我”中断了联系，而且卢竹儿一辈子也没有获得幸福；鲁娟娟，每天坚持勤奋学习英语，被选派到柳阳村当代课老师，读了师范大学后又固执地回到柳阳村教书，过了五年得出血热死了，把生命贡献在了三尺讲台上；萧美文才华横溢，热爱兰花，后来当了兵，上了云南前线，因抢救伤员不幸阵亡，永远化作了一株老山兰定格在了那大山里。小说中对这些善良、美丽的女性的爱恋与敬佩，都深深地烙印在作品中“我”年轻单纯的心中。可惜，这一切都被无情的岁月摧毁了，难怪作者在开篇中就说：“那一段岁月很美丽、那一段岁月很残酷。”

欧阳黔森笔下这许多的善良女性，清纯而正直，都有着执着、坚守的理想主义情怀。她们的出现，代表作者的一份美学追求。她们太脆弱了，难以抵挡时代的风潮，“腰直胸挺，气势非凡的鲁娟娟死于出血热”（《十八块地》），多才多艺的萧美文死于云南前线（《十八块地》），“人见人爱”的丁香姑娘，被塌方的泥石掩埋（《丁香》）。没有死的如《白莲》中的白莲姑娘，《梨花》中的梨花姑娘，《往事如烟》中的小莲姑娘，《白多黑少》中的李红梅，以及《水晶山谷》中的白梨花，等等，却最终没有得到幸福。总之，欧阳黔森笔下的这些美丽女人，是如此圣洁与美好，但却难得有一个美满结局。对此，欧阳黔森阐述过他的看法：“美丽善良的女人，也属弱势群体，在当今社会变革的大潮中，她们是易碎品，只有极少数能经受住这种剧烈震荡，她们的悲剧是社会的折射，不是我的臆造。”[1]

中篇小说《莽昆仑》中的格桑梅朵是作者笔下唯一一个没有悲剧命运的美丽女性，作者用大量的文字来描绘格桑梅朵的美丽与她的美与圣洁对

[1] 王蔚华：《贵州文学的期待——欧阳黔森近作解读》，载贵州省中国现当代文学学会编《时代的追问》，贵州人民出版社，2007。

地质队员心灵所造成的震撼与冲击。在这里，格桑梅朵就是昆仑山的圣洁象征，是作家所具有的女性情结的一个完美梦幻。昆仑山是永恒的梦幻，她的美也永远定格在可望不可即、童话般圣洁的梦里。

而世俗生活里的这些女性，她们的美丽却注定了是要被生活摧残的。《梨花》中，梨花是个美丽纯洁的女子，她一辈子献身于事业，却没有顾上珍惜自己的爱情、把握自己的婚姻。《白多黑少》中，李红梅因男友杜红军壮烈牺牲竟然终身未嫁，以遗孀的身份一辈子守节。《水晶山谷》里的白梨花，一直努力阻止未婚夫田茂林对美丽七色谷的破坏，但最终没有让他停下开掘大山的脚步，当未婚夫消失在七色谷，或者说是被炸死在乱石堆中后，她每年都去塌方的地方给他烧香，并像愚公移山一样一块块地搬移那些石头，执着地找寻着未婚夫的尸体。这些女性们的人生因为纯洁、痴情，因为对美的捍卫而残缺和痛苦，这是多么深刻的悲剧啊！

在欧阳黔森的作品中，女性是美丽而圣洁的，即便是在风尘里流连的女子，像短篇小说《白莲》中的白莲，她也具有美好、纯洁的秉性，但正因为这一点，她的人生注定走向悲剧。白莲迫于生计，在充裕的物质生活与纯真的爱情之间困惑彷徨，就在她心中的天平向金钱倾斜后，“妈咪”的救助唤起了她纯洁的坚守。她努力在所爱的阿南面前塑造的淑女形象破灭后，本来还是可以获得幸福的，但她又是一个自尊心极强的女人，她的纯洁使她严苛地认为自己的“失足”是严重的污点，亵渎了纯真的爱情，再也无法去面对那个真心爱她的男人阿南。结局是她虽然脱离了欢场圈，但是她也选择了放弃这份美好的爱情——独自去舔舐自己的伤口，逃避性地离开了她所爱的人，消失在了茫茫人海。

长篇小说《非爱时间》中，当年十八块地农场的少男少女，经过岁月的磨炼，弹指之间人生逼近中年。然而，在那难忘的岁月里的生活、友情、爱恋，并没有随时光而流逝、冲淡，反而如一杯杯特窖的美酒，越来越醇厚，越来越耐人寻味。小说中主人公黑松为纪念当年在农场时的卢竹儿、鲁娟娟、萧美文而写的文章成了《非爱时间》的魂中之魂。这些美丽的女人，她们的美丽、天真，以及在革命年代的浪漫激情，都被生活无情地摧毁了，她们以美好纯真的形象，甚至以死亡和不幸作为终结来完成历史定格，表征着与现在对立的过去，既作为一种记忆，更作为一种质疑，小说在这个层面的描写感人至深。然而她们的美丽、善良、理想主义情怀却成了在现实世界里男性的理想主义和人性坚守滋生的沃土。所以才有了小说中的男性身上几十年不变的那种痴迷与偏执，或者说是一种长久地在理想与放弃间挣扎的耐力。我想萦绕在主人公黑松心中的这些美丽女子的往事也正是作者心中魂牵梦萦、不得不说的故事，否则你就无法解释小说中始终洋溢着的这种激情和诚挚。对这些美丽女子的悲剧命运的伤怀是作家理想之美破灭后永远挥之不去的心灵隐痛。

欧阳黔森的所有作品，几乎都打上了这种沉重的女性情结的烙印。出于他对生活的理解，他是带着一种强烈的悲剧意识来抒写他对女性人生命运的独到思考的。

如《丁香》这部短篇小说中，丁香是个美丽纯洁的乡村女孩，真心爱她的诗人，却因受制于当时的社会语境而造成情感的自我封闭而未能表白，注定了诗一般的爱情只能走向死亡的结局。地质诗人离开大山的时候，用了几个小时爬到峡谷的巅上，面对着丁香家说：“你等着，我得志了，一定来娶你。”但丁香却永远没有听到他的爱情表白。人生的悲剧就这样平平淡淡地发生了，正是这样“平淡”的悲剧，才能产生人生的“忧伤”，形成“诗意”的痛。最后的结局是，丁香的感情被玩弄、被抛弃，等到地质诗人得志了时，丁香却永远长埋在了大山里。单纯美丽的丁香与真爱他的地质诗人永远地失之交臂、阴阳相隔了。美丽事物的毁灭就是悲剧，人生的痛苦就是这么产生的。这些美丽的女性的悲剧命运使读者在掩卷之时，都会有脂砚斋读《红楼梦》的感觉：“过来人哪得不哭？”

## 四、缺陷与不足

### （一）知识积累的不足

有越来越多的文艺从业者致力于继承、挖掘、传播、塑造体现贵州民族文化的艺术形象，把向外界传递独特的贵州民族文化，作为塑造‘贵州形象’、展示贵州魅力的重要手段。这也表明，贵州文艺有了文化意义上的自信、自尊和自觉，正逐步以独特多彩的民族地域文化，重塑‘贵州形象’并向世界展示。欧阳黔森的小说在贵州现实和历史形象的塑造中凸现着，是想努力表达出一定程度的当代思考和现实深度。但在立足于现实题材的作品中，未能在现代生存中传达出现实生活的历史根基、当代思考和未来意义，塑造出具有时代特征和世界意义的贵州人和贵州形象。问题的关键在于，欧阳黔森需要厚重的知识储备，把贵州优秀的民族文化精神及其传统，转化为文艺创作塑造贵州形象的精神资源。贵州自身的深厚民族地域文化传统，又应具备更大的开放性、阐释力和辐射力，才能够引发外部世界与贵州“共鸣”。欧阳黔森生于地质世家，当过农民、工人，干过 8 年地质工作，下海经商 7 年，因而他有了反映农工、地质、商战三类生活的作品。欧阳黔森的生活阅历可以说是相当丰富的，他有知青、地质、商海三座“生活矿山”供他慢慢开采。他的作品大都是以第一人称来表述的，像《十八块地》和《穿山岁月》这样的作品就是典型代表，他充分地动用了他的“农场”生活和地质队员生活的原始储存。而写商战的《白多黑少》则是运用了他的商海阅历，笔下的若干人物都是他下海经商时打过交道的，所以栩栩如生。他的作品大多带有自传性质，可以说是一种基于经验化的创作。欧阳黔森 16 岁去了地质队自办的农场务农，19 岁成了一名跋山涉水的地质队员，知识储备相对不足，所以在创作上缺乏历史与文化的厚重感，而在语言上又有过于直白不够凝练的特点。由于欧阳黔森的创作基于经验，其模式化创作与重叠现象已经出现。任何作家都不会永远固守一隅，他必须延伸、扩大，把过往的经历当成生活的酵母，如何突破与超越将是欧阳黔森今后漫漫文学征程需要攻克的难关。

知识积累的不足体现在文本创作上的另一缺点是“欧阳黔森的小说与散文的分界不是泾渭分明的。他的小说相当散文化。”[1]像短篇小说《十八块地》既可以归为小说，又可以说是散文。《穿山岁月》亦不例外，说它是小说却没有一个贯穿始终的故事，没有环环相扣的情节。之所以将其列为小说，主要在于作家对人物个性的自觉刻画，比如绰号“正确”“算卵了”这两个人物，背样品的民工、新分来的大学生小张等都是个性鲜明的人物。欧阳黔森对小说人物的刻画是非常生动形象的，但以人物行进过程中的见闻来结构小说，自有其缺点。例如《穿山岁月》与《莽昆仑》都是如此，完全是以行踪为线索，虽然其中也有一些奇闻异趣能够吸引读者的兴趣，但事无巨细通通一一叙来，这在小说情节上终究免不了有些涣散。

而且，小说中大量关于地质知识及工作情况的介绍，有的必不可少，而有的似乎累赘，从而影响了叙事节奏，一定程度上削弱了小说的内在凝聚力。比如《穿山岁月》里很专业的地质知识介绍：“因为我们搞的是一比二十万地球化学水系沉积物测量，采样点绝大多数是在一级水系。一级水系的概念就是——水系的发源之地五百米以内，都是一级水系。这儿是湖南沅江和洞庭湖的发源地。在这一片千山万壑之中至少有上万个五百米

[1] 李寂荡：《无限风光在险峰》，《文艺报》2001 年 8 月 21 日。

以内的一级水系，汇成二级水系，流入三级水系，然后奔入湖泊海洋。这种地方没人去过，所以也不可能有路。在山里，从这条一级水系到另一条一级水系，在图上看不过几厘米，在实地也是隔沟可以喊得答应人的，可是你若要走过去，却往往要大半天才行。”[1]这些深奥的地质知识的介绍在小说行文中明显是多余的，这些叙述反而给人以知识储备不足用专业知识补充的作秀之感。如何使叙事显得大气、深刻、厚重，也许是值得作家考虑的问题。

（二）模式化创作

欧阳黔森的小说基于经验创作，导致他的作品已经出现了模式化创作的现象。比如他小说中总是描写一位善良、美好、圣洁的女性作为男主人公的爱人，而男性都是在这些美好的女性的影响或净化下成为一个有情怀的浪漫主义者或者有着最后的人性坚守的理想主义者，使他们不至于在现实生活里迷失自己。像《非爱时间》里的郝鸽子、卢竹儿相对于黑松，萧美文相对于陆伍柒，《水晶山谷》里的白梨花相对于田茂林，《莽昆仑》里的格桑梅朵相对于“我”与其他地质队员，《丁香》里的丁香相对于地质诗人，等等。某些重叠现象已经开始出现，如《味道》与《姐夫》两个短篇小说的故事基本雷同，都是未来姐夫首先爱上的是欧化模样的妹妹，一直害着单相思，但妹妹无意或是有意的撮合，却使得姐夫又不得不与姐姐谈了恋爱。两者的不同是，前者是姐姐与姐夫分手多年后还不服输地纠缠，后者是妹妹与姐夫有情人终成眷属。两篇小说除了人物名字有别，一些小细节略有不同外，基本情节像是一个版本的姐妹花。两篇小说中的姐姐、姐夫、妹妹，包括他们的家人都具有相同的性格，甚至相同的外形特点。就拿两篇小说中的姐姐来说，都是谈过一次恋爱，受了伤的人，她表

[1] 欧阳黔森：《白多黑少》，贵州人民出版社，2006，第 207 页。

面柔弱温柔，实质上却是任性而霸道的，是一个只重视别人怎样重视她，而她从来不重视她怎样重视别人的人。正如妹妹入木三分地评价姐姐说的："我姐姐看似一个琼瑶小说里的纯情少女，忧怨而孱弱，其实她心里偷着乐。"[1]如此性情的姐姐，才有《姐夫》中，姐姐仍旧任性执着地爱着和追求她的前男友，最后得遂其意，抛弃了这个未来姐夫，却意外地促成了辗转多年后妹妹与姐夫有情人终成眷属。而在《味道》里，姐夫对妹妹深藏的爱是单相思，因这一点，姐夫与姐姐的恋爱关系虽然结束各自婚娶了，但是姐姐曾因主动献身姐夫被拒绝，争强好胜的她多年后还不服输地纠缠，以证明自己的魅力。这样的两篇小说感觉就像一块镜子的两面，相同的东西已连成了"骨血"。而中篇小说《非逃时间》与长篇小说《非爱时间》的故事大致情节都是处于人到中年的知青们都把知青岁月的故土作为心灵的朝圣地，大家都在这块圣地出现困难或危机时团结在一起共同拱卫这片圣土和救助这里的父老乡亲。对青春岁月怀恋的细节虽然不同，但都是刻画美好纯真的过往。而短篇小说《十八块地》与长篇小说《非爱时间》的人物是一以贯之的，两者是青春时代与中年时期连成一体的系列篇。像这种人物重叠的系列作品还多的是，如中篇小说《白多黑少》与《水晶山谷》，两个故事是环环相扣的，杜娟红这个女人贯穿了开矿与经商这条主线来展开故事情节，后一个故事是前一个故事的后续与注脚。"欧阳黔森已初步形成了自己富于个性化的叙述方式和文本自觉意识，这也是对他勤奋创作的酬报。艺术的魅力在于常写常新，作家既要千方百计地形成自己的创作风格，又必须变动不居地不断突破既定的创作范式，才会不断超越自我。"[2]欧阳黔森在这方面的心理准备显然还有待加强。对创作来说，

---

[1] 欧阳黔森：《味道》，中国文联出版社，2003，第 175 页。

[2] 雷达：《叙事的机趣——欧阳黔森小说印象》，《文学报》2006 年 4 月 7 日。

写自己熟悉的事物会容易取得成功，但若是不珍惜这笔财富，任意挥霍也有取尽用尽的一天。目前，欧阳黔森要追求的不是作品的数量，而是通过创新与超越提升作品的质量，这是一条艰辛的路，但也是他在文学上发展自我的必由之路。

（三）语言过于直白

欧阳黔森的小说语言在总体上呈现至雅至俗的特色，但在俗的方面有时候过于直白，比如他对地质队员普通生活的描写："他说有一次他半年没回家了，回家后便急急忙忙爬到老婆的身上去，可他那东西不争气怎么也放不进去——总是挺而不坚，可他又舍不得出来，于是忙乎了半天，还是进不去，这一下不是他舍不得下来，而是他不好意思下来了，只好自嘲一句'算卵了'才翻身从老婆肚皮下来。"[1]这样的语言虽然能让读者感受到浓浓的生活气息，但缺乏提炼的语言往往直白得粗俗，缺乏文学作品应有的品味。再如"他妈的""狗日的"等粗话几乎是每一篇小说的每一个男人的口头语。这不仅是语言的低俗化，也是语言运用的穷途末路。如果不用这样的语言就不能显示人物的个性，很显然这就是普遍的无个性。

欧阳黔森的小说叙述语言有时候也由于过分方言化而出现病句，如："白清净仙风道骨在这一方以清高颇具盛名，哪容得年纪轻轻的人是非不明，是好是坏你敢不讲清楚话，这是他对青年人要求的基本品格。"[2]这句话语序颠倒，"这"指代的主语表意混乱。正常的逻辑应是改变最后的部分："白清净……，是好是坏必须把话讲清楚，这是他对青年人要求的基本品格。"再有："说完也不管对方同意不，就挂了电话。"[3]这

[1] 欧阳黔森：《白多黑少》，贵州人民出版社，2006，第173页。

[2] 同上书，第117页。

[3] 同上书，第149页。

是贵州方言的否定副词后置的语言表述习惯，过于方言化引起歧义，应是："说完也不管对方是否同意，就挂了电话。"包括他的佳作《敲狗》中也存在这样的病句："也常遇见只卖狗不给套狗脖子的主人。厨子也无奈，照样付钱。狗是越来越少了，狗肉馆却越来越多，说不起硬气话听！"[1]末句是方言化的表述习惯，读来突兀，再兼缺少主语，前后行文上逻辑不明。此句本意应该是说厨子怕被狗咬，收狗时要求卖狗人把绳子套在狗的脖子上，但有的主人往往不忍心这样做从而拒绝，厨子也无法强迫。而另外一句："徒弟最后终于看出经过这一段时间的折腾，黄狗已变得一脸的苦相是确实细心琢磨了的。"[2]句式杂糅，细心琢磨的是徒弟还是狗，有些表意不明。

欧阳黔森在他的作品中经常借作品人物发表大篇的内心独白，如中篇小说《白多黑少》里，满篇都是主人公萧子北的心理活动呈现，一个极小的问题可以在主人公的心里仔仔细细地分析个透彻，一副自我感觉良好的态势，再兼语言又过于直白，让读者觉得有冗长乏味之感，缺少中国传统的点到为止的含蓄美。再如长篇小说《非爱时间》中还有融合了很多地质学方面的知识的大篇幅感想。尽管作者在小说中加入地质专业知识的介绍，是借此进行真正严肃的思考（如"我们能够知道恐龙的很久很久以后是什么，但我们不知道我们自己的很久很久以后。血、骨、肉可以成为化石，但是爱与情、灵与魂最终会成为什么？"），虽说体现的是他人文主义的关怀，但长篇累牍的感想，反而有拖沓的感觉了。

再比如作品中阐述小孩与大人的沟通理解问题："原来他的小脑袋总在大脑袋下点头，但是大脑袋不相信小脑袋。他摇头，大脑袋也不相信。……从来讨不了好，大脑袋不相信小脑袋。……他认识到，大脑袋不相信小脑

[1] 欧阳黔森：《敲狗》，《人民文学》2005 年第 12 期。

[2] 同上。

袋是错的，相信了小脑袋也是错的，反之，不相信是对的，相信也是对的，这就是辩证法，只不过那时太小不会总结。他想出这个对付大人们的办法是凭直觉，不懂的我为什么要懂，其实我说懂了也不懂。我这么小，原该大脑袋们懂的东西，为什么要装进我们的小脑袋里去。是他们的头太大了太重了吗？如果这世界注定我们的小脑袋必须要长大长重，那也绝对不能提前。”[1]这些小道理根本不用翻来覆去地叙述，《非爱时间》的缺陷显而易见，表述过于直白，在一泻千里的激情洋溢之后，节奏的转换显得突兀凌乱。

## 五、结 语

贵州的文学之“花”是开在山川与溪流之上，与自然山水天然相连，优势与缺陷共存。与大山的雄浑险峻相一致，贵州的作品有着大山的粗犷和内涵的张力，有着特殊的爆发力和震撼力。

（一）作为先锋的边缘传统

民国时期，蹇先艾老先生为贵州文学争得不少荣光，当时中国文坛群英荟萃，大师云集，但一篇《水葬》却闪现出了它独特的光华。

贵州并非夜郎自大。从某种角度讲，贵州向有充当文学先锋的传统。虽然贵州地处边远而贵州文化也位居边缘。且不论在各自时代大有盛名、雄踞文坛的西南鸿儒尹珍、郑珍、莫友芝以及周渔璜等，即以哲学史上少有的大哲王阳明来说，虽非贵州本土人，然学界公认其之所以能脱胎换骨，“龙场悟道”至为关键。在诗歌界，20世纪70年代贵州的潜流写作与白洋淀诗派和“今天”诗派一起，开中国当代诗歌甚至可以说是中国当代文学奋起之先声，其重要性正在被理论界逐步发掘。在小说界，20世

[1]欧阳黔森：《非爱时间》，贵州人民出版社，2004，第100—101页。

纪80年代石定、石果、何士光、李宽定、叶辛、吴恩泽等作家相继崭露头角，贵州文学当时风头颇健。进入20世纪90年代，贵州一批青年作家颇具潜力，作品中充满了现代主义倾向和后现代主义倾向，却未能及时寻找到自己的声音，未能将贵州小说引入新的境界，失去了与全国同步的大好时机，至为可惜。

实在很难想象，如没有这一代代先锋们孤独又执着的探索，贵州文学到今天会是怎样一种格局。从某种意义上讲，正是由于贵州历代精神先锋不断在向自由挺进和对边缘的坚守中艰辛探索，正是由于这些先行者们经受无数怀疑、忽略甚至否定，贵州文学才保有如此纯粹的品质。

欧阳黔森的小说体现出了对人的终极关怀，并极富个性地表达了强烈的人文精神。至雅至俗的语言、鲜活生动的人物、可触摸的氛围、隽永的情节、鲜明的地域特色，以及有着地质崇高情怀与女性悲剧意识的美学风格使得小说的艺术探索独具匠心。欧阳黔森的创作正是如此，在冷静与激情、残忍与温情的创作立场中体现了文学理性与感性的冰与火的缠绵。

（二）困境与突围

贵州正处在一个“尴尬”位置：农耕味实足，却附身市场经济和城市化快车；本土文化积存不厚，民族文化中精华部分尚未得到应有的提取，但又与数字化的现时空联结！一个文学现象是，在青年作家们笔下，“本地”似乎正被淡化，地域及民族文化的挖掘和彩绘不再作为题材和主题。

欧阳黔森却反其道而行之。他的短篇小说《敲狗》是一部挖掘贵州民间文化作为题材的乡土作品，其文字凝练，意境深远，是一部拒绝重复，超越自我，达到了相当的思想深度和艺术高度的小说。《敲狗》发表以来，欧阳黔森的创作更有了文化意义上的自信、自尊和自觉，更加致力于挖掘、传播贵州独特多彩的民族文化。

在文学创作中，“农民－乡土”曾是贵州作家所擅长并屡有佳绩的题材领域，但近年这方面塑造的“贵州形象”却低迷不前。而能在现代生存中传达出一些现实生活的历史根基、当代思考和未来意义，让贵州的文学走向全国，是欧阳黔森的宏愿。

欧阳黔森生于此处、活于此处、归于此处，“黔山贵水”永远是背景，它给本土作家的馈赠是与生俱来的气质，它是“骨肉”而非可换可弃的“衣服”。所以，乡情作为一种本能早被深藏于欧阳黔森的心中，这注定他将由表及里地展现鲜明黔地特色。这才是对贵州文学困境真正的突围。

欧阳黔森目前正着手一部长篇小说《大歌》的创作。大歌即侗族大歌，它是贵州的民族文化遗产。“当时我一想通这个大题材的时候，我止不住浑身发热。”欧阳黔森对自己想通这个题材的感受作了如此一番形容。他说：“侗族大歌是一种自然和声，它是口头传诵的文化，目前面临着灭绝。”欧阳黔森对自己的写作技术是自信的，他认为自己的写作在思想上还该有个提高。一个大作家一定是个思想家，思想上的提高才能让作品有厚度。他说：“我不是个大作家，也不是个思想家，可是我是一个思索者。”[1]

欧阳黔森的诗歌《我是太阳》正好可以作为对欧阳黔森文学征程的最佳写照：

我听见

我听见了一阵

[1] 余岸木、罗晓燕：《话说欧阳》，《贵阳日报》2004年1月14日。

吆喝般的鼓点声
由慢而紧
这是时代急促的号角
在身边嘹亮地响起

这时我的血液
从我千百条毛细血管里
涌向我的心脏
像大河奔流浩浩荡荡

这一刻我正
朝气蓬勃血气方刚
这一刻我就是
早上七八点钟的太阳
红彤彤地屹立在东方
纵爱连绵起伏的高山
横爱碧浪清波的河流
纵横是经纬定格了
我忠贞不移的爱恋

升起来是我的精神
落下去是我的辉煌[1]

[1] 欧阳黔森：《我是太阳》，《贵州日报》2000 年 1 月 14 日。

我们希望欧阳黔森能够以自己源源不断的创作成果，影响并带动更多的贵州作家，在更大的范围内使贵州文学走向全国，成就更加辉煌的文学梦想。

**2008 年贵州师范大学硕士学位论文**

# 唱响山林牧歌

## ——欧阳黔森笔下的女性形象

刘亚婷

**摘要：**欧阳黔森是当代文坛上有重要影响力的贵州作家。他的小说中刻画了众多性格各异的女性形象，无论是圣洁美丽的女性、原始质朴的女性，还是堕落逃避的女性，她们的身上都表现出一种来自山野的生机与活力。作家从大自然中攫取各种花草的名称作为女主角的名字，彰显出主人公身上的自然美，表现出作家对一种朴素、诗意的生活方式的追求，以及回归自然、亲近自然的人生理想。

**关键词：**欧阳黔森；女性形象；自然；理想主义

作为贵州当代文坛上的领军人物，欧阳黔森的创作大多取材于自己早年的地质队员生活经历，以鲜明的时代特色和地域特色成为继蹇先艾、何士光之后又一书写贵州山水人物的乡土作家。与前辈作家不同，欧阳黔森不再专注于表现贵州的贫穷落后与边远乡村的陈规陋习，而是刻画了众多富有时代和地域色彩的乡村女性形象。作家在塑造这些女性形象时，从大自然中攫取各种花草的名称作为女主角的名字，人与花草融而为一，彰显出主人公身上的自然美，表现出作家对一种朴素、诗意的生活方式的追求，以及回归自然、亲近自然的人生理想。

## 一、圣洁美丽的女性形象

在欧阳黔森的作品中，着墨较多的是圣洁美丽的女性形象。这些女性有着不同的身份，有的是乡村教师，有的是农家少女，有的是地质工人，她们在贵州黔东这块土地上生活着，长成这块土地上一道道动人的倩影。她们的生活状态各异，却有着共同的品质——善良和纯洁。更令人动容的是，她们有着和大自然融为一体的花草之名：格桑梅朵、白菊、梨花、白莲……读着她们的故事，读者仿佛走进了清净幽深的山林，让人感觉到不是因为山水的魅力映衬出她们的美丽，而是因为她们的美丽让山水增光添彩。

白居易在《长恨歌》中这样写道："玉容寂寞泪阑干，梨花一枝春带雨。"满脸泪痕的杨贵妃就像一枝盛开的梨花。的确，在古诗词中，梨花的意象多为凄美，常表现红颜憔悴，作者化用梨花为人名，多少含有一些凄凉之意，但更多的则是取梨花的洁白无瑕、美丽端庄之感，不像沈从文笔下的翠翠："把皮肤变得黑黑的，触目为青山绿水，一对眸子清明如水晶。"

《梨花》中的女主角梨花"美如花开，白洁无瑕。按理说梨花小时候也天天在山野里跑，顶着太阳干农活儿，可那太阳硬是晒她不黑"。梨花的美不仅体现在外形上，更体现在她对知识的渴求上。作为山村里的姑娘，当更多的同龄人选择早早地嫁人成家，一辈子在田地里辛苦劳作、生儿养女时，梨花却坚持读到了民族中等师范学校，后来又考上了省城的大学，成为三个鸡村唯一的大学生，毕业后又回到本地的公鹅乡中学任教。梨花热爱教学，成绩显著，从普通老师一步步做到副校长，又从副校长做到了副县长，成为这个穷山村里飞出去的"金凤凰"。梨花的传奇故事极大地震撼了村里人长期以来不思进取、坐吃等死的传统生活观念，成为三个鸡村全村的光荣与希望。这里，作者有意增加了梨花故事的传奇色彩：梨花在村里人眼里已经是传奇般的存在，村里的老人说梨花坪上那棵巨大参天的梨树也该成仙了，梨花就是树仙。当然，梨花在作家笔下也有凄凉之意，为了自己的事业，梨花选择结束与同事李老师的爱情，以至于三十岁还未结婚，这不能不让读者为她的情感生活感到一丝遗憾。

另一个女性形象是《莽昆仑》中的格桑梅朵，她有着亭亭玉立的好身段，大大的纯真的黑眼睛，高高的鼻梁，总带着善良的微笑，而这样的微笑是通过她永远不会摘下的遮盖脸的雪白围巾传递出来的。比起梨花美艳得直接，格桑梅朵的美是一种不可触摸的美，如同白皑皑的雪地里傲然独开的梅花一般。更令人难忘的是，她的美丽多了一分神秘色彩。在大家以为再也见不到梅朵之时，地质队员们竟然在格桑努西书记家再次遇到梅朵：她经常和母亲一道给“我们”送鲜奶、干牛粪，为“我们”拿奶茶、倒酒。为了看清她的面目，“我们”联合梅朵的弟弟益西捉弄她，想把她的面纱摘下，但被她轻而易举地避开了。出人意料，她并没有因此责怪“我们”，而是温柔地原谅了“我们”。这里，格桑梅朵不可触摸的美成为地质队员们在艰苦岁月中情感的寄托。她是自然孕育的女儿，是作者心目中的女神。作家通过对格桑梅朵这个人物的书写，赞美大自然的美丽和传达对自然美的诗意追求，显示了作家亲近自然的美好愿望。

唐代诗人陆龟蒙在《重忆白菊》中写道：“月朵暮开无绝艳，风茎时动有奇香。”白菊看起来并不妖艳，但风吹过时却香味绝妙，就正如《有人醒在我梦中》的白菊一样。“我”和白菊从小一起在地质队长大，那时对她没有什么特别的感觉。等人到中年，忽然意识到自己的心中始终为一种莫名的牵挂所缠绕，白菊的形象总是顽强地出现在“我”的脑海中：“她的侧面也是令人非常愉悦的，像剪纸，波浪似的披肩短发，长长的睫毛，高高的鼻子，乖巧而微翘的嘴形。是的，我心中有说不出的愉悦。”这已不只是简单的外貌描写了，她的外貌已经和美好的记忆融为一体，成为作者回忆纯真岁月时不可缺少的组成部分。尽管当时把砖背出窑洞的工作繁重而枯燥无味，带来的只有浑身湿透的汗水，但白菊的汗水里有一种让人愉悦的香味。作家笔下的每一次回忆，都让这段艰苦岁月里青春悸动的单纯与美好回味无穷，字里行间充盈着如同微风过后白菊带来的沁人清香。

从总体上看，这类女子不仅拥有健康美丽的身体、精致漂亮的五官，而且还拥有一颗美丽的心灵。她们拥有花一样美好的名字，她们的身上表现出一种来自山野的自然美。当作家以一种向往、怀念、惆怅的姿态写她们时，“对青春及纯洁情感的缅怀和对普通人身上人性美的歌唱，使得这些作品表现出浓郁的理想主义色彩”，表达了作家希望通过对人物的回忆去接近大自然、回归大自然的人生理想。

## 二、原始质朴的女性形象

欧阳黔森还塑造了另一类女性形象。与圣洁美丽的女性不同，这类女性更接地气，她们心地善良，温柔美丽。她们热爱大自然、喜欢小动物，热爱自己的本职工作，她们也有着同大自然融为一体的花草之名：白梨花、卢春兰、丁香……

对于丁香名字的由来，小说《丁香》一开头就作了一个有意思的解释：“丁香，姓丁名香，绝对没有想占戴望舒先生《雨巷》名气大的便宜。丁香的父亲是地处深山老林一条省道公路道班的养路工人，斗大的字倒是识得几个，不过对于轰动诗坛的名诗——《雨巷》，他是无意知道的。”丁香生得脸蛋白里透红，身段也极其诱人，她被年轻的地质队员视为“玛莉莲·梦露”。在雨过天晴的日子，当她戴着草帽在公路旁劳作时，美丽的倩影成为地质队员们眼中最美的风景。虽然只是一个简单重复的劳动场景，但地质队员们却百看不厌。后来丁香在一次山体滑坡中死去，一直爱慕着她的诗人只能面对大山朗诵为她写的情诗。丁香身上带着来自深山老林的自然之美，她没有虚华，像丁香花一样，不畏环境的险恶，花开浓烈，花谢壮烈，作家借此表达了对农村女性美好品质的礼赞，以及对人与人之间纯真情感的怀念。

另一位女性是《远方月皎洁》中叫作卢春兰的乡村女教师。小说一开始就将卢春兰塑造成一个自我奉献的乡村女教师。她本来有机会留在城市教书，但却自愿来到一个大家都不愿来的乡村学校。学校条件极差，教室只是一个废弃的谷仓，学生不到三十人，公办老师就只有她一个人，连住的地方都是借宿的。在她的身上，没有城市的烦躁和浮华，有的是来自山野的宁静与纯真。她把刚出生的黄狗崽送给“我”，并希望黄狗最后能够在“我”手里“老死”，还要求“一不能再转送人，二不能打来吃了”。在旁人看来，这个愿望微不足道，甚至显得有些可笑，但卢春兰身上所表现出的人性的善良与美好却让人动容。《十八块地》中的卢竹儿希望“我”不要对别人说山洞里遇到的刚刚生下小羊的老山羊，否则这老山羊就会成为地质队员的盘中餐了。尽管“我”满口答应，但由于兴奋过度，“我”还是告诉了政委，结果老山羊和两只小山羊都被打死吃掉了。由于“我”背叛了与她的约定，从此以后她再也没有理“我”。

这些美丽的女子身上都透着一股人性的单纯与善良，即使只是一些小动物，她们也细心呵护，她们对小动物的爱与那些把小动物当作盘中餐的人形成了鲜明的对比。黔东女子身上所具有的温柔和善良在不经意中表现出来，对人性中真善美的追求与礼赞在这些小说中得到充分体现。

## 三、堕落逃避的女性形象

欧阳黔森笔下除了圣洁美丽的女性形象以及原始质朴的女性形象外，另一类是堕落逃避型的女性形象。这些女性要么被金钱蒙蔽了双眼，要么浑身上下充满了欲望，成为在世俗欲望支配下迷失自我与随波逐流的芸芸众生。

《水晶山谷》中，当农村青年田茂林将自己的未婚妻白梨花带到美丽的七色谷时，她的善良和爱美之心被这美丽的七色谷极大激发出来，她因大自然的美丽而哭了。当田茂林告诉她要把这些美丽的石头卖掉换取娶她的彩礼钱时，她宁愿不要聘礼也不让他卖七色谷的石头。与此同时，美女商人杜鹃红与白梨花形成了鲜明的对比，杜鹃红看着水晶山谷笑了，她不是因为七色谷的美而笑，而是因为可以赚大钱而笑。杜鹃红为了赚钱，在七色谷建起了开采紫袍玉的工厂，七色谷因破坏性的开采而面目全非，昔日美丽的七色谷不复存在。等到紫袍玉不再有市场后，他们的工厂停工了，留下了遍地的废弃石料。作家所感叹的不仅是七色谷的命运，而是借此表达了对现代人与自然关系的思考，以及作者对西部乡村生态环境恶化的担忧和对金钱至上的社会不良风气的批评。

白莲本身象征着纯洁与高雅，出淤泥而不染。在短篇小说《白莲》中，女主人公白莲只坐台不卖身，她有一个没钱买车买房的男朋友阿南，这使得白莲无法过上想要的生活。最后，白莲决定以三万块钱出卖自己的“初夜权”，没想到那个戴着面具来买她“初夜权”的男人竟然是未婚夫阿南，而阿南是“妈咪”隐秘多年的地下情人。知道真相的她无法再和阿南在一起，最终白莲把三万块钱留给“妈咪”后独自离开。白莲想做到出淤泥而不染，但在金钱与欲望的刺激下，白莲最终不得不走向堕落。这篇小说的独特之处在于，“作者不仅写出了白莲的堕落，而且写出了白莲在堕落后的人性之光”。白莲的故事让人重新思考金钱对人性的腐蚀作用，正如《骆驼祥子》中的祥子一样，祥子原本是个勤劳质朴的小伙子，在遭遇一系列的人生打击后，变成了吃喝嫖赌的“城市垃圾”。白莲和祥子一样，都曾经为理想奋斗过，但最终在残酷的现实面前被迫堕落，正是因为这样的堕落有因有果却无法避免，才让人备感辛酸与无奈。

与欧阳黔森其他小说中的女性角色不同，《兰草》中的女主角兰草长得像根又蔫又枯的蓝草（一种可做染料、外形纤弱干枯的植物），所以大家平时吃饭、劳作都有意照顾她。“我”对她更是关注有加，帮她干重活、帮她抢饭，兰草就这样成为“我”初恋（暗恋）的对象，为此“我”还为她写了一首《热爱兰草》的诗，连找老婆都要找和兰草长得像的。当多年后聚会，“我”满怀激动地把“我”当年的秘密告诉兰草时，兰草只把那段感情说成“你是第五军，我的战友，在我兰草最艰难的时候，曾帮助过我”。“我”的深情和她的冷漠逃避形成了鲜明的对比，整个故事充满了反讽的意味。兰草不是从乡村走向城市的打工妹，而是从乡村回到城市的知青妹，但城市的喧嚣浮躁让她迷失了自我，曾经纯真的情感在她的内心再也无法掀起情感的波澜。类似的例子还有《五分硬币》，小说中的“我”十六岁参加红卫兵大串联，一天晚上，因为身上只穿着单薄衣服无法入睡只好独自在车站吹箫，一个美丽善良的女孩主动让“我”在她的黄大衣下取暖，第二天临离开时，她还送给“我”五分硬币让“我”买早餐，此后五分硬币成为“我”永久珍藏的宝贝。当多年后，“我”和她在新华书店偶遇时，“我”从她和同伴的交谈中得知，当年她这样做的原因是因为“我”深夜吹箫吵得她无法入睡，并无其他意思。她的话让“我”如梦初醒，原来“我”自认为的动人的箫声在她眼中不过是一种让人无法入睡的噪音，而“我”珍藏的五分硬币被妻子发现市场价格很高，具有很高的收藏价值，这样的反讽剧烈而深刻。

欧阳黔森笔下的堕落逃避型女性形象，与圣洁美丽的女性形象以及原始质朴的女性形象形成了鲜明的对比，这些充满反讽意味的人物形象，表达了作家对艰苦岁月里人与人之间纯真情感的怀念，以及对城市世俗生活对人性腐蚀的担忧。

**四、结语**

欧阳黔森以其独特的写作风格、真挚含蓄的笔触，描写了一系列形象各异的女性形象，为中国文学女性角色画廊再增一幅幅美妙画卷。他笔下的人物或圣洁、或质朴、或堕落，但无论是哪一类人物形象，都寄托了作家对于人性真善美的追求，以及回归自然、亲近自然的人生理想。

2019 年《美与时代（下）》第 4 期

# 自然的回归　精神的奔突

## ——生态批评视野中欧阳黔森的文学创作

纪　文

生态批评理论20世纪70年代在美国被提出，于20世纪90年代传播到中国。著名的生态批评学者格罗特菲尔德对生态批评的最初定义为："研究人类及自然环境之间的关系"。生态批评一产生，就跟现代性问题连在一起。可以说，生态批评的产生，实现了对现代性的批判和超越。具体来说，生态批评产生于人类面临的生态危机，它不仅要对现代性进程中反生态发展模式和文化模式提出批评，更要发掘具有生态意识的文学创作。从这方面来说，生态批评又是最现实的批评方法。因为现代性发展进程中的生态危机要求人类再也不能等待自我毁灭的那一天的到来，要求我们要正确看待和处理发展中的一系列问题。生态批评对于正处在现代性关键时期的中国来说，无疑是具有前瞻性的批评方法。当下的中国学界，秉持生态批评方法的队伍越来越壮大，显示了中国学人高尚的社会责任感。在中国开展生态批评，不仅要把深入挖掘文学写作中的自然写作（也就是生态文学写作），也要把反生态、宣传人类中心主义的写作纳入考察的范围，深刻挖掘生态危机产生的文化根源。生态批评在经学者译介进入中国后，在中国大地上产生了生态美学。生态美学是生态批评的应用原则，它是中国学者对于世界美学的重要贡献。

纵观中国学人对于生态批评的研究，大致可以分为以下几个方面：一是对生态批评横向和纵向深度的扩展研究，研究自然与文明之间的碰撞，研究自然与现代性的关系问题，对生态批评在当代的发展和理论新拓展的研究，也包括生态批评学科建设相关问题的探讨（中国学人注重从文化传统中寻求资源来支撑生态美学学科的建设）。二是对生态文学作品的研究。它注重对当下文学作品中生态意蕴的发掘和对绿色经典的建构，对反生态文学经典的解构、重评和重审。当然，要特别指出的是，绿色经典的建立并不是要排斥传统的文学经典。绿色经典的建立，是生态文学批评的需要，它可以也能够和传统的文学经典相互补充。绿色经典的建构也不会取消传统的文学经典，它是一种新型的、具有绿色维度的文学经典。三是继续对生态批评理论中存在争议的观点和原则进行深入探讨，比如是环境美学还是生态美学？是生态批评还是环境批评？实现了对人类中心主义的批判之后，是坚持生态整体主义还是生态中心主义？很显然，本文属于从生态批评的视野下来分析作家小说中生态意蕴的本质含义的论文。

作家欧阳黔森，生于贵州黔东铜仁秀美的土地上，曾经是一名地质队员，走过贵州的山山水水，他写作的内容可以说遍布贵州地区，从某种意义上来说这就是他文学创作的源泉。《绝地逢生》写的是黔西南地区，《雄关漫道》写的是抗战时黔东地区的抗战活动。他的小说中灌注了浓厚的地域色彩，将贵州地区多姿多彩的原生态文化展现了出来，还为我们勾勒了乡村与城市、文明与自然之间的尖锐对立。读欧阳黔森的小说，有许多的感动，让我们时而沉醉在人与自然和谐共生的美好图景中，时而为人的异化、人性的扭曲和精神生态的沉沦感到忧虑。著名的青年女作家邵丽，与欧阳黔森是鲁迅文学院的同期同学，对欧阳黔森自有独到的认识：现在青年作家很缺少欧阳黔森的这一份纯净，欧阳黔森应抓住自己的地质工作、黔东生活经历深入挖掘，否则就有“守着金饭碗找饭吃”的感觉。而欧阳黔森做到了这点，他本人是一个具有生态情怀的作家。知青时期的生活、野外地质的生活、经商的生活这三种生活作为他文学创作的精神矿藏，不断地孕育着具有黔地虎虎生气的文章。短篇小说集《味道》集中写知青时期的生活，长篇小说《白多黑少》集中写生意场上的种种交锋，《非爱时间》集中写地质队员的生活经历。他采用的是独特的现实主义手法，以他自己的生活为原型，甚至是现实环境中的真实场景，将他的生态情怀无意识地融入他的文学创作中。本硕士论文运用生态美学原则，从生态批评理论角度出发，研究欧阳黔森作家在文学创作中如何体现出自然的回归和精神的奔突的审美内涵，如何自觉追求这样的审美意蕴。欧阳黔森不仅具有生态情怀，而且还具有强烈的社会责任感。总之，读欧阳黔森的小说我们可以得到很多的信息：作家的生态情怀（这情怀与怀旧联系在一起）、原生态的地域文化、生态危机的文化根源、当代人的精神困境。

## 一、绪论

### （一）国外生态批评研究状况

生态批评，是在全球日益恶化的生态环境和日益恶化的生态危机的“语境”中，在风起云涌的“绿色”运动的感召下，在文艺批评领域兴起的一股“绿色”批评浪潮。生态批评的端倪出现在20世纪70年代。1978年，威廉·鲁克尔特在《文学与生态学：一次生态批评试验》一文中首次使用了“生态批评”（ecocriticism）这一概念，明确提倡“将文学与生态学结合起来”，强调批评家“必须具有生态视野”，文艺理论家应当“构建出一个生态诗学体系”。90年代以来生态批评进入快速发展阶段。1991年，英国生态批评的代表人物乔纳森·贝特出版《浪漫主义的生态学》一书。在这部书里，他使用了“生态批评”这个术语，称之为“文学的生态批评”。1992年，在美国内华达大学成立“文学与环境研究会”（简称 ASLE），其宗旨是“鼓励新的自然文学创作，推动传统的和创新的研究环境文学的学术方法以及跨学科的生态环境研究”。1995 年，文学与环境研究会在科罗拉多大学召开首次学术研讨会。“人们一般把 ASLE 的这次大会看作生态批评潮流形成的标志”。1994 年，克洛伯尔出版专著《生态的文学批评：浪漫的想象与生态意识》，提倡“生态的文学批评”（ecological literary criticism）或“生态取向的批评”（ecological oriented criticism），并对生态批评的特征、产生原因、批评标准、目的使命等主要问题进行了论述。1995 年第一家生态文学研究刊物《文学与环境跨科学研究》（Interdisciplinary Studies in Literature and Environment， 简称 ISLE）出版发行，该刊物的目的是从生态环境的角度为文学艺术的批评研究提供论坛。1996 年，第一本生态文学论文集《生态批评读本》由格罗特费尔蒂和弗罗姆主编出版。全书分成三个部分，分别讨论生态学及生态文学理论、文学的生态批评以及生态文学的批评，这一著作被公认为生态批评入门的首选文献。

进入新千年，生态批评以更加迅猛而深入的态势发展。2000 年，贝特出版了两部专著《大地之歌》和《大地之梦》，他将批评视野从浪漫主义文学扩大至从古希腊到 20 世纪的整个西方文学，而且也深入到对生态批评理论的探讨。2001 年，布伊尔出版了《为处于危险的世界写作：美国及其他国家的文学、文化与环境》，这部著作选择了一批有代表性的自然取向的文学作品和文化取向的文学作品放在一起讨论，凸显他们在污染、资源、发展、现代化、生态伦理等一系列话语上的不同思想观点。2002 年，

ASLE 在英国召开研讨会，讨论生态批评的最新发展，生态批评理论研究从此进入了一个新阶段。

（二）国内生态批评研究状况

国内对于生态批评的研究虽然起步较晚，却取得了许多优秀的成果。余谋昌的《生态伦理学》、何怀宏《生态伦理——精神资源与哲学思想》、宋祖良的《拯救地球和人类未来》、鲁枢元的《生态文艺学》、赵鑫珊的《诗话自然哲学》、葛剑雄的《未来生存空间》、曾永成的《文艺的绿色之思：文艺生态学引论》、张全明及王玉德的《中华五千年生态文化》、李培超的《自然的伦理尊严》、徐恒醇的《生态美学》等，都是具有开拓性的中国生态批评理论著作。除此之外，由山东理工大学韩德信、盖光主编的生态美学丛书（《中国文艺学的历史回顾与向生态文艺学的转向》《文艺生态审美论》《生态环境美学》《生态批评》《生态美学视野中的中外文学作品》）已经由人民出版社在 2007 年出版，还有张华的《生态美学及其在当代中国的建构》、刘文良的《范畴与方法：生态批评论》、鲁枢元的《生态批评的空间》等，江汉大学文艺学学科推出了国内第一套“文艺生态探索丛书”，包括《中国文艺生态思想研究》《20 世纪中国文学生态意识透视》《小说因素与文艺生态》《老庄生态智慧与诗艺》，袁鼎生的《审美生态学》（中国大百科全书出版社 2002 年版）、《生态视域中的比较美学》（人民出版社 2005 年版）、《生态艺术哲学》（商务印书馆 2007 年版）、《超循环：生态方法论》（科学出版社 2004 年 4 月版），江业国的《生态技术美学》，等等，显示了国内学者对于这一“显学”的关注。与此同时，大量西方生态学理论著作也被译介入中国。目前国内对生态批评理论的研究在逐步深入，并且继承了研究中国传统哲学天人合一里蕴含的生态思想。何怀宏在《生态伦理——精神资源与哲学思想》里谈到“支持儒家生态伦理的精神主要是一种‘天人合一’、与自然和谐的精神”，而道家生态伦理思想则主要体现在“万物平等自化”“道法自然”“节制物欲”。余谋昌在《生态文化的理论阐述》中，从历史、政治、经济的角度分析生态文化的内涵，并相应提出了从精神、制度、物质等层次建设生态文化的策略。鲁枢元在《生态文艺学》中提出“生态学的人文转向”的论点。这些著作促进了我国生态批评理论的完善，促进了我国生态文学的发展，唤醒人类去建构生态意识，选择正确的生活方式和社会发展模式，从而有力地缓解生态危机，为人类的发展进步作出贡献。此外，国内还出现了大量生态批评理论的研究或运用的成果。

生态批评实践的发展主要集中在对生态文学作品及作家的讨论上。《老人与海》《狼图腾》，多丽丝·莱辛和沈从文的小说等许多经典文学作品，都被学者们用生态批评视角进行了解读，给人以耳目一新、眼前一亮的感觉，拓展了文学研究的领域。此外，召开了大量的生态文学作家作品讨论会，例如对李青松、徐刚等作家作品的研讨会就有 10 多次。召开了一系列学术研讨会，如 2001 年 3 月 28 日于华中师范大学召开的“建构生态文艺学”学术座谈会。2002 年 6 月 21 日在苏州大学召开的“中国首届生态文艺学学科建设研讨会”以及 2003 年由江汉大学和武汉大学联合举办的“文化生态变迁与文学艺术发展”学术研讨会，等等。生态文学与生态文学研究以迅雷不及掩耳之势冲击中国文坛和文艺理论界，成为我们不能小觑的文学文化现象。

14 年（1997—2011 年）里国内学者对生态批评纷纷发表自己的观点。在中国期刊全文数据库检索到主题为“生态批评”的论文达 1332 篇，2001 年之前共 126 篇，2009 年达到了最高的 269 篇，2010 年也有 224 篇。其中篇名中含有“生态批评”的有 424 篇，约占总数的 30%。总体上来看，近14年间对生态批评的研究主要集中在运用生态批评理论对文学作品的研究和对生态批评理论本身的探讨。据数据的统计显示，运用生态批评理论对文学作品进行研究的约占总数的70%，研究生态批评理论的约占总数的25%，运用此理论对电影进行研究的比较少，如李晓菁《德国自然导向影片类型探讨——以2009年国际自然与动物影展为例》（《鄱阳湖学刊》，2009年第3期），赵涓、张天佑《守望“香格里拉”——电影〈消失的地平线〉中的生态意识》（《电影译介》，2009年第18期）。数据检索到的博士学位论文为30篇，篇名出现“生态批评”的占总数的35%，30篇博士学位论文中60%是对生态批评理论的探讨。在中国优秀硕士学位全文数据库检索到关于生态批评的论文为250篇，题名出现“生态批评”的研究46条，约占总数的29%。这些论著绝大部分都是运用生态批评理论来对文学现象或作品进行研究，极少进行纯理论的研究。

此外其他的生态批评文献采用“读秀”进行检索，共检索到72部。如张艳梅、吴景明、蒋学杰等著的《生态批评》是国内第一部对西方生态批评、国内外生态文学作全面深入研究的专著。鲁枢元主编的《自然与人文生态批评学术资源库》（学林出版社，2006年12月版）、《文学理论》（华东师范大学出版社，2006年7月版）、《生态批评的空间》（华东师范大学出版社，2006年9月版），对生态批评理论有着重大贡献。余达忠的《生态文化与生态批评》是一部学术论文专集，主要收集研究生态文化、生态文明、生态批评、生态旅游、地方文化等方面的学术论文，反映生态文化研究领域最新研究成果，是三明学院生态文化研究中心学术成果的一次集中展示。王诺《欧美生态批评：生态学研究概论》、王喜绒《生态批评视域下的中国现当代文学》、王晓华《生态批评：主体间性的黎明》、胡志红《西方生态批评研究》、苗福光《生态批评视角下的劳伦斯》、刘文良《范畴与方法：生态批评论》、张华《生态美学及其在当代中国的建构》都是很重要的生态批评研究的文献，具有重要的参考价值。

（三）欧阳黔森文学创作及研究情况

作家欧阳黔森，生于贵州黔东铜仁秀美的土地上，曾经是一名地质队员，现任中国作家协会第七届全国委员会委员、中国国土资源作家协会副主席、贵州省作家协会副主席、贵州文学院副院长、《贵州作家》常务副主编。先后在《当代》《十月》《人民文学》《中国作家》《青年文学》《北京文学》《花城》《长城》《红岩》《百花》《散文》《新华文摘》《中篇小说选刊》《中华文学选刊》《小说精选》《人民日报》《羊城晚报》等报刊上发表长、中、短篇小说 390 万字。雷达曾通过百年短篇小说的创作去透视欧阳黔森作品的价值：文学体的经典与文学史的经典很难统一，欧阳黔森的中短篇在艺术上达到了较高的水平。他走过贵州的山山水水，他的写作可以说遍布贵州地区，从某种意义上来说这也许就是他创造文学的源泉。《绝地逢生》写的是黔西南地区，《雄关漫道》写的是抗战时黔东地区的抗战活动。他的小说中灌注了浓厚了地域色彩，将贵州地区多姿多彩的原生态文化展现了出来，既充满诗意又高度凝练地揭示了像贵州这样特殊地区的生存困境。科学技术和现代工业文明的飞速发展，在很大程度上改变了我们的生活空间和生存境遇，也导致了人与自然、生态环境的冲突，产生了生态危机。欧阳黔森是一个具有生态情怀的作家，采用独特的现实主义手法，以他自己的生活为原型，甚至是现实环境中的真实场景，将他的生态情怀无意识地融入他的小说中。他倡导人与自然的和谐相处，倡导绿色的生活方式，启发人们真正了解大自然，走建设生态文明的发展之路，从贵州“欠发达欠开发”的特殊情况，使其保存良好的自然生态环境和原生态文化，切实把保持良好的原生态环境作为社会责任，作为与其他地区竞争最为突出的优势，大力推进了生态文明的建设。同时他为现代境遇中人对自然的破坏，以经济价值为衡量一切标准的文化模式感到十分忧心。

对于欧阳黔森小说的研究，在中国网络期刊全文数据库检索关键词“欧阳黔森”，检索到的相关论文及报道共 17 篇。这些论文大多是对欧阳黔森小说思想内容的解读，如傅安辉的《善良与凶残：读欧阳黔森的小说〈敲狗〉》、雷达的《叙事的机趣——欧阳黔森小说印象》、陈晓明的《对当代精神困局的透视》。严天慧的硕士论文《崇高的生命追求》是对欧阳黔森创作的探讨，王志尧的《情节虚假是当代小说难出经典名著的渊薮——以著名作家路遥、刘庆邦、欧阳黔森的三篇中篇小说为例》是对欧阳黔森、刘庆邦、路遥小说情节的质疑。由此可以看出，对于欧阳黔森小说的价值，批评者有之，赞誉者有之，这正反映出文学批评者不同的批评视角。

## 二、生态情怀的张扬与表现

初识欧阳黔森，给人一种性格内敛、不苟言笑的印象，若是与他聊上几句，话题就接踵而至，而且你要紧跟着他的思路。8 年地质队的深山生活，历练了他乐观的性格，他不拘小节，豪爽心直，笑起来声音十分嘹亮。青年人那种勇往直前的朝气在他身上体现得淋漓尽致。他对文学的理解不拘于形式，他认为文学样式看掌握在谁的手里面，其实每种样式都可以达到极致。从欧阳黔森的文学作品及创作过程中，可以很明显地感到他的生态意识非常显著，这点在贫瘠的贵州地区文坛上是少有的。他的小说总是流露出一种不自觉的生态情怀。这种情怀可以是对某种自然意象的喜爱，如《白多黑少》中的森林，《水晶山谷》中的七彩石；也可以表现为对淳朴和谐的人际关系的描写，如《十八块地》中的卢竹儿与“我”的关系，《绝地逢生》中蒙幺爸与村民的关系，把故事镶嵌在政治的格局中，这样就很人性化地达到了艺术的审美要求。《水晶山谷》中田茂林与白梨花的关系，显得十分融洽，人物性格纯洁善良诚实淳朴；《绝地逢生》中承载了解决石漠化和水土流失等建设生态家园的问题，人与自然如何和谐相处等。他的生态情怀还可以表现为对扭曲的人性和精神变异的批判，如《山谷水晶》中的李王在经济利益的驱使下，置生态于不顾，为了获取金钱什么事都能干出来。李王说，“别开玩笑了，现在全世界都在破坏自然，那铝城钢城和现代化的大都市都是以破坏大自然为代价的。我们别自找沉重了”[1]。这是现代人人性扭曲的表现，人们不忠实于自己的内心生活，转而寻求外部世界的自我确证。

欧阳黔森小说中的自然，不再是传统文学创作中的自然，它取得了与人类一样的崇高地位。欧阳黔森在他的小说里，或潜在或隐性地批判了人类的中心主义，批判了人类对自然的功利性态度。从人类发展的历史看，自然生态是人类存在和发展的物质基础，人类有责任和义务保护好和维护好自然生态。离开了自然生态，人类的任何活动将无从谈起。但长期以来，自然生态在作为人类精神活动的文学艺术中，只是充当着人类活动的舞台和背景。然而随着人类生态危机的加重，生态批评的兴起，人们逐渐展开了对人类中心主义和自然生态长期在文学作品中缺席的批判。一些有着社会责任感和生态意识的作家，像欧阳黔森等，开始在他们的作品里将自然重新放到了与人类具有同等主体性的地位上，因而突显出其小说的价值。曾经有位研究现当代文学的研究生问他：“您觉得什么是文学？”欧阳黔森答道：“无论我们身处何方，无论社会多么险恶，无论我们受到怎样的待遇，仍然能用一颗年轻、善良的心去善待生活，这就是文学。如果人的

[1] 欧阳黔森：《白多黑少》，贵州人民出版社，2006，第114页。

境界能上升到这种高度，你写的东西肯定能让许多人感动，肯定战无不胜，这就是文学最初的动力。”[1]

（一）富有灵性的自然意象

生态情怀的张扬，在欧阳黔森的小说中首先表现为一系列富有灵性的自然意象。他的小说与很多小说中的自然意象不同的是，这些富有灵性的自然意象不再是审美活动视野中的“他者”，而是代表着人与自然之间和谐相处的关系，体现人与自然间一种主体性的关系，不再是主客之间二元对立的关系。灵性的自然意象是为作者的生态意识服务的。

森林是欧阳黔森在小说中着墨最多的自然意象。贵州有着丰富的原始森林，特别是黔东和黔东南地区。“这大森林养人啊！姑娘们一个个长得脸蛋蛋白里透红，像夏季熟透了的水蜜桃，手指轻点就会溢出水红水红的液体来”[2]。“这大森林养人啊，姑娘们都白白的，这里要出一个黑姑娘那才叫稀罕呢！”[3]人与自然的水乳交融，自然对于人类生命的给养，人沐浴在自然的怀抱中，这是一幅多么动人多么美丽的生态景象啊！自然是具有“魔力的至高存在，她有神奇的意志、丰富的情感和无限旺盛的内在生命力，是像人一样地生存着的生命体，作为绝对至上的主体，世间万物无不源于她的创造化生。在她面前，人类既深怀恐惧，又更充满无限的敬畏和依恋之情”[4]。人生于森林间，森林具有人的灵性。人与自然相互依存，人不再高高在上，而是成了自然的守护神。自然世界就是一

[1] 李明珠：《一条河水的幸运变奏——访〈绝地逢生〉总编辑欧阳黔森》，《贵州日报》2009 年 3 月 18 日。

[2] 欧阳黔森：《白多黑少》，贵州人民出版社，2006，第 84 页。

[3] 同上书，第 86 页。

[4] ［美］大卫·格里芬编《后现代科学——科学魅力的再现》，马继芳译，中央编译出版社，1995，第 58 页。

个渗透着神性的整体，自然是充满着无限神性的，对自然的无止境开发，已经使这个昔日如诗如画的自然变得满目疮痍。自然是人类的母亲，母亲遍体鳞伤，难道人类不觉得心痛吗？与自然的和谐共处，不仅是对自然生命的敬畏，也是对人类自身生命的尊重。人们不再把自然看成可以任意随人宰割之物，而是具有内在价值的生命体。森林意象是欧阳黔森的最爱。生活于黔东地区，美丽的红土高原和梵净山脚下的森林滋养了他。“参天大树，遮天蔽日，这大自然百年造的茂盛，是很容易让人的眼睛惊奇和激动的”[1]。

再比如小说《水晶山谷》中对于石头这一意象的描写。《水晶山谷》中的石头是多彩的，取名为七彩石，这个地方叫作七色谷。由七彩石组成的山谷的美丽无与伦比，晶莹剔透的水在石头上流淌着，在阳光下闪耀着奇异的美，可以堪称“天堂之物”。是这几亿年的岁月沉淀了它质地之硬，颜色之奇，大自然的鬼斧神工造就了它怪异的形状，这是几亿年来风的壮举，是几亿年来水的风采。那风的手、水的脚，就这样与岁月一起磨砺着这成千上万的石头。风依着水，水带着风，在石头上书写这岁月的风流。水是无形的，所以它可以组成任何一个形，这水从石头上亿万年地流过，使石头有了美妙绝伦的天然流水线，这真是大自然的巧夺天工。一块块五颜六色的石头无需诉说着什么，它在这里可以用静默来震撼任何一颗爱美之心。[2]“这五颜六色的石头，在大自然赋予了它神奇以后，风就是它的血，水就是它的肉，这神奇的血和肉造就了这天堂之物，是足以让任何美丽的善良的心流泪的，这泪是震撼心灵的，是激动万分的。”[3]作为

[1] 欧阳黔森：《白多黑少》，贵州人民出版社，2006，第 91 页。

[2] 同上书，第 99 页。

[3] 同上。

一个野外地质者，欧阳黔森在小说中实现了对自我的超越。石头不再只是拥有经济价值的载体，而是自然美和生态美的载体。

欧阳黔森对于自然生态的描写是清新脱俗的，是热烈的。在野外的地质生活中，长期与自然相伴，对自然的细致观察使他对自然的描写不同于其他的贵州作家。他的小说中大量出现的具有灵性的自然意象，让其小说传达出一种独特的自然生态美。而这种生态美，并不是自然美，因为自然美的实质是自然的人化，是自然界自身具有的一种审美价值，而生态美是在自然美和社会美的基础上，对自然美和社会美的一种超越，它可以说是人与自然生态关系和谐的产物。“生态美首先体现了主体的参与性和主体与自然环境的依存关系，它是由人与自然的生命关联而引发的一种生命的共感和欢歌。它是人与自然的生命和弦，而不是自然的独奏曲”[1]。

考察文学创作的流变，富有灵性的自然意象在文学作品中从“缺席”到“独立”，反映的是社会生态的变迁。文学一向是作为反映社会变迁的一面镜子，文学生态的变迁与其社会生态的变迁是紧密联系在一起的，不可分割的。在传统文学的创作中，自然在文学作品中是“缺席”的。自然只是作为背景或者舞台出现在文学作品中，自然占据文学中心位置的文学创作寥寥无几。亨利·戴维·梭罗的《瓦尔登湖》、利奥波德的《沙乡年鉴》是自然写作的代表。随着社会生态的变迁，现代化进程的加快，文学作品开始体现出明显的现代性。社会生态的变迁激烈且震撼。虽然对于现代性的观念还存在很多争议，但是学者们却很一致地认为，现代性起源于发生在西方的启蒙运动。启蒙运动奠定了人的主体性地位，推崇理性至上的观念。人的主体性地位的确立，标志着人成为一切事物的中心，其他如自然等都是为人的需要而服务的，只有与人发生关系的事物才是有价值的，

[1] 徐恒醇：《生态美学》，陕西人民教育出版社，2000，第119页。

人不再是自然的一部分和自然环链上的一环，自然不再具有内在的价值属性，人类的审美也就出现了主客体之间的分离。人是主体，其他都是客体，这就是典型的人类中心主义。人类中心主义从产生到现在一直深受批判，只是在现代性的触角伸展到世界每个角落的背景下，批判和质疑的声音是非常微弱的。然而，随着现代性进程的日益深入，伴随现代性所产生的问题迫使人类必须尽快转变生活方式和革新文化模式，否则人类恐将走向自我毁灭的那一天。环境污染、核威胁、恐怖主义、人口增长、资源枯竭，无一不是威胁人类自身生存的现实问题。幸运的是，一大批的批评家和学者开始对人类的文化模式和发展模式进行反思，生态批评就可以看作是这种反思的结果。随着生态批评的兴起，生态文学的创作也掀起了新的高潮。有自觉的生态文学创作，也有不自觉的生态文学创作。前者如中国学者迟子建、徐刚、哲夫等人，后者如姜戎等。贵州作家欧阳黔森无疑属于后者，他无意识地在自己的小说中灌注了浓厚的生态意识。灵性的自然意象凸显了作家的生命伦理情怀，自然的浓浓生气孕育着人的成长，作家无时不在对自然意象的描写中捕捉生命的气息。

（二）共同的主题：人性与自然的冲突——安居还是毁灭

欧阳黔森小说中生态情怀的张扬体现为人性与自然的冲突，这种冲突首先表现为人与自然冲突恶化的紧张关系，表现为人类在自我中心主义下对其他生灵的漠视和功利态度。欧阳黔森用自己的悲怆之笔批判了人性的贪婪，赞扬大地上一切生灵的美好和高贵，在人性的贪婪丑恶和自然的美好品性对比中，凸显出作家对人和自然关系的思考：人与自然之间必须相互依存，因为这个世界并非只有人类存在，人也不是一切事物及价值的衡量标准。

《敲狗》叙述的是贵州地区一种具有地域色彩的食俗景观。在贵州关岭县花江镇，人们兴敲狗吃而不兴杀狗吃。因为敲狗不放血，其肉更好吃，因此花江镇狗肉馆生意红火。虽然这样的事在生活中司空见惯，但欧阳黔森化平淡为神奇，写出了其中的意味。在小说中，狗通人性，即将被敲的狗的恐慌、悲哀，厨子的麻木已让读者心悸。小说的“核”是因急用钱来卖狗的一个山里中年汉子，他来时就跟厨子说过几天有了钱还要把他的狗赎回。而当中年汉子带钱来赎狗时，厨子坚决不赎后又开出了高价，此时跟他学“敲狗”的徒弟被狗和主人的情感打动，夜里偷偷放走了狗，自己却因此丢了饭碗。

在对这一民俗事件的叙述中，作者抓住花江大峡谷养狗人对狗的祖规与花江镇狗肉店对狗的营销进行了对比，并通过花江狗肉店的师徒的不同立场来表现人性的善恶。在花江这个地区，生活着两类人：一类只养狗、不吃狗、不卖狗，他们把狗当成忠实的仆人看待，或者当成一个家庭成员加以保护，体现了善良的人性；一类是卖狗、敲狗、吃狗。这两类人形成明显的对立。小说通过写狗对主人的依恋，厨子情感的冷漠及徒弟的被感动折射出人的情感，把人性解剖这个文学的宏大主题用“敲狗”这个断面展现得曲尽其妙。

在《水晶山谷》中，欧阳黔森挖掘出人与自然关系的紧张、对立、疏离，揭露了人类对自然生态环境的破坏以及欲望社会对人类心灵的腐蚀，表达出自己对生态文明的深情呼唤。在小说中，七色谷原是没有名的峡谷，由于地质队的到来，有了名字，同时让田茂林接触到了外面的世界。原本纯朴的一个农村青年随着现代文明的风改变了，不再对七色谷的那些石头充满无物欲的精神之爱了。即使未婚妻白梨花向他哭诉，并且让父母告诉田茂林不要彩礼，可面对他们的百般劝阻，田茂林内心挣扎后最终抵不过欲望的力量，如愿进行开采，使得七色谷永远不复存在。小说中用事实渲染出来的田茂林的个性转变以及七色谷惨不忍睹的变化等，无论从题材还是主题上都充分表达了作家关注生态问题、呼唤保护生态文明的生态意识。田茂林最终在开矿时神秘失踪的含蓄内敛的结尾，说明了以破坏自然为代价来满足人类的欲望，最终必将陷入深刻的精神危机中。小说的主人公田茂林就是在精神危机之中无法解脱，最终选择与水晶山谷一同消失。

无论是《敲狗》还是《水晶山谷》，我们都可以感觉到欧阳黔森在记录人与人、人与生灵之间喜怒哀乐、悲欢离合时的那份沉重的心情，这份沉重来自小说作者内心“悲天”与“悯人”的矛盾。人类对文明和自然有着双重的需求，我们一方面向往物质生活的舒适，另一方面又梦想一种简朴的生活；一方面我们期待社会进步和生活得到改善的喜悦，另一方面我们又担忧这种进步与改善是以牺牲赖以生存的家园为代价。正是由于人们对于物质的需求急剧膨胀，使得人的无限欲望与有限的自然供给之间产生尖锐矛盾，让人类成了自然的屠夫，而人在贪欲的支配下最终也将走向毁灭。正如美国学者纳什在《大自然的权利》中所说：“征服者最终将自我毁灭，一个裁剪得过于适合人的需要的自然界将毁灭裁剪者。”[1]

正因为这样，欧阳黔森在其小说中也表现出对人与自然关系严峻的思考。在他看来，现代视野中的自然是作为人的对象而存在的，而人们日益沉醉在对自然取得暂时胜利的成就感之中。就像《水晶山谷》中的田茂林，他原本是一个诚实厚道的农村人，在地质队员进驻他家以后，他的生活发生了翻天覆地的变化，从生态人转变成了经济人。带着对金钱的欲望，他把七色谷翻了个底朝天。看着每次从七色谷搬运来的七彩石头马上就要变成大把的钞票时，“不由坐在院子里的椅子上大大地舒了一口气，一种成

[1]［美］纳什：《大自然的权利》，杨同进译，青岛出版社，2005，第90页。

就感油然而生。是啊！第一次做生意，目前来讲他相当满意”[1]。这样，自然生态的内在价值属性就被抛弃了，人以自身需要来设定自然生态的价值，体现出人是自然界的主宰，没有真正明白人与自然的关系，而这正是作者所批判的精神误区。

当然，欧阳黔森在小说中也表达了自己对人与自然理想关系的理解：人是自然界的一部分，人靠自然界生活，自然界是人类生活和发展的环境，现实的人对自然界有着天然的依赖性。恩格斯说过，人类可以通过改变自然来使自然界为自己的目的服务，来支配自然界，但我们每走一步都要记住，人类统治自然界绝不是站在自然界之外的。人类与自然的关系应是共生、共赢、共荣的伙伴关系，必须以互惠互利、共同发展为前提，要建立人与自然和谐并进的秩序。《绝地逢生》里，村支书蒙幺爸一心想带领偏远山区的人民走出贫穷的境地，但是面对挖掘机将要开采村里漂亮的大理石时，他毅然站在挖掘机前进的道路上，拒绝了这种脱贫致富的方式。蒙幺爸认为，这不仅不会使他们走上致富的道路，反而会让本来就脆弱的自然生态不堪一击。在这里，人类与自然是相互尊重的，是唇与齿的关系。自然与人一样不再是死气沉沉的客体，而是有灵性的自然。而与这个村形成鲜明对比的是另外一个村，虽然开采大理石让他们暂时富裕了起来，可到最后形成的环境污染也使那个地方彻底被破坏，村民们都逃离了那个地方寻找新的居住地。作者通过小说把自然的内在价值向我们展现了出来。欧阳黔森的文学作品直接告诉我们，人类不再是“万物的灵长”，人们在实践过程中，不能只注意到眼前自然资源的使用价值，而不顾自然永存的内在价值，不要只为了满足眼前的利益，对自然资源进行掠夺式的开采，以至于危及人类的持续发展。可以说，《绝地逢生》中的人与自然关系，

[1] 欧阳黔森：《白多黑少》，贵州人民出版社，2006，第 91 页。

正是我们在生态危机的现实面前所要追求的，是科学发展观的文学表述。

回溯过去，人类依靠理性和科学技术，创造了进步的神话。工具理性的作用被发挥到了极致，在尼采发出“上帝死了”的声音以后，现代科学技术取代上帝成为人们新的信仰。现代社会拜物教盛行，人与自然的生态美关系、美好的人性，往往在现实物质的引诱下被彻底异化。当然，科学技术确实为人类创造了大量的物质财富，丰富了人们的物质生活。伴随科学乐观主义而来的是社会的贫富差距越来越大，环境问题层出不穷，资源的日益枯竭。有的人盲目相信，依靠科学技术可以解决现代性进程中的一系列问题，实际情况却是科学技术必须依靠从大自然获取资源来实现，这种获取是掠夺式的。而在现实生态危机的促逼下，人类却没有那么多的时间来等待这一切的发生。危机就在眼前，只要看看资源总量和令人咋舌的资源消耗速度就可以知道了。“我们已经把数十万年积蓄的东西破坏得差不多了，我们再不珍惜就完了。”[1]欧阳黔森在其作品中，利用破坏自然产生的后果来对人类提出了警告，他从原生态角度分析自然的一切就是生活，孤独的时候只有对着大自然诉说衷肠，只有自然是身边相依相伴的朋友。在欧阳黔森的眼中，绿色是常见的颜色，也是生命的本色，更是充满希望的颜色。经过美丽大自然洗涤过的心灵，肯定是纯洁的、神圣的。他本人对自然的思考具有形而上的深层意义，对于生命意义的追求也就具有了崇高的向度，他的每篇小说都试图精致地构筑一个悬念的环形图案，是一种更加接近现实的世俗传奇。

### 三、个性化的艺术追求

地域文化是一时一地的人民创造的，是带有人类劳动印记的成果。地

[1] 欧阳黔森：《白多黑少》，贵州人民出版社，2006，第138页。

域文化形成的主要因素在于自然地理环境和人民的生活习惯。每个地方都有区别于其他地方的地域文化。随着互联网技术的发展和交通的便利，各地的人们得到了文化交流的机会，此文化与彼文化之间相互影响，共同作用。但是不可否认的是，独特性和地域性是地域文化最大的特点。生态批评理论关注地域性的文化，认为地域性的文化在对抗全球化进程中将发挥极其重要的作用。地域文化将是影响人们相互认同的主要因素。借助文学作品将地域文化展现出来，显示了作家对地域文化的关注，同时也显示了作家崇高的社会责任感。在全球化的背景下，地域文化的文学呈现方式将得到越来越多的关注，其中涉及的主题也将使文学创作皈依现实。

独特的地域文化是欧阳黔森小说里另外一道独特的风景线。欧阳黔森笔下的贵州地域文化不仅丰富多彩，而且相互融合。贵州各民族文化具有同源异流和多元共生的特点。贵州社会科学院研究员王鸿儒对此论述道："在漫长的历史岁月里，多重文化交流互动，加之上述民族（笔者注：指苗族、侗族、布依族等）共同生活在气候条件、地理环境大致相同的云贵高原喀斯特山地上，其物质生产方式大致相同，生活范式与精神追求多数相似，各种文化类型中本来就有着相同的基因，因此在几大族群中不可避免地出现了诸多雷同或相似的文化现象，因此形成了夜郎文化的共同符号。"[1]贵州是一个世居少数民族较多的省份，达到 17 个。在少数民族聚居的地方，民族文化更是呈现出丰富的形态，如苗族的锦鸡舞、芦笙舞，侗族大歌，吊脚楼，等等。贵州是全国唯一没有平原支撑的省份，所以那里有"十里不同天，三里不同俗"的说法。特别是在欧阳黔森生活的黔东地区，每个村每个寨的风俗也都有很大的差异。近年来，随着"多彩贵州"系列活动的广泛开展和贵州少数民族歌曲在青歌赛上的震撼表演，世人开

[1] 王鸿儒：《夜郎文化的公共符号》，《贵州社会主义学院学报》2007 年第 1 期。

始关注这一片神奇的土地。贵州的地域文化之所以特色鲜明，就在于其地域文化形态的多元性。欧阳黔森把这独特的地域文化融入了自己的小说中，使读者不仅可以了解小说故事情节的发展，也开始沉醉于小说中所展现的独特地域文化。从这个方面来看，欧阳黔森的小说具有浓厚的现实主义色彩。考察欧阳黔森的小说创作，可以看到，他抛弃了对自我情感与欲望的宣泄，执着于对地域文化的发掘。可以说，这在当前的文学创作中，是难能可贵的。

（一）独特的地域文化

在当下的文学创作中，消费与欲望往往构成了小说创作的主旋律，文学的大众审美趣味也体现出对这一主题的渴望，作家的创作也一味地去迎合这样的审美趣味。市场化的创作没有了个性，有的只是对自我的“依恋”和虚拟幻象的追求。在对消费与欲望的张扬中，我们很难注意到对现实的关怀，没有注意到在全球化进一步深化的今天，在我国建设社会主义和谐社会的进程中地域文化所不可替代的作用。对地域文化的认同，在一定程度上建构了我们自己的地理身份。在人与人越来越疏离化的生存状态中，从当下文学创作的主体来看，作为人类精神产品的文学正在逐渐丧失它的人文阵地。文学创作一味地迎合消费文化的胃口，殊不知人类自己正在丧失对生命的敬畏，文学社会责任的担当也就渐行渐远了。面对这样的创作倾向，许多作家都开始寻求转向。他们或从传统的文学资源进行挖掘，以期展现博大精深的中华文化，或者深入挖掘民族民间的文化资源，表现当时当地的地域文化。贵州作家欧阳黔森就在其小说创作中为我们展示了其生于斯长于斯的浓郁的地域文化。

贵州是个风情奇异、文化生态错综复杂的地方，曾经边远而贫困，昔有“天无三日晴，地无三尺平”之夸张说法，如今虽然那里发生了巨大的变化，但那里的文学似乎仍呈现着独异的面貌，好像总与中原地区或沿海地区的风格保持着某种距离，有点遗世独立的味道。欧阳黔森生长生活于贵州黔东的梵净山地区。原生态的自然和文化，是作家创作的宝贵财富。读欧阳黔森的小说，我们会感动，感动于他精心为我们呈现了黔东地区的地域文化，感动于他对这个地方的忠诚。欧阳黔森小说的最大特点就是“好看”，地域风情或充满诱惑的商场能引起读者的好奇心，他一方面不断拓宽读者的视野，一方面又在悄悄地破坏读者的阅读期待，从而丰富读者的阅读体验并引导读者进入小说境界，最终完成灵魂与作品的邂逅。在每篇小说的结尾，他为读者所提供的答案往往与悬念又一并构成下一级悬念的母题。欧阳黔森来自有“瀑布之乡”称谓的贵州，他说他是个爱瀑布的人，他说有瀑布的地方便有了欢乐与神奇，他说有瀑布的地方就不再平凡。在寂寞的山林中，瀑布是最雄浑瑰丽的乐章，它将河水的缓游漫吟和欢跃奔腾奇妙地糅合在一起，这是一条河水的幸运变奏，这就是欧阳黔森的瀑布世界。“在 25 岁之前我从未离开过这儿。太多的生命激情与灵性都来自于梵净山，是它给予了我太多的对于文学的梦想和渴望，……我所有的情感都是来自这片土地，我常借助于这令我魂牵梦绕的梵净山，使我那苍白的心灵充满了人性本身最为瑰丽的自豪感”[1]。可以说，黔东地区就是作家欧阳黔森的文学根据地。在《穿山岁月》中为“我们”地质队员做向导的民工，他在进山前一定要拜山神，不拜他是不敢进山的，并说需要买一只羊一只鸡供山神——“那民工只好用麻神捆了鸡脚与山羊放在一座土地庙前，口中念念有词拜了几拜”[2]，那被削掉了头的鸡，居然跑了一个圈并射出一个鲜血的圆圈。按照民工当地的习俗，“如果鸡血的圆圈缺

[1] 欧阳黔森：《故乡情结》，《贵州日报》2005 年 5 月 1 日。
[2] 欧阳黔森：《白多黑少》，贵州人民出版社，2006，第 179 页。

了一个口子，那么就是打死他也不会带我们进山的”[1]。欧阳黔森笔下的农村是贫困的，没有城市的喧哗与繁荣，有的只是大碗地喝酒和尽情地歌唱，山歌就是他们的生命。贫乏的物质生活并不能阻止人们对美好富足精神生活的炽热追求。喝酒、跳舞和唱山歌是人们生活中的一件乐事，古朴的风土人情在其中展现无遗。形式上朴实无华，内涵却是纯朴的人民对于生命本能快感的追求。饮酒与唱山歌的民俗文化，在欧阳黔森小说中也有很多的展示。“穷高兴，是老辈子传下来的话，……不能因为穷就一天愁眉苦脸的。在这儿，穷有穷的高兴方式。这些方式已经传了几代人，一是喝自家酿的红苕酒、苞谷酒，二是唱山歌。唱歌与喝酒是密不可分的，喝了酒就要唱歌，唱歌最好要有酒，这是几代人约定俗成的事。”[2]朴素的话语中透露出当地人民良好的精神状况。欧阳黔森小说的地域文化意识是强烈的，他想把黔东地区的地域文化甚至贵州其他地方的地域文化都写进他的小说里。将独特的地域文化展示得最好的小说莫过于《敲狗》和《断河》。《敲狗》描写了贵州花江一带吃狗肉的饮食习惯。“在这里，狗是不能杀的，只能敲狗。狗厨子说杀猪要放血，宰牛羊要放血，狗血是不能放的，放了就不好吃了，有人说，那咋办？厨子说，敲狗。”[3]这是一部很短的短篇小说。小说里有各色各样的人物，有只顾追求经济价值的厨子，有只顾追求口腹之欲的顾客，还有善良憨厚的乡下人和徒弟。花江的乡下人不吃狗肉，也不卖狗（那里现在还在流传着这样的训诫——卖猪富，卖狗穷）。然而，花江镇上的人不仅吃狗肉，且狗肉馆开得满街都是，经过这里的行人都要去品尝一番。“每个狗肉馆几乎都是这样，灶台上放

[1] 欧阳黔森：《白多黑少》，贵州人民出版社，2006，第 180 页。

[2] 同上书，第 151 页。

[3] 欧阳黔森：《敲狗》，《人民文学》2005 年第 12 期。

着一只黄澄澄煮熟的去了骨的狗肉，离灶台一两米远的铁笼子里关着一只夹着尾巴浑身发抖的狗”[1]。在这部小说里我们可以看到人性的善与恶。在全球化日益深入的今天，连花江这样的小镇也避免不了全球化体系的冲击。全球化对人类价值观的重要调整即是追名逐利，不惜一切往“钱”看。有的人变得贪婪和唯利是图，如小说中的厨子；有的人一直保持忠诚、朴实的本性，如花江大黄狗的主人；有的人善良、富有同情心，视动物为人类的朋友。《敲狗》这部小说，可以说是发掘贵州地域文化的经典之作，也同样是欧阳黔森在小说创作上的一个巅峰。在平淡无奇的叙事话语中，充满着浓浓的现实关怀精神。显然，敲狗这样的地方习俗文化，是一种糟粕性的文化，是要大加鞭笞的文化。

无论是像敲狗这样的文化，还是少数民族的民间文化，对于主流文化而言都是边缘性的文化，而边缘性的文化恰恰是世界阐明自身的地方。“在其他语境中以沉默表现出来的边缘性，是一种具有无限魅力的光芒，是激发新的艺术激情和想象力的力量，昭示着某种全新的真理。”[2]少数民族传统文化具有多样性、原始性、原创性和想象性的特征，使其能够弥补中原文化的不足。中国文化的活力正是在于少数民族文化的丰富性。中原文化和少数民族传统文化构成了中华文化的整体，两者之间相互融合、相互补充。原始活力和新鲜的思维，使得整个文明在新的历史舞台上实现重组及融合。杨义先生在《重绘中国文学地图》中说过，“边缘的活力，对于中国文化的格局和生命力具有本质的意义。当出现中心文化发生僵化和失去创造力的状况时，往往会有一些形质特异的、创造力充溢的边缘文化或民间文化崛起，这是一种中国文学开拓出新的时代文体和新的表现境界，

[1] 欧阳黔森：《敲狗》，《人民文学》2005 年第 34 期。

[2] 周帆：《贵州少数民族文艺审美意识研究》，民族出版社，2010，第 5 页。

进而在文化调整和重构中焕发出一种新的生命力。中华文明之所以在世界上奇迹般绵延五千年而不曾中断过，其中一个最主要的原因就是在文化核心的凝聚作用之外，还尚存在着生机勃勃的边缘文化的救济和补充，是它们给予了一种充满活力的新鲜血液”，“当中原的正统文化在精密的构建中趋于模式化，甚至僵化的时候，存在于边疆少数民族地区的边缘文化就对之发起新的挑战，注入一种为教条模式难以约束的原始活力和新鲜思维，使整个文明在新的历史台阶上实现新的重组和融合。可以这样说，中华文明之所以具有世界上第一流的原创能力、兼容能力和经历数千年不堕不断的生命力，一方面是由于中原文化在领先进行精深创造的过程中，保持着巨大的吸引力和凝聚力，另一方面是丰富的边缘文化在各自的生存环境中保存着、吸收着、转运着多姿多彩的激情、野性和灵气，这两个方面的综合，使中华文明成为一潭活水，一条奔流不息的江河，一个波澜壮阔的沧海。”[1]笔者认为，边缘性文化和主流文化的差异仅仅限于地理位置上的差异，两者之间的关系是对话的关系，是你中有我、我中有你的关系。文化的丰富性和创造性就在于文化形态的多元性和开放性。

小说《断河》写的是贵州一个偏僻荒蛮之地人民的生存状况，其中有刀客与土匪、女人与复仇，充斥着人与人之间的侠胆豪气，各色各样的人物在这荒蛮之地展开了交锋。在其中交织着现代文明对边缘地区的文化和价值观念的渗透，它是欧阳黔森充分展现贵州地域文化的一篇短篇小说。

欧阳黔森的小说，无论是野外地质生活的体验，还是乡土民间的文化状况，都深深地打上了贵州少数民族文化的烙印。多年的野外地质工作经历，给他的文学创作注入了极深的文学底蕴和文化气息。欧阳黔森从小就生活在原生态的自然与文化氛围极其浓厚的环境下，他的足迹踏遍了贵州

[1]杨义：《“北方文学”的宏观价值与基本功能》，《民族学研究》2003年第1期。

的山山水水。在与大山为邻、以大自然为家的体验中，练就出一种柔美的性格特征。读欧阳黔森的《穿山岁月》，感觉更像是在读散文，字里行间充满了诗情画意。读《敲狗》这样的短篇小说，更让我们为之一震：像敲狗这样的文化，在全球化市场化日益深入的今天，能够带给我们怎样的思考呢？欧阳黔森小说的题材取自他的生活经历，然而这样的题材带给读者的是庞大的内涵。读者可以感觉到作者似乎在思考一些什么问题，同时带给读者们不一样的审美体验。欧阳黔森小说的审美意识很强，无论是在与大自然交融为一体的生活体验中，还是对当代人精神生态的关注中，都展现出一种清新柔美的审美观。欧阳黔森生活的黔东地区，与沈从文笔下的湘西世界毗邻，湘西世界因为沈从文的书写让世人知晓了那里的淳朴民风和秀美的景色。欧阳黔森笔下的黔东地区，自然与文化状况与湘西世界是那样地相似。欧阳黔森和沈从文一样，他们都热爱这片土地并不断地在书写着它们。欧阳黔森在接受媒体记者采访时说道："我在短篇小说《五分硬币》里发泄了对前卫作家的不满，他们写颓废，实际上已经失去了对自己的把握和控制。我欣赏沈从文，这位文学大师的故乡湘西和我的老家铜仁有着地域上的亲近性。他像水一样，水是无形的，却可以变成任何形状，所以无坚不摧。从看似柔弱的善良里，透露出坚强的力量。"[1]梵净山脚下的小城就是欧阳黔森的故乡，那里群山巍峨，河谷密布，自然地理环境独特，原始自然生态孕育下的原生态文化自然具有浓厚的本土色彩。

欧阳黔森在小说中还表现了他独特的艺术追求，把贵州的方言和民歌融进了自己的小说中。贵州作家蹇先艾、何士光和李宽定等的小说，无一不充满浓厚的贵州乡土气息，欧阳黔森的小说也不例外。小说作为语言文

[1] 陈艺：《文学进入复苏时代——本土作家欧阳黔森专访》，《贵州都市报》2003年4月14日。

本的载体，承担着文化语境认同、抒发作者情感和展示人物形象的功能。欧阳黔森在小说里将贵州方言与现代普通话结合起来，给人以极强的本土性和地域性色彩。贵州方言为欧阳黔森的小说增添了新的文化元素。地道的贵州方言不仅让读者对小说的阅读有了文化认知的需要，也增添了小说的文化韵味。无论是描写知青生活的《非爱时间》《味道》和《水晶山谷》，还是叙述商场博弈的《白多黑少》，都可以找出地道的贵州方言。

“后来，后来咋个，讲嘛！”[1]

“你急哪样嘛！我看你当真是吃到碗里的看到锅里的。”[2]

“你这个挨刀砍脑壳的，以后再不懂事，乱说，我打死你。”[3]

“高兴哪样？人家又没有哪样说不清的纠葛，吃些莫名其妙的醋搞哪样。”[4]

“怕哪样卵？要死卵朝天，不死又过年。”[5]

像这样的贵州方言，在欧阳黔森的小说中，可以说举不胜举。俗话说，一方水土养一方人。简简单单、很短小的几句话，人物鲜明生动的形象就得以充分地展现出来。语言也是一种文化，它不仅是人们交流信息的工具，也是人物表情达意的重要手段。在全球化日益加速的今天，文化的全球化也在不断冲击着如《水晶山谷》中的七色谷这样的边陲地区。欧阳黔森明显地感受到了这一点，以至于他在小说中不断加大对贵州地域文化的挖掘，使人们了解当地的文化状况，更重要的是能引起读者对这些现象的思考。这反映了作家对现实文化生态的极大关注。贵州少数民族文化在与汉族文

[1] 欧阳黔森：《味道》，中国文联出版社，2003，第 74 页。

[2] 欧阳黔森：《非爱时间》，贵州人民出版社，2004，第 169 页。

[3] 同上书，第 101 页。

[4] 同上书，第 106 页。

[5] 欧阳黔森：《白多黑少》，贵州人民出版社，2006，第 135 页。

化发生碰撞时所表现出来的文化自信（费孝通语）让读者有了很大的震撼。贵州少数民族文化是贵州地域文化的重要组成部分。各少数民族生活在贵州这片神奇的土地上，他们共同生活，共同创造了丰富多彩的民族文化。贵州地域文化是在发展文化多元化进程中所必须坚守的阵地。欧阳黔森对黔东乃至整个贵州地区是忠诚的。他在经商成功后转向了专业的文学创作，他是想用冷静的笔调来使世人认识到，黔东乃至贵州地区的文化是丰富多彩的，要珍惜和保护这些文化。

除了语言外，欧阳黔森还在小说中融入了山歌。贵州少数民族一年中半年在务农，半年在唱歌。歌就是他们的生命，没有了歌的日子在他们看来是不能想象的。情歌、琵琶歌……都将他们的幸福生活和苦难经历唱了出来。每年 8 月举行的“中国贵州凯里国际芦笙节”更是歌的海洋，人们穿金戴银，汇集一起，手挽着手，迈着整齐轻盈的步伐翩翩起舞。不单重大的节日是这样，就是日常生活中也不例外。走入任何一个民族村寨，都能欣赏到动听的歌声和优美的舞蹈。山歌是少数民族人与人之间相互交流的一种手段，不论是男女之间的恋情，还是朋友之间的友谊，都能通过山歌这样一种表达形式表现出来。山歌即兴而发，传达了这个地方闲适的文化氛围，进入小说题材后就为小说增添了新的精致。山歌也唱出了“无尽的哀伤和凄楚。我们将生活在最底层的无奈唱进去，将困苦于生活的渺茫唱进去，将命运不可捉摸的伤感唱进去，将追求的绝望和梦幻般的憧憬唱进去……”[1]一首山歌融进了如此多的含义。长期的野外地质生活让欧阳黔森知道，地质队员“不仅要战胜大自然带给他们的艰难困苦，更重要的是要战胜人类的天敌——孤独”[2]。长期与自然为友，与自然为伴，嘴

[1] 欧阳黔森：《味道》，中国文联出版社，2003，第 178 页。
[2] 欧阳黔森：《白多黑少》，贵州人民出版社，2006，第 305 页。

里哼唱的不仅是对于生活的无奈，也充满着对自然的敬畏之情。“叫你不逗你要逗，逗逗打打，打打逗逗就起了头，就起了头喂……”当地质队员与美丽的苗族姑娘相遇时，盛装打扮的她们，隔着一条小溪朝我们唱了起来，“……见人就把歌喉亮，问哥脸烫不脸烫？你我人生面不熟，怎好开口把歌唱？”而地质队员们手忙脚乱地回应道：“苗家山寨歌手多，两岁孩子会唱歌。万千歌手唱百年，才唱歌海半碗歌。”苗家姑娘又答道：“高山起层不怕风，水里鱼儿不怕冻。有心恋哥不怕苦，有手干活不怕穷。”“我”在慌忙中唱了起来：“上山砍柴见花红，花儿有意情方浓。哥见鲜花如见妹，时时唤你在山中。”[1]苗族姑娘热情开放的性格，给地质队员留下了很深的印象。走入少数民族村寨，“我们”都被当作最尊贵的客人来对待。人与人之间坦诚相待，人与自然的关系也是那么融洽。在黔东乃至贵州地区，随处都能听到动听的山歌，人们的生活就在山歌与舞蹈的陪伴下显得特别地有味道。人们在这里生活着，沐浴在与大自然水乳交融的环境中。欧阳黔森的小说，是生态的写作或者说是自然的写作。少数民族文化在与现代文明的碰撞中，反而显示出它的独特之处与活力，而不是有你无我，有我无你。现代文明及文化对原生态文化地区的影响是二元性的。一方面，现代文明的侵入使得一些少数民族文化面临着消失的危险；另一方面，也使得少数民族文化日益走向开放。在全球化的背景下，少数民族文化只有积极与各文化交流学习，取长补短，少数民族文化才能真正走向兴盛。

无疑，贵州作家欧阳黔森在他的小说里向读者展示了不一样的地域文化，在消费文化无孔不入的情况下，欧阳黔森并不追随这股“潮流”，他的作品里有的只是绿色的大自然和浓厚的地域文化，这种精神无疑是可贵的。具有社会责任感的文学艺术家们都需要担负起传播弘扬地域文化的重

---

[1] 欧阳黔森：《白多黑少》，贵州人民出版社，2006，第224页。

任。同样，生态批评也要求生态文学写作者与批评者不仅要站在生态整体主义的立场来审视一切文学创作，也要求生态文学写作者和批评者带着实践精神参与到保护自然环境和少数民族文化的行动中去。“越是民族的，越是世界的”。欧阳黔森的小说，在灌注生态情怀的同时，也对贵州的地域文化进行了深入挖掘。从贵州的地域文化来分析原生态环境的宝贵性，向人们展示贵州文化的特色，吸引世界人的目光，这样的地域文化有利于形成特色经济、特色产业，可以增强当地人的自豪感，产生强大的精神力量，激发他们保护地域文化，保护这些有地域特色的建筑、产业、环境等，树立他们爱家乡的情怀。笔者相信，我们每一个读者，读这样的小说，都会有许许多多的触动。

（二）清新脱俗的美学追求

贵州作家欧阳黔森在他的文学创作中，特别是小说的创作中，展现了他清新脱俗的美学追求。对自然意象的书写是欧阳黔森小说着墨最多的地方。森林、石头等各种自然意象，经过作家细腻的描写，都具有了灵性。自然具有灵性，被赋予了生命，与人类具有同等的重要性。书写灵性的自然，不仅彰显了作家博大的生态生命关怀，更表达出作家对于视自然为对象性存在观念的质疑。自然滋养了人类的生命，是人类存在和发展的基础。生命伦理在人类的思维领域没有形成，对各种生命的体认实则在退化。迄今人类所经历的农业文明和工业文明，在一定程度上都是用自然环境作为代价去换取经济和社会的发展。“从牛顿时代起，对人和自然一体化的最初否定，把人与自然对立起来，成了此后的社会文明中一切缺憾的根源”[1]，在长达三个多世纪的历史长河中，人类被征服自然的各种胜利冲昏了头脑，迷失了自己的本性，竟然忘了自己本身和自然是血肉相连的一种关系。然

[1] 宋祖良：《拯救地球和人类未来》，中国社会科学出版社，1993，第177页。

而自然界对人类的行为表示沉默与退隐却只是暂时的，一旦我们的掠夺和蹂躏让大自然达到不堪忍受的状态时，自然界的惩罚与报复便接踵而至：“人与自然界关系的改变，在伤害自然的同时也伤害了人心。自然生态的失衡与人类精神的破损同时展开”[1]，我们正面临着深重的自然生态危机和精神生态危机。

## 四、自然生态视角下的精神失衡与反思

### （一）对人类生存和精神困境的执着追问

当代一些有着不自觉生态责任意识的文学创作者们，将现代人类社会的精神生态困境在他们的创作中展露了出来。贵州作家欧阳黔森可以说是其中一位，对于现代人精神生态病症的描写和精神困境的执着追问可以说是欧阳黔森小说的一个重要特色。

长篇小说《白多黑少》中，欧阳黔森将现代人精神生态的危机毫无保留地展现在读者面前。“我”作为一个公司的董事长，买下了一栋豪宅包养了一个情人，对此自己的妻子一无所知。在生意场上，“笑纳”对方的美人计，将自己的快乐建立在别人的痛苦之上。每次在同学聚会的时候都会伤感，“仿佛每次的同学聚会都是为了让我们在这个物欲横流、灯红酒绿、麻木了我们心灵的世界里，只能用伤感来扎痛一下我们的心，这扎痛似乎能让我们麻木的精神好一些”[2]。是的，物质方面是比较富足了，应该说精神上的需要会发生相应的提升，但是在小说中，“我”的精神在现代性境遇中却虚空了，这就是现代人的通病。

小说《非爱时间》在挖掘现代人精神困境方面深刻独到。小说以知青

[1]［德］汉斯·萨克赛：《生态哲学》，文韬、佩云译，东方出版社，1991，第 65 页。

[2] 欧阳黔森：《白多黑少》，贵州人民出版社，2006，第 57 页。

时代为背景。陆伍柒和黑松是两个老知青，知青时代的生活虽然艰苦，但留给他们的是美好的回忆。知青生活在这个时代已经被人们渐渐淡忘，但经过岁月的洗礼，知青生活又显示出独特的意味。时过境迁，面对现实生活的变动，两个老知青都显示出其对知青生活的无比怀念。对过去的美好回忆，与现实的精神找不到安放之处形成了鲜明的对比。陆伍柒是一个相当成功的商人，知青时代的特殊经历，使他对知青生活产生无比的怀念，似乎唯有在过去的知青生活中才能找到自己的精神家园。陆伍柒爱恋着萧美文，可萧美文甚至都没有正眼看过他一次，总是轻视他在知青工作时的所作所为。从萧美文住处偷来的一双袜子，20 多年来还挂在陆伍柒夜总会的办公室里，在陆伍柒看来，他甚至还能从这袜子中闻出萧美文的味道来。过去作为一种记忆，与现在相对立。"过去只是一种想象，一种对现在逃避和否定的精神异象"，"只有在过去的年代，过去的记忆中，他才能找到精神的归宿，才能找到真实的个人存在的依据"，"这部小说始终用过去的怀念来反衬现实的困境，生活于金钱的成功和欲望中的人们，已经丧失了理想情怀和人性品格，现实在精神上是一个倒退的年代……对过去的记忆只是对现实不负责任的一种赎罪，向过去忏悔只是现在坠落的一种补充形式"[1]。对于萧美文的爱恋并不能阻止陆伍柒在现实生活中的寻欢作乐，注定了陆伍柒结局的悲剧性：带着艾滋病离开了人世，把自己名下的财产留给了一个曾经很爱自己的女人。黑松与妻子相亲相爱，心里却想着自己插队时的初恋女友卢竹儿。黑松的妻子郝鸽子也一心想着儿时的伙伴——苏联小哥哥库兰诺夫。当他们即将分别见到自己的初恋女友和儿时伙伴时，夫妻间产生了矛盾。随着时间的推移，陆伍柒去世了，黑松与妻

[1] 陈晓明：《对当代精神困局的透视——评欧阳黔森〈非爱时间〉》，《文艺报》2004 年 5 月 18 日。

子重归于好，但是当年他们曾经插队的十八块地农场因为发现了大型金矿，最后被弄得面目全非。“这是一个寓言性的结局：什么也挡不住物质时代轰轰烈烈的年轮，最终留下的只有个体坚忍的记忆”[1]。小说中人物的精神生态就在时代的变迁中悄然失衡，文学评论家陈晓明认为《非爱时间》“可以看成是对现代人的精神状态一次透彻表现的作品，作品回应了当代人关切的理想主义和价值归宿的问题”[2]。

《水晶山谷》也探讨了人在现代社会物质膨胀和欲望满足中精神的迷失和扭曲。小说中的田茂林，在现代文明进入原始的农业社会以后，原本憨厚忠实的他，将七色谷五颜六色的水晶石挑到了商人李王的府上，换取了大把的钞票。从此之后，田茂林的物欲一发不可收拾，美丽的七色谷在隆隆的炮声中将永远不复存在了。而与田茂林形成鲜明对比的是他的未婚妻白梨花，她一心劝说田茂林不要做坏事。美丽且善良的白梨花如她的名字一样，洁白单纯。田茂林的结局和陆伍柒一样，都是悲剧性的。“七色的采石场依然一片狼藉，只有一些杂草倔强地在乱石的缝隙中扬起一点绿色”[3]。以经济价值（金钱）衡量一切的价值模式，扭曲了人类原本善良、忠诚于大地的本性，为人类毫无节制地对大自然进行疯狂掠夺寻找借口。大地遭到破坏之后，便是人类开始伤心的时候。人类与其他生命体共存的本真性丧失了，取而代之的只是对眼前利益的渴求。欧阳黔森小说中人物的性格在对于物的意识当中呈现出来。小说中许多人物形象在当下的社会中比比皆是。小说中的李王便是这样的代表，他说：“别开玩笑了，现在全世界都在破坏自然，那吕城钢城和现代化的大都市都是以破坏自然为代

[1] 王红艳：《在执着与放弃间挣扎》，《中国图书商报》2004 年 7 月 16 日。

[2] 陈晓明：《对当代精神困局的透视——评欧阳黔森〈非爱时间〉》，《文艺报》2004 年 5 月 18 日。

[3] 欧阳黔森：《白多黑少》，贵州人民出版社，2006，第 134 页。

价的，我们别自找沉重。”[1]现代性条件下产生的“经济人”，精神生态已经扭曲到了何种严重的地步。物质对人的异化正在全方位扩展，连精神的领地也即将不复存在。

《白多黑少》《非爱时间》《水晶山谷》等这类小说，竟会如此执着于对人类生存这一终极价值的追问。正如有些评论家所指出的，“现代文明是一柄异常锋利的双刃剑，它高悬在人类的头顶，常常使人们陷入进退两难之中。欧阳黔森的深刻之处，正是写出了人类的这种困境”。

现代性条件下的人类把征服自然看成最大的人生价值，这无疑是为自然环境的激烈恶化推波助澜。日益扩大的生态危机已经充分显示出人类精神生态的严重失衡，环境污染在不知不觉中向人类的心灵世界和精神世界蔓延。封孝伦在《人类生命系统中的美学》中把人的生命分为三类：物质生命、精神生命和社会生命，后者都是实现了对前者的超越。人不仅是一种生物性的存在，又是一种社会性的存在，更是一种精神性的存在。雅斯贝尔斯曾经说过：“人就是精神，而人之为人的处境，就是一种精神的处境”[2]。精神生态是一个变量性的存在，精神生态的平衡是一种动态的平衡。精神生态的健康成长，可以帮助人类正确认识自己及其与周围环境、自然的关系。反过来，不健康的精神生态会扭曲人类对关系的认识：把人类看成万物的主宰，人类居于至高无上的地位。

鲁枢元先生在《生态文艺学》中提出了精神生态学的概念，并把它定义为：“研究作为精神性存在主体（主要是人）与其生态的环境（包括自然环境、社会环境、文化环境）之间相互关系的学科。它的一方面涉及精神主体的健康成长，另一方面关系到一个生态系统在精神变量协调下的平

[1] 欧阳黔森：《白多黑少》，贵州人民出版社，2006，第114页。
[2] 转引自鲁枢元《生态文艺学》，陕西人民教育出版社，2000，第150页。

衡、稳定和演进”[1]。之后，概括了现代人表现出来的精神症状：精神的“真空化”，“现代人失去了动物的自信的本能，又失去了文化上的传统价值尺度，生活失去了意义，生活中普遍感到无聊和绝望。”[2]大致说来，欧阳黔森也在小说中表现了现代人这些生存和精神的困境。

现代性条件下人类生存的精神困境表现之一：精神的“真空化”。欧阳黔森小说中的人物萧子北说：“这无聊就是一种毒性啊，这毒性够让人可怕的了。”[3]生活变得无聊和虚无，人的生命存在只能如同行尸走肉。无聊和虚无的毒性不仅毒害社会、毒害他人，更将自己的生命价值贬低到一文不值的程度。成功人士如陆伍柒，在现实面前，感觉好像每个试图跟他交往的女人都是为了他的钱，他不再相信任何人，现实的精神困境使他尤其怀念知青时代的十八块地农场，还有他一心爱恋着的萧美文。短篇小说《白莲》中的白莲，将自己的“初夜权”拍卖，当得知爱恋着自己的阿南买下自己的“初夜权”之后，羞愧难当，从此消失得无影无踪。阿南是一个小学老师，贫穷且不浪漫。白莲起初也在想象着与阿南清贫地过上一辈子，可这个美好的愿望总是被她自己现在所要的物质击得粉碎。白莲被人们形容为“垮掉的一代”，她崇尚着一句话：好好地活在今天，不管明天和后天。对未来和一切失去了信心，得过且过，结果只能在花天酒地或者对别人的戕害之中过活。欧阳黔森小说中所提及的精神生态的“真空化”现象只是现代人精神生态“真空化”的微小部分。

自从启蒙运动开启了人类现代性的旅途，人们开始勇往直前地踏上了这条“康庄大道”。宗教改革运动的开展，使人们被压抑已久的本能和欲

[1] 鲁枢元：《生态文艺学》，陕西人民教育出版社，2000，第148页。

[2] 同上书，第152页。

[3] 欧阳黔森：《白多黑少》，贵州人民出版社，2006，第7页。

望得到了前所未有的释放。人类开始以自我为一切事物的中心，肆无忌惮地从事着破坏大自然的活动，为的只是满足人类贪婪的欲望，但欲望犹如一个无底洞。工业生产在满足人们消费欲望的同时，也在鼓吹更深层次的欲望。在强大的物质诱惑面前，人类的精神可谓不堪一击。神学家阿尔贝特·史怀泽说："我们的灾难在于，它的物质发展过分地超过了它的精神发展，它们之间的平衡被破坏了，在不可缺少强有力的精神文化的地方，我们则荒废了它。"[1]

现代性条件下人类生存的精神困境表现之二：人类"诗意栖居地"的丧失。欧阳黔森小说在对人物的日常生活细节的描写中，常常流露出对现代工业所带来的生活风格"齐一化"的批判，并由此呼唤多元文化的并行发展。《白多黑少》中的陆伍柒等人，精于算计，胆大敢干，成了成功的商人。生活上花天酒地，精神上苍白浅薄。生活风格的"齐一化"究其原因，产生于对科学技术和物质的迷恋，它将使人类的精神生态遭遇更大的挑战和恶化。生活风格的"齐一化"表现在现代人过着同样的生活：追名逐利。雅斯贝尔斯在分析当代人的精神困境时曾说："在热带的种植园里以及在地球北端的渔村，都在放映着来自大都市的电影。人们的穿着彼此相似，日常交往的习俗通行于世界。同样的舞蹈，同样的思维方式以及同样的通行语言（它是一种来自启蒙运动，来自英国实证主义以及来自神学传统的混合语言），正在走向世界"[2]，"历史形成的各种文明与文化开始同自己的根源相脱离，他们都融合到技术－经济的世界中，融

[1]［德］阿尔贝特·史怀泽：《敬畏生命》，陈泽环译，上海社会科学院出版社，1995，第44—45页。

[2]［德］卡尔·雅斯贝尔斯：《时代的精神状况》，王德峰译，上海译文出版社，2008，第73页。

合到一种空洞的理智主义中”[1]。生活风格的“齐一化”，来自人们都要求过一种体面的生活：华丽的服饰，豪华的住宅，漂亮的汽车……生活风格的“齐一化”带来了文化发展中的千篇一律，毫无特色可言。多元的文化就逐渐消融在文化的“一律化”之中。这种意义上的栖居，是“技术地栖居”（海德格尔语），与“诗意地栖居”相对应。

20 世纪最伟大的人物之一爱因斯坦说过，“透彻的研究和锐利的科学工作，对人类往往具有悲剧的意义。一方面，他们所产生的发明把人从筋疲力尽的体力劳动中解放出来，使生活更加舒适而富裕；另一方面，给人的生活带来严重的不安，使人成为技术环境的奴隶”[2]。伴随着现代科学技术的迅猛发展，人类似乎彻底具备了战胜一切身外事物的能力。然而，与人类狂妄自大相对应的另一面却是，核威胁、非典、流感等问题给人类带来的巨大灾难是无法弥补的。人类在享受着科学技术带来恩惠的同时，也在不自觉地成为科学技术的奴隶。秉持科学乐观主义的人们，要看到科学技术对人类生产生活所造成的负面影响。俨然，科学技术在现代大部分人的心目中已经取代那个高高在上的“上帝”，科学成了现代人新的宗教。当然，批评科学乐观主义和理性至上主义并不是否定科技和抛弃理性，要正确看待科学技术和理性，就必须坚持一个前提——只有在不破坏自然环境和污染人类精神生态的前提下进行的科学研究才是具有重要意义的。对于科学技术的盲目崇拜，可能使人类面临发展道路上的困境。

现代性条件下人类生存的精神困境表现之三，是科学技术的高度发达和精神焦虑、无能感的如影随形。欧阳黔森小说中的人物形象，如《水

---

[1] [德] 卡尔·雅斯贝尔斯：《时代的精神状况》，王德峰译，上海译文出版社，2008，第 74 页。

[2] [美] 阿尔伯特·爱因斯坦：《爱因斯坦文集》（第一卷），商务印书馆，1982，第 260 页。

晶山谷》中的田茂林，因受现代价值观的渗透，在隆隆的炮声中，当初他与李王命名的美丽的“七色谷”将永远不复存在，随之而来的则是田茂林陷入了精神上的困境。父亲责难他，未婚妻白梨花也埋怨他。在他被乱石淹没以后，每年只有白梨花去烧香祭拜，并像愚公一样搬移那些石头。田茂林无疑是现代文明的牺牲品。自从人类进入现代性社会以来，精神的失落与衰萎引起了越来越多的关注，人们为此感到焦虑和惆怅，甚至感到愤怒。在当下的中国，焦虑已经成为群体性的社会事件。《广州日报》以《中国进入“全民焦虑”时代》为题，探讨了焦虑产生的原因：“中国用30年走过了其他国家一两百年的历程，急剧的社会变化给人们带来了巨大的外部刺激和挑战，整个社会范围内也就出现了全面的焦虑。”[1]全面的焦虑使现代人的精神生态出现了严重的异化和物化，希望精神的虚无可以用物质的丰裕来填塞。然而，结果却是适得其反。个人面对社会这个庞大的机器，越来越感觉无能为力，随之而养成的依赖性也越来越强，由此所导致的心理焦虑和恐慌感越来越严重。

著名文学家詹姆斯·乔伊斯在一篇谈论文艺复兴的文章中说道：“与文艺复兴一脉相承的物质主义，摧毁了人的精神功能，使人们无法进一步完善”，“现代人征服了空间，征服了大地，征服了疾病，征服了愚昧，但是所有这些伟大的胜利，都只不过在精神的熔炉里化为一滴泪水！”[2]迈向现代性过程中发生的生态危机已经开始向人类的心灵和精神蔓延，精神生态也出现了危机。

精神生态的危机与环境危机有着密不可分的联系，阿尔·戈尔在《濒临失衡的地球》一书中认为，环境危机是“现代文明”与“生态系统”之

[1]《中国进入“全民焦虑”时代》，《广州日报》2012年2月22日。

[2][美]詹姆斯·乔伊斯：《文艺复兴运动的普遍意义》，《外国文学报道》1985年第6期。

间的冲突所致，“我们似乎日益沉溺于文化、社会、技术、媒体和生产消费仪典的形式中，但付出的代价是丧失自己的精神生活”[1]，并进而阐述到，人类对地球和社会生活的体验方式是由一种“内在的生态规律”来控制的，人类凭借“内在的生态规律”，把自己的感受、情结、思维和抉择与人类自身之外的各种力量联系在一起。在科学与技术的冲击下，“内在的生态规律”彻底失去了平衡，人们在对“物”的丰收中丧失了“心”的方向，这就导致了更内在、更严重的生态危机——精神生态的危机。戈尔呼吁人类“需要培养一种崭新的精神上的环保主义”[2]。只有加强精神上的“环保”意识，人类所面临的生态困境才有被解决的可能。反之，精神生态的困境将加剧生态危机向更坏的方向发展。

（二）超越现实和人类自我中心

1. 超越现实

孟繁华教授认为：“欧阳黔森的小说有一种令人感动的内在气质，这种气质就是剩余的理想主义的气质。”[3]这个评价是相当准确的。欧阳黔森在小说中对现代人精神生态的深刻描写和批判就印证了这一点，欧阳黔森的这种理想主义气质表现在小说中，就是对现代人难以超越现实、迷恋物质的批判精神。

小说《白多黑少》刻画了陆伍柒这个“现代人”的形象。他是个生意场上的成功人士，潜意识里认为有钱就能控制和拥有一切，殊不知在消费主义意识形态的控制下，他已经被这个世界抛弃了。在一个由“人造”符号编织成的世界里，他逐渐失去了与自然、传统、他人之间的联系，精神

[1]［美］阿尔·戈尔：《濒临失衡的地球》，陈嘉映等译，中央编译出版社，1997，第179页。

[2]同上书，第191页。

[3]孟繁华：《文化裂变时代的经验与想象》，《文艺报》2006年8月17日。

日益变得平庸和低俗，沉迷于日常生活的琐屑，迷恋自我认同，丧失了探索神秘自然世界的热情，丧失了对崇高审美活动和对自我超越性存在的追求，他的生命俨然成了无意义的虚幻性存在体。

小说中的人物陆伍柒可以说是现代人的典型代表，既是现代人所谓成功的化身，也是现代人孜孜不倦追求的人生模板。他们不再思考人生存在的意义，只想生活在当下，没有过去更没有将来；他们不再关心社会，更不再关心自然与人生的联系，只是热衷于当下状态下的日常生活；他们追求当下的快乐和满足，其他一切都不在眼底。“一切必须是当下的满足，精神社会已变成了飘忽而过的快感”[1]。没有哪个时代能像当下那样能够提供如此丰富的文化产品，但是，也没有哪个时代像今天这样，人们都生活在一个同自己似乎毫不相干的世界里。今天的世界是五彩斑斓的，像一个机器一样在不停地运转，自我与他人、与自然、与世界互为过客，仅仅在匆忙擦身而过的一瞬间留下冷漠的一瞥。今天的文化产品也不再与事物的本源、人类存在的本质发生关系，人类的未来命运被置于无所谓的态度中，文化产品折射出的只是关于世界的琐屑片段和表面化的细节，在这其中却看不到一个完整的文化与精神实体。人成了功能化的人，以消极的方式宣泄尘世带来的压抑感和劳动带来的异化感，这使人们更加牢固地被捆绑在现代社会机器生产的齿轮上，进一步沦陷为只有肉体没有灵魂的纯粹劳动力，对消费主义意识形态俯首称臣。透过这些审美文化活动，我们看到了现代人在精神维度上的泯灭和人的本质的丧失。

欧阳黔森通过看似闲适的日常叙事，适度扼制传奇因素的过分张扬，有效地干扰常规的阅读逻辑，以散射的审美功能把作品意义导向暧昧与增

[1]［德］卡尔·雅斯贝尔斯：《现时代的人》，周晓亮、宋祖良译，社会科学文献出版社，1992，第 68 页。

值。作品不仅阐述了当代人无法超越现实和物质的生存境况，而且揭示了为自身的发展需要对自然生态带来的危害。现代人的生存状况如作家朱文所说的“今天的傍晚”：“它不属于今天，是傍晚降临在今天，成为今天的傍晚。傍晚降临在昨天，那是记忆中的傍晚。明天它还将来临，脸色明亮，或者晦暗，嗓音亲切，或者陌生……于是你知道了你也只是一个短暂的时刻，在这个没有过去也没有未来，没有爱也没有恨，没有近处也没有远处的世界上出没，并不消失。……我看到了傍晚，而我所能说出的只是今天的这一个傍晚，一个傍晚光线下的眼睛能够捕捉到的傍晚的影子，它什么也不是”[1]。这可以说是现代人生存状态的真实写照。人生没有了价值信仰，没有了崇高的精神追求，有的只是追求当下的满足和现实的需要，精神之维度已经泯灭了。当代审美文化表现出两个矛盾的方面：一方面，人们审美活动的视野已经大大扩展了，连日常生活都进入了审美艺术的领域，这就是被讨论得很多的“日常生活审美化”；另一方面，人们离真正的艺术越来越远了。笔者以为，当代大众审美文化或艺术之所以不是真正的艺术，就在于当代大众审美趣味的肤浅和平庸：它关注的是日常生活的琐屑，却把人的生存本质晾在一边；它追求的是瞬时的快感，缺乏深度；它不再关心当前严重的生态危机。

2. 超越人类自我中心

欧阳黔森理想主义气质在小说中，还表现为对自然进行书写时流露出一种超越人类自我中心的意识，对当代人精神生态的病态和自然生态的破坏都给予了强有力的批判。这种批判多是隐性的，不是由他自己道出。值得注意的是在欧阳黔森的小说中，作者常常采用“放弃”的手段来表现对人类自我中心的超越。

---

[1] 朱文：《我爱美元》，作家出版社，1995，第 111 页。

如小说《敲狗》，通过描写人和狗之间的一段并不复杂的经历，展现人性善恶力量的对比，最后由学敲狗的徒弟把狗给放了，“在无情中写温情，在残酷中写人性之光，是大家手笔和大家气派。大黄狗再次绽开的笑脸，狗主人与大黄狗之间难以割舍的真情，使得徒弟冒险放掉了师傅势在必得的大黄狗。大量生动鲜活的如何敲狗的细节的铺排，只是为了最后放狗的一笔。在狗的眼泪里我们看见了人的眼泪，由狗性引申出来的是对人性的思考”[1]，表现了狗和人的生命同样无价，同样应该受到珍惜，含蓄地表达了对提升人的精神品质的呼唤、对物种歧视的批判和对人类以自我为中心的超越。

又如《水晶山谷》中的白梨花，看到田茂林要搬运七色谷的石头，坚决反对，为了达到目的，她不惜采用和自己未婚夫分手的方式，请自己的父亲白清净代自己传话。白清净说：“那地方梨花带我去过了，其他的我也不多说了，你也是读过几天书的人。我今天来是告诉你一句话——梨花说如果为了彩礼你要去搬那些石头，她说你就不要让人搬走了，那些就当是你永久的彩礼。梨花怕你不相信，所以我今天是以白家长辈的身份来通知你的。”[2]从这里，我们也不难看出作者借人物之口所要传达的思考。

欧阳黔森生活在贵州黔东地区，身边多姿多彩的自然世界使他写出的小说具有丰富的生态意蕴。他的写作体现出对地方的忠实、对生态的忠实。他的写作超出了他生活范围内的视野，对社会、对人生有了自己独特的思考。《非爱时间》中自然生态在以经济衡量一切的价值观面前微不足道，《白多黑少》中各色人物的精神生态让读者概而视之……作者在其中充当的角色只是一个旁观者，一个冷静的叙述者。在以第一人称“我”写出的

[1]《作家欧阳黔森：文化突围的马前卒》，《贵州日报》2009年8月3日。
[2]欧阳黔森：《白多黑少》，贵州人民出版社，2006，第117页。

小说中，“我”就是我？是，又好像不是。也许这种冷观的视角更能让欧阳黔森知道自己在写什么，该怎么样写。无论是短篇小说还是长篇小说，作者没有现身也没有隐身，好像文中的主人公就是作者自己。然而，尽管这样，欧阳黔森的小说诞生在贵州这块神奇的土地上，依然有贵州人朴实无华、纯真自然的写作特色。读欧阳黔森的小说，一切好像就发生在眼前。读者可以沉醉在他对自然的描写中，同时也为小说充满批判性而感到新奇。欧阳黔森默默地用他的热情，写出了人与自然相融相敬的和谐景象。人类与真实世界在欧阳黔森的笔下是互为一体的，不是相互隔绝的。

而且至关重要的是，欧阳黔森不止于对此种景象的描写，他对人的本质和人类的未来也进行了深入的思考，在这里，欧阳黔森实现了对自己的超越，他发展了一种生态的审美观。“生态审美观体现了人对自然的依存和人与自然的生命关联，是一种以生态观念为价值取向而形成的审美意识。反映了主体内在与外在自然和谐的统一性。生态审美意识除了对自身生命价值的体会与认识外，还是对外在自然美的发现，它的实质存在生命的共感与欢歌。在这里，它超越了审美主体对自身生命的关爱，同时也超越了役使自然而为我所用的价值取向的狭隘，它不是主体情感的外化或投射，它是审美主体的心灵与审美对象生命价值的融合，使得审美主体将自身生命与对象的生命世界和谐交融在一起。”[1]

精神生态的危机要求人类要变革传统的价值模式，真正构建人与大自然和谐相处的生态文化，培育和谐的人际关系，对自我的认识重新加以界定。自我生成的过程就是自我不仅与内心，而且与外部世界加强联系的过程。对自我的重新认知不仅需要反观自己的内心，而且要以开放的心态实现与他者的交融。余谋昌先生根据他的生态哲学把自我的生成分为相互联

---

[1] 徐恒醇：《生态美学》，陕西人民教育出版社，2000，第139页。

系的三个阶段："一是本我到社会的自我；二是从社会的自我到形而上学的自我，即大我；三是从'大我'到'生态自我'。它在个人与人类共同体、与大地共同体的关系中实现。这是人不断扩大自我认同对象范围的过程，也是人不断走向成熟的过程。达到'生态自我'时，便能'在所有存在物中看到自我，并在自我中看到所有的存在物'。"[1]

（三）"回归自然"

与西方作家相比，中国作家更多有一种怀乡情结（乡愁）。怀乡在一定的意义上可以说就是怀旧。童年时期的乡野，牛虻的气味，夜间低鸣的蛙声，是童年生活的写照。现代意义上的怀旧可以说是现代性的产物。当人类栖居在高楼大厦中，精神与灵魂却迟迟找不到归宿。现代性所造成的生活是碎片化的，现代生活"不再是真实的、有机的'家园'，而是冷静计算的对象和工业进取的对象"，"不再是爱和冥思的对象，而是计算和工作的对象"[2]。人的实在整体性存在转化为个体单个性的存在。人们在现实的生活中找不到出路，每个人都和自我被隔离起来。人性受到严重的异化、物化，纯真的友谊和爱情一去不复返，人的生活和生命彻底没有了味道。

1. 寻找自我

随着社会的发展，在现代语境下，人们出现了流浪、归属感逐渐淡化的自我认同危机和悖论。"回归自然"首先是回归到人的自然天性，回归到人真正的自我。在欧阳黔森的小说中，作者往往采用怀旧和回忆的方式来寻找自我。

《五分硬币》中的"我"，在西安火车站的一次特殊经历，让"我"

[1] 余谋昌：《生态哲学》，陕西人民教育出版社，2000，第 120—121 页。
[2] 刘小枫：《现代性社会理论绪论》，上海三联书店，1998，第 29 页。

一直对一个美丽的姑娘那明亮的眼睛和长长的头发无比挂念，它们时常出现在“我”的回忆里，久久难以忘怀。在“我”以后的生活中，大眼睛和长头发成了“我”找对象的标准。“很多年已经过去了，我终于找到了大眼睛披长发的妻子，但那奔向火车站长发飘动似风帆的背影一直让我难以忘怀”[1]。“我”怀念的是年轻时的激情岁月，儿时的伙伴，纯真的友谊，纯洁的爱情。身在都市，怀念着那过去的点点滴滴，而不是现代都市里的林林总总。一切的怀旧都是经过审美化了的结果，在怀旧中，过去的哀怨和愤怒不存在了，取而代之的是本真和忠诚。《非爱时间》中的陆伍柒，可以说是现代商人的典型。他在生活中花天酒地，却特别怀念知青时期的十八块地农场。在那里，陆伍柒和黑松等老知青，度过了他们人生最美好的青春。

欧阳黔森小说中的人物大多生活在怀旧之中，这是因为“在精神层面上，每个现代人都是游子，我们或许能够确定身处何地，但总是无法摆脱‘生活在别处’的疏离感”，“现代社会的怀旧就是要在全新的世界里重新定位自我，找到新的全球化空间与本土性空间两者的契合点，以便调整现代人在虚拟的、多维的网络世界里的抽象性存在和在真实生活世界里的肉体性存在，用新的时空认同来恢复我们的生存自在感”[2]。人类在对怀旧的审美中，追求着我与自我精神上的和谐与统一，要求返回到我们自己的内心。“‘返回到我们自己的内心’，实质上就是怀旧，就是依据自我精神对外部世界的规定性来裁断客观事物的美与丑，来确定主体的情感倾向及价值判断。”[3]

[1] 欧阳黔森：《味道》，中国文联出版社，2003，第 55 页。
[2] 周宪：《文化现代性与美学问题》，中国人民大学出版社，2010，第 16 页。
[3] 同上书，第 17 页。

读过欧阳黔森的小说，我们能感觉到，他的小说中贯穿着一条“绿色”的主线，表达了作者对自我在人与人、人与社会、人与自然关系中的定位和认同，表达了对原生态自然、和谐人际关系、纯真自我的怀念。在现代语境下，人变为功能化的人，欧阳黔森小说中的现代“经济人”，如陆伍柒、黑松和田茂林等，俨然是现代人典型的人生样本。他们生活物质富足、社会地位高高在上，过着奢华和富裕的生活。然而，童年、知青生活却被他们赋予了现实性，活生生的现实倒显得有几分虚幻了。身体与精神的严重错位，怎么能不滥用自己的身体和精神呢？这样，怀念曾经的美好就成为必然。通过怀旧，人们得以超越碎片化的日常生存状态，还原心灵和生活被消解的本真性，从而实现自身的本真性生存。所以说欧阳黔森小说的怀旧，是对自然的怀旧，是对人与自然和谐相处的本真生活状态的怀旧，也是对生态人格美的怀旧。欧阳黔森把由相当一部分怀旧之作组成的短篇小说集命名为《味道》，寓在回味过去，找寻出过去的意义，从而构成对现在的否定和逃避，表达对现实生活碎片化的抗拒，表达作者对现代人在碎片化的日常生活中迷失自我的批判，寄寓了努力寻找自我的意旨。

欧阳黔森的小说带有一种充满理想主义的气质。“在当下的小说创作中，似乎已经告别了浪漫与感动，我们在小说中也很少与这样的场景、人物和情节遭遇。我们读过的许多男欢女爱的故事，也有很多精彩的情节和想象，但就是不让人感动。欧阳黔森的小说有一种令人感动的内在气质，这种气质就是剩余的理想主义的气质”[1]。这种“剩余的理想主义的气质”表明人们在现实的挫败感中，还可以通过理想化、审美化的过去，寻找到自身精神的寄托，它正是我们回到自己的内心后寻找到自我的一种外化。无论是黑松、陆伍柒和萧美文，还是郝鸽子和库兰诺夫，都在知青时代结

[1] 孟繁华：《文化裂变时代的经验和想象》，《文艺报》2006 年 8 月 17 日。

成了纯真的友谊。时过境迁，面对现实世界的变动和文化生态的变迁，他们对知青时代纯真朴素的友谊和恋情产生了深刻的怀念。知青时代的生活情感体验是美好的。“知青时代的那种理想主义情怀与纯真的爱情构成怀恋的基本内涵”[1]。当然，不仅仅是爱情，还有友情。

欧阳黔森对生命的崇高追求，镶嵌在人与自我、人与社会、人与自然的关系中。生命在平淡无奇的情节中蕴涵着传奇的色彩。著名评论者雷达说，“他的小说题材丰富多样，但真正体现他的创作特色的，不是外在的猎奇，而是富于个性化的‘传奇’叙述方式”[2]。传奇也罢，理想主义也罢，其实在欧阳黔森的小说里都是为人物的怀旧服务的。

2. 重建自然之“魅”

欧阳黔森的小说，着墨最多的是生机勃勃的大自然，它不仅滋养了人们的生命，同时也为生活平添了几分味道。绿色的生命在欧阳黔森的笔下，都是富有生命气息的，不再是死气沉沉的自然。欧阳黔森小说通过刻画生动的人物形象，对破坏大自然的行为举止表达了控诉，也表达了对重建自然之“魅”的思考：重建人的自然感性和对万物平等的爱。

我们在欧阳黔森的小说中发现，《非爱时间》中陆伍柒的结局是悲剧性的，《水晶山谷》中田茂林的结局也是悲剧性的，白莲的结局也是悲剧性的。这些现代意义上的“经济人”，在结尾都是以悲剧结束的，这是与现代人生存状态的异化分不开的。通过这些悲剧性的结局，我们可以看出欧阳黔森对重建自然之“魅”的思考。重建自然之“魅”取决于人如何处理与自然的关系：把自然当成认知对象，自然是科学；把自然当成使用对

[1] 陈晓明：《对当代精神困局的透视——评欧阳黔森〈非爱时间〉》，《文艺报》2004 年 5 月 18 日。

[2] 雷达：《叙事的机趣——欧阳黔森小说印象》，《文学报》2006 年 4 月 7 日。

象，自然是生产资料；把自然当成审美对象，自然是风景。自然之所以日渐失“魅”，就在于现代性语境下，我们仅仅把自然当成生产资料和研究对象，从而导致严重的生态危机。这种危机实质是人性危机，是由人的异化造成的。所以重建自然之“魅”就要重建人的自然感性，让“大地教会我们耐心和爱，空气教会我们流动和自由，火焰教会我们温暖和勇气，天空教会我们纯朴和洁净”[1]，让现代人重新敬畏自然那无可凌越的伟大和美。

与人为属性相对应的自然属性对现代人来说充满了诱惑和神秘感，而相反的却是把大自然视为满足人们自身欲望的对象。自然在现代性确立以后，逐渐失去了本身具有的“魅”，也即自然的祛魅。自然被祛魅了以后，宗教的功能也随之衰落。“自然”一词被“环境”所取代，环境的自然指向只是其含义中很微弱的一部分。自然是原生态的，而环境是人为的。从自然到环境的转变，也可以从中看出些许端倪。所谓自然就是只要按照自身的逻辑原则去发展，就不会遇到什么阻碍，一切都是顺理成章的，自然而然的。自然不仅是事物的集合，而且是其之所以为其的决定性属性。而环境只是单纯事物的集合。在英语中，“环境”一词为 environment，其前缀 en 为“环绕”的意思。既然是环绕，那就一定有一个中心，一个主体，这个主体就是人类自己。随着人类中心主义的建立，人类就站在高高的台上俯视一切，人类成了一切的主人，连上帝也不再那么重要了。人类带着理性的工具，将上帝赶出了世界。“上帝到哪里去了？让我告诉你们吧！是我们把他杀了！是你们和我杀的！咱们大伙儿全是凶手！……上帝死了！永远死了！是咱们把他杀死的”[2]。伴随着上帝死了，人类就可

[1]转引自[美]阿尔·戈尔：《濒临失衡的地球》，陈嘉映等译，中央编译出版社，1997，第 127 页。

[2][德]尼采：《快乐的科学》，黄明嘉译，漓江出版社，2000，第 151 页。

以为所欲为了。人类对大自然的影响达到了前所未有的深度和广度。物质上的富足并不能带来精神生活的提升。应该说，物质生活富裕了，精神生活需求的层次也就高了。现实却是精神生活的物质化现象普遍，精神的内在需求和现实指引下精神的发展方向发生了严重的错位。单靠物质和虚拟手段来填塞精神生活的空间是适得其反的，它将把人们引向另一个危险的境地——沦为消费的傀儡和欲望的载体，人类的精神处于“真空”的状态。欧阳黔森在自己的小说中，通过对大自然的神奇和大地上生灵蓬勃生长的描写，以及破坏大自然之“魅”的悲剧性结局的揭示，启示我们：人和生物一样，是生态系统的一员，只有敬畏大自然，尊重大地共同体，人才能从大自然获得宽容和恩惠。

阅读欧阳黔森的小说，我们没有消费的快感，没有欲望的满足，感受到的只是作家对绿色生命的生态情怀、对大自然的生态智慧的赞扬、对原生态文化及生活状态的怀旧，流露出一种对万物平等的爱。在《敲狗》中，厨子徒弟因感动于狗和主人的深厚感情而私放了狗，中年汉子和狗之间的难舍真情，无不表现出人和动物之间的温情；《水晶山谷》中白梨花看到七色谷的石头而落泪，写出了人的那一份对大自然的挚爱之情，而与之相反的是未婚夫田茂林为了利益而不顾后果，最终被埋于一堆乱石之中，这个结局也在一定程度上暗示人类如果不对自己的行为进行有效的限制，重拾对大自然的爱，必然走向自我的毁灭。人只有通过“爱”才能重新回到大自然的怀抱，找到自己在大自然中的归属。

3. 守候家园

欧阳黔森的小说还流露出一种“家园意识”和“场所意识”。《白多黑少》中的萧子北，在生意场上可谓如鱼得水，生意做得很红火。日常生活中只能在老婆与情人之间旋转，没有了“家园”，不能自由自在地生活。

表面上富丽堂皇、花天酒地的生活，其实隐藏着自我与家园的被剥离状态。《非爱时间》的陆伍柒，永远只能沉浸在对萧美文的怀念中，不愿回到实在的现实世界中。现实世界中的女人接近他似乎都是为了他的钱，他总是有这样的感觉。而当真正有人爱上他时，他却带着艾滋病离开了人世。

“家园意识”是海德格尔针对现代人由于环境的破坏所导致的精神生态危机而提出来的。海德格尔通过对现代人精神生态的考察，认为现代人普遍产生一种失去家园的茫然意识，正如他所说的那样，“在畏中人觉得‘茫然失其所在’。此在所缘而现身于畏的东西所特有的不确定性在这话里当下表达出来了：无与无何有之乡。但茫然失其所在，在这里也指不在家”[1]，“无家可归是在世的基本方式，虽然这种方式日常被掩盖着”[2]。由此可见，“此在”与世界分离，家园与“我”被隔离，正是现代人现实精神困境的真实写照。

在消费主义文化盛行的当代，人与物都丧失了原有的本性，人与物都成了消费系统里的一个符号。人成了被消费符号系统控制的“主体幻象”，人的内在自然与外在自然都变成了消费链条中的“齿轮”。而物性的丧失，则不再与人的内在精神相联系，而在消费符号体系中承担着特定的功能，因此而形成的消费符号体系取代了真正的自然，并且决定着人类体验自我与世界的视角，生产出更多的欲望。“在这样的社会中，自然的独立价值和神圣精神，人的灵魂与个性都被消费化为乌有，对于地球上的生命而言，消费社会意味着一次最为严重的生态危机”[3]。这种危机的具体表现就是无所依托的家园流离感。怀旧在一定程度上就是怀念真实自在的人际情

[1]［德］海德格尔：《存在与时间》，陈嘉映、王节庆译，生活·读书·新知三联书店，1987，第228页。

[2]同上书，第331页。

[3]王茜：《生态文化的审美之维》，上海人民出版社，2007，第52页。

感，为自己的心灵寻找一个归宿和庇护。

我们可以把怀旧看成是一种文化乡愁，是一种现代性语境下人类集体失去家园的符号，是心理意识的回归。怀旧在当下已经成为一个社会问题。当下的中国处于一个瞬息万变的时代，生活节奏的加快使得人们只有在怀旧的情绪状态下，才能确证自我的存在。不论是人们的日常生活观念，比如说对于绿色食品的需求、服饰的复古，还是对于艺术的独特追求，比如说喜欢黑白照片、经典老歌的翻唱，以及科学家的考古热和文学怀旧系列图书的畅销，这些都证明了怀旧不再仅仅是个体性的生命体验，而是超越了个体性的社会性和民族性的群体事件。

怀旧与焦虑在当下是普遍的情绪状态。怀旧在现代社会的生发，并不是一个偶然事件。可以说，怀旧的冲动始终潜藏在人类的内心深处，现代性只是激发怀旧的催化剂。尤其是欧洲启蒙运动以后，理性的高扬和工具化运用愈来愈烈，由此激发了个体的生命体验和社会文化诉求之间的矛盾，加剧了人类对曾经承诺给人类幸福感的科学的反感。社会不再是安全的社会，是具有风险的社会。与此同时，人类生命的自在感和安全系数却在降低。就像吉登斯所宣称的那样："现代性以前所没有的方式，把我们抛离了所有类型的社会秩序的轨道，从而形成了其生活的形态。在外延和内涵两个方面，现代性卷入的变革比以往时代的绝大多数变迁特性都更加意义深远。在外延方面，它们确立了跨越全球的社会联系方式；在内涵方面，它们正在改变我们日常生活中最熟悉和最带个人色彩的领域。"[1]

## 五、结束语

历史发展到今天，当下的社会是具有现代化气息的社会，毫无疑问，

[1]［英］安东尼·吉登斯：《现代性的后果》，田禾译，译林出版社，2000，第4页。

生态环境问题一直以来备受关注。没有良好的自然生态，人类无疑失去了生命的屏障。没有良好的文化心态和精神生态，人类就像没有了灵魂。灵魂是象征人类生命存在的根本，没有了灵魂就找不到前进的方向。没有方向地行进，人类现代性又从何谈起？在现代性的进程中，我们不倦地在思考着一个问题：我们在其中得到了什么又失去了什么？中国正在进行的现代化建设，其中所暴露的问题一再警醒我们：是到了思考的时候了。生态的全方位改善依赖于我们文化模式和价值模式的革新。本文浅析贵州作家欧阳黔森的文学作品，他将我们带入了思考的状态，并且让我们意识到只有找到了生态批评在哲学层面上的理论体系支撑，才能把握生态批评所独有的范畴，生态批评才能真正成为一门人文学科，才能成为当代文化批评的一个维度。生态文学和生态批评的重要责任就是唤醒人们的生态意识。欧阳黔森有着自己独特的经历——知青生活、经商生活和地质生活，这是他文学创作的宝库。拥有敏锐的观察力，他感到现代人精神生态的扭曲和生态危机的加剧，因此他试图从他的文学作品中让读者发现产生上述现象的原因。所以用生态批评的方法来阐释欧阳黔森的小说再适合不过了。生态批评的产生就是源于日趋严重的生态危机，它的特殊任务在于找到致使生态危机产生的文化根源，在此基础上要求人类革新自己的文化模式、发展模式和价值模式。生态批评最先产生于自然科学，到现在已经成为几乎任何学科都可以采用的批评方法。

如果人们每天看看报纸杂志，就能看到加剧生态危机的现象。对此，人类不应该再抱有任何侥幸的心理，人类再也不能等待自我毁灭的那一天的到来。不管是对生态危机持悲观态度，还是持科学乐观主义的人们，抑或是寄希望于科学能够拯救这一切的人们，又或者是持观望态度的人们，都应该积极行动起来，人类再也不能等待了。贵州作家欧阳黔森的小说是平淡无奇的，却又是极具文化价值的。说它是平淡无奇的，就在于它叙述的是平淡无奇的生活琐事；说它是极具文化价值的，就在于在平淡无奇的琐事背后，隐藏着浓厚的生态意蕴。从文学的本性来看，“文学即是人学”，对于人与自然生态关系的摹写，越来越成为一些作家的自觉。因为“生态问题是唯一值得我们为之奋斗的事情，因为没有地球，就没有人类的一切”。在欧阳黔森的文学作品中，他对人类发展模式、文化模式和价值模式的质疑，具有巨大的超越性，他怀着强烈的生态意识和人文关怀，反思生态危机和精神生态失衡的文化根源，对它们给予了深切的关注和理性的思考，对回归自然以求达到新的和谐统一状态表现了渴求和向往。

人类当前面临的生态危机已经到了不容忽视的地步，如何在人类经济社会发展过程中保护自然环境，绿化人类的精神生态，已经成为各个领域的专家学者需要共同面对的现实问题。本文的研究价值就在于充分挖掘作家笔下浓厚的生态意蕴，引起读者对自然生态危机和精神生态危机的关注。尤其值得注意的是，由于全球一体化进程的加快，生态危机已经不是个别国家的问题，而是具有全球性的。这就要求每个国家、每个人都应该参与到生态保护的实践中去，实现人与生态的持续、健康地共存和发展。

**2012 年广西师范学院硕士学位论文**

# 欧阳黔森小说研究

安　敏

## 一、绪论

（一）欧阳黔森生平及其创作概况

欧阳黔森是21世纪以来贵州作家中的代表，被称为文坛“黔中虎”。他的部分小说如《奢香夫人》《雄关漫道》《绝地逢生》等已被影视改编，他是当今文坛较有影响力的贵州籍作家。欧阳黔森人生阅历丰富，他是贵州铜仁人，生于1965年，出身地质世家，16岁时便去父亲地质队自办的农场务农，19岁成了一名跋山涉水的地质队员，工作8年，积累了丰富的野外地质生活经验。改革开放后“下海之风”盛行，欧阳黔森便转行投入商海，7年沉浮于商海，对社会有了更多的了解。但他始终对文学创作充满热情，从1996年开始发表文学作品，笔耕不辍。为写出满意之作，他还长期到基层生活，从自己不平凡经历的见闻和故事中提取素材，加之贵州本土文化的熏陶，衍化为他笔下充满生命情趣的作品。作家冉正万曾评价欧阳黔森：“他把自己的个人经历、个人情感与个人气质投影到小说中，诗人的血性和激情以另一种方式焚烧于字里行间，成为一种灼灼炙人的雄浑气象。即写个人的强悍、粗犷、细腻、柔软，使他的生命体验在小说中有一种强劲的辐射与对应。”[1]

欧阳黔森文学创作涉及诗歌、散文、小说、报告文学等领域，20 世纪 90 年代有诗歌、散文集《有目光看久》结集出版。2000 年以来小说创作连续高产，短篇、中篇、长篇小说不断被刊登在《当代》《十月》《人民文学》《长城》《红岩》《花城》《羊城晚报》等报刊上。2001 年 4 月发表于《十月》上的《穿山岁月》是他的第一部中篇小说。2004 年出版的《非爱时间》（曾以《下辈子也爱你》为题发表在《红岩》2004 年第 3 期），这是他的第一部长篇小说。他的短篇小说集《味道》2003 年一经出版，就与中国当红作家鬼子、刘庆邦、东西、荆歌等人的作品一起被孟繁华列入《短篇王》文丛[2]。其中，《敲狗》获第二届蒲松龄短篇小说奖，《断河》入围第三届鲁迅文学奖，中篇小说《白多黑少》入围第三届鲁迅文学奖。2018 年报告文学系列《花繁叶茂，倾听花开的声音》《看万山红遍》《报得三春晖》分别在《人民日报》第一期、三期、九期的“新时代纪事”版面发表，获得较大反响，欧阳黔森也获得了 2018 年度“人民文学奖”。欧阳黔森小说创作数量颇丰，代表作品有长篇小说《非爱时间》《奢香夫人》《雄关漫道》《绝地逢生》，中篇小说集《白多黑少》与《莽昆仑》，短篇小说集《味道》等。这些文学硕果使他逐渐进入评论家的视野，成为当下文坛备受关注的作家之一。

欧阳黔森的小说题材广泛，但以讲述家乡历史故事和反映社会现实的居多，内容涵盖农村现实、民族历史、现代革命、英雄传奇、商海故事、知青岁月以及与地质生活相关的友情、爱情故事等。其中不乏对当代人精神状态的关注，这与他的地质工作体验、商海经历有关，也与他深厚的黔

[1] 何士光：《文学会有的》，《贵州日报》2001 年 4 月 20 日。

[2] 欧阳黔森：《味道》（《短篇王》文丛），中国文联出版社，2003。

地情结有千丝万缕的联系。他充满地域色彩的叙事、深刻的时代意识与人性内涵，与贵州的现实密切联系，也与国家主旋律相关，充分体现了作家的责任和担当。他小说的创作内容及独特的创作风格，赢得了许多读者的喜爱，也获得了评论家的肯定。雷达认为："欧阳黔森小说的最大特点是'好看'，地域风情或充满诱惑的商场固然能引起读者的好奇心，但欧阳黔森步步设防、移步换形、峰回路转的叙事手段则一方面不断拓宽读者的视野，一方面又在悄悄地破坏读者的阅读期待，从而丰富读者的阅读体验并引导读者进入小说境界，最终完成灵魂与作品的邂逅。"[1] 孟繁华也给予了他很高的评价，认为"在当下的小说创作中，似乎已经告别了浪漫与感动，我们在小说中也很少与这样的场景、人物和情节遭遇。我们读过的许多男欢女爱的故事，也有很多精彩的情节和想象，但就是不让人感动。欧阳黔森的小说有一种令人感动的内在气质，这种气质就是剩余的理想主义的气质。"[2]

（二）相关研究述评

欧阳黔森的文学创作一直受到文学评论界的关注，知名学者陈晓明、孟繁华、雷达、程光炜、白烨等都对他的作品给予了较高评价，部分高校师生也就此进行过研究探讨。就目前的研究情况看，主要集中在两个方面。

1. 对欧阳黔森小说的个案研究

对欧阳黔森短篇小说单篇作品研究的主要有：傅安辉的《善良与凶残——读欧阳黔森的短篇小说〈敲狗〉》，此文从善良与凶残、人性与兽性的角度详细分析了《敲狗》中的吃狗肉、敲狗等习俗以及由此带来的思

---

[1] 雷达：《叙事的机趣——欧阳黔森小说印象》，《文学报》2006 年 4 月 7 日。

[2] 孟繁华：《小叙事与老传统——评欧阳黔森的短篇小说》，《山花》2015 年第 5 期。

考；何士光的《诗的意境和铁的历史》，对短篇小说《断河》史诗结合的叙事艺术做了分析；陈书蓝的《特殊岁月里的温情与忧伤——读欧阳黔森的〈十八块地〉》一文，重点对《十八块地》中人物在知青岁月里的人性美进行分析；郭征帆通过对《心上的眼睛》的分析，认为“《心上的眼睛》的深刻性在于它的深层结构有一种说不尽的历史内涵。它对世俗的批判，对英雄主义的赞扬，无论现在还是将来，依然有着深刻的‘现实意义’”[1]。朱永富在《作为精神自传的写作——欧阳黔森〈远方月皎洁〉印象》一文中认为，《远方月皎洁》是作家精神自传式的写作；另一篇李昌鹏的《清淡的大味——评欧阳黔森的〈远方月皎洁〉》，则对该篇小说的创作意境和审美体验做了详细解读。

对欧阳黔森中长篇小说的研究，主要是针对《水晶山谷》《白多黑少》《绝地逢生》《非爱时间》等几部。如贵州师范大学谢廷秋教授主要从生态批评的视角，对《水晶山谷》与《绝地逢生》进行透彻分析，阐释和论证了小说中的生态意识和时代价值，认为小说挖掘了生态危机的深层原因和社会根源，并强调了这两部小说是典型的生态文学文本，具有进一步研究的意义。李子芯在《电视剧〈绝地逢生〉的小说文本研究》一文中，对《绝地逢生》这部以底层农民为题材的小说进行了详细的研究，具体从苦难与希望并存的叙事主线、理想的人物形象书写、生态主义主题三方面来对文本进行分析，同时还探讨了《绝地逢生》与时下底层文学的差异。苑坪玉对《雄关漫道》这一讲述现代革命传奇的小说也展开过学术讨论，他认为通过长篇小说《雄关漫道》，“了解红军长征的历程，用艺术家敏感、深邃的诗性笔触，站在时代的高度复述长征故事，打捞沉淀于岁月深处的

[1] 郭征帆：《英雄主义：历史与现实的情结——读〈心上的眼睛〉札记》，《当代小说》2007 年第 8 期。

精神宝藏，应该正是我国今天一个有志于此的青年作家在审美创造中传承红军精神的自觉之路。”[1]这说明这部小说对历史的重新书写具有深刻且丰富的现实意义。

《白多黑少》《非爱时间》主要反映的是现代都市中男女的畸形关系和人情世故的复杂。不少研究者把研究焦点放在这两部小说上，王志尧就写了两篇讨论《白多黑少》的文章，但他更多是关注小说的故事内容在整体上是否一致和符合实际。王志尧在其中一篇文章中就谈道：“青年作家欧阳黔森的新中篇小说《白多黑少》，其主要情节不符合公认的准则，致使男女主人公之间的畸恋成荒唐的骗局。其症结在于人为地拉大了二人的年龄差距及作者的社会生活经验欠缺与浮躁心态所致。”[2]他把读小说的困惑、问题、症结都作了详细的说明和阐释，给我们提供了一个重新审视欧阳黔森作品的视角。另一篇文章中，王志尧将路遥的《人生》、刘庆邦的《到城里去》与欧阳黔森的《白多黑少》进行比较研读，指出当代短篇小说悖情悖理的虚假失真之处，进而详细阐释了当代小说经典缺乏的原因。对于《非爱时间》，著名评论家陈晓明认为小说的主旨是关于当代人信仰与精神危机的问题，认为该小说是一次对当代人精神困局的深刻透视，回应了当代人关切的理想主义和价值归宿问题。[3]2019年，姚亮发表在《贵州师范大学学报》上的《论欧阳黔森小说的结构性对照——以〈非爱时间〉为例》一文，从结构性对照这一角度，对小说的框架和细节、前景与背景

[1] 苑坪玉：《实力是把握给予的基础——长篇小说〈雄关漫道〉点评》，《理论与当代》2007年第1期。

[2] 王志尧：《情节太离谱畸恋真撩人——评欧阳黔森的中篇小说〈白多黑少〉》，《黄河科技大学学报》2004年第1期。

[3] 陈晓明：《对当代精神困局的透视——评欧阳黔森〈非爱时间〉》，《文艺报》2004年5月18日。

的转换对照进行透彻的分析，充分阐释了小说的结构性张力以及表达效果。总体来看，对欧阳黔森单篇小说的研究文章数量不少，对作品的分析较为精到，为我们进一步理解欧阳黔森的创作奠定了很好的基础。

2. 对欧阳黔森小说的整体研究

这方面的代表性成果，如雷达《叙事的机趣——欧阳黔森小说印象》、孟繁华《小叙事与老传统——评欧阳黔森的短篇小说》、周新民《欧阳黔森短篇小说艺术论》等，重点是对欧阳黔森短篇小说的叙事艺术做整体研究；李遇春的《博物、传奇与黔地方志小说谱系——论欧阳黔森的小说创作》一文，从以“地理”为中心的博物叙事传统、以“人物”为中心的传奇叙事传统与黔地方志小说谱系间的关系，阐述作家的创作艺术，再现作为地方性知识与文化的贵州精神；杜国景的《欧阳黔森的英雄叙事及其当代价值》，重点结合欧阳黔森作品中流露的英雄情结和英雄理念的形成等方面，阐述了蕴含在小说中的英雄叙事特点及其当代价值；陈书蓝的《特殊岁月里的温情与忧伤——读欧阳黔森的〈十八块地〉》从人性美的角度探讨和研究其作品；魏家文的《残存的理想主义——欧阳黔森小说创作论》，专门对欧阳黔森创作中的理想主义气质做了论述。

颜水生在《传奇叙事与形式的辩证法——欧阳黔森小说论》一文中，对欧阳黔森创作的文体形态进行了探析。他在《感觉意识形态与风景的象征世界——欧阳黔森文学创作论》一文中以康拉德的印象主义和象征主义理论为依据，对其作品中的风景内涵进行了深度剖析；在《社会主义伦理与讲述中国的方法——欧阳黔森论》一文中则从人民伦理与文化地理、社会伦理与自然天理两方面阐述了欧阳黔森创作所体现的社会主义伦理原则。这两篇文章为研究欧阳黔森创作开辟了崭新的视角，对小说创作的大视野、大格局进行了较为独到的分析，为读者阅读提供了新的理解。

纪文的硕士论文《自然的回归 精神的奔突》主要从生态批评角度对欧阳黔森小说中的文化生态和人类精神困境进行透析和拷问；严天慧《崇高的生命追求——欧阳黔森创作论》从欧阳黔森的理想主义入手，从城乡的二元对立、艺术风格、缺陷等角度展开，指出欧阳黔森的艺术追求与他的生命追求是一体的，旨在通过文学创作弘扬贵州的地域文学与文化。

纵观以往学者及师生的研究，贡献主要体现在以下几方面：一是对欧阳黔森小说的创作主题、创作艺术和美学风格等研究已经取得了较大的进展；二是让《敲狗》《水晶山谷》《绝地逢生》等产生重大影响的小说研究得到完善；三是评论家对欧阳黔森小说所采用的多种研究方法，多方位拓展了研究的领域，对于推动欧阳黔森小说研究、阅读接受以及影响传播有重要意义。从已有的研究文献看，对欧阳黔森的研究侧重于其地域标记、生态观念、叙事艺术等方面，对欧阳黔森创作的深层意义以及现实关怀、写作伦理与创作技巧方面还有待进一步的深入。

（三）选题思路与研究意义

欧阳黔森的文学创作，有其自身的魅力和价值。他的小说创作内涵丰富，在已有研究的基础上，对其小说创作的主题或艺术的探讨还可以进一步深入。在对他作品的细读过程中，发现欧阳黔森对农村现状的关怀，对民族历史与红色文化的关注，对城市人精神状态的捕捉都呈现出他的特点，如《断河》《村长唐三草》《李花》《绝地逢生》《八棵苞谷》《奢香夫人》《雄关漫道》《心上的眼睛》等作品。他的小说紧跟时代，如于2006年创作的《雄关漫道》，其“红军长征历史”主题与纪念红军长征胜利70周年有关；2009年创作的《绝地逢生》，其“农村扶贫脱贫”主题也与献礼改革开放30周年相联系；2011年创作的《奢香夫人》，其“民族和谐发展”观念与促进多民族团结共存共荣的思想更是一致。作家将笔尖放在本土现实、民族历史的文化土壤中，讲述最具有代表性的贵州农村图景、民族历史、社会现实的故事，传递深厚的人文情怀。

选择研究该作家的小说，一是感动于作家流露在作品中的那份对贵州的热爱和对贵州的关注与关怀之情，二是作品所具有的深刻现实意义和文化价值。贵州是国家重点扶贫的大省，书写贵州农村脱贫有重要的现实价值和意义。欧阳黔森的作品，正是以一种文学的方式，让读者了解真实的贵州农村现状，引起人们对造成这种现状的关注和反思。作品所呈现的红色文化与民族历史文化，是讲述贵州的最佳名片，让人们在小历史与大历史中进行理性反思。而对当代城市人世俗生活的书写，是对当代人充满时代弊病的精神状态投以关注，体现了作家浓厚的人文关怀。如他所说："写身边的人、家乡的事，因为熟悉、带有情感，所以比较容易写好。但我们必须打通历史与现实、小事与大义之间的关系，写出一个故事的多重意蕴。"[1]欧阳黔森牢牢抓住现实与历史，表现故事的多重意蕴。但无论是农村描摹，还是民族与革命历史书写，或是城市人精神状态的揭示，都共同指向当下和未来，对思考中国社会发展方向有借鉴和启示意义。

本论文研究的意义在于：一、对欧阳黔森的小说进行整体考察，以便对他的小说创作有一个更深刻、全面的认识；二、通过探究作家在现实与历史之间所搭建的话语空间，深入挖掘小说在现实、历史、革命、民族的建构中所要表达的人类普遍性问题；三、重点讨论以往研究对该作家的乡土、历史、城市人生存状态方面稍显薄弱的话题。

研究的思路是结合欧阳黔森创作的时代语境，横向分析欧阳黔森相比同类作家创作的独特之处，寻求作者的思想情怀和精神价值；纵向关注

[1] 黄尚恩：《欧阳黔森：从家乡沃土发掘文学素材》，《文艺报》2015 年 9 月 21 日。

作家在创作主题及技巧上对传统的继承与创新，深入探析其小说的思想内涵与艺术成就。本论文立足作家文本，希望在他人研究的基础上，挖掘作家创作的深刻内涵，捕捉作家创作的独特风格，分析其创作的当代意义及价值。

## 二、植根黔地农村现实的乡土经验

乡土是具有特定文化底蕴的地理空间，是作家取之不尽的素材提取库。但乡土话题在不同阶段、不同地域、不同作家身上，会呈现不同特点，表达不同的乡土经验。从乡土文学史上来说，二十世纪二三十年代的乡土小说重点是启蒙、对封建宗法文化进行批判，揭示的是乡村的闭塞与人在思想上的愚昧，四五十年代的乡土写作更多关注的是中国传统乡村礼俗与土地革命的冲突，八十年代的乡土小说多是对文化的寻根，九十年代流露的则是一种乡村在传统文化与现代文明之间的困惑与迷惘。在贵州籍乡土作家中，成就较大的代表作家分别是二十世纪二三十年代的蹇先艾与八十年代的何士光。蹇先艾笔下的乡土世界是落后的、封闭的，具有浓厚的悲剧意识，充分体现了五四文学的启蒙主题。何士光的乡土书写传递的是贵州农民在人格遭到侵犯时主体意识的觉醒，以及社会中部分青年的不思进取，是一种对启蒙的解构，对乡土诗意的消解，是时代精神的内化，透露出一种浓厚的忧患意识和强烈的时代责任感，但也不乏对山民坚韧、善良的表现，如《种苞谷的老人》，以及对乡村时代新变的体察，如《乡场上》。欧阳黔森的乡土写作主要集中在二十世纪九十年代末之后，既是以往乡土书写的延续，同时又具有新时代的一些特点，是新的乡土经验的呈现。

乡土经验是表达乡土中国的逻辑前提。关于“乡土经验”，并没有统一的定义。深圳大学教授陈继会这样解释：所谓的“乡土经验”，至少有两层最基本的含义，即“乡村经验”和“本土经验”。与上述两层基本含义相关联的，是它所不同的比照物。“乡村经验”比照对应的是“城市（都市）经验”，“本土经验”比照对应的是异于本土的其他民族、国家的“世界（异域）经验”。[1]他将乡土经验看作一个相对概念，乡村地域性和异域性是它的两个关键要素。南帆谈道：“对一个作家来说，地理学、经济学或者社会学意义上的乡村必须转换为某种文化结构、某种社会关系，继而转化为一套生活经验，这时，文学的乡村才可能诞生。”[2]他没明确提及“乡土经验”，但“生活经验是文学乡村诞生的可能”的表述，放到文学层面，亦是“乡土经验”的衍生过程。实际上，乡土经验与乡土书写的获得，需要作家在生活经验和生命经验上的积累。这里将乡土经验理解为乡土作家对客观乡土生活的文学理解与文学表达，是一种基于乡土世界的变化与作家主体意识不断调整的经验，代表的是乡野的、底层的、民间的中国。

（一）扶贫背景下的农村新人塑造

欧阳黔森继承了贵州的文学传统和现实主义，继续书写积贫积弱的贵州农村，表达自己对这方土地的热爱与关怀。“落后与贫困”仍是欧阳黔森串联小说的线索，但多了两个具有时代标签的关键词：扶贫与脱贫。作家在小说中竭力展现这些村子如何与贫困作斗争、如何脱贫的过程，并依托乡土经验，塑造出一批个性鲜明的人物形象。他很少描写愚昧、无知、堕落的农民形象，更多的是刻画一群在时代潮流中竭力奋斗、接受变化的新人。他们带领那些保守、传统的农民一起去接受新的生活方式、思想观念，他们是一批求进步、思想开放、善于实干的理想型农民。他们积极参与到改变村庄贫穷面貌的建设中，是乡村的改革者、扶贫者、拯救者。欧阳黔

[1] 陈继会：《文学中原：乡土经验与文学叙事》，《小说评论》2012 年第 2 期。
[2] 南帆：《启蒙与大地崇拜：文学的乡村》，《文学评论》2005 年第 1 期。

森的小说主要给我们塑造了四类这样的典型形象。

第一类是在乡村的村干部形象。他们是乡村权力的拥有者，很少有阎连科笔下那种争权夺利者。他们一心带领全村脱贫，勇于改革，敢于创新。小说《绝地逢生》的故事原型是时任贵州省委书记胡锦涛抓的一个山区大队的致富典型，选取的是贵州省石漠化最严重的乌蒙山区，描述了改革开放30年农村的发展变迁。盘江大队是一个典型的贫困村，干部们的共同目标是如何将盘江大队变成小康村。支书蒙幺爸，是一位勤劳、倔强、永远不服输的老汉，与地斗、与天斗、与贫困斗，敢想敢干。小说一开头就给读者展示了乡村的贫困：王结巴老婆生孩子时力竭而死，劳动模范黄大有预备举家迁走，罗麻子因病去世。村子连续发生关乎生命、扰乱人心的大事，一切皆因地少、种不出粮食、吃不饱。费孝通说："靠种地谋生的人才明白泥土的可贵。城里人可以用土气来藐视乡下人，但是乡下，'土'是他们的命根。"[1]盘江村人把每一寸土地都视作宝贝，他们想努力让粮食增产，但却少了"土"这个基础。蒙幺爸为不再有饥饿和因饥饿而死之人，想尽一切办法留住土地，扩大土地面积。他大胆决定包产到户、包干到户，增强村民的生产积极性；带领村民开荒，将人均耕地变成原来的3倍。为留住土地，他想出用石头拦截水土流失的办法；为解决吃水用水问题，他又大胆将小水沟改造成天然蓄水池，虽由于条件限制未成功，但足以看到他改变贫困的决心。他还组织修公路，发展养猪专业户。蒙幺爸尝试着一切能致富的方式，是一个无私为村民做事情的基层干部典型。

而布依族团支书韦号丽则是一个敢于开拓的女青年。她是村子有名的"百灵鸟"，长得水灵，歌也唱得好。面对农村新形势，她没有畏手畏脚。在盘江村修公路快完结时便劝服蒙幺爸，转移部分闲置劳动力去搞工程，

[1] 费孝通：《乡土中国》，生活·读书·新知三联书店，1985，第2页。

既照顾家庭也减轻负担，还能帮助大队发展生产。她当了村主任后，更彰显了她的才能。因为看准了花椒的耐旱，立马在全村推广种花椒。在这全村都认为“粮食是急需、种粮是本分”的贫困村里，花椒要三年才挂果，要推广扩大花椒种植面积是难题，但韦号丽却用“因地制宜、科学种植农作物”的观念获得大家的理解和支持，还办起了花椒厂，促进村子发展。

《村长唐三草》同样选取了一个地处乌蒙山脉腹地、长期难摘“贫困村”帽子的桃花村，此穷山恶水之地，村委会主任一职没有人乐意当。小说的主要人物唐三草，乐观、积极，被视为善于解决问题的能人。他本是竹箐乡中心小学一名每月 1000 多元薪水的公办老师，却自告奋勇来当桃花村月补贴仅 120 元的桃花村村主任，解决了村里领导职位空缺的难题。他凭着自己的聪明才智，说动了不愿结扎的泼皮无赖村民控制超生，办桃花村小学，还将从前山谷悬崖峭壁的1000 亩砂砾荒地变成桃花盛开之地，使桃花村办起了桃花节，搞乡村生态旅游和农家乐。他任村主任 5 年，收服了村支书和村民的心，成功赢得大家尊重，而桃花村也变成了小康村。

第二类是拥有自主意识的普通农民形象。他们不是蹇先艾笔下的那群落后、愚昧、麻木、人云亦云的山野村夫，如《水葬》中扼杀骆毛者，也不是贾平凹笔下彰显传统农业生产方式没落的表现者，如《秦腔》中的夏天义。他们是受教化、明事理、懂变通的智者形象，如《绝地逢生》中的蒙二棍和蒙大棍、《李花》中的李花夫妇等。蒙二棍是盘江村的早期创业者和从商者，整天看似无所事事、游手好闲，其实内心很有想法。他瞄准商机，先是在土鸡店打工，而后盘了这家土鸡店，还不断扩大规模，又鼓励大哥蒙大棍在桃花谷种植花椒树，由他负责出售，使彼此都挣到了钱。他还提出大棍的桃花谷可以搞成旅游业，学城里搞农家乐，带村里闲置劳动力去外面做工程。蒙大棍既保持了传统农民的率真性格，又在时代发展中接受新事物，规划自己的人生。他是一个踏实、勤劳、纯朴、正直的农民，与温柔美丽的苗家少女黄九妹相爱，却因拿不起彩礼钱两人无法结合，为爱而将恶狼谷变成桃花谷，让漫山遍野开满桃花，结满果实，率先成为村里的“首富”。

《李花》中的李花夫妇是村里思想比较开放的人，他们没有重男轻女的观念。村人把传宗接代看成大事，将孩子的姓氏看得极为重要，而李花的儿子却跟着李花姓李。李花夫妇积极配合戴老师的工作，送自己的孩子去学习，自己也主动向戴老师学习一些新观念，了解外面社会的变化。通过这些农民形象，我们可以看到当代农村的深刻变革，农民们正在逐渐打破传统文化和生产方式的束缚，努力学习和接纳新的耕作方式，努力适应社会发展的变化。

第三类是外来扶贫者——教师。他们很多是扶贫志愿者，在艰苦的环境下肩负着教书育人的使命。《李花》中的戴先生来自深圳，他在西漓乡的乡村小学教书，来乡里工作了一年，却没有拿学校一分工资，反而将乡里补贴的400元赠给学生，还帮助村里建希望小学。他的工作本已结束，但看到西漓乡石漠化十分严重，便选择留下来保护生态环境。他一边教书一边组织大家种树，积极响应退耕还林政策，与这里的人们一起守护家园。《扬起你的笑脸》中的田老师也一样，他在梨花寨教书，给学生们带来了许多知识，教学生们唱歌，鼓励学生努力读书考大学，让他们去看外面的世界。他对学生山鬼的关心胜过山鬼的父亲，他为山鬼点的那把照路回家的火，寄寓了深远意义，他是要让山鬼走好脚下的路，表达了对他未来的期盼。《梨花》中的李老师高大英俊，来自青岛，家里很富裕，却报名参加了“中国青年志愿者行动”，来到三个鸡村扶贫。李老师对乡里人很友好，没有城里人的优越感。除教书外，还常走村串寨了解村民情况，自己掏钱补助家里上不起学的孩子，并发动在青岛的一切关系，为村民们捐款捐物。志愿服务的时期结束，他却坚持留下来，终生为贫困山区教育事业作贡献。爱心捐赠、干部驻村、大学生支教等帮扶村子的现实事件很多，但以小说呈现的很少。欧阳黔森的乡土书写，主要来自他对现实的体察，对贵州土地上正在发生着的事件的关切，有别于一些乡土写作中的文化想象或诗意追寻，粗粝然而真实，充满了面对现实的勇气和克服困难的力量。

第四类是从乡村走出而又回归的知识分子形象，他们是走得再远也不忘为家乡作贡献的知识分子、国家扶贫干部。《绝地逢生》中蒙三棍是从盘江村出去的人才，在各种工作的历练中逐渐成熟，当上了县农办主任，但也时刻挂念生他养育他的贫困山村。他办事讲原则、实事求是，鼓励大哥种桃树、花椒树，极力劝阻父亲蒙幺爸固执的开荒行为。小说里还塑造了几位优秀的女性形象，如彝族女县长禄玉竹，她是山村里有知识的文化青年代表，经历从普通的少数民族女孩到乡村教师再到县长的艰难成长历程，但无论到哪里工作，她都没有忘记盘江村这片洒满她青春热血的土地。再如《梨花》中的人物梨花，她是三个鸡村多年才飞出的一只金凤凰，大学毕业后本可留在城市工作，但她却义无反顾地选择了回公鹅乡中学教书，经过多年奋斗，从普通教员成长为重点中学的校长，后来被提拔为县长。她的故事不仅仅是一部个人的成功史，也是一部山村人和他们观念的变迁史，更是一部乡民造福家乡的感恩史。由于中国的乡村现代教育和城市化进程的推进，不少人才离土而去，但也有不少离开了乡土的人才重新回到生养他们的故土，承担起家乡脱贫建设的责任。欧阳黔森通过这些人物事迹告诉人们，中国乡村的发展，一方面需要国家政策的支持，需要各种社会力量支援，但最根本的还是在于乡村自己，尤其需要那些离开乡土，在城市学习、打拼后具备了知识，有眼界的能人们回到乡土，承担起建设乡村的责任。因为，他们是乡村的根，是乡村的魂，是乡村联系外面的桥梁。

欧阳黔森将扶贫与脱贫的当代乡村实践化为充满感染力的、振奋人心的文学作品，为当代的乡土书写提供了更加鲜活的素材。他笔下所塑造的这些热血形象，其实干精神和艰苦奋斗的故事，充满积极的社会能量。也正是这些人怀揣着对美好未来的憧憬并不懈努力，共同带领村民与“绝地”展开艰苦卓绝的较量，才让像盘江村、桃花村这样的村子，逐步告别“绝地”，实现关于公路、新房、电视、汽车等基本设备的梦想，远离贫困。他们敢于担负起服务乡村振兴的使命，竭力“扛起”老弱病残的农民通往小康之路，是乡村建设的先行者、自觉者。他们把握时代脉搏，响应国家政策，推动新世纪农村经济繁荣，是代表乡村发展方向的前行者。欧阳黔森笔下的农民形象，不是二十世纪二三十年代蹇先艾笔下那种愚昧、麻木的农民形象，也不是二十世纪五六十年代文学作品中普遍存在的理想主义农民典型，也有别于茹志娟《剪辑错了的故事》中那种玩弄权术、唯政令是从的干部类型。欧阳黔森对人物的塑造，没有停留于生活的表层，而是深入到个体的精神内部，并非将他们简单塑造成乡土英雄或落后乡民的拯救者，而是将他们放置在大时代下，展现他们的矛盾与困惑，以及如何在犹疑中坚守，写出了他们“成长”的真实，描绘出了当下农村的现实，问题与困境中的危机与生机，这是立足时代的“新”乡土写作。既表现出贵州人奋发向上、自强不息的精神风貌，也关注新时代语境下中国农民的蜕变，体现的是中国农民面对现实困境的一次集体想象与行动。

（二）互补共融的城乡关系与乡村社会转型

在中国新的历史发展阶段，现代化与城市化加速推进，城与乡是一种什么样的关系？又以怎样的方式相处？欧阳黔森的小说给出了答案，即互补共融。传统的乡土小说里，城乡关系一直以二元对立模式存在。从空间上来说，乡村代表封闭，城市代表开放；从城乡互视视角来看，农村多象征贫穷，农民来到城市，便会遭受各种差别对待，面临生存困境，而城里人回到乡村，又会遭到排斥、拒绝；从人性来说，乡村是美好的所在，城里人则是丑恶的代表，城里人来到乡村，其生活方式往往给乡村文明和纯洁灵魂带来侵蚀与污染，如沈从文的浪漫主义乡土小说《边城》、高晓声的《陈焕生上城》等。欧阳黔森注意到新世纪以来中国乡村的变化，对城乡关系重新审视与定位，用小说表明当下乡村发展与城市发展虽有距离，但已呈现一种与市场经济、商业文明、城市进程相匹配的样态。乡村逐渐被纳入社会现代化体系，向城镇化、现代化社会转型和迈进，体现在政治、经济、文化、教育等方面，乃至生活习惯、吃穿住用行等细微的变化。传统农村的自给自足被打破，传统的城乡二元对立矛盾也逐渐被社会发展所消解，以小说的形式呈现为一种互补共融的城乡关系，展现乡村转型的新乡土经验，具体表现在乡村与城市的资源使用、乡村生产与生活方式的变化以及村民对留乡态度的变化等方面。

从城乡资源的使用上来说，欧阳黔森小说中的乡村发展与城市之间是一种互动、共享资源的平行社会交往模式。新农村崛起，城乡一体化不断成为一种趋势，乡村发展有城市的参与，城市建设也有农村的贡献。城市与乡村，各自提供着双方所需要的资源。乡村的人们能享受和城市一样的生活物质资源，也可享受到城市提供的一些服务。城市的人来到农村，看到的不再是凋敝的村庄，而是一系列充满欢乐的具有地方本色的歌舞表演，是农家乐提供的山野美食，是农村的田园风光、美山美水美景，乡村成了他们享受美好生活的所在。而城市人的到来，使农村变成“奇观”式的存在，也增加了乡村收入，这是以往的乡土小说中很少呈现的一个变化。

乡村生产与生活方式的变化，表明乡村社会在转型。乡村向哪里转呢？有研究者指出："社会转型则是人类社会从一种存在类型向其他存在类型过渡、转变的过程。"[1]而当下的中国农村便是从乡向城镇再向城乡一体化转向，从传统向现代转型。新时代的农民，他们办厂子、搞企业、开餐馆、做买卖，与传统农民有很大区别。《绝地逢生》中脱贫摘帽后的村庄，继续着手把农村打造成小康村。农民办起了花椒加工厂，像城里人一样搞旅游业、办农家乐，还建立本村专业演唱队。闲暇之余，农民们会去城里享受服务，学着城里人追求浪漫的求婚仪式。《村长唐三草》中的桃花村曾算是穷乡僻壤，脱贫后村民们的人均收入翻倍，但吃饱穿暖不是他们发展的终点。他们在桃花村办起桃花小学，开办桃花节，他们对生活还有着更美好的追求。《敲狗》里的花江镇不仅有美丽的花江大峡谷，还有开满花江小街的花江狗肉馆。外地人总为这独有的狗肉而来，白天看峡谷，饿了就在此美餐一顿。花江镇很多农民当起了老板，成为新型农民，不仅仅靠土地为生。其实，欧阳黔森笔下的盘江大队、桃花村、盘江镇，已不再是传统意义上的村镇，农民挣钱的方式变了，商业开始浸入他们的生活，他们在盘活土地的同时，也赢得了更多的收入，村民的生活质量在不断提高。城乡发展虽然还有一定差距，但我们可以看到这种差距在慢慢缩小，甚至乡村在某些方面还有着进一步发展的后发优势。

传统乡村小说里，农民的留乡态度是矛盾的。城市生活对乡村的人有着极大的诱惑力，尤其是城市化发展的早期阶段，乡村很难留住人才。但随着社会经济的发展，城乡互动频繁，城乡生活差距的逐步缩小，乡村也开始充满各种发展的机遇，不少村民开始重新审视乡村生活，萌发了留土或还乡建设乡村的心愿。在《绝地逢生》中，农民不再像以往小说里写的

[1] 罗谟鸿等：《当代中国社会转型研究》，西南师范大学出版社，2007，第1页。

那样，因贫穷而逃离土地。他们在大城市扎根的诉求并不强烈，也不再把进入城市当作毕生梦想，他们选择在自己的土地上用双手踏实开辟一片新天地，让农村成为城里人的一道“奇观”。虽面临人多、地少、缺粮等多重生存困境，但他们仍愿意用智慧和勇气去克服。他们进行各种各样的尝试，开荒拓土增加粮食产量，种经济作物。尽管生活上暂时吃不饱、穿不暖，但极少有人奔向城市。劳动模范黄大有曾有要去城里打工的念头，但最终还是留下来和村里人一起面对挑战。他们不妥协且充满韧性，牢牢扎根于这片土地，对改变贫困充满信心，去城市只是他们维持家庭生计的权宜之计。拿蒙二棍来说，他与贾平凹《高兴》中的刘高兴就不同。他们二人进城都为挣钱。不同的是，刘高兴是怀抱着城市梦的标准农民工，他进城后经历种种挫折，面临无数精神困惑与无奈，但一直参与到城市化进程中，并为获得城市认同不断拼搏，以帮助比自己更弱之人来找到自己存在的价值。而欧阳黔森刻画的蒙二棍是一个在城市得意后反哺乡村的角色，着力陈述的是乡村亟待解决的生存与发展问题。二棍也喜欢城市高档的生活方式，但他却并没选择扎根城市。在城市发展的各种资源渐趋饱和时，乡村逐渐也成了机遇之所在，现实中越来越多的返乡创业者也证实了这一点。欧阳黔森笔下的农民对生活的重新选择，既是基于农民对乡土的情感牵挂，也预示着中国乡村发展的又一阶段，即城乡发展的互补、融合与互动。

在现阶段的中国，城市与乡村不再是两个独立的地理空间，城乡的互补、融合趋势，为当代乡土小说注入了鲜活的血液。欧阳黔森注意到了城乡互补、互动、共融的生活必然，强调了在城乡关系发展中的农民思想上的“现代化”，是促进和加速乡村社会转型的关键因素，并勾勒了当代农民在乡村社会转型中的生活方式，有助于实现新的农民性和市民性塑造，增强农民对城市状态的了解，也获得更多城市人对农民生存困境与理想希冀的理解与支持，缩小两种群体在思想交流上的差距，进而营造城乡平等对话的局面。

（三）人与自然和谐共生的乡土生态伦理

关注生态伦理的当代作品很多，如姜戎的“狼文化”小说、黑鹤的“动物”小说、阿来的“机村”系列小说、郭雪波的“大漠”小说等，但重点从乡土角度去关注乡村生态问题的作家，欧阳黔森是重要的一位。欧阳黔森关注乡村生存困境，自然也关注与生存相关的乡土生态伦理问题。乡土生态伦理，即是乡土小说在表现人与自然关系时体现出的生态意识和生态观念，是立足于乡土而对人类生存问题的思考。既有人与自然相冲突的矛盾，也有二者相互依存的和谐共生关系。它关注的焦点是乡村在现代化过程中人对自然生态的利用与保护，面对的是经济生产发展与人类可持续发展相冲突时的伦理问题。欧阳黔森在乡村书写中，多次提到扶贫开发、生态建设、人口控制，并用了许多故事来说明生态被破坏、人与自然关系失衡所造成的生态危机问题，表达了对自然的敬畏，体现了人与自然和谐共生的乡土生态伦理观。欧阳黔森小说中的乡土生态伦理意识，主要表现在人与土地、人与生存环境、人与动物的关系上。

关于人与土地的关系，欧阳黔森主要用人与绝地的较量来呈现自己的生态思考。他的“石漠化”系列小说，描写的是一种属于贵州特有的自然生态景观：石漠化。这种看似美丽、奇特的自然景观，在很长时间内却是威胁村民生存的一大因素，扮演了乡村农民生存困境与苦难因素中的关键一环，也成为他表达乡土生态意识与生存危机关系的重要背景，体现了作家对贵州特殊山地自然环境的关注和浓厚的生态意识。专家指出：“石漠化为我国南方湿润石灰岩岩溶地区特有的地貌，是在脆弱的喀斯特地貌基础上形成的一种荒漠化生态现象。石漠化严重的地方只见一片白花花的石头，不见片土，有的地方甚至连沙漠都不如——因为沙漠里很多地方至少还能有些耐旱植物生长，石漠化严重的地区可以说是寸草不生。”[1]但在这种恶劣的自然环境中，生活着很多少数民族群众，他们并不知道石漠化地貌是造成他们贫穷的根源，地少只是表面因素。

在《绝地逢生》中，农民对“盘江村是块绝地”的认识过程是缓慢的。国家为了让盘江村摆脱贫困，用人力、财力、物力对盘江村先后进行了“输血式”扶贫、“造血式”扶贫，下派干部关注慰问，发扶贫救济粮、发扶贫猪、发公路修建款项等，但都没有取得好的效果，全村人还是因为吃救济粮而备受歧视。带头人蒙幺爸却不服输，认为贫穷是人多、土少、缺水所导致的，不听蒙三棍的劝说，强行在不宜耕种的山坡上开垦土地，天下雨将开垦的土地泥沙带走，结果庄稼颗粒无收。他又想起用石头拦截留住土地的办法，企图用“坡改梯”的方法增加土地与这“绝地”较量，最终还是无果，村民的生活还得靠国家救济。在用水方面，他采用水沟蓄水，但水却在一夜之间消失。这一系列的实验，没有取得任何效果，蒙幺爸和全村人都不清楚原因。直到专家的到来，才解决所有人的疑惑。专家说：“你们这里是典型的喀斯特地貌，缺水现象是普遍的。”[2]专家继续向蒙幺爸解说：“这是地质学的一个专业名称，简单来说，就是这里的地下有一个大漏斗，不管上面有多少水，都会顺着漏斗漏下去，所以这里很难储存水。”[3]专家还说：“这里人多地少，生态严重失衡。你们自己想想，你们人均才多少地？而且，耕地面积会随着生态环境的逐步恶劣而逐年减少。你们山上的植被已经严重退化，石漠化已经相当严重了，联合国教科

[1] 欧阳黔森：《绝地逢生》，贵州人民出版社，2008，第113页。

[2] 同上书，第112页。

[3] 同上。

文组织把这一类地区列为不适合人类居住的地方。”[1]听了专家这一堆解释，蒙幺爸及众人才明白困境的“困”之所在：因为他们是在一个叫“石漠化”的“绝地”环境中求生存，所以土地才会越垦越荒，水土流失也只会更严重。专家建议搬迁，而蒙幺爸则不甘心，认为祖辈都能生存下来的地方，到他们这一代难道就无法养活人了？他听取王书记的建议，重点抓三方面：“第一，扶贫开发，第二是生态建设，第三是控制人口。”[2]于是蒙幺爸便组织村民种植花椒树，狠抓生态保护，控制人口增长。全村上下一体从村干部到村农户都一起努力，决心让石头“开花”，让石漠化的“绝地”里生出粮食。蒙幺爸以及村里人改变村庄贫困的过程，其实是对国家科学发展观的最好诠释。在自然条件恶劣的地方，必须要因地制宜，要运用科学的手段才能克服环境的困难，仅凭一腔热血蛮干苦干是不行的。故事的结局是：他们真的把一个“不适合人类生存的不毛之地变成了一个伊甸园”[3]。这表明盘江村从最贫穷和落后的山村走上了生态农业、生态文明的发展之路。

《村长唐三草》中也写了这样一个面临“石漠化与生存危机”的村子，石头多，耕地少，人还不少，而到来的大学生村干部“从计划生育谈到人口控制，从石漠化谈到生态建设，从开发扶贫谈到科学发展”[4]，再次强调了科学发展的重要性。《八棵苞谷》中描摹了一个贫穷的小山村：太阳乡白鹰村。它深居苗岭腹地，同样是石漠化严重的村子，土地瘦、水土流失、人口多，导致无地可种，专家提出“退耕还林”的政策来解决问题。

[1] 欧阳黔森：《绝地逢生》，贵州人民出版社，2008，第113页。

[2] 同上书，第123页。

[3] 同上书，第323页。

[4] 欧阳黔森：《欧阳黔森短篇小说选》，贵州人民出版社，2014，第266页。

这村子的村民还重男轻女，不断偷生超生，人口多分地少，粮食均分下来更少，因而村子更加贫困。专家们送一副对联挂在村委会门前——“上联：少生孩子多养猪。下联：多栽树子少放羊。横批：奔向小康。”[1]这副对联再次把扶贫开发、乡土生态意识、科学发展观念植入其中。三崽的爹与村民们后来也明白了这些道理，于是遵循国家的计划生育政策和相关指导，使得白鹰村从最穷的村过渡到小康村。这几部小说都说明了“科学发展”的重要性，也从扶贫开发、生态建设、控制人口三方面表达了作家的生态观念，表明了人必须尊重自然性，才会免受物质与精神的困扰。当代农村只有坚持科学发展观的指导，才能探寻到一条适合人与自然和谐发展的正确道路，这对处理人与自然的关系有重要的启示意义。

欧阳黔森还通过批判人们对环境的破坏来表达保护生态、与自然和谐共生的生态伦理。《白多黑少》是《水晶山谷》的扩大版。《白多黑少》中王东方在大陆青海找到与台湾玫瑰石质类似石头的详情，是在《水晶山谷》中呈现的。七色谷本是个布满美丽石头、风景优美的地方，但这里的石头在商人眼里却变成一堆价值连城的宝贝。萧子北的公司要将这里的石头采卖给台商，山人田茂林无法抵制金钱诱惑，不听恋人劝阻，配合办事者李王、杜鹃红等人无节制地开采石头。最终，美丽的七色谷沦为一片采石场，自然生态被严重破坏。《断河》里，作家开篇便写道：“断河其实不断，它是条流了很久很久的河，没有人知道这很久是多久，总之它还要很久很久地流下去。”[2]作家在作品里坚信断河要永远流下去。但断河边上的断寨，在历史的变迁中成为富集“丹砂矿”的“经济特区”，这种矿烧熔后含有有毒的化学物质“汞”，人们为了生计却无休止地开采。

[1] 欧阳黔森：《白多黑少》，贵州人民出版社，2006，第165页。

[2] 欧阳黔森：《味道》，中国文联出版社，2003，第37页。

十年的时间，汞矿石枯竭，采过汞矿的土地不能复垦，断河还能否永久流下去？小说结尾：“当老虎岭没有了老虎，当野鸭塘没有了野鸭，当青松坡没有了青松，或者，当石油城没有了石油，当煤都没有了煤，这也是一种味道。”[1]这是一种什么味道呢？是来自作家讽刺、批判、警醒的味道，作者告诫人们盲目追求发展，违背自然规律，结果只会适得其反。唯有科学发展，尊重规律，人与自然才能和谐相处。

注重人与自然和谐共生的乡土生态伦理，还要意识到动物也是大自然的一部分，属于生态范畴。所以，欧阳黔森的小说中也通过人与动物的故事来体现敬畏自然、敬畏生命的生态意识。《十八块地》写了卢竹儿与“我”在山洞中偶遇山羊，卢竹儿对这只母山羊和两只小羊充满疼惜和关心，还嘱咐“我”不要告诉别人，但“我”因激动口误告诉了政委，最后母山羊成为大家的盘中餐，两只小羊也被喂死了，从此卢竹儿和“我”再无联系。作家就是用一个小故事向我们传递了对生命敬畏的重要性。而在《敲狗》中，作者更是用短小的篇幅将人性与狗性的差别表现了出来。一方面写出人类的残忍，狗的忠诚；另一方面，作家也巧妙地处理了师父杀狗与徒弟护狗的复杂心境。小说没有明确批判谁，或站在道德立场上去指责谁，杀狗与护狗各有理由，但却用徒弟的放狗行为流露出对动物生命的敬畏之心。陈应松说：“人和动物的生命都是平等的，人应该敬畏动物，敬畏自然，敬畏生命。”[2]《远方月皎洁》中，“我”在地质工作期间收到山村女老师送的小黄狗，长成后却变成平时很亲近它的老李的下酒菜。这既是对狗的命运的同情，也流露出作家对动物的善意与道德良知，进而叩问人性。

[1] 欧阳黔森：《味道》，中国文联出版社，2003，第46页。

[2] 周新民、陈应松：《灵魂的守望与救赎——陈应松访谈录》，《小说评论》2007年第5期。

乡土下的生态伦理凝结着当下乡愁，与乡土现实相契合，也回应着当前乡村在现代化进程中所要注意的问题。作家对当下中国乡村现实有着清醒的认识，才会对“美丽，但却极度贫瘠”的乡村表示担忧，并进行反思。在他看来，当下乡村的知识贫瘠、精神贫瘠和人性缺失是阻碍乡村发展的重要障碍。因为农民在乡土社会中，一方面，由于知识水平有限，会盲目改造自然、破坏自然；另一方面，他们也会受到现代文化中“人类中心主义”影响，追求物质和眼前利益，不顾长久发展，造成自然性的毁灭。关注乡村生态问题，便是关注人的生存与可持续发展问题，小说中对人与自然、人与土地、人与动物等关系的故事处理，都表现了作家对黔地农村地理环境的别样思考，也给乡村发展中的道德建设和价值选择以启示。

（四）小结

欧阳黔森的乡土小说植根黔地，其有关扶贫脱贫、农村变化、农村生态的书写都来自他的生活观察与实地走访，对应的是贵州农村的自然环境和国家针对少数民族地区农村的方针政策，承接的是贵州乡土书写传统中的现实主义手法，也为当代乡土小说注入了带有地域特色的乡土情感、乡土经验。新锐批评家李云雷谈道：“新世纪，中国农村已并非传统意义上的农村了，它出现了一些新的因素，也使旧的因素在新问题中得到了新的表现或组合。如果没有新的视野，不仅无法理解当前的中国农村，更无法创作出具有新意的大作品。如何叙述农村？今天的‘新乡土小说’，应该在继承既往文学传统的基础上，发现农村中的新问题与新经验，并对一些‘老问题’做出新的思考。”[1]这不仅启示作家注意乡土写作的时代性与新经验，也启发研究者关注新世纪作家乡土创作与以往的差异。欧阳黔

[1] 李云雷：《我们如何叙述农村？——关于“新乡土小说”的三个问题》，《江苏社会科学》2009年第1期。

森与时俱进，从自己的生活经历和基层经历中打捞乡土经验，使乡土小说呈现出新的姿态，既有地域性风貌，也有时代性特点。他小说中的乡土书写与贵州以往的作家相比，增加了扶贫、脱贫等新的元素，向读者呈现了农村的另一番新景观、新故事、新农民面貌，展现了新的乡土经验与乡土理解。他的小说，讲述与国家农村扶贫政策紧密相连的故事，写的仍是贵州农村，代表的却是中国扶贫阶段的乡土世界，具有典型性与丰富的时代内涵。小说中的扶贫形象、城乡关系与乡村转型、乡土生态伦理的乡土经验，是新时代的产物，反映的是农民在新的境遇中精神情感与心理成长的变化过程。文学的扶贫实践书写有助于读者更充分地把握现代化潮流中中国社会的真实现状。但乡土经验是复杂的，作家需要有足够的思想情感与知识文化背景，才能给读者以更丰富、更真切的体验。

### 三、地方民族志与现代革命历史的书写

民族志，从学科上讲是人类学的一个分支，《人类学的邀请》一书中这样解释："民族志（ethnography），其词根'ethno'来自希腊文中的'ethnos'，意指'一个民族'、'一群人'或'一个文化群体'；'graphy'来自希腊文'graphein'，意为'记述'。"[1]民族学者刘珩认为："人类学民族志（ethnography）从英文字面来理解是对不同的文化群体（ethnic groups）的生活方式、思维心性、制度体系以及文化创造性等方面进行系统描述的一种书面的文本形式，它以展示这些群体或族群文化的丰富性和多样性为目的并试图通过不同文化模式的比较研究归纳出一般性的规则和普遍意义的理论。"[2]放到文学领域，小说式的民族志为描写少数民族

[1] 卢克·拉斯特：《人类学的邀请》，北京大学出版社，2008，第106页。
[2] 刘珩：《部分的真理——文学文本与人类学民族志的"书写"》，《民族文学研究》2007年第3期。

历史文化、少数民族心理等提供了一种有效的书写方式，本文将它理解为是关于少数民族历史变迁的记录或文化印记，是作家深入地域和民族社会历史的深层，展现对地方少数民族的社会生活、历史图景、民族精神以及文化变迁的认知。欧阳黔森关于贵州少数民族历史的小说《奢香夫人》，记录的是贵州彝族的历史，具有鲜明的民族志性质。小说中蕴含的多元文化理念、不同文化群体的生存样态、民族文化的变迁与认同等问题，都是民族志的研究对象和内容，传递着族群情感和族群文化精神。

革命历史书写与政治文化密切相关，通常有主流意识形态的参与和精神导引。但在经济文化日益发达的当下，重新审视和阐述革命历史问题，能进一步拓展革命创作方向，为今后的革命文学创作提供富有价值的指导。欧阳黔森对现代革命历史的再现，虽有主旋律色彩，但小说竭力规避传统历史小说中的概念化、政治图解式等方面的弊病，尊重历史，理性审视革命历史，解构小说的政治思想价值，并追求贴近艺术的真实，这种革命叙述品质难能可贵。透过本土民族历史和现代革命史的框架，从不同层面和角度关注历史与当下，对类似的历史书写有重要参考意义。

（一）多重矛盾中的身份认同与民族意识

一般认为，身份认同主要包括国家认同、文化认同。国家认同作为一个政治概念，强调的是个体自我的国家认同感。文化认同是指：“个体被群体文化影响之后所形成的对该文化的接纳感觉，是人在一个民族共同体中长期生活而形成的对该民族最有意义的事物的肯定性体认，它的核心是对一个民族的基本价值观念的接受与赞同。”[1]欧阳黔森作为一个非少数民族作家，却努力从贵州少数民族文学资源和各民族历史文化中汲取营养，通过少数民族历史与文化心理的书写，表达对少数民族历史文化的关

[1] 张永刚：《后现代与民族文学》，人民出版社，2013，第148页。

注，在历史的动态中呈现他们民族意识的流变，在民族矛盾和民族斗争中去展现他们身份认同的曲折过程，展示少数民族逐步确立中华民族意识和国家认同的历史过程。

欧阳黔森借助对民族历史中多重矛盾的展现，表达置身历史的人物在身份认同上经历的曲折。《奢香夫人》中，作家给我们展示了贵州乌撒部落与水西部落、四川永宁部落之间错综复杂的历史关系，在元明的朝代鼎革、家族间的矛盾纷争中，在权力与爱情的纠葛中展现出水西和乌撒两地彝族在身份认同上的复杂性。小说开篇便呈现水西面临迫在眉睫的历史选择：支持大元还是大明。水西是大元与大明斗争的必经之地，无法保持中立或独立。这两方都向水西示好，但于水西而言，他们的意图无法揣测，无论借道哪一方，都有引狼入室的风险。既担心他们借让道之机将水西吞灭掉，又顾虑站队选择错误，和选的称臣对象一起被另一方消灭。问题的症结在于：大明与大元双方实力与局势并不明朗，向大元还是大明称臣，水西部落无法准确地权衡利弊，作出决断。身份立场不明确，故而陷入尴尬境地。另外，水西也面临其他危机：乌撒部落仇视水西，屡借元军力量进犯水西，想侵占水西领土，当“西南彝王”；各大头目之间为饮水问题常年“打冤家”；水西二爷为满足权欲，在他的大哥水西君长蔼翠生病早逝后，就开始与摄政夫人奢香争权位，屡生事端；水西的最大头目那珠更是因爱慕蔼翠却求而不得，百般憎恶奢香，甚至刁难、陷害她。小说还写了水西大头目那珠与蔼翠二弟格宗为相互利用而结合的感情，诺哲养女阿离与蔼翠三弟莫里的悲情结局，奢香的贴身侍女朵妮与元梁王养子巴根的爱情悲剧，等等，这些私人情爱恩怨，不断影响着水西对政治方向的判断，民族历史就是在这样的矛盾交叉与情感纠葛中进行，表明民族感情归属、民族身份认同的建构与民族统一意识倾向还需要在不断的民族磨合中才能得以实现。

小说还通过不同人物及人群对自我政治身份认同的历史态度，给我们呈现了少数民族不同立场的潜在矛盾。水西方面：蔼翠、奢香、莫里、刘淑珍等，为水西百万群众着想，看清局势，维护民族团结，同意归属明朝廷；格宗、那珠、努著为个人私欲，不顾民族安危而逞匹夫之勇，哪边利于自我发展便与哪边合作，表面是保持本民族的独立性，实质是为满足自己的野心；赫布、老望以及见义勇为的阿花阿公一家，忠诚但有时又稍显愚钝，在部落中能明辨是非，属于听从安排和绝对服从者。永宁方面：禄照夫妇迫于局势，最先归顺大明，接受封赏。乌撒方面：诺哲老爷为利益牺牲养女幸福，到处结盟。他认为大明统治天下还是大元统治天下并不重要，为元军效力还是为明朝廷效劳也无所谓，关键是哪方能保他当西南王。元军方面：狡猾的元梁王和忠诚的巴根誓死效忠元朝，并执着于重振大元。历史趋势本已如此，他们却做垂死挣扎，不愿投降。明军方面：有建言献策的刘伯温、敢死之士焦光、顾大局与辨忠奸的傅友德，这些人为明王朝殚精竭虑，希望早日实现统一；也有不顾彝族同胞生死与民族团结，在不合适的时机实行改土归流以求建功立业的马烨。他是个激进者，认为普天之下莫非王土，用各种残忍手段打压水西，最后惹得天怒人怨，破坏了民族团结。这些个体及群体在对身份归属上的不同认知和观念，形成多方对立面，暗含了民族团结和睦的艰难以及本民族对获得生存空间的渴求。

在文化认同上，小说中用两个同为彝族身份的典型人物来展现对民族文化的态度。一个是四川永宁彝家女子奢香，后成为摄政夫人。她对汉彝文化持相互包容吸收态度。在娘家时，她看汉书，仰慕汉文化。后嫁到贵州水西，常为蔼翠出谋划策，鼓励他看《论语》，学习儒家学说和政治方略。

她还用书里学到的“亦兵亦民，兵民一体”的方法劝告蔼翠，以此减轻水西彝民负担。看到水西的老百姓采用传统的刀耕火种，却不懂得用牛来耙地，她便决心要改变这种劳作方式。在水西，她还办起了汉人学堂，说服所有排斥汉学的人一起学习汉家文化。奢香认为汉人里有好人，彝人里也有坏人，并不赞同学了汉人文化就会变得好坏不分。奢香没有将水西带往自我封闭，她的“大文化意识”把汉族文化与彝族文化连接起来，让彝族人去学汉族文化里先进的东西，增强对汉族的认识和了解，表达了对汉民族文化的认同。同时，她也有对自己彝族文化高度的传承意识，她虽将自己唯一的孩子陇弟送去大明王朝京城读书，但同时也让陇弟带着彝族文化典籍去，希望水西未来的君长不要忘掉自己的文化。

另一个则是作为水西数年智者，辅佐水西部落三代头领的忠诚之士大总管果瓦。他在水西彝族中有很高的威望，既看到汉家文化的先进和带来的改变，又不愿意承认汉家文化的优越性，对汉文化持抵抗、拒绝态度，视之为洪水猛兽。他还片面地认为汉人很毒辣、阴险狡诈、心眼多，从而对奢香鼓励水西全族学汉家文化的诸种做法嗤之以鼻，充满敌意。他不仅排斥和抵制汉文化，还拒绝接受和使用汉人的东西，甚至对奢香是水西彝族的灾星还是福星一直深表疑虑。但在水西危难面前，立马又会抛掉这些成见，和奢香统一看法。最后见证和承认汉文化给水西带来的巨大发展，从抵抗到自觉融入，学习汉家书本，吸收先进民族文化。文化认同需要过程，两个同为智者又具有导向作用的引领者，代表着多民族文化的走向。对汉文化的接受，表明多民族逐渐实现融合，民族意识也在不断增强。

《奢香夫人》以贵州古代少数民族女政治家奢香夫人为主角，充分肯定她在发展地方经济、维护民族团结、促进民族融合方面的历史贡献，同时将贵州各民族历史文化融贯其中，通过人物的身份认同与民族意识赋予历史感性的力量，艺术性地记录了明代彝族的发展谱系。它不同于单纯对民族或边地风情进行铺叙的“风土小说”，也不是只停留于对少数民族器具、服饰、礼节、风俗等印象化、表面化、符号化的展示，而是在边缘少数民族发展史的书写中，借古喻今地对民族历史、民族文化、民族关系以及民族心理文化展开深度思考，启示各民族相互促进、相互学习、相互融合。

（二）理性视角下对革命的传奇再现

这里的理性，是说作家在革命历史书写中保持一种不受主观情感因素干扰的客观叙事态度，尽可能地去还原革命的历史现场，从而通过对历史的客观重建，让读者在动荡的历史风云中自发感受和判断历史的丰富内容与人物形象，感知历史的苦难、厚重与荣光。“传奇”是中国古代小说的一种叙事传统，较早可追溯到唐代，常指情节离奇或人物行为不寻常的故事。欧阳黔森借鉴这一古代叙事传统，以黔地历史文化为依据，在尊重史实的基础上对其进行创造性的加工，展开民族史、中国现代革命史的书写，呈现一系列带有传奇色彩的革命历史故事，表达富有冒险精神的英雄主义、国家情怀等内涵。

欧阳黔森以史实为基础，严肃讲述历史事实，谱写了发生在贵州这片土地上的红军长征传奇故事。他的长篇小说《雄关漫道》便是关于红军长征的豪迈之作。该小说重点呈现在贵州的这段长征史、革命史，勾连的却是中华民族的长征史，以及关于中国历史进程中沉甸甸的心史。作品详细叙述了兵力悬殊的红二、六军团与兵强马壮的国民党所展开的军事斗争，进而保存力量完成长征这一伟大壮举的过程。对于党中央领导过程中的“肃反运动”扩大化史实、退却逃跑主义等错误，作家没有回避，而是将其在作品中细致讲述。开头便叙述了夏曦代表党中央欲枪毙逃兵、大抓“改组派”与“AB 团”、解散许多党团组织和政治机关的政治局势。这些举动造成党内人员的恐慌，也间接导致无数红军官兵冤死牺牲，削弱了红军力量。小说也再现了党中央关键领导人物的处境：撤职的排长刘二威，被刑讯逼供，背上全是伤痕；曾经精神抖擞、作战才能超强的“虎将”——红七师十九团团长贺炳炎，被关押在土地庙，蓬头垢面地躺在墙角的柴草窝里；中央政治委员任弼时因提议红六军团应该转移而被李德、博古认为是退却与逃跑主义的表现，也在接受严重警告处分，伏案写“检讨报告”。对党处在历史紧要关头的形势及场景刻画，修复了人们关于革命的历史记忆。欧阳黔森也在小说中客观陈述了张国焘的野心与权力欲望，他不顾众人反对，另外成立第二党中央，实行对军队的领导。他调查敌情不准确，误判敌人动机，让贺龙等人陷入被动状态，牺牲数千人。这些情节充分尊重了历史真相。

欧阳黔森对每个历史人物和历史事件的选择都保持理性判断。他没有刻意浓墨重彩地描绘某个人物，而是在红军渡金沙江、赤水河，爬雪山，过草地，走完二万五千里长征之路的推进过程和人物的行为语言以及革命斗争中，让读者感受每个革命个体的重要作用。他说：“历史人物很多，社会事件很多，但写谁不写谁，写什么不写什么，作为一个作家要有坚定的立场和敏锐的洞察力，人物和事件对现实一定要有指导和借鉴意义！”[1]他塑造了领袖人物贺龙、关向应、卢冬升，讲述他们把握正确的政治方向，带领红军战士克服各种困难，配合中央红军完成转移任务；任弼时、李达、萧克、王震坚持正确策略，不在乎个人荣辱，顾全大局；法国传教士薄复礼深明民族大义，帮助萧克等人翻译法文版贵州地图。典型人物与典型事件的书写，表明了家清晰的历史写作意识。小说还塑造了

[1] 乔燕冰：《“深扎百姓生活，哪有写得完的东西啊！”》，《中国艺术报》2015年9月18日。

已瘸左腿却还要忍受用锯子无麻药锯断臂的贺炳炎、瘸右腿的卢冬生、为战士尝草中毒牺牲的罗扬等刚强的指战员形象，他们为革命矢志不渝，在历史趋势中展现了自己的魄力和决断，是革命的中坚人物。

对内忧外患的红军境况与中华民族危亡史的紧迫形势进行书写，还要关注挽救党和红军于历史狂澜，并为革命作出巨大贡献与牺牲的平凡人物。欧阳黔森在《雄关漫道》中不仅再现红军在逆境中怎样完成长征的军事传奇，还关注到了一批易被历史忽略的平凡人物的传奇。他在11万余字的篇幅中刻画了上百个历史角色，同时也穿插了许多普通红军士兵和地方百姓的故事，叙写他们的英雄传奇。作为普通老百姓的丁天娃一家子，由害怕、怀疑到主动加入红军，最后把生命全部交给党。17岁的杨连根是家里的独苗子，父母早亡，家里就只有年迈的爷爷奶奶，但他却特别想加入红军，想为百姓打天下，最后得到家人的支持，成为红军中的一员。他在红军过草地时主动请缨到任务最艰巨的一连去，收容前方掉队的人，在罗扬牺牲后立马接替罗扬的班，毅然带领队伍走出草地。还有像周老先生、小婉这样为革命默默奉献的人，作家没有将这些小人物忘记，而是沿着红军长征的线索，让人物出场。领袖、士兵、百姓三类人，被统一在时代的大环境中。在生死面前，他们并不因为身份和职位而享有任何特权，小说呈现的是有血有肉的历史。

欧阳黔森还借助一些荒唐且令人发笑的故事设置，减少叙述历史的僵化之感，在夸张手法中彰显人物传奇。如国民党陈耀汉请风水先生察看贺龙的祖地与挖贺龙祖坟的情节，他扬言要断贺龙家的龙脉，让这条龙不再那么狡猾，战败后还称自己目睹贺龙是神龙……作品借此荒谬的做法和说法对贺龙形象及其战术进行神化，衬托了贺龙的智慧，也对作为国民党重要军事领导人物陈耀汉的愚昧和无谋行为进行了讽刺。而鄂军骁勇善战的张振汉被俘虏，受到贺龙的优待，也感受到红军铁的纪律、红军为老百姓办事的真诚以及红军与老百姓的亲热熟络，于是被感化并成为红军炮科专业人才，从侧面彰显了红军为人民服务的形象。作家没有对这些历史人物的形象过于抬高或贬低，也没用“好人皆好、坏人皆坏”的政治代言式叙述，而是站在人物所代表的立场客观写作。

与一般的长征题材小说不同，《雄关漫道》还写了几对革命婚恋故事，增强了人物形象的饱满性，展现在战争中革命伦理与爱情伦理、家庭伦理的碰撞，突出个人情感与民族命运冲突时人物保持理性选择的艰难，使小说的英雄主义有了更深厚的人性基础。任弼时曾为革命抛弃了大儿子，此刻又将为不影响革命忍痛送走自己的第二个孩子。李贞与甘泗淇在长征中产生革命爱情，二人虽在众多红军见证下结为连理，但新婚夫妻也立马奔赴革命前线。何梅与罗扬决定在长征结束后再谈儿女情，遗憾的是两人在长征途中却一起牺牲在草地上。欧阳黔森让他们在民族危难的革命场中做小我与大我的选择，这些革命烈士毅然舍“小我”为“大家”，牺牲爱情、家庭甚至性命，展现了爱情与革命的理性碰撞。其种种细节在历史教科书里不会被详细编纂，但变成故事放到文学作品里来讲述，便有了灵魂与深度。

革命传奇的再现还表现在对革命环境与场景的渲染中。《十八块地》中的鲁娟娟是一个崇敬革命英雄的代表，她的房间里放的是《青春之歌》《钢铁是怎样炼成的》《红岩》《烈火金刚》《难忘的战斗》等革命历史小说；给学生上课时，她用充满了革命激情的表演将书里董存瑞炸桥的情景生动再现，充分展现了其对英雄的敬佩。《非爱时间》中黑松的父亲以一名红军英雄形象出现在黑松母亲的世界里，他在母亲危难之际扫倒偷母亲的羊的土匪，并救下母亲。这段父母爱情，经过带有红色气息的浪漫化处理，更加富有爱情韵味。小说中郝鸽子的苏联小哥哥所教歌曲是《山楂树》《红梅花儿开》《中国人民志愿军战歌》，也充满了革命传奇色彩。《心上的眼睛》中还再现了历史上巍峨险峻的红色圣地遵义娄山关，它现在成了后代子孙观光纪念以及学习的红色圣地，但小说通过曾经战火连天的娄山关的历史记忆与当下娄山关的历史对话，讲述了革命遗老丁三老叔对军人的感恩、崇敬与娄山关上的纪念碑等故事，用丁三老叔对红色圣地的重视态度与少女对红色圣地的亵渎态度作对比，反映出市场经济时代下的人们只追求物质与利益，而忽视对英雄精神的传承。

复杂的敌我矛盾与内部矛盾、平凡小人物与大人物、奸佞小人与心胸坦荡之人的对照，既注重了历史主线，又借此将那些鲜为人知却震撼人心的故事搬上历史舞台，塑造他们的英雄传奇。王晓易说：“铁马金戈的红土地上生长，欧阳黔森从小就有英雄主义情结，他的小说，常与理想主义相逢。”[1]可见，家乡的红色文化滋生成他笔下的人物品格，革命中涌现的各个人物与克服长征之路的过程正是欧阳黔森革命历史小说的传奇所在、英雄主义与理想主义的所在，展示了“超意志力”的人物形象及其英勇的艰苦斗争过程。杜国景教授认为：“欧阳黔森的创作，已经是一种与英雄情结难解难分的无意识结构，关系到作家的责任、义务、使命，关系到人文精神的重振以及民族国家的复兴。”[2]而欧阳黔森也坦然承认：“毫不讳言地说，我是一个富于英雄主义情结的人。自小生活在贵州这片红土地上，枕着那些红军长征的故事入眠，幼时我也曾有过铁马金戈、驰骋沙场的梦。”[3]英雄主义情结已渗透于作家的血液，不断活跃在其作品中，

[1] 王晓易：《欧阳黔森：写作就是生命》，《中国青年报》2013年2月26日。

[2] 杜国景：《欧阳黔森的英雄叙事及其当代价值》，《当代作家评论》2016年第2期。

[3] 王士琼：《欧阳黔森：一部小说背后的四级跳》，《当代贵州》2006年第12期。

并成为一种创作信仰。俄罗斯汉学家罗季奥诺夫先生在翻译欧阳黔森的作品时谈道，希望借此让俄罗斯人了解什么是中国的英雄主义。[1]这是对欧阳黔森作品中英雄主义故事的肯定，英雄值得被讴歌，英雄精神同样值得被提倡和传承。

理性视角下对革命的传奇再现，并不像新历史小说那样对历史进行调侃、消解。作家没有刻意回避历史的症结，也不掩盖个人的经验和记忆，关注的是在当代文学的历史景观中，如何写出公共记忆。他将历史与地域文化结合，捕捉本土中的历史元素，通过复杂的叙述模式和对历史的认知，将地方历史与宏大的民族历史、国家历史融合在一起，传承革命初心与红色基因，弘扬长征精神与红色文化。对枯燥的军事革命与长征历史的呈现，既体现了欧阳黔森强大的军事知识素养，也深刻表达了他拒绝遗忘历史的文化人格。申元初在谈贵州长征小说的突破意义时讲道："尽管贵州长征小说是很"主旋律"的作品，但小说摒弃了概念化、公式化、脸谱化的政治图解式叙述，较好地克服了以往"主旋律"作品的旧毛病，在人物塑造、描写语言和人物对话等方面，贴近于生活的真实，着力于用艺术形象来打动人。"[2]欧阳黔森的《雄关漫道》正是体现其"接地气"的重要作品，对革命历史的传奇化叙述，让小说摆脱枯燥、僵硬、缺乏人情味的讲解，以一种有趣的形式呈现在读者面前。

（三）小说的"史诗性"追求

在《马克思主义文艺学》关于艺术的基本原理中，我们可以了解到"史诗"是一个历史范畴的文学现象，根据史诗反映的社会历史内容可以认识

---

[1] 舒晋瑜：《欧阳黔森：创新与突破，必须置身于自己的沃土》，《中华读书报》2014 年 7 月 30 日。

[2] 申元初：《地域特色贴近真实》，《贵州日报》2013 年 1 月 11 日。

到它的庄严性。而在中国“十七年文学”中，“史诗性”是揭示中国社会现象与社会历史本质的一个重要特点。黑格尔认为，“史诗”是“与一个民族和一个时代的本身完整的世界密切相关的意义深远的事迹”[1]。即是说，它承担着反映整个民族、时代精神的叙事职责。王又平认为：“当一部作品具有宏大的规模、丰富的历史内涵、深刻的思想、完整的英雄形象、庄重崇高的风格特点时，便可能被誉为‘史诗性’。”[2]根据他们对“史诗”的阐述，欧阳黔森的历史创作也具备“史诗”的属性和特质。实际上，欧阳黔森已自觉地把“史诗性”当作历史小说的追求来进行创作。洪子诚老先生说：“史诗性是当代不少写作长篇的作家的追求……这种创作追求，来源于当代小说作家那种充当‘社会历史家’，再现社会事变的整体过程，把握时代精神的欲望。”[3]欧阳黔森创作出《雄关漫道》《奢香夫人》等较为优秀的历史叙事作品，呈现宏大的历史背景、表达历史必然与伟大胜利、展现壮丽远景等正史画面，正是其“史诗性”追求的表现。

欧阳黔森在书写少数民族历史与革命历史时，不是孤立地讲述地方革命历史、少数民族历史，而是在一个宏大的斗争场景与历史进程中展开叙事，将地方历史、民族文化上升到国家层面，与中华民族的总体历史联结，用一种国家视野去构思作品，并通过民族历史、红色历史来唤起读者的情感记忆，从而呈现“宏大叙事”的特征与深远的历史意义。《雄关漫道》既反映贵州民众参与长征革命的历史，也写中华民族的长征革命史。《奢香夫人》既书写彝族的保家卫族史，也扣住一个朝代的更迭史。两部小说对家国情怀的强调与民族团结统一问题的反映，是对当代社会中危害国家

[1] 黑格尔：《美学》第三卷下册，朱光潜译，商务印书馆，1981，第107页。

[2] 王又平：《新时期文学转型中的小说创作潮流》，华中师范大学出版社，2001，第330页。

[3] 洪子诚：《中国当代文学史》，北京大学出版社，1999，第108页。

安全、破坏民族团结等现象的现实观照与反思，也是“史诗性”追求实现的效果，体现了作家把握时代动向的意识。

欧阳黔森的“史诗性”追求除了表现在重大社会历史内容的反映上，还通过人物具有历史性意义的功绩来表现。《奢香夫人》中的民族女英雄奢香，在协助明朝统一，促进多民族文化融合、团结进步与共同发展等方面功不可没。奢香作为普通彝家女子，她性格爽朗、知书达理，路见不平会拔刀相助；作为水西君长夫人，奢香替夫掌权、代子执政，忍辱负重，为平定西南局势，安抚民心，顾全大局，即便遭受裸背鞭刑，也含泪阻止彝族子民举兵反大明朝廷，最后得到明朱元璋的肯定。她开辟龙场九驿，打通贵州到云南、四川、湖南及中原内地的经济文化交流通道，并且兴办汉学，增进汉民族与西南民族在政治、经济、文化上的联系，为水西百万彝民带来安宁和祥和，促进贵州经济发展和社会进步。无论是与乌撒诺哲的周旋，还是与元梁王的斗智斗勇，抑或是与明军的心理较量，奢香都表现出大智大勇大无畏；无论是对内的政治斗争，还是对外的外部矛盾，她都处变不惊。奢香既能审时度势，顺应历史潮流，也能在时代纷争中保全自己的族群。她以民族团结为重，为明朝的团结统一作出重大贡献。同时，她的仁爱反战又不得不战的大勇大义品格，民族大爱、宽容的精神，无论对水西还是对大明，都避免了很多战争和伤亡，对当今时代民族如何相处有一定的启示意义。

欧阳黔森对于“史诗性”的追求，其基础是充分重视史实的还原。作家秉持“用正确的历史观书写历史”的原则，对历史充满尊重与敬畏，这源于作家对弘扬民族精神、传承民族文化的责任担当，能够透过事件的表象去发现沉潜于深处的历史必然性。历史连接过去、当下和未来，无根据地想象历史，媚俗地编造历史，只能扭曲对历史的客观认知，进而扭曲我们对现实的理解。雷达说："对'消费历史'的叙述者来说，自然不必为历史精神负责；但对严肃的作家来说，寻找真实的历史，寻找历史文化之魂，仍是他们一贯的痴心追求，甚至为之虚构出一个世界。"[1]欧阳黔森属于后者，他没有以解构历史的姿态书写历史，也没有为迎合读者而以媚俗的方式去寻觅历史的隐秘与幽暗，更没有如同历史教科书式地说教。他努力寻求历史的真实，以艺术的方式演绎出历史精神的真实，力求于历史中挖掘民族精神、民族灵魂，呈现小说的丰富性与复杂性。

欧阳黔森以严谨的创作态度去挖掘历史、寻找历史、还原历史，积极对应了国家主流价值观。为寻到历史材料，他做了大量的走访、调研、查阅资料工作。"他始终坚持植根于现实生活，到生活的第一现场寻找素材，以便能够写出真实可信的故事。比如，为了写好向长征胜利 70 周年献礼的作品《雄关漫道》，他重走长征路，深入革命老区，走村过寨地采访、收集材料；为了写好农村题材作品《绝处逢生》，他先后两年扎根基层，深入体验生活；为了写好历史题材作品《奢香夫人》，他深入乌蒙山脉腹地与彝族群众交心交友，广泛收集了民间故事传说。"[2]通过前期扎实的准备过程，一定程度上保证了历史创作的全面和准确。欧阳黔森认为，如果是历史题材作品，深入生活会唤起创作者的历史感觉。[3]尽管文学层面的历史叙述因文学本身的虚构性，难以做到绝对真实，但欧阳黔森却能在一定程度上保持客观、公正的叙述立场，在"史诗性"追求中再现历史真相。《奢香夫人》取材于真实的历史事件，全景式地展现了元末明初贵州彝族的历史和朝代的政治变迁，为彝族历史与民族文化提供了一个较

[1] 雷达：《重新发现文学》，中国书籍出版社，2014，第 188 页。

[2] 黄尚恩：《欧阳黔森：从家乡沃土发掘文学素材》，《文艺报》2015 年 9 月 21 日。

[3] 同上。

好的小说范本。《雄关漫道》中关于数名红军集体在石阡县甘溪困牛山跳崖的场面，他在访谈时就谈道："当时红军一部在石阡县甘溪阻击敌人，弹尽后，百名红军集体跳崖。我们查看了实地，并采访了当地的老人。红军战士大无畏的牺牲精神激发了我的创作热情和灵感。"[1]欧阳黔森亲自查看实地、询问当地老人，然后将其转化为历史小说的叙述方式，使悲壮的感染力度更强，更能触动人心。

洪子诚认为："史诗性在当代长篇小说中，主要表现为揭示'历史本质'的目标，在结构上的宏阔时空跨度与规模，重大历史事实对艺术虚构的加入，以及英雄形象的创造和英雄主义的基调。"[2]这在欧阳黔森的历史题材中通过内容和结构得到呈现，无论是贵州少数民族的历史还是中国的现代革命史，在彰显英雄主义的同时，更多体现的是民族团结、和谐统一的国家意识与民族文化融合的观念。有研究者指出：要真正了解欧阳黔森，要真正读懂他的作品，切不可忽略《雄关漫道》《奢香夫人》或《绝地逢生》。或者说，恰恰在这些主旋律长篇作品里，隐含着欧阳黔森最重要的情感诉求。[3]由此，要深刻理解欧阳黔森历史小说的时代话语内涵，不可忽视这些作品。欧阳黔森通过对少数民族历史与红色历史的挖掘，强调在个人情感、家庭伦理与民族危机、国家灾难面前，无论是奢香夫人、保守的智者果瓦管家，还是任弼时或贺龙等，都选择抛弃个人恩怨与别离的痛苦，从容应对，积极配合，全身心投入拯救民族危机、摆脱民族灾难的斗争中去，最后才实现了民族统一、文化的融合，彰显出作家深厚的历史情怀。有着强烈文化自觉的欧阳黔森，热情投身主流文学的宏大叙事，

[1] 吕慎、柳路：《欧阳黔森："金牌作家"的三个情结》，《光明日报》2015年9月17日。

[2] 洪子诚：《中国当代文学史》，北京大学出版社，1999，第108页。

[3] 杜国景：《欧阳黔森的英雄叙事及其当代价值》，《当代作家评论》2016年第2期。

既是对当代社会问题的回应，也体现出作家对民族历史与现代革命史的个人化的思考。

（四）小结

欧阳黔森在文学层面关于地方“民族志”与“现代革命”历史的传奇叙述，既是对历史的再现和还原，也是对历史细节的有情化补充和丰富。“文学在某种意义上承担了历史文本所无法完成的使命，达到了历史文本所很难达到的历史深度。”[1]这种文学式记录历史的方式向读者传递了个体的生命价值与民族共同体观念，使历史事实在文学中更加生动、活泼、耐人寻味，让客观的历史内涵在文学中具有巨大的历史容量。每个时代都需要通过解释历史的“新努力”来唤起历史记忆，掌握历史生活的根本。欧阳黔森传递主旋律的历史小说，是对历史记忆的重视。刘大先曾谈到主旋律的两重关键，一是如何重写历史，二是如何表述当下。[2]欧阳黔森于民族土壤中挖掘历史故事，于矛盾中诉说实现身份认同与民族意识的曲折，于理性中再现革命历史传奇，兼顾了历史与当下，警示人们在历史记忆中牢记历史经验和教训，弘扬民族精神，培养爱国主义情怀，使宏大叙事背后的现实意义得以表达，强化了对历史重述的反思和当代体认。

## 四、都市人的精神困境与价值迷失

欧阳黔森小说创作的第三类题材是对都市人精神困境与价值迷失的思考。他早年从事地质工作，看到的是祖国的奇山异景，接触的更多是奇人异事，这使他对生活充满着浪漫想象，但回到大城市后，看到的却是改革

[1] 张清华：《存在之镜与智慧之灯——中国当代小说叙事及美学研究》，福建教育出版社，2010，第 251 页。

[2] 刘大先：《千灯互照：新世纪少数民族文学创作生态与批评话语》，暨南大学出版社，2017，第 74 页。

开放初期以及20世纪90年代以来的城市化进程中，人们追求金钱的疯狂与社会生活的无序，作家感受到的是商业文明下的金钱欲望对人们心灵的腐蚀。7年的商海经历更是让他对城市人的欲望化生活与人性有了更深刻的认识。返城生活的空虚、孤独、寂寞，婚姻情感的困扰与枷锁，理想失落与无法把握现实的焦虑、恐慌、无所适从感，都成为作家对现代人精神困境及其价值迷失的关切点。他的《白多黑少》《非爱时间》等小说便是反映现代城市病症的作品。就像李洁非在《城市像框》中说的那样："作家们以城市人的身份感受城市、理解城市、表现城市，分享着改革和现代化的困惑。一方面描绘城市人的精明、智慧和力量，一方面凸显人们在商品、金钱、欲望、丑恶裹挟下的妥协和挣扎，寻找在文明被撕成碎片时人的价值和操守。"[1]欧阳黔森的都市系列作品，便是对社会发展中人们的价值操守被撕碎的思考。

（一）物化的欲望与道德失范

市场经济背景下，城市化进程加快，既带来了高度发达的物质文明，也促进了人们生活水平的提高，把人们从窘迫的生存环境中解放出来。但城市中被物质充斥的空间氛围与层出不穷的各类新兴事物，也干扰着市民的生活。受物质利益的驱动，个体陷入被物质诱惑和蒙蔽的生存困境中，人们在物化的时代中逐渐滋长出强烈的物质欲望，不再只寻求基本生存资源的满足，而是想方设法无限度地追逐物质财富，导致社会风气被败坏。在金钱与物质面前，传统伦理道德被解构，原有的价值体系被分化，代之的是道德渐趋失范，人们的价值观扭曲，社会功利化倾向严重。社会价值与生命价值以物来衡量、展示，都市不再是人们休养生息的乐园，而演变成制造问题的场所。对现代社会的物欲横流，道德失范后的无序状态，欧

[1] 李洁非：《城市像框》，山西教育出版社，1999，第5页。

阳黔森在他的一系列小说中表示出深深的忧虑。他审视城市化进程中都市对现代人的诱惑和同化力量，以及光怪陆离的物质欲望现象，关注都市时空里人们的工作、生活琐事，精心勾勒出人们在现代城市生存中的物欲化表现，展现道德失范后的都市面貌，表达他的城市关怀。

《白多黑少》是一部典型的城市职场小说，欧阳黔森在小说中成功地塑造了一个道德失范的商界人士形象。主人公萧子北作为企业老总，秉承一切为了公司发展、利益最大化的宗旨，本该为人正派、以德服人，带领公司谋求长远发展之道，但他的管理风格却是圆滑、虚伪、颠倒黑白与不择手段，这在他处理与下属、外商等人的复杂关系中得到鲜明呈现。他与何人脊从战友变成老总与下属的关系后，对何人脊的工作安排早已超越其对公司的应尽之责。为获得政府的绿色食品项目和解决项目资金问题，他示意何人脊用美人计攻陷与他们商谈投资珠宝公司的台商，让台商投资600 万元，而选的美人对象则是萧子北假装不知情的何人脊的心爱之人小张，还扔给她 50 万元。萧子北用“金钱万能”的认知，买断他人身体与个体幸福，但他对二人并无内疚，他深知牺牲的对象不是小张也会是别人，因而没有对自我有任何道德或道义上的谴责。萧子北与女助理杜鹃红在高速通道上违规停车，助理凭借与交警队长的战友关系，被扣车却振振有词，不交执照和罚款，还要求大队长亲自送她通行。萧子北明知交警是职责所在，错在他们不按法规办事，但他的处事办法却是让这个交警以后去换岗。人情与金钱、权利成为他们漠视法规的帮凶，现行条例成为摆设，这是对当代社会中借助“熟人社会”、钱财、职位之便而不遵守法律法规现象的反映，以及对个体道德建设薄弱的揭露。萧子北赞助失学儿童、帮助办希望小学，还专门请日报记者去报道这些事迹，表明这只是一种借助公益活动宣传公司、让公司扩大社会影响的商业手段，企业的目的性远超过活动的公益性。他们担着仁义道德之名，却只顾追逐商业发展，这也是对当代现实社会的反映。正如李洁非所讲：“物化时代的来临影响着人们的价值观念……道德良知标准让位于金钱标准。”[1]在商业社会里，人过多追求金钱至上和物质利益，职业道德被淡化，商业伦理被忽视，人际关系转变为一种被金钱所量化的利益关系。

现实社会中政府官员贪污腐败、商人唯利是图而忽视道德制约、触犯法律甚至损害公众利益的案例也不少，欧阳黔森密切关注现实，将之化为小说，展现他们的物化欲望与道德失范。《白多黑少》中A县谢家禄作为政府官员，用不正当手段谋取利益，将“我们又是贫困县”作为“好消息”看待，实质是看重贫困县的多项优惠政策，想从中捞取利益而不愿摘帽。而报纸、网媒报道的声讨则充当了社会维持秩序的舆论工具，为人们内心的道德信仰缺失止损。《白多黑少》还通过市开展打恶除黑运动中老兵城出问题的事件，充分展示金钱欲望下商人们道德沦丧、良知全无的社会现象。萧子北公司的娱乐部经理小李私藏毒品、逼良为娼、养“三陪小姐”，被抓走盘查，使老兵城名声受到影响，运营陷入瘫痪状态。表面看老兵城的损失皆源于小李的不正当商业操作行为，但事实是公司的运营主要靠娱乐部来维持，而老总和员工都默许了这种行为的存在，这暗示了普通人为自身利益也成为施害者的帮凶，暴露了企业发展中自私自利的心态。对于老兵城事件，老总萧子北一直强调：“我们公司可是走白道的，黑道是不走的。”[2]他处理这一事件的托词是：“这事我不知道。你小杜也不知道，随便吧！我们公司的形象是正正当当的，黑道是永远不沾的，我们也不可能有黑证据让人抓住。既然我们不走黑道，就不能让人觉得我们沾黑道。

[1] 李洁非：《城市像框》，山西教育出版社，1999，第8页。

[2] 欧阳黔森：《白多黑少》，贵州人民出版社，2006，第69页。

黑多白少是大罪，白多黑少是小罪，我们哪一条都不沾边，走的是阳光下的白道……”[1]他摆平此事的措施是：“小李的问题，老兵城要主动协助公安部门调查，这样我们主动一点，不过分寸要把握好，该揭发的要吴三良揭发，该内部处理的，决不外泄。”[2]前面的话语展现出他的深明大义，而后面则透露出他处事的老练、圆滑。他早已清楚娱乐城调查只会暴露更多问题，为维护老兵城的形象及发展和辛苦几年做的投资，“不外泄”公司里患有艾滋病的小姐，不让他们在法院上被公开判死刑。“内部处理”是借这群小姐吸毒成瘾且时日不多之机，提前让她们死于过多服用毒品剂量，从而成功掩盖公司罪责。他嘴里说的是“行得正、不怕事”，却屡次逃避责任、触碰法律底线。他玩弄商业权谋，巧妙给公司辩白，但公司的运营行为早已越过道德界限。那套“白多黑少”的公司观念，与整部小说中的人物行为背道而驰，这既是对站在道德和法律边缘上的现实人物的揭示，也是提醒他们把握好物质欲望与道德、法律的尺度。

欧阳黔森还书写了物质生活丰富后的人情冷暖、世态炎凉，反映道德失范后人们的丑恶心态。《非逃时间》以“瞎子”被假双规为导火索，引出一群老知青战友商讨如何解救“瞎子”的故事，演绎出一幅道德外衣包裹下的人情世态图。昔日的知青战友收到曾经本分老实又善良的“瞎子”被双规的消息，表现出不同的态度。四个工人把“瞎子”事件作为笑料谈资，为“瞎子”损失“一陪二陪三陪”的待遇而感叹，又猜想是什么将“瞎子”带入歧途。他们有幸灾乐祸之感，又碍于昔日情分上的道德感而故作关心之态。四个处级干部——市文联主席司马林、文化局副局长谢红星、剧团团长高起、工会副主席罗志广，心有戚戚焉。他们努力想解救办法，极力

[1] 欧阳黔森：《白多黑少》，贵州人民出版社，2006，第70页。

[2] 同上。

表明自己的有情有义，但又相互推卸责任，担心“瞎子”威胁到自己的地位、利益。比如高起曾在“瞎子”那报销发票，拿了不少好处，但听到“瞎子”被双规，便站在道德制高点上责备“瞎子”乱搞。在三个鸡村希望小学的剪彩仪式上找到“瞎子”，高起又极力表明自己在他消失过程中对他的付出与关心，最终高起如“瞎子”先前许诺的那样，成为市文化局副局长。他们讨论处理“瞎子”的“二奶”事件，地点是设置在红雨茶庄闲趣包房。讨论其实只是形式，司马林还带了自己的漂亮学生柏红来参与，话题也就转移到了柏红身上。实际上，他们的知青之谊已变成枷锁，他们顾虑对“瞎子”事件不闻不问会落人口实，内心仅存的道德感逼迫着他们关注“瞎子”的动静。而“瞎子”曾包养的“二奶”王丽莎，前期极力表达爱之深，实质是为钱财和房子，得知“瞎子”被降级后便不再搭理他。这是一部知青职场现形记，将知青人形象逐一呈现，表明在都市商海和职场的物质、权力欲望中，道德退居次要地位，人际关系异化，揭露了职场的险恶与人心的叵测。

过分追求物质使人们变得现实，不仅刺激了物质欲望的膨胀，还暴露出他们的小市民心理。《五分硬币》中一枚 1966 年的五分硬币曾是重要的寻人线索，但在消费时代里，这枚发行最早的五分硬币，最终也只是妻子眼里价值一百元的收藏品和传家宝，说明这个杂糅喧哗与躁动的城市空间，正在不断地支配着当代人的价值观念、思维方式。欧阳黔森用这些都市小说，呈现出在被金钱规训的社会和欲望化的城市空间里，人们追逐金钱的欲望不仅侵蚀人们的心灵，也破坏了人与人之间纯洁的情感，使人与人之间的关系变得脆弱，甚至带来道德底线的崩塌。欧阳黔森通过这些小说，启示都市人在物化生活中管理好自己的欲望，坚守道德信仰，坚定道德操守。

（二）迟疑与困惑的都市婚恋情感

中国当代城市的加速发展，牵动着都市男女的心灵，也影响着他们的情感世界。都市男女在单调的婚恋生活中和压抑窒息的环境氛围里，时常感到焦虑、空虚、煎熬，这种内心的焦躁和恐慌感往往使人们选择用欺瞒和背叛的方式试图挣脱心灵上的困境，因而带来新的婚姻、家庭和两性问题。在这种社会文化背景下，欧阳黔森的都市婚恋情感书写自然与以往婚恋书写不同，主要体现在都市人婚姻问题的多元化、婚恋观的变化上。他在都市小说里塑造了许多职场白领、都市外来者、普通市民等人物的情感生活，不仅讲述他们的凄美爱情以及婚姻故事，还叙写了发生在他们身上的情感出轨、移情别恋等问题。他们抛弃爱人或家庭，去拥抱新的生活，给彼此造成情感伤害，加剧家庭婚姻的矛盾。这些在爱情婚姻中的背叛者与迷茫者，既对过往生活充满怀念，又因无力改变现状而无奈地被现实推着向前，呈现出男女主人公在处理爱情、婚姻关系中的迟疑与坚守的矛盾心理状态，反映了当代社会中真爱难觅、情感贬值、婚姻脆弱等情感困惑难题以及精神镜像。

造成都市婚恋者在情感上迟疑与困惑的原因很多。一方面，城市意味着机遇与发展，关乎自身长远利益。都市男女心灵受到物质与现实的强烈冲击，在爱情与自身发展的现实相冲突时，他们选择放弃原有的爱情浪漫，随之而来的是对于爱情的快餐消费，爱情的永恒性质被消解，失去了它原本的意义。因此，欧阳黔森塑造的人物，通常选择追求自身发展而留在大城市，酿成爱情悲剧，揭示了现实生活中男女青年的无奈心境。他常将地质工作作为小说的叙事背景来展示城市自我发展与理想爱情间的选择冲突。《远方月皎洁》前部分讲述“我”在地质工作期间与乡间女老师卢春兰产生爱情的故事，后部分写“我”三年地质工作结束后的返城生活。爱情与城市生活不能兼得，“我”选的是违背与她的誓约，回到城里。卢春兰成为被抛弃的对象，“我”则变成负心汉，放弃爱情的选择表明城市的巨大魅力。“我”现在虽已结婚成家，但珍藏数十年的狗皮却代表着对昔日恋人的愧疚与思念。他们的爱情在浪漫唯美中开场，却又在悲哀与凄凉、惋惜与悔恨中散场，折射出城市理想与现实爱情的矛盾，以及人们在这种矛盾中的痛苦。《有人醒在我梦中》同样展现了主人公在过去的浪漫回忆与现实婚姻中的复杂情绪与煎熬。“我”早年在地质队农场做工便倾心于白菊，后因去省城读书的选择，让白菊成为过客。“我”现在虽有着时髦的妻子，却执着于美好的遗憾。欧阳黔森没有书写“我”与妻子在情感上的太多细节，而是着重写“我”与白菊的故事，强烈表达主人公既怀念曾经的美好爱情，又不愿割舍城市所带来的一切可能。这些小说都以男主人公口吻，讲述他们选择的道路并未消除他们对昔日爱情的眷恋，反而使他们陷入更深的感情问题与苦恼中。他们在现实生活中虽早已有自己的人生伴侣，但精神上却仍然情不自禁地追忆逝去的爱情，这样的心理矛盾使他们在情感生活上继续面对迟疑和困惑的精神状态。

另一方面，都市生活环境充满诱惑性，人们的情感生活避免不了出现各种各样的问题，一夜情、婚外情等对情感不忠诚现象也常有，从而显现出都市人病态的爱情婚恋观。欧阳黔森将都市情感故事放置在城市商业化背景下，细致描绘都市男女在爱情上的斗智斗勇，反映都市情感的复杂性。《白多黑少》中主人公萧子北是一个情场高手，他在妻子罗淑碧、公司得力助理兼战友之妹杜鹃红、情人南岚三个女人之间巧妙地进行感情周旋。他对老婆的态度是：“我想把她视为我最清净最安宁的地方，也就是一个可以让心放牧的地方。”[1]但他却不断在情妇南岚身上找寻刺激。对自

[1] 欧阳黔森：《白多黑少》，贵州人民出版社，2006，第1页。

己在感情上的不忠问题，他用“酒肉穿肠过，佛祖心中留”来减少负疚感。[1]他要求情妇南岚不能参与公司事务，不能到公司做事。与南岚长期维持情人关系是源于这种逻辑判断：“一个女人如果在一个男人面前永远不暴露出她的野心，这是令男人多么可怕的女人。一个女人不讲索取，只讲奉献，这是世界上很多伟大的女性都做不到的，这种人是绝不可能成为我的情人的。”[2]而南岚直接提出去公司的要求，正好暴露女人的弱点，也证实了她心机不深，这是她长期受宠的原因。但萧子北对助理杜鹃红却“永远只能保持上下级关系”[3]，“因为她做我的夫人和情人永远比不上做我的部下更能让我体会到她对我公司的重要性”[4]。小说通过萧子北与妻子、情妇、助理的多重关系，呈现出当代都市男女情感生活的混乱。小说还写了萧子北的战友陆伍柒，他一边无法忘记已牺牲的初恋对象萧美文，将她的照片挂在大厅里，一边又过着花天酒地的生活，用堕落来麻痹自己。他说：“男人嘛应该是太阳，你们这些花朵才会茁壮成长。来，花朵们，到太阳哥哥我的腿上来。”陆伍柒一手抱着小姐，摇唱着：“卡拉 OK 是个怪，我老人家年近五十才学坏，口里吼着《迟来的爱》，怀里抱着下一代。”[5]陆伍柒的言行呈现了在灯红酒绿的世界里醉生梦死、混沌生活的一个浪子形态，他将爱情视为玩物，揭示了现代都市里部分人情感世界的空虚。

欧阳黔森笔下的爱情故事，是他深谙都市人性心理的写照。他详细描写都市男女在爱情中的病态行为，揭示都市人的精神情感困境。《味道》

[1] 欧阳黔森：《白多黑少》，贵州人民出版社，2006，第 12 页。

[2] 同上书，第 10 页。

[3] 同上书，第 6 页。

[4] 同上书，第 8 页。

[5] 欧阳黔森：《非爱时间》，贵州人民出版社，2004，第 43 页。

通过“我”与方冰、方雪两姐妹的畸形三角恋，以及三人在情感上展开的多次心理较量，反映当代都市情感的复杂性。“我”误解方雪对我无感情，而将追求对象变成方冰，表明他在爱情对象选择上的随意，三人的畸形关系就此展开。“我”在方冰背叛感情后对她流泪挽留，实质是想让放学的妹妹看见，以便维护“我”在她心中有情有义的形象，但又极力配合着方冰的表演。方冰喜欢被别人穷追不舍、纠缠不休，以炫耀别人对她死缠不放、将爱进行到底的成就感，寻求她活在别人心里却要快刀斩乱麻、撒手不理的得意之感。她极力造成“即便她对爱情不忠、‘我’仍非她不娶”的假象，而“我”也如她所愿，顺应她的心理。“因为她是老手，我是新手。”[1]最终“我”与方冰分手，却将原因归结为没有“练习”过爱情。而分手后的“我”已有妻子，又与方冰保持着暧昧关系，继续在宾馆欲擒故纵、玩弄彼此情感。二人在情感上的心理斗争，充分暴露了城市人精神情感的空虚、无聊姿态。《姐夫》展现的也是现代都市中的畸形爱情观。“女人在爱恋中，喜欢把简单的搞复杂。男人在恋爱中，喜欢把复杂弄简单。女人要玩简单到复杂的游戏，男人几乎都会痛苦却又会显得乐意地配合。而男人要把复杂弄简单，却几乎没人回应。”[2]这是小说中对于男女两性感情的认识，也是对肖一水与“我”感情把戏的诠释。“我”自称爱情小白，却与肖一水、肖二清两姐妹都有情感的牵扯。不同的是，作为肖二清的准姐夫，“我”始终坚守着对肖一水的爱情责任，而肖一水则把“我”当泄气工具，不尊重“我”的存在，与前男友密切联系。最终因肖一水身体出轨和泼辣性格，导致两人关系破裂。两篇小说里的男女主人公为维持恋爱关系，不断上演充满辛苦与痛苦的爱情循环，这是都市世界里的病态

[1] 欧阳黔森：《欧阳黔森短篇小说选》，贵州人民出版社，2014，第 226 页。
[2] 同上书，第 192 页。

爱情观念给他们带来的情感精神上的困扰。

此外，都市男女由于自身优越的物质条件，生活并不受制于柴米油盐。每天机械化、程式化的生活使他们的感情少了许多考验，他们渴望得到爱与被爱，却找不到爱情的存在感。人们逐渐对婚恋情感生活充满了焦虑、猜忌和不安，表现出对爱情、婚姻的不信任。夫妻间的关系只是一种各自相安、维持和谐的状态，缺乏心灵上的沟通与交流，部分还呈畸形式发展，美好的爱情只能在回忆里追寻，精神生活成为他们内心缺失性的存在，并通过各种矛盾表现出来。《非爱时间》正是反映都市婚恋生活中激情退去后男女情感状态的作品，它主要讲的是黑松与妻子郝鸽子彼此间的情感信任危机问题。二人经历许多挫折才成为夫妻，到了和平年代，却没有任何挫折足够检验他们对彼此的爱有多深厚，平淡的生活让妻子烦躁不安，两人的婚姻生活陷入一种麻木状态。知青老友的相聚则是两人感情考验的拐点，黑松的初恋对象卢竹儿的到来，使妻子焦虑二人旧情复燃，而鸽子的儿时玩伴库兰诺夫的到来，也给黑松带来了无限的压力，两人屡次陷入争吵甚至冷战中。这其实是虽苦却浪漫的青春岁月与都市情感生活丰腴却苍白的对比所带来的困扰。小说还插入对十八块地知青岁月的回忆，通过对知青农场细微且丰富的日常生活的描摹，彰显一种怀旧情结和岁月流失的中年情结，反衬出改革开放后物质经济发展所带来的情感空虚以及都市男女的困顿与迷茫。

欧阳黔森用平实的语言叙述都市生活中的夫妻、恋人之间因对感情的平淡、疲倦，而对彼此的情感产生怀疑、逃离、背叛，反映都市人在苦闷现实下走向堕落、空虚的精神情感困境；对爱情的消费也反映出都市男女对情感慰藉的向往，进一步表达作者对都市人婚恋情感状态的关注。

（三）理想失落下的精神家园重建

在消费性与利益性的生活语境下，都市人的内心常处于一种荒芜状态。在他们眼中，生活的美好图景破碎而凌乱。他们时常感受到对现实的无奈、幻灭、迷茫等消极情绪，对生存环境悲观疑虑，对现实情感淡漠和疏离，甚至走向精神的虚无困境。都市中繁杂而又琐碎的生活，无疑是一种病态的生活。欧阳黔森结合个人的成长经历以及生活体验，没有对城市现实一味迎合、无条件认同他们的价值观，而是站在启蒙的立场，用充满理性的眼光对都市不同群体的生活进行书写，关注世俗大众的百态人生与精神渴求，充分再现都市人的生活方式与生命状态，并通过他们在理想失落后的挣扎，展现他们对生命的理解和对生活的态度，以及在批判病态生活基础上进行的个人化精神家园的寻觅。

20 世纪 90 年代后期的部分城市群体，是从城市派放到乡村工作、再返回到城市生活的群体。他们本想在城市大干一场证明自己的能力，却在快速发展的城市中遇到许多问题，城市涌现的生活方式、交往方式、娱乐方式等都变得与他们记忆中的城市不一样，他们无法做到坦然接受，也无法很快适应和融入，因而变成城市中的边缘人物。欧阳黔森关注这部分群体，也关注他们在城市的生存状态，了解他们前后生活的差异、精神情感的变化。长期穿梭在深山野林的地质工作者，如《穿山岁月》中的“正确”，回到城市后，为娶妻生子、养家糊口，抛弃老本行工作和专业知识，不再去野外，却只能成为城里摆小摊卖水果的商贩。他变得沉默寡言，返城后心灵的栖息地早已倒塌，地质工作中的冒险激情与果敢的精神朝气不复存在，剩下的只是生存留下的磨痕，折射出理想与现实的落差，继而产生个人心灵世界的失落感与精神世界的幻灭感。欧阳黔森花了大量笔墨讲述野外地质工作中的奇人异事、奇山异景，一方面是想表达对艰难而又充满激情的野外地质岁月的怀念，为现实生活提供心灵上的精神支柱；另一方面则是借助人物对特殊经历的回忆表达对城市生活状态的不满与反抗，以及对处于都市世界中的群体和个人存在价值的追问。

从知青农场返回到城市生活的知青群体，他们的生活以及精神动态也是欧阳黔森关注的对象。《非爱时间》中十八块地上的知青群体对知青农场生活展开的回忆，不再是七八十年代知青文学里的“诉苦”与“炫痛”，也不再是对知青生活的一味抱怨和诅咒。他们以一种温情的方式回味和审视这段生活，我们看不到农场学习的艰辛疲惫、痛苦，相反体验到的是知青战友充满理想激情的岁月，还有一起劳作的温暖与感动。对比回到城市后的现实生活，他们面临许多生活考验。他们曾是城市发展的主力军，如今却成为城市发展的门外汉。农场所学到的技能在城市里并不适用，甚至遭遇淘汰，城市需要的是强硬的知识与专长，这些人处于一种尴尬状态。但这些群体对知青生活的怀念与追忆，并不是表达逃离城市的诉求，而是反映目前在喧闹繁杂的城市中的真实状态，从而寻求生活位置和价值意义的精神寄托。此外，将人物的前世今生进行对照，知青岁月的理想主义情怀与当下信仰缺失的精神状态也形成鲜明对比，一种对岁月流逝的慨叹之情得以自然呈现。环视城市灯红酒绿、夜夜笙歌的生活作风，更加剧了人们对都市中空虚生活状态的批判，对无所皈依的灵魂寻觅一个精神家园的呼唤。

城市象征着喧嚣、繁华，也意味着压力。欧阳黔森从消费主义时代下底层弱者的生存图景，呈现现实与理想的差距，表达对弱者的同情。《白莲》里，阿南和白莲作为社会底层的市民，想努力在城市站稳脚跟，却要通过牺牲爱情才能实现。阿南月收入才 600 元，把日常花销去除，每月几乎入不敷出。白莲从不出台到最后高价出卖自己的“初夜权”，放弃了日日在她窗前吹箫、却买不起房和车、买不起高档西装的男子阿南，却因承受不了出卖肉体的事实而远走他乡，阿南则被“妈咪”伤害致重残。两个都市里的多余人，最终未能过上富裕的生活。在繁华的现实都市里，游走在城市空间中的普通人很难靠个人能力实现房、车等高档消费品的自由，也没有足够的物质能力来守护爱情，只能陷入绝望的挣扎中，显示了底层小人物的悲哀。《白多黑少》中也侧面表达了对物欲社会中的功利之风、不伦之恋、享乐主义等时代弊病的厌倦心理，都市人们以病态的生存状态，孤傲地对现实进行无声的对抗，展现出抵抗都市病中的自觉与反叛意识。

面对城市人价值的失落、分崩离析的道德准则、无尽的心理疲惫，拥抱大自然、释放内心是人们寻觅精神家园的一个表现。昆仑之巅，真切地再现了理想中的圣洁之地。《莽昆仑》中“你见过的天空，是我见过的那种吗？自从我见过这天空，就不再相信还有什么样的天空，能比得上我见过的这一种。”[1]“你一定见过许多旗帜，在这个精神缺乏的世界里旗帜是精神的体现和需要，但你肯定没见过‘自然的旗帜，让你不仅仅是感动，还有被它震撼’。”[2]“你见过的月亮，肯定不是我见过的那一种”[3]“你一定见过各种各样的花，但你肯定没见过‘开在草甸子上的花’。”[4]这一系列句子背后的话语，表达了昆仑之景的壮丽之美、纯净之美、神秘之美、和谐之美，表明它是个独立于城市之外的世外桃源，是一片放飞自我、净化心灵世界、寻回信仰的圣地。众多的意象刻画，描绘出大自然赐予的视野冲击和灵魂震撼，让烦躁不安的内心在感叹大自然的奇美之景中获得平静。三个高原探矿者在青藏高原的神奇经历，深情表现了在城市无法体味的风景和意境，表明商业时代人们忙于工作却无暇游行和欣赏美景，

[1] 欧阳黔森：《莽昆仑——欧阳黔森中短篇小说选》，作家出版社，2015，第3页。

[2] 同上书，第33页。

[3] 同上书，第45页。

[4] 同上书，第53页。

反映出对当前社会进入消费时代后精神日渐空白的反思。

城市问题多样而复杂，物质盛宴、欲望展露，都说明都市潜在的诱惑性，以及寻觅一方对抗城市文明病的心灵土地之艰难。欧阳黔森以悲悯的态度俯瞰都市人生，对当下都市人的现实生活进行直面书写，直指他们的现实生存图景，揭示他们在物质世界与精神世界中的自我迷失与困惑等现象，并通过呈现城市不同群体的处境，对城市文化精神进行考量与关注，全面审视城市人的生活、行为，在他们的个体经验和生存经验中实现对精神家园的重建。

（四）小结

现代都市包裹的是钢筋水泥式的高楼大厦、办公楼、酒店宾馆、咖啡饮品店等城市景观，承载的却是都市人的各种情态——对爱情伴侣的不信任、对周边环境的厌倦与焦躁、对友情及亲情等关系的不信任、对单调与乏味生活的失落……诸多问题困扰着人们。欧阳黔森作为一个现代都市的特殊表达者，在城市生活的启迪下，通过情感世界的感知和对现实社会的观察，对喧嚣与躁动的城市生活给城市人内心带来的孤独、苦闷、麻木甚至沉沦等城市体验有更加全面的认识。他对都市人的灵魂状态进行多方位呈现，不仅书写都市人在繁华生活中的功利化价值取向，还展现都市人焦虑、空虚、困惑等精神情感状态，引起人们的深度思考。他站在人性、生命理解的基础上，既对都市人世俗化的生活方式予以价值肯定，又对个体在精神困境中寻求突围的行为、心理进行审视，让读者在作品中寻求感悟生命的共鸣，找寻精神存在的价值。米兰·昆德拉指出，“小说的精神是复杂性的精神。每部小说都对读者说，‘事情比你想的要复杂’。这是小说的永恒的真理”[1]。欧阳黔森对都市世界世俗生活细枝末节的详尽刻

[1] 米兰·昆德拉：《小说的艺术》，生活·读书·新知三联书店，1992，第17页。

画，反映了都市生活中的诸多社会问题，如追名逐利、弄虚作假、情色交易等，有力拓展了小说表现当代生活的深度和广度，加重了作品的思想分量。他所关注的是当下城市人的生存境遇与复杂精神生态，思考的是如何在欲望化的世界与对未来生活的期待中求得平衡。欧阳黔森把人文关怀的目光移向当下，他的思考和追问，或许是一种遥远的乌托邦，与城市的发展不相契合，但抵达城市人精神内核的启蒙意识却是有意义的。

### 五、欧阳黔森的写作伦理与创作技巧

从当前文学语境来看，大量创作者受消费主义和文学市场化的影响，创作更多追求卖点和吸引眼球，注重个性的表达与张扬。五花八门的作品占据着文学市场，大批读者沉溺于世俗狂欢的快餐阅读，而缺乏对作品的生活厚度、文化强度、情感力度乃至思想深度的阅读要求，忽视作品反映的时代声音和创作艺术。因此，强调作家的写作伦理与个体创作技巧有重要意义。欧阳黔森作为黔地谱系里的作家，坚守自己的写作姿态，注重作品的精神追求和道义承担，以及对现实的观照等。他的小说继承了百年贵州文学的传统，既有前辈作家惯用的现实主义手法，又融入当下时代元素，并有所创新。他拓展了小说主题的深度和意蕴，给我们展示了极富地域特色的当代农村叙事、赋予理性思辨的历史与人性内涵的现代革命传奇以及蕴含世俗生活与精神虚无困境哲思的都市人生命状态。在肥沃的文学土壤里，要把握欧阳黔森文学写作的价值体现以及如何在文字中实现自己的伦理指涉，须对作家的写作伦理与创作技巧进行探讨。欧阳黔森从“民间”的写作立场出发，讲述中国故事，以风景与博物融入故事进行叙事形式的创新，用具有时空跨度的艺术样式架构历史、人物故事，深化主题，形成了欧阳黔森小说独特的伦理诉求与价值呈现，也使他的小说具有了独特的

美学风貌。

（一）从“民间”的写作立场出发

“民间”作为一种底层、草根的文化形态，容纳了丰富的内容。陈思和谈到“民间”的三个特点：第一，它是在国家权力控制相对薄弱的领域产生的，保存了相对自由活泼的形式，能够比较真实地表达出民间世界生活的面貌和下层人民的情绪；虽然在政治话语面前民间总是以弱势的形态出现，总是在一定限度内接纳，并体现出权力意志。第二，自由自在是它最基本的审美风格。第三，它既然拥有民间宗教、哲学、文学艺术的传统背景，用政治术语说，民主性的精华与封建性的糟粕交杂在一起，构成了独特的藏污纳垢的形态。[1]这表明“民间”是反馈社会真实与现实的一面镜子。从“民间”立场的写作出发，真正关注、关心、体悟民间，日常生活才会作为独立的审美存在，真正的“民间”才会获得自足性的价值和意义，创作也将会有持续的生命活力。若作家久居象牙塔，脱离民间生活，缺乏对民间的深刻理解，创作出来的“民间”则是经过删减、改造、修饰后的美好想象，从而使真实的“民间”被遮蔽，这样创作出来的作品显得空洞和余味不足。

举凡中国文学上的知名作家，沈从文写湘西民间，凸显民间民风的淳朴；贾平凹写陕西民间，关注民间底层人生活；莫言写山东民间，展现民间伦理中的顽强生命力。他们的创作，既是地域的，也是民间的，是讲述中国故事中不可或缺的部分。同样，欧阳黔森作为土生土长的贵州人，也在地域气息中关注民间，展现民间风物风情。他说：“每一个地域文化都

[1] 陈思和：《民间的浮沉——对抗战到文革文学史的一个尝试性解释》，《上海文学》1994 年第 1 期。

是一粒宝石，该它闪光的时候，绝不会被淹没。”[1]潜在含义是地域文化中蕴藏着丰厚的民间资源和文化内容，终会发挥它的价值。欧阳黔森将民间作为自己的文学地标，深深地扎根于地方土壤，在地方自然环境、民间文化生活、民俗语言中展现自己的民间主体性表达和写作伦理，反映民间图景与民间动态。

欧阳黔森从“民间”的写作立场出发的表现之一是对地方及家乡自然环境的再现。贵州是中国唯一一个没有平原支撑的省份，“天无三日晴，地无三尺平”便是外界对贵州的认识和对贵州的印象。贵州崇山峻岭，山地遍布，悬崖绝壁，山间道路崎岖且布满荆棘。《雄关漫道》中任弼时对“贵州七分山、两分水、一分田”地形的评价，是对贵州本土地形的最佳概括。红二、六方面军选择将贵州山区作为被围困境的突破点，将沿河、德江、印江、秀山等五个县设置为黔东根据地的做法，便是基于地形考虑。山地适合力量与装备都极为薄弱的红军隐蔽和驻扎，方便寻找突破口，开展游击战，发展壮大有生力量。山间的羊肠小道，装备精良的军队反而容易吃亏，枪炮不易托运，战车与大部队行军困难且不方便给养，绵绵阴雨、迷蒙雾气、泥泞小路、湿滑的石板路、古色古香的村镇是他们行军黔地中常见的民间风景。欧阳黔森在叙述行军故事中对民间地形和天气的描写，展现了红军奔波的难度，衬托出他们的英勇形象。

欧阳黔森也把地方及家乡环境的塑造作为他关注民间生活的一个背景铺垫。如《断河》里，他将铜仁万山区里的采矿地带作为叙事场，对万山区的采矿历史进行书写，反映社会变迁，展示采矿给断寨人带来的危害。在《丁香》中对紧靠梵净山森林腹地的三个鸡村中底层人物的日常生活也进行叙述，给我们营造了一个幽静休闲的气氛。欧阳黔森还结合真实事件，

[1] 於可训：《主持人的话》，《小说评论》2015 年第 5 期。

以乌蒙山区为原型，真实还原了乌蒙山区石头多、耕地少的典型特征，不仅描摹了黔地喀斯特地形的自然风貌，还叙述了桃花村、梨花寨、西篱乡等山村“人无三分银”的艰难岁月，以及他们的脱贫攻坚斗争，表达对民间底层人生存现状的关注。作品里的山川河流及地名无不打上民间地域文化色彩和人文气息烙印，欧阳黔森借地域环境反映民间社会万象，拉近读者与人物故事的距离，拓展人们对民间生活的深层认识。

欧阳黔森民间立场的写作，表现之二是对民间文化习俗的展示，能够反映人们的传统观念和思想意识。《敲狗》中农家人不吃狗肉，他们“从古到今一直坚持着不卖狗的祖规”[1]。他们认为“卖猪富，卖狗穷”。“连狗都要吃的人，良心一定不善。”[2]这是民间文化的一种信仰，也体现了农家人的纯真与善良。作品还讲述了花江镇上的人吃狗肉遵循“一黄二黑三花四白”的原则，以及师徒二人杀狗不放血、死狗不能放地上等民间杀狗技艺。对民间吃狗、敲狗技艺的讲究，揭示了物质现实对人们价值观念的影响。《武陵山人杨七郎》中许多姑娘起名招弟、来弟、多男、呼男，暗含父母希望生男孩的愿望。小说中主人公的名字也经历两次变化，他母亲怀她时便整天喊“起郎，起郎，起个郎呀”，出生后名字便叫杨起郎。说书艺人来到三个鸡村，讲起杨家将的故事，便形成杨起郎到杨七郎的转变，寓意他的一生是勇武、豪爽的一生。对名字的讲究，反映民间文化的丰富性。在《绝地逢生》中还出现了韦嘎公和韦号丽组织的具有少数民族风情的布依八音坐唱铜鼓十二调画面，这是布依族世代相传的一种民间曲艺说唱形式，展现了他们摆脱贫困的积极和乐观心态。《穿山岁月》中，民工说进山前一定要买一头山羊一只鸡供山神、拜山神，不拜他们不敢进山，既表现了他们对传统文化的敬畏，也展现了他们的民俗文化信仰。

［1］欧阳黔森：《欧阳黔森短篇小说选》，贵州人民出版社，2014，第13页。
［2］同上。

欧阳黔森从民间出发的创作，表明了民间文化强劲的生命力。由于他的生长环境铜仁毗邻湖南湘西，因而也深受楚地武陵文化的影响，《断河》挖掘的便是武陵山脉的尚武文化、尚武之风。《武陵山人杨七郎》中杨老三与杨七郎对民间杀鹅技艺的争论，塑造了两位独特的民间艺人形象。杨老三是市井流氓、泼皮无赖的代表；杨七郎快人快语、恩怨分明、嫉恶如仇，敢于刺刀见红，充满武侠气息。民间文化是人民群众创造的历史产物，欧阳黔森在民间文化中打捞民间资源，《雄关漫道》中的长征故事，便是参考了民间地方上的素材和资料；《奢香夫人》中的彝族历史，也取自民间彝族文化历史资源。欧阳黔森站在民间的立场去观照人物、历史，将民间被遮蔽的历史文化挖掘出来，重塑可能被遗漏的故事，使得民间文化越发有历史厚重感。《绝地逢生》立足民间，关注民生疾苦，用 10 年扶贫脱贫史来写乡村的发展。刘震云说："如果以现代意识来重新关照民间传统，从中国民间文化中寻找有生命力的东西，将能为社会和民族精神的修复提供可靠的根基。"[1] 欧阳黔森的创作在民间资源中得到滋养，通过这些民间文化也利于传达创作的价值所在。

欧阳黔森民间立场表现之三是对民间语言的熟稔运用。他善于在小说中使用口语、方言、民歌等元素，对民间文化进行语言的还原。在《八棵苞谷》中，三崽爹被邀请唱歌，这位老歌王编的歌词是："叫你不逗你要逗，逗逗打打，打打逗逗就起了头，就起了头喂……"[2] 贵州山歌代表生活气息的一面，里面也常常会出现"逗"这样的方言味。他的小说也经常出现"扯皮""赶场""搞到事""鬼火起""算卵了""妹妹崽娃娃崽""包口包嘴""憋口憋嘴""逗起闹"等黔地方言词汇，增加了小说的趣味

[1] 吴秀明主编《当代历史文学生产体制和历史观问题研究》，中国社会科学出版社，2011，第 165 页。

[2] 欧阳黔森：《白多黑少》，贵州人民出版社，2006，第 167 页。

性，给读者一种天然的亲切感。山歌的使用更体现出了贵州人的个性及贵州少数民族的性格。《穿山岁月》中地质队员偶遇一群苗族姑娘，她们开口就唱："见人就把歌喉亮，问哥脸烫不脸烫？你我人生面不熟，怎好开口把歌唱？""高山起屋不怕风，水里鱼儿不怕冻。有心恋哥不怕苦，有手干活不怕穷。"[1]山歌歌词体现了苗族姑娘的热情奔放。而地质队员则惊慌失措地翻着歌本应和："苗家山寨歌手多，两岁孩子会唱歌。万千歌手唱百年，才唱歌海半碗歌。""上山砍柴见花红，花儿有意情亦浓。哥见鲜花如见妹，时时唤你在山中。"[2]歌词充分勾勒出地质队员的调皮和幽默形象。再如《水晶山谷》里："手把青秧插野田，低头便见水中天。六根清净方为稻（道），退后原来是向前。"[3]此歌词是描述正在插秧的情境，委婉地告诫利欲熏心的田茂林迷途知返，不要去开采石头。

欧阳黔森民间立场的写作并不局限于对地理、民俗、语言等的单纯描述，还表现为在民间生活的书写中更深层次地凸显人们的精神个性与心理特点。他对贵州苗岭山区、乌蒙山区、梵净山等的历史文化、禁忌信仰、人生礼仪等风土民情的书写，给我们展现的是人们在历史与现实中的生存环境，人类与自然搏斗中形成的对自然的敬畏情感，传递的是世代人热爱家园故土、感恩自然的深沉情愫。欧阳黔森对贵州民间自然山水、风土民情的书写，构筑了独特的文学"地理世界"，所继承的是中国文学源远流长的乡土故园传统，是中国人对生养自己、生生相依、世世相系的土地的感恩和怀念。文艺评论家孟繁华就曾说道："欧阳黔森对贵州古老风情风物的描摹，继承的是一个伟大的传统，……（他的作品）是他热爱贵州的

[1] 欧阳黔森：《白多黑少》，贵州人民出版社，2006，第166—167页。

[2] 同上书，第223—224页。

[3] 同上书，第117页。

家乡情结的文学呈现。”[1]因为在每个中国人的内心深处，都有一个自己的故乡，一片可以追溯至祖辈的乡土。即便是暂别了具体的乡土空间，那片维系着自己与祖辈关系的精神故园依旧存在，刻骨铭心。“故乡”一词，对于中国人来说，不仅指涉着具体的地理空间，而且是精神血脉，是中国人的文化信仰，一种从《诗经》一直弥漫至今的故园之思。

（二）小说中的风景象征与博物叙事

欧阳黔森有过八年的野外地质工作经验，这给他提供了许多认识奇物异景的机会，“风景”与“博物”成为他小说叙事的重要元素。颜水生指出：风景一直都是文学叙事的重要客体，文学中的风景话语作为文化想象的方式，不仅是景观的再现，也是思想意识的媒介或载体。[2]这强调了文学中“风景”的丰富内涵，欧阳黔森小说中的“风景”也不例外，有多重叙事作用和表意功能。而“博物”，是古代小说的一种叙事形式及特色，指涉人与外界关系中的异域世界，具有人文属性，通常的“博物”展现的是地理、生物等自然科学领域的广博知识。欧阳黔森运用古代博物叙事传统加以小说的艺术创作，主要表现为对众多物象的铺列、对多样名物等地质学知识的展示，从而展现博物背后的意义。这两种带有现代性特征的叙事艺术的运用，增强了欧阳黔森小说叙事的艺术魅力。

“风景”展示的是客观的自然世界，但当风景承载的意义超过它代表的表象时，风景便不再是单纯的视觉符号，而是承担人们表达内心情感诉求和情感认同的功能，即风景的象征意义。欧阳黔森小说中对植物、动物、石头、白云等自然风景画面进行物象呈现，也通过故事的叙述呈现自然风景背后的人文意义或文化现象。他的笔下，高原山川、河谷水系都是神奇

[1] 吕慎、柳路：《欧阳黔森：“金牌作家”的三个情结》，《光明日报》2015年9月17日。

[2] 颜水生：《新时期文学的风景美学》，《文艺报》2016年10月24日。

壮丽的风景，也是极具象征意义的风景。尤其是大山，经常成为“风景”进入他的小说，如梵净山、昆仑山、横断山等。在《莽昆仑》中，他谈到古人对昆仑山的认识：“古人视昆仑为‘万山之祖’和‘通天之山’。‘昆仑者，天象之大也；昆仑者，广大无垠也。’”[1]又将横空出世的昆仑山与喜马拉雅山、乌蒙山对中国的影响力及在中国的地位对比，表达对昆仑山神奇、险峻的赞叹。这样的风景既壮观也充满险阻，地质队员恰是在这样的大山中工作，随时都面临走不出去的生命风险。昆仑山雄壮风景的尽情展示，使地质队员在疲惫、艰险的工作中获得短暂性轻松；大山沉默不语却巍然屹立，象征他们内心深处的对科学探索的理想和信念，从而反衬地质队员的伟大精神与坚强意志力。《水晶山谷》中描写了自然环境优美、如诗如画的黑松岭和七色谷。这两个地方不仅保存着珍贵的化石，还是作为见证地球几亿年变化的象征。“山谷里大大小小的石头是非常美丽的，可以说它们是天堂之物。几亿年的岁月沉淀了它质地之硬、颜色之奇；大自然的鬼斧神工造就了它的形状之怪，这是几亿年风的壮举，这是几亿年水的风采。那风的手、水的脚，就这样与岁月一起磨砺着这石头。风依着水，水带着风，在石头上书写着这亿年的风流。水是无形的，因而它可以成任何一个形，这水从石头上亿万年地流过，使石头有了美妙绝伦的天然流水线，这真是大自然的巧夺天工，一块块五颜六色的石头无需讲什么，它在这里是可以用静默震撼任何一颗爱美之心的。”[2]这个片段将七色谷的美展露到极致。如此美丽的大自然风景，却被田茂林和李王带着一帮人把这里的石头挖绝挖尽，此时“风景”的意义是对贪婪、现代性物欲价值观的反思。

[1] 欧阳黔森：《莽昆仑——欧阳黔森中短篇小说选》，作家出版社，2015，第 11 页。

[2] 同上书，第 145 页。

欧阳黔森还惯于用一些风景作为小说题目，表达风景的象征内涵，如《丁香》《梨花》《白莲》《兰草》《李花》等。这些以花草植物风景作为标题的小说，也是小说主人公的名字。欧阳黔森运用古代人物传记的文体形式，围绕主人公的一生或一个人生阶段，书写与他们有关的故事，以揭示主题。这些物象不仅作为称谓存在，也潜藏了主人公的人物形象、性格特点，或寄托着某种情思。苑坪玉认为："欧阳黔森在艺术形象捕捉、经营作品结构、文学语言运用等诸多方面，都有着自己的独到之处。别的不说，仅就运用具有象征意义的意象来刻画人物的性格和生存状态这一细节，即能看出其十分高超的一种艺术手段。"[1]从这类小说中可见，欧阳黔森对风景象征的艺术运用以及对人物刻画的艺术技巧。

"丁香"自古在文人眼里就有"幽怨"的象征含义，而《丁香》中主人公丁香的一生也是充满美丽与凄凉的一生。她被大家喜欢也被大家戏弄，最后还被抛弃。地质诗人狂热地迷恋着她，却只能像他的诗行一样，带着忧伤与怯懦。丁香最后在抢修路基中死亡，结束了她的幽怨人生。《梨花》中插入诗歌《这是那夜月的错》，对"梨花"进行描写——"梨树 / 叶青花白 / 静静地绽放 / 梨花白的清香呵 / 正从你身上溢出"[2]。梨花随微风铺满小径，美得迷人，但梨花却"暗涌，总是残香无际"。诗歌勾勒出的"梨花"形态正是小说中的主人公梨花命运的写照。梨花作为三个鸡村的人才，当了老师又当上县长，被村人视作神一样的美好存在。在光环压力下，她忙着照耀别人，却学不会如何表达自己的情感，也不懂得如何去面对真实自我的存在。梨花虽洁白无瑕，爱情之花却在多年后才绽放。

《白莲》中的白莲却是相反的。"白莲"寓意出淤泥而不染，洁身自好，

[1] 苑坪玉：《实力是把握给予的基础——长篇小说〈雄关漫道〉点评》，《理论与当代》2007 年第 1 期。

[2] 欧阳黔森：《欧阳黔森短篇小说选》，贵州人民出版社，2014，第 129 页。

象征圣洁和高贵。人物白莲起此名是表明自己卖艺不卖身的意志，但后来却主动要求坐台，出卖自己的灵魂，放弃自己的爱情。名字是对人物人生轨迹的讽刺，但也表达了对白莲这类底层人物的同情。《兰草》中的主人公兰草与她的名字寓意一样，有虽命贱却易活的祝福之意。作为物象的“兰草”本是长在山中的一种会开花的草，生长环境不好，但却容易存活。而现实生活里的瘦小的人物兰草也存活了下来，但她的可爱与活泼像兰草一样，在人生最美好的阶段逐渐枯萎。《李花》中的人物李花，是一个思想开放、勇于接受新事物的女性形象。李花名字与她丈夫搭配，应了“夭桃秾李”“投桃报李”之义，生的孩子则给他取名叫“李子”。李花也是一个乐于助人、积极奉献者，帮助乡亲和扶贫者做了许多工作，这与她的名字相吻合。《水晶山谷》中的杜鹃红与白梨花，则是分别象征世俗都市与纯洁乡村。欧阳黔森通过“风景”叙事艺术的运用，在这些小说中塑造了一个个风景世界，既充满浪漫主义气息，让这些风景意象更加有意蕴，也是象征主人公人生命运和时代特征的标签，增强了读者对小说主题的把握和理解。

“博物”展现了作家强大的地质专业知识背景和深厚的人文地理修养。欧阳黔森的小说通过博物叙事，使作品达到一种现代科学精神与人文内涵高度结合的艺术境界，让读者在科学性的地理知识的地质故事中找到历险的趣味和博物的快感。从《水晶山谷》到《白多黑少》再到《莽昆仑》，作家充分在小说中展现了他的博物知识素养。他在《水晶山谷》里，以人物对话的形式对绢云母千枚岩、板岩、紫袍玉带石等石头的认识和区别，包括生长环境、形成过程作了详细的叙述，使信息的传递不显得生硬。他对三叶虫、玄武蛙、无盾龟、鱼化石、海百合化石、恐龙蛋化石等物种的陈列，挖三叶虫的注意事项以及三叶虫的价值所在都做了交代，并融入现代科学知识。欧阳黔森还借人物角色之口，对山里各式各样的石头，从质地、颜色、形状、特性、价值等方面进行了文学性的描述。比如《白多黑少》里对石头的介绍："这种石头产于巴颜喀拉山北部，我们地质岩石学叫蔷薇炭石，由于该石细腻而且有光泽，俗称桃花玉，可以用来做手镯、项链以及雕件。那儿交通不便，目前尚未大规模开采。这石头比台商送您的那块玫瑰石色泽更佳。我说：'价格如何。'王东方说：'矿山价七百元一吨，西宁价一千二百元一吨。'"[1]接着他们从奇石的魅力与商机谈到石头的原料价再到成品价，表明他们对奇石的钻研透彻。他们与台商的一番价格战，既显示出作为商人的精明与智慧，也说明他们对石头行业和珠宝行业的了解，这也是一种博物的表现。

《穿山岁月》是一篇记录勘探者在地质工作中所见所闻的历险小说，充分借助各种"毒虫猛兽"展现他的"博物"，展示地质队员在野外艰苦工作的另一面。他们在武陵山脉主峰梵净山下进山抽查样品，要克服各种自然困难，承受遮天蔽日、渺无人烟的原始森林里潜在的各种地质灾害所带来的恐惧，还面临着各种危险动物的生命威胁。"那些旱蚂蟥在河谷里，满地都是，多半是贴在一些小草上，它们只有针尖儿般那么大小，可吃饱了人血后就有小手指头这么大，并且它们的吸盘上含有毒液，破坏了人体的血小板凝固，所以一旦被咬则流血不止，非把毒液排尽才能止血。"[2]"旱蚂蟥"只是众多危险中的一例，原始森林中的暗河里："该河谷大害有云豹、黑熊、五步蛇，小害有旱蚂蟥和长脚巨蚊。云豹、黑熊数量不多不易遇见，而从未被人伤过的云豹、黑熊也从不伤人，最危险的是五步蛇，国际名称叫尖嘴蝮蛇，它剧毒无比，老百姓说被它咬后则五步必倒。"[3]对暗河野兽出没、阴森恐怖的描摹，令人不寒而栗。同时，

---

[1] 欧阳黔森：《白多黑少》，贵州人民出版社，2006，第 49 页。

[2] 同上书，第 180 页。

[3] 同上书，第 178 页。

地质人还要克服工作性质带来的心理孤独，他们工作长达数月甚至数年，长期与家人聚少离多，担惊受怕的日子加剧了他们的孤独体验。“‘算卵了’大谈女人如何如何，最后感叹了一句‘唉！明天不知还有多危险，我们反正都无所谓了，婚也结了，儿也生了，可怜你呀“正确”，你马上就要结婚了，要是你明天不幸牺牲化成了山脉，那可就惨了。’”[1]博物知识的背后揭示的是地质者无尽的辛酸。欧阳黔森的地质叙事，表达了对地质工作者长期忍受身体的极度虚弱与精神的极度疲劳双重煎熬的工作精神的敬意。

《穿山岁月》还对梵净山的水系和山貌特征做了精细介绍，其中也罗列了他们遇见的白杜鹃、紫杜鹃、蓝杜鹃、爬山猴等。对许多动物植被的详尽描绘，使得地质工作生活充满趣味性，也相对缓解了地质工作者高压劳动的沉重感。《莽昆仑》写了三个高原探矿者在青藏高原的神奇经历，小说以“我”被美景惊艳和震撼，对奇天空、奇鸟、奇景等的赞叹，叙述了他们先后遭遇神鹰白雕、昆仑雪狼等动物攻击的经历，还描绘了高原旗树、草甸子花开等人间奇物奇景。这些丰富的景象罗列，众多“草木虫鱼鸟兽”之类动植物的呈现，细致的景物描写和地质故事叙述，并不是肤浅的猎奇心理。它们不仅给我们带来了独特的审美效果和阅读感受，还让我们感受到最真实的生命状态，再现了欧阳黔森强大的“博物”叙事水平。

地质工作是欧阳黔森风景象征与博物叙事的重要来源，这些经历使他博览祖国山水风光与物象，而后或用小说名称呈现，或借助地质故事来表达。在中国现当代小说史中，张炜花了 20 多年心血写就长篇力作《你在高原》，这 450 万字的 10 卷书也是关于地质工作者的手记。张炜的创作成就不可否认，但他是以一个旁观者和体验者乃至考察者的身份进入小说

[1] 欧阳黔森：《白多黑少》，贵州人民出版社，2006，第 184 页。

的。欧阳黔森的地质工作经历，让他扮演了导游兼作家的角色，通过罗列山脉、岩石、动物、河流等众多游记式景象，不同程度地消除了我们对地质学、土壤学、植物学等知识的陌生感。此外，被欧阳黔森提到的李云德《沸腾的群山》、石生《深山探宝》等地质题材，也没有花太多笔墨在地质风物上，而是着重写关于人的故事。作家中少有人将地质故事作为风景与博物叙事的载体，也少有作家在作品中讲述地质知识，而欧阳黔森不仅再现了丰富且大众相对陌生的地质知识，还将“风景”与“博物”作为一种重要的叙事手段，让我们初接触欧阳黔森的小说，便会认识到很多自然界的生命体，欣赏到众多的风景和奇事。这种艺术表现方式，将大千世界的万物变成故事性文本，有效避免了枯燥的知识罗列，不仅构成一个个象征性的世界，给我们带来想象空间，还实现了人与风景的情感共鸣，丰富了作品内涵。风景话语不再变得单调，以“物”为中心的博物叙事也增添了趣味性。

（三）小说叙事的时空拓展实验

陈果安认为：“小说必须置于一定的时空框架之中，它的意蕴才能得到充分的呈现、解释和说明。即使是描写一个虚幻的世界，这个世界也需要时间和空间的支撑。否则，这个世界就会轰然坍塌。”[1]这意味着时空是支撑小说叙事的基础要素之一。时空的延展或压缩，对主题意蕴深度的表达会有不同的效果。同一时间点，人们处在特定的空间领域，经历不同的生活，会产生不同的生活感受。而在不同的时间点，人们又会在同一空间里呈现出不同的心理特征、思维方式、价值观念。自然，生活在不同时空的人们也会被赋予不同的内涵。周新民谈道：“欧阳黔森短篇小说时空跨度大，短小的篇幅中所选取的生活，有较广的空间。”[2]这也证明

[1] 陈果安：《小说创作的艺术与智慧》，中南大学出版社，2004，第 175 页。
[2] 周新民：《欧阳黔森短篇小说艺术论》，《小说评论》2015 年第 5 期。

了欧阳黔森对时空拓展叙事艺术的文学理论实践。事实上，不仅在短篇小说中有这样的叙事特点，中篇、长篇小说亦有。欧阳黔森运用时空拓展叙事实验，不仅扩展了小说的叙事容量，还带来了别样的阅读体验，增强了小说的叙事艺术及内涵。

在短篇小说里采用拓展时空的叙事艺术，能给有限的篇幅带来无尽的想象和余味。《断河》中，欧阳黔森写断寨的历史变迁，将一个偏远的断寨几代人的恩怨放在历史长河里，从麻老九的父辈恩怨故事写起，一直写到麻老九晚年的生活。时间从民国到中华人民共和国，再写到跨世纪，长达近百年，但作者却只用了八千多的字符，不仅把故事阐释得很清楚，还将作者的生态观念表达得极度深刻。麻老九在历史时间上的线性推进中变成见证社会变迁的人，五个角角、红布布、灰帽子与八个角角、蓝白色星星、黄帽子的陌生人相继出现，暗含偏远的断寨也被卷入国共两党的斗争中，同时也寓意麻老九遭受哥哥龙老大压制、有夜晚没有白天的“打鱼”生活将要结束。而龙老大则在“黑湾寨”和外界等空间中完成自己的匪性战斗，最后被五角红星星的人抓捕。小人物命运和故事小细节的处理，给读者创造了另一个空间世界里的革命斗争史想象，人物个性也在时空变幻中得到彰显。

欧阳黔森还用回叙的方式给故事建立背景，将读者慢慢带入故事中，从而完成对时空跨越的叙事尝试。《有人醒在我梦中》以回忆方式，写“我”与白菊的故事及对那段时光的想念，故事跨越 20 年，空间也从地质队农场转移到省城，将小说里的惋惜和怀念气息表达得更浓厚。《远方月皎洁》中“我”离开七色谷，8 年后结婚，20 年后女儿读大学。小说中铺设了一个近 30 年的时间跨度，但人物在这 30 年的生活则是以近乎空白的方式呈现，直到读大学二年级的女儿给“我”买了狗皮垫，而把卢春兰和“我”

的信物大黄狗皮扔掉，才再次触碰到“我”的心灵，勾起对卢春兰的回忆。这篇小说的内容在人物的青少年、中年、壮年多个时间段中交叉叙述，呈现了人一生的生命轨迹，却在时间的转换中留白，展现人物情感世界的心理矛盾。《五分硬币》从“我”1966 年红卫兵大串联时偶遇一位姑娘，因她对“我”的帮助而心生情意，到“很多年很多年”以后“我”找到这位姑娘，才明白这是一场情感误会。数年的时空推移中放大了“我”的“心灵创伤”，也让“五分硬币”从“美好、思念、寻找”的爱情寓意变成“金钱意义上的传家宝”。《梨花》从梨花小时候到大学读书的经历，再到毕业之后当老师、校长、县长，这些都是在时间的流动中完成的。《兰草》时间跨度达 30 多年，从“我”青春年少在知青点认识并喜欢兰草，再到 30 年后相聚的战友关系，谱写了一首爱情的挽歌。短篇小说中的时空拓展叙事，给短小的篇幅以岁月的积淀和情感的延长之感，大大超越了小说文字意义上的内容量。

时空拓展的叙事艺术，突出了社会的变迁与人们价值观念的变化。《穿山岁月》从小说标题上就体现了时空的穿梭感和珍贵的地质工作与穿山时光。小说故事时间从 1987 年到 1994 年，文本空间比短篇小说扩大了许多。但欧阳黔森在小说中对地质工作的流程和山中所见的精细描摹，传递的信息量更加庞大而丰富。地质工作的冒险和难忘，多年后的改行选择，现代的地质知识和现代商业意识都融入其中，现代物质文明与精神冲突的主题得到升华。《水晶山谷》则是从“公元一九九零年春美丽的黑松岭”跨度到“六年后杂草丛生的废弃采石场”，前后空间状态的对比，呈现了人类在时间的流逝中违背自然规律的社会现象。时空内容的书写，展现了人们在物化时代中的物欲观念。

时空拓展的叙事艺术，也利于历史书写中宏大主题的实现。《雄关漫道》从红军如何被迫长征到长征结束，在历史事件发生的自然顺序中进行宏大叙事。随着红军冲出江西苏区包围圈、转战八省、与敌人周旋在黔东各地的空间转移，许多与历史有关或被历史遗忘的小人物也得到呈现。所有人都被放置在面临民族危难关头与个体价值抉择的凝重的历史时空里，从而展示他们战胜敌人、战胜自然、战胜自己的具体过程及其历经的人民伦理考验与灵魂考验，真实与感人、温情与浪漫并存的长征故事被生动呈现，家国情怀与现实意义得以表达。《奢香夫人》则是从奢香14岁的少女时代写起，到奢香结婚生子、夫君英年早逝，而她当上摄政夫人，后面又接着写奢香带领水西彝族帮助明朝实现民族统一。每一个时空节点都代表着奢香在不同的人生阶段与历史阶段中将要承担的任务，完美地塑造了一个英雄形象。

时空的穿梭与错杂叙事使小说人物故事呈动态式发展，便于表现复杂的人物性格及主题。颜水生认为，李敬泽的作品在辩证的时空视域中既“讲故事”又“说历史”，不仅表达通过文学创作“讲述中国”的乌托邦欲望，而且呈现在世界史背景中“思考中国”的时空辩证法。[1]欧阳黔森也在时空叙事中积极追求这样的深度，于时空的跨度中讲述黔地故事、中国故事，使小说获得了一种结构性的张力，并通过时空叙事的背景暴露问题，展现对社会的思考，实现主题的升华。

### 六、结　语

欧阳黔森是贵州文学自觉的传承者，贵州历史与现实执著的书写者。他将贵州这块神奇土地上的文化积淀和自我的文艺积累转化为大家喜闻乐

[1] 颜水生：《时空的辩证与讲述中国的方法——论李敬泽的文学创作》，《当代作家评论》2019年第1期。

见的小说形式，让人们在小说中去了解贵州，认识中国。他从本土现实中发掘农村的真实，从地方文化中挖掘民族革命的历史，把本土现实、中国现代革命与当下的脱贫攻坚战略、乡村振兴战略相联系，通过历史与现实的交织，构建出革命、建设、脱贫的贵州历史逻辑和历史动态，又用知青生活、地质生活、革命事迹来呈现对当代人生活的思考，揭示当下人在理想主义消退后精神空虚的状态。作品不仅对黔地农村现实、历史文化、当代城市人精神状态进行书写，还对自然生态景观、黔地风物投以关注与描绘。欧阳黔森的文学创作，呈现了作家的创作格局。他以现实主义手法、本土特征、地域性色彩的贵州文学传统来构建贵州文学谱系，以地方叙事来阐释当代生活，讲述中国的当代故事，反映时代精神生态，参与中国当代文学的进程，丰富中国当代文学的版图。

当然，欧阳黔森的小说也尚存一些不足。从小说的思想主题来看，存在多篇小说主题类似、故事情节雷同的现象。例如《有人醒在我梦中》与《远方月皎洁》，两部小说都是讲述曾经在地质工作中与某位姑娘相处的岁月，表达怀念与遗憾。《姐夫》与《味道》同样都写了姐夫与两姐妹的情感纠葛。相似的故事内容，容易给读者造成一种忽视内容的创新、追求高效高产之感。叙事形式上主要是对长篇大段式对话的过多使用，虽给人一种现场感，但叙述语言却过于口语化，文学性和艺术性不够，容易让读者流于走马观花式的故事性阅读，缺乏对语言、故事的回味与咀嚼，理解不够深刻，一定程度上影响了小说思想深度的传达，束缚了读者的想象空间。如《绝地逢生》便有大量连续的一问一答式口语性对话存在，是优点但也有美中不足，现场感和叙事性都很强，但对人物对话语言润色不足，文学性显得相对弱一些。从欧阳黔森对小说主题的开拓性来看，随着时代的发展，新时代的农村问题还可再丰富，并不局限于土地、生态问题，作家还可尝试将农民扶贫搬迁中的赔偿问题与矛盾纠纷、易地搬迁后农民在城市的生存与发展问题、国家工程建设的占地与农民土地问题、粮食安全与转基因食品问题、农化肥与农药的过量施用带来的生态环境问题等纳入写作视野，并找到一种合适的艺术方式加以文学呈现。

贵州这片土地已培育出蹇先艾、何士光、李宽定、肖江虹等与时代共振的优秀作家，他们为五四文学、当代文学的发展作出了不可磨灭的贡献，也表达着贵州地域与贵州文学的声音。欧阳黔森是后继者，延续着他们的文学使命。他是一个对创作有极高要求的作家。他说："我是从诗歌、散文到短、中、长篇小说，再到电视剧、电影创作的，遵循着由短到长的写作过程。汉语写作发展到今天，已是有了很高的水平了。不轻易说变化，变不好，不如不变。形式上寻求多样，内容上追求多彩，语言上精益求精，这些都可以在变中解决好。唯一不能变的是责任、良知、理想，文学之所以不死也是因为这三点。"[1] 凭着欧阳黔森乐观、积极的创作态度，深厚的文学素养，我们相信，他还会有更多优秀的作品奉献给读者。

**2020 年西南大学硕士学位论文**

[1] 舒晋瑜：《欧阳黔森：创新与突破，必须置身于自己的沃土》，《中华读书报》2014 年 7 月 30 日。

# 长篇小说《雄关漫道》评论

陈建功

不久前，由两位作家编剧的20集电视连续剧《雄关漫道》在中央电视台播出后，引起了强烈的社会反响，获得广泛好评。因此，长篇小说《雄关漫道》的出版，是我们所期待和关注的。在纪念红军长征胜利70周年之际，两位作家倾情投入，为我们奉献了这样一部史诗般的力作，实在是一件可喜可贺的事情。

有一位伟人说过，随着历史潮流的淘洗，有些事情渐渐被人淡漠乃至遗忘了，有些事情其深远的历史意义和伟大价值，却越发凸显出来。中国工农红军的伟大长征，正是越来越凸显其深远意义和伟大价值的历史事件。它不仅是有意义的、有价值的，而且是有魅力的。我们引为自豪的是，从红军长征途中的创作开始，一代一代作家们在重现这一伟大画卷、塑造惊天地泣鬼神的红军英雄、不断发掘和弘扬红军精神方面，作出了巨大的努力。而欧阳黔森和陶纯的长篇小说新作《雄关漫道》，应该说是这一努力的新收获。作为中国作家协会的重点扶持作品，我们为《雄关漫道》所取得的成功感到由衷的欣喜。

《雄关漫道》的成功表明，“长征”是一座取之不尽的题材宝库。最早，我们从丁玲等同志编选的《红军长征记》中领略了长征亲历者们素朴而真切的回忆。而后，我们又从王愿坚同志的采撷中领略了一朵朵催人泪下的传奇之花，从《红旗飘飘》中感受到了激情与自豪的冲击。历史发展到了今天，关于长征的创作非但没有衰微，反而在时代之光的映照下，焕发出更加绚烂多彩的光芒。从萧克的《浴血罗霄》到黎汝清的《湘江之战》，从乔良的《灵旗》到王树增的《长征》，新的故事新的人物新的角度，不胜枚举。《雄关漫道》作为第一部反映红二方面军长征的长篇小说，揭示了红二方面军鲜为人知的长征历程，讲述了贺龙、关向应、任弼时、王震、萧克、甘泗淇、李达等红军将士的英雄业绩，讴歌了他们崇高的心灵境界和伟大情怀，应该说有许多史料是前所未见的。比如关于萧克和外国神甫薄复礼的故事，贺龙、蹇先任和他们的女儿贺捷生的故事，等等，都得以在作品中真实地再现，为丰富长征文学的形象画廊，作出了新的贡献。

《雄关漫道》的成功还表明，“长征”是一座用之不竭的情感宝库。这部作品写了红军与敌人围追堵截的周旋，也写了红军将士和张国焘分裂主义等错误路线的斗争，但更多地把笔触留驻在红军将士的情感世界、精神世界。战友之情、夫妻之情、军民之情在生离死别的尖锐情境下凸显，更具有感人的力量。作家不仅写了我们熟悉的将领，而且写了长征路上的无名英雄；不仅写了完美的英雄，而且写了抱着巨大的愧疚和缺憾献身的英雄。比如那位因为多吃了一口炒面而被撤职的干部，最后为把一口炒面推让给战友而牺牲。对长征史诗作情感的发现和发掘，是文学的特色和职责，也是长征精神得以打动人教育人鼓舞人的基石。

《雄关漫道》的成功还表明，长征虽然成了历史，革命文艺家的“长征”却没有止步。此前中国作协联合新影和中央电视台拍摄的7集历史文献片《长征——红色文学的光芒》，揭示的就是这样一个主题。从左联成立，反对“文化围剿”开始，中国的革命作家们就把文学和红军的命运、革命的命运联系在了一起。这种联系，既是革命、斗争的需要，也是文学获得有声有色的人生体验、获得丰沛充盈的情感资源的需要。欧阳黔森和陶纯的创作，继承了革命文学的谱系，也给自己的创作寻找到了不竭的动力和广阔的空间。这种成功，对于我们思考文学“自我”与“大我”的关系，在更为广阔的历史的和时代的天地下展开我们的文学事业，有着深刻的启发。

2007 年 6 月 1 日《文艺报》

# 在重大革命历史题材富矿中进行深度开掘

梁鸿鹰

贵州作家欧阳黔森和陶纯的长篇小说新作《雄关漫道》，无疑是近年描写长征的重大革命历史题材创作方面的一个重要收获，这个题材先后以长篇小说和电视剧的形式出现，都引起了热烈反响。它们所弘扬的革命理想主义和革命英雄主义精神，对于向广大人民群众特别是青少年进行革命传统教育，丰富红军长征精神的内涵，确实具有重要意义。其成功再次说明，只有在重大革命历史题材的富矿中进行深度开掘，才能创作出广受欢迎的优秀作品。这部作品的成功还表明，长征是座用之不竭的情感宝库、精神富藏，长征虽然成了历史，优秀文艺家热情反映重大革命历史的“长征”却远没有停步。《雄关漫道》在今天的意义恰恰就在这里。

长篇小说《雄关漫道》艺术地描写了由贺龙、任弼时、关向应、萧克、王震等无产阶级革命家率领红二、六军团，为保存有生力量，为中央红军的战略转移开路，受命西征的历程。经过艰苦卓绝的斗争，在湘西和黔东建立湘鄂川黔革命根据地。随后转战黔西北，鏖战乌蒙山区，继而冲破敌人的围追堵截，北上长征，爬雪山、过草地，一路艰辛，终于到达陕北，与红一方面军会师，实现红军三大主力胜利会师的历史场景。作品艺术地反映了红军的不可战胜，更集中反映了中国共产党人的崇高品格与人格魅力，突显了革命胜利成果的来之不易、人民军队的来之不易。

以往以长征为题材的作品，大多集中于红一、四方面军的活动，《雄关漫道》所描写的红二、六军团的长征历程，虽然在长征史、军史、党史及相关文献资料中均有记载，但其充满传奇色彩的英雄业绩，却极少得以在文学作品中表现，因而在广大人民群众中造成了很大的误解，以为长征就是红一、四方面军的事情，因而《雄关漫道》这部作品的出现有填补空白的重要作用。《雄关漫道》作为一部描写红二、六军团（红二方面军前身）鲜为人知的长征历程的纪实性长篇小说，发掘了前人未发掘的史料，在史料、史实的钩沉、甄别上下了很大的功夫，它的成功凝结了创作者的心血。

实际上，发生在70多年前的红二、六军团长征的历史事件，是贵州独有的革命文化资源。红二、六军团（即红二方面军）为保证中央红军的战略转移，与数十倍于己的敌人周旋，在贵州建立了两块革命根据地，有很多贵州人成为红军战士，跟随长征，在贵州境内留下了许多动人的故事。

《雄关漫道》的作者——贵州省作协副主席欧阳黔森同志，从小就生长在红二、六军团活动的根据地——铜仁，自小就熟知当地流传的很多关于红军的故事。后来，他从事地质工作，走遍贵州的山山水水，又有了很多听故事、收集传说的机会。他认为，自己所描写的那些人们的掩护对长征的胜利，甚至中国革命的胜利，都有着举足轻重的作用。欧阳黔森同志怀着对革命前辈的敬意进行作品的创作，自然使作品产生了不同凡响的效果。

《雄关漫道》之所以产生感染读者和观众的力量，还与其厚重的历史感和文献性有着密切关系。作品以粗犷凝重的色彩，艺术地再现这段历史，在着力营造历史氛围的同时，以生动形象的笔触，刻画了红军指战员有血有肉的典型形象。在描绘腥风血雨的征战场面、在刻画“红军都是钢铁汉”的壮烈场景、在充分表现红军长征悲壮美和崇高美的同时，作品更着力于揭示普通人的精神追求，这是该作品成功的重要表现。

长征这段历史是伟人与普通人共同铸写的，作家让贺龙、任弼时、关向应、萧克、王震等真实的“大人物”和丁天娃、何梅、贺小婉等虚构的普通群众即“小人物”并驾齐驱，表现他们一起分享生活的欢笑、日常的苦恼，让伟人与普通人共同推进故事、抒发情怀和表达主题。作品还以情感为纽带，将革命领袖定位为承担着历史使命的杰出人物，通过普通人的透视，折射出重大历史事件的动因和重要历史人物的精神世界。作家注重反映每个人物的内心世界，注意描写平民形象的成长历程和人生追求，于朴实、平易中加强作品的亲情化、亲切化风格，始终洋溢着浓厚的生活气息和对理想的向往。作品善于将历史与文学结合起来，把纪实与虚构融为一体，从而使历史与审美、纪实性与艺术性相得益彰，传达出较为深邃的人文底蕴。作品注重情节组合，注重结构故事，并善于在故事情节中设置悬念，形成张力，从而使作品具有较强的可读性。

**2007 年 6 月 1 日《文艺报》**

# 说不尽的长征故事

曾镇南

欧阳黔森、陶纯合著的《雄关漫道》，是一部取材新颖、格调雄浑、具有鲜明独特艺术个性的长征题材的历史小说。中国工农红军长征，是中国革命史上惊天动地的创举，是人类史上罕见的英雄史诗。从这一“史的诗”中提炼、创作出“诗的史”，一直是中国革命作家不懈追求的艺术的永恒母题之一。《雄关漫道》是标志这种崇高的艺术追求的又一座碑碣。

中央红军即红一方面军的长征故事以及它与红四方面军艰难曲折的会师过程，已经得到较为充分的艺术表现，比较广为人知了。但贺龙、关向应、任弼时、萧克等领导的红二方面军长征的故事，却还没有在文学上得到完整、深刻的表现。《雄关漫道》全景式地、客观地记叙了红二方面军长征的整个过程，有声有色、形神俱现地讲述了这支红军独特的长征故事，以情节的生动性和丰富性为基础朴素地演绎了伟大的长征精神，勾勒了众多长征指战员真实感人的艺术形象。

长征是第五次反“围剿”失败后被迫实行的战略转移。这种战略转移的实施，既是党内、军内正确的路线、方针克服、抵制左倾教条主义的结果，又表现为一系列红军指挥员审时度势、捕捉战机组织成功的战役和战斗。党内斗争与军事斗争的交织，是长征史的突出特点。红二方面军的长征也是这样，而且在斗争的残酷性和复杂性方面，带有自己的许多特点。《雄关漫道》所讲述的红二方面军长征的故事，首先是许多鲜为人知或从未叙说过的红军领导人抵制错误路线、破解决策难题、扭转危局、打开新局面的故事。如小说开始时描写的 1934 年 6 月红三军贺龙、关向应抵制夏曦“肃反”扩大的斗争。继后描写的红三军与红六军团胜利会师后任弼时、贺龙从实际情况出发没有执行中革军委让两军团分兵的命令，两军同心协力夺取十万坪谷地围歼湘军三个旅的胜利。红二、六军团与红四方面军在甘孜会师后，朱德、徐向前、任弼时、贺龙共同反对张国焘分裂主义的斗争……对这些党内斗争的复原和历史现场的真实描绘，不仅勾勒出红二方面军长征的整个战略转移态势，而且真实地描绘了包括关向应、任弼时在内的红军领导人怎样在战争实践中摆脱王明“左”倾路线的影响，逐渐走上正确的道路、作出正确的抉择的过程。小说尤其出色地描绘了贺龙这位红二方面军的杰出指挥员在复杂的党内斗争情势下既尊重、服从党的领导和纪律，又在关键时刻挺身而出抵制毁灭红军的错误路线的高超的斗争艺术和逐渐成熟的政治素养。正是在党内斗争的洗礼中，贺龙忠于党的共产主义信仰的品格和他天才的军事指挥才能，才焕发出了夺目的光彩。在他的决策和指挥下，一系列战役都打得神出鬼没、势如破竹、威风八面，堪称红军长征史上光辉的战例。小说对这些战役的描写，用笔极富变化。每一战役，从战机的出现，到敌我双方的态势与意图的对峙，再到战局的展开、突变与结局，都有绝不雷同的描绘。长征长征，就是长途跋涉与征战。对红二方面军长征中战役与战斗的精彩描绘，集中地显示了《雄关漫道》出色的叙事艺术。

红二方面军的长征故事，更是说不完、道不尽的红军英雄的故事。《雄关漫道》记叙、描写了众多的、各种各样的红军英雄的故事，塑造了一座威武雄壮、坚毅凝重的长征英雄群雕。这里有困牛山集体跳崖、宁死不降的三十几名红军战士，也有丁顺清、丁天娃、丁小婉、龙成英先后参加红军的一家人；有罗扬、何梅这样知识分子出身的一对恋人，也有辛亥革命的元老、贵州名士周素园老人和被争取过来的原国军炮兵专家张振汉；有贺炳炎、余秋里这样一对独臂将军，也有钟子明、李正田这样犯了错误最终仍英勇献身的英雄。即使是在“肃反”中机械执行“左”倾路线、残酷地杀害了许多红三军指战员、大伤红军元气的夏曦，小说也描写了他渐渐认识自己的错误，怀着愧疚之心在征战中赎罪的表现，写了他主动求战、意外溺水身亡后红军战士对他的悼念之情。在这些红军英雄中，给人印象最深的是贺龙的爱将贺炳炎。贺炳炎是红七师十九团团长，在“肃反”中差点被处死，是贺龙亲自向夏曦求情，才把他保了下来，使他成了红二方面军最能打仗的名将。在板栗园伏击战中，他违反党和红军的俘虏政策，鲁莽地杀了受重伤不愿被俘的敌师长谢彬，被关了禁闭，降职使用。后来在红军失利的瓦屋塘之战中，他右臂受伤，在没有麻药的情况下，勇敢刚毅地接受了断臂手术。他的英雄气概足以与刮骨疗毒时脸不改色的关羽媲美。《雄关漫道》通过对红军群体的描写，不仅写出了这支长征二万五千里的铁军的雄姿和业绩，而且画出了这支铁军的军魂。共产主义是不可抗御的——这才是红军不可战胜的最深最大的秘密。

2007 年 6 月 1 日《文艺报》

# 雄关漫道真如铁

胡　平

种种迹象表明，我们正处于新时期以来革命历史题材创作的最高峰时期，特别在影视剧创作领域，不仅一切重大革命历史事件及相关人物相继得到艺术性的表现，甚至样板戏的一部分、二十世纪五六十年代革命电影的一大部分，都开始进行改编和扩拍。这是主旋律创作真正成为主潮的一种标志，也是市场导向的一种讯号。欧阳黔森、陶纯所著长篇小说《雄关漫道》即产生于这样一个背景。

所有创作都是一种创造，大部分小说人物都是“凭空”塑造的，读者会经历一个由陌生到熟识的过程，而重大革命历史题材作品中的人物有所不同。如此书中，贺龙、任弼时、朱德、王震、萧克、贺炳炎等人的形象是先于作品而存在的，前印象已事先储存在读者的记忆中，这使这类写作具有先天的资源优势，但同时也产生了难度：它必须严格保持形象的既定性，又必须赋予其足够的生动性和丰富性。在这方面，作者表现出自己出色的功力。《雄关漫道》是以刻画红二方面军重要领导人物为主的小说，这些人物不断出场，始终得到正面的、详细的描述，使他们的音容笑貌、性格特征、举止做派、行为事迹深深地铭刻在读者的心目中。实现这一效果，需要作者对每一历史人物进行大量研究、对红二方面军历程进行充分调查，作者在写作背后下的“死功夫”，是可以想象的，也是令人敬佩的。

《雄关漫道》是与同名电视连续剧几乎同时产生的长篇小说，结构和叙事上难免带有影视剧的痕迹，但也带来积极的、正面的影响。

总体上看，目前长篇小说创作思想内涵和艺术质量要远远高于原创影视剧作。一方面，影视界也相当重视对文学原著的改编，推出了一些基于改编的优秀作品；而另一方面，真正适合改编的文学原著的比例却又很低。这里面除尺度关系外，创作观念和创作方式上存在的差异也不可忽视。长篇小说和影视剧同属叙事体裁，在某些方面，长篇小说创作确有向现代影视剧创作学习借鉴的可能，在这个意义上，《雄关漫道》提供了有益的经验。

首先，此书是非常重视情节的。作者懂得，对于大多数读者来说，情节是一条指导兴趣的主要线索，情节的初级形态是故事，而喜欢听故事，听有情节的故事，是人类的一大爱好。因此，作者不遗余力地在历史发展的杂乱进程中提炼具有情节形态的因素，连贯起来，使之成为构置叙事悬念、集中读者情绪的基本力量。这对于目前长篇创作中某些过于忽视情节结构的倾向是一种反拨。

其次，此书非常重视保持人物关系的冲突性和紧张程度。红二、六军团的斗争主要是与国民党政权军事力量之间的斗争，作品也不断写到蒋介石、陈诚等人与红军的较量，但由于这种较量是间接的，作者仅点到为止，而把主要人物关系设置在红军内部，特别是红二军团内部，因为那里有贺龙、关向应等人与夏曦之间的路线斗争。小说正是以夏曦要枪毙一批逃跑的红军士兵，贺龙赶来营救，由此与夏曦间的矛盾公开化为开端的。此后，这一冲突线索连绵不断，直到红六军团介入，任弼时以中央代表身份解决夏曦问题为止。接下去又开始着重描写朱德、贺龙、任弼时等人与张国焘之间的冲突，直到篇末。这种写法，舍弃了许多材料，但强化了作品的戏剧性，使这部长篇小说始终抓人，引人入胜。

最后，此书的叙述节奏明显快于一般长篇小说。我们目前不少长篇创作的一大通病是缺乏选择和节制，可写的、可写可不写的与不可写的人及内容混杂堆砌，以现实时间结构现代作品，情节进展缓慢，使读者难以卒读。实际上，现代读者和现代观众都更关注阅读与欣赏的时效，希望在同样篇幅里获取更大量的审美信息，如电视连续剧《疯狂主妇》《越狱》等，都适应了观众的这种需求。《雄关漫道》吸取了现代影视剧作的经验，十分注意尽量加快叙述节奏，集中描写读者更关注的内容，全面排除删削可有可无的内容，大大压缩了作品的篇幅，增强了可读性，使它成为一部畅快的作品，一部可以一口气读完的作品。

《雄关漫道》是纪实性长篇小说，它不可能展开无限的想象，必须忠实于基本的史实，披露一些鲜为人知的事实，重现历史的真实场景、真实氛围和真实人物，从历史中汲取激情。所有这些，这部作品都做到了。而两位作者，一位是生长在红色根据地的著名作家，一位是来自军旅的著名作家，由他们来做到这些，也是令人信服的。

**2007 年 6 月 1 日《文艺报》**

# 从独特角度探索长征

张颐武

长征已经成为中国人民“现代性”记忆中最为宝贵的部分。它既是一段真实的历史，也是一种民族的珍贵精神价值的展开。它既是中国20世纪历史的关键性篇章之一，也是中华民族“大历史”最核心的价值体现。因此，但凡我们在关切和思考中华民族核心价值的时候，长征总是我们最为重要的精神资源和文化资源，我们总是要从长征中汲取我们赖以向前的力量。所以，长征既是历史的真实再现和探索的重要资源，又是中国文化和精神的发掘与承继的重要资源。对于长征的回溯总是我们思考和探索的重要部分。它是“现代性”思想的来源之一，又是超越时空的永恒的精神展现。它是“现代”革命的思想和价值的体现，又是中国传统的自强不息价值的最好传承。

长征的核心价值乃是一种在极端的困境之中克服和超越挑战的无畏勇气，一种为了超越性的理想不畏牺牲的精神。这些价值已经成为中国人民记忆的一部分。这种在极端困苦中的勇气和牺牲也异常逼真地投射在这部《雄关漫道》之中。这部作品表现了红二方面军艰苦卓绝的奋斗历史，也以强烈的笔触刻画和书写了这段悲壮历史中的激情、奋斗和牺牲。这里所写的是我们多年来在文学艺术作品中着墨不多的长征中一个“偏师”的奋斗历程。那些可歌可泣的历史虽然已经作为中国现代历史的篇章载入了中国革命的史册，却并没有能够以文学的方式加以表现。这次欧阳黔森和陶纯两位作家以自己的小说作品对这段历史进行了充分的描述。红二方面军的奋斗历史被前所未有地凸显了出来，中国革命历史的丰富性被展开得格外生动和格外鲜活。

这里既有像贺龙、任弼时、王震这些中国现当代重要人物的奋斗历史，也有普通战士和基层官兵艰苦跋涉的记录。两位作者一方面注重从一个整体的形态来表现红二方面军的历史，另一方面也注重刻画生动鲜活的革命者的群像。一方面注重从大历史的总体上把握红二方面军的意义，另一方面也强调了革命历史丰富和多样的真切的细节展现。一方面深入历史的深处发掘一切有价值的材料，另一方面以生动的文学想象力来表现长征的历史性意义。既有风云变幻历史的诸多描画，也有儿女情长的感情历程。大笔触的勾勒和细小的工笔结合得相当完整和生动，磅礴的气势和细致的刻画都融合在作品对于人物和事件的表现之中。这部作品看起来是一部向革命先驱致敬的、宏大的史诗式作品，却又始终以生动和细腻的描写作为坚实的基础。虽然小说并不注重心理的描写，却仍然从人物的对话和动作中展现了革命的领导者和普通士兵的精神世界。虽然大历史的风云吸引了我们，但那些人物的命运也有一种冲击我们心灵的力量。

我以为，这本书在两个方向上有自己独特的表现力量。

首先，小说始终不仅仅止于对红二方面军历史的描写和追索，而是在这种追索中展现红军和长征所具有的高度的精神价值和文化价值。历史的表现中蕴有诗意的激情和灵魂的探索。这里红军所具有的不仅仅是可歌可泣的故事，而且具有一种自强不息、追求一个理想世界的精神，也有对于不公正的世界秩序和不合理的社会结构进行根本性改变的“现代性”追求。

这些其实都有非常重要的意义。这里既有历史画卷的展开，也有人民记忆的守候和存留。这其实是对于中华民族核心价值的一种延伸和展开，这种延伸和展开乃是始终从中国革命历史弥足珍贵的篇章中汲取的，《雄关漫道》正好是对这种精神的汲取。

其次，《雄关漫道》正是力图以当下的眼光对历史进行反思和探究。它将中国革命在最为危急和面临最严重挑战的时刻所表现出的无畏精神，以及超越生理和心理局限的精神力量，从今天的角度进行了深入的探索。它所深入的是长征精神的核心，也是长征留给当下的我们最为宝贵的启示。中国的“现代性”有其丰富的文化和社会遗产，这些遗产也有其丰富的社会和历史面向，而长征无疑是这一遗产中弥足珍贵的部分。它所昭示的正是今天中国在和平发展中仍然值得不断回顾和无法忘怀的精神。虽然历史的情境不可复现，历史的状态也有了巨大变化，但是长征这种为了人类公平的理想超越极限的努力，仍然具有不可忽视的文化和思想的巨大价值。它提供精神启迪，激励我们在中华民族新的发展进程中仍然保持面对挑战的回应能力，给我们更多的激励和更多的信心。今天中华民族崛起遇到的挑战可能没有那样严峻，但可能更为复杂和微妙。中国的革命先驱者在巨大挑战面前的勇气和智慧，让我们能够在今天感悟价值和汲取力量，能够更有力量和智慧地面对更复杂和更微妙的挑战。

《雄关漫道》正是守候长征这一段弥足珍贵历史的重要著作之一。

**2007 年 6 月 1 日《文艺报》**

# 对红色经典谱系的继承

王 干

由贵州人民出版社出版，欧阳黔森、陶纯创作的《雄关漫道》是一部带有非常强烈革命色彩的作品，在继承红色经典谱系方面有独到之处。描写中国革命历史进程的文学作品很多，成功的也不少，但最成功最能够产生审美效应和教育价值的当推描写长征的作品，几乎每部好的描写长征的作品，都具有史诗的品格。从毛泽东的《七律·长征》等诗词开始，关于长征的优秀作品形成了一个优秀的文学作品家族，如王愿坚的《七根火柴》等优秀短篇小说，陈其通的话剧《万水千山》，李心田的小说及电影《闪闪的红星》，黎汝清的《湘江之战》，魏巍的《地球的红飘带》……都丰富了红色经典的宝库。

《雄关漫道》描写的内容是以往同类题材很少涉及的，可以说是填补了一项空白。小说写贺龙、关向应率领的红三军因湘鄂西中央分局“肃反”扩大化错误，被迫于1934年6月转战黔东，由任弼时、萧克、王震率领的红六军团为保存有生力量，为中央红军的战略西进转移开路，受命西征，在与红三军会师后（红三军恢复红二军团番号）建立湘鄂川黔革命根据地，后又与红四方面军共同北上，于1936年10月与红一方面军会师，实现红军三大主力胜利会师，取得长征最后胜利的战斗历程。小说内容真切，人物性格鲜明，语言节制，较好地做到了史和诗的有机结合。

《雄关漫道》这部小说创作的时候，两位作者在贵州铜仁体验生活，我在铜仁碰到过他们，那个时候他们晒得特别黑，可以想象他们有多艰辛。作为中国作协重点扶持的作品，《雄关漫道》在创作形式、组合方式上有一些值得探讨研究的地方。《雄关漫道》这个作品，有三个方面的结合做得比较成功。它是电视剧和小说相结合的作品，也是一部纪实与虚构相结合的作品，同时还是由军旅作家和地方作家“共建”的产物。

一、《雄关漫道》是电视剧和小说两线作战的结果。有关长征的电视剧很多，并不是每一部我都能看进去，但是《雄关漫道》我看进去了，进入状态了，因为里面有新的内容。现在的文学纯靠纸质媒体的传播是很困难的，但与影视传播结合，效果就不一样。

二、《雄关漫道》是军旅作家和地方作家“共建”的成功作品。两位作家都很有特点，欧阳黔森是贵州人，在全国是比较有影响的青年作家，陶纯是军旅作家中的佼佼者，两人优势互补，一加一大于二。

三、《雄关漫道》是纪实与虚构完美结合的作品。小说里大的战役是不能搞错的，有历史记载的，作者必须尊重历史的本来面貌。作为纪实作品，两位作者创作时采访了很多人，作了细致深入的调查。但作品又要有适当虚构，不能虚构得过于离谱，这些虚构都比较到位。

此外，《雄关漫道》继承了红色经典谱系描写战争的精华，比如战争、战役、战场、战斗四个方面都写得特别好，没有过多的人物心理描写，虽然人物的立体感不够，但作为红色经典重场面的特色却发挥得恰如其分。

2007 年 6 月 1 日《文艺报》

# 这边风景何以靓丽

## ——欧阳黔森《莫道君行早》读后

潘凯雄

欧阳黔森堪称文坛劳模，打出道以来他的创作已累计达800万字左右；不仅如此，这个劳模还是个多面手，其创作领域横跨虚构、非虚构和影视三栖。然而，多面手有其风光也自有风险，古人早有“祸兮福所倚，福兮祸所伏”之训诫。不同文体之间虽有某些共性，但其各自鲜明的文体个性则更是文学创作的立身之本。仅就脱贫攻坚这一题材而言，欧阳黔森曾在2018年度的《人民文学》有连中“三元”之荣，其分别是《花繁叶茂，倾听花开的声音》、《报得三春晖》和《看万山红遍》。由这“脱贫三部曲”不难见出欧阳黔森在这一领域已经做了许多诸如深入生活之类的基础性功课，对这方面从过去到现在的实际状况也有了相当的了解与积累。

然而，“脱贫三部曲”终究还是非虚构写作，而《莫道君行早》表现的虽同样是脱贫攻坚这一重大现实题材，但选择的文体则是以虚构为本质特征的长篇小说。非虚构与虚构虽只有一字之差，但在艺术表现如何发力上则相距甚远，有时甚至截然相悖。前者强调的是生活真实，后者追求的则在于艺术真实。坦率地说，目前以脱贫攻坚为题材的长篇小说在数量上已不少，但艺术上堪称成功者则不多。而之所以难言成功的一个共同原因则在于这些作品太“像”非虚构而又不是真正的非虚构，缺乏以虚构为根本特征的小说艺术表现力。正是基于这样一种基本现实，在进入对《莫道君行早》阅读之前，说实话我多少是为欧阳黔森捏了一把汗。

庆幸的是，这样一种担心直至读到《莫道君行早》的终局才算放了下来。作品整体呈现的是武陵山腹地乡村脱贫攻坚的艰难历程，集中表现了三个村庄由深度贫困到乡村振兴的蝶变，彰显了“新时代山乡巨变”的贵州样本。这三个村庄在脱贫攻坚过程中所涉及的现代农业产业园建设、乡村旅游、电商物流、企业帮村庄等手段与方法在欧阳黔森那“脱贫三部曲”中也确有涉及，虽似有某些似曾相识之感，但两者在叙述、结构特别是塑造人物形象等方面则存有明显差异，无疑是经过了典型化等虚构文学手段的艺术处理。具体来说，在场景的选择、人物的设置、冲突的安排、叙述语言与人物语言的表现等方面皆有不凡的表现。其中尤以如下两个方面更为突出。

首先，《莫道君行早》的主场景固然设定在一个名为紫云的山区小镇。这虽不是中国乡村建制中最基层的组织细胞，但在长篇小说中则也差不多是十分必要、十分底层的一个叙事空间了，领军人物但未必是主要人物则是这个镇的党委书记龙险峰。我们固然可以将这个紫云镇和龙险峰视为作品中的一号主场景和一号角色，但整部作品支撑起这个“一”的却是一连串的“三”：三个各具特色的村庄——丘陵地势的千年村，以种水稻为主，温饱虽无大忧，但奔小康有难度；山势险峻多旱地的花开村，出了名的贫困村；喀斯特地貌的红岩村，不宜人居，不适合农作物生长，极度贫困。三个第一书记——千年村的肖百合、花开村的陈国栋和红岩村的张学勤，虽皆由所在县委县政府下派而来，但各自性格秉赋、办事能力和行为方式却各不相同，特别是并非个个皆为能干先进之辈。三个土生土长的村主任或村支书——千年村的麻青蒿、花开村的石松涛和红岩村的潘宏梁，各有各的性格、各有各的能耐。三种不同业态的脱贫主要措施——千年村的“农业观光产业园”、花开村的乡村民俗与旅游、红岩村的汞砂工艺品开发……从镇到村这样一种“一三式”整体结构样式既保证了执行脱贫攻坚总体战略的唯一与统一，也呈现出在执行与实施这一国家重大战略的过程中行为的丰富性与人物的多样性，从而展现出在成功实施这样一项国家重大工程的过程中，举国上下既万众一心、众志成城，又因地制宜、一地一策，因村而异、因人而异、八仙过海的万里江山图。整部作品的丰满与丰富由此得到有效保证。

其次，在人物塑造上充分展现人物形象的多样性与复杂性，避免简单划一的处理。即便是三个第一书记，虽皆由县级机关下派，但个性与表现却各不相同，比如肖百合的工作相对干练与灵活，而张学勤的工作则流于表面化与形式感……当然，相对于这些下派干部，《莫道君行早》中对农民形象的塑造当更为精彩，无论是基层干部还是普通农民莫不如是。打个未必完全恰当的比方，这些人物与“十七年文学”中赵树理、柳青等名家笔下的所谓“中间人物”颇有些相似。即便是千年村的麻青蒿、罗云贵、黄光辉和吴艾草这几位从村主任到村委都是十分典型的代表，在各自的“精明”“能干”中又不同程度地夹杂着种种虽表现不一、但又都是出于利己目的之各种“狡黠”；又如丁香与桃花，虽同为女性，与村干部也各有不同关系，但前者外表冷漠内在温暖，后者则看似凶悍实则胆怯。凡此种种，骨子里莫不与长期笼罩于整个中国乡村自给自足的小农经济形态相关联。正是因为这些人物的存在，《莫道君行早》才得以接地气、有烟火；而所谓脱贫攻坚要改变的其实也不仅仅只是中国农村与农民生活的贫困，还在于改造与提升广大农民的国民素质，后者在某种意义上其实更为重要也更加任重道远。

围绕着脱贫攻坚这个国家战略，欧阳黔森在非虚构与虚构两个领域能取得如此成就，其基本经验无非两条：一是对生活既十分熟悉又有理性认识。贵州几百万座山峰，他走了差不多一半，与百姓交心，作家的所谓深入生活不仅要“下得去”，更要“沉下来”。二是充分尊重艺术规律。作为文学创作，即便是宏大的主题、先进的理念，如果没有坚实的艺术支撑，也都只能是昙花一现的应景时文，我们文学创作的历史其实已经一再地证明了这一点。

**2023 年 5 月 12 日《中国新闻出版广电报》**

# 《莫道君行早》：为写作踏遍青山

舒晋瑜

《莫道君行早》同时裹挟着乡村的喧哗和宁静扑面而来。

欧阳黔森以极大的热情把读者带入位于武陵山脉腹地的紫云镇，随他走进山乡巨变。小说从一开始就设置了紧张的悬念，一种无法抗拒的力量席卷着，让我们看到那些既狡黠又朴实、既粗野又善良的乡村人物带着一路欢声笑语走来。当我们阅读《莫道君行早》时，有时候会感到有些恍惚，这分明就是小说，却更像是走进了正在发展中的新农村，你无法怀疑他们在那种环境里的所有言行，因为作家有足够的逻辑和真实的细节支撑所有故事的进展和人物合乎常理的举动。

《莫道君行早》是一部生活的史诗，当然并非多么崇高激昂或稀缺珍贵，而是一部普通百姓的生活史诗；欧阳黔森笔下的人物也并不完美，却富有人间烟火的真实感和人情味。这是一部非常厚重的作品。不只是体量的厚重，小说包含的内容之丰富、可供阐释的空间之开阔，阅读过程中也感觉越读越厚，单是全书呈现出来的辩证特点，就足以令人叹服。

一是虚与实的结合。《莫道君行早》以乡村脱贫攻坚为背景，全景式展现了千年村等几个村庄由深度贫困到乡村振兴的变化，使用生动又朴实的乡村俗语，却写得简洁自然；同时也具有非虚构的品格，扎实的采写和翔实的记录，带给读者逼真的现场感和犹如亲历的艺术感染力。

欧阳黔森曾创作报告文学“脱贫三部曲”(《花繁叶茂,倾听花开的声音》《报得三春晖》《看万山红遍》)，在走村过寨的采访中，他坚持一条原则：不管是谁提供什么样的资料素材，不到一线眼见为实地访问，决不引用。因为在如火如荼的脱贫攻坚战中，那些可歌可泣的故事无处不在，这些故事绝非一个作家可以任意编撰的，须亲历现场、如实记录，因为无论怎样编撰，都不如现场的故事精彩。《莫道君行早》的写作过程就是这样，他脚踏实地，仰望星空，虚实结合，以巧妙的构思和出色的叙事能力，把“新时代山乡巨变”的贵州样本生动地再现出来。开篇讲乡村干部龙险峰每次去村里探望百岁老人的时候，老人并不认识他。他说：“老人不知道我是谁不打紧，打紧的是我得知道他是谁。”类似的细节小说里俯拾皆是，均为作家本人的亲历。

欧阳黔森总能敏锐地捕捉到时代变化以及现实乡村中有趣的事情，因此《莫道君行早》写得清新有力、妙趣横生、真切生动，写得情真、意真、史真。作家在整部作品创作过程中满怀深情地讲述笔下的人物。村干部麻青蒿身上有很多缺点，说话啰唆，任何场合不忘自我表扬，是一个多面、复杂的人物，但他遇事不慌、临危不乱，在村民中有凝聚力，尤其是他对村里的百姓、待过的学校、教过的学生有爱，他的爱的表达有时候会闹出笑话，会让人误解甚至产生尴尬，但不得不说，这个人物鲜活、生动、接地气，极具感染力。更让人感动的是，他身上有一种朴素的情怀，也是作家在创作中投注于整部作品的情怀，这种情怀是共产党员对普通百姓的大爱，是作家对扶贫工作倾注的满腔热爱。

二是理性和感性的融合。欧阳黔森在满怀深情地礼赞扶贫工作、山乡巨变的同时，也辩证地指出发展中存在的问题。龙险峰当紫云镇镇长时提出的思路，在几年后他当书记时调整了。如何面对发展中的新问题勇敢地自我否定，也是一种担当。小说借人物之口，有对文化陋习的批判，有对生态破坏的反思，这在欧阳黔森之前的作品中亦有所体现，《莫道君行早》延续了这一特点，比如对傩戏表演逐渐沉寂的思考等等。

三是现实和历史交错，时间和空间交融。驻村第一书记肖百合到千年村上任，对地质地理情况做了深入的了解：千年村的山距今有二亿四千万年，红岩村的山距今六千九百万年。两座山峰，在空间上不过相隔数里，时间上却相差数亿年。这种故事和表述的多重意蕴，想必来自欧阳黔森对地质的切身感受。作家早年当过地质队员，一锤子敲下去，碰到的可能就是上亿年前的东西。这种日积月累的视野和心胸，大概也不是所有作家都能具备的，《莫道君行早》是一部沉思者的文学，更是行动者的文学。

四是浪漫主义和现实主义结合。文学风格必然受到时代因素的影响。写作 40 余年间，欧阳黔森的创作风格多样，文学精神却一以贯之，即屈原所秉承的“香草美人”。他崇尚屈原、李白、杜甫等，因为他们的作品无不充满爱国主义、浪漫主义。这是中华文学的优秀传统，符合中华民族审美精神，也是万变不离其宗的创作原则。欧阳黔森的创作从诗歌开始，古典文学的积淀深厚，很多作品从书名到章节、情景描写，都蕴含充沛的诗意，这与他从小阅读经典有关，也与他当地质队员的经历有关。《莫道君行早》既是一部现实主义作品，同时也充满着浪漫主义的色彩。

五是表现手法和叙述方法充满张力。欧阳黔森的书写有变和不变：题材在不断变化、拓展，不变的是他的主题无不关乎贵州大地，无不关乎国计民生；他笔下的人物在成长、在变化，不变的是他对于共产主义的坚定信仰和执着的忠实实践。村子里的每一件事都十万火急，一会儿牛老五跳楼，一会儿丁香拿着菜刀冲进镇政府。怎么处理、应对这些棘手的事情，体现了乡村干部们的智慧和耐心。丁香，一个像吹足了气的气球，拿针轻轻一戳就要彻底爆炸的农村妇女，肖百合对她采取的方式是慢：慢言细语，轻拢慢捻。

这也让我联想到作家的创作状态。欧阳黔森写作《莫道君行早》，我相信一定是充满激情的，同时他又深入生活沉潜下来，反复推敲打磨作品。他写的是一地鸡毛，但琐屑又宏阔，渺小又伟大，作家和脚下的土地相互滋养，交融共生，小说中的乡村故事和现实生活中的脱贫攻坚互为映照，真切地表达了作家对当下社会以及这个时代的认识和思考。小说从头至尾的叙述饱满生动、元气充沛，乡村扶贫的全景和要点全在其中，具有借鉴性和实操性，文学意义和社会意义兼而有之。

欧阳黔森作为地质队员的时候，踏遍青山，现在为了文学更是青山踏遍。他已经也早就融入了这片土地，他在这方土地上引吭高歌，他的歌声里既有亿年地质的深厚和坚实，也弥漫着满山遍野青草的芬芳。

**2023 年 4 月 17 日《文艺报》**

# 贴着泥土写乡土

## ——读欧阳黔森长篇小说《莫道君行早》

颜同林

反映乡土中国及其历史面貌和变迁的当代乡土小说，在与时俱进的潮流中占据前沿位置，并成为观察乡土社会的一扇窗口。推窗远眺，当下乡土小说这一领域中新的题材、新的人物像不断翻新的土地，泥土的气息扑面而来，并呈现出五彩缤纷的创作景象。在张扬现实主义美学，并以贵州高原和山地环境为美学据点的同类长篇小说中，欧阳黔森的《莫道君行早》居于重要位置。作品以武陵山区乡村为背景，围绕脱贫攻坚和乡村振兴的接续嬗变而徐徐展开了西南腹地的辽阔一角，通过熟人社会的叙事伦理，乡间人物的本色呈现，彰显了新时代“新山乡巨变”中乡土的觉醒与复活。

《莫道君行早》刊发于《中国作家》（文学版）2022年第10期，入选中国作协“新时代山乡巨变创作计划”和“新时代文学攀登计划”，2022年12月由作家出版社出版。小说在地理空间上以武陵山区紫云河畔的紫云镇为对象，重点落在千年村、红岩村、花开村三个拥有不同发展道路的村寨上。交通闭塞、产业不振、底子薄弱、贫穷落后曾是这些村寨共同的标签，但在走向乡村振兴的道路上，在党的领导下当地群众各显所能、因地制宜地探索出了新路，这构成了黔地村落叙事的主线。政府推动脱贫、乡村治理升级、农村产业转型、乡土焕发活力是作品主要着力点，一起唤醒了这一角沉睡的故土，这是靠近沈从文笔下“边城”的黔东乡镇的缩影，也是居西南一隅的贵州乃至乡土中国在新时代发展中不断蝶变的缩影。

小说中最鲜明的特点莫过于乡土新景观的浮现和山民观念的碰撞。在作品的尾巴处，千年村村主任麻青蒿和前妻丁香复婚，驻村第一书记肖百合深感欣慰，自然想起自己的愿景。当初她对前来村寨进行现代产业园投资的喻子涵说过，也无数次在自己心里说过，即当她扶贫下沉到千年村之后，最大的愿望就是希望能看到这样的情景：在村庄晨雾的弥漫中有孩子们琅琅的读书声，在结束田间耕作的黄昏后有一对对的夫妻愉悦地回家，在月亮升起来的时候，在小院子里，有爷爷奶奶、爸爸妈妈和孩子，一家人围在小桌上温馨地吃饭……这番朴素而久违的景象，终于出现了。这不是传统农耕时代的乡土旧图景，而是在进行新的产业革命、脱贫攻坚胜利后出现的新景观。在小说的时空转换中，随着外出务工人员大量外流，乡村空心化加剧，失魂的村寨走在被荒废的歧途上，而扭转这一趋势，让乡村再次成为新的安居乐业之所，显然是乡土的再一次重构、新生与复活。小说主要情节中譬如农村“三改”“三变”、驻村干部下乡、现代农村产业园建设、乡村旅游兴起、电商物流涌现、“千企帮千村”等新型发展模式接踵而来，村容改观、穷则思变、民心向善等诸多叙事线索与乡土生活及细节杂糅交错，真正表达了“踏遍青山人未老，风景这边独好”的寓意。在现实与理想、乡村与城镇之间，作家借笔下的新人新事和思想观念的改变来展现乡村建设的图景，开掘出一种新时代乡土小说的思想新境界。

作品中人物众多，个性鲜明的人物有十多个，形成一个立体的新乡土人物画廊，其中主要人物是村主任和驻村第一书记等，构成了有血有肉的基层扶贫干部的序列。从乡镇到村组的各类人物是作家最感兴趣的对象。特别是三个村的驻村第一书记，性格、经历和才能各不相同，典型性十分显眼。乡镇及村级干部等在脱贫攻坚第一线的人物群体，他们身上那种敢闯敢干、为民谋利的品质得到了本真的呈现，从中可以看出武陵山区这一脱贫攻坚主战场中干部群众的精神风貌。静水深流，乡村振兴的根须在乡土里。同时，小说在塑造人物上注重原生态理念，并杂糅诸多贵州风土人情元素。以村主任为例，小说的主人公是外号麻五皮的麻青蒿，有喜剧感，是一位诙谐、接地气的村民。麻五皮能说会道，喜欢吹牛，点子多，有粗俗的一面，但能化解基层的诸多矛盾；尽管生活并不如意，但执拗、粗暴的性格掩盖不了他带领村民追求幸福的愿景。千年村驻村第一书记肖百合，自愿扎根脱贫攻坚第一线，有干劲、有见识，为乡村注入活力。作家笔下的山区干部、群众，操着地道的黔地方言，在村人村事的乡土中自由呼吸,粗野中有温情，扎根乡野却长出梦想的翅膀。

情节跌宕多变，叙述张弛有度，为人物提供了展示性情的乡土舞台。小说从乡村的变迁切入，深入乡土的缝隙和根须之中，比如表现产业调整、土地流转、村民纠纷的内容，都贴着泥土来写。在走向乡村振兴的过程中，虽然村镇无小事，人事繁杂，千头万绪，但小说没有回避这一转变过程中的种种矛盾和困难，反映了当前农村面临的诸多内生问题，广泛涉及人情、利益和观念冲突。作者的眼睛死死盯住这一块，并把手搭在新时代乡土的脉搏上，这样就改写了传统牧歌式的乡土小说世相，催生了新时代乡土小说新的叙事，发出了乡土的新声。欧阳黔森长于跨文体写作，他的报告文学作品《江山如此多娇》、编剧的电视剧《花繁叶茂》，与《莫道君行早》都存在或深或浅的互文性现象，它们一起丰富了乡土的面貌。

《莫道君行早》像一架沉默而有力的犁，用它闪光的犁铧翻起似曾相识的泥土，在乡村振兴中，散发出久违的另一种乡愁和芬芳。

**2023 年 4 月 12 日《光明日报》**

# 《莫道君行早》：书写山乡巨变“贵州故事”

王　彪

欧阳黔森的长篇新作《莫道君行早》（作家出版社）以小见大，聚焦贵州武陵山腹地紫云镇三个典型贫困村千年村、花开村、红岩村，讲述了这样一个故事——镇党委书记龙险峰与驻村第一书记肖百合带领基层干部打赢脱贫攻坚战，走出一条生态保护与经济发展并重的乡村振兴之路。小说为贵州决战决胜脱贫攻坚留下了历史剪影，也为乡土文学书写贡献了时代新声。

欧阳黔森在大量田野调查基础上对贵州贫困地区的集中书写是其近年来文艺创作的发力点。不论是小说《八棵苞谷》《村长唐三草》《绝地逢生》、报告文学《江山如此多娇》，还是影视剧《绝地逢生》《花繁叶茂》，都显现出作者书写人民史诗的努力。新作《莫道君行早》中，欧阳黔森通过典型呈现、文体融合、接续传统等手段，展现山乡巨变“贵州故事”，为乡土文学传统在新时代的接续与新变留下了典型样本。

《莫道君行早》是欧阳黔森在报告文学《江山如此多娇》基础上进行跨文体实践的新结晶。《江山如此多娇》中“眼见为实”的调研访谈与客观准确的事实数据为《莫道君行早》的创作提供了基本素材与考察视域。基于此，欧阳黔森腾挪转移、上砖架梁，虚构了一个更为立体丰满的小说世界。首先，作者将故事背景设定在新时代黔东武陵山腹地紫云镇，并将贵州精准扶贫的差异性经验通过镇辖的三个典型贫困村予以全景式呈现。其次，作者塑造了一批鲜明生动的人物群像。镇党委书记龙险峰、驻村第一书记肖百合是称职负责的当代干部形象；千年村村主任麻青蒿、花开村村支书石松涛、红岩村村支书潘宏梁是性格迥异又勇挑重担的基层干部代表；牛老五、林小薇、孔先刚则是底层困难群众中的典型。最后，作者将故事置于错综复杂的人物关系和“封矿”“三改”“发展乡村旅游”等环环相扣的情节冲突中展开。于是，脱贫攻坚与乡村振兴愈发显得动人心魄。

《莫道君行早》是欧阳黔森将既往创作中地方性叙事、传奇性叙事与地质知识性叙事等艺术经验熔铸一炉、综合运用的新尝试。凭着对武陵山脉、乌蒙山脉的独特地域书写而成名的欧阳黔森，深谙地方性叙事对一个作家创作的意义。新作中的地方元素并非意在风景展览或猎奇装饰，而是作为人物塑造的大背景与叙事的潜在推手而存在。作者对武陵山腹地“美丽但极度贫困”的揭示，对黔地农民狭隘狡黠又坚忍实干的描写，以及引述方志对此地丹砂文化、佛道文化、傩戏文化的介绍，不仅为小说镀上浓厚的地方色彩，更暗含了精准扶贫、开发乡村旅游等情节设定的底层逻辑。传奇性叙事主要表现在传记式人物形象的塑造上。小说中最传神的是千年村村主任麻青蒿——麻五皮。《莫道君行早》某种程度上也可视作《麻五皮传》，这个狡黠幽默又实干担当，还有点话痨的形象，正是从作者意在“为民间野性人物立传”的小说《村长唐三草》中生发出来的。小说中的地质知识性叙事主要起辅助作用，如镇党委书记龙险峰对三个典型贫困村地质地貌的熟稔，增添了人物的丰满度；驻村书记肖百合面对几亿年地质活动的神奇构造所表现出的震撼，为人物行动提供了情感支撑。

从《莫道君行早》中，可以看到作者自觉继承了周立波《山乡巨变》的乡土文学传统。《山乡巨变》中，自上而下的女性外来者视角、阶级矛盾的淡化处理、乡村风景和日常生活的呈现以及民间歌谣传说的化用，使其成为最具乡土气息的农村题材小说之一。回到新作《莫道君行早》，我们看到在描写脱贫攻坚从个体单干走向团结合作的过程中，无论是驻村第一书记肖百合自上而下的女性外来者视角，还是以幽默戏谑化解矛盾的情节处理方式，或是对黔东乡村风土人情的描摹，都可见欧阳黔森向前辈周立波的致敬。当然，作为诞生在新时代的作品，小说显露出的新质更不容忽视。人物形象上，《莫道君行早》塑造了一批生动立体的农民、基层干部、个体经营者、知识精英等农村新人群像；观照视角上，小说站在历史与现实的交汇点上，精准捕捉到了贵州精准扶贫的时代脉搏；传统的创造性转化上，作者将地域性的史传、方志与民间歌谣、传说融入叙事，丰富了小说的文化内涵，增强了文学表现力。

“东方欲晓，莫道君行早”。小说的标题取自毛泽东《清平乐·会昌》，隐含着作家欧阳黔森对“行走”的信仰。乌蒙山脉、武陵山脉的腹地，处处留下了欧阳黔森探访新时代乡村的脚印，这也使得他能用艺术化的手法生动描绘出贵州脱贫攻坚、山乡巨变的大美风景。

**2023 年 4 月 13 日《人民日报》（海外版）**

# 新时代“山乡巨变”的文学书写

## ——颜同林对谈欧阳黔森

近日，长篇报告文学《江山如此多娇》研讨会在北京召开，此次研讨会系中国作家协会庆祝建党百年系列研讨会之一。《江山如此多娇》情思饱满、大气磅礴，书写了在实现“两个一百年”奋斗目标、实现中华民族伟大复兴的征程中，贵州所走过的奋斗之路和取得的重要成就。

以文学见证时代，报告文学无疑是一个时代的真切回响。为深入了解《江山如此多娇》这部作品，本刊编辑部特邀贵州省文艺评论家协会主席颜同林与该书作者、贵州省文联主席、贵州省作协主席欧阳黔森对谈，以期从作品背后的故事及其文化蕴涵出发，共同探讨当代报告文学的创作潜力与使命担当，以及贵州文艺创作的发展方向。

“在这场人类反贫困史上的伟大实践中，作家绝对不能失声、缺席”

**颜同林**：正如图书的封面所见，《江山如此多娇》既属于中宣部 2020 年主题出版重点出版物、“向人民报告——中国脱贫攻坚报告文学丛书”，也是中国作家协会“脱贫攻坚题材报告文学创作工程”作品之一，这三条信息某种意义上代表了全国同类报告文学的水平和风向。作品入选这三个方阵，从不同层面也涉及您的创作背景、初衷与缘起，请您讲述一下从创作到出版背后的故事。

**欧阳黔森：**贵州是我国脱贫攻坚的主战场，乌蒙山区、武陵山区都在国家 14 个集中连片特困地区内。从国家实施精准扶贫政策以来，贵州省 900 多万贫困人口全部脱贫，192 万人如期完成易地搬迁任务，减贫人数、易地扶贫搬迁人数，可以说均为全国之最。

在这场人类反贫困史上的伟大实践中，作家绝对不能失声、缺席。这几年，我走遍了贵州的山山水水，与老百姓们促膝谈心，从他们一张张笑脸中，真切感受到党中央的政策和精准扶贫思想深入人心。这是一个英雄辈出的时代，这些英雄就是那些奋斗在脱贫攻坚一线的千百万党员干部。

长年在脱贫攻坚一线采访，感动和震撼无处不在。我看见，哪里有贫困，哪里就有党旗在飘扬；我听见贫困户由衷地说，辛苦了共产党，幸福了老百姓；我见证了扶贫干部的誓言——我们的辛苦指数，就是老百姓的幸福指数……正是因为这些直接撞击我的胸口，使我心潮澎湃、感慨万千的对象，方才有了动心用情的记录和书写。

**颜同林：**您深入贵州基层，广泛开展调研、访谈，真正在脱贫攻坚历史现场写真故事、真扶贫，作品也因此呈现出强烈的现场感与历史感。同时，作品中不乏用数据说话、用事实作证的地方，特别是从不同阶段的数据中，能真正看出变化。您如何做到多事实、多数据与作品文学性的平衡呢？

**欧阳黔森：**报告文学作家一般很不愿意运用数据，大家普遍认为，数据用多了，文章会枯燥乏味，但数据同时也具有说服力，关键在于你如何运用。我解决这个问题的办法是，在第一线海量地采访人物、采访事件，并追寻存在的问题，然后在解决这些问题的举措当中，恰当地用数据说话。从资料当中摘取的数据，是不可能鲜活的。我对自己的要求是绝不用别人提供的资料和数据，我必须眼见为实。只有从鲜活的故事中提炼出的数据，才会既增强文章的现场感、真实感，同时还支撑了解决所涉及问题的可靠性。

比如电视连续剧《花繁叶茂》虽然是根据报告文学《花繁叶茂，倾听花开的声音》改编的，但播出时在同时段收视率排名第一，在以年轻人为主的视频网站上，评分也有9.4分。可以说，一部反映脱贫攻坚主题的作品，获得这样的收视率，无疑是其中鲜活动人的故事感染了观众。

“要写好一篇报告文学，必须用心、用情、用功”

**颜同林：**面对脱贫攻坚中的复杂局面，您没有面面俱到，而是精选典型区域、人物和事件，并在此基础上进行适度的扩展。可以说，全书在空间和时间上俯瞰了贵州的城与乡、过去与现在，凸显了脱贫攻坚战中的“贵州模式”和“贵州样板”。您认为，对于时代大主题的书写，要怎样选择合适的切口呢？

**欧阳黔森：**就这个问题，我想借用北京大学陈晓明教授对《江山如此多娇》这部作品的看法来回答——“大题小做、大道至简、大局有序、大情显实”。他认为这部作品有大主题、大道理、大情怀，同时也是写实的。报告文学本来是以叙事为主，但也要在叙事中写情，而这种“情”是用事实来描写、用现场感来表现的。

创作这部报告文学，我用了4年时间，严格遵循“眼见为实”的创作原则，可以说，我作品中的每一个人物、每一个细节、每一个数字，都是真实的。我相信，这也正是作品大主题、大道理、大情怀的来源。

**颜同林：**党的十八大以来，作家们充分发挥报告文学的文体优势，真实、广阔、多维地反映现实生活，在讲好中国脱贫故事、塑造时代新人、描绘农村变革等方面大展身手。您原来主要是写小说、散文、诗歌，并从事影视剧创作的，近年来也创作了多部优秀的报告文学作品，是什么原因让您“跨界”创作？您如何驾驭报告文学这一文体，并在脱贫攻坚主题上有了突破？

**欧阳黔森：**报告文学这一文学表达样式，在反映现实生活上，有着它独特的优势。它的特点是非虚构，强调真实性、现实性、当代性、文学性。前些年，我大多从事虚构类文艺创作，对于非虚构作品的创作，我是非常谨慎的，不敢轻易入手。这几年，我开始报告文学的创作，主要是因为目睹了在这场如火如荼的脱贫攻坚战中，那些奋斗在一线的党员干部们有血有肉、可歌可泣的故事，这些始终感动着我。可以说，每一次采访，就是接受了一次灵魂的洗礼。

在我看来，要写好一篇报告文学，必须用心、用情、用功。如果一个作家不深入生活，不扎根人民，不到田间地头，就创作不出一部好的报告文学作品。换句话说，不到一线去，怎么能感受到那些动人的故事？一个作家，如果你自己都不感动，你的作品如何能感动人？

“人民是文艺作品最好的裁判员，文艺创作必须双脚踩在大地上”

**颜同林：**《江山如此多娇》无论从作品主题还是创作方式上，都扣准新时代文艺的主旨，展现了文艺工作者的时代精神和光荣使命。归结到一句话，就是坚持以人民为中心的新时代文艺创作导向。您如何理解这一历史使命？

**欧阳黔森：**人民是文艺作品最好的裁判员，文艺能否真正做到“言之有物、传之有方”，关键是看能否经受住人民的检验。社会主义文艺是人民的文艺，必须坚持以人民为中心的创作导向，这是新时代每一个作家必须遵循的准则。因此，文艺工作者必须深入生活、扎根人民，讲好中国故事，书写时代精神，创作出人民喜闻乐见的优秀作品，才能无愧于这个伟大的时代。

**颜同林：**脱贫攻坚战取得全面胜利后，全国各地现今正呈现一片火热的乡村振兴图景，贵州也是如此，乡村旅游、红色文化等吸引了越来越多的游客。面对不同的时代风貌，文艺工作者应如何扛起书写时代的历史使命？未来您将如何继续引领贵州文艺创作？

**欧阳黔森：**实现中华民族伟大复兴，需要中华文化的繁荣兴盛，这里的中华文化，就包括贵州的地域文化与民族文化。地域文化与民族文化既是文化软实力、竞争力，也是生产力。尤其在时下做好有效衔接、推进乡村振兴的阶段，更应发挥文化赋魂的作用。所以，作为文艺战线上的战士，我们要紧贴时代脉搏、增强精神力量、抒写时代之声，为推动乡村振兴和社会主义文艺事业的繁荣发展奋发有为。

文艺创作必须深入下去，只有双脚踩在大地上，才能出精品力作。未来在贵州文艺实践中，我们将积极推动文艺“沉下去”，组织文艺工作者投身于“深入生活、扎根人民”“送欢乐下基层”等主题实践活动和文艺志愿服务，建立完善创作采风、服务基层常态化机制。同时，引导文艺工作者深切感受中国人民追梦、筑梦的火热实践，从中汲取营养、锤炼品格，深化与人民群众的感情，真正把理论修炼和实践锻炼落到实处。

总之，我们要积极把创作出的优秀文艺作品呈现给人民，把最好的精神食粮奉献给人民，进一步提高文化供给质量，讲好中国故事、贵州故事、人民群众的幸福故事。

2021 年 7 月 21 日《中国民族报》

# 《看万山红遍》研讨会综述

2018 年 10 月 14 日，由人民文学杂志社、贵州日报报业集团、贵州省作家协会主办的报告文学《看万山红遍》研讨会暨中国著名作家“万山行”采风活动在铜仁市举办。会上，评论家、作家围绕作品的现实意义、创作手法、文学高度等不同层面，从不同角度探讨《看万山红遍》这部作品的文学价值与时代意义。研讨会由《人民文学》杂志主编施战军主持。

研讨会上，《人民文学》万山创作基地、贵州省作家协会万山创作基地分别被授牌。

万山有着深厚的文学创作土壤和丰富的创作素材。是新中国第一个县级行政特区，因朱砂储量丰富、丹砂文化厚重而享有“千年丹都”的美誉。本世纪初，万山因长期的过度开采陷入了资源枯竭的困境，经济社会发展陷入低谷。近年来，万山区牢记习近平总书记的嘱托，加快推动转型可持续发展，奋力拼搏，开拓创新，走出了资源枯竭型城市转型新路。万山的转型崛起，是中国改革开放 40 年发展的一个缩影。今年，一部反映万山转型跨越发展的报告文学作品《看万山红遍》，以文学形式呈现万山的凤凰涅槃、浴火重生，引起强烈反响。

**中国作家协会副主席李敬泽：作者站在时代桥头、立在时代高处的眼光非常难得，这正是当下文学所需**

“跨越了千山万水来到铜仁万山，但我觉得，这样的距离是有意思的。”在欧阳黔森报告文学《看万山红遍》研讨会上，中国作家协会副主席李敬泽说，到了铜仁，感到贵州的变化和以前有了巨大反差。“昨天，在去朱砂古镇的路上，当经过一个又一个小镇，它们的建设完全不是我所想象的西部地区。短短的几个小时，能够感受到这里巨大的变化和勃勃生机。”

“无论是人还是事业，这片土地精气神十足。”李敬泽说，当亲身来到万山，再联系对照《看万山红遍》的文本，感受到这部作品确实抓住了在大时代潮流中，特殊又带有普遍性的价值，鲜明地刻画了人物。

而对于《看万山红遍》这部作品本身，李敬泽说：“我们需要这样的作品。这样选取一个标本让我们清晰有力地看到祖国大地上发生的变化。在万山，千百万人的生活正在发生着变化，随着古老生活方式的变化，人们的精神也在发生变化。”

在李敬泽看来，反映精准扶贫的作品很多，但给他留下最深刻印象的还是《看万山红遍》。他认为，这部作品的成功一方面是因为优秀的现实基础；另一方面，作为一个作品，也是因为欧阳黔森是以一种全局性的视野来把握具体的例子。“我们从作品中，感觉到这里不仅是万山，而是看到了在祖国 960 万平方公里中的西南一隅，也在发生着的巨大变化。作者站在时代桥头、立在时代高处的眼光非常难得，这正是我们现在文学非常需要的。”

**中国出版集团副总裁潘凯雄：从纸上文章到求证之旅**

读《看万山红遍》，体会到的是文学见证伟大时代、讴歌伟大人民的在场感和参与性。

这是一趟求证之旅，我们看到了万山的转型巨变第一是真实的，而这是不够的。实地在万山行走、观察，冲击力和震撼比读《看万山红遍》还要强烈。

在这样的一个时间节点下，《看万山红遍》的社会意义值得关注，因为在这样一个伟大的时代，我们的作家和作品不能缺席。

**茅盾文学奖、鲁迅文学奖获得者，湖北省文联主席刘醒龙：因为乡愁而写下作品**

很多年前我曾乘坐大巴经过湖南来到铜仁，看到了这里的贫瘠；而现在乘坐高铁，见证了巨大的变化。

读《看万山红遍》过程中，我始终感到欧阳黔森作为一位小说家的笔法。作品有非常丰富的细节，比如写作者的父亲在地质考察中遇见老虎，再写到汞矿枯竭时员工偷农民红薯的辛酸，可以说，细节描写带领了好文学。

而在技巧之外，我认为，最重要的是欧阳黔森因为乡愁而写下这部作品，是有“信”的作家；因为，没有“相信”的乡愁是不道德的。

**贵州省文艺评论家协会主席、贵州民族大学教授杜国景：《看万山红遍》具有新方志文学的现实品格**

《看万山红遍》的现实主义品格，还在于能给读者带来一种启发，那就是“方志报告文学”或“新方志文学”的价值与意义。“方志报告文学”

或“新方志文学”记载了这个时代巨变，为今后的方志积累资料。而其与地方志的区别在于，文学重点记录了过程，尤其是过程中人的精神风貌以及典型的情节、丰富的细节和感人事迹。

既然叫作方志，一定具有乡愁，有地方性。《看万山红遍》是一部为家乡为地方立传的作品，我们还有很多这样记录家乡变迁的作品，我对方志文学充满期待。

**《文艺报》总编辑梁鸿鹰：《看万山红遍》为书写新时代华章提供了新经验**

欧阳黔森是当代非常有代表性的作家，他的作品涉猎广泛，是一个非常全面的作家。

《看万山红遍》首先有一种强烈的时代情怀，即作者要以自己的创作反映时代、影响时代，这是这部作品的特点。

欧阳黔森有一种强烈的历史担当，比如他写《看万山红遍》是从历史的眼光出发，带着历史对照意识，看历史发展过程中的贵州发生了什么。

欧阳黔森还有一种强烈的现实性的观照。《看万山红遍》关注了许多真实的人，描写了这些人在现实中所受到的触动，以及他们参与现实的能力。而通过《花繁叶茂，倾听花开的声音》《报得三春晖》《看万山红遍》三篇报告文学，我们可以清晰地看到党的十八大以来治国理政新理念新思想新战略在贵州的体现。

欧阳黔森在文学创作中有强烈的探索精神，即一种强烈的不满足。他对创作实践的升华，以及在报告文学中捕捉到的独特表现，为我们的报告文学创作提供了很多提示；为如何扎根故土，书写出新时代华章提供了新的经验。

**华中师范大学文学院教授李遇春：以小说家笔法将传说、方志融为一体，实现跨文体创作**

《看万山红遍》描绘了山城巨变的壮阔画卷。这次来到铜仁，看到这座城市在20世纪60年代为中国经济作出的巨大贡献，看到她经过了资源枯竭，经过了改革阵痛，到现在实现了跨越式的复兴。在中华民族伟大复兴的背景下出现了《看万山红遍》这样的作品具有特别的意义。

在《看万山红遍》中，我相信欧阳黔森找到了属于他的语言和叙述。作品中，作者以小说家的笔法涉及的，不仅是山城的变化，政策、经济、体制改革，最重要的是还涉及人心灵与精神的变化。此外，《看万山红遍》还以散点透视的结构、小说家的综合性视野来书写报告文学，将传说、方志融为一体，实现了跨文体创作。

**中国作家协会办公厅主任李一鸣：除了爱，没有什么可以让人屈服**

《看万山红遍》是现实主义力作，时代精神的大作，呈现了习近平新时代中国特色社会主义思想的贵州实践、铜仁文本、万山答卷。

从文艺规律看，一是文艺体现时代的精神性气候。立足时代高地，把握时代风云，聆听时代呼唤，抓住万山特征，表达群峰精神，此为文艺与时代的关系。

二是除了爱，没有什么可以让人屈服。铜仁是欧阳黔森血脉之河的上游，他把对故乡的爱、祖国的爱、人民的爱融入作品，以地质队员的脚力、大作家的笔力、哲学家的眼力、政治家的心力，对存在勘探，对心灵勘探，此为文艺与生活的关系。

三是再伟大的虚构也抵不上活生生的现实。领袖与人民、领导与群众、历史与现实、过去与未来、言情与纪实、写景与抒情、记人与叙事，关注现实，描写现实，揭示现实，不粉饰，无做作，极度真实，此为艺术真实与生活真实的关系。

**鲁迅文学奖获得者、河北省作家协会主席关仁山：读到一颗颗纯净的心灵**

欧阳黔森的三篇精准扶贫报告文学见证了新时代、讴歌了领袖与人民。站位高，有议论、抒情，有故事，现场感强，突破了常见报告文学的写作伦理，完成了领袖与人民真情的抒写，引领了时代之风，为报告文学写作提供了新视角。

好的作品的艺术感染力离不开情，能把精准扶贫写出情和高度不容易。《看万山红遍》表现尤为突出，作家表达了对现实的关切和人间真情的讴歌，贵州万山的农民可亲可爱，让人读到一颗颗纯净的心灵与一个个生机勃勃的故事。

**《民族文学》杂志主编石一宁：眼里有大事业，心中有大格局**

欧阳黔森的《看万山红遍》，还有另外两部报告文学作品《花繁叶茂，倾听花开的声音》《报得三春晖》在《人民文学》发表之后，在文坛引起了反响。《人民文学》在"新时代纪事"头题栏目推出这三篇作品，正是非常及时地报告了贫困人口最多、贫困面积最大、贫困程度最深的贵州在脱贫攻坚战场上花开的声音和万山的战绩，为读者描绘和展现了新时代激动人心的画卷。

这三部作品我觉得有一个共同之处，就是欧阳黔森眼里有大事业，心中有大格局。《看万山红遍》等三部作品所叙之事既是贵州的，也是当下中国大地上轰轰烈烈进行的脱贫攻坚战的缩影。

**《青年文学》杂志主编李师东：以感同身受的姿态书写**

《看万山红遍》这篇报告文学写出了万山的历史和渊源，写到了汞都的贡献，也写到了在资源枯竭状况下的坚韧，同时浓墨重彩地写到了万山今天的转型局面。明年（2019 年）是新中国成立 70 周年，万山的变化实际上是我们中华人民共和国 70 年发展变化的缩影，看这篇报告文学让我们有很强烈的时代发展变化的代入感。

这部报告文学具有强烈的感同身受的参与性与感染力。参与性在于什么？在于欧阳黔森对贵州的了解，对贵州的感情，对万山、对铜仁这片土地的来龙去脉、前世今日的感同身受。他以眼见为实的方式、以切身感受的姿态去书写，所以这部作品带给我们的震撼是必然的。

**《人民日报》（海外版）文艺部主任刘琼：以故乡人的视角书写历史纵深性的思考**

精准扶贫是一个重大的题材，每一个地方都有特点。2018 年万山完成了脱贫任务，《看万山红遍》的作者欧阳黔森迅速对政治社会和经济发展作出反映，及时记录时代和历史的动态性变化，采访扎实、思考深刻，从时间的角度刻下了一道痕迹。

此外，《看万山红遍》最有价值的部分就是把个体的思考带入，把个体的思考放到这个作品当中，“我”的视角和身份感很重要。“我”是从铜仁万山走出去的一个当地的带有情感的故乡人，从“我”的视角回头抒写，“我”的视角既有故乡人的视角，同时又是一个作家、一个文化人的视角，带有历史纵深性的思考。这样一个特点，让《看万山红遍》

的文字有了温度。

扶贫的题材是相对比较难写的，贫穷的原因与脱贫的做法是具体的也是复杂的， 如何把这种变化背后的逻辑用文学的手法表现出来，我觉得在这三篇报告文学当中，欧阳黔森作出了自己的探索和努力。

**《光明日报》文艺部编审彭程：春风浩荡、秋实丰硕**

我想用四句话概括对《看万山红遍》的感受：春风浩荡、人心温暖、秋实丰硕、万山红遍。

春风浩荡指的是党的政策，尤其是精准扶贫的政策带给人们精神世界巨大的变化以及现实生活、生活面貌的巨大改观。

秋实丰硕——经过 10 年奋斗取得了天翻地覆的变化。万山红遍——万山区曾面临资源枯竭的处境，后来果断实施新发展战略，经过 10 年奋斗成为绿色发展的样板。短短 10 年，这样的变化超出人们的预料，万山的凤凰涅槃产生了巨大的现实意义。

**贵州师范大学博士生导师、评论家谢廷秋：真实的历史描述震撼人心**

万山，一个资源枯竭型的城市凤凰涅槃，展现出一种真实性和诗的感染力，实现了史诗的建构。《看万山红遍》是蕴含着丰富历史内容的报告文学，从遥远的历史到今天，以小见大地呈现历史的变迁。

作家并没有回避现实，万山也曾经衰败，以至于汞矿点的职工偷农民的红薯吃，正是这样朴素的描述使历史的真实呈现震撼人心。今天万山凤凰涅槃的现实令人向往，《看万山红遍》作为一部史诗性的作品，具备了历史的真实性，具备了思想的深邃性，在思考历史、思考政治、思考人类命运的重大命题当中，展现出一幅恢宏的历史画卷，表现了作家很高的政治站位和对宏大叙事的把握。

**《新华文摘》编审梁彬：《看万山红遍》是我们正寻找的好作品**

《人民文学》在一年内登载了一个作家的三篇作品作为头题，不说绝后，至少是空前的。

对于杜国景老师提出的“新方志文学”的观点，我觉得非常恳切，在这里对您表示敬意。

各位作家、评论家已经对欧阳黔森《看万山红遍》发表了很多看法，作为《新华文摘》主管文学作品方面的负责人只说一句话：《新华文摘》需要您的作品，《看万山红遍》正是我们寻找的好作品。

**贵州师范大学教授、博士生导师颜同林：欧阳黔森“报告文学三部曲”耸立成为贵州文学的高地**

从文学史的角度来看，欧阳黔森“报告文学三部曲”与他写的小说的主题是有连续性的，既集中于脱贫主题，又集中于新时代的语境当中。

从《花繁叶茂，倾听花开的声音》到《看万山红遍》都讲述了新时代的巨变，作品一气呵成，无论是饱满的写法、细节的穿插，还是对数据的应用、对人的描写，都兼具文学性和新闻性，同时凸显文学性的意义。欧阳黔森“报告文学三部曲”将对精准扶贫的书写推到历史的新高度，是三个连续性的报告文学高峰，耸立成为贵州文学的高地。

**《光明日报》文艺评论版主编王国平：一个句子立起一片文学的天空**

在哲学上有三个命题：我是谁？从哪里来？到哪里去？其实，在这三个命题里我觉得还蕴含着另外一个命题，就是“我正在哪里”。“我正在哪里”意味着时间的维度和空间的维度。《看万山红遍》中，空间的维度定位在家乡，在时间维度上定位在这个发生巨变的时代。

此外，《看万山红遍》用了平缓的聊天式的描写方式，有个人的感受、记忆。文中有一个种植大户，他有一句话：“我现在不是小康是大康了。”我觉得这句话也非常好，这句话是老百姓特别自信和自豪的表达，是他对美好生活的富足感的体验。这一个句子立起了一个人，立起了一片文学的天空，也立起了一部作品。

**贵州民族大学教授颜水生：为文艺工作者践行“深入生活、扎根人民”提供借鉴**

欧阳黔森《花繁叶茂，倾听花开的声音》《报得三春晖》和《看万山红遍》三篇作品都是关于贵州精准扶贫的真实故事，在内容与形式上都是“新时代纪事”栏目宗旨的生动体现，也是在文艺上贯彻习近平新时代中国特色社会主义思想的重要样本。或许更为重要的是，欧阳黔森为文艺工作者如何践行“深入生活、扎根人民”提供了可资借鉴的经验。

**《文学评论》编审刘艳：“100000+”阅读量的报告文学反映了老百姓的心声**

欧阳黔森的三篇报告文学——《花繁叶茂，倾听花开的声音》《报得三春晖》和《看万山红遍》，分别作为《人民文学》2018 年第 1 期、第 3 期、第 9 期的头题发表，引起了广泛的关注。特别是《报得三春晖》在《人民文学》公众号上，三天即达“100000+”的阅读量，这一令作家本人颇觉始料未及的现象说明了什么？这个现象不仅证明了英雄主义、爱国主义依然是人民群众心中不可磨灭的情怀；证明了习近平新时代中国特色社会主义思想指引下的精准扶贫战略，牵系着千万民生和反映着老百姓的心声；也说明这三篇报告文学是作家投身于火热的扶贫工作，以文学的笔触反映精准扶贫工作，记录现实，书写现实，践行“深入生活，扎根人民，为人民写作”的典范之作和时代史诗。

**《人民文学》主编施战军：怀着理想往前走的榜样的力量**

文艺是民族精神的火炬，是人民奋斗的号角，是社会生活的能动反映。伟大的时代需要杰出的文学作品来讴歌和颂扬，伟大的事业为文学创作提供了不竭的源泉和充沛的力量。万山作为资源枯竭型城市的华丽转型，正是《看万山红遍》中那抔热土、那片温情、那担责任、那枚幸福的客观写照。

《看万山红遍》可以说是很成功的重要报告文学作品。《人民文学》作为原发刊物对此可以自信表达出来。资源枯竭型城市的转型，是这几年党和政府工作的重点之一，万山提供了一个全国最亮的范本，万山人民怀着理想往前走的榜样的形象，正是给人震撼的地方。万山的发展历程是改革开放 40 年的缩影，《看万山红遍》所透露的信息将通向整个中国。

2018 年 10 月 15 日《中国日报》

# 欧阳黔森报告文学“脱贫三部曲”研讨会纪要

2018 年 11 月 7 日，欧阳黔森报告文学“脱贫三部曲”研讨会在贵州师范大学花溪校区图书馆举行。会议由贵州师范大学文学院教授、博士生导师、省管专家颜同林主持，贵州师范大学副教授杨洁博士、铜仁学院副教授王棋君博士、贵州师范大学讲师吴旭博士以及 10 位贵州师范大学文学院硕士生参会。此次研讨会的主题是：研究讨论欧阳黔森报告文学“脱贫三部曲”——《花繁叶茂，倾听花开的声音》《报得三春晖》《看万山红遍》。

**颜同林：**今天由我来主持这次欧阳黔森报告文学研讨会。欧阳黔森的三部关于贵州脱贫攻坚的报告文学——《花繁叶茂，倾听花开的声音》《报得三春晖》《看万山红遍》，分别发表在 2018 年《人民文学》杂志的第 1、3、9 期，引发了全国性的轰动。同时，在《人民文学》公众号推出后，《报得三春晖》短短几天时间内就达到“10 万 +”的点击、阅读量，其他两篇的点击阅读则略为少一点。我将这三部作品命名为欧阳黔森报告文学“脱贫三部曲”，曾在贵州省铜仁市欧阳黔森报告文学研讨会上提出来，得到了评论界的认可。之所以将它们称作“三部曲”，是因为在中国现当代文学史上有很多“三部曲”现象：它们或者主题比较集中、人物之间有关联、写作手法上有共同之处，比如巴金的“激流三部曲”——《家》《春》《秋》；或者发表在相同的杂志上，在主题、人物上有延续性，比如茅盾的“《蚀》三部曲”——《幻灭》《动摇》《追求》，发表在《小说月报》上，影响都很大。“三部曲”的文学作品有不同形式与表现，比如有些作品故事情节联系特别紧密，作品人物是连贯的，有些虽然内容不太连贯但主题类似。从这个角度来看，欧阳黔森的三部报告文学描写的都是贵州地区脱贫攻坚的发展、变化与转型，并且都发表在同一年度的《人民文学》杂志上，因而将之命名为“脱贫三部曲”是合理有效的。

脱贫攻坚是当下中国社会的时代主题，欧阳黔森用报告文学的方式呈现了贵州地区脱贫攻坚的实况，由此引申和见证全国各地脱贫语境下轰轰烈烈的社会变革。具体来看《花繁叶茂，倾听花开的声音》，它所描写的花茂村曾经被习近平总书记视察和肯定过，并被当作是新农村建设的一个典范。花茂村过去是十分偏僻且贫穷的，村民不愿困守一隅，纷纷外出打工寻求生计，但近年来在国家脱贫攻坚工程的扶持之下，发生了翻天覆地的变化。现在的花茂村通水、通电、通天然气、通网络、通物流、通电商，甚至水泥路都铺设到了每一家的田垄地头。以前外出谋生的务工人员如今又纷纷回乡创业，表明了曾经无法负荷村民生存的农村已经变成足以容纳和供应更多农民安居乐业的一片乐土。这些划时代的变化，对于有过农村生活经历的我们而言是喜闻乐见的。农村的发展、农民生活水平的提高，不仅是衡量国家发展的重要指标，而且也是关系着国计民生的时代大事。《报得三春晖》写到的海雀村，以前生活条件和生活环境也是很贫穷的，当地人衣不蔽体、食不果腹，经过国家几十年的扶持，才逐渐改变贫困的面貌。贵州仡佬族作家王华，曾经专门写了《海雀，海雀》的长篇报告文学，详细描述了海雀村脱贫的转变。欧阳黔森同样描述了海雀村的前后变化，但侧重表现海雀村的变化背后，是当地群众对党和国家的感恩之情。这样的描写很有特色：海雀村是经由习仲勋、习近平父子两代人以及其他国家领导人的大力扶持，才一步步实现脱贫转变的，所以当地人对于党和国家领导人的感激是十分真挚且恒久的，欧阳黔森极其敏锐地抓住这份质朴的感恩之情来立意，使得文章具有了打动人心的力量。显然，这是中国脱贫攻坚的又一个典型。

《看万山红遍》写的则是曾经的“汞都”——铜仁万山区。汞资源的枯竭，让这个曾经无比耀眼的城市跌入尘埃，也让凭借汞矿发家致富的一两万名职工从人生的顶峰跌落到了低谷。我认识的贵州《山花》杂志的主编李寂荡先生，本科毕业以后就在万山矿区子弟中学教书，他亲眼见到了汞矿枯竭之后工人们挖红薯、拾菜叶的窘状，和欧阳黔森在作品中描写的情状一般无二。现在经过十多年的改变，在国家扶持和当地人民的努力之下，万山区成功实现产业转型，已经发展成了一个现代化新型城市，成立了现代化农业示范基地，旅游、生态也不错，这样不仅使得当地人民富裕起来，而且也带动了周边地区的经济发展。花茂村、海雀村和万山区三地的转变，在贵州脱贫攻坚工程中极具代表性，表明了在党和国家的领导、人民群众的共同努力之下，贫困地区人民的生活水平发生了翻天覆地的变化。这些变化的材料和数据曾经也出现在我们眼前，但很多人都只是将之视为时代进程中的一般变化而有所忽视，甚至因为不了解而产生怀疑或轻视的念头；欧阳黔森却敏锐地注意到了这种变化，而且关注到了变化背后党和国家以及人民群众所付出的心血。他秉持实事求是的态度，亲自考察采访，以报告文学的形式将这些转变呈现在全国人民眼前，用事实宣告了中国脱贫攻坚所取得的成就。

脱贫攻坚主题是近几年报告文学创作的主潮，却一直没有具有轰动性和代表性的作品问世，究其原因就是报告文学写作的特殊性：它兼具文学性和新闻性的特点使得一般人很难去进行创作，大多数记者不了解文学特性，而作家又不具备新闻写作的素养。但欧阳黔森不一样，他本身就是当下文坛硕果累累的一员老将，创作出了大量的文学作品，而且在电视传媒领域也涉猎已久，是多部优秀电视剧的编剧，这种作家和编剧的双重身份，正好和兼具文学与新闻特质的报告文学创作相得益彰。他也不负众望地创作出了脱贫攻坚主题的三部报告文学作品，连续刊载在今年《人民文学》杂志上。这造就了贵州文学的一个奇迹，创造了《人民文学》杂志创刊以来从未有过的纪录，即在《人民文学》办刊近 70 年的历史上，从来没有过一个作家在同一年于《人民文学》上连续发表三篇作品，尤其是三篇同样文体、针对同一个地方的文艺作品。因而在我看来，这种在贵州由当地作家写出的当地脱贫攻坚的报告文学，又能够形成一个连续性的、具有“三部曲”特点的文学作品的高峰，是非常难得的，甚至是不可重复的。

以上是我站在文学史上、站在当下脱贫攻坚的时代语境之下，所给予这三部作品的一个定位。下面我们就围绕欧阳黔森报告文学“脱贫三部曲”的各个方面来一一展开讨论。

## 一、欧阳黔森报告文学“脱贫三部曲”的创作背景及创作脉络

**杨洁：**我先来谈一下欧阳黔森的创作概况吧。欧阳黔森长期从事文学创作，深入生活、扎根人民，是他工作、学习的常态。早年地质队员的工作经历，为欧阳黔森提供了走遍贵州各地的机会，使他对贵州这片土地和生活在这片土地上的各族人民都非常熟悉，也爱得很深。贵州的山川河流、高山峻岭、风土人情、历史掌故成为他取之不竭的创作资源。欧阳黔森自

己曾经也说过，他的创作大多取材于贵州。正是出于这种来源于血液中的恋乡之情，让欧阳黔森的作品充满浓厚的生活气息。最为关键的是，不同于传统意义的恋乡书写，欧阳黔森在恋乡书写中融入生态自然、脱贫致富等中国社会和谐共生远大理想的乡愁，展现出了一种继往开来的博大胸怀。

**龙丽萍：**从扶贫背景、扶贫形式来讨论很有意义，这样让大家对当下脱贫攻坚的时代话语有一个了解。党的十八大以来，在精准扶贫思想的引导下，全国开展了轰轰烈烈的脱贫攻坚工作，到了党的十九大之后，脱贫攻坚正式成了“三大攻坚战”之一。从脱贫攻坚思想的提出，到精准扶贫的具体实施，真正做到了扶真贫、真扶贫。贵州地处中国西南部，是全国唯一没有平原的省份，喀斯特地貌占据很大面积，长期贫困的历史和特殊的地貌因素使贵州经济发展不起来，贫困率居高不下，在全国14个“集中连片特困区”中榜上有名。因而做好贵州的脱贫攻坚工作对解决西南地区乃至全国的脱贫攻坚工作都具有重要的意义，而脱贫攻坚工作的扎实开展也的确使得贵州发生了翻天覆地的变化。

**王棋君：**《看万山红遍》描写的是铜仁市万山区的变化，我是铜仁市的，所以我来谈一下这个背景，可能会更有说服力。今年7月，我去农村采访过精准扶贫政策的落实情况以及效果，生发了很多感触，再来读欧阳黔森的三篇报告文学，我认为它们更多地体现了党和政府同人民群众之间的互相“反馈”：党和国家帮助人民群众脱贫致富，人民群众对党和国家心存感恩。在二十世纪国家困难时期，万山的汞矿资源被全力开采以支援国家建设，因此万山的汞也有“爱国汞”的说法。但在汞矿资源枯竭之后，万山的经济发展就停滞了。从作品中来看，对于这些曾经对党和国家作出过巨大贡献的地区而言，党和国家并没有忘记。当年万山被宣布为资源枯竭型城市时，国家就拨了大量的资金以支持万山新区的建设。今年我去江口县采访扶贫工作，江口县距离万山也就几十公里，它的情况比万山要好一点。我在采访中从一些扶贫干部的口中得知江口县的扶贫资金是几十亿，这是一个十分巨大的数字，我们可以看到国家对贫困地区的扶持是十分有力的。这些国家资金用于扶贫工作，使得贫困地区发生了很大的改变。像现在的农村地区，均通了水泥路，机动车辆可以开到家门口，村民的生活环境和生活条件也都得到了很大的改善。所以，一方面，党和国家是不会忘记人民的；另一方面，人民对党和国家也充满了感恩之情。像作品中描写的一些上了年纪的人，安大娘、王朝珍大娘等，她们能够非常清晰地记得时任中央书记处书记习仲勋同志对海雀村贫困状况的批示，尤其是对批示结尾的三个惊叹号记忆犹新。在这些描写上，我们可以看出不光有党和国家对人民的关怀，还有人民对党和国家的感恩感激。从这样一种互动、互相反馈的角度来解读，就不难理解这三篇报告文学内容的真实性和思想深度。

**颜同林：**我再来为大家梳理一下欧阳黔森的创作脉络。欧阳黔森的创作有特定的时代背景，具有现实的重大价值。以这三部反映脱贫攻坚的报告文学为例，为什么贵州以前没有多少作家创作脱贫题材的重要文学作品，而现在一经完成就造成轰动？究其原因，是因为时代需要脱贫攻坚的文学作品，特定的时代背景，给予了他特定的创作题材和主题。欧阳黔森将自己定义为“文艺战士”，这注定了他为党和国家、为人民群众发声的立场。纵观欧阳黔森的文学创作历程，可以看到他的写作始终贯穿着紧扣时代、与时代同频共振的脉络。欧阳黔森是贵州铜仁人，祖籍湖南，父母是地质队队员，从事地质勘探工作，他自小跟随父母穿山越岭，对自然风物有着割舍不断的情缘牵连。中学毕业后上山下乡，在农场待过，还在地质队工作 8 年。这种丰富的生活经历使得欧阳黔森的创作发生着阶段性的变化，他早期的创作即是以地质生活为主要题材，描写家乡武陵山区的山水风光，也写发生于其间的爱情、亲情。之后，欧阳黔森的创作总是围绕一些重大题材来展开：比如写长征题材的《雄关漫道》，讲红二、六军团在贺龙、任弼时、关向应等领导下，辗转于贵州铜仁、毕节等地的故事；写民族团结题材的《奢香夫人》，呈现历史上维护地方和平、民族团结和国家统一的彝族巾帼英雄事迹；写科学发展观指导下乡村发展的《绝地逢生》，描写乌蒙山区人民体会到人与自然和谐发展的科学发展观……这些创作均与时代主题息息相关，从中可以看到一个作家敏锐的政治视角和杰出的融合能力。此外，还有一些围绕易地搬迁、生态旅游等国计民生题材的作品。相对于一些作家围绕一地、一人的缩影式描写，欧阳黔森创作涉及的时代截面十分辽阔。所以从这种写作脉络来看，欧阳黔森能够写出这三部报告文学，其实也是一种创作的积累。

**王莉：**我之前在贵州日报实习过，跟随单位去访问过一次海雀村，我就此谈一下当时的所见所闻吧。那边盘山公路的路况是十分恶劣的，绕山而建显得十分危险，司机必须全神贯注于路况，一刻都不敢大意。到了村子之后，我发现村里的民居是比较新的，和以前相比有了巨大的提升。虽然整体达到了脱贫的标准，但一些基础设施并不是十分完善，供村民娱乐、锻炼的场所和器械十分有限。村子里除主干道是水泥路，其他的一些支道小路仍然是土路，一下雨就变得泥泞不堪。当我们去当地学校调研之后也发现，村子里的教学设备和资源依旧有些匮乏，扶贫虽然保证了当地群众的基本生活条件，但其精神生活仍然还不丰富。当时我们采访队里的一个老师就发出这样的感叹：在这样的大山深处，村民们的物质条件改善太艰难了。所以我觉得脱离物质贫困只是第一步，还要再达到精神上脱贫才行。

**颜同林：**这就是说在脱贫攻坚之路上，人们对美好生活的追求与实际现状还是存在一些差距的。一些贫困地区的自然条件十分恶劣，客观的自然环境限制了当地的发展，要实现真正意义上的物质精神双重脱贫还需要走很长一段路。欧阳黔森作品中描写的地区，基本上涵盖了贵州贫困地区的状况，具有代表性。阅读这三部报告文学，可以对当前脱贫攻坚工作带给贫困地区的转变有一个直观全面的认识。那么这个议题就先进行到这里。

## 二、当前脱贫主题的文学概况

**颜同林：**我们来讨论第二个议题——当前脱贫主题的文学概况。目前脱贫主题的创作比较多地呈现在报告文学、通讯、诗歌、散文等文学形式之中，大家也都接触过一些类似题材的作品。我从两方面来谈一下这个议题，首先是脱贫主题文学的载体，即刊载媒体。以《人民文学》杂志为例，欧阳黔森报告文学“脱贫三部曲”均发表在《人民文学》“新时代纪事”栏目中。这个栏目自去年年底才开始创设，其出发点是发表反映现实题材的报告文学或小说作品，其倾向是歌颂光明、礼赞美好，其目的是弘扬社会正能量、提升民族自豪感。这样一个专栏的开设，成为承载脱贫主题文学的载体，极大地促进了脱贫主题文学的传播与发展。其次，我再来谈一下农村、农民题材的文学现状。通常读者接触到的农村、农民题材的文学作品大多是一些描写农村贫穷落后、人性愚昧丑恶的作品，饱含着作家作为启蒙者的批判眼光和教化目的。

**杨洁：**这方面可以举很多例子，比如中国现当代文学中描写乡村贫困、乡民愚昧的一些作品，这些作品的着眼点和表现内容同今天是不一样的，多数是表现农村人贫穷、愚昧、困顿的状态。像二十世纪二三十年代的乡土题材的文学作品，大多表现的是封建剥削者的剥削导致了老百姓生活贫苦，封建制度的毒害使得老百姓精神愚昧。新中国成立后，很多乡土文学作品则都是嵌入社会现实的时代内容，像五十年代写合作化、八十年代写改革开放和农村承包责任制等。二十一世纪以来，描写农村题材的文学作品开始稀少起来，尤其是近一二十年来，农村题材已经很难大规模地进入作家的视野中，以至于农村的生活面貌只有通过一些影视作品才能呈现给大众，像东北农村题材的电视剧便是代表。

**王玉军：**涉及农村题材的文学作品还有打工文学，它描写在农村长大，却在城市谋生的一类人的现状。原汁原味的农村生活、农民现状不再有作家来进行大面积书写，使得农村题材一下子淡出了人们的视野。如此一来，就导致了农村题材的文学创作突然出现了一个断层，中国现实主义题材的文学作品因为农村、乡土题材的缺失，百年来第一次变得岌岌可危。尤应指出的是，目前中国农村人口基数大，农民工进城问题十分严峻，“农民”这一群体却无力发声，也得不到应有的关注。

**吴旭：**欧阳黔森报告文学“脱贫三部曲”，是当前文学创作中稀少的表现农村重大题材的作品。它所表现的当前农村脱贫攻坚的现状，是当今时代内容的一个记录性质的文本，应该得到，也值得我们格外重视。

**王棋君：**可能大家有一个认识误区，即对于一些表现农村特定时代内容的文学作品，如《山乡巨变》《创业史》《三里湾》等，一些人好像不以为意，认为它们所承载的政治意识形态大于具体内容，这种认知其实有误。在我看来，这些作品所描写的农村生活，都反映了那个时代的生活面貌，记载了具体语境下的社会生活全貌，称得上是代表一个时代的作品。我至今仍会时常去翻阅这些作品，还有种时读时新的感觉。

## 三、欧阳黔森报告文学“脱贫三部曲”的具体内容及思想价值

**颜同林：**接下来我们进行第三个议题，即欧阳黔森报告文学“脱贫三

部曲”的具体内容及其思想价值。大家可以围绕这一方面来展开讨论。

**吴旭：**我来接着老师的话题讲一下。最近我在看周立波的作品，大概了解了一下周立波的生平创作和主要成就。周立波在开始小说创作之前其实是翻译家，曾经翻译了一部非常有名的报告文学作品——基希的《秘密的中国》，他在翻译的过程中学习并领悟到了基希关于报告文学创作的方式。由于基希《秘密的中国》这个翻译作品的触发，周立波自己也创作了大量的报告文学作品。后来他在《谈谈报告文学》中就具体谈到了基希报告文学的三个最重要的特点：正确的事实、锐利的眼光、抒情诗的幻想，总结来说就是事实、思想和艺术。也就是说一部好的报告文学必须具备上面提到的三个特点。我在读欧阳黔森的“脱贫三部曲”时，就注意到了这三部作品也同样具有周立波总结出的这三个特色。以《花繁叶茂，倾听花开的声音》为例，首先，它的第一个特点是正确的事实，也就说作者所听到的、见到的、了解到的具体事实。作品中欧阳先生写道，“我朝车窗外一看，花茂不仅没有花，树也没见几棵，道路泥泞不堪，民房陈旧杂乱，真的有点不堪入目”，这种描述其实就是欧阳黔森所亲眼见到的现实。接下来又写道，“我再次来到花茂村的时候，花茂已经是花繁叶茂一派生机勃勃的景象，已是远近闻名的美丽乡村，更是‘百姓富、生态美’的模范村”，这些也是他亲眼所见的事实。除了这些，他还在作品里写道：“2012 年花茂村外出务工者多达 1200 余人……”整个这一段都是用数据资料来表现花茂村的变化，可见作者在作品中除了描述亲眼见到的现实，还用翔实的数据资料来支撑起整篇作品。其次，一个报告文学不仅仅是事实数据的堆砌，还要包含着创作者用自己正确的价值观给事实作出的思考和评价。这个作品中提到“十八大报告中提出的‘要在 2020 年前，全面建成小康社会’。‘建设’和‘建成’一字之差，体现我们在建设小康社会的步伐中有了明确的目标，这一字之差，充分体现出了底气和自信、使命和担当，放眼世界，这无疑是一个伟大的承诺”。如果是一般人去看这个十八大报告，可能就不会注意到其中“建成”与“建设”之间的差距，但是欧阳先生敏锐地发现了“建成”相比于“建设”有了明确的目标，这就体现出了他具有善于发现和甄别的“锐利的眼光”。这样的例子在作品中还有很多处，这里不一一列出。最后一点是“抒情诗的幻想”，欧阳黔森在创作的最后总是喜欢以一种诗意般的句子来作结尾，像这篇作品是这样结尾的：“于是，在创作《花繁叶茂》剧本的间隙，我大脑里总是不断出现一首诗，而这首诗，又变成了一段如泉水叮咚般的旋律，在我耳边婉转悠扬地响起。”不只《花繁叶茂，倾听花开的声音》里面是这样，其他两篇同样如此，都是用诗歌一样的语言来结尾，因而使得这三部报告文学作品陡然增添了浓浓的诗意。总结来说，欧阳黔森这三部报告文学作品描写的都是看到了什么、调查到了什么，然后把看到的和调查到的事实用自己的眼光进行分析、佐证和评价，最后又采用诗意的文字结尾，如此呈现给了读者以兼具正确事实、思想深度和艺术特色的文本。以上就是我从周立波的报告文学观念来分析解读欧阳黔森“脱贫三部曲”的一个陈述。

**龙丽萍：**欧阳黔森报告文学“脱贫三部曲”选择了三个十分具有代表性的贵州贫困村庄或地区。第一个花茂村，它代表了成百上千个如花茂村一样经脱贫攻坚工作后从“贫困荒芜”到“‘百姓富、生态美’的富裕村”转变的村落。第二个海雀村，是经过脱贫攻坚工作摆脱贫困命运的革命老区村落的典型代表。第三个铜仁万山区，是经脱贫攻坚已化蛹为蝶、凤凰涅槃的转型城市。作者选取三个地点，描写出了贵州不同地区的帮扶特点，同中有异，异中有同。发生翻天变化的原因则是这一些：一是中央、省、地方制度和政策的贯彻和落实，二是中央、省、地方领导的重视和关心，三是当地人的努力和拼搏，四是驻村干部的引导和促进。

**王莉：**我接着龙丽萍的话来说。这三部作品选择了贵州三个具有典型性和代表性的贫困地区，经由脱贫攻坚而扭转困境，实现超越式发展的故事。三个文本所呈现出来的扶贫和发展形式，其实可以看作当下中国对农村地区脱贫帮扶的一个缩影。以万山为例，作者描写了一个资源枯竭型城市在国家扶贫帮助之下实现产业转型和升级，如果从宏观上来看，读者就会由铜仁万山的变化注意到贵州的发展，再经由贵州的发展了解到整个国家当前的脱贫攻坚概况，这是一种由点及线再辐射到面的过程。因而可以说，贵州三地的转变是当前举国上下脱贫攻坚工程的一个缩影，经由这个缩影，可以了解到当前整个国家的扶贫工程的实施情况和实施效果。此外，阅读这三部作品会使读者产生一种时代的参与感。以前我们在看农村文学作品时，可能就会觉得那些作品所描写的世界离我们很远，不管是空间上还是时间上，总是会产生一种隔离感。但在阅读欧阳黔森的作品之后，却感觉他所讲述的事情正是我们身边正在发生着的一些事，给人很真实、很亲近的感觉。当然，这种文学作品带来的参与感也可能与报告文学结合新闻热点、及时记录社会政治动态变化的特点有关。

**商钗：**这三部作品是欧阳黔森对当下中国精准扶贫的一个解读，即通过一些事实、数据、资料等将精准扶贫的政策详细地呈现给读者。从这三篇报告文学中，不难看出精准扶贫较之以往的扶贫形式有很大的区别，它实实在在地给人们带来了翻天覆地的变化。如花茂村从一个脏乱差的贫困村转变成一个百姓富、生态美的美丽乡村，革命老区的海雀村、资源枯竭的万山区都呈现出一片生机勃勃的景象。对于精准扶贫带来的变化，我的感受是很深刻的。从身边的例子来说，以往的扶贫多是通过政府拨款的形式，有时候并没有落到实处。像我每年都会回一次老家，真实地看到了一些变化：以前在家乡道路铺上一层石子就算是扶贫了，但近几年老家的道路终于变成了水泥路。文章中提到了精准扶贫贵在精准，因而同以往扶贫相比，还有“授人以鱼不如授人以渔”“扶志＋扶智”“从输血到造血”等方面的区别，这样一来，扶贫工作有了一个质的飞跃。此外，作品中也提到了扶贫工作具体实践的问题，“党要管党、从严治党”，要求工作人员不能走形式，而是要让工作、计划落到实处，实现真正有效的扶贫，正是有了这些原则的提出和工作人员的恪守，才让习仲勋书记这样真正为人民服务的公仆被安大娘这样底层的贫困户所认可。基于作品中描写的脱贫转变过程，我认为在精准扶贫的过程之中，还要做到两点。一是“埋头拉车，也要抬头看路”。全面建成小康社会是一个复杂艰难的大工程，非一朝一夕可以完成，需要“愚公移山”式的持之以恒的精神来努力摆脱贫困。二是要选对方法，因地、因时、因人制宜，制定出最合适、最有效的计划，并在实践过程中切实将政策计划落到实处。因而欧阳黔森的三个报告文学，似乎可以看成当下精准扶贫的工作手册。

**石倩：**最近我读了二十世纪五十年代赵树理等主编的《说说唱唱》杂志，之后再读欧阳主席写的这三部报告文学，就发现两者之间的出发点是有一定共通之处的。两者都具有一种精神动员的力量，从正面去评价和剖析社会工作。比如《说说唱唱》杂志配合的是当时中央宣传工作，向人民大众普及婚姻法、土地革命等一系列政策法规，激发人民对新生活的憧憬，反复宣讲的是人民当家作主和勤劳致富的生活理想；而欧阳主席的这三部作品，也是在积极响应党和国家正在进行的脱贫攻坚工程、精准扶贫的社会实践，对贵州花茂村、毕节市、万山区等地的脱贫转变作了很真实的报告。这两者所体现出来的与时代紧密相连的特性，表明了一个时代有一个时代的文学，不同时代的文学作品反映着不同的时代特征。另外，我再简单地谈一下我的阅读感受。我读完以后，首先第一个感觉就是温情。虽然说写报告文学，严谨是十分重要的，但是我觉得作者在他所写的报告文学里，也并没有失去一个文学艺术工作者应该有的情怀。在三篇报告文学里，除去真实数据和具体情况的报道，里面描写到了领导人与百姓交谈的场面，其中老百姓在感受到国家领导人的关怀时所产生的感恩、激动之情让人觉得特别温暖，还有党和国家领导人不远万里的牵挂、从心散发的关爱，也特别容易打动人心。其次，报告文学中运用的语言十分朴实。譬如在《报得三春晖》里面描写作者与朱大庚的交流，朱大庚说了一句“吓人得很”（贵州方言），真诚的语气，读起来瞬间让人觉得分外亲切。最后，欧阳主席的这三篇报告文学所反映的贵州脱贫攻坚实况，并不是笼统的介绍，而是将笔触具体到了脱贫转变的个体上、细节上，读来让人感到信服。譬如安大娘家的脱贫、李来娣家的脱贫等，作者都做了十分具体的报道，两人的人物形象也刻画得十分突出，三言两语就将安大娘、李来娣等对脱贫工作的感激之情描写得十分真挚，可见脱贫政策深入了民心。

**任多艺：**我也从刊物角度来分析欧阳黔森报告文学“脱贫三部曲”。这三部作品分别是刊登在今年《人民文学》第一、三、九期上。《人民文学》杂志是新中国成立以来建立的大型文学刊物，毛泽东在其创刊号上题词“希望有更多好作品出世”。基于这个角度，我认为欧阳黔森的“脱贫三部曲”与《人民文学》的刊物理念是相符的，因为“脱贫三部曲”表现的是脱贫攻坚的时代主题和社会热点，而这类文学作品正是《人民文学》杂志所一直寻求和需要的“好作品”。《人民文学》从创刊到现在不断地在调整和改变，一些新的栏目和板块的加入，都显示了时代的变化。如果我们从《人民文学》的刊物理念看待“脱贫三部曲”，其实可以得到一些新的思考，譬如为什么欧阳黔森的“脱贫三部曲”可以得到这么大的社会反响，一个很重要的原因就是刊载它的刊物影响力很大。此外，应该指出的是，欧阳黔森在创作时很讲究艺术技巧。他选择了贵州最贫困的三个地区作为素材，将它们的巨变呈现在读者面前，这样不自觉地就会让读者产生“如此贫穷的地方都富裕了，那其他地方自然不需多说”的想法，有一种不辩自明、不证自知的意味。

**颜同林：**我也从刊物角度补充几点。首先，《人民文学》是国刊，其地位影响是毋庸置疑的，从《人民文学》杂志出发，可以看到每个时代的主流文学和重大题材；其次，好的刊物也需要好的作家作品来支撑，从刊物和作品的互动角度来看待作品，对于解读文学作品大有益处。欧阳黔森的“脱贫三部曲”集中发表在同一年度的《人民文学》上面，造成轰动效应，构成了“三部曲”的文艺现象。但如果是发表在其他媒介平台之上，或是分散刊发在三个不同的报刊上，我就不会这样命名了。

## 四、欧阳黔森报告文学“脱贫三部曲”的艺术特征和创作手法

**颜同林：**接下来我们进入第四个议题，即欧阳黔森报告文学“脱贫三部曲”的艺术特征和创作手法。我先来讲一下个人对欧阳黔森创作手法的一些看法。第一个方面，个案的呈现。三部报告文学均以个案的方式，选择了具有典型性、代表性的花茂村、海雀村、万山区三地，描写了三地脱贫转变的实况，读者可以从这三地的变化了解到整个贵州乃至全国的脱贫攻坚面貌。这种由点及面、窥一斑而知全豹的创作方式，不讲求面面俱到，而是将重点落实在具体的个案描写之上，给人一种直观具体的感受。里面讲到党和国家的扶贫引导、省市领导的关心扶持、人民群众的辛勤努力，详略得当，不仅从花茂村、海雀村方方面面改变的细节上挥洒笔墨，还将万山矿区放在全国脱贫攻坚环境中作典型描写，其文本

伸缩空间是很大的。第二个方面，欧阳黔森的写作站位很高，他的创作承载的是习近平新时代精准扶贫的思想。在中国文学历史上，每个时代的文艺思想都需要有合适的文艺代言人，比如延安文艺座谈会之后的“赵树理方向”，即指明了解放区文学创作的主流倾向。欧阳黔森的报告文学“脱贫三部曲”，就是在文艺上贯彻习近平新时代中国特色社会主义思想的一个代表。这样来评价欧阳黔森的创作，并不是说其作品具有浓厚的政治色彩，而是为了说明他的创作更多是一种综合性的融合。不管时代如何变幻，精准扶贫思想都是当下历史进程中的主流；也不管别人如何看待，高或是低，赞赏或是反对，精准扶贫就是当今时代的前沿性主题，需要有担当的作家来创作，需要有分量的优秀文学作品来承载。第三个方面，三部报告文学作品创作中呈现出来的文学性技巧十分独特。在这三部作品中，它们的文学性较之新闻性要更强烈一些。欧阳黔森创作短篇小说时秉持一种观点，即短篇小说是一口气写完、让读者一口气读完的。所以在阅读他的短篇小说时，给人一种简洁、干练的美感。这种观点也影响到了他的报告文学创作，读者在面对这三部报告文学时也会不自觉地一气呵成地读完全篇，即便是《看万山红遍》数万字的篇幅，也同样如此。这是许多作家很难做到的，究其原因，就是欧阳黔森在创作过程中有意地将文学性融入进去，使得作品十分耐读，且阅读过程不易产生疲劳感。比如作品中的对话描写、人物描写，都采用了小说的写作手法，尤其在写基层干部、人民群众时，作者十分形象地抓住人物的某个方面进行精细刻画。《看万山红遍》中在描写李来娣时，写了她十九大期间去了北京，在电视荧幕上看到了习近平总书记，她就觉得这比在家里电视上看到的习近平总书记更近一些，作品借这种错觉写出了人物的真实情感。再来看对话描写，作者也像创作小说一样，抓住了一些核心性的对话，让读者在阅读之时能够走进文本中去，产生现场感和参与感。第四个方面，作品注重细节描写。欧阳黔森在创作这三部报告文学时，有意识地通过细节描写来叙述事件、刻画人物、烘托主题，并借助一些细节的交代来让读者感受到作品的真实性。以上四个方面即是我对于欧阳黔森报告文学创作手法的一些认识，当然还有其他一些特点，大家再接着讨论。

**杨洁：**这三篇报告文学的文学性很值得剖析。不同于其他报告文学，欧阳黔森的报告文学带有他独有的文学性，这一文学性又来源于他独有的语言和叙述。作为小说家的欧阳黔森具备了讲述各种故事的能力。在读《看万山红遍》过程中，我始终感到其中蕴含着小说家的笔法，作品有非常丰富的细节描写，比如写作者的父亲在地质考察中遇见老虎，写到汞矿枯竭时工人偷农民红薯的辛酸……这些穿插在作品中间的很多小故事，四两拨千斤，一方面使他的文学叙事带上了浓厚的感情色彩，另一方面使他的文学表达更加血肉丰盈。此外，读者在阅读这三篇报告文学时，会立刻被其中的语言所吸引。这几篇报告文学既具有纪实性、时效性、新闻性，又使用了文学的语言、文学的方法，使得作品完全符合文学的审美规律。

**王棋君：**欧阳黔森的三篇报告文学跨越了时间的鸿沟，突破了空间的限制，将新时代的发展放在历史背景下进行审视，让读者深深地感受到以习近平同志为核心的党中央为了人民群众的根本利益所做的艰苦努力以及取得的巨大成就，也让读者为中国乡村突飞猛进的变化而备受鼓舞。从文学创作的角度来看，欧阳黔森的“脱贫三部曲”和以往的报告文学相比较而言，呈现出一个独有的特征，即将温情脉脉的故事与客观严谨的公文写作和谐地融合起来，正是这一创作手法的运用，使他的报告文学更具有真实性和说服力。而从创作手法上来看，欧阳黔森报告文学明显地呈现出了将小说的温情书写和公文写作相结合的特点。公文写作有明确的要求，就是严谨、客观、简洁、质朴，讲究逻辑性，因而公文往往缺乏文学观赏性，也不能够直击人的心灵。但是这种不足在欧阳黔森的创作中却发生了变化，不仅客观严谨，而且文学性十足。这是因为，在欧阳黔森的作品里，每一个公文般的叙事背后，都有一个个生动的事例来为之阐释，或者也可以说，一切的公文语言都是文学叙事的注脚。例如，“万山区的具体措施是：一、实施传统产业提升工程……二、实施特色产业壮大工程……三、实施承接产业转移示范工程……四、实施战略性新兴产业培育工程……”与这些客观冷静的公文语言相对应的是，前后有各种事例来进行生动的诠释。比如“九丰现代高效农业园”的建立初期，面临着“毒土地”“毒空气”“毒水源”的传言、资金紧缺的困难、思想保守的阻力，但基层干部们脚踏实地、解放思想、迎难而上，为读者留下了一个个温情的故事。这些故事，使得冷静的公文语言有了温度。还有，公文写作中常常用数字来进行说明，欧阳黔森则将数字与个案描写相结合，获得了生动的语言效果。比如在《报得三春晖》中，写到以前的“毕节市还有七十二点四五万深度贫困人口”，这庞大的数字只带给了我们一时的震撼，但“深度贫困”到底情况如何我们依然无法感知，于是作者就接着叙述了王朝珍大娘的故事，通过对王朝珍大娘的描写使得我们对“深度贫困”有了直观的印象。作者写道：“刘子富又走进王朝珍大娘家，一下就惊呆了。大娘衣不蔽体，见有客人走来，立即用双手抱在胸前，难为情地低下头。”作者运用数字说明与人物外形的描写，个体形象与全面理解就结合起来，使数字得到印证，个案得到更宽广的理解。此外，欧阳黔森在公文内容与乡土语言的结合上也运用得恰如其分。例如对时任中央书记处书记习仲勋同志的批示进行引用后，用老百姓口头语“吓人得很，三个惊叹号”作为叙事铺垫，用老百姓幽默的口语进行了强调，凸显了中央对贫困人民的重视，表现了中央切实维护老百姓切身利益的坚定决心，这也是欧阳黔森这三篇报告文学所具有的特征之一。从这几个方面可以看出，欧阳黔森将公文写作手法与文学叙事结合起来，使作品更具有广度和深度，也更具有可信性。

**龙丽萍：**欧阳黔森的报告文学创作，有以下三个特征：一是眼见为实，二是时代性、政策性、文学性的统一，三是理论的提升。第一个特征是眼见为实。欧阳黔森在他的创作谈《向人民要智慧，为人民写作》中说：“只要扎根人民，为人民写作，才是我辈的明智之举，有了这样的认识，我便写了眼见为实的三篇报告文学。”“‘文变染乎世情，兴废系乎时序’，就是文学作品的演变联系着社会的状况，为人民讴歌、为时代放歌，是每个作家、艺术家的职责。能够置身于这个大时代，与人民同呼吸、共命运，也是我们每一个作家、艺术家的幸运。”从这些话语中可以看出，“脱贫三部曲”的创作是在这种眼见为实、关心人民群众的前提下创作的。具体看他的三部报告文学作品，如《花繁叶茂，倾听花开的声音》里，有这样的描写——“真正的作家，就是要像习近平总书记说的那样：深入生活，扎根人民，才能写出‘沾泥土、冒热气、带露珠’的文章”。在这种观念下创作的“脱贫三部曲”，自然具有眼见为实的特点。第二个特征是时代性、政策性、文学性的统一。在欧阳黔森的报告作品中，穿插着很多关于当下精准扶贫的政策以及脱贫攻坚过程中发生的鲜活事例，透过这些描写，使得文章的表述变得生动具体起来。以前我们对于脱贫攻坚的理解可能不是很深刻，但读了“脱贫三部曲”之后，经过他的这种理论与生动形象的故事相结合的表述方式，读者对脱贫攻坚工作有了一个明确而深刻的了解。第三个特征是理论的提升。看了三部报告文学之后，我十分震撼，作家对脱贫攻坚工作做了理论的提升，他将脱贫攻坚这一时代内容进行升华，使之成为我们民族集体记忆的一部分，并将最终成为中华民族最伟大的记忆，薪火相传、一脉相承。

**王太军：**我来补充一下欧阳黔森在创作中所秉持的“眼见为实”的写作立场。作品中不止一次地出现了“眼见为实”的字眼。当别人给欧阳黔森的创作提供材料时，他都坚持要亲自去看、去问、去找答案。他数次前往被采写地区的一线，亲眼见到其前后的巨变，如此一来，其创作就十分具有可信度和说服力，因为他也成了一个亲历改变的“当地人”。三部报告文学都有指出在改革之前，作者因缘际会都深入过采写地区，感受和经历过当地的贫穷，然后又在改革之中再次抵达现场，亲眼看到了当地的繁荣富裕。这种“深入—离去—再深入”的模式，使得作者从一个第三者的文艺工作者立场，变成一个亲历改变的“当地人”立场。“当地人”讲“当地事”，其故事自然是真实可信的。文艺工作者和亲历变化的“当地人”的双重身份，保证了作品的“纪实性”。

**徐文余：**大家很少从新闻性的角度来讨论，我试着从新闻性方面谈一下这三部作品的特点，一共有三点。第一点是真实性。首先表现在用具体的数据去补充叙事。在《看万山红遍》中，作者用具体的数据介绍了万山区建档立卡贫困人口的变化，真实地呈现出万山区贫困人口锐减的事实。其次，作者写到了自己真实的采访、走访，描写了自己与贫困户面对面的交流沟通，为读者呈现的是当地本真的情况。此外，作品的真实性还体现在作者引用的一些材料上面。像《报得三春晖》里面，作者引用新华社贵州分社记者刘子富曾撰写的内参资料。新华社是国家主流媒体，其报道的新闻可信度是十分高的，作者引用新华社的内参资料，很具有说服力。第二点是价值性。欧阳黔森在这三部报告文学中凸显出来的精准扶贫的主题是极具价值意义的。“精准扶贫”最早是在 2013 年习近平总书记在湖南湘西考察时提出来的，经过五年的时间，这一政策切实地改变了贫困地区人民的生活状况。透过欧阳黔森的报告文学，可以精确地捕捉到精准扶贫政策给贫困地区带来的改变和发展趋势，这是很有价值的。第三点是文学性，主要体现在文章标题上。这三篇报告文学的标题和真正的新闻通讯报道有所不同：新闻报道的标题一定是鲜明直观地把事件最具有价值意义的部分展现给读者，而这三部作品的标题，则极具有文学性，像“花繁叶茂，倾听花开的声音”，完全是文学的书写方式。

**王林：**我本科学的是广播电视新闻学专业。我接着从报告文学兼具新闻报告和文学的双重特性来加以剖析。先谈一下这三部报告文学的新闻性。严格说起来，报告文学是新闻事实经过文学加工后所呈现出来的一种新的体裁，虽然十分倚重文学性，但是它最终依然是要依据事实说话。所谓报告文学，先是报告，然后才是文学，也就是说先要陈述新闻事实，其次才能进行文学加工，这是我认知这三部作品的前提。基于此，首先，报告文学具有新闻的时效性。一般我们阅读新闻短消息时，早上发生的新闻，可能我们很快就可以知晓，这就体现出了新闻的时效性。报告文学是长篇新闻报道，它记录的是一个重大事件发生发展的整个过程，对于它的时效性要求肯定不如短消息那么高，但也必须是将新闻在一定时限里呈现给读者。其次，新闻的真实性。在这三篇报告文学中，处处都能看到一些对事实的报道，比如对安大娘的采访、与朱大庚的对话，都使用了记者采访问答的标准格式，当然这里的对话描写也可以理解为小说作品中的对话体。作者文中也多次引用了一些政策法规和领导人讲话内容，这其实也是新闻报道里经常使用的对事实依据的引用。最后，这三篇报告文学也使用了一些新闻报道的写作手法。像文中对一些数据的直接引用，就是新闻写作中常用的列数字以说明事实的手段。以上所说的是报告文学中新闻报告的特点，至于文学上的特点，综合来看具有小说、诗歌、散文的综合化特点。比如作者在阐述事实时用的是小说讲故事的手法，在表达感情时用的是诗歌抒情的手法，而在谋篇布局、结构全文时，则使用了散文写作的结构方法。

**邓琳琳：**我接着从作品的叙事视角来略作分析。这三篇报告文学使用的是第一人称“我”的视角来描写自己在采访过程中的所见所闻。欧阳黔森作为一个叙述人出现在作品当中，并且以“眼见为实”的方式向我们呈现了花茂村、海雀村及万山区的发展，在叙事中处处饱含着作者的真情实感，使得整个文本具有了温度。除了作者自己“眼见为实”的描述外，行文中还有一些被采访对象的第一人称视角的表述，让报告中涉及的一些人物自己来发声，由此表现当事人自己的切身感受。如在《看万山红遍》中写习近平总书记来到万山区问候当地群众的那个场景，作者是经由田茂文的视角来表述的，通过田茂文自己的语言来展现习近平总书记对贫困人口的关心，如此就把国家领导人对人民群众的博大情怀表现得淋漓尽致。还有写到李来娣自己表述去北京看望习近平总书记，虽然只是透过大屏幕观看，但却觉得自己离习近平总书记更近一些，以此来表达人物内心的喜悦之情。这种在“我”的叙述视角之外，增加当事人自己叙述的视角，使得文本具有了真实性，也体现出人民群众对国家领袖的尊敬和爱戴。另外，在这三篇报告文学里面有很多人物之间的对话，比如《报得三春晖》里朱大庚和“我”的对话，《看万山红遍》中“我”和李来娣的对话。通过这些对话描写，使得读者在阅读过程中仿佛身临其境，产生参与感和现场感，生发出当事人亲自现身讲故事的阅读体验，从而避免了往常阅读中产生的一种自己仅仅只能面对冷冰冰文本的感觉。

**任多艺：**欧阳黔森报告文学“脱贫三部曲”重在写人。他十分细腻地描写了人的精神转变、人与人之间的关系，不仅写出了人物状态和心理的变化，也运用了其他一些色彩描写、烘托氛围的手法，让描写显得更有人情味，带给读者以温暖的感觉。比如在《看万山红遍》里面写到一个汞矿工程师的女儿樊静帆，她以前是不愿意再回到万山的，但后来却再次回到万山，并表达出也想为万山区转变贡献出自己的一份力量的愿望。这种人物态度的前后转变，映射出了脱贫攻坚工程造福一方的成就。

**龚小梅：** 作为精准扶贫政策实践中的一个被帮扶者，我的体会更个人化一些，主要是产生了“三感”：时代感、参与感、真实感。首先是作品的时代感。精准扶贫是当前中国的时代内容，影响和改变了很多贫困地区，我的家乡（遵义市务川县）即是一例。家乡从 2014 年开始走上扶贫之路，经过这几年的发展，其间发生了非常大的变化：城市里出现了许多高楼大厦，一些乡镇上也完成了改街修道，完善了供休闲娱乐的基础设施，甚至当地开始筹办机场。因为自己目睹了这些改变，所以在阅读欧阳黔森在作品中描写的花茂村、海雀村等地变化时，我个人感觉到这些转变，其实离我们现实生活并不遥远，这种由精准扶贫的时代语境所给予我的生逢其时、亲历改变的时代感十分强烈。其次是作品带给我的参与感。我自己的家庭条件并不太好，在高中时家乡还没有启动脱贫攻坚计划，所以到了我上大学时才体会到了扶贫带来的切实帮助，比如一年补助贫困生 3800 元作为学费的规定。我的弟弟妹妹在上高中时就享受到了生活补助，这样一来，国家的帮助极大地减轻了我家的经济负担。因而对于国家精准扶贫政策，我个人十分感激，所以在读到《报得三春晖》中安大娘重复说着“习书记好！大恩人！”这句话时，我心里也升起了这样的念头。对于作品中描写的人民群众对国家领导人及扶贫工作的感恩之情，我极其理解而且也感同身受。当前的精准扶贫工作又进一步给我的家乡带来了一些便利，比如“三改”（改环境、改厕所、改厨房）、“三通”（通电、通水、通电话）等，无不令家乡人民心生感动和温暖。同样的被帮扶经历，使得我在阅读欧阳黔森作品中呈现的脱贫攻坚转变时，情不自禁地生发出强烈的参与感。最后是真实感。“脱贫三部曲”中描写的脱贫改变，都是作者亲身考察和感受过的，作品中描述的那些基层百姓，也与作者面对面地交流过。这种极致的事实还原，使得读者在阅读这三篇作品时，很容易就会产生信服感。我在读到《花繁叶茂，倾听花开的声音》中王志强心潮澎湃地说“总书记来的那天，太阳特别红，向日葵开得特别艳。总书记的讲话像太阳一样又温暖又慈祥，在场的乡亲们都笑开了花”时，心里莫名地升起了一抹感动，甚至嘴角都不自觉地流露出了笑容。我的脑海里，浮现的是王志强真诚的笑脸和他发自内心的感动。作家关仁山说：“读欧阳黔森三篇精准扶贫报告文学，让人读到一颗颗纯净的心灵。”的确如此。

**颜同林：**关于欧阳黔森报告文学“脱贫三部曲”的艺术特征和写作手法，大家分析得十分深刻，也各有道理，从文学性、新闻性等各个方面予以具体阐述，也从叙述视角、个人经历等不同角度予以剖析还原，很有启发性。其中也有可以深入延伸、挖掘的地方，大家在重读作品时加以领会丰富。

## 五、当前评论界对欧阳黔森报告文学“脱贫三部曲”的看法及创作展望

**颜同林：**下面我再来谈一下当前评论界对欧阳黔森报告文学“脱贫三部曲”的看法以及对脱贫主题文学的一个展望。

目前学术界对欧阳黔森报告文学“脱贫三部曲”的评价很高。从《花繁叶茂，倾听花开的声音》，到《报得三春晖》，再到《看万山红遍》，均讲述了脱贫攻坚工程之下新时代的贵州巨变。三部报告文学，是新时代文艺的代表之作。2018 年 10 月中旬，报告文学《看万山红遍》研讨会暨

中国著名作家“万山行”采风行动在铜仁召开，李敬泽、施战军等一大批全国知名作家、评论家都有很好的发言，大家可以去查看一下会议记录。当时我也应邀参加了这次研讨会。我认为这只是一个开始，今后还会涌现出更多真知灼见的评论家声音。

在今后三五年内，关于脱贫攻坚的报告文学或其他文学样式，还会层出不穷地创作出来。相信欧阳黔森还会交出一份满意的答卷，答卷暂时保密，让我们拭目以待。欧阳黔森站在这一潮头，让精准扶贫的文学书写成为新时代文艺的一道风景线。

今天关于欧阳黔森报告文学“脱贫三部曲”的讨论会就此结束。大家回去之后，可以根据自己的发言和别人的发言，结合文本，进行更深入的思考。

2019 年《新文学评论》第 1 期

# 长篇报告文学《江山如此多娇》研讨会综述

2021 年 6 月 17 日，由中国作家协会创研部、贵州省作家协会、天津出版传媒集团联合主办的欧阳黔森长篇报告文学《江山如此多娇》研讨会在北京召开。此次研讨会系中国作家协会庆祝建党百年系列研讨会之一。

中国作协副主席、党组成员、书记处书记李敬泽，天津出版传媒集团党委副书记、总经理班峰出席活动并致辞。吴秉杰、梁鸿鹰、范咏戈、张陵、王山、陈晓明、李炳银、白烨、刘琼、徐则臣、张纪欣、薛印胜、徐福伟、齐红霞等专家与会研讨。会议由中国作协创研部副主任李朝全主持。

2020 年是中国共产党带领全国人民决战脱贫攻坚、决胜全面建成小康社会的一年，是向全世界减贫事业贡献“中国方案”的一年。这在人类进步史上堪称一项前无古人的伟大壮举。2019 年 9 月起，中国作家协会在国务院扶贫办的支持下，策划开展“脱贫攻坚题材报告文学创作工程”，遴选组织 25 位优秀作家奔赴全国 20 多个省区市的扶贫点深入生活、实地采访，创作反映脱贫攻坚工作进展和成就的报告文学作品。贵州省文联主席、贵州省作协主席欧阳黔森创作的长篇报告文学《江山如此多娇》是此创作工程中的一部作品。该作品的部分章节首发于《人民文学》和《中国作家》，全书后由天津出版传媒集团百花文艺出版社出版。作品情思饱满、大气磅礴，书写了在实现“两个一百年”奋斗目标、实现中华民族伟大复兴的征程中，贵州所走过的奋斗之路和取得的重要成就。

李敬泽从作家与时代、生活和人民的角度肯定了欧阳黔森创作的典型性意义。他说，虽然2020年脱贫攻坚已经取得了全面胜利，但我们对于这场伟大攻坚战的书写远远没有结束，随着时间的推移，作家们应该拿出一系列更加成熟的作品，《江山如此多娇》便是一部思想性和艺术性均达到一定水准的作品。作品全景式反映了贵州脱贫攻坚的历程，堪称一部脱贫志，由此可观中国脱贫攻坚事业的风貌和景象。欧阳黔森对题材的关注是深入而持续的，他对脱贫攻坚的观察和理解独到，对这个过程中所呈现出来的时代精神和人的精神风貌都有非常准确的理解和表达。李敬泽指出，欧阳黔森一方面对政策有深入、全面的把握，另一方面又非常熟悉具体的生活经验，即政策落地之后老百姓的反应，这种既“连天” 又“接地”的品质，给今后的报告文学乃至小说的创作以有益的启示。

班峰表示，欧阳黔森对贵州这片土地饱含深情，无限热爱，他多次深入扶贫一线细致调研，采写鲜活有价值、能触动心灵的素材，以文学的形式探取脱贫攻坚的密码，饱含深情地创作出了这部《江山如此多娇》，为广大读者呈现了一幅完整而恢宏的贵州脱贫攻坚画卷，描绘了贵州人民开创百姓富、生态美的多彩贵州的新篇章。作品传递了温暖向上的力量，在散发着泥土气息的同时，又蕴含优美的诗意。

与会专家围绕《江山如此多娇》展开深入讨论，对作品的思想性、文学性和艺术性给予了高度评价，认为这是一部富含诗意和人文情怀的史诗性作品，全面真实地再现了新时期贵州人民在历届党委、政府的带领下，矢志不移、砥砺前行、奋发有为的光辉历程，是对新时代精准脱贫工作及时而准确的书写。

吴秉杰说，贵州是一个多民族聚居、脱贫攻坚任务艰巨的省份，书写贵州的脱贫史非常具有代表性。作品分为五个中篇，每个篇章独立成一个故事，在大量事实描写的基础上兼具文学性。

范咏戈表示，《江山如此多娇》通过数字和个案的叠加，由点及面反映了贵州脱贫攻坚的全貌，是一部聚点成面的贵州扶贫图鉴，更是一部生动的时代记录。“它是一部能够留下来的，也是不可替代的珍贵文本。”

白烨则用“平实里见功夫”来评价此部作品。正所谓“耳听为虚，眼见为实”，作品充满了真实感和现场感，读者通过人物对话便可以了解老百姓的所思所想。

李炳银也认为，作者没有刻意发挥讲故事的特长，而倚重他在贵州山水间穿行的清晰见闻，围绕现场采访感受展开记述，在典型人物的具体发展变化中评判事实，在内心的起伏波动中展现思想。

梁鸿鹰认为，作品做到了真实性和艺术性的结合。“他做过地质队员的经验，对地质地貌的观察，对人、对风物、对民俗的观察，也融汇到作品当中，极大地增强了可感性和艺术性。”

陈晓明用“大题小做、大道至简、大局有序、大情显实”来评价作品，他认为作品有大主题、大道理、大情怀，同时也是写实的。“报告文学本来是以叙事为主，但是作者在叙事中写情，而这种情是他用实际的描写、用现场感来表现的。”他认为，这部作品展示了文学作为“一项弱者的伟业”所能获取的时代意义。

欧阳黔森回顾了作品的创作历程，曾经一万多字的文章，花了四五个月的时间写就，足见他创作这部作品的用心。欧阳黔森感慨自己在采访过程中时刻被感动着，“我们真真切切看到在脱贫攻坚第一线，哪里有困难，党旗便在哪里飘扬”。据悉，欧阳黔森新创作的脱贫攻坚题材小说也即将面世，让我们拭目以待。

**2021 年《小说月报》第 6 期**

# 欧阳黔森作品评论

贵州省作家协会
贵州省文艺评论家协会
编

文艺评论

贵州出版集团
贵州人民出版社

# 前　言

欧阳黔森是贵州第三代作家的领军人物，他继承了第一代作家领军人物蹇先艾和第二代作家领军人物何士光的贵州乡土书写，他的创作广泛，涉及小说、散文、报告文学、诗歌、戏剧、电影、电视剧，引起了省内外评论家及读者和观众的高度关注。近年来，关于欧阳黔森的研究已形成集束性效应。有关欧阳黔森文学、影视等作品的评论，已在各类报刊大量发表，也有研究其文学、影视创作的综合性专著出版。本书收集了众多评论家在各类报刊发表的评论文章115万余字，以供研究欧阳黔森的学者参考。由于我们力量有限，可能有许多评论文章未能收集在本书内。因收集在本书的部分文章的作者无法取得联系，此类作者在得知本书信息后可与我们联系。

贵州省作家协会

贵州省文艺评论家协会

贵州财经大学欧阳黔森现当代文学研究中心

铜仁学院欧阳黔森研究中心

贵州大学人文学院欧阳黔森文学研究中心

CONTENTS

# 目录

# 为何而“绝” 因何而“生”

## ——评电视连续剧《绝地逢生》

仲呈祥 张金尧

一部优秀的艺术作品，总是给人以理性思考的快感和诗意鉴赏的美感。电视连续剧《绝地逢生》（中共贵州省委宣传部、八一电影制片厂、中央电视台文艺中心影视部联合出品），讲述的是改革开放以来，在贵州乌蒙山区石漠化严重的“绝地”上，盘江村村民如何求生存、求发展，最后依靠科学发展成为小康村的曲折故事。观罢此片，不由得反复思考这样一个问题：盘江村乃至整个中国农村的发展，是如何绝地逢生的?

为何而“绝”？《绝地逢生》的故事在改革开放30年来的农村发展历程中具有典型意义。改革之初，盘江村还是一个远近闻名的“光棍”村。一群大男人虽然有的是力气，但不得不靠救济粮生存。小牛娃刚一落地，便母死父劳改，全村乡亲为养活他倾其所有。九妹为了哥哥能娶上媳妇而在恋人面前含泪出嫁。“光棍”村集体“顶风”开荒、砌石围土，仍然食不果腹……盘江村缺少劳动力吗？不缺。村民们不勤劳吗？更不是。随着剧情的深入，观众逐步得出这样的结论，那就是人们向这片贫瘠的土地、向脆弱的自然环境索取太多而给予太少，也就是未能走上科学发展的“生”路。

因何而“生”？在当时的省委领导同志的启发下，勤劳朴实的盘江村人逐渐懂得，如果要在这片石漠化的土地上获得自然的更多恩赐，就必须尊重客观规律，变开荒为还林，变索取为呵护，走一条人与自然和谐相处的可持续发展道路。盘江村人筚路蓝缕，历经 30 年，最终在石漠化的“绝地”上把盘江村建成了乌蒙山区最美丽的地方：花椒树保持水土、花椒油闻名遐迩、桃李飘香引来游人如织、民族歌舞展现农家风情……这部作品真实而生动地告诉人们：科学发展观源自人民群众的实践，不仅是中国贫困地区农民的“生门”，也是整个国家、民族的“生门”。

虽然《绝地逢生》明显强化了“发展”理论在剧情内容中的统领作用，但是它并非将科学发展观作为一种空洞的说教和乏味的图解，而是让这种“生”的哲理从情节中自然地流露出来。更高明的是，此剧并非只是从“人与自然”和谐的一极来诠释农民的智慧、政府的决策，而是从更高层即“人与人”和谐的一极来展开故事。诚如剧中所反映的，如果没有盘江村人自强不息、共克时艰的精神，盘江村“人与自然”的和谐绝不可能实现，更不可能实现经济、社会与自然的可持续发展。人们在自己创造的艺术中总能看到自己的影子：老支书殚精竭虑，为民奔走，积劳成疾；韦号丽虽然是个姑娘，但毅然不顾众议，当起了牛娃的母亲；个体户二棍心系乡亲，慷慨奉献，为救他人而牺牲在泥石流中……生动立体的人物形象、荡气回肠的传奇故事、娴熟可信的叙事技巧，让如此凝重的发展主题在艺术的铺展中焕发出新的活力。

毛泽东说：“代表先进阶级的正确思想，一旦被群众掌握，就会变成改造社会、改造世界的物质力量。”[1] 如今，科学发展观已经成为我国

---

[1]中共中央文献研究室:《毛泽东文选》(第八卷)，人民出版社，1999，第 320 页。

经济社会发展的重要指导方针，成为发展中国特色社会主义必须坚持和贯彻的重大战略思想，艺术地表现人民群众实践科学发展观的壮阔历程是广大文艺工作者的庄严使命。

**2009 年《求是》第 10 期**

# 义薄云天的抗日史诗

## ——评电视连续剧《二十四道拐》

仲呈祥　张金尧

在纪念抗日战争和世界反法西斯战争胜利七十周年之际，由中共贵州省委宣传部、八一电影制片厂、中央电视台联合出品的鸿篇巨制——电视连续剧《二十四道拐》是近期抗日题材电视剧中的成功力作。该剧讲述的是，在世界反法西斯战争的东方战场，中国东部已经落入日寇之手，国际援华物资只有通过西南边陲的滇缅公路才能运送到重庆等抗日前线。这条史称“史迪威公路”的滇缅公路就成了战略物资运送的大动脉，而其东段的贵州晴隆“二十四道拐”盘山公路就成为其“咽喉”要冲。这条运输大动脉能否正常为前线“输血”，成了敌我双方决战的关键因素之一。这时，日本特务王雅琴接到了“封路”委员会对“咽喉”进行彻底破坏的指示；同时，国军上校团长梅松也接到了军事委员会务必保障“咽喉”和天堑畅通的命令。于是，一场“断”与“保”的生死决战就此在贵州晴隆县城展开。观罢此剧，深感《二十四道拐》歌颂了个人之于国家的浴血忠义、大敌当前同仇敌忾的民族大义、得道多助的反法西斯同盟的国际道义，可以说是一曲义薄云天、深具史诗品格的精神赞歌。

“苟利国家生死以，岂因祸福避趋之。”爱国主义是中华民族精神的核心内涵，是中华民族生生不息的力量源泉。电视剧《二十四道拐》雄辩地证明了以爱国主义为核心的民族精神是中国人民取得抗日战争胜利的决定因素。剧中的国民党上校团长梅松，其真实身份是中共地下党秘密党员，在战争中英勇负伤，“退养”大后方，以特派员身份执行着守卫“二十四道拐”和盘江大桥的艰巨任务，在土匪何麻子的“掐脖子”、刘显龙的奚落刁难、大哥梅山被日本特务扣为人质等艰难困苦前越挫越勇；剧中的刘显兰，本来家境殷实，却为了国家利益不计个人祸福，担任着晴隆警察纠察队女队长，美丽正直的她在与日本特遣队的战斗中英勇牺牲；剧中的戈国华，作为中共贵州省工委主要负责人之一，在坚决执行党的统一战线方针时，又不得不忍辱负重、顾全大局……可以说，在日本一番又一番的轰炸中，在与日本高级女间谍的生死较量中，《二十四道拐》中以梅松为代表的英雄们的爱国主义情怀得以充分展现。即使是山大王黑三，在“保住国才能保住家”的朴素动机下，其个人之于国家的忠义也逐渐纯粹、真挚起来。

“度尽劫波兄弟在，相逢一笑泯恩仇。”在外敌当前民族生死存亡之际，中华民族往往能以地不分南北、人不分老幼地伸张同仇敌忾的民族大义。近年来，随着受众的历史观越来越全面、艺术欣赏水平逐渐提升，创作者与受众已经在新的历史条件下达成了新的审美约定，那就是在抗日题材的电视剧中，不仅展现了在中国共产党倡导建立的以国共合作为基础的抗日民族统一战线旗帜下，中国共产党在中国人民抗日战争胜利中发挥的中流砥柱的关键作用，而且在一些电视连续剧里还全面审视历史、还原历史，以兄弟般的手足情再现了国民党军队曾有的正面抗战的历史功绩。虽然国共两党抵牾多年，但在伟大的抗战胜利后，同仇敌忾的精神在当下又不计前嫌地在艺术作品中被传承着。电视剧《二十四道拐》就反映了这种全面审视历史的抗战观。剧中的梅松，虽然真实身份是中共秘密党员，但是就整部电视剧 32 集的长度中，其主要身份还是国民党上校团长，守路保桥的武装力量主要还是国民党兄弟，如张强、赵义、李万吉等。虽然何麻子与日本特务狼狈为奸，但二当家卫易却也知道“什么事都可以干，就是帮日本人的事不能干”的民族大义。可以说，诸如做筹粮筹款工作的秦县长、烧火做饭的桂花大嫂等都是阻止日军先遣队实施炸桥毁路破坏活动的重要力量。在电视连续剧《二十四道拐》中可以看到，大敌当前，不同身份归属的人们已经会聚成了一条中华民族的抗击日寇的精神洪流，表现了中国各党派、各民族、各阶级、各团体抗击侵略、救亡图存的共同意志，以独具艺术魅力的中国电视剧艺术，奏响了中国人民铁骨铮铮、共赴国难、视死如归、气壮山河的英雄凯歌。《二十四道拐》以史诗般的宏大叙事，传承了全民族的抗战精神，昭示了抗战胜利的荣光属于具有民族大义的全体中华儿女的历史真知。

“得道多助，失道寡助。”这是中国古人对于道义的基本认知，而第二次世界大战是人类文明史上的一场浩劫。自那场战争之后，人类艺术作品对战争的思考就愈加深沉。时至今日，我们反思这段历史，同样得出“得道多助，失道寡助”这一基本结论。白求恩、柯棣华等国际友人将中国人民的抗战当成自己的事业，就是因为日本侵华战争是罪恶的战争，而中国人民的抗日战争是正义的战争。在正义面前，热爱和平、反对侵略的国际友人和政府发扬了人类良知铸成的国际道义精神。正如《二十四道拐》剧中反映的那样，中美双方在极端困难的情况下，发扬了抗击日寇的不屈精神，铸成了中美盟军团结抗战的精神丰碑。1942 年，美国的公路工程部队 1880 工兵进驻贵州晴隆修筑“二十四道拐”公路，此后约 5 万吨战略物资运抵了陪都重庆；以爱国华侨领袖陈嘉庚为首的南洋华侨筹赈祖国难民总会响应了祖国的召唤，立即从南洋的新加坡、马来西亚等国分批带回了3200名华侨机工，开动了滇缅路上近三分之一的军车，与国内约6000名机工并肩作战。数据是枯燥的，历史是生动的。《二十四道拐》就运用艺术的形式生动地再现了站在正义这一面的国际主义精神。深入剧情我们可以看到，在修建蓄水池的情境中，“汤姆”叔叔与玩耍的“狗儿”、烧火的桂花大嫂的情谊，可谓是一首超越国界的欢歌；在“美军哨所”前，中美盟军共同抵御日军偷袭，结下了盟军的生死情谊；在与日寇先遣队的枪林弹雨的搏杀中，李万吉用自己的血肉之躯为约翰抵挡了罪恶的子弹，是东方反法西斯同盟军并肩奋战、发扬国际主义精神的史诗再现。

当然，无论是表现个人之于国家的浴血忠义、大敌当前同仇敌忾的民族大义，还是得道多助的反法西斯同盟的国际道义，在艺术作品中总是需要借用人与人之间的情义来展现，否则即使是义薄云天的鸿篇巨制，也断难磅礴于美的天宇。《二十四道拐》中的人物形象鲜明、人与人之间情深意笃。例如，就人物形象而言，梅松坚毅、智慧，越挫越勇；日本高级女间谍王雅琴阴险毒辣，可以亲手将同为间谍的小川击毙而博得梅松的信任；刘显兰美丽、率真，还暗恋着青梅竹马的梅松，最后战死疆场；梅、刘两家本是望族，而梅松的女友却嫁给了心胸狭窄、游手好闲的刘显龙；刘显龙无意中数次被日本间谍利用，却能在民族的大是大非前醒悟，最后又命丧日本特务的枪口之下。可以说，《二十四道拐》在深笃的个人情义之间完成了义薄云天的精神写照。

在观看《二十四道拐》时，我们不得不追问，为什么日寇的飞机能够深入西南边陲的崇山峻岭之中轰炸“二十四道拐”？为什么日本先遣队能挺进晴隆县城肆意破坏而令人防不胜防？《二十四道拐》制作于如何维护第二次世界大战成果，如何维护人类大义，以情义写大义，以艺术的手法再现不能忘记的历史，再一次让国人牢记“落后就要挨打”这一颠扑不破的真理。

**2015 年《电影评介》第 17 期**

# 悬念的力量

## ——电视剧《二十四道拐》艺术特色漫述

边国立

在中国人民的抗战史上，发生过许多可歌可泣的英雄事迹。在纪念抗日战争胜利 70 周年之际，电视剧《二十四道拐》将发生在抗战时期中国战区运输大动脉滇黔线最为险峻的“二十四道拐”公路的一段壮烈往事呈现给我们。作为谍战类型的战争题材电视剧，其艺术悬念的成功运用是这部剧的突出特色。

电视剧《二十四道拐》一入眼帘，眼球就被紧紧抓住，一集接一集地看下去，有欲罢不能之感，这就是艺术悬念的力量使然。关于艺术悬念，历来有多解。影视艺术悬念的范畴和方法也有多种：有广义悬念、狭义悬念；有总体悬念、局部悬念；有情节悬念、细节悬念；有人物悬念，还有物件悬念、声音悬念、色彩悬念；等等。悬念的运用离不开调动观众的注意力，核心是刺激观众的解密欲望，激发观众达到最终目标的期待心理。《二十四道拐》的故事对今天大多数人来说是陌生的，其故事本身就有了悬念性。这是一种广义悬念，总体悬念。它寻求的是对一个事件过程的终极答案，并且通向创作主旨。所谓狭义悬念，也就是我们通常认定和使用的那些悬念手法。特别是希区柯克的悬念法则，其要义是：观众已经知道的剧情和秘密，剧中人还不知道，还蒙在鼓里，于是观众不能不为之担心，悬念随之产生，与之伴随而生各种悬疑、惊险效果。可见，悬念的产生离不开情节和人物两个主要方面，我们就从这两个方面看看《二十四道拐》的悬念运用。

《二十四道拐》的创作者在剧中编织了密实的情节网络，其情节主干是：围绕中国军队运输物资的抗战“大动脉”滇缅公路贵州晴隆境内的“二十四道拐”和盘江铁桥这些咽喉要道，对其封锁和中断是日军的战略目标，中美两军则要全力保“通”阻“断”。保“通”阻“断”与既“封”又“断”的斗争必然激烈，在这个总体悬念下，编导以饱和悬念的手法，完成叙事的引力，大量的情节悬念顺势产生。日军滇缅公路封锁委员会的佐滕少将是这场悬念的敌方驱动者，坂田特遣队和冒充中国医生王雅琴的日本间谍樱子是悬念的敌方具体生成者，主导者是代号为“布谷鸟”的日本间谍“王雅琴”。她与中共地下党员、国民党军事委员会派来的肩负护路使命的晴隆军警宪稽查处上校特派员梅松成为贯穿全剧的对抗主线。这是一个斗智斗勇的复杂过程。在剧情展开不久，王雅琴就在观众面前暴露了日本间谍身份，而梅松还一时难以识破其假面。在剧情发展中，梅松和警察局侦缉队长刘显兰渐渐怀疑到王雅琴的身份。假面王雅琴则想尽办法挑拨各方面关系，以达到乘隙破坏“二十四道拐”公路和盘江浮桥、铁桥的目的。在主线上：军统晴隆组组长苟延康由怀疑到抓捕县民政科长——实为中共贵州省委工委书记的戈国华，并与保护戈国华的梅松屡屡发生冲突；马帮山寨寨主何麻子和卫易贪财图利，被王雅琴乘机利用；刘显龙与梅松两家是世交且都是大户人家，大少爷刘显龙掌管商铺，浮浪贪财，被王雅琴利用；多年前，大少爷刘显龙娶了梅松的恋人吴晓雨，刘显龙与梅松有过往纠结……由此形成纵横交错的缠绕性情节悬念网。王雅琴指使手下人烧粮库、烧停尸房，转移梅松的注意力，欲乘机偷出电台；梅松事先拔出了电台的关键部件，欲顺藤摸瓜；王雅琴利用刘显龙勾结马帮山寨的卫易，想运送炸药，再用火把照明给敌机引路，欲炸毁铁桥。藏在暗处的她诡计多端，令人防不胜防。梅松因保护戈国华等人，被苟延康告密通共，遭军统贵阳站扣押。梅松获释后坚持维护抗日大局，想通过宴请军统贵阳站吴副站长和苟延康的方式，达到集中精力保路护桥的既定目标。偏偏又生出王雅琴鼓动国军伤员排长赵义充当张学良，妄图以赵义的特别行动队绑架并刑罚吴副站长，加剧梅松与军统的矛盾，破坏保路护桥的力量。医疗站护士梅雪因发现了王雅琴的间谍身份，遭王雅琴手下捆绑秘藏。梅松的副官张强得知梅雪在医疗站，前来搜救，与被严实包裹起来的梅雪擦肩而过。王雅琴不断给梅雪打神经毒素针，使身体不能动弹、嘴巴不能说话的梅雪面对亲人，难以开口说话。死里逃生的王雅琴重回“二十四道拐”后，用调虎离山之计，布置一路人马在恶狼滩扎木排、做诱饵，自己则悄悄率另一路人马去炸“二十四道拐”的轴心位置。这个行动态势观众看清楚了，梅松等人一时摸不清状况，只能处处提防。特别是日军企图用“狸猫换太子”之计，将国军的急救药品盘尼西林偷换成鼠疫杆菌，在国民党部队内部制造疫情，不料，鼠疫杆菌被马帮山寨的卫易劫走，于是悬念丛生。何麻子急于出手假盘尼西林换钱，王雅琴担心阴谋败露，为此她必须截下鼠疫杆菌，继续完成“狸猫换太子”的计划。观众要看敌人怎样一步步实施其罪恶计划，更希望看到梅松如何将计就计，粉碎“狸猫换太子”的阴谋，揪出警察局的内鬼。还有梅家大少爷——参与设计“二十四道拐”的工程师梅山渐渐被王雅琴迷惑，他会不会透露“二十四道拐”的轴心位置？敌人的“挖心计划”能否实现？一个接一个的事件牵动着观众的心。局部悬念、细节悬念层出不穷，所有这些都通向电视剧的总体悬念，通向“二十四道拐”

和盘江大桥的安危，进而引导观众通向对历史的认知。

情节是性格的历史。情节塑造性格，性格展现也推动着情节的走向。情节悬念，归根结底离不开人物性格的塑造。性格悬念可以成为情节链条发展重要的内在构造。在电视剧《二十四道拐》中，首先是强强性格因素对立造成有力的悬念。剧中塑造了一个强有力的日本女间谍王雅琴的形象，同时塑造了智勇双全、越挫越勇的实为共产党人的国军军官梅松的形象。王雅琴与梅松的对决，正所谓棋逢对手。对王雅琴强者形象的塑造，更有力地反衬了梅松的强势。我们还可以认为该剧升华了梅松性格的象征性——他不是孤立的一个人，他是不屈于外侮的中国军人的代表，他是中华民族抗战精神的代表。王雅琴当然也不仅仅是一个个体，她也有自身的代表性。在这个过程中，强强对手，悬念丛生，贯穿始终。例如，对苏贵绑架刘显龙的夫人吴晓雨后抛撒传单声称自己是绑架者的行为，王雅琴认为苏贵应让对方感到他们的存在又让对方摸不着头脑，以达到扰乱对方注意力的作用，而不是这种愚蠢的做法。梅松也感到对方另有图谋，双方都能对对方的意图保持清醒判断，让观众期待双方如何出招。王雅琴为了确保自己能够实现炸桥的目的，故意透露消息给赵义，竟然计杀了日军总部派来的两名测量轴心位置的工程师，她的狠毒和心机，一再增加了对她出招的判断难度。悬念亦随之升级。剧中人物性格的冲突又是多层面的：吴晓雨被绑架后，刘显兰让梅松赶快去救人，与梅松争执不休，梅松则要冷静判断情势；刘显龙性格的狭隘性引发对梅松的猜忌，屡屡与梅松较劲。这些都在敌寇制造的险峻情境中又增加了令人不安的局部戏剧性情境。还有的人物本身就属于悬念性格。这种悬念性格有两种基本类型：一种是硬到底、直到底、倔到底的执拗性格；一种是善变化、不安分、墙头草的无定力性格。前者如刘显兰，她与哥哥刘显龙的冲突，竟到了以枪指头的地步；

为了救嫂子，她不听梅松的话执意去攻打马帮山寨；她在顶头上司警察局方局长的面前直言直语；在王雅琴要继续给梅雪打针时，她按捺不住突然直呼王雅琴的名字，要不合时机地抓捕她；在恶狼滩埋伏行动中，她不听总负责人赵义的指挥，擅自率警察去救梅山。所有这些都让观众跟着着急，处处揪心。梅松的副官张强也是这种性格，军统扣押了梅松，性格火暴的张强随之扣押了向上峰告密梅松的荀延康，造成矛盾升级。如黑三的妻兄卫易，这是一副典型的不安分面孔，他行动飘忽不定，唯利是图，易被人所惑。这些悬念性格，常常缺乏对情形的准确判断，包括观众知道的情况，他们却不知道、不清楚。他们总要当面或在背后做些胆大出格的事、难以预料的事，让观众担心随时可能发生不测。还有一种悬念的情感性格因素，如身为工程师的梅山，被王雅琴表面的温柔和美丽外貌迷惑，对她产生了好感甚至萌生了情愫，悬念构成。王雅琴利用梅山的孝子心理，以刀劈珠串暗示对他母亲生死的掌控，胁迫他上山告知“二十四道拐”的轴心位置，悬念加深。敌人内部也有不断发生的冲突：从南洋回来的梅山来到王雅琴所在的医疗救助站治疗，因为他曾经在南洋见过真正的王雅琴，几名间谍犹豫是否杀了他，因考虑到寻找“二十四道拐”轴心位置需要知情者，王雅琴要他们先不要动手，特工钱仓竟然想偷偷暗杀梅山，梅山命悬一线，最后行动被王雅琴紧急制止；坂田特遣队的头目坂田因为阻路、断桥的任务始终没能完成，怒而归因于王雅琴指挥不力，竟然要杀她；等等。所有这些都造成了悬念，都在调动观众的紧张感，从不同方面推动情节发展，帮助创作主旨的完成，并使观众观赏愉悦。

显然，电视剧《二十四道拐》的悬念艺术表达了明确的类型意义。而创作者并非刻意地、表面化地追求某种类型范式。从根本上说，其悬念艺术的成功是因为编导坚持创作从生活中来，要符合生活的真实和生活的逻辑，因而做到了“酌奇而不失其贞，玩华而不坠其实”。我们常说，历史是不能忘记的，电视剧《二十四道拐》以悬念的力量让我们重温历史。

悬念强调叙事逻辑的严密性，强调悬念手法表现的清晰度，剧中的某些疏漏也在此。例如，苟延康侦听到日军电台来向梅松报告，两人进行研究，但与第二天的日军袭击大桥并没有任何联系。例如，苟延康派两人侦查到日本人的发报地点，两人被日本特务杀害了，与后面的情节也没有什么联系。有的悬念还缺少应有的表现清晰度。

2016 年《中国电视》第 1 期

# 长征题材故事影片创作的重要收获

## ——简评影片《极度危机》

柳建伟

中国工农红军八十多年前进行的长征，早已成为中国影视作品创作的一座富矿。近几十年，也确实出现过一些思想性、艺术性俱佳的长征题材影视作品。这些作品对长征精神的发掘、阐发、弘扬起到了重要作用，有力地支撑了文化自信。

但必须看到，在持续多年的长征题材影视作品的创作中，求大求全，焦点瞄准长征中重大事件和领袖人物，重事件的表述而轻人物的塑造，一直是长征题材影视作品创作的大潮。久而久之，这类题材作品的创作就变得僵化了，即便作品做得相当不错，观众也早已出现了审美上的疲劳。长征题材影视作品的创作，如何进行创造性转化，得到创新性发展，就变成了一个重大问题。

故事影片《极度危机》的出现，让我们感到欣喜和振奋。因为我们终于看到了一部全面突破、全程创新且质量上佳的长征题材故事影片。

首先，这部影片的剧本让人耳目一新，甚至可以说是不同凡响。贵州是长征这座影视创作富矿的最核心区域，长征中发生的重大事件，多半在贵州。遵义会议、四渡赤水已多次被搬上荧幕。《极度危机》有意避开了对这些重大事件的重新挖掘之路，另辟蹊径写了红二、六军团长征途中发生在贵州境内一场司空见惯的阻击战，重点写了阻击战中一群小人物的命运变化和生死抉择。写平常事，浓墨重彩写小角色是该剧剧本的重要特点。怎么写好战争状态下的小人物，剧作者煞费苦心，选择了在信仰旗帜的引领下，直抵战场上生与死的选择，拷问人性，拷问灵魂。剧作以军团保卫科科长贺湘云奉命去正在打阻击战的十七师，保全十七师机要科科长知道的重大机密为主线展开故事，重点展示了战地医院、师特务连相关人等在保全陈科长身上藏着的重大机密过程中的极端人生际遇。因为陈科长的极端重要，敌人方面也是精锐尽出，给贺湘云等主要人物持续不断的压力。这种奇险的人物和事件的设置，使得影片自始至终都处在极度危机的状态之下，一个又一个人物在一个又一个的危机节点上，迸发出了各自不同的能量，完成了各自不同的自我形象塑造。随着剧情的推进，随着危机的加剧升级，一个个配角的形象如烟花般炫目绽放，主要角色的形象也在这层层递进的拷问、追问中得以立体地、血肉丰满地呈现。

《极度危机》的剧作，在文学性方面，在揭示战争中人性的复杂深邃方面，在思考战争的伦理方面，把长征题材的电影甚至是中国战争题材的电影，提升到了一个崭新的高度。剧作者在创作观念上的创新精神，在塑造人物上的精心，在构建故事桥段上的匠心，让人心生敬意。中国革命史，近代中国战争史，应该能孕育出一批伟大的战争影视巨制。《极度危机》是一次卓有成效的向伟大进军的尝试。

电影是一门综合性的视听艺术。再精彩的文学剧本，如果不经过导演、主演和其他门类主创的创造性转化，也不会变成一部优秀的电影作品。《极度危机》在视听层面的创作制作中，也交出了一份优秀的答卷。

首先，影片的叙述是电影化的，是用镜头发言的，是用蒙太奇手段和一个个清晰的情绪完成故事的讲述及完成人物形象的塑造的。影片序章部分，用了几分钟的长度，用了上百个镜头营造出了极其个性化的现场奇观。团长、张老七和号手阿炳的形象底片就在这几分钟里成像了，体现的是导演的深厚功力。这个序章呈现出的艺术性和观赏性把中国战争电影的战争描画提升到了一个新高度。影片中设置的巷战桥段、山地追逐战桥段、洞穴遭遇战桥段都是沿着主线推进，贴着人物进行，每个段落都交代得非常清楚，呈现出战争电影与众不同的魅力。其中，围绕战地医院所在地进行的三次战斗，既是影片的华彩章节，又是中国战争电影的经典段落。在这几次战斗中，贺湘云、张老七、小琴、李菁菁，甚至是敌我双方的卧底都完成了自己形象的整体塑造。用镜头塑造人物很难，在眼花缭乱的动作镜头中呈现个性化的人物更是难上加难。《极度危机》在这方面做得相当出色。

电影音乐是电影重要的组成部分。电影史上那些伟大的作品，无一例外都有优秀的电影音乐的强力支撑。《极度危机》的音乐非常出色，做到了仅靠声音就讲述了电影故事，同时又做到了和影片节奏相辅相成。这很不容易，值得珍视。

用一篇短文，只能点出《极度危机》这部电影最吸引人的风景。详尽道出《极度危机》的各种创新和贡献，需要更仔细地研究。不管影片的市场表现如何，我们坚信，在中国的电影史中，《极度危机》一定有它独一无二的地位。历史一定会证明这一点。

2019 年 10 月 11 日《贵州日报》

# “二十四道拐”：中国抗战的生命线

王伟国

长篇电视剧《二十四道拐》的播出，使在滇缅公路延伸线上那段被历史迷雾尘封的“二十四道拐”重新展现在观众眼前。荧屏上，从山底到山顶的一个又一个“S”形弯道盘旋而上，与崇山峻岭融为一体，在云海中时隐时现。这“二十四道拐”和爬行在其躯体上的数量庞大的运输车队，构成了景象雄伟伸向远方山体的大动脉，这就是中国抗战的生命线。

电视剧《二十四道拐》将真实的“二十四道拐”作为独特的叙事空间，阐述了一段抗日战争中的传奇故事。这部电视剧将叙事放置到世界反法西斯战争东方战场的历史视野和真实的历史氛围之中。1938 年，随着广州、武汉等城市的相继沦陷，中国失去了对外的海运和长江航运的渠道。1942 年上半年，滇缅公路被日军切断，中国西南交通依靠“驼峰航线”维持。为了完成每月 1.5 万吨国际援华物资的运输任务，也为了使重组完成的中国远征军再返缅甸作战，1943 年 11 月，美军派出工兵部队并在中国当地百姓的配合下，整修在贵州晴隆县境内原有的“二十四道拐”公路。这条运输大动脉成为中、印、缅运输的生命线，承担了国际援华物资的运输任务。日军多次派飞机对“二十四道拐”进行狂轰滥炸，但“二十四道拐”深藏在乌蒙山脉峡谷之中，日军飞机难以找到轰炸目标，于是咽喉道上的盘江大桥成为日军轰炸的主要目标。1941 年 6 月，大桥被炸毁，盟军从法国拆了一座桥，搬运到这里重新架在盘江之上，确保抗战物资继续源源不断地运往前线。电视剧《二十四道拐》真实地展现了这段历史。

众所周知，电视剧的思想要通过人物形象的塑造得到呈现，作品的情节也是靠人物的性格冲突予以推进，所以人物是电视剧创作的中心。该剧成功塑造了梅松的形象，颂扬了梅松英勇斗争的精神。在梅松身上，我们看到了中国人民以爱国主义为核心的民族精神。电视剧《二十四道拐》运用了悬念的叙事元素，强化了电视剧的戏剧性。这部作品的悬念是：观众知道王雅琴是日本高级特工，并且是日军进行炸路炸桥等一系列阴谋的策划者和实施者；而执行护路护桥重大任务的梅松却不知道，这就构成了悬念。运用悬念的目的是构成情节的紧张性，引导观众观剧时在视听刺激下形成审美心理期望。这部电视剧中的种种悬念设置，都精心设计在蒙太奇的叙事段落中。一个悬念解除，另一个新的悬念接踵而来，一环连一环，戏剧冲突也随之强化，这不仅吸引了观众的注意力，使观众产生紧张的情绪，也满足了观众心里期待的审美感觉。

**2015 年 9 月 28 日《光明日报》**

# 卓越的彝族女英雄——奢香夫人

王伟国

根据欧阳黔森同名小说《奢香夫人》改编并联合摄制的28集电视剧《奢香夫人》，首次将彝族历史上著名的女英雄、女政治家奢香夫人搬上电视屏幕。这是一次很有意义的文化传播，作品显示出多方面的成就。

## 历史的真实是历史题材电视剧的生命力所在

作品以正确的历史观处理了历史真实和艺术真实的关系。600多年前的明朝初期，一个彝族部落的美丽公主奢香在16岁时，嫁给了水西彝族部落首领霭翠，人称奢香夫人。新婚后，霭翠旧病复发去世，奢香夫人代替两岁的儿子陇弟摄政，从此走上了从政之路。她以一个女政治家的卓越胆识和眼光，在摄政贵州宣慰期间广泛地团结彝族头领和人民，积极倡导彝族和汉族融合，大力促进各民族之间的文化和经济交流，智慧地协助明王朝消灭了盘踞在昆明的元朝梁王的残余势力，稳定了西南边陲的局面，使百万彝人安居乐业，带领彝族人民走上团结和谐之路，做到了“天下彝人是一家”，从而维护了国家统一。

电视剧《奢香夫人》是一部历史正剧，而历史的真实是历史题材电视剧的生命力所在，也是作品的审美价值和认识价值所在。为此，电视剧的编导等创作人员，抱着既敬畏历史又尊重历史的创作态度，以现实主义审美精神进行创作。根据“大事不虚，小事不拘”的原则，艺术家们又进行了艺术虚构，并进行艺术提炼和概括，特别是演员宁静塑造的奢香夫人，格外地传神和生动，她令生活在600年前的奢香夫人走到了观众的眼前，让观众和奢香夫人同呼吸共命运。作品较出色地将历史人物奢香融入艺术文本的奢香夫人中，使历史真实与艺术真实较完美地结合起来。

再有，剧组选择了奢香夫人的故乡——贵州大方县作为最主要的场景进行拍摄。为了最真实地还原当年的历史空间，当地政府重建了“贵州宣慰府”——九进九出的院落空间，为电视剧做到历史真实和艺术真实的结合提供了极好的拍摄条件。另外，剧中对彝族的风情、习俗，特别是彝人的服装、头饰的展示，都给我们留下了深刻印象。

## 行动中展开冲突让人物更加鲜活

电视剧《奢香夫人》基本上是围绕奢香夫人的命运及行动展开戏剧冲突的。全剧通过四个方面的戏剧冲突对奢香的命运进行刻画。第一是奢香与二叔格宗的冲突。格宗对奢香摄政很不服气，明里暗里处处刁难，为了篡夺摄政权力还企图谋害小君长陇弟，最后策动十三个部落叛变并分裂水西。当格宗在事实面前最终明白奢香对他已是倍加宽容、对水西更是仁慈时为时已晚。第二是奢香与大总管果瓦的冲突。果瓦先是以八字不合为由逼奢香离开水西回家，后又以保守、传统的习俗反对奢香实行办汉学馆、修驿道、改良耕作等一系列改进彝家生产和生活的措施，以守旧观念与她发生多方面的冲突，直到他被马烨处死之前才认识到奢香为政的目的是发展彝家生产，改善彝人的生活，实现“天下彝人是一家”的夙愿。第三是奢香与贵州督抚马烨的冲突。马烨为了坚决推行“扫残元、灭彝部、置流官、收赋税”，欲将西南广大天地变成大明的赋税之源，对水西大管家果瓦制造错案，将他处死，又对奢香制造冤案，抓捕奢香夫人并施以鞭刑、游街羞辱。但奢香坚决反对马烨以武治彝，赞成大明皇帝的以诚待彝政策。奢香夫人和马烨的“官司”打到了皇帝朱元璋处，朱元璋肯定了奢香夫人“放农耕、举汉学、息兵事、开道驿，使西南彝家与我中华团结一体，功在万世”的理念。第四是奢香夫人与乌撒部落诺哲及残元梁王巴扎瓦尔弥的冲突。奢香本着“天下彝人是一家”的信念，对敌对的同胞能拉就拉，能劝就劝，即使到了不得不兵戎相见的时刻，奢香也只是采用“围而不攻”的策略，避免彝人的自相残杀和无谓的流血牺牲……这一系列的戏剧冲突，或表现奢香夫人非凡的智慧、谋略，或突出奢香夫人的贤德有能、仁慈为怀，从而使戏剧冲突以审美化的方式，再现历史和历史氛围的真实；同时又以视觉化的影像叙事再现奢香夫人的性格特征，并生动有力地刻画了奢香夫人以及果瓦、格宗、马烨等人物的性格。

## 流畅叙事中凸显出宏大的民族团结主题

《奢香夫人》全剧以奢香夫人的命运和动作线为结构中心，同时又以作品所表现的主题思想为结构依据。而在电视剧中，主要人物的命运及其动作线往往又是为了传达作品的主题思想。一部长篇大型电视剧，往往人物众多、事件繁杂，这就向艺术家们提出了一个问题，即如何在长篇电视剧中做到叙事流畅清晰、层次分明、逻辑有序而且人物形象突出呢。办法只有一个，就是准确地把握作品的结构，通过结构的聚合力，做到全剧叙事统一并构成全剧的整体之美。

《奢香夫人》正是通过奢香夫人的一系列动作——接受明朝宣慰使、办汉学、修驿道、息战事、灭梁王、兴汉农、促团结等，使作品凸显出完成国家统一、维护民族和谐团结的宏大主题。奢香的动作线处处关系着奢香的命运历程，而人物的命运又紧紧联系着大明的西南边陲的民族团结和国家统一。电视剧的编剧和导演把握住了正确的结构形式，不仅使全剧人物形象生动鲜活，主题思想更加清晰，还形成了全剧的统一之美和整体之美。

## 深刻的现实意义引领观众发掘历史价值

电视剧《奢香夫人》还有着重要的现实意义。第一，在中国电视剧的大家庭里，少数民族题材的电视剧还比较少。中国是一个统一的多民族国家，五十六个民族都有着自己悠久的文化、文明和历史，各民族的文化、文明和历史都可以成为电视剧创作的丰富资源。通过电视剧艺术的文化传播，可以将各民族的历史、文化和文明呈现在全国观众面前，使观众不仅享受到美，而且进一步认识到我们中华民族的伟大。电视剧还可以推动文化繁荣，发挥文化引领社会风尚、教育人民、服务人民、促进发展的作用。第二，近些年来，有一些历史题材类的电视剧中出现了解构历史、颠覆历史的创作倾向，将历史剧“自我化”了，从而使历史题材中的历史模糊不清，甚至被颠覆。《奢香夫人》以及《辛亥革命》《解放》《解放大西南》等电视剧给我们树立了榜样：历史剧的创作不但要尊重历史，还要敬畏历史。中华民族的历史文化是每个中国人的宝贵精神财富，也是中华民族的文化宝库。历史题材电视剧创作必须对历史负责，既要对创造历史的人民负责，也要对今天的人民负责！

**2011 年 11 月 17 日《光明日报》**

# 欧阳黔森：来自黔贵的“金牌编剧”

陈　晰

他从来没有名片，也不喜欢罗列自己一连串的头衔，在自我介绍时，他仍然喜欢把自己简单地定义为“一个写东西的人”。

抒写红军长征的壮丽凯歌《雄关漫道》，以贵州小山村为视角反映改革开放30年的史诗作品《绝地逢生》，记录彝族女政治家传奇一生、荡气回肠的《奢香夫人》，几部热播电视剧作品，让欧阳黔森在已是专业作家的同时，又拥有了“金牌编剧”的头衔。

虽然部部是主旋律作品，却接连在央视黄金时段创下收视奇迹。这位“体制内”作家不但面向市场证明了自己，更接连荣获全国“五个一工程”奖，中国电视“飞天奖”“金鹰奖”，全军最高奖“金星奖”等多项大奖。从一个心怀文学梦的少年、昔日的地矿工人，到贵州省作协主席、全国人大代表，再到知名编剧、制片人，欧阳黔森再一次向世人证明了：精彩的人生，总是将每一个角色演绎得淋漓尽致。

## 金牌编剧的力作

由欧阳黔森担任总制片人、编剧的电视剧作品《奢香夫人》至今仍被业内奉为社会效益和经济效益双丰收的佳作。

《奢香夫人》是国内第一部全景展现彝族历史和政治变迁的历史剧。元末明初，西南边陲民族割据，政局动荡，彝族公主奢香在丈夫去世后力排众议代夫从政，她以高度的历史观主动接近明朝、办汉学、修驿道、息战事、灭梁王、兴汉农、促团结，作品凸显出推动国家统一、维护民族和谐团结的宏大主题。

其实史书中对奢香夫人的描写只是寥寥几笔，有据可查的就是她被明政府封为“顺德夫人”，明太祖朱元璋曾感慨“奢香归附，胜得十万雄兵”。之前尝试过六七个剧本都把她写成一个武侠人物，有的写成纯粹的民族题材。欧阳黔森在为这部剧定位的时候，将她定位成女政治家。

“首先鉴于她对历史的贡献，奢香夫人对贵州建省有重大意义。她引进中原文化、汉学，使各民族之间互相学习融合，开创了最早的‘西部大开发’。贵州地形复杂，交通不便，没有官道，她开设驿站。所以，奢香夫人对贵州建设和维护国家民族统一都做出了巨大贡献。”

在创作剧本的时候，欧阳黔森度过了一段食不知味的日子，他自己开玩笑说，连睡觉都能梦到奢香夫人。

该剧自 2011 年 11 月在央视黄金时段播出后，旋即创下同题材类电视剧收视冠军。除了跌宕起伏的剧情和豪华阵容外，绚烂的画面也为电视剧增色不少。很多观众感叹：原来彝族有这么一位伟大的女性，有这么漂亮的服装，这么美的音乐和歌舞。

《奢香夫人》的“丰收”不只是收视率飘红，电视剧的拍摄地——原本贫困闭塞的贵州省大方县如今建起慕俄格古城，成为热门旅游景点。在旅游旺季，一天内就有多达 6500 人次进入景区参观，掀起了“贵州热”“彝族文化热”，更全方位带动了当地的经济和文化发展。

当然，金牌编剧并不是一部戏练成的。2009年，欧阳黔森担任编剧的、反映我国农村改革开放30年、践行科学发展观的大戏《绝地逢生》就已经引起轰动。为了创作这部作品，他把自己关在宾馆房间里40多天，夜以继日，一气呵成。这部以贵州乌蒙山区盘江村为原型的作品，着眼小村子，写出了大故事。而早在2006年，他领衔创作的纪念红军长征70周年的献礼片《雄关漫道》也获得了巨大成功：除获得很高的收视率外，还先后荣获了中宣部“五个一工程”奖、“金鹰奖”“飞天奖”“金星奖”。创作过程中，他随剧组转战拍摄，行程万余公里。因为他在剧组中的出色表现，八一电影制片厂专门发公函至贵州省委宣传部，称“欧阳黔森同志以他娴熟、丰富的写作经验和厚实的党史、军史知识，与导演精诚合作，顺利完成了剧本的定稿，他任劳任怨、不计个人得失，是一个品德高尚的优秀作家”。

## 文化是没有硝烟的战场

创作主旋律的作品是欧阳黔森一贯的坚持，他总是能将宏大的主题融入扣人心弦的情节和打动人心的情感，被媒体誉为“讲故事的高手”。

在欧阳黔森看来，文化阵地是“没有硝烟的战场”，只不过它比有硝烟的战场更加可怕。因为文化的渗透和影响，是延续几代人甚至上千年的。要在这场无形的战争中攻坚克难夺取阵地，就必须赢得观众的认可，要过市场这一关。

他说，我们国家作为一个政治大国，国际地位不容小觑，经济发展也很快，但作为一个拥有五千年璀璨文化的国家，我们今天仍不能称为文化强国，可以说，我们文化的影响力跟我们现在大国的地位不相称。身为作家，他有清醒的认识和清晰的使命感，“我们目前的文化生产相对薄弱，主流价值观在文化生产中没有得到很好的体现。刻板的太过刻板，娱乐的过于娱乐。”而他的目标就是“写观众爱看的作品，同时积极传播我们的主流价值观”。

他讲到好莱坞的电影，其实无时不在里面灌输着他们深层的文化价值立场，这是美国文化的重要表达方式，通过电影这个载体影响着全世界。“文化的终极目的是传播力和影响力。我们创作的艺术作品，不能是自己拍给自己看。只有用打动人心的艺术作品，用鲜活的人物、故事，让全世界的观众接受、喜爱，才能将中华民族优秀的中华文化传播到全世界。”

他讲道，党的十七届六中全会提出了“文化大繁荣大发展”的号召，这实际上对每一个文艺工作者都提出了更高的要求。“文化大繁荣大发展，是在做中华民族全面崛起的准备，也是吹响了冲锋的号角。这个时候，我们是不是有足够的力量和速度，攻无不克，战无不胜，这是需要每一个文艺工作者思考的问题。我们必须具备思想上的速度，具备超前意识和前瞻性，具备深厚的文化底蕴，只有具备了这些东西，才有可能赶在人家前面。就像小时候我们有首歌唱的：‘时刻准备着’，必须时刻准备着。因为世界上成功的机会永远是留给有准备的人。”

## 不一样的天空

的确，机会总是留给有准备的人。出生在贵州一个普通矿工家庭的欧阳黔森，从小就做着文学梦，但直到 36 岁，他才真正成为一名作家。小学时，他就是老师眼中典型的偏科生。费老大劲儿记住的一个化学公式，第二天就忘得干干净净，凡是跟文史有关的内容他却过目成诵。那时候他并没有想过将来要当作家，理由有两个：一是当时盛行“学好数理化”的金律，虽然没那根筋，他仍然努力地苦学数理知识；二是文学在他心目中的地位太神圣，太崇高，高到不敢奢望。但是，仍压抑不住心中的一股豪情。

小学的时候，老师问同学们将来的梦想是什么，他的回答是：我要乘长风破万里滔天浪。

这句充满文采的回答，似乎已经给出了答案。

高考后，他进入贵州地校读书。1984 年，欧阳黔森子承父业，成了一名地质队员。从此，他开始拿着地质锤和放大镜，奔走于山山水水之间。在外人看来，这好像是一个现实扼杀梦想的凄苦故事。但是，在当事人看来并非如此。对欧阳黔森来说，当地矿工人的 8 年，是他生命中最快乐的 8 年。虽然地质工作的生活是艰苦又枯燥的：每天早出晚归，在山路上奔波上百里，午饭就是压缩饼干就凉水；山中气候多变，时而大暴雨，时而艳阳天，常常一天之内衣服被浇湿几次，又被晒干几次；有时走着走着，队友发现他的胡子全白了，手一摸，原来是出汗太多，汗水凝结成盐巴挂在胡子上。辛苦不必说了，危险也时刻相伴：有时和豺狼虎豹狭路相逢，有时候遭遇山石塌方，数次和死神擦肩而过。他还记得有一次，和队友兵分三路去一个山沟里探矿，他独自一人攀爬山崖时，被困在上面。“爬到离上面还有 20 多米的时候，上面光溜溜的，爬不上去了，又下不来，就困在了那里。”一两个小时过去，天色渐渐暗下来，欧阳黔森的手开始有些发抖。他让自己冷静下来，把身体稳住。心一横，不就 20 多米吗？他把鞋脱了，用脚趾扒住石头缝，像壁虎一样，慢慢地一步一步地爬了上去。“爬到崖顶上之后，我就坐在一块石头上，看着太阳落山，一直坐了 40 分钟一动没动，心里一片平静。只觉得一切都是那么美好，脚下的一棵小草、一只蚂蚁，都是那么亲切。”

这段艰苦的岁月磨炼了他的意志，也让他悟出人生的道理：任何真善美，不付出代价是不知道的；不痛到极点，怎么能乐到极致？这份工作也让他尽览人间的美景。在一个山谷中，他见过几十种颜色的杜鹃花热烈地绽放，琼浆一样的水在其中静静流淌。“那时候就想，能死在这里有多好，但是转念一想，不行啊，不能让自己污染了这块美丽的地方。”有时候，午夜时分他们还在山路上往住地赶路。这时候皎白的月亮升起，满天繁星，天地间的雄浑与苍凉让他忍不住想放声歌唱。

这段日子沉淀在他的回忆里，也化成他笔下的文字。后来，在《十月》杂志上发表的中篇小说《莽昆仑》中，他开篇写道：

> 你见过的天空，是我见过的那一种吗？
>
> 自从见过这天空，我就不再相信还有什么样的天空，能比得上我见过的这一种。
>
> 是的，在看见那天空的一刹那间，我的心胸一阵紧缩，接着一声痛快的呐喊涌出了我的喉咙——这是我的天空啊！
>
> 我是站在海拔四千九百米的一处山脊上，喊出这句话的。说是呼喊，其实是在呻吟。那时我已累得不行了，坐在一块狰狞且黑黝黝的石头上喘着粗气。
>
> 人累极了，仅仅低着头喘气是不够的，一定要扬起头来，就在我扬起了头狂吸一口气的那一瞬间，我看见了，看见了我的天空。我的天空湛蓝湛蓝的，蓝得像透明的翠玉一样鲜嫩。
>
> ……
>
> 我甚至不能第二次扬起手来。我怕一不小心，指尖划破了这神话般静谧的湛蓝色世界。

他说，直到现在，他还经常午夜梦回大山深处，穿着一双磨破的鞋，大汗淋漓地在山上行走。

## 跨界的精彩

跋山涉水的日子之后，欧阳黔森寻找机会到贵州大学中文系进修。毕业后他转身下海经商，一干又是8年。在生意做得风生水起之后，他内心却总是有一种疏离感，“我觉得这不是我应该做的事情。”

内心对文学的爱始终没有泯灭。1999年，在《当代》发表短篇小说《十八块地》是他创作高潮新的开始。短短4年时间里，他在《人民文学》《当代》《十月》《中国作家》《散文》等刊物发表短篇、中篇、长篇及散文、诗歌、文学评论共计200多万字。他的代表作品集《味道》更是在短短3个月内连印3次。媒体评论他“激活了沉寂多年的贵州文坛”，他亦被称为继蹇先艾、何士光后第三代贵州作家的代表。之后，出于为家乡的文化建设出力的想法，欧阳黔森开始了转型，也迎来了他在影视生产领域的创作实践。

2009年，贵州日报报业集团成立“黔森影视文化工作室”，欧阳黔森担任工作室的艺术总监。作为制片人和编剧的他，除了推出央视的“黄金三部曲”外，还打造了《幸存日》《云下的日子》《旷继勋蓬遂起义》等电影作品，在全国各大院线上映。

“只有不断创新，才能产生新的、有影响力的作品。”欧阳黔森说。虽然外面重金邀约不断，但他牢牢把握“有所为而有所不为”的原则，依然在主旋律和地域特色上做文章，把工作重心放在作品艺术特色的打造上，有的剧本他甚至一分稿费都没有拿。

如今，身兼多职的欧阳黔森并没有改变自己作者的本色。他从来没有名片，也不喜欢罗列自己一连串的头衔，在自我介绍时，他仍然喜欢把自己简单地定义为“一个写东西的人”。

## 对话欧阳黔森：写作是一个人寻找另一个人的过程

**《中华儿女》**：您创作的主旋律影视作品接连获得市场认可，您有什么样的心得？

**欧阳黔森**：在文化复兴的大前提下，文化体制改革正适应时代需要，要打破旧的瓶瓶罐罐。过去，不少人认为体制内的文化产品是公益性的，体制外的文化产品才是市场化的，这其实是一种误区。观众对文化产品的需求是多样的，怎样既坚持社会主义核心价值观的导向，又使其得到市场的认可，这需要文艺工作者从自身找原因，练好“内功”。群众的审美水平并不低，并非只有媚俗才能有市场，当代文艺工作者应该有这样的历史责任感，依靠市场的传播力量，将中华文化传承下去，将包括正确历史观、世界观在内的核心价值观念，渗透在文艺作品的方方面面。

**《中华儿女》**：您作为作家，现在又担任编剧和影视作品的制片人，这个转型对您来说困难吗？

**欧阳黔森**：艺术是相通的，只不过形式手段不一样。从小说到影视的转型对我来说其实是一种工作的需要。影视作品是一种集体创作的作品，有编剧的创作、导演的创作、演员的创作，这种集体创作必须在一个目标下工作，需要有一个人来主导。我的作品要改编成影视作品，我需要我的创作意图最终能在作品中体现。有时候单纯做编剧有一种无奈，就是他的作品会在后来的拍摄过程中被任意更改。比如《奢香夫人》，我们要表现爱国主义、民族团结这样的主题，如果后来被改成武侠片了，那怎么办？所以从编剧到拍摄、制作等所有的环节我都要参与，就是我要对影视作品有整体的把握和掌控。

**《中华儿女》**：您怎么看待时下影视题材的“跟风”现象？

**欧阳黔森：**我在创作的时候，不问现在什么最“红”。当然有时候，形式、题材上占领先机，是可以给观众带来新鲜感的，可以沾一点光。但是人家已经推出来了，你再去跟，那是跟不过来的。要找准自己的优势，才能以不变应万变。艺术中有些主题是永恒的，比如爱的主题、人性中喜怒哀乐的情感，这些都是亘古不变的，要讲好一个故事，这才是最重要的。

**《中华儿女》：**随着网络和新兴媒体的普及，很多年轻读者的阅读习惯都在发生改变，他们看网络小说、手机小说，您认为传统文学应如何适应这种变化？

**欧阳黔森：**我觉得不要改变自己去适应。你就是历史，就是传统，如果这个时代需要你，会反过来看你的。如果把自己的优势和坚守的东西丢掉了，转去追新的，比如去写网络小说，那反而不伦不类了。阅读其实有很多层面，有大众阅读，也有精英阅读。我一直认为，文学是一个人寻找另一个人的过程。想要看你的人，自然会找到你。

**2012 年《中华儿女》第 8 期**

# 重大题材影视文艺开始与结尾的艺术

## ——从电视剧《伟大的转折》说起

颜同林

红军长征题材的影视剧，是全国重大题材影视剧的大本营，时至今日，已有不少积累。2019 年 8 月在中央广播电视台第一频道首次开播的同类题材电视剧《伟大的转折》却后来居上，成为收视率高、社会影响大、文艺水平高的热播剧。这部有标志性意义的史诗性大剧，作为新中国成立 70 周年的献礼大片和全国观众见面，既是新时代现实生活的需要，也是回顾历史以史为鉴的需要。

### 一、如何开始：新时代长征题材的新考验

《伟大的转折》是由中共贵州省委宣传部出品的重大革命历史题材电视连续剧，由贵州省文联主席、作协主席欧阳黔森担任总制片人和总编剧，总导演是国内实力派导演李伟。这是一部多方合作的红色题材的集体之作，也是一部关于贵州本土题材，并动用了大量本土力量拍摄而成的精品之作。2019 年 8 月 26 日晚 8 点的黄金时段，《伟大的转折》在中央广播电视台第一频道首次开播，首播当日播出第一集、第二集。和广大观众期待的一样，笔者仔细看完两集之后，就发现《伟大的转折》开头很讲究艺术性，吸引

力强，从开始的艺术这一角度阐释显得很有必要。

在观影之前，笔者已从不同渠道了解了此剧的概况。此剧讲述的革命历史时段为 1934 年底到 1935 年之间，中共中央率领的中央红军于第五次反“围剿”失利的情况下，从江西、湖南开始被迫进行战略转移，为避敌包围和保存实力，经湖南转而征战贵州，在贵州这片中国革命的福地，逐渐消除了中共中央党内和军队中存在的“左”倾教条主义思想，逐渐形成以毛泽东为核心的党中央，并在新的党中央的正确领导下换来革命事业的伟大转折。中央红军在贵州这片土地上，天时地利加上人和，取得了革命事业的新突破，在战略上打开了新的局面，从而从失败中重新站了起来。贵州与中国革命的关系，从文艺着眼则俨然是一座红色文化的富矿，《伟大的转折》形象地说明了这一切。

作为多重含义的“伟大的转折”，如何开头呢？显然全剧的切入点是虚写了湘江战役的悲惨场面，在士气低落、彷徨徘徊的湖南通道这一特定时空中，中国共产党人在重新思考革命的前途与道路。当时在损失超一半战力的情况下，到底是去湘西与贺龙等率领的红二、六军团会合，还是改变既定计划，不受共产国际、“三人团”的错误指挥，便是电视剧开端要面对的重大问题。在这严峻的现实面前，曾经被压制的毛泽东等人，根据实际情况改变了这一局面。变则通，通则久，就是这一朴素真理的形象说明。在军事上没有话语权的毛泽东，开始通过和中共党内“四老”的沟通，通过和周恩来、朱德、张闻天、王稼祥等人的沟通，初步有效地阻止了李德、博古等中央领导人的错误指挥，无疑这是一个崭新的开始。湖南通道，“通”往何处，“道”在哪里，象征的含义也是一目了然。经过毛泽东等人力争，打了败仗、损失惨重的中央红军经过短暂休整后，没有固执地去硬碰硬，而是避实就虚从黎平、老锦屏兵分两路进军贵州。进军贵州之后气象已不同以前。这一转战过程看似简单，其实足够让人惊心动魄：一方面，国共两党两军对垒已久，执政的蒋介石反动集团已携湘江战役之威，正在加紧布防，不惜调遣数倍于我军的重兵前追后堵，妄图置中央红军于绝地而加以全歼；另一方面，在经过重大失败后，李德、博古等中共中央核心层依然执迷不悟，仍要机械、固执地去执行湘西会师的老计划。可以说，敌我双方各方面的博弈早已是拉锯战，中国革命的前途与命运到了一个十字路口。此时此刻到何处去的问题，不只是几个人在思考，而是在红军队伍的广大指挥员、士兵中蔓延。正是在这一背景下，毛泽东的谋略、才干，开始通过抗争、通过召开党内与军内会议的讨论，使局面有了改变的气象，尽管还不彻底，并且危机四伏。转战贵州境内的黎平，红军在黎平得到休整、补充，终于可以喘一口气。这是一个伟大的开端，是伟大转折的前夜，尽管处于黑夜的黎明之前，但让我们看到了革命的希望！

《伟大的转折》第一集、第二集在人物的画廊上，基本上摆出了各自的阵营：一是中共中央的领导、军事方面的重要人物一一出场，一是国民党蒋介石集团的军政大员也有名有姓地出现了。这些人物都是历史上的真实人物，在中国现代历史上举足轻重，其言行举止都活在历史细节中。譬如，国民党蒋介石阵营的军政大员，川黔粤军阀的头面人物，他们的心胸、见识都很符合其身份。又譬如，一些并不重要的人物也有介绍并起到了铺垫作用，比如红军的卫生院院长傅连暲，比如会维修电报机的侦查局副局长钱壮飞，出现其名字也意味着他们还会在以后的播映中出现，有他们的戏份，有他们的故事，尽管他们曾被遮蔽过。大量有名或无名，长眠于贵州这片红色沃土的红军先烈，其英勇事迹必定得到传颂，其革命精神必将永存。《伟大的转折》的开端，还暗示了党和红军在贵州创建革命根据地、就近开展革命的可能。自进军黎平之后，贵州各族群众支持红军，拥护红军，军民鱼水一家亲的场面，久违地出现了。毛泽东在井冈山时期提出的红军制胜的一个法宝，又有了用武之地。这一开端之后，我们不难想象电视剧会在这一方面有更多的情节、画面和细节。参军、带路、筹粮、救护伤病员，诸如此类，则是这一议题之上的应有之义。至于在电视剧中大量出现的贵州城镇地名、建筑、山川，以及相关重要的战略要点，也会随着贵州的风土民情一起出现在荧屏之上，这将是让外界更多了解贵州的另一个开始吧。

从编剧、导演对革命历史史实与风格的选择来看，以前只是重视遵义会议等历史节点的倾向将得到有力扭转。相关的会议，像通道会议、黎平会议，后来的猴场会议、苟坝会议等诸多会议场景，以及强渡乌江、四渡赤水、娄山关大捷等历史事件，估计都将大放异彩。毛泽东、周恩来、朱德等领导人集体，以及像彭德怀、耿飚等一大批军事指挥员也将有更多的戏份。在中国革命历史上，不断改正错误，努力寻找中国革命的正确道路，努力让马克思主义中国化，在这一进程中显然是付出了代价，交过不菲的学费。李德、博古等人做出重大决策的方式让人叹息，也让我们明白以毛泽东为代表的领导核心，做出最高决策的方式是民主而科学的，决策结果是实事求是地立足于现实而做出的。新的领导集体，在面对中国革命的重大选择时，集思广益，讨论、商量，甚至是争执，也是不会缺少的。

## 二、如何结尾：《伟大的转折》留下新的思考

总共38集的电视连续剧《伟大的转折》自2019年8月26日在央视一套首播以来，到9月20日已全部播完。这部以反映贵州境内长征为主的红色题材热播剧虽然不到一个月就播完了，但一路追剧下来留在心中的长征故事与人物群像却久久在脑海中不断回放。作为一部精心制作的电视剧，《伟大的转折》在当下电视剧竞争激烈的背景下，据统计，在收视率、影响

面、教育意义等方面都比同类剧作高出一截。显而易见，这是颇不容易的傲人成绩。从全剧来看，《伟大的转折》思想内容上别出心裁，自始至终贯通了“大遵义会议”的创作理念，以军政会议、战争故事为主线，在战争场面与战后生活上张弛有度，人物鲜活而个性化，保证了整部电视剧的质量。在艺术上，此剧剧情不断起伏，结构悬念丛生，扣人心弦，精彩的看点不断涌现，起到了相得益彰的效果。

与《伟大的转折》开头艺术十分独特新颖一样，电视剧的结尾也处理得十分突出。在开头与结尾上的巧妙构思，让此剧加分不少。《伟大的转折》从第三十四集开始，便有意预示朱毛率领的中央红军将从贵州进入云南，打开新的局面，甩开数十万前堵后追的敌人。随后几集，便是以毛泽东为核心的党中央运筹帷幄，占领战场主动权，率领中央红军借道北盘江从贵州进入云南境内，借机逼迫滇军回防，并在佯攻昆明的策略下，顺利来到金沙江南岸，为进入川西创造了有利条件。中央红军兵分三路，分别占领金沙江边的龙街渡口、洪门渡口和皎平渡口。因受阻于船只缺乏，最后全部从皎平渡口渡过金沙江，占领当时西康省的通安镇，剑指会理县城，建立稳固的桥头堡据点，为中央红军顺利挥师入川以及以后与红四方面军会师打下了坚实基础。全剧在途经通安，在会理城外以林彪给中央领导人洛甫的信为契机召开会理会议，结束整部电视剧，干脆利落，并有余音绕梁之效。站在结尾的艺术这一高度，全剧有以下几个鲜明的特征。

第一，在内容上全部贯通、有始有终，做到了有机统一。如果说《伟大的转折》在开头，面临五万多中央红军将士血染湘江何去何从的严峻考验，通道会议起了缓冲、转兵的作用，那么会理会议将起到总结过去、统一思想、继续革命的作用。全剧贯通了“大遵义会议”的宗旨，在结尾部分因为林彪的信而展开，亦是对遵义会议进行总结、过渡和再集中，画上一个圆满的句号。据剧情发展，在林彪的信中有对遵义会议的部分否定与质疑，有对毛泽东、周恩来、王稼祥“新三人团”的一些质疑和动摇，因此毛泽东在最后一集中长时段进行演讲和解说，便成为举重若轻的一次思想洗礼。毛泽东的演讲主旨有三：一是关于遵义会议后在军事斗争中走回头路、走弯路与险路、走“弓背路”的辩护；二是“新三人团”行不行，是否需要换将的问题；三是会理会议后怎么办，革命往哪里去的问题。这三个问题最为核心，毛泽东代表“新三人团”的演讲有理有据，给参会的中革军委领导们一种巨大的力量。其中对过去的总结，虽然也有土城之战、鲁班场之战的失利，有是否要打打鼓新场的争议，但全部说明了走过的回头路、弯路、险路、“弓背路”，都是避敌主力、在运动战中消灭敌人的必经过程，是逃出前堵后追的唯一正确道路。在我党和红军数次生死抉择的关键时刻，两三万人的队伍到哪里去，如何保存革命的火种，前路何在，诸如此类，都是十分重大而需要正确抉择的大事。历史证明，以毛泽东为核心的中国革命领导力量，把握了正确的航向，实现了挽救党、挽救红军、挽救中国革命的伟大转折，再次鲜明而坚定地点明题旨，给读者留下了深刻印象。正是在这个意义上，结尾部分起到了复述、总结、提升的作用。此剧对相关军政会议的筹划、铺垫、召开十分在意：在遵义会议之前，比如通道会议、黎平会议、猴场会议等都有生动的表现；在遵义会议之后，也有苟坝会议、扎西会议、会理会议等。至于战争，则有通道转兵、强渡乌江、血战娄山关、四渡赤水、两进遵义等壮举。在敌我力量悬殊的较量中，毛泽东等党中央领导集体充分发挥游击战、运动战的优势，使数倍之国民党中央军和云贵川军阀疲于奔命，最终摆脱了蒋介石反动集团的反复“围剿”，胜利地从金沙江渡江而去，到达川西新的敌后地区进行休整。中央红军在半年不到的时间内，以在贵州境内为主，把革命的火种燃烧在黔山秀水之中，燃烧在广大底层人民群众的心中。与第五次反“围剿”和湘江战役的惨状相比已重新脱胎换骨，中国共产党领导的革命队伍已经成为一支打不垮、击不败的英雄队伍。抬头望见北斗星，革命需要主心骨，在不同阶段的红军长征历史上，确实是在贵州赢来了新的机遇和命运。

第二，作为一个历史性的阶段，《伟大的转折》在结尾部分起承转合的流变中，将“合”发挥到了极致，收束有力、及时。首先，在全剧中，第一军团的军团长林彪对毛泽东等“新三人团”领导的战争有自己的看法，时不时对急行军、夜行军，走“弓背路”等颇有微词。在第三十五集中，他写给洛甫一信，阐述了自己的看法。这为会理会议的议题埋下了伏笔，但一直没有揭开这个悬念，写了什么，为什么要写，所写内容是否影响林彪在第一军团发挥军事长官的领导力，都不得而知。在此剧中，林彪的形象相对比较暗淡，对中革军委的命令、主张也有所怨言，由他作为异议者挑开了党内与军内一小部分人对遵义会议的评判，对毛泽东等人军事路线的评判。前面有伏笔，结尾部分在经过起、承、转之后，合起来进行处理，统一了思想，提高了政治意识和站位。其次，在全剧中推动情节发展、凸显历史事件，其中心是历史人物。剧中人物除了中国共产党及中央红军中的主要人物毛泽东、周恩来、朱德、刘伯承、博古、彭德怀、林彪等人形象丰满厚重之外，国民党及地方军阀如蒋介石、陈诚、薛岳、刘湘、王家烈、龙云等人物也表现得十分生动，不呆板，也不公式化。围绕国内战争这一母题，融入了两种对立的命运与前途，多线发展，多而不繁。在人物的性格与命运中，结尾部分也做了及时的交代与说明。在第三十七集中，毛泽东等中革军委领导忧心地离开贵州后，在贵州留下的革命种子如何保存等问题；在第三十八集也就是最后一集的开头，通过画面和文字的方式交代了黔北游击队李晓霞等人的处境与归宿，贵州省委工委林青等人牺牲的情况，以及贵州省委工委领导的地下党员牺牲七十余人的惨烈情形，反映了此剧不留尾巴的特点，在“合”上用心精细，没有留下遗憾！

第三，强化历史的真实与细节，配合了剧情的发展。红军长征在贵州，在影视剧中有较多作品进行了表现，可能也有类似的情节但并不确实。《伟大的转折》在历史真实、细节上考虑充足，能感动读者和观众。尽管此剧是战争剧，相关会议、生活场景是文戏，恢宏、惨烈的战争场面是武戏，两者相互配合成为国共两党两军之间重要的博弈场所，关系到战争的胜负，关系到民族、国家的未来与发展。比如，蒋介石一行抵达昆明督军，龙云夫妇与蒋介石夫妇见面的场面，龙云送薛福成的书给蒋介石，就颇有深意，反映了龙云的胸襟与气度。与王家烈相比，龙云显然更高一筹，反映了他对云南这片土地的情感，反映了他治理地方的能力和魄力。在会理城外简陋的屋宇中召开的军政会议，中革军委成员对遵义会议的总结，会前会后都有大量的、扣人心弦的细节。比如会上人物的对话、斗争，比如博古发自内心、没有成见的发言，比如凯丰对遵义会议上保留意见的撤回，都是有血有肉的细节。这些历史真实的细节表现力强，能深入人心。

总而言之，电视剧《伟大的转折》在结尾部分，不断回溯，将全剧首尾贯通，在结构的“合”与“闭”上下功夫，做到自然收束、浑然一体；同时注重历史细节的真实，将“转折”的过程、意义与当下价值做了引申、提升，成为有意味的结尾。

**结语**

讲述中国长征故事，塑造历史英雄人物，《伟大的转折》后来居上，成为红军长征题材影视剧的佼佼者。此剧开头简洁，以湘江战役为背景切入，在通道会议上进行转变；结尾时又以会理会议作为“大遵义会议”的总结，显得高屋建瓴，要而不繁。《伟大的转折》担当展现中国革命“转折”的历史重任，伟大而曲折，令人热血沸腾，也让人远望凝思。中国革命的历史叙述天空中，不只是忠实还原历史，不只是演绎故事、讲述情义，更重要的是凸显伟大的长征精神，凸显伟大的遵义会议精神。历史远去，风云散尽，但往事仍然历历在目。正可谓“雄关漫道真如铁，而今迈步从头越”！

2019 年 11 月 9 日《贵州日报》

# 《花繁叶茂》：新时代农村精准扶贫的历史影像

颜同林

以精准扶贫为主题的农村题材电视剧《花繁叶茂》于2020年5月11日在中央电视台第一频道黄金档热播以来，收视率位居全国卫视同时段第一位。此剧同步在其他平台如搜视网、爱奇艺等热播，一直很红火。在豆瓣上的评分是8分，B站的评分是9.3分，即在某种意义上说全国90后、00后等观众群体也出人意料地高度认可该剧。时值2020年全国两会召开之际，中央电视台第一频道白天重播的是红军长征题材电视剧《伟大的转折》，晚上首次播放的是《花繁叶茂》，巧合的是两部电视剧的总制片人、编剧都是贵州省文联主席、贵州省作协主席欧阳黔森。欧阳黔森是全国人大代表，这两部电视剧可以说是他履职全国人大代表所交出的圆满答卷。回到《花繁叶茂》上来，欧阳黔森以贵州革命老区黔北农村为背景，围绕精准扶贫去反映新时代的“山乡巨变”，为什么能成为全国人民茶余饭后热衷谈论的话题呢？主旋律、农村题材剧等关键词似乎离热播剧有一些距离，但为什么跨越了界限反而成为一种文艺热潮呢？显然这是一个引人深思的文艺话题。

《花繁叶茂》讲述了枫香镇花茂村、纸房村和大地方村等几个典型村寨的发展历史，聚焦于它们在党的十八大以后从贫困村到小康村再到富裕村的种种变革。在精准扶贫思想的指引下，这些村庄虽然都很贫穷落后，客观情况不一，但在脱贫攻坚的道路上精准施策，共同走上了“百姓富、生态美”的富裕道路。广大农村脱贫致富既需要物质的改变，也需要心灵的蝶变，换言之，这个黔北农村新生的历程是一部中国农民的心灵史诗。在《花繁叶茂》中，似乎一切都可以找到答案。《花繁叶茂》让人一看剧名便心旷神怡，这并非凭空虚构，而是源自村寨花茂村。此村原名“荒茅田”，意指贫困荒芜，新中国成立后改名“花茂”，含有花繁叶茂的寓意；可真正做到名副其实的花繁叶茂，却是在党的十八大以来逐步实现的。2015年6月，习近平总书记来到花茂调研，很是感慨地说在花茂找到乡愁了。“望得见山、看得见水、记得住乡愁”出自主席之口，形象地成为花茂的代名词。《花繁叶茂》电视剧将现实中的花茂村搬上了荧屏，进一步扩大了在全国的影响力，可谓新时代农村脱贫攻坚的缩影。

从剧本来看，这一热播剧的写作与改编是报告文学、小说与影视艺术的深度融合。该剧总制片人、编剧是贵州省文联主席、贵州省作协主席欧阳黔森。欧阳黔森长期从事文艺创作，题材以贵州为主。作者在贵州长期深入基层、扎根人民，坚持文艺为人民服务，因此文艺创作“沾泥土、冒热气、带露珠”。欧阳黔森常年在贵州不同地区走村过寨，为了写好此剧，他曾长期深入花茂村体验生活，有时一住就是数月。从创作思想、素材提炼、人物设计、情节推演、剧情发展等综合观察，显然是作者在脱贫攻坚领域长期累积、糅合精华的深度融合的最佳结果。《花繁叶茂》电视剧编创与欧阳黔森的报告文学、小说创作有密切关联：其报告文学《花繁叶茂，倾听花开的声音》与小说《村长唐三草》是该剧思想与艺术的双核；其他相关的同类题材作品，也从人物、情节、故事等诸多方面贡献了艺术元素。

从同名报告文学出发进行对比与思考，是进入《花繁叶茂》首要考虑的主路。花茂村是贵州作为脱贫攻坚全国主战场取得重要成果的典型代表。欧阳黔森多次在花茂村体验生活，最先创作了反映花茂村脱贫攻坚的报告文学《花繁叶茂，倾听花开的声音》，刊于《人民文学》2018 年 1 期头题，是刊物《新时代纪事》栏目的重头戏；另外还在《人民日报》《光明日报》上整版发表。电视剧《花繁叶茂》在剧集开头有“根据欧阳黔森同名报告文学改编”字样，指的就是这一报告文学。略为补充的是，欧阳黔森近年创作的关于贵州精准扶贫题材的三部报告文学，均在 2018 年《人民文学》不同刊期的头题上集中发表，其他两部分别是《报得三春晖》和《看万山红遍》。欧阳黔森这三部报告文学均是习近平精准扶贫思想的集中反映和形象呈现，主题类似而丰富，艺术鲜明而醒目，各自独立又互相勾连。电视剧《花繁叶茂》在主题、情节、片段上多有借鉴之处，有所融通也是十分正常的现象。

报告文学《花繁叶茂，倾听花开的声音》讲述的是贵州革命老区遵义花茂村的真实脱贫故事。花茂村与苟坝村毗邻，同处大娄山脉腹地，处于马鬃岭东边，是对中国革命史有着特殊意义的小山村。除花茂村之外，报告文学还略微涉及纸房村、保海村等自然条件更差一些的村庄。花茂村本身在脱贫奔小康的道路上取得了可喜的成绩，特别是习近平总书记亲自来村里调研，指出进一步发展的道路与方向，更是远近闻名。报告文学《花繁叶茂，倾听花开的声音》集中反映农村“三改”、“四在农家”创建、高效农特产品的产销、乡村旅游的产业调整等乡村新事物。围绕这些新事物，作者采访了枫香镇党委书记帅波，花茂村驻村第一书记周成军、潘克刚，以及村里脱贫致富能手如母先才、王治强等人，将他们感人的言行、事迹一一记录下来，采取的是完全真实、可信、客观的方式。借助报告文学这一体裁，欧阳黔森一方面将上至党中央、国务院，下至贵州省、市各级政府的精准扶贫政策一一梳理，另一方面将扶贫政策的执行者——乡镇和村“两委”的基层干部进行群像式书写。党的十八大报告明确提出，要在2020年之前全面建成小康社会，这是中国社会的千年之变，是习近平新时代中国特色社会主义思想的重要内容。毫无疑问，在脱贫攻坚第一线的基层干部十分重要。广大村民奔向幸福生活的奋斗与努力也如车之两轨一样不可缺少，生于斯长于斯的乡村能人们在这片祖祖辈辈耕耘的土地上，也赢来了历史的机遇。除此之外，村容村貌的勾勒，统计数据的跃动，无一不是精准扶贫原则、政策、举措的鲜活记载。比如，在花茂村除了通水通电通电话通广播电视，水泥路呈网状连通着每家每户以及每一块农田之外，还通网络、通天然气，有污水处理管网、有电商、有互联网＋中心、有物流集散点。显然这些乡村现代化生活的设施和条件，正改变着贫穷落后的农村面貌，也改变着普通百姓的精神风貌。“冰冻三尺非一日之寒”，在这一切发生巨变的背后，无不体现了党和政府的治国理政能力，无不体现了基层干部和群众创造历史的力量，无不体现了普通百姓追求美好生活的朴素愿望。

隐藏在视野之外的小说《村长唐三草》也是探讨电视剧《花繁叶茂》的另一扇窗口。欧阳黔森的短篇小说《村长唐三草》原发文学刊物《山花》2012年11期，后被《作品与争鸣》《小说选刊》和《新华文摘》全文转载，反响很大。值得一提的是，小说发表后被中考语文试卷的命题专家选编为现代文阅读题，占分25分。这道现代文阅读题选取了小说开头的一部分，从选择判断、场景描写分析、唐三草人物性格分析、结构分析四个方面设置题型。小说的主人公是外号叫唐三草的村主任，其成功之处是塑造了一个十分真实、生动的基层村干部形象。唐三草能说会道、点子多样、脑袋灵活，有丰富的基层工作经验，他所在的桃花村也由贫困村变成了小康村。在小说中，桃花村地处乌蒙山脉腹地，在摘掉贫困村的帽子的过程中，村主任唐三草、村支书以及大学生村干部是“领头羊”。桃花村原来穷山恶水，有380多户2000多村民，青壮年都外出打工了，村委会主任是个烫手的山芋，没人愿意接。后来本名唐万财的唐三草退掉比村委会主任工资多出数倍的民办教师岗位，经选举全票当选为村委会主任。从贫困村到非贫困村，再到小康村，唐三草等村干部在生态发展、果木种植、乡村旅游道路上苦干实干，化解矛盾，终于梦想成真。除了唐三草之外，小说中大学生村干部这一角色也十分成功。大学生村干部被唐三草比作“军师”，有大事小事都找他商量。大学生村干部有文化，见识广，点子多，他从城市来到穷乡僻壤驻村三年，帮助村民脱贫致富。小说的主要情节中有三次大学生村干部和唐三草约定喝酒庆祝的细节：第一次是桃花村恢复小学，大学生村干部和唐三草喝酒庆祝；第二次是唐三草受委屈辞去村主任，乡里同意他辞职，两人喝酒解闷；第三次是青壮年多半回村发展，两人喝酒庆祝阶段性胜利。在这三次喝酒中，作品重点穿插了村民罗小贵违法修建猪圈而无理闹事、吴老三生了三个女娃后被诱导结扎一事引起的纠纷及其化解等情节，都凸显了唐三草敢闯敢干、能力突出而又不失灵活、诙谐等个性特征。唐三草、大学生村干部这些基层村干部形象和个性特征，在电视剧《花繁叶茂》或利用，或改装，或借鉴，很多艺术元素得到了充分汲取。

立足同名报告文学和小说《村长唐三草》，充分调动在脱贫攻坚第一线的丰富素材，重新分解、整合、融通，在深度糅合交汇上做大文章，是欧阳黔森创作并改编电视剧《花繁叶茂》得以成功的保证。具体体现在以下方面。首先，报告文学和小说的内容对象、思想主题、事件性质等核心要素没有改变，但因为报告文学本身情节、故事较少，对小说的融入较多，对自己其他作品的融入也较普遍。在剧作中，人物身份、个性、衍生故事上有较大的改变与包装，整体上对镜头、画面、声音等综合元素进行了提升。比如《村长唐三草》中唐三草的故事、来历、性格特征基本保留，大学生村干部以驻村第一书记的身份有更多戏份。在性别上，电视剧《花繁叶茂》中改成女性驻村第一书记欧阳采薇，王隆学、赵子奇两位男性驻村第一书记则到了纸房村和大地方村，起到了映衬、对比、丰富的作用。在花茂村，驻村第一书记和村主任的互补式搭配成为亮点：一是村主任唐三草有丰富的基层经验，鬼点子多，能说会道，但眼界不高，见识有点浅；而驻村第一书记欧阳采薇是农委干部驻村，见多识广，视野开阔，不是来“镀金”的，而是想干一番事业。在性别、学识、年龄等诸多方面两人就形成最佳搭档，成为花茂村村“两委”合作向前的内驱力量。其次，电视剧《花繁叶茂》的主要故事情节有不同类型的糅合，人物形象、故事情节、细节片段等并不全是报告文学和短篇小说的原有内容，而是有机地糅入了其他内容，呈现一种开放、综合、补缀的特征。《花繁叶茂》在主题上是全新的，在脱贫攻坚的过程中，矛盾重重，困难重重。但剧本没有回避这一蜕变过程中的种种矛盾和困难，涉及了当前农村贫困与民生等重大问题，比如外出打工、农村空壳化，比如“三改”、土地流转、产业调整，比如移民搬迁、乡村旅游等，这都是一场接一场的硬仗。正是这些农村脱贫攻坚当中的大事，引发了农村在自然风貌、生活习俗、贫富形态、人心思想上的巨变，各种矛盾也由此发生。编剧为了达到这一目标，塑造不同的人物形象成为首选。此剧成功地塑造了几类人物形象。一是有血有肉的年轻扶贫干部的形象。各级政府从县到乡镇再到村组，基层干部都在精准扶贫中不断锻炼和成长，像枫香镇党委的石晓峰、高立伟，像欧阳采薇、唐三草、赵子奇、王隆学等群像便是。特别是三个村的驻村第一书记和村主任，性格、经历和才能各不相同，典型性十分明显。乡镇及村一级干部在脱贫攻坚第一线的人物群像，他们身上那种直面困难、勇于担当、忠诚人民的可贵品质，得到了淋漓尽致地呈现，从中可以看出贵州脱贫攻坚主战场决战脱贫攻坚、决胜全面小康中干部群众的精神风貌，也可视之为全国脱贫攻坚、夺取最终胜利的一个时代缩影。二是对农村农民的塑造。新农村建设面临产业变革的阵痛，农民们多半有各种优缺点，如开农家乐的潘琴，以及孙大嫂、小翠等人物，但都真实、坦诚。除了这些基本元素之外，全剧在塑造人物上也有贵州部分劳模典型的影子存在，比如大地方村老支书身上就有黄大发开渠的一些事迹，编剧在这里进行了灵活、机动地调遣。

电视剧《花繁叶茂》是精准扶贫主题的集中与形象化，这一点最为鲜明，也最集中在这一点上。全剧以枫香镇的三个村为对象，涉及扶贫思路、方式都不相同，但与习近平总书记执政以来“把人民的利益放在第一位”的理念是相同的。譬如，同步奔小康的目标一致，从输血式扶贫到精准扶贫，对贫困户建档立卡，进行产业支撑也是一致的。每一个村都有驻村第一书记和村主任，不脱贫不离手，自然形成多维对比，覆盖了不同类型的村庄。在结构上，剧本是多条线索同时并进，不同画面切割自如。因为在三个村庄进行故事推进，时空上相互缠绕，多线索推进有了现实的土壤，自然构成一个历史的全景图，是一幅幅中国农村在精准扶贫历史化过程中的影像资料。在整体风格上，全剧采取了轻喜剧风格，亲切、诙谐，亲和力强，起到了轻松、愉悦而又不失教育的审美功效。

总而言之，电视剧《花繁叶茂》不论是思想主题还是艺术手法，都是近年来反映农村精准扶贫题材的重要收获。《花繁叶茂》坚持了思想精深、艺术精湛、制作精良相统一的原则，以人民为中心，以喜闻乐见的方式反映人民生活，整部作品无处不散发着乡愁、泥土的芬芳。2020年是全国脱贫攻坚的决胜之年，在这最为关键的历史时刻，电视剧《花繁叶茂》的播出和传播，必将成为这一历史事件的重要见证者，也是保存、记录这一历史事件的重要历史影像。

**2020 年 6 月 3 日《文艺报》**

# “二十四道拐”及其抗战文学想象

## ——由电视剧《二十四道拐》说起

颜同林

历时数年、精心打造的大型抗日历史剧《二十四道拐》在中央电视台首次热播，与此同步的则是借助互联网平台在全社会广泛传播。由于等待已久，笔者正好抽出时间集中收看，有些情节则是在电脑上反复阅览。从弥漫的抗战硝烟之中回过头来，晃过眼前的已不单纯是七十多年前在贵州晴隆“二十四道拐”这个特殊地方发生的故事，而是一段抗日战争中不可磨灭的历史记忆，一段与地域、民族、文化紧密相关的不朽传奇。——寻找贵州与抗日战争的种种关联，虽然说是一种亡羊补牢式的历史补课，但此类不算迟到的历史沉思，已不言自明具有丰富的思想意蕴。

电视剧大片《二十四道拐》以抗日战争时期大后方一段交通线的历史真实为依托，发挥文学纪实与虚构共存的功能，讲述了贵州晴隆县境内“二十四道拐”所发生的抗日故事。从剧情演绎来看，主要时间段为太平洋战争爆发（1941年）前后。电视剧聚焦于“二十四道拐”这条极其重要的交通要道，以中日双方的“护路”“毁路”矛盾冲突为主线，展开了国共两党、援华美军与侵华日军之间的争斗。在这种宏大叙事背景下，剧情的铺展与延伸饶有新意：中国军人梅松与日本美女间谍王雅琴代表着中日双方，援华美军则构成三角形的第三边，不断斗智斗勇，塑造了一群性格鲜明的人物，推动并主宰着剧情的演变；传统家族叙事的元素则依附于当地梅、刘两大家族的明争暗斗之上，由此也把回到家乡的特派员同时还是中共地下党员的梅松这一角色分量大大加强了；当地土匪武装何麻子、黑三等人家仇国恨的情节穿插，以及不同人物身份的多重性，亲情、爱情的纠葛，使得此剧所讲述的故事十分好看、耐看，具有情节离奇、环境典型等传奇色彩。几乎让人难以置信，在贵州晴隆“二十四道拐”这个名不见经传的地方，在七十多年前居然有这样波澜壮阔而又曲折动人的传奇发生。老城墙上清晰的大字“晴隆”、以铁索联结的盘江大桥、身着布依族等民族服装的当地民众和“二十四道拐”一样经常在画面上出现或在人物嘴上挂着，特定地域的彰显十分鲜明、扎眼，这难道不是表现贵州抗战历史沉甸甸的阶段性收获吗?

毫无疑问答案是肯定的！一条公路，一座大桥，一群中国军人，由此永远定格于抗日战争的硝烟之中，沉淀进入中国人民的历史记忆之中。《二十四道拐》综合当下抗战剧的长处，突破地域的局限，建构了抗战历史剧的新形态。当然，它留给时代和历史的思考也是多元并存的。

首先，它对于中国抗战历史而言是一种不可缺少的历史记忆。正如习近平总书记在纪念中国人民抗日战争暨世界反法西斯战争胜利 70 周年大会上的讲话所言：“中国人民抗日战争和世界反法西斯战争，是正义和邪恶、光明和黑暗、进步和反动的大决战。”在那场惨烈的战争中，中国人民抗日战争开始时间最早、持续时间最长。面对侵略者，中华儿女不屈不挠、浴血奋战，彻底打败了日本侵略者，捍卫了中华民族 5000 多年发展的文明成果，捍卫了人类和平事业，铸就了战争史上的奇观、中华民族的壮举。“战争是一面镜子，能够让人更好认识和平的珍贵。今天，和平与发展已经成为时代主题，但世界仍很不太平，战争的达摩克利斯之剑依然悬在人类头上。我们要以史为鉴，坚定维护和平的决心。”围绕贵州“二十四道拐”这个特殊的地点所发生的“正义和邪恶、光明和黑暗、进步和反动”的战争，不但是中国人民抗日战争的有机部分，也是国际反法西斯战争的组成部分。除中日军人之外，不同皮肤、操不同语言的外国军人频繁出现在剧中，与中国军民并肩作战，担任重要角色，便是尊重历史记忆的表现。它对于全世界人们关于战争与和平的启示，仍然是弥足珍贵的。

其次，具体到贵州抗战历史而言，它把贵州融入第二次世界大战所波及的世界版图中，具有多重性，其意义更是十分深远。电视剧《二十四道拐》让人不自觉地想起救亡语境下的地域历史记忆。贵州省在20世纪上半叶，大部分时间是军阀割据势力的你争我夺，民不聊生成为常态。贵州地处西南内陆腹地，是典型的山区，各个方面差强人意，经常被外界忽视。比如，“二十四道拐”就曾经被尘封了数十年，相当长的一段时间里人们一直都不知道它就在贵州境内。晴隆、“二十四道拐”、盘江大桥之类的地方，没有进入历史的记忆之册。从史实来看，“七七事变”以后由于日军的大举侵略，我国的半壁江山被占据，沿海以及大城市都处于敌人的铁蹄之下。在抗战最为艰难的时刻，太平洋战争的爆发，给中国抗日战争带来了转机，中国的抗日战争纳入第二次世界大战反法西斯的阵营之中。中、美、英、法等诸多国家携手合作，共同反对法西斯国家的非正义战争。正是在这样恢宏的历史背景下，贵州晴隆“二十四道拐”这条交通大动脉，成为世人关注的焦点。于是，美国的援华物资，囤积于印度、缅甸等国家，途经滇缅公路运抵昆明，再经过“二十四道拐”所在这一滇黔线不断送去前线和陪都重庆；于是，美国的飞机、军人，甚至是盟军的其他外籍军人才会出现在贵州晴隆人民的日常生活之中；于是，日本的间谍潜伏到了“二十四道拐”，其飞机携带的炸弹无数次投向了这里……历史改变了一个地点，也会改写这个地域的历史记忆。“二十四道拐”开始修建于20世纪30年代，尽管是贵阳以西黔滇公路最为险要的咽喉要道，但因为时间久远而被世人淡忘。因为中国抗战，因为反法西斯战争，“二十四道拐”成为世界格局变动的一颗棋子。比如，1942年，美国公路工程部队1880工兵营进驻贵州晴隆，修筑加固滇黔公路，对“二十四道拐”进行大规模维修；比如，1945年，首批由美军驾驶的运输车队经过中印公路、经过“二十四道拐”，一路抵达陪都重庆，蒋介石在重庆发表《中印公路接通的意义》，将滇黔公路命名为“史迪威公路”[1]。因为，这是中美共同抗日的最好历史见证啊。由此看来，晴隆的“二十四道拐”便是抗战历史中一条十分清晰的血肉之路，一条由中美军人共同筑成的英雄之路，一条不断延伸不会止步的生命之路。

再次，《二十四道拐》除了与中国抗战、贵州抗战等历史事件相关之外，我想它与抗战文学、与文化的建构也是值得大书特书的。“在抗日战争中，没有哪一条公路像滇缅公路这样举世瞩目”，“血脉一般的滇缅公路，在抗战文学中留下了壮丽的篇章”。[2]作为滇缅公路、中印公路的延伸线，“二十四道拐”也是这条“史迪威公路”上的一部分，它应该与滇缅公路一样共荣耀，盘旋于质朴与绚丽交织的文学画卷之中，留存在中

[1] 韩继伟：《“史迪威公路”的形象标识：晴隆“二十四道拐”的形成及作用》，《党史研究与教学》2013年第6期。

[2] 张中良：《抗战文学与正面战场》，社会科学文献出版社，2014，第157—158页。

华民族的文化长廊之中。长久以来，贵州抗战文学、抗战文化的落后有目共睹，尽管贵州历史上有许多战争的硝烟弥漫，但没有多少人切实重视。众所周知，抗日战争中贵州赢来了历史的发展机遇，中国现代历史上的不幸反倒促成了贵州社会、文学、文化的发展。可惜的是，贵州抗战文学与文化却被长期遮蔽起来，在外省学者眼中的抗战文学与文化版图中，一般只述说上海、武汉、广州、香港、桂林、昆明、重庆等地，几乎不会涉及贵州。对此，笔者曾做过一些补课式的还原研究工作[1]，其中还关注过这样一件事。前几年，贵阳市档案馆编著的《抗战时期贵阳文学作品选》出版，一定程度上给了学术界一次重新认识贵州的机会。全书共分小说戏剧选、散文杂文选、蹇先艾文选、诗歌选、抗战征文选和抗战山歌鼓词选等六个部分，巴金、茅盾、沈从文、穆旦等一大批文人的名字，和贵州本土文化人蹇先艾、谢六逸，以左翼、右翼或自由派作家的身份一起出现。这些作品完全选自贵阳市档案馆馆藏民国时期报刊，而且只是汪洋大海中的一粟。本土著名作家李宽定在序中说："这一大串响亮的名字，哪一个不是中国现代文化史上的精英？若不是因为那一场战争，他们能从古老的北平和繁华的大上海跑到我们这山沟沟里来？抗战胜利后，他们中又有几人重返过这片他们当年曾经避过难的土地？再翻翻当时的《贵州日报》，从抗战胜利算起，几十年间什么时候有幸刊载过如此众多名人大家的作品？那场灾难深重的战争，让一大批文化精英把北平、上海等地的文化种子带到我们这穷山沟里来。种子是最大的财富，种子入土，哪怕再贫瘠

[1]参见拙文:《抗战时期贵州历史事件与文学书写》,《前沿》2012年第24期;《文化生态洼地与新诗地理的精神瓶颈——以贵州现代诗歌为例》，《文学评论丛刊》第15卷第1期(2013年8月)；《大后方文化卫星城与贵州抗战诗歌的兴衰》,《南京政治学院学报》2014年第2期。

的土地，也总会生根、发芽、开花、结果。我在想：20世纪80年代贵州文学再度在国内文坛上崛起，是不是与此有些关系呢？”这是一个当下作家单纯站在本土文学角度的思考。但在我看来，贵州抗战文学与文化荒芜不堪的印象，以及只有抗战口号的贫瘠无形中被冲刷得东倒西歪了！同时我还坚信，这仅仅只是一个晚来的开始，还会有更多史实陆续浮出历史的地表。

同样的道理，以贵州本土力量为主牵头创作的《二十四道拐》，不但印证了我的估计，还有力地扶正了贵州在抗战时期的历史形象，可谓在贵州抗战文学与文化的园子里移植了一棵参天大树。贵州虽然在当时是大后方，但从 1938 年开始，便频繁遭受日机的轰炸，并不是世外桃源；贵阳城区，曾被日机轰炸得面目全非；抗战后期，在独山等地发生的“黔南事变”，也弄得全省人心思危。抗战文学与文化和贵州的关联，不应该被长期遮蔽，《二十四道拐》便是响亮的回答。进一步看，这是一个常写常新的大题目，值得有识之士不断提笔书写。著名学者钱理群先生，对贵州这片土地一直怀有深情，对此他有一个评价，认为贵州抗战文化是“贵州文化与五四新文化的历史性相遇”[1]。此言不虚。比如，抗日战争时期，贵州以高山峻岭为特征的地理优势，形成大西南交通的枢纽和屏障。1938年国民政府南迁重庆，贵州更是陪都的南大门。又比如，沦陷区的国民政府各级机构、工矿企业、高等院校与文化单位，纷纷内迁贵州，随之带来一大批全国一流的文化名人，“五四”以来的新文化迅速在贵州高原传播开来，形成一时之盛。在这样的时代潮流与背景下，贵州难道不是抗战文学纪实与虚构的富矿？！

[1] 钱理群：《抗战时期贵州文化与五四新文化的历史性相遇》，《贵州师范大学学报》2006 年第 2 期。

抗日战争的历史事件，战争年代的文学与文化，在贵州这个大西南的山区省份像“二十四道拐”一样向前延伸，没有止步。《二十四道拐》是抗战文学与文化想象的硕果。对于贵阳轰炸、“黔南事变”之类，哪一个不是等待着我们重新去认识、想象和还原呢？我们这样期待着。

**2015 年《今日文坛》第二辑上**

# 轻与重之间

## ——论电视剧《花繁叶茂》的轻喜剧风格与时代重大主题

谢廷秋　余　珊

2020年是我国脱贫攻坚决胜之年，在这个关键的历史节点上，文艺助力“脱贫攻坚”，以“扶贫”为题材的主旋律电视剧走上荧幕，走进大众视野。《花繁叶茂》作为22部脱贫攻坚重点剧之一，讲述了贵州遵义贫困地区的基层干部与村民携手开创致富路的脱贫故事，为观众展现了花茂村从贫困村到小康村蜕变之路上的苦与乐。电视剧一经播出，就赢得了观众的喜爱，甚至在以年轻人为主的B站视频播放平台上评分高达9.3分。正是轻喜剧式的创新表达，轻松欢快的故事情节背后又不缺乏深刻的现实映照，聚焦于我们当下的社会现实，表现扶贫路上真实的人与事，才使该剧获得观众的好评如潮。

### 一、扶贫题材电视剧轻喜剧演绎风格的探索

《花繁叶茂》以贵州省遵义市播州区枫香镇的花茂村、大地方村和纸房村这几个典型的贫困村脱贫故事为主线，讲述了花茂村驻村第一书记欧阳采薇、村主任唐万财等干部在精准扶贫政策的引领下，带领村民靠劳动脱贫致富的一系列感人的“中国故事”。欧阳黔森创作了很好的文本，但

这个故事搬上屏幕怎么讲，怎么样把脱贫攻坚的故事讲得生动，让观众喜闻乐见，却是要认真思考的。《花繁叶茂》出品人刘小峰说：“花茂村的故事代表了中国脱贫攻坚战、精准扶贫的一个侧面。作为该剧故事的发生地，我国西南地区具有非常明显的地域特色，这又是一部农村题材剧，所以我们一开始就锁定了‘带有西南地域特色的轻喜剧’这样的风格。”[1]导演的思路奠定了全剧的轻喜剧风格。就演员阵容来看，主要演员的加盟强化了全剧的轻喜剧风格。花茂村村主任唐万财的饰演者王迅、枫香镇党委书记石晓峰的饰演者邵峰以及花茂村会计何老幺的饰演者尚大庆等喜剧演员都曾登上过春晚舞台，塑造了令人印象深刻的喜剧人物形象。正因如此，该剧的轻喜剧风格自然天成，使观众在体会脱贫攻坚这个深刻主题的同时，也能多一份轻松与愉悦。当然，这只是电视剧情节内容外部的一个因素，就电视剧内容本身来说，轻喜剧式的故事呈现方式涵盖了全剧。

（一）轻喜剧风格下丰满的圆形人物形象

在人物形象的塑造上，外号“唐三草”的村主任唐万财是一个有着普通人的小智慧、脑筋灵活鬼点子很多的人，也是一个很接地气的基层村干部。他责任感十足，从民办教师到村主任，多年来一直坚守在花茂村，始终将花茂村民放在第一位。如果只强调他的这一面，可能就会把他塑造成一个不讨喜的扁平人物。而电视剧把他塑造成了一个既大方又抠门、既先进又保守、既要集体收益也不想自身吃亏的圆形人物形象。唐万财曾多次在家下厨请人吃饭喝酒，看上去非常大方；为了查清儿子问的“孵化器”“自媒体”“众筹”等新词，不惜花 100 块钱让网吧的人上网查询。而在欢迎领导的仪式准备上，他不舍地拿出裤兜里的 130 块现金让何会计准备一片花的海洋，当欧阳采薇书记提出可以用山上的竹环来代替时，他马上想要

[1]李盛楠：《〈花繁叶茂〉：倾听花开的声音》，《中国广播影视》2020 年第 9 期。

回那 130 多块钱。他要何会计在村口 12 小时值守等领导，只掏出 15 块钱让何会计解决吃饭问题，真是抠门到家了。在花茂村脱贫的过程中，他带头为村里争取文化产业园等新兴产业投资，脱贫理念先进。而当欧阳采薇书记提出开“农家乐”的时候，他却坚决反对，认为不会有游客到花茂旅游；在儿子唐多多的就业选择上，他也一再阻挠儿子从事电商行业，认为此举是不务正业，显得十分保守。在文化产业园的贺总想要放弃投资时，唐万财加班加点研究贺总，将自己打造成了贺总头号粉丝的形象，面对贺总的提问，唐万财急中生智解决危机，成功为花茂拿下文化产业园的投资。为了大家的利益唐万财呕心沥血，而当涉及小家利益时唐万财也很难大公无私。在自家违建房要拆除时，唐万财也是十分抗拒，不忍心拆除自己心中的那份寄托，在做了十分激烈的思想斗争之后，才开着挖掘机拆掉了自家那间违建偏房。鬼点子多、抠门、保守、有私心的人设与内心踏实肯干、心系花茂形成了强烈对比，这种反差所形成的喜剧张力让观众看到了人物的丰富性，也增强了电视剧的喜剧效果。可以说唐万财的形象为《花繁叶茂》增色不少，是把观众吸引到电视机前的一个重要保证。除此之外，老实善良却十分怕媳妇的何会计，以小翠、孙大嫂为代表的农村妇女等人物形象都为此剧增添了许多喜剧色彩，也是收视率的保证。

（二）轻喜剧效果强烈的故事情节

该剧的故事情节充满喜剧色彩。第二集讲述了纸房村村民马老三因与煤矿老板的劳动纠纷，不得已到镇政府门口以跳楼为手段，威胁领导帮他顺利讨回工资。烈日下马老三在楼顶与镇长等领导僵持着，正当所有人都束手无策时，唐万财递来了热腾腾的包子，让欧阳采薇书记送上去给马老三。众人看到，马老三吃下包子没多久，便叫起了肚子疼，不得已走出顶楼想要方便被保安救下。原来，唐万财在马老三的包子里下了泻药。于是，原本扣人心弦的跳楼讨薪的棘手局面，以令人捧腹大笑的结局收场。

在第三集中，花茂村小学教室坍塌，为了迎接教育局领导前来视察修缮学校，村主任唐万财和何会计带头准备了一个欢迎仪式，安排了一排排的小学生拿着花环在村口等候。何会计本来安排学生跟着他喊的是“欢迎欢迎”，可领导一下车，何会计就提醒学生，孩子们却不知所以，就跟何会计喊出了“来了来了，他们来了”“错了错了，别喊了”“闭嘴闭嘴，全都闭嘴”等欢迎词，村民们还打着大鼓配合，这一幕令人啼笑皆非的场景给观众带来十分愉悦的观剧体验。

剧中还有一系列轻喜剧故事情节，例如唐万财在向贺总争取农业产业园重新落地花茂时，就熬夜背诗将自己扮演成了贺总的头号粉丝，并急中生智回答了贺总的提问。电视剧是一种大众艺术，《花繁叶茂》突破了传统的讲故事模式，在宏大的脱贫攻坚题材之下，通过轻喜剧模式，让观众在了解基层干部不易的同时，还能体会到其中的喜乐。

（三）语言轻喜剧风格的成功探索

电视剧《花繁叶茂》的语言也是十分值得回味的。就唐万财来说，他没有像其他人物一样说一板一眼的标准普通话，而是操着一口浓重的贵州普通话，非常接地气。唐万财在剧中说遵义方言，如“啷个整”（怎么办）、“背时啊”（造孽啊）、“搞哪样”（干什么）、“拽瞌睡”（想睡觉）等这类极富地域意味的方言，让广大观众感受到了地域文化的魅力所在，也营造了该剧的轻喜剧氛围。

除此之外，该剧的文字游戏也令观影者笑得合不拢嘴，如唐万财发小讲述“唐三草”外号的由来：唐万财离婚后，大家准备给他介绍学校年轻的女教师，唐万财答道“兔子不吃窝边草”，这便是一草；后来大家撮合他与前妻潘梅复合时，他答道“好马不吃回头草”，这便是二草；再后来大家笑称唐万财是两草都没捞着，他又说“天涯何处无芳草”。从此，“唐三草”的外号便名扬枫香镇了。

再如石书记到孙大嫂的农家乐吃饭时，由于孙大嫂厨艺不精，唐万财笑称：“绝了、绝了、绝了，原来我错怪你了，我一直觉得你炒菜不怎么样，但今天我就要讨教一下了，你是咋个把稻田鱼做出了海水鱼的味道呢？你哪儿找的海水来烧这个鱼呢？”唐万财在此处的绝佳反夸，体现了语言艺术在喜剧方面的巧妙利用。

## 二、轻风格、重主题的时代影像

《花繁叶茂》作为一部现实主义题材的影视作品，在轻喜剧的讲述方式之下，将作品的时代内涵展现得淋漓尽致。在脱贫攻坚的时代背景下，观众通过轻松欢快的观剧方式，聚焦于当下的社会现实，感受脱贫攻坚的伟大事业。

### （一）塑造决战脱贫攻坚的人物群像

《花繁叶茂》刻画了在脱贫攻坚路上攻坚克难、心系群众的人物群像，他们以解决脱贫攻坚中出现的矛盾和问题为着力点，敢想敢做、一心为民，展示了最真实的“中国故事”。枫香镇党委书记石晓峰是基层党员干部的典型。作为枫香镇的核心领导人，党的各项政策能否及时有效地落实在群众身上，石书记的决策力和眼界起着十分重要的作用。他一心为民，为村民争取各项投资，设身处地为村民考虑问题，甚至在群众闹情绪时，能第一时间反省自身的工作。作为基层领导，石书记面临着重重困难。首先是花茂村、纸房村、大地方村所面临的不同贫困问题。石书记因地制宜，科学决策，“扶贫没有厚此薄彼”，带领着这三个典型的贫困村实现了脱贫致富。针对花茂村的地理区位优势，大力发展花茂村的红色乡村旅游经济；

针对纸房村的煤矿开采生态恶化问题，积极为农民找到新兴产业代替旧出路；而山高坡陡的大地方村，石漠化严重，更不适宜农业产业项目，对此，石书记多次请农学办的主任下地考察，制定适宜的增收项目。经过石书记的苦干实干，花茂村有了自己的农业产业园，解决了当地农民的就业和增收问题。他为花茂村争取到了第三届旅发大会的举办资格，拉动了周边村的经济增长，实现了各村从贫困到小康的美丽蝶变。

经验丰富、有奉献精神的农村基层干部如花茂村村主任唐万财和大地方村老支书等，是该剧着力刻画的一类人物形象。唐万财起初只是一个民办教师，但是由于心系花茂，离不开花茂，他没有选择和妻子潘梅外出打工，而是选择留在花茂当了收入还不如民办教师的村主任。他一心只想将花茂建设成为美丽的新农村。在“三改”过程中，他虽然矛盾犹豫，但还是亲自开着推土机将自家的违建房拆除。在农业产业园的投资落地过程中，他加班加点出谋划策换得了大公司难得的回心转意。唐万财是一个十分典型的农村基层干部，长期在农村摸爬滚打，虽然有一些小缺点，但“始终将人民的利益放在第一位”，不断牺牲小我、小家，来实现大我、大家的美满幸福。他是在扶贫工作中不断成长的基层干部，从思想保守固化到逐渐接受新事物、主动学习新事物，这正是广大基层干部不断更新自身知识储备和眼界的一个侧面映照。大地方村的老支书，当初为了解决村民的饮水用水问题，只用一根细绳便下到峭壁上开凿水渠，这条生命之源是他的命根子，在暴雨冲刷下水渠被毁时，老支书还因此晕了过去。这生动真实、感人至深的扶贫故事反映出了基层干部的不易，也体现了扶贫成果的来之不易。

一腔热血、投身脱贫攻坚的驻村第一书记也是电视剧着力打造的群像。以欧阳采薇、王隆学、赵子奇为代表的驻村第一书记，是当下驻村第一书记的代表，他们年轻、敢想，热情似火地投身于脱贫攻坚的伟大事业。电视剧着重刻画了花茂村的驻村第一书记欧阳采薇。作为剧中唯一一位女干部，欧阳采薇看似柔弱，实则坚韧，看似来“镀金”，实则一心为民办实事。她心中只有花茂，只有村民，一步一步带领村民走向了致富道路。她敢于做“第一个吃螃蟹的人”，帮助潘梅开了花茂村第一家农家乐；她敢想敢做，为花茂村规划了一条文化商业街，让渐渐失传的陶艺、古法造纸、竹艺等传统手工技艺得以保留和传承；她思想前卫，遵循科学，通过种植荷花达到循环经济和旅游观赏价值上的双赢。她将真情实感寄予群众，亲力亲为解决了孙大嫂家的酒作坊产量甚微问题、解决了何会计家的不孕问题。欧阳书记使群众深切感受到党和政府的温暖，也让群众对新农村的认知和归属感得到了明显的提高。在爱情和花茂发生冲突时，她毅然选择了花茂，从一个城里来的大学生变成了真正的花茂村人。

（二）展现农村真实的矛盾冲突

《花繁叶茂》从脱贫攻坚的时代主题切入，展现了扶贫干部难能可贵的精神风貌，展示了脱贫攻坚的丰硕成果，但该剧也展现了农村真实的矛盾冲突。正如编剧欧阳黔森所秉承的理念——“如果专门写好人好事，导致一部剧没有矛盾冲突，就不会好看”[1]。

1. 农村空心化现象严重

《花繁叶茂》的第一集就讲述了花茂村村民外出打工的现象，外出打工的都是年轻人，尤其是男性壮劳力。就花茂村的自然环境看，花茂村原名“荒茅田”，意指贫困荒芜的地方，新中国成立后才改为花茂村，但亩产收入低，农民日常生活消费高，单靠“面朝黄土背朝天”已满足不了日

［1］万阕歌：《从〈花繁叶茂〉看扶贫电视剧创作方向》，《中国民族报》2020年7月3日第6版。

益提高的生活水平要求。农民找不到出路，年轻的壮劳力只有外出打工才能实现增收，造成了农村空心化现象，耕地荒芜退化，空巢老人和留守儿童问题也随之而来。

2. 移民搬迁“搬得出，稳不住”

脱贫攻坚中易地移民搬迁遵循的原则是“不搬则通，不通则搬”，就是将生活在缺乏生存条件地区的贫困人口，搬迁安置到其他地区，实现改善生活条件和增收的致富目的。该剧第七集中，大量的易地移民搬迁户又搬离安置点，村民“搬得出，稳不住”的矛盾就此呈现。村民虽搬离原来的贫困区，但新的问题又摆在了他们眼前：大病看不了，小病不能看；一没地，二没事干；城里花销大，生活不习惯；就业难，工资低。电视剧真实地展示了“搬得出，稳不住”的矛盾冲突。

3. 真假贫困户

脱贫攻坚战役中有贫困户的重新识别问题，这在纸房村掀起了一场不小的风波。以马老三为代表的村民，争当贫困户，但实际上已经不符合“一看房，二看粮，三看劳动力强不强，四看家中有无读书郎”的精准识别标准。闹剧以马老三老婆上房顶要挟为由，随后在贫困户的识别中，发现了马老三“真不贫”，家中冰箱、微波炉等应有尽有，餐桌上肉、鸭都有。于是马老三又有了新的应对方法，他和妻子搬到了破旧的房子里，穿着带有补丁的衣服，争当贫困户。可“精准扶贫”贫困户重新认定的原则就是要“看真贫，扶真贫，真扶贫”，重要的就是“精准”两个字。尽管在村支书红民和驻村第一书记赵子奇的一番劝说下，马老三最终放弃了贫困户的认定；但从争当贫困户上，可以看到提高农民的觉悟还是农村面临的重要问题。

矛盾冲突增加了电视剧的可观赏性，矛盾的解决才是众望所归，农业产业园的落地建成、文化产业街的兴起，吸引了外出务工的年轻人重新回到农村，实现了在家门口脱贫致富的愿望。移民安置点扶贫车间的设立、就业问题的解决以及房前屋后开垦出的土地为安置点的村民增加了业态收入，真正实现了“搬得出，稳得住，能致富”。

### 三、展示新农村改革阵痛下农民的心路历程

要想将农民“求富、求学、求乐、求美”的四项美好愿望变为现实，农村精神文明建设和产业结构调整就势在必行。而在这一新农村改革的过程当中，《花繁叶茂》运用轻喜剧的叙述方式，将农民从不接受、不认可、不学习到接受认可、主动学习的巨大转变的心路历程逐一展示了出来。

电视剧细腻展示了花茂村“三改三建”经历的阻碍。首先是家家户户不同意“三改”。潘梅为拆除小卖部的事情还拿着剪刀到镇上威胁石书记，就连村主任唐万财也难以同意将自家的违建房拆除：从基层干部到村民，心里斗争都十分激烈。在唐万财主动拆除房屋以身作则后，在欧阳采薇书记带领村民参观“四在农家”示范点后，村民这才开始接受“三改”实施。农业产业观光园前期的土地流转工作也在村里引起了十分大的抵触情绪，孙大嫂和小翠甚至还带着村民做起了“拦路虎”，造成产业园的建成搁置。村民对土地流转的抗拒，源自农村经济收入对土地的依赖，对土地流转和农业观光产业园的认知不足，导致村民拒绝将土地流转出去。欧阳采薇书记组织四批人员分批参观毕节的农业产业观光园，使村民认识到农业产业园不仅可以增加土地收入，还能增加额外的经济收入，提高村民的就业率，实现“就近择业”。基层干部对村民进行正确引导，最后得到了百分之九十八的土地流转同意率，花茂村村民从起初的依赖土地、拒绝新事物，到农业观光产业园的建成，实现了对农民土地权益的保障，又开展了现代化、集约化的农业经营模式。“基层干部的辛苦指数决定了人民的幸福指

数”，因地制宜统筹发展是脱贫攻坚的关键所在，花茂村发展红色旅游经济是区域优势所在。有游客就要解决游客的吃住行，欧阳采薇书记协助潘梅开了花茂村第一家农家乐，成了“第一个吃螃蟹的人”。从村民的观望和跃跃欲试，到二十几家农家乐的规模，村民的心路历程与“三改”时相比发生了翻天覆地的变化。花茂村村民的变化是具有普遍性的，是当下农村变革的一个剪影，农村产业变革和精神文明建设是时代发展要求。村民从抗拒到接受，展现了村民思想认知和眼界见识的提升。

《花繁叶茂》以轻喜剧的风格表现时代的重大主题，在轻与重之间，讲述了生动感人的中国故事，是一部既叫好又叫座的优秀电视剧。

**2021 年《贵州作家》第 3 期**

# 谍战、少数民族叙事和家庭情节剧

## ——欧阳黔森电视剧的多元类型实践

章文哲

**摘要：**谍战、少数民族叙事和家庭情节剧是欧阳黔森电视剧创作中三种主要的类型元素。谍战元素服务于他作品中的权力博弈式情节和人物设置，即欧阳黔森常通过板块式叙事结构、集团式人物群像和地理标识鲜明的空间预设来营造想象性的叙事时空。同时，欧阳黔森电视剧剧作中的人物形象也呈现出鲜明的民族身份认同的自我意识。在他的作品中，对少数民族历史的讲述和反思并非集中在身份的焦虑之上，而是聚焦于少数民族角色对自己民族身份的先天性自信。最后，在欧阳黔森的电视剧作品中，家庭抽象为音乐隐喻标识，不仅宣告了家庭在中国社会发展和转型期的核心地位，还成为情感与物质的载体，承担起抒情与以物言志的功能。

**关键词：**欧阳黔森；电视剧；谍战；少数民族叙事；家庭情节剧

类型范式是欧阳黔森电视剧创作中常见的现实改写策略。谍战桥段、少数民族叙事和家庭情节剧模式是编剧在处理社会改革、民族历史和现实矛盾与电视剧艺术虚构之间的对话方式。借助于不同影视类型的核心叙事策略和影像视觉风格，在欧阳黔森的电视剧作品中，贵州记忆得以全方位延展。谍战元素服务于他作品中的权力博弈式情节和人物设置，即欧阳黔森常通过板块式叙事结构、集团式人物群像和地理标识鲜明的空间预设来营造想象性的叙事时空。同时，欧阳黔森电视剧剧作中的人物形象也呈现出鲜明的民族身份认同的自我意识。在他的作品中，对少数民族历史的讲述和反思并非集中在身份的焦虑之上，而是聚焦于少数民族角色对自己民族身份的先天性自信。最后，在欧阳黔森的电视剧作品中，家庭抽象为音乐隐喻标识，不仅宣告了家庭在中国社会发展和转型期的核心地位，还成为情感与物质的载体，承担起抒情与以物言志的功能。

## 一、权力博弈范式情节与谍战元素

谍战并非欧阳黔森电视剧作品的主要类型，但却是他在创作红军题材、抗战题材、少数民族历史题材电视剧时所融入的重要情节元素。在这两类题材的作品中，谍战元素体现为不同阵营间的情报交流、叙事视角的变化和由此而生成的悬念机制。和国产谍战剧不同，欧阳黔森的电视剧作品中并没有系统地设置谍战桥段，情节主线和辅线都无须借助谍战情节附带的叙事动力，人物关系和性格设置上也较少依靠谍战剧先天的悬念张力；但是，谍战元素却服务于他作品中的权力博弈式情节和人物设置，即欧阳黔森常通过板块式叙事结构、集团式人物群像和地理标识鲜明的空间预设来营造想象性的叙事时空，而促使这一过程顺利完成的催化剂便是剧情中的谍战元素。从叙事的层面来看，欧阳黔森电视剧中的谍战故事在“老鬼”设置、视点选择、结构铺陈、时空设计和节奏控制上，与国产谍战剧均有着较大差别。“老鬼”即具备双重或多重身份的情报人员。在欧阳黔森的电视剧中，“老鬼”的形象设置都是善恶分明、便于识别的；在涉及谍战故事的情节段落中，编剧常通过改变叙事视点来给不同阵营的“老鬼”打上戏剧标签，促使观众将对情节主线的关注暂时转移到情报战争中，形成一种富于节奏感的叙事间离效果；欧阳黔森的电视剧作品整体而言都延续着线性叙事的结构安排，旨在将线性叙事中的情感积累推至极致。谍战故事作为线性叙事的组成部分，丰富了剧情的时空结构，通过不同角色因泄漏或掌握情报而面临的困境，来建立基于观众想象层面的叙事时空高潮。欧阳黔森电视剧中的谍战元素在官方意识形态表达上延续了新中国成立以来国产谍战剧中的询唤策略，即将革命精神和政治信仰缝合在情报人员的英勇行为之中，突显战争或博弈中掌握信息、保护情报和持续对话的重要性。这是欧阳黔森电视剧作品中隐喻现代性之体现，即通过在不同时代、题材和主题的故事讲述中，强调信息沟通、协商对话和技术创新，还历史和时代以丰富繁杂的本来面目。谍战剧中常见的复杂解谜式叙事线索和奇巧精妙的谍报手段呈现，在欧阳黔森电视剧中对应为多方势力制衡张力的呈现和因信息沟通延迟造成的悬念跌宕。电台本是谍战剧中的核心叙事道具，围绕电台的使用、保护、藏匿和寻找往往是国产谍战剧的常规情节模式。然而，在《雄关漫道》《二十四道拐》和《极度危机》中，围绕电台设计的情节呈现出去神秘感的趋势，逐渐成为承载斗争与博弈之间的重要媒介符号。《雄关漫道》中，红二、六军团因缺少大功率电台而无法及时和中央红军保持联系。在随后的战争中，红军士兵因缺少经验，在抓获俘虏的同时也砸坏了敌人的大功率电台。这不仅让电台队队长周昌备感遗憾，也唤醒了红军对情报信息的重视。随着电台队走上前线，开办电台培训班以及周昌在另一场争夺电台的战争中英勇负伤，电台成为情节发展的主要叙事道具。此外，作为叙事道具的电台，还能营造出悬念上的错位效果。《二十四道拐》中，梅松等人一直忽视了对日方电台的监管，如此之下，才让日本特务王雅琴能够接二连三地制造混乱。而戈科长因为政治成见，主观地将监听到的电台活动视为共产党的地下活动信号。处于明处的梅松一方有意无意地长期忽视日本特务的电台活动；而处于暗处的王雅琴则一再依靠电台通信制造危机。编剧有意错开不同势力集团各自的矛盾纠葛线索，直到全剧即将结束，也即情节高潮处，才将此前铺设的多线纠葛通过叙事道具电台汇集在一起。在电影剧本《极度危机》中，电台和掌握了与总部通信呼号的机要科陈科长更是成为红军和护士们舍命保护的对象。

欧阳黔森电视剧作品中的谍战剧叙事策略，意在快速铺陈权力博弈格局，并同时将多条情节线索并行展开，提升叙事节奏，牵引观看兴趣点。《二十四道拐》的独特之处在于全剧通过整合谍战、抗日、剿匪和商战等风格鲜明的故事元素，用以服务贵州晴隆“二十四道拐”的传奇历史讲述。这是本剧不同于传统谍战剧的重要内涵，即立足于地域性的故事讲述，试图打通物质记忆（“二十四道拐”）与影像再现之间的界限，探索一条基于情感和回忆的历史档案创作策略。剧中出现的字幕名牌在介绍人物身份的同时也强化了《二十四道拐》借鉴谍战剧风格的特质。梅松作为国民党军事委员会特派员和中共地下党员率先登场，他的双重身份显然暗示着该剧将会具备国产谍战剧的诸多特质。该剧在随后的人物和情节描写中，也极力突显谍战剧元素。日本间谍布谷鸟在任务失败后，转而杀害并乔装成南洋红十字会领队王雅琴，并试图潜伏在战略要塞盘江浮桥附近。值得注意的是，在电视剧中，日本间谍布谷鸟（后化名王雅琴）在初登场时，字幕名牌显示“日本间谍：王雅琴”。而此时她的真实身份还只是一位缺少真实姓名、只有代号的日本女间谍。无论是剪辑时不经意间的设计还是剧作阶段有意为之，如此形式的人物登场方式，连同之后晴隆县警察局侦缉队队长刘显兰和中共贵州省工委负责人、中国地下党员戈国华的登场，都将全剧开篇部分的矛盾和观影预期集中在了不同势力之间暗流涌动的情报战争之上。然而，随着剧情的发展，谍战元素并未成为情节主线，即全剧并未将“老鬼”的身份功能演绎到极致，而是剥离了具备多重身份的核心人物潜在的身份危机，转而将叙事重心放置在“保桥护路”上。由此可见，谍战剧的叙事策略在欧阳黔森的电视剧作品中仅仅只是方法，而非目的。《风雨梵净山》和《二十四道拐》有着相似的故事结构，二者都具备家族商战、民间剿匪、合作抗日和国共纷争的情节框架，并且二者均采用了相同的谍战剧改写策略。《风雨梵净山》中的旷志原本是桃花山寨的一员大将，因不服新寨主张明堂而萌生欺上瞒下之意。他暗中勾结商人算计山货铺，并且将军事情报泄露给麻三刀。他的行为在该剧后半段成为推动桃花山寨转型蜕变、渲染张明堂与桃花寨寨主情感发展和增进不同利益团体革命情谊的叙事动力。显然，该剧并未将旷志的通敌行为刻画成手段高明或蓄谋已久的谍战情节，而只是采用内聚焦视角以增强全剧的悬念。欧阳黔森的电视剧作品常通过融入谍战元素而制造戏剧上的差异效果，从而营造想象的多元对抗局面，以制造矛盾，并推动剧情发展。例如《奢香夫人》中，明军的粮草被劫，此时该剧采用的是外聚焦叙事视点，即剧中人物获取的信息少于观众掌握的情节，明军和水西之间的误会达至巅峰，冲突一触即发。此时的悬念全部集中在奢香夫人能否逢凶化吉和解决误会上。明军将矛头指向永宁部族，奢香夫人的应对便不再只是某场戏的人物动作，而上升为牵一发而动全身的战略行为。除此之外，奢香夫人为了维护和平所做出的让步与隐忍，更是编剧在处理历史事件时的理性之所在。将戏眼和核心矛盾置于精心结构而成的多元对立格局之中，不仅给真实历史人物和事件得以和当下对话的空间，更是编剧有别于通过线性情节缝合既定意识形态的策略，转而通过理性思辨和矛盾博弈来表达民族团结统一主题的独特风格。明军和水西之间的和平眼看就要被种种误会打破，针对这一危机，编剧聚焦于不同阵营对立时的争执场面，将危急动作转换为危机指令，从而产生假想性的戏剧审美效果。如，傅友德将军在得知军中粮草紧缺只够维持一天时，剧作中的设置并未直接展示明军士兵因为饥饿或谣言而军心涣散的场景，而是转而讲述押运粮食的士兵和奢香夫人当面对峙的危机。情节讲述的重心持续聚焦于奢香夫人的胆识和谋略，省略了可供渲染情绪、积累矛盾和制造悬念的辅助性动作。

## 二、民族历史传记与自我意识

当前的国产少数民族题材电视剧愈加成为多元话语表达和多类型融合的复合型电视剧样式，欧阳黔森的电视剧剧作中的人物形象也在这一趋势下，呈现出鲜明的民族身份认同的自我意识。无论是在以少数民族英雄传记为讲述核心的《奢香夫人》中，还是在以少数民族地区为背景讲述的其他题材电视剧中，欧阳黔森笔下的少数民族角色都具备鲜明的家国观念、历史意识和战略谋略。而基于民族团结和求同存异的民族历史观之上的，是编剧赋予每一位角色的多元身份自信意识。在具体的作品中，角色的身份自信体现为坚定的人物核心动机、坚忍的人物性格设定和睿智的明辨是非能力。而不同角色之间的多元自信则体现为，因认识和观念上的差异而导致的情节矛盾与情感纠葛。如，果瓦大总管对彝家子弟是否应该学汉家文化而与奢香夫人发生的激辩。在不同的电视剧中，这些观念分别转化为不同角色各自的自我意识，成为决定角色性格、主导情节主线、制造矛盾冲突的核心元素。不可否认，这一方面与当前国产少数民族电视剧创作环境息息相关。围绕家族传奇和民族历史，新世纪以来的国产少数民族题材电视剧创作日渐融入革命历史题材元素，在突显主旋律的基础上，开始从

"单一剧情向'复杂型'电视剧转变"[1]。这一转变一方面来自于市场导向和国家话语调控[2]，另一方面也来自于创作者对自身或想象中的"少数民族文化主体性"[3]的自我意识。欧阳黔森的电视剧作品将目光聚焦在中国西南少数民族聚居地，特别是贵州省内的少数民族历史传奇（如《奢香夫人》）、革命与改革故事（如《雄关漫道》《绝地逢生》）和英雄传记（如《风雨梵净山》《二十四道拐》）。在还未上映的电视剧作品《云上绣娘》中，来自贵州苗寨的秀娘更是凭借自己的刺绣艺术，从贵州走向国际，在实现个人梦想的同时，也想象性地完成了贵州少数民族与世界对话的构想。另一方面，也和编剧的创作心态密切相关。欧阳黔森立足新世纪以来的电视剧创作与消费模式，将少数民族故事的当下讲述作为电视剧创作的首要特征，集中体现了他个人的身份、文化和历史自信。在他的作品中，对少数民族历史的讲述和反思并非集中在身份的焦虑之上，即他作品中的少数民族人物形象，无论是彝族女英雄奢香夫人，还是众少数民族红军战士，或是虚构的女豪杰寨主桃花，都鲜有自我指涉性的身份质疑；相反，他们对自己的少数民族身份有着先天的自信，同时，也将这种积极的身份自信传递到情节、影像和主题的各个方面。我们能从欧阳黔森笔下的少数民族故事中感受到温润徐缓的贵州形象与气味，这无疑和编剧自身的创作心态和基于身份认同的自我意识大有关系。自我意识（self-consciousness）不仅是各个时代的艺术与世界进行对话的认识深度、精神面貌和价值立场，

[1] 余宏超：《从国家意志到多元融合——试论中国少数民族电视剧的"多民族话语"建构》，硕士学位论文，广西民族大学，2012。

[2] 杜悦：《新世纪国产电视剧的中国特色：有关中国电视剧"民族性建构"问题的探索》，中国传媒大学出版社，2008，第172页。

[3] 李淼：《论云南少数民族题材电影中的边疆想象、民族认同与文化建构》，博士学位论文，上海大学，2013。

更是艺术家自我探索的自觉与反思。周蕾（Rey Chow）认为，在鲁迅观看了处决中国间谍的幻灯片而萌发弃医从文的念头的过程中，影像与文字便发生了奇妙的反应。战争的残酷在照相术和活动影像技术的催化下不断促使鲁迅将视觉经验转换为文学表达。在此期间，值得注意的不仅是鲁迅由此生发出的忧国忧民的救国情怀，还有鲁迅从行医到文学创作的过程中自我认知的转变。这一转变的核心在于，他逐渐认识到了一种比传统文学创作更为有力的影像媒介。[1] 在影像日渐充盈大众的日常生活时，随之而来的是无处不在的影像文本和不断流动的视觉经验。创作者在彼此邻近但又时而相斥的文学和电视剧本创作领域同时发力并非罕见，然而，欧阳黔森所处的多民族共存共荣的时空语境，以及自身承担的行政职务，让他在创作民族历史传奇故事的过程中，时刻刺激并唤醒着书写具备理性思辨特征的少数民族故事的自我意识。这一特征，丰富了他在电视剧创作上的题材选择，即多视角地讲述少数民族历史故事，由此，他的创作也为“少数民族题材”电视剧的创作提供了多角度的启发。

在欧阳黔森的电视剧作品中，少数民族角色的政治意识和随之展开的人物关系间的权力博弈是先于人物个性塑造和角色情感关系的。编剧有意将基于特定历史理解的民族观、大局观和战略观附加在不同角色身上，并促使这些角色主动表现出民族团结、祖国统一和求同存异的自我意识。因此，原本常见于少数民族电视剧中对民族主体性的追寻和表达便被赋予了新的时空特质。在文学作品到视觉符号的转译过程中，欧阳黔森电视剧完成了少数民族主体性定位和发声，并且，编剧通过建立规范性的观看策略，试图点亮少数民族影像在媒介融合时代的电视剧作品浪潮中的指示性标

---

[1] Chow Rey，*Primitive passions*：*visuality*，*sexuality*，*ethnography*，*and contemporary Chinese cinema*（New York：Columbia University Press，1995）.

签。从基于特定范式的戏剧场景编排、重在展现权力博弈格局的分场设计和意在传承社会教化的情节设计可以发现，编剧以具备大局意识的少数民族角色为核心，不断强化着少数民族影视形象的当代意义。在有关奢香夫人的历史记载中，大多都是围绕她的政治生活展开的。如《行边纪闻》《黔志》《续黔书》[1]等志书中，均记载了奢香夫人与时任都督马烨之间的纷争。马烨为了实现自己平定西南的构想，故意抓住奢香夫人的把柄，对其裸背鞭挞，欲以此激起民愤，从而促使朝廷出兵镇压并最终实现“改土归流”而制造事端。时任贵州宣慰府同知的刘淑贞愤愤不平，状告圣上。明太祖召奢香进京询问详情，得知过在马烨时，明太祖痛心疾首，欲“借一人以安一隅”，惩处马烨，平定西南。明太祖还了解到奢香不仅为西南安定做出了大量贡献，还打算修桥筑路以促进各方面的交流沟通，十分欣慰。马烨在得知奢香等人进京面圣后，自知时日不多，最终在明太祖面前无奈道：“陛下无劳神，臣自分枭首久矣。”明太祖大怒，斩马烨，赏奢香。而在早先关于奢香夫人的文艺作品中，也都紧紧抓住了奢香与马烨之间的纠纷来铺陈矛盾、设置转折与搭建故事。由俞百巍和朱云鹏共同创作、俞百巍执笔的黔剧剧本《奢香夫人》[2]以明代初年（1368 年）奢香夫人担任水西诺苏部族主穆（又称：君长）期间为实现彝族同胞安居乐业而努力奋斗的传奇事件为核心，讲述了奢香夫人身先士卒、化干戈为玉帛、心系黎民百姓和国家江山社稷的诸多传奇往事。该剧共六场，分别为护锦图、起风波、明决策、双朝阙、夜探宫和庆开道，由奢香夫人委派众人绘制九驿图，

---

[1] 方国瑜：《彝族史稿》，四川民族出版社，1984，第 537 页。

[2] 原载于《山花》1979 年 2 月，后由贵州人民出版社 1979 年 10 月出版，电子版见“读秀”网：http：//book.duxiu.com/bookDetail.jsp？ dxNumber=000000913740&d=726D74869DDDC4DE672BE629BA9A87DD&fenlei=0903070630&rtype=1， 访问时间：2018 年 5 月 4 日。

以期为明朝在黔修筑道路而尽微薄之力却屡遭彝族异己查克龙（水西诺苏部族衙殿幕魁）和“马晔”[1]（贵州都指挥司使）的内外干涉为故事主线。她一方面以仁德之心容纳族内的政见相左者，一方面以威严之姿对抗马晔从中作梗、恶意滋事的威胁。最终，她以真挚、质朴和正直的行事风格与理政智慧获得了洪武帝的赏识，并为彝族百姓的幸福源源不断地奉献着自己的力量。电视剧版《奢香夫人》不仅在编剧、导演、演员、美术等多部门的艺术创作上可圈可点，更加值得肯定的是该剧在艺术风度、历史视野和文化意识上对已有作品与历史的超越。在欧阳黔森的电视剧作品中，少数民族角色的自我意识成为政治对话和悬念铺展的核心要素。

欧阳黔森电视剧作品的情节建制部分不仅交代了全剧的故事线索和主要矛盾关系，还提供了能够让不同政治力量和势力集团充分对话、对抗和对垒的叙事时空平台。这样一来，具备鲜明自我意识的少数民族角色便能在此时空平台中大展身手，将各自的家国观念、历史意识和战略谋略通过层层悬念和主线矛盾表露出来。建制阶段的矛盾编排主要通过逐渐聚焦核心矛盾来循序渐进推动情节，以及通过生命死亡隐喻来增强悬念，提升观影快感。在《奢香夫人》中，朱元璋站在地图前指点江山，此时令他头疼的是频繁活动于中国西南的残元势力。西南各方势力，乌撒、水西和永宁部族常年纷争，再加上元梁王巴扎瓦尔弥杀害了朱元璋钦派昆明的诏谕使王纬，西南局势扑朔迷离。在随后召见马烨的过程中，朱元璋在得知马烨“安抚彝人，为我所用。孤立梁王，迫其归降”的西南方略后，感到欣慰，最终委以重任。此时全剧的叙事重心在于马烨能否以及如何实现诺言，而推动情节的主要悬念则是编剧常用的生命死亡隐喻。编剧借诚意伯在觐见朱元璋时的提议，强化了西南钦使人选的重要程度和边疆少数民族事务的

[1] 电视剧《奢香夫人》中为“马烨”。

艰巨性。“辩舌如簧、胆大包天、视死如归”既是西南钦使人选的最佳标准，也构成了想象性的人物悬念。如此设置，和《绝地逢生》开篇王金发哭喊着“生了”和“死了”如出一辙。附带着生命死亡隐喻的马烨，每次登场都具备先天的危机感，这也有效缓解了他在全剧中角色定位游移的特质。等到全剧核心角色奢香夫人登场时，编剧早已自上而下清晰交代了权力斗争的格局和人物未来的可能命运。与此同时，奢香夫人也顺理成章地化身为彝家各部族的政治代言人。她女扮男装求学汉人老师、舍身相救并与霭翠结缘以及此后鞠躬尽瘁游说于多方势力，全剧密切围绕奢香夫人的喜怒哀乐、悲欢离合徐缓但又刚劲有力地展开了一幅少数民族英雄传记图。而欧阳黔森电视剧中一以贯之的对家庭真实或隐喻叙事时空的倚重，更奠定了具备作者色彩的少数民族影像风格。前文提及的基于特定范式的戏剧场景编排、重在展现权力博弈格局的分场设计和意在传承社会教化的情节设计便是这一剧作影像风格的集中体现。内景戏在欧阳黔森电视剧作品中的比例较重，无论是表现战争中双方 / 多方对垒剑拔弩张的紧张场景，还是表现柔中带刚的农村改革开放大好局面，或是表现艰苦卓绝的红军长征历史，内景戏成了汇聚戏剧冲突、提供叙事想象和情节隐喻的时空载体。

### 三、家庭情节剧与社会问题

欧阳黔森的电视剧作品具有批判现实力度的社会问题反思，依靠的是建立在家国叙事之上的家庭情节剧范式。在他的电视剧作品中，对社会问题和现状的批判与再现并非急风骤雨式的指责，而是春风化雨式的感化与憧憬。家庭是欧阳黔森电视剧构思的核心，承担着不同时代、题材和主题故事的当下世俗隐喻功能。从红军长征、国共合作抗日到群众抗日传奇、改革开放中的贵州农村故事，以及在彝族历史讲述中，家庭不仅是串联人物的中轴点，同时也抽象为国家和民族身份认同的重要空间。“情节剧”（Melodrama）原指18世纪晚期在西方兴起的“加插有音乐的戏剧”[1]。随着不同阶层的劳动者在城市聚集，他们对娱乐文化的渴求与“情节剧”寓教于乐的形式让该类型的戏剧样式迅速流行起来。情节剧中始自文学创作一脉相承的“道德辨识性”（morallegibility）[2]先后经由无声电影、有声电影直至当下的电视剧，已经完全形成了一套成熟的语义生成机制。在这个过程中，值得关注的是原本倚重语言的“情节剧”样式如何在无声电影时期广泛传播自身的美学谱系。劳拉·穆尔维（Laura Mulvey）指出电影在技术上的缺陷和约束恰巧也是其美学上的潜力，这些局限通过“视觉意义的表达”[3]在荧幕上突显了人物动作、情感和情绪的表达。当“情节剧”进入电影，原本侧重于人物动机的电影叙事逻辑被削减，转而赋予了“影像以承载情感的核心地位”[4]，由此便形成了其独特的美学策略。琳达·威

---

[1] 武文：《对情节剧的再认识》，《中国戏剧》1991年第10期。

[2] Peter Brooks 认为18世纪晚期至19世纪早期兴起的情节剧，其首要任务便是建立“道德辨识性”（morallegibility）生产机制。该机制的主要目的是在一个“去神圣化”（post-sacred）的时代，重新找寻并建立可供替代教堂和皇室曾充当的善恶识别系统。见 Peter Brooks，The Melodramatic Imagination：*Balzac*，*Henry James*，*Melodrama*，*and the Mode of Excess*（New Haven，CT：Yale University Press，1976）.

[3] 劳拉·穆尔维：《家庭内外的情节剧》，王昶译，《世界电影》1997年第4期。

[4] Veronica Pravadelli，translated by Michael Theodore Meadows，Classic *Hollywood*：*Lifestyles and Film Styles of American Cinema*，*1930-1960*，*Urban*，（Chicago， and Springfield： University of Illinois Press，2015），p.128.

廉斯（Linda Williams）直面情节剧的危机[1]，指出“过火”的煽情和偏向女性观众是其备受贬抑的主要原因。她将“观众情绪反应”和观众的观片反思联系在一起，认为情节剧催泪的特质并非专门针对女性观众，相反，这只是情节剧“阴柔化”的表现范围。在大历史和文化研究的视野下，她将情节剧视为一种承继于19世纪舞台的、具有广泛价值的文化形态。美国大众文化中对情节剧的批评还集中在它对“善”和“纯洁的和绝对的道德规范”在呈现上的偏差。基于学者对情节剧“阴柔化”或“女性化”的偏见，一种观点认为情节剧将虔诚、善良和消极忍受这些阴柔品格加以理想化的过程恰恰促使了美国低俗文化的流行。琳达·威廉斯抓住了情节剧中的视觉快感元素，将影片的叙事性和视觉元素同时纳入评价体系，认为情节剧不仅是一种现实主义叙事的倾向，同时也是通俗电影影像叙事的主导形态。“情节剧”不仅对美国电影产生了重要影响，美国社会自身的问题与特质也被视为给“情节剧的发展提供了极佳的温床”[2]。因此，当前“情节剧模式”在社会各个层面的拓展，如政治讲话中所运用的情节剧煽情模式[3]，以实现特定历史时期和群体的价值认同也就不足为奇了。

---

[1] 琳达·威廉斯：《改头换面的情节剧》，《世界电影》2008年第2、3期。作者指出了情节剧的五个重要表征：1. 情节剧总是起始于，并往往也要结束于，一个清白无辜的空间。2. 情节剧突出表现的核心是受害的主人公和对他们的善的确认。3. 情节剧因借用了现实主义手法而具有现代气质，而现实主义则具有了情节剧的激情和动作。4. 情节剧包含着激情与动作的一种辩证关系——一种“过迟”和“适时”的互动。5. 情节剧推出的人物性格体现着按照摩尼教式的善恶冲突安排的单纯心理角色。

[2] Jonna Eagle，*Imperial Affects*：*Sensational Melodrama and the Attractions of American Cinema*（New Brunswick：Rutgers University Press，2017），pp.7—8.

[3] Elisabeth R. Anker 认为“情节剧模式”的政治演讲（如布什总统在2001年10月11日针对“9·11”事件的发言）给国家权力的扩张提供了合理的话语平台和合法的生成机制。见 Elisabeth R. Anker，*Orgies of Feeling*：*Melodrama and the Politics of Freedom*（Durham：Duke University Press，2014），p.4.

在欧阳黔森的电视剧作品中，家庭抽象为音乐隐喻标识，不仅宣告了家庭在中国社会发展和转型期的核心地位，还成为情感与物质的载体，承担着抒情与以物言志的功能。《绝地逢生》开篇即是高潮，原本说话结巴的王金发半夜找到村支书蒙幺爸家，他的媳妇因难产去世，万幸的是，孩子并无大碍。“生了”与“死了”是王金发仅有的求助呼喊。在蒙家父子的训斥下，王金发后悔当初自己因贪念而赌博，赔光了仅有的五斤大米。破碎的小家庭折射出的是乌蒙山区普通百姓的生存现状，而亲历这场悲剧的是蒙幺爸和他的两个儿子——蒙大棍与蒙二棍。观众会发现，蒙家父子将会在各自的领域为村民脱贫致富贡献力量，除此之外，他们的家庭也充当着协调民间诉求与官方话语的缓冲空间。例如蒙幺爸在贯彻国家退耕还林政策时，坚持因地制宜种花椒而非种杨树。从剧作层面看，这不仅是继续推进蒙幺爸与异见者马镇长之间的矛盾关系的人物描写策略，还搭建了一个荧屏内外表达民意与官方政策之间的一种理想对话模式，即普通村民有权利在科学实践之后做出和宏观政策有出入的改变。这无疑拓展了全剧的政治讨论空间，将宏大抽象的政治思辨转化为以家庭为单位的戏剧冲突。家庭观念也是该剧化解矛盾和寻求出路的重要时空载体。蒙幺爸为了群策群力救活王金发的孩子，要二棍在半夜吹响集结村民的号角，将一家之力扩充为全村大家庭之力。与此同时，劳模黄大有连夜逃跑进城务工的身影便愈加显得孤独与无助。蒙幺爸率先将自己家的粮食捐给了盘江大队，将哺育婴儿的希望托付在满叔照料的母牛上。人群中的火把给每一位盘江村村民披上了暖心的色调，相比之下，黄大有等人半夜逃跑的场景在视觉上则呈现出阴冷、局促和黑暗的特征。盘江大队显然已经成为盘江人的大家庭，而蒙幺爸一家则化身为这个大家庭中的操持者与掌舵者。婴儿的啼哭声、号角声和盘江大队院子里的议论声都在蒙幺爸催促大棍回家取粮的号令和庄严的捐粮动员中汇聚成直击人心的情感宣泄。紧接着出现的声音标志则是第二天清晨乌蒙山区清澈的鸟鸣与二棍坐在家门口向蒙幺爸抱怨没吃饱转而要水喝的对白。掌权者高度的廉洁自律自古以来就是官方意识形态试图进入民间故事时的缝合策略。至此，该剧完成了家庭隐喻的第一次实践，即通过强化处于掌舵者地位的蒙家父子生活窘境，宣告了此后全剧以蒙家父子及其儿媳妇们的辛勤劳动为叙述核心的合理化叙述策略。进而，也预示着在该剧之后的情节中，通过不同层面的家庭关系折射与象征中国农村所经历的转型道路的叙事倾向。民歌和打油诗是家庭隐喻空间的对外拓展，成了影像中情感表达的缓冲地带与影像物质性的时空形式。布依八音坐唱[1]和铜鼓十二调[2]是布依族的传统艺术形式，也是该剧中多次出现的村民文艺活动。编剧并未刻意突出非物质文化遗产的保护主题，而是将民间艺术还给民间，将非物质文化安置在家庭隐喻空间。蒙幺爸希望改变盘江村常年依靠救济粮的现状，苦闷焦虑之中找到正在排练布依八音坐唱的满叔倾诉。满叔诙谐回应："穷，你还不让开心吗？要不然愁死了。"生动活泼地将民间艺术和日常生活结合，叙事时空也从公共的乡村空间转到蒙幺爸的内心私密空间。两人的谈话从何时更适合聚会唱歌转变为盘江村地少人多的现状，文化记忆与社会问题顺其自然地捆绑在一起，成为困扰蒙幺爸的主要情感矛盾。在蒙幺爸、蒙大棍和盘江村村民们一起走到镇上领取救济粮时，众人的非议集中在小孩念出的打油诗里："有女莫嫁盘江窝，盘江窝里光棍多，吃的不见一滴油，拉的大粪不生蛆。"诙谐之余

---

[1] 布依族世代相传的民间曲艺说唱形式，是国家非物质文化遗产。参见：http：//www.ihchina.cn/5/10899.html，访问时间：2018 年 11 月 20 日。

[2] 铜鼓十二调是使用布依铜鼓演奏的民族音乐，多在庆典、祭祖和祭祀等仪式中演奏，是国家非物质文化遗产。参见：http：//www.ihchina.cn/5/10708.html，访问时间：2018 年 11 月 20 日。

编剧更是将在街边经营酒坊的玉珍婶对蒙幺爸的深情凝视和路边小贩的围观冷漠衔接起来，暗示着女性缺席的蒙家父子未来改革之路的崎岖。二棍因是否回乡办工厂而与妻子号丽产生矛盾，他和妻子的矛盾并非夫妻情感问题，而是就如何更好地建设盘江村而产生的思想与观念上的分歧。二棍常年在外打拼，思想和眼界已经远超盘江大队的乡亲，编剧在刻画二棍人物性格变化的过程中，有意强化了城乡差异在思想和物质层面给二棍带来的冲击。从他时不时给家里和村里带来的新事物，我们便能感受到一个不可见但真实存在的飞速发展的城市空间并行于剧中盘江村的改革发展空间。下海经商、回乡招工、卖车捐款，二棍以自我牺牲的方式为盘江村的建设持续贡献力量。与此同时，介绍泡面、浪漫求婚、安装卫星电视等具备时代发展特征的物品和行为，也以二棍的个人成长为媒介，从城市运输到乡村，从改革开放的历史洪流引渡到盘江村村民和蒙家父子的大小家庭时空之中。而当二棍与号丽发生矛盾之际，孩童的打油诗再度成为乐观化解家庭危机的声音空间。小孩们摘了大棍种植的桃树枝，欢呼着跑到二棍家门口。性情温和的二棍训斥并赶走了淘气的孩子们。伴随着“桃子开花李子结，麻子婆娘惹不得”的打趣，二棍与韦号丽的矛盾也自然化解。

欧阳黔森电视剧中的家庭空间不仅拓展为公共性的议事空间，给人物矛盾、社会问题和历史事件提供了对话和发酵的场所，更重要的是，家庭空间的叙事逻辑和伦理秩序也延续到了家庭之外的叙事时空。青少年角色是串联家庭空间和家庭隐喻空间的枢纽，同时也是人物情感关系和主线矛盾的灵动人物。《奢香夫人》中的小君长、《绝地逢生》中的牛娃和《雄关漫道》中的家根都有着较为完整的成长脉络。小君长陇弟的活动范围主要集中在水西宣慰府中，他生于乱世，正逢父亲霭翠准备出兵攻打乌撒诺哲土司。他的出生给处于军事和政治制衡核心地位的水西部族提供了外部激励事件，剧情的发展也暂时从侧重描写水西、乌撒、梁王和大明王朝之间的四方博弈转为水西君长霭翠和奢香夫人二人的家庭生活。陇弟的登场给编剧对史料进行艺术加工提供了宽松的创作空间。陇弟不仅是真实的历史人物，更是全剧矛盾和情节发展的重要角色。格宗对奢香夫人的不满由来已久，他暗中操作，意在逼奢香夫人让出水西君长一职。从最初的针锋相对，到命令手下刺杀奢香，再到绑架陇弟，他与奢香夫人之间的关系发展恰巧也是该剧悬念累积、矛盾激化的主要脉络。在此期间，格宗与那珠、果瓦大总管和三弟莫里之间的关系也逐渐从亲密转向疏离。最终，他在绑架陇弟失败后决心背叛水西，开始与曾经的敌人乌撒诺哲合作。在此期间，小君长所处的空间从水西宣慰府转至半开放式的花园，再转移到山中，最后被关在封闭的山洞内，空间的开放性逐步递减，而矛盾张力逐级提升。核心家庭成员的缺失，如小君长母亲奢香夫人的离席、朵妮的疏忽和霭翠的离世，是引发绑架悲剧的内部动因。而小君长被迫从安全温馨的家庭环境迁离，屈身于阴暗憋闷且危机四伏的野外空间，也在视觉上提醒着观众传统家庭空间的心理暗示功能。《绝地逢生》中，牛娃的成长轨迹更为典型。他的母亲因难产身体虚弱而去世，父亲王金发也因行事笨拙，能力欠缺而离他而去。牛娃在韦号丽一家和二棍的照料下成长为意气风发的青年，他从王金发屋漏偏逢连夜雨的家中来到韦号丽温馨坚实的家中，其间也经历了要被送至福利院时暂留玉竹办公室的波折。他的成长不仅象征着王金发的蜕变，为该剧最后父子相认的圆满结局做了铺垫，同时也是盘江村在改革进程中坚韧成长的符号。该剧中，家庭之外的空间显然也被赋予了家的色彩和传统。无论是在破旧的房屋、践行改革政策的办公大楼，还是在满是关爱的号丽家、民风淳朴的盘江村，牛娃所经历的成长环境无一不是家庭空间的演变与延伸。《雄关漫道》中，立志参加红军的青年何家根同样也附带着浓郁的家庭指涉。何家爸妈因为家根和秋妹的参军意愿，也加入革命的洪流。他们的成长脉络和人物情感关系发展，延续着从在意小家庭的幸福和完满向希望红军大家庭胜利的健全的意识转变。显然，对青少年成长、遭遇和蜕变的刻画，成为欧阳黔森电视剧作品中突显家庭空间、地位和功能，借家庭情节剧以讲述历史、书写革命记忆和重写改革故事的核心策略。

多元类型实践不仅是欧阳黔森自发的创作风格，同时也是他主动融入当代中国电视剧创作与消费语境的结果。基于现实体验和考察而来的电视剧题材和主题，在影视类型范式的助力下，逐步形成了影像记忆和故事讲述的作者风格。对于编剧未来的影视创作来说，类型范式依然是其深化与拓展作品观赏度、产业合作模式和话语影响力度的重要参照；对于当前中国影视作品中的贵州故事和记忆的影像讲述来说，类型范式依旧提供着源源不断的创作想象。欧阳黔森电视剧创作的多元类型实践提供了一条源于生活，借助类型，最终消融类型的当代影像生产策略。

**2019 年《贵州师范大学学报（社会科学版）》第 2 期**

# 欧阳黔森电视剧剧作中的叙事视点策略

章文哲

**摘要：** 作家视角、时空探索和视点理性是欧阳黔森电视剧剧作中的视点创作策略。作家视角始自欧阳黔森多年文学创作养成的对故事核心、人文关怀和情感渲染的敏锐把控与独到角度，对其在电视剧创作中的取材和叙事策略建构上起到了重要的引领作用。欧阳黔森电视剧剧作中的身份意识则来自他多年的地质工作经验与长期坚持深入群众、扎根生活和饱含深情的原乡情结。注重文本的“深度、广度和温度”是欧阳黔森进行文学作品影视化改编的纲领性方法。具体而言，体现为叙事空间上以时事书写再造影像世界的诗性策略，和叙事时间上以指向标式的片段风格和以省略为主的跳跃笔法营造的理性抒情审美样式。此外，深挖人物的政治历史身份、坚持时政书写和追溯民族记忆即是欧阳黔森对缠绕在作家视角之中的政治身份与类型探索的回应，又是他从小说到电视剧创作过程中视点理性之所在。

**关键词：** 电视剧剧作；欧阳黔森；作家视角；叙事时空；叙事视点

关于欧阳黔森电视剧创作的讨论多聚焦于电视剧的题材选择、叙事视角和人物塑造等创作美学风格中流露出的英雄主义气质与乐观主义革命精神；[1]以及对其电视剧文本内部的民族统一叙事视野、民族团结精神内核、积极主动同时又行之有效的主流价值观建设和坚守民族文化历史保护等主题表达也多有关注。[2]与此同时，欧阳黔森电视剧中的生态主义叙事风格、主旋律意识形态特征、乐观积极的农民形象塑造和科学发展观格局下的艺术构思也成为关注的焦点。[3]我们认为，欧阳黔森的电视剧作品具备鲜明的理想主义与英雄品格，贯穿他文学作品和电视剧剧作中最鲜明的作者特征是他的叙事视点中作家视角、时空探索路径和历史理性思辨，在意识形态表述与电视剧类型元素、理性抒情与历史反思以及场景功能与风景隐喻的对立与融合中的多声部共鸣。

欧阳黔森电视剧中的人物、情节和主题多通过板块式的权力制衡网得以串联，统摄于这之上的是编剧在处理官方意识形态表达与类型化故事讲述时，主动填补故事缝隙时所自发形成的作家视角。这是一种源自多年地质工作经验与长期坚持深入群众、扎根生活和饱含深情的原乡情结。除此之外，注重文本的“深度、广度和温度”[4]是欧阳黔森进行文学作品影视化改编的纲领性方法。具体而言，体现为叙事空间上以时事书写再造影像世界的诗性策略，和叙事时间上以指向标式的片段风格和以省略为主的跳跃笔法营造的理性抒情审美样式。在创作少数民族题材或内容的电视剧时，欧阳黔森一贯秉持的“大事不虚，小事不拘”的创作风格，具体体现为：一、借助剧本内部的角色理性叙事视点，赋予历史中的人物以不同程

[1] 王家琦、赵聪：《电视连续剧〈雄关漫道〉研讨会纪要》，《中国电视》2007年第2期。

[2]《民族历史文化的斑斓多彩与深刻的现实关照——电视剧〈奢香夫人〉专家研讨会综述》，《中国电视》2012年第2期。

[3] 曹营：《电视剧〈绝地逢生〉研讨会纪要》，《中国电视》2009年第7期。

[4] 金涛：《影视应有“三度”，文学可以护航——访全国人大代表、贵州省文联副主席、贵州省作协主席欧阳黔森》，《中国艺术报》2014年3月7日第3版。

度的时代自觉度，并以此串联起剧本层面的情节、主题和文化元素；二、得益于剧本内部的角色理性叙事视点，电视剧得以勾勒出真实而不乏想象、集中而不缺层次、宏大而不失柔情的影像叙事时空。在历史题材电视剧创作中，欧阳黔森试图延续现实主义文艺创作中对“历史中的人”与“人的历史”的书写与表现，将艺术创作的辩证关系与创作者的身份焦虑相结合，将唤醒大众历史记忆的正剧风格与注重人物情感和故事情节的现代电视剧工业美学体系相结合，用影像打通历史与记忆之间隐藏的藩篱，用内化于心的英雄主义情结和在地文化建构的身份坚守书写新时代荧屏上的贵州形象。与此同时，欧阳黔森在进行小说的电视剧剧本改编时，对场景功能的强调在不同程度上呼应了影视创作中的视觉思维，致使原本属于后景之中沉默的场景摇身而变为语意多元的荧屏风景。紧扣欧阳黔森作品中温润自然、不疾不徐和从容自信的原乡情结和对历史中的贵州进行现代性荧屏想象的创作风格进行逐层解码，我们进而可以抽离出与风景呈现密切相关的视角隐喻和身份意识。

## 一、作家视角与时事书写

欧阳黔森在文学和影视剧本创作中善于通过改变叙述人称以增强情节层次、丰富情感表达和营造情绪共鸣。在他创作的短篇小说《十八块地》和《丁香》中，同样有着较强的作者自身指代意味。“我”在十八块地农场对卢竹儿、鲁娟娟和萧家兄妹等人的回忆构成了小说的主要情节。第一人称的使用，除了给文本增加亲历感之外，也流露出作者一以贯之的自我指代创作范式。“我”的情窦初开与因为口误而导致卢竹儿对自己的失望，少年时对爱情的憧憬和不谙世事时的无知无畏在第一人称叙事视角中得以放大。随后，“我”作为政委吴大跃的好友，和鲁娟娟因花生地事件不打不相识。五年后，“我”和吴大跃相遇，在“我”和“你”的交流中，“我们”彼此成就了对方眼中的自我形象。“吴大跃见我的第一句话是，当年我就晓得你会出息的，想不到出息这么大，都写诗了”[1]，“接着，我问，政委——只有这个时候，我才在心里把他当作了政委——当年在农场你为什么对鲁娟娟那么好，对我和卢竹儿却要大义灭亲呢？”“我”以第二人称的视角，以政委吴大跃的自我反身式镜像，反射出了自己对青春时光的观察、回忆和描述。而当“我”讲述自己和萧家兄妹的故事时，由于心生对他们才华的欣赏，而促使该部分的回忆呈现出略微的疏离感。“我”成了萧家兄妹农场生活众多旁观者的一员，分享但并未直接参与到他们的喜怒哀乐中。而此时“我”的讲述，则是更多以第三人称的状态展开。虽然叙事人称的变化在小说文本中并未直接显现，但在故事讲述的过程中，隐藏在叙述者身后对具体事件参与程度的变化足以让读者感受到小说内在的情感张力。同样，在《丁香》中，在丁香面前寡言少语的地质队员不仅具有作者自身经历的指涉意味，“他也不争辩，心想老子写诗总害不了别人”[2]，这既是地质队员在小说叙述过程中自我意识的觉醒，也是作者通过第三人称叙述勾连起自我生活回忆的，游荡于文本内外的双重指代。文学创作中的作者意识在影视剧创作中得以放大，进一步以人物为核心，延展了其他影视创作元素的作者个性表达。

编剧在《绝地逢生》中将叙事视点集中在人物的成长上，首先表现为对角色性格、矛盾和关系演变发展的多重考虑，并着力于刻画圆形人物和勾勒人物弧光；其次，视点化身为时代的镜像，折射出思想解放、观念进步和社会发展在盘江村留下的倩影；再次，视点所聚焦的人物成长与时事

[1] 欧阳黔森：《欧阳黔森短篇小说选》，贵州人民出版社，2014，第 91 页。
[2] 欧阳黔森：《欧阳黔森短篇小说选》，贵州人民出版社，2014，第 102 页。

发展的对话过程本身也呈现出一定程度的反身性，我们可以通过分析人物成长与时事发展之间的具体对话过程，管窥社会主流话语影响并改写人物的创作路径。最终，我们可以通过影像所呈现出的改写效果，赋予影像纪实和档案的社会功能。蒙幺爸及其三个儿子是全剧的核心人物，四人之间的性格反差既是全剧叙事动力的重要组成部分，也是编剧借以缝合时事，完成意识形态艺术化表达的策略。他们各自的身份形成了鲜明的社会身份隐喻，士农工商，每一个人都是各自身份的典型形象。蒙幺爸扎根农村，是个地地道道的盘江人，他心系乡土、乡亲和乡情，为盘江村的发展殚精竭虑。蒙大棍继承了蒙幺爸的执拗性格，是一位老实本分的农民。他通过拓展多元种植和养殖业，在带领全村人脱贫致富的同时，也将曾经石漠化严重的饿狼谷改造为绿树成荫的桃花谷。他的身上汇集着改革开放三十年以来，中国农民积极乐观、勤劳聪慧和敢为人先的特点。与此同时，他也是贵州乃至全国建设社会主义新农村带头人的典型形象。曾任贵州省罗甸县大关村党支部书记的何元亮在口述中介绍了大关村脱贫致富的艰难奋斗史，从劈石造田、修水窖、科技兴农、整合资源、因地制宜打破粮食本位思维、发展养殖业、抓好农村硬件建设到最终建成文明生态小康村，大关村全村总产值从 1978 年的 59.4 万元发展到 2007 年的 703.5 万元，全村人均纯收入从 1978 年的不足 50 元增长到 2007 年的 2450 元。[1] 荧屏上的盘江村和村支书蒙幺爸俨然成为现实生活中无数像大关村这样的典型案例的缩影。

在欧阳黔森电视剧剧作的视点选择中，时事书写策略不仅是全剧情节构思的背景和叙事的重心；还能够在人物成长和行为动机的关键转变阶段，

[1] 中共中央党史研究室编：《建设社会主义新农村带头人口述历史书系：创业之路》，中共党史出版社，2009，第 337—357 页。

紧扣时代背景和社会风潮，并具象化为层次多元的外部激励事件。该视点策略，进一步将人物黏合在改革开放的时代背景之中，并促使他们在具备自主性的前提下，最大限度地实现人物的自我成长与蜕变。该策略能有效消解主旋律叙事附带而来的严肃性与说教感，段落式且颇具跳跃感的叙事结构和节奏，让诙谐、浪漫和理想主义成了全剧意识形态缝合的调节机制。蒙二棍是改革开放的逐浪儿，他只身前往镇上土鸡店打工，而后又通过自主创业化身为商人，在经营餐馆的同时也代为销售乡亲们种植的花椒。他的思想改变和成长经历并不顺畅，随着他和土地的距离日渐疏远，消费主义下的个人中心思想日渐成为困扰他和妻子、家庭以及家乡的阻碍。诚然，我们会发现亲情、友情和爱情是全剧化解此类矛盾的核心叙事策略。蒙二棍就是在一直温柔体贴的妻子韦号丽（童蕾饰）的一次疾言厉色的训斥下，重新领悟了做生意不能忘本、成就小我的同时也要造福乡亲的道理。但是，蒙二棍的人物形象依然更倾向于自我成就的模式，而他的绝大多数自我成就的动力和方向则来自改革开放以来党和国家的诸项政策红利。从他最初饭店打工、独自创业、销售花椒、投资办厂再到与大棍合作办农家乐，他的行为动机受制于影视剧文本之外的时事进展，人物的成就也服从于文本之外现实生活之中的时代必然性。《绝地逢生》开篇劳模黄大有的半夜出逃让蒙幺爸意识到如何解决地少人多的现状，是盘江村当前急需解决的现实危机。诸如黄大有和蒙二棍等农村青壮年剩余劳动力的出路成了当时政府重点关注的问题。“离土不离乡”[1]成为当时政府鼓励部分农民向城镇转移的一大政策。蒙二棍的“偷跑”即反映了这一政策背景下部分农民寻找非农就业岗位的心态和状态。

[1] 蔡昉、王德文、都阳：《中国农村改革与变迁：30 年历程和经验分析》，格致出版社，2008，第 55 页。

## 二、在地英雄与故土情结

作为作家视角在人物塑造层面的延展，欧阳黔森影视剧中的英雄形象具备了天生的故土情结与在地意识，这一方面离不开他书写自己贵州记忆的创作自觉和职责担当，另一方面也和他作品中崇高感的体现不无关系。而统摄于英雄人物创作之上的是作者将历史经验转化为荧屏创作的内在自觉。“真正伟大的东西在生活中绝对不会受到鄙视，崇高也是一样”[1]，国产主旋律题材电视剧容易走入创作上的两个极端：一头是严肃、宏大且旗帜鲜明的革命现实创作倾向；另一头则是戏说、微观且类型多元的想象现实创作倾向。当前，影视创作面临媒介融合、资本逐利、受众低龄化、政策调整、国际冲击等种种挑战，而对国产军事战争题材的电视剧来说，核心之处在于如何找到介于庄严的革命现实言说与愉悦的现实想象改编之中的缓冲地带。从电视剧剧作的角度来看，如何让观众入戏，增加观众观影 / 剧过程中的沉浸感，不仅仅要站在影视文本外部对包括受众在内的整个影视产业进行研究预判，更重要的是，要回归到影视文本内部，从情节、人物、主题等老生常谈但又往往迫于资本、数据和媒介等纷乱繁杂的“指标”而极易被忽视的基本剧作元素着手，挖掘深藏于文本、题材甚至是剧作者内部的普遍规律。唯有如此，我们才能逐步触探到朗吉努斯曾指出的崇高的五个源泉：“形成伟大概念的能力”“慷慨激昂的感情”“思想的修辞和言语的修辞”“高尚措辞的使用”和“尊严和高雅产生的总体效果”[2]。

电视剧《雄关漫道》的故事从红六军团与贺龙部队艰难会师开始，国

[1] 朗吉努斯、亚里士多德、贺拉斯：《美学三论》，马文婷、宫雪译，光明日报出版社，2009，第 12 页。

[2] 朗吉努斯、亚里士多德、贺拉斯：《美学三论》，马文婷、宫雪译，光明日报出版社，2009，第 14 页。

绕红二、六军团全军将士艰苦卓绝的长征战斗生活，讲述了一段颇具英雄气概、全局意识和牺牲精神的长征史。全剧高度还原和再现了红二、六军团从 1935 年 11 月 19 日起至 1936 年 7 月初，历经湘黔边转移、湘黔滇转战和北上甘孜会师红四方面军的真实历史，并塑造出了贺龙、任弼时、萧克、关向应等历史人物的荧屏英姿。与此同时，从原著小说延续而来的平民英雄形象也成为该剧得以打动当下观众的核心要素。岳林盛是侦察一营营长，他在一次进城取药的任务中被国民党士兵发现，紧急关头，他的姑父和姑妈主动牺牲自己，保全了紧俏药品，促成了红军此次任务顺利完成。自此以后，表妹凌霄父母牺牲的消息一直成为岳林盛长征路上的心结。李明皓最初是红六军团中一位普通的连长，他和岳林盛一样憧憬革命、心系群众、满腔热血。在他成长为八团团长的过程中，不仅升华了对革命和长征的认识，更重要的是，他在与弟弟李明全的相处和凌霄的感情关系中领悟到了革命生活中的诗性生活之美。除此之外，家根、秋妹和他们的父母组成的革命家庭也成为《雄关漫道》平民视点最佳的承载空间。诚然，全剧的故事主线依旧围绕红军将士们艰苦的战斗生活，讲述红二、六军团长征路上的大小战役与传奇往事。但是，对全剧革命历史叙事起到节点性作用的空间载体依然是以何家爸妈为代表的部队之家空间、以周素园为代表的民间革命空间和长征途中无数支持红军的百姓所象征的家国空间。岳林盛的理想主义也是编剧的理想主义，编剧在他的很多短篇小说中都曾设计过乡村教师的形象。而在《雄关漫道》中，以岳林盛为代表的乡村教师不再只是纸上谈兵的文弱书生，而是投笔从戎的平民英雄。此外，全剧对以岳林盛为代表的平民英雄的刻画多将人物置于历史洪流之中，让人物自己成长，这直接促使观众在欣赏全剧诸多平民英雄形象时能设身处地感受到蜕变的力量和历史的重量。

《雄关漫道》对红二、六军团的长征史的述说意在突显长征精神中的大局意识，坚持党的正确领导、坚持战略方针结合实际、坚持灵活作战、坚持团结广大群众以及坚持正确处理党内矛盾是红二、六军团长征史留给国家和人民的精神财富。该剧，一方面呼应了当前诸多讲述长征历史的影视剧作品所关注的主要主题，另一方面也体现出欧阳黔森影视剧创作中的产业和文化一体化倾向。在欧阳黔森的影视作品创作中，影视文本与地方旅游、经济建设和文化产业之间的互动关系，不仅体现在多方投资建设影视城以便影视剧拍摄和旅游观光；更重要的是，他对历史时空的想象促成了贵州省在新时代畅述中国故事的背景下，找到了一条切实可行的“多彩贵州”影视化道路。[1]在《雄关漫道》中，编剧通过极富人格魅力的英雄形象、以二维作战图指代三维战争空间的想象性叙事策略辅以实地战争场景设置、家国隐喻体系的搭建、以人与自然之间的矛盾为主导的人物创作模式以及处于等待时序的情节辅线铺陈，完成了从历史经验到荧屏形象的创作。

电视剧《奢香夫人》与此前相关的文艺作品的相似之处在于密切围绕奢香夫人，勾勒出她璀璨传奇的政治生涯；不同之处在于，电视剧版《奢香夫人》的叙事视点并未局限于奢香夫人与马烨的政治纷争中，而是借由深广的历史挖掘与合理的想象创作，还原了一部气势恢宏的彝族风情录。诚然，有学者曾指出“史料碎片中的奢香夫人，与艺术作品中的奢香夫人，

[1] 2010年，贵州省晴隆县着手建设“二十四道拐抗战文化园”项目。该项目先后被国家列为“省、州重点项目”“国家‘五个一’重点工程”和“2011年贵州省一号文化工程”，并于2013年为配合电视剧《二十四道拐》的拍摄宣传，在安南古城举办了微电影《山村硬汉》拍摄和相关宣传推广活动。见《黔西南日报》2011年10月27日第1版、2013年10月18日第1版。

开始走向两个不同的世界”[1]，而我们在电视剧《奢香夫人》的影像时空中也同样能发现一些带有批量生产痕迹的影视元素，如较为单一的服饰类型、缺少一定叙事性和“具象性”[2]的彝族风格美术设计。然而，我们依然能够看出创作者直面历史事实与艺术创作的魄力。这一努力最直观的表现就是全剧在情节上的多点聚焦并且在涉及奢香夫人形象的再创作时，着力于营造可供角色感性生活与理性思考的想象空间，而非效仿已有的艺术文本中“高大全”式的描写手法。奢香夫人并非全剧的中心人物，而是作为不同人物之间的枢纽，发挥着轨道和桥梁的作用。这一颇具历史理性特征的影像时空又进一步构成了电视剧《奢香夫人》开放的视听语料库，为其延展出民族统一、和谐共处和天下太平的意识形态话语打下了结实的基础。因此，该剧最终打通了历史和当下，成了一个跨越历史时空的互文性和对话性文本，最终实现了民族文化认同的跨时空表达。

### 三、时空抒情与风景空间

时空抒情是叙事视点在电视剧剧作影像表达层面的体现，是通过聚焦于“观看”以重回对影像本体的反思。梅洛 - 庞蒂指出“身体注视一切事物，它也能够注视它自己”[3]，这更充分说明了“观看”的力量并预示

[1] 王明贵：《影视剧作与彝汉史志中奢香夫人形象的比较研究》，《贵州社会主义学院学报》2012 年第 1 期。

[2] 德勒兹在分析弗兰西斯·培根的绘画作品时曾指出：“绘画既没有需要表现的原型，也没有需要讲述的故事。于是，它就有两条可能的道路去回避具象性：通过抽象而达到纯粹的形式；或者是通过抽取或孤立而达到纯形象性。”虽然，德勒兹是从对现代性的感受以及画家自己和他的作品的表达中得出的这一结论，但我们仍然可以窥见绘画 / 图像的“具象性”承载着特定的原型神话或神话原型，并且也具备视觉上的叙事性。参阅：吉尔·德勒兹：《弗兰西斯·培根：感觉的逻辑》，董强译，广西师范大学出版社，2017，第 7 页。

[3] 莫里斯·梅洛 - 庞蒂：《眼与心》，杨大春译，商务印书馆，2007，第 36 页。

着对其进行探索的价值所在。视觉艺术和日常生活中的视觉感知日渐成为当下文化、记忆和历史的脚注。文艺创作与地质工作是欧阳黔森生活中思绪、抒情和言志的共鸣之地，也是他生命中感性与理性情怀的共栖之境。在大自然中感叹奇缘、在地质勘探中洞悉资源困境、在下乡走访中亲历历史与记忆的机理是他在创作电视剧剧本时进行主题构思、故事讲述和人物雕琢的核心策略。2005 年，欧阳黔森走访祖国南海和新疆罗布泊，采写并积累报告文学素材。[1]他惊讶于自然的壮美与无言、祖国的辽阔与空灵、人心的微渺与浩瀚，自此加深了对自然的依赖、完成了对地质工作从理性到感性的想象性认知，与此同时，也坚定并日渐完善着空间写作 / 叙事的风格。《绝地逢生》中的空间演变过程与镜头中的风景更替有着层次分明的复合关系。《绝地逢生》中叙事空间的更替首先是作为情节段落间的黏合剂而承担着延续悬念、积累情绪和串联人物的功能。在原著小说中，作者开篇便写道：

> 高原的天空似一张善变的脸，上半夜还繁星闪烁，下半夜一下子就伸手不见五指。这本是狂风暴雨的前奏，可是这风这雨一直潜伏着，一直不登场。高原也疲惫不堪了，悄无声息地匍匐在山村的四周。山村里漆黑一片，寂静得令人窒息，似乎一点生命的迹象也看不见，也听不见。

此处的文学性描写为全剧开篇奠定了压抑和沉重的视听语言总基调。王金发嗜赌成性，将蒙幺爸特批给他的五斤大米当作赌资，不仅血本无归，还因此搭上了自己老婆的性命。伴随着他急促的敲门动作和“生了”“死

[1] 欧阳黔森：《枕梦山河》，中国青年出版社，2017，第 34—60 页。

了”两极化且略带结巴的台词设计，人物的矛盾和环境之间形成了共鸣。蒙幺爸指责他胡作非为之际，村民们也在号角的召唤下，举着火把半夜紧急聚集。脚步特写与泥泞小路、闪烁的火把与低调阴暗的乡间午夜、乡亲们群策群力为婴儿找奶水时温暖微黄的群戏与劳动模范黄大有扛着木工工具半夜带着同村青壮年劳动力准备偷偷进城务工时暗绿焦黑的剪影形成了节奏鲜明的对仗。一边是固守乡土、迎难而上的盘江村民，一边是知难而退、另择他法的少数青年，全剧的矛盾也在难产危机和潜逃风波之后迅速展开。值得注意的是，编剧对黄大有等人擅自离乡的处理呈现出中性开放的态度。在情节上，较少夹带官方意识形态规训的制约，将黄大有等人的行为处理为引发蒙幺爸沉思的激励事件。在影像表达上，人物之间的矛盾和冲突是通过乡村空镜予以调节和转接。当蒙幺爸命令蒙大棍将家中所有的粮食拿出来救济生命垂危的新生儿，并号召乡亲们慷慨解囊之后，镜头转至浓雾萦绕的群山空镜，情绪上连贯且节奏上自然地转场至下一个忙碌的清晨劳作场景。影像上的调度始自欧阳黔森在原著小说中对自然风景的抒情性描写。

> 清晨，浓浓的雾气从大峡谷的最低处拥挤在一起，汇集成了一条白色的巨龙，那巨龙一扬头，顿时风起云涌。片刻后，那巨龙柔身跃出深渊，漫过涧谷，满山遍野而去。……而从巨龙身上掉下的片片残鳞，在阳光的照耀下，变成一丝丝冰凉的雾雨，飘进了村庄，浸入了每个社员的家里。

文学上的恣意想象转化为影像上对“远近”和“虚实”的视觉化审美表达。崇山峻岭间流淌着白色的烟雾，近处的阴影笼罩着成片深绿色的丛林，远处依稀发白的山脊，在东升旭日的映射下提亮不少。此处空镜转场，不仅再现了徐霞客笔下“八山一水一分田”的贵州喀斯特地貌奇景，更体现出编剧个人的艺术趣味。《绝地逢生》中的乡野场景在两个层面上契合了中国传统审美中对“距离感”的重视。在单镜头内部，连绵起伏的山脉显然是画面的主要部分，这一方面是为了交代乌蒙山区盘江村人的生存环境；另一方面，缺少天空和云雾留白的画面构图，在视觉上强化了山的重量感，隐性表达出在肃穆庄严的大自然面前人类的渺小。然而，在镜头间的场面调度之中，该剧对“距离感”的审美体现为人物性格和关系塑造上恬淡如水、点到为止的创作策略。情节设置上多采用片段式、非线性叙事技巧所带来的多意和开放性文本风格，情节节奏上采用不疾不徐、娓娓道来的言说模式。我们能从原著小说与影像呈现上的不同之处看到作者 / 编剧在传统审美空间上的倾向性。小说为了营造出诗意空灵的文学性想象，采用的是群戏视点。清晨本应是神清气爽、意气风发之时，然而盘江村的村民们却饱受饥饿和贫穷的困扰。作者在小说中写道：

> 于是，在湿漉漉的鸡鸣声中，社员们懒洋洋地揩着布满眼屎的双眼，拖着饥饿的身子爬下了床。

在电视剧的改编过程中，为了减少上述“上帝视角”所可能附带的叙事线索含混与繁杂，编剧将电视剧剧作中的叙事视点从对“社员们”的群体性关注，调整为对蒙二棍吃不饱的聚焦。蒙二棍坐在屋外抱怨吃不饱，景深处的树和高亮过曝的天空凸显出室内的昏暗和简陋。九妹劳作回家，在家门外听到父母和媒人不顾她的想法自作主张，两旁几近黑死的门框和下一个镜头被暖光打亮的室内全景形成了鲜明的对比。这看似前后不搭的影像调度，实则是为了更戏剧化地讲述九妹的无奈姻缘和劳动模范黄大有家重男轻女的思想残余。诸如此类的构图风格是《绝地逢生》在描写艰苦环境并由此隐喻处于该环境之中的人的艰难处境时的常用策略。

在电视剧中，并不处于支配地位的背景空间和活动于其中的核心人物恰巧成为观众观看和审美的主要对象。如果说“风景唤起国家意识是风景重要的文化功能”，那么影视剧中的“风景”则承担着揭示创作者和特定影视文本深层集体无意识指向和表意体系的职责。对影视剧中“风景”的关注重要性在于，存在于这些作品中的“风景”往往以实景、摄影棚或幕布等实体或数字虚拟的形式呈现在荧幕 / 荧屏上。它们的后天加工与人为操纵程度较以写实和再现为核心的风景画更为复杂。而这种复杂性体现在影视艺术集体创作中的天然自带的艺术表达含混性，以及作为“场景”的“风景”在影视化具体呈现时的伪装感、常识和历史上的高风险错位以及个体 / 团队与时代 / 大众在审美上的潜在差异。此外，在影视剧创作过程中，大部分创作者在处理场景设置、安排故事时空和构思影像造型时，较多集中在对叙事、象征和审美造型等艺术形象层面的思考，而文本背后所呈现出来的关于历史、记忆和文化的集体无意识表达恰恰给我们留出了新的阐释空间。拍摄地点、影片制作的年代与观看的时代之间的关系、影像时空与大众记忆以及影像从荧屏 / 荧幕之上到现实生活之中的穿越能力一直是对影像中的时空关系进行思考的着力点，而影像的节奏则是时空观的具体化表现。影像与时空不仅仅是影视艺术实现“雕刻时光”的重要中介；与此同时，影像中的时空观念也常常化身为“隐秘而伟大”的语言结构和体系，“纠结并决定着自然科学及其与人文社会科学的关系”。

## 四、背景絮语与视角隐喻

叙事视点对支撑人物和衬托情节的风景描绘的倾斜让被动消极的风景变为主动积极的絮语。风景得以进入前景，影像中作为单个镜头前景的物和环境被赋予了人格，处于前景中的物与环境开始承担起叙事表意的作用。在欧阳黔森的电视剧作品中，风景进入前景意味着原本沉默的历史空间变得有言。在以影像为主要载体的影视艺术中，观看便是风景迈入前景的有效通道。因此，借助影像内外的观看调度策略成为该剧唤醒历史空间的有效手段。在影像内部，红军部队穿行并生活于市井街道和民宅院落等民间叙事空间，虽然在该剧开篇部分，红军行军所到之处少见群众镜头，但屋舍、山丘和街边杂物成了后文中军民一家的隐喻。镜头景深处贺龙和任弼时缓缓走来，他们正在商量红二、六军团是否分兵行军的决议。虽然，导演对贺、任身旁列队行进的红军战士的调度在电视剧创作中略显程式化，即通过有限的群众演员运动，营造出超然于画外的行军气势。但我们不难发现，在两个相似的镜头中，民间村落和杂物都占据着很大的画面比例。道具、场景和环境的视觉重量明显在人物之上。此外，人物的着装色调与环境的底色存在较高的相似度，从观众对同类镜头观看的角度来看，影像中除了人物之外的背景开始逐渐成为视觉的中心和重心。

影像内部的视觉调度还不足以完成背景向风景的转变。只有通过影像外部的视觉 / 观看调度，背景才能积极主动地缝合好隐藏在创作者内心的艺术集体无意识。贺龙与任弼时决定将黔东独立师留在当地坚持根据地斗争时的对话特写，联系前一个镜头，观众能直观地明晰谈话的时间和地点，而在该镜头中，贺龙后方的警卫员邦娃子环顾四周的眼神动作打破了原本内容单调、语义单一的面部特写。随着情节的发展，观众愈发会发现邦娃子的淳朴、善良和耿直。全剧围绕他的角色性格、形象设定以及人物关系的建构，集中体现出为了革命不顾小我成就大我的英雄气概。张振汉将自己的马让出来以供背负火炮零件，邦娃子此时对张将军的关心在随后的张将军亲自照顾受伤的邦娃子情节中及时地得以回应。而在全剧结尾处，邦娃子因不舍一直由自己照顾的战马被杀以供部队充饥而郁郁寡欢，终日不食，最终倒在了长征途中。如此结尾的情节设计，瞬间拔高了全剧对平民角色的定位，并再次强调了全剧希望表达的牺牲精神和全局意识。回到全剧开篇部分，我们可以很明显地看到邦娃子在担任贺龙的警卫员时机警、谨慎的动作状态。特写镜头的魅力之处在于，它不仅可以凸显角色 / 演员的面部细节，还能“突出这个空间，进入另一个不同维度的空间”。这个不同维度的空间便是观众在邦娃子眼神的指引下所关注到的画外民居空间。它不仅呼应了贺龙和任弼时希望留下部队驻守根据地的战略意图，也完成了创作者自觉或不自觉地将红二、六军团的长征空间与贵州老百姓的市井生活空间相结合的艺术构思。在稍早前贺龙“安慰”凌霄的段落中，邦娃子的背影不仅承担着拓展画外空间，借以维系红军内部作风严谨的军队生活空间与灵秀通透的外部自然 / 民间空间得以对话的通道；更重要的是，邦娃子背向镜头警惕张望的表演设计，有效地完成了贺龙想向凌霄述说但欲言又止的潜台词：他不想让一名尚显稚嫩的宣传新兵承受父母双亡的痛苦。凌霄在战友的指引下来到树林见贺总指挥，此时观众已经通过全知视角得知了她父母的英勇事迹。贺龙允许她私下里以“贺伯伯”相称，目的是完成凌父的遗愿，照顾好革命新兵。我们看到这场戏的镜头景别从全景到面部特写最后回到全景，规整地完成了人物关系建构。与此同时，原本单义的户外场景（绿意盎然的树林）也摇身一变，成了角色潜台词的影像显现。沉默 / 消极的风景借影像内外的观看成了人物塑造的素材库、价值观念的中转站和作者风格的符号群。

电视剧《雄关漫道》保留了小说中从红军到群众再回到红军的叙事视点闭环，值得我们注意的是，电视剧中的叙事视点闭环更加倚重对环境和场景的展现。虽然，作者 / 编剧此时的故土情节并未充分体现在全剧叙事视点的编排之上，部分原因在于长征历史的严肃客观性给影视艺术改编划定了清晰的空间边界。但是，我们依然能从电视剧《雄关漫道》中的叙事视点转换和表达中发现用于串联人物成长、提炼革命精神和升华艺术韵味的场景和环境设计。而这些场景与环境不再仅仅是简单的影视美术设计或片场自然景观，它们因融会了作者 / 编剧以及其他电视剧主创人员的艺术构思，而演变成为具备视角隐喻功能的独特风景。米切尔主张“风景不是艺术，而是媒介”。影视剧中的风景从来都不是主动安居于空镜或转场镜头之中，它们或隐忍或积极或自觉地在影视剧文本中持续发声，它们是影视剧创作者个人意识或无意识的体现，与此同时，它们也是代际色彩分明、地域美学浓郁和个人风格鲜明的创作者们艺术集体无意识的体现。影视剧中的风景和美术中的风景画最大的差异在于，前者对自然、历史和记忆中的风景的改造与再度创作是无穷尽且含义混杂的过程，美术部门并非一直处于从属地位，与影视工业体系相伴随的便是权力与资本话语权对艺术表达的直接介入。我们只需回顾杨占家的电影美术设计便足以感叹影视艺术中“风景”的复杂与魅力。与此同时，分析影视作品中的“风景”实质是为了触探民族文化、艺术和传统的现代性影像表现。若我们抽离出中西方不同时期风景画中的宗教、政治和历史成见，便能发现风景画中的风景尚存些许自然之味与作者意识。在艺术创作的最初阶段，虽然二者文本中作为表现和描摹对象的风景皆或多或少经历过人工改造，但随着影视剧工业体系的完善，片场、摄影棚、绿幕和后期工作室中的人造风景显然要比画家 / 作家眼中的风景更趋于虚拟。与此同时，风景作为影视作品叙事空间的重要元素，最具魅力之处便是它从来不安分充当背景。因此，厘清影视文本中创作者与风景之间的关系成为探赜艺术集体无意识的又一路径。马尔科姆·安德鲁斯（Malcolm Andrews）曾在威廉·华兹华斯（William Wordsworth）的诗歌作品《廷腾寺》中发现了一个能够折射人类以风景的形式感知土地风貌的审美意识变化过程。若是沿着西方美学思想中“从主一客体关系的角度来展开探讨”风景与人的多元关系这一传统反观马尔科姆·安德鲁斯的理脉，我们会清晰发现风景对于个人的意义从最初作为“一种物质性娱乐场所”到“一种激发美感和振作精神的源泉”再到“一种道德和精神上的体验”的演变过程，恰巧也是作为个体的人心智成熟的路径，与作为集体的大众对影像的接受与消费过程。因此，在这个过程之中重提对“观看”的思考，则旨在重寻机械复制时代早已消散的艺术灵韵（Aura）。

## 五、理性视点与叙事想象

欧阳黔森电视剧剧作中的叙事视点创作策略的最终任务是，打通真实历史和荧幕历史，以实现艺术化地讲述历史。在军事战争题材电视剧的创作中，困难之处恰恰在于历史真实和细节之处存在诸多缝隙和盲点。艺术家在处理历史题材相关的电视剧时，所能坚守的历史理性不仅仅在于“对历史精神的科学接受和把握，调动艺术虚构和想象能力，在审美创造中照亮历史的盲区，完成艺术机体和氛围的营造”，还应强调充分延展影视艺术的视觉特性，在影像上拓展出新的审美维度并允许镌刻作者 / 编剧的个性化艺术气度。唯有如此，才能在面对相似的题材作品时，不至于被影视工业生产浪潮所淹没。战争在雷蒙·阿隆（Raymond Aron）看来并非“一个以物质次序排列的时空整体”，在他看来将过去种种独特的事件序列还原给今天的人看，是历史学的终极责任。然而，战争在他看来是“行动者或观众为其赋予的意义才使之成为一个统一体”，而这也是历史学对“独特的事件（singulier）”孜孜不倦地探求。《雄关漫道》小说开篇便着重描写了在红三军肃反扩大化的关键时刻，贺龙慰问小婉、天娃、龙成英和丁顺清一家的情节，将历史叙述拉回到民间传记。丁家破败的民宅空间作为紧跟在红军军营、枫香溪古镇、贺龙等人暂住的地主家宅院和红军囚禁室之后出现的又一叙事空间，进一步完善了小说叙事视点从革命到群众、从军队到市井的演变路径。与此同时，小说中丁家老小在贺龙和红军战士的关怀下对红军心怀向往，最终丁家父子如愿以偿，成功加入红军，参加革命。

真实历史时空中的多义与含混给艺术作品中历史的再现与阐释留下了足够的想象余地。而叙事视点的功能之一便是通过选择性地聚焦于影像中的不同元素，来承担叙事或抒情职责。较之以文字为主要载体的叙事性言说，影视作品在历史时空的再现与重构上具备直观和具体的先天优势。我们不难发现电视剧《奢香夫人》中的影像语言、节奏与时空观之所以呈现出相对静态、绵柔和板块感的风格，实际上是与从主创到受众对少数民族题材历史电视剧的预先期待有着密切联系。陈健坦言：“我们通过这个戏，通过奢香夫人和她周围一群人的精神状态和生存方式展示了中华民族多民族和睦相处、血浓于水的民族情怀。”这一方面要求剧中的演员建立高度的信念感，因为只有通过他们细致入微的表演，人物的精神状态和人物关系的种种冲突纠葛才能充分展现；另一方面也预示着该剧的摄影、美术和声音等视听元素的调度是围绕并服务于人物刻画的。当然，陈健导演同样注意到了美术部门对创作全剧的重要性。他指出全剧的美术设计“一定要赋予该戏以那个时代的生活气息，但又不是单纯地对那个时代的简单再现，需要经过艺术加工，从而赋予它时代特点”。因此，我们可以在电视剧《奢香夫人》中看到诸多设计精美、民族风韵浓厚且颇具历史底蕴的叙事性道具和美术置景。影视作品中的叙事道具具体呈现为六类可见实物：装饰、场景、功能道具、人物性格道具、机械交通工具和动物。它们承载着民族记忆，也试图打破观众和影像之间观看的藩篱，实现电影内外文化意识在生活中的延续。叙事性道具既体现为实体的“物”，又可泛指为了造境构景而铺设的电影空间。“物”和人的品性密不可分，而创作者想借电视剧《奢香夫人》完成的民族文化建构与意识形态书写，在全剧的影像语言系统中首先是通过对人的关照和对景的再造来得以实现的。“心物问题是中国古典哲学的基本问题之一”，“性”“心”“物”的关系不仅反映了艺术创作中的集体无意识和抒情传统，更延续到了影视艺术之中，成为以“物”为载体传达视觉设计的宏观旨趣和琳琅繁杂的影视元素的审美中枢。影视艺术除了对新时代之中人、事、景的全面展现外，更重要的是发掘并放大百年中国影视作品一以贯之的文化理想、精神追求和时代关怀。由此可见，在意识形态外部规约与主创作者内部的主动选择两相合力之下，电视剧《奢香夫人》最终实现了导演最初的构想：“摄像一定要舒缓、流畅、贴近人物，要和演员的表演融合起来，展现演员的内心世界。”

电视剧《奢香夫人》中的历史理性视点呈现具备了鲜明的文学想象性和戏剧象征性特征。前者体现为剧中压缩或省略了不同势力集团在彼此角力与博弈的过程中所赖以生存与发展的叙事性空间与抒情性时间；后者体现为不同势力集团和个人对全剧主线故事在情节上的高度服从与情感上的理性让步，即剧中所有的角色动机、矛盾和成长都依附于故事主线而随之延展，与之相应的是，他们感性的个人情绪也都主动地在关键的主线情节转折点上转变为理性的人物动机，呈现出类似于“化悲痛为力量”式的叙事张力，服务于主线情节的叙事。无论是整体的情节走向还是主要角色，如奢香夫人、果瓦大总管和乌撒的诺哲土司等，横亘于其中的是转化为戏剧张力和影视元素的民族“同根意识”。这一因素是全剧得以完成民族文化身份追寻和实现民族和谐相处追求的核心所在。如何从历史脉络中梳理出结构清晰的叙事时空线索，是电视剧《奢香夫人》在创作中首要解决的问题。板块、象征式的叙事空间是该剧意图还原历史时空的基础构思。在全剧五个主要的势力集团内部，编剧又围绕归顺、抵抗、求和、主战等二元对立的意识形态，分别设置了分属于不同势力集团之中的彼此对立的内部派系。例如明朝方面马烨与朱元璋在“改土归流”政策上的相左意见、水西部族中的果瓦大总管与奢香夫人之间的一系列矛盾纷争、元朝残党世子爷巴合木与二爷巴根之间的权力争夺等。当然，上述剧本层面的设置还无法完全呈现出惊心动魄的军事博弈与政治制衡。因此，电视剧《奢香夫人》自觉或不自觉地选择了板块与象征式的叙事空间来承载上述多元且丰富的人物、权力、军事和政治关系。

## 结语

欧阳黔森电视剧剧作中的视点策略体现为从影视剧“政策概念的图解化”创作倾向到“政策概念化的图解”创作策略的一种转向。这一转向的核心有二：其一是从注重影视剧主题表达的结果导向型创作逻辑转向为关注人物和叙事时空自发成长的过程优先型创作策略；其二是对叙事时空、抒情想象和现实理想在艺术的整体性和完整性上的强化。该强化过程的重点在于，在情节中融入编剧特有的在地游历视角，通过反复的叙事视角变换和创作者与角色之间的性格品性对话，将剧作过程中得益于心游神往的想象性段落，具象化为层次分明的场景空间，并最终给人物提供自得其乐的逐梦家园。得益于此，欧阳黔森的电视剧作品才能够得以齐抒贵州之声、共奏民族之音、同谱文化之诗。

［本文系贵州省哲学社会科学规划重大委托课题（编号:18GZWT01）之结项成果］

**2021 年中国社会科学出版社《欧阳黔森创作研究》**

# 从历史到艺术：电视剧和小说《奢香夫人》对奢香形象的塑造

杨　飞

**摘要：**电视剧和小说《奢香夫人》以奢香的命运起伏为主线展开，在不违背历史实情的前提下，重组历史事件，以此构建故事框架，铺陈故事情节，突显人物性格。作品通过一系列矛盾冲突，将各种优秀品质集于奢香一身，把奢香塑造为一个超越性别和族别差异的完美角色，从而赢获了观众和读者的一致喜爱和认可。但奢香形象的完美是以牺牲人性的复杂性为代价的，作品将奢香的性格气质男性化、思想观念儒家化，遮蔽这一人物身上可能存在的性别和族别差异，简化了人物自身的内心矛盾和思想冲突。

**关键词：**《奢香夫人》；奢香形象；时间错置；人物关系；身份越界

奢香是明朝初年贵州水西地区有名的彝族女性政治家，是彝族历史上一位非常重要的人物。据《彝汉史志》记载，奢香为元末明初人，系四川永宁土司奢氏之女，于明朝洪武八年（1375）嫁给贵州宣慰使霭翠为妻，协助丈夫治家理政。夫死，子幼，奢香摄政，带领水西彝家学习汉族文化，开山筑路，发展经济，妥善处理彝族地方政权与明王朝的关系，多次化解了影响水西彝族命运的危机，为民族团结和地区经济做出了不可磨灭的贡献。2011 年，由欧阳黔森编剧、陈健执导的 28 集电视剧《奢香夫人》在央视综合频道黄金档播出，让奢香从历史深处走来，作为一个集各种优秀品质于一身而几乎毫无瑕疵的英雄人物为大众所熟知。历史不留情，古往今来，多少英雄人物，能在史册中占有只言片语的少之又少，像奢香这样一位身处僻地的少数民族女性，能在汉人史志和彝人典籍中留下浓墨重彩的一笔，当属非凡人物。然史家惜墨如金，史册典籍对奢香的记载毕竟简约且呈碎片状，将奢香铺陈演绎为完整鲜活的人物形象，是小说家笔法。从历史到艺术的一个基本原则是“大事不虚，小事不拘”，如何“不拘”是考验和评判艺术家技艺高下的重要标准。本文即结合有关奢香的历史记载，分析由欧阳黔森编剧的电视《奢香夫人》及其同名小说，如何通过不同的编码规则将奢香这样一位模糊抽象的历史人物塑造为鲜活生动的艺术形象而为大众所接受。

## 一、时间错置与人物形象

对于某一人物的言行事迹，历史文献中往往只有零星的片段记载，要将历史碎片拼凑成一段完整的人生故事，塑造出一个鲜活的人物形象，就必须借助某一历史事件在时间链中的发展进程，对人物的生活细节和思想言行展开想象，进行填充，故事才能够得以铺陈发展，人物个性才能够随之展现。奢香之所以进入历史，为当时及后世的史家文人赞叹颂扬，主要缘于她的两大功绩：一是顺应历史潮流，及时归附大明朝廷，维护了国家的稳定和民族的利益；二是开山修路，发展了水西地区的经济和文化。在电视剧和小说《奢香夫人》中，与此相关的两个历史行为被作者或延宕或提前，通过历史时间与故事时间的错置，凸显出奢香的远见卓识和高瞻远瞩。

据《明太祖实录》记载，明朝廷于洪武五年（1372）正月赐封霭翠为贵州宣慰使，次年朱元璋又特别诏“贵州宣慰使霭翠位居各宣慰之上”，而奢香则于洪武八年（1375）嫁给霭翠为妻，可见，霭翠在与奢香成婚之前即已接受册封，主动归附明朝廷。在电视剧《奢香夫人》中，霭翠一直在明朝廷和元梁王之间犹疑徘徊，其归附朝廷的行为被一再延宕，直到第十三集霭翠病逝，奢香摄政，才接受朝廷册封，正式归附明朝，这时剧情已经发展了一半。小说情节与历史记载相符，故事一开始霭翠就已接受了明朝廷的册封，但与电视剧情一样，在是否要为攻打元梁王的明军让道一事上，霭翠始终在明元之间取舍不定，做观望状，试图保持中立。

与霭翠归附朝廷的行为被延宕相反，奢香带领彝家百姓开山筑路的行为在电视和小说中都被放置在奢香与马烨的冲突事件之前。关于奢香开设“龙场九驿”的历史功绩，史家的正史方志和文人的笔记诗词都有颂扬。据明嘉靖（1522—1566）进士田汝成的《炎徼纪闻》记载，奢香遭马烨裸背鞭挞后，状告到朱元璋面前：

> 太祖曰：“汝等诚苦马都督乎！吾将为汝除之，然汝何以报我？”奢香叩头曰：“若蒙圣恩，当令子孙世世戢罗夷，不敢生事。”太祖曰：“此汝常职，何言报也？”奢香曰：“贵州东北间道可入蜀，梗塞久矣。愿为陛下刊山，开驿传以通往来。”太祖许之。……奢香既归，以威德宣喻罗夷、岗夷，皆贴然慑服。奢香乃开赤水、乌撒道以通乌蒙，立龙场九驿，马匹廪饩，世世办也。

其他文献如《明史》《明史纪事本末》《西南彝志》《贵州通志》等所记与上引田汝成所述基本一致，可见奢香开设龙场九驿的历史行为是在解决了她与马烨的冲突之后。且据《明实录》载，朱元璋谕令水西、乌撒、乌蒙诸酋长修筑通滇驿路："今遣人置邮驿通云南，宜率土人随其疆界远迩，开筑道路，其广十丈。准古法以六十里为一驿。符至，奉行!"由此可知，开山筑路是朝廷自上而下的政令，并非奢香一己的主动行为。

霭翠归附明朝廷的决定一再延宕，在给明军让道的事上犹疑不定，元明两军就迟迟不能对阵，由是，明朝廷与元梁王、水西与明朝廷、水西与元梁王、水西与乌撒几组矛盾之间的纠葛得以展开，人物个性得以显示。在解决这些矛盾冲突时，奢香游刃有余，有勇有谋，作为水西首领的霭翠在江山易主、改朝换代的大势面前忧虑彷徨，反衬出奢香的大智大勇与高瞻远瞩。电视剧和小说将奢香开山筑路的行为提前，而以奢香和马烨的冲突作为故事的结尾，这使得奢香的雄才大略和为民请命的崇高品质在故事高潮到来之前就淋漓尽致地展现出来，在情感上俘获了观众（读者）的心，使得观众（读者）完全认同奢香的观念和决策，在扣人心弦的矛盾冲突中反对马烨的大汉族主义而同情、支持奢香，由是，马烨被斩，奢香受封自然而然成为受众期待的必然结局。电视剧和小说《奢香夫人》这种在情节安排上历史时间和故事时间的错置，不仅有效地构建了故事框架，使人物动作和故事情节得以铺陈展开，更突出了奢香的优秀品质，使奢香这一遥远抽象的历史人物变为清晰可感的艺术形象。

## 二、人物关系与矛盾冲突

电视剧和小说《奢香夫人》以主人公奢香的命运变化为主线，将她置于一系列矛盾冲突和阴谋较量之中，成功地塑造了奢香聪慧刚毅、宽仁为怀、忍辱负重、为民请命的领导者形象。奢香以其维护国家统一、促进民族团结和发展地区经济的功绩而名垂青史。在汉人史志和彝族典籍中，奢香与马烨的冲突都是浓墨重彩的一笔，但是对于奢香摄政期间政权内部是否有过争执或危机，史料鲜有记载，这就为艺术创造留下了广阔的想象空间。《奢香夫人》在史料的基础上，紧扣政治权力和族群身份两组矛盾，虚构了奢香与另外几个人物之间的冲突和较量。矛盾斗争的一方是奢香，另一方以格宗、诺哲、果瓦、马烨为代表，奢香与这四人分别构成了四组不同的矛盾冲突，每一组冲突的背后其实是不同的政治理念和文化习俗的碰撞，综合起来就呈现出奢香性格的多重品质。在电视剧和小说中，斗争双方的人物身份和关系一致，但形象性格有所不同。

奢香与格宗之间的矛盾是家族内部的权力之争。格宗是水西二爷，贵州宣慰使霭翠的二弟。霭翠病逝，其子年幼，奢香代为摄政。格宗不满奢香摄政，一是因为奢香是女人，二是因为他长久以来就有做首领的野心。在电视剧中，为了夺取摄政权，格宗欲置奢香于死地，对乌撒发兵，企图借刀杀人，阴谋失败，又处心积虑地想要加害小君长陇弟，也不成功，又策动十三个部落反叛分裂出水西，最后死于诺哲的阴谋。面对格宗的刁难和反叛，奢香宽大为怀，处处容忍，先是以自己作为人质从诺哲刀下换回格宗，将摄政权让给他；因为格宗好战不顾民生，奢香不得不收回摄政权，但仍然将兵权交予他；格宗不听劝阻从水西分裂出去后，奢香仍然将其视为家人，为其军队提供粮食，期盼他能回心转意；格宗死后，奢香不顾属下的反对，力主将格宗归葬祖坟。这里，格宗对奢香的处处刁难和不仁不义，反衬出奢香的识大局、顾大体与大仁大义。电视剧里的格宗虽然被权力欲望遮蔽了双眼，有勇无谋，但他性格直爽，敢说敢做，仍不失为一条响当当的彝家汉子。与电视剧相比，小说里的格宗显得格格不入。除了为争夺摄政权企图谋害奢香和小君长的不仁不义之举，小说里的格宗一出场就是一个强抢民女的好色之徒；为了化解水西和明军的误会要绑缚他去给对方请罪时，他赖在地上撒泼不肯走，全无电视剧里的格宗在明军断头上临死不畏的英雄气概；因偷袭明军可能按律当斩时，他跪地求饶，猥琐不堪，最后被贬为庶民，毫无气节地投靠了水西的死对头诺哲。关于影视文本中人物之间的冲突叙事，被称为“编剧教父”的美国编剧家罗伯特·麦基提出了“对抗原理”一说，他认为“故事的主人公及其故事内核的智慧与情感魅力取决于对抗力量对他们的影响，应与之相当。”意即要让主人公的性格和能量得到充分展现，要求其对立面必须具备强大的力量，对抗的力量越强大，人物和故事才能发展得越充分。小说中格宗的不忠不信和猥琐不堪似乎是为了衬托出奢香的大仁大义和宽宏大量，但也因其不堪一击而不能充分体现奢香的强大，就此而言，电视剧中格宗形象的设计优于小说的设计。

奢香与诺哲之间的矛盾是彝族部落之间的利益之争。诺哲是乌撒部落的首领，他最大的梦想是通过战争征服西南各彝族部落，做西南彝王，而水西是阻碍他梦想的强敌，所以他多次发兵，或偷袭或明打，不停攻击水西。而奢香秉着“天下彝家是一家”的信念，从不轻易用兵，总是对诺哲动之以情晓之以理，最后用计谋化解了诺哲的围攻，避免了一场生灵涂炭。围绕此二人的冲突，电视剧和小说中的细节有所不同，但诺哲的性格特征是相同的：言而无信、狠毒狡诈、见利忘义、毫无主见。作为一方首领，他不顾百姓的死活，只想着凭借武力收服其他彝族部落，以实现百彝之王的梦想，但他本人却愚蠢无能。所以在与奢香的较量中，诺哲往往显得鼠目寸光、狭隘自私、滑稽可笑；奢香则能文能武、有勇有谋、睿智大气，始终将彝家百姓的利益放在首位，是一位理想的彝族领袖。

奢香与果瓦之间的矛盾是民族身份认同上的分歧。果瓦是水西大总管，是彝家的智者，连续辅佐了三任水西君长，对霭翠家族忠心耿耿。他是非分明、刚毅执着、赏罚严明，在政务上是奢香的得力助手，他们之间的分歧在于对彝汉关系的不同看法。在电视剧和小说中，奢香与果瓦之间的矛盾冲突围绕三个大事件展开：开山筑路、开办汉学馆、送陇弟入太学。果瓦不同意修路，是为彝家地区的安全着想，他认为彝家千年以来能够自保，凭的就是地势险要，一旦修通道路，中原汉人就会借车马之利涌入，侵蚀彝家的淳朴之风。他极力反对奢香开办汉学堂和送陇弟入太学，是担心彝家的天下被汉人同化。果瓦如此提防汉人，原因除了他早年吃过汉人的亏外，更重要的是他对彝家身份的认同和坚持。果瓦认为，彝家就是彝家，汉人就是汉人，一旦接受了汉人的文化和习俗，彝家将不再是彝家。因此，在果瓦看来，奢香的这些创举“坏了彝家祖上的规矩”，将会给彝家带来灾难。而在奢香看来，最重要的是让彝家百姓过上安宁富足的日子，不管是彝家的还是汉家的，只要是好的、先进的，就应该学习。本着仁爱的民本思想，奢香撇开彝汉之争，积极行动，教农耕、举汉学、息兵事、开九驿等举措很快就见到实效，赢得了果瓦的理解和百姓的爱戴。果瓦的固执保守、短视偏见反衬出奢香的高瞻远瞩和雄才大略。在电视剧中，果瓦在被马烨砍头之前为赶来救他的孙老先生所感动，纠正了自己对汉人的偏见。这一结局震撼人心，令观众印象深刻，比小说中的设计要高明得多。在小说中，果瓦最后归隐山林，悄悄读《论语》，承认了奢香是彝家的救星，并告诉朵妮他自己本来是汉人，在危难中被霭翠所救，从此成了彝家人。这一细节设计消解了民族之间的差异，但同时也解构了果瓦之前对身份认同与坚持的意义，这就使奢香与果瓦之间这场冲突的力量消失于无，变得荒唐和毫无必要，小说文本在内部否定了自身的意义。

奢香与马烨之间的冲突属于彝汉之间的政权和利益斗争。马烨是朝廷任命的贵州督抚，是一个大汉族中心主义者，不把西南彝族放在眼里，奉行汉族大一统观念。为实现其“改土归流，尽灭诸罗，代以流官，实行郡县制”的野心，他处心积虑，不断挑起水西部落与明朝廷的矛盾，企图以此逼反彝民，制造朝廷向西南彝民发兵的理由。彝汉史志和文人笔记中都有奢香状告马烨一案的记载，但马烨具体因何事鞭挞奢香，文献记载不明。明代的资料如田汝成的《炎徼纪闻》、郭子章的《黔记》、曹学佺的《贵州明胜志》说马烨以“小罪”挞奢香，清代的文献如张廷玉主编的《明史》和田雯的《奢香论》说马烨以“事”挞奢香。可见，历史上的这场冲突确实是存在的，但究因何事以及奢香是否真有罪，则不详。电视剧将这场冲突具体化为马烨以彝家擅自动兵为由对奢香兴师问罪，奢香据理力争，马烨最终把奢香当众裸背施以鞭刑。小说中，马烨为激怒奢香而故意向彝民摊派银两，奢香代表彝民以理相争拒不缴纳，马烨气急败坏，对奢香裸背鞭挞。奢香清楚马烨的目的，不得不含泪忍辱，阻止了要为她报仇的彝兵，然后冒着生命危险进京告状，得到了朱元璋的赞赏和支持，奢香奉行仁爱宽恕之道，恳请皇上不要处斩马烨。在这场冲突中，马烨为实现自己的野心，不惜拿百万彝民的性命当殉葬品，而奢香则为维护国家的统一和民族的团结，放下一己之辱，为民请命。

通过以上四组矛盾冲突的展开和解决，奢香高瞻远瞩、大智大勇、宽仁为怀、坚定刚毅、忍辱负重的形象得以淋漓尽致地展现出来，成功地塑造了维护国家统一、促进民族团结、发展地方经济的民族英雄形象，这一形象在电视剧中要比在小说中更加鲜明和突出。

## 三、身份越界与角色认同

电视剧《奢香夫人》和小说《奢香夫人》通过对人物语言、行为和性格的塑造，使奢香这一人物形象跨越了性别和族别的身份界限，集男性与女性、彝人与汉人的优秀品质于一身：有武则天的雄才大略却不心狠手辣，有女性的温柔仁慈却又刚毅果敢，有汉人雄视天下的胸襟气度，又处处为彝家利益打算谋划，成为一个超性别、超族别的完美角色，从而获得了男女受众的一致喜爱与认同。

在电视剧和小说中，奢香一开始就是以男性形象出场的，这既为奢香的性格定下了基调，同时也无意识地将奢香的性格和才华都归属于男性特征。在电视剧第一集中，奢香和丫鬟朵妮女扮男装成彝家小子，去书院借书，偶遇夏柏元，引出了一番大汉与蛮夷之间的争论。小说中，二人也是女扮男装，骑马去贵阳买书，奢香不仅骑术相当了得，而且语出惊人。彝家娃儿要买汉书已经很奇怪了，而且要买的还是“汉人打天下，治天下，教人怎么做人的书”，这让书店老板吃惊不小，当即断定买书人不是寻常人物。奢香从小就是以男孩子的方式成长的：很不安分，喜欢骑马、射箭、看书。随着剧情的发展，奢香所做的事和所承担的责任在传统社会中一般都是由男性来完成的：审时度势，分析判定彝家政权的归属；两军阵前，调兵遣将，指挥若定；为救性命化解危机，单刀赴会身入曹营；执掌政权，将水西治理得政通人和，安宁富足……大总管果瓦认为遵照彝家规矩，水西女人本应相夫教子，做好女人的分内之事，不应插手男人的事，而且女流之辈，是不能担当大事的，所以他和格宗都认为奢香问政是僭越了作为女人的本分。可是，奢香不仅做了原来都是男人们干的事，而且比前任君长做得更好。电视剧和小说成功地以奢香超越于性别界线的领导者才能满足了观众和读者对一位民族首领的角色期待，可惜创作者又总是有意或无意地将奢香的诸多优秀品质归属于男性特质，不自觉中落入了性别偏见的陷阱。

但是不论精神气质如何男性化，奢香是女人这一事实是无法否认的，身为女人而在男人的权力场中游戏，就有僭越女人本分之嫌，如何让奢香成为游戏的赢家而又不显得野心勃勃冒犯男人的尊严？电视剧和小说的策略是将权力设置为并非奢香的意愿，而是迫不得已受之的重任。在霭翠病逝之前，奢香恪守女人本分，是一位体贴贤淑的妻子、温柔慈爱的母亲、宽容友爱的嫂子。霭翠去世，奢香临危受命，接过权杖，但仍坚守女人本分，先是将摄政权让给格宗，后来不得已收回摄政权，在格宗再次逼宫时又表示自己并不在乎权力，唯一的心愿是留在水西陪伴夫君。小说中，奢香也一再表示，不想参与权力的争斗，只想陪着儿子，过一个普通女人的生活。这说明了奢香并不是一个野心勃勃的争权者，为了彝家百姓的安宁她不得不摄政，并以她的治理有方、仁爱宽厚赢得了彝民的支持和爱戴。她不仅是一个好君主，还是一个好母亲、好女人，这一完美的形象获得了观众的认可与尊敬。电视作品属于大众传媒，从传播的宣传性和普及性出发，必须考虑受众的不同需求，因此，强调奢香恪守女人本分、避免参政的行为也无可厚非。但是，从艺术层面来考量的话，试图从各个方面努力让人物形象达至完美，反而会使形象失真而削弱艺术力量。事实上，据史料记载，在西南边疆地区长期以来的文化传统中，女性在父亲或丈夫亡故之后，有参与、继承政权的合法权利。明朝廷对于西南土司世袭权的规定中也认可了这一权利，如《明太祖实录》记载，洪武十六年（1383），朱元璋诏授武定军民府土官法叔之妻商胜为女知府的诰文中就说："朝廷致治，遐迩弗殊，德在安民，宜从旧俗，惟尔黔中之地，官皆世袭，间有妇承夫位者，民亦信服焉。"除了商胜，当时西南地区像奢香这样的女性执政者不乏其人。查阅《明史·贵州土司》，其中有姓名记载的就有：普定府女总管適尔、宣慰使宋钦妻刘淑贞、土司安万钟妻奢播、思南宣慰使妻杨氏、思州宣慰使田琛妻冉氏、普安州土判官隆畅妻米鲁、平浪土官王应名妻吴氏等等。可见，女性参与、继承政权在西南地区的土司制度中并非罕见，正是西南边疆地区这种特有的政治文化传统为奢香的历史作为提供了舞台。电视剧和小说设置奢香谦让摄政权这一情节其实是陷入了汉族男权中心主义的窠臼。

奢香这一人物形象获得大众的青睐，还有一大原因是她不像霭翠和果瓦那样坚守彝汉的身份区隔，而是积极学习汉人的耕种方法和儒家思想，既维护了民族的团结，又繁荣了地方经济。霭翠和果瓦也是有大智慧的管理者，他们不是不知道汉人在经济和文化上的优势，也不是不关心民生，但他们之所以拒绝向汉人学习，是因为对他们来说，民族身份才是最重要的，彝家的传统习俗和生活方式如果被汉人同化了，那么彝家的根源也就消失了，所以他们才要严格坚守彝汉之别。奢香之所以能跳出民族身份的拘囿，可能与她的女人身份有关（女人一生从父从夫从子，对自己的民族身份不像男人那样执意），但更重要的是因为她早就接受并认同了汉族文化。奢香聪敏好学，从小接受汉学老师的指导，熟读汉书，通晓古今。在电视剧中，奢香在书院遇到夏柏元，夏柏元以“黄帝苗裔大汉血脉”的身份傲视奢香这个“蛮彝小子”，主张用武力屈服西南蛮夷，奢香不卑不亢，用汉家圣人之言和汉家史例一一驳斥夏柏元，最后总结说不论何民族，天下唯有德者居之，说得夏柏元理屈词穷，无言以对。电视剧和小说无处不在强调奢香的远见卓识和仁爱理念皆来自汉人典籍，所以，奢香身为彝家女，继承了彝家政权，但在执政观念上已然是汉文化的继承者，彝汉身份的界限在奢香这里被模糊了。正是这种超越民族偏见的胸襟气度使得奢香能够吸纳一切先进的方法和优秀的思想为其所用，成为一个伟大的女性统治者。小说中的奢香对于彝家身份是有所坚持的，主要体现在两个细节上：电视剧中，奢香是主动要求送陇弟入太学的，小说中则是奉圣旨送陇弟入太学。电视剧中，奢香并不担心学习汉文化会影响陇弟对彝家身份的认同；小说中，奢香觉得送陇弟去皇都学习是辜负了霭翠的嘱托，在霭翠墓前诉说自己选择的艰难，并让陇弟带着彝家的书进京，叮嘱他永远不要忘记自己是彝家人。小说中的奢香对于汉文化的认同不像电视剧中那么彻底，对于彝家人可能被汉人同化的危险有所担忧。小说中的奢香面对彝汉文化、彝汉身份的选择，有所犹疑，有所担忧，这一形象就比电视剧中的奢香稍显复杂和深刻，也可能更接近真实的历史人物奢香。

## 结语

电视剧《奢香夫人》和小说《奢香夫人》以奢香的命运起伏为主线展开叙述，在不违背历史实情的前提下，重组历史事件的先后顺序，使故事框架得以建构，人物形象得以凸显，同时设置了几组性质不同的矛盾冲突，使奢香的性格和不同品质在与不同人物、不同矛盾的冲突中得到充分展开和呈现，奢香的不同侧面、不同形象于是鲜活地出现在观众面前：温柔体贴的妻子、亲切和蔼的嫂子、温和慈爱的母亲、睿智大气的领导者。作为大众传媒的视觉艺术，影视文本往往需要故事流畅便于理解、情节紧凑扣人心弦、形象鲜明让人印象深刻，才能吸引不同观者的眼球。电视剧《奢香夫人》成功地做到了这一点，让奢香夫人这位边缘地方的民族英雄从历史册页走向电视屏幕，为现代人所敬仰，对奢香夫人故乡的文化和经济做出了贡献。但是如果以更高的艺术水准来要求，电视剧中的奢香夫人这一形象就因为太过鲜明而失之简单，太过完美而有损真实。小说是语言的艺术，读者对故事的阅读是一次情感、思维和想象的游历，因此小说文本的叙事可以比电视剧从容悠闲，人物形象的塑造应追求丰富复杂而力避简单直露。在这一点上，小说《奢香夫人》中的奢香在面临重大文化选择时的痛苦和犹疑，使这一人物形象更真实可信，而电视剧中奢香形象的“高大全”则是以牺牲人性的复杂性为代价的。政治谋略、军事才能、外交手腕，奢香无一不具，大至天下，小至斗室，奢香都能明察秋毫，辨别是非，几乎就没有她不能化解的难题和危机，她的胆识、智慧、胸襟和隐忍都超出了普通人的正常逻辑。

据《明太祖实录・卷215》记载，洪武二十五年（1392），前军都督佥事何福上奏：“故宣慰使靄翠妻亦桀骜不服，并请讨之。上以其非稔恶，不许。”又据《大定府志》载：“奢香置九驿，不欲道出于所居，故自黔西南门绕出大方之南而臻阁鸦。”奢香答应朱元璋修筑九驿，却将驿路远离水西君长的驻地，其间出于怎样的考虑，包含怎样的苦心，是后人难以体会的，但这两则史料至少告诉我们：历史上的奢香对明朝廷并非毫无保留地认同和信任。其实，作为一个彝族的女性统治者，在女性的个人需求与以家国为重的男性价值观之间、在彝族传统与汉人文化之间、在国家统一与民族利益之间，肯定存在不少矛盾冲突，在这之间如何平衡取舍，并非易事。在维护国家统一、促进民族团结的宏大主题之下，电视剧《奢香夫人》和小说《奢香夫人》将奢香的性格气质男性化、思想观念儒家化，呈现出一个大汉族男权中心主义下的民族模范形象，遮蔽了这一人物身上可能存在的性别和族别差异，简化了人物自身的内心冲突和思想矛盾。奢香故事的背后是少数民族政权整合进大一统国家的历史进程，艺术作品如何在忠于历史事实和彝族文化的基础上，呈现一个彝族女性统治者丰富而复杂的人生经历，以及民族文化的多样与融合，还有待努力。

**参考文献：**

[1]徐铭.明实录彝族史料辑要[G].成都：西南民族学院科研处，1985.

[2]大定县志[Z].大方县县志办重印.

[3]田汝成.炎徼纪闻（卷3）[M].四库本，台湾商务印书馆，1983：632-633.

[4]明太祖实录（卷142）[M].台湾"中央研究院"历史语言研究所校印本，1962：2232.

[5]罗伯特·麦基.故事：材质、结构、风格和银幕剧作的原理[M].周铁东，译.北京：中国电影出版社，2011：379.

[6]王明贵，王小丰.历史的奢香与奢香的历史[C]//张学立，肖远平.区域文化的互动与发展研究：以贵州为例[M].北京：民族出版社，2015：74-80.

[7]欧阳黔森.奢香夫人[M].贵阳：贵州人民出版社，2011.

[8]张廷玉.明史（卷316）[M].北京：中华书局，1974年标点本.

[9]大定府志[Z].贵州省毕节地区地方志编纂委员会点校.北京：中华书局，2000：320.

# 电视剧《绝地逢生》的小说文本研究

李子芯

**摘要：**《绝地逢生》是一部以底层农民为题材的电视剧。剧中讲述了改革开放以来，云贵高原乌蒙山脉中一群少数民族村民在村支书蒙幺爸的带领下，从极度贫困逐渐走向富裕的艰辛历程。作品描写了这些底层农民在苦难面前仍然坚持的善良、勤劳、顽强的美好本色，所以他们的苦难远离暴力、血腥、死亡，充满了爱和温情。剧中还与时俱进提出了建设社会主义新农村的生态主义构想，整部作品洋溢着浓郁的西部风情和浪漫主义色彩。

**关键词：**欧阳黔森；《绝地逢生》；底层农民；苦难；希望

《绝地逢生》是一部以农村改革开放为题材的电视剧。剧中讲述了云贵高原乌蒙山脉中一群少数民族村民在村支书蒙幺爸的带领下，经过三十多年的沧桑磨难，从极度贫困逐渐走向富裕的艰辛历程。该剧自 2009 年登陆央视以来，因其呈现出的浓郁的西部风情和少数民族人们的人性美而给观众带来了一种持久的兴奋与感动。在电视剧带给我们强烈的审美震撼的同时，读其小说文本也有一种久违的轻松与喜悦。在书写底层农民悲苦无告的生存境遇与扭曲裂变的人格几乎成了近年来乡村题材作品共同主旨的当下，欧阳黔森的《绝地逢生》在叙述苦难时，始终不忘彰显人性的敦厚善良与生存的顽强坚韧。所以小说中的苦难远离暴力、血腥、死亡，充满了爱和温情。但正如丹纳所说："艺术家想要表现幸福，轻快，欢乐的时候，便孤独无助，只能依靠自身的力量；而一个孤独的人的力量永远是薄弱的，作品也不会高明。"从这种意义上来说，欧阳黔森无疑是孤独的，他的作品可能会因此失去广泛的关注与共鸣。但是在浓黑的苦难叙事让我们对现世存在充满惊惧、怀疑、绝望的今天，《绝地逢生》所展现的温暖与希望如一股甘泉，慰藉与滋润着我们沉重的现实人生，而且小说中生动、流畅、口语化的语言和简约优美的自然景物描写使作品呈现出一种清新、别致的审美魅力。

## 一、苦难与希望并存的叙事主线

《绝地逢生》写的是云贵高原乌蒙山脉中一群少数民族村民所居住的盘江村石漠化非常严重，被联合国教科文组织列为不适合人类居住的绝地。长期以来，村民们只能靠吃国家救济粮勉强为继，最困难的时候曾发生过产妇被活活饿死的悲剧。小说开篇就讲述在一个狂风暴雨即将来临的漆黑的夜晚，盘江村王结巴的妻子翠儿因为饿着肚子生产，结果难产而死。母亲死了，新生的婴儿也面临着饿死的危险。在婴儿生死攸关的时刻，村支书蒙幺爸毅然决定杀掉刚生的牛犊子，号召村民们捐出仅有的粮食来喂养母牛，用母牛奶来养活这个可怜的孩子。

在极端的苦难面前，盘江村村民们善良淳朴的人格发出了圣洁的光辉。读者也许会疑惑究竟是什么原因造成了这种极度的贫困，是村民们的懒惰吗？就在这个不平常的夜晚，劳动模范王大有偷偷出走试图到外面觅活养家。王大有的出走使蒙幺爸暴跳如雷，而大队团支书韦号丽为黄大有的辩护揭开了盘江村的贫穷之谜，也解答了读者心中的疑惑。

韦号丽想想说：“幺爸，我们大队地少人多，像大有叔这样的，有力气用不上，一年到头也分不到多少粮食。再加上有人出工不出力，照样没少分粮，所以才会有很多人偷懒。你说，像大有叔这种勤快的人，会安心吗？”韦号丽的话一针见血地指出了盘江村之所以贫穷，既有人人皆知的那个年代不合理的政治原因，又有恶劣的自然条件因素。

水是农业的生命，但盘江村长期以来缺水严重，这也是导致它贫穷的重要原因。为改变缺水的现状，蒙幺爸组织村民热火朝天地修起了水库。水库很快修好了，在众人的热切期望下装了满满一库水，但一夜之间水又全没了，蒙幺爸着急之下跌倒在水库里。地质专家来了，经过一番勘探，告诉村民们这儿是典型的喀斯特地貌，很难储水且生态环境恶劣，石漠化严重，是不适合人类居住的绝地，必须往外搬迁。专家的话如当头一棒，把蒙幺爸打击得瘫坐在地。小部分村民开始往外搬迁，大部分人却不愿背井离乡。蒙幺爸开始思索盘江村的出路。天无绝人之路，一个偶然的机会使颇具商业头脑的蒙幺爸发现这种贫瘠干旱的土壤很适宜种植花椒，并且花椒既能改善生态环境又能带来经济效益。花椒的大面积种植和乡村旅游的开发改变了盘江村人的命运，使盘江村村民在历经无数的挫折磨难后终于踏上了富裕之路。

小说尽管用了大量篇幅描写盘江村村民曾经的苦难，但是造成他们苦难的原因与人性的丑陋、卑劣、欲望无关，它是那个年代政治决策的失误及恶劣的自然环境的结果。而且这部小说与当下流行的底层文学相比，最为独特的是它叙说了这些农民在极端的穷困面前仍不失善良、勤劳、坚强的美好本性，而且苦难磨砺了他们的意志，让他们的生存变得更有意义与价值。这种苦难与希冀并存的生活既是中国当代农民生存状况的真实写照，也是小说的高明之处。因为它使阅读少了一份紧张、沉重与压抑。这样的阅读体验能给人一种精神上的轻松与乌托邦式的遐想。或许有人会说这样的文本缺少如《被雨淋湿的河》（鬼子）那样为民代言的价值追求，也没有《马嘶岭血案》（陈应松）、《我的索菲娅公主号》（须一瓜）那样对底层农民扭曲人性的揭示。但在当下这样复杂的语境下，《绝地逢生》带给我们的无疑是对生活的启迪、希望与温暖，而这才是文学作品所要追求的精神超越。

## 二、理想的人物形象书写

在我国风起云涌的历史变幻中，底层农民似乎一直都是愚昧、麻木的代名词。乡村政治的掌控者，在我国权力的层级结构中尽管微不足道，但因为有了这些失语的农民群体的存在而显得意味深长，在民主与法治尚待进一步完善的时代尤显如此。近年来，文学作品中不乏农村村干部的形象。如《绝地逢生》中的蒙幺爸、毕飞宇的《玉米》中的王连方、贾平凹的《秦腔》中的夏君亭等。

《绝地逢生》中身为盘江村村支书的蒙幺爸是一个近乎完美的形象。他精明能干，果断坚强，是盘江村的灵魂与支柱。他为了解决村民们土地短缺和水资源紧张的问题，克服重重困难率领村民们开荒地、修水库，尽管都以失败而告终，但他百折不挠、愈挫愈勇的顽强意志也是勤劳而并不富裕的贵州人民乃至广大的中国农民精神韧性的体现。他视集体利益高于一切，为了给村民建小水窖，劝说在城里开店的二儿子蒙二棍把新买的车卖了，把儿子准备用来结婚的钱也拿了出来。他关爱群众，自己吃野菜节约出粮食来帮助比他更贫困的村民王结巴、吴阿满等。作为一个村支书，尽管他所在的盘江村被专家列为绝地，但是他始终不服输，殚精竭虑地为村民造福，大规模种植花椒，发展乡村旅游等，创造了一个又一个奇迹，把一个不适合人类生存的不毛之地变成了伊甸园。蒙幺爸这样伟大的农民形象就是目前并不富裕的广大中国农村、农民的希望。

与《绝地逢生》几乎同时期出版的《秦腔》中塑造了鲜活丰满的村支书夏君亭的形象。夏君亭与蒙幺爸一样聪明能干，有胆识有魄力，有敏锐的商业头脑。他为解决村民经济困难的问题，力排众议，在村里兴建农贸市场。但与蒙幺爸不同的是，夏君亭不仅能干而且狡猾有心机：为阻止无赖三踅上访，设计捉三踅的奸情；为讨好叔叔夏天智，他假公济私，用公款为堂弟夏风结婚请的戏班子买单；还利用手中的权力嫖娼。

或许有人会说，《秦腔》中那个毁誉参半并且无力从根本上改变清风街贫困面貌和阻止村民离开土地涌入城市打工的夏君亭才更能反映现实，而近乎完美的蒙幺爸是一个理想化的典型。其实，在《绝地逢生》中几乎每一个人物都是淳美的。如善良的团支书韦号丽，未结婚就冲破重重阻力收养王结巴的儿子牛娃；慷慨大方的蒙二棍，自己富了却不忘乡亲；有担当的王结巴，当年为救儿子牛娃偷大队粮食引发火灾，多年后仍不忘向乡亲们赎罪：在他们身上体现了农民善良、朴实的本色。小说最后，盘江村办起了花椒加工厂和发展乡村旅游，村民们脱贫致富的完美结局也使作品呈现出浓厚的理想主义色彩。作者这种塑造人物形象和设置故事的方式并不是在回避现实，它一方面说明了作者对人性美的珍视、倡导与向往，另一方面给了苦难生活中的人们以勇气、信心和力量。所以，从某种意义上来说，《绝地逢生》是一曲人性美的赞歌，唱出了人在任何恶劣的环境下，只要保持一颗百折不挠的心，生活终会归于美好这样一个朴素的生活哲理。

## 三、生态主义主题

生态主义是20世纪70年代兴起于西方的一种社会思潮，它关注人与自然、人与环境的和谐，是西方生态危机的产物。“生态文学以注重人与自然的和谐及提倡自然中心主义反对人类中心主义为旨归，其文学特征在于以生态思想和生态视角为出发点，将自然为本的文学和以人为本的文学相并列。”作为一位曾经的地质工作者，欧阳黔森对生态环境有着特别的关注与重视。《绝地逢生》中就饱含作者对农村早年不合理的砍伐而导致生态环境恶化的批判，对农村可持续发展的思考。作者通过盘江村轰轰烈烈开荒、修水库的惨痛失败经验告诉大家，农村要发展，必须有科学的发展观，不能盲目更不能以破坏生态环境为代价。所以当大理石厂要在盘江村建立时，尽管有比较丰厚的征地赔偿，但是在失败挫折中变得理智的蒙幺爸顶住了官方的压力，拒绝了在村里建厂的要求。因为他深知不能贪图眼前的利益，去破坏本来就非常脆弱的生态环境，而给子孙后代带来更严重和更可怕的后果。盘江村要生存要发展必须另觅他法。小说最后，花椒种植的成功和曾经寸草不生的野狼谷在蒙大棍的治理下变成了姹紫嫣红、芳草菲菲、绿树满坡、雀鸟争鸣、休闲山庄掩映在绿树红花之中、穿着民族服装的青年男女载歌载舞的人间仙境，说明了生态主义思想对农村发展的重要性。

今天市场经济迅猛发展，而在我国广大偏僻的农村，边远、贫瘠的土地并不能从根本上解决农民们生活的困顿，农民离开土地涌入城市，农不农、工不工，候鸟似的游走于乡村与城市之间已成为他们一种普遍的生存状态。在这样的时代背景下，《绝地逢生》并没有像时下众多的底层文学那样去展示农民工一路走来的血和泪，去声讨现实制度的不合理，它是反其道而行之，提出了一种在闭塞落后的地方建设社会主义新农村的生态主义构想，并给读者描绘了一个世外桃源般的现代乡村的蓝图。在这个乡村里，有现代化的工厂，有诗情画意般的人间美景，作品洋溢着浪漫主义色彩。浓郁的浪漫主义情调也许会影响作品的艺术价值，作者饱满的激情也使得小说中有些地方的构思不够缜密，但是在既定的现实秩序内它给读者尤其是来自农村的读者撑起了一个美丽的梦，唯其有梦，才有希望，这就是这部作品的价值所在吧。

**2013 年《电影文学》第 16 期**

# 对电视剧《绝地逢生》创作主题的解读

李国瑞

**摘要：**在偏远的贵州山区，有个引人注目的乌蒙山区，因为在这里有个盘江村。20 集农村题材电视连续剧《绝地逢生》的制作和播出，向全国观众介绍了在盘江村这片绝地之上，生活着像村支书蒙幺爸这样的时代进步的代表人物和他的村民们。本文选择从电视剧《绝地逢生》的整体入手，通过对电视剧《绝地逢生》的综合分析，从中发现和找到其创作主题，重点解读了该剧创作主题的三个方面的特点，从而让读者对《绝地逢生》有一个更新的认识。

**关键词：**电视剧；《绝地逢生》；创作主题；影响意义

## 一、电视剧《绝地逢生》概述

只有 20 集的电视连续剧《绝地逢生》，将我国农村改革开放 30 年的历程成功通过荧屏带给了全国电视观众。这部电视剧不是简单的故事情节的叙述，更为重要的是深入解析了科学发展观这一重大科学理论。

这部电视剧的原型是从我国贵州省的一个山区选取的，那里有非常贫瘠的乌蒙山区。因为在那里，到处都被群山环抱，耕地极为稀少。不但如此，那里还是石漠化最为严重的一个地区。对于我国的其他地区而言，乌蒙山区环境恶劣，曾被联合国教科文组织贴上不适合人类居住的地方的标签。尽管如此，党和国家不但没有放弃这里，相反在这里给予了巨大支持。在财政上不断调拨雄厚资金，在物力上积极周转调度，在人力上更是广泛号召。可是，这空前的救助和帮扶，并没有达到我们预想的效果，甚至产生的效果微乎其微。终于在科学发展观的指导之下，乌蒙山区的人们走上了一条真正的发展道路，以积极阳光的精神面貌彻底摆脱了穷困潦倒的艰难命运。

电视剧中的乌蒙山区有个盘江村，盘江村的村支部书记名叫蒙幺爸。他在年满 40 时，面临着的是在村支书工作岗位上最具挑战的一年。开始的时候，村里王结巴的妻子在临盆时死去。紧接着又发生了一件不寻常的事情，那就是村里唯一一个劳动模范为了生计被迫离开了村寨，去外面打工维持生计。再后来，因为极端的贫困潦倒，村民罗麻子永远离开了他所居住的村寨。在这个因为贫困而出名的村寨，突然接连发生了如此多的事件，使得身为村支书的蒙幺爸醒悟了：他好像明白村子里的田地稀少，还有老百姓生产出来的粮食不足以及大家参加劳动生产的积极性不高，是让整个盘江村陷入贫困窘境的根源所在。他开始思考，并很快有了答案。一个大胆的想法让他毅然决定将全村的田地承包给全体村民。在包产到户的积极号召之下，那年秋收的时候，村里收获的粮食一下子多了起来。虽然还一时无法补齐所需粮食的巨大缺口，但是较之以前已经好很多了。

为了不再依靠国家的救济，他认真考察并深思熟虑之后终于发现，村寨缺粮问题的根本在于田地稀少，但村里人口众多。于是，全体村民都在他的带领之下开垦荒地，增加全村土地，使全村的人均土地占有量实现了翻三番。在他看来，本以为可以解决粮食缺少的问题了，可是到了秋收，村民依然不够自给自足，还得靠救济生活，这让他困惑不解。研究石漠化的科学家来到乌蒙山进行科学考察以后，得出了一个非常可怕的结论，那就是这一带的石漠化极其严重，甚至根本不适宜人类居住和生存。这样的结果让村支书很难接受，但他必须面对的事实却是他和他的全体村民都生活在一片石漠化的“绝地”，并且世世代代没有停息求生存的脚步。

国家并没有放弃这里的老百姓，推出了各种各样的扶贫政策，但事与愿违，盘江村努力的效果微乎其微。最后大家迫于生存的无奈，才举家迁离这里。作为一村之主的蒙幺爸，见到这样的场景极度伤心。也正是这份伤心，才激起了他与命运及天地做最后斗争的满怀豪情。虽然屡屡遭受挫折和失败，但他一直都在坚持。省里派出的科学指导小组到盘江村进行再一次科学考察的时候，提出了科学发展的“扶贫开发、生态建设、人口控制”新路子，这使得全体村民又一次看到了希望和曙光。通过全体村民积极乐观地努力，盘江村终于改变了之前贫穷落后的面貌，转变为小康村寨。这里的村民从此告别了“绝地”，远离了贫困，走向了幸福。

村支书蒙幺爸在科学思想和精神的指导下，带领广大村民开创了一个难以想象的绝地逢生的奇迹。把之前那个几乎寸草不生的贫瘠之地改造成了富裕的美好村寨。全体村民“绝地逢生”的整个历程，以及他们的精神为我们塑造了一个创造伟大历史的中国农民的高大形象，继而证明了只有科学发展观才能促进我们人类不断向前发展。

## 二、电视剧《绝地逢生》创作主题分析

电视剧《绝地逢生》在播出之后，取得了巨大的反响。

在整个20集的电视剧当中，我们被它的深刻创作主题所感染和打动。整部电视剧的主题可以综合概括为以下三个大的方面。一是具有高度的思想性。这部电视剧的主题非常深刻地指向了农村人民在与自然和谐相处的美好生活图画的场景再现时所具有的高度的思想性。二是通过《绝地逢生》整个故事的演绎，使得它的创作主题明显具有了艺术性，这个主题使得全剧在一种全新的理念之下，淳朴地表现了贵州山村的秀美风光。三是通过《绝地逢生》的艺术影响，来展现这部电视剧在引领全国其他题材的电视剧的创作生产时所赋有的启发性的这一主题。

（一）电视剧《绝地逢生》创作主题的思想性

电视剧《绝地逢生》的创作主题非常明显，就是最直观、正面而又真实地宣传了当时的科学发展观的科学理论。整部电视剧从最为前沿的农村的角度，选择最为朴素平凡的着眼点，非常真实地再现了当下中国农业生产的现代化和产业化新道路，得出了只有充分考虑到人和自然的和谐相处才能发展的根本道理。通过观看整部电视剧，我们发现其中的画面是非常朴实和自然的，找不到一点夸张的地方。所以说，整部电视剧都是真实生活的再现。从思想上就可以看出是在体现和展示党中央的科学发展观，很明确地向观众说清了这一科学理论其实也是来源于基层老百姓。

《绝地逢生》是我国农村题材电视剧在反映农村改革历史进程当中的一个缩影，也是展现我国农村现代化改革开放的一部发展史。非常不容易的地方就是，这部戏其实是走在时代的前列的，为更偏远和庞大的山区农村的发展提出了一种科学合理的模式，在思想上是一个巨大的突破。

在20集的《绝地逢生》中，通过它的创作主题所体现出来的一个重大思想就是我们党在改革开放的历史进程中不断形成的成熟而正确的指导思想。能够把乌蒙山区石漠化极为严重的盘江村治理整合成现代化的富裕新农村，在其中发生的各种斗争，都充分说明了我们必须坚持开放思想，不断进行改革，找到一条合适的正确的生产发展道路来推进我国各个领域的向前发展。这样的创作主题更加鲜明。

（二）电视剧《绝地逢生》创作主题的艺术性

电视剧《绝地逢生》的创作主题很重要的一个方面表现在向全国广大观众展现了贵州山村秀美和谐的自然风光，因此可以说这部电视剧的创作主题充满了艺术性。而这种艺术性首先表现在电视剧的题材选择之上，也即将着力点放在了表现中国农村奇迹的再现之上。演员们通过在电视剧中的各种表演来表现中国改革开放30多年在农村发生的这些奇迹，从而让子孙后代更多地去认识我国农村的发展历史。

这部戏的叙事视角也是全新的。电视剧中不再是学习和模仿当年的愚公移山的方式来改天换地，而是彻底从一个全新的视角来阐释发生在这群农民身上和村寨中的一切。《绝地逢生》从真实的生活场景入手，记录村民们在真实而平凡的山村中的点点滴滴，在不断努力和积极乐观面对挑战的情况之下，终于找到符合全体村民发展的一条科学合理的幸福之路，实现了当地人与自然共同发展和进步的历程。

另外，这部电视剧的创作主题很自然地向广大观众展现了多彩贵州的自然风光。《绝地逢生》不像之前绝大多数农村题材剧的场景那样低沉和灰暗，而是从新的高度和用新的色彩来展现贵州山村的美好自然风光。

（三）电视剧《绝地逢生》创作主题的启发性

这部剧的创作主题，很重要的一面就是向我们传递了一个启迪。从电视剧的创作上看，将会对观众起到非常积极正面的引领和带动作用。

电视剧《绝地逢生》的成功创作，证明了这部电视剧的一些经验是非常成功的，在其创作主题的背后，更为今后贵州的发展提供了新的契机，同时也对今后有关贵州内容题材的影视剧作品有一个很好的启发。因为这部电视剧总结出了非常多的有益经验。《绝地逢生》的创作和播出，也给了更多创作贵州题材的艺术家们极大的鼓舞，从而为推动贵州的发展和相应文化的繁荣起到了巨大作用。

这部剧在中央电视台的黄金时段面向全国的电视观众展示和播出，本身就给贵州带来了非常难得的宣传机会；并且时间点也是非常特殊的，安排在了全国举行两会期间，人大代表们可以很好地向全国推广贵州、介绍贵州。

**结语**

拍摄《绝地逢生》可以说是一个巨大的冒险和挑战，但是它取得了非常大的成功，是非常令人欣慰的。整部电视剧在展现多彩贵州乌蒙山区偏远贫瘠的盘江村的点点滴滴时，画面是如此明朗和鲜艳。虽然是严肃的标题，但是呈现出来却是非常有力量的。剧中人物和盘江村发生的巨大变化，让我们感受到了科学发展观的重要及成功实施后的美好收获。通过对电视剧创作主题的分析，我们更加清楚了电视剧的艺术和文化魅力。这也为贵州这一地区的发展和进步起到了巨大的助推作用。

**参考文献：**

[1] 欧阳黔森. 绝地逢生 [M] . 贵阳：贵州人民出版社，2008.

[2] 洪治纲. 底层写作与苦难焦虑症 [J] . 文艺争鸣，2007(10) .

[3]王岳川. 生态文学与生态批评的当代价值[J]. 北京大学学报(哲学社会科学版)，2009(2) .

**2014 年《电影文学》第 4 期**

# 永恒的乡土之恋

## ——评黔剧《绝地逢生》

杨经华

**摘要**：黔剧《绝地逢生》，以贵州乌蒙山区为背景，讲述了盘江村村民在村支书蒙大胆（蒙幺爸）的带领下，与恶劣的自然环境抗争，最终将一个不适合人类生存的不毛之地变成了伊甸园的人间传奇。该剧坚持乡土文化本位，关注生态建设，为中国农村的贫困与发展、乡土经济的重建、乡土价值的坚守等重大问题，做出了积极有益的探索。

**关键词**：《绝地逢生》；贵州；乡土；生态文明

黔剧《绝地逢生》由中共贵州省委宣传部、八一电影制片厂、中央电视台影视部联合出品，取材于贵州乌蒙山区，讲述了盘江村村民在村支书蒙大胆（蒙幺爸）的带领下，与恶劣的自然环境抗争，最终将一个不适合人类生存的不毛之地变成了伊甸园的人间传奇。该剧自 2009 年 3 月在央视播出以来备受关注。两会期间，央视一套、八套及各省级卫视均上档主旋律电视剧进行献礼播出。在这场收视大战中，谱写中国农民奋斗史诗、反映贵州民间乡土的《绝地逢生》独占鳌头。该剧不仅刻画了农民在新时代的奋斗历程，同时也展现了他们友情、亲情、爱情、民俗、民风等多层次的文化内涵。尤其是剧中对贫困家园的坚守、改造，对乡土之恋的执着，更是成为当今人们向往的精神境界。

## 一、乡土之恋的固守

钱理群先生指出："生活在贵州这块土地上的人们，历来有两种选择：走出大山与不离故土。"[1]是逃离，还是固守自己的家园？这种离土与守土的冲突在《绝地逢生》中表现得异常激烈。

一方面，逃离盘江成为部分人脱离贫困的唯一选择。劳模黄大有的偷偷逃走，蒙二棍溜出盘江到外面打工，吴阿满等住户的集体搬迁；最为让人唏嘘的是，王结巴的妻子小翠生孩子因饥饿力竭而死，王结巴痛哭："下辈子，下辈子如果出生在一个有白米吃的地方，小翠是不会死的。"他的喃喃之语，道出了盘江困境的悲壮。

另一方面，以蒙幺爸为首的村民，坚决固守贫困的家园。由杜源扮演的蒙幺爸，细腻、生动地刻画了一个乡村支书的全部精神内涵。他带领村民上山垦荒、围土造田、修水库、引水渠，展开轰轰烈烈的反抗贫困的战斗。在他内心深处，石漠就是自己灵魂栖居的家园，石头就是自己精心呵护的恋人，"石头开花"就是自己一生的梦想。这种质朴的土地之恋，正是中国千年乡土情结的历史积淀。从他身上，可以看到中国人固有的执着、坚毅与深情。

与蒙幺爸的悲壮相比，蒙大棍对乡土孤独的守护，充满情感的苦涩。为了践行对恋人九妹的承诺，他独自潜居恶狼谷，将一片裸露的荒原，改造成姹紫嫣红的桃花谷。人事错综，天意轮回。大棍几乎是无望地守候，终于收获了苦涩而又甜美的爱情。从美学角度看，在人与自然、人与贫困

[1] 钱理群，2003，《认识我们脚下的土地》，载钱理群编《贵州读本》，贵州教育出版社。

的悲壮抗争中，忽然插入一段凄美的爱情，就如同清代文艺批评家金圣叹点评《水浒传》时所言，“山摇地撼”之后，忽有“柳丝花朵”，把壮美和优美及时转换、交替，给作品带来了强烈的审美效果。而从生活本身来说，即使是贫困得无立锥之地，爱情仍然是生命中不可或缺的支柱。这份令人感慨的执着与独守，既是爱情的力量，也是源于对乡土浓烈的依恋之情。

童蕾扮演的韦号丽，更是刻画了一位执着乡土、保卫乡土的美丽女神形象。她本可以与二棍在城市有一番发达的事业、舒适的住房，可是她对于盘江难以割舍的情感，使她留下来与这里的村民荣辱共存。在她的情感世界里，丈夫是一半，盘江也是一半。当丈夫与盘江之间发生冲突时，她的天平始终向盘江倾斜。二棍也正是在这种乡土之情的感召下，毅然变卖城里的产业，回归盘江，夫妻在相濡以沫中渡过了人生的难关。王金发，这位当年离开盘江的“不肖子”，在自己事业发达之后，仍然满含热泪地回归。剧中友情、亲情、爱情等元素的相互交织，使影片增加了丰富多彩的时代内涵。

广州市番禺区观众张伟说：“《绝地逢生》让我看到了一部纯粹、唯美的农村戏。和以往农村戏的那种土不一样，《绝地逢生》把农民拍得非常自然，有一种乡野轻风的唯美。”[1]这是对影片追求和达到的艺术境界的最高肯定。

## 二、生态主题：乡土经济的必然走向

生态问题是《绝地逢生》关注的主线。编剧欧阳黔森说：“《绝地逢生》这部西南农村电视剧的主要灵魂所在是，它不仅承载了农村30周年改革

---

[1]郭鸿静、袁有良：《〈绝地逢生〉编剧欧阳黔森：将西南农村题材发挥到极致》，《贵州都市报》2009年3月10日。

开放的问题，还承载了解决石漠化和水土流失这些建设生态家园的问题，环境保护、生态治理不仅仅是中国的问题，也是全球共同面临的问题。”[1]正是源于这一理念，影片开篇便从一个绝对贫困的山区展开：王结巴的老婆生小孩去世，留下了一个没奶吃的孩子；劳动模范黄大有偷偷逃走，去外地干私活；小翠他哥借小翠之死来兴师问罪……展现了满目疮痍的现实。

盘江为何如此贫困？几乎无人能找到问题的症结。

为了与贫困抗争，蒙幺爸带领盘江人做出不屈不挠的努力。盘江人多地少，于是展开了一场开垦荒地的热潮。可是天公不作美，一场大雨冲毁了全村人的梦想。韦号丽动员全村人养猪，改善生活状况，可王结巴、吴阿满却把猪杀来吃了。而因为缺水，养猪也无法坚持下去。眼看庄稼长势良好，正当迎来一个丰收之年时，一场大旱又一次彻底击碎了人们仅存的一点幻想。在屡次挫折面前，蒙幺爸意识到，水就是盘江生存的命脉。于是开展了一场轰轰烈烈修建水库的工程。经过数月施工，小水库终于在春雨来临之前修好了。春雨积满了水库，蒙幺爸和村民们一片欢腾。可是，在王副区长闻讯来看水库时，小水库的水都没有了。这一残酷的现实一下子把幺爸给击倒了。

盘江对贫困挑战的失败，一切原因在于生态的失衡。而盘江的走向生态，竟是一段凄美爱情的意外结果。大棍与九妹倾心相爱，却因贫困而被生生拆散。临别之际，九妹伤心欲绝：“我喜欢桃花，可是恶狼谷却不可能开满桃花，就当我们有缘无分……”恋人已去，言犹在耳。刻骨的初恋之痛使大棍独守恶狼谷，种了十年桃花。这份曾经被幺爸斥为不务正业的痴心举动，竟成为吹响改造生态的号角。之后大棍在恶狼谷种上了花椒。

---

[1] 李明珠：《一条河水的幸运变奏——访〈绝〉总编剧》，《贵州日报》2009年3月18日。

花椒种植的成功，成为盘江人改变命运的转折点。

花椒经济打破了农村单一依靠农耕经济的状况，尽管此后亦遭大旱，但盘江人仍然顺利渡过了难关。花椒经济是生态建设结出的第一粒果实。随着花椒市场的建成，花椒加工厂的走向正轨，这一系列的成就使盘江摆脱了贫困的帽子，成为远近闻名的模范村。

盘江走向生态发展的过程，并非一片坦途，而是受到了各种旧观念的束缚与阻碍。剧中安排了一个颇有象征意义的插曲。江老板看上了盘江的大理石资源，决定投资建立大理石厂，受到了蒙幺爸、韦号丽的坚决拒绝。而在 80 万税收的诱惑下，镇里的马镇长却全力支持办厂。蒙幺爸与马镇长展开了争论，马镇长最终没能说服蒙幺爸。蒙幺爸对生态的坚守，是因为他切身体会到了生态恶化之后对人类自身的威胁。在这场工业文明与生态文明的冲突中，尽管盘江取得了胜利，但大理石厂最终还是在乌江镇落成。盘江在贫困中经受住了工业文明的诱惑。历史最终表明，贪图一时利润的乌江镇，在付出环境的惨重代价后，还是重新回过头来学习盘江的模式。剧本对如此结局的安排，揭示了生态文明是人类永恒的主题。任何违背这一主题的行为，最终必然会受到自然的惩罚。

## 三、重构乡土：文化与经济的和谐共生

盘江历经了“救济式扶贫”“输血式扶贫”“造血式扶贫”的长期历程，但这些举措在盘江村皆收效甚微。如何构建盘江经济，不仅是盘江人思索的问题，也是全中国农村的乡土经济重建思考的重大问题。

影片以盘江民族乡土文化为突破点，积极构建文化与经济共生的和谐发展模式。在中国，与农民“逃离乡土”相反的浪潮也正以日益高涨的趋势蔓延着，“那就是随着旅游业的兴起，越来越多的城市居民源源不断以

游客身份涌向乡村”[1]。是什么吸引城市居民涌入乡村？回答是：乡土魅力与乡土精神。

桃花谷农家乐，正是适应了人们对于乡土价值的渴求。桃花谷是美丽的，这种美丽，不是自然的恩赐，而是积淀着盘江的人性之美。盘江迷离多姿的布依风情，更是一份取之不尽，用之不竭的文化资本。在蒙幺爸的带领下，桃花谷公路修通了，引水渠道建成了。这一切的努力，为六月六风情节的主办、民族原生态旅游区的创建奠定了基础。盘江人所积淀的一切文化资本，正源源不绝地转化为丰厚的经济效益。莱斯·R·布朗指出：“随着人类事业的继续扩张，由地球生态系统所提供的产品和服务越来越稀缺，自然资本正迅速成为制约因素，而人造资本则越来越雄厚。”[2]在盘江，自然资本是稀缺的，而人造资本的日益壮大，正是构筑乡土经济的不绝源泉。

致力于贵州农村生态题材的打造，一直是编剧欧阳黔森多年的愿望。据欧阳黔森介绍，正是对于生态问题的聚焦，引起了贵州宣传部门的重视，尤其是贵州省委宣传部部长谌贻琴，多次过问此剧，并将其作为2008年贵州最重要的一部戏。欧阳黔森说：“这部电视剧之所以能引起如此重视，和主创人员的辛苦付出与贵州省委、省政府、各级各部门的努力分不开。”[3]

无论从剧本的创作背景，还是拍摄现场，《绝地逢生》都深深打上了贵州高原的地域烙印。蒙幺爸等不屈不挠、屡败屡战的悲剧抗争精神正是

[1]徐新建:《乡土中国的文化困境——关于“乡土传统”的百年论说》,载徐杰舜、许宪隆主编《人类学与乡土中国》，黑龙江人民出版社，2006，第123页。

[2]莱斯·R·布朗：《生态经济：有利于地球的经济构想》，东方出版社，2002，第21页。

[3]沈仕卫：《专访电视剧〈绝地逢生〉总编剧欧阳黔森》，《金黔在线》2009年3月11日。

贵州高原人民精神内涵的注解。剧本不仅让世人领略了贵州人在这块高原上建设美好家园所取得的伟大成就，同时也展示了贵州人在如此贫瘠的土地上如何实现诗意栖居的人生情怀。正如河南省郑州轻工业学院观众孟弦云：“这部戏让我看到了贵州的美景，贵州的民族风情，贵州农民的生活画卷。看得很新鲜，与北方的农村生活有很大的不同。剧中‘蒙幺爸’的执着，‘韦号丽’的泼辣、干练，都让我对贵州人有了新的认识，他们让我觉得贵州人自强不息，很可爱。”[1]总之，通过此剧的热播，贵州精神、贵州山水、贵州风情正日益获得人们的普遍认同。

盘江模式成功了，盘江迎来了中央总书记的慰问与关怀。躺在病床上蒙幺爸止不住热泪盈眶。“了却君王天下事，赢得生前身后名，可怜白发生。”宋代词人的一缕轻叹，不意化为今日之乡土现实。影片结尾，满脸沧桑、双鬓斑白的蒙幺爸摔碎了埋藏在地里多年的玉米罐子。粮食问题是令他一生为之魂牵梦萦的问题，如今终于可以不为之牵挂了。“心里踏实了，踏实了！”回首往事如烟，数十年的贫困与抗争、光荣与梦想，都在洒落的玉米粒中流动翻滚。破碎的瓷片，宣告了一个时代的逝去和另一个时代的来临。

**2009 年《电影文学》第 20 期**

---

[1] 谢培松、袁有良：《〈绝地逢生〉编剧欧阳黔森——从地矿工到热门作家》，《贵州都市报》2009 年 3 月 13 日。

# 欧阳黔森的瀑布世界：一条河水的幸运变奏

## ——专访西南农村题材电视剧《绝地逢生》编剧

李明珠

由中共贵州省委宣传部、八一电影制片厂、中央电视台影视部联合出品的电视连续剧《绝地逢生》，在全国两会召开期间亮相中央电视台一套黄金时段。该剧不仅为中国影视艺术长廊中西南农村题材勾画上了有力的一笔，更是为当前践行科学发展观新添了一份厚礼。

《绝地逢生》是一部反映我国农村改革开放 30 年发展历程，阐释科学发展观重大意义的电视连续剧。该剧通过讲述贵州乌蒙山区一个普通村寨的山民如何在石漠化最严重的石旮旯里改变自身命运的曲折故事，生动地再现了贵州干部群众“开发扶贫、生态建设、人口控制”的理论认知和实践探索。在这场与“绝地”的较量中，他们从失败中明白了，不仅仅要有愚公移山艰苦奋斗的精神，还要有符合科学发展观的态度。在不断的实践探索中，那里的人们创造了一个人间奇迹：把曾被联合国教科文组织划为不适合人类居住和生存的不毛之地变成了伊甸园。他们“绝地逢生”的这一过程，谱写了一部中国农民的心灵史诗，塑造了这个伟大时代的农民形象，从而印证了科学发展观对人类做出的伟大贡献。

《绝地逢生》的编剧欧阳黔森，曾当过 8 年的地质队员，现为中国作家协会第七届全委会委员、贵州省作家协会副主席，是第十一届全国人大代表。先后在中国中文核心期刊《当代》《十月》《收获》《人民文学》《中国作家》等发表长、中、短篇小说400余万字。出版有长篇小说《雄关漫道》《非爱时间》等；出版中篇小说集《白多黑少》《水晶山谷》等；出版短篇小说集《味道》等。20集电视剧《雄关漫道》、长篇小说《雄关漫道》分别获第十届全国“五个一工程”奖优秀奖和入选作品奖，欧阳黔森的作品力揽“飞天奖”“金星奖”“金鹰奖”及贵州省政府文学奖一等奖等奖项，他本人也获“德艺双馨”称号。

欧阳黔森创作《绝地逢生》这部戏还是由于机缘巧合。在此之前他写了20集的轻喜剧《布依人家》。“布依”一语双关，一是指布依族，二是代表老百姓，以此来展示贵州的民俗民风，以及改革开放30年间发生的翻天覆地的变化。《布依人家》从大纲制定到剧本完成一共花了一年半的时间，本来预计2008年4月开拍。不过正值央视需要关于科学发展观农村题材的电视剧，向改革开放30周年献礼，轻喜剧这个形式就不合适了，但《布依人家》里面所展示的西南农村题材的致富路子正是践行科学发展观的成果，所以他立刻投入了新的创作。由于欧阳黔森曾经从事地质工作，在写《布依人家》时又对农村的情况进行了全面了解，所以对农村的生活十分熟悉。这样，40天的夜以继日之后，60万字的电视连续剧《绝地逢生》初稿剧本最终完成。欧阳黔森说：“从《布依人家》到《绝地逢生》，除了大量的原始素材和主人翁的名字不变以外，整个大的骨架和所有的剧情都要重新洗牌。因为《布依人家》作为一部轻喜剧，显然没有《绝地逢生》这部政治戏承载的分量重。在创作过程当中，改革开放几个阶段的政策和人民的生活都要与历史相吻合，短时间我又翻阅了大量的历史文献资料，这是一个巨大的挑战。而且中间又反复斟酌修改，直到摄制组开机半个月后，才拿到我亲笔签字确定的《绝地逢生》终审剧本稿，这对我来说无疑是打了一场硬仗，完成了一个不可能完成的任务。”

其实，《绝地逢生》这部戏能够写成，还有一个伏笔。几年前，贵州国土资源厅土地开发中心在一个叫太阳乡的苗族乡镇组织扶贫开发，那地区严重石漠化，人均持有土地 0.4 亩，而且这 0.4 亩还不像北方地区是田，而是山风化后在石头缝里形成的一块碗状的土。当时实行土地包产到户，本来有 47 块地，分到 46 块地的时候，有个人把草帽揭开，最后一块地就在草帽底下盖着，可见那个地方的土地已经极度贫瘠。人多地少，粮食供应严重不足，那个地方的农民穷到只要有土，就必须得种粮，但是那里的人们还是无法生存，整个乡镇的人口都面临着搬迁。后来经过科技扶贫开发，原来连饭都吃不饱，两个人穿一条裤子的老百姓，现在人均总产值翻了十几番甚至几十番。这天翻地覆的变化令他特别惊叹，回来之后他就在《十月》上发表了中篇小说《八棵苞谷》，这就是《绝地逢生》的萌芽。

中篇小说《八棵苞谷》中，三崽在不高也不大却很陡峭的房前小山头上种了八棵苞谷。故事的主人公三崽的爹是一位老歌王，特别喜欢唱歌，一家人都是唱歌的，但是土地极度贫瘠，在“文革”以前的三年困难时期，主人公的妻子和小女儿就是因为一棒苞谷饿死的。当时为了节约一棒苞谷给儿子吃，死了两个人，所以他对粮食一辈子都有一种揪心与崇拜的复杂心理。他每年秋收以后都会在罐子里藏一棒苞谷，埋到土里去，他就想那个时候我要是有这么一棒苞谷，我的妻子就不会死，我的小女儿就不会死，他一辈子这样做就是为了避免这样的悲剧再次发生。那个悲剧在他心里产生了巨大的冲击力，所以他一辈子都在准备，如果灾害到来，那么他储备的这些苞谷就还有机会救亲人的命。他从 20 世纪 60 年代开始藏苞谷，到 2000 年应该储备几十罐了，在小说结尾这个村子彻底富裕以后，他认为不仅村子富裕了，国家也富裕了，一辈子悬着的心总算踏实了，他就带着他的几个儿子上山，把罐子挖出来砸了。他的踏实就是对社会的一种认可，因为“民以食为天”的粮食问题已经解决了，他没什么可怕的了。而《绝地逢生》的结尾则由《八棵苞谷》的粮食的结尾延伸到科学发展观的政治性结尾，从心态上来讲，砸粮罐的结尾充分体现了老百姓对政府的信任。电视剧《绝地逢生》最初的格局基本上是从中篇小说《八棵苞谷》中脱胎而来，但其核心部分是相通的。

欧阳黔森说：“《绝地逢生》这部西南农村电视剧的主要灵魂所在是，它不仅承载了农村改革开放 30 年的问题，还承载了解决石漠化和水土流失这些建设生态家园的问题，环境保护、生态治理不仅仅是中国的问题，也是全球共同面临的问题。”贵州是石漠化非常严重的地区，在改革开放之前，联合国教科文组织曾经把这一类地区规划为不适合人类居住的地区。我国贵州地区人多地少，是唯一没有平原的省份，而且开荒的山坡度大于 25 度，水土流失特别严重，就更加加速了石漠化的进程，造成了一种恶性循环。国家各级政府对这一地区加大了扶贫力度，先后历经了“救济式扶贫”“输血式扶贫”“造血式扶贫”。这些举措在一些地方取得了明显效果，但在这一石漠化严重地区却收效甚微。当时就任的胡锦涛等省领导班子成员在考察这一地区后，提出了解决这一地区症结的三大要点，既“扶贫开发、生态建设、人口控制”，使当地的老百姓又看到了希望，因地制宜地找到了一条符合科学发展观的道路。这条道路对全球石漠化的治理也有一定的指导意义。

编剧欧阳黔森介绍说，电视剧《绝地逢生》无论是在剧情上，还是在人物设置上，都具有很多观众喜闻乐见的元素，归结起来有三大看点。

一是《绝地逢生》作为一部意识形态的片子，首先具有很强的视觉冲击力。石漠化有一个奇怪特征，越是石漠化越漂亮，就像盆景一样。所以在电视剧的片头有一句话："美丽，但却极度贫瘠。这是'石漠化'地貌的特征。联合国教科文组织把这一类地区列为不适合人类居住的地方。这是一个人类生存的绝地，我们的故事就从这绝地开始……"之后一根火柴划破了黑暗，蒙幺爸出现，片头一个非常诗意化的意境。用拍电影的手法来拍电视剧，进而展现贵州各种少数民族的民俗民风和乌蒙山的磅礴气势。"乌蒙磅礴走泥丸"中的山、水、人的感觉立刻呈现在全国观众面前，带给观众愉快的全新视觉感受。

二是艺术美感与政治高度有机结合。很多人都认为主流的片子会影响观众的可视性，这也是主流编剧们都在思索的问题。《绝地逢生》以讲故事为主，用艺术来再现生活，当中的政治格局是通过故事中的人物来体现的。在创作过程当中，既要展现大的时代背景，又不能陷到里面去，还得让观众觉得故事好看，这就需要在众多素材里择取剧情来构思故事。剧中大棍和九妹彼此相爱，但却因为大棍拿不出彩礼，九妹被换婚嫁到别家。大棍和九妹经常去一个叫恶狼谷的荒谷。这个地方的山下有条大河，但是看得见喝不着，当地老百姓常说："如果我们不缺水了，那就是水倒流了；如果恶狼谷长树了，那就是天翻地覆了。"九妹爱桃花，在嫁人之前，她告诉大棍一个不可能实现的事情，除非恶狼谷长满桃花，他们才能有缘分在一起。眼睁睁地看着心上人嫁给了别人，大棍受到了刺激，他永远记住了这句话，从那以后他就想尽一切办法在恶狼谷种桃树，仿佛他一辈子就要实现这一个愿望。后来，他用了十年时间，经过种种磨难，荒凉的恶狼谷终于开满了桃花。九妹死了男人，成了寡妇，不善言语的大棍拉上在家的九妹就走，他带九妹去看满谷的明艳艳的桃花，那时候说"我爱你"这三个字已经是很浅薄的东西了。但是最后还是遇到了很多挫折。有一天，大棍在恶狼谷山崖的石壁上刻了三个大字——桃花谷，他又把九妹拉了过去，于是，他们终于在一起了。这条感情线一方面讲大棍与九妹的感情，另一方面讲大棍执着的心境。大棍把整个生态恢复了，剧中治理石漠化用的是感情，不是用植树造林的硬性政策。所以，动力很重要，桃花谷很重要。

另外，我们讲政治方面的格局是从人物上来讲的。蒙幺爸是农民，但他却是一个屡败屡战的英雄。他每次都以坚忍不拔的顽强精神面对大自然给他的各种压力，他一直以愚公移山的精神在奋斗，只要是在他力所能及的范围内，他都努力去做，但最终结果还是贫困。后来，在科学发展观的指导下，种植花椒使他们发家致富，蒙幺爸感慨道："下面我抓住了金子（黄土），上面我就抓住了银子（钞票）。"这块"绝地"上的人们终于走上了属于自己的治理生态和发家致富的道路。《绝地逢生》把故事镶嵌在政治格局中，这样就很人性化地达到了艺术的审美要求。

三是与一般的农村题材不一样，这部片子是大手法、大制作。这部戏穿少数民族服饰的群众演员就达到 2000 多人，平常服饰的群众演员人数上万，另外，摄制组分 A、B 两组，相当于拍电影的规模，这在国内拍摄农村题材电视剧的历史上当数首个。而且也不是农村片一贯的轻喜剧风格，所以场景的流动性很大，可看性很强。

《绝地逢生》是欧阳黔森创作的第四个剧本。第一个便是曾经在中央电视台一套黄金时段播出的《雄关漫道》，该剧除了获得了极高的收视率外，还在各种奖项上也收获颇丰，先后获得中国人民解放军全军最高奖"金星奖"、全国电视剧专业奖"飞天奖"，以及中宣部第十届精神文明建设"五个一工程"奖优秀奖。欧阳黔森说："我是一个富于英雄主义情结的人。自小生活在贵州这片红土地上，枕着那些红军长征的故事入眠，幼时我也曾有过铁马金戈、驰骋沙场的梦。尽管最终成为作家，这个梦想却日夜在我心中澎湃，一直在寻找机会奔突而出。2006 年，时逢长征胜利 70 周年，我庆幸自己终于用自己的创作，与长征这段壮丽的历史合奏了一曲《雄关漫道》。”欧阳黔森的第三个剧本《奢香夫人》已经开始进入筹备阶段，将由中共贵州省委宣传部和八一制片厂联合拍摄。40 集电视剧《二十四道拐》也将开始进行剧本创作，预计今年 10 月开机，明年向抗战胜利 65 周年献礼。

一般比较平稳的创作路子是：写诗歌，然后是散文、短篇小说、中篇小说、长篇小说。欧阳黔森是严格按照这个顺序来的，他以诗歌起家，循序渐进地走到今天，他说：“文学样式，不是一个形式的问题，看掌握在谁的手里面，每种样式都可以达到极致。但真正的文学家就是思想家，像鲁迅先生，他已经上升到解决人类精神层面的问题了。当今的作家仍需不断地努力学习进步。”曾经有位研究现当代文学的研究生问他：“你觉得什么是文学？”欧阳黔森答道：“无论我们身处何方，无论社会多么险恶，无论我们受到怎样的待遇，仍然能用一颗年轻、善良的心去善待生活，这就是文学。如果人的境界能上升到这种高度，你写的东西肯定能让许多人感动，肯定战无不胜，这就是文学最初的动力。”

欧阳黔森说：“我天生喜欢文学，从小就有给别人讲故事的欲望。”他面对央视和众多媒体时，却依然坚持称自己是一名地质队员，认为自己文学创作的源泉来自于地质队。贵州是个风情奇异、文化生态错综复杂的地方，曾经边远而贫困，昔有“天无三日晴，地无三尺平”之夸张说法，如今虽然那里发生了巨大的变化，但那里的文学似乎仍呈现着独异的面貌，好像总与中原地区或沿海地区的风格保持着某种距离，有点遗世独立的味道。欧阳黔森小说的最大特点是“好看”，地域风情或充满诱惑的商场能引起读者的好奇心。他一方面不断拓宽读者的视野，一方面又在悄悄地破坏读者的阅读期待，从而丰富读者的阅读体验并引导读者进入小说境界，最终完成灵魂与作品的邂逅。在每篇小说结尾，他为读者所提供的答案往往与悬念一起游移并构成下一级悬念的母题。可以说，每篇小说都试图精致地构筑一个悬念的环形图案，这是一种更加贴近现实的世俗传奇。

初识欧阳黔森，给人一种性格内敛、不苟言笑的印象，若是与他聊上几句，话题就接踵而至，而且你要紧跟他的思路。8 年地质队的深山生活，历练了他乐观的性格。他不拘小节，豪爽心直，笑起来声音十分嘹亮。而他的自信，有时候让人觉得他一切都成竹在胸，青年人那种勇往直前的朝气在他身上可谓体现得淋漓尽致。

欧阳黔森来自有“瀑布之乡”称谓的贵州，他说他是个爱瀑布的人，他说有瀑布的地方便有了欢乐与神奇，他说有瀑布的地方就不再平凡。在寂寞的山林中，瀑布是最雄浑瑰丽的乐章，它将河水的缓游漫吟和欢跃奔腾奇妙地糅合在一起，这是一条河水的幸运变奏，这就是欧阳黔森的瀑布世界。

**2010 年《中外军事影视》第 10 期**

# 双性同体理论解读韦号丽形象

李芹香

**摘要**：欧阳黔森创作的长篇小说《绝地逢生》讲述了贵州偏远山村乌蒙山区村民在村支书蒙幺爸的带领下逐步脱贫致富的曲折经历。学界对其研究甚少，且主要集中在生态意识、“盘江精神”与贵州扶贫开发方面，尚未见有对小说中用了三分之一篇幅所塑造的女主角韦号丽形象的研究。笔者将运用双性同体理论，从女性特质与男性特质这两方面分析韦号丽这一女性形象，以更好地解读该小说。

**关键词**：双性同体；女性特质；男性特质；两性和谐发展

## 一、双性同体

“双性同体”又称雌雄同体，心理学上指具有男性人格特征和女性人格特征的双重性格的人。“双性同体意识”概念率先由塞缪尔·泰勒-柯勒律治提出。双性同体理论则最早由英国女权主义先驱弗吉尼亚·伍尔夫在其著名女性主义理论著作《一间自己的房间》中提出，书中写道：“在我们每一个人的心灵中，有两种主要力量，一种是男性因素，另一种是女性因素。在男人的头脑里，是男性因素压倒了女性因素；在女人的头脑里，是女性因素压倒了男性因素。正常而舒适的生存状态，使这两种因素和谐相处，精神融洽。”[1]她认为个体内心既存在男性的因素也存在女性的因素，如果这两种因素能够和谐共处，精诚合作，他/她就是一个品行兼优的人。

《绝地逢生》是贵州作家欧阳黔森创作的长篇小说，讲述了贵州偏远山村乌蒙山区村民在村支书蒙幺爸的带领下逐步脱贫致富的曲折经历。学界对其研究颇少，且主要集中在生态意识、“盘江精神”与贵州扶贫开发方面，尚未见有对小说中用了三分之一篇幅所塑造的女主角韦号丽形象的研究。小说塑造的韦号丽形象，既具有女性所共同的特征——善良、富有同情心、温柔细致，又具有男性的特征——理性、工作狂、大公无私、霸气，是集男性特质与女性特质于一体的双性同体形象。该形象打破了父权社会的秩序，给读者展现了一位丰满、理想的女性形象。文学语言是一种话语，具有话语蕴藉属性。作家塑造这一女性形象，让当下的读者认识到在人类社会发展中，女性亦做出了巨大贡献。

笔者将运用双性同体理论，从女性特质与男性特质这两方面分析韦号丽这一完美女性形象。

## 二、女性特质

号丽漂亮，被称为布依歌后，这些是女性特质的一种表现。更能突出其身上女性特质的，要属她的善良、细心体贴，小说中具体体现在她给襁褓中的牛娃找奶吃、暴雨中救结巴妈及收养牛娃。

牛娃是村民王结巴的孩子。王结巴好赌又家贫如洗，更令人气愤的是蒙幺爸送给他五斤大米给他媳妇补充精力与营养，他也拿去赌了。最终，他妻子因饥饿、营养不良而没有力气生小孩，虽费了九牛二虎之力好不容易生下孩子，她却去世了。襁褓中的孩子没有母乳吃，随时面临生命威胁。

作为女性，号丽身上所具有的善良品性，驱使她想方设法救这个孩子。在石漠化严重、土地产量低、经常遭受各种自然灾害的情况下，这个季节正是青黄不接的时节，她赞同蒙幺爸提出的杀死牛犊让牛娃喝牛奶的做法。在牛主人说牛因没有吃的，几乎产不出牛奶的情况下，她劝说父老乡亲齐心协力，捐粮食给母牛吃，让母牛多产奶，从而救活了牛娃。

倾盆大雨来临之际，号丽首先想到的是王结巴一家的安危。她顶着大雨朝王结巴破漏的房屋冲去，正碰上房子即将倒塌，她奋不顾身地背着王结巴妈就往外冲。

王结巴妈去世，照顾牛娃的担子落到王结巴身上，单身汉照顾孩子难免会手忙脚乱，号丽经常去看望牛娃。王结巴因失火烧了仓库，被派出所带走，上车前他撕心裂肺地喊着牛娃的名字，他放心不下孩子。众人都在看热闹，这颇符合鲁迅先生曾经讲的，中国人最擅长的就是当看客。唯独号丽钻出人群，去了王结巴家，把正在哭的、脏兮兮的牛娃抱回了家，并给他洗澡。号丽是正当谈婚论嫁的姑娘，其做法遭到了父亲的强烈反对，用父亲的话说，知道事情原委的人知道你是好心，不知道的还会说闲话，对你一个姑娘家来说，不好。但号丽不顾父亲的反对，坚决要收养牛娃，因为在她看来，牛娃身边没有亲人，他不能没有母爱，因而她勇敢地充当其母亲角色，给他一个健康成长的环境。面对村民的风言风语——如大姑娘未婚就先当妈，也不害臊；她收养牛娃另有企图，是想得到牛娃家的地；等等——她毫不在乎，她所关心的是牛娃能生活得好，能和其他孩子一样健康成长。随着时间的推移，村里说闲话的人越来越多，父亲怕牛娃影响号丽的名声，便偷偷把牛娃送走。号丽得知此情立刻跑到区里，找到牛娃，并毫不犹豫地把他带回了家。后来，其他孩子抢牛娃的桃子，孩子家长却找到号丽，说了一大堆不好听的。号丽并没有生气，她表现出非常淡定的神态，且主动向该家长道歉。可见，为了牛娃，她可以受委屈。当王结巴回到家乡得知号丽一直以来把牛娃当亲生儿子抚养时，他十分感激，拿十万块钱作为对她这些年辛辛苦苦、任劳任怨地拉扯、教育牛娃的补偿，但号丽说什么也不要。此事既验证了有些村民认为号丽抚养牛娃是为得利的想法是错误的，同时又可见其内心的善良。

号丽身上除具有突出的女性特质外，还具有理性、工作狂、大公无私、霸气等男性气质。下文将结合小说内容，具体分析号丽身上的男性气质。

## 三、男性特质

在王结巴的妻子去世后，号丽主动号召、说服、发动村民们捐粮食喂母牛以救济牛娃。当被问及牛犊子饿死怎么办的问题时，她愿承担牛犊子死了的责任，可见其敢作敢当的性格特征。在统计各家存粮情况时，发现百分之九十的村民缺粮，她十分焦急，便积极想办法解决。当蒙幺爸提出用石头固土时，她立刻表示同意并坚定加入此行列，可见其思想进步、积极响应上级号召。

面对劳动模范黄大有外出务工的行为，号丽不像蒙幺爸那样疑惑不解，而表示出谅解，因为她能洞悉其中缘由：大有叔尽管长年辛勤地劳作，但其得的粮食却和偷懒的人一样多，他自然安不下心来，所以有了外出务工以增加自己收入的想法及行为。面对心上人蒙二棍提出的修房子，她理性地拒绝了，她分析给二棍听：现在经济条件不算太好，修房子要很大一笔开销，且她爸这边的房子也空着浪费了，很可惜。可见，号丽处处以理性的眼光来看待与分析问题。

号丽还关心村民的私事。如见王结巴小舅子带大汉到家里来抢粮，她毫不畏惧并怒斥他们没有良心，抢娃娃的救命粮。针对九妹丈夫死了，在夫家待不下去，来娘家又因没有户口而分不到田地的实际情况，她积极召集大队研究，同意把九妹的户口迁回，并训斥黄富强的行为。可见，她是人民的公仆，为民众排忧解难。同时，她还积极参加村里开展的各种活动，如兴修水库、公路、水窖，学种花椒树，兴办花椒加工厂等，且积极探讨、发现、解决这些工程中遇到的各种困难。面对越来越恶劣的生态环境，号丽提出栽树可以缓解石漠化日益严重的现状。盘江要修公路，号丽带着青年突击队，每天都坚持工作在工地上最艰苦的地方。

号丽身上的大公无私是男性特质的又一典型表现。号丽果断拒绝了未婚夫蒙二棍让她去当老板娘的想法。当老板娘在她看来是自私的行为，是一家富裕，她头脑中想到的是她身为团支书，应该为村民们服务，让大家过上好日子。盘江大队准备兴修水库时，她认真盘算工程所需的资金，意识到这对盘江大队来说是一笔不小的开支，她劝说自己的未婚夫卖掉他心爱的汽车以凑集款项来缓解工地的资金需求。同时，她积极参与兴修水库的劳动，并合理安排工人们的分工协作。面对工程急缺钱的情况，她再次发动大家捐款，在捐款被用完之后，她毅然把自家马上要用来春耕的牛牵去卖以补给水坝工地的开支。面对父亲的阻拦，她耐心地劝说并答应以后给父亲买头水牯来。

号丽身上的男性特质还体现在霸气上。与九妹逆来顺受接受父母安排的换婚不同，号丽对前来说媒的媒婆毫不客气，并说："三姑，你要是给我爹做媒，我当你是喜鹊；你要是给我做媒呀！我可当你是乌鸦。现在讲的是自由恋爱，你要是搞破坏……你知道我是什么人！"并伸出手在媒婆眼前做了一个抓的动作，"我是民兵连副连长。你要搞破坏，我眼睛认识三姑，手却认不得你三姑。"[2] 她向媒人挑明，她追求自由恋爱、婚姻自主，并将严惩媒人。

## 结语

由上文可知，号丽既具有善良、体贴、母性的一面，宁愿受委屈也要抚养、教育牛娃，可见其身上鲜明的女性特质；又具有理性、工作狂、大公无私、霸气等男性特质，为盘江大队环境的改善、村民生活水平的提高做出了杰出贡献。因而，号丽是女性特质与男性特质的完美结合，是作家构建的理想女性形象。小说通过塑造该形象给当下社会以启示：只有个人的两种特质相互融合，个人才能得到健康发展；同时，一反男权中心主义（女性比不上男性）的观点，相信女性身上的男性气质得到正常展示的话，女性对社会发展的贡献是巨大的。正如学者所说：“只有男女两性相互融合，相互支持，共同努力，共同创造，人类文明才能达到真正辉煌的顶点。”[3] 当然，笔者并不是建议所有的女性都把自己塑造成韦号丽那样的女性，只是从“双性同体”理论出发追求文学和社会意义上的“男女两性和谐”，因为男女两性的和谐发展对人类社会的发展有不可忽略的作用。

**参考文献：**

[1] 弗吉尼亚·伍尔夫．论小说与小说家［M］．瞿世镜，译．上海：上海译文出版社，2009：154.

[2] 欧阳黔森．绝地逢生［M］．贵阳：贵州人民出版社，2009.

[3] 吴庆宏．弗吉尼亚·伍尔夫与女权主义［M］．北京：中国社会科学出版社，2005：150.

2014 年《芒种》第 18 期

# 关于电视连续剧《二十四道拐》的叙事研究

韦海滨

**摘要**：电视剧《二十四道拐》自开播以来取得了不俗的成绩，当中体现了许多叙事学原理。本文从叙事学角度，从叙事作品结构分析的功能层、行动层、叙述层三个方面对电视剧《二十四道拐》进行探究。在功能层，该剧通过不同的镜头、精准的台词、精湛的演技等细致入微的“功能”造就了整剧的成功。在行动层，该剧通过梅、刘两家的明争暗斗，各阵营间的人物关系及故事情节，抗战生命线形成过程，等等，有效地推动了故事情节的发展。在叙述层，该剧以独特的选题视角、巧妙的悬念设计牢牢地吸引了观众，确保了高收视率。

**关键词**：叙事学；《二十四道拐》；功能层；行动层；叙述层

## 引言

时值抗日战争和世界反法西斯战争胜利 70 周年之际，一股抗战剧热潮悄然而生。由中共贵州省委宣传部、八一电影制片厂、中央电视台联合出品的抗战类电视连续剧《二十四道拐》，自开播以来便受到各方面的广泛关注。在文艺界引起了极大的反响，许多专家对《二十四道拐》的主题和表现方式均持肯定态度，特别是对其以小见大的选题、独特的视角、善用悬念的叙事方式给予了极高的评价。

时任贵州省党史研究室主任的徐静在《从〈二十四道拐〉看历史铸就的民族丰碑》里说道："《二十四道拐》里关于那段惊心动魄的民族抗战场景的经典呈现，叩击人的心灵。抗战历史铸就的民族丰碑之所以不朽，是因为它记载的是以爱国主义为核心的伟大民族精神的胜利。"

中国文艺评论家协会名誉主席、文艺评论家李准在一次关于电视剧《二十四道拐》的专家研讨会上提出："这部剧从题材到主题、形式、风格都有独特之处，再现了抗日战争的一个片段，用非常独特的视角弘扬了抗战中的爱国主义精神。"

中国第二次世界大战史研究会会员、晴隆县文物管理所原所长陈亚林在他的《〈二十四道拐〉是这样拍出来的》一文中指出，电视剧《二十四道拐》"站在历史的客观公正视角，准确把握中日、中美、国共两党之间的关系和矛盾，不夸大、不丑化、不美化任何一方，在这个基础上，借鉴一些美剧的创作手法，强化和凸显戏剧矛盾，力图呈现那个时代背景下，在那个至关重要的'咽喉'地带隐藏着的复杂的斗争"。

## 一、《二十四道拐》中叙述单位及其相互关系的功能层

巴特把叙事结构的基本单元称为"功能"，"按照叙事单元的整合观，分析不能限定于单元的纯分配性定义：意义从一开始就必须是这些基本单元的评判准则，构成故事单元的是其某些切分单元的功能性特征，由此我们用'功能'这个术语来界定这些单元。"根据这个定义，故事即由若干个相互关联的"功能"组成。在影视作品中，每一个镜头、每一句台词甚至每一个表情都是一个"功能"，一部影视作品的成功，这些"功能"的

作用是不可忽视的。在电视剧《二十四道拐》中，每一个“功能”都细致入微，正因为有了一个个“功能”的成功，才构成了整部剧的成功。

（一）用不同的镜头表现不同的场景

在《二十四道拐》中，有时用长镜头来展示“二十四道拐”的雄壮，有时又特写人物表情来表达情感，将各种各样的场景形象生动地展现在观众眼前，让观众犹如身临其境。例如，为了让观众体验到逼真的视觉效果，该剧摄制组的工作人员为演员们营造了荒野山林、山洞、铁索桥、浮桥、马帮山寨等片场，最大限度地还原了当年抗战时严酷的自然环境。数字影像的结合使得在本剧的屏幕上构成了“二十四道拐”的真实影像感，最大限度地再现和重构了这条运输大动脉的生命线和大血管的意义，展现了70年前在“二十四道拐”上繁忙又艰巨的运输任务；让“二十四道拐”的雄伟、壮丽以高质量的、真实的状态呈现在观众眼前，给观众带来了更加真实的感官体验，同时也把观众带入了70年前的历史里，使观众能够更加深切地体会到70年前那场中国人民反抗日本帝国主义侵略战争中所展示出来的伟大民族精神。

（二）用精准的台词推动故事情节的发展

台词可以使观众直观地了解故事的发展，因此一部电视剧要取得成功，对台词的把握是至关重要的。可以看出，剧中每一句台词都是仔细推敲过的，意在通过精准的台词来表达人物情感、关系以及推动故事情节的发展，使观众深刻地体会到那段历史。例如，刘小锋饰演的梅松以特派员的身份被委派到晴隆守护路桥，以保证物资顺利运输。在剧中，他一直表情严肃，不苟言笑；他攀山越岭，勘察地形；他持枪杀敌，振臂高呼：完美地塑造了铮铮铁骨的军人形象。同时，他剧中的台词却是“地气味”十足，拒绝说教，话糙理不糙，极具感染力。比如“少废话！扛不住也得给我扛”“身为特派员，我有一定权力，可要钱我是身无分文”“等赶走了日本鬼子，我第一件事情就是结婚”等等，这些台词成功展示了梅松这一角色的铁汉柔情。

## 二、《二十四道拐》中描述人物活动及其分类的行动层

“行动是人的行动，叙事作品不可能没有人物的参与。但是这里的人物并不是一个心理实体，不是一个体质俱全的生命体，而只是一个类型，一个施动者，它是行动主体，也就是说是行动决定了人物。”所谓的“行动”，巴特建议“不应当理解为构成第一层次组织的微小行为，而应理解为大的行为（如欲望、交际、斗争）”，即具有各种微小行为总和的性质。电视剧《二十四道拐》对人物情节描写细致入微、形象生动，通过人物的行为来串联起整个故事，引导整个故事情节的发展。

梅、刘两家的明争暗斗：日军为了切断“二十四道拐”这一运输通道，疯狂地对“二十四道拐”和盘江大桥开展了一轮又一轮的猛烈轰炸。为了确保“二十四道拐”公路的畅通无阻，何应钦亲自挑选得力人选，把刚从前线回来的梅松派到晴隆担任特派员，保卫“二十四道拐”公路。梅松当时担任团长一职，同时，他也是一名地下党员。梅家是当地有名望的大家族，当然少不了另一个与之抗衡的大家族——刘家。

刘家是晴隆的另一户大家族，表面上和梅家是世交，但因为各自的利益又成为世仇，为了收购枪支，相互明争暗斗，甚至大打出手。剧中，刘家大少爷刘显龙因爱生嫉，处处与梅松作对。对于刘显龙说，梅松回到家乡后成了拥有绝对权力的特派员，处处都比自己好，不仅事业上如此，自己的妻子还是梅松的初恋。刘显龙平素就心胸不够开阔，又特好面子，梅松的存在让他觉得如同打了他的脸。

刘家还有一个重要的人，她就是安南县警察局侦缉队队长、刘家二小姐刘显兰。她与梅松从小一起长大，深爱着梅松。剧中，刘显兰对梅松是痴情不改，无论别人怎样误会梅松、诋毁梅松，她始终站在梅松这一边，支持他、鼓励他、帮助他。当梅松被陷害得很惨的时候，她拼死保护自己所爱的人。同时，她对自己的感情也从不掩饰。剧中有一个镜头，就是当刘显兰见到分别好久的梅松时，她紧紧拥抱梅松并向他大胆表白心意。刘显兰对梅松的这份感情，与她的哥哥刘显龙对梅松的敌意形成了矛盾与冲突，正是这种矛盾与冲突使得全剧变得更加高潮迭起、跌宕起伏。

## 三、《二十四道拐》中叙述人、作者和读者关系的叙述层

主要分析的是叙述人、作者和读者的关系。叙事作品作为客体，是交际的关键；而没有叙述者和读者，就不可能有叙事作品。同时，叙事作品是交流的场所，它既有叙述人，也有读者，但“谁是叙事作品的授予者——叙述人”才是至关重要的。

叙述层是叙事文学中的最高层次，在叙述层中叙述符号把功能层和行动层结合在一起，使叙事作品自身成为一个交流体系，同时也把读者带进了作品的世界中，从而沟通了叙述者和读者之间的关系。例如，“从前，有一个……”这类叙述符号就会使叙述层具有一种双重性。“它一方面沟通了叙述者和读者的关系，沟通了作品内部和外部世界；另一方面又使叙事作品自成一个世界，封闭通向外部的通道，使叙述成为一种‘语言的言语’。”

“不用说，不了解叙事理论的讲故事者，同样能讲出动人心弦的故事，不懂得叙事技巧的听故事者，也无碍其领会故事的动人与神奇。但毋庸置疑的是，熟悉并把握了叙事理论及叙事规律的影片创作者——叙述人，会

把故事讲述得更为精巧，更富于变化，更具有意蕴和情致；而一个了解和弄懂了叙事成规及其技巧的观众，也一定会更富于洞察力地理解故事本文，更富于创造性地领悟和阐释影片文本。”

（一）独特的选题视角

与其他抗战剧不同，《二十四道拐》另辟蹊径，选择抗战大后方保护抗战大动脉的独特角度，把抗战统一战线表现得淋漓尽致，耐人寻味。该剧把这一段不为人知的历史，一个地域空间上发生的抗战故事，用以小见大的方式，给观众做了一个形象的、生动的、富有感染力的诠释，展现了中外联合抗战的力量，很好地诠释了抗日战争是国际反法西斯战争的重要部分。在我们目前所看到的抗战题材电视剧中，把中国的抗日战争融入世界反法西斯战争的，这是第一部。剧中抗战、谍战、家族等诸多元素融合在一起，看点很多，收视率已经说明了观众对它的喜爱。

（二）巧妙的悬念设计

作为谍战类型的电视剧，《二十四道拐》的悬念艺术是一个突出特色。巧妙的悬念设计让观众的眼球从第一集开始就被紧紧抓住，一集一集看下去，越是往后越是欲罢不能。《二十四道拐》的悬念艺术之所以能做到如此巧妙，从根本上说是因为创作是从生活中来的。

“情节是性格的历史，情节塑造性格，性格展现也推动着情节走向。情节悬念，归根结底离不开人物性格塑造，性格悬念可以成为情节链条发展重要的内在构造。”符合生活的逻辑，以悬念的力量使我们重温历史。拍摄之时，制作组非常注重对悬念的把握，每集的关键节点都有新的悬念产生。对于“二十四道拐”的争夺，制作方以三集为一个节点铺展一个大的叙事段落而将悬念完成，因而敌我双方的每次制动与决策对于观众都具有极大的吸引力。

## 结语

电视剧《二十四道拐》的叙事结构严谨，全剧围绕“保桥护路”这一主题，叙述了一个跌宕起伏的抗战故事，形象生动地刻画了贯穿其中的每一个人物的特点，传递了爱国主义精神与世界反法西斯精神，受到了观众的欢迎。由于“电视剧在视听语言的表现力和影响力上都不具典范性，叙事成为建构电视剧艺术的核心力量”。由此，本文从叙事学角度出发，从叙述结构的功能层、行动层、叙述层三个方面对电视剧《二十四道拐》进行分析和研究，揭示了该电视剧在选题视角、情节推进、人物塑造、悬念设置、细节展现等方面的成功之处。

2017 年《艺术科技》第 10 期

# 论主旋律电视剧《二十四道拐》意识形态叙事的得失

何天洋

**摘要**：作为贵州官方近年来重点打造的一部电视连续剧，无论是创作的背景与动机，还是自身的文本属性，《二十四道拐》都堪称典型的主旋律电视剧，其意识形态叙事的色彩十分浓郁。本文从思想表达、人物刻画、剧情编排以及视听奇观的营造等多个方面，对该剧范本式的意识形态叙事策略进行了考察和分析，指陈了其中的利弊，揭示了意识形态叙事在主旋律影视剧中的一般运用规律。

**关键词**：意识形态叙事；主旋律电视剧；议程设置；询唤；奇观

《二十四道拐》是由中共贵州省委宣传部、贵州广播电视台、贵州日报报业集团联合中央电视台、贵州向黔进影视文化有限公司等多家单位，为纪念抗日战争胜利 70 周年而推出的一部抗战题材的谍战剧。它以贵州省晴隆县境内的“二十四道拐”在抗战时期所起的重要作用为重点，编排了国共两党、援华美军和侵华日军围绕“二十四道拐”这一咽喉之地展开殊死拼杀的故事。文章将从思想表达、人物刻画、剧情编排以及视听奇观营造等方面讨论该剧意识形态叙事策略的得失。

## 一、主旋律影视剧和意识形态叙事

“主旋律影视剧”是指得到执政党及其掌控的国家政权大力提倡和扶持，反映其政党思想观念和政治诉求，符合其价值取向并在当时居于意识形态主流地位的影视剧。

无论是基于历史的实证考察还是学界的理论辨析，意识形态叙事无疑是主旋律影视剧这一中国特色剧种无法回避的一种叙事方式和叙事策略。某种意义上，它甚至可以说是主旋律影视剧与生俱来的一种元叙事。而本文所说的“意识形态叙事”，是“意识形态”与“叙事”结合而成的一个复合概念。

关于“意识形态”这个概念，本文加以运用的基础，首先是综合了马克思、恩格斯、列宁等传统马克思主义创立者对其含义的界定、阐释和发挥，吸收了它是一种“融合了阶级利益和阶级关系的观念体系”以及“意识形态凸显阶级斗争”等著名论断；其次，则主要借鉴了阿尔都塞“意识形态国家机器”和詹姆逊关于“意识形态叙事”的相关观点。

著名学者詹姆逊将“意识形态”还原为“一种元叙事，一种关于集体性格的终极阶级幻想”，并在此基础上判定，叙事根本是“政治的”。约翰·汤普森认为，作为一种观念体系，意识形态“代表的是统治阶级的利益而以幻想的形式代表阶级关系”。这一点在主旋律影视剧中表现得尤为充分。正是基于这样的原因，权力部门才自觉不自觉地将主旋律电视剧作为一种理想的“幻想的形式”来加以培植和打造。

对于“叙事”这个人们经常加以运用却莫衷一是的概念，我们倾向于在具体的语境中去分析它的主要功能和承载的丰富含义。具体到本文所说的“叙事”，它既有托多罗夫所说的“叙事即话语”、艾布拉姆斯所说的“一个叙事就是一个故事”等含义，还包含了传统文学批评、结构主义符号学和电影叙事学中“讲述者”“叙事策略”等要素。同时，也借鉴了后经典叙事学的方法，重视“叙事”本身与社会生活的关系。根据阿尔都塞的“症候阅读法”，读解出文本背后“隐含的意义”，“在文本中找寻政治和意识形态的无意识”。

由于“话语永远都充满意识形态或生活的内容与意义”，且“统治阶级的思想在每一时代都是占统治地位的思想”，因此，詹姆逊将“意识形态叙事”视为“一切阅读和一切阐释的绝对领域”。而在作为“意识形态”能指在场的主旋律影视剧中，统治阶级“将探讨使自身权力立场合法化的各种策略”，对立阶级“则往往采取隐蔽或伪装的策略力图对抗和破坏主导‘价值体系’”。就《二十四道拐》这一文本而言，无论是它的策划方、出品人、创作者、推出档期、传播策略，还是文本的选题确定、内容设计和形式呈现等方面，都是“意识形态叙事范本的主旋律影视剧”的定位。

在这部贵州省官方重点推出的抗战题材剧中，当时负责主管意识形态的省委副书记、省委宣传部部长、副省长，还有该剧涉及市州的党政一把手亲自挂名担任总策划，总监制名单则包含了贵州日报报业集团、贵州广播电视台、贵州省文联、贵州省新闻出版局等多家宣传文化单位的负责人和所涉州县的10多名党政主要领导。如此庞大的官员总策划、总监制名单，不仅高调表明了其官方定制的背景，也充分显现出这部主旋律电视剧突出的意识形态性。

在创作团队上，该剧由曾执导过《平津战役》《杀出绝地》等多部主旋律影视剧的资深导演张玉中执导，由曾担任《雄关漫道》《绝地逢生》等多部主旋律电视剧主要编剧的贵州省作协主席、著名作家欧阳黔森担任总编剧，如此根正苗红、地位显赫的主创人员，不仅成为该剧收视率的保证，更是该剧政治正确的保证。

再从该剧的创作背景上看，2015 年正好是中国抗日战争胜利 70 周年，也是世界反法西斯战争胜利 70 周年。而当时的现实情况是：随着美国政府在亚洲推行“亚太再平衡”战略，日美同盟的地位和作用正日益得以强化，在安倍领导下的日本右翼势力蠢蠢欲动，军国主义思想又有一定的复活迹象；美国在亚洲尤其在关涉中国的南海、东海、钓鱼岛、台湾等一系列问题上均强力介入，给中国带来了不小的麻烦；在对抗战领导权和决定权的话语争夺战中，国民党和共产党一直各执一词，导致一直存在一股质疑中共抗战地位和作用的“非主流”舆论。在这样的背景下，宣传国共合作抗战，讴歌中美曾经并肩浴血奋战的历史和友谊，成为该电视剧的基调。

而央视八套的首播平台，2015 年 9 月 9 日的首播时间，再次从宣传推广的“议题设置”上证明了官方对《二十四道拐》的期许和重视。可以说，从《二十四道拐》开始酝酿的那一刻起，就注定了它鲜明的意识形态性，并不得不承担起国家意识形态机构赋予它的重任。

## 二、意识形态叙事策略的成功运用

第一，议程设置主题和意识形态表达十分清晰。宣传共产党在抗日战争中的中流砥柱作用，批判日本侵略者对贵州、对中国犯下的战争罪行，强调中国抗日战争的正义性，歌颂国共合作和中美合作，强调第二次世界大战期间《开罗宣言》确立的世界格局的合法性，宣传反战、反法西斯的和平主义思想等。其思想性和主题表达非常符合主流意识形态的要求。为了清晰地向观众传达上述意识形态观念，该剧创作人员不仅在剧情设计、画面拍摄和场景设置方面时时留心，故意设置诸多看似无意实则有心的关键信息，有时甚至借剧中人物之口直接表达出上述意图。比如，借梅松之口对平型关大捷和“百团大战”大加称赞，肯定中国共产党在抗日战争中的重要作用，以弥补剧中没有正面表现中共抗日战场的缺憾。

如果说，这种借剧中人物之口表达的方式过于直白的话，剧尾的场景设计则显然要艺术和委婉一些：梅松与戈国华、约翰三人在彻底粉碎了王雅琴等日军间谍精心设计的“布谷鸟”计划之后，在山头并肩站立，望着对面山间车流滚滚的“二十四道拐”公路，面带胜利的微笑，相继说出“我们曾浴血奋战”“我们曾并肩战斗”“我们是朋友”这三句话。其潜台词就是：国共合作加中美联手是中国抗日战争和世界反法西斯战争能够取得胜利的正确选择和关键因素。而让身兼国、共双重党员身份的梅松居中站立，显然是对国共合作赢得抗战胜利的一种推崇和确认，其尊重史实的形象塑造背后更有着深层的现实统战意图。

第二，剧情编排上，该剧矛盾冲突激烈，具有较强的故事性和戏剧性，尤其是在每两集的承接之处，常常通过巧设悬念让你欲罢不能。由于其较强的逻辑性和精彩的剧情设置，整部剧可谓扣人心弦、引人入胜。尤为令人称道的是，在当前戏说风气浓烈、“雷人神剧”迭出的创作背景下，该剧基本没有明显违反生活常识和戏谑英雄、消解历史的情节，体现出该剧的创作团队具有较为严谨的创作态度和较好的职业操守。

第三，人性化和立体式的人物刻画方式让剧中人物更加生动和真实，特别是对反面人物的刻画和表现，不再是简单的类型化的处理方式，而是更多地采用较为复杂的圆形人物的刻画方式。剧中对化名王雅琴的日本女间谍樱子“一半是天使，一半是恶魔”这一性格特征的刻画，就充分体现了这一点：一方面，她不遗余力地救死扶伤，救过许多人的命，是伤兵心目中菩萨一样的好人和女神；另一方面，她又蛇蝎心肠，一而再再而三地为炸桥毁路机关算尽、害人性命。如果说王雅琴的救死扶伤是因为其救助站站长的身份不得不为之的职务行为，她几次拒绝坂田杀人灭口的建议，对救过她的老乡夫妇性命的保全（虽然也有利用其通风报信的考虑在内）则在一定程度上体现出她内心残存的人性。

事实上，即使对于恶魔一样的日军特遣队战士，其中也有灵光一闪的人性化表现。比如，剧中日军特遣队队长坂田在看见王雅琴用来威胁梅山的佛珠时，触景生情，脸上闪过一丝复杂而异样的表情。在王雅琴的追问下，坂田说出“我母亲也有这样一串佛珠”这句意味深长的话。这句话的丰富内蕴和演员脸上的复杂表情，很好地表现了那一瞬间坂田复杂的心理情感以及他对故土、亲人的思念之情。虽然只是惊鸿一瞥、转瞬即逝的一个细节，却让人印象深刻，闪现出难能可贵的人性光辉。

第四，在场景设置和画面呈现方面，通过刻意营造的视听奇观，让观剧主体在不经意间产生认同，从而接受主流意识形态的个体“询唤”。居伊·德波认为，无处不在的“奇观”不仅“是当今社会的首要产品”，而且“是所有的关注、所有的意识于此汇聚的领域”，“是幻想和虚假意识的场所”，它展现了“一般化的分离的官方语言”，“体现了流行的社会生活方式”。因此，在影视作品中，主流意识形态往往通过刻意营造视听幻象的奇观，通过其对现实生活的倒置和“宗教幻觉的物质性重构”，在被询唤的主体心目中建构一个合乎想象的彼岸世界。在这个令人眼花缭乱的信息时代，电视剧的制作越来越重视具有冲击力的、奇观化的视听感受。为此，《二十四道拐》在片头包装、场景设计和剧情音乐等视听奇观的打造上花了不少心思。其紧迫、重复、充满叙事感的音乐，加上主要人物剧中精彩画面的快速拼接，立马营造出一种紧张、急迫、充满悬念的氛围，让观众看到片头就对整个剧情充满期待。

第五，自觉服务于地方党委政府，不遗余力地对贵州进行美化和宣传。

除了紧紧围绕晴隆“二十四道拐”这一抗战遗迹来编排剧情、拍摄画面外，剧中无时无刻不在利用一切机会宣传贵州的历史人物、自然风光和民俗风情。比如，第一集第一个画面就是摇摄镜头拍摄的万峰林景区；通过日军特遣队隐伏深山以及梅松方面派人搜山这一情节的设置，多次展现了盘江大峡谷、马岭河大峡谷的雄姿；利用中国远征军过境“二十四道拐”这一情节安排，通过男主角梅松之口，褒扬了晴隆出生的何绍周将军在抗战中的英雄事迹；等等。

剧中对何绍周将军的褒扬还只停留在“只闻其名不见其人”的间接式描画层面，但对于“故事讲述的时代”中贵州最显赫的历史名人何应钦，主创人员则再也按捺不住内心的冲动，想方设法制造机会对其予以正面表现。这一点，可以从剧中不同势力代表身份地位的不对应关系中窥见端倪——在这个主要剧情几乎纯属虚构的电视剧中，共产党方面正面表现的人物只是一个县级地下组织的负责人，美军方面只是一个负责守卫加油站的中尉连长，国民党方面则极不对称地匹配了一级上将、陆军总司令何应钦。

剧中有这样一个场景十分耐人寻味：身为《二十四道拐》总编剧、总导演之一的欧阳黔森在第二十九集中客串演出了一个一言未发、不见名姓的国民党将官，在何应钦上将召开的一次军事会议上，用行注目礼的方式聆听了何的讲话。这场会议在剧中的主要作用，除了借何应钦之口发布了“盟军已在西西里岛登陆”这一堪作背景的时间信息外，无非是再一次借何应钦之口强调了“二十四道拐”的战略重要性，并非不可或缺的剧情“行动元”。如果不是为了正面表现和宣传何应钦这位贵州抗日名将的话，前述两项功能是完全可以用其他方式来替代的。显然，编剧如此设计无非是想加大对何应钦的宣传，同时隐蔽地向这位贵州名人、抗日将领表达其个人的敬意。

该剧片尾曲采用了多年来流传于贵州黔南布依族中的经典民歌《好花红》，通过这一具有标志性、符号化的歌曲再次强化了对“贵州”独特文化元素的宣传。

### 三、存在的缺憾

不知是该剧创作人员的能力问题，还是由于意识形态叙事“可能服务的阶级利益而有所欠缺”，《二十四道拐》在较好地承担“意识形态国家机器”功能的同时，在叙事策略上也暴露出一些问题。首先，在人物刻画上，还存在较为明显的公式化、符号化的痕迹。这种弊端在“神化”梅松这个核心人物时体现得最明显。为了宣传国共合作、体现国共合作的正义和力量，剧中将这个核心人物设置成国民党军官中的秘密共产党员，使他轻而易举地拥有了国民党和共产党的双重身份：既是国民党的上校团长和特派员，又是共产党的秘密党员。这种双重身份赋予他超乎寻常的能量，他的成功“自然而然”地成了一种毫无悬念的结果。为了突出其恪尽职守、勇谋兼备、精明能干、德行高尚，编导不惜将他神化为一个近于完美的圣人式英雄：论战功，他在抗日战场上身先士卒、浴血奋战，失掉一只手臂仍然坚持战斗，最终获得最高荣誉的抗日勋章，最后关头是他单手持枪射杀了狡诈阴险的日特头子王雅琴；论谋略，他料事如神、算无遗策，敌人方面的任何阴谋诡计几乎都会被他提前猜出，并成功化解，最终圆满完成了上峰交给他的护桥保路任务；论德行，他奉母亲极为孝顺，对长兄恭敬有加，对妹妹百般照拂，待属下宽严相济、公私分明，对已为他人妇的昔日情人吴晓雨克己复礼、目不斜视，对青梅竹马、两情相悦的刘显兰一往情深又从不逾矩……可以说，对于梅松这个人物，编导给予了毫无保留的偏爱和赞美，就连名字也选用了中国传统文化中最能代表君子品格的“梅”和“松”。这些刻意神化梅松的人物设计，因有时过于违背常理，恰恰在一定程度上消解了人物的真实性。与梅松的高、大、全形象形成鲜明对照的，则是将国民党中的反动人物一味矮化和丑化，甚至将其贬抑得一无是处，难免有先入为主贴标签，将人物脸谱化、符号化的嫌疑。

其次，在剧情编排和情节设置上，还存在一些矫情和失真的地方。最突出的例子表现在梅松和刘显兰二人婚事的编排处理上。梅、刘二人从小青梅竹马、两小无猜，重逢之后朝夕相处感情日深，你有情我有意，刘显兰更是多次以信物（暖手袋、兰花）相送。在梅松被军统软禁调查期间，刘还以“梅特派员老婆”的名义前去探望。两人多次在不同场合深情相拥，且互相在心里将对方视为自己的理想伴侣。但是，当双方家长都在为他们的婚姻大事着急，甚至出面逼婚的情况下，梅松却先以“抗战还未结束”为理由，后又以“长幼有序”为借口，不顾及刘氏家族主动提婚的颜面，对自己十分敬重的母亲、兄长的逼婚之举无动于衷。如果梅松和刘显兰的感情只是一厢情愿的“单相思”，如此处理也不为过，但剧中却又始终在强调二人的深情厚爱。编剧有违常理的情节设计，无非是为了突出梅松拥有“匈奴未灭，何以家为”的先公后私的爱国情怀，其目的仍是神化梅松，只不过由于太过追求高、大、全，反使梅松这一人物显得过于矫情而出现失真现象。剧中像这种为了突出某一方面从而导致情节失真或有违常理的地方还有很多。

再次，人物刻画方面有时还比较单薄。比如对化身王雅琴的日本女特务这个人的表现，完全集中在她来“二十四道拐”之后的所作所为上，对其身世、家庭和个人的情感则毫无交代，使她完全成了一个无根的、飘浮在空中的人，自然难以完全展现她的内心世界，其性格表现也缺乏充足的依据。像将苟延康简单妖魔化成一个愚顽不化、只知反共的军统小头目的做法，也使人物显得单薄和缺乏说服力。

最后，在后期包装等奇观打造上还有较大提升空间。作为贵州官方隆重推出的一部主旋律电视剧，一部主要角色大多由年轻人来表演的抗战电视剧，《二十四道拐》自然具有向青春偶像电视剧靠近和追求视觉奇观化的内在动力和必然要求。正是因为这样的原因，我们才在剧中设定的20世纪40年代的贵州边远小县城看见即使在今日也称得上时髦靓丽、阳刚帅气的日本间谍，还有西装革履、洋气逼人的刘家大少爷。但是，由于剧中人物的穿着太过时尚，特别是剧中女一号和女二号的穿戴打扮太过现代，尽管该剧分别为其设定了冒名归国华侨和侦缉大队长兼富家大小姐的身份，但仍与当时当地的环境不太相符。像王雅琴和其助手大山穿着崭新笔挺的西装进山里寻找坂田等人的情节，更是让人怀疑他们身为日本专业间谍的智商和水平。

剧中为突出奇观效果而制作的一些特效画面，水平也有待提高。像盟军车队穿行于“二十四道拐”附近崇山峻岭之间的一组画面，观众稍加留意即可发现其特技制作存在问题，逼真性明显不够。好在，以上种种失真和缺憾，在32集的篇幅中，比例还不算突出。对一般观众而言，也未造成明显的审美障碍，因而该剧播出后仍然赢得了不错的口碑。

总之，《二十四道拐》是一部范本式的、意识形态叙事特色浓郁的主旋律电视剧，是一部政治上无比正确又兼具较强冲突性、戏剧性和可视性的影视作品。较之于以往的许多政治宣教片，这部自觉运用意识形态叙事策略、现代包装手段打造的主旋律电视剧已经有了很大的改观和进步，不仅较好地实现了主流意识形态对于普通大众的主体询唤功能，对于传统意识中贵州这块“精神洼地”的形象改造和地位提升也起到了不可替代的积极作用。

**参考文献：**

［1］詹姆逊．政治无意识[M]．王逢振，陈永国，译．北京：中国社会科学出版社，1999．

［2］约翰·汤普森．意识形态与现代文化[M]．高铦，译．南京：译林出版社，2005：41．

［3］马克柯里．后现代叙事理论[M]．宁一中，译．北京：北京大学出版社，2003：148．

［4］巴赫金．马克思主义语言哲学[M]// 巴赫金全集（第二卷）．白春仁，晓河，译．石家庄：河北教育出版社，1998：416．

［5］马克思恩格斯选集（第一卷）[M]．北京：人民出版社，1995：98．

［6］居伊·德波．景观社会[C]// 吴琼．视觉文化的奇观．北京：中国人民大学出版社，2005．

［7］大卫·麦克里兰．意识形态[M]．蒋兆政，孔龙翔，译．长春：吉林人民出版社，2005：303．

**2018 年《贵州大学学报（艺术版）》第 4 期**

# 电视剧《二十四道拐》的叙事策略

孙向阳

**摘要：**电视剧《二十四道拐》跳出传统的“两军对垒”叙事模式窠臼，运用独具一格的家国叙事、全景叙事以及人性叙事等叙事策略，为中国抗战剧的探索与发展提供了一种崭新思路，开辟了一种别样范式。抗战剧制作的开放包容、叙事理念的推陈出新、叙事角度的不断转换、叙事策略的开拓创新，是正视抗战历史题材剧的一种态度。这种态度，也是正视抗战历史的一种态度。从叙事策略来说，《二十四道拐》不失为我国抗战剧发展之路上的一部标新之作。

**关键词：**《二十四道拐》；抗日战争；历史态度；叙事策略

2015 年 9 月 18 日，我国首部国际公路抗战大剧《二十四道拐》以平均收视率 1.43% 的优秀成绩完美收官，打破了中央电视台电视剧频道 2015 年的最高收视纪录。该剧一改以往抗战剧的主战场题材，首次从国际视野展现第二次世界大战期间的中国抗战，以“一个拐、一座桥”为主线，围绕贵州晴隆最有名望的大户梅刘两家、日本间谍、山寨马帮等展开叙述，“谱写了一段英勇不屈的抗战历史、一段感人肺腑的国际友谊和一段几乎被历史遗忘的国家记忆”[1]。

《二十四道拐》在承袭以往抗战剧叙事优点的基础上，跳出传统的“两军对垒”叙事模式的窠臼，运用独具一格的创新思维和令人耳目一新的叙事策略，为中国抗战剧的探索与发展提供了一种崭新思路，开辟了一种别样范式。

## 一、战火硝烟中的情怀——家国叙事

中国抗战剧的发展历程中，以家族史来带动抗战史从而避开正面战场的方法是有所体现的。

《四世同堂》《人间正道是沧桑》等抗战剧都是这方面的代表。《二十四道拐》承袭家国同构的叙事手法，将个人和家族命运融入大后方军民抗战的历史风云中，充分表现出战火硝烟中的家国情怀，做到了家庭伦理与抗战历史的无缝对接。抗战题材电视剧《二十四道拐》就是以梅家二少爷梅松奉命回到家乡晴隆负责“二十四道拐”[2]的保“畅”工作拉开序幕的。

晴隆大户梅家和刘家原来是三代世交，关系甚密，后来却因为各自的利益成为世仇。梅家有两儿一女。大儿子梅山算是一名知识分子，懂地质构造知识，曾参与“二十四道拐”的设计施工，后来参加战争，失去了一条腿，扮成乞丐回到了家乡。二儿子梅松是抗日英雄，曾参加过南京保卫战，被日本飞机炸断了一只手。为守护好东方战场同盟军的运输生命线不

[1] 陈果：《遵义本土企业巨制，电视剧〈二十四道拐〉下月“央8”首播》，《遵义晚报》2015年8月31日。

[2] “二十四道拐”古称“鸦关”，是“史迪威公路”的形象标志，被誉为“中国抗战的生命线”。全程约4千米，从山脚至山顶的垂直高度约260米。1935年动工，1936年竣工，是黔滇公路的必经之路。1942年，美国对“二十四道拐”进行维修，保证了运输畅通。这条公路见证了中美两国人民英勇抗日的历史。

被日本侵略者所毁，梅松被何应钦亲自点将，任命为特派员，专程回到自己的家乡晴隆负责保“桥”护“路”工作。梅松面对“间谍捣乱、土匪添乱、官商勾结”的复杂情况，坚毅果敢，沉着应对，惩治山寨马帮，打击官商勾结气焰，团结各阶级人士，逐一识破日本间谍的阴谋诡计，致使日军炸“桥”毁“路”的计划一一破产，确保了“二十四道拐”和盘江浮桥的平安畅通。妹妹梅雪年轻单纯，积极参与医疗救助。但后来被王雅琴所利用，遭到日本间谍绑架，注射神经毒素把她变成了冰冻人。就连梅夫人也在知道梅山被绑架之后把家传的一支枪送到梅松手里，希望儿子用它杀敌。最后，王雅琴就死在这支枪口之下。借用梅夫人的一句话，可以概括梅家与战争的恩怨情仇：为了战争，我梅家大儿子失去了一条腿，二儿子丢掉了一只胳膊，我的心肝宝贝梅雪成了冰冻人。同时，晴隆的另一大户刘家也与战争结下恩怨，因战争付出了惨重代价。大少爷刘显龙玩世不恭、游手好闲，整天吃喝嫖赌，跟军统组长苟延康称兄道弟，经常与山寨马帮干着一些见不得人的勾当。但到了最后关头，却毅然扛上祖上留下来的一支枪，只身前去营救被日本间谍绑架的梅山大哥。因寡不敌众，最后倒在了王雅琴罪恶的枪口之下。而刘家千金刘显兰则是保一方平安的警察，虽然有点不谙世事，过于单纯，但仗义执言，敢于担当。最后在与日本特遣队的激战中，被日本士兵放冷枪，倒在血泊中，为保“桥”护“路”献出了年轻的生命。

通过梅、刘两家儿女们的命运遭际，我们窥见了战争的残酷，也深切地体会到梅、刘两家在战火硝烟中的家国情怀。他们整个家族以及每个人的命运沉浮，都与国家的生死存亡息息相关。无论是年长的梅夫人、树魁叔，还是年轻的梅松、刘显兰等，他们的血液里都流淌着爱家爱国的情怀。他们深明大义，知晓有国才有家。正是这种家国同构的叙事结构，才使观众对战争中的人物了解更加立体化、人性化。

## 二、历史演绎中的立体呈现——全景叙事

《二十四道拐》把世界反法西斯战争作为叙事背景，在“二十四道拐”和盘江铁桥这两个“焦点”上，辐射了中缅印战区、太平洋战争、中国远征军、长沙大会战等重大历史事件，会集了中、美、日等国高级军事将领和日本间谍、中共特工、伤兵难民、山寨马帮、市井商贾等各色人物，混杂着美国、日本、国民党、共产党以及土匪恶霸等各股力量，在风云际会的历史演绎中，全方位立体式地呈现了抗战大后方的惊心动魄。

《二十四道拐》以宏阔的国际视野，采用全景式的叙事策略，以小见大，通过“一路一桥”这个小小的点，全景式地表现出中外盟军、国共两党和社会各阶层老百姓之间的合力抗战，折射出整个东方战场的发展局势和世界各族人民在中日战争和反法西斯战争中的必胜信念。

围绕“二十四道拐”这条中国抗战的生命线，日本为了实现“大东亚共荣圈”的梦想，不遗余力地伺机反扑，试图做最后的垂死挣扎。他们专门成立了封锁委员会，委派代号为“布谷鸟”的王雅琴打入抗战后方，以国际红十字会医疗站院长的身份潜入晴隆，专门负责配合封锁委员会炸“桥”毁“路”。同时，封锁委员会还多次派遣特遣队前来协助王雅琴。他们精心策划烧毁粮库、绑架人质、空袭盘江大桥、“狸猫换太子”、“挖心”行动等各种阴谋破坏活动，干扰视线，试图摧毁“一路一桥”，切断中美抗日的这条“后路”。而中美两国和国共两党为了保“通”护“畅”，精诚团结，建蓄水池，修罐头厂，发动民众积极抗日，募集粮食解决危机，与日军斗智斗勇，一次又一次粉碎日本间谍的阴谋活动，用生命和鲜血誓

死保卫了“二十四道拐”和盘江铁桥的畅通无阻。而在这“毁”路“保”路的殊死较量中，既穿插了中日两军怒江对峙、长沙第三次会战大捷、戴安澜将军殉国、美军在太平洋战争中获胜等重大战争事件，也不回避国民党军统和部队的内斗、地方官商勾结、山寨马帮占山为王等社会问题。至此，一幅以“一路一桥”为核心的世界人民反法西斯战争图景，已经呈现在我们面前。在这幅图景里，不管是各方官兵，还是普通百姓，每一个人都身处其中，而其中的“一路一桥”又关系到每一个人的日常生活乃至身家性命。不管是誓死保卫还是明哲保身，不管是战死沙场还是贪生怕死，都是对待战争的态度。而这种不夸大、不偏废、不敌视的态度，正是我们正视历史的态度。

### 三、爱恨情仇中的善与恶——人性叙事

《二十四道拐》在人物塑造上，没有沿袭传统的“高大全”模式。而是站在人性的高度，在正义与邪恶的生死较量中，在爱与恨的情感纠葛中，通过故事的演进、情节的推动、细节的展示，试图走进每个人物内心深处，为我们呈现一个个复杂而真实的人物。

剧中的特派员梅松，并没有被塑造成“高大上”的英雄人物。他曾是叱咤疆场的抗日英雄，奉命回到家乡晴隆负责保“桥”护“路”工作。他坚毅果断、有勇有谋，数次摧毁日本间谍的阴谋和破坏活动。但他的每一次选择都极其艰难，都面临着人性的考验。在初恋情人吴晓雨和自己的妹妹梅雪被日本间谍绑架命悬一线之际，他没有感情用事，而是顾全大局，继续坚守战场。他遭到军统苟延康的暗算，被软禁在贵阳，却依然忍辱负重，甘愿被误会。他多次顶住巨大压力，甚至动用武力，力保戈国华、连鼎民

等中共特工。他面对儿时一起长大的纨绔子弟刘显龙的多次搅局和捣乱，感念旧情，处处包容。当他静坐在办公室深情地看着刘显兰给他的兰花，睡梦中被噩梦惊醒至大汗淋漓，凝视着刘显兰给予的定情物绣花护腕泪眼婆娑的时候，我们又分明看到了一个钢铁战士内心的似水柔情。

"布谷鸟"王雅琴外表漂亮，温柔体贴，精明能干，可谓是人见人爱。她凭着国际红十字会的招牌，披着"白衣天使"的外衣，救死扶伤，治病救人，树立了良好的口碑；梅夫人真心喜爱她，准备让梅松娶她当老婆；伤兵赵义完全相信她的怂恿，绑架了贵阳军统吴副站长；梅山大哥差点被她蒙蔽把"二十四道拐"的轴心告诉她；就连足智多谋的特派员梅松也多次差点被她蒙蔽，直到最后一刻才识破她的本来面目。从她满脸微笑、忙前忙后的身影中，我们看到了她身上温柔善良、人见人爱的"阳光"一面。而作为日本间谍，她又始终不忘自己的"神圣使命"，阴险毒辣，为了达到目的不择手段。对伤兵赵义的热情、给梅夫人和梅雪看病、对梅山大哥无微不至的关心、给荀延康暗送秋波等，都是她处心积虑有意而为之，目的就是想利用一切可乘之机达到自己的目的。即便是面对自己人，为了保全自己的领导地位，她也毫不犹豫地"弃车保帅"，借赵义之手杀掉由总部派来的两个工程师，从而使坂田君完全臣服于自己。虽然她的阴谋一次又一次被识破，炸桥毁路计划一次又一次落空，但她从不放弃，自始至终效忠于日本天皇。王雅琴最后殒命于梅松的枪口之下，或许有一种大快人心之感。可是，在大快人心之后又引人深思。创作者并没有按照既有的模式把王雅琴作为一个十恶不赦的"日本鬼子"来写，而是把她置于忠诚与使命的旋涡中来展现她复杂的内心世界。对自己的对手，她善于伪装，诡计多端，心狠手辣；对自己的祖国、对日本天皇，她无限忠诚，誓死捍卫。在善恶的两端，创作者都没有做出明确的价值判断，只是客观地呈现，给观众留下了思考的空间。

此外，仗义执言、敢爱敢恨的“假小子”刘显兰，为了营救梅山大哥献出生命的纨绔子弟刘显龙，虽然无所作为但最后为国捐躯的警察局长方云，为了营救特派员胆敢绑架军统组长苟延康的副官张强，一度轻信王雅琴而战场上英勇杀敌的赵义，积极奔走、临危不惧、一致抗日的中共特工戈国华以及深明大义的马帮山寨寨主黑三，等等，都使我们洞见了人性之中的那一缕阳光。在战争乌云笼罩的历史天宇下，他们是真实的，他们是可信的。他们生活在历史深处，也生活在我们身边。

**结语**

近年来，以抗日战争为题材的电视剧在我国荧屏上一直久播不衰，涌现出了《亮剑》《历史的天空》《我的兄弟叫顺溜》《雪豹》等一大批反响较好的作品。但吊诡的是，荧屏上也充斥着以《抗日奇侠》《向着炮火前进》《一个鬼子都不留》为代表的抗战“雷剧”“神剧”，以迎合大众、商业营利为目的，用各种脱离事实的桥段，颠覆、解构乃至“戏说”抗战历史，将我军神化，将日军丑化，把一场血雨腥风的民族历史简化成一系列险象环生的对抗游戏。但值得庆幸的是，“2012 年全面开花后的抗战‘神剧’逐渐卸下‘猖狂’的外衣，‘神剧’洗礼下麻木的人们逐渐清醒，对理性的呼唤，对历史真相的需求，也让抗战剧迎来了新的发展之路”。如此看来，从创作思路到叙事理念、从题材选择到表现手法的不断探究过程中，电视剧《二十四道拐》算是这条发展之路上的一部标新之作。

电视剧《二十四道拐》从一开始就不拘囿于某一种叙事理念。全剧都在试图打破传统的“两军对垒”叙事模式。无论是家国叙事还是全景叙事，无论是大历史背景还是小人物视角，都充分体现了一种开放和包容的叙事理念。尤其是它的国际化视野和对人性的彰显，给观众留下了深刻印象。其实，抗战剧制作的开放包容、叙事理念的推陈出新、叙事角度的不断转换、叙事策略的开拓创新，就应该是我们正视抗战历史题材剧的态度。这种态度，也应该成为我们正视抗战历史的态度。

**2017 年《电影文学》第 15 期**

# 历史性与地域性交节点的民族叙事

## ——浅析电视剧《二十四道拐》中特殊而真实的黔西南抗战

卓 雅

21世纪以来，抗战剧大量涌现，取得了不俗的收视佳绩。但总体看来，目前抗战剧在表现内容上呈现出“三多三少”的现象，即表现前线的战事多，后方支援的少；展现个人英雄事迹的多，集体群像少；反映中原汉族的故事多，少数民族少。因此，关涉抗战大后方各民族之间团结协作、一致抗战的主题，仍需要电视工作者在尊重历史真实、坚守艺术品质的原则上深入挖掘。

由中央电视台、贵州省委宣传部、黔西南州人民政府等单位联合出品的电视剧《二十四道拐》在央视播出后，平均收视率达到1.43%，收视份额5.29%，网络点击量达6700余万人次，在央视电视剧频道收视排名榜上名列前茅。[1] 该剧聚焦地域特色鲜明的黔西南地区，再现了一段曾被湮没的历史，艺术地演绎出抗战后期黔西南晴隆县人民为保卫物资运输生命线的畅通所付出的巨大牺牲，从一个独特的视角，形象地诠释了抗战大后方中华全民族英勇抗战及世界反法西斯战争的宏大主题，做

[1] 张成：《“二十四道拐”辐射反法西斯战争大图景》，《中国艺术报》2015年9月28日第3版。

到了内容新颖与艺术的真实。

## 一、尘封、新鲜的历史基点

电视剧《二十四道拐》的创作来源于抗战时期的一段史实。“二十四道拐”是一段盘山公路的名字，位于黔西南布依族苗族自治州的晴隆县内，整条公路从山谷至山口沿 60 度斜坡以“S”形顺山势蜿蜒盘旋而上，至关口共 24 道呈 180 度的大拐弯，堪称雄奇险峻。这段公路始建于 1935 年。太平洋战争爆发后，号称“抗战生命线”的滇缅公路修建完成，国际援华物资从印度经过滇缅公路到达昆明后，再经滇黔公路的延伸——“二十四道拐”送到前线和陪都重庆。可以说，“二十四道拐”扼守着滇黔线的咽喉。

“二十四道拐”因美军随军记者的一张照片而闻名于世，在当时的国内外产生了重大影响。“二十四道拐既是滇缅公路上的重要关隘和组成部分，也是滇缅公路的抗战灵魂和形象标志，被誉为‘抗战文化地标’和‘亚洲战争图腾’，并随史迪威公路（滇缅公路）而载入史册。”[1]

同样是充满死亡艰险的运输线，相较于隐蔽分散的茶马古道、高空飞行的驼峰航线而言，固定与明显的“二十四道拐”更容易成为日军破坏的目标。倘若这条公路瘫痪，势必切断重庆及抗日战场的物资供给，因此，日军“滇缅路封锁委员会”先后派出大规模的飞机轰炸公路全线，同时派间谍潜入晴隆实施破坏计划，妄图切断这条国际交通线。据史料记载，日本空军多次组织对“二十四道拐”上的盘江大桥进行轰炸。仅 1941 年 6 月 8 日，就有 9 架日机向大桥投下 9 枚 300—500 磅的高爆炸弹，桥身中弹 4 枚，

[1] 韩继伟：《“史迪威公路”的形象标识：晴隆“二十四道拐”的形成及作用》，《党史研究与教学》2013 年第 6 期。

尽毁。[1]盘江两岸的老百姓迅速协助政府搭建浮桥，保证运输畅通。随后，美军工兵又重筑了新的盘江铁索桥。抗战期间，日机先后在盘江桥附近投弹121枚。[2]但经过军民的奋力抢修和保护，大桥始终屹立于盘江之上，交通运输未曾间断。

然而，这赫赫有名的“亚洲战争图腾”却因种种原因，在战后几十年间知者寥寥，曾辉煌一时的“二十四道拐”渐渐淡出人们的记忆。直到2002年经一位抗战史学家的重新发现，“二十四道拐”连同盘江大桥以及晴隆县在抗战大后方重要的军事战略地位包括当地人民所做出的巨大贡献，才重回人们的视野。

这样一个“新鲜”的史料，成为电视剧《二十四道拐》创作的横向坐标。该剧主创人员本着“大事不虚，小事不拘”的创作原则，在尊重晴隆军民“修桥建路、保桥护路”的真实历史之上，虚构出一个曲折跌宕、充满悬疑感的谍战故事。在虚构的故事中，剧作又借剧中人物之口，转述出长沙会战、驼峰航线开辟、陈纳德的飞虎队参战、中国远征军兵败缅甸、戴安澜将军殉国、滇西大反攻等抗战历史上重要的事件和时间节点，凸显出该剧历史坐标的真实性。于是，真实历史背景与充满戏剧冲突的谍战形式的完美结合，史实真实与虚构合理的恰当运用，使该剧极大地提高了观众的审美期待，为整部作品的成功奠定了基础。

## 二、真实与虚拟的地域景观

电视剧《二十四道拐》聚焦一条公路，折射出黔西南地区独特的地域

[1] 黔西南州史志办公室：《黔西南革命史话》，贵州教育出版社，2014，第56页。

[2] 罗垂斌：《抗战后方重镇晴隆》，中国文史出版社，2005，第83页。

景观。为贴近历史，该剧舍弃了影视基地，而选择实地造景进行拍摄，在复现历史真实的同时，也复现了特殊的空间。

实地造景的“二十四道拐”是该剧的中心景观，摄影机以与那张著名照片相同的角度，俯拍一列军车在山上缓缓前行的动态影像，逼真地复现出当年抗战时期那撼动人心的景象，某种意义上让老照片活了起来。此外，该剧对公路正上方的航拍，近距离、不同角度地侧拍某一道拐，甚至夜间行车时灯火的影影绰绰，都使“二十四道拐”险峻地形的影像呈现得更加立体完整，令人震撼。围绕这一景观，剧作还搭建了美军加油站、马帮山寨等附属场景。实地造景的盘江大桥是剧作的第二中心景观。这座经过战火洗礼的铁索桥就连当年的桥头碉堡也保存完好。桥头岩壁上“盘江飞渡，力挽长河，桥横银汉”的石刻，诉说着大桥的“咽喉”地位。围绕这一景观，剧组搭建了盘江浮桥、码头、渔村等附属场景。而完全搭建的晴隆县城则是该剧的第三中心景观，它包含特派员办公处、救助站、梅宅、县政府、县警察局、咖啡馆等重要内景地。造景与实景的相得益彰，交织穿插，把整部剧作的故事有机地串联起来，也将那一段特殊的历史映现在观众心中。而黔西南地区独特的喀斯特地貌，则围绕这三处中心景观随故事情节的推进，依次展现在观众眼前。

此外，该剧还利用虚拟数字技术，模拟了很多奇险地形中的动态场景。如日军飞机在盘江深谷中编队飞行，两岸青山排闼而来，瀑布飞流直下落入盘江，画面令人震撼；又如，物资车队在万丈悬崖边上的曲折窄道上缓慢前行，从一个下垂钟乳石的穴口中鱼贯而出再拐道后，两旁峭壁直立，树木葱茏，雾气缭绕，钟乳森森，其奇险之状令人叹为观止。虚拟技术在复制空间地形之奇特的同时，也复现出当时物资运输的艰辛以及这条战略运输动脉的重要。鲜明的地域化奇景成为该剧叙事的纵坐标。

## 三、特殊与普遍的民族形象

全民抗战的口号，意味着“地不分南北东西，人不分男女老幼”，各民族、各阶层、各党派团体、各界人士的一致抗日。电视剧《二十四道拐》以国民党特派员梅松与日本女间谍王雅琴之间的明争暗斗为主线，通过梅松带动其周围的众多个体及团体，形成晴隆军民乃至整个中华民族同仇敌忾、一致抗日的坚强的英雄群像。

梅松的形象是特殊的。他表面上是国民党上校，在长沙会战后因伤残而被任命为特派员，回到家乡晴隆全权负责保护“二十四道拐”战略运输线的重要任务。在剧情伊始，观众就被告知，梅松其实还是中国共产党党员。尽管他身兼双重身份，但他的工作只有一个，即保桥护路、支援前线，因此，这种特殊身份的设定，便有着隐喻国共两党合作抗战的重大意义。梅松是军人，在战场上正面对敌，英勇不屈；在后方坚持原则，不惧威胁。但若只凭一己之力，他是无法完成保卫运输生命线的重大使命的。在这一点上，电视剧《二十四道拐》没有落入宣扬个人英雄主义的窠臼，剧作主创人员围绕梅松这个叙事主角，设置了众多叙事线索。像梅松的副官张强、护卫兵金子、伤兵排长赵义等，代表了拼杀在抗日前线战场上不畏强敌、誓死卫国的中国最普通军人的形象。深明大义、尽自己所能支援抗战的梅松的老母、大哥以及小妹，是抗战后方善良、普通的中国百姓的缩影。恪尽职守、组织民众、支持梅松全力护路的晴隆县秦县长；积极侦破日本间谍破坏案、抓捕日本特遣队员，最后不幸牺牲的侦缉队长刘显兰；在梅松的感召下，摒弃消极怠工的情绪，拼死护桥、以身殉职的宪兵队长李万吉；等等：他们都是抗战后方地方政府普通官员的代表。而忍辱负重、发动群众，努力配合梅松完成保桥护路任务的中共地下党员——民政科长戈国华、莲城书店老板连鼎民等，则代表着中国最先进最进步的民族力量与精神。此外，该剧还设置了刘显龙、苟延康、何麻子、卫易等角色，他们承担着叙事中负面行动的功能，客观上反映出抗战时期中国社会各阶层人群的生存状态及其人性弱点。

此外，电视剧《二十四道拐》还用一定的篇幅，表现了以布依族为主体的少数民族群体支援抗战的影像。据晴隆县志记载，1941 年 6 月，日军炸毁盘江大桥。当时住在盘江两岸的布依族村民不顾自家房子被毁，自发来到江边，协助部队将隐藏的机动渡轮推下盘江，用轮渡将运输车辆渡过江，与部队协力抢筑了一座水上浮桥。村民们卸门板、砍大树，经过一天一夜的轮班修筑，水上浮桥得以完成，使被阻碍在盘江东岸三公里长的运输车队得以顺利通过，保障了运输线的畅通。[1] 虽然电视剧中没有出现这个情节，但是剧中很多身着民族服装的当地群众演员，他们抢修浮桥，填补公路上的累累弹坑，帮助美军修建罐头厂、蓄水池。剧中特别设计的布依族妇女桂花帮助美军修建蓄水池及其儿子因误饮池水（日本人在蓄水中下毒）身亡的情节就是例证。这些极具辨识度的少数民族群众，就是中华民族一致抗日、牺牲奉献的缩影。

该剧借助不同阶级、阶层以及不同集团、群体的人们一致抗日的行为，凸显出多元、立体的中华民族在危亡时刻同仇敌忾、誓死不屈的坚定意志，讴歌的是抗战时期有气节、有骨气的中国人民。

## 四、拓宽国际视野

新世纪以来，抗战剧的创作视野和创作观念有了极大的拓展和提升，

[1] 黔西南州史志办公室：《黔西南革命史话》，贵州教育出版社，2014，第 60—61 页。

表现之一就是以历史唯物主义的精神，对国民党的抗战功绩给予客观、公正的评价，树立了一种全民族抗战的理念。电视剧《二十四道拐》中的人物群像，堪称中华民族全民族抗战的映射。

《二十四道拐》以独辟蹊径的视角，跳出了民族主义的窠臼，其创作视野不仅聚焦在“二十四道拐”这条公路上，还辐射至整个国际援华运输线，更将关注视角扩展到国际反战同盟军身上。

剧中，“二十四道拐”上的美军加油站的设立有史可依。据史料记载，自 1940 年起，美军陆军战时生产服务部晴隆办事处以及陆军供应站，相继移驻晴隆县城建立汽车保养站和加油站。[1] 剧中，美军加油站的设计，带出了加油站站长约翰，他成为中美双方互通消息的“传令兵”与协同行动的“指挥官”，承担着国际视野的叙事功能：他为梅松带来美军在太平洋及远东战场上的总体战况，向梅松转达美军在滇黔线上的各种运输计划，告知梅松美军修建钢架桥、罐头厂、蓄水池的决定，协助梅松联系飞虎队阻击前来炸桥的日机编队，应梅松之请设法宽赦哄抢美军食品运输车的国军伤兵，配合梅松部署对日本人实施“欲擒故纵”计划……约翰的这些功能性行为，还引出了飞行员乔治、工程兵汤姆这两个辅助性角色。作为坠机跳伞的飞虎队队员，乔治的身份本身就标志着美国人民对中国抗战的无私援助，但乔治的叙事并没有走“中国百姓救助美军飞行员”的老套路数，而是被编排成乔治落入山林被伪装的日本特遣队所救。误将日本人当作中国老百姓的乔治，却被日本特遣队挟持欲炸毁加油站，这段虚构的情节既有独创性又具合情性。而作为工程兵的汤姆所负担的修建新钢架桥、罐头厂、蓄水池的任务，故事尽管鲜为人知却真实存在。编剧用约翰、汤姆、乔治这三个英语国家使用最为广泛的名字，意喻驻扎在晴隆的美军形象。

---

[1] 邓茜、陈亚林：《历史的弯道——24 道拐》，解放军出版社，2005，第 35 页。

正如梅松及其周围的个体代表了中华民族的整体形象一样，约翰及其周围的美国军人，也映射出作为反法西斯同盟国的美国的普遍形象。

此外，剧中还巧妙地引入了一个无言的角色——“美军墙”来见证美国的对华援助。据史料记载，1945年，美军在晴隆县成立公路改善工程处，派驻工兵改造“二十四道拐”，进行线段勘测、设计施工方案等。[1]“二十四道拐”上的“美军墙”，就是当年改建和修缮时为有效防止塌方和滑坡，由美军工程兵设计并与中方民众一起垒砌而成。“美军墙”在剧中还承担了一个虚构的功能。剧中，日方间谍多次破坏“二十四道拐”未果，终于得知这个路段原来有一个地质上的轴心点，只要炸毁轴心点，整个山体就会坍塌。全剧结尾，谜底揭晓，原来“美军墙”就是这个轴心点的位置。“美军墙”象征着抗战时期中美双方的合作与友谊，一旦被破坏断裂，那么整个亚洲战场上反法西斯同盟就会“坍塌”。

当然，电视剧《二十四道拐》的国际化视野并未止步于对美军的表现。剧中还有一个耐人寻味的象征性情节——率领中国远征军在缅北掩护英军撤退时壮烈殉国的戴安澜将军遗体，通过“二十四道拐”运送回国。戴将军堪称孤军离境、艰苦作战而牺牲的二十万中国远征军的代表，他象征着中国在亚洲战场上的中流砥柱作用，弘扬了中国人民的国际主义精神。

“二十四道拐”是中华民族抗战的表征，以此向外辐射和拓展，它把中国的抗战放在世界反法西斯战争的大视野中来表现，于是，“保桥护路”这个具体行为本身，不但展现了中华民族坚韧不拔、团结协作抗击日寇的精神力量，同时展现了同盟军在艰苦卓绝的世界反法西斯战争中为支援中国抗战所付出的努力。

---

[1] 邓茜、陈亚林：《历史的弯道——24道拐》，解放军出版社，2005，第35页。

**结语**

作为一部抗战剧，《二十四道拐》“站在历史的客观公正视角，准确把握中日、中美、国共两党之间的关系和矛盾，不夸大、不丑化、不美化任何一方，在这个基础上，借鉴一些美剧的创作手法，强化和凸显戏剧矛盾，力图呈现那个时代背景下，在那个至关重要的‘咽喉’地带隐藏着的复杂的斗争。”[1]正是因为有了尊重客观史实的态度，才能够搭建起富有说服力的历史坐标；正是因为有了挖掘历史细节的创新意识，才能够找到失落的“二十四道拐”这个独特的地域特征；正是站在国际反法西斯战争的视角来观照中国的抗战，才能够更加凸显中华民族爱好和平、珍惜友谊、团结协作、共同抗敌的独特的精神风貌与坚强意志。

**2016 年《中国电视》第 1 期**

---

[1] 陈亚林：《〈二十四道拐〉是这样拍出来的》，《黔西南日报》2015 年 9 月 9 日第 5 版。

# 扶贫叙事的创新和“出圈”

## ——评电视剧《花繁叶茂》

李金秋

国家广播电视总局脱贫攻坚题材重点剧目之一《花繁叶茂》日前在中央电视台综合频道黄金档播出，随后被 B 站网友打出了 9.3 的高分。作为主旋律扶贫题材电视剧，《花繁叶茂》与众多扶贫题材电视剧相比，在叙事艺术上显示出了更积极有益的探索。

### 常规结构　复杂处理

扶贫题材电视剧并不是新出现的题材类型，新世纪以来宣传党的扶贫政策，表现扶贫干部深入贫困乡村帮助村民脱贫致富为主要叙事内容的电视剧一直在持续制作播出，并且一直得到国家各项政策的大力扶持。其中，大部分扶贫题材电视剧都以“扶贫干部 + 村干部 + 贫困村民”作为核心叙事结构。即以熟悉党和国家的扶贫政策，代表时代先进性的扶贫干部深入到贫苦乡村，与当地村干部互相碰撞、磨合，最终克服各种困难带领村民走上脱贫致富道路作为扶贫电视剧的基本结构。

《花繁叶茂》采用的也是“扶贫干部 + 村干部 + 贫困村民”这一常规结构，但是与早期扶贫电视剧主要以一个干部深入到一个村，与某个或两三个村干部一起带领村民脱贫致富的故事不同，本剧的结构设计更为复杂。首先，“扶贫干部”由一个群体构成，枫香镇党委书记、扶贫干部王晓峰和镇长高立伟及其领导的三位年轻的驻村第一书记欧阳采薇、赵子奇、王学隆构成了扶贫干部群像。其中三位驻村第一书记的角色性格集合了当下中国年轻驻村第一书记的典型特点，他们中既有青春靓丽、温和坚韧但又灵活机变的女书记欧阳采薇，也有憨厚踏实但性格坚韧的赵子奇，更有带着点“官气”但善于搞扶贫宣传的王学隆。而村干部一方则由枫香镇最贫困的花茂村、纸房村和大地方村的支书和村主任构成。他们中既有满脑主意、幽默搞笑但又时不时犯些不严谨的小错的村主任唐三草，也有“全国道德模范”人物的原型（大地方村老支书），还有性格各异的会计何老幺、支书刘红民、令狐大方等等。村民一方由三个村几个比较有个性的村民构成，如花茂村的“女强人”潘梅、“河东狮”李小翠，纸房村的“无赖”马老三，大地方村“逻辑奇葩”懒汉王富贵，等等。剧中人物关系与情节多线交织，构成了复杂叙事。三位驻村第一书记在不同的村面对着不同的扶贫问题，但最终他们通过各种办法分别与性格各异的村主任完成磨合，共同带领三个村的村民以不同的方式脱贫致富。

这种设计十分有利于将扶贫题材电视剧所承担的扶贫政策宣传任务细化、故事化，将当下精准扶贫的政策要求更精准地设计在王晓峰和三位驻村第一书记及村委各自面对的问题中。这大大降低了政策宣传部分的“宣教”意味，使得故事在整体上十分丰满，充满细节。同时，多线索交叉剪辑也极大地提升了本剧的叙事节奏，本剧每一集的剧情发展都十分紧凑，戏剧张力十足，更适应当下年轻观众在互联网平台所养成的“倍速”式收视习惯。

## 严肃扶贫的喜剧演绎

扶贫题材电视剧是乡村题材电视剧的一种，而轻喜剧则是乡村题材剧的常见风格。与早期严肃、宏大甚至沉郁悲怆风格的乡村剧不同，近年乡村题材电视剧越来越倾向于用风趣幽默的手法表现新农村的新生活。电视剧《花繁叶茂》虽然由纪实性报告文学《花繁叶茂，倾听花开的声音》改编而来，但是电视剧与政论性纪实文学不同。电视剧是大众化的艺术，追求尽可能通过各种手段召唤最多的观众，进而感动观众、影响观众。喜剧是大部分观众所喜闻乐见的类型，也许本剧正是基于这种考虑，才采用了喜剧手法演绎实际上十分艰苦的脱贫攻坚工作。

王晓峰的扮演者邵峰就是情景剧和小品的常客，王迅更是本剧的喜剧担当。镜头一开场就以王迅饰演的花茂村村主任唐三草充满“窘劲儿”的一天作为开始。剧中“面带猪相，心里敞亮”的村主任唐三草是具有幽默感的小人物形象。他操着一口贵州普通话，满肚子心眼，但又因眼界学识所限不时闹笑话，使得本剧充满欢快感。剧中极具贵州方言特色的台词“搞哪样（做什么）”也成为弹幕流行语。B 站弹幕中满屏的“哈哈哈”正是这种喜剧设计的结果。

网络时代喜爱轻松幽默风格的“小屏幕”观众更乐于接受“搞笑一点”的故事，哪怕是悲剧也需要不时用幽默作为调剂。虽然是为宣传国家扶贫政策而创作的主旋律电视剧，但到位的喜剧感是《花繁叶茂》能够在众多扶贫题材电视剧中脱颖而出，成功在 B 站“出圈”的根本原因。

## 叙事空间的地域特色

除贵州方言之外，遵义枫香镇极具地方特色的生态环境是本剧在叙事空间部分重点强化的内容。贵州遵义枫香镇尤其是花茂村的地域、村居、生态产业等都是摄影师拍摄的重点。不仅第一集的第一个镜头就以航拍的方式展现了枫香镇美丽的自然环境，之后的每一集摄影师都会在合适的地方用各类镜头呈现枫香镇各种不同的风貌，如美如水墨画的青山、绿水，整片油菜花田，齐整的蔬菜大棚，贵州特色的乡村建筑，等等。尤其是花茂村最出名的油菜花田，摄影师甚至直接以风光片拍摄的方法在各个角度进行拍摄。也许为了追求画面的时尚感，本剧前几集还专门设计了美女驻村第一书记欧阳采薇在油菜花田跑步、闻花等颇有偶像剧意味的镜头。优美的地域风光也成为这一主旋律扶贫题材电视剧吸引年轻观众的必要条件之一。

## “明星＋老戏骨”的加持

近几年，主旋律影视一直在积极探索产业创新之路，不论是与青春剧的类型混搭，还是与商业大片的技术联姻，都在追求以更贴合受众审美需求的方式吸引观众尤其是年轻观众。《花繁叶茂》颇为契合当下正在流行的电视剧运营模式，即采用“明星＋老戏骨”的演员搭配模式。但与“年轻流量＋老戏骨”的青春偶像剧或历史题材剧不同，2020 年播出的主旋律扶贫题材剧多以在青年群体中有较大影响力的中年演员作为剧作的主演。通过一两个“自带流量”但同时又是“老戏骨”的演员吸引年轻人的关注，从而带动收视。他们在众多“老戏骨”演员中拥有“粉丝流量”这一互联网时代的优势，对扶贫题材剧吸引年轻观众颇有帮助。B 站《花繁叶茂》第一集的弹幕大部分都在讨论演员王迅作为“明星老戏骨”对本剧的助力。

但是，仅仅依靠明星演员的加持是远远不够的，一部剧作的成功需要深刻的主题、曲折生动的故事情节、充满戏剧性的冲突、丰满的角色设计、到位的演员表演、极具质感的镜头拍摄、感人的音乐等等各种视听语言的综合。如果其中有多个元素不到位，仅有明星演员的加持最终也难以留住观众。

主旋律扶贫题材剧的创作需要在故事叙事与意识形态讲述上双轨运行，演绎故事的同时还需要承担扶贫政策宣传的任务。这意味着创作者需要在故事设计上更加精心，否则一旦出现大量的、教条式的政策宣读内容就会失去观众。《花繁叶茂》的扶贫叙事在叙事结构、轻喜剧风格设计、空间叙事的地域性亮点以及演员选择上表现出了积极有益的探索。

作为直面贫困乡村脱贫攻坚任务的现实题材电视剧，扶贫题材剧是否只有轻喜剧风格这一种可能？村民是否只有“被动扶贫”这一种设计？乡村干部是否都是进退两难、窘态满满？政策宣传是否只能够通过镇书记喋喋不休地“教育”镇长、村干部和驻村第一书记才能进行？纵观多部扶贫题材剧开场火热，但往往播出几集之后开始沉寂的现状，《花繁叶茂》在扶贫叙事上的新探索，也许提示扶贫叙事还有更多可能。

**2020 年 6 月 3 日《中国艺术报》**

# 自媒体时代新型狂欢场域的建构及其隐忧

## ——以电视剧《花繁叶茂》为例

刘亚婷　魏家文

从 2020 年 5 月 11 日起，改编自当代著名作家欧阳黔森的报告文学、以脱贫攻坚为主题的 34 集电视连续剧《花繁叶茂》在央视综合频道黄金档播出后，不仅引发了观众的关注，而且在以年轻人为主体受众的 B 站（哔哩哔哩）引发热议，获得了 9.3 分的高分。作为当代年轻人活跃的网络平台，哔哩哔哩的受众原本不是主旋律电视剧的主要受众，然而这部主旋律电视剧却在此得到年轻人的喜爱，这是一个耐人寻味的现象。究其原因在于，观众寻求自我满足的主动参与行为与《花繁叶茂》自身的艺术魅力，促使了新型狂欢场域的形成，观众在弹幕互动过程中体会到了类似狂欢节上参加演出的快感，但它对主旋律电视剧自身品性的削弱同样值得警惕。

### 一、狂欢式：自媒体时代狂欢对传统狂欢的继承

在当下自媒体时代，网络的普及为网民提供了娱乐放松、自我展示的便利平台，很多网民热衷于加入感兴趣的网络社区，尤其是像 B 站这样的年轻化网站，它以独特的次元文化吸引了众多年轻人的加入。B 站的用户群体分为制作内容的“UP 主”和观看内容的“弹幕族”，也有部分用户

同时拥有两个身份。从欣赏趣味的角度来看，B 站受到年轻人欢迎的主要原因在于，B 站作为网络亚文化的一种形态存在，通过狂欢与戏谑式的仪式来进行对主流社会的抵抗，主要包括对视频的再加工和弹幕吐槽两种。

弹幕是横穿屏幕的游动评论，它能够实现视频内容与评论的同时在线，达到实时交流互动的效果，尤其是当某些弹幕引起观众的强烈共鸣时，大量的弹幕会密集出现，这实际上是观众以弹幕为平台展开的群体狂欢。狂欢理论的代表人物巴赫金在《陀思妥耶夫斯基诗学问题》中指出，“狂欢式——是没有舞台、不分演员和观众的一种游艺”，当人们进入狂欢状态后，就摆脱了常规生活中的规矩束缚，借助狂欢化的表演来宣泄来自现实生活的压力，原本横亘于人与人之间的权威、等级在此过程中都被打破，“在生活中为不可逾越的等级屏障分割开来的人们，在狂欢广场上发生了随便而亲昵的接触”。以此观之，观众通过网络参与弹幕评论的行为，同样可以视为一种没有舞台、不分演员与观众的游艺，观众可以借此机会抛开现实生活中的桎梏，尽情享受释放自我所带来的快感，在弹幕中体验到类似参加狂欢节的快感。从时间上看，狂欢节的庆典集中在某一段连续的时间里，无论是在时间和空间上，还是在参与狂欢的人群数量上都有一定的限制。在自媒体时代，人们借助网络视频可以随时参加狂欢，在时间上更为自由。从空间上看，“狂欢节演出的基本舞台，是广场和邻近的街道”，没有演出的舞台，狂欢节就无法进行。这就意味着，不论是具体的空间还是虚拟的空间，只要能为狂欢节提供演出的舞台，该空间就具备了狂欢场域的意义。以此观之，观众在观看网络视频的过程中，通过发送弹幕和观看弹幕参与到视频中，与狂欢节上民众通过现场表演参与狂欢所体验到的快乐是相似的，弹幕平台在某种程度上可视为一种新型的“狂欢场域”。与狂欢节上的参与者相比，网民在弹幕平台制造的狂欢场域里，无论是在时间还是在空间上都拥有更多的自由，狂欢的自由度也更高。从狂欢的参与主体来看，“在狂欢中所有的人都是积极的参加者，所有的人都参与狂欢戏的演出”。自媒体下通过网络视频参与狂欢的主体同样没有外在的限制，社会各个阶层都可以借助网络参与其中。相比之下，自媒体下参与狂欢的主体在人数上受到的限制更少。

也就是说，自媒体时代的狂欢与狂欢节上的狂欢相比，不仅狂欢的本质没有改变，而且借助现代科技获得了更广阔的视野、更宽广的平台、更新颖的表现形式。

## 二、弹幕平台：自媒体时代满足自我需要的新途径

在自媒体时代，新型狂欢场域的形成除了必要的狂欢舞台外，还需要一定规模的狂欢主体的参与，参与狂欢的主体如果没有达到一定的规模，新型狂欢场域就无法形成。在自媒体时代，数量众多的网民之所以以弹幕的形式参与其中，究其原因与观众寻求自我需求满足的心理有关。

美国学者马斯洛把人的需求分为五个不同等级：生理需求、安全需求、爱与归属的需求、尊重需求、自我实现需求。当低等级的需求得到满足后，人们会继续寻找更高层次的满足，直到自我实现的需求得到满足。在自媒体时代，弹幕的出现主要是为了满足人的社交需求和尊重需求。观众借助弹幕不仅可以实时发表自己的意见，而且可以实现社交性的互动，寻找志同道合的朋友。当自己的意见得到他人认可时，不仅有一种找到知音的喜悦，同时也有一种受到肯定与尊重的快感。与现实生活中围绕某个具体问题展开的社交活动不同，弹幕发送者主要以闲聊的方式进行社交性的互动，有时候闲聊的内容跟剧情关系不大，它更多是一种以属于亚文化团体的身份吸引伙伴、使更多伙伴加入的充满仪式感的签到行为。换句话说，这就

是一种获得参与感、仪式感的社交方式，与民众参与狂欢节时共同观看国王加冕脱冕等行为而获得的参与感、仪式感相似。此过程中，观众不仅可以通过弹幕及时发表自己的观点，同时可以对他人的观点进行及时回应。当某人所发的弹幕引发巨大的争议、引发众多弹幕同时出现时，就形成了类似广场、街道的狂欢场域，参与弹幕的观众不论自己的观点受到赞同还是反驳，都会体验到自我需求得到满足后的快感。

首先，弹幕平台满足了观众的社交需要。通过对《花繁叶茂》弹幕的考察发现，很多观众在弹幕上进行的是社交性的闲聊。比如："进度条暴露了一切""前方高能""目测会火""弹幕帝，吾之疆土""非战斗人员请撤离"……这些弹幕属于B站网络亚文化的弹幕常用语。"闻'迅'而来""来看松鼠啦""电影频道吸引过来的"，这些弹幕是来表示支持的；"二刷""三刷""目测会火""为了我家长辈追个番"……这些弹幕多属于签到、表示支持类的，不会具体评论剧情和人物，发送这些弹幕的观众实际上是想借此机会进行一种社交性的闲聊，满足自己渴望社交的心理需求。从发送者的角度来看，弹幕术语作为只在某些亚文化群体内部流通的语言介质，只有其成员才能熟稔于心。即使散落在数量庞大的弹幕中，也极易识别。这就意味着，观众利用弹幕平台是表明身份、寻找归属感的积极行为，其目的在于召唤同伴加入这一仪式化的签到中来。当观众通过成员的召唤聚集到一起时，弹幕平台就建立了一个亚文化成员共有的交流平台，参与其中的成员所发的弹幕就会引起其他网络亚文化成员的回应，观众通过这些共有语言以及成员间的回应获得了参与感和仪式感。

其次，弹幕平台满足了受众渴望得到他人尊重的需求。观众在发送弹幕的过程中所引发的争议，无论是赞同还是反对，都让弹幕发送者感到受到他人重视的快感，这种快感源于人的尊重需求得到满足。比如第一集中村会计何老幺广播通知开会，时间快到了却一个人都没有来，于是他“求”大家快去开会，这一场景暗示他在村子里人微言轻。此时弹幕里出现一个当下流行的网络用词“卑微”，紧接着弹幕里弹出十多个与“卑微”相关的表达，如“好卑微”“卑微村干在线求人”“老卑微了”等。当电视剧中出现潘梅给儿子唐多多送毛衣这一画面时，观众玩起了关于多多名字的梗——“这个多多拼不拼”“拼多多”，与“多多”相关的弹幕就达二十多个。当电视剧出现花茂村的年轻劳动力准备外出打工的场景时，观众又玩起了打工梗——“打工，这辈子是不可能打工的”。接着的弹幕一律跟风打工梗——“打工？打工是不可能打工的”“这辈子不可能打工”。在不断的跟风模仿中，游动的弹幕冲淡了电视剧原本沉重的剧情，此时剧情的内容是什么已不重要，重要的是观众通过各种梗营造欢乐的气氛，观众在这场由群体制造的狂欢场域中体验到参与其中的快感。

再次，弹幕平台满足了年轻人彰显次元文化的需求。狂欢节中一个重要仪式是国王的加冕与脱冕，加冕象征权威、地位、秩序、制度，神圣不可侵犯，而脱冕则是对前者的否定，脱冕后的国王可以受到讥笑、殴打。在狂欢节上，加冕与脱冕的不断转换，是高雅与粗鄙的交换，是内在与外在的交替暴露，通过严肃与轻松的强烈反差达到令人发笑的目的，将平日常规生活中的不可能场景变成可能，排除等级的隔阂，用插科打诨的方式，制造出人与人之间随意而又亲密的接触，这与观众通过 B 站弹幕参与评论时的行为相似。比如王迅饰演的唐三草出场时，弹幕评论“本色出演”“毫无违和感”“村口大傻子既视感”。观众在观看 B 站视频时，以一种带着戏谑的游戏态度，将 B 站次元文化通过弹幕形式加入视频中，对主旋律进行补充与自我阐释，淡化了主旋律电视剧的意识形态色彩，成为年轻人彰显次元文化的新载体。

由此可见，弹幕平台为观众提供了一个表现自我的舞台，通过在线闲聊的方式，观众达到了表明身份和寻求仪式感、归属感的目的。这种充满仪式感的行为提高了观众参与的积极性，满足了观众寻求社交的心理需求；当观众发送的弹幕引起了他人的围观、赞赏、跟风时，则以一种特殊的方式满足了观众寻求他人肯定与尊重的心理需求。

## 三、寻找契合点：《花繁叶茂》吸引年轻观众的原因

反映精准扶贫的电视连续剧《花繁叶茂》无疑是一部主旋律电视剧。作为意识形态的重要载体，“它以形象、直观的符号、话语渲染主流价值观念，通过强烈的艺术感染力，润物细无声地完成对观众精神世界的浸染”。为了保证播出效果，各级电视台为主旋律影视剧提供了最佳的播放平台和播放时段。作为反映脱贫攻坚收官之年成果的《花繁叶茂》，各级党委、政府对该电视剧制片团队、播放平台都有着严格的把控。让人惊奇的是，这部电视剧在B站这个以年轻人为主体的多元文化社区里，其火爆程度超乎想象，主要原因在于该剧在人物形象与剧情上的大胆创新，契合了年轻观众的欣赏趣味。

首先是富有时代气息和生活气息的基层干部形象引发“槽点”。与传统主旋律剧中符号化的基层干部形象不同，《花繁叶茂》中的干部形象更真实也更人性化，符合当下年轻人的口味。从接受美学的观点来看，“读者的阅读感受与期待视野一致，读者便感到作品缺乏新意和刺激力而索然寡味。相反，作品意味大出意料之外，超出期待视野，便感到振奋”。为了让这部电视剧符合年轻人的欣赏趣味，电视剧从新的时代语境出发，在基层干部形象的塑造上大胆创新，吸引了原本对主旋律带有偏见的年轻观众。当B站的观众看到《花繁叶茂》中富有个性又接地气的基层干部形象

时不觉眼前一亮，那些原本对主旋律抱有偏见的观众很快放弃了自己的偏见，转而热情欢迎这部电视剧。《花繁叶茂》为观众塑造了众多个性鲜明、富有生活气息的人物形象。比如村会计何老幺既憨厚又滑头，对村主任唐万财言听计从，还是个“妻管严”，弹幕戏称他是“薛定谔干部”“卑微村干”；村主任唐三草机智老练、有情有义，既有村主任的责任担当，又有思想上的守旧落后，弹幕说他“心系农民，好主任”，还有弹幕说“还是思想保守了点，放不开”。除了本土干部外，在担任驻村第一书记的大学生村干部中，既有像欧阳采薇这样文静温柔、机敏踏实的干部，也有像赵子奇这样憨厚老实的干部，还有像王学隆这样“官腔”十足、专做表面功夫的干部。与传统的村干部形象相比，电视剧并没有把他们塑造为不食人间烟火的英雄，而是将他们塑造为血肉丰满的圆形人物，在彰显他们身上担当与奉献精神的同时，也从不同场合展示了他们成长过程中情感与工作上的种种矛盾与挣扎。在观看的过程中，B 站观众很容易从他们身上找到各种“槽点”，这些“槽点”引发了弹幕的热烈讨论，在不自觉中消除了主旋律文化与 B 站次元文化之间的隔阂。

其次，电视剧对扶贫政策的生活化解读，避免了政策宣讲的说教味道，容易引发弹幕共鸣。《花繁叶茂》在解读精准扶贫的相关政策时，有意识地对之进行生活化的解读，将政策的解读放在田间地头、插入轻松的情节，让观众在不自觉中接受它。比如第三集中镇委石书记问村主任唐万财“四在农家”“七个一”是什么时，唐万财只记得第一条，窘迫中他只好让在场的其他干部补充完成。这一情节引发了 B 站观众回答问题的热情，大家和唐万财一道重温了政策的具体内容，在不知不觉中加深了对国家精准扶贫政策的理解。这样的宣传方式赢得了 B 站观众的普遍认可，比那种采用考试问答形式的检查方式更容易被人接受，其效果也比传统的方式更明显。

作为一部严肃的主旋律电视剧，《花繁叶茂》在人物形象塑造和故事情节安排上与时俱进，富有时代感的人物形象以及富有生活气息的故事情节，引发了年轻观众的共鸣。在观看视频过程中，观众被插科打诨式的弹幕评论拉进特定的狂欢场域中，严肃的主题与轻松氛围的亲密融合，观众在不知不觉中放弃了对主旋律电视剧的偏见，转而投入到群体的狂欢中。《花繁叶茂》借助 B 站为观众提供了自我展示与自我娱乐的新型狂欢场域，这不能不说是其走红的一个重要原因。

**结语**

不可否认，自媒体时代的狂欢场域已经由现实空间扩大到网络空间，科技的进步不仅没有改变狂欢的本质，而且使狂欢获得了更广阔的视野、更宽广的平台以及更新颖的表现形式。从 B 站观众的需求角度来说，对自我需求满足的追求促使他们积极参与弹幕互动，在互动中寻求仪式感、归属感，体验狂欢感受，满足其社交和被尊重的需要；从 B 站观众对《花繁叶茂》的接受程度来看，电视剧本身在人物设定、故事情节安排上的创新引发了观众的共鸣。

当然，电视剧还有一些值得商榷和需要改进的地方。比如，《花繁叶茂》的故事发生地是贵州，但人物都使用普通话，如果使用方言讲话更能体现电视剧的地域特色，四川方言电视剧就是一个例子；另外，电视剧中的女性人物形象偏年轻时尚，比如潘梅、小翠、孙大嫂的扮演者，她们身上普遍缺少来自乡野的泥土气息，显得不够真实。比如潘梅出场时就有弹幕称“一点都不像农村人”“潘梅的造型还是偏时尚了点”“这农村人也太白净了吧”等等。需要注意的是，由于 B 站观众崇尚的是网络亚文化，当他们以戏谑的游戏态度，将 B 站次元文化通过弹幕形式加入视频中时，主旋律本身的品性往往在以戏谑游戏的心态所营造出的新的狂欢化场域里不自觉地受到削弱，扶贫工作的借鉴启示意义也会大打折扣。《花繁叶茂》所面临的挑战也是当下众多主旋律影视剧共同面临的挑战。

**2021 年《电影评介》第 3 期**

# 从小说文本到电视剧：《花繁叶茂》中唐三草的形象塑造

刘亚婷

**摘要**：2020 年 5 月 11 日，由欧阳黔森的小说《村长唐三草》和报告文学《花繁叶茂，倾听花开的声音》改编的电视剧《花繁叶茂》在央视开播，一经播出便引起了观众的热烈追捧。在新的时代背景下，电视剧中唐三草的情感线得到加强，同时增设了新的矛盾关系，进一步凸显了唐三草保守顽固、知错能改、果敢机智等性格特点，为观众呈现了一个具有时代气息和生活气息的扶贫干部新形象。

**关键词**：《花繁叶茂》；唐三草；脱贫攻坚；村干部形象

由欧阳黔森编剧、尚大庆导演的电视连续剧《花繁叶茂》2020 年 5 月 11 日在央视黄金档开播，一经播出就以深刻的思想内涵、创新的艺术表达、生动的人物设定俘获无数观众，尤其是在以年轻人为主要受众的哔哩哔哩，竟也引起了一场热情的围观："34 集电视连续剧《花繁叶茂》从 5 月 11 日开播后，一直广受好评，更在以年轻人为主体受众的 B 站引发热议，获得了 9.3 分的高分。"[1] 电视连续剧《花繁叶茂》是根据欧阳黔森的报告

[1] 陆青剑、赵相康：《〈花繁叶茂〉拍红三个村庄》，《当代贵州》2020 年第 24 期。

文学《花繁叶茂，倾听花开的声音》以及小说《村长唐三草》改编而来，在新的时代背景下重设新的矛盾线索、建构新的故事框架，塑造出具有时代气息和生活气息的扶贫干部形象。

《村长唐三草》是2012年欧阳黔森发表于《山花》第21期的一部短篇小说，讲述了环境恶劣的贵州乌蒙山腹地一个村寨中，村主任唐三草带领村民固土保田、实施计划生育政策、种花椒等，直至脱贫致富奔小康的故事。小说彰显了时代背景下，贵州农村的经济发展主题。在电视剧《花繁叶茂》中，这一主题得到延续和发展，村主任唐三草等基层干部在新的时代背景下，带领村民进行“三改”工作、建立产业园、发展乡村旅游，完成了脱贫攻坚的任务。将小说《村长唐三草》和电视剧《花繁叶茂》对比来看，电视剧中有意加强了唐三草的情感线、增设了新的矛盾关系，在戏剧冲突中展现了唐三草性格的复杂性，塑造了具有时代气息和生活气息的扶贫干部新形象。

## 一、强化情感冲突，满足观众的期待视野

文学著作改编成电视剧在当下影视剧制作中屡见不鲜，这种重新阐释的过程不可避免地需要契合当下观众的欣赏水平，还要考虑观众的接受程度。可以说，对观众审美心理的把握是电视剧改编成功的关键所在，即“读者的阅读感受与期待视野一致，读者便感到作品缺乏新意和刺激力而索然寡味。相反，作品意味大出意料之外，超出期待视野，便感到振奋”[1]。从电视剧《花繁叶茂》的剧情来看，既有对小说的部分保留，又有符合时代背景的改编，照顾到了当下电视观众的接受心理。在全剧的主线设置上，编剧有意强化了唐三草与前妻潘梅的情感线，将其作为贯穿始终的一条主

[1] 王岳川：《当代西方最新文论教程》，复旦大学出版社，2008。

线，聚集了强烈的矛盾冲突，使得唐三草这一村干部形象在戏剧冲突中得到了丰富，同时满足了观众对两人破镜重圆的期待。

在小说《村长唐三草》中，作家故意弱化了唐三草与前妻的情感线，将故事重心放在唐三草如何与村支书等人促进村子发展的事上，着重塑造了唐三草敬业负责的村干部形象。电视剧《花繁叶茂》则强化了这条情感线，将唐三草与前妻潘梅的故事作为主线来叙述。由于潘梅“出轨”的误会，导致两人的矛盾积累越来越深：唐三草反对开农家乐，潘梅就偏偏对着干，努力学习并成功开了村里第一家农家乐；唐三草组织村民投票支持土地流转，潘梅就偏偏要投反对票；潘梅支持儿子回村搞电商平台，以便能待在儿子身边补偿缺失的母爱，唐三草却偏偏要求儿子在城市工作，两人之间的矛盾一触即发。从表面上看，两人的矛盾来源于故意唱反调，但实质却是思想观念的冲突：唐三草的思想观念比较保守，一旦涉及观念不和，他就表现得顽固保守。正是他与潘梅一次次的争吵，加剧了情节的冲突，激起观众的观看欲望。随着积累的矛盾越来越深，剧情的转折终于到来：原来潘梅并没有出轨，这一误会的解除才最终让唐三草放下执念，主动承认错误，与潘梅破镜重圆。整条情感线跌宕起伏，戏剧冲突步步升级，扣人心弦，与小说点到为止的叙述相比，电视剧的情节更加激发了观众的观看欲望。

和小说弱化情感线的情况相比，电视剧关注了当代基层村干部的感情状况，在矛盾冲突中塑造了村干部唐三草虽保守顽固却知错能改的性格特点，丰富了他的人物形象。同时，这种历经磨难之后破镜重圆的剧情，深受当代电视观众的喜爱。编剧将这条感情线作为剧中主线，就是为了更好地抓住受众，满足他们的期待视野。

和小说相比，电视剧的受众范围广，相应地，更偏向于享受短时间内尖锐的戏剧冲突、角色间的剑拔弩张和扣人心弦的跌宕情节。因此，情感冲突激烈的剧情更加契合电视受众的期待视野，这是电视剧《花繁叶茂》广受追捧的原因之一。

## 二、增设新的矛盾关系，凸显人物个性

如果说定向期待包含读者原有的审美经验，那么创新期待则包含读者对自己原有审美经验的不断调整。对于电视观众来说，他们不会喜欢一如既往、看了开头就能猜到结局的作品，伴随着生活经验和审美经验的变化，观众的期待视野只会不断发生变化，这促使观众追求新鲜的、创新的故事。为了强化电视剧的戏剧性，凸显人物果敢机智的性格特点，《花繁叶茂》突破了小说的矛盾关系，增设了村委会内部成员间的矛盾。

在小说中，唐三草所在的村委会成员一条心，齐心带领村民发展经济，成员间都是团结友好的。而在电视剧中，花茂村村“两委”人心不齐，部分人只注重自己的个人利益，对村子的发展工作不上心。例如：唐三草安排“三改”工作，村干部任朝辉和孙贵云就抬杠，要求他作出表率，先将自己家的违建房拆掉，最终，唐三草果断地开着挖掘机亲手拆了房子，用实际行动推进村里“三改”工作的进行；任朝辉和孙贵云私下谈论土地流转的事，被孙贵云老婆听到，她把村民叫到一块儿，一起去镇政府闹事，弄得镇政府和花茂村村“两委”都很难堪，同时增加了土地流转工作的困难；产业园老总来村里考察，任朝辉和孙贵云在背后唆使村民去堵路，导致产业园项目流产，唐三草凭借精心的准备和机智的应变，才挽救了原本已经黄了的产业园项目。可以说，这组矛盾是以唐三草为代表的集体利益和以任朝辉和孙贵云为代表的个人利益之间的矛盾，折射出了时代背景中大我与小我的利益冲突。这一组矛盾的设置，将戏剧冲突一次次推向高潮，

突出了唐三草果敢机智的性格特点。

小说没有在唐三草的村委会团队中设置障碍，电视剧则有意强化了这一团队内部的矛盾，使得唐三草所面临的困境复杂多样：他不仅要说服村民转变思想，还要解决村委会的内部矛盾。电视剧强化困难矛盾，正契合观众追求戏剧冲突的期待，故事越是斗争激烈、冲突越是剑拔弩张、矛盾越是一触即发，越能引起观众的紧张情绪和强烈的代入感。随着困难矛盾被一一解决，电视剧给观众呈现了一个果敢机智的唐三草。总的来说，电视剧设置了更加复杂的困境，更能体现人物的性格特点，紧紧抓住了观众的心。

### 三、塑造圆形人物，丰富人物性格

为了丰富唐三草的人物形象，电视剧有意对其性格进行重塑。与小说相比，电视剧将唐三草放在复杂的环境中，展现了唐三草既慷慨又抠门、既顾及集体利益又强调个人利益、既是改革中的领头兵又是思想上的保守者的形象，将原本单一鲜明的性格塑造得立体丰富，表现出了圆形人物的特点。从塑造的特征来看，“圆形人物，要求作家对他们做出全方位、多侧面、多视角的艺术审视和性格刻画”[1]。电视剧对唐三草形象的塑造，成功把一个性格复杂、具有生活气息和时代气息的当代村干部形象呈现在观众面前，既有对观众审美经验的照顾，也有合理的创新，因此获得了观众的热捧。

在小说中，作者重点塑造了唐三草有责任有担当的形象：村小学唯一一个老师跑了之后，他毅然接下了学校的烂摊子；村里没人愿意当村主

[1] 张德林：《论圆形人物和扁形人物——小说艺术论》，《文艺理论研究》1992 年第 6 期。

任，他放弃了每月一千多块钱工资的教师待遇，回到村里当每月只拿一百多块钱的村主任。在村子里，大家都很敬重他，虽然他偶尔办事没把握好分寸，但总的来说是一个有责任担当、心系村子的村干部形象。

电视剧中唐三草的责任担当形象得到了保留，同时性格也得到了更进一步的丰富。唐三草是慷慨的，他几次自己花钱下厨请客，还专门花钱请网吧的人帮他查几个流行的新词；但他又是抠门的，为了迎接来村里检查的领导，硬着头皮拿出一百三十块钱买花环，最后竟然厚着脸皮准备要回一百块。他请何老幺帮他收拾鱼来招待客人，何老幺老老实实收拾好了给他送过来，他却怀疑何老幺把他的鱼私扣了。他重视集体利益，为了说服产业园老总再次把产业园定在花茂村，他加班把产业园老总的背景了解了个透，在与产业园老总的会面中扮演了深情的崇拜者，最终为全村赢得了产业园项目。同时，他也强调个人利益，当任朝辉等人要求他拆违建房时，他的反应很强烈，坚决维护自己的利益。他是改革中的领头兵，为了配合“三改”工作，亲自开着挖掘机把自己的违建房拆掉，在土地流转工作中他也干劲十足，为村子的改革发展工作作出了很大的贡献。同时，他也有保守的思想，欧阳采薇想在村里开农家乐，他笃定游客不可能来、农家乐根本开不起来；儿子唐多多毕业之后想回村搞电商平台，他认为回农村没有出息，搞电商平台是不务正业，坚决反对儿子的职业选择。从上述可以看出，在新的时代背景下的唐三草性格更加复杂化，他作为村干部维护村子利益的同时，也很重视个人利益，在带领村民发展经济的过程中也有思想保守的表现。电视剧没有塑造高大全的人物，也没有回避集体利益和个人利益的冲突，而是选择直面这种冲突，把矛盾和选择摆在观众面前，这是小说没有体现的内容。

由此可见，电视剧对唐三草性格的塑造是全方位的、多层次的：既体现了他作为村寨经济发展“领头羊”的角色，又不回避他思想守旧的一面；既体现他在村子发展中的责任担当，又有对他在乎个人利益的表现。这个村干部形象塑造得很生动，充满了生活气息和时代气息，更加符合当下观众的审美偏好。与小说相比，电视剧塑造的“圆形”人物揭示了人物性格的复杂性和矛盾性，使人物饱满而立体，更符合观众的审美期待。

不可否认，小说经过改编之后更符合当代观众的审美倾向，尤其是唐三草的人物形象，在新的时代背景下得到了新的诠释，人物形象更加立体、饱满、生动。与小说相比，电视剧的改编更符合观众对戏剧情节的追求，更能引发观众强烈的代入感，也更符合当下观众的期待视野。总的来说，电视剧的改编是对小说的超越，从观众的接受心理来说，这样的改编无疑是成功的。

**2020 年《汉字文化》第 20 期**

# 以轻御重：脱贫攻坚主题电视剧《花繁叶茂》的叙事策略

杨　飞　朱永富

**摘要**：电视剧《花繁叶茂》通过问题处理滑稽化、事件结果反转化、人物行为荒诞化和人物形象喜剧化的叙事策略，打破了传统主旋律电视剧长期以来给人的刻板印象，引发了年轻受众的追捧和热议，使脱贫攻坚这一庄严的历史事件在阵阵笑声中深入人心。

**关键词**：《花繁叶茂》；滑稽；反转；荒诞；喜剧

由欧阳黔森编剧、尚大庆执导的脱贫攻坚主题电视剧《花繁叶茂》2020 年 5 月在央视综合频道黄金档播出，以年轻人为主要受众的哔哩哔哩网站也同步热播，广受关注和好评。“据猫眼数据显示，该剧播出以来，每集电视剧当日直播关注度和市占率均为全国第一，在以年轻观众为主的 B 站评分更是达到 9.4 分。”[1] 这是 2020 年 B 站的评分，2021 年已上升为 9.5 分。[2]《花繁叶茂》打破了传统主旋律电视剧长期以来给人的刻板印象，引发年轻受众的追捧和热议，主要归功于该剧采用广大群众所喜闻乐见的形式讲述了充满正能量的脱贫攻坚故事。电视剧《花繁叶茂》改编自欧阳黔森的报告文学《花繁叶茂，倾听花开的声音》（发表于《人民文学》2018 年第 1 期）和短篇小说《村长唐三草》（发表于《山花》2012 年第 11 期）。一篇严肃的政论性报告文学如何改编为深受观众喜爱的电视剧？编剧欧阳黔森说："脱贫攻坚是波澜壮阔的伟大工程，是非常严肃的。我们用轻喜剧的方式来表现这个严肃话题，更容易让人接受，让观众喜爱。"[3] B 站上《花繁叶茂》满屏的弹幕"哈哈哈……"，说明编剧达到了他想要的效果。

电视剧《花繁叶茂》展现了贵州省遵义市播州区枫香镇花茂村、纸房村和大地方村等典型贫困乡村在脱贫攻坚国家战略的支撑和带动下，由贫困村到小康村再到"百姓富、生态美"的蜕变历程，生动形象地向观众呈现了脱贫攻坚工程的艰辛和伟大。作为大众艺术的电视剧，如何才能形象地展示脱贫攻坚历程中遇到的种种问题和困难（诸如农村空壳化、耕地石漠化、"三改三建"、易地搬迁、土地流转、形式主义作风、新旧观念的冲突、村民的刁难等）？如果硬碰硬地直面这些问题和困难，现实和艺术都有被"石化"的危险。电视剧《花繁叶茂》通过喜剧常用的叙事手法，巧妙地将这些问题和事件戏剧化，使观众在阵阵笑声中愉悦地接受并深刻了解脱贫攻坚这一伟大的历史事件。具体而言，电视剧《花繁叶茂》主要通过滑稽、反转、荒诞和人物形象喜剧化的叙事策略使剧情充满了欢快感，极大地增强了它的观赏性。

## 一、问题处理滑稽化

滑稽是喜剧类艺术中最典型和最一般的技巧和手段，其喜剧效应最为强烈和突出。其审美效应是笑，让审美主体在笑中产生愉悦感和优越感的同时，与滑稽的对象拉开距离，进行思考，从而否定滑稽的对象。因为滑稽的事物之所以可笑，是由于该事物本身具有某种荒谬性。

滑稽现象在电视剧《花繁叶茂》中的许多事件和人物言行中随处可见。诸如电视剧一开始何老幺在广播里反复通知村干部来开会却没有人来的场景、扶贫干部王隆学为阻止山羊上山啃食树苗在村口拦羊的窘态、唐三草为躲开潘梅裹着床单落荒而逃的惨状等，莫不让观众啼笑皆非。本文只详述其中一种滑稽现象：用滑稽的方式来处理扶贫工作中遇到的一些重大问题。剧情一开始，三个年轻的扶贫干部刚刚展开他们的驻村工作就遇到了一个棘手的大麻烦：纸房村村民马老三因为煤矿拖欠工资跑到镇政府跳楼闹事，引得周围群众纷纷围观。镇长高立伟、纸房村支书刘红民和驻村第一书记赵子奇等人轮番与马老三交涉，无奈大家磨破了嘴皮子，马老三就是不肯从楼顶上下来。碰巧在场的唐三草心生一计，以天热容易引发低血糖为由，不声不响地买了些吃的喝的，偷偷在水里加了泻药后，让不知情的欧阳采薇给马老三送上去。马老三一顿吃喝之后，药力发作忍不住，主动跑下楼去找厕所，跳楼危机得以化解。这里，事件的严肃性与化解危机的闹剧化、儿戏化形成一种强烈的反讽效应，既让观众在笑声中看到了农民工的困境和政府工作的不易，同时还形象地展现了主角唐三草随机应变、诡计多端的性格特点。另外一个让观众笑喷的段子是何老幺带领一群孩子在村口欢迎领导的场景。县教育局领导要来花茂村视察村小学受损的情况，唐三草让何老幺召集假期中的孩子们准备了一场热烈的欢迎仪式。这出戏从准备到结束都让观众笑声不断。排练过程中，何老幺带着孩子们伸胳膊扭屁股，动作夸张，表情搞笑，还扭伤了腰，引得孩子们一片哄笑。何老幺叮嘱孩子们见到领导时跟着他喊口号，不料孩子们不明所以，何老幺一张嘴，他们就跟着一通瞎喊，结果“欢迎领导，前来视察”的口号变成“来了，来了，他们来了”“错了，错了，别喊了”。锣鼓喧天中，错误的口号，整齐的节拍，唐三草满脸的愤怒，何老幺一脸的委屈，观众不笑都不行。唐三草和何老幺都很看重这个欢迎仪式，唐三草生气是因为何老幺带领孩子们喊错了号，何老幺委屈是因为他的一场辛劳不但付之东流还适得其反：陪同教育局领导来视察的石书记严厉地批评了他们的形式主义作风。

滑稽本身的喜剧性矛盾具有毋庸置疑的自我否定性，而这种自我否定性是通过自我肯定的形式得以展示的，这种由自身矛盾所构成的自我否定又不为行为主体所察觉。黑格尔如此论述滑稽：“任何一个本质与现象的对比，任何一个目的因为与手段对比，如果显出矛盾或不相称，因而导致这种现象的自否定，或是使对立在实现之中落了空，这样的情况就可以成为可笑的。”马老三的跳楼事件、唐三草的欢迎仪式，正是以滑稽的闹剧形式让观众在啼笑皆非中否定了马老三的荒谬和唐三草的形式主义。

## 二、事件结果反转化

反转是增强叙事艺术戏剧性的常见技巧，是影视作品吸引观众眼球的有效手段。一般表现为作品中某一人物从先前的正面 / 反面走向了自己的反面 / 正面；或者特定人物之间的关系逆转（强弱、胜败、是非、爱恨、正反等关系的对立与反转）；或者某一事件的动机与效果的转变。

电视剧《花繁叶茂》中的反转主要表现为后两种情况，而且时时发生在唐三草和潘梅这一对人物关系中。他们曾经是夫妻，但是剧情开始时二者已是水火不容的敌对关系，几乎是见面就吵，争执不休。唐三草是花茂村村主任，能说会道，精明强悍，是村民眼中的好干部、好父亲。潘梅则背着抛夫弃子的罪名（唐三草对她的指责），寡言少语，不善交际，孤身一人守着个小卖部。无论是从社会地位还是从性格上来看，在二者的关系中，唐三草都是强势的一方，而且唐三草自以为在道德上占据优势，在潘梅面前总是一副倨傲不恭的神态。但是在他们的多次争斗中，往往都是潘梅出人意料地得胜而归。比如潘梅因为小卖部将被拆而求助唐三草一事。在花茂村的“三改”工作中，潘梅的小卖部因为占道将被拆除，那是她唯一的经济来源。万般无奈的她夜里悄悄去找唐三草，希望他能看在往日的情分上留下小卖部。但是唐三草狠心拒绝，还要撵走潘梅。潘梅无视唐三草的逐客令，旁若无人地收拾起唐三草的狗窝来。看重名声的唐三草怕被村民们看到无法说清，裹着床单落荒而逃。再如土地流转投票一事。潘梅本来已经答应投赞成票，何老幺的妻子小翠也同意土地流转的事，没想到在第二天的投票大会上，两人都因对唐三草不满而投了反对票。唐三草和何老幺本来信心满满地以为这次投票大会肯定是百分之百通过，结果不仅出现了两张反对票，而且还出在自家人手中！这令唐三草和何老幺颜面扫地、气愤难平。

其他诸如唐三草反对潘梅开农家乐潘梅却开得风生水起、马老三跳下河去救唐三草反被唐三草救起、贺总本来想敷衍一下产业园的事不料却和唐三草越说越投机等，不像悲剧中的反转剧情那样一波三折让观众大悲大喜，电视剧《花繁叶茂》中的这类反转都是些小插曲，无伤大雅却妙趣横生，既在意料之中满足观众的期待心理，又在意料之外轻轻打破观众的期待视野而带来愉悦的观剧体验。

## 三、人物行为荒诞化

荒诞是一种不近情理、不合逻辑、违反常态的非理性存在。在艺术作品中，荒诞所带来的审美感受是诧异，它使审美主体在诧异中进行思考，在无意义中寻找意义。日常生活中，一切具有否定意义的不合常规的现象都可以称之为荒诞。荒诞的事件或荒诞的行为本身所具有的荒谬性往往使人啼笑皆非，并在笑中追问：为什么会这样？

电视剧《花繁叶茂》中人物的荒诞行为主要发生在马老三和王富贵这两个甘当贫困户的人物身上。马老三是纸房村村民，在剧情一开始他就因煤矿拖欠工资跑到镇政府跳楼闹事，后来又因为他们家不在贫困户名单上，马老三扬言要住在村委会不走，马大嫂则嚷嚷着要跳楼。其实马老三家并不穷，电视、冰箱、微波炉等家电一应俱全，根本就不符合贫困户的要求。但是为了争取贫困户名额他们夫妻俩无所不用其极。驻村第一书记赵子奇给他们出主意说，获得贫困户名额的办法是回到之前贫穷的日子。马老三夫妇果真搬回老屋，穿上旧衣，又冷又饿，坐在院子里瑟瑟发抖。村干部刘红民和赵子奇在旁边一唱一和，说这种状态至少得持续半年。马老三夫妇一听就奓毛了，半天都受不了，别说半年！夫妇俩气冲冲地站起来，说什么也不肯当贫困户了。王富贵是大地方村最有名最顽固的贫困户，整天躺在床上等吃等喝，四肢都快退化了。扶贫的粮油送晚了他还要理直气壮地埋怨村支书令狐大方。村干部批评他不出去劳动，他一边无耻地说自己要在家照顾老的小的，一边理所当然地把驻村第一书记王隆学刚塞进孩子口袋中的一百块钱塞到自己腰包里。他拒绝打理花椒苗，躺着等吃喝的理由是："花椒生长快，结果慢。一年生苗，两年开花，三年才大量结果。这第一年它就只能是个苗，我再怎么种，再怎么打理，它一直这样。""这三年才大量结果，前两年我什么都没有，第三年才能卖钱，那我这两年吃哪样，喝哪样吗？"[4]

王富贵遵循了花椒的生长规律而违反了正常人的生活逻辑，他的荒诞可笑在于懒到极致；马老三夫妇的荒诞可笑则出于人的贪婪自私。正是在这两个人物的荒诞行为中，观众看到了扶贫过程中出现的"等靠要"现象的根源，同时意识到国家扶贫政策中“扶贫先扶志”的重要性、合理性。

## 四、人物形象喜剧化

电视剧《花繁叶茂》中的男主角唐三草，来自欧阳黔森的短篇小说《村长唐三草》。这是一个喜剧性人物（由喜剧演员王迅饰演）：操着一口贵州普通话，“脸带猪相，心里明亮”，满肚子心眼，善于解决问题，却因见识不够而时常闹笑话，惹得观众捧腹不止。唐三草的喜剧性一方面源自他幽默的性格，另一方面则是编剧对这一人物形象进行生活化塑造的结果。唐三草这一名字的由来就颇具喜剧性：唐三草真名唐万财，但是大家都叫他唐三草，是因为他的三句话——离婚后，大家让他在同事中处一个对象，他拒绝说“兔子不吃窝边草”；前妻回到村里，大家劝他破镜重圆，他拒绝说“好马不吃回头草”；女同事们都嫁了，大家笑话他还单身一人时，他自嘲说“天涯何处无芳草”。从名字的由来可见唐三草性格中幽默之一斑，这种幽默在小说和电视剧中是一致的。对比小说和电视剧中唐三草性格的不同之处，可看出作家在剧本中对唐三草的形象塑造有意识地生活化了。这种生活化的处理表现让电视剧中的唐三草少了些崇高，多了些缺点。正是这些缺点促成了唐三草的喜剧性形象。

小说《村长唐三草》讲述了唐三草在国家扶贫政策的大力支持下，带领桃花村村民固土保田，种植花椒，开发旅游，直到脱贫致富奔小康的故事。小说中的唐三草有能力有担当，能说会道，鬼点子多，善于解决问题，是一个有大局意识的村干部。如果说有什么缺点的话，顶多就是带了点江湖气，喜欢用喝酒的方式坑蒙拐骗地解决棘手的问题。比如罗小贵的圈地要钱、吴老三的结扎事件，唐三草都是借助酒力解决的。[5] 与小说相比，电视剧中的唐三草同样敢作敢为，机智幽默，但却多了一些生活中常见的性格缺陷：大男子主义、固执己见、思想陈旧、见识短浅、小气抠门。电视剧主要通过几处明显的改编而突出了唐三草的负面性格。

一是省略了唐三草担任村主任的背景原因。小说中，唐三草原本是乡中心小学的老师，因村里没人愿意当村主任，唐三草便自告奋勇领了这个苦差事，回村务农。当时教师每个月工资 1000 多元，而村主任才 120 元。唐三草自愿把“铁饭碗”换成“泥饭碗”，村民都认为他不是出了问题就是傻了，但这种傻劲却恰恰突出了唐三草的敢作敢为和牺牲精神（唐三草对自己这一抉择有过解释：自己文凭不高，做教师没有上升的空间了，所以干脆辞了教职回村发展。但唐三草说话有时难分真假，所以他的解释并不可信）。小说中的唐三草正是在这一自我牺牲的行为中出场的，自始至终，他头上的光圈一直都很耀眼。电视剧则省略了这一背景，观众只知道唐三草曾经当过小学老师，至于何时成了村主任则不得而知。与小说中的崇高形象相反，电视剧中的唐三草一出场就让观众忍俊不禁：在去村委会的路上，左手提包，右手拿草，哼着小调，一步三摇，还和路上的鸡鸭鹅抢道，完全一副世俗的呆萌相。

二是离婚事件的改编。小说中唐三草的妻子桂花在外打工出轨，回来找唐三草离婚。唐三草没有为难她，很爽快就同意离婚了，一个人扛起了家，又当爹又当妈，后来找了第二个妻子梨花。电视剧中的唐三草对婚姻却不能如此拿得起放得下。唐三草误以为妻子潘梅出轨，因为他的大男子主义作祟，没有问清楚就决绝地提出了离婚。但是心里又始终放不下潘梅，所以才会在和潘梅看似水火不容的争执中，处处显得强势却又屡战屡败，逗乐观众。

三是和唐三草搭档的大学生村干部由男性变为女性。小说中的大学生村干部是年轻男性，唐三草佩服他的文化见识和理论水平，听从他的建议种花椒、搞旅游、办学校，二人关系甚是和谐。电视剧中，唐三草自以为女大学生欧阳采薇是来花茂村“镀金”的花瓶，对她无须认真对待，只须假装尊重，捧在手里就好了。而且唐三草认为欧阳采薇年轻，没有农村工作经验，又因为他大男子主义的偏见，认为女性只应在家照看孩子、料理家务，不该出来抛头露面，导致他对自己头上突然多了欧阳采薇这个领导很不服气。所以二人在工作时经常是和谐中有摩擦和冲突，在争执中唐三草的憨态和窘态，包括他的强词夺理和自以为是，常常让观众笑喷。

概而言之，电视剧中的唐三草既机智过人又目光短浅；既顾全大局又顽固保守；既踏实肯干又滑稽可笑；既是一个优秀的基层干部，也是生活中常见的丈夫和父亲形象。唐三草这一人物形象的喜剧性使他跳脱出传统主旋律电视剧中干部形象英雄化、楷模化、崇高化的刻板印象，使观众在笑声中体会到了脱贫攻坚这场历史进程中基层干部的伟大和渺小、辛酸和快乐。

## 结语

脱贫攻坚是关乎民生的伟大工程，要实现的是中国农民几千年来脱贫致富的生存梦想，涉及老百姓从物质到精神的根本性蜕变。农村从贫穷到致富再到小康这场战争中所面临的重重困难和矛盾，使脱贫攻坚话题沉重如石。如何讲好脱贫攻坚故事，使其既能有效地传达国家扶贫政策而不被教条所僵化，又能为观众所喜闻乐见而愉快接受？英雄珀尔修斯御风而行，以盾为镜，才不被石化而取下了美杜莎的头。“笑”就是电视剧《花繁叶茂》讲述脱贫攻坚故事的“镜”。巴赫金说：“一切真正伟大的东西，都应该包含有笑的因素。反之伟大便会变为威严、可怖或装腔作势，至少要变为有限的伟大。笑把路上的拦道木抬起，使道路畅行无阻。”电视剧《花繁叶茂》并没有回避脱贫攻坚进程中面临的自然条件恶劣、农村劳动力流失、村“两委”人心不齐、新旧观念的冲突、村民的懒惰愚顽等重大问题，而是通过滑稽、反转、荒诞和人物形象喜剧化的叙事策略，在笑中呈现并凸显问题的严肃性。“严肃性会加重困境，而笑则能超脱于困境之上。笑使人摆脱困境。笑不束缚人的手脚，而是解放人。”[6]

喜剧是笑的艺术，经典的喜剧往往是以轻御重，举重若轻，娱乐但不媚俗，嬉笑但不肤浅。脱贫攻坚之战虽然过程艰辛，但结局则是皆大欢喜。电视剧《花繁叶茂》喜剧化的叙事策略不仅使形式和内容合一，还使脱贫攻坚这一庄严的历史事件在阵阵笑声中深入人心。

**参考文献：**

[1]赵相康.倾听花开的声音——电视剧《花繁叶茂》大家谈[J].孔子堂茶座.2020(23)：74.

[2]赵相康.《花繁叶茂》完美收官，竟然有这么多贵州文艺大咖客串.https：//baijiahao.baidu.com/s? id=1668764340549829252&wfr=spider&for=pc.

[3]黑格尔.美学(第三卷·下册)[M].朱光潜，译.北京：商务印书馆，1981：291.

[4]尚大庆.花繁叶茂(第18集)[CD/OL].(2021-04-05).https：//www.bilibili.com/bangumi/play/ep325851? from=search&seid=1545959619594100841l.

[5]欧阳黔森.村长唐三草[M]//欧阳黔森短篇小说选.贵阳：贵州人民出版

社，2014：252-289.

[6]巴赫金.1970—1971年笔记[M]//巴赫金全集（第四卷）.白春仁等，译.石家庄：河北教育出版社，2009：447.

2021年《贵州大学学报（艺术版）》第5期

# 接受美学视域下对电视连续剧《花繁叶茂》哔哩哔哩弹幕的探究

刘亚婷

**摘要：**接受美学理论在当下语境中仍然具有积极的影响，将其运用于电视连续剧《花繁叶茂》哔哩哔哩弹幕的探究中，一方面看到弹幕对观众期待视野的反馈和满足，另一方面观众通过弹幕的二次创作，对作品进行了填补和创新。

**关键词：**花繁叶茂；接受美学；弹幕

作为年轻人喜爱的视频网站，哔哩哔哩（以下简称 B 站）引领着弹幕的狂欢，从最初只在 B 站的二次元小圈流行，扩展到很多主流视频网站也开启了视频弹幕功能，这一特殊的评论形式已经走向了大众。2020 年 5 月 11 日，以脱贫攻坚为主题、讲述贵州遵义花茂村经济发展的电视连续剧《花繁叶茂》在央视综合频道黄金时段播出。这一主旋律题材的电视连续剧讲述扶贫干部进农村，帮助村民脱贫致富的故事。原本这种题材的电视剧与年轻人的兴趣有着天然的错位，然而令人没想到的是，这部剧却在 B 站被打出了 9.3 的高分，同时引领了一场弹幕的狂欢。

在 B 站获得高分的同时，这部剧也吸引了许多评论家的眼球，他们的文章不约而同地引用了这一数据："国家广播电视总局脱贫攻坚题材重点剧目之一《花繁叶茂》日前在中央电视台综合频道黄金档播出，随后被B站网友打出了9.3的高分。""34集电视连续剧《花繁叶茂》从5月11日开播后，一直广受好评，更在以年轻人为主体受众的B站引发热议，获得了9.3分的高分。""据猫眼数据显示，该剧播出以来，每集电视剧当日直播关注度和市占率均为全国第一，在以年轻观众为主的B站评分更是达到9.4分。"通过对该剧弹幕内容的统计，发现第一集前180秒的时间里，关于主演王迅的弹幕就占了70条，内容包括"闻'迅'赶来""为迅哥而来""来看松鼠"等弹幕。观看后面的剧情，弹幕也一直在线。可见，这部剧的确引起了B站观众的热议。这一现象背后不仅是扶贫题材的探索与创新，更有着主创人员对观众接受心理的准确把握。

## 一、当代语境下的接受美学理论运用

抖音、快手、B站等视频APP的迅速崛起为全民狂欢提供了适宜的土壤，"在狂欢中所有的人都是积极的参加者，所有的人都参与狂欢戏的演出"。年轻人是网络军的主力，更是网络事件的热心参与者。新冠疫情对全中国的影响巨大，在疫情严重的几个月时间里，中国的大小事件集中通过网络传播，网络暂时成为中国人了解世界的窗口。于是，2020年最大的一个关注点——脱贫攻坚——自然而然抢占了网络制高点。处在收官之年的脱贫攻坚之战，成为全中国的社会焦点事件甚至是网络焦点事件，在这种笼罩全民的焦虑感中，年轻人的关注焦点也随之发生变化，他们以不同的方式参与到脱贫攻坚的主题中来。

于20世纪60年代兴起的接受美学经过姚斯等人的发展，在20世纪80年代已经对文学界产生了深远影响。从20世纪80年代在中国开始研究到今天，接受美学已经走过了近40个年头。“接受美学把文学研究的视域从以作者、作品为中心转到以读者为中心，提高了读者的地位，丰富了文学作品的内涵，开拓了文学理论研究的新领域。”可以说，这种肯定接受者地位的方式在当下的全民化传播环境之中，更是得到了充分发展。群体的狂欢正是对自我定位的肯定。群体使用弹幕评论的方式评论社会焦点事件，既是对文本的反馈，又对文本进行了二次加工，消解了作者的权威性，同时将狂欢逐步推向高潮，被推向高潮的事件又再一次加强了狂欢的程度，接受者的核心地位不断被加强，正体现了接受美学在现实事件中的意义。

## 二、反馈与满足：弹幕的基本操作

期待视野是姚斯的接受美学理论中一个非常重要的概念，作为一种心理上的机制，姚斯认为“从类型的先在理解、从已经熟识作品的形式与主题、从诗歌语言和实践语言的对立中产生了期待系统”。在观看视频之前，接受者便会带着一种期待而来，这种期待包含了接受者自身的很多因素，比如社会背景、兴趣爱好、对类似视频的累积经验等等。当该视频接近自己的期待视野时，接受者更倾向于通过弹幕的方式去表达自己的想法。通过发弹幕这样一个动作，还展现了接受者对期待视野的反馈和二次创新。

对B站上电视连续剧《花繁叶茂》的弹幕进行考察，发现对演员的讨论成为高频内容。以剧中主角唐万财的扮演者王迅为例，与他相关的弹幕有：“闻‘迅’而来”“见大松鼠就来看看”“来看松鼠”“为迅哥而来”“本色出演”“牙牙牙牙牙”“兔牙迅”“有憨豆的感觉”……王迅本身是从谐剧、相声表演出道的，他被人们所熟知主要是参与了综艺节目《极限挑战》。他的表演风格、外形条件天然地带着一种喜剧的味道。“闻‘迅’而来”的观众正是带着看视频前就已经存在的期待视野而来的，他们发的弹幕就是最好的例证。在剧中，王迅承接之前的表演风格，以一个诙谐、幽默、不时犯小错误的村干部形象出现在观众面前，可以说极大地满足了观众的期待。按照姚斯的理论，期待视野并非固定不变，观众在期待王迅表演能接续原有风格的同时，也会有创新性的期待。

通过剧中人物的设定，观众的期待视野得到进一步满足。除王迅外，剧中几位演员也引起了观众的热烈讨论。剧中扮演石书记的演员邵峰自2000年进入影视圈之后，几乎都是以表现喜剧为主，还曾几度在央视春晚上表演小品；导演兼主演、上过央视演小品喜剧的尚大庆在剧中扮演了跟屁虫会计何老幺；小品演员张瑞雪近年常出现在各类喜剧节目中……这样一个强大的喜剧制作及演员阵容，让观众在开始就有着定向的心理预期，这种心理预期使得观众在观看的过程中主动适应剧情的发展，在熟悉的基础上更容易接受陌生的内容。在弹幕中，观众表现出了对剧中人物的反馈，比如小王书记的扮演者白一弘出现时，观众在弹幕中惊呼“《余罪》里的那谁”；尚大庆扮演的何老幺出镜时，弹幕里出现“福贵的女婿”；潘梅出现时弹幕里惊呼“简卉是你吗”；欧阳采薇坐在车里去花茂村时，弹幕里出现“采薇有点像瘦版大脚”；等等。演员的表演经历是观众们原本熟知的，演员在剧中的新角色又给观众带来了全新的体验，在原有经验上有所创新的这种新观感，更加牢牢地抓住并满足观众的观看欲望，弹幕的即时功能又为观众创造了一种讨论剧情的可能性，因此更加容易引发观众的共鸣。

严肃的扶贫剧与幽默的轻喜剧摩擦出新的火花，满足群体的狂欢需求。国家对表现脱贫攻坚主题的影视剧进行了大力扶持，为这些作品提供好的播放平台。《花繁叶茂》就是安排在央视综合频道的黄金时段播出的，这也无意之中加强了该剧的严肃性。但是，当这样一个主旋律剧在B站同步播出时，以二次元为核心的 B 站与主旋律剧发生了奇妙的化学反应：这部轻喜剧的轻松幽默打破了两者间的次元隔阂，抹平了轻松与严肃间的错位，消解了主旋律剧自带的权威性，为群体狂欢提供了发酵平台，而弹幕正是这个发酵平台。可以说，观众的期待视野带来弹幕的发酵，弹幕的发酵促进了观众期待视野的满足。

### 三、填补与创新：弹幕的二次创作

对于作者来说，在进行创作之时心中有一个读者存在，这个读者并非现实中的读者，而是作者想象出来、符合作者的预期接受能力的读者，是理想状态下的标准读者。但是当作品与读者见面时，现实的读者往往不可能是标准读者，他们在对作品进行解读的时候，是会将自己的经验和作品进行联系的。在这种情况下，读者的解读过程势必是对作品的再创造过程，读者“根据自己的生活经验，借助于相应的体验，再现作品通过艺术符号所表现的情景，甚至联想到更多的与此类似的、相关联的东西，最后确定‘意义未定’和填补‘空白’”。在 B 站中，视频的再创造过程主要是通过弹幕功能体现的。在《花繁叶茂》剧情的弹幕中，观众对于剧中“槽点”的捕捉以及对剧情背景的补充表现得最为突出。

对“槽点”的有意捕捉增强了该剧的吸引力。观众观看过程中，有意结合当下网络热点发挥想象力，从而制造、发送引人注意的弹幕。唐多多第一次在剧中出现时，观众就在他的名字上做了文章。结合当下的一些购物平台，有人发送霸道总裁式的“说吧，拼多多给了你多少钱，我淘宝给你双倍”“全剧第一个植入”。有人结合了热门明星发送“黄磊：喊我女儿干吗”，还有人戏谑式地调侃“多多，帮妈妈砍一刀”，还有的结合网络流行语调侃“打工，这辈子是不可能打工的”“卑微开会”……在观众各式各样的创作之下，这部剧的剧情与当下热点链接上了。观众在观看剧的同时，能够通过其他网友的弹幕创作，加入这场二次创作的狂欢之中，无意间增强了观众的观看黏性。弹幕的不断发送让观众参与到剧情的建构过程中，建构的趣味又反过来加强了观众的参与热情。

对剧情背景的补充引发观众的想象。《花繁叶茂》取景于贵州遵义，讲述的是当地农村脱贫致富的故事，观众中自然存在了解农村生活的人，有了他们对弹幕的参与，便产生了对剧情背景的一种特别补充。小王书记带着欧阳采薇和赵子奇坐车去村里的时候，弹幕中便产生了对车开得太稳这个话题的争议。车窗外的景是真是假搁置不议，有些观众觉得这车开得过于稳了，农村不可能有这么平坦的路，这就引起了部分观众的反驳：有观众指出农村现在发展了，“村村通”已经全面覆盖，路面平坦很正常。对于村民集体外出打工，有些观众觉得是好事，有些则出来解释外出打工的坏处，有些补充农村荒废田地的情况……一部剧表现情节的空间有限，不可能面面俱到地把每一个背景都说完整，弹幕却提供了补充背景的平台，让观众有空间尽情发挥想象。这种二次加工正是对作品留下的空白的填补与创新。

**结语**

接受美学虽然是针对文学文本的理论，但是在当下语境，创造性地运用在影视剧的评论中却产生了重要意义。主旋律电视剧《花繁叶茂》兼顾了题材的严肃性和年轻人能接受的趣味性，对形式的探索体现了创新的重要性，也给后面的同类型电视剧提供了一条可尝试的新路子。

2020 年 7 月 18 日《贵阳日报》

# 《花繁叶茂》：脱贫攻坚主题剧中的叙事认同构建

潘健强

**摘要**：2020年是坚决打赢脱贫攻坚战的决胜之年，一批脱贫攻坚题材优秀电视剧先后播出，《花繁叶茂》是其中之一。该剧通过讲述贵州遵义几个典型贫困乡村的艰难脱贫历程，塑造了脱贫路上的基层干部形象，打造了可资借鉴的贵州"脱贫样板"。本文通过对《花繁叶茂》剧情的叙事解构，探讨现实主义题材电视剧在情感化叙事、人物形象刻画上的现实意义，并对该剧的角色认同、自我认同、社会文化认同加以解析。

**关键词**：《花繁叶茂》；脱贫攻坚；叙事认同构建

2020年是坚决打赢脱贫攻坚战的决胜之年，也是全面建成小康社会和"十三五"规划的收官之年。在这个中国历史上前所未有的关键时刻，以脱贫攻坚为主题的电视剧不断涌现，用文艺的方式描绘了这场伟大的实践，将宏大的叙事主题与现实生活叙事相结合，生动地讲述了"中国故事"。

## 一、现实主义题材电视剧的情感化叙事

情感化叙事最初是在小说中作为叙事类型大量涌现的，指的是作家致

力于挖掘生活中的美，对作品中的情感追求“中和”之美，讲求“温柔敦厚”的诗教传统。情感化叙事将强烈个性表达和浓烈抒情性寓于作品之中，将现实题材的电视剧影像故事叙事与情感叙事并重，在电视剧作品中表现为情感的强化和情节的淡化。作为艺术创作的电视剧，既要满足人们生产和生活的需求，又要传承优秀的历史文化，追求美学功能，实现传统文化审美理念的表达在艺术中的传承和发展。电视剧是一种影像化叙事美学，不只是表现形式上的美学，更重要的是要凸显文化内涵和情感元素，在作品中再现和表达人们的美好情感寄托。情感体验在美学中极具重要性。

电视剧的首要任务是叙事，抒情是建立在叙事基础上的，它存在于包围它的世界环境里，它衍生于现实，也必须回归现实。现实主义题材的电视剧源于对社会现实的关注，往往能够引起更多受众的共鸣和思考，其情感化叙事往往将“日常”和“宏大”紧密关联，在“大国”和“小家”之间建立情感连接。在反映现实主义题材的电视剧中，情感化叙事的感情并不是空泛的，它或是来自生活中细微而真切的日常，或是来自内心世界的坚定信念，旗帜鲜明地弘扬积极向上的现实主义精神，更真切地观照生活、记录时代故事，从而与时代精神同频共振。

（一）脱贫攻坚主题剧的情感化表达

全面小康目标最终能否如期实现，关键取决于脱贫攻坚战能否打赢。因为没有农村贫困人口的全部脱贫，就无法全面建成小康社会。因此，脱贫攻坚关乎发展大局，各部门、各单位、社会各界必须携手同心，不折不扣地共同完成。电视剧是大众艺术，就要在脱贫攻坚中充分发挥自身特色和优势，利用电视文化前沿阵地，用镜头讲好一个个鲜活生动的脱贫一线故事，为脱贫攻坚战营造浓厚的舆论氛围。用作品为脱贫攻坚注入精神力量，这也正是文艺工作者的使命所在。

在以脱贫攻坚作为叙事元素的现实题材电视剧中，需要构建情感化元素。情感化元素体现在人物上，要刻画细腻、表达真切，塑造真实又具有代表性的人物；体现在空间上，要注重空间的情感化，这种情感化往往是联系空间中人与人关系的纽带，比如地域文化、民族文化等；体现在时间上，要用主题反映时代的命题及发展，聚焦时代症候，回应社会关切。在特殊的时间节点，人们所具有的情感是有差别的：比如在表现改革开放的时间阶段时，人们所表露的情感是昂扬上进的；表现旧社会的时间阶段时，人们情感的表达是悲凉凄苦的。电视剧的情感化表达必须改变故事情节模式化、人物形象脸谱化的倾向，避免宣教口吻，打破观众对主旋律题材的刻板印象，要高质量、大格局地完成艺术创作。脱贫攻坚并不是一帆风顺、一蹴而就的，相关题材电视剧中人物之间的矛盾、人物与脱贫发展之间的矛盾真实且矛盾的化解具有说服力，才能引起观众的情感共鸣。

（二）《花繁叶茂》中人物事件情感化的叙述

电视剧《花繁叶茂》围绕脱贫攻坚这一现实题材，以贵州省遵义市枫香镇花茂村、纸房村和大地方村的脱贫故事为案例，以轻喜剧的形式讲述具有贵州特色的真实脱贫故事，打造“贵州脱贫样板”。[1]轻喜剧的风格既令人耳目一新，也奠定了该剧对人物事件情感化叙述的基调。[2]在《花繁叶茂》情感化的叙事中，情感因素成为重要元素，使整个剧作洋溢着浓厚的感情色彩，成为吸引观众的重要因素。该剧用平常的人、平常的事反映平常的生活，以情为血肉、为色彩，让观众在观剧时不仅得到了完整的叙事，更重要的是得到了精神上的满足。在人物塑造方面，《花繁叶茂》

[1]田燕、岳宗胜:《花繁叶茂：乡村振兴视域下贵州扶贫题材电视剧的四重解读》，《当代电视》2020年第9期。

[2]万阕歌：《从〈花繁叶茂〉看扶贫电视剧创作方向》，《中国民族报》2020年7月3日第6版。

凸显喜剧风格，村主任唐万财由王迅饰演，他以浓厚的地方口音和贴近实际的表演，将这个老道狡黠、风趣幽默、处事圆滑，但责任感强、踏实肯干的村干部生动地展现在观众面前。对于事件的叙述，《花繁叶茂》依然坚持运用情感化的表达，使故事情节在整体上比较丰满有趣。比如何老幺第一次见到欧阳采薇时，就在地板上狠狠踩了一脚，说“踩薇”；唐万财在村里走路必须拨开一堆鸡鸭鹅；何老幺用大喇叭催促村民来开会……贵州乡村在脱贫攻坚工作中的人生百态生动且接地气。喜剧笔触拉近了电视剧与观众的距离。

## 二、《花繁叶茂》中人物形象刻画的现实意义

《花繁叶茂》塑造了一批性格各异、极力为老百姓着想、一心改善村民生活的基层干部。以人物间的矛盾和冲突，还原了脱贫攻坚战的艰辛和收获，人物形象的刻画具有极强的现实意义。

（一）驻村第一书记人物形象的自我认同

人类社会性的特点决定了身份认同是人类与生俱来关注的重要问题，每个人在日常生活中都会面临“我是谁”的疑问。身份认同就是建立一种稳定的身份感，在不同的情景转换时，这种身份感仍然能够长久维持。因此，对于个体来说，身份认同十分重要。[1]而通过自我身份的认同，个体可以明确自己在社会生活中的地位，获得心理上的归属感，感觉到自己存在的意义和价值。一旦个体无法认同自我的身份，就会陷入彷徨和焦虑。

《花繁叶茂》中年轻的农科所女干部欧阳采薇到花茂村担任驻村第一书记之初，面对艰苦的条件睁大了眼睛，被破败的环境吓了一跳，并没有

[1] 王亮、吕春娟：《自我身份认同的几种研究视角述评》，《云南社会主义学院学报》2012 年第 3 期。

对自己的身份产生认同，认为自己会很快离开这里，并且将扶贫工作看作一项只要尽快完成就能摆脱的任务。但是随着花茂村在她的努力下发生了翻天覆地的变化后，她通过坚守和付出，逐渐对自己的身份产生了认同，认为自己就是花茂人，再也舍不得离开花茂了。其他年轻的驻村第一书记也是这样，如王隆学从起初的“大肆宣传的面子工程”到后来贴心为村民服务，积极融入农村生活，像一名地道的农民经常出现在田间地头。[1]这些驻村第一书记，用年轻的肩膀挑起了脱贫攻坚的重任，奋战在脱贫攻坚第一线，牢记初心使命，履职尽责，用实际行动证明了自己的身份。

（二）农村百姓生活的自我形象认同

《花繁叶茂》对于农村百姓形象的塑造，也十分立体生动，体现了在脱贫攻坚和乡村振兴中农村百姓逐渐构建的自我形象认同。农村普通百姓身上各有优缺点，该剧真实地表现了这些人物身上的特点，比如甘当贫困户的马老三，不愿流转土地的孙大嫂，因安置到镇里生活不习惯闹着要搬回农村的村民……生动的细节造就了人物的亲近感。在这场脱贫攻坚战的转折期和关键期，农村百姓在基层干部的带领下，改变了落后守旧的思想观念，以踏实肯干的态度和行动构建了自我形象。

（三）受众的叙事认同

作为电视剧的《花繁叶茂》也是一种传播载体。菲希尔（Walter Fisher）指出：“所有形式的信息传播都可以当作叙事来理解。”[2]电视剧若想收到良好的传播效果，必须注重受众的叙事认同。受众在传播学里指信息传播的接收者。香农 - 韦弗传播模式（Shannon-Weaver Model of

---

［1］李坤、雷永莲：《攻坚的榜样　精神的旗帜——评电视剧〈花繁叶茂〉彰显的脱贫攻坚精神》，《电影评介》2020 年第 15 期。

［2］斯蒂文·小约翰：《传播理论》，陈德民译，中国社会科学出版社，1999，第 305 页。

Communication）将传播过程分为七个要素：信源、编码、信道、译码、信宿、反馈和干扰。信息通过宿源编码传递到信宿解码，信源层面的文本分析和信宿层面的传播分析，两者相互影响，将情感化叙事认同广泛传播。新媒体时代，受众既是信息的接受者，也可以成为信息的发布者和传播者，社交媒体让受众的体验不断增强。当受众对电视剧产生认同后，受众就会主动传播电视剧，在朋友圈层形成裂变式传播，使电视剧产生更为广阔的影响。

## 三、《花繁叶茂》中的社会文化认同

一般来说，社会文化认同是身份认同的核心内容，它是在文化的选择中实现的自我身份构建，是对自己所属群体的文化及特征所持有的认可和接受态度。“任何民族性、国民性或文化心理结构的产生和发展，任何思想传统的形成和延续，都有其现实的物质生活的根源。”[1] 在我国脱贫攻坚的特殊时期，因为任务艰巨，基层党组织和广大党员积极发挥战斗堡垒作用，进村入户开展工作，这些情境被艺术创作者显影在电视剧中，通过电视剧中的叙事模式讲述个体、家庭、地域的故事，将之与集体记忆、历史发展、时代振兴、民族命运相关联。社会文化在叙事者的语言中被构建，形成了一个产生文化认同的指涉体系。《花繁叶茂》蕴含着浓厚的贵州地域文化，将社会文化认同融入了家国情怀，通过三个村寨的变化折射时代的发展，再现了脱贫攻坚过程中的“三改三建”、土地流转、易地扶贫搬迁、产业升级等事件，成为贵州省乃至全国脱贫攻坚的典型缩影。

### （一）自我的连续性

自我的连续性就是指个体在本质上与过去、未来保持内在的一致性，虽然生活环境、社会角色会发生变化，但个体依然确信自己是同一个人。

[1] 李泽厚：《中国古代思想史论》，安徽文艺出版社，1994，第 297 页。

这种自我的连续性在脱贫攻坚主题剧中体现为人物对社会文化的认同，能够在自我激励之下保持实现目标的热情、保持身心健康，为打赢脱贫攻坚这场硬仗不懈奋斗。《花繁叶茂》中，生活不是静止的，随着脱贫攻坚的深入开展，矛盾、冲突不断，冲突是电视剧凸显的特点，推动着情节的发展。村寨的发展变迁反映了一个国家、一个时代的发展历程，这些重大的变化会对每个参与者产生意义和影响，不论是村民还是基层干部，他们都在不断追寻这种意义。

《花繁叶茂》着力于思想性与艺术性、现实性与故事性的融合，并敢于触碰农村改革中的真矛盾、真问题。一步步、一件件、一桩桩都是矛盾冲突，冲突就是戏剧的显著特点，不断产生的冲突，将剧情不断引向深入，不断引出矛盾的当事人以及化解矛盾的主导者。村民不在意开不开会，引出了干部和群众缺乏沟通、干部在群众中缺乏威信的矛盾；潘梅拿着毛衣去看望儿子，儿子不理睬，引出了家庭伦理的矛盾；村民集体外出打工，村干部到村口阻拦，阻拦不住，引出了村民生存路子走向的矛盾；唐万财对新来的驻村第一书记不屑一顾，引出了新班子成员之间往下必然会产生冲撞的矛盾；纸房村的马老三讨工钱不得装腔作势要跳楼，引出了小煤矿工人和老板的劳资矛盾；欧阳采薇随高镇长去见教育局领导受冷遇，引出了乡镇和行政部门之间管理沟通的矛盾；石书记坚持关掉小煤矿引出了农村经济发展项目支撑的矛盾；乡村“三改”工作受阻，引出了村民新旧观念碰撞的矛盾；因为要拆除赖以生存的小卖店，潘梅夜见前夫唐万财，引出了家庭公与私纠结的矛盾。

（二）自我与他者的联系

叙事的认同构建还体现在叙事可以将自我与他者区分。从社会学角度看，社会文化认同与自我和他者所处的“共同体”有关。在按照地域、血缘、家族等建立起来的圈子里，个人不会感到迷茫和无助，个人身份非常明确。基于此圈子的自我和基于彼圈子的他者似乎就应该格格不入。但是，中国传统的文化是强调和谐统一的，注重集体经历，并不像西方那样追捧非此即彼的二元论。这种社会传统文化很容易映射到文艺作品里。电视剧作为一种叙事文本，必然承载着创作者的叙事意图和特定的社会意识形态。

在《花繁叶茂》中，驻村第一书记欧阳采薇是一位年轻的干部，其身份看似与农民格格不入，自我与他者成了两种不同类型。在前两集中，村干部对欧阳采薇的到来也十分不解，按照固化的思维模式，都以为她是来“镀金”的，明显体现出自我和他者的对立，当然也为后面的剧情开展进行了很好的铺垫。然而，事情的发展并不像村干部想的那样。欧阳采薇来到花茂村后扑下身子扎实工作，深入联系群众，设身处地为村民着想，将自己变成了花茂村的一员。这种“和而不同”的叙事模式，打破了自我与他者的二元对立，自我能够理解和欣赏他者的差异，倾听和尊重他者的声音，并且敢于承认自己有不足，意味着个人认同和群体认同的融合。

（三）自我的整体意义

在电视剧中，叙事往往将个人生活呈现为一个有意义的整体，这也是叙事认同的显著特征，并且叙事里会有一个特别的主题，便于叙述者建构一致的认同。[1]《花繁叶茂》的主题便是脱贫攻坚。该剧以平民化的叙事视角展现脱贫攻坚这一宏大主题，用小故事讲述大时代。通过这部电视剧，观众对打赢脱贫攻坚战的重要意义有了更深刻的认识，理解了农村振兴和贫困户脱贫的不容易，也理解了农民渴望现代文明又对它心存彷徨与焦虑的心理。剧中没有高大全的“英雄”形象，每个人即便是主人公都有着这样那样的缺点，但正是这些现实、鲜活、接地气的人物形象，用生动

[1] 杨芳：《叙事认同的建构》，《赤峰学院学报（汉文哲学社会科学版）》2010 年第 1 期。

的故事还原了贵州农村的真实生活。由此，脱贫攻坚这个主题为自我塑造了整体意义。

**结语**

《花繁叶茂》以轻喜剧作为叙事基调，为观众呈现了基层干部精准扶贫、村民通过智慧和勤劳振兴乡村的感人故事。在全面建成小康社会最为关键的历史时刻，脱贫攻坚主题剧贴近时代主题、贴近乡村实际、贴近村民生活，优化了观众体验，拉近了与观众的距离。脱贫攻坚主题剧由此也实现了自身的“花繁叶茂”。

2021 年《中国广播电视学刊》第 3 期

# 《花繁叶茂》：乡村振兴视域下贵州扶贫题材电视剧的四重解读

田　燕　岳宗胜

**摘要**：作为22部脱贫攻坚重点剧之一的扶贫题材电视剧《花繁叶茂》聚焦时下热点，展现了贵州基层干部和村民一起打赢脱贫攻坚战的艰难历程。本文从乡村振兴战略视域下对该剧进行四重解读，可以窥见时下扶贫题材电视剧的现状与未来发展前景。该剧以"轻"叙事赢得观众喜爱，尖锐揭露乡村脱贫攻坚工作进展中暴露出的问题和矛盾，又在遵循西南乡村艰难脱贫的现实书写下赋予该剧深刻的内涵。从整部剧来看，其具有脱贫攻坚历史叙事大格局。

**关键词**：扶贫题材；电视剧；《花繁叶茂》；乡村振兴战略

党的十九大报告提出要"实施乡村振兴战略"，即"按照产业兴旺、生态宜居、乡风文明、治理有效、生活富裕的总要求，建立健全城乡融合发展体制机制和政策体系，加快推进农业农村现代化……实施乡村振兴战略，其核心是着力破解城乡发展不平衡、农村发展不充分等突出问题，弥补全面建成小康社会的乡村短板。"[1] 2020年是全国脱贫攻坚决战决胜

[1] 刘彦随：《中国新时代城乡融合与乡村振兴》，《地理学报》2018年第4期。

之年，在这个关键的历史时刻，扶贫题材电视剧走入全国观众的视野，以书写“脱贫攻坚”这一重要历史事件为使命，为中国电视剧艺术贡献了备受瞩目的“中国故事”。其中，由中央一套首播的贵州扶贫题材电视剧《花繁叶茂》，为观众展现了扶贫路上跋涉者们的“苦”与“乐”，不仅赢得了观众的喜爱，更是深入了年轻观众的内心。

## 一、扶贫题材电视剧的“轻”叙事

讲述扶贫题材的主旋律电视剧《花繁叶茂》缘何备受观众青睐，笔者认为，不一板一眼地呈现扶贫工作中的人与事，而是以“轻”叙事的影像去呈现，使它赢得了观众的喜爱和好评。

《花繁叶茂》讲述了贵州省遵义市播州区枫香镇花茂村、纸房村和大地方村等几个典型贫困乡村的艰难脱贫历程，以花茂村驻村第一书记欧阳采薇、花茂村村主任唐万财为主要叙事对象，展现了西南地区贫困乡村基层干部在精准扶贫政策的指引下逐渐扭转村民们的落后观念，既扶智又扶志，带领村民靠智慧和勤劳收获幸福生活的故事。由演员王迅饰演的“心中明亮，面带猪相”的村主任唐万财，操着一口纯正的“贵普话”，以贴近生活的表演将这个鬼点子多、责任感强、行为诙谐且好吹牛却又踏实肯干的乡村干部活灵活现地展现在观众面前。有了这个“轻”类型主角，整部剧的叙事基调都变得欢快起来。如唐万财的搭档何老幺，以小翠、孙大嫂和潘梅等为代表的农村妇女，争当贫困户的马老三，等等，均以一定程度的“出糗”或“反常态”的言行逗得观众捧腹。这样一种“轻”叙事风格，少了“宣教”的意味，使故事情节整体上丰满、有趣，极大地增强了电视剧的观赏性。

《花繁叶茂》蕴含着鲜明的贵州地域文化，以贵州遵义市播州区花茂村为书写对象，再现了贵州基层扶贫干部普遍经历过的如“三改三建”、土地流转、守住青山绿水等事件，仿佛就是贵州脱贫攻坚工作历史进程的一个缩影。而极富贵州地方特色的方言，不仅让全国观众更好地了解了贵州文化，还赋予了该剧轻喜剧色彩，如“跑得脱，马脑壳”“搞哪样”等经典地方语言。此外，话多又有点抠门的村主任唐万财、怕媳妇的会计何老幺，一幕幕因巧合或错位而造成的令人啼笑皆非的场景，生动形象地再现了贵州乡村在脱贫攻坚历程中的辛酸和喜乐。“轻”叙事作为《花繁叶茂》的典型叙事特点，将基层干部和村民们创造幸福生活的艰苦历程以“举重若轻”的姿态呈现出来，让观众在轻松愉悦的观剧体验中了解了基层干部的不易，农村百姓的坚守和勤劳，党和政府在脱贫攻坚工作中对农民、农业、农村的关注和支持。

## 二、扶贫题材电视剧的“锐”问题

电视剧是大众艺术，以脱贫攻坚为内核的扶贫题材电视剧，一要避免故事情节模式化、人物形象脸谱化，二要避免“宣教”味太浓、将扶贫工作书写成一帆风顺的赞歌。扶贫题材电视剧只有直面扶贫工作中会出现的问题与矛盾，并以基层扶贫干部循序渐进地攻克这些难题作为叙事着力点，才能让电视剧好看、可信。作为主旋律的扶贫题材电视剧《花繁叶茂》对脱贫攻坚战中出现的问题的揭示可谓大胆，如争当贫困户的马老三夫妇，甘当贫困户的王富贵，潘梅因小卖部要被拆而拿着剪刀直闯枫香镇书记办公室，花茂村村民不了解产业园会带来哪些好处而不愿意流转土地并在孙大嫂和小翠的带领下拿着农具将投资商堵在村口，因下令取缔违规矿厂的枫香镇书记镇长被矿工围住场面差点失控，以及作为村主任的唐万财对新鲜事物一时难以接受甚至拒绝接受，大地方村驻村第一书记王隆学最初开展工作未结合本村实际甚至一心想着赶快离开大地方村，村干部之间面和心不和，因不能再当贫困户而闹着要跳楼的马老三夫妇，甚至花茂村“三改”前村民开会随地吐瓜子皮，村主任唐万财不愿意拆自家老房（他后来经过激烈的心理斗争，决定起村干部带头作用而亲自开挖掘机推房）……《花繁叶茂》通过对这些尖锐问题毫不留情地展现，以及对基层脱贫干部通过“软硬皆施”的“手段”最后使得这些问题得到不同程度的解决的叙述，为观众呈现了西南乡村脱贫攻坚战中的扶贫百态。

剧中有一个重要情节，讲的是移民局在镇上建了安全舒适的易地搬迁居住点，贫困乡亲们搬进新家不久就悄悄地又回到农村老家的事件。书记和镇长通过和村民们深入谈心，才知道村民们搬来之后没有了稳定的工作和收入，小孩上学也不方便，还要买对农村家庭来说各种价格不菲的学习用具，因此想要再回农村。针对这样的情况，书记和镇长统筹安排，对贫困人口和搬迁人口进行培训，使其能进入镇上的农副产品加工厂上班，并组织建设扶贫车间（利用安置房的门面，做成小卖部、小饭馆等，房前屋后开辟土地分给搬迁户种菜、养殖等），解决了搬迁户的生活需要。这种建立健全搬迁户增收业态的工作，就是“要加强易地搬迁后续扶持，因地制宜发展乡村产业，精心选择产业项目，确保成功率和可持续发展。”[1]扶贫工作的开展，特别是易地搬迁工作，要注意后续工作的跟进，只有这样才能“搬得出、稳得住、能致富”。老话说“一方水土养育一方人”，当然也有一方水土养活不了一方人的情况出现。因此，扶贫工作的开展是必要的，也是艰苦的。

对于实在因地理原因而无法实现脱贫的情况，“搬出来”就是党的扶贫政策中的重要举措，要让这一部分村民到有利于他们生存和发展的地方

[1] 胡泊：《写好易地扶贫搬迁后续文章》，《兵团日报》2020年5月26日第6版。

生活。而对于能利用本村土地实现脱贫的乡村，就要结合本村实际克服一切困难搞产业，帮助村民找到致富的路子。如有了“千企帮千村”这样的政策指引，建设美丽乡村就不再只是文件上和脑海里的理想。

电视剧《花繁叶茂》直面基层干部开展脱贫攻坚工作遇到的尖锐问题，结合乡村实际，多方位、深层次地展现乡村脱贫的不易和基层干部工作的艰辛。扶贫工作不是一蹴而就的，在村民奔小康的幸福路上，总会遇到各种棘手的问题，作为领路人的基层干部，要有踏实苦干的精神，还要有为民着想的耐心，更要有化解矛盾的智慧。《花繁叶茂》中的石晓峰、欧阳采薇、赵子奇、高立伟等脱贫攻坚的跋涉者们，就是这样一群战斗在扶贫一线的奋斗者。扶贫题材电视剧作为文艺作品，将国家脱贫攻坚政策元素融入其中，让观众在观剧过程中领会党和国家的方针政策，了解新理念、新技术、新发展，寓教于乐，实现“精神脱贫”，不仅丰富了老百姓的精神生活和文化底蕴，而且有利于增强文化自信。从乡村振兴战略视野来看，《花繁叶茂》对脱贫攻坚中遭遇到的尖锐的问题和矛盾的揭示，以及对其背后隐藏的深层的传统禁锢思想的批评，表现基层扶贫干部通过循序渐进地指引并最终扭转局势取得一定程度的胜利，以及通过各种宣讲活动来丰富村民们的精神生活，这何尝不是在建立文化自信、讲好中国故事、实现乡风文明的夙愿呢?

### 三、扶贫题材电视剧的“深”内涵

扶贫题材电视剧以脱贫攻坚工作作为叙事对象，塑造了一批既智慧又任劳任怨的扶贫干部形象和一批朴质勤劳的农民形象。从乡村振兴视域来看，扶贫题材剧应紧扣“建设美丽乡村”这个叙事元素，展现社会主义新农村建设中的人和事。“三农”问题始终是实现社会主义现代化的主要短板，因此，党中央坚持优先发展农业农村，实现农民“两不愁三保障”，带领广大农民创造幸福生活，实现农业强、农村美、农民富。从整部剧的叙事架构来看，除了“轻”叙事这个轻喜剧外壳外，《花繁叶茂》讲述了贵州乡村脱贫攻坚战中各项工作开展过程中所面对的地方发展实情、农民固守旧观念、扶贫干部与村干部理念冲突等现实状况，各级领导干部通过对村民多方做工作，扭转其固有的保守观念，结合地方特色发展各种产业，并将文化教育也纳入扶贫工作中去，具有深刻的乡村振兴战略内涵。

遵义是革命老区，习近平总书记强调：“革命老区是决战决胜脱贫攻坚战的重点区域。革命老区多为山区，交通不便，脱贫攻坚任务较重……加快革命老区振兴发展，不仅是打赢脱贫攻坚战的必然要求，也有利于巩固拓展脱贫攻坚成果，深入传承红色基因，加快形成高质量发展的区域经济布局。”在电视剧《花繁叶茂》中，大地方村老支书、枫香镇镇委书记石晓峰、驻村第一书记欧阳采薇及赵子奇等人以高瞻远瞩的眼光和必胜的决心投身到乡村扶贫工作中去。然而通往理想的路总是充满荆棘的，正如大地方村老支书所说：在地少石头多，出门就爬坡的环境下，村干部们找不着脱贫的路。枫香镇镇委书记石晓峰指出：基层干部的辛苦指数决定了村民的幸福指数。枫香镇的几个村各自都有其特别困难的地方，但是扶贫路上不能落下任何一个村，统筹发展是打赢脱贫攻坚战的关键。乡村振兴战略是一个有机整体，产业兴旺、生态宜居、乡风文明、治理有效、生活富足应为一个和谐统一的有机体。因此，在驻村第一书记欧阳采薇的带领下，花茂村的产业园、土陶罐子、古法造纸、农家乐、稻田鱼纷纷为乡村旅游增光添彩；在驻村第一书记赵子奇和村主任刘红民的努力下，纸房村的蜜蜂养殖和刺梨蜂蜜远近闻名；在村镇扶贫干部的共同努力下，石漠化严重的大地方村发展起了绿色蔬菜种植业，花椒种植等成效初现……脱贫路上一个都不能少，不仅要帮助农村百姓创造“金山银山”，而且还要守住绿水青山。

建设社会主义新农村，必须坚持中国特色社会主义乡村振兴道路。什么是中国特色社会主义乡村振兴道路呢？“中央农村工作会议明确提出：走城乡融合发展之路、走共同富裕之路、走质量兴农之路、走乡村绿色发展之路、走乡村文化兴盛之路、走乡村善治之路、走中国特色减贫之路。”[1]在《花繁叶茂》中，面对即将举办的以“红色苟坝，绿色乡村”为主题的旅发大会，花茂村村干部召开专门会议讨论本村的特色。面对苟坝村举行的旨在推广红色文化、长征文化的一系列文娱活动的创意，如苟坝会议学术研讨会、苟坝会议精神宣讲会、千年古县醉美田园书画摄影作品展、历程转折主题演出，特别是重回一九三五红色旅游体验活动，游客们可以穿上红军的衣服，体验打草鞋、重走长征路、唱军歌唱红歌等，这让花茂村村民既羡慕又一度不知如何发挥自身优势。在枫香镇书记的提议下，花茂村紧紧抓住“绿色乡村”这个主题，举办美食文化节、特色农耕文化体验暨特色商品展等活动，如此一来，花茂村就将自身的乡村特色展现给了游客。扶贫工作要想取得实效，就必须结合乡村实际，发展特色产业、特色文化，同时还要保证不破坏环境，确保生态宜居。

## 四、扶贫题材电视剧的“大”格局

在以脱贫攻坚、小康社会、乡村振兴等为关键词的 2020 年，“讲好鲜活生动的脱贫攻坚中国故事，在特色扶贫中彰显文艺的力量，成为文艺创作者的使命所在。”[2]以“脱贫攻坚”这个特别的历史事件作为叙事元素，

[1] 人民日报评论员：《走中国特色社会主义乡村振兴道路》，http：//opinion.people.com.cn/n1/2018/0101/c1003-29738260.html，2018 年 1 月 1 日。

[2] 姜宇佳：《扶贫剧年轻化传播的新探索》，《光明日报》2020 年 6 月 3 日第 15 版。

如何才能打破观众的惯性思维和刻板印象，这对扶贫题材电视剧的质量和格局提出了高要求。《花繁叶茂》改编自贵州省文联主席欧阳黔森创作的报告文学《花繁叶茂，倾听花开的声音》，以花茂村的脱贫事迹作为叙事蓝本。为写好该剧，他长期在花茂村体验生活，和村民们生活在一起，了解村民们的所思所想。因此，电视剧《花繁叶茂》才能如此生动真实而打动人。电视剧展现了脱贫攻坚进程中的“三改三建”、土地流转、移民搬迁、产业革命、乡村旅游、生态养殖等工作，每项工作开展之初都遭到了村民们的强烈反对，而每一项工作的推进，也都伴随着村民们思想和见识的转变。

在《花繁叶茂》中，让乡村脱贫是每一个驻村第一书记的第一要务。在“你脱不了贫，我脱不了手”政策的指导下，发展乡村经济成为村干部带领村民致富的重要途径。产业观光园、农家乐、特色民宿、绿色蔬菜种植、生态养殖……不仅将乡村振兴战略中的产业兴旺落到实处，还遵循了生态宜居、乡风文明、治理有效、生活富裕的要求。基层干部带领群众，在决战脱贫攻坚中，上演了一场振兴农村经济的深刻的产业革命。就是这样一群跋涉者，展示出扶贫工作的艰辛与不易，展示了打赢脱贫攻坚战的决心和信心。

《花繁叶茂》通过以花茂村为代表的枫香镇乡村的变化，展现了新时代干部群众在精准扶贫政策精神指引下创造美丽乡村、奔赴全面小康生活的时代风貌。扶贫题材电视剧的继续发展，离不开精彩的故事、鲜活的人物、独特的地域文化景观。脱贫攻坚工作还在继续，反映农村新气象、具有乡村情怀、展现美丽乡愁的扶贫题材电视剧也将在中国电视剧版图上拥有一席之地。

《花繁叶茂》以有趣的人和事作为叙事基调，为观众呈现了基层干部和当地村民通过智慧和勤劳发展乡村产业、改变乡村样貌、奔赴小康生活的感人事迹。其“轻”叙事、“锐”问题、“深”内涵、“大”格局，为扶贫题材电视剧提供了可供参考的范本。在乡村振兴战略视域下，扶贫题材电视剧应贴近乡村实际、贴近村民生活、贴近大众认知，因为只有带有泥土气息的剧作才能真正打动观众，扶贫题材农村剧也才能真正“花繁叶茂”。

**2020 年《当代电视》第 9 期**

# 《花繁叶茂》：新时代贵州精神的文化记忆

贤　娟　王正峰

**摘要：**影像作为文化记忆构建的重要媒介，表述着社会价值追求，其渗透力愈发强大，它所代表的不仅有商品经济的内涵，更有文化符号与价值观念塑造的内核。不同的影像代表着不同的主体追求，也代表着对社会的诉求与反思。扶贫题材电视剧《花繁叶茂》生动地描绘了贵州村寨从贫困走向小康的典型画面，通过一系列的视觉符号塑造，呈现出新时代贵州风貌、贵州文化以及贵州精神，折射出视觉符号背后的文化记忆以及社会景观。

**关键词：**《花繁叶茂》；贵州精神；文化记忆

2020 年 5 月，电视剧《花繁叶茂》在央视开播。该剧以贵州村寨为拍摄场域，讲述了新时代贵州基层干部与群众攻克贫困、寻求生态持续发展、百姓全面实现小康的感人故事。《花繁叶茂》以脱贫攻坚和新农村建设为背景，将现实中的问题与困境搬到了荧屏上，是当下新时代脱贫攻坚工作的行动缩影；通过影视化的表现塑造了鲜活的系列人物，这些人物站立起来，留下了新时代农村脱贫攻坚的历史影像，彰显了新时代贵州精神。

## 一、影像：《花繁叶茂》文化记忆的传播载体

文化记忆是具有历史指涉时间性的文化储存，又是社会存在的空间文化载体。文化记忆的形成要求在社会共时性的维度中具有共同的文化价值和共享回忆。文化记忆通过记忆传承以期形成文化系统内稳固的社会形象和具有同一性的文化认同。[1]文字媒介、口语媒介以及影像媒介多种不同的具体形态构成文化记忆，文化记忆依托这些物质媒介在社会框架中实现文化体系的沟通交流。影像媒介是视觉空间叙事的特殊形态，影像将抽象的文字和口语具象化，借助隐喻的叙事表达，通过社会实践和文化符号对群体意识与集体历史进行文化架构。影像的文化架构处于开放式的多维度文化实践中，而文化实践在社会维度中反复的同一性和差异性的动态结构和对话体系里，最终确立社会共有的文化心理。

影像以具象化、可感官的形式，作为构建文化记忆的重要媒介，承载着文化记忆在社会框架和文化体系中的交流、传递和重构作用。电视剧《花繁叶茂》通过影像化的视觉传达给予受众最直观的感受，不再局限于平面化的文字报告中，通过具象化的视觉语言让关注点真真实实地落到脱贫攻坚地带，塑造出一系列象征隐喻的视觉符号。如花茂村村主任唐万财行为语言诙谐幽默且责任心强，对扶贫工作怀有满腔热忱，却又爱闹笑话，既有小人物的智慧也有村干部的担当，将解决村子的问题放在首位；花茂村驻村第一书记欧阳采薇，以刚毕业的女大学生的身份投身脱贫攻坚事业，外表虽柔弱但心性刚强，善于运用智慧化解花茂村村干部之间日积月累的矛盾，并携手唐万财等基层干部排除万难、相互扶持，达成摘除“贫困村寨”帽、共建“美丽花茂”的心愿；大地方村驻村第一书记王隆学，虽心里装

[1] 鲍士将：《文化记忆、凝聚性结构与影像的互文性建构》，《文化研究》2019年第37辑。

着贫困群众，却未摆脱“等靠要”思想，经历一系列挫折后，一改往日的官僚气息，与干部共同进退，完成了脱贫致富的目标。《花繁叶茂》以具体性的人物特征，影像化呈现出贵州贫困村寨基层干部在脱贫攻坚的主战场中带领村民脱贫致富、共同发展繁荣的画卷。

《花繁叶茂》通过视觉影像传播再现农村地区“三改”、土地流转、农业生态产业园建设等事件，展现了贵州脱贫攻坚进程和鲜明的贵州本土文化。贵州有厚重的红色文化底蕴，花茂村依托红色文化发展文化旅游，剧中人物潘梅在驻村第一书记欧阳采薇的帮助下建成了第一家旅居农家乐，让游客感受贵州风光、了解贵州红色文化。红色历史文化与传统民族文化是值得传承的精神宝藏，是良好政治生态文明发展的重要推力。文化中凝结着精神，精神是文化的展示，贵州文化体现着新时代贵州精神。《花繁叶茂》运用影像特有的视觉修辞表达方式，融入视觉影像直观性与思维性的文化表征体系，将文化记忆串联起来，通过影像特征塑造不同时期、不同阶段、不同人物形象等，对文化记忆进行储蓄，让“团结奋进、拼搏创新、苦干实干、后发赶超”[1]的新时代贵州精神得以宣扬和延续。

## 二、路径：《花繁叶茂》的文化凝聚性呈现

霍尔（Stuart Hall）认为：“文化作为一种表征体系，视觉文化使用视觉语言和表征模式把意义传递出去，但是，就像图像发出多种声效一样，这些图像的意义也具有不止一种的解释，从来不能在文本自足的主体内得到完整的表达。”[2]改编自欧阳黔森报告文学《花繁叶茂，倾听花开的声音》

[1] 万秀斌、汪志球：《奋力续写新时代贵州发展新篇章——访贵州省委书记孙志刚》，《人民日报》2018 年 2 月 23 日。

[2] 武桂杰：《霍尔与文化研究》，中央编译出版社，2009，第 34 页。

的电视剧《花繁叶茂》，由抽象化的文学想象变成具象化的影像作品。艺术作品在影像架构的文化系统中，更容易被受众接受，更能多维度地进入视觉媒介阐释的文化体系。文学创作来源于客观的现实生活，运用图像在媒介框架中的独特魅力，以具有直接、强烈视觉冲击效果的艺术手法来链接现实社会，并向受众阐释一个事实，即影像的物质呈现。

（一）影像是实践的反映，是物质生活的映像

影像是立足于实践的文化，是以物质基础为本的构建。电视剧是实践的讲述者，相较于刻板严密的书本文件记载，这种视觉影像传播有着独特活性。以现实为依据的影像能够增强受众的亲切感，可以更深层次地被受众接受。《花繁叶茂》选取贵州省枫香镇花茂村、纸房村、大地方村等几个村寨为讲述地点，故事、人物以及地点都是现实生活中的原型塑造，刻画了驻村第一书记与乡镇干部无私奉献、团结奋进、勇于担当的群体人物形象，凸显了新时代贵州精神。剧中贵州村寨的发展历程为现实脱贫工作的开展提供了经验，坚定了人民群众打赢脱贫攻坚战的信念。

影像是现实社会的反映。在贵州的发展历程中，人民的努力奋斗、创造的伟大成就成为影像的素材来源，而新时代贵州精神便依存在影像文化记忆之中。

（二）影像是新文化的生产力，是现实创造的参与者

在当今社会，影像早已成为社会的主要文化形态之一，促进了文化多元化的发展。电视剧《花繁叶茂》推动了新时代贵州精神的宣传力度，加强了社会对贵州的关注。《花繁叶茂》中有一句台词：“干部们的辛苦指数，决定了群众的幸福指数。”这是对脱贫工作经验与精神的形象总结。在新的时代进程中，对文化建设事业的要求更加突出，需要用优秀的影像更好地反映主流意识形态、宣传国家政策。

贵州村寨记忆中的原始资料通过对影像符号的转化，发展历史场景、社会形态和现实场域得到高度还原，形成凝聚性结构的文化生产形式。《花繁叶茂》将其特有的文化属性、现实意义和教育意义转化为精神动力，受众在相似的文化心理和社会经验基础上生成新的文化体系，并不自觉地完成这种文化体系的传承。

（三）影像是历史的缩影，也是贵州文化的凝聚与延伸

影像作为大众媒介，既要反映现实问题，又要解决现实问题，满足人民的、社会的、国家的诉求。《花繁叶茂》通过对农村发展问题的讲述，为人民群众的利益发声。剧中，问题被一一列出并得到解决，村干部不断探索新发展、新需求、新产业等。循序渐进中螺旋上升的呈现方式让剧情跌宕起伏，生动展现了农村基层干部在脱贫攻坚战中勇挑重担的时代精神，塑造了谋发展、谋进步的价值取向。

在社会发展进程中，影像传播作用不可忽视。新时代贵州充满了生机与活力，也充满了机遇与挑战，需要通过影像讲好贵州故事，增强贵州人民的凝聚力。《花繁叶茂》是一个代表、一个象征，虽不足以完全概括贵州脱贫攻坚的精彩故事，但它是新时代贵州的缩影。该剧将历史经验和社会景观进行编撰、储存，彰显了贵州特有的具象化文化价值，构建了新时代贵州精神的文化记忆。

## 三、功能：《花繁叶茂》与贵州精神的交融

新时代贵州精神有自己的价值，有强大的精神动能。我们既要吸收贵州优秀人文和各民族文化的内涵，也要体现时代需求的特征。新时代贵州精神不能只成为漂亮的官面话，更应从实践出发，让贵州精神体现在每个贵州人的生产、生活、工作和学习中。

（一）融合贵州精神与影像技艺

文学具有“媒介框架”的作用，即文学作为媒介引出社会框架；同文学相似，影像记录也具有“媒介框架”的功能，文化记忆借助媒介唤起社会阐释和个体记忆经验。[1] 影像通过“视觉空间”的构建，能够形象化地表述文化概念，促使受众形成相似或相同的文化意识，从而发挥其媒介功能的社会效用。

在现代文化和生活背景下，建立文化自信是时代发展的需要。打破“文化贫困”的标签是贵州文化的战略部署，新时代贵州精神既是对过去的总结，也是对未来发展的指引。贵州发展处于新的阶段，加强人们的理想情感共识尤为重要。欧阳黔森的报告文学《花繁叶茂，倾听花开的声音》运用文字来传递艺术所指和文化意图，文字的抽象化特征决定了读者须依赖文化想象完成文化记忆的储存和传递。而电视剧《花繁叶茂》却能直观展现贵州的人文风貌，通过视觉性的镜头语言呈现花茂村、纸房村和大地方村三个村寨脱贫攻坚的生动画面。贵州村寨绿色生态发展、本土特色产品产业化销售、畜牧业种植业有机建设、乡村旅游发展产业调整等脱贫攻坚经验，经由影像的艺术化“复原”，构建与外在客观世界联系的荧屏空间。

贵州精神与影视技艺交融发展，可以重构人们的精神世界，创造性地发挥思想引领作用。《花繁叶茂》善于通过人物塑造与情节冲突来讲述发生在贵州的脱贫攻坚故事。“三改”期间干部与干部之间、干部与群众之间的冲突，移民搬迁政策落实与群众理解之间的矛盾，在这些矛盾冲突中人物和景物的镜头交叉运动，产生强烈的视觉冲击力，更好地突出了镜头的现实感，丰富了文化记忆的呈现模式。

[1] 鲍士将：《文化记忆、凝聚性结构与影像的互文性建构》，《文化研究》2019 年第 37 辑。

（二）拓展贵州精神文化体系价值链

“记忆场景”“记录形象”与“记忆历史”是影像得以保存的基本形态。个人记忆在社会框架中通过群体交流形成社会记忆。社会记忆通过某种观念、诉求和利益对过去的记忆进行经验重构，是群体社会经验的总和。文化记忆以其持续性参与到社会记忆的建构中，映射出意识形态和价值认同。文化记忆是维系人们内部相互认同的根基。个体与群体在社会框架中通过传播媒介长期传递、沟通与交流，相互影响，最终形成共同意识。影像具有文化象征意义，在日常生活中发挥着重要作用。

新时代贵州精神是文化的结晶，侧重于思想感悟；影像是文化传播的载体，侧重于物质角度的传承。贵州有着属于自身的独特的文化记忆。《花繁叶茂》在决战脱贫攻坚、决胜全面小康的伟大时代背景下播出，意义重大。该剧创作者经历了感觉、知觉、记忆和识别的过程，将不同时空的历史经验和社会记忆汇集在一起。历史经验的建构完成了对文化记忆的保存和延续，随着时间的流逝形成一种共同的文化心理。可以说，《花繁叶茂》重建并拓展了新时代的贵州文化记忆，承载了新时代的贵州精神，拓展了贵州文化体系价值链。

**2021 年《中国广播电视学刊》第 3 期**

# 《花繁叶茂》：主旋律电视剧的现实主义表达

肖艳华

**摘要：**《花繁叶茂》作为一部以当代农村为题材的主旋律电视剧，立足于脱贫攻坚的时代大背景，选取贵州作为在地化的诠释空间，演绎出具有时代感的现实主义风格。该剧在宏观的主题彰显与微观的细节叙事上、朴实化影像风格与中国梦主流精神上均实现了很好的艺术视听结合。本文以现实主义的创作原则为视角，从现实的地域空间、叙事的在地化风格、平民视角的人物形象刻画三个方面进行深入剖析，解读它们不同的现实主义影像呈现。

**关键词：**《花繁叶茂》；现实主义；主旋律电视剧

现实主义作为一种艺术创作的手法，在影视作品中有着独特的美学表达倾向。在结合主旋律的题材叙事后，现实主义在“典型的环境中塑造典型的人物”“主流意识的情感叙事”等主要影像内容中呈现了不同的现实主义风格表述。“不论它的商业动机和美学要求是什么，电影的主要魅力和社会文化功能基本上是属于意识形态的，电影实际上在协助公众去界定那迅速演变的社会现实并找到它的意义。”[1] 电视剧亦是如此，尤其是

[1] 托马斯·沙兹：《旧好莱坞 / 新好莱坞：仪式、艺术与工业》，周传基、周欢译，中国广播电视出版社，1992，第 353 页。

作为社会意识形态的主旋律电视剧，基于一定的宣传意识，它更着力于对社会的各方面做出合乎理性的折射与认同，以期获得大众的心理审美接受。电视剧《花繁叶茂》就是在兼具典型环境、主流情感两者中，以复现现实的叙事策略演绎创新式的现实美学，将脱贫攻坚的宏观叙事与花茂村在地化致富脱贫的微观叙事相结合，开启了一场意义非凡的时代变革曲。

## 一、空间的现实：贵州地域空间里的在地化

真实直观地展现社会风貌是现实主义创作的重要原则之一。时至今日，影视作品在承载国族精神的功能上已成为一种重要的主旋律策略，在对集体社会心理产生重要的审美作用时，与地域接近性心理相契合之上可构成鲜明的在地化美学。基于在地化的视角，《花繁叶茂》的本土空间意识是极其凸显的：改编自黔籍作家欧阳黔森的报告文学作品《花繁叶茂，倾听花开的声音》；以现实的花茂村作为叙事环境的中心；再加上方言与人物原型的艺术化创作。这些明显的既定存在的贵州元素是一种强调客观性、还原真实社会环境的现实主义美学。

“贵州样板”之一的花茂村是《花繁叶茂》塑造的主要现实空间。2020 年，贵州作为脱贫攻坚的样板性标签是“从全国贫困人口最多的省份成为全国减贫人数最多的省份；全省累计减少贫困人口 892 万，贫困发生率降至 0.85%”[1]。贵州的脱贫数据与速度在书写贵州精神的同时，也将贵州作为可复制的样板性经验被报道与推广，而“花茂路径”就是其中最重要的经验名片。花茂村在乡村振兴战略下，以建设美丽乡村为实践指导，因地制宜探索性地采取了许多改革措施，并最终实现了精准扶贫、全村致富的脱贫目标。电视剧在展现花茂村的样板上，主要通过对乡村环境

[1] 梁圣：《“贵州样板”：不辱使命 镌刻珍贵》，http：//gz.people.com.cn/n2/2020/0526/c194827-34041806.html.

的整治与创新来描绘在地化的空间图景。在欧阳采薇书记与村支书唐万财的前期“三改”工作中，由于村民观念一时难以改变，工作进度推进缓慢，村庄环境整治工作陷入困境。面对观念与现实的冲突，唐万财以实际行动作出表率——开着推土机拆除了承载父辈回忆的老宅；在示范性力量的感召之下，孙大嫂家的酒坊改善了生产环境，潘梅的小卖部也被拆除了……从“脏乱差”到村容村貌的生态式恢复，花茂的现实空间有了第一层外化的展现。村领导们立足于花茂的现实自然环境，设想打造出让城市人心灵得到憩息的休闲之境。在他们的带领下，花茂村大力发展农家乐产业、引进果蔬产业园、保留陶瓷的传统生产、开展荷花鱼的生态养殖，这一系列举措提升了花茂村“四在农家、美丽乡村”的丰富性与层次感。该剧还着力书写了花茂村的与时俱进，在花茂村传统工艺品与食物的对外宣传和销售上，电商意识在欧阳采薇、唐多多的观念与行动中有了践行化的策略，他们为花茂村搭建电商平台并延展了花茂村可传播、可持续的媒介空间。

“差异化脱贫”是《花繁叶茂》塑造的对比性现实空间。在以花茂村为中心空间的展现之外，毗连着的另外两个乡村——纸房村、大地方村——也在剧中有着重要的书写，三个村的不同脱贫过程正是“精准扶贫”的具体化运用。纸房村、大地方村不像花茂村那样自然环境得天独厚，这两个村在扶贫策略上的差异性，反映了贵州扶贫工作的独到性：敢于突破地理环境空间的劣势，并将劣势转化为产业的优势，在扶贫工作中做到精确识别、精确帮扶、精确管理。赵子奇入驻纸房村后，经历了小煤矿私自生产、精准扶贫指标被村民哄抢等事件。他和村干部们实地调研，了解村民实际诉求，论证了纸房村适合大力发展养蜂业的脱贫思路。大地方村在如何致富的道路上也是一直在探索。王隆学在面对脱贫困难户王富贵时，虽然有过短暂的手足无措与失望，但在老支书的感召下，他再次燃起了不脱贫不离手的斗志，积极帮扶引进了花椒苗种植、山羊养殖等项目。

## 二、叙事的现实：贴近在地化的戏剧性叙事

《花繁叶茂》最主要的叙事现实立足于脱贫攻坚战的时代背景。2015年11月，脱贫攻坚战的冲锋号吹响，提出了确保到2020年所有贫困地区和贫困人口一道迈入小康社会的目标。贵州作为脱贫工作的重点地区，有着典型性的焦点意义。基于这一宏大背景，该剧从日常生活经验着手，在基层生活、村民众生相中挖掘凸显主题内涵的叙事点，并通过对矛盾细节化、冲突化的戏剧处理，揭示普遍性的生活意义与本质。

矛盾叙事在剧中主要是村民观念与改革力量的冲突，集中体现在村民外出打工、土地流转、品牌意识的细节叙事中。电视剧开篇，唐万财去村口堵人，阻止村民们荒弃农田而去城市打工。而在村民们看来，他们外出的动因是一种“生存理性”的选择，这种流向城市空间的动因是耕地的收入无法比拟外出务工的报酬。这种个人行为的外出就业现象折射了我国农村普遍化的一个重要社会现象，即农村人口移动与流失。“城市已经表明人口、生产工具、资本、享受和需求的集中这个事实，而在乡村则是相反的情况：隔绝与分散。”[1] 在城市与农村看似对立的两个空间中，城市化下农村大量人口的流动，造成乡村的“空心化”窘境、人口生态失衡，对乡村的秩序恢复、发展治理存在极大的阻碍。如何走出有流动却又并不“空心化”的困境，土地的良性流转是变革传统乡村二元结构的可行性途径。

于是花茂村基层干部与上一级领导班子因地制宜提出生态园项目的引

[1] 马克思、恩格斯：《马克思恩格斯选集》（第一卷），人民出版社，1995，第104页。

进，但因涉及土地流转遭到绝大部分村民的反对。土地是农村人口的基本生活来源和保障，但是土地的分散化使用，对形成规模化的产业形态与效应有着一定的制约性。村民们否决土地流转，是担忧无法自我掌握的土地生产不能保障其原有的经济收入，而这种不确定性是出于对生态园项目的不了解、不认同。“韦伯曾经指出，处于‘传统主义’下的农民，其追求的并不是得到最多，而只是追求为得到够用而付出得最少。”[1]从现代经济学的角度来理解，未将事物利益最大化，而只是片面追求代价的极小化，是一种不理性的社会行为。因此，只考虑保障目前的土地收入，而忽视土地流转下新式产业链的收益以及可持续性发展，亦是“不理性”的体现。针对不同程度的拒绝心理，花茂村村“两委”分批安排村民前往其他村已建成的生态园实地参观，以正在发生的事实代替语言行为的劝说，最终以绝对优势的支持率赢得土地流转的规模化推行，不仅在花茂村建成了生态园，还成功实现了人口流动的“在地化”——村民本地再就业。品牌意识的观念冲突集中体现在对潘梅创业的认同上。在潘梅决定要经营农家乐时，欧阳采薇书记推荐她去其他地区农家乐实习工作。对于她的这一选择，孙大嫂、李小翠甚至唐万财都表示不理解。人们一面质疑做饭菜是否有学习的必要，一面也在疑惑生态园、乡村旅游能否为农家乐带来直接收益。潘梅学成归来后，在环境设置、食物特色、服务态度上都打造了当地品牌式的农家乐场所，与孙大嫂经营农家乐的随意性、不注重卫生环境、烹饪食物的不专业、门庭冷落形成了鲜明的反差，这种差异性的根源正是两者对于农家乐“品牌意识”的认知差距。在具体的美食品牌树立上，花茂村村干部们与潘梅等农家乐创业者强化了本土美食豔子鸡的宣传，而豔

[1] 文军：《从生存理性到社会理性选择——当代中国农民外出就业动因的社会学分析》，《社会学研究》2001 年第 6 期。

子鸡烹调工具鼪子的使用，是对已有百年制作历史的花茂土陶技艺的保存与弘扬。在扩展美食的种类上，花茂村在荷花池中养殖鱼苗，打造了新的美味招牌——荷花鱼。这一系列的农家乐品牌不仅带动了美丽农村的建设，也切实增加了农民的收入。

## 三、人物的现实：平民意识下的平凡与伟大

改革题材创作大都遵循着从思想解放到改革推行再到收获变革成果这一路径，并从中呈现出不同的人物个体状态与命运。此类电视剧“自觉或不自觉地参与了当代社会新型意识形态与民族精神价值的建构，显示出生产‘主流化’与‘共鸣’的超凡能力”[1]。《花繁叶茂》人物的塑造和刻画上着力于表现平凡个体对花茂村这一地域改革的推动力。欧阳采薇、唐万财、大地方村老支书分别代表着不同的改革力量，他们敢于突破成见、敢于创新、甘于奉献的精神在脱贫工作中发挥了有力的推动作用。

欧阳采薇作为外来的改革力量，以实际行动彰显了脱贫攻坚的价值与意义。来到花茂村后，她积极参与实地调研等工作，为如何做好脱贫工作建言献策、身体力行。她以一种无限趋近于村民群体的工作态度，用平凡质朴的真性情改变了无数村民的执拗观念，切实完成了花茂村经济、精神双重脱贫的工作。除了努力推行改革措施，欧阳采薇还以极平民化的角度介入村民们的平凡事中，个体甄别式地解决每个村民的后顾之忧。在潘梅外出学习农家乐经验归来时，她自垫资金帮助潘梅租下了合适的经营场所，并对潘梅与唐万财的情感心结进行疏解，为唐多多回村创业给予支持与解惑，让他们一家三口真正实现了物质与心理的双向富足。面对扶贫工作的

---

[1] 陈友军：《现实题材电视剧艺术真实形态论》，博士学位论文，中国传媒大学，2007。

“阻挠者”李小翠，欧阳采薇有策略地消除其疑虑，帮助她实现了再就业，还引导她和何老幺去正规医院治疗好了多年不育的病症。细致的、接地气的基层工作彰显了平凡的大学生村干部身份下不平凡的工作精神。当面对爱情与工作的抉择时，对美好爱情的憧憬并没有动摇欧阳采薇留在花茂村的决心，她意识到与恋人现实情感的差距，最终选择遵从内心的信念——坚守花茂，见证它旧貌换新颜的历史变革。

唐万财是本土空间改革力量的执行代表。他前期大包大揽地包干着花茂村大大小小的工作，但是成效不佳。在欧阳采薇进驻后，两个人开启了“双剑合璧”的工作默契。被村民们戏称为“唐三草”的唐万财在工作中诙谐幽默，剧中的他操着一口“贵普话”，略带“土”味却又真实。他以泻药兑水的狡黠方式制止了马老三的跳楼，用村主任的头衔和任朝辉立下土地流转的赌约，凭借伪装诗歌爱好者的形象获得投资者贺总的注意……这些令人捧腹的行为，不仅是唐万财解决工作中的问题和困难时的小聪明，还是他立足实际具体分析而做出的看似感性实则理性的行为。在整部电视剧中，以点滴细节体现唐万财“高光”时刻的剧情还有许多，比如用推土机拆除自家的老宅、自掏腰包购买花茂村自产自销的荷花鱼等，这些看似平凡的事件，无形地烘托出他优秀的村干部形象。

“有能耐，富起来呀！”这是大地方村老支书的心声，也是他付诸一辈子的真实写照。老支书的形象来自于“时代楷模”黄大发。为解决村里的缺水问题，黄大发从 20 世纪 60 年代起就开始带领群众，历时三十余年，在条件异常艰苦的半山腰绝壁上凿出了一条跨越三个村的生命渠，即现在遵义的“大发渠”。在令狐大方的回忆叙事里，老支书开凿水渠时，只要是在悬崖峭壁、危险路段，他都亲自绑着绳索下去施工。当村民提议让他休息换人下去时，他选择让自己的儿子接替自己。原型人物的剧中还原，让观众从直观的视听语言中更深一层地感受到脱贫攻坚奋斗者黄大发不畏艰难、勇于奉献与牺牲的精神。“原型象征往往通过将现实的人事物象与原型意象彼此交融，或者将原型意象‘置换变形’，使它与现实人事物象巧妙叠合而生成。”[1] 老支书真实人物的取材呈现，代表了一个时代的精神价值取向，这种“绝壁天河”的奉献精神正是当代愚公的真实写照。

## 结语

现实主义题材以追求真实的社会美学为核心，并确立了三个主要创作原则：“以人道主义为基础的现实关怀、以科学—理性精神为基础的典型化手法以及建立在这两个特点之上的现实批判精神。”[2]《花繁叶茂》正是基于一种人文关怀的温情，将脱贫攻坚的精神内涵扩延到其中的每一个主体，并通过个体思想的转变来启示生存环境变革的重要性。在响应习近平总书记“2020 年让全国人民一个不落都过上小康生活”的号召下，不论是唐万财、欧阳采薇、石晓峰、老支书这些体制里的改革力量，还是活跃在个体经济中的潘梅、马老三、唐多多等人，他们虽分属在不同领域，但都践行着脱贫致富这一时代使命。作为一部主旋律电视剧，《花繁叶茂》在主旋律意识与艺术化创作两者的结合上，很好地把握了轻松与严肃的尺度，主流意识与个性化展现相互平衡，在贵州地域独有的故事题材中，以平民视角演奏了当代中国梦的主旋律音符。

**2021 年《中国广播电视学刊》第 3 期**

---

[1] 朱兵：《原型象征：审美张力空间的拓展》，《武陵学刊》2010 年第 4 期。

[2] 战迪：《改革叙事的创作突围与思想认同——评电视剧〈大江大河〉》，《中国电视》2019 年第 5 期。

# 《花繁叶茂》为何也受年轻人喜爱

苗　春

电视连续剧《花繁叶茂》在央视综合频道开播后，引发观众的持续关注，更是在豆瓣获得 8.1 分、哔哩哔哩获得 9.3 分的高分。该剧制片人刘小锋告诉记者："能让扶贫题材剧如此深入年轻观众的内心，我们很惊喜。"

## "接天连地"的好剧本

2020 年是全面建成小康社会的决胜之年。该剧监制、上影副总裁徐春萍认为，《花繁叶茂》做到了"接天连地"。"这个'接天连地'，是指重大主题的表达和老百姓需求的连接，也是指艺术创作和现实生活的连接。"她说，该剧全面展现了国家关于脱贫致富的一系列政策如何一一落地、农村面貌如何一步步发生翻天覆地的变化，"在剧中，这个过程的表现连接着贵州省遵义市枫香镇花茂村的现实生活土壤，连接着一个个生动丰满的乡村干部和村民形象。"

该剧剧本出自贵州省文联主席、贵州省作协主席、贵州文学院院长欧阳黔森之手，他也是该剧的总制片人。他告诉记者，他每年大约有 300 天在基层，去过花茂村很多次，"如果你的脚不沾露珠，不带泥土，作品哪来泥土的芬芳呢？"他还总结了一个作家、艺术家创作扶贫题材作品的必要条件：至少要对我们国家几十年的扶贫历程了然于胸；要对老百姓“要我脱贫”到“我要脱贫”的转变以及在扶贫过程中的感受了然于胸；要对村主任、村支书、驻村第一书记、镇长、县长的想法和做法了然于胸。“否则你就无法编他们的台词、写他们的故事。”《花繁叶茂》没有回避现实矛盾，更没有刻意拔高或美化矛盾。欧阳黔森认为，如果专门写好人好事，导致一部剧没有矛盾冲突，就不会好看。他指出，这部剧最大的冲突在于新旧观念之间。乡镇干部和扶贫干部要多跟贫困户交流，用真诚的感情和锲而不舍的精神，既扶智又扶志，让他们的思想观念发生根本转变。

这部剧给人以真实感，还因为很多剧中人和事都有原型。尤其值得一提的是，剧中大地方村老支书的原型，就是“时代楷模”“全国道德模范”“感动中国2017年度人物”黄大发。扶贫干部、贵州省安顺市经开区宋旗镇平寨村驻村第一书记杨峰观看该剧后表示：“这部电视剧真实反映了基层一线干部的工作与生活，让我非常感动。”

## 喜闻乐见的轻喜剧

欧阳黔森认为：“不板着面孔，用轻喜剧的形式解读扶贫工作，是这部剧受到年轻人欢迎的重要原因。”徐春萍说，轻喜剧的风格定位，演员自然质朴的表演，“使《花繁叶茂》与观众达成了一种息息相通、惺惺相惜的喜闻乐见”。这样的结果得来不易。刘小锋说，这部剧2018年就想投拍，后来花了一年时间调整剧本，把原来的男一号石晓峰和男二号唐万财进行了互换，就是为了让剧更好看，“性格特色更鲜明的人物戏份更多，不刻板，不说教。”不少观众认为，这部剧如同章回小说，每一集都很“有戏”，每一集结尾又都有“请听下回分解”的吸引力。刘小锋说，他是演员出身，所以非常重视情节的戏剧性。在他看来，“有戏”的标准是要有逻辑清晰、感动人心的故事核，语言生动、具有时代特点、立体完整的人物以及戏剧结构严丝合缝等，“《花繁叶茂》做到了这些”。

贵州脱贫攻坚成效显著。欧阳黔森日前深入边远农村，看到“农民都像向日葵那样绽放着笑脸，他们确实有获得感、幸福感”。所以，这部剧采取轻喜剧的呈现方式，也是现实生活的真实反映。

## 鲜活真实的人物

这部剧塑造的唐万财、欧阳采薇、何老幺等人物形象栩栩如生、鲜活真实。“一部电视剧有几个人物立得起来，让观众记得住，就是一大成功。”徐春萍说。王迅、邵峰、尚大庆等主要演员，得到观众的称赞最多。他们大多上过央视春晚，也是在观众中有知名度的小品演员、喜剧演员。

村主任唐万财能说会道，无论遇到什么事，总有办法解决，有时候甚至有点滑头，但是他能把握住大方向。王迅拿到剧本后对欧阳黔森说，这个角色是给他“量身定做”的，他一定要演。欧阳黔森认为：“王迅在提升剧本方面有很多优点，表演非常到位。”邵峰饰演的乡党委书记石晓峰，非常“正”，有的台词是宣讲政策。欧阳黔森说，小品演员邵峰演这个角色时，把很多台词都处理得非常生活化，到田间地头解决村民问题的时候，讲政策不枯燥、不生硬。

尚大庆在原定导演突然生病的情况下临危受命，边导边演，不但成功执导了自己的长篇电视剧处女作，也演活了一个憨厚老实的村会计。饰演剧中年轻的驻村第一书记的演员们，也演出了各自的性格差异，并且生动地表现了他们的不断成长和认识、融入农村生活的过程。刘小锋说，《花繁叶茂》是央视综合频道近年来少有的表现我国西南地区农村风貌的现代戏，层峦叠嶂的美丽乡村吸引了不少观众的目光。尽管几百人的摄制组进驻深山老林拍戏，面临吃住行、场景转换等各种问题，“但是去新农村拍摄，大家都有一份特殊的感悟”。刘小锋介绍，剧组当时还成立了党支部。他表示：“作为演员，拍出好戏回馈社会，就是我们应尽的责任和义务。”

**2020 年 5 月 25 日《人民日报》（海外版）**

# 悖论叙事下的伦理表达

## ——电视剧《花繁叶茂》的传播功能探讨

吕 菁

**摘要：**作为具有意识形态属性的精神文化产品，电视剧在培养和引导观众的价值观、传播社会主流文化方面作用显著。电视剧《花繁叶茂》通过设置多组二律悖反的伦理关系推动情节发展，在悖论叙事中融合了个人价值观、家庭伦理、生态伦理等多重反映当前社会发展水平的道德伦理规范，传递了社会主义核心价值观。主旋律电视剧运用伦理叙事的手段，探索大众传播社会功能的具体实现路径，在建构拟态环境的过程中，实现大众传播环境监视、社会协调与社会遗产传承等社会功能。

**关键词：**《花繁叶茂》；悖论叙事；道德伦理；价值观

现代社会，环境的复杂程度远超人类的感性经验范围，人们需要借助大型媒介系统的力量才能更加全面地认识和感知社会。大众传播就是这一系统的主要部分，它在构建世界景象的过程中，并非镜子式的再现，而是通过编辑、加工等复杂、隐蔽的手段，重新形成一个源于客观现实却不同于客观现实的拟态环境。这一观点早在 20 世纪 20 年代就已经由美国著名新闻工作者李普曼（Walter Lippmann）在其著作《自由与新闻》中提出。

拟态环境的构建不仅在于传递关于客观现实的信息，还包含着由传播者和媒介合谋植入的特定观念和价值，其指示性特征使其对受众的行为具有引导和制约作用。

## 一、电视剧的叙事伦理基础

电视剧是大众传播构建的拟态环境中的重要内容形式。与新闻等内容形式相比，电视剧擅长运用影像化的符号及艺术化的叙事手段延续和再现现实。通过影像叙事，把传播者的观点、态度隐藏其中，将抽象的伦理道德、价值判断等社会规范，通过情节设置的“自然因果”直观地表现出来，让观众自己判断优劣得失、得出特定答案，并在接受影像叙事逻辑的同时，潜移默化地接受它所传达的意义。

以“善”为对象的伦理学，作为一种价值哲学，理应对具有价值属性的电视剧起到伦理规范的作用。在现实层面上，电视剧作为具有意识形态属性的精神文化产品，在培养和引导观众的价值观、传播社会主流文化方面作用显著。电视剧叙事伦理的研究，就是在伦理层面探讨大众传播社会功能的具体实现路径。

伦理道德是维系特定社会和谐稳定的重要规范体系。“伦理（ethic）指一定社会的基本人际关系规范及其相应的道德原则。”[1] 在中国古代文化典籍中，伦理既包含事物的条理之意，又代表“人伦之理”，指人与人相处的各种道德标准。

作为道德关系的反映，伦理是一个历史的范畴，不同历史时代的伦理所反映的道德关系的本质是不同的。孟子提出“教以人伦：父子有亲，君臣有义，夫妇有别，长幼有序，朋友有信”，就是中国传统人伦的经典阐述。

[1] 朱贻庭：《伦理学大辞典》，上海辞书出版社，2011，第 14 页。

“在当代中国，伦理所反映的必然是与社会主义制度相适应、体现集体主义道德原则、服务中国特色社会主义的社会道德关系。”[1]将伦理道德与社会主义核心价值观融合在叙事内容之中，是电视剧发挥其社会功能的重要手段。

## 二、电视剧《花繁叶茂》的叙事伦理构建与应用

### （一）《花繁叶茂》背景介绍

《花繁叶茂》是由中央电视台和中共贵州省委宣传部出品、尚大庆导演的电视剧。该剧改编自欧阳黔森的报告文学，讲述了贵州省遵义市播州区枫香镇花茂村及周边几个贫困村，干群携手努力脱贫攻坚奔小康的感人故事。该剧于 2020 年 5 月在央视综合频道首播，并在多家网络平台同步播出。开播一周后，就在以年轻受众为主的哔哩哔哩拿下了 9.3 的评分。2020 年 11 月，在第 16 届中美电视节上，《花繁叶茂》荣获“中华文化传播力奖”。一部农村题材的主旋律电视剧收视率一直位居前列，既赢得了市场，又赢得了口碑，实属难得。

### （二）《花繁叶茂》中的悖论叙事及其伦理导向

18 世纪，德国古典哲学家康德（Immanuel Kant）提出了“二律悖反”的概念，即“逻辑上都能够成立的一对相反概念”[2]，包括一个正题和一个反题，每一对相反概念都具有同等有效的逻辑证明。

在电视剧中，二律悖反的伦理叙事主要用来表现情节的冲突、人物间的相互矛盾，甚至是人与自然间的矛盾等。这种矛盾源于双方立场的对立，

[1]房广顺、王赢：《社会主义核心价值观与社会伦理建设如何契合》，《人民论坛》2016 年第 2 期。

[2]赵敦华：《西方哲学简史》，北京大学出版社，2012，第 315—316 页。

彼此站在各自的角度表达诉求都合乎伦理，但双方碰到一起就会产生难以调和的矛盾。电视剧经常通过悖论叙事来推动故事情节发展、塑造人物形象、营造戏剧效果。这些矛盾关系在电视剧中被激化的过程和最终得到化解的结果，恰是伦理规范和价值观念发挥引导作用的体现。伦理价值体系不仅提供了规则，也提供了权重，解决了孰先孰后、孰轻孰重的问题。悖论叙事不仅能表达编剧、导演等主创的态度和情感，还具备感染、引发和改变观众的情感、态度的功能。伦理的向“善”属性，明确了在特定的矛盾面前，向“善”的抉择是最佳的，蕴含着鼓舞和能动性的启示，它不仅代表了正确，还能激发受众“应该”以此种方式行动。

在《花繁叶茂》的故事框架中，出现了多组二律悖反的矛盾关系，这些矛盾关系相互渗透、相互影响。具体表现为以下几对对立命题。

1. 为个人还是为他人——个人价值观的彰显

《花繁叶茂》塑造了欧阳采薇、王隆学等驻村第一书记的形象。在欧阳采薇下乡之初，花茂村村主任唐万财就向会计何老幺说，新来的书记不过是走个过场，下乡来“镀金”的，驻村结束，回城接受提拔。原枫香镇宣传干部派驻大地方村的第一书记王隆学在听说了“你不脱贫，我不脱手”的文件精神后，陷入了苦闷情绪中：大地方村贫困问题积重难返，自己就像陷入泥沼无法脱身。在工作难以推进的情况下，他一气之下与大地方村村主任和老支书发生矛盾，指责当地干部不作为造成贫困的局面，用“你们大地方村”的称呼划定心理边界。

剧中的这些情节设置，客观反映了部分驻村干部的真实心理和现实困境。根据马斯洛（Abraham Harold Maslow）的需求层次理论，人的需求分为五层，分别是生理、安全、归属与爱、尊重、自我实现，按顺序由低到高依次出现。来自城市的扶贫干部初到贫困地区，面临着生活水平下降、需要重新建立人际关系等困难，生理、安全、爱与归属等中低层次需求的满足程度显著下降，必然会让扶贫干部产生焦虑不适。剧中，这些心理落差主要通过欧阳采薇面对脏乱的宿舍、村干部对她阳奉阴违等情节呈现出来。电视剧并未刻意美化或粉饰角色的动机和需要。但扶贫干部的到来就是为了全面改善贫困地区的落后面貌，随着“三改”、产业扶贫、易地扶贫搬迁等工作的全面推进，花茂村及周边村寨的人居条件逐步提升，贫困地区群众的生理、安全、爱与归属等基础需求满足程度不断提高，驻村干部也因此获得了更多的尊重与认可。在这个过程中，扶贫干部的需求与村民的需求相互支撑。他人需求的满足，冲淡了扶贫干部个人需求的抑制感，并通过服务他人获得了尊重和自我实现等高层次需求的满足。这种需求层次跃迁的过程，要依托个人的信念感和价值观的支持才能实现。电视剧中，角色的信念感和价值观并非与生俱来，而是随着一次次困难的解决、矛盾的磨合、心意的共鸣逐渐坚定和稳固下来的，是不断接受教育、体会感悟、融合输出的过程。伦理道德观念和社会主流价值观成为化解个人与他人利益矛盾的核心力量，也是支撑扶贫干部抑制低层次需求、追求高层次需求的重要原因。

2. 为小家还是为大家——家庭伦理与社会伦理的融合

作为一种常见的影视叙事结构方法，家庭伦理特别适用于通过家长里短揭示和反映社会问题，是一种“以‘善恶’等‘二元对立’为叙事矛盾冲突、以‘新旧’等道德‘二元对立’为伦理矛盾冲突的特有结构方法”[1]。《花繁叶茂》也采用了家庭伦理的叙事结构方法。全剧开始于村主任唐万财的儿子唐多多和母亲潘梅的争执。多多即将离家上大学，潘梅织了一件毛衣

[1] 万传法：《家庭伦理作为一种方法：历史、类型及其生产》，《当代电影》2019 年第 12 期。

想送给多多，却被多多拒之门外，并声称："我没妈。"一个分裂的家庭、隔阂深重的人物关系序幕就此拉开。随着剧情的逐步推进，潘梅和村主任唐万财的人物关系及矛盾根源也逐渐清晰。之所以会造成家庭的分裂，源于唐万财认为潘梅背叛家庭的误会，而误会产生的深层原因却是花茂村积贫累弱。由于家贫如洗，潘梅不得不外出打工，而唐万财出于乡村教师的责任心，留守家乡，独自抚养幼子。电视剧中，唐万财面临的家庭困境是许多贫困地区民众家庭生活的缩影，以小见大，反映了贫困对个人命运、家庭秩序和地区发展的严重阻碍。在脱贫攻坚的大背景下，干部群众共同努力，花茂村顺利脱贫致富。唐万财和潘梅的误会最终得以消除，家庭重新团圆。故事的结局是以唐万财与潘梅破镜重圆的婚礼为终点。唐主任与其他扶贫干部一起，走上山顶，俯瞰花茂全景，脱贫攻坚的成果以全景镜头直观呈现出来。

《花繁叶茂》的家庭伦理叙事结构并不新颖，带有类型化的特征，但其伦理叙事的高度和传达的价值观念并未流于表面和教条。唐万财选择牺牲小家为大家，固然可敬，但潘梅选择离家打工追求更好的生活，也合情合理。电视剧在叙事上并未对二人的选择做出道德判断，甚至最后误会的解除都是唐向潘道歉。《花繁叶茂》将家庭伦理融入家乡乃至社会发展的宏大叙事中，小家庭矛盾化解的根本在于大家共同致富，印证了家国利益的统一性，升华了电视剧的伦理主题。

3. 为人还是为自然——生态伦理的叙事表达

《花繁叶茂》作为一部讲述脱贫攻坚奋斗事迹的电视剧，其传播的伦理价值观念代表着主流的声音，带领贫困地区人民谋发展奔小康是其核心主题。在发展问题面前，人与自然的关系如何协调平衡是生态伦理学的讨论范畴。人要拓展生存空间，开创新的经济方式，难免要向自然索取资源，而自然又有其自身的生长规律，此时，人与自然就形成了伦理悖论。如何在进退中把握尺度，如何与自然协调共生，考验着决策者的伦理观念与智慧。在生态伦理体系中，当人以最宏大的世界观和最长远的时间跨度来思考人与自然的关系时，就会把世界视作一个整体，人类是自然的一部分。因为人与自然的共生关系，满足自然的需求，即是满足人类的需求。对应需求层次理论，这种需求属于最高层次的需求，即“普遍的共生”就是自我实现的最大化。

电视剧中，大地方村面临的生态困境十分复杂。山多地少，石漠化严重，村民生活贫困，难以改善。驻村干部王隆学引进了饲养山羊的项目改善民生，却不料村民放养山羊损坏山体植被，加剧了自然条件的恶化。为了降低风险，村“两委”号召村民将山羊由放养改为圈养，却又遇到了上山打草费时费力、饲料价格高等问题。为化解难题，村“两委”迎难而上，坚持不懈，最终在多方共同努力下，成功化解了圈养山羊成本高昂的问题。电视剧对大地方村生态困境的描绘，反映了问题的尖锐性与顽固性。

《花繁叶茂》在生态伦理叙事上的可贵之处在于，没有将人与自然的关系设置为征服与被征服，而是力求寻找一条和谐共生之路，将党和政府为破解生态困境所做的努力表现出来。这种努力代表了党和政府的全局意识和整体观念，将人与自然的发展纳入对等的价值体系中来。“绿水青山就是金山银山”[1]，印证了人与自然在宏观和长远利益上的互利共生关系。

### 三、大众传播的社会功能与伦理价值体系的融合

电视剧的叙事伦理，把意识形态、伦理道德规范和现实语境相互融合，

---

[1]《习近平谈新时代坚持和发展中国特色社会主义的基本方略》，http：//www.xinhuanet.com//politics/2017-10/18/c_1121820368.htm.

不仅输出观念，还描绘了观念使用的方式与土壤，带有明显的示范性意义。《花繁叶茂》作为一部主旋律电视剧，在叙事中蕴含伦理道德和主流价值观，体现了大众传播的社会功能。

拉斯韦尔（Harold Lasswell）在 1948 年发表的《传播在社会中的结构与功能》一文中提出了大众传播的“三功能说”，即环境监视、社会协调和社会遗产传承三个功能。这三重功能在电视剧《花繁叶茂》中都有充分的体现。

其一，环境监视功能。《花繁叶茂》将国家层面的重大政策转换为普通受众能够理解的一段段叙事，让受众了解脱贫攻坚战到底是要做什么，怎么做，面临什么困难，需要付出什么，又能收获什么。运用影像叙事构建拟态环境，便于受众了解社会发展，直观感受国家的大政方针政策给现实环境带来的深刻影响。

其二，社会协调功能。“社会是一个建立在分工合作基础上的有机体，只有实现社会各组成部分之间的协调统一，才能有效适应环境变化。”[1]打赢脱贫攻坚战作为国家层面的重大决策，要获得最广泛的理解与支持，离不开大众传播的有效宣传。任何政策的出台，社会上都难免会出现质疑或不理解的声音，电视剧可以运用悖论叙事反映现实矛盾，再利用角色的语言、情节的推进等方式，提供现实问题的参考解决路径与价值判断依据，引导社会成员形成共识。例如剧中，枫香镇书记石晓峰在针对苟坝红色文化旅游创新区的论证会议上陈述了为什么要把钱花在贫困地区，而不是用在城市，简言之是因为雪中送炭的价值大于锦上添花。石书记真诚恳切的语言不仅回答了电视剧中的领导们的疑问，也解答了社会上带有同样问题的受众们的疑惑。电视剧将伦理规范、价值判断融合进影像叙事，让受众

[1] 郭庆光：《传播学教程》，中国人民大学出版社，2011，第 101 页。

在观剧过程中潜移默化地受到主流观点的影响，大众传播的社会协调功能由此得以实现。

其三，社会遗产传承功能。大众传播的社会遗产传承功能是指运用大众传播将前人的经验、智慧、知识、观念加以记录、保存和传承的功能。在传承中也要发展和创新，以适应社会的发展需求。《花繁叶茂》相比过去的同类型电视剧作品，在伦理叙事上有了一定的创新和进步，在化解二律悖反矛盾关系的过程中，体现出了伦理观念的变迁。

“传媒新格局促成了传媒观念、传媒价值的多重新向度。……伦理主体从国家伦理走向个体伦理，从政党伦理走向民众伦理。”[1] 在我国的传统伦理价值体系中，国家优先于集体，集体优先于个人，这种观念在《花繁叶茂》中依然得到了印证。但随着时代的发展，传播伦理的进步使得面临二律悖反的局面时有了更多的可能性：优先并不意味着取代，服从也并不等同于牺牲。国家、集体、个人之间的包含关系使得每个伦理主体在长远目标上具有一致性。在《花繁叶茂》的悖论叙事中，村民为实现家乡脱贫的目标所做出的让步和奉献，例如拆除自家违建、同意土地流转等，最终都获得了更大的回报和收益。电视剧既肯定了矛盾的普遍存在，又对受众进行了价值观教育，提倡从大处着眼、从长远考虑，最终全面脱贫的大目标和个人致富的小目标会在同一点汇合并实现。

## 结语

伦理是社会关系和秩序的表达，大众传播社会功能的实现需要道德伦理和价值观作为内容的黏合剂来达到观点传播与扩散的目的。作为大众传

---

[1] 陈汝东：《论国家传播伦理秩序发展的新向度》，《人民论坛·学术前沿》2017 年第 3 期。

媒的重要内容形式，电视剧通过影像叙事构建拟态环境，发挥着反映现实（环境监测）、引导共识（社会协调）、传承和建构社会伦理道德体系（社会遗产传承）等社会功能。电视剧《花繁叶茂》运用悖论叙事推动情节发展，将传统伦理道德观念与社会主义核心价值体系有机融合进故事情节，与时俱进，观念创新。《花繁叶茂》在市场和口碑上取得的成功，证明了主旋律电视剧具有强大的社会影响力。在电视剧创作过程中，要将传播者对受众、对社会的道德权利和道义责任放在重要位置，更好地发挥大众传播文化引领者的角色与职能。

**2021 年《中国广播电视学刊》第 3 期**

# 攻坚的榜样　精神的旗帜

## ——评电视剧《花繁叶茂》彰显的脱贫攻坚精神

李　坤　雷永莲

人无精神则不立，国无精神则不强。党的十八大以来，在以习近平同志为核心的党中央坚强领导下，中国共产党坚持以人民为中心的发展思想，明确了到2020年我国现行标准下农村贫困人口实现脱贫、贫困县全部摘帽、解决区域性整体贫困的目标任务。2020年脱贫攻坚任务完成后，中国将有1亿左右贫困人口实现脱贫，提前10年实现联合国2030年可持续发展议程的减贫目标。在中国脱贫攻坚的伟大实践中，广大党员干部扎根基层，默默奉献，把论文写在田间地头，有的甚至不惜以生命为代价，用行动诠释对党的忠诚。

电视剧《花繁叶茂》镜头下的革命老区黔北花茂村的蜕变正是当下中国广大农村脱贫攻坚的一个缩影。地处贵州原遵义县（今播州区）枫香镇的花茂村，这个曾经鸡鸭满地跑、尘土满天飞的穷乡僻壤，在近年来统筹推进的精准扶贫中，实现华丽转身。如今的花茂村是一个望得见山、看得见水、记得住乡愁的田园综合体，人民生活发生了翻天覆地的变化。从“贫困村”到“小康村”，花茂村描绘了一幅百姓富、生态美的新画卷。以此为题材，电视剧《花繁叶茂》紧扣脱贫攻坚时代主题，讲述枫香镇花茂村、纸房村和大地方村等几个村寨从贫困到小康的美丽蜕变，展现中国共产党脱贫攻坚精准方略在基层的落地、落细、落实，同时以轻喜剧形式生动呈现党的十八大以来脱贫攻坚战场上广大基层干部的良好精神风貌。

电视剧《花繁叶茂》中的枫香镇党委书记石晓峰、镇长高立伟，花茂村村委会主任唐万财，花茂村、纸房村、大地方村驻村第一书记欧阳采薇、赵子奇、王隆学，大地方村老支书等村干部是脱贫攻坚一线基层干部的真实写照。在贫困面前，他们一心为民，迎难而上、积极作为，逢山开路、遇水搭桥，彰显出攻坚克难的担当精神、不求回报的奉献精神、因地制宜的求实精神和苦干实干的奋斗精神。

## 一、攻坚克难的担当精神

担当精神是中国共产党人的优秀品质。啃下脱贫攻坚的“硬骨头”，确保如期高质量打赢脱贫攻坚战，就必须要求广大党员干部树立攻坚克难的担当精神，心无旁骛、聚精会神抓好这项工作，尽快让乡亲们过上好日子。

电视剧《花繁叶茂》中的花茂村原名“荒茅田”，曾经是一个“出行难、饮水难、村民增收难”的典型贫困村；村民大多外出务工。大地方村石漠化严重，山高、土薄，极度缺水；以富贵为代表的村民好吃懒做、不思进取、穷困潦倒，等待帮扶干部送钱送物进门。位于马鬃岭西侧的纸房村山势险峻，几乎没有稻田，大多是旱地；煤矿开采导致生态恶化，亟须找到新的产业代替；以马老三为代表的村民思想守旧，争当贫困户。电视剧一开始展示出三个村的种种矛盾和困难，主要表现在村民物质贫困和精神贫困叠加，思想固化，群众工作难以开展，项目争取难。正是种种“拦路虎”，引发了一场农村风貌、生活习俗、思想观念的巨大变革。

对于“晴天一身灰，雨天一片泥”的花茂村来说，人居环境的改善迫在眉睫。剧中，“三改”的推进一开始引起村民抵触。改环境、改厨房、改厕所，拆房子、拆鸡圈、拆酒坊，一时间，村民不理解不赞成，竭力阻挠。唐万财和欧阳采薇颇费心思，深入群众开展调查研究，千方百计做群众思想工作，并带领村民外出考察开阔视野。剧中唐万财为了表示推行“三改”的决心，开着铲车亲自拆掉了自己祖屋的偏房，用实际行动来支持“三改”。“三改”后，为实施产业扶贫开展的土地流转、引进企业建产业园同样遭到村民的抵制，甚至村委会成员之间也发生了严重分歧。

剧中的枫香镇石晓峰书记同样在工作中面临种种难题。在纸房村，因为力推关闭煤矿，现场遭到村民围堵；安置到枫香镇里的其他村的村民因生活很不习惯，直闹着要搬回农村去。石书记首先进行了自我检讨，反思因为政府没能设身处地站在乡亲们的角度考虑问题，没有把落实工作做到位，才导致了村民们搬得出却稳不住的局面。他和高镇长一起，连夜为村民们考虑解决办法和出路。

上面千条线，下面一根针。电视剧《花繁叶茂》中的基层干部真实再现了基层工作的纷繁复杂。基层工作干得好不好，是不是敢担当善作为，直接关系到党的惠民政策是否得到落地见效，关系到是否打通了联系服务群众的“最后一公里”。正是像石晓峰等这样的基层干部敢于担当，一个节点一个节点坚守、一个问题一个问题解决、一项工作一项工作推进，才推动中国大地广袤农村发生了深刻的历史巨变。

## 二、不求回报的奉献精神

奉献是共产党人常讲常新的话题。我们党的奋斗史、发展史就是一部奉献史。《党章》明确规定，共产党员必须“坚持党和人民的利益高于一切，个人利益服从党和人民的利益，吃苦在前，享受在后，克己奉公，多作贡献”。习近平总书记指出：“追梦需要激情和理想，圆梦需要奋斗和奉献。”新时代的脱贫攻坚主战场强烈呼唤共产党人的奉献精神。[1]

在脱贫攻坚一线，以驻村第一书记欧阳采薇、赵子奇、王隆学为代表的热血青年，他们二十出头，放弃大城市的工作，选择扎根农村，在为人民服务中茁壮成长、在艰苦奋斗中砥砺意志品质、在实践中增长工作本领，用臂膀扛起如山的责任，让青春在党和人民最需要的地方绽放绚丽之花，彰显的正是不求回报的奉献精神。剧中的欧阳采薇，刚到花茂村时被唐万财认为太年轻没有经验，以为是来“镀金”的；但初来乍到的她并没有怨天尤人，而是带着对工作的热情和责任，很快抛下情绪投身到扎实的工作中去，用实际行动赢得了大家的交口称赞。

欧阳采薇深入群众中，把自己当作花茂村的一员。她不忘关心同事、关心村民，设身处地地为他们着想，解决问题。大家不想接受“三改三建”，她也不强迫乡亲去接纳，而是带他们去参观成功案例，让大家明白“三改”能够省钱、让村子变得更美。欧阳采薇的男友郑宇成希望她离开农村，一起到外地去工作，欧阳采薇却不想半途而废，放弃自己对花茂的责任和承诺。面对郑宇成给出的选择，欧阳采薇含泪舍弃爱情与郑宇成分手。在一次吃饭闲聊中，欧阳采薇、唐万财和村会计何老幺三人玩真心话大冒险游戏。饭桌上，欧阳采薇吐露真情，诉说了自己对花茂村的深厚感情。她说：“刚来到花茂时，并没有想到自己会在这里待这么久，扶贫工作对那时的自己来说，也只是一项需要尽快完成才能早日离开的任务。可随着花茂村在自己的努力下变得日新月异后，我也在付出的过程中深深爱上了这里，再也舍不得离开花茂了。”

这样的故事还有很多。到大地方村工作的驻村第一书记王隆学一开始急着回城工作，后来成为一心为大地方村谋发展的好干部；纸房村驻村第一书记赵子奇很快融入农村生活，像一名地道的农民经常出现在田间地头；唐万财的儿子唐多多考上省城一所大学，攻读计算机专业，但唐多多并没有按照唐万财给他设计好的路子留在大城市生活，而是选择回乡从事农村电商。

奋斗的青春最美丽，脱贫攻坚大地上激情燃烧。2020 年 3 月 6 日，习近平总书记在决战决胜脱贫攻坚座谈会上提到这几组数字：我国共派出 25.5 万个驻村工作队、累计选派 290 多万名县级以上党政机关和国有企事业单位干部到贫困村和软弱涣散村担任驻村第一书记或驻村干部，目前在岗 91.8 万名。这些同志肩负重任，奋战在脱贫攻坚第一线，用激情与赤诚履职尽责，用拼搏与奉献冲锋陷阵，让一个个派驻村旧貌换新颜。他们用自己的“辛苦指数”换来贫困群众的“幸福指数”，有的甚至还献出了自己宝贵的生命。

## 三、求真务实的科学精神

科学精神是使人摆脱愚昧盲目的有效武器，是推动社会进步的强大力量。习近平总书记多次强调，要强化科学精神和创造性思维培养。唯有让科学精神在全社会深入人心，自觉以科学精神为引导，坚持实事求是、求真务实，我们才能更好发展科技事业、解决时代提出的诸多重大理论和现实问题。[2]

电视剧《花繁叶茂》中的各村发展路径正是科学精神的彰显。花茂村、纸房村、大地方村的自然环境不尽相同，在党的扶贫政策持续加码的背景下，三个村因地制宜，发展特色产业，进行了脱贫攻坚“大比武”。

在花茂村，欧阳采薇在完成“三改”的基础上提出利用区位优势大力发展乡村旅游。她深入研究，大力推动招商引资；她鼓励潘梅开农家乐，帮助潘梅外出学习；她指导杜师傅把传承多年的土陶技艺发扬光大，做优特色产业；她利用农田打造荷花生态园，并循环养殖稻田鱼，发展生态观光农业。随着旅游产业的发展壮大，欧阳采薇又推动打造文化产业街，与时俱进发展农村电商产业。在欧阳采薇和大家的帮助下，陶艺店及文化产业一条街有声有色地开办了起来，越来越多的村民走上致富道路，村子旧貌换新颜。

当然，发展产业的路子并非一帆风顺，往往荆棘丛生。相对于花茂村良好的发展势头，大地方村的发展并没什么起色。这可急坏了村支部书记令狐大方和驻村第一书记王隆学。他们在没有充分论证的基础上发动村民养殖山羊。被学农学专业的欧阳采薇和赵子齐发现后，竭力让王隆学停止山羊放养，否则将给原本生态脆弱的山村带来更为严重的灾难。对此，赵子奇专门来到大地方村考察山羊放养一事。为了保护植被，赵子奇从科学的角度建议令狐大方和王隆学不要再扩大养殖范围了，现有的山羊也要让村民改放养为圈养，同时建议请石书记帮忙，为山羊圈养审批专项贷款。为了使条件恶劣的大地方村早日脱贫，欧阳采薇和赵子奇一起支援大地方村，两人经过认真细致的勘查，发现大地方村的土地多数未被污染，符合有机蔬菜的种植标准，从专业角度提出了让大地方村种植有机蔬菜的方案。因见效快、收益高，这一想法得到农林办陈主任的支持。

不论是花茂村的乡村旅游，还是大地方村的蔬菜种植，都是共产党精准扶贫方略在农村的生动实践。脱贫攻坚正是需要实事求是的科学精神和科学态度，才能在全面把握贫困地区和贫困人口具体情况的基础上，做到精准识贫、精准施策、精准治贫和精准脱贫。

## 四、苦干实干的奋斗精神

奋斗精神是中华民族最宝贵的精神财富、最丰沛的精神力量。习近平总书记指出，一切伟大成就都是接续奋斗的结果，一切伟大事业都是在继往开来中奋力推进的。实现中华民族伟大复兴的中国梦，必须大力弘扬伟大奋斗精神，以实际行动建功新时代，以不懈奋斗创造美好生活。[3] 电视剧《花繁叶茂》中的基层干部在农村环境极其艰苦的条件下，不怨天尤人，而是主动作为、干字当头，他们把“五加二”“白加黑”当作常态，在奋斗中砥砺初心，在奋斗中增长才干，在奋斗中增强本领。

剧中的石晓峰书记是个敢想敢干的基层干部。他不抛弃不放弃，常常把不可能变为可能。为了落实产业园项目，石书记主动给贺总打电话询问进展，并亲自前往贺总的九鼎公司与贺总商讨花茂产业园项目。谁知经过初步评估后，贺总认定花茂产业园的项目风险太高，已经打算放弃了。石书记并没有因为贺总的拒绝而放弃产业园一事。他让高镇长打电话约贺总再到花茂看一看，同时把花茂的优势更加详尽地向贺总阐述清楚，尽一切努力把这件事促成。为举办旅发大会，石书记去县上找国超书记，希望大会放在花茂村举办。虽然没有在村级场地举办旅发大会的先例，但听了石书记的汇报以及对红色旅游的考虑，国超书记很支持，答应可以向上级汇报，最后让旅发大会成功落户花茂。不仅如此，石书记还去找国超书记商议建立苟坝红色创新区，这可给国超书记出了一个大难题。可面对石书记的坚持，国超书记表示会积极向上级领导上报此事，并尽最大努力协调解决。

同样，为了让贫困户王富贵一家早日脱贫，王隆学和令狐大方从送物资到千方百计帮助其发展产业，理清脱贫思路，变“授人以鱼”为“授人以渔”；纸房村村民马老三养蜂因为蜜源减少导致大量蜜蜂死亡，后又面临蜂蜜滞销等亟待解决的问题，石书记和纸房村村“两委”深入调研，不回避矛盾，同村民一起找到解决困难的办法。同困难做斗争，是物质的角力，也是精神的对垒。贫困之冰，非一日之寒；破冰之功，非一春之暖。唯有精神上站得住、站得稳，我们才有信心高质量打赢脱贫攻坚战，如期实现“两个一百年”奋斗目标。

**参考文献：**

[1] 丁薛祥．大力弘扬新时代共产党人的奉献精神[J]. 秘书工作，2018（07）.

[2] 刘大椿．论科学精神[J]. 求是，2019（09）.

[3] 双传学．大力弘扬伟大奋斗精神[N]. 人民日报，2018-11-29（07）.

**2020 年《电影评介》第 15 期**

# 花繁叶茂　春光灿烂

李东升

电视剧《花繁叶茂》在央视综合频道黄金时段播出后，获得了观众的一致好评和社会各界的高度评价。这是欧阳黔森紧跟时代主题，为决战脱贫攻坚、决胜全面小康的世纪之战而倾力谱写的一部交响曲，唱响了主旋律，歌颂了新时代。同时，也为“三农”题材的文艺作品创作探索了新路子。

## 彰显时代主题

时代主题，是电视剧《花繁叶茂》成功的灵魂。党的十九大报告明确指出：“让贫困人口和贫困地区同全国一道进入全面小康社会是我们党的庄严承诺。”

明代刘伯温曾给出“江南千条水，云贵万重山。五百年后看，云贵胜江南”的预言，寄托着一代又一代贵州人的期望。历史以它潮起潮落的形态，在六百多年后，完全契合了这位古人的推测。目前，贵州大地决战脱贫攻坚、决胜全面小康的最后收官战役正在鏖战，旌旗猎猎，无数“石晓峰”“欧阳采薇”“高镇长”“唐万财”们正立足热土，士气高昂地投身于脱贫攻坚的最后之战，为贵州甩掉千百年来的贫困帽子，废寝忘食、夜以继日地奋力拼搏着。

红花需绿叶，旌旗舞长风。贵州波澜壮阔的画卷，需要精品力作来记录，需要史诗级的文艺作品来反映；农村方兴未艾的变化，需要有艺术的里程碑，刻录下贵州按时高质量打赢脱贫攻坚战的光辉历程和辉煌成就。

滚滚的时代洪流中，著名作家欧阳黔森，投身于贫困地区改变面貌、奋力拼搏的行列之中，掬一朵浪花也会折射太阳的光辉。电视剧《花繁叶茂》，是他以独到的揽题目光，以只争朝夕的精神，从纷繁浩瀚的素材中，以独特的主题审美，摘取了一朵朵新颖、火红而又有绿叶相衬的花朵，围绕主题编织了花茂村故事感人、变化惊人、形势喜人的灿烂篇章。

大潮流中的主题审美，决定了作品的“四梁八柱”，决定了作品生命的灵魂；另一层面，《花繁叶茂》也给出了文艺创作怎么紧跟时代主题的一种题解。

## 体现责任担当

脱贫攻坚战场，是催生电视剧《花繁叶茂》的生命之源。

时势造英雄，时势淬炼出文学精品。火热的生活，会凝聚、召唤一批有敏锐眼光、有担当意识的文艺创作者来承担时代书写的使命。欧阳黔森是这些挺立于潮头队列中的一位。他们主动深入生活，扎根“三农”天地，以多种艺术表现形式呈现当代故事。

《花繁叶茂》创作前期，欧阳黔森曾不断深入改革深化的花茂村，反反复复行走了两年。他朴实地说过：“那段和泥土芬芳相伴的日子，至今历历在目。脱贫故事写什么，怎么写，我都是在扎根生活的土壤中，得到答案的。”作者因扎根土壤、深入生活而获创作之源。所以，作者对花茂村的一枝一叶、巨细变化了然于心。

土壤中的时代元素丰富了作者的创作构思，旅游扶贫、电商扶贫、养殖扶贫、农村“三改”、土地流转、移民搬迁、产业改造升级、驻村第一书记等等，无一不充满时代气息。

创作的丰富素材、高超的艺术手法，让《花繁叶茂》一播出，就被社会各界高度评价为一部现实主义的成功作品，是当前脱贫攻坚的艺术写照和生动缩影。这些肯定，除作者驾驭题材的能力、高超的艺术创作能力外，欧阳黔森扎根生活、深入火热的脱贫攻坚战场汲取思想养分和生活素材，或许才是成功的主要基因。

欧阳黔森在这片土地上找到创作答案，产生了报告文学《花繁叶茂，倾听花开的声音》，在高端核心文学期刊发表后，又应形势要求，改编成获得观众喜爱和好评的电视剧《花繁叶茂》。

从报告文学到电视剧，无一不是深入生活、投身脱贫攻坚决战场，辛勤采集大量的第一手资料，高度契合贵州决战决胜的社会现实，从而开出的艺苑奇葩。

阅读完报告文学，再观看电视剧《花繁叶茂》，让人清晰地从花茂村脱贫攻坚和新农村建设中，看到了老百姓最喜欢什么？最喜欢自己身边发生的故事，最想看平凡普通人的奋斗，最热爱火红的生活。这也是欧阳黔森最喜欢的生活和最喜欢书写的内容。因为，这是作品的生命之源。

## 创新艺术表达

《花繁叶茂》为“三农”题材和脱贫攻坚文艺创作探索了新路，树立了参照标杆。

《花繁叶茂》的创新立意在于，着力突出了扶贫带来的乡村剧变，而这种巨变又从物质脱贫延伸到精神脱贫，打通了物质贫困和精神贫困之间的内在联系，重新唤醒了农民对新型农村的向往之情，激活了农民对乡土文化的深厚情感，找回了农民自身的生命价值和精神家园，使得农村问题和农民问题，在当今具有了时代性和社会历史价值。《花繁叶茂》是对我们这个时代的记录，是脱贫攻坚的社会记忆和文学表达，也是后世检索和回顾这一时代的史实性文本。

欧阳黔森拥抱时代，在贵州决战脱贫攻坚、决胜全面小康的战场汲取养分、获得灵感、精心创作的《花繁叶茂》等几部作品都是有深度、有热度、有情怀且感恩奋进的优秀文艺作品。

韶华不负，未来可期。在电视剧《花繁叶茂》的启迪下，作为中国脱贫攻坚主战场的贵州，一定会有更多作品问世，迎来花繁叶茂的满园春色！

**2020 年 6 月 5 日《贵州日报》**

# 花茂：精准扶贫的贵州样本

刘大泯

近日，根据欧阳黔森同名报告文学改编的电视连续剧《花繁叶茂》在央视综合频道黄金时段播出，引起社会各界的广泛好评，刷新了央视农村题材电视连续剧的纪录。《花繁叶茂》通过对一系列鲜活人物形象的塑造，反映了各级党委和政府在脱贫攻坚、新农村建设中苦干实干、担当作为的真实故事。这是一个讲述得很好的贵州故事，也是讲述得很好的中国故事，更是新时代为人民讴歌精准扶贫的贵州样本。

早在2015年，中共中央总书记习近平就到这个革命老区的遵义枫香镇花茂村视察调研。习近平总书记在花茂村参观后看到鲜花盛开，道路两旁的房子干净整洁，他深有感触地说："怪不得大家都来，在这里找到乡愁了。"习近平总书记在与花茂的干部群众座谈时指出："党中央制定的政策好不好，要看乡亲们是哭还是笑。要是笑，就说明政策好。要是有人哭，我们就要注意，需要改正的就要改正，需要完善的就要完善。"这个受到习近平总书记关注的小山村，通过几年的发展，从贫困到小康再到"百姓富、生态美"的蜕变，生动地反映了乡村干部勇于担当的人物形象，是全国干部群众团结一心奋力拼搏奔小康的一个缩影。

作为一名作家和剧作家，欧阳黔森近十几年来有多部作品在央视黄金时段播出。这次创作的现实题材的农村轻喜剧《花繁叶茂》，从报告文学的创作（在《人民文学》头条刊发）再到影视作品的出炉，欧阳黔森既是参与者也是谋划者。对于剧中故事的诞生地花茂村，他有着特殊的情怀。他说："在撰写报告文学和拍摄电视剧期间，我在花茂遇见的老百姓的脸上都洋溢着笑容，他们的笑容是真诚、炙热的。"创作期间，欧阳黔森感受到了花茂村民发自内心的幸福。他认为，是因为他们得到了充分的获得感。正如总书记在花茂村所说："政策好不好，要看乡亲们是哭还是笑。"

现实题材的文艺创作，就是要诚心诚意进入现实的内部，并以文学的审美样式和规律呈现。只有专注于老百姓的美好生活需求，写出全面建成小康社会的历史意蕴和时代特征，才能不愧于为人民、为时代讴歌的人民作家的情怀。电视连续剧《花繁叶茂》生动阐述了国家昌盛、人民幸福的心路历程，是新时代纪实文学和电视艺术的完美结合。正如贵州文艺评论家李晶所说："该剧既具新的叙事结构，又有新的精神格局，解读政策有深度，反映生活接地气。同时，该剧还规避了同类题材创作上的直奔主题和对政策的概念化解读的问题，注重对客观思想内涵的准确把握和艺术品质的执着追求。"在剧中，主创人员不回避贫困山村存在的各种矛盾和脱贫工作中所面临的各种困难及挫折，将新农村建设进程中涉及的农村"三改"、土地流转、移民搬迁、产业改造升级等棘手问题，和因地制宜、创新发展的理念，以一种清新健康的喜剧风格表现出来，赋予了作品更丰富的时代内涵和生活色彩，成功地探索了类似题材新的呈现方式，所以引人入胜。通过巧妙的构思和生动的剧情，塑造了一批有血有肉的年轻扶贫干部的丰满形象，也深刻诠释了精准扶贫中锻炼和培养干部的战略构思。全剧充满新农村生活情趣，观赏性强，是一部思想丰富、深刻，艺术表现精湛，技术制作精良的作品。它所表现的当前农村脱贫攻坚的现状，是当今时代内容的一个记录性质的文本，应该得到，也值得我们格外重视。2020年是脱贫攻坚决胜年，在这关键时期，电视剧《花繁叶茂》的播出，对进一步坚定广大干部群众脱贫攻坚的必胜信心、增强一鼓作气的决心有着重要意义。

**2020 年《民主》第 7 期**

# 浅析扶贫题材电视剧《花繁叶茂》的创作特色

黄飒飒

**摘要**：在2020年决战决胜脱贫攻坚的背景下，扶贫题材影视作品大放异彩。电视剧《花繁叶茂》采用独特的影像话语，讲述新时代的脱贫故事，受到了各年龄层观众的关注和喜爱。本文拟从人物形象的生动塑造、乡村转型的影像书写、将主流意识形态与时代审美有机融合的叙事话语三个视角，剖析《花繁叶茂》一剧的创作特色，以探其取得良好传播效果的原因，以及当下扶贫题材电视剧的创新之道。

**关键词**：扶贫题材；电视剧；《花繁叶茂》；创作特色

## 一、人物形象的平民化和圆形化塑造

德国戏剧家莱辛认为："鲜明地表现性格，是作家在表现人物特征过程中最应当着力用笔的地方。"在人物塑造上，《花繁叶茂》摒弃了以往不少扶贫题材影视作品中乡村人物被平面化、脸谱化，缺乏个性特征的窠臼，而是着力刻画人物在特定的乡村生活中表现出的鲜明个性及其动态发展，以平民化的视角描摹真实人性。

### （一）普通村民众生相

作为乡村建设的主体，村民是扶贫题材影视作品中必不可少的形象。

五四新文化运动以来，以农民为主的村民，通常作为历史苦难和社会问题的承受者在文学作品中出现。他们普遍呈现出勤劳坚忍、忠厚淳朴等类型化特征。而在大众文化和消费文化的冲击下，21 世纪某些扶贫题材剧为迎合大众审美趣味，不惜以牺牲村民的正面人格为代价，着意放大其负面特质，使许多村民形象沦为喜剧化的符号。这不仅弱化了人物本身的审美内涵，还使剧情发展与现实生活相悖，无法产生共情效果。《花繁叶茂》突破了这一局限，摒弃好坏分明的刻板笔法，以巧妙的情节设计和富有生活气息的细节描写，挖掘人物性格的多面性，还原村民内在心灵的原生特质，生动刻画了贴合艺术规律和现实逻辑的村民形象。例如，纸房村的村民马老三，最初以冲动闹事的煤矿工人形象出场；后来，已不符合贫困户标准的他，为了拿到扶贫款上演跳楼戏码，哭闹着威胁村干部让自家评上贫困户。然而，这样一个缺乏理智、狭隘自私的村民，面对与之有过节的人跳河时，仍毫不犹豫地下水救人，却全然忘记自己不会游泳。不可否认，多重性格集于人物一身，增强了村民形象的立体感和丰满度，而且将乡村生活的复杂性和真实感具象化地呈现出来，使剧作更具可看性。此外，剧作还注重表现人物性格的发展，使人物性格随着情节的发展而变化。例如，大地方村的王富贵起初是村里出了名的懒汉，家里贫困潦倒却毫无志气，一心等着政府的救助款。而在村委会对精准扶贫政策的落实下，他开始精心种植天麻苗，依靠自己的劳动脱贫。从王富贵身上，观众得以见证在新形势下村民的蜕变和成熟，以及人性的深刻转变。

（二）鲜活的基层干部形象

在乡村脱贫致富的道路上，基层干部起到了重要的引领作用。《花繁叶茂》一剧对基层干部形象的塑造和深化，主要是通过以下三种方法实现的。

其一，运用多种手法表现乡村建设过程中基层干部的智慧和能力作用，而且以真实生动的细节叙事观照其深层的内心世界，探寻其人性化、世俗化的特征。剧中的驻村第一书记欧阳采薇，带着扶贫任务下乡后忙里忙外，运用自己的农学专业知识为花茂村的建设出谋划策，尽心尽力地带领村子逐渐走向富裕。同时，电视剧也以浪漫的镜头语言描述她处在不同情景中的心境。无论是和男友在玻璃桥上开心玩闹，还是与师哥失落地诉说工作和人生的迷茫，都表现了潜藏在她平日的能干形象背后那份普通女孩的温婉柔情。实际上，这种对于基层干部心灵和情感的细腻描写，可赋予其浓厚的人本色彩和生命力，从而丰富剧作的艺术魅力，使观众获得深刻的审美体验。

其二，通过构建情节冲突展现基层干部身上的优秀品质，并在人物行为和思维方式的表现和刻画中，挖掘其性格中潜在的劣根性，深刻描摹其多面人格。剧中的三个主要村委干部各有特点。花茂村的村主任唐万财是全剧的核心人物。他头脑灵活，且富有责任意识，面临村民对拆除违章建筑的争议和误解，他以身作则，动手拆了自家的老宅，使“三改”工作得以顺利进行。但他也不乏对形式主义的追求，每次有领导前来视察，总提倡办欢迎仪式。纸房村的支书刘红民和大地方村的支书令狐大方，面对村子的发展难题也依然咬牙坚持，决心要为村民谋出路。但前者遇事易慌张，缺乏主见；而后者个性冲动，缺少科学分析。电视剧对这些人物的塑造，均摆脱了二元对立的惯有模式，于人物之间的激烈冲突中凸显人物性格的复杂性，折射出了新时代脱贫攻坚战线上基层干部的真实工作状态。

其三，以动态视角对人物性格和心态的深层变化进行合乎逻辑的表现，着力展现基层干部在扶贫过程中的成长与蜕变。这一点在大地方村的驻村第一书记王隆学身上体现得尤为明显。宣传干部出身的王隆学，初下乡时带着一股浓重的“官气”。抱着能早日回到镇里工作的功利心态，他在领导面前急于表现，鼓吹功劳，落实工作却流于形式。受到领导和群众的批评后，一度想放弃。但在石书记、老支书等人的关怀和鼓励下，他逐渐改变工作作风，踏实地为村民做了不少实事。王隆学前后性格的鲜明反差与起伏的心路历程，实则是现实生活中部分驻村干部下乡扶贫经历的精神缩影，彰显了基层干部这一特殊形象包含的丰富而独特的人本内涵，给观众带来强烈的心灵震撼。

## 二、扶贫语境下乡村转型的影像书写

### （一）原生态乡土景观的描摹

美国学者丹尼尔·贝尔认为，空间结构是基本的美学问题。电视剧作为大众文化的重要形式，其构建的影像空间具有浓厚的审美趣味。《花繁叶茂》运用大量视觉语言，营造了具有乡土特色的空间造型格局。对剧中的三个贫困村的描写，电视剧首先以道路和交通工具的影像叙事，呈现其相对封闭的原始空间造型：花茂村还未修路之前，村民们入村和进村，都要经过布满残石、烟尘滚滚的崎岖山道；每当下雨，道路就变得坑坑洼洼，车子和行人都难以通行。其次，原始的乡土景观也借助空镜头的特写得到了展现。剧中的花茂村和纸房村以马鬃岭为界，位于东侧的花茂村，地势以丘陵为主；而位于西侧的纸房村，山势陡峭险峻，旱地多、水田少。和两村相隔一定距离的大地方村，山高、土薄，石漠化严重。恶劣的自然环境，一方面成为乡村性和自然性的具象化诠释，另一方面也反映了当地的贫困状况，引起观众对之后的乡村变革和转型的期待。

### （二）乡村新面貌的多方位展现

不同于传统乡村题材影视剧对农村落后状况的侧重描述，《花繁叶茂》

摆脱了城乡二元对立的传统模式，对新时代下乡村的新面貌有着更充分的还原和展现，且不回避现实存在的问题和困境，将乡村脱贫攻坚进程中的多重矛盾融入情节中，显现脱贫攻坚的必要性和艰巨性。综观全剧反映乡村发展变化的内容，主要分为以下几个方面。

1. 整治和改善村容

“三改三建”是促进新农村建设的重要举措，《花繁叶茂》通过独特的影像表达来表现这一政策的落实及其带来的变化。剧中，“三改三建”的实行是花茂村开展建设的第一步。最初的花茂村卫生状况十分糟糕，被石书记形容为“晴天一片灰，雨天一片泥”。然而，“三改三建”政策的推进，引起了众多村民的不满和抵触，村民们纷纷对整改后续费用和自家的经济利益产生担忧。比如，一家酒作坊是村民的重要经济来源，却因浓重的酒味影响村容而需要整改，乡村发展的现实矛盾在此处被淋漓尽致地呈现出来。之后，村干部们想尽办法做通村民们的思想工作后，花茂村的整改得以顺利推进。电视剧以精致的画面生动展现了花茂村整改后的新面貌，其中焕然一新的村大门和宽敞整洁的村道成为乡村变化的象征符号。

2. 从多方面发展经济

在新时代，发展产业是乡村实现脱贫的关键措施，许多乡村都依靠特色产业的发展，逐步提升经济水平。《花繁叶茂》一剧中，纸房村便充分利用自然条件优势，让村民通过接受培训来学会科学养蜂，打造出具有本土特色的蜜蜂养殖业。花茂村则通过引进产业园项目，发展各项特色产业，让村里的闲散劳动力得到安置，也带动了旅游业发展。除了产业扶贫和招商引资，剧中还展现了电商扶贫、创业扶贫等脱贫攻坚进程中的新兴方式和成功经验。比如，花茂村和纸房村搭建电商平台，拓宽农产品的销售渠道；

成立创客中心，鼓励回乡青年创业致富。多样化的经济扶贫方式，既丰富了电视剧的创作内容，也对现实中的乡村扶贫工作具有一定的借鉴意义。

3. 环境保护和生态建设

在经济得到发展的同时，乡村建设也面临着新的挑战与考验。《花繁叶茂》直面乡村发展中的不合理问题，突出反映了经济发展和环境保护之间的现实矛盾。自然条件极为恶劣的大地方村，难以找到合适发展的项目，村干部引进的山羊养殖业给村子带来了致富希望。然而，村民随意放养山羊，使山上的植被快速减少，大地方村的石漠化恶化趋势加速。一场暴雨导致来之不易的水渠被冲毁，更给人们敲响了警钟：生态建设，对于乡村脱贫致富有着不可或缺的意义。如何在利用自然条件优势稳定发展经济的同时，兼顾对自然环境的保护，维持乡村生态平衡，成为摆在村子面前的一个重要问题。而后，大地方村修建了羊圈，引导村民进行生态养殖，展现出了日渐转好的发展态势，从而成功吸引企业和项目入驻。“既要金山银山，也要青山绿水”的发展理念在剧中得到了鲜明的表现。可见，《花繁叶茂》一剧运用灵动的影像叙事，记录了我国乡村在脱贫致富道路上从探索、发展到逐步走向成熟的历程，不仅反映了乡村在艰难困顿中进步的发展态势，而且对乡村建设过程中出现的问题进行理性审视，隐含着创作者对乡村发展的殷切期望。

## 三、思想性、艺术性与娱乐性相结合的叙事话语

《花繁叶茂》突破了早期扶贫题材电视剧过分娱乐化或过度规训化的绝对倾向，在借助“模范”叙事传达时代主流价值观和精神力量的同时，通过悬念的设置和喜剧性元素的融入提升剧作的可看性，以一种思想性、艺术性和娱乐性相结合的叙事方式，使主流意识形态和当代审美获得了有

效融合，拉近了时代主旋律与观众之间的距离。

（一）时代精神的塑造与传达

当代国产电视剧承载着塑造时代精神的文化责任。站在脱贫攻坚决战决胜的历史节点，如何讲述脱贫故事，如何表现扶贫工作者的价值取向和精神品质，是对扶贫题材电视剧提出的时代命题。《花繁叶茂》以现实中黔北地区的花茂村为原型，通过对其脱贫致富历程的艺术再现，建构人们对美好生活的憧憬；还通过塑造一系列奋战在脱贫攻坚一线的基层干部形象，弘扬伟大的时代精神。《花繁叶茂》以深入人心的扶贫叙事、个人书写和价值认同，唤醒和传递了新时代人们对崇高理想和人生价值的积极追求。

“基层干部的辛苦指数，决定了乡亲们的幸福指数”，带着石书记的这句恳切嘱托，欧阳采薇辛勤工作，面对乡村建设的大小事务，亲力亲为；赵子奇不辞辛苦，运用自己的农学知识经验为民众排忧解难；王隆学为改变大地方村的贫困状况，到处寻找产业项目。除了年轻干部为乡村建设奋力拼搏，作为老一辈基层干部的形象代表，大地方村的老支书在村庄极度缺水的穷苦年代，带领全村人民到半山腰凿水渠，遇到危险的悬崖峭壁，也亲自绑着绳子下去。正如主题曲中所唱的，“我愿做一个愚公”，两代人前赴后继地跋涉在扶贫道路上，彰显了艰苦奋斗、敢想敢干和不畏困难的时代精神的接力与传承。

（二）多重悬念的巧妙设置

悬念是戏剧结构中的重要概念，在电视剧艺术领域，它表现为故事中悬而未决的情节。通过抛出重重疑点而不马上揭晓，让观众借助想象力自行跟进剧情的发展，来提升剧作的艺术感染力。

《花繁叶茂》的故事主线为花茂村的建设和发展，随着剧情的推进，乡村转型和变化的动态过程及成果引人期待：驻村干部到来后，最初的贫困村如何一步步脱贫致富？最后蜕变成为什么样子？在这条线索里，旅发大会的举办成为核心事件。电视剧借助不同人物对其的语言描述，以烘托其特殊性和重要性，反复唤起观众对花茂村这场特别活动的想象。在主要的叙事线索之外，剧里还有两条与主要人物相关联的情感叙事线：其一，欧阳采薇与师哥赵子奇之间有着惺惺相惜的微妙情愫，到后来与企业秘书郑宇成从相遇到相恋，她的情感结局会如何，给人留下了猜想的余地；其二，剧作一开始便表现出唐万财对其前妻潘梅的强烈抵触，但一些细节又体现了两人之间的牵绊，其中的缘由和两人的情感走向引发了观众的好奇心。

全剧情节在多线叙事结构和层层悬念中逐步前行，其间主旋律色彩浓重的扶贫叙事和个体生命的情感叙事相交融，不仅细致展现了乡村生活中的日常冲突和朴实的爱恨纠葛，还巧妙地弥合了时代精神和人本意识之间的缝隙，让观众在多重想象和期待中保持观剧的高涨兴趣，并使之获得精神愉悦和满足感。

（三）喜剧性手法的运用

作为影响广泛的大众艺术形式，电视剧承担着重要的审美愉悦和宣传教化功能。《花繁叶茂》合理运用喜剧化的手法，在轻松幽默的人物语言和情节中，引发观众对现实的深层思考，产生了寓教于乐的效果。

这部剧的喜剧性风格首先体现在诙谐的语言上。剧作开头，从花茂村广播里传出一则开会通知："太阳已经晒屁股了，还赖在床上，快来开会了……"俚俗的通知语言也从侧面反映了村子因长期缺乏有效管理而形成的村民懒散、干部不积极的无纪律状态。扶贫干部初下乡时，当车子准备经过颠簸的路段，王隆学的"抓紧啦，要开船了"一语形象地道出了进村山路的崎岖，同时也预示着驻村扶贫干部将面临各种工作考验和挑战。另外，滑稽的情节和人物关系也给这部剧增加了喜剧效果。比如，当领导前来视察工作时，唐万财为举办热烈的欢迎仪式做足了准备，却不想当天何老幺带着列队的小学生喊错了口号。唐、何两人的举动在引人发笑的同时，也包含着对现实中形式主义风气的戏讽。

综上所述，扶贫题材电视剧《花繁叶茂》遵循现实主义创作路径，运用艺术化的手法，生动再现了西南地区的乡村建设历程。该剧在人物形象的塑造、乡村转型图景的书写和叙事策略上别具匠心，实现了精神价值、艺术追求和市场需求的自然缝合，让观众通过电视剧这一具有独特魅力的影像形式，感受到新时代乡村焕发的新生机，也能体会脱贫攻坚的伟大和艰难，从而使其获得深刻的审美体验和精神共鸣。在脱贫攻坚成为重大主题和艺术创作热点的今天，具有创新精神和独特审美风格的《花繁叶茂》，对扶贫题材影视作品的创作有着积极的启示意义和参考价值。

**参考文献：**

[1] 戈特霍尔德·埃夫莱姆·莱辛．汉堡剧评[M].张黎，译．上海：上海译文出版社，1981.

[2]丹尼尔·贝尔．资本主义文化矛盾[M].赵一凡等，译．北京：生活·读书·新知三联书店，1989.

[3] 史春晖．农村题材电视剧艺术特色研究综述[J].电影文学，2012（17）.

2021 年《名作欣赏》第 15 期

# 脱贫攻坚主题电视剧的现实书写与创新表达

## ——以《花繁叶茂》为例

兰健华

**摘要**：作为国家广播电视总局推出的脱贫攻坚重点剧目，《花繁叶茂》以富有时代内涵的艺术表现手法将镜头对准脱贫攻坚行动中的基层干部，以现实主义的创作方法带领观众去触及脱贫攻坚的真实肌理，以“接天连地”的艺术表达打通全年龄层观众，获得了主流媒体和大众的双重认可。

**关键词**：《花繁叶茂》；脱贫攻坚；主题电视剧；人物塑造；现实主义

当前，脱贫攻坚国家战略已经进入决战决胜、全面收官的关键阶段，而脱贫攻坚主题电视剧随之成为当下荧屏上的一个视听热点。作为国家广电总局推出的脱贫攻坚重点剧目，《花繁叶茂》以欧阳黔森创作的报告文学《花繁叶茂，倾听花开的声音》作为故事原型，讲述了贵州省枫香镇花茂村、纸房村和大地方村等地在脱贫攻坚国家战略的支撑和带动下由贫困村到小康村再到“百姓富、生态美”的蜕变过程。该剧以花茂村村支书唐万财和驻村第一书记欧阳采薇的脱贫工作为故事的主要切入点，具象展现了新时代干部群众战贫困、奔小康的生动故事，深度描摹了贫困地区和贫困百姓在脱贫攻坚行动中物质生活和精神风貌的转向和变迁脉络，向观众呈现了脱贫攻坚背景下贫困百姓脱物质贫以致富、脱精神贫以致强的壮美画卷，谱写了一曲新时代农村建设发展的山乡巨变之歌。

## 一、干部形象的另类书写

作为一部脱贫攻坚主题电视剧，《花繁叶茂》以富有时代内涵的艺术表现手法将镜头对准脱贫攻坚行动中的基层干部，向观众细致地展现了新时代基层干部无私奉献、克己奉公、勇于担当的精神。不同于传统主旋律电视剧中干部形象“英模化”“公仆化”“能人化”的塑造方法，《花繁叶茂》以“人性”作为创作的出发点和切入点，深入挖掘基层干部背后一体多面的性格特征，让他们褪去政治的“外壳”置身于现实生活当中，展现他们平凡而真实的思想状况、情感世界和生活追求，以及他们平凡中不平凡的一面，填补了传统主旋律电视剧中干部形象“扁平化”的塑造缺陷，呈现出“不拔高”的美学特征，与观众建立了一种基于现实生活的情感关联。

所谓“扁平化”，是相对于“圆形化”而言的，这两个概念都取自于英国批评家福斯特（E. M. Forster）的《小说面面观》。他认为，故事人物可以划分为扁平和圆形两种。“扁平人物”又可称为性格人物或漫画人物，单一化、纯粹化和平面化是这种人物的主要特点。而“圆形人物”则是立体的、复杂多面的。正如福斯特所言：“一个圆形人物必能在令人信服的方式下给人以新奇之感。如果他无法给人新奇感，他就是扁平人物；如果他无法令人信服，他只是伪装的圆形人物。圆形人物绝不刻板枯燥，他在字里行间流露出活泼的生命。”[1]可以发现，在传统主旋律电视剧中，许多创作者习惯以一种自上而下的视角去对干部形象的优点进行集中展现，

[1] 福斯特：《小说面面观》，苏炳文译，花城出版社，1984，第64页。

甚至赋予其超我人格，而对人物的缺点却避而不提，导致人物缺少应有的棱角和现实性。久而久之，这种习惯性的美学眼光使干部形象几乎成了一成不变的符号，缺乏应有的丰富性和吸引力，给观众留下单一、平面且乏味的刻板印象。而《花繁叶茂》则努力突破这种模式，试图以圆形人物的塑造方法为观众生动刻画出新时代基层干部的新形象，令观众能够根据自身的生活经验和情感经历去体验基层干部的真实生活，感受人物的真实心理和情感，理解基层干部无私奉献、克己奉公的行为动机。

以主人公唐万财为例，创作者并未刻意凸显其村支书的政治身份，而是努力回归生命个体，向观众呈现了一位从乡村中走出来的农民、丈夫及父亲形象，赋予其深厚的人性温度。于公，他敢闯敢干、能力突出、机灵聪慧，是一个具有大局意识的好干部。他为了给村民树立榜样，第一个在“三改三建”中主动拆除自家涉嫌违建的偏房，第一个在农业产业园建设中同意流转自家土地。于私，他思想陈旧固执、见识短浅，不愿儿子在村里创业，对电商等“新玩意儿”嗤之以鼻。同时，他还带有典型的大男子主义气息，对前妻潘梅和驻村第一书记欧阳采薇带有一定的偏见，认为女性不该拥有自己的事业，只能照看老小、织布耕田。这种人物性格的强烈反差，既有着严谨的现实根源和生活逻辑，又使人物流露出了浓烈的人性和个性色彩，赢得了观众的信赖和喜爱。

为了弥补唐万财视野和性格上的局限性，创作者还巧妙地将原著中花茂村驻村第一书记由男性改为女性。这种创作手法既凸显了人物的关系张力，也让观众得以切身感受女性扶贫干部的真实生活状态。剧中所塑造的花茂村驻村第一书记欧阳采薇是一位富有理想、见多识广、视野开阔，一心想要干好扶贫事业的驻村女书记。但创作者并未着重对其能力进行刻画，而是从女性的角度出发着重展现其与村民相处的过程，深度描摹女性在扶贫工作中所散发出来的性格光芒。创作者既向观众展现了欧阳采薇在扶贫工作中刚强的一面：因为腿脚不便，她拄着拐杖也要到镇政府向乡亲们解释土地流转政策；因为扶贫，她可以放弃普通女性向往的爱情。同时，也向观众展现出了她柔软的一面：她因为被唐万财误解，在破旧的房间暗自流泪；她因为压力缠身，独自一人站在高台向花茂村的夜色倾吐自己的心事。这样全方位的展示，为观众生动立体地还原了一位可敬可亲、知性动人的女干部形象，打破了观众对扶贫干部的刻板认知。

## 二、脱贫攻坚的现实描摹

脱贫攻坚的主题呈现有赖于现实主义创作方法论的支撑，它要求创作者从人民群众最关心、最关注、最期待的问题出发，去发掘脱贫攻坚中那些可歌可泣、感人至深的故事，描摹出脱贫攻坚中人们的种种际遇、命运变迁和观念转变，让观众以“在场者”的身份去触及脱贫攻坚的真实肌理。《花繁叶茂》以现实主义的创作方法聚焦贵州省枫香镇花茂村、纸房村和大地方村等地脱贫攻坚的艰辛历程，力求向观众全景式展现新时代新农村建设中所出现的一些新现象，以及脱贫攻坚过程中所出现的一些新问题。其中既有对政治层面的观照，也有对民生层面的探讨。先就政治层面而言，剧中将扶贫干部是否到基层“镀金”、官僚形式主义作风、扶贫工作重宣传不重结果等政治问题搬上了荧屏。这些问题不仅凸显了经典现实主义理论的核心理念——对社会进步的渴望和对社会问题的批判，也使该剧在对现实的反思中完成了对主流价值观的深耕，表现出了强烈的现实意义。

在民生问题的展现上，《花繁叶茂》选择以现实作为创作根基，把握当下农村社会发展变迁的总体状况，着重对当下农村空壳化、“三改三建”、土地流转、易地搬迁等重大问题和现象进行具象展现，让观众切身体悟脱贫攻坚“硬骨头”的难啃之处。通过这些问题和现象，脱贫攻坚中人们的种种际遇、命运变迁和观念转变得以细致展现，同时也使剧中所塑造的矛盾冲突具备了现实的合法性。

脱贫攻坚离不开对农民群像的展现。以往许多电视剧，尤其是农村题材电视剧为了迎合观众的娱乐需求，习惯以一种小品化、喜剧化、审丑化的方式去塑造农民群像，刻意凸显他们在语言、行为等方面表现出的滑稽、荒唐，甚至是愚昧的特点，在一定程度上扭曲了观众的认知。而《花繁叶茂》则努力突破这种娱乐化的创作模式，将镜头聚焦农民的心灵史，为该剧注入了厚重的思想深度。《花繁叶茂》主要集中于对“贫农”和“中农”两类农民群像的塑造，意在向观众展现他们朝“富农”转变的过程。以孙大嫂和小翠等人物为代表的“中农”，虽然有着爱占小便宜、自私自利的缺点，但也有着坦诚、善良、真实的优点。创作者之所以将他们的缺点暴露给观众，一方面是为了让人物更加生动立体，更加贴近现实生活；另一方面，则是为了具象展现脱贫攻坚给他们思想和精神上带来的转变，而不是流于对他们物质生活改善的呈现。在对马老三和王富贵等“贫农”形象的塑造上，创作者抓住了他们致贫的现实根源——懒惰，以及“等靠要”的落后思想观念。但需要指出的是，创作者并未以居高临下的姿态去对其进行批判，而是以人文关怀的视角去展现他们在扶贫干部“不抛弃、不放弃”的精神感召和帮扶下，思想由“要我脱贫”到“我要脱贫”的内在觉醒过程。这种创作手法不仅向观众完整呈现了贫困百姓的思想进化史，更进一步彰显了各级扶贫干部的坚守与艰辛，让观众切身体会到扶贫干部的不易。

## 三、“接天连地”的艺术表达

《花繁叶茂》的成功之处不仅在于它生动完整地还原了脱贫攻坚的艰

辛历程，也在于它将原本宏大且严肃的主题以一种“接地气”的方式表述出来，获得了不同年龄层观众的追捧和喜爱。《花繁叶茂》一经播出收视率就一路飙红，同时在豆瓣、B站等年青一代观众群体集聚的互联网平台上也有着极高的点击率和评分，成功实现了“破圈”。那么，《花繁叶茂》究竟是如何突破年青一代观众对主旋律电视剧的刻板印象，与其达成“最大公约数”的呢？这或许是因为该剧在艺术表达上做到了“接天连地”。

所谓“接天连地”，在该剧监制徐春萍看来，是指“重大主题的表达和老百姓需求的连接，也是指艺术创作和现实生活的连接”[1]。毋庸讳言，电视剧创作必须与现实生活相连接，正如罗伯特·麦基（Robert McKee）所言：“一部伟大的作品是一个活生生的比喻，告诉我们‘生活就像这样’。”[2]但电视剧创作又不能只是简单对生活进行描摹，它还需要满足观众的娱乐、审美和情感需求，因而必须通过各种手段去感召观众、感动观众，力求与观众形成共情、共鸣和共振。只有这样，才能获得观众的喜爱和认可。

不同于以往许多电视剧将中老年观众群体作为主要受众的创作策略，《花繁叶茂》在创作之初就将年轻受众的观剧喜好纳入了构思范畴。首先，在叙事结构上，《花繁叶茂》以花茂村村支书唐万财和驻村第一书记欧阳采薇的脱贫工作作为故事主线。二者不仅出身背景不同，年龄差距也很大。这种角色搭配本身就具有强烈的戏剧性：一方面，城乡二元化的观念差异决定了他们看待事物的角度不同；另一方面，不同代际之间的思维差异决定了他们处理事物的方式不同。而这二者相结合所产生的矛盾，恰巧是当

[1] 何勇海：《扶贫剧“破圈”要靠接地气》，《重庆日报》2020年6月5日。

[2] 罗伯特·麦基：《故事：材质、结构、风格和银幕剧作的原理》，周铁东译，中国电影出版社，2001，第18页。

下年轻受众的关注点。因为他们在工作中，以及与父母相处的过程中也时常会面临这种矛盾。创作者正是以此为切入点，激起年轻受众的讨论和持续性关注。此外，创作者为了获得年轻受众的认同还在剧中安排了另外两位年轻的扶贫干部，意图用他们的身份、理想和信仰去强化艺术表达的公众性，激发了年轻受众的情感共鸣。其次，该剧运用了“深度喜剧”的类型化叙事手法。在这一叙事策略下，通过各种设置来让人物和情景发生合情合理的反应，从而彰显故事的喜剧性。这种叙事手法既使故事具备了观众喜闻乐见的活泼形式，也让电视剧保留了深刻的思想内涵。最后，该剧以诗意的镜头语言聚焦新农村建设的新风貌，为人物和故事的展开营造出了一种诗情画意的良好氛围，增加了该剧的艺术韵味和美感。这种“接天连地”的艺术表达正是《花繁叶茂》打破不同文化“圈层”和打通全年龄层观众的主要原因。

**2020 年《电视研究》第 11 期**

# 不忘来时路　方知向何行

## ——电视剧《伟大的转折》播出引发热烈反响

牛梦笛　吉韵光

近日，38 集重大革命历史题材电视剧《伟大的转折》在中央电视台综合频道黄金档播出后，不仅收获了高收视率，还赢得了观众的良好口碑，受到不少观众的追捧。有观众看完该片后激动地表示：“我们要铭记历史，继续把这份革命情怀传承和弘扬下去，不辜负革命先烈为我们创造的伟大时代。”

2019 年 10 月 23 日，由中宣部文艺局、国家广播电视总局电视剧司、中共贵州省委宣传部共同举办的电视剧《伟大的转折》研讨会在北京召开。与会专家一致认为，该剧是一部有深度、有高度、有创新的匠心之作，时代主题鲜明，具有很强的感染力与时代价值。该剧以极具代表性的节点事件为切入口，以小见大、见微知著地展现了中国工农红军的精神风貌和顽强的奋斗精神，实现了思想性、艺术性的统一，是近年来重大革命历史题材电视剧的上乘之作。这部剧的成功创作以及播出后的反响对今后类似题材的创作有着重要启示。

## 一部用细节雕琢历史质感的正剧

电视剧《伟大的转折》充分利用现代影像的声、光、电，真实地反映了湘江战役的惊心动魄、强渡乌江和四渡赤水的波澜壮阔，制作精良，战争画面宏大，不但让观众看到了先烈们为实现理想流血牺牲的历史画面，而且唤起了观众对英烈的缅怀。

一部优秀作品的诞生，离不开实力雄厚的幕后制作团队与演员团队。《伟大的转折》由欧阳黔森担任总制片人和编剧，导演李伟出任总导演，侯京健、许敏、王韦智、马晓伟等实力派演员领衔主演。

谈及创作初衷和宗旨，欧阳黔森说，他们希望能讲好红色故事，传承好长征精神。“在中华民族伟大复兴的新征程中，全国人民万众一心，像当年红军一样，拥有大无畏的革命精神，勇往直前，战无不胜。”2005年，为了创作小说《雄关漫道》，欧阳黔森就曾跋山涉水重走长征路，之后又走了很多次。他熟悉长征的真实历史，也熟悉如今生活在长征沿途土地上的人民。这位出身地质队的作家，一直笃信“扎根于人民”才是文艺创作的灵感和动力。欧阳黔森说：“《伟大的转折》从去年12月底开机到今年正式播出，仅仅用了8个月时间。整个拍摄过程可谓紧锣密鼓，同时也发生了许多‘几天都说不完’的感人故事。”军装、草鞋、枪剑、子弹袋……每一件服装、每一个道具都要经过严格而慎重的“历史考证”，才能正式上身、入镜；拍摄雪地行军戏，摄制组肩扛手提，把重达几百斤的摄影器材和枪炮道具一件件运送到山上山下。谈及《伟大的转折》的拍摄过程，联合制片人莫江涛分享道：“电视剧《伟大的转折》始终坚持‘以精品奉献给人民’的原则，拍摄期间克服重重困难，尊重历史实景拍摄，逢山开路、遇水搭桥，冒大雪、攀高峰，历经130余天紧张的外景拍摄。在创作过程中我们始终坚持用细节雕琢历史质感，用精品史诗致敬长征精神。”

前不久刚追完该剧的北京师范大学学生邵文灿激动地说：“在《伟大的转折》里，我看到了更加真实立体的领导人形象；沉浸在故事的悲欢里，真切感受到红军长征的艰辛和如今美好生活的来之不易。”

## 用生动故事呈现长征全貌，引发观众共鸣

《伟大的转折》以红军长征为背景，真实刻画了黎平会议、猴场会议、遵义会议、苟坝会议、突破乌江、四渡赤水等历史场面，讲述了毛泽东等革命元勋在红军长征途中自“通道转兵”以后，指挥中央红军以东西驰骋、南北往返高度灵活机动的战略战术，最终粉碎数十倍于红军的国民党军围追堵截而使红军突出重围的故事。

中央党史和文献研究院院务委员、重大革命历史题材影视创作领导小组成员陈晋认为：“《伟大的转折》和以往长征题材影视剧不同，聚焦遵义会议前后，中国共产党和中央红军实现历史转折的具体过程，紧扣转折这一重大历史主题，把过程呈现得环环相扣、跌宕起伏、可歌可泣，由此在宏大叙事中有了一种史诗剧的气势。”

一部作品能否取得成功，艺术策略的选择至关重要。而重大革命历史题材电视剧由于其题材本身的特殊性，应该更加重视史实的真实与史料的严谨。中国电视艺术委员会编辑部主任李跃森谈道：“这部作品的主创团队善于用历史本身的戏剧性来结构故事，将历史进程本身所具有的史诗性通过复杂多变的情节、场景和主人公的具体选择体现出来，同时用战争的残酷、敌我力量对比带来的巨大压迫感强化戏剧性，发掘出主人公身上荡气回肠的精神力量。”《伟大的转折》里生动的故事情节也让观众在观看过程中仿若身临其境，在贵州省六盘水市市民何远竹看来：“我看到了历

史课本之外的很多鲜活细节，红军战士突破艰难险阻、冲出重围，在困境中急中生智，群策群力，为多数人的幸福生命流血牺牲，让我深受触动。”为何《伟大的转折》作为一部重大革命历史题材电视剧，能跨越时空，挖掘人物的精神内涵，挖掘历史的时代价值，从而引发观众的强烈共鸣？李伟说：“我们不能为拍电视剧而拍，而是应该肩负起我们文艺工作者的文化责任感，让观众在娱乐和欣赏之中，感受到历史的价值，这也是我接下这部剧的原因。”

## 用信仰的力量创造历史，感动当下

《伟大的转折》不仅是一部展现中国共产党带领人民军队和群众走向正确道路的历史革命题材电视剧，更是一部将历史课本中的革命领袖栩栩如生塑造出来的人物群像集。在《求是》编审孙珉看来：“在信息丰富、深入、纷杂的文化背景下，引导观众树立正确的历史观显得尤为重要。本剧体现了忠实于历史的科学态度，在重大历史节点上交代清楚，对历史意义的表达也清晰得当，体现了严肃认真的优良创作作风。”

李伟表示“本剧至少有四点现实意义：一是展现红军在困难中勇敢地站起来，对生命、革命和信仰的追求；二是反映出中国共产党勇于修正错误，不断在历史中前进，最终取得胜利的伟大觉悟；三是雕刻出丰满的毛泽东形象——他的乐观主义精神一直感染着人们前进；四是领袖的作用不可低估——毛泽东最先看到前进的方向，这与现实有着巨大的呼应。”

正是剧中真实还原的情景与感人至深的历史故事，体现了《伟大的转折》里中国共产党人的崇高信仰。在拍摄过程中，为了更加真实地展现艰苦的红军长征条件，剧组要求每个演员都穿草鞋拍摄。整个剧组在拍摄期间用了两万五千余双草鞋。在松桃县拍摄时，村民们看剧组拍摄环境真实、故事感人，自发拉起了“欢迎红军回家”的横幅，让剧组成员十分感动。李跃森指出：“《伟大的转折》成功的关键就在于把历史精神潜藏在历史细节和人格魅力之中。它也生动地证明，历史的魅力在于它的复杂性和不以人的意志为转移，但在特定的时代条件下，信仰可以成为历史进程中具有决定性的力量。”

电视剧《伟大的转折》的播出，对于贯彻落实习近平新时代中国特色社会主义思想，弘扬伟大长征精神、不断走好新时代长征路具有重要意义。中国文艺评论家协会主席仲呈祥表示：“这部电视剧艺术地再现了历史，揭示了要坚持实事求是的思想路线，要坚持独立自主、维护领导核心等思想，这些都是我们今天在实现中华民族伟大复兴当中所需要汲取的重要精神资源。”

**2019 年 10 月 24 日《光明日报》**

# 后革命时代革命历史题材影视的话语建构

## ——基于电视剧《伟大的转折》的叙事学考察

兰东兴

在中华人民共和国成立70周年前夕，央视综合频道在这个特殊的时间节点展播38集电视连续剧《伟大的转折》，讲述了中国工农红军长征途中在遵义召开中央政治局扩大会议前后的那段决定党和红军命运的历史。观看之后让人明白，这段历史并未尘封，它已融入中国共产党的血液。

### 一、叙事原则：当代背景下的历史书写

关于长征题材的影视作品已有很多，人们对于遵义会议的故事也不陌生，而要用影视作品将一个熟悉的话题再度创作，达到吸引观众的效果，需要解决很多问题。

首先，客观存在的历史不能改编，却要实现内容创新。中国古代对历史小说创作有精辟的论述，可观道人在《新列国志叙》中说："虽敷演不无增添，形容不无润色，而大要不敢尽违其实。"80多年前召开的遵义会议，其原因和结果，主流历史已记录得非常清晰。遵义会议召开的时间和地点、参加会议的人物、会议做出的决议等，都有当事人的回忆和文献记载，任何文学艺术作品都不能随意编造。在这部电视剧中，对重大史实、重要人物、

无争议的时间和地点、有定论的观点，创作者均未做改动，这既是对基本史实的尊重、对主流价值的尊重，也是对观众的尊重。

但是，从影视观众的心理而言，对自己熟悉的历史信息往往缺少继续观看的兴趣，对形成刻板印象的认知也不愿意接受简单的改动。就影视剧创作而言，不能仅仅停留于对历史简单的视觉呈现，对故事、情节和人物关系等的创新，几乎是其根本属性和本能的冲动。从叙事学理论而言，认为历史是对过去发生的客观事实的表述，表现为文本，客观事实本身不是历史。正如克罗齐所说，所有的历史都是叙事，不存在叙事的地方就没有历史。在他们看来，历史的真实看似是事件本身的真实，其实是表述者秉持客观的态度，恰当运用符号，对发生的事实所做的记录。正如海登·怀特所说："叙事的客观性是通过所有叙事者的关涉物的不在场来定义的。"[1]"不在场"，不是叙事者不在事件发生的现场，而是对所叙之事保持距离。该剧在文献资料和当事人的回忆录之外，补充了历史人物的活动细节，增添了中共贵州地下党组织的材料，展现了红军基层官兵的精神状态。这不仅没有削弱该剧的客观性，没有妨碍其历史剧的性质，而且使过去扁平化的历史书写变得立体，使过去单线索叙述历史的手法变成多视角。

其次，违背对历史的基本评判，却改变了叙事重点。关于话语的意义，叙事学从来都不认为只停留于语义，有的人以说什么或怎么说来判断，有的人通过话语间性去分析，还有人从叙事的结构和节奏去观察。既然观众知道历史上召开过遵义会议，该剧就把重点放在引导观众去思考为什么召开遵义会议上；既然观众知道遵义会议确立了毛泽东在红军中的领导地位，那就通过详细叙事陈述为什么能成功召开遵义会议；既然观众知道遵义会议纠正了"左"倾路线，那就侧重于叙述遵义会议为什么能贯彻执行。遵义会议做出的结论则被一笔带过，语义就蕴藏于叙事的详略取舍之中。

再次，不改变影视剧的叙事传统，却巧妙运用画面语言。该剧以湘江战役失败开篇，与其说节省了影视剧拍摄战争场面的经费，不如说是创作者不愿意把血淋淋的惨象呈献给观众。该剧的创作主旨不是为了表达革命曾付出巨大的流血牺牲，而是指向中国革命的初心、中国共产党人的信仰。第一集从中央红军转兵湖南通道开始叙事，接着叙述到贵州黎平后召开中共中央政治局会议，然后叙述到贵州瓮安猴场后再次召开会议，再叙述遵义召开的中央政治局扩大会议，毛泽东在中央和红军的领导地位得以确立，党和红军出现了历史转折，开启新的征程。

在以时间为线索的叙事中，观众直观地看到毛泽东的建议从被拒绝到被采纳，他从权力的边缘一步步进入领导核心。而转换一个视角又会发现：毛泽东的地位变化不只是因为长征中敌我形势的变化所致，关键是中共领导层对长期执行的路线在认识上发生转变，是集体的觉悟。

一方面，无论小说、戏曲，还是影视纪录片和故事片，都很忌讳创作者直抒观点。中国古代有一位笔名为“蛮”的评论家在《小说小话》中说：“最忌掺入作者论断，或如戏剧中一脚色出场，横加一段定场白，预言某某若何之善，某某若何之劣，而某人之实事，未必尽肖其言。”[2]该剧的创作者没有直接提供观点，观众通过细腻的叙事，隐约体会到遵义会议本身不是党和红军的历史转折，而从叙事情节中认识到遵义会议之所以能够成功召开，其实是中国共产党在探索革命道路的过程中付出高昂代价换来的，是先进的中国共产党人抛却私心和坚守初心的结果。遵义会议之所以成为党和红军的历史转折，是因为在革命的大熔炉中经受血与火的洗礼之后的中国共产党形成了以毛泽东为核心的领导集体。

另一方面，电影或电视和其他文艺作品一样，都离不开意义表达。在意义表达时，“表演不是主要的，意义是在上下镜头的联系中产生的，不同的画面可以组合在一起，并产生隐喻”[3]。该剧充分运用影视画面的组接来表达意义，画面中红军在遵义会议前后的精神面貌、党和红军的高级领导言行举止直接传达意义，画面的构图和组合间接表达意义。该剧作为新中国成立 70 周年的献礼片，对遵义会议召开之前的红军生存状态的叙述，对中共中央高层领导艰难抉择的铺叙，对四渡赤水酣畅淋漓的记录，“既是一种表达方式，也是对事实的解读”[4]。观众从这部电视剧中不难得出一个结论：错误的路线和决策会断送革命成果，英明的领袖会使领导集体迸发出巨大的能量，健康的组织是决策得到贯彻的保障。

## 二、叙事策略：国家叙事主导下兼顾民间叙事

正如特里·库克所言：“无论我们喜欢不喜欢，我们生活在后现代社会里。”[5]后现代社会是价值观多元的社会，反对一切形式上的元叙事，关注“他者世界”和“他者声音”。也有人把现在所处的时代称为市场时代或后革命时代，社会阶层分化加剧和社会功能多层化，“文化越来越听从市场逻辑的支配，而不听从先验理论逻辑的支配，主流文化在失去对文化市场的掌握权的同时，也在失去对历史叙事的特殊解释权”[6]。文学艺术作品表现出多元叙事占据主导地位，叙事策略转向以市场为主导的消费性书写，影视剧不乏对红色文化以消费性视角来建构主题。甚至有人认为后革命时代的“后”，一方面是在革命历史及革命的意识形态占据主导地位之“后”，另一方面是对革命的历史及其意识形态的反思甚或批判，叙事中的反思抑或批判革命的话语占据主导地位。[7]

中国工农红军长征和遵义会议发生在 80 多年前，今天的人们了解那段没有留下影像的历史，只能借助于传说、口述、文献记录、珍贵的照片和实物。当年留下的会议决议和实物只是客观事实；传说、口述、回忆录

和照片都是用符号对当时事件的意义建构，它尽管在时间上与这部电视剧建构意义有先后，但在本质上没有区别。创作者在今天制作这部电视剧，不可能只满足于对那段历史用光影重现，它表现出来的人物形象、叙述的长征故事其实在建构意义，是当代人与那段往事相遇时的表述。从理论上讲，“当人与某个未知的、危险的、以前非常遥远的东西狭路相逢的时候”，“人、地方和经历总是可以通过书本而得到描述，以致书本（或文本）甚至比它所描述的现实更具权威性”[8]。但是，描述总是带着时代烙印的描述，即使最接近真相的历史描述也在建构描述者的主题。

该剧第一个原则就是坚持主流叙事，回应民间多元价值。创作者为何要再现这段往事？再现往事选取哪些片段？用什么线索把片段串起来？这就建构了意义，形成了自己的话语。

该剧的在叙事中更多地观照了民间态度，屏幕上的博古（秦邦宪）等“左”倾路线推行者不再是曾经描述的那样冷血，他们对红军战士一批批倒下的场面也心痛如绞，他们在革命巨大牺牲之后也在反思和纠正错误。从剧中看到毛泽东等伟大领袖积极努力促成遵义会议，还看到曾经的“左”倾路线推行者不断放弃教条主义，他们都有共产主义信仰，都有同样纯洁的初心。该剧叙述遵义会议之后毛泽东指挥土城战斗失败，还原了真正的历史，无损毛泽东的形象。中央没有因为毛泽东指挥一次战斗的失败而轻易撤销其职务，足以说明遵义会议做出的决议的严肃性，足以证明党中央严格遵守会议决定。创作者淡化遵义会议本身而对会议召开前后详细叙述，采用了既符合主流价值又符合平民认知的叙事策略，兼顾了消费传播的大众心理。

今天已进入后现代社会，对革命的认识置于后革命时代成为常态。中国进入以消费为主导的社会发展阶段，社会高度商品化，社会生活高度娱乐化，社会思想高度平面化，影视作品就不可无视当下的消费风潮。在这样的社会氛围中，革命历史无法改变被消费、想象、改写的命运，革命的资源与回忆以被改编的方式搬上屏幕不可回避，在消费主义笼罩下就会孕育出“后革命之花”。文化无法完全超脱市场逻辑的支配，不能完全受制于先验理论逻辑的支配，国家叙事在失去对文化接受者绝对掌控权的同时，就要俯身靠近民间叙事，改变对历史叙事的传统策略。近几年来，以革命历史为题材的国产大片和电视剧不断推出，展现出后革命时代的影视叙事特点，为后革命时代的革命叙述提供了新的方法和路径。该剧借鉴了很多后革命叙事的历史影视剧的经验，仍关注历史本体，一如既往地在主流意识形态下重构历史文本，同时兼顾个人化和民间化的历史叙述，对遵义会议之所以能够成功召开、遵义会议的决议之所以能得到贯彻执行做出了富有时代特征的叙述，从而赋予了共产党人新的面孔和遵义会议新的意义。其叙事策略总体上仍沿袭国家主流话语叙事，对伟大的长征坚持严肃主题，伟人的气质、红军的精神、蒋介石和地方割据势力的军队的形象基本上定格在传统的框架之中，观众没有看到颠覆性的形象；又巧妙地融入当下民间话语，改变曾经的“一元化”单一的革命叙事模式，兼顾展现革命历史书写的社会价值的多元性。在刻画遵义会议前后的历史时，对共产党的领导和红军官兵的内心世界用平民视角观察，从平民的价值取向去体察那一代共产党人的情怀，使观众在消费性收看中结合自身去感受革命道路探寻的艰辛。

该剧的另一个原则就是采用显性的国家话语与隐性的民间话语的双重叙事，表现崇高的同时，满足文化消费时代影视的娱乐性。在对遵义会议历史的处理和表述中与当下的政治建设耦合，真实人物与虚构情节相互交融。

作为历史正剧，在失去了戏剧化效果的可能之后，世俗化、平民化的叙事至关重要。在观众不必牵挂人物命运和红军前途的观看心理下，必须实现剧中人物和观众的情感认知双重同构效应。该剧突出中共领导人物与环境的冲突、领导层之间的冲突、影响党和红军前途命运的人物内心世界的冲突。这些冲突增加了作品的艺术效果，这些冲突在纠缠中缓解和化解，促成了遵义会议召开，达成了遵义会议决议。这些充满后革命时代的叙事特色，完成了革命历史崇高品质的再现和后革命时代的革命历史世俗化的重构。一方面为观众重新揭开遵义会议历史的面纱，另一方面加大了我们探讨那个历史时期党和红军命运、共产党人初心、长征精神的政治想象空间。

在双重叙事的弥合下，通过党和红军的高级领导干部政治理想和个人情感、党的路线和现实处境叠加，深刻地演绎人情、人性和党性的关系。这种手法增强了历史的沉重感，拉近了历史与当下的距离。在剧中，观众看到了残酷的革命斗争和尖锐的党内路线斗争以及领导人物内心的思想斗争。该剧塑造的形象都胸怀大局，都牢记共产党人的初心，他们只是在探索革命道路时对国情和革命形势认识上存在不同，他们都可敬可爱，都有温度。在宏大的叙事中不失微观叙事，在国家叙事中不失民间叙事，在表现崇高时不失世俗观照。党和红军曾经发生的历史不容虚构，观众对结果已无悬念，但是在微观叙事上强化各种冲突的展开和化解，照顾到了媒介消费时代的审美趣味。

### 三、叙事技巧：外视角叙事中包含内视角叙事

选择以遵义会议为电视剧题材，一开始就使创作者面临四个难题：第一，观众对基本史实清楚，结果几乎失去悬念；第二，只能做成历史正剧，

不可戏说，创作空间小，增加故事性和趣味性不容易；第三，以会议为核心要素，没有战争片宏大的场面和视觉冲击力；第四，将已有定论的历史以影视的方式呈现，需要突破却又存在风险。

为了克服这四个方面的困难，该剧在叙事视角上做了精心设计。视角被西方批评家认为是叙事的规定性特点，[9] 因为处在故事与读者之间的是叙述者，他叙事的视角决定着讲什么和让人怎么看。

该剧的题目为“伟大的转折”，转折点是遵义会议。转折只有在前后比较中才能充分体现。所以创作者没有急于对遵义会议进行直接记录，而是从红军在湘江战役失败后开始叙事。以此作为叙事的起点，一是因为稍有历史知识的观众都知道最终结果却未必知道细节，通过增加细节以满足观众的心理期待；二是通过突出毛泽东、彭德怀等人和“左”倾路线推行者之间的矛盾，从而形成观众的情感和剧中残酷的生死存亡之间的对立。中国古代小说叙事有“百折千回法”，读者越是急于了解就越是故意延宕，令人心痒难熬。该剧在讲述中央红军遵义会议之前那段惨痛历史的时候，创作者以观众之外的视角叙事，刻意使用非常缓慢的节奏：红军人数在湘江战役后从 8 万多人锐减至 3 万人，李德无视红军将士的牺牲仍固执己见，博古没有勇气冲破教条束缚而面对现实一筹莫展，毛泽东机警睿智却没有决策权，周恩来和朱德等红军将领明知不可为而只能为之，广大官兵慷慨赴死却做着无谓的牺牲。观众希望剧情快速推进，而镜头却几乎滞塞凝固。这种刻意制造出的剧情和观众的心理在观剧的过程中形成冲突，使观众既想跳出剧情却又深陷剧情之中。观看剧情的憋屈心理与中国革命这段憋屈的历史奇妙地达到高度统一，由此而使观众在昏沉的画面观看中深刻理解革命先辈在危急时刻的艰难抉择。当剧情推进到红军占领遵义城的时候，观众的心情如释重负，期待电视剧最核心的部分出现。当遵义会议确定了毛泽东在中共中央和红军的领导地位后，创作者又叙述土城战斗失利，毛泽东再次陷入舆论旋涡，观众对结果又产生不确定性，这种不确定性就是创作者站在观众之外特意设置的。

评判一部影视作品是否为历史正剧，主要根据两条标准：必须忠实于客观事实；对待历史必须用严肃的态度。严肃的态度本质上是叙事者的态度，而这个态度又是通过叙事来实现的，表现为剧中当事人看待事件的立场、处理人物关系的方式和解决问题的手段等。毛泽东对第五次反"围剿"以来的军事路线持否定态度，彭德怀拒绝接受最高军事指挥官李德决定时怒骂，刘伯承提醒红军战士砍伐当地老百姓楠竹后记住留下银元，第三军团参谋长邓华牺牲后许多中央领导都眼含泪水……这些是长期以来国家叙事的立场，具有外视角叙事特征。博古听到各军团上报湘江战役牺牲人数后痛哭，张闻天和王稼祥等人不遗余力促成遵义会议召开、毛泽东和周恩来在四渡赤水的过程中也不能确定最后的结果……这些是今天民间叙事假设身处其中的历史描述，具有内视角叙事的色彩。

该剧最核心的内容是遵义会议，采用外视角叙事便于调度观众情绪。在讲述遵义会议召开之前的历史时，故意延宕情节以蓄积观看的期待心情，一方面消解观众对故事性的挑剔，另一方面也可增强观众对结果的探知欲望。观众寻求剧情答案的急迫心情和对革命前途焦虑的情感相互交织，模糊了影视剧与客观历史的界限，情绪随着剧中主人公的态度、人物之间关系的微妙变化而起伏。张闻天、王稼祥等人穿梭于周恩来和毛泽东之间，周恩来游走于博古和毛泽东之间，朱德纠结于最高军事长官李德和广大红军将士之间，博古徘徊于党员初心和当前处境之间，观众也漂游在电视创作者营造的艺术氛围与自己观看电视剧的现实环境之间。把对会议做出决定的叙述转变成对会议之前核心人物关系的叙述，会议的决定因此如水到渠成。观众的历史知识储备已经知道遵义会议的基本内容，通过该剧了解会议召开前的细节，能获得填补信息短板的满足感。

在外视角叙事中，又总能看到内视角叙事的影子。每一个中共高层领导都在经受灵魂的拷问，都在坚守党的组织原则和直面残酷现实的矛盾中挣扎。中央政治局书记博古尊重集体意见，同意召开政治局会议，建议在会上总结湘江战败的问题所在。因为张闻天与周恩来极力主张总结第五次反“围剿”的失败教训，博古服从党的组织原则，尊重多数人的意见，同意更改议题。周恩来深刻剖析自己执行“左”倾路线的错误，彭德怀直言不讳第五次反“围剿”以来的损失，张闻天和王稼祥客观回顾过去，朱德正视目前的严峻形势，刘少奇、陈云等同志都把党和红军的前途命运放在第一位，他们立体塑造了共产党员的群像。作为电视剧，不可能把这次会议转化成宏大场面；作为尊重历史的电视剧，不应该杜撰违背基本史实的人物冲突迎合观众的浅层次心理需求。创作者用当代眼光重新审视这段早已定性的中共党史，用内视角书写人们熟悉的这段中国革命史中人物的思想情感，开启了历史与现实、老一辈革命家和当代人的对话。在对话中重温历史、审视历史，并从对历史的重温和审视中实现观剧的娱乐、信息获取、思想引领等传播效果的耦合。创作者把观众带入一个顺理成章的结论之中——遵义会议能够顺利召开并取得具有转折意义的结果，充分说明当时党的政治生活依然健康，党的集体初心仍在。这种叙事技巧符合历史，又不局限于已有的历史叙述框架。

遵义会议之后的历史，今天很多人只知道党和红军有了毛泽东的领导，中国革命从此转危为安，但是并不清楚毛泽东领导地位的确立还经历了一个过程，更没有冷静思考遵义会议的决议能够得到贯彻的深层原因。该剧详细讲述了毛泽东的领导地位和新的中央领导集体的确立又经历了扎西会议、苟坝会议、会理会议等阶段。毛泽东在遵义会议上被确立为中央政治局常委，红军总司令朱德与政委周恩来才是真正的军事指挥者，周恩来为军事指挥最后下决定的负责人。毛泽东策划的四渡赤水摆脱蒋介石和军阀“围剿”，他的军事才能更加彰显，在周恩来的提议下，博古欣然同意由毛泽东领导全局。这在表面上是外视角叙事，其实是在引导观众以内视角去思考中国革命和中国共产党实现转折的历程。

今天，我们能够从电视剧中看到毛泽东的核心地位形成有一条清晰的政治逻辑。第五次反“围剿”和湘江战役失败，党和红军需要从斗争中成长起来的领袖力挽狂澜，毛泽东经过革命洗礼成为党的核心是时代的选择。毛泽东指挥土城会战失败，中央没有因为一次战斗的损失而改变遵义会议决议，最终成就了毛泽东军事指挥四渡赤水的杰作，观众能够从中真切理解复杂的形势需要灵活应变，更能从中深刻理解党的决议的严肃性。在这部电视剧中，观众不仅看到遵义会议结束了王明“左”倾路线，而且从细微的铺陈中体会到这一结果离不开中国共产党从未动摇的宗旨做思想保障，离不开党的组织原则做制度保障。“叙事的超真实”才是影像创作者追求的真正的“真实”。[10]

对每一位中共领导人细腻的叙述，让观众仿佛感受到共产党人一直坚守初心的温度，从而认识到遵义会议成功召开是一个必然结果，这样就间接地给出了遵义会议决议之所以得到贯彻的答案。

**参考文献：**

[1] 海登·怀特．形式的内容：叙事话语与历史再现[M]．北京：文津出版社，2005：4.

[2] 孙逊，孙菊园．中国古典小说美学资料汇粹[M]．上海：上海古籍

出版社，1991：171.

[3] 史可扬 . 影视传播学 [M]. 广州：中山大学出版社，北京：中国传媒大学出版社，2006：114.

[4] 兰东兴 .《伟大的转折》：伟大历史的当代书写 [N]. 光明日报，2019-09-18（15）.

[5] 特里・库克，刘越男 . 电子文件与纸质文件观念：后保管及后现代主义社会里信息与档案管理中面临的一场革命 [J]. 山西档案，1997（2）：7-13.

[6] 程光炜：“后革命时代”的中国现当代文学 [J]. 南方文坛，2002（4）：19.

[7] 赵牧 .“后革命”：话语与叙事・摘要 [D]. 上海：上海大学，2009.

[8] 爱德华・W・萨义德 . 东方学 [M]. 王宇根，译 . 北京：三联出版社，1999：123.

[9] 马丁 . 当代叙事学 [M]. 伍晓明，译 . 北京：北京大学出版社，1990：3.

[10] 周灵，张舒予，王莉莉 . 视觉文化语境中影像本体论的重构 [J]. 电化教育研究，2014（3）：26.

**2019 年《电影评介》第 18 期**

# 从《伟大的转折》谈起：贵州本土主旋律电视剧的意识形态抒写

王　峰　李安峰

电视剧兼容艺术的诸多元素，适应了电视广播发展的特点，是当下较受欢迎的影视形式。主旋律电视剧作为主流意识形态的话语表达，是传播社会主义先进文化的重要载体，具有较强的艺术感染力和鲜明的教育性。《伟大的转折》作为贵州出品的一部革命历史题材电视剧，聚焦遵义会议前后的历史，用真实的镜头再现了中国共产党和中央红军实现伟大转折的全过程，展现了共产党人的坚忍意志和非凡智慧。该剧将历史、艺术、思想融为一体，既有国家叙事的严肃性、地方叙事的严谨性，也有个人叙事的情感流露，向人们展现了共产党人坚定的理想信念和崇高的革命精神品质。该剧自 2019 年 8 月 26 日播映以来深受观众喜爱。“该剧是近期荧屏上出现的一部非常成功的重大革命历史题材电视剧，它所展示的伟大的红军长征精神和红色基因需要不断传承和发扬光大，它是激励一代又一代中国人为实现中华民族伟大复兴的中国梦而努力奋斗的伟大精神丰碑。”[1]

## 一、“心中有信仰，脚下有力量”

习近平总书记指出：“我们共产党人的根本，就是对马克思主义的信仰，对共产主义和社会主义的信念，对党和人民的忠诚。立根固本，就是要坚定这份信仰、坚定这份信念、坚定这份忠诚，只有在立根固本上下足了功夫，才会有强大的免疫力和抵抗力。”[2]信仰是人的精神之“钙”，没有信仰或者信仰不真、不坚定而出现动摇，就会缺“钙”。《伟大的转折》精心描绘了以遵义会议为中心的长征途中的一段英雄传奇，它以“转折”展现戏剧冲突的核心，通过诸多复杂激烈的斗争场景的再现，彰显以毛泽东为代表的共产党人和工农红军，无论遇到多大困难和牺牲，一直用生死存亡诠释信仰的力量，保持着饱满强大的战斗力，最终迎来了伟大的转折，创造了前无古人的历史辉煌。该剧以艺术手段成功塑造了毛泽东、周恩来等伟大人物的形象，让这些鲜明的人物形象在艰苦卓绝的革命斗争中展现出强烈的使命感，使国人感受信仰的温度和信念的力量。“让当代观众与革命理想的践行者通过电视剧进行跨越时空的对话，这种对话表面上就不是强加于观众的意识形态逻辑的对话，而是用艺术手段对信仰产生时空的重新还原。”[3]

在《伟大的转折》中，红军指战员将个人利益与党和国家的利益紧密相连，凭着对党的热爱、对和平的向往、对马克思主义的信仰，面对国民党反动派的一次次进攻，他们在极为恶劣的条件下，上演了可歌可泣的感人事迹，这种信仰的力量成为他们不怕牺牲的精神动力。据统计，红一方面军从江西出发时有 86000 人，抵达陕北时只剩下 6000 多人，长征路上平均每 300 米牺牲 1 名红军，每 14 人中只有 1 人到达陕北，他们靠的就是对真理的信仰。剧中对黎平会议、猴场会议、遵义会议的场景展现，再次让人们看到我们党在关键时刻始终没有丢掉对马克思主义的信仰和对共同理想的价值追求，并能够把马克思主义的基本原理和中国国情相结合，最终在坚持民主集中制的基础上独立自主地解决了军事和组织问题，赢得了长征的胜利，也让人们认识到我们党的领导者拥有非凡的智慧与坚定的信念。因此，该剧在描写信仰的温度时，情感真切、艺术逼真、充满真情。除此之外，我们从主旋律电视剧中都能找到主角或者团体身上信仰的力量，从《开天辟地》到《井冈山》，从《永远的战友》到《历史转折中的邓小平》，从《永远的忠诚》到《人民的名义》，等等，无不蕴含着这一特质。

## 二、爱党爱国，守初心担使命

《伟大的转折》注重以情感增加革命领袖的感染力，用现实主义的手法描写革命人物的心理世界，增加了人物形象的丰富性和层次感，展现了以毛泽东为代表的共产党人的崇高精神境界、高超的领导艺术和卓越的指挥能力，再现了中央红军在信仰的感召下，排除万难、浴血奋战、不怕牺牲和敢于斗争的精神。虽然长征刚开始时，毛泽东不是军事领导核心，但他始终把党的利益放在第一位，把红军的安危摆在第一位，心系中国革命的前途。支撑他的精神力量就是对党的热爱、对国家命运的担忧和不变的初心使命。红军终于依靠毛泽东非凡的个人魅力和智慧，在周恩来、王稼祥、张闻天等人的支持下，改变了行军路线而向贵州转移，最终转危为安。因此，以毛泽东为代表的中国共产党人，正是在爱党爱国的初心和使命的激励下，才一次次带领红军走出困境，由弱到强，最终取得革命胜利。该剧在塑造这些历史伟人形象的时候，采取现实主义和艺术表达相结合的手法，注重心理和行为描写，使人物显得饱满、真实和立体，让观众看到了一个个有血有肉的人物形象，从而增强电视剧的亲民性和感染力。

爱党爱国是凝聚民族意识的强大纽带，任何时候都应该强化，这是中华民族的精神核心，只有爱党爱国才能守初心。我们共产党人的初心使命就是为中国人民谋幸福，为中华民族谋复兴。近代以来，在半殖民地半封建社会之下，无数国人为改变这种社会性质而努力探索，最终，历史和人民选择了马克思主义和中国共产党。在党的领导下，我们进行了艰苦卓绝的斗争，每次斗争都让我们党的初心使命更加明确，尤其是红军的长征，更加坚定了共产党人的初心和使命，更加坚定了爱党爱国的信心。正如习近平总书记所说："近代以后，中华民族遭受的苦难之重、付出的牺牲之大，在世界历史上都是罕见的。但是，中国人民从不屈服，不断奋起抗争，终于掌握了自己的命运，开始了建设自己国家的伟大进程，充分展示了以爱国主义为核心的伟大民族精神。"[4]

## 三、弘扬社会主义核心价值观

主旋律电视剧承担着社会主义核心价值观的塑形任务，它"不但承担电视剧的现实作用即反映生活，更在一定程度上集中体现了当代社会文化价值观，并在传播过程中对其受众群体产生影响"[5]。它用影像和声音向人们再现了革命、建设、改革年代在坚定理想信念下的英雄主义、爱国主义和为人民服务的高贵品质，不仅为人们认识和感受历史提供了精彩画面，也符合当今社会主义核心价值观的精神内涵。《伟大的转折》基于历史的真实和艺术的表达，描述了共产党人的精神长征，再现了在党的领导下红军战士浴血奋战和艰难探索的"精神转折"，展现了共产党人的独特品质。在他们身上所体现出的为挽救民族危机敢于牺牲的爱国主义精神，为人民解放而对自由平等的追求、对民主团结的阐释和对和平的向往，与我们所倡导的社会主义核心价值观相契合。

"社会主义核心价值观是当代中国精神的集中体现，凝结着全体人民共同的价值追求。发挥社会主义核心价值观对国民教育、精神文明创建、精神文化产品创作生产传播的引领作用，把社会主义核心价值观融入社会发展各方面，转化为人们的情感认同和行为习惯。”[6]主旋律电视剧作为重要的视频资料，也是宝贵的精神财富，它既能再现历史的事实，又能弘扬社会正能量，发挥正确的价值导向，代表着一个时代的风气和风貌。同时，主旋律电视剧与社会主义核心价值观相契合，凸显了与世情、党情和国情相符合的时代导向，题材选取和内容拓展更为灵活。近些年来，除了《伟大的转折》，还有《十送红军》《亮剑》《长征》《党的女儿》《为了新中国前进》《红色摇篮》《人民的名义》等，它们以直接的视觉冲击感和场景再现的震撼力，所呈现的不怕牺牲、坚定理想、爱党爱国、追求自由、民主团结、爱好和平和为人民服务的精神内涵，能进一步提高人们践行社会主义核心价值观的自信心，形成良好的社会风气，引领大众的审美走向。

## 四、讲好红色经典，传承红色基因

红色经典是由共产党人和人民群众共同创造的历史真实，它以中华优秀文化为根基，以革命、建设和改革为背景，以党领导人民的奋斗史、辉煌史为主线，蕴含着丰富的文化内涵和价值导向，代表着时代的主流方向。主旋律电视剧作为讲好红色经典和传承革命文化的外在音视频展现，对于人们了解和传承红色基因有重要作用。“红色经典作为一种与中国革命密不可分的电影类型是特定时代的产物，有其特定的文化土壤、文化背景，也有其特定的历史机制、叙事方式和社会功能。”[7]2015年6月，习近平总书记在遵义视察时，做出“传承红色基因、讲好遵义故事”的重要指示。《伟大的转折》是一部以遵义为中心视角的电视剧，遵义在剧中有独特的地域标志，该剧以遵义为立足点进行红色文化资源挖掘，就是贯彻习近平总书记视察遵义指示精神的最好例证。该剧将特定的地域文化背景和革命话语相融，深度挖掘了军医龙思泉、游击队长李晓霞等“小人物”的感人故事，拉近了观众与红军战士的距离，增强了电视剧的亲和力和传播力，对增强民族文化自信和进行爱国主义教育起到很好的作用。尤其影片再现了通道会议、黎平会议、猴场会议、苟坝会议、遵义会议等历史场景，让观众能亲身感受到毛泽东、周恩来、朱德、张闻天等革命者身上所散发出的对党忠诚、信念坚定、顾全全局、不畏艰难、团结民主的优秀品质，展现了革命领袖集体的力量与智慧。这种群像塑造的艺术创作方法，明显不同于以往侧重领袖个人形象的展示。

如今有一大批优秀的主旋律电视剧，如《井冈山》《雄关漫道》《彭德怀元帅》《十送红军》《红军东征》《开天辟地》《领袖》等，所呈现的是在半殖民地半封建社会里，中国共产党领导人民为民族独立和人民幸福而坚定理想信念和不怕牺牲的爱党爱国精神，这种精神是红色基因的核心和灵魂，值得我们在新时代传承和弘扬。新时代的人们是红色经典的传播者，红色基因的传承者，在价值多元和思想多样化的侵蚀下，外来文化不断冲击着人们的思想，尤其影响青少年价值观的形成，亟须进行红色文化的渲染和熏陶。而主旋律电视剧作为宣讲红色经典的重要载体，不仅能激发人民群众爱国爱党的热情，让他们了解党的革命史和建设史，而且还可以提高他们对主流意识形态的情感认同度。

## 五、在艰苦奋斗中净化灵魂

艰苦奋斗是中国共产党的优良传统。自党成立之日起，共产党人就把艰苦奋斗作为政治本色，并在奋斗中不断净化灵魂，坚定信念，勇于开拓。可以说，一部党的历史就是一部党的艰苦奋斗史，而长征是这部奋斗史中最光彩的一章。二万五千里的长征有峰峦沟壑和沼泽草地，有急流险滩和冰雪世界，路上充满枪林弹雨，充满饥饿寒冷，总是险象环生——有的红军战士在战场上没有牺牲，却倒在了雪山草地里；有的战士没有吃的，饿得实在不行了就煮皮带吃——但再艰苦的环境也没有难倒英勇的红军。《伟大的转折》忠实还原了我们党历经艰难险阻最终取得胜利的革命历程。画面里，红军在零下几度的寒冬里穿着简陋的草鞋和破烂的单衣，吃着粗糙的饭食，穿梭于枪林弹雨和风雪泥泞，把当时战士们在恶劣环境中的艰苦行军用影视艺术表达出来，向观众展现了中华儿女坚定信念、敢于牺牲、艰苦奋斗的革命乐观主义精神。

主旋律电视剧所折射出的艰苦奋斗精神值得我们学习和继承。2019 年 3 月 5 日，习近平总书记在参加十三届全国人大二次会议内蒙古代表团审议时指出："不论我们国家发展到什么水平，不论人民生活改善到什么地步，艰苦奋斗、勤俭节约的思想永远不能丢。艰苦奋斗、勤俭节约，不仅是我们一路走来、发展壮大的重要保证，也是我们继往开来、再创辉煌的重要保证。"因此，艰苦奋斗的精神要永远继承下去。而培养年青一代的奋斗精神，接受主旋律电视剧的熏染不失为一个好的途径。主旋律电视剧除了《伟大的转折》外，还有《最美的青春》《黄土高天》《焦裕禄》等，都向观众展现了中华儿女在不同年代的艰苦奋斗精神。正是由于一代又一代的坚守和传承，才推动了时代的发展进步。

**六、崇尚英雄，凝聚前进力量**

英雄关系到民族的信仰和国家的未来。中华民族是崇尚英雄、成就英雄、英雄辈出的民族；英雄精神是凝聚力量、激励一代代国人不断走向胜利的灵魂。在思想多元化的今天，有极少数人带着不可告人的目的诋毁英雄、抹黑英雄，影响着人们的价值观，这些违背客观事实的言论严重伤害了国人的感情，势必受到人民的唾弃。习近平总书记强调：“对中华民族的英雄，要心怀崇敬，浓墨重彩记录英雄、塑造英雄，让英雄在文艺作品中得到传扬，引导人民树立正确的历史观、民族观、国家观、文化观，绝不做亵渎祖先、亵渎经典、亵渎英雄的事情。”[8]《伟大的转折》是一部革命英雄图谱，它忠实描绘了毛泽东、周恩来、朱德、彭德怀等英雄人物，还以散点式的笔法描绘了“穷苦娃娃”杨甘人、“红军菩萨”龙思泉等英雄人物。一个个鲜活的英雄形象就是一座座精神丰碑，引领观众追寻英雄的足迹，探寻不朽的灵魂，凝聚前进的力量。“全剧不仅在战火中展示了大量的英雄人物，真切地描绘了中国共产党第一代中央领导集体在枪林弹雨、血雨腥风中的形成过程，而且以唯物主义视角塑造了红军基层官兵的英雄群像。”[9]电视剧真实还原了当年红军在艰难困苦条件下的抉择、跋涉和浴血奋战，让观众潸然泪下。这种敢于牺牲、勇于奉献、坚定信仰的英雄气概值得国人崇敬和学习。

“我们要铭记一切为中华民族和中国人民作出贡献的英雄们，崇尚英雄，捍卫英雄，学习英雄，关爱英雄，戮力同心为实现‘两个一百年’奋斗目标、实现中华民族伟大复兴的中国梦而努力奋斗！”[10]主旋律电视剧所揭示的革命英雄主义是抵制历史虚无主义和教育青少年的有力武器，是凝聚民族力量和践行社会主义核心价值观的精神导向。当下，人们对于电视剧的聚焦点是偶像剧、喜剧、青春剧，迷恋明星，追逐高颜值偶像，这些现象严重侵袭着主流意识形态在网络和舆论传播的主阵地；一些观众对英雄人物了解不深，对主旋律电视剧关注度不高。所以，很有必要在全社会宣扬主旋律，多拍摄一批以革命、建设、改革为背景的优秀影视剧，充分发挥其价值导向作用，提升人们对英雄人物的聚焦度，进而营造良好的尊重英雄和敬仰英雄的氛围。同时，我们必须旗帜鲜明地反对那些抹黑、诋毁英雄人物的历史虚无主义思潮，凝聚人心，团结奋进。

## 结语

“国家叙事与地方叙事在《伟大的转折》剧中交相辉映，互为补充，共同撑起了还原这段长征史实的宏大骨架，符合唯物主义史学观和‘重大革命历史题材影视剧’的创作原则。”[11]贵州拥有丰富的红色资源，作为本土出品的一部优秀主旋律电视剧，《伟大的转折》蕴藏的价值导向与主流意识形态相契合，不仅讲好了贵州红色故事、中国革命故事，也很好地传播了红色基因，提升了贵州形象，弘扬了新时代贵州精神。可以说，以《伟大的转折》为代表的主旋律电视剧用独特的题材和蕴含的红色文化精神诠释了信仰的力量和爱党爱国的情感，而其自身所具有的红色优势使其成为传播正能量、引领时代价值的良好载体。当今，一批批优秀的主旋律电视剧出现在大众面前，人们对其认同度越来越高，一部部影视作品中所诠释的信仰力量在潜移默化中感染着不同社会群体，由此使主流意识形态的传播空间和话语体系不断拓展。因此，主旋律电视剧作为国家主流意识形态传播的重要方式，更应承担起传播主流意识、树立价值标尺、整合大众心态的作用，用电视艺术这一独特的形式与国家主流意识形态形成互动与双向构建。在这方面，《伟大的转折》为我们树立了良好的典型示范，也为开发红色资源、传播红色文化起到了表率作用。

**参考文献：**

[1][9] 转折是历史，伟大是精神——电视剧《伟大的转折》专家研讨会综述[J]. 中国电视，2020（3）：7.

[2] 习近平 . 习近平谈信仰信念[N]. 人民日报海外版，2017-06-07(5).

[3] 张荣恺．主旋律电视剧与主流意识形态话语的双向建构 [J].2013（33）：63.

[4] 习近平：习近平谈治国理政 [M]. 北京：外文出版社，2014.

[5] 郭垭霓．主旋律电视剧跨屏传播初探 [J]. 传播力研究，2019（4）：45.

[6] 习近平．决胜全面建成小康社会 夺取新时代中国特色社会主义伟大胜利——在中国共产党第十九次全国代表大会上的报告 [N]. 人民日报，2017-10-28.

[7] 饶曙光．创造新的红色经典 [J]. 当代电影，2011（7）：4.

[8] 习近平．在中国文联十大、中国作协九大开幕式上的讲话 [N]. 人民日报，2016-12-01.

[10] 习近平在纪念中国人民抗日战争暨世界反法西斯战争胜利 70 周年系列活动上的讲话 [M]. 北京：人民出版社，2015.

[11] 李俊．四重叙事构建的声画历史——电视剧《伟大的转折》编剧艺术探索与实践 [J]. 电影评介，2019（24）：172.

**2020 年《电影评介》第 10 期**

# 电视剧《伟大的转折》：长征精神的塑造与艺术创新

周思辉

**摘要**：作为一部主旋律的影视作品，《伟大的转折》注重长征史实，深挖细节，强化戏剧冲突，生动地再现了黎平会议、遵义会议、土城战役和南渡乌江等历史上重要的会议和战役。长征的伟大转折成就了长征的伟大胜利。同时，《伟大的转折》也通过大量细节展现了红军战士的历练与成长，艺术地表现了伟大的革命情怀和深厚的军民情结。

**关键词**：《伟大的转折》；长征精神；主题构思；艺术创新

38 集的长篇电视连续剧《伟大的转折》讲述了 1934 年 4 月到 1935 年 5 月期间红军长征所经历的生死决断的故事，彰显了在川滇黔的大地上红军的英雄本色和人民的爱国之心。2021 年是中国共产党建党 100 周年，此刻回头再看《伟大的转折》这部弘扬长征精神的革命历史剧，更具历史与现实意义。剧中书写的那段长征中的血色浪漫，真实再现了歌曲《遵义会议放光芒》中“英明领袖来掌舵，革命磅礴向前进”这句歌词的历史语境及伟大转折的革命与时代意义，也更彰显了中国共产党为中国革命胜利与人民解放所做出的巨大贡献。

## 一、伟大的转折与长征精神的主题构思

《伟大的转折》是庆祝新中国成立 70 周年的献礼剧。献礼剧有其独特的价值和意义，因此在一定程度上决定了该剧的主题及内容呈现方式。总览全剧，绕不开的主题关键词就是转折。首先，对于剧中的故事情节来说，转折意味着在中国革命的危急关头，经过以毛泽东为代表的中央领导人的反思与决策，中国共产党人重新找到了新的前进方向，不再被动地逃跑与挨打，在中国共产党的历史上完成了一次生死存亡的伟大转折。这是民族历史上的转折之一，是在宏大的历史背景中展示出来的神圣而庄严的主题内涵，凝聚着伟大的长征精神和共产党信仰的力量。正如该剧导演李伟在采访中所说："转折是事件，伟大是精神。"[1] 该剧既要全景式地展现中国革命转折的历史事件，又要通过事件的展示尽力概括出长征的精神。在革命历史题材的主旋律剧作中，这样的主题表现手法并不少见。要激发观众的爱国情怀必然还须与当下的现实环境产生动态关联，因此转折的第二层现实意义就显得尤其重要。中国当前正处于一个日新月异、急速发展的历史节点，关于转折或者说转型的讨论在文学、媒介、能源、环境、国家治理等各个领域都是热门话题。实际上不仅是对于中国，转折对于全球来说都是一个不可忽略的关键词。未来学家戴维·霍尔甚至认为当下已经从信息时代进化成了转折时代，"转折时代无论是现在还是未来，都是整个历史上变革最剧烈的时期之一，我们生活中几乎一切都在以某种相对速度变化，我们人生的各个阶段同样如此。"[2] 如何在超速的变化中保持理想和信念的常态是当下重要的社会问题之一，实际这也即在讨论回归初

[1] 祝媛莉：《〈伟大的转折〉：用信仰和红色精神感召年青一代》，《贵州日报》2019 年 8 月 29 日第 1 版。

[2] 戴维·霍尔：《大转折时代：生活与思维方式的大转折》，熊祥译，中信出版社，2013，第 1 页。

心的问题，而在《伟大的转折》中就可以看见剧作者们对这一问题的解读。在该剧第一集中，创作者就借剧中毛泽东的口吻表达了信念的重要作用，“我们的红军队伍是一支有信仰的队伍，只有坚持这种信仰，我们才有可能是不败之师。”剧中这个信仰是对革命的信仰、对新中国的信仰，处于弱势地位的红军为什么能翻转局面战胜数倍于自身的敌人，剧中突出表现了信仰的支撑作用。正是因为心中不变的信仰，红军才能“雄关漫道真如铁，而今迈步从头越”。剧作者以大历史观的视野来展现红军长征中的这段经历，意图将信仰的价值推进到现实中，鼓舞人们重新获取信仰的力量，不仅是为了增强民族身份的认同，也同样体现了教以正，守以常的信念。

除此之外，“转折”这一关键词与贵州的红色情结也有着密切关联，“贵州是红色文化大省，红色文化资源丰厚，类型多样，影响深远。但鉴于贵州是中国工农红军休养生息和发展壮大之地，是中国革命从挫折走向胜利之地，是中国共产党走向成熟之地，客观上使得‘转移’‘转折’‘转型’成为贵州红色文化在全国层面的核心记忆。”[1] 贵州的红色情结不仅作为一种情感，更是作为一种承载了鲜活历史的记忆而长存于贵州人民的生活中。《伟大的转折》集中展示的是贵州的红色文化。编剧欧阳黔森、李俊等是贵州本土的影视作家，他们对贵州的地域文化有着深刻的理解与身份认同感，使得《伟大的转折》将这种贵州红色文化情节展现得更加深刻。该电视剧将焦点放在中国革命生死转折的这一段历史时期，勾勒出这段红色记忆的原始状态。

## 二、革命英雄形象的本真塑造

红色革命叙事是一种类型化的影视创作模式，自新中国成立以来，《地

[1] 徐静：《红色文化与多彩贵州》，《贵州大学学报（社会科学版）》2015 年第 2 期。

道战》《红色娘子军》《洪湖赤卫队》《闪闪的红星》等经典红色影视作品层出不穷，其中所塑造的英雄形象深入人心，作品中蕴含的爱国情怀广泛地影响了一代又一代的中华儿女。在这之中以长征为题材的影视作品又做出了突出贡献，如八一电影制片厂1961年拍摄的电影《突破乌江》、1983年制作的电影《四渡赤水》。近年来更有《长征》《长征大会师》《我的长征》《雄关漫道》等优秀的影视剧作令广大观众更深刻地了解了长征背后的故事，进一步展现了红军战士们不畏艰险、不惧困难的长征精神。随着市场经济的发展，国内影视文化市场也发生了巨大的变化，市场强调大众化、商品化和娱乐化的消费性功能。一方面，影视文化多元发展，观众所接收的文化信息过于庞杂；另一方面，此类题材的影视作品虽然数量较多，但艺术质量参差不齐。正是在当前的这种局面下，《伟大的转折》以一种突围的姿态，通过审美的艺术手段打破了偏见与旧规，展示了导演李伟与编剧李俊等人对重塑本真的革命与民族精神的渴望。

《地道战》《洪湖赤卫队》等影视的经典性，离不开高传宝、韩英等英雄角色给观众留下的深刻印象。英雄人物形象的塑造对一部史诗性的剧作具有至关重要的意义。《伟大的转折》突出塑造了中国共产党的领袖毛泽东的形象，但又不仅是展示其伟大、光辉的一面，而是把叙述的焦点放在了英雄的成长之路上。剧作一开始表现的是经历了惨烈的湘江战役之后的红军，队伍情绪低迷，充满了挫败感。毛泽东在此时也不受“三人团”重视，在时隔多年才能出席参加的中央军事会议上也被博古、李德二人刁难，认为其没有发言的权利，此时的英雄是失语的英雄；随着剧情的发展，毛泽东获得了众人的信任，受任于危急之际，任命于危难之时，重新掌握了军事指挥的权力，此时是英雄的再次归来；紧接着毛泽东指挥发起的两场战役（土城、叙永之战）却又遭到敌人的猛烈攻击，均未取得胜利，英雄又陷入了至暗时刻；两次失败后，毛泽东在扎西会议上总结了失败的教训，客观分析了自己“求胜心切”的不足，进而带领整支队伍在逆境中突围，跳出了敌人的包围圈，英雄重新崛起，真正地诠释了“此生留得豪情在，再作长征岂畏难”的无畏气概。剧作者侧重于在整体的史诗性故事线索中展示毛泽东个人命运的发展，即在线性的叙事时间中表现英雄成长的变化过程，这种艺术表现手段无疑更加丰富了毛泽东的人物形象的层次感，同时这种英雄成长的模式也令剧情有了陡转和回旋，将观众带入了剧情的发展节奏中。

对比手法也是革命历史剧的常用艺术表现手法之一，在《伟大的转折》中这种对比的呈现是多方面多角度的，不仅展现在敌我双方的平行对比上，在中央红军领导集团内部和国民党军团内部也有各自的对比。党中央的各个领导人都具有鲜明的个性。在剧中，周恩来的形象主要是突出其细心、温和、勇于担当的性格特点，如剧中他仔细审查了遵义会议会场内外的布置，包括蜡烛、纸笔、桌椅等细节问题都一一亲自处理。除此之外，周恩来的人物形象定位还是党内的协调员，多次尝试解开李德、博古等人与党内其他领导人之间的矛盾，与剧中性格较为冲动、耿直的将军彭德怀的人物形象形成了鲜明的对比。而在国民党部队中，剧作者也没对其做出脸谱化的处理，而是在共性之中突出个性，如国民党的黔军首领王家烈与川军首领刘湘之间就有着巨大的差异。王家烈一心只想守住自己的钱财，保住自己的领地便已心满意足，眼光较为狭隘，只图眼前的利益；而刘湘则显露出老奸巨猾的本相，如他特意指令与刘伯承等有过交集的郭勋祺去阻挡共军入川，懂得洞察人心，衡量利弊，与小家子气的王家烈形成了对比，但同时他也过分轻敌，骄傲自大。剧中敌我双方的领导人形象百态，各自具有自身的叙事功能，人物群像通过对比的方式得到了充分展现。国民党军团与共产党的队伍中都不乏聪明的核心骨干，但正是这些细微的差距，注定红军能够披荆斩棘，获得最后的胜利。这类以小见大的对比方式，使得敌我双方的较量更加引人入胜，同时突出了共产党英雄人物的高尚情操。

## 三、情景交融与追求细节真实的艺术创新

该剧的主要编剧李俊在采访中所说："《伟大的转折》作为重大革命历史题材剧，在创作手法上有诸多创新，没有生硬的说教，写人说事，有血有肉，注重对人物的内心刻画，故事引人入胜，情节惊心动魄，线索条理清楚，受观众喜爱尽在意料之中。"[1]无论是《伟大的转折》在剧本上展现出对史实的尊重，还是整部剧中对于长征精神的表达、对于艺术审美表现的追求，都使得这部作品表现出强烈的代入感、认同感，境界宏阔，引人入胜。全剧不再重复主旋律作品中的简单说教，而是以细节推动情节、将人物形象立起来，在艺术表现的各方面都力图体现一个新。

首先，这种艺术创新体现在剧中情景交融所生发的抒情效果上。编剧李俊贵州本土人的身份使他更加了解贵州的山形地貌，切实的山地生活体验与红军长征之路形成呼应。贵州的地形山高水阔，山水土之为地也，当毛泽东踏上这片神奇的土地时也不禁为其奇观而诗兴大发。《伟大的转折》中就将毛泽东在此途中所咏诗词的内容视觉化地呈现出来，如《十六字令三首》将山的奇崛、险峻、沸腾之态表现得雄浑有力，尤其是一句"山，快马加鞭未下鞍。惊回首，离天三尺三"，既表现出高耸入云的山貌，又展示出红军的气势磅礴，写山的同时也在抒情。而剧中创作者以远景镜头表现毛泽东独自一人登山临水，在崇山峻岭与青云滚滚之间叹咏出这首小

[1] 陆青剑：《师生"热追"〈伟大的转折〉》，《贵州日报》2019年9月15日第1版。

令，不但在视觉上给人以庄严大气之感，而且将其意蕴也保留在了画面中。这种情与景的交融自然地将真实的历史触感传达给了演员和观众。如毛泽东的扮演者侯京健在《动静贵州》的采访中所说，当他站在贵州的山顶上眺望着祖国的大好山河时，着实有“一览众山小”的体会。这种灵魂的触动古今并无不同，再联系到毛泽东当时所处的环境，演员便能在感觉上与历史产生共鸣。当真的走上山顶，你会发现前面真的有光照亮平坦的路，而这就是红军即将拨开迷雾走向康庄大道的前景，也是这一幕镜头试图呈现出来的抒情效果，毛泽东叹咏的诗词赋予了镜头画面以灵魂。可见这部革命军事题材的电视剧并不仅仅追求战争场面的冲击感，还在着力表现一种自然的诗意、怀着浪漫的自然想象与乐观的情感态度，令观众在沉重的主题下也能得到心灵的慰藉，跨越时空去体会毛泽东在长征中的真实感受。贵州的地理条件是有山有水，贵州的山与水在《伟大的转折》中不仅作为一种自然的叙事空间，而且还带有多层象征意味。在剧中的遵义会议上，毛泽东感慨当时的红色政权就像水一样，水虽然柔弱却能灭掉看似强大的火焰，水滴能穿石，水聚能成海，水的力量是强悍巨大的，而红军翻山越岭，四渡乌江，虽然水流湍急，周围还有悬崖峭壁，但红军总能攻克难关奋勇前进。剧中强调山和水的远景镜头表现，带有一种雄壮和磅礴的气势，与红军长征精神相互呼应，有山就有水，有信仰就有曙光。

其次，该剧的有血有肉体现在剧作者对细节真实的追求上。“对于重大历史革命题材电视剧来说，在重要历史事件叙述上的‘大事不虚，小事不拘’与重要历史人物塑造上‘以神驭形，形神兼备’等创作原则，似已成为共识。”[1]《伟大的转折》虽然在一些情节上做了浪漫化地处理，

[1]宗俊伟:《重大革命历史题材电视剧的叙事机制》,《中国电视》2012年第8期。

但本质上是一部带有史诗性的革命历史剧，全景式地展示了红军长征道路的艰险历程，这就要求该剧在一定程度上必须保证历史的忠实还原，同时又要用史诗笔法将这一波澜壮阔的历史进程完整地呈现出来。首先，该剧的创作者们坚持纪实的拍摄原则，整部戏都在贵州实景拍摄，根据长征路线的不同来更换拍摄地点，拍摄时间也要求与红军长征的行军时间相吻合；其次，在诸多细节上，《伟大的转折》也极其讲究场面调度的严谨，尤其是作为两军隔空交锋、布置军事策略的重要道具——地图——在剧中多次出现。毛泽东等人依靠烛火微弱的光亮贴着地图指挥行军形势的镜头画面十分动人，在这一镜头背后是导演要求每一位演员都对贵州的地理条件有所了解，以便在表演时融入特定的情境中。除此之外，在服装、灯光，包括战争场面中演员的化妆等种种细节上，《伟大的转折》剧组都强调对历史氛围的最大限度的还原，体现了创作者们的良苦用心和匠人精神。因此，该剧在接受观众考验时才显得诚意十足，用求实的拍摄场面和朴实的表演感染了众多观众。

**2021 年《四川戏剧》第 6 期**

# 诠释永远的长征精神

## ——电视剧《伟大的转折》观后

李树声

在庆祝新中国成立 70 周年的日子里，重大革命历史题材电视剧《伟大的转折》在央视热播。该片用镜头寻觅红军战士的闪光足迹，用艺术丈量惊心动魄的血色距离，力图通过一幕幕以少胜多的浴血搏战、一场场殊死战役的惨烈与凶险，叩问如今的人们：我们当年为什么出发的初心可还记得清？红军书写在长征路上的壮烈史诗可还读得懂？

《伟大的转折》选择深入植根史实，坚持现实主义的创作手法，尽量对长征的真实状态进行历史和艺术的还原——艰难的抉择、艰苦的跋涉、艰窘的生活和浴血的战斗。作品描写的是红军长征最关键的一段时间，即从湘江战役后的遵义会议、通道会议、黎平会议、猴场会议、扎西会议、苟坝会议、会理会议等，转战黔、滇、川等的 5 个月。这 5 个月是中国革命由黑暗到光明、由死到生、由失败到胜利的 5 个月，是中国共产党由共产国际第五十七支部领导到确立以毛泽东为首的第一代领导集体的 5 个月。应当说，这也是我党的一次思想解放，即坚持马克思主义关于实事求是的真理，坚持独立自主、尊重国情，成功实现战略转移，带领灾难深重的中华民族走向胜利与复兴的伟大转折和起点。

该片尽可能还原历史真实，体现了属于新时代的文化自信。全剧没有回避失败与牺牲，没有回避党内路线斗争给革命带来的重大损失，没有回避历史虽然造就了毛泽东、周恩来等一代伟人，但是在残酷战争的摸爬滚打中，也不可能每次战斗都胜利。作品开始就描写湘江战役以失败告终后，红军从 8 万人变成了 3 万人。从湘江战役突围出来的红军官兵士气低落、前路茫茫。人们看到，长征不只是跋山涉水，还要面对天上飞机呼啸、地上坦克大炮，时时枪林弹雨、常常四面楚歌，前有阻击后有追兵，一寸征途一寸血。红军到了生死存亡的关头，中华民族到了最危险的时刻。单衣蔽体、粮弹无继的红军战士不禁发问：红军由谁来带路？路在何方？人们看到了暴躁跋扈的李德、僵化冲动的博古，把红军的命运交给谁？周恩来、王稼祥、张闻天在思考，徐特立、谢觉哉等也在思考。面对红军的重大伤亡，指战员们对当时的三人小组发出疑问：为了老百姓打仗，丢了性命也值；因为错误指挥打了败仗，实在不服。被边缘化的毛泽东开始采取行动，伟大的使命让他不能再沉默，他不能让党内的极“左”路线断送了红军，断送了革命，断送了共产党，他不能拿红军战士的生命去赌输赢，他不能在红军面临全军覆没的时刻不去振臂一呼。在极度危急的时刻，在周恩来等人的呼吁下，毛泽东两年来第一次被邀参加红军高层军事会议，在通道会议上毛泽东根据敌我双方军事状况的分析否定了北上湘西，提出了转兵贵州的建议，受到了多数人的支持，开启了伟大转折的序幕。

然而，即使毛泽东参与了红军最高军事指挥小组，红军仍然危亡在即。生死关头，3 万人面对着几十万敌军，怎么可能没有失败？关键是失败之后的不同心境与态度。作品一直聚焦通道会议到会理会议等多次关键性的会议上不同人物的不同意见和表现，从细节上展露了一些鲜为人知的史实。作品给人印象比较深刻的是毛泽东面对土城之战失败实事求是的态度。其实，土城战役毛泽东是为了保存实力，采取打得赢就打、打不赢就走的策略而决定撤退，但毛泽东在会上毫不犹豫地把责任扛下来，他承认“一年多没打仗，打的第一仗就是败仗”，承认自己没有看清敌人的强大实力。在除夕夜，毛泽东去看望伤员，他面对风餐露宿的战士沉重而深情地说：“我毛泽东对不起你们。”再有，就是苟坝会议，在是否主动出击打鼓新场的问题上，在这次政治局会议上毛泽东变成了少数派。

作品用浓重的笔墨描写了毛泽东的波动情绪。他在会上发了脾气，回到家里坐立不安，不理会贺子珍对他的关心，吃不下饭睡不着觉。在侦查员没回来之前，他苦闷、徘徊，扪心自问是不是自己错了。他提醒自己：现在这时候，所有的决策容不得半点失误，否则中国革命就会功亏一篑。贺子珍了解他，支持他坚持自己的意见，去找周恩来。结果回来的侦察兵报告，敌人有重兵进入打鼓新场。这次苟坝会议结束时，人们认识到，是毛泽东又一次避免了红军全军覆灭的危险。人们看到，毛泽东具有不同于常人的使命感、责任感和对中国革命的承担精神。正是由于作品描写了敌众我寡、失败的惨重、伟人的真性情，才让人看到逐渐形成的党的第一代领导集体罕见的刚勇、卓越的睿智和深沉的思考，才让作品贴近当时的艺术真实，具有历史的纵深感。

在描写信仰的力量的同时，作品也描写了信仰的温度。全剧不仅真切地刻画出枪林弹雨、血雨腥风中形成的第一代中国共产党领导集体，而且还塑造了红军基层官兵的英雄群像。在突破乌江天堑的战役中，我们看到了毛振华连长的身影。时间紧迫，他带领战士和乡亲们，1 天内完成了 50 只竹筏的制作任务。5 只竹筏先行“偷渡”乌江时，其他 4 只竹筏全被敌军的炮火压回去，毛振华带领战士强渡过去，潜伏在新渡口，为后续部队过江起到了重要作用；在与川军对垒的营盘顶，人们看到十团政委杨勇身负重伤指挥战斗的情景；在绝地突击的白家坳，面对敌人居高临下、钢筋水泥的碉堡，强攻的红军战士死伤无数，不知名的小战士冲上去，用身体挡住了枪眼……推动人类历史前进的力量不可能是一个人，而是一种理想、一种信仰。在这个意义上，红军战士与最高领袖是一样的，他们都是用信仰点燃心灯，为了信仰，他们敢于面对血肉横飞、生命瞬间泯灭的厮杀，流尽最后一滴血也无怨无悔，他们用生命与忠诚写下了长征军事史上最惨烈也最光辉的一页，他们用热血和义勇铸就了军魂。

与此同时，作品还让艺术的真实充盈着人性的内涵，着力于对战友情、军民情、爱情与亲情的表达。观众看到毛泽东对周恩来的理解：面对党内教条主义极“左”路线的干扰，毛泽东对周恩来说：“这一年多，你受了不少委屈，既要协调博古、李德，又要一边救火一边补窟窿，不理解你恩来，那就是没良心。”观众看到那位普通战士手里拿着一把打不响的枪不肯丢弃，他说：“这是过江之前牺牲的老班长送我的，打不响也舍不得扔。”观众看到长征路上女红军生产，冰天雪地、荒郊野外，大家相互看顾，深情抱团取暖。而最令人揪心的是，亲生的娃娃要送给当地老乡去抚养，父亲们那深情而痛切的注视、母亲们那依依惜别的泪水让人动容。作品中着墨最多的是军民鱼水情，例如毛泽东与他的房东老庚之间的情感。老庚在毛泽东的影响下，从屠户成长为游击队长。其实战场上的许多奇迹，都离不开当地人民群众的支持。还有红军卫生员龙思泉为乡亲们治好了大面积传染的流行病，却被当地民团抓住，他宁死不屈，最后一句话是让人们“记住红军”。后来，乡亲们为他修建了庙宇，把这位红军卫生员作为医神来供奉，这质朴的行为让观众感受到红军和人民的鱼水情谊。

此外，作品不仅描写了军事上的长征，也描写了中国共产党精神上的长征，展现了对每一次战役的思索与总结。失败后的思考更是深切的，作品进行了揭秘性展示。面对红军的重大伤亡，毛泽东通过中国战争的实践，通过别国的经验，通过缜密的思考，深沉地说："我们的战士用生命给我们上课，马克思主义最本质的东西和活的灵魂，就是具体问题具体分析。"这让人们看到，不同时代如何理解马克思主义，如何面对外国经验和中国国情，永远是一代代共产党人思考的主题。应当说，长征不仅是军事上的长征，也是我党精神与思想上的长征。在长征中，党的第一代领导人为后来人树立了榜样，为中国革命奠定了弥足珍贵的属于中国的马克思主义理论基础。

经过 80 多年的岁月淘沥、时空化合，长征精神已不仅仅属于一个军队、一个政党、一片地域，它已经成为中华民族优秀文化的一部分，成为人类战胜邪恶所表现的敢于牺牲的大无畏的英雄气概。《伟大的转折》真实地再现历史记忆，艺术地揭示历史经验，是为了坚守和承传留存在历史中那种高贵的英雄主义精神，以期成为今天的思想烛照和精神钙质。当然，这部剧还存在一些不足，如制作不够精致、特型演员的形似与神似拿捏得不够到位等等。长征有着说不尽的深厚的历史内涵、思想内涵、人文内涵，生活的长征渐行渐远，但艺术创作的长征则任重道远。

2019 年 10 月 30 日《文艺报》

# 守正创新，让历史鲜活起来

## ——电视剧《伟大的转折》对重大革命历史题材创作的启示

闻艺平　姜　超

**摘要：**电视剧《伟大的转折》聚焦遵义会议召开前后的历史事件，以丰富详实的细节展示了中国共产党人在生死存亡的危急关头通过自我革命、修正错误实现伟大转折的宏阔进程，成功塑造了毛泽东、周恩来等丰润饱满的伟人形象，对重大革命历史题材创作有着重要的启示。

**关键词：**《伟大的转折》；重大革命历史题材；唯物史观；讲好故事

电视剧《伟大的转折》在央视一套黄金时段成功播出，取得了良好的收视成绩，得到了社会各界的一致好评，唤起了大家的红色记忆，点燃了澎湃的爱国爱党激情，也为党员干部群众提供了学习党史、新中国史的生动教材。观众评价该片具有深沉的历史情怀、浩荡的爱国激情、鲜为人知的历史细节、富有新意的伟人形象，是一部立意高远、制作精良、打动人心的精品佳作。该剧的成功也给重大革命历史题材创作提供了以下几点重要启示。

启示之一，要坚持以习近平新时代中国特色社会主义思想统领重大革命历史题材创作。近几年来，重大革命历史题材创作取得了一批丰硕成果，从《海棠依旧》到《彭德怀元帅》，从《绝命后卫师》到《可爱的中国》，从《外交风云》到《特赦 1959》，从《伟大的转折》到正在播出的《激情的岁月》，这些作品的成功反复证明做好重大革命历史题材创作，就要以习近平新时代中国特色社会主义思想作为思想之旗、精神之魂，统领始终、贯穿始终。党的十八大以来，习近平总书记多次强调，历史是最好的教科书，也是最好的清醒剂，中国革命历史对共产党人来说是最好的营养剂。学习党史国史是坚持和发展中国特色社会主义、把党的各项事业继续推向前进的必修课。这门功课不仅必修，而且必须修好。2019 年以来，习近平总书记在考察江西、甘肃、河南等地时，强调不能忘记红色政权是怎么来的、新中国是怎么来的、今天的幸福生活是怎么来的；强调要讲好党的故事、革命的故事、根据地的故事、英雄和先烈的故事，加强革命传统教育、青少年思想道德教育，把红色基因传承好，确保红色江山永不变色。

习近平总书记的重要讲话具有极强的思想指导性和现实针对性，是重大革命历史题材创作的根本指针和思想指引，为我们组织创作、打造精品指明了方向，提供了遵循。电视剧《伟大的转折》正是贯彻落实习近平新时代中国特色社会主义思想的具体体现和生动实践，是贵州省和有关方面在学深悟透习近平总书记关于学好党史国史、传承红色基因等一系列重要讲话精神过程中，孕育、构思、创意，集聚创作资源和彰显文化力量的一个优秀成果。我们要深入学习习近平总书记重要讲话精神的深刻思想内涵，领会核心要义，将其全面贯彻落实到重大革命历史题材创作的选题规划、创意策划、剧本创作、拍摄制作、评价推介各方面、全过程，推动重大革命历史题材创作打开新局面、跃上新台阶。

启示之二，要坚持以马克思主义唯物史观指导重大革命历史题材创作。历史观是关于什么是历史、怎样对待历史的总的看法和根本观点，是对待一个国家、一个民族的历史最基本的立场和观点。马克思主义唯物史观作为“唯一科学的历史观”，揭示了人类社会历史的发展规律，并指导社会主义由空想变成科学、由理想变成现实，开辟了人类社会历史发展的新纪元。重大革命历史题材创作关乎党史、国史的正确阐释解读和传播接受，既是历史问题，也是政治问题。要坚持和运用马克思主义唯物史观的指导作用，系统、具体、历史地分析和认识中国社会运动及其发展规律，向当代观众讲清楚中国共产党为什么“能”，马克思主义为什么“行”，中国特色社会主义为什么“好”等重大问题，坚定广大干部群众对中国特色社会主义的道路自信、理论自信、制度自信、文化自信。在这方面，电视剧《伟大的转折》做出了积极有益的探索。该剧的成功就在于始终坚持和遵循马克思主义唯物史观，重点围绕为什么要召开遵义会议、为什么能够成功召开遵义会议、为什么遵义会议的决议能够得以坚决贯彻执行三个问题展开，清晰地描绘了毛泽东同志核心地位形成的政治逻辑，表现了中国共产党人勇于自我革命、修正错误，坚守初心使命、坚守组织原则，实现伟大转折、一步步走向胜利的历史必然性。这启示我们做好重大革命历史题材创作，就要坚持马克思主义唯物史观，秉持历史书写的真实性、真理性和知识性，秉持还原真相、追求真理、构建知识的创作尺度，复现历史生活场域、文化语境和思想逻辑，在大容量生活空间、长纵深文化时间的宏观社会存在与社会发展的互动中，展示社会生活的内在关系与变化发展的趋向，阐明历史发展的内在因果，释清历史事件的普遍联系，呈现历史演进的内在规律，为当代中国观众奉献集史实真实性、思想真理性、知识丰富性于一体的优秀作品。

启示之三，要坚持选准题材、讲好故事、打造精品，全面提升重大革命历史题材的艺术质量。好的历史剧应当是历史真实与艺术真实的科学结晶，是思想性与艺术性的完美结合。重大革命历史题材电视剧创作要始终秉持“大事不虚、小事不拘”的原则，既需要尊重历史史实，也需要科学周密的组织策划、缜密细致的构思创造，以及心游万仞的艺术想象。在电视剧《伟大的转折》创作过程中，贵州省委宣传部、广电总局等多家单位，多次召开选题策划会、剧本打磨会，对党史、军史等重要节点慎重把握，对每一个人物都精心雕琢，筑牢了剧本创作的坚实基础。同时，该剧以人物带故事，以大量丰富的历史细节还原了扎西会议、苟坝会议、会理会议、遵义会议的情景，塑造了毛泽东、周恩来、朱德、刘伯承等睿智、冷静、沉着的形象，将硝烟深处、鲜血背后，智慧的交锋、人心的博弈生动细致地呈现在观众眼前，用历史的光辉铸造现实、启迪今人，引领观众走进了故事深处，走进了人物内心深处，从而达到艺术审美的深度共鸣。由此可见，重大革命历史题材创作需要总体统筹、提前规划、高位推动、协同作战，切实加强组织保障，切实增强精品意识，统筹党史、军史、文化、文艺、科技、媒体传播等各方面的专家、领导，共同研究论证选题，共同加工修改剧本，共同审看把关样片，切实提高创作制作的思想水平、文化内涵和艺术价值，推动整体创作水平有一个大的提升、质的飞跃。另外，对重大革命历史题材电视剧要重点宣传推介，在重要平台播出，网上网下联动，实现社会效益和经济效益的统一。

2019 年《中国电视》第 12 期

# 重大革命历史题材的审美化呈现

## ——电视连续剧《伟大的转折》评析

郑向荣

**摘要：**电视连续剧《伟大的转折》以独特视角聚焦遵义会议前后中国共产党结束“左”倾路线实现伟大战略转折的这一段历史，充分发挥电视剧叙事艺术的特点，采用多种手法进行人物塑造，用历史观照现实，书写当代主流精神，在重大革命历史题材的审美化呈现上进行了有意义的探索。

**关键词：**重大革命历史题材；电视剧创作；叙事；人物塑造

38 集电视连续剧《伟大的转折》生动再现了中国工农红军在遵义会议前后逐渐形成以毛泽东同志为核心的中共第一代领导集体，以及在新的领导集体带领下，中央红军从四渡赤水到北渡金沙江实现了伟大战略转折的历史。该剧在中央电视台黄金时间播出后获得广泛关注与好评。《伟大的转折》是重大革命历史题材的重要创作成果，它遵循电视剧艺术创作规律，在重大革命历史题材的审美化呈现上也为该类题材的创作提供了有益的启示。

## 一、深耕史料，以“转折”为视角建构叙事动力

电视连续剧某种意义上是叙事的艺术。在长篇幅的讲述中，建构强劲的内在叙事动力，不断推动故事情节的发展，吸引观众的持续关注，构成了电视连续剧特殊的审美趣味。中国工农红军在第五次反“围剿”失败后被迫长征的历史，一直是重大革命历史题材创作的重要领域，曾有过故事影片《大渡河》《四渡赤水》《长征》、电视连续剧《长征》等优秀作品。从题材上讲并不算新的38集电视连续剧《伟大的转折》如何寻找艺术创作创新的着力点，是摆在创作人员面前的首要问题，也是吸引观众观看的看点所在。与以往长征题材影视剧不同的是，《伟大的转折》这部电视剧的创作者在充分吸收中共党史和长征史学术成果的基础上，紧紧抓住“转折”——以毛泽东同志为核心的中共第一代领导集体逐渐形成的这一伟大转折、在新的领导集体带领下中央红军实现战略的伟大转折——这一戏剧冲突的核心，精心截取长征征途上从通道转兵到会理会议这一特殊历史阶段，细致地展现了围绕遵义会议所展开的一段恢宏的历史传奇。而在这一伟大“转折”中内含着诸多矛盾的复杂斗争：从整体来看，有工农红军与国民党围追堵截的斗争、党内正确路线与错误路线的斗争；从敌我双方来看，国民党内中央军与地方军阀的矛盾、地方军阀之间的矛盾，在红军内部党内除了正确路线与错误路线的斗争外，也有战略指挥与战役执行之间的矛盾等。错综复杂的矛盾冲突、历史的复杂动力成为《伟大的转折》叙事推动强有力的引擎，平行交叉展现国共双方的决战成为外在叙事框架，以毛泽东为代表的共产党人的探索和抗争构成叙事主线，这样的叙事结构，使作品具有宽阔宏观的历史视野，也使对这一段历史的表现更具真实感。

“转折”还意味着事物内在矛盾冲突发生剧烈变化。“文似看山不喜

平”，细致地展现这种矛盾冲突所引发的各种状态，构成了丰富的剧情变化。由于整个剧作紧扣“转折”这条戏剧叙事主线，使得红军从挫折中成长、在奋斗中前进的曲折历程得以充分展现，也使得剧情在厚重历史感的基础上有着极强的戏剧张力。电视剧以工农红军经历湘江战役深陷危机，翻越老山界进入湖南通道，听取毛泽东的建议实现转战贵州为起点，完整而细致地展现了通过黎平、猴场、遵义、扎西、苟坝、会理等一系列会议，形成了以毛泽东同志为核心的中共第一代领导集体的伟大转折进程，进而展现新的领导集体带领中央红军从四渡赤水到最后北渡金沙江，实现了伟大的战略转折的历史过程。整个电视剧在强有力的叙事推动下，剧情跌宕起伏，一波三折，即使是前面提到的一系列会议，因为处在叙事的转折节点，是矛盾冲突的爆发点，加上在艺术表现处理方式上的多样变化，也丝毫没有让人感到枯燥，反而成为重要的表现段落，给人留下深刻印象。而对四渡赤水、南渡乌江、兵临贵阳、西进云南、北渡金沙这些传奇般的战役的艺术展现，既表现了党的正确路线得以执行的必然结果，也使得电视剧戏剧叙事得以充分展开，构成了波澜壮阔的史诗画卷。

## 二、以人写史，依托“转折”的历史事件彰显人物魅力

电视剧的艺术创作离不开鲜明生动的艺术形象塑造，对于重大革命历史题材来说，面临着相同的任务。塑造历史伟人以及其他人物的艺术形象，是重大革命历史题材电视剧创作的重要任务，也是其成功的关键。《伟大的转折》不仅成功塑造了毛泽东、周恩来、朱德等领袖人物形象，也有对如军医龙思泉、游击队长李晓霞等基层官兵的生动表现，国民党的人物中像蒋介石、王家烈、孙渡和龙云也都给人留下深刻印象，鲜明生动而又丰富多样的人物塑造建立起与恢宏历史相匹配的人物画廊。《伟大的转折》

在人物形象塑造上的特点主要有：

首先，充分发挥人物在历史事件中的主导地位，注意“典型环境的典型人物”的塑造。中国史传叙事从《史记》开始就有“以人写史”的传统，《伟大的转折》在人物塑造上，把握历史事件不仅为人物表现提供行动的舞台和环境，更重要的是，人物是历史事件的主体，是事件发生、发展的主导者这个辩证关系，把人物放置于具体的历史事件中展现其行动，在历史冲突情景的典型环境中细致刻画人物形象，使历史鲜活起来。与此同时，在塑造人物的时候，遵循“真实地再现典型环境中的典型人物”的现实主义手法。如对毛泽东的塑造，紧紧抓住红军面临重重危机、中国革命面临生死存亡这一“促使他们行动”的典型环境，让人物在波澜壮阔的路线斗争和军事斗争中充分展开行动，完成对人物的表现，也避免了人物仅仅成为历史的符号。

其次，注重人物心理描写，使人物形象完整、真实和立体。《伟大的转折》在对毛泽东的表现上注意深入的心理描写和刻画，最典型的就是苟坝会议这一段落。在是否主动出击打鼓新场的问题上，毛泽东的意见并不为大家所接受，作品用浓重的笔墨详细描写了毛泽东内心的波动：会上的大发脾气，回到家中的坐立不安，他为自己不被理解而苦闷，他在内心询问是不是自己错了；他纠结的是，在没有侦查情报确认的情况下是否坚持自己的意见，因为在这个时候，“所有的决策容不得半点失误，否则中国革命就会功亏一篑”。因为内心的纠结痛苦，他甚至不理会贺子珍对他的关心。在这一段落中，观众们看到的是一个有血有肉的毛泽东，更看到一个具有强烈的使命感、责任感和对中国革命的承担精神的毛泽东。

再次，注意以情感增加人物形象的感染力。在《伟大的转折》这部电视剧中，对于人物情感的表现兼顾层次性和丰富性，极强地增加了人物的感染力。电视剧较为细腻地展现了人物的亲情。毛泽东策马疾驰前去探望长征途中分娩的妻子贺子珍的一往情深、不得不将新生的孩子送给乡亲的舐犊情深、得知毛泽覃牺牲时的兄弟情谊等在剧中都有较为细致地展现。“从伦理、情感等大众化的角度切入，从而引起普通人的认同与共鸣”[1]，这已经成为表现历史人物的重要手法。在此基础上，《伟大的转折》进一步挖掘人物情感的层次和丰富性，展现毛泽东与周恩来、朱德、王稼祥等的同志情，与徐特立的师生情，与“老庚”等乡亲的阶级情，更有“雄关漫道真如铁，而今迈步从头越”的革命豪情。情感世界丰富而又富有层次的呈现，极大地增加了人物形象的感染力。

在刻画好以毛泽东为代表的领袖人物形象的同时，《伟大的转折》还塑造了红军基层官兵的英雄群像。突破乌江天堑的连长毛振华、负重伤指挥战斗的十团政委杨勇、白家坳用身体挡住了枪眼的小红军、军医龙思泉、游击队长李晓霞等一批英雄形象跃然荧屏之上，国民党阵营的王家烈、孙渡、龙云等也给观众留下深刻印象。在这些人物群像的塑造上，创作者尤其注意在有限的篇幅里，以富有表现力的细节，让观众迅速把握人物形象最主要的特征，如军医龙思泉的草药、徐特立对书的热爱等。虽然本剧人物众多，但是建立起一个多彩的人物画廊，展示了细节表达的重要作用，也使作品在历史画卷的展示上更富色彩和魅力。

### 三、用历史观照现实，以“转折”书写核心精神

著名哲学家克罗齐曾有一个著名的论断：“一切真历史都是当代史。”克罗齐这句话强调了历史的“当代性”，强调了历史对现实的借鉴意义。

[1] 中国艺术研究院影视艺术研究所课题组：《九十年代重大革命历史题材影片创作调查与思考》，《文艺理论与批评》2002 年第 3 期。

历史是对过去事实的客观书写，书写既是一种表达方式，也是对事实的解读，必然离不开当代人对历史的认知与态度。对于重大革命历史题材来说，找准历史与现实的契合点，引发当代观众共鸣，也是这类作品产生积极社会影响的关键点。《伟大的转折》之所以能引起广泛关注，引发收视热潮，离不开这部作品揭秘式的历史呈现、传奇的戏剧性叙事以及鲜明生动的人物塑造，更离不开这部作品在用历史观照现实，以伟大转折的这段历史来书写当代主流精神的成功探索。

《伟大的转折》是对军事上的长征和转折的描写，这个伟大的转折，呈现的是中国共产党人在革命过程中反复经历从失败到胜利的痛苦磨难。基于史料的挖掘和艺术表现，该剧详细地再现了遵义会议前后红军艰苦卓绝的奋斗历史。为了还原历史，追求历史质感，创作团队拍摄时的时节气候与当年红军长征实时同步，精益求精地对历史情节进行表现，展现了红军面临的艰难困苦，更为重要的是这背后所体现的面对艰难困苦的毅力和信仰。今天的中华民族已经开启了伟大复兴的新征程，重温伟大转折的历史，传承红色基因，让中国共产党人的不忘初心、牢记使命在当下焕发生机。

《伟大的转折》也是对中国共产党在精神上进行长征和转折的描写，这个伟大的转折，是马克思主义基本原理同中国具体实际相结合的伟大实践。该剧把叙事重点放在为什么要召开遵义会议、为什么能够成功召开遵义会议和为什么遵义会议精神能得到坚决贯彻上，有力地说明历史何以选择以毛泽东同志为核心的党的第一代中央领导集体。作品详细展现了对这个伟大转折过程的思索与总结。面对红军的重大伤亡，毛泽东通过中国革命的实践总结道：“我们的战士用生命给我们上课，马克思主义最本质的东西和活的灵魂，就是具体问题具体分析。”这对在当下建设中国特色社会主义的道路上坚持理论自信和文化自信有着特别重要的现实意义。

《伟大的转折》展现的是一次检验真理的伟大远征，伟大的转折带来伟大的胜利。可以说，《伟大的转折》所展现的长征精神已经从一个军队、一个政党的精神积淀为中华民族宝贵的精神财富，激励我们走好自己的长征路。

**2020 年《中国电视》第 2 期**

# 新时代红色叙事的新高度

## ——评电影《极度危机》

朱永富　杨　芳

在新的历史条件下如何以电影的形式重新叙述红色故事，是摆在新时代广大影视工作者面前的一个挑战。首先，它要有现实主义的质地，在时间的河流中获得历史感；其次，它要对既有的经典有所超越，注入新时代精神和审美新质；再次，它还要面对新时代其他类型影视作品的冲击，并在各种冲击中赢得观众，传承红色基因。欧阳黔森的电影新作《极度危机》完美地回应了新时代红色叙事的这几重挑战，达到了新时代红色叙事的新高度，堪称当代红色叙事的典范。

### 一、精良的制作与强烈的代入感

近年来“抗日神剧”饱受诟病，在造型、情节、台词上都出现了诸多明显的纰漏。这样的影视作品在编剧和拍摄过程中，无疑都是极不认真的。这些失误表面看起来是小问题，但实际上是深层观念的问题。红色叙事的根本在于传承红色基因，也就是信仰叙事。只有那些有信仰的艺术家才能将信仰注入影视作品的细节当中，将信仰完美地通过艺术表现出来。而要将信仰展现在细节当中，首先就要让作品有强烈的真实性。从观众的角度来说，这种真实性就是“代入感”。艺术的目的是通过感性展现，让受众自己在无意识中感受一种理念。而感性的呈现恰恰必须通过细节来完成。如果一部二十世纪三四十年代的影视剧中人物的造型像是活在新世纪，如果剧中人物的行为超出了生物学和物理学对人的限制，如果剧中的人物未卜先知说出了超越历史时空的台词，那么观众无疑会在瞬间出离作品所意图营造的艺术空间，艺术的感染力也就烟消云散。欧阳黔森的电影《极度危机》极其重视细节的真实。剧中战争的炮火场面，一看就有别于电脑制作的效果。观众可以看到红军军装的布料和衣服的破旧和磨损，可以看到小战士周阿炳身上着火的真实性，甚至人物语言的地域性。一部影视作品能有几个值得称道的真实细节并不难，难的是没有经不起考究的细节。即使投入再大，只要一两个穿帮的小细节就能毁掉整部剧。在“抗日神剧”粗制滥造、漏洞百出、饱受争议的大背景下，《极度危机》的精良制作，将红色叙事的艺术质地推向了新的高度。

## 二、宏观与微观的巧妙转换与关联

红军长征是一个大题材，如何在一部电影的时间里对它进行表现，这其实是一个很大的难题。关于红军长征的经典影视剧像崇山峻岭一样矗立在面前。欧阳黔森立足贵州，选取了中国工农红二军团、红六军团在贵州毕节的一段历史，既可以达到以小见大的艺术效果，又可以突显贵州在红色历史上的重要意义，可谓是一举两得。在具体的叙事过程中，影片进一步凝聚焦点：军团进行战略转移，负责在将军山阻挡敌人的是十七师，而十七师要和军团取得联系关键在于掌握电台密码的陈科长，叙事的焦点于是顺理成章地聚焦在陈科长身上。受伤昏迷的陈科长成为叙事意义上的核心人物，影片微观层面的情节都围绕陈科长展开。陈科长是机要的活载体，也可以说是“机密”的符号，保护或枪决只不过是保守“机密”的不同形式。值得一提的是男主角“贺湘云”这个名字，很容易让人联想到红二军团、红六军团的领导人贺龙。首先他们的名字里都有一个“贺”字；其次贺龙是湖南人，湖南简称“湘”；再次，《易经》中说“云从龙，风从虎”，“云”和“龙”在中国文化符码中关联在一起。“贺湘云”在影片中作为一个情节的中观和微观层面具体呈现的主角，起到了一种想象性关联宏观层面的作用。这不能不说是欧阳黔森的匠心独运。综合来看，可以说《极度危机》很好地处理了宏观与微观的关系，使影片既有宏大的战争场面，又有微观情节和细节刻画。

## 三、“脑洞大开”的情节翻转

与“十七年”（1949—1966）的经典红色电影相比，《极度危机》在情节上出人意料，翻转更多，吸收了好莱坞大片的一些优点。这是红色影视艺术自身发展的必然结果。经过近七十年的发展，红色题材不断被挖掘拍摄，形成了一些相对稳定的叙事模式。从艺术审美的角度来说，观众看多了这类作品，对情节的发展也耳熟能详，不免产生审美疲劳。因此，任何作品的重新讲述都不仅是在回顾过去，同时也是在重新阐释过去，试图在新的语境下与新时代的观众对话。艺术作品必须超出一般受众的想象，让观众有一种“脑洞大开”的感觉，才能引起受众的美学快感和智力快感。《极度危机》在这一点上做得是非常成功的。影片中的第一个翻转是观众发现守卫陈科长的姜彪是敌人的卧底。战争形势危急，守卫陈科长的战士本来就不多，姜彪竟然还杀害了三四个红军战士，让观众心里一惊。令人欣慰的是在姜彪正面打死两个红军战士后，周阿炳发现了姜彪，并从后面开枪击中了他，这时候观众都以为姜彪死了。谁知，等杜鹃回来之后，发现姜彪居然还活着，这时观众心里又一惊，担心这个卧底会继续危害红军。幸而杜鹃像侦探一样分析现场，发现姜彪是坏人。作为观众的我们又松了一口气。随后让小兰看守姜彪，结果姜彪将小兰残忍地杀害了。这又激起了观众对姜彪的憎恨和没有杀死他的悔恨。国民党大队人马过来之后，姜彪正要向司马雷汇报陈科长的去处，被躲在暗处的杜鹃一枪毙命。影片的第二个翻转来自于红军在国军内的卧底钱磊。姜彪要说出陈科长去处的那一刻，观众看到除了杜鹃之外，还有一个人掏枪了，那就是穿着国军服装的钱磊。等杜鹃一枪打死姜彪之后，钱磊松了一口气，又把枪放了回去。这个地方就是影片的伏笔。到了影片的紧要关头，司马雷和钱磊两人一起发现了毫无防备的贺湘云、杜鹃和陈科长。这时司马雷用枪瞄准贺湘云，钱磊用枪瞄准杜鹃，司马雷以为胜券在握，观众也感到束手无策。出人意料又在情理之中的是，钱磊突然将枪口指向司马雷，瞬间改变了局势。钱磊的倒戈，让司马雷非常吃惊。钱磊对他说："你平时对我不错，如果你说出我们这边还有谁是你们的人，我就放你一条生路。"这又出人意料：怎么能轻易放走敌人呢？如果放了司马雷，红军卧底怎么能继续潜伏呢？等司马雷报出一个卧底时，钱磊还是枪毙了司马雷。这才让观众觉得放下了心中的石头。影片中最大的翻转还是表现在红军女护士杜鹃和陈科长身上。影片当中，钱磊枪毙了司马雷，贺湘云从陈科长那里得到了"呼号"，使十七师与军团取得联系。十七师一片欢腾，师长对贺湘云表示感谢，这时候被炮火枪弹烧毁打穿的红旗在惨烈的阵地上迎风飘扬。按照传统的红色电影来说，这个节点就可以结束了。这就意味着在这一场战斗中，红军取得了圆满的胜利。但是电影《极度危机》并没有在此结束。而是在红旗飘扬的意象之后，继续演杜鹃护送陈科长的情节：在杜鹃一行的前面突然冒出一队穿国民党军服的人。这个情节超出观众的审美期待，让本来以为故事已经结束的观众心里一紧，以为陈科长又要遭遇不测。结果影片以字幕的形式告诉我们，这队人马是红军化装而成的。陈科长最终被安全转移。电影《极度危机》的情节真可谓跌宕起伏，“山重水复疑无路，柳暗花明又一村”。

### 四、根植于真善美的信仰叙事

《极度危机》是向信仰致敬之作。所谓“信仰”，我的理解就是选择一种值得过的生活，是对“真善美”的追求。对“真善美”的追求是人类不可或缺的精神生活，对“信仰”的叙事是艺术永恒的主题。《极度危机》的表层结构是通过影片向共产主义信仰致敬。正是有了共产主义理想和中国工农红军，才有了新中国。红军选择了共产主义的信仰，他们用这种信仰来武装自己，解放了中国亿万劳苦大众。深层结构是向“真善美”的追求致敬。欧阳黔森将“真善美”落实到了影片当中。影片一开头就是一个红军战士在阵地上给一棵菊花培土，并且为了防止菊花被毁，还特意盖上了一个头盔。可惜国民党的大炮还是把这株菊花炸得粉碎。《极度危机》中这棵菊花遭炸的细节暗示着作为反动派的国民党是这种爱美天性的破坏者。影片中小兰和小琴的遭遇也值得关注。小兰和小琴都是十多岁的孩子，但是小兰被国军混进红军中的特务姜彪残忍地勒死了，小琴的有关情节则更富有观念性。国民党军官司马雷要枪杀小琴，钱磊（即红军卧底黔阳生）劝他说：“她还是个孩子，如果我们杀了她，我们和屠夫有什么区别？我们是军人，不是屠夫。”司马雷假装听从劝告，放过小琴，和钱磊一起走了。结果没走几步，回过头来一枪把小琴打死了。司马雷的这一枪可以说是打出了战争的严酷性和国民党失败的历史必然性。孩子代表着未来，连小兰和小琴这么小的孩子都不顾性命参加红军，恰恰艺术性地说明了共产党和红军的信仰具有强大的感召力。而国民党反动派居然连这么小的孩子都不放过，恰恰说明了他们的残忍人性。在影片中，通过这两个情节，观众也可以直观地感受到红军与国军的善恶之别。红军与国军的善恶之别，正是红军在这场大的战争中取得胜利的深层合理性所在。“得道多助，失道寡助”是中国的传统观念，其中也蕴含着中国人的深层历史观。在中国的历代史书中，总是将历史与道德关联在一起形成历史—道德叙事。而这种历史—道德叙事正是一种信仰叙事。正因为有信仰，影片中那么多红军才甘愿牺牲自己的生命。十七师为了阻挡敌人，战斗七天时间减员过半。杜鹃带着几个战地医院的女护士去而复返，李菁菁和小兰因重返而牺牲。

## 五、战争中的严酷人性

《极度危机》其中一个审美核心是表现了战争中的人性。人性是人类永恒的话题，也是哲学、艺术以各自不同的形式反复讨论和表现的主题。古往今来讨论人性的理论不可胜数。中国儒家学者孟子的话在中国文化传统中具有一定的代表性，他认为人固有四端：“恻隐之心，仁之端也；羞恶之心，义之端也；辞让之心，礼之端也；是非之心，智之端也。”[1]中国儒家的核心伦理观念就是“仁”，而“仁”的一种表现就是“恻隐之心”。与中国传统儒家的仁学观念相通的是西方的人道主义观念。恻隐之心和人道主义都是日常生活中的人性观，战争作为一种人类生活的特殊形态，人性在其中也有特定的形式。许多写战争题材的作家都曾经在人性的表现上遭到误解和非议，他们为此也曾有一些自我辩护。莫言曾说：“悲悯，是有条件的；悲悯，是一个极其复杂的问题，不是书生的臆想。”[2]《极度危机》对战争中的人性描写具有高度的真实性和严酷性。贺湘云的爱人李菁菁被敌人抓住了，并被带到敌人与贺湘云交火的前线，威胁贺湘云。贺湘云是特科人员，曾枪毙过很多人。红军特务连连长“张老七”一直对贺湘云有恨意，觉得他心太硬。但是在这个关键时刻，当敌人用枪指着贺湘云的爱人李菁菁，架到两军阵前时，张老七看到贺湘云的手抖了。这个细节表现贺湘云心中对李菁菁的爱，也说明了红军也具有普通人的情感。张老七临死前向贺湘云道歉，说是他开枪打死了李菁菁。贺湘云说：“我不怪你，你不开枪，我也要开枪。”在两军交战时，为了更多战士的生命，而无法顾及自己所爱的人，影片在这个地方以战争的逻辑表现了贺湘云的人性。影片中更需要浓墨重彩来讨论的是红军女护士与陈科长的关系。一方面，女护士要保护陈科长，希望能把他转移到安全地带；另一方面，由于陈科长掌握着大量重要机密，坚决不能让陈科长落入敌人的手中，所以在无法保护他的情况下，必须对陈科长“执行任务”，做到“活要见人，死要见尸”。影片在这里要处理的是红军“拿枪指着自己的同志”的问题。没有人愿意拿枪指着自己的同志，但是在万不得已的情况下，如果不这样做将会有更多同志丧命，这其实就是一个伦理学的经典问题。在影片中执行这一任务的是美丽的女护士杜鹃和燕子。在九洞天的山洞里，燕子在山洞深处拿枪指着昏迷中的陈科长，精神极度紧张，两手都在发抖，可见她内心的挣扎。在影片的结尾部分，红旗迎风飘扬，本来以为故事结束了，谁知杜鹃一行又遇到了一群穿着国军服装的士兵，杜鹃又将紧紧攥住的枪指向了陈科长。这时候镜头抬起来，荧幕上呈现给观众的是远山和天空。而杜鹃的枪和陈科长则留在了人们无限的想象当中。这个处理可以说精彩至极。在讨论这部影片中的人性处理的时候，我们还是不能不提到司马雷回手一枪打死小琴的细节。钱磊以“军人”和“屠夫”之别，来规劝司马雷不要打死小琴，我们作为观众不论是立场还是情感都是站在小琴这一边的，当然希望司马雷能够放过小琴，但是当司马雷回手一枪时，我们却在某种意义上感到了这场战争的严酷性。从战争艺术的角度来说，这个反动派的“回手一枪”打出了《极度危机》人性叙事的高度。

## 六、历史理性主导与社会效益优先

习近平总书记在文艺座谈会上的讲话中指出：“一部好的作品，应该是经得起人民评价、专家评价、市场检验的作品，应该是把社会效益放在首位，同时也应该是社会效益和经济效益相统一的作品。在发展社会主义市场经济的条件下，许多文化产品要通过市场实现价值，当然不能完全不考虑经济效益。然而，同社会效益相比，经济效益是第二位的，当两个效益、两种价值发生矛盾时，经济效益要服从社会效益，市场价值要服从社会价值。”[3] 欧阳黔森的影视作品一直非常重视社会效益，而且取得了良好的社会效益。就他之前拍摄的电视剧《奢香夫人》《二十四道拐》《雄关漫道》等影视作品来看，其中有深刻的民族国家的情怀，以影视艺术的形式从不同的历史时期构建了中华民族视野中的贵州形象。不仅以扎实的艺术作品唱响了主旋律，在中国文化艺术空间中浓墨重彩地书写了贵州，提高了贵州的文化自信，而且还产生了令人意想不到的经济效益，拉动了贵州相关地区的文化旅游。同样，影片《极度危机》也首先着眼于社会效益。这种社会效益，首先表现在它的“信仰叙事”上。二十世纪八十年代以来，理想主义衰落，市场经济兴起，整个社会的价值观念发生了很大变化。大众在消费主义的影响下，普遍比较关心与自己相关的实利。在大众当中，有一定程度的“信仰危机”。加之过去有些粗制滥造的红色题材影视剧给人们造成了不良印象，以至于对这类影视剧的艺术水平形成了先入为主的偏见。因此，以《极度危机》为代表的这类艺术质地优良，以新时代的精神重述红色故事和传承红色基因的作品是非常有必要，也非常及时的。《极度危机》中的英雄人物是历史理性主导下的英雄。贺湘云也同其他普通人一样内心有着柔软的爱情，在他的爱人面临生命危险并且要求他做出抉择的时候，他也感到心在疼痛、手在颤抖。但是他深刻地明白他在战争中所承担的责任，他能透彻地领悟这场战争的历史意义，因此他不得不割舍个人的小爱，成全民族国家的大爱。像贺湘云这样的理性英雄，在一定意义上是“神圣”的，他够得上“民族英雄”的形象担当。这样的艺术形象，可以增强民族的凝聚力。这样的价值不是经济能够衡量的。由此，我们就能够看到《极度危机》在民族国家高度上的意义。同时，《极度危机》与欧阳黔森过去的影视作品一样，也有重要的地域性价值。这部影片不仅选取了红军长征在贵州毕节的一段历史来拍摄，而且还有意采用贵州方言作为人物语言，进一步加强了其中的地域色彩。因此，《极度危机》还从语言的角度推广了贵州文化。

总体来说，欧阳黔森的影视新作《极度危机》将新时代的红色叙事推向了新的高度，与此同时，也给新的历史条件下红色叙事如何取得良好的社会效益带来了诸多有益的启示。这两方面都将对新时代如何讲好中国故事和传承红色基因带来重要启示。相信在时间的放大镜中，《极度危机》的信仰叙事及其艺术价值将为越来越多的人所认识。

**参考文献：**

[1] 杨伯峻：孟子译注 [M]. 北京：中华书局，2008：59.

[2] 莫言：丰乳肥臀 [M]. 上海：上海文艺出版社，2012：4.

[3] 中共中央宣传部：习近平总书记在文艺工作座谈会上的重要讲话学习读本 [M]. 北京：学习出版社，2015：22.

2021 年《电影评介》第 5 期

# 电视连续剧《雄关漫道》研讨会纪要

王家琦　赵　聪

**明振江（八一电影制片厂厂长）：**

“拍摄电视剧《雄关漫道》，是在解放军总政治部、中宣部、国家广电总局的部署下，为纪念中国工农红军长征70周年的命题之作；但从另一个角度来看，这部剧的创作恰逢其时，我们的时代呼唤这样的作品。在构建社会主义和谐社会的大氛围下，推出以繁荣先进文化、建设和谐文化为主题的优秀作品，是我们军队文艺工作者的使命和责任。

我们在创作电视剧《雄关漫道》的过程中获得了一些宝贵经验：

一、在题材选择上、拍摄角度上，另辟蹊径，填补历史空白。

二、在主题开掘上，能够深入地挖掘长征精神，以昭示后人。

三、在艺术表现上，遵照历史题材一贯的创作原则，既写好大人物，也写好小人物，注重人物的情感命运。在大的气势和小的细节的结合方面，做到有突破、有创新。

这部电视剧的收视率最高抽样达到7个百分点，不仅老同志、老领导、老首长喜欢看，年轻的同志也喜欢看，并深切感受到这确确实实是我们中华民族的骄傲，是民族精神的史诗。

**李准（文艺评论家）：**

从两个角度谈一下电视剧《雄关漫道》对于长征题材的开拓和创新。

第一，内容的开拓和创新。有关长征的重大作品有 20 部左右，却没有一部直接反映红二方面军这段历史。《雄关漫道》的出现，给长征题材画上了一个圈。

第二，对长征精神的开拓与创新。首先是对大局意识、全局意识的体现，全剧有将近一半的篇幅在讲红二方面军如何策应中央红军；其次是中国工农红军、中国共产党依靠自身的性质，赢得群众，赢得一切有识之士、有正义感的人参与进来，这是我们立于不败之地的根本。这一点与以往的长征题材相比，对于长征精神的开拓特别突出。

**仲呈祥（文艺评论家）：**

《雄关漫道》从一个独特的角度，反映长征这段光辉、难忘的历史，再现长征精神。从艺术的呈现方式、审美的行为方式上，它体现出一种和谐的、补充的贡献。大事不虚，小事不拘，有领袖人物，又虚构了一些戏份很重的基层人物，使两者水乳交融、互补生辉。这是一种审美思维上的创新，说明了我们对革命历史题材的表现方式更加具有包容性，更加丰富多样，更符合百花齐放的方针。

有一种误解，和谐文化就是不写矛盾的文化，这是不对的。长征精神里最可贵的大局意识、团结意识，为了总目标不惜牺牲自己，这才是和谐艺术，是一种追求终极目标的艺术。比如里面体现的军民关系、民族意识。我们的革命历史中，蕴含着建设当代先进文化，包括当代和谐文化的丰富资源，我们应当彻底摆脱过去那种非此即彼的简单意识。因此，我觉得这部作品在长征题材的电视剧中，在整个重大革命历史题材的创作中，具有独特价值和突破意义。

**陈先义（《解放军报》文艺部主任）：**

第一，这部戏与以往反映长征的电视剧相比，最大的不同之处在于描写的主要是普通人物，开辟了另外一种风格。过去写长征，重点写的是领袖、高层，写的是大事件、大感受；但是写大人物往往受形象、事件所左右，表现起来就比较拘谨。因此编剧把悬念建立在虚构人物身上，以获得更大的创作空间，做到了既尊重事实，又不拘泥于事实。

第二，依靠生动感人的细节来支撑人物塑造。整部戏不仅作战场面宏大，细节的描写更是精彩，真实感很强。服装道具虽然残破，但不失英雄的豪气。

第三，故事起伏跌宕。每一个切入点都能很快抓住观众的注意力，不断有悬念产生，虚构人物与真实人物密切结合，各个板块中的人物能够有机地组成一个整体。

这部戏略有不足的地方，就是对萧克这个人物的塑造表现得少了一些。

**丁临一（武警政治部电视艺术中心主任、评论家）：**

《雄关漫道》作为一部纪念红军长征胜利 70 周年的献礼作品是非常成功的，它脉络清晰地呈现了红二、六军团在红军长征中的历史进程。

第一，从结构上看，有相当一部分戏是描写红二、六军团的前史。这部分编导把握得非常好，该舍的地方就舍，主要突出红二、六军团在整个红军长征历史中所发挥的独特作用，突出红二、六军团自觉的使命意识、大局意识。

第二，在人物塑造上，对贺龙、任弼时这两个灵魂人物、核心人物、旗帜人物把握得很成功。另外，用虚拟的手法把一大批师团干部全部概括起来，大胆地展示他们在战斗中的友谊、冲突与较量。这种方法在重大题材中概括性更强，更有利于塑造人物。

第三，注重对细节的开掘，剧中很多细节非常具有震撼力。比如，有一个腿被打断的战士，已经不能再回到军队里，他口袋里还有几颗子弹，于是把子弹送了回去。事情不大，但是有助于引导当代观众正确认识那段历史，或者说更深刻地从本质上认识我们的军队，认识到他们坚定的革命理想和自觉为革命献身的精神。

**范咏戈（《文艺报》总编辑）：**

重大革命历史题材的创作走到今天，遭遇了若干创作上的瓶颈，而电视剧《雄关漫道》又给我们提供了新的可能、新的趋势。它是一部把历史唯物主义观和艺术辩证法融合在一起的成功作品。它在既定历史和想象的艺术空间中，奋力走出一条自己的路子，既遵从历史，又敢于创造，主要表现在三个方面：

第一，历史进程和人物命运。没有人物命运就没有真正意义上的历史演进。这是两个范畴，也是一对矛盾，但是又能够互为表里，互为内容，互为形式。

第二，领袖人物和普通人物。领袖人物引领历史，普通人物也能影响历史。

第三，军情危机和人物情怀。没有军情危机就难得有观赏性，但光是打打杀杀也不够，还要有人物的情感命运。

另外能够在真实历史的叙事当中，追求到剧情最大的传奇性。敌军师长张振汉、前贵州省省长周素园，还有瑞士籍的传教士博德士，多种身份的人物参加到红军的长征中来，使观众看到了新的红军传奇。

**王伟国（中国传媒大学博士生导师）：**

《雄关漫道》给了我三点启示。

第一，要写好人物，写好戏剧冲突，这是最关键的。在剧中，由于参加红军的每个人所处的环境、经历、命运各不一样，造成了人与人之间的性格差异，每一个人都具有自己独特的个性，经过艺术家的提炼、概括形成了鲜活的艺术形象，令人印象深刻。

第二，注重描写人物的内心冲突。外部冲突与人物内心世界的情感矛盾互相交融，才能构成一个人物性格的多面性、复杂性和独特性。这部作品对于人物的内心世界描写得很有特点，尤其是对李明全、张振汉的内心刻画得比较细腻，也比较真实。

第三，注重对真实的追求。真实记录、再造生活的原形，真实揭示人物情感，这是电视剧艺术的根本特征。导演准确地把握了这个特征，营造了四个真实——空间的真实、时间的真实、声音的真实，以及人物情感的真实，构成了《雄关漫道》真实的特征。

演员在表演上也实现了一个追求真实的过程，特别是将贺龙表演得非常松弛、自然、流畅。片中体现出来的大局意识、自觉的牺牲精神、对信仰的坚定信心等，都是通过人物的真实情感表现出来的。比如贺龙处理岳林盛的戏，还有岳林盛和李明皓两人关系的转换，都是很感人的。另外，无论内部还是外部，都比较真实地营造了环境气氛，具有自然光下的美感。低调处理使整体的情绪气氛比较好，体现了照明上的特色。在细节上也追求真实效果，比如服装做旧的处理、小道具的使用、血液的效果等，都将观众带入了真实的情境中。

**朱虹（国家广电总局办公厅主任）：**

第一，电视剧《雄关漫道》在拍摄时间紧迫、拍摄条件非常恶劣的情况下，能够做出新意，做出震撼，突出不同点，很不容易。

第二，国家不会要求制作单位具体去做什么题材，而是通过市场的办法，同时我们把好审查关、市场准入关。其实市场上有很多人在做主旋律，据统计80%的投资来自民营企业。军队在主旋律创作当中作出的重大贡献，尤其应该给予高度的肯定和赞扬。

第三，不仅填补红二方面军的空白，而且故事讲得很流畅，能抓住人。电视剧通过多年的摸索，我想最有规律性的就是必须有好的故事，而且故事要环环相扣。

第四，塑造了丰满的人物形象。李明皓的弟弟李明全刚参加红军时，想要当官、出人头地、发财，后来他接受战争的洗礼，成为一个彻底的革命者，说明部分人一开始参加革命的目的并不是很纯洁。另外通过张振汉、周素园、何家一家人等不同的视角，说明了红军有巨大的感召力，能够得到群众的拥护。

对于领袖人物性格魅力的发掘，还可以更深一些。第一，怎么更进一步开辟个性和特色，有时个性和特色一出来就能抓住人，但是这个特色是在一定条件下产生的，而且对于今天有现实意义；第二，我们讲高潮迭起，好戏连台，每集当中要有一个高潮点出现，才能更好地把观众抓住，取得更大的成功。

**才华（国家广电总局社管司司长）：**

八一厂这几年抓电视剧颇下了一番功夫。2005年、2006年已经领到许可证的有6部134集，多数收视率都比较高，如《幸福像花儿一样》，给大家留下了非常深刻的印象。

就《雄关漫道》来说，既是一个讲战争的剧，同时也是一个写情的剧，而且把战争的残酷和感情的真挚处理得严丝合缝，所以大家觉得好看。另外，结构也很有特色：不是全局笼罩式的情节，而是层层推进，峰回路转。情节的紧凑给人感觉好像一直处在扣紧扳机的状态。人物的命运也是一波三折，心路历程刻画得非常精到。

这部剧写出了东方的神韵，中国人的内在精神和英雄精神。缺点是有的人物写得不够丰满，王震相比萧克和关相应还算比较突出，但是感觉跟已经形成的印象还是有些差距。

**郭运德（《人民日报》文艺部主任）：**

我把电视剧《雄关漫道》归结为三个“一”：一个现象、一个集体、一部作品。

“一个现象”，纪念长征是一个非常耐人寻味的现象。其实在某种意义上，长征不是一个高歌猛进的状态，而是被逼走向了艰苦卓绝的征程。但是正因为有了长征，有了这么一支为了我们中华民族的解放事业而无畏向前的军队，他们的革命意志，他们的勇气，才创造了人类史上的奇迹。当年蒙哥马利会见毛泽东的时候也说道，人类焕发出来的精神力量是不可战胜的。所以，有过长征经历的这样一个政党、这样一支军队是不可战胜的。

“一个集体”，这部剧的制作单位是一个优秀的创作集体。八一电影制片厂在众多文化传媒、制作机构面前，显示了军人本色，显示了一个文化创作集体光荣、神圣的责任感，而且做出了很好的成绩，值得我们为之表示敬意。

"一部作品"，《雄关漫道》是一部好的作品，它尊重历史，但又不拘泥于历史。和以往作品不同的是，它不依靠常规的革命历史题材和宏大的英雄叙事，而是截取了长征中的一些片段。除了以点带面、以小见大的特征以外，还用艺术化的手段，按照人物性格的变化，按照事态的发展，按照人们的情感逻辑来编排，甚至有时打破时空，总体上形成一种非常好的文化氛围。我们描写长征，不应依靠概念式的、主题先行的灌输，而应更多靠细节、靠场景、靠人物的情感来挥洒这一段历史。

**尹鸿（清华大学传播学院副院长、教授）：**

现在讲革命历史题材形成了一个经验：先通过政治配置把各个层面的人物来做一个对照，知道哪些人是不可或缺的。还有一套艺术配置系统，把政治对历史的检视变成艺术对历史的检视。这部作品在政治配置与艺术配置的结合上有很多自己独特的地方：

第一，以基层人物写重大历史事件。我们过去主要写高层领导，以基层人物作为铺垫，但是上层人物的情感关系很难写。这部剧以基层人物作为切入点，把情感关系贯通，对创作空间是一个很大的解放。

第二，人物的差异性选择。一个戴眼镜、有一点书生气的人物，作为革命历史题材中的第一主人公是很少见的。我们过去的影视作品中，人物走上革命道路大多是因为走投无路，如《红色娘子军》。而岳林盛是一个理想主义者，他有一定的知识和文化，能够解释信仰，而且在部队里起到了上下贯通的作用。这些特点填补了很久以来我们的艺术作品对这种理想主义者塑造的不足，但是存在一个问题，就是这种差异性贯彻得不够彻底。比如岳林盛牺牲后，三方面军大会师，所有的战士，包括曾经爱慕他的小玲，似乎忘记了他的牺牲，大家都兴高采烈地欢呼。其实这时我们应该还原人物的心态，她可能想到的是她所爱的人只差一步就能看到胜利的情景，让她沉静一些。人物的差异性在集体戏当中要做到有所区分。

**路海波（中央戏剧学院影视传媒学院副院长）：**

从某种角度讲，《雄关漫道》是一部很不一样的长征题材剧，有三个特点：

第一，创作观念新。它的基本点是通过岳林盛和李明皓这些小人物来投射和折射重大历史事件和历史人物。

第二，定位准。如何贯彻这个基本点，创作者在观念上也有一个基本定位：通过人物命运带动事件走向，反过来事件又体现了人物的性格。对虚构人物着力非常多，观众就摆脱了对于是否真实的怀疑。大人物、大事件很真实，大的真实和虚构的真实结合在一起，不是虚构达到了假，而是虚构达到了最终艺术的真实。

第三，细节好。把主题埋起来，通过人物命运和细节来揭示主题。细节就是生命，没有好的细节，这部片子就没有了性格，它体现了我们这个创作集体有非常明确的创作理念。

**孟祥林（中宣部文艺局副局长）：**

《雄关漫道》是中央 17 号文件里提到的唯一一部电视剧，也是总政专门发文的唯一一部电视剧。谈两点感受：第一，这部剧是思想性和艺术性有机统一的好作品，是富有吸引力、感染力的好作品；第二，总政宣传部作为一个领导集体，和制作单位八一电影制片厂一起，用新长征的精神，尤其是用创新精神和务实精神，实现了好的创意和很好地完成了中央交办的任务。

**汪泾洋（《解放军报》编辑）：**

这部戏在通过革命战争的偶然性来揭示中国革命取得胜利的必然性方面比较突出。在具体的作战方式上，不仅强化了革命战争的本质，而且在表现方法上有一些特别鲜明的地方，就是举重若轻，以小见大，让人感觉朴实自然。举一个小例子，张振汉被活捉之后，部下问贺龙怎么办，贺龙说："放了。"我感觉这两个字不是随便说的，其意义非常深刻。国民党对红军的"围剿"政策是：宁可错杀一千，不肯漏过一个。通过贺龙这简简单单的两个字，观众能从剧情当中深切体会到两大阵营本质上的不同。再过一百年，长征题材可能还会有好的作品出现，关键在于我们的创作者怎样开动脑筋，用创新的思维方法来处理这些素材。

**马雄干（总政宣传部艺术局副局长）：**

《雄关漫道》有三个亮点：

第一，作为纪念长征 70 周年系列活动中的重头戏，发挥了很好的作用。

第二，表现贺龙将军的影视剧不多，众所周知的就是《两把菜刀闹革命》《洪湖赤卫队》等等。但是从《雄关漫道》中的角度展现贺龙的很少，特别是对于贺龙的大局意识、高超的指挥艺术的描写。

第三，在重大革命历史题材中，塑造人物的创作有了很大进步，对于贺龙、岳林盛、李明皓，还有何家一家四口的人物形象都刻画得非常生动。

**李馨武（中国电视艺术委员会副主任兼秘书长、高级编辑）：**

电视剧《雄关漫道》在情与理的结合上进行了非常好的处理。所谓理，一部重大革命历史题材剧，肯定要讲一些道理，问题是怎样讲效果更好。

这部剧里没有大道理的说教，但又处处反映出这些道理，而且是通过合乎真实的情表现出来的，这是它的一个特色。比如红二、六军团为了掩护中央北上，要去牵制敌人的兵力，但是遇到一些不符合具体情况的决定的时候，又能够从大局、从他们自身处的位置来考虑，并解决这些问题。剧中贺龙和任弼时都说道：这么做虽然和中央的指示不完全一样，但是他们不了解我们的实际情况，如果犯了错误我来承担。当然更多还是通过细微的情来表现，如任弼时的身体不好，在过草地的时候，甚至连行动都非常困难，但是他一直在坚持。他的夫人生孩子，贺龙去给他们钓鱼，做鱼汤。如岳林盛到最后并没有说革命会怎么样，只是说我想和明皓一起去看陕北的太阳，这都是一种感情上的流露。观众看了之后，特别是这些情节上、情感上、细节上的东西，可能更容易被他们所理解、所接受、所相信，而且到最后会被这种精神所感染。

**2007 年《中国电视》第 2 期**

# 电视剧《绝地逢生》研讨会纪要

曹　营

说到近期农村题材的电视剧，观众耳熟能详的不是赵本山的《乡村爱情》，就是潘长江的《清凌凌的水蓝莹莹的天》，刮的尽是东北风。如今一股西南风通过中央电视台的荧屏刮向了全国，这就是电视剧《绝地逢生》。这股风刮得怎么样，有没有什么新鲜的气息？在由中国电视艺术委员会、中国电视艺术交流协会、中共贵州省委宣传部、中央电视台影视部联合主办的电视剧《绝地逢生》研讨会上，专家们做出了回应。

**李建国（贵州省委宣传部常务副部长）：**

2009 年 3 月，电视剧《绝地逢生》在中央电视台一套黄金时段播出，产生了很好的反响。《绝地逢生》的创作生产和播出，使我们收获较大：一是在和中央电视台、八一电影制片厂的合作过程当中我们学到很多经验；二是锻炼了我们省的文艺创作管理队伍，为我们继续抓好电视剧创作奠定了很好的基础；三是弘扬了自强自信开拓创新的新时期精神，进一步激发了广大干部群众热爱贵州、建设贵州的巨大热情。

**明振江（八一电影制片厂厂长）：**

这部电视剧不是军事题材，但是我们感觉到它象征长征精神的传承。改革开放开启了新的长征的伟大序幕，这又是一场艰巨的、艰苦卓绝的伟大革命，同样需要长征精神。在精神传承的基础上，拍摄这部电视剧完全是时代的馈赠，这就是真正地深入生活、深入改革开放、深入火热的第一线去捕捉生活，去发掘生活。实际上《绝地逢生》的创作也是这样，因为这个故事的原型就是胡锦涛同志任贵州省委书记时发现的一个山区致富的典型。用电视艺术体现科学发展观，是这部农村电视剧的时代主题。

**欧阳黔森（贵州省作家协会主席、编剧）：**

我们是去年跟中央电视台确定拍这部戏的，我们的创作时间不到50天。因为平时经常深入乡村，对这片的拍摄地非常熟悉，对改革开放也比较熟悉，尽管时间紧迫，但还是如期完成了任务。

**胡璋（《绝地逢生》导演）：**

我自己有一个环保方面和生态方面的情结。看到这个本子的时候，尤其是在剧本策划阶段，感到这个戏有可能实现我的这个情结。比如说戏里的蒙幺爸，我觉得就是农耕文明的一种代表，他脚下走的就是我们社会进程中从索取破坏到保护建设的文明发展之路。我觉得生态这个因素是不能忽视的，这和科学发展观的核心思想是一致的，是人与自然的和谐共处。

**朱虹（国家广播电影电视总局办公厅主任）：**

第一，这部戏有一个重大的主题，表现了重大的思想，即从毛泽东的实事求是一直到胡锦涛的科学发展观。

第二，这部戏塑造了鲜活的人物，特别是蒙幺爸和他的三个儿子。这里面要说的是二棍，农村人要想真正走出贫困、真正接触外面的思想，一定要有二棍这样的新型农民。

这部戏的问题一个是戏开始的时候线索太多，每个出场的人都讲一段，没有相互的联系。电视剧还得突出主要人物，特别是人物的个性特征要鲜明，看完以后可以记得住。再一个就是故事情节有点慢。

**李准（文艺评论家）：**

《绝地逢生》的创作应当说推动了农村题材电视剧向繁荣的方向发展。过去农村题材主要集中在东北三省。今天终于有了一部反映贵州地区脱贫致富的电视剧，这确实让人眼前一亮。

这部剧采用纪实风格记录了一则伤痕累累的童谣。故事的塑造从一个很特别的角度，凸显了中华民族精神最可贵的东西，就是自强不息。我说这个蒙幺爸有点像中国当代农村的夸父。夸父是一个悲剧人物。蒙幺爸本身是一位农民，习惯向自然索取，但是同时他又从骨子里想让大家过好日子。一开始是集体开荒，也修了水坝，失败了再奋斗，不停地寻找出路，这里面有很多像蒙幺爸这样的人。这个结局也还比较好，非常真实非常朴素的伤痕累累的英雄的形象，一点都没有拔高。他的认识在一点一点的吃苦的过程当中提高和转变。

这部剧的人物最好集中一下。从戏剧冲突来讲，应该有一个更大的高潮。

**刘润为（《求是》杂志副总编辑）：**

这部剧反映了贫困地区农民对科学发展观的伟大实践，但绝不是简单的公式化、概念化，而是一部遵循艺术规律、具有艺术品格的作品。这是它的第一个可贵之处。这部作品所包容的思想性、形象性，是完全融入场面和情节之中的，人物的塑造也是朴实生动且有血有肉的。

这部剧的第二个可贵之处就是它艺术地表现了科学发展观的人际关系问题。我们可以看到盘江村的人际关系是非常亲密、非常融洽的，那么这个融洽亲密的基础是什么，就是中国特色社会主义制度。实践科学发展观离不开无私奉献的精神，离不开顽强拼搏，包括自强不息的精神，如果没有这些精神，科学发展观也不可能实现。从这个意义说，生态和谐背后支撑的是人际关系的和谐。

**郭运德（《人民日报》文艺部主任）：**

这部戏的可贵之处在于一改往年传统的愚公移山、改天换地的叙事模式，完全从一个新的角度因地制宜讲科学发展观。一个开始不适宜人类居住的贫困山区，通过自己不断奋斗，从开荒种地、建水库，到最后的植树造林，找到了一条人与自然和谐发展的路子。

我认为这部戏很可贵的是反映了贫困山区的跨越式发展道路，从贫困到富裕，再走向和谐这样的路程，它改变了我们传统的人定胜天的观念。我们看到扶贫开发、人口控制、退耕还林、科学发展这样的过程，走出了一条适应中国西部山区农村的可持续发展道路，从这个意义上来说这是一个新的突破。

我觉得更可贵的是塑造了一系列自然的农民形象，突出了一系列农村基层干部的形象。特别是二棍这个形象，应该是《绝地逢生》的一个贡献。像蒙幺爸这样吃苦耐劳的农村劳动者很多，这样的形象在我们的文学影视作品当中也是比比皆是，但二棍恰恰是这部戏里最大的亮色。

他是贫困山区和发达社会的桥梁，他是传播了外界科学的信息和致富门路的新农民形象。这个形象是很有意义的，但就是不够深，不够具体化。

不足之处，我觉得生活的厚度，特别是过目不忘的细节，展示得还不够。科学发展观和山区从贫困到富裕的探索这两者的结合，我觉得也是断断续续的，应该说打磨得还不够细腻。整部戏还是有点平铺直叙。

**仲呈祥（文艺评论家）：**

这部剧带有悲剧意味、悲剧精神，但它本身属于历史正剧，更具有历史的穿透力和更深厚的民族精神。我觉得尤其要关注，因为时代需要、民族需要。我觉得精神上的延续、精神上的体现、精神上的美学追求是尤其应该肯定的。

我认为这部戏完全是从生活里来的，说它是生活的馈赠这个判断非常正确。在表现生活给我们的丰富的东西的时候，我们艺术的提炼和深化还有工作需要做。比如说长篇电视剧的审美规律，我们是不是娴熟。我说人物过多肯定不行，一定要相对集中，有没有一种更好的结构办法能够使它的节奏更加明快，更加充满情感的冲击力。我非常感谢的是中央电视台能把这样一部作品放到一套的黄金时间播出。可能这个作品收视率按照现在的统计办法不是很高，但是我要说一点，收视率不等于收视质量，这是两个概念，我们要更准确地把握收视质量。

我个人认为现在的文艺创作包括文艺评论，要突出强调引领，要反对迎合。像这样的作品，它肯定是既反映了中国农民的精神世界，又引领了中国农民乃至全民族的精神生活。因为先进文化本身所承担的引领作用，是必须强调的。

**王伟国（中国传媒大学博士生导师）：**

《绝地逢生》饱含了丰富的文化内涵，作品全景式地表现了贵州省少数民族地区盘江村30年来变革的历程。这部戏主要是写人与自然的冲突，当然还有人与人之间观念的冲突，弘扬了我们民族自强不息、勤劳勇敢、艰苦奋斗的精神。盘江村农民经过30年的努力，不仅摆脱了贫穷，同时在摆脱贫穷的过程当中，也树立了人的尊严，这一点使盘江村农民在精神上得到了极大的解放。种粮食和种花椒的冲突，以及个人利益与集体利益的冲突，也写得很尖锐，也很出色。

这部作品塑造了新农村建设过程当中的农民英雄，表现了普通人的人性美。从蒙幺爸身上我们可以看出中国农民的优良品质和我们民族的精神。

这部作品既没有停留在人与自然的冲突当中，也没有停留在一般的戏剧性冲突当中，更没有停留在展示农村的贫困落后这方面，而是更深入地揭示了在矛盾冲突中所显示出来的农村建设社会主义新农村的决心和信念。

有一点不足就是15集以后，叙事上面就讲过程了，讲人物命运少了，戏剧冲突淡化了。另外，我感觉人物在造型上，好像30年还是一个老样子，没有什么变化。

**尹鸿（清华大学新闻传媒学院副院长）：**

首先这是一个别有意义的题材。“绝地逢生”这四个字，不仅是对贵州的贫瘠地区的象征，其实也是对当时的中国社会的象征。当时的中国也处在绝地的状态，这四个字非常好，表达了中国在绝地的情况下获得新生的过程。现在有历史厚重感的作品比较少，这个作品在这方面也有非常重要的意义。这个作品在叙事上采用了一个传统的方法，即以蒙幺爸家的三个孩子为核心，构成整个故事的框架，使整个戏剧性的情节比较流畅，也还能够把历史的背景串起来。而且在人物的设置上，考虑到了人物的性格差异、功能性差异，每一个人物都代表这个社会当中的社会身份，让每个人都有自己的个性又有自己的社会身份。

在叙事上，从一开始戏剧性就很强烈，最后的结局是以老二的牺牲作为代价来象征性地表明中国农村的变化。论证性的思路都非常完整，人物的设置也非常完整。

**彭吉象（北京大学影视艺术学院院长）：**

这是一部以农村题材正面描写科学发展观的作品，这一点应该说更加可贵。《绝地逢生》在人与自然的背后，有着人与人的和谐，甚至还有人自己内心的和谐。这部电视剧给我留下比较深刻印象的是两个人物，一是蒙幺爸，代表的是农村的基层干部；二是蒙二棍，代表的是农村青年形象。

**陆海波（中央戏剧学院影视系主任）：**

《绝地逢生》中的蒙幺爸和韦号丽是两代共产党员。蒙幺爸是传统思维方式，他认为只要拼命苦干一定能带领乡亲们告别贫穷，走上富裕道路。但是一次次的事与愿违，使蒙幺爸在新的形势面前认清自己因为文化低，对科学知之甚少，很难实现科学发展，所以他把盘江村的决策权交给了有知识的韦号丽。她按照科学发展观的要求，既要保护环境，又要发展经济，提高农民生活水平。从这一点来讲，《绝地逢生》带给我们的还有更多方面的启示。

**范咏戈（《文艺报》总编辑）：**

这个戏我不把它定为一个农村生活的戏，而是定为一个阐释科学发展观的戏，再往下发展有可能成为一种生态电视剧的类型。但绝对不是简单还原，它还是尊崇艺术规律的，是分离、掰开了以后的重塑，是现实生活的艺术化再现。

**李洋（总政艺术局大校）：**

我们能够在几亿农民中关注到贵州少数民族这样的边缘人群的生活，从他们生存状态转变的过程，非常清晰地用故事的叙述将他们托举出来。我觉得这一点是非常出色的。

**张德祥（中国电视艺术家协会评论部主任）：**

今天我们又讨论了一遍蒙幺爸的艺术形象。我们知道这些年来为了发展和致富而丢掉人格尊严是很普遍的事。用尊严去换取钱财，换取金钱，我认为这不符合科学发展，不是正确的方式和方法。这一点，电视剧中也有所表现。另外，韦号丽这个人物是非常生动的，她身上有一种善良和正义。

**任谦（国家广电总局媒体管理司副司长）：**

《绝地逢生》的的确确是从全新的视角书写了我们对新农村建设的一个渐进的认识过程、实践过程，最后达到人和自然和谐相处的最高境界，意义非常深刻。故事中塑造的人物都非常生动。

我认为这部戏的缺点是地方的语言特点没有完全表现出来，人物的对话对白都非常书面化。在一穷二白的山村里面，人们生活的当地，应该有很丰富的语言。

**傅思（中央电视台影视部副主任）：**

央视这几年来播出的电视剧，对于农村戏是有比较大的倾斜力度的。《绝地逢生》在两会期间播出，两会代表观看之后，讨论热烈。尽管收视率不是太乐观，但是我们应重视它的教育意义。

**李京盛（国家广电总局电视剧管理司司长）：**

《绝地逢生》这样的农村剧能够创作播出是一件很不容易的事情。作为管理部门，我们一直关心和倡导这类题材，这是我们的社会责任。近年来，我们在这些方面的工作可以说是取得了显著成绩，农村的变化大家有目共睹。总体来说，创作上的支持，播出上的扶持，这些对于农村题材电视剧的创作确实起到了一些积极作用。农村题材电视剧近年来在思想内涵上有新的突破，在风格和样式上也变得丰富多彩，这是一件让人欣慰的事。

2009 年《中国电视》第 7 期

# 民族历史文化的斑斓多彩与深刻的现实关照

## ——电视剧《奢香夫人》专家研讨会综述

一位杰出的政治人物，一段尘封的历史故事，28集电视剧《奢香夫人》将600年前贵州彝族水西部落一幕惊心动魄的“巾帼传奇”呈现在电视荧屏之上。该剧以我国彝族历史文化为题材，运用现实主义创作手法，将对历史时空的精确把握、当代精神的悉心关照以及人物命运的悲欢离合与精美独特的民俗风情交相融合，在当代人心中撩拨起共鸣的音弦，引发深刻的思考。

电视剧《奢香夫人》取材于真实的历史事件，以明代彝族传奇女政治家奢香38年短暂的一生为主线，讲述了她与夫君霭翠之间可歌可泣的“乱世儿女情”以及在霭翠殉国后，奢香夫人带领族人自力更生、开拓奋进，为维护国家统一、民族团结不懈努力，积极推动当地政治、经济发展的传奇故事。全剧结构严谨、疏密有致，叙事清晰、节奏流畅。在不久前由中国电视艺术委员会、中国电视艺术交流协会联合举办的电视剧《奢香夫人》专家研讨会上，与会专家对该剧蕴涵的精神内涵给予了高度评价。

与会专家一致认为，《奢香夫人》视野开阔，弘扬了以爱国主义为核心的民族精神，将主流价值观的宣传与文化历史保护相结合，将宏大的历史内容和深刻的现实启示以及个性化的艺术表达相结合，大大拓宽了主旋律影视作品的创作之路。《奢香夫人》是近几年来民族题材影视剧创作的一个重要收获。

研讨会上，贵州省作协主席、电视剧《奢香夫人》编剧欧阳黔森首先谈到，如何把一部少数民族题材的历史剧拍成一部弘扬中华优秀传统文化、彰显爱国情怀，同时又不失民族风情的作品，是剧本创作必须面对与思考的问题。在史料记载中，有关奢香夫人的记载只有寥寥数笔，这的确给创作带来了一定难度，但也提供了广阔的想象和创作空间。为此，在长达半年多的时间里，编导等主创人员深入少数民族地区生活采风，在了解当地历史文化、民俗风情的基础上，本着“大事不虚、小事不拘”的原则进行创作。在中华民族的历史长河中，各族人民为维护国家统一和民族团结作出了巨大贡献，奢香这一人物具有极强的现实性和时代感。

中国文联原副主席、著名评论家李准认为，《奢香夫人》是从整个中华民族命运的视角切入来描写彝族与汉族的关系，也是第一部系统表现彝族的文化历史和其对中华民族的形成、国家的发展所做重要贡献的剧作。从某种意义上说，《奢香夫人》诠释了中华民族的优良传统。

该剧将少数民族、汉族与整个中华民族的命运放置在社会动荡、各方政治势力纷争抗衡的大背景下给予深刻表现，形象、历史地揭示了国家统一、民族团结不仅是各民族有识之士的共识，更是中华民族发展之必然趋势。奢香夫人虽然是一位彝族的政治领袖，但对于中国56个少数民族来说，挖掘影视剧的创作题材，它还只是冰山一角。

《文艺报》总编辑阎晶明、中国传媒大学博士生导师王伟国都谈道，近年来，贵州省用《雄关漫道》《杀出绝地》《绝地逢生》以及《奢香夫人》这几部主流凸显、分量厚重、制作精良、具有鲜明地域特色的电视剧作品来带动文化、经济的发展，经验值得总结。少数民族的灿烂历史和文化是中国电视剧创作有待深入挖掘的富矿，它将增进人们对少数民族更加深刻和全面的认识，促进汉民族与少数民族在彼此了解与尊重的基础上和谐相处，共同繁荣。《奢香夫人》是一部在主题构思、结构布局、情节谋划、创作实施等方面都较为成熟的作品，它立足于当代民族团结、以人为本、民生至上、仁爱和谐等重要命题，具有很强的现实意义。

两位专家还认为，《奢香夫人》一剧体现了创作者较高的历史思维与艺术才华以及尊重历史、敬畏历史的严肃的创作态度，与一些歪曲史实、戏说历史、消解历史的剧作，形成完全不同的历史观和创作观。该剧以时局动荡的明朝初年为大背景，在这新旧焦灼、改朝换代的历史转型期，所有矛盾都牵涉到国家利益、民族发展与历史走向，在这当中，还契合进特定的民族地区、特殊的彝族身份，而对彝族生活的展现，又不仅仅满足于民俗、民风或家族部落。在这样一个历史转型期，作为女政治家的奢香夫人跳出普通女性仁爱、宽厚和母性的局限，站在民族和谐与国家利益的大局之上，抛弃个人屈辱做出抉择和判断，顺应国家统一的历史潮流，引进汉学和农耕文化。民族命运的动荡令人纠结，大格局的戏剧冲突尖锐激烈。该剧给人们提供了一个思考视角，即少数民族如何站在中华民族的大立场上，顺应历史潮流，与更多民族兄弟姐妹和谐相处。作品借古喻今，在凸显民族团结、构建和谐社会的大主题时，不人为，不造作，不粉饰，其教育意义和启示价值非常难得。

从电视剧本体上言，王伟国教授认为，《奢香夫人》一剧把奢香夫人的命运起伏作为叙事主线，通过四个方面的矛盾纠葛来描写奢香夫人的伟大功绩。如为引进汉文化、中原文化的先进理念和方式，为了维护国家统一与民族团结，奢香夫人与亲人、族人、朝廷官员等之间产生激烈冲突，并最终完成了西南边陲的统一，维护了汉、彝之间的民族和谐，使彝族人民逐渐过上美好的生活，展现了奢香夫人的性格、命运、理想、抱负。这种思想具有很重要的现实意义。

在中国艺术研究院研究员孟繁树看来，评价少数民族题材历史剧的成就与否，要把其放在当下电视剧整体发展水平的大背景下进行考量和定位。《奢香夫人》是从彝族视角来表现中华民族团结、统一的一部历史题材作品，其思想性和艺术性的完整，严肃认真的制作，可谓近年来少数民族题材历史剧创作的新的里程碑，它为未来少数民族题材剧的创作提供了可资借鉴的经验。具体说来有以下几点意义：

第一，这部戏所具有的民族、文化意识和视角，非常值得肯定。电视剧《奢香夫人》对这个问题清醒而深刻的理解，以及在表现上所体现出来的一种自觉意识，标志着少数民族历史题材电视剧的发展和进步。如果说，当年《努尔哈赤》是少数民族历史题材电视剧创作的一个里程碑的话；那么今天，《奢香夫人》就是具备了文化意识与民族视角的又一部划时代佳作。

第二，该剧以民族意识对待中国历史以及民族融合的曲折过程，充分揭示了民族融合中各种矛盾纠葛的较量，这是该剧成功的关键因素。

对于《奢香夫人》一剧成功地塑造了彝族女政治家奢香夫人的形象，与会专家给予了一致肯定。

中国艺术研究院研究员孟繁树、《当代电视》总编辑张德祥都谈道，该剧主题深刻，除了历史真实外，最重要的是通过奢香夫人的所言所行，表达出中华民族的优秀文化之一就是和谐文化。该剧从始至终，都将奢香夫人放在矛盾冲突的旋涡中与各种较量的风口浪尖上，在与大明朝廷、彝族部落内部、元梁王三方大的纷争以及无数小的阴谋较量中，生动地刻画出一个有眼光、有韬略、有胸怀、有胆识，从容淡定里透露着仁爱之心与仁德之美的女政治家形象，展示出其性格特征的丰富性与深刻性，为电视剧的人物画廊增添了一抹别具一格的亮色。

《解放军报》文化部原主任陈先义特别指出，剧中奢香夫人主动归顺当时统治阶层大明王朝，自觉融合到汉文化整体中去，体现出儒家文化对她的影响。该剧不仅写出了奢香夫人的聪慧美丽，更重要的是写出了她的大智大勇、大仁大爱、亲近百姓、凝聚人心的人格魅力。此外，管家果瓦的精明缜密、都督马烨的好大喜功、头领格宗的狭隘自私等众多形象也都刻画得性格立体、内心丰满。无论是对狭隘民族主义的批判，还是对大汉族主义思想的抨击，作品都没有流于表面直白，而是在情节的推进中、在矛盾的纠葛里自然显现。

总政宣传部艺术局大校李洋认为，从制作角度上说，少数民族题材电视剧非常难做。在当下多元文化、差异化发展的格局下，如何以保护、爱护的心态，从少数民族题材中掘金，关乎国家文化的发展战略。越是少数民族的英雄，越应该借助主流媒体平台来塑造他们的形象、传播他们的事迹，让华夏儿女都能够感受到中华民族的光荣感、崇高感，增强民族亲和力与国家向心力，促进中华民族的真正融合。《奢香夫人》在这方面提供了非常好的经验和范例。

中国文联原副主席、著名评论家仲呈祥，《解放军报》文化部原主任陈先义一致认为：现在不少影视作品让人看后感觉亲人、朋友、组织都不可信，对社会的影响是“离心”的；而《奢香夫人》一剧所表现出来的民族融合与仁爱反战的主题，却起到了积极的“向心”作用。相比时下流行的诸多戏说历史剧，两位专家都认为，该剧以敬畏历史、真实表现历史的原则，站在国家命运、民族立场、中华民族的大视角上来书写传奇，艺术地再现了奢香夫人这一形象，对中国的民族文化和历史文化是一种支撑和传承。民族团结的历史主题，少数民族与汉民族文化的融合，无论是从总结历史的角度，还是关照现实的层面都具有重要意义。整部作品恢宏、大气。

仲呈祥先生特别指出，对于少数民族题材影视剧的创作，一定要从文化自觉和文化自信的高度来认识其意义、摆正其位置，要自觉地认识文化在维护国家稳定、推动历史进步、促进人的自由而全面发展当中的独特功能和价值。中国是一个多民族国家，要增强民族凝聚力、创造力，很重要的一点，就是要摒弃文化偏见，提倡包容多样文化。在这一点上，《奢香夫人》是一种突破，提供了新的经验，比较过去单一站在汉文化立场，或置身于少数民族之中来呈现其文化历史形态，都要略高一筹。

谈到文化自信，仲呈祥先生进一步阐释道，影视剧创作不仅要对题材资源进行深入挖掘、优化配置，更要对中华优秀传统文化的不朽魅力充满自信。有关奢香夫人的史料记载非常有限，但创作者把握住历史发展趋势的总体框架，调动其审美思维加以联想、虚构和深化，以正确的唯物史观践行文化自信。

本次探讨会的主持者、中国电视艺术委员会副主任兼秘书长王丹彦认为，《奢香夫人》从历史学、文化学、视听美学和传播学的视角，给当下电视剧，特别是少数民族题材电视剧提供了一个新的创作标杆。从社会学角度言，该剧对汉民族与其他少数民族、政治与民生、历史与现实等诸多关系，在进行当下诠释和现实关照中提供了新的视角。此外，斑斓多彩的彝族历史文化和民族性格，以及其对中华文化的形成所做出的贡献，也给人们提供了一个认知与理解的平台。

中国电视艺术交流协会秘书长张乃嘉、《当代电视》总编辑张德祥、中国传媒大学博士生导师王伟国都对《奢香夫人》精良的制作、精美的服饰音乐、独具民族特色的地域风情场景给予了高度赞扬，认为该剧开启了一扇展现彝族历史文化和斑斓多彩的民族性格与独特风情的窗口，堪称当下民族和谐的认知载体。尤其是剧中宣卫府的搭建，成功地再现了600年前宣卫府的历史风貌，使人们领略到那个时代彝族政治经济、社会风情、文化艺术的独特风情。

在充分肯定《奢香夫人》所取得的思想和艺术成就的同时，与会专家也对该剧存在的一些瑕疵，见仁见智、各抒己见。

首先，该剧对当时那种乱世纷争、改朝换代下多种选择、多种主张的交锋碰撞展现得不够，理论上、思想上有待进一步挖掘。虽然作品高节奏地设置了一个又一个阴谋、争斗，但却对矛盾的产生、发展及化解的轨迹表现不足；剧中语言不够通俗化和生活化，文学语言过多。

其次，朱元璋的形象较为复杂，对他维护朱家王朝的自身利益揭示得不够，对马皇后的描写过于完美。

**2012年《中国电视》第2期**

# 对抗战题材的新开拓

## ——电视剧《二十四道拐》研讨会综述

时值中国抗战胜利和世界反法西斯战争胜利 70 周年之际，由中共贵州省委宣传部、八一电影制片厂、中央电视台联合出品的 32 集电视连续剧《二十四道拐》在央视八套黄金时段热播。该剧讲述了抗战时期国共两党、援华美军和侵华日军在“二十四道拐”这一咽喉之地展开殊死拼杀的故事。

近日，中国电视艺术委员会和中共贵州省委宣传部联合主办了《二十四道拐》专家研讨会，总结剧作的创作经验，助推地域文化产业和文化事业的进步。多位专家及相关部门领导和主创人员参会并发表了各自的见解。会议由国家新闻出版广电总局宣传司副司长、中国电视艺术委员会副主任兼秘书长、中国文艺评论家协会副主席王丹彦主持。

### 一、挖掘稀缺题材，以独特的方式表现国际合作抗战，抒发爱国情怀，具有现实意义

与会专家对《二十四道拐》的主题和表现方式给予了高度赞扬，尤其对其以小见大的选题、独特的视角、善用悬念的叙事方式给予了充分肯定。

中国文艺评论家协会名誉主席、文艺评论家李准认为，这部剧从题材

到主题、形式、风格都有独特之处，再现了抗日战争的一个片段，用非常独特的视角弘扬了抗战中的爱国主义精神。这部剧发挥地域文化优势，弘扬主流价值观，拍出了自己的风格，形成了自己的品牌。《二十四道拐》这个片名体现出整个片子在题材、内容以及艺术创作上的一些特点。这部剧刻画了众多有新鲜感的人物形象，揭示了中华民族强大生命力之所在，弘扬了爱国主义精神。

中国传媒大学教授王伟国认为，“二十四道拐”这个题材，是独特里面的独特。“二十四道拐”找了 8 年才找到。开始，研究抗战史的人怎么找也找不到，后来发现就在晴隆县。这个题材能够挖掘出来，是非常有意义的一件事。本剧在“二十四道拐”这个题材上面，展示了中国抗战剧的国际视野，这在现在的电视剧创作里是比较少见的。

中国作协全委、影视文学委员会副主任范咏戈认为，“二十四道拐”这个题材挖掘得特别好。通过老照片，找到这么一个不可替代、不可复制的，却是来源于历史真实的奇缺题材。它以小见大，里面涉及国际、国内五六个方面的抗战力量，很好地诠释了抗日战争是国际反法西斯战争的一个部分，是合力抗日。这几种力量合起来，不是为了凑戏，不是简单叠加，而是组成了各部分有机融合的故事链条。

《文艺报》总编辑梁鸿鹰认为，《二十四道拐》把大部分老百姓都不知道的一段历史、一个地域空间里发生的抗战故事，做了一个形象的、富有感染力的、富有内涵的诠释。这部电视剧不是以正面战场为特色，而更多是围绕保路护桥开展的生死较量。这部戏非常好地还原了在那个战争环境当中的中美合作，具有重要的现实意义。

《人民日报》文艺部主任刘玉琴认为，《二十四道拐》的可贵之处在于视角很宽广，题材很独特，在同类题材电视剧中，价值和意义都比较独到，可以说是有看点、角度新。此剧以贵州晴隆县为支点，通过“二十四道拐”和盘江大桥来辐射比较宽广的世界反法西斯战场这么一个很大的图景。同时，《二十四道拐》以巧妙的讲述方式，形象地说明了国共两党共同抗战的历史事实，对国共关系、中美关系、中日关系把握和拿捏得比较有分寸，弘扬主旋律，令观众喜闻乐见，具有很优异的艺术品质。此外，导演用数字技术努力还原历史真实，深刻揭示了侵华日军的反人道行径，使得历史的真实和艺术的真实相得益彰。

《解放军报社》文艺部原主任陈先义认为，《二十四道拐》不但写了中国人民的抗战，也揭示出中国人民的抗战胜利离不开各个盟国的大力支持的道理，表现了世界抗日力量的通力合作，以及各反法西斯盟军和日本法西斯抗战到底的决心。这些年，西方世界出于政治需要、意识形态的差异，在提及反法西斯战争的时候，总是淡化中国人民的牺牲、淡化我们在第二次世界大战中的重要地位。这部戏说明中国战场是第二次世界大战不可分割的组成部分，可以说没有中国人的贡献，就没有第二次世界大战的胜利，《二十四道拐》就是最好的历史聚焦、最直接的证明。

中央文史研究馆馆员、中国文艺评论家协会主席、文艺评论家仲呈祥认为，这部戏最大的特点就是让历史发言，让史实讲话。中美人民曾经是反法西斯同盟，我们曾经并肩作战。我非常赞成把这部片子送到美国去播，让美国人民了解中华文化，认识到中国人民主张用诚实劳动开创美好生活，主张知恩图报、扶贫济困，主张讲仁爱、崇正义、守诚信、尚和合、求大同。

《当代电视》主编张德祥认为，《二十四道拐》以小见大，通过一座桥、一条路看到了抗日战争，包括整个反法西斯战争东方战场的整个局势。抗战剧不仅要展示中国人民如何英勇抗战，更要在思想上、认识上有提高、有深化，体现我们誓死保卫家园、保卫国家的精神和决心，最重要的一点就是要彻底揭露日本军国主义长久以来的灭亡中华民族的战略，这样才能使我们更深刻地缅怀先烈、铭记历史，从而珍惜和平、开创未来。

中国电视艺术委员会评论员陈芳认为，这部戏的意义和价值是第一次从国际视野展现了第二次世界大战期间，偏居中国黔西南大山里的一段公路传奇和守桥历史，谱写了一段英勇不屈的抗战历史和一段感人肺腑的国际友情，以及一段几乎被历史遗忘的国家记忆，填补了我们抗战影视剧题材创作的一个空白点，开创了抗战题材影视剧创作的一个新的表现领域。“二十四道拐”这条路真正发挥作用是在抗战期间，抗战胜利以后这条路就废弃不用了，没有太多人关注它。2002 年，滇西抗战史研究专家葛舒亚又重新发现了“二十四道拐”的历史价值。随着他对这条路的历史价值和在抗战期间所起重要作用的披露，特别是现在旅游经济的发达，使这条被人们遗忘的公路重新回到观众的视野当中，它在抗战期间发挥的重大的特殊的作用也逐渐被世人所关注。

中国电视艺术委员会副秘书长易凯认为，《二十四道拐》播出的时机非常好，正值习近平总书记去美国访问之际。本剧在展示中国人民英勇为民族独立抗争的同时，也表现了以美国为代表的盟军对中国的支持。有大批的援华物资，有驼峰航线，以及有美国军人参战，这些对中国人民有非常大的帮助，让人感觉抗日战争的确是世界反法西斯战争的一部分。

## 二、艺术创作上求新求变，追求地域文化独特的品格，电视剧《二十四道拐》在艺术创作上也体现出独特的追求

解放军艺术学院教授边国立认为，电视剧《二十四道拐》将发生在第二次世界大战中时期亚洲战场中国战区、中缅印运输大动脉上这一险峻的“二十四道拐”处的壮烈往事呈现了出来。作为谍战类型的战争题材电视剧，

其悬念艺术是一个突出特色。《二十四道拐》的创作者在剧中编织了密实的情节网络，其情节焦点“二十四道拐”公路和盘江铁桥是盟军运输物资的大动脉上的咽喉要道，封锁和断脉是日军的战略目标，中美联军则要共同“保通护畅”，这一斗争必然激烈。在这个总体悬念下，编导以各种悬念手法编织故事，达到了很好的收视效果。

陈芳认为，《二十四道拐》在叙事模式上基本运用了家国一体的模式，但是在具体的戏剧结构和情节设置上做了某种程度的改动，以更高的国际视角，赋予了人物和情节更多内涵。以“二十四道拐”公路的奇观和守桥的传奇为切入点，将战争剧的惨烈、谍战剧的烧脑、家族剧的恩怨以及土匪的江湖规则和少数民族地区独特的风情风貌等众多元素有机融合，巧妙编织出一场情节跌宕起伏、充满悬念、引人入胜的保桥护路的生死决战。另外，此剧视听感的呈现特别震撼。同时，这部电视剧不仅展现了“二十四道拐”雄奇险峻的公路景观，还把贵州优美的自然风光和人文景观展现出来了，让观众感受到剧情跌宕起伏的同时，还能够充分体验贵州晴隆，乃至黔西南地区的奇山秀水，实现了剧情和地物风貌的完美结合。

易凯也认为，《二十四道拐》对本土文化进行了非常好的发掘，是综合收益非常大的一部剧。第一是美景，这部剧的热播会促使“二十四道拐”、盘江、乌门山等贵州名胜成为旅游热点。第二是人物，《二十四道拐》很巧妙地介绍了抗战中的贵州名人。第三是民歌，尤其是对贵州山歌表现得非常到位。

王伟国认为，数字技术给全剧带来了亮点。如果完全按照实景来拍，“二十四道拐”很难拍出效果，而数字影像和实体影像比较完美地结合起来，构成了这部片子的视觉特征。数字影像的飞机轰炸、汽车、道路、悬崖等，在屏幕上构成了“二十四道拐”的真实影像感，再现和重构了这条运输大动脉的生命线和大血管的意义，展现了70年前在“二十四道拐”上繁忙又艰巨的运输任务，让今天的观众在电视屏幕上看到了高质量的、充满真实感的“二十四道拐”影像是如此雄伟。这种高端的影像给观众带来了历史真实、时空真实，也把观众带入了70年前的历史里，去体验在那场中国人民反抗日本帝国主义侵略战争中爆发出的伟大民族精神。从这一点来说，数字影像不仅重构了叙事空间，更展现了这部电视剧的美学空间。

中国电视艺术委员会副秘书长武桂林认为，《二十四道拐》中塑造的人物都能立得起来，无论是军政人员、普通市民，还是土匪、美军，无论正面人物还是反面人物，性格都非常鲜明，形象都非常丰满。同时，将日本帝国主义侵略中国的恶劣行径和中国人民抗战的爱国主义精神表现得淋漓尽致。

## 三、不足之处

电视剧是“遗憾的艺术”，与会专家对《二十四道拐》的不足之处也提出了诚恳的意见。

李准认为，这部剧总的时代背景交代得有些马虎，关于大的历史背景表现得模棱两可，很多重要的战役时间都搞错了。当然，这些与拍摄资金少和时间仓促有很大的关系。

范咏戈认为，这部剧也有一些稍微粗糙的地方，比如有些台词不是很精练。

梁鸿鹰认为，剧中有的地方显得女特务太厉害了，比如从崖上掉下来还没事，而且刀枪不入，多少人打她都没有打中。这个地方让人不太舒服，不太满意。

陈芳认为，《二十四道拐》在剪辑上有一些小疏漏和小瑕疵。从整体结构上看，这部戏基本上是以梅松、王雅琴等几个主要人物为主线，将一些发生在“二十四道拐”上国共两党、援华美军和侵华日军的殊死较量串联起来，但剧中有一些事件是相对零散和孤立的，人物介入剧情比较生硬，尚需精心设置和巧妙安排。

最后，王丹彦做总结发言。她认为，《二十四道拐》是对民族记忆重要阶段的抗战历史的回顾、反思、纪念和追忆。首先，此剧让贵州品牌、地域文化的开掘和抗日题材剧形成了一个有机整体，以独特的视角、题材、样态，再现了历史真实，再现了新的历史地标。其次，一条路、一座桥展现出的整个反法西斯战争场面，以小见大，走出了抗日题材开发的新路径。第三，《二十四道拐》注重历史源和流的关系的把握、开掘和整合，力争还原历史真实，在立意上，是对爱国主义新的诠释。

**2016 年《中国电视》第 3 期**

# 转折是历史，伟大是精神

## ——电视剧《伟大的转折》专家研讨会综述

中央文化产业发展专项资金支持的重点影视项目《伟大的转折》是庆祝新中国成立70周年“优秀电视剧百日展播”的推荐剧目，播出后受到了广泛好评，取得了良好的收视率。近日，由中宣部文艺局、国家广播电视总局电视剧司、中共贵州省委宣传部主办，中国电视艺术委员会、中央广播电视总台影视剧纪录片中心、贵州省文学艺术界联合会承办的《伟大的转折》创作研讨会在京召开。会议由中宣部文艺局副局长王强主持，相关部门领导、制作方和出品方代表、专家学者及多家媒体出席会议。贵州省委宣传部部长慕德贵介绍了贵州省重点打造的这部精品电视剧的情况，该剧总制片人、编剧欧阳黔森和总导演李伟介绍了创作体会，相关部门领导和专家学者对该剧的主题思想、价值导向和艺术特点进行了研讨。

### 一、记录历史真实、歌颂伟大精神、启迪社会发展的历史剧作

参会领导和专家一致肯定了《伟大的转折》的思想价值与艺术价值，认为这是一部记录历史真实、歌颂党的伟大精神、启迪当前社会发展的历

史剧。

中央党史和文献研究院院务委员陈晋认为，《伟大的转折》聚焦遵义会议前后的历史，展现了中国共产党和中央红军实现历史转折的全过程，意在揭示党和红军凤凰涅槃式新生的不易。和以往的长征题材剧相比，该剧把红军各部之间的配合作用写得比较清楚。如因为渡桥被撤，红九军团没能渡过乌江而成为孤军，他们在罗炳辉的领导下积极作为，反而在整个转折过程中发挥了意外而及时的“战略轻骑兵”的作用。这样的立体呈现，生动而深刻地揭示了全剧所要反映的转折主题。该剧启迪我们要走好新时代中国道路上的“长征路”，需要拥有一颗必信之心，坚持一种必护之理，锻造一支必胜之师，才能走好一条必由之路。

中国文艺评论家协会主席仲呈祥认为，《伟大的转折》的创作是整个革命历史题材创作中的又一次重大突破，具有独特地位。艺术创作应该追求作品的精神高度、文化内涵和艺术价值。再次拍摄长征题材电视剧有利于我们在新时代增强“四个意识”，特别是核心意识，能够确保我们走向新胜利。

中央电视台原副台长胡恩认为，该剧全景式地艺术再现了红军在长征路上面对敌强我弱的极端困难和异常复杂的战争环境，始终不渝地坚守崇高的革命信仰和理想，重现了中国共产党从幼稚走向成熟、从错误走向正确的伟大转折和辉煌的历史进程。该剧是近期荧屏上出现的一部非常成功的重大革命历史题材电视剧，它所展示的伟大的红军长征精神和红色基因需要不断传承和发扬光大，它是激励一代又一代中国人为实现中华民族伟大复兴的中国梦而努力奋斗的伟大精神丰碑。

《中国艺术报》原总编辑李树声认为，《伟大的转折》深入植根史实，坚持现实主义的创作手法，真实地再现了历史记忆，艺术地揭示了历史经验，是为了坚守和传承历史中高贵的英雄主义精神，以期成为今天的思想烛照和精神钙质。全剧没有回避失败与牺牲，没有回避党内路线斗争给革命带来的重大损失，尽可能地还原了历史，彰显了新时代的文化自信。

《当代》杂志主编孔令燕认为，该剧是一部史料扎实、立意高远、人物丰满、故事生动的成功剧作。其历史意义在于点明“伟大”与“转折”的内涵，用春风化雨般的形式和丰满的艺术形象来讲述党史，为时代立传，具有非常高的时代价值和历史意义。

军事科学院军事历史研究部研究员岳思平认为，该剧是一部纪实性很强的艺术品，又是一部思想性和政治品位很高的历史教科书，它突出了以毛泽东同志为核心的党的第一代中央领导集体的核心地位与伟大贡献，同时具有极强的现实意义。

中央广播电视总台影视剧纪录片中心副召集人申积军认为，该剧以源于生活、高于生活的戏剧冲突和感人情节，揭示了中华民族崛起的希望来自于中国共产党的核心领导的道理。从思想性、艺术性、观赏性层面来看，该剧将重大革命历史题材的电视剧创作又推向了一个新的艺术高度。

中国电视艺术委员会副秘书长易凯认为，该剧通过揭秘的方式展现了遵义会议，借助戏剧的方式阐述了我党走向独立自主的过程，是一部展示道路自信的佳作，也是重大革命历史题材的创新之作。

国家广播电视总局电视剧司副司长刘梅茹认为，《伟大的转折》以对长征精神浓墨重彩的创新性书写，成为“不忘初心、牢记使命”主题教育的生动艺术教材，将鼓舞新时代全党全军全国各族人民在以习近平同志为核心的党中央坚强领导下，为实现中华民族的伟大复兴而努力奋斗。

## 二、《伟大的转折》的艺术特色

### 1. 革命领袖形象鲜明，人格魅力突出

胡恩认为，该剧成功塑造了主要人物的艺术形象。编导者采用了人物性格上的个性化艺术处理，注重挖掘人物性格，在尊重历史史实的基础上对人物性格进行了较好的艺术加工，真实再现了重要历史事件，演绎了重要历史人物的风采。

仲呈祥认为，该作品的精神高度表现在对毛泽东高远精神世界的把握，浸润了中华民族“天行健，君子以自强不息”对毛泽东精神世界的影响，贯穿了追求真理和独立自主的意识。

李树声认为，剧中毛泽东面对土城之战的失败展现出的实事求是的态度令人印象深刻。电视剧用浓重的笔墨描绘了毛泽东的情绪波动，充满了原生态气息，让人们看到毛泽东作为“凡人”的一面，同时也看到其具有不同于常人的使命感、责任感，以及对中国革命的担当精神。该剧对人物真性情的呈现，使观众看到党的第一代中央领导集体拥有的罕见的刚勇、卓越的睿智和深沉的思考，具有历史的纵深感。

孔令燕认为，该剧通过塑造丰满的艺术形象，让观众感受到毛泽东是有眼光、有理想、有韬略、有思想、有情义、有血有肉的政治家，是中国革命的领导核心。

### 2. 成功塑造群像，彰显信仰的温度与力量

中国电视艺术委员会编辑部主任李跃森认为，与以往重点革命历史题材电视剧侧重描写领袖个人形象不同，《伟大的转折》主要采取群像塑造的方法，更多地表现了革命领袖集体的力量和智慧。

李树声认为，该剧在描写信仰力量的同时，也展现了信仰的温度。全剧不仅在战火中展示了大量的英雄人物，真切地描绘了中国共产党第一代

中央领导集体在枪林弹雨、血雨腥风中的形成过程，而且以唯物主义视角塑造了红军基层官兵的英雄群像。在描写信仰的温度时，作品饱蘸真情、表现真切、感受真实，较为细腻地展示了在战火纷飞、铁血交融的战场中的战友情、军民情、爱情与亲情。

孔令燕认为，电视剧生动刻画出共产党与国民党两支军队由于利益诉求不同而导致的精神面貌不同，展现了共产党人坚定的革命理想信念和高贵的品质。

**3. 巧用对比，突出主题和戏剧性**

《人民文学》主编施战军认为，该剧巧用“开会”“打仗”作为讲述历史故事的重点，将每一次会议都通过台词、人物关系等细腻地表现出来。该剧强化了其他剧中尚未强化的结构——人群。通过共产党与国民党对待自己身边人和亲人的态度对比，以及双方服饰、精神面貌的对比，展现了共产党与人民的关系，让观众切实感受到共产党人与国民党人之间精神的高下。

李跃森认为，“开会”是影视作品中最难处理、最易枯燥乏味的情节，但遵义会议前后的一系列会议集中体现了共产党人的信仰、反思、意志和智慧，是十分重要的历史阶段。主创团队抓住历史进程的本质特征，将这几次重要会议放在历史“转折”的总目标下，层次分明，详略得当。在一次次会议中，共产党人的光明磊落与坦荡胸怀也得以展现。此外，主创团队还通过对比国民党围绕着权力斗争、个人和集团利益展开的一系列会议，揭示出共产党胜利的内在原因。李跃森还指出，主创团队善于利用历史本身的戏剧性结构故事，善于捕捉相对次要的人物和事件，以此来增强故事的新鲜感。同时也善于将历史进程中所具有的史诗性，通过复杂多变的情节、场景和主人公体现出来，用战争的残酷和敌我力量的对比来强化戏剧性，发掘了主人公身上荡气回肠的精神力量。

**4. 立足红色空间，开掘红色文化资源**

中国电视艺术家协会研究部主任赵彤认为，《伟大的转折》是一部贵州视角的长征题材电视剧，剧中的伟大转折发生地贵州遵义是以被强调、被厚描的独特空间形象而存在的。本剧深挖了贵州在长征过程中、在中国革命史中独特的地域形象，以红色空间为立足点，开掘红色文化的历史故事，在故事中展示中国革命道路，揭示道路自信的探索过程。

易凯认为，《伟大的转折》对贵州本土红军的故事挖掘和创作方法值得肯定，这既是对千千万万牺牲红军战士的纪念，也是对贵州为中国革命所做奉献的一种肯定。

## 三、对重大历史题材电视剧创作经验的总结

仲呈祥认为，创作者需要努力扎根历史、感悟历史，从历史当中汲取营养，并能站在今天的时代高度对其进行重新认识。发现历史的独到思想和审美是作品的灵魂，我们需要珍视重大革命历史题材，实现这种题材资源的最佳配置，深入挖掘，丰富历史细节。

胡恩认为，认真的拍摄态度是该剧成功的重要基础。作为一部重大革命历史题材电视剧，该剧演员表演认真，道具服装到位，拍摄制作精心，大场面彰显恢宏气势，小场景注重细节刻画。剧组在历史再现和艺术展现上下了很大功夫，为该剧的成功增添了光彩。

刘梅茹认为，中国不乏史诗般的实践，创作者要有创作史诗的雄心和讲好故事的能力。重大题材电视剧创作要选准题目、找好角度、精工细作，追求高品质。新时代文艺创作的传播和群众接受的方式发生了很大变化，人民群众的审美期待不断提升，电视剧工作者只有潜心创作，精益求精，

才能用诚意和品质打动观众，征服观众。

王强在总结发言中指出，我们需要坚持以马克思主义唯物史观指导重大革命历史题材电视剧的创作，秉持历史书写的真实性、真理性和知识性，秉持还原真相、追求真理、构建真实的创作尺度，再现历史生活场景、文化语境和思想逻辑，在大容量生活空间、长纵深文化时间的互动实践中，展现社会生活的内在关系与变化发展的总体趋势。重大革命历史题材电视剧的创作需要总体统筹、提前规划、高位推动、协同作战，切实加强组织保障；需要党史、军史、文化、文艺、科技、传播等各方面专家的支持和指导；需要大家共同研究论证选题，共同加工修改剧本，共同审看把关样片。只有在大家齐心合力的共同努力下，电视剧创作的思想水平、文化内涵和艺术价值才能切实提高。此外，重大革命历史题材电视剧的创作也需要媒体重点推介，不仅需要在重要平台播出，还需要上下联动，如此才能实现社会效益和经济效益的统一。

**2020 年《中国电视》第 3 期**

# 抗战文化的建构与传播

## ——论抗战电视剧《二十四道拐》

闫洪娇　张羽华

**摘要：**电视剧《二十四道拐》改编自张国华的同名小说，是抗战题材小说成功改编为电视剧的经典案例。通过对电视剧《二十四道拐》的视角接受与影视剖析，认为该小说改编成影视后更能体现出特殊的抗战文化内涵，折射出新的审美价值形态，具有当代的教育意义。

**关键词：**《二十四道拐》；媒介传播；抗战文化

21世纪，电视剧成为阐释和传播抗战文化的重要艺术载体，并以多元化的艺术手法和感知方式书写着独具特色的中国民族精神，体现出主流意识形态的话语建构与表达，凝聚着中华民族永久的民族抗争力。“优秀的抗战电视剧应当在艺术真实与历史真实的辩证关系中表现和反思中华民族的抗战史，担当起塑造公众集体记忆的责任，同时在民族形象的建构与传播方面也应走向自觉。”[1] 抗战电视剧应该遵循艺术的发展规律，符合历史实际情况和特定情景下人物的性格逻辑。可以说由张国华同名小说改

[1]任庭义：《底层抗战叙事中的民族形象建构——以电视剧〈沂蒙〉和〈中国地〉为例》，《四川戏剧》2016年第5期，第73—76页。

编的电视剧《二十四道拐》正是这一经典剧作的有力佐证。该剧以 1941 年太平洋战争爆发为历史背景，围绕发生在黔西南布依族苗族自治州梅、刘两大家族的争斗来铺展故事，叙述抗战时期国共两党、援华美军与侵华日军在“二十四道拐”周边的一系列战斗镜像。剧作通过表现中美盟军团结一致、英勇抗日来揭示侵略战争的非正义性和不合理性，弘扬主旋律，传达人民对于国际和平的殷切渴望和热烈追求；以爱国主义为核心的民族精神构建，“在影视剧的文化内涵上，继承和发扬中华民族的优秀文化传统，创新和发展民族的传统伦理道德”[1]。

## 一、抗战地域景观文化的呈现与传播

电视剧《二十四道拐》以真实的历史事实为依据进行艺术化创作，它客观地反映了第二次世界大战时期黔西南抗战的历史文化和地域景观。抗战“电视剧的展示价值主要基于影像景观而产生，具有景观特点的影像具有展示价值，同时也由于影像传播而产生”[2]。黔西南自治州地处云贵高原，境内为喀斯特地形，这为该剧的拍摄增添了更为真实的艺术效果，全方位地展示了特殊地理环境与抗战的紧密关系，使观众不仅从影视剧中感受到了抗战的艰难和奋勇精神，而且也体悟到了抗战时期自然风景和地形地貌带来的视觉审美享受。

该部电视剧在技术上下了很大功夫。影片开头便采用数字技术，通过全景镜头从整体上向我们展示了整个贵州的地形地貌。“二十四道拐”如长龙般盘卧在乌蒙山西南，公路依山而建。运送军用物资的车队在陡峭的

[1] 吴学明：《努力构建弘扬中华民族传统美德的电视剧文化》，《中国电视》2008 年第 1 期，第 27—29 页。

[2] 潘可武：《论电视剧影像的景观特色及其意义》，《西南民族大学学报（人文社会科学版）》2014 年第 12 期，第 164—168 页。

公路上谨慎前行，稍有不慎便会有坠入悬崖的危险。盘江大桥两岸山脉连绵，瀑布自高处飞流直下倾泻进盘江中，河水奔腾湍急，敌机从深谷中穿梭而来，场面既紧张又令人震撼。日本特遣部队到达晴隆，潜伏在山高林密的山洞中，洞内四周岩石密布，奇形怪状，这又为日军的潜伏带来了契机。可以说，数字技术的应用与实景拍摄的结合铸造了电视剧《二十四道拐》恢宏的气势，体现出强烈的艺术审美效果。

影片还呈现了贵州少数民族地区独特的民俗文化景观，如马帮山寨、盘江浮桥、安南古城内的民房住宅等民俗文化。“少数民族影视尽情展现少数民族风土人情，直接迅速地反映少数民族生活，并延伸为更宽泛和丰富的文化内涵。”[1]首先是马帮山寨内的寨门，寨门前挂着牛头，这是少数民族的图腾崇拜。其次是古朴的小木屋、吊楼、马厩、哨岗等。在剧情中，当何麻子决心要去抢军用物资时，为了出师顺利，他还请来了巫师作法，这一镜头的转换向观众们展示了贵州独特的民俗文化，把抗战文化与地域文化有机地融合在一起，传达出全民族的抗战精神和英勇气概。马帮山寨盘踞在晴隆，是一股不可小瞧的势力。他们的买卖主要是帮私人商家运送货物，从中收取一定的费用以维持自己的生存。安南古城内的民宅大都是青砖黛瓦、雕梁画栋、飞檐翘角，体现了中国传统建筑艺术的审美风格。这些独具特色的民居与威严高耸的古城门是千年古城沧桑变化的见证，更是战争文化记忆的缩影。

电视剧不仅表现了以梅松为代表的汉族人民的英勇抗日气概，也通过一定的篇幅和镜头表现了主要以布依族为主体的少数民族对抗战的全力支援。如粮库失火时，布依族人积极救火；当盟军美国飞虎队的王牌飞行员

[1] 王春丽：2007，《少数民族电影（视）中的民俗文化研究》，硕士学位论文，西北民族大学中国少数民族艺术系。

乔治坠机掉落在晴隆境内时，戈国华积极发动布依族人去找寻乔治的下落；当日本间谍想要通过点火导航日本空投军炸桥时，梅松组织以布依族为主体的百姓在山谷到处点燃篝火模糊日本投弹的焦点。影片中最能凸显布依族人爱国情怀的莫过于桂花这一人物。桂花帮助美军修建蓄水池，不料日军蓄意在池水里下毒，桂花的儿子狗儿误饮池水中毒身亡，桂花也因此精神失常。这一幕幕镜头的转换都是布依族人全力支援抗战的最好佐证。

## 二、英雄形象的多面化塑造

电视剧中的抗战英雄人物是感性审美主义和理性审美主义的完美结合。只有正确处理好二者的关系，对英雄人物形象的塑造才能靠近真实的历史，才能真正体现出艺术的本质特征。在《二十四道拐》中，梅松这一英雄人物的塑造，是符合艺术准则的。如果说“抗战剧的热播是因其与主流意识形态间有着血脉的联系”[1]，那么人物形象的塑造也必定受主流意识形态的影响。梅松是一位善于驰骋疆场的军人，刚从硝烟弥漫的前线下来，便服从上级的安排，回家乡晴隆保护运输大动脉“二十四道拐”的安全。在盘江浮桥的渡口，军民和装有军用物资的车队都拥挤在渡口，但梅松深知轻重，为确保前线物资的供给，所以军车先行是毋庸置疑的。剧作开篇就让人物面临两难的抉择，让矛盾冲突推着情节和人物向前发展，塑造典型的人物形象，这是最能吸引观众的地方。

影片中多个镜头的呈现凸显了梅松的智慧、果敢与铮铮铁骨的形象。当梅松发现日本间谍“布谷鸟”想要通过点火为日本空投军导航炸毁“二十四道拐”时，他先发制人，发动晴隆的百姓在山谷到处点燃篝火误

[1] 黄传波：《红色场域下的“去政治化”历史呈现——以〈亮剑〉为例看电视剧对小说的改编得失观》，《德州学院报》2015 年第 1 期，第 69—73 页。

导敌军，使得日本空投军无功而返。同时，他还善用人才，不仅将李万吉升为少校，还积极发动赵义这些有热血的伤兵，将其组织成特别行动队共同参加保桥的战斗，壮大战斗力量，再一次粉碎了日军想要炸毁“二十四道拐”的阴谋。马帮山寨垄断着一条盘江吊桥，想要从此桥过的人或商队都要交过路费，为了让拥挤在渡口的难民能早日过河，梅松当机立断，单枪匹马闯匪穴，面对直指自己的枪支，他毫无商量余地要求寨主何麻子将吊桥拿出来供难民过河，并保证难民的安全。当日本间谍想要以梅雪和吴晓雨的性命相威胁逼梅松说出“二十四道拐”的轴心时，梅松为了国家大义，坚决不肯说出半个字。这是他身为军人对国家的忠诚，也体现了他舍小我顾大家的英雄形象。不管敌人给自己制造了多少麻烦，比如水池下毒、粮食被烧、浮桥被毁等，梅松都能沉着面对，从容指挥，尽显大将风范。在这一场场敌我较量中，梅松都能化险为夷，掌握主动权，这些磨难不仅没有消磨其斗志，反而使其形象更加鲜明。

还需要指出的是，原著中梅家有三个儿子，梅松之后还有个弟弟梅涛。梅涛机敏冷峻，虽为国民党做事，但心却是向着身为中共地下党员的二哥梅松。电视剧将梅松与梅涛二人合二为一，全力塑造梅松这一英雄形象，梅松身上既有自身的英武深沉，也有梅涛的机敏冷峻，使得人物性格更加多面化。同时，梅涛这一角色的省去，为梅松与中共地下党员戈国华的秘密接触减少了很多阻碍，使党组织的事业得以顺利进行和开展。

电视剧中其他英雄人物也不能忽视。如戴安澜将军，远征缅甸壮烈殉国；梅松的哥哥，为了抗战修路，瘸了一条腿；梅松的妹妹，为了救治伤兵，毅然加入红十字会，结果却被敌人下毒，瘫痪在床；与梅松青梅竹马的刘显兰，一身好本领，有巾帼不让须眉的英雄气概，最终为了扫除日本余孽而壮烈牺牲；身兼双重身份的戈国华，即使自己的行踪被国民党情报组长荀延康时时监视着，依然为了国家大义以身犯险去完成党组织交给自己的任务；以约翰为首的美国同盟军，协助梅松保桥护路，在关键时刻帮助梅松反转大局，建罐头厂、架钢桥、建水池等。

需要着重指出的是，该电视剧画面除了突出主要英雄人物外，在民间小人物身上也有深刻体现。马帮山寨的土匪们虽然时常干些抢劫商贩的勾当，但他们也有自己的底线，那就是不能帮日本人做事儿，有着强烈的民族意识。卫易是马帮山寨的二当家，虽然干了很多见不得人的事，但当何麻子决定去抢军用物资时，他敢于说出“这是发国难财”，想要制止何麻子的行动。这简短的一句话体现了他作为中国人应有的良知，体现出正确的民族立场。何麻子身为马帮山寨的大当家，虽然不满梅松向他借吊桥、渡口、船只，但当梅松要其协助查出电台的主人时，他信守对梅松的承诺，谁都没告诉。

黑三这个人物是值得我们注意的。他原是马帮山寨的大当家，因被何麻子陷害而锒铛入狱，在梅松等人的帮助下他重新夺回了马帮山寨，并听从梅松调遣联合抗日。这些小人物虽然做过坏事，是恶人，然而“恶”并不等于“坏”，他们身上依旧保留着中国人固有的血性。“对于抗日战争历史场面的记录，很多导演将战争最残酷的一面呈现给人们，通过战事场面的烘托，体现英雄人物的顽强精神，展现英雄形象，引发人们对战争的深入思考。”[1]

英雄形象的塑造往往是通过展现敌人的罪恶烘托出来的。影片中梅松最强劲的对手——日本间谍王雅琴，可以说是一个有勇有谋的反面女性“英雄”形象。她乔装成红十字会的医生潜伏在晴隆，目的是寻找合适的机会

[1] 姚金江：《抗战题材电视剧的新特点探析》，《今传媒》2015年第3期，第103—104页。

炸毁“二十四道拐”。表面上她是救死扶伤、善良美丽的“王医生”，可背后她却化身为残害晴隆百姓的蛇蝎美人“布谷鸟”。为了达到目的，她不择手段，不仅杀害中国人，还牺牲自己的队友，使其成为自己接近梅松的垫脚石。她狠毒、阴险、狡诈、敏捷，为了效忠她的国家，她舍弃了自己的个人情感和良知，预设了阴险的诡计，成了一个冷冰冰的工具。最终她也为了她所谓的国家而战死，这与小说中的“布谷鸟”是完全同人不同命。这一情节的整改一方面是源于编剧对人物塑造的需要，另一方面也是想通过敌人的阴险、狡诈来表现战争的残酷性。

## 三、复杂关系中人性文化内涵的开掘

可以说这部抗战剧具有一定的历史意义和现实教育价值。在影片中，对各层次人性的挖掘，非常独特。“人性开掘是重铸红色经典生命力的一条有效途径”[1]。一部真正优秀的抗战题材电视剧必须正视历史，符合历史潮流，符合人类的正义立场，不能随意歪曲历史，也不能任意篡改、夸大历史，应该注重对战争文化语境中复杂关系之间的人性文化内涵的开掘和提炼。

《二十四道拐》中，编剧并未长篇大幅地描写梅松在战场杀敌的场面，更多的是从生活的几个方面来表现人物的性格，如梅松的个人感情问题。影片中梅松有三条感情线：一是昔日恋人吴晓雨，二是青梅竹马刘显兰，三是日本间谍王雅琴。昔日恋人吴晓雨嫁作人妇，梅松内心虽有遗憾，但两人见面时的相视一笑，一切的爱恨纠葛都成过往，这是他对吴晓雨的理解和遗留的温柔。青梅竹马刘显兰对自己的倾心仰慕，他知晓却又不明说，

[1] 智磊：《为红色经典注入新的生命活力——电视剧〈永不消逝的电波〉导演阐述》，《中国电视》2011 年第 9 期，第 39—40 页。

而是以哥哥式的疼爱包容她，两人对着远处的青山呐喊，体现了他柔情的一面。对于日本间谍王雅琴，梅松有过心动，但这种心动却被他压在了心底，使命和责任让他清醒过来。该剧从人性化的叙事角度来捕捉人物的个性心理，展示不同人物的性格特征，把对立的两类人物凸显出来，达到强烈的视觉艺术效果。

《二十四道拐》中，当日本兵为了获取“二十四道拐”的机密而绑架了自己的妹妹梅雪和昔日恋人吴晓雨时，梅松是交出机密换回亲人还是完成使命牺牲亲人，这对梅松而言是一个两难的抉择。他的内心也挣扎过、纠结过，最终还是选择顾全大局。青梅竹马的刘显兰壮烈牺牲，他虽悲痛万分，但还是选择了坚守阵地。赵义带领伤兵抢劫了美军的粮食供给，他深知这些伤兵的饥饿，可为了中美同盟关系不被破坏，他毅然将赵义等人关进了监狱。每一次看似不近人情的抉择，背后都是梅松苦苦挣扎后的结果。“我们将为剧中主人公设置多种两难境地，包括革命主题与彰显人道主义的两难，在两难的抉择中突出人性的光彩。”[1]

《二十四道拐》通过对人性的挖掘，使人物的形象更加鲜明、更加立体多面化和复杂化，避免了单一化、脸谱化、类型化。而在这些人物形象的塑造中，编剧并没有故意夸大共产党员的形象而丑化国民党，对日本人的形象塑造也是客观公正的，从人物性格和人性本质特征自然地展示各自的价值立场。

## 四、结语

电视剧《二十四道拐》向国际看齐，以独特的叙事视角，通过对人

[1] 智磊：《为红色经典注入新的生命活力——电视剧〈永不消逝的电波〉导演阐述》，《中国电视》2011 年第 9 期，第 39—40 页。

物立体的刻画来表现人性的复杂，彰显独特的地域文化景观。该剧虽涉及的宏大的战争场面较少，但却以别样的形式展现出了战争的可怕场景和民族的创伤记忆。电视剧紧紧围绕保桥护路这一核心来推动剧情的发展，体现了主人公为了国家民族大义而勇于担当、无私奉献的历史责任感以及对国家无限忠诚的民族立场。通过视觉传播，我们更能清醒地记住历史、传承民族文化、振兴民族精神。这也“铸就了贯穿中国电视剧发展历程的突出的审美文化品格，在国家文化建设中，具有不可替代的重要意义和价值”[1]。

**2018年《名作欣赏·评论版》第1期**

[1] 郑淑梅：《中国电视剧审美文化品格的建构》，《杭州师范大学学报（社会科学版）》2012 年第 3 期，第 59—63 页。

# 《伟大的转折》：见证智慧燃烧的长征岁月

颜同林

红军长征题材是全国重大革命历史题材影视剧的大本营，时至今日，已有不少丰厚的积累。

2019年国庆前，在央视第一频道首次开播的电视剧《伟大的转折》后来居上，成为一部收视率高、社会影响大、艺术性强的热播剧。

对于这部有标志性意义的史诗性大剧，能作为新中国成立70周年的献礼大片和全国观众见面，这既是新时代现实生活的需要，也是回顾历史以史为鉴的需要。

## 一、如何开始：新时代长征题材的新考验

《伟大的转折》是由中共贵州省委宣传部出品的重大革命历史题材电视连续剧，由贵州省文联主席、贵州省作协主席欧阳黔森担任总制片人和编剧，总导演是国内实力派导演李伟。

这是一部多方合作的红色题材的集体之作，也是一部关于贵州本土题材并动用了大量本土力量拍摄而成的作品。

《伟大的转折》开头很讲究艺术性，吸引力强，从开始的艺术这一角度阐释显得很有必要。

作为多重含义的“伟大的转折”，如何开头呢?显然全剧的切入点是虚写了湘江战役的悲惨场面，在士气低落、彷徨徘徊的湖南通道，中国共产党人在重新思考革命的前途与道路。

当时在损失超一半战力的情况下，到底是去湘西与贺龙等率领的红二、六军团会合，还是改变既定计划，不受共产国际、三人团的错误指挥，便是电视剧开端要面对的重大问题。

在严峻的现实面前，曾经被压制的毛泽东等人，力排众议逐渐改变了这一局面。

变则通，通则久。在湖南，通道“通”往何处去，“道”在哪里，其象征的含义一目了然。

由此，中央红军避实就虚，从黎平、老锦屏兵分两路进军贵州。

进军贵州之后气象已不同以前，这一转战过程看似简单，其实足够让人惊心动魄，敌我双方各方面的博弈早已是拉锯战，中国革命的前途与命运到了一个十字路口。

这是一个伟大的开端，是伟大转折的前夜，尽管处于黑夜的黎明之前，但让我们看到了革命的曙光!

《伟大的转折》第一集、第二集在人物的画廊上，基本上摆出了各自的阵营:一是中共中央的领导、军事方面的重要人物一一出场；二是国民党蒋介石集团及地方军阀的军政大员也有名有姓出现了。

这些人物都是历史上的真实人物，在中国现代历史上举足轻重，其言行举止都活在历史细节中。

《伟大的转折》的开端，还暗示了党和红军在贵州创建革命根据地、就近开展革命的可能。

自进军黎平之后，贵州各族群众支持红军，拥护红军，军民鱼水一家亲的场面，久违地出现了。

这是毛泽东在井冈山时期提出的红军获胜的一大法宝，在这里又有了用武之地。

这一开端之后，我们不难想象电视剧会在这一方面有更多的情节、画面和细节。

参军、带路、筹粮、救护伤病员，诸如此类，则是这一议题之上的应有之义。

至于在电视剧中大量出现的贵州城镇地名、建筑、山川，以及相关重要的战略要点，也会随着贵州的风土民情一起出现在银屏之上，这将是让外界更多地了解贵州的另一个开始。

**二、如何结尾：新诉说红军故事留下新思考**

与《伟大的转折》开头艺术十分独特新颖一样，该剧结尾也处理得十分精彩。

从第34集开始，便有意预示朱毛率领的中央红军将从贵州进入云南，甩开数十万前堵后追的敌人。

随后几集，便是以毛泽东为核心的党中央运筹帷幄，占领战场主动权，率领中央红军借道北盘江从贵州进入云南境内，借机逼迫滇军回防，并在佯攻昆明的谋略下兵分三路顺利渡过金沙江进入川西。

中央红军途经通安后，在会理城外以林彪给中央领导人洛甫的信为契机召开会理会议，结束整个电视剧，干脆利落并有余音绕梁之效。

站在结尾的艺术这一高度，全剧有以下几个鲜明的特征:

第一，在内容上全部贯通、有始有终，做到了有机统一。

会理会议起到了总结过去、统一思想、继续革命的作用。全剧贯通了

“大遵义会议”的宗旨，在结尾部分因为林彪的信而展开，亦是对遵义会议进行总结、过渡和再集中，画上一个圆满的句号。

根据剧情发展，在林彪的信中有对遵义会议的部分否定与质疑，有对新三人团的一些质疑和动摇，因此，毛泽东在最后一集中长时段进行演讲和解说，便成为举重若轻的一次思想洗礼。

正是在这个意义上，作为结尾的部分起到了复述、总结、提升的作用。

第二，作为一个历史性的阶段，《伟大的转折》结尾在起承转合的流变中，将“合”发挥到了极致，收束有力而及时。

比如第一军团的军团长林彪在第35集中，他写给洛甫一信以表心志。这为最后会理会议的议题埋下了伏笔，但一直没有揭开这个悬念。

前面有伏笔，结尾部分在经过起、承、转之后，合起来进行处理，统一了思想，提高了政治意识和站位。

又比如围绕国内战争这一母题，融入了两种对立的命运与前途，多线发展，多而不繁。在人物的性格与命运中，结尾部分也统统作了及时的交代与说明。

第三，强化历史的真实与细节，配合了剧情的阶段性发展。

《伟大的转折》在结尾部分不断回溯，将全剧首尾贯通，在结构的“合”与“闭”上下功夫，做到自然收束、浑然一体，将“转折”的过程、意义与当下价值做了引申和提升，成为有意味的结尾。

总之，讲述中国长征故事，塑造历史英雄人物，《伟大的转折》成为红军长征题材影视剧的佼佼者。

此剧以湘江战役为背景切入长征历史的横截面，在通道会议上进行转变，结尾时又以会理会议作为“大遵义会议”的总结，显得高屋建瓴。

《伟大的转折》以贵州的时空为主体，展示贵州的文化自信，凸显了伟大的红军长征精神，凸显了伟大的遵义会议精神。历史远去，风云散尽，但往事仍然历历在目，正可谓“雄关漫道真如铁，而今迈步从头越”！

**2019 年 11 月 15 日《贵州日报》**